문학과지성사 한국문학선집
1900~2000

소설 1

문학과지성사 한국문학선집 1900~2000__소설 1

펴낸날_2007년 11월 26일

엮은이_조남현·홍정선
펴낸이_채호기
펴낸곳_㈜문학과지성사

등록_1993년 12월 16일 등록 제10-918호
주소_서울 마포구 서교동 395-2(121-840)
전화_02)338-7224
팩스_02)323-4180(편집)   02)338-7221(영업)
전자우편_moonji@moonji.com
홈페이지_www.moonji.com

ⓒ ㈜문학과지성사, 2007. Printed in Seoul, Korea

ISBN 978-89-320-1683-2
ISBN 978-89-320-1681-8(전4권)

값 40,000원

* 이 책의 판권은 저작권자와 ㈜문학과지성사에 있습니다.
  서면 동의 없는 무단 전재 및 복제를 금합니다.

문학과지성사 한국문학선집
1900~2000

1

조남현 홍정선 엮음

문학과지성사
2007

■ **기획의 말**

　제대로 된 한국문학선집을 만나고 싶다는 것은 한국문학을 아끼는 모든 이들이 열렬히 품어온 소망 중의 하나였다. 잘 만들어진 문학선집은, 작가의 창조적 생산과 독자의 그 역시 창조적인 향유 사이의 교통을 활성화시키는 '현대식 교량'으로서 기능한다. 문학 활동의 근본 목표가 인간에 대한 이해의 심화이자 삶에 대한 감각의 확장이라면 그 목표에 도달하는 일은 작품을 참조점으로 해서 독자 스스로 행하는 것이지 작가나 혹은 어느 누구가 '인도'하는 것이 아니다. 그렇다는 것은 독자 자신이 더 깊은 이해와 취향의 잠재적 소유자라는 것을 뜻하며, 때문에, 그의 향유, 즉 독서 행위가 창조적 작업의 형식으로 구성될 수 있음을 가리킨다. 그런데 그런 창조적 작업으로서의 독서는 저절로 이루어지지 않으며, 그것을 가능케 해줄 특별한 독서 생산 장치들을 필요로 한다.

　한국문학선집은 가장 기초적인 문학 생산 장치를 이룬다. 그것이 기초적이라는 점에서 한국문학선집은 보편타당해야 하며 동시에 빠짐없어야 한다. 가능한 한 많은 사람들이 수긍할 만한 작가·시인의 작품을 골라야 하며 동시에 한국문학의 다양성을 충분히 보여줄 수 있을 만큼 망라되어야 한다. 그것이 독자의 문학적 체험을 풍요롭게 하는 길이다. 또한 앞선 정의에 의해서 문학선집은 수용적이라기보다 생산적이어야 한다. 즉, 독자의 평균적 기대 지평을 도발적인 방식으로 배반하는 구조를 갖추어야 한다. 그 배반 구조는 저 '보편타당성'

과 '빠짐없음'이라는 기본 요구들에 의문부호라는 바퀴를 달아, "나는 바퀴를 보면 굴리고 싶어진다"는 어느 시인의 표현처럼, 독자와 작품 사이에 한국문학과 문학성에 대한 역동적인 대화 공간을 창출할 것이다.

'문지 포에티카'라는 잠정적인 이름으로 처음 문학선집을 기획할 때, 우리의 의도가 그러하였다. 그때가 21세기의 문턱을 향해 가고 있던 1999년 말이었다. 그로부터 무려 8년이라는 시간이 흐르는 동안, 재정, 구성, 선정, 청탁 등등 처처에서 꽤 까다로운 일들이 쉼 없이 우리의 발목을 적시며 걸음을 더디게 하였다. 이제 가까스로 마무리를 짓게 되었으니 잠시 눈을 들어 먼 하늘의 유심함을 더듬어 본다. 작품 선정에 즐거이 협력해주신 작가·시인들, 그리고 작고 시인·작가의 근친들, 집필을 기꺼이 수락해주신 한국문학 연구자와 평론가들, 그리고 일찍 글을 주시고도 거듭 지연된 출간을 참고 기다려주신 모든 필자들, 문학과지성사의 숨은 일꾼들에게 깊은 감사를 드린다.

_「문학과지성사 한국문학선집 1900~2000」을 펴내며

'한국문학선집' 소설 편에는 이광수로부터 김영하에 이르기까지 89명의 소설가를 수록하고 있다. 이광수의 「무정」으로부터 시작하여 김영하의 「비상구」에 이르는 시간적 길이는 약 1세기이며 이 기간은 바로 우리 근대문학의 역사 거의 전체에 해당하는 기간이다. 이 선집이 '신소설'을 제외하고 이광수의 「무정」으로부터 시작한 것은 고전소설과 근대소설의 과도기적 상태에 있는 '신소설'에 대해서는 좀더 정밀한 여러 가지 검토가 필요하다고 생각했기 때문이다. 그리고 시기 구분과 작품의 발표 연대가 일치하지 않는 경우가 생긴 것은 작가의 주요 활동이 이루어진 연대를 근거로 시기 구분을 한 데 따른 것이다. 아무쪼록 이 불일치는 작품 활동 기간이 긴 소설가의 경우 작가 중심의 시기 구분을 할 때 불가피하게 나타나는 현상이라 생각해주기 바란다.

이 선집에서는 1세기의 기간을 다섯 개의 시기로 나누어놓고 있다. 이 구분

에 대해서는 찬반의 논란이 있겠지만, '한국문학선집'에서는 현재까지 가장 일반적으로 통용되는 시기 구분을 시와 소설 선집 모두에 적용하여 그렇게 구분했다. 첫번째 시기(1900~1929)는 한국근대소설이 문체와 묘사에서 그 틀을 확실하게 구축한 시기인 동시에 현실에 대응하는 이념적 형태를 드러낸 시기이다. 두번째 시기(1930~1944)는 한편으로는 우리 근대소설사의 뛰어난 작품들이 속속 그 모습을 드러내기 시작하고 다른 한편으로는 정치적 탄압과 맞물려 이념의 내재화와 일상성의 대두가 소설의 주요 문제로 부각된 시기이다. 세번째 시기(1945~1959)는 작가 모두에게 민족 해방과 모국어 회복이라는 영광이 주어진 시기이자 누구도 피해갈 수 없었던 처참한 동족상잔이 벌어진 시기이다. 이 시기에 발표된 거의 모든 소설들이 이 양대 주제와 깊은 관련을 맺고 있는 것은 그 때문이다. 네번째 시기(1960~1979)는 소설가들이 자유롭고 감각적인 문체, 현실에 상응하는 한글문체를 어려움 없이 구사할 수 있게 된 시기이자, 풍요와 빈곤, 계층의 분화와 갈등을 본격적으로 겪기 시작한 시기이다. 또 이념과 역사, 일상적 현실과 사회적 현실의 문제를 다룬 장편소설들이 본격적으로 대거 생산되기 시작한 것도 이 시기이다. 다섯번째 시기(1980년 이후)는 사회 비판과 이념 지향이 절정에 달했던 시기로부터 급격하게 대중문화의 시대로 진입해가는 궤적을 보여주는 시기이다. 시대의 전망을 위한 산문적 고민, 새로운 소설 스타일의 수사학적 실험, 세계화 및 대중문화의 격랑에 대응하는 새로운 탈주의 흔적들을 이 시기의 소설을 통해 확인해볼 수 있다.

각 소설가들에 대해서 1편 혹은 2편의 소설이 본보기로 제시되었으며, '전기적 정보' '작품 세계' '수록 작품 해설' '주요 참고 문헌'을 순서대로 제공하여 음미와 이해를 도왔다. 각 소설가에 대해서는 권위를 인정받고 있는 연구자들을 집필자로 선정하였다.

_소설 편 엮은이 일동

문학과지성사 한국문학선집 1900~2000 | 차례

한국문학_소설 1

기획의 말　5
일러두기　14

제1시기: 1900~1929
근대소설의 발흥과 현실에의 성찰

무정/무명　**이광수**　17
태형　**김동인**　68
만세전/양과자갑　**염상섭**　91
운수 좋은 날　**현진건**　150
벙어리 삼룡이　**나도향**　165
해돋이　**최서해**　181
낙동강　**조명희**　214
민촌　**이기영**　233

제2시기: 1930~1944
경향성의 분화와 소설적 관심의 확산

탁류/논 이야기　**채만식**　267
홍수전후　**박화성**　314
까마귀　**이태준**　339

태양은 병들다	**한설야**	357
제1과 제1장	**이무영**	389
창랑정기	**유진오**	418
메밀꽃 필 무렵	**이효석**	441
소설가 구보씨의 일일/천변풍경	**박태원**	454
상록수	**심 훈**	521
날개/봉별기	**이 상**	557
지하촌	**강경애**	592
흉가	**최정희**	629
맥	**김남천**	644
동백꽃	**김유정**	669
모범경작생	**박영준**	681
남생이	**현 덕**	700
무녀도/까치 소리	**김동리**	736

제3시기: 1945~1959
상처의 치유를 위한 산문적 모색

별/나무들 비탈에 서다	**황순원**	801
잔등	**허 준**	836
제3인간형	**안수길**	871
모래톱 이야기	**김정한**	906
유수암	**한무숙**	938
고가	**정한숙**	966
요한시집	**장용학**	1002
비 오는 날	**손창섭**	1040
유예	**오상원**	1057
사수	**전광용**	1072
단독강화	**선우휘**	1087
오발탄	**이범선**	1108

닳아지는 살들	**이호철**	1145
시장과 전장	**박경리**	1171
암사지도	**서기원**	1200
흰 종이 수염	**하근찬**	1223

찾아보기_작가 1244
찾아보기_작품 1246
엮은이 · 해제자 소개 1248

문학과지성사 한국문학선집 1900~2000 | 차례

한국문학_소설 2

기획의 말　5
일러두기　14

제4시기: 1960~1979
현실의 질곡과 문학적 역설, 그 소설의 시대

웃음소리/화두	**최인훈**	17
노란 봉투	**최일남**	59
초식	**이제하**	78
즐거운 지옥	**홍성원**	95
해나무 소리	**김용성**	131
강	**서정인**	153
무진기행	**김승옥**	173
삼포 가는 길	**황석영**	201
죽음의 한 연구	**박상륭**	226
우상의 눈물	**전상국**	250
변명	**이병주**	283
당신들의 천국/소리의 빛	**이청준**	306
내 그물로 오는 가시고기	**조세희**	349
화무십일	**이문구**	384
장난감 도시	**이동하**	403
미망	**김원일**	422

타인의 방	**최인호**	451
어머니	**한승원**	467
장마	**윤흥길**	496
저녁의 게임	**오정희**	529
이장동화	**김주영**	552
철쭉제	**문순태**	573
순이 삼촌	**현기영**	608
오막살이 집 한 채	**김성동**	646

제5시기: 1980년 이후
현대성과 탈현대성을 위한 새로운 모험

엄마의 말뚝 3	**박완서**	667
먼 그대	**서영은**	690
회색의 땅	**조정래**	715
협궤열차에 관한 한 보고서	**윤후명**	740
지옥에서 보낸 한 철	**박영한**	766
추도	**김원우**	807
금시조	**이문열**	826
겨울의 빛	**김향숙**	867
한계령	**양귀자**	894
무지개는 일곱 색이어서 아름답다	**현길언**	923
유리창을 떠도는 벌 한 마리	**이인성**	953
아버지의 땅	**임철우**	971
화두, 기록, 화석	**최수철**	996
구평목씨의 바퀴벌레	**이승우**	1032
슬픔의 노래	**정 찬**	1056
수색, 그 물빛 무늬를 찾아서	**이순원**	1093
배드민턴 치는 여자	**신경숙**	1117
비명을 찾아서	**복거일**	1144

회색 눈사람 **최 윤** 1177
빛의 걸음걸이 **윤대녕** 1213
개흘레꾼 **김소진** 1239
홀림 **성석제** 1262
짐작과는 다른 일들 **은희경** 1284
비상구 **김영하** 1308

찾아보기_작가 1339
찾아보기_작품 1341
엮은이·해제자 소개 1343

| 일러두기 |

1. 1900년에서 최근까지 총 다섯 시기로 구분하고, 작가의 주된 창작 활동 시기와 등단 시점 등을 고려하여 해당 시기에 수록하였다.
2. 수록 작품은 최초 발표 지면 혹은 초간본을 저본으로 삼되, 가장 최근에 펴낸 단행본 혹은 해당 작가 전집의 판본을 참조하였다. 저본 및 참조한 판본은 본문 첫머리에 밝혔다.
3. 본문은 작가의 검토 및 수정을 거쳐 확정하였으며, 작고 작가의 경우 해제자가 확정하였다. 부연 설명 및 뜻풀이가 필요한 낱말, 문장의 경우 독자들의 이해를 돕기 위해 주(註)를 달았다.
4. 중·장편소설은 분량상의 문제로 불가피하게 부분 수록하였으며, 이는 본문 첫머리 혹은 중간에 밝혔다.
5. 이 책의 맞춤법 및 외래어 표기는 문교부 고시 '한글 맞춤법' 및 '외래어 표기법'을 원칙으로 삼았다. 다만 작가 특유의 표현이나 작품의 분위기에 영향을 준다고 판단되는 사투리나 구어체 표현, 의성어·의태어 등은 그대로 반영하였고, 대화문 내의 구어와 속어 역시 가급적 원본을 살렸다.
6. 대화문에는 큰따옴표를, 대화가 아닌 혼잣말이나 강조의 경우에는 작은따옴표를 사용하였고, 말줄임표는 모두 '……'로 통일하였다. 또한 과도하게 사용된 생략 부호나 이음 부호는 읽기에 편하도록 조절하였다.
7. 원본의 한자는 가급적 한글로 바꾸었으며, 작품 이해에 도움이 될 만한 한자는 그대로 두고 괄호 안에 넣었다. 반복하여 등장하는 한자는 최초에만 괄호 안에 넣어 병기하는 것을 원칙으로 삼았다.

제1시기: 1900~1929
근대소설의 발흥과 현실에의 성찰

무정/무명 **이광수**
태형 **김동인**
만세전/양과자갑 **염상섭**
운수 좋은 날 **현진건**
벙어리 삼룡이 **나도향**
해돋이 **최서해**
낙동강 **조명희**
민촌 **이기영**

이광수
무정

111

선형을 보내고 병욱의 돌아오는 것을 보고, 영채는 병욱의 손을 잡아 앉히며 "그래 어때요?" 하고 자기도 무슨 말인지 모르는 질문을 한다. 병욱은

"무엇이 어찌해, 형식씨라는 이가 잘 차리구서 시치미 떼고 앉았두구나. 우리 오빠를 안다구…… 동경 가서 같이 있었노라구…… ."

영채는 부지불각에 한숨을 짓는다.

"왜, 형식씨가 그리우냐. 아직도 단념이 아니 되는 게로구나."

"아니, 그런 것은 아니지마는— ."

"그러면 왜 휘 하고 한숨을 쉬어?"

"나도 왜 그런지 모르겠어" 하고 병욱의 무릎을 치며 웃는다.

"그래도 아주 마음이 편치는 않을걸" 하고 병욱도 웃는다. 영채는 한참 생각하더니 병욱의 손을 꼭 쥐며

"참 그래요" 하고 부끄러운 듯이 웃으며 "어째 마음이 좀 불쾌한 듯해요" 하고 얼굴이 발개진다. 병욱은 근 십 년 기생으로 있던 계집애가 어떻게 이처럼

---

* 『무정』은 1917년 1월 1일부터 6월 14일까지 매일신보에 연재되었다. 여기서는 111~118회 연재분을 수록하였다.

규문¹ 속에서 자라난 처녀와 같은가 하고 속으로 감탄하였다. 그리고 지금 영채의 감상이 어떠한지 그것이 알고 싶어서

"그래 불쾌하다니 어떻게 불쾌하냐."

"모르겠어요."

"그렇게 어리광을 부리지 말고 바로 대답을 해라, 그러면 내 맛난 것 사주께" 하고 둘이 다 웃는다. 영채가

"이형식씨가 퍽 무정한 사람같이 생각이 되어요. 그래도 내가 죽으러 갔다면 좀 찾아라도 볼 것인데…… 어느새에 혼인을 해가지고……" 하다가 병욱의 무릎에 자기의 이마를 대고 비비며 "아이구, 언니, 내가 왜 이런 소리를 해요."

병욱은 영채의 머리와 목과 등을 만져주며 어린애에게 하는 듯이

"말하면 어떠냐…… 자, 그래서."

"아마 내가 여기 있는 줄을 알겠지요?"

"알 테지…… 지금 선형이가 왔다 가서 네 말을 했을 테니깐…… 알면 어떠냐."

"어떻기야 어떻겠소마는 죽었던 사람이 살아왔다면 아마 놀랄 테지?"

"실컷 놀라 싸지. 아마 가슴이 뜨끔하리라…… 그렇게 박정할 데가 왜 있겠니."

"만일 저편에서 나를 찾아오면 어찌해요? 만나서 이야기를 할까."

"그럼은, 왜 무슨 원수가 있담."

"원수는 아니지마는 어째……."

"어째 분이 난단 말이냐?"

두 사람은 한참 잠자코 마주 보더니

"언니, 언니가 나를 살려준 것이 잘못이야요. 나는 그때에 꼭 죽었어야 할 텐데…… 그때에 죽었으면 벌써 다 썩어졌겠지…… 뼈만 하나씩 하나씩 여기저기 흩어졌겠지…… 그때에 죽었어야 해" 하고 후회하는 듯이 고개를 간들간

---

1 규문(閨門) 부녀자가 거처하는 방. 규방(閨房).

들한다. 병욱은 영채의 낯빛이 갑자기 변하는 것을 보고 놀라서 영채의 두 팔을 잡으며

"애, 영채야, 왜 그런 소리를 하느냐…… 이제 나허고 둘이 가서 음악 잘 배워가지구…… 둘이서 아메리카로 구라파로 돌아다니면서 실컷 구경하고…… 그리고 우리나라에 돌아와서 새로 음악을 세우고 재미있게 살 텐데 왜 그런 소리를 하니?" 하고 영채를 잡아 흔든다. 영채는 멀거니 병욱의 눈을 보고 앉았더니 눈에서 눈물이 쑥 나오며

"아니야요, 나는 살 사람이 아니야요…… 죽어야 할 사람이야요. 가만히 지나간 일생을 생각해보니깐 암만해도 나는 살려고 난 것 같지를 아니해요. 아버지와 두 오라버니는 옥중에서 죽고, 그리고 칠팔 년 고생이 모두 속절없이……" 하고 흑흑 느낀다.

"애, 글쎄 웬일이냐, 곧잘 모든 것을 다 잊어버리고 기뻐하다가 왜 갑자기 야단이냐…… 네가 그렇게 그러면 이 언니는 어쩌게…… 자, 울지 마라!"

"암만 생각하여보아도 이 세상에 살아 있을 생각이 없어요."

"왜? 그러면 너는 아직도 이형식씨를 못 잊는 게로구나. 네가 그때에 날더러 실상은 이형식씨를 사랑한 것이 아니라고 말하지 않했니?"

"아니요, 다만 그 일만 아니야요. 이 세상이 내 원수가 아니야요. 내 부모를 빼앗고 내 형제를 빼앗고 내 어린 몸을 실컷 희롱하고…… 그러다가…… 그러다가 마침내 정절을…… 내 정절을 빼앗고…… 그리고는 일생에 생각하던 사람은 아랑곳도 아니하고…… 이렇게 구태나 나를 없애고 말려는 세상에 내가 구태 붙어 있으면 무엇 해요. 세상이 나를 미워하면 나도 세상을 미워하지요. 세상이 나를 싫다 하면 나도 세상을 버리고 달아나지요…… 하늘로 올라가지요" 하는 울음 섞은 말에 병욱도 부지불각에 눈물이 흘렀다.

"그러니깐 말이다 ― 그만치 세상헌테 빼앗겼으니깐 또 세상에게 좀 찾아가져야지. 내 것을 주기만 하고 말어! 네가 이십 년이나 고생을 했으니깐 그 값을 받아야 아니 하겠니?"

"값이 무슨 값이오? 하루라도 더 살아 있으면 더 빼앗길 뿐이지……"

"아니다! 왜 그래! 이제부터는 찾는다. 아직도 전정이 구만린데 왜 어느새 실망을 한단 말이냐. 살 수 있는 대로 힘껏 살면서 찾을 수 있는 대로 찾아야지…… 사업으로 찾고 행복으로 찾고…… 왜 찾을 것을 찾지도 않고 죽어?"

"행복? 행복! 내게 행복이 올까요? 이 세상이 내게다 행복을 줄까요?" 하고 병욱의 눈물 흐르는 눈을 본다.

112

병욱은 수건으로 영채의 눈물을 씻어주면서
"얘, 다른 손님들이 이상하게 여기겠다. 울지 말어라…… 이 세상이 왜 행복을 아니 주어…… 아니 주거든 내라지. 내라도 아니 주거든 억지로 빼앗지. 빼앗아도 아니 주거든 원수라도 갚지! 또 생각을 해봐라, 이 세상에 너와 같이 설움을 당하는 사람이 너뿐이겠니? 더구나 우리나라에는 그런 불쌍한 사람이 수두룩할 것이다. 그러면 우리들이 이 안 된 사회 제도를 고쳐서 우리 자손들이야 행복을 얻고 살게 해야지……우리가 아니 하면 누가 하느냐. 그런데 만일 네가 제 고생을 못 이겨서 죽고 만다 하면 이것은 네가 우리 자손에게 대한 책임을 저버리는 것이다. 하니까, 될 수 있는 대로 오래 살면서 될 수 있는 대로 일을 많이 하자…… 자, 울지 말고 딸기나 내먹자" 하고 일어서서 등으로 결은 하얀 종다래끼[2]를 내린다.

"내가 무엇을 할까요?"

"하지! 왜 못 해? 하나님이 큰 일꾼을 만들 양으로 네게 초년고생을 주었구나…… 자, 우리 둘이 아니 있니? 그까짓 이형식 같은 사람은 잊어버리고 우리 둘이 서로 의지하고 살자…… 자, 옛다, 먹자" 하고 빨갛게 익은 딸기를 내놓고 먼저 자기가 하나를 먹는다. 입에 넣고 씹으니 하얀 이빨에 핏빛 같은 물이

---

2 **종다래끼** 아가리가 좁고 바닥이 넓은 바구니. 대나 싸리, 고리버들 등으로 결어서 만든다.

든다. 이것은 어저께 아침때에 병국의 부인과 셋이 그 목화밭에 가서 송별연 삼아 수박을 따 먹으면서 따 모은 것이라. 두 사람의 눈앞에는 황주 병욱의 집 광경이 얼른 지나간다.

영채도 울어야 쓸데없음을 알고 눈물을 거둔다. 또 병욱의 말에는 정이 있고 힘이 있고 이치가 있어서 반가우면서도 자기를 내리누르는 듯한 힘이 있다. 가슴이 터져오게 아프다가도 병욱의 말을 한마디 들으면 그만 스르르 풀리고 만다. 영채는 병욱이가 남자같이 활발한 듯하면서도 속에는 뜨겁고 예민한 정이 있음과 또 자기를 위로할 때에는 진정으로 자기의 몸과 마음이 되어서 하는 줄을 잘 안다. 만일 영채가 자살을 하려고 물가에 섰거나 칼을 들고 섰다가라도 병욱의 말소리만 들리면 얼른 '언니!' 하고 따라갈 것이다. 영채가 보기에 병욱은 언니라기보다 어머니라 함이 적당할 듯하였다.

그러나 이십 년 생활이 한데 뭉쳐 된 영채의 슬픔이 다만 병욱의 그 말만으로는 아주 다 스러지기를 바랄 수는 없다. 그러나 이 자리에서 더 자기의 고집을 부리는 것은 친절한 병욱에게 대해서 미안한 듯하여 영채도 딸기를 먹는다. 빨간 딸기가 두 처녀의 고운 입술로 들어가서는 하얀 이빨을 빨갛게 물들이는 듯하다. 차창에는 비가 뿌려서 눈물 같은 물방울이 떼그를 굴러 내리다가는 다른 물방울과 한데 합하여 흘러내린다. 차가 흔들리는 대로 떨리는 전등 가에는 하루살이 등속³이 떼를 지어 모여 들어간다. 두 처녀의 입술과 손가락 끝이 딸깃물에 불그레하여졌을 때에 형식이가 "영채씨" 하고 두 사람 앞에 와 섰다.

형식은 얼마 전에 이 차실에 들어와서 바로 영채의 곁으로 오려다가 영채가 우는 듯한 모양을 보고 영채 앉은 걸상에서 서넛 건너 있는 빈 걸상에 앉아서 가만히 두 사람의 말을 엿들었다. 차바퀴 소리에 자세히 들리지는 아니하나 이따금이따금 한 마디씩 두 마디씩 들리는 말을 주워 모으면 대강 뜻은 짐작할 수가 있었다. 그리고 형식은 영채에게 대하여 죄송한 마음과 자기에게 대하여 부끄러운 마음을 금치 못하여 영채에게 정성껏 사죄를 하리라 하였다.

---

3 등속(等屬) 등(等). 따위.

영채와 병욱은 놀라 일어선다. 두 사람은 일시에 고개를 숙였다. 그러나 영채는 얼른 고개를 돌렸다. 형식은 고개를 숙였다. 병욱이가 오직 고개를 들고 형식에게

"앉으시지요" 한다. 형식은 앉는다.

"얘, 앉으려무나" 하는 병욱의 말에 영채도 앉는다. 그러나 고개는 여전히 돌렸다. 형식은 마치 무슨 무서운 것이나 대한 듯이 몸에 쭉 소름이 끼친다. 영채의 뒷모양이 자기를 내리누르고 위협하는 듯하다. 대동강에 빠져 죽은 영채의 넋이 지금 자기 앞에 나서서 자기를 괴롭게 하는 것이 아닌가 한다. 금시에 영채가 획 돌아서며 무서운 얼굴로 자기를 흘겨보고 입에 가득한 뜨거운 피를 자기에게다가 홱 뿌리며 '이 무정한 놈아, 영구히 저주를 받아라' 하고 달려들 것 같다. 왜 그때에 평양 갔던 길에 더 수탐[4]을 하여보지 아니하였던가, 왜 그때에 우선에게서 돈 오 원을 꾸어가지고 즉시 평양으로 내려가지를 아니하였던가 하여도 본다. 이제 영채가 고개를 돌리면 어찌하나, 아니 왔더면 좋겠다 하여도 본다. 이때에

"자, 딸기 잡수십시오" 하고 병욱이가 딸기 그릇을 내놓으며

"얘, 영채야" 하고 자기의 발로 영채의 발을 꼭 누른다. 영채는 가만히 고개를 돌린다. 그러나 형식은 보지 아니한다.

"영채씨, 용서해줍시오, 무에라고 할 말씀이 없습니다…… 저는 선생님께 대하여서나 영채씨께 대하여서나 큰 죄인이외다, 무슨 책망을 하시든지……."

"천만의 말씀이올시다. 제가 철없이 찾아가서 공연한 걱정을 끼쳤습니다. 또 죽지도 못하는 것을 죽는다고 해서 얼마나 노심[5]을 하셨습니까" 하고 고개를 숙인다.

병욱은 '이래서는 안 되겠다' 하고 속으로 생각한다.

---

4 **수탐(搜探)** 남의 사정이나 비밀 등을 몰래 조사하여 알아냄. 내탐(內探). 염탐(廉探). 염알이.
5 **노심(勞心)** 애를 씀.

113

형식은 차마 더 영채에게 말이 나오지 아니하므로 병욱더러
"그런데 대관절 어찌 된 일이오니까. 이전부터 영채씨를 알으셨어요?"
병욱은 형식을 보고 웃는다. 그 웃음이 형식에게 말할 수 없는 부끄러움을 준다. 자기를 비웃는 것같이 생각되었다.
"아니올시다. 제가 방학에 집으로 오는 길에 차 속에서 만났어요."
형식은 눈이 둥그레지며 영채를 한번 보고 다시 병욱을 향하여
"그러면 영채씨가 평양 가시는 길에?"
"예" 하고 만다. 형식은 더 알고 싶었다. 영채가 어찌하여 죽을 결심을 풀었으며 어찌하여 동경으로 가게 된 것을 자세히 알고 싶었다. 그래서
"그래 어떻게 되었어요?"
병욱은 고개를 기울여서 영채의 돌아앉은 얼굴을 물끄러미 보더니
"그래서 죽기는 왜 죽는단 말이냐, 즐거운 인생을 하루라도 오래 살지 못하여 걱정인데 왜 구태 지레 죽으랴느냐고 그랬지요. 그리고 지금까지는 네가 천하 사람의 조롱을 받고 학대를 받고……" 하고는 주저하는 듯이 형식을 바라보다가 또 웃으면서 "또 일생에 생각하고 사모하던 사람에게도 버림을 받았지마는……." 이 말이 끝나기 전에 형식의 가슴은 마치 바늘로 찌르는 것 같았다. 병욱은 형식의 낯빛이 변하여짐을 보고 말을 끊었다가
"그렇게 지금토록 네 일생은 눈물과 원망의 일생이지마는 이제부터 네 앞에는 넓고 즐거운 장래가 있지 아니하냐 하고 억지로 차에서 끌어내렸지요."
"참 감사합니다. 아가씨 덕에 나도 죄가 얼마큼 가벼워진 듯합니다. 저는 꼭 영채씨께서 돌아가신 줄만 알았어요. (이때에 병욱과 영채는 속으로 흥 한다.) 그래 즉시 평양 경찰서에 전보를 놓고 다음번 차로 평양으로 내려갔지요. (여기 와서 형식은 자기의 변명을 할 기회가 생긴 것이 기쁘다 하는 생각이 난다.) 했더니 경찰서에서 하는 말이 정거장에 나가서 수탐을 하여보았지마는 알 수 없다고 하지요. 그래서 알 만한 집에도 가 물어보고, 또 박선생 묘소에도……"

하다가 중간에 돌아온 생각을 하매 문득 말을 그치고 고개를 숙인다. 그때에 북망산까지 가보고 대동강 가로 다만 한두 시간이라도 시체를 찾아보았더면 좋을 뻔하였다 하는 생각이 난다. 병욱은 한참 듣더니

"예. 아마 그리하셨겠지요. 그러면 시체를 찾으시느라고 퍽 애를 쓰셨겠네."

형식은 '이 계집애가 꽤 사람을 골린다' 하였다. 과연 형식의 등에는 땀이 흘렀다.

영채도 형식의 하는 말을 다 들었다. 그리고 형식에게 대한 원통한 듯하던 마음이 얼마큼 풀린다. 그러나 형식이가 즉시 자기의 뒤를 따라 평양으로 내려온 것과 열심으로 자기의 시체를 찾아준 고마움도, 자기가 죽은 지 한 달이 못 하여 선형과 혼인을 하여가지고 미국으로 간다는 생각에 눌려버리고 만다. 영채의 생각에도 형식 한 사람이 정다운 사람도 되고 박정한 낭군도 되어 보인다. 그러나 만사가 이미 다 지나갔으니 이제 와서 한탄하면 무엇 하고 분풀이를 하면 무엇 하랴. 차라리 웃는 낯으로 형식을 대하여 저편의 마음이나 기쁘게 하여줌이 좋으리라 하는 생각도 난다. 그래서 맘을 좀 돌리기는 돌렸으나 그래도 아주 웃는 얼굴을 보여 형식에게 안심을 주고 싶지는 아니하여

"참 죄송합니다. 황주 가서 곧 편지를 드리려다가 언제 죽을지 모르는 몸이 잠깐 살아 있는 것을 알려드리면 무엇 하랴, 차라리 죽은 줄로 믿고 계시는 것이 도리어 안심이 되실 듯하기로 그만두었습니다…… 이제 보면 아니 알려드린 것이 어떻게 잘되었는지요" 하고 영채도 과히 말하였다는 생각이 나서 웃는다.

"그러면 어찌해서 엽서 한 장도 아니 주신단 말씀이오?" 하고 형식은 분개한 구조[6]로 "그렇게 사람을 괴롭게 하십니까." 형식은 진실로 이 말을 듣고 영채를 원망하였다. 만일 영채가 엽서 한 장만 하였으면 자기는 마땅히 당장 영채를 찾아가서 영채의 손을 잡았을 것 같다. 병욱과 영채는 형식의 분개하여하는 얼굴을 본다. 더구나 영채는 형식에게 대하여 불안한 생각이 나서

"그러나 저는 제가 살아 있는 줄을 알게 하는 것이 도리어 선생께 부질없는

---

6 구조(口調) '어조(語調)'의 사투리.

근심을 끼칠 줄로 알았어요. 만일 제가 선생의 몸에 누가 되어서 명예를 상한다든지 하면 도리어 (주저하다가) 선생을 위하는 도리도 아니겠고…… 그래서 억지로 참고 가만히 있었습니다" 하고 또 영채의 눈에서는 눈물이 흐른다.

형식이 영채의 하는 말을 듣다가 눈물 떨어지는 것을 보고 저편으로 고개를 돌린다. 어디까지든지 자기를 위하여주는 영채의 심정이 더욱 감사하게 생각된다. 죽으려 한 것도 자기를 위하여, 살아 있으면서 살아 있는 줄을 알리지 아니한 것도 자기를 위하여 한 것임을 생각하매 자기의 영채에게 대한 태도가 너무 무정함이 후회된다.

마주 앉은 눈물 흘리는 영채를 보고 또 저편 차실에 앉은 선형을 생각하매 형식의 마음은 자못 산란하다. 세 사람 사이에는 한참 말이 없고 기차는 어느 철교를 건너가느라고 요란한 소리를 낸다. 창에 뿌리는 빗발과 흘러가는 물소리는 큰비가 아직 계속하는 줄을 알게 한다. 홍수나 아니 나려는지.

114

형식은 부글부글 끓는 머리를 가지고 영채의 차실에서 나왔다. 우선이가 지켜 섰다가 형식의 어깨를 툭 치며

"영채씨가 울데그려!"

형식은 우선의 손을 잡으며

"아, 이 일을 어쩌면 좋은가."

"왜, 무슨 일이 났나. 영채씨가 바가지를 긁던가 보에그려…… 요— , 호남자!"

"아니어! 그렇게 농담으로 들을 것이 아닐세…… 참, 어쩌면 좋아?"

"아따, 걱정도 많기도 많에…… 부산 가서 배 타고, 마관7 가서 차 타고, 횡

---

7 **마관(馬關)** 시모노세키. 일본 혼슈(本州) 야마구치 현(山口縣)에 있는 항구 도시로 일본의 대표적인 무역항의 하나이다. 후에는 '하관(下關)'이라고 일컬었다. 1895년 청일전쟁의 전후 처리를 위해 마관조약

빈⁸ 가서 배 타고, 상항(桑港)⁹ 가서 내리고 하면 그만이지 걱정이 무슨 걱정이어!"

형식은 원망스러이 우선의 얼굴을 보고 서서 무슨 생각을 하더니

"나는 미국 가기를 중지할라네!"

"응?" 하고 우선도 놀라며 "어째?"

"미국 가기를 중지할 테여…… 그것이 옳은 일이지…… 응, 그리할라네" 하면서 우선의 손을 놓고 차실로 들어가랸다. 우선은 손을 잡아 형식을 끌어당기며

"자네 미쳤단 말인가, 이리 좀 오게."

형식은 멀거니 섰다.

"자네 지금 정신이 산란하였네. 미국 가기를 중지한다는 것이 무슨 소리어?"

"아니! 저편은 나를 위해서 목숨까지 버리려고 하는데 나는 이게 무슨 일인가. 나는 선형씨한테 이 뜻을 말하고 약혼을 파하겠네…… 그것이 옳은 일이지."

"그러면 영채하고 혼인한단 말이지?"

"응, 그렇지! 그것이 옳지!"

"영채는 자네와 혼인을 한다던가."

"그런 말은 없어."

"만일 영채가 자네와 혼인하기를 싫다 하면 어쩔 텐가."

형식은 한참 생각하더니

"그러면 일생 혼인 말고 지내지…… 절에 가서 중이 되든지."

우선은 마침내 껄껄 웃으며

(馬關條約) 즉 시모노세키 조약이 체결된 곳이기도 하다. 1905년 관부연락선(關釜連絡船) 항로가 개설되어 제2차 세계대전 종전 때까지 한국 및 대륙 침략의 관문이 되었다.

8 횡빈(橫濱) 요코하마. 일본 혼슈 가나가와 현(神奈川縣)에 있는 항구 도시. 1859년 미일 수호통상조약 이후 개항장이 되었으며 1872년 도쿄(東京)와 철로로 이어지면서 일본의 문호가 되었다.

9 상항(桑港) 샌프란시스코 항(港). 미국 캘리포니아 주(州) 서부에 있는 항구 도시이자 태평양 연안 최대의 무역항이다.

"지금 자네가 노보세(上氣)[10] 했네. 참 자네는 어린아일세. 세상이 무엇인지를 모르네그려. 행여 꿈에라도 그런 생각 내지 말고 어서 미국이나 가게."

"그러면 저 사람을 버리고?"

"버리는 것이 아니지, 일이 이미 그렇게 되었으니까 이제 그런 생각을 하면 무어 하나. 또 영채도 동경에 유학도 하게 되었고 하니까 피차에 공부나 잘하고 장래에 서로 남매 삼아 지내게그려. 그런 어림없는 미친 소리는 다 집어치고……" 하면서 형식의 등을 툭 친다. 팔에 붉은 헝겊 두른 차장이 지나가다가 두 사람을 슬쩍 본다.

형식은 자기의 자리에 돌아와 뒤에 몸을 기대고 가만히 눈을 감았다. 선형은 조는지 무슨 생각을 하는지 그린 듯이 기대어 앉았다.

형식의 가슴속에는 새로운 의문 하나가 일어난다.

대체 자기는 누구를 사랑하는가. 선형인가, 영채인가. 영채를 대하면 영채를 사랑하는 것 같고 선형을 대하면 선형을 사랑하는 것 같다. 아까 남대문에서 차를 탈 때까지는 자기는 오직 선형에게 몸과 마음을 다 바친 듯하더니 지금 또 영채를 보매 선형은 둘째가 되고 영채가 자기의 사랑의 대상(對象)인 듯도 하다. 그러다가 또 앞에 앉은 선형을 보매 '이야말로 내 아내, 내 사랑하는 아내'라는 생각도 난다. 자기는 선형과 영채를 둘 다 사랑하는가. 그렇다 하면 동시에 두 사람을 다 같이 사랑할 수가 있을까. 남들이 하는 말을 듣거나 자기가 지금껏 생각하여온 바로 보건대 참된 사랑은 결코 동시에 두 사람 이상에 향할 수 없는 것이어늘 지금 자기의 마음은 어떠한 상태에 있나. 아무렇게 해서라도, 어떠한 표준을 세워서라도 형식은 선형과 영채 양인 중에 한 사람을 골라야 하겠다.

오래 생각한 후에 형식은 이러한 결론에 달하였다.

자기가 선형을 사랑하는 것도 결코 뿌리 깊은 사랑이 아니라. 자기는 선형의 얼굴이 어여쁜 것과 태도가 얌전한 것과 학교에서 우등한 것과 부자요 양반의

---

10 노보세(上氣, のぼせ) '몹시 흥분함' '피가 머리로 올라감'이라는 뜻의 일본말.

집 딸인 것밖에 아무것도 선형에게 관하여 아는 것이 없다. 나는 아직도— 약혼한 지금까지도 선형의 성격(性格)을 알지 못한다. 물론 선형도 자기의 성격을 알지 못한다. 서로 이해(理解)함이 없이 참사랑이 성립될 수 있을까. 내 영혼은 과연 선형을 요구하고 선형의 영혼은 과연 나를 요구하는가. 서로 만날 때에 영혼과 영혼이 마주 합하고 마음과 마음이 마주 합하였는가. 일언이폐지하면 자기와 선형 사이에는 과연 칼로 끊지 못하고 불로도 사르지 못할 사랑의 사슬이 있는가.

이렇게 생각하매 형식은 실망함을 금치 못한다. 자기는 비록 선형에게 이 모든 것을 구하였다 하더라도 선형은 결코 자기에게 영혼도 보이지 아니하고 마음도 주지 아니하였다. 어찌 생각하면 선형에게는 자기에게 줄 영혼과 마음이 없는지도 모르겠다. 다만 부모의 명령과 세상의 도덕에 눌려 하릴없이 자기를 따라오는지도 모르겠다. 물론 일찍 선형이가 자기 입으로 '예' 하고 대답은 하였다. 그러나 그 대답이 과연 자각(自覺) 있게 나온 대답일까.

그러면 자기가 선형에게 대한 사랑은 즉 항용 사나이들이 고운 기생 같은 여성의 색에 취하여 하는 사랑과 다름이 있을까. 자기의 사랑은 과연 문명의 세례를 받은 전 인격적(全人格的) 사랑이라고 할 수가 있을까.

115

형식은 결코 지금까지 장난으로 선형을 사랑한 것도 아니요 육욕으로 사랑한 것도 아니었다. 그는 그의 동포가 사랑을 장난으로 여기고 희롱으로 여기는 태도에 대하여 큰 불만을 품는다. 자기의 일시 정욕을 만족하기 위하여 이성(異性)을 사랑한다 함을 큰 죄악으로 여긴다. 그는 사랑이란 것을 인류의 모든 정신 작용 중에 가장 중하고 거룩한 것의 하나인 줄 믿는다. 그러므로 자기가 선형을 사랑하는 것은 자기에게 대하여서는 극히 뜻이 깊고 거룩한 일이요 자기의 동포에게 대하여서는 큰 정신적 혁명으로 생각한다. 그러므로 형식의 사랑에 대한 태도는 종교적으로 진실하고 경건(敬虔)한 것이었다. 사랑을 인생의 전체라고까지는 생각하지 않는다 하더라도 사랑에 대한 태도로 족히 인생에 대한 태도를 결정할 수 있다고 믿는다. 그러나 이제 생각하여보건댄 자기의 선형에게 대한 사랑은 너무 유치한 것이었다. 너무 근거가 박약하고 내용이 빈약한 것이었다.

형식은 오늘 저녁에 이것을 깨달았다. 깨달으매 슬펐다. 마치 자기가 일생 정력을 다 들여서 하여오던 사업이 일조에 헛된 것인 줄을 깨달은 듯한 실망을 맛보았다. 그와 함께 자기의 정신의 발달한 정도가 아직도 극히 유치함을 깨달았다. 자기는 아직 인생을 깨달을 때도 아니요 따라서 사랑을 의논할 때도 아님을 깨달았다. 그러므로 자기가 오늘날까지 여러 학생에게 문명을 가르치고 인생을 가르친 것이 극히 외람된 일인 줄도 깨달았다. 자기는 아직도 어린애다. 마침 어른 없는 사회에 처하였으므로 스스로 어른인 체하던 것인 줄을 깨달으매 스스로 부끄러운 생각도 난다.

형식은 생각에 이어 생각을 한다.

나는 조선의 나갈 길을 분명히 알았거니 하였다. 조선 사람의 품을 이상과 따라서 교육자의 가질 이상을 확실히 잡았거니 하였다. 그러나 이것도 필경은 어린애의 생각에 지나지 못하는 것이다. 나는 아직 조선의 과거를 모르고 현재를 모른다. 조선의 과거를 알려면 우선 역사 보는 안식(眼識)을 길러가지고 조선의 역사를 자세히 연구해볼 필요가 있다. 조선의 현재를 알려면 우선 현대의 문명을 이해하고 세계의 대세를 살펴서 사회와 문명을 이해할 만한 안식을 기른 뒤에 조선의 모든 현재 상태를 주밀히[11] 연구하여야 할 것이다. 조선의 나갈 방향을 알려면 그 과거와 현재를 충분히 이해한 뒤에야 할 것이다. 옳다, 내가 지금껏 생각하여오던 바, 주장하여오던 바는 모두 다 어린애의 어린 수작이다.

더구나 나는 인생을 모른다. 내게 무슨 인생의 지식이 있는가. 나는 아직 나를 모른다. 근본적(根本的)으로 내가 무엇인지는 설혹 알지 못한다 하여도, 적

---

[11] 주밀(周密)하다 어떤 일을 하거나 계획을 세우는 데 빈틈이 없이 매우 찬찬하다. 심밀(深密)하다.

더라도 현재에 내가 세상에 처하여갈 인생관은 있어야 할 것이다. 옳은 것을 옳다 하고 좋은 것을 좋다고 할 만한 무슨 표준은 있어야 할 것이다. 그런데 내게는 그것이 있는가. 나는 과연 자각한 사람인가.

이렇게 생각하매 형식은 자기의 어리석고 무식한 것이 눈앞에 분명히 보이는 듯하다. 형식은 눈을 떠서 선형을 본다. 선형은 여전히 가만히 앉았다. 형식은 또 생각한다.

나는 선형을 어리고 자각 없는 어린애라 하였다. 그러나 이제 보니 선형이나 자기나 다 같은 어린애다. 조상 적부터 전하여오는 사상(思想)의 계통(系統)은 다 잃어버리고 혼돈한 외국 사상 속에서 아직 자기네에게 적당하다고 생각하는 바를 택할 줄 몰라서 어쩔 줄을 모르고 방황하는 오라비와 누이 — 생활(生活)의 표준도 서지 못하고 민족의 이상도 서지 못한 세상에 인도하는 자도 없이 내던짐이 된 오라비와 누이 — 이것이 자기와 선형의 모양인 듯하였다.

그리고 형식은 다시 눈을 떠서 선형을 보매 선형은 잠이 들었는지 입을 반쯤 열고 가슴이 들먹들먹한다. 형식은 참지 못하여 무릎 위에 힘없이 놓인 선형의 손에 입을 대었다. 형식의 생각에 선형은 자기의 아내라고 하는 것보다 같이 손을 끌고 길을 찾아가는 부모 잃은 누이라는 생각이 난다.

옳다, 그러므로 우리들은 배우러 간다. 네나 내나 다 어린애이므로 멀리멀리 문명한 나라로 배우러 간다. 형식은 저편 차에 있는 영채와 병욱을 생각한다. '불쌍한 처녀들!' 한다.

이렇게 생각하니 세 처녀가 다 같이 사랑스러워지고 정다워진다. 형식의 상상(想像)은 더욱 날개를 펴서 이희경 일파를 생각하고 경성학교 학생 전체를 생각하고 또 서울 장안 길에서 보던 누군지 얼굴도 모르고 성명도 모르는 남녀 학생들과 무수한 어린아이들을 생각한다. 그네들이 모두 다 자기와 같이 장차 나갈 길을 부르짖어 구하는 듯하며 그네들이 다 자기의 형이요 동생이요 누이들인 것같이 정답게 생각된다. 형식은 마음속으로 커다란 팔을 벌려 그 어린 동생들을 한 팔에 안아본다.

형식의 생각에 자기와 선형과 또 병욱과 영채와 그 밖에 누군지 모르나 잘 배우려 하는 사람 몇십 명 몇백 명이 조선에 돌아오면 조선은 하루이틀 동안에 갑자기 새 조선이 될 듯이 생각한다. 그리고 아까 슬픔을 잊어버리고 혼자 빙그레 웃으며 잠이 들었다.

116

그러나 선형의 가슴은 그렇게 편안하지 아니하였다. 형식이가 영채를 찾아가고 없는 동안에 더욱 마음이 산란하게 되었다. 영채가 이 차에 탔단 말을 듣고 몹시 괴로워하는 형식의 모양을 보매 암만해도 형식의 마음에는 자기보다도 영채가 더 사랑스러운 것같이 보인다. 설혹 형식의 말과 같이 영채가 죽은 줄로 믿고 자기와 약혼을 하였다 하더라도 형식의 가슴속에는 영채의 기억이 깊이깊이 들어박혀서 자기는 용납할 곳이 없는 것 같다. 영채가 없으므로 부득이 자기를 사랑하려 하다가 이제 영채가 살아난 줄을 알매 다시 영채에게 대한 애정이 일어나는 것 같다. 자기는 형식에게 대하여 임시로 영채의 대신을 하여준 듯하다. 이렇게 생각하매 더욱 불쾌하여진다.

'옳지, 영채가 없으니까 나를 사랑하였지' 하고 선형은 얼굴을 찌푸린다. '그러면 나는 이형식의 노리개가 되었던가' 하고 한번 몸을 흔든다. '옳지, 아마 형식이가 미국 유학에 탐을 내어서 나와 약혼을 한 게다' 하고 벌떡 일어선다. '아아, 나는 남의 첩이 된 셈이로구나' 하고 주먹을 불끈 쥔다. 형식을 정직한 사람으로 믿었던 것이 후회도 난다. '나를 사랑하시오?' 할 때에 '아니요, 나는 당신을 조금도 사랑하지 아니하오' 하고 슬쩍 돌아서지 못한 것도 분하고 형식이가 손을 잡을 때에 순순히 잡힌 것도 분하고 모든 것이 다 분하여진다. 선형은 다시 펄썩 주저앉으며 '아아, 내가 그러한 사람을 따라 미국을 가누나' 하고 방금 울음이 터질 듯이 코를 실룩실룩하기도 한다.

형식이가 속으로 자기와 영채를 비교할 것을 생각해본다. 영채는 참 곱다, 그리고 영리하고 다정하게 생겼다. 선형도 자기가 친히 거울을 대하거나 남의 칭찬하는 말을 들어 자기의 얼굴이 어여쁘고 태도가 얌전한 줄을 안다. 그중에도 자기의 맑은 눈이 여러 사람의 칭찬을 받는 줄을 안다. 그러므로 선형은 자기와 연치가 비슷한 여자를 볼 때에는 반드시 그 얼굴을 자세 보고 또 속으로 자기의 얼굴과 비교해보는 버릇이 있다. 아까도 영채를 보고 곧 자기의 얼굴과 비교해보았다. 그때에 선형은 매우 영채를 곱게 보았다. '친해두고 싶은 사람이로군' 하였다. 그러나 알고 본즉 그는 다방골 기생이다. 형식이가 자기의 얼굴과 더러운 기생의 얼굴을 비교할 것을 생각하매 더할 수 없이 괘씸하다. 영채의 얼굴이 비록 곱다 하더라도 그것은 기생의 얼굴이다. 내 얼굴이 비록 영채의 것만 못하다 하더라도 그것은 양반의 집 처녀의 얼굴이다. 어찌 감히 비기랴 한다.

형식의 끈끈한 것을 보건댄 당당한 여학생인 자기보다도 아양을 떨고 간사를 부리는 영채를 곱게 볼 것 같다. 영채가 무엇이냐, 다방골 기생이 아니냐 하여 본다.

형식이가 계월향이라는 기생과 좋아하다가 평양까지 따라갔다는 말을 들을 제 형식을 조금 의심하게 되고, 그 후 형식이가 자기더러 '나를 사랑하시오?' 하고 염치없는 소리를 물으며 나중에 자기의 손을 잡을 때에 '과연 기생집에나 다니던 버릇이로다' 하였고, 지금 와서 선형은 더욱 형식을 더럽게 본다. 한참 악감정이 일어난 이 순간에는 선형의 보기에 형식은 모든 더러운 것, 악한 것을 다 갖춘 사람 같다.

'아이 어찌해!' 하고 화가 나는 듯이 선형은 고개를 짤래짤래 흔든다. 자기의 앞에 형식의 빈 자리에 허깨비 형식을 그려놓고 '엑, 나를 속였구나' 하고 두어 번 눈을 흘겨본다. 그러고는 또 한 번 속에 불이 일어서 몸을 흔든다.

선형은 아직 사람을 미워하여본 적이 없었다. 팔자 좋은 선형은 미워하려도 미워할 사람이 없었다. 자기를 대하는 사람은 다 자기를 귀여워해주고 칭찬해주었다. 학교에서 몇 번 선생을 미워하여본 적은 있었으나 '아이구, 미워……' 하고 얼굴을 찡그리도록 누구를 미워할 기회는 없었다. 형식은 선형에게 첫 번 미움을 받는 사람이다.

형식의 얼굴이 눈앞에 보인다. 그 얼굴이 어찌해 뻔질뻔질해 보이고 천해 보인다. 선형은 그 얼굴을 아니 보려고 눈을 두어 번 감았다 떴다 하며 손으로 땀에 축축하니 젖은 머리를 박박 긁었다.

형식은 지금 무엇을 하는가, 영채와 무슨 재미있는 이야기를 하는가 하여본다. 쌩긋쌩긋 웃는 영채가 보인다. 그 하얗고 동그레한 얼굴이 요물스럽게 보인다. '무엇이 고와, 그 얼굴이 고와?' 하고 발을 한번 들었다 놓는다. 그리고 그 요물스러운 영채가 고개를 갸웃갸웃하여가며 형식을 홀리는 것이 보인다. 그러면 형식은 그 넓짓한 입을 헤벌리고 홍홍하면서 징글징글한 웃음을 웃는다.

'아이구, 꼴 보기 싫어!' 하며 선형은 두 손길을 펴서 이마에 댄다. '왜 이 사람이 아직 아니 오누' 하며 자리를 한번 옮아앉는다. '무슨 이야기가 이렇게 많어!' 하며 차마 견딜 수가 없어서 한번 일어났다가 앉는다. 형식이가 돌아오거든 실컷 분풀이를 하고 싶다. '너희들끼리 더럽게 잘 놀아라' 하고 침을 탁 뱉고 달아나고도 싶다. '아이구, 내 팔자야!' 하고 함부로 몸을 흔든다. 한 번 더 '어쩌면 좋아!' 하고 푹 쓰러져 운다.

선형도 계집애다. 질투와 울기를 이리하여 배웠다.

117

형식이가 영채한테 간 지가 두 시간이나 세 시간이나 된 듯하다. 퍽도 오래 있는 것 같다. 오래 있는 것 같을수록 선형의 마음이 더욱 산란하였다.

선형은 지금까지 형식에게 사랑을 받고 싶다 하는 생각은 별로 없었다. 형식이가 퍽 자기를 사랑하여주니 자기도 힘껏 형식을 사랑하여주어야 되겠다 하는 생각은 있었다. 아내 되어서는 지아비를 사랑하라 하였고 부모께서는 자기더러 이형식의 아내가 되어라 하였으니 자기는 불가불 형식을 사랑하여야 한다는 생각은 있었다. 그러나 형식이가 자기더러 요구하는 그러한 사랑 — 손을 잡고 허리를 안고 입을 맞추려 하는 사랑은 없었다. 그러므로 만일 어떤 다른 여자가 형식을 안아준다 하면 자기의 생각이 어떠할까 하는 것은 생각하여본 적도 없었다.

그러므로 선형은 지금 자기가 가진 생각이 무엇인지를 잘 모른다. 선형도 시기라든지 질투라는 말은 안다. 그러나 시기나 질투는 큰 죄악이라 자기와 같은 예수도 잘 믿고 교육도 잘 받은 얌전한 아가씨의 가질 것은 아니라 한다.

조물은 각 사람에게 사람으로 배워야만 할 모든 것을 다 가르친다. 그리하되 사람들이 학교에서 하는 것과 같이 책이나 말로써 하지 아니하고 반드시 실험으로써 한다. 조물은 말할 줄을 모르고 오직 실행할 줄만 아니까 그러한가 보다. 선형의 인생의 학과는 이제부터 차차 중등과에 들려 한다. 사랑을 배우고 질투를 배우고 분노하기와 미워하기와 슬퍼하기를 배우기 시작한다. 사람이란 죽는 날까지 이것을 배우는 것이니까 선형이가 졸업하려면 아직 멀었다. 이 점으로 보면 영채나 형식은 선형보다 훨씬 상급생이다. 그리고 병욱은 사람들이 조물을 흉내 내어 또는 조물의 생각을 도적질하여 만들어놓은 문학이라든지 예술(藝術)이라든지에서 인생이라는 것을 퍽 많이 배웠다.

사람이란 이러한 과정을 많이 배우면 많이 배울수록 어른이 되어간다. 즉 천진난만한 어린애의 아리따운 태도가 스러지고 꾀도 있고 힘도 있고 고집도 있고 뜻도 있고 거짓말도 곧잘 하거니와 옳은 말도 힘 있게 하는 소위 어른이 되어간다. 정신의 내용이 더욱 풍부하여지고 더욱 복잡하여진다. 일언이폐지하고 사람이 되는 것이라.

전에 말한 바와 같이 선형은 아직 천진난만한, 엊그제 하늘에서 뚝 떨어진 어린애다. 오늘이야 처음 사람의 맛을 보았다. 사랑의 불길에, 질투의 물결에 비로소 쓴 것도 같고 단 것도 같은 인생의 맛을 보았다. 옛말에 마마는 백골이라도 한 번은 한다는 셈으로 사람 되고는 한 번은 반드시 이 세례를 받는다. 아니 받고 지냈으면 게서 더한 행복도 없을 듯하건마는 그렇거든 사람으로 아니 나는 것이 좋다. 다나 쓰나 면할 수 없는 운명이다.

우두를 넣으면 천연두를 벗어난다. 아주 벗어나지는 못하더라도, 앓더라도 경하게 앓는다. 그러므로 근년에 와서는 누구든지 우두를 넣으며 그래서 별로 곰보를 보지 못하게 되었다.

정신에도 마마가 있으니까 정신에도 천연두가 있을 것이다. 사랑이라든지 질투라든지 실망, 낙담, 슬픔, 궤휼,[12] 간사, 흉악, 음란, 행복, 기쁨, 성공 등 인생의 만반 현상은 다 일종 정신적 마마라. 소위 약은 부모들은 사랑하는 자녀의 괴로워하는 양을 차마 보지 못하여 아무쪼록 그네로 하여금 일생에 이 마마를 겪지 않도록 하려 하나 그것은 사람의 힘으로는 막지 못할 것이다. 야매한[13] 사람들이 마마에 귀신이 있는 줄로 믿는 것은 잘못이어니와 이 정신적 마마야말로 귀신이 있어서 지키는 부모 몰래 그네의 사랑하는 자녀의 정신 속에 숨어 들어가는 것이라. 그러므로 자녀에게 인생의 모든 무섭고 더러운 방면을 감추려 함은 마치 공기 중에는 여러 가지 독균이 있다 하여 자녀들을 방 안에 가두어두는 것과 같다. 그리하여 바깥 독균 많은 공기에 익지 못한 자녀의 내장은 독균이 들어가자마자 곧 열이 나고 설사가 나서 죽어버린다. 그러나 평생에 바깥 공기에 익어서 내장에 독균을 대항할 만한 힘을 기르면 여간한 독균이 들어오더라도 무섭지를 아니하다. 한번 우두로 앓은 사람은 천연두균을 저항하는 힘이 있는 것과 같다.

선형은 지금껏 방 안에 갇혀 있었다. 그는 공기 중에 독균이 있는 줄도 몰랐다. 그리고 그는 우두도 넣지 아니하였다. 그런데 지금 질투라는 독균이 들어갔다, 사랑이라는 독균이 들어갔다. 그는 지금 어찌할 줄을 모른다. 그가 만일 종교나 문학에서 인생이라는 것을 대강 배워 사랑이 무엇이며 질투가 무엇인지를 알았던들 이 경우에 있어서 어떻게 하여야 할 것을 분명히 알았을 것이언마는 선형은 처음 이렇게 무서운 병을 당하였다.

선형은 얼마 울다가 고개를 번쩍 들었다. 그리고 지금 지나간 자기의 심리(心理)를 돌아보고 깜짝 놀라며 진저리를 쳤다. 선형의 눈은 둥그레진다.

'내가 어찌 되었는가' 하고 한참 숨을 멈춘다. 첫 번 지내보는 그 아픈 경험

---

12 궤휼(詭譎) 간사스럽고 교묘한 속임수.
13 야매(野昧)하다 촌스럽고 어리석다.

이 마치 캄캄한 밤과 같은 무서움을 준다. '이게 무엇인가' 하고 오싹오싹한 소름이 두어 번 전신으로 쭉쭉 지나간다. 그러다가 멀거니 차실을 돌라보면서[14] '퍽도 오래 있네' 한다.

118

선형은 몹시 무서운 생각이 난다. 자기의 내장이 온통 빠지직빠지직 타는 듯하고 코로는 시꺼먼 불길이 활활 나오는 듯하다. 씨근씨근하는 자기의 숨소리가 마치 자기의 곁에 어떤 커다란 마귀가 와 서서 후후 찬 입김을 불어주는 것 같다. 자기의 몸이 마치 성경을 배울 때에 상상하던 컴컴한 지옥 속으로 둥둥 떠 들어가는 것 같다. 선형은 흑 하고 진저리를 치며 차실 내에 여기저기 앉아 조는 사람들을 돌라본다. 그 사람들도 모두 다 무서운 마귀가 된 것 같다. 그 사람의 얼굴들이 금시에 눈을 뚝 부릅뜨고 자기를 향하고 달려들 것 같다.

'아이구, 무서워!' 하고 선형은 두 손으로 얼굴을 가린다. 얼굴을 가리면 영채와 형식의 모양이 또 보인다. 둘이 꼭 쓸어안고 뺨을 마주 대고 비웃는 얼굴로 자기를 보는 것 같기도 하고 자기가 그 곁에 섰다가 퉤하고 침을 뱉으면 영채와 형식이가 갑자기 무서운 마귀가 되어서 '웅' 하고 자기를 물어뜯는 것 같기도 하다. 선형은 '아이구, 어머니!' 하고 푹 쓰러졌다. 선형의 몸은 알 수 없는 무서움으로 들들 떨린다. 선형은 얼른 하나님 생각을 하고 기도를 하려 하였다. 그러나 '하나님, 하나님' 할 따름이요 다른 말이 나오지를 아니하였다. 그래서 몇 번 하나님을 찾다가 무슨 뜻인지도 모르고 '이 죄인의 죄를 용서하여주시옵소서' 하고 말았다. 그만해도 얼마큼 무서운 생각이 없어지고 숨소리가 순하게 되었다. 그래서 선형은 곁에 그리스도가 와서 선 것을 상상하고 가만히 눈을 감고 있었다.

---

14 돌라보다 '둘러보다'의 작은말.

이때 형식이가 우선으로 더불어 돌아왔고 또 선형의 손등에 입을 댄 것이라. 선형은 그때에 결코 잠이 든 것은 아니었다. 형식이가 돌아오는 줄을 알면서도 일부러 눈을 뜨지 아니하였다. 그러다가 형식의 입술이 자기의 손등에 댈 때에는 그 손등으로 형식의 면상을 딱 붙이고 싶도록 미웠다. 이것이 다 기생과 하던 버릇이로구나 하였다.

그러고는 선형도 잠이 들었다. 휘황한 전등은 밤새도록 이 두 괴로워하는 사람의 얼굴을 비추었고 커다란 눈을 부릅뜬 시커먼 기관차는 캄캄한 밤과 내리쏟는 비를 뚫고 별로 태우고 내리우는 사람도 없이 산굽이를 돌고 굴을 통하여 여러 가지 꿈을 꾸는 각 사람을 싣고 남으로 남으로 향하였다.

두 사람이 잠을 깬 것은 차가 삼랑진[15] 역에 닿을 적이었다. 시계의 짧은 침은 벌써 다섯 시를 가리켰으나 하늘이 흐려 아직도 정거장의 등불이 반작반작한다.

차장이 모자를 옆에 끼고 은근히 고개를 숙이더니

"두 군데 선로가 파손되어 네 시간 후가 아니면 발차할 수가 없습니다" 한다.

자다가 깬 손님들은 모두 눈을 비비며 "응, 응" 하고 불평한 소리를 하다가 모두 짐을 뭉쳐 가지고 내린다. 어떤 사람은 차창으로 내다보다가

"저 물 보게, 물 보게!" 하며 기쁜지 슬픈지 알 수 없는 감탄을 발한다. 비외투를 입은 역부들은 나는 상관없다 하는 듯이 시치미 떼고 슬근슬근 열차 곁으로 왔다 갔다 한다. 정거장은 무슨 큰일이나 난 듯이 공연히 수선수선한다. 형식은

"우리도 내리지요. 네 시간을 어떻게 차 속에 있겠어요" 하고 선형을 본다. 선형은 형식의 입을 보고 어제 저녁 자기의 손등에 대던 생각을 하고 속으로 우스워하면서

"내리지요!" 하고 먼저 일어선다. 형식은 가방과 담요 둘을 한데 들고 앞서 내리고 선형은 형식의 보던 책과 자기의 손가방을 들고 형식의 뒤를 따라 내렸

---

15 삼랑진(三浪津) 밀양강이 낙동강 본류로 흘러드는 지점으로 경남 밀양시 남동부에 있다. 세 줄기 큰 강물이 부딪쳐서 물결이 일렁이는 곳이라 하여 붙여진 이름이다.

이광수

다. 개찰구 곁에 갔을 적에 병욱이가 뛰어오며 늦게 하는 말인지 모르게

"내리셔요?" 하고 아침 인사를 잊어버린 것을 생각하고 웃는다.

"예. 네 시간이나 어떻게 기다리겠습니까, 여관에 들어 좀 쉬지요…… 물 구경이나 하고요."

"그러면 저희도 내리겠습니다. 잠깐 기다려주셔요!" 하더니 저편으로 뛰어간다. 형식과 선형의 눈도 그리로 향하였다. 영채가 이편으로 향한 차창에 서서 물끄러미 바깥을 내다보는 것이 보인다. 그러나 두 사람은 보지 못한 것 같다. 형식은 '어찌하나' 하고 선형은 '조, 요물이' 하였다. 병욱이가 뛰어가서

"얘, 우리도 내리자, 저이들도 내리시는데" 하고 뒤를 돌아보는 것을 보고야 비로소 영채도 형식과 선형을 보았다. 그리고 얼른 고개를 움츠렸다.

병욱이가 앞서고 영채는 병욱의 뒤에 서서 병욱의 그늘에 자기의 몸을 감추려는 듯이 비슬비슬 형식의 곁으로 온다. 병욱이가 슬쩍 비켜서매 영채와 형식은 정면으로 마주 서게 되었다. 영채는 형식에게 가볍게 고개를 숙이고 다음에 선형을 향하고 방그레 웃으며 은근하게 인사를 하였다. 선형도 웃으며 답례하였다. 그러나 둘이 다 일시에 얼굴을 붉혔다.

네 사람은 열을 지어서 개찰구를 나섰다. 일없는 손님들은 네 사람의 행색을 유심히 보며 혹 웃기도 하고 수군수군하기도 한다. 마치 형식이가 세 누이를 데리고 가는 것 같다. 대합실에서 여관 하인에게 짐을 맡기고 네 사람은 그 하인의 뒤를 따라 나가다가 정거장 모퉁이에 서서 붉은 물이 굼실굼실하는 낙동강을 본다.

이광수
무명(無明)

입감한 지 사흘째 되던 날, 나는 병감[1]으로 보냄이 되었다. 병감이래야 따로 떨어진 건물이 아니고, 감방 한편 끝에 있는 방들이었다. 내가 들어간 곳은 일 방이라는 방으로, 서쪽 맨 끝 방이었다. 나를 데리고 온 간수가 문을 잠그고 간 뒤에 얼굴 희고 눈 맑웃맑웃한 간병부가 날더러

"앉으시거나 누우시거나 자유에요. 가만가만히 말씀도 해도 괜찮아요. 말소리가 크면 간수한테 걱정 들어요."

하고 이르고는 내 번호를 따라서 자리를 정해주고 가버렸다. 나는 간병부에게 고개를 숙여 고맙다는 뜻을 표하고 나보다 먼저 들어와 있는 두 사람을 향하여 고개를 숙여서 인사를 하였다.

이때에 바로 내 곁에 있는 사람이 옛날 조선식으로 내 팔목을 잡으며

"아이고 진상이시오. 나 윤○○이에요."

하고 곁방에까지 들릴 만한 큰 소리로 외쳤다.

나도 그를 알아보았다. 그는 C경찰서 유치장에서 십여 일이나 나와 함께 있다가 나보다 먼저 송국[2]된 사람이다. 그는 빼빼 마르고 목소리만 크고 말끝마

---

* 「무명」은 『문장』 1939년 1월 창간호에 발표되었다. 여기서는 잡지 게재본을 텍스트로 삼아 부분 수록하였다.

1 병감 교도소에서 병든 죄수를 따로 두는 감방.

다 ○ 대가리라는 말을 쓰기 때문에 같은 방 사람들에게 ○ 대가리라는 별명을 듣고 놀림감이 되던 사람이다. 나는 이러한 기억이 날 때에 터지려는 웃음을 억제하기가 매우 어려웠다. 윤씨는 옛날 조선 선비들이 가지던 자세와 태도로 대단히 점잖게, 내가 입감된 것을 걱정하고 또, 곁에 있는 '민'이라는 껍질과 뼈만 남은 노인에게 여러 가지 칭찬하는 말로 나를 소개하고 난 뒤에 퍼렁 미결수 옷 앞자락을 벌려서 배와 다리를 온통 내놓고 손가락으로 발등과 정강이도 찔러보고 두 손으로 뱃가죽도 잡아당겨보면서,

"이거 보세요. 이렇게 전신이 부었어요. 근일에 좀 내린 것이 이 꼴이요. 일동 팔방에 있을 때에는 이보다도 더했는디."

전라도 사투리로 제 병 증세를 기다랗게 설명하였다. 그는 마치 자기가 의사보다 더 잘 자기의 병 증세를 아는 것같이. 그리고 의사는 도저히 자기의 병을 모르므로 자기는 죽어 나갈 수밖에 없노라고, 자탄하였다. 윤씨 자신의 진단과 처방에 의하건대, 몸이 부은 것은 죽을 먹기 때문이요, 열이 나고 기침이 나고 설사가 나는 것은 원통한 죄명을 쓰기 때문에 일어나는 화기라고 단언하고, 이 병을 고치자면 옥에서 나가서 고기와 술을 잘 먹는 수밖에 없다고 중언부언한 뒤에 자기를 죽이는 것은 그의 공범들과 의사 때문이라고 눈을 흘기며 소리를 질렀다.

윤씨의 죄라는 것은 현 모(玄某), 임 모(林某) 하는 자들이 공모하고 김 모(金某)의 토지를 김 모 모르게 어떤 대금업자에게 저당하고 삼만여 원의 돈을 얻어 쓴 것이라는데, 윤은 이 공문서, 사문서 위조에 쓰는 도장을 파준 것이라고 한다. 그는,

"현가 놈은 내가 모르고 임가 놈으로 말하면 나와 절친한 친고닝게, 우리는 친고 위해서는 사생을 가리지 않는 성품이닝게, 정말 우리는 친고 위해서는 목숨을 아니 애끼는 사람이닝게, 도장을 파주었지라오. 그래야 진상도 아시다시피 내가 돈을 한 푼이나 먹었능기오? 현가 놈 임가 놈 저의들끼리 수만 원 돈

---

2 송국(送局) 송청. 수사 기관에서 피의자를 사건 서류와 함께 검찰청으로 넘겨 보내는 일.

을 다 처먹고, 윤○○이 무슨 죄란 말이야?"

하고 뽐내었다.

그러나 윤의 이 말은 내게 하는 말이 아니요, 여태까지 한방에 있던 '민'더러 들으라는 말인 줄 나는 알았다. 왜 그런가 하면 경찰서 유치장에 있을 때에도 첫날은 지금 이 말과 같이 뽐내더니마는 형사실에 들어가서 두어 시간 겪을 것을 겪고 두 어깨가 축 늘어져서 나오던 날 저녁에 그는 이 일이 성사되는 날에는 육천 원 보수를 받기로 언약이 있었던 것이며, 정작 성사된 뒤에는 현가와 임가는 윤이 새긴 도장은 잘되지를 아니하여서 쓰질 못하고, 서울서 다시 도장을 새겨서 썼노라고 하며 돈 삼십 원을 주고 하룻밤 술을 먹이고 창기집에 재워주고 하였다는 말을, 이를 갈면서 고백하였다. 생각건대는 병감에 같이 있는 민씨에게는 자기가 무죄하다는 말밖에 아니 하였던 것이 불의에 내가 들어오매 그 뒷수습을 하느라고 예방선으로 이런 소리를 하는 것이라고 나는 생각하고 또 한 번 웃음을 억제하였다.

껍질과 뼈만 남은 민씨는 밤낮 되풀이하던 소리라는 듯이 윤이 열심히 떠드는 말을 일부러 안 듣는 양을 보이며 해골과 같은 제 손가락을 들여다보고 앉았다가 끙 하고 일어나서 똥통으로 올라간다.

"또, 똥질이야."

하고 윤은 소리를 꽥 지른다.

"저는 누구만 못한가?"

하고 민은 끙끙 안간힘을 쓴다.

똥통은 바로 민의 머리맡에 놓여 있는데 볼 때마다 칠 아니 한 관을 연상케 하였다. 그 위에 해골이 다 된 민이 올라앉아서 끙끙대는 것이 퍽이나 비참하게 보였다. 윤은 그 가늘고 날카로운 눈으로 민의 앙상한 목덜미를 흘겨보며,

"진상요. 글쎄 저것이 타작을 한 팔십 석이나 받는다는디, 또 장남 한 자식이 있다는디, 또 열아홉 살 된 여편네가 있다나요. 그런데두 저렇게 제 애비, 제 서방이 다 죽게 되어두, 어리친³ 강아지새끼 하나 면회도 아니 온단 말씀이지라오. 옷 한 가지, 벤또 한 그릇 차입하는 일도 없고. 나는 집이나 멀지. 인

이광수 41

제 보아. 내가 편지를 했으닝게, 그래도 내 당숙이 돈 삼십 원 하나는 보내줄 게요. 내 당숙이 면장이요. 그런디 저것은 집이 시흥이라는디 그래, 계집년 자식새끼 얼씬도 안 해야 옳남? 흥, 그래도 성이 민가라고 양반 자랑은 허지. 민 가문 다 양반이어? 서방도 모르고 애비도 모르는 것이 무슨 빌어먹다 죽을 양반이어?"

윤이 이런 악담을 하여도 민은 들은 체 못 들은 체. 인제는 끙끙 소리도 아니 하고 멀거니 앉아 있는 것이 마치 똥통에서 내려오는 것을 잊어버린 것 같았다.

민의 대답 없는 것이 더 화가 나는 듯이 윤은 벌떡 일어나더니 똥통 곁으로 가서 손가락으로 민의 옆구리를 꾹 찌르며,

"글쎄 내가 무어랬어? 요대로 있다가는 죽고 만다닝게. 먹은 게 있어야 똥이 나오지. 그까진 쌀뜨물 같은 미음 한 모금씩 얻어먹는 것이 오줌이나 될 것이 있어? 어서 내 말대로 집에다 기별을 해서 돈을 갖다가 우유도 사먹고 닭알도 사먹고 그래요. 돈은 다 두었다가 무엇 하자닝게여? 애비가 죽어가도 면회도 아니 오는 자식 녀석에게 물려줄 양으로? 흥, 흥. 옳지, 열아홉 살 먹은 기집이 젊은 서방 얻어서 재미있게 살라고?"

하고 민의 비위를 박박 긁는다.

민도 더 참을 수 없던지,

"글쎄, 웬 걱정이야? 나는 자네 악담과 그 독살스러운 눈깔 딱지만 안 보게 되었으면 좀 살겠네. 말을 해도 헐 말이 다 있지. 남의 아내를 왜 거들어? 그러니까 시굴 상것이란 헐 수 없단 말이지."

이런 말을 하면서도 민은 그렇게 성낸 모양조차 보이지 아니한다. 그 옴팍눈이 독기를 띠면서도 또한 침착한 천품을 보이는 것이었다.

그 후에도 날마다 몇 차례씩 윤은 민에게 같은 소리로 그를 박박 긁었다. 민은 그 소리가 듣기 싫으면 눈을 감고 자는 체를 하거나 그렇지 아니하면 유리창으로 내다보이는 여름 하늘의 구름이 나는 것을 언제까지나 바라보고 있었

---

3 **어리치다** 독한 냄새나 밝은 빛 따위의 심한 자극으로 정신이 흐릿해지다.

다. 이렇게 민이 침착하면 침착할수록 윤은 더욱 기를 내어서 악담을 퍼부었다. 그리고 그 끝에는 반드시 열아홉 살 된 민의 아내를 거들었다. 이것이 윤이 민의 기를 올리려 하는 최후 수단이었으니 민은 아내의 말만 나면 양미간을 찡기며 한두 마디 불쾌한 소리를 던졌다.

윤이 아무리 민을 긁어도 민이 못 들은 체하고 도무지 반항이 없으면 윤은 나를 향하여 민의 험구를 하는 것이 버릇이었다. 도무지 민이 의사가 이르는 말을 아니 듣는다는 말, 먹으라는 약도 아니 먹는다는 둥, 천하에 깍쟁이라는 둥, 민의 코끝이 빨간 것이 죽을 때가 가까워서 회가 동하는 것이라는 둥, 민의 아내에게는 벌써 어떤 젊은 놈팡이가 붙었으리라는 둥, 한량없이 이런 소리를 하였다. 그러다가 제가 졸리거나 밥이 들어오거나 해야 말을 끊었다. 마치 윤은 먹고, 민을 못 견디게 굴고, 똥질하고, 자고, 이 네 가지만을 위해서 살아가는 사람인 것 같았다. 또 한 가지 있다면 그것은 자기의 병 타령과 공범에 대한 원망이었다. 어찌했으나 윤의 입은 잠시도 다물고 있을 새는 없었고, 쨍쨍하는 그 목소리는 가끔 간수의 꾸지람을 받으면서도 간수가 돌아선 뒤에는 곧, 그 쨍쨍거리는 목소리로 간수에게 또 욕설을 퍼부었다.

나는 윤 때문에 도무지 맘이 편안하기가 어려웠다. 윤의 말은 마디마디 이상하게 사람의 신경을 자극하였다. 민에게 하는 악담이라든지, 밥을 대할 때에 나오는 형무소에 대한 악담, 의사, 간병부, 간수, 자기 공범, 무릇 그의 입에 오르는 사람은 모조리 악담을 받는데 말들이 칼끝같이 바늘끝같이 나의 약한 신경을 찔렀다. 내가 가장 원하는 것은 마음에 아무 생각도 없이 가만히 누워 있는 것인데, 윤은 내게 이러한 기회를 허락지 아니하였다. 그가 재재거리는 말이 끝이 나서 '인제 살아났다' 하고 눈을 좀 감으면 윤은 코를 골기 시작하였다. 그는 두 다리를 벌리고 배를 내놓고 베개를 목에다 걸고 눈을 반쯤 뜨고 그러고는 코로 골고, 입으로 불고, 이따금 꺽꺽 숨이 막히는 소리를 하고 그렇지 아니하면 백일해 기침과 같은 기침을 하고 차라리 그 잔소리를 듣는 것이 나은 것 같았다. 그럴 때면 흔히 민이,

"어떻게 생긴 자식인지 깨어서도 사람을 못 견디게 굴고 잠이 들어서도 사람

을 못 견디게 굴어."

하고 중얼거릴 때에는 나도 픽 웃지 아니할 수가 없었다.

"저 배 가려. 십오 호, 저 배 가려. 사타구니 가리고. 웬 낮잠을 저렇게 자? 낮잠을 저렇게 자니까 밤에는 똥통만 타고 앉아서 다른 사람을 못 견디게 굴지."

하고 순회하는 간수가 소리를 지르면 윤은,

"자기는 누가 자거디오?"

하고 배와 사타구니를 쓸며,

"이렇게 화기가 떠서, 열기가 떠서, 더워서 그래오!"

그러고는 옷자락을 잠깐 여미었다가 간수가 가버리면 윤은 간수 섰던 자리를 그 독한 눈으로 흘겨보며,

"왜 나를 그렇게 못 먹어 해?"

하고는 다시 옷자락을 열어젖힌다.

민이 의분심에 못 이기는 듯이,

"왜, 간수 말이 옳지. 배때기를 내놓고 자빠져 자니까 밤, 낮 똥질을 하지. 자네 비위에는 옳은 말도 다 악담으로 들리나 봐. 또 그게 무에야, 밤, 낮 사타구니를 내놓고 자빠졌으니?"

그래도 윤은 내게 대해서는 끔찍이 친절하였다. 내가 몸을 움직이지 못하는 병인 것을 안다고 하여서, 그는 내가 할 일을 많이 대신 해주었다.

"무슨 일이 있으면 내게 말씀하시란게요. 왜 일어나시능기오?"

하고, 내가 움직일 때에는 번번이 나를 아끼는 말을 하여주었다. 내가 사식 차입이 들어오기 전 윤은 제가 먹는 죽과 내 밥을 바꾸어 먹기를 주장하였다. 그는

"글쎄 이 좁쌀 절반 콩 절반, 이것을 진상이 잡수신다는 것이 말이 되능기오?"

하고 굳이 내 밥을 빼앗고, 제 죽을 내 앞에 밀어놓았다. 나는 그 뜻이 고마웠으나 첫째로는 법을 어기는 것이 내 뜻에 맞지 아니하고 둘째로는 의사가 죽을

먹으라고 명령한 환자에게 밥을 먹이는 것이 죄스러워서 끝내 사양하였다. 윤과 내가 이렇게 서로 다투는 것을 보고 민은 미음 양재기를 앞에 놓고, 입맛이 없어서 입에 댈 생각도 아니 하면서,

"글쎄 이 사람아. 그 쥐똥 냄새 나는 멀건 죽 국물이 무엇이 그리 좋은 게라고 진상에게 권하나? 진상, 어서 그 진지를 잡수시오. 그래도 콩밥 한 덩이가 죽보다는 낫지요."
하면 윤은 민을 흘겨보며,

"어서 저 먹을 거나 처먹어. 그래두 먹어야 사는 게여."
하고 억지로 내 조밥을 빼앗아 먹기를 시작한다.

나는 양심에 법을 어긴다는 가책을 받으면서도 윤의 정성을 물리치는 것이 미안해서 죽 국물을 한 모금만 마시고는 속이 불편하다는 핑계로 자리에 와 누워버린다.

윤은 내 밥과 제 죽을 다 먹어버리는 모양이다. 민도 미음을 두어 모금 마시고는 자리에 돌아와 눕건마는 윤은 밥덩이를 들고 창 밑에 서서 연해 간수가 오는가 아니 오는가를 바라보면서 입소리 요란하게 밥과 국을 먹고 있다.

민은 입맛을 쩍쩍 다시며,

"그저 좋은 배갈에 육회를 한 그릇 먹었으면 살 것 같은데."
하고 잠깐 쉬었다가, 또, 한 번,

"좋은 배갈을 한잔 먹었으면 요 속에 맺힌 것이 홱 풀려버릴 것 같은데."
하고 중얼거린다.

밥과 죽을 다 먹고 나서 물을 벌컥벌컥 들이켜던 윤은,

"흥 게다가 또, 육회여? 멀건 미음두 안 내리는 배때기에 육회를 먹어? 금방 뒤어지게. 그렇지 않아도 코끝이 빨간데. 벌써 회가 동했어. 그렇게 되구 안 죽는 법이 있나?"
하며 밥그릇을 부시고 있다. 콧물이 흐르면 윤은 손등으로도 씻지 아니하고 세 손가락을 모아서 마치 버러지나 떼어버리는 것같이 콧물을 집어서 아무 데나 홱 뿌리고는 그 손으로 밥그릇을 부신다. 그러다가 기침이 나기 시작하면 고개

를 돌리려 하지도 아니하고 개수통에, 밥그릇에, 더 가까이 고개를 숙여가며 기침을 한다. 그래도 우리 세 사람 중에는 자기가 그중 몸이 성하다고 해서 밥을 받아들이는 것이나 밥그릇을 부시는 것이나 밥 먹은 자리에 걸레질을 하는 것이나 다 제가 맡아서 하였고, 또 자기는 이러한 일에 대해서 썩 잘하는 줄로 믿고 있는 모양이었다. 더구나 아침이 끝나고 '벵끼 준비' 하는 구령이 나서 똥통을 들어낼 때면 사실상 우리 셋 중에는 윤밖에 그 일을 할 사람이 없었다. 그는 끙끙거리고 똥통을 들어낼 때마다 민을 원망하였다. 민이 밤낮 똥질을 하기 때문에 이렇게 똥통이 무겁다는 불평이었다. 그러면 민은,

"글쎄 이 사람아 내가, 하루에 미음 한 공기도 다 못 먹는 사람이 오줌똥을 누기로 얼마나 누겠나? 자네야말로 죽두 두 그릇 국두 두 그릇 냉수두 두 주전자씩이나 처먹고는 밤새두룩 똥통을 타고 앉아서, 남 잠두 못 자게 하지."

하는 민의 말은 내가 보기에도 옳았다. 더구나 내게 사식 차입이 들어온 뒤로부터는 윤은 번번이 내가 먹다가 남긴 밥과 반찬을 다 먹어버리기 때문에 그의 소화불량은 더욱 심하게 되었다. 과식을 하기 때문에 조갈증이 나서 수없이 물을 퍼먹고 그러고는 하루에 많은 날은 스무 차례나 똥질을 하였다. 그러면서도 자기 말은,

"똥이 나와주어야지. 꼬창이루 파내기나 하면 나올까? 허기야 먹는 것이 있어야 똥이 나오지."

이렇게 하루에도 몇 차례씩 혹은 민을 보고 혹은 나를 보고 자탄하였다.

윤의 병은 점점 악화하였다. 그것은 확실히 과식하는 것이 한 원인이 되는 것이 분명하였다. 나는 내가 사식 차입을 먹기 때문에 윤의 병이 더해가는 것을 퍽 괴롭게 생각하여서 이제부터는 내가 먹고 남은 것을 윤에게 주지 아니하리라고 결심하고 나 먹을 것을 다 먹고 나서는 윤의 손이 오기 전에 벤또 그릇을 창틀 위에 갖다 놓았다. 그리고 나는 부드러운 말로 윤을 향하여,

"그렇게 잡수시다가는 큰일 나십니다. 내가 어저께는 세어보니까 스물네 번이나 설사를 하십디다. 또 그 위에 열이 오르는 것도 너무 잡수시기 때문인가 하는데요."

하고 간절히 말하였으나 그는 듣지 아니하고 창틀에 놓은 벤또를 집어다가 먹었다.

나는 중대한 결심을 하지 아니할 수 없었다. 그것은 내가 사식을 끊어버리는 것이었다. 그래서 나는 저녁 한때만 사식을 먹고 아침과 점심은 관식을 먹기로 하였다. 나는 아무쪼록 영양분을 섭취하지 아니하면 아니 될 병자이기 때문에 이것은 적지 아니한 고통이었으나 나로 해서 곁에 사람이 법을 범하고, 병이 더치게 하는 것은 차마 못 할 일이었다. 민도 내가 사식을 끊은 까닭을 알고 두어 번 윤의 주책없음을 책망하였으나 윤은 오히려 내가 사식을 끊은 것이 저를 미워하여서나 하는 것같이 나를 원망하였다. 더구나 윤의 아들에게서 현금 삼 원 차입이 와서 우유며 사식을 사먹게 되고 지리가미[4]도 사서 쓰게 된 뒤로부터는 내게 대한 태도가 심히 냉랭하게 되었다. 예전에는 내가 충고하는 말이면 "선생님 말씀이 옳아요" 하고 순순히 듣던 것이 이제는 나를 향해서도 눈을 흘기게 되었다.

윤은 아들이 보낸 삼 원 중에서 수건과 비누와 지리가미를 샀다.

"붓빙 고오뀨(물건 사라)."

하는 날은 한 주일에 한 번밖에 없었고 물건을 주문한 후에 그 물건이 올 때까지는 한 주일 내지 십여 일이 걸렸다. 윤은 자기가 주문한 물건이 오는 것이 늦다고 날마다 하루에도 몇 차례씩 형무소 당국의 태만함을 책망하였다. 그러다가 물건이 들어온 날 윤은 수건과 비누와 지리가미를 받아서 이리 뒤적 저리 뒤적 하면서,

"글쎄 이걸 수건이라고 가져와? 망할 자식들 같으니. 걸레감도 못 되는걸. 비누는 또 이게 다 무엇여, 워디 향내 하나 나나?"

하고 큰 소리로 불평을 하였다.

민이, 아니꼬워 못 견디는 듯이 입맛을 몇 번 다시더니,

"글쎄, 이 사람아. 자네네 집에서 언제 그런 수건과 비누를 써보았단 말인

---

4 지리가미(ちりがみ) '휴지'의 일본말.

가? 그 돈 삼 원 가지고 밥술이나 사먹을 게지, 비누 수건은 왜 사? 자네나 내나 그 상판대기에 비누는 발라서 무엇 하자는 게구, 또 여기서 주는 수건이면 고만이지 타올수건은 해서 무어 하자는 게야? 자네가 고따위로 소견머리 없이 살림을 하니깐 평생에 가난 껍질을 못 벗어놓지."

이렇게 책망하였다.

윤은 그날부터 세수할 때에만은 제 비누를 썼다. 그러나 수건을 빨 때라든지 발을 씻을 때에는 웬일인지 여전히 내 비누를 쓰고 있었다.

윤은 수건 거는 줄에 제 타올수건이 걸리고 비누와 잇솔과 치마분[5]이 있고 이불 밑에 지리가미가 있고 조석으로 차입 밥과 우유가 들어오는 동안 심히 호기가 있었다. 그는 부채도 하나 샀다. 그 부채가 내 부채 모양으로 합죽선이 아닌 것을 하루에도 몇 번씩 원망하였으나 그는 허리를 쭉 뻗고 고개를 젖히고 부채를 딱딱거리며 도사리고 앉아서 그가 좋아하는 양반 상놈 타령이며 공범 원망이며 형무소 공격이며 민에 대한 책망이며, 이런 것을 가장 점잖게 하였다.

윤은 이 삼 원어치 차입 때문에 자기의 지위가 대단히 높아지는 것을 느끼는 모양이었다. 간수를 보고도 이제는 겁낼 필요가 없이, '나도 차입을 먹노라'고 호기를 부렸다.

윤이 차입을 먹게 되매 나도 십여 일 끊었던 사식 차입을 받게 되었다. 윤과 나와 두 사람만은 노긋노긋한 흰 밥에 생선이며 고기를 먹으면서 민 혼자만이 멀건 미음 국물을 마시고 앉아 있는 것이 차마 볼 수 없었다. 민은 미음 국물을 앞에 받아놓고는 연해 나와 내 밥그릇을 바라보는 것 같고 또 춤을 껄떡껄떡 삼키는 모양이 보였다. 노긋노긋한 흰 밥. 이것이 이 세상에서 가장 귀하고 고마운 것인 줄은 감옥에 들어와본 사람이라야 알 것이다. 밥의 하얀빛 그 향기. 젓갈로 집고 입에 넣어 씹을 때에 그 촉각. 그 맛. 이것은 천지간에 있는 모든 물건 가운데 가장 귀한 것이라고 느끼지 아니할 수 없었다. 쌀밥, 이러한 말까지도 신기한 거룩한 음향을 가진 것같이 느껴졌다. 이렇게 밥의 고마움을 느낄

---

5 치마분 가루로 되어 있는 치약.

때에 합장하고 하늘을 우러러 '모든 중생으로 하여금 밥의 즐거움을 골고루 받게 하소서.'
하고 빌지 아니할 사람이 있을까? 이때에 나는 형무소의 법도 잊어버리고 민의 병도 잊어버리고 지리가미에 한 숟갈쯤 되는 밥 덩어리를 덜어서,

"꼭꼭 씹어 잡수세요."

하고 민에게 주었다. 민은 그것을 받아서 입에 넣었다. 그의 몸에는 경련이 일어나는 것 같고 그의 눈에는 눈물이 글썽글썽하는 것 같음은 내 마음 탓일까?

민은 종이에 붙은 밥 알갱이를 하나 안 남기고 다 뜯어서 먹고,

"참 꿀같이 달게 먹었습니다. 어쩌면 그렇게도 맛이 있을까? 지금 죽어도 한이 없을 것 같습니다."

하고 더 먹고 싶어 하는 모양 같으나 나는 더 주지 아니하고 그릇에 밥을 좀 편겨서 내놓았다. 윤은 제 것을 다 먹고 나서 내가 편긴 것까지 마저 휘몰아 넣었다.

윤의 삼 원어치 차입은 일주일이 못 돼서 끊어지고 말았다. 윤의 당숙 되는 면장에게서 오리라고 윤이 장담하던 삼십 원은 오지 아니하였다. 윤이 노해 말하기를, 자기가 옥에서 죽으면 자기 당숙이 아니 올 수 없고, 오면 자기의 장례를 아니 지낼 수 없으니, 그러면 적어도 삼십 원은 들 것이라, 죽은 뒤에 삼십 원을 쓰는 것보다 살아서 삼십 원을 보내어 먹고 싶은 것을 먹으면 자기가 죽지 아니할 터이니 당숙이 면장의 신분으로 형무소까지 올 필요도 없고, 또 설사 자기가 옥에서 죽더라도 이왕 장례비 삼십 원을 받아먹었으니 친족에게 폐를 끼치지 아니하고 형무소에서 화장을 할 터인즉 지금 삼십 원을 청구하는 것이 부당한 일이 아니라고. 이렇게 면장 당숙에게 편지를 하였으므로 반드시 삼십 원은 오리라는 것이었다.

나도 윤의 당숙 되는 면장이 윤의 이론을 믿어서 돈 삼십 원을 보내어주기를 진실로 바랐다. 더구나 윤의 사식 차입이 끊어짐으로부터 내가 먹다가 남긴 밥을 윤과 민이 다투게 되매 그러하였다. 내가 민에게 밥 한 숟갈 준 것이 빌미가 됨인지 민은 끼니때마다 밥 한 숟가락을 내게 청하였고, 그럴 때마다 윤은 민

에게 욕설을 퍼붓고 심하면 밥그릇을 둘러엎었다. 한번은 윤과 민 사이에 큰 싸움이 일어나서 차마 입에 담지 못할 욕설을 서로 주고받고 하였다. 그때에 마침 간수가 지나가다가 두 사람이 싸우는 소리를 듣고 윤을 나무랐다. 간수가 간 뒤에 윤은 자기가 간수에게 꾸지람을 들은 것이 민 때문이라고 하여 더욱 민을 못 견디게 굴었다. 그 방법은 여전히 며칠 안 있으면 민이 죽으리라는 둥, 열아홉 살 된 민의 아내가 벌써 어떤 젊은 놈하고 붙었으리라는 둥, 민의 아들들은 개 도야지만도 못한 놈들이라는 둥, 이런 악담이었다.

나는 다시 사식을 중지하여달라고 간수에게 청하였다. 그러나 내가 사식을 중지하는 것으로 두 사람의 감정을 완화할 수는 없었다. 별로 말이 없던 민도 내가 사식을 중지한 뒤로부터는 윤에게 지지 않게 악담을 하였다.

"요놈, 요 좀도적 놈. 그래 백주에 남의 땅을 빼앗아먹겠다고 재판소 도장을 위조를 해? 고 도장 파든 손목장이가 썩어 문드러지지 않을 줄 알구?"

이렇게 민이 윤을 공격하면 윤은,

"남의 집에 불 논 놈은 어떻고? 그 사람이 밉거든 차라리 칼을 가지고 가서 그 사람만 찔러 죽일 게지, 그래 그 집 식구는 다 태워 죽이고 저는 죄를 면하잔 말이지? 너 같은 놈은 자식새끼까지 다 잡아먹어야 해! 네 자식 녀석들이 살아남으면 또 남의 집에 불을 놓겠거든."

이렇게 대꾸를 하였다.

하루는 간수가 우리 방 문을 열어젖히고,

"구십구 호!"

하고 불렀다.

구십구 호를 십오 호로 잘못 들었는지, 윤이 벌떡 일어나며,

"네 내게 편지 왔는기오?"

하였다. 윤은 당숙 면장의 편지를 간절히 기다리는 마음에 구십구 호를 십오 호로 잘못 들은 모양이다.

"네가 구십구 호냐?"

하고 간수는 소리를 질렀다.

정작 구십구 호인 민은 나를 부를 자가 천지에 어디 있으랴 하는 듯이 그 옴 팍눈으로 팔월 하늘의 흰 구름을 바라보고 누워 있었다.
"구십구 호 귀먹었니?"
하는 소리와,
"이건 눈 뜨고 꿈을 꾸고 있는 셈인가? 단또상이 부르시는 소리도 못 들어?"
하고 윤이 옆구리를 찌르는 바람에 민은 비로소 누운 대로 고개를 젖혀서 문을 열고 선 간수를 바라보았다.
"구십구 호 네 물건 다 가지고 이리 나와!"
그제야 민은 정신이 드는 듯이 일어나 앉으며,
"우리 집으로 내어보내주세요?"
하고, 그 해골 같은 얼굴에 숨길 수 없는 기쁜 빛이 드러난다.
"어서 나오라면 나와. 나와보면 알지."
"우리 집에서 면회하러 왔어요?"
하고 민의 얼굴에 나타났던 기쁨은 반 이상이나 스러져버린다.
간수 뒤에 있던 키 큰 간병부가,
"전방이에요, 전방. 어서 그 약병이랑 다 들고 나와요."
하는 말에 민은 약병과 수건과 제가 베고 있던 베개를 들고 지척거리고 문을 향하고 나간다. 민은 전방이라는 뜻을 알아들었는지 분명치 아니하였다. 간병부가,
"베개는 두고 나와요. 요 웃방으로 가는 게야요."
하는 말에 비로소 민은 자기가 어디로 끌려가는지 알아차린 모양이어서 힘없이 베개를 내던지고 잠깐 기쁨으로 빛나던 얼굴이 다시 해골같이 되어서 나가버리고 말았다. 다음 방인 이방에 문 열리는 소리가 나고 또 문이 닫히고 쌀각하고 쇠 잠기는 소리가 들렸다. 나는 민이 처음 보는 사람들 틈에 어리둥절하여 누울 자리를 찾는 모양을 눈앞에 그려보았다.
"에익, 고 자식 잘 나간다. 제인장 더러워서 견딜 수가 있나? 목욕이란 한 번도 안 했으닝게. 아침에 세수하고 양추질하는 것 보셨능기오? 어떻게 생긴

자식인지 새 옷을 갈아입으래도 싫다는고만."
하고 일변 민이 내버리고 간 베개를 자기 베개 밑에 넣으며 떠나간 민의 험구를 계속한다.
"민가가 왜 불을 놓았는지 진상 아시능기오? 성이 민가기 때문에 그랬든지. 서울 민○○ 대감네 마름 노릇을 수십 년 했지라오. 진상도 보시는 바와 같이 자식이 저렇게 독종으로, 깍쟁이로 생겼으닝게, 그 밑에 작인들이 배겨나게요? 팔십 석이나 타작을 한다는 것도 작인들의 등을 처먹은 게지 무엇잉게오? 그래 작인들이 원망이 생겨서 지주집에 등장을 갔더라나요. 그래서 작년에 마름을 떼웠단 말이오. 그리고 김 무엇인가 한 사람이 마름이 났는데요, 민가 녀석은 제 마름을 뗀 것이 새로 마름이 된 김가 때문이라고 해서 금년 음력 설날에 어디서 만났드라나. 만나서 욕지거리를 하고 한바탕 싸우고, 그리고는 요 뱅충맞은 것이 분해서 그날 밤중에 김가 집에 불을 놨단 말야. 마침 설날 밤이라, 밤이 깊도록 동네 사람들이 놀러 댕기다가 불이야! 소리를 쳐서 얼른 잡았기에 망정이지 하마터면 김가네 집 식구가 죄다 타 죽을 뻔하지 않았능기오?"
하고 방화죄가 어떻게 흉악한 죄인 것을 한바탕 연설을 할 즈음에 간병부가 오는 것을 보고 말을 뚝 끊는다. 그것은 간병부도 방화범인 까닭이었다.

간병부가 다녀간 뒤에 윤은 계속하여 그 간병부들의 방화한 죄상을 또 한바탕 설명하고 나서,
"모두 흉악한 놈들이지요. 남의 집에 불을 놓다니! 그런 놈들은 씨알머리도 없이 없애버려야 하는기라오."
하고 심히 세상을 개탄하는 듯이 길게 한숨을 쉰다.

일방에 윤과 나와 단둘이 있게 되어서부터는 큰소리가 날 필요가 없었다. 밤이면 우리 방에 들어와 자는 간병부가 윤을 윤서방이라고 부른다고 해서 윤이 대단히 불평하였으나 간병부의 감정을 상하는 것이 이롭지 못한 줄을 잘 아는 윤은 간병부와 정면충돌을 하는 일은 별로 없고 다만 낮에 나하고만 있을 때에
"서울말로는 무슨 서방이라고 부르는 말이 높은 말잉기오? 우리 전라도서는 나이 많은 사람보고 무슨 서방이라고 하면 머슴이나 하인이나 부르는 소리랑기

오."

하고 곁눈으로 나를 바라본다. 나는 그가 묻는 뜻을 알았으므로 대답하기가 심히 거북스러워서 잠깐 주저하다가,

"글쎄 서방님이라고 하는 것만 못하겠지요."

하고 웃었다. 윤은 그제야 자신을 얻은 듯이,

"그야 우리 전라도에서도 서방님이라고 하면서 대접하는 말이지오. 글쎄 진상도 보시다시피 저 간병부 놈이 언필칭 날더러 윤서방 윤서방, 하니 그래 그 놈의 자식은 제 애비나 아재비더러도 무슨 서방 무슨 서방 할 텐가? 나이로 따져도 내가 제 애비뻘은 되렷다. 어 고약한 놈 같으니."

하고 그 앞에 책망받을 사람이 섰기나 한 것처럼 뽐낸다.

윤시는 윤서방이라는 말이 대단히 분한 모양이어서 어떤 날 저녁엔 간병부가 들어올 때에도 눈만 흘겨보고 잘 다녀왔느냐 하는, 늘 하던 인사도 아니 하는 적도 있었다. 그러다가 하루 저녁에는 또 '윤서방'이라고 간병부가 부른 것을 기회로 마침내 정면충돌이 일어나고 말았다. 윤이,

"댁은 나를 무어로 보고 윤서방이라고 부르오?"

하는 정식 항의에 간병부가 뜻밖인 듯이 눈을 크게 뜨고 한참이나 윤을 바라보고 앉았더니, 허허하고 경멸하는 웃음을 웃으면서,

"그럼 댁더러 무어라고 부르라는 말이오? 댁의 직업이 도장장이니 도장장이라고 부르라는 말이오? 죄명이 사기니 사기장이라고 부르라는 말이오? 밤낮 똥질만 하니 윤똥질이라고 부르라는 말이오? 옳지, 윤선생이라고 불러줄까? 왜 되지못하게 이 모양이야? 윤서방이라고 불러주면 고마운 줄이나 알지. 낫살을 먹었으면 몇 살이나 더 먹었길래. 괜시리 그러다가는 윤가 놈이라고 부를걸."

하고 주먹으로 삿대질을 한다.

윤은 처음에 있던 호기도 다 없어지고 그만 사그라지고 말았다. 간병부는 민영감 모양으로 만만치 않은 것도 있거니와 간병부하고 싸운대도 결국은 약 한 봉지 얻어먹기도 어려운 줄을 깨달은 것이었다.

이튿날 아침, 진찰도 다 끝나고 난 뒤에 우리 방에 있는 키 큰 간병부는 다음 방에 있는 간병부를 데리고 와서,

"홍 저 양반이, 내가 윤서방이라고 부른다고 아주 대노하셨다나!"

하며 턱으로 윤을 가리키는 것을 보고 키 작은 간병부가

"여보! 윤서방. 어디 고개 좀 이리 돌리오. 그럼 무어라고 부르리까? 윤동지라고 부를까? 윤선달이 어떨꼬? 막 싸구려 판이니 어디 그중에서 맘에 드는 것을 골르시유."

하고 놀려먹는다.

윤은 눈을 깜박깜박하고 도무지 아무 대답이 없었다.

본래 간병부에게 호감을 못 주던 윤은 윤서방 사건이 있은 뒤부터 더욱 미움을 받았다. 심심하면 두 간병부가 와서 여러 가지 별명을 부르면서 윤을 놀려먹었고, 간병부들이 간 뒤에는, 윤은 나를 향하여

"두 놈이 옥 속에서 썩어져라."

고 악담을 퍼부었다.

이렇게 윤이 불쾌한 그날그날을 보낼 때에 더욱 불쾌한 일 하나가 생겼다. 그것은 정이라는, 역시 사기범으로 일동 팔방에서 윤하고 같이 있던 사람이, 설사병으로 우리 감방에 들어온 것이었다. 나는 윤에게서 정씨의 말을 여러 번 들었다. 설사를 하면서도 우유니 닭알이니 하고 막 처먹는다는 둥, 한다는 소리가 모두 거짓말뿐이라는 둥, 자기가 아무리 타일러도 말을 듣지 않는, 꼭 막힌 놈이라는 둥, 이러한 비평을 하는 것을 여러 번 들었다. 하루는 윤하고 나하고 운동을 나갔다가 들어와 보니 웬 키가 커다랗고 얼굴이 허연 사람이 똥통을 타고 앉아서 싱글싱글 웃고 있었다. 윤은 대단히 못마땅한 듯이 나를 돌아보고 입을 삐죽하고 나서 자리에 앉아서 부채를 딱딱거리면서,

"데어상 이때까지 설사가 안 막혔능기오? 사람이란 친구가 충고하는 옳은 말은 들어야 하는 법이어. 일동 팔방에 있을 때에 내가 그만큼이나 음식을 삼가라고 말 안 했거디? 그런데 내가 병감에 온 지가 벌써 석 달이나 되는디 아직도 설사여?"

하고 똥통에 올라앉은 사람을 흘겨본다. 윤의 이 말에 나는 그가, 윤이 늘 말하던 정씨인 줄을 알았다.

똥통에서 내려온 정씨는 윤의 말을 탓하지 않는, 지어서 하는 듯한 태도로,

"인상, 우리 이거 얼마 만이오? 그래 안죽도 예심 중이시오?"

하고 얼굴 전체가 다 웃음이 되는 듯이 싱글벙글하며 윤의 손을 잡는다. 그러고 나서는 내게 앉은절을 하며,

"제 성명은 정홍태올시다. 얼마나 고생이 되십니까?"

하고 대단히 구변이 좋았다. 나는 그의 말의 발음으로 보아 그가 평안도 사람으로서 서울말을 배운 사람인 줄을 알았다. 그러나 저녁에 인천 사는 간병부와 인사할 때에는 자기도 고향이 인천이라 하였고, 다음에 강원도 철원 사는 간병부와 인사를 할 때에는 자기 고향이 철원이라 하였고, 또 그다음에 평양 사람 죄수가 들어와서 인사하게 된 때에는 자기 고향은 평양이라고 하였다. 그때에 곁에 있던 윤이 정을 흘겨보며,

"왜 또 해주도 고향이라고 아니 했소? 대체 고향이 몇이나 되능기오?"

이렇게 오금을 박은 일이 있었다. 정은 한두 달 살아본 데면, 그 지방 사람을 만날 때 다 고향이라고 하는 모양이었다.

정은 우리 방에 오는 길로,

"이거 방이 더러워 쓰겠느냐?"

고 벗어부치고 마룻바닥이며, 식기며 걸레질을 하고 또 자리 밑을 떠들어 보고는,

"이거 대체 소제라고는 안 하고 사셨군? 이거 더러워 쓸 수가 있나?"

하고 방을 소제하기를 주장하였다.

"그 너머 혼자 깨끗한 체하지 마시오. 어디 그 수선에 정신 차리겠능기오?"

하고 윤은 돗자리 털어내는 것을 반대하였다. 여기서부터 윤과 정의 의견 충돌이 시작되었다.

저녁밥 먹을 때가 되어 정이 일어나 물을 받는 것까지는 참았으나, 밥과 국을 받으려고 할 때에는 윤이 벌떡 일어나 정을 떼밀치고 기어이 제가 받고야 말

왔다. 창 옆에서 음식을 받아들이는 것은 감방 안에서는 큰 권리로 여기는 것이었다.
정은 윤에게 떼밀치어 머쓱해 물러서면서,
"그렇게 사람을 떼밀 거야 무엇이오? 그러니깐 우 간 데마다 인심을 잃지. 나 같은 사람과는 아무렇게 해도 관계치 않소마는 다른 사람보고는 그리 마시오? 뺨 맞지요, 뺨 맞아요."
하고 나를 돌아보며 싱그레 웃었다. 그것은 마치 자기는 그만한 일에 성을 내는 사람이 아니라는 것을 보이려 함인 것 같았으나 그의 눈에는 속일 수 없이 분한 빛이 나타났다.
밥을 먹는 동안 폭풍우 전의 침묵이 계속되었으나 밥이 끝나고 먹은 그릇을 설거지할 때에 또 충돌이 일어났다. 윤이 사타구니를 내놓고 있다는 것과 제 그릇을 먼저 씻고 나서 내 그릇과 정의 그릇을 씻는다는 것과 개수통에 입을 대고 기침을 한다는 이유로 정은 윤을 책망하고 윤이 씻어놓은 제 밥그릇을 주전자의 물로 다시 씻어서 윤의 밥그릇에 닿지 않도록 따로 포개놓았다. 윤은 정더러,
"여보 당신은 당신 생각만 하고 다른 사람 생각은 못 하오? 그 주전자 물을 다 써버리면 밤에는 무엇을 먹고 아침에 네 식구가 세수는 무엇으로 한단 말이오? 사람이란 다른 사람 생각을 해야 쓰는 것여."
하고 공격하였으나 정은 못 들은 체하고 주전자 물을 거의 다 써서 제 밥그릇과 국그릇과 젓가락을 한껏 정하게 씻고 있었던 것이다.
이 모양으로 윤과 정과의 충돌은 그칠 사이가 없었다. 그러나 정은 간병부와 내게 대해서는 아첨에 가까우리만치 공손하였다. 더구나 그가 농업이나 광업이나 한방 의술이나 신의술이나 심지어 법률까지도 모르는 것이 없었고 또 구변이 좋아서, 이야기를 썩 잘하기 때문에 간병부들은 그를 크게 환영하였다.
이렇게 잠깐 동안에 간병부들의 환심을 샀기 때문에 처음에는 한 그릇씩 받아야 할 죽이나 국을, 두 그릇씩도 받고 또 소화약이나 고약이나 이러한 약도 가외로 더 얻을 수가 있었다. 정이 싱글싱글 웃으며 졸라대면, 간병부들은 여

간한 것은 거절하지 아니하였다. 그리고 이따금 밥을 한 덩이씩 가외로 얻어서 맛날 듯한 것을 젓가락으로 휘저어서 골라 먹고 그리고 남은 찌꺼기를 행주에다가 싸고 소금을 치고, 그러고는 그것을 떡 반죽하듯이 이겨서 떡을 만들어서는, 요리로 한입 조리로 한입, 맛남직한 데는 다 뜯어 먹고, 그리고 나머지를 싸두었다가 밤에 자러 들어온 간병부에게 주고는 크게 생색을 내었다. 한번은 정이 조밥으로 떡을 만들며 나를 돌아보고,

"간병부 녀석들은 이렇게 좀 먹어야 합니다. 이따금 닭알도 사주고 우유도 사주면 좋아하지요. 젊은 녀석들이 밤낮 굶주리고 있거든요. 이렇게 녹여놓아야 말을 잘 듣는단 말이야요. 간병부와 틀렸다가는 해가 많습니다. 그 녀석들이 제가 미워하는 사람의 일은 좋지 못하게 간수들한테 일러바치거든요."

하면서 이겨진 떡을 요모조모 떼어 먹는다.

"여보 그게 무에요? 더 이상은 간병부를 대할 때 십 년 만에 만나는 아저씨나 대하듯이, 살이라도 베어 먹일 듯이 아첨을 하다가, 간병부가 나가기만 하면 언필칭 이 녀석 저 녀석 하니 사람이 그렇게 표리가 부동해서는 못쓰는 게여. 우리는 그런 사람은 아니여든. 대해 앉아서도 할 말은 하고 안 할 말은 안 하지. 사내대장부가 그렇게 간사를 부려서는 못쓰는 게여. 또 여보, 당신이 떡을 해주겠거든 숫밥으로 해주는 게지, 당신 입에 들어왔다 나갔다 하던 젓가락으로 휘저어서 밥 알갱이마다 당신의 더러운 침을 발라가지고, 그리고 먹다가 먹기가 싫으닝게 남을 주고 생색을 낸다? 그런 일을 해선 못쓰는 게여. 남 주고도 죄 받는 일이여든. 당신 하는 일이 모두 그렇단 말여. 정말 간병부를 주고 싶거든 당신 돈으로 닭알 한 개라도 사서 주어. 홍. 공으로 밥 얻어서 실컷 처먹고 먹기가 싫으닝게 남을 주고 생색을 낸다 ― 웃기는 왜 웃소, 싱글벙글? 그래 내가 그른 말 해? 옳은 말은 들어두어요, 사람 되려거든. 나, 그, 당신 싱글싱글 웃는 거 보면 느글느글해서 배창수가 다 나오려 든다닝게. 웃긴 왜 웃어? 무엇이 좋다고 웃는 게여?"

이렇게 윤은 정을 몰아세웠다.

정은 어이없는 듯이 듣고만 앉았더니,

"내가 할 소리를 당신이 하는구려? 그 배때기나 가리고 앉아요."

그날 저녁이었다. 간병부가 하루 일이 끝이 나서 발가벗고 뛰어 들어왔다. 정은,

"아어, 오늘 얼마나 고생스러우셨어요? 그래도 하루가 지나가면 그만큼 나가실 날이 가까운 것 아니오? 그걸로나 위로를 삼으셔야지. 그까짓 한 삼사 년 잠깐 갑니다. 아 참 백 호하고 무슨 말다툼을 하시든 모양이던데."

이 모양으로 아주 친절하게 위로하는 말을 하였다. 백 호라는 것은 다음 방에 있는 키 작은 간병부의 번호이다. 나도 '이놈 저놈' 하며 둘이서 싸우는 소리를 아까 들었다.

간병부는 감빛 기결수 옷을 입고 제자리에 앉으면서,

"고놈의 자식을 찢어 죽이려다가 참았지요. 아니꼬운 자식 같으니. 제가 무어길래? 제나 내나 다 마찬가지 전중이고 다 마찬가지 간병부지. 흥, 제 놈이 나보다 며칠이나 먼저 왔다고 나에게 명령을 하러 들어? 쥐새끼 같은 놈 같으니. 나이로 말해도 내가 제 형뻘은 되고 세상에 있을 때에 사회적 지위로 보드래도 나는 면서기까지 지낸 사람인데. 그래 제따위 한 자요 두 자요 하던 놈과 같을 줄 알고? 요놈의 자식 내가 오늘은 참았지만은 다시 한 번만 고따위로 주둥아리를 놀려봐? 고놈의 아가리를 찢어놓고 다릿마댕이를 분질러놀걸. 우리는 목에 칼이 들어오드라도 할 말은 하고 할 일은 하고야 마는 사람여든!"

하고 곁방에 있는 '백 호'라는 간병부에게 들리라 하는 말로 남은 분풀이를 하고 있다. 정은 간병부에게 동정하는 듯이 혀를 여러 번 차고 나서,

"쩟, 쩟. 아 참으셔요. 신상 체면을 보셔야지, 고까짓 어린애 녀석하고 무얼 말다툼을 하세요. 아이 나쁜 녀석! 고 녀석 눈깔딱지하고 주둥아리하고 독살스럽게도 생겨먹었지. 방정은 고게 또 무슨 방정이야? 고 녀석 인제 또 옥에서 나가는 날로 또 뉘 집에 불 놓고 들어올걸. 원 고 녀석, 글쎄 남의 집에 불을 놓다니?"

간병부는 정의 마지막 말에 눈이 뚱그레지며,

"그래 나도 남의 집에 불 놓았어. 그랬으니 어떻단 말이어? 당신같이 남의

돈을 속여 먹는 것은 괜찮고 남의 집에 불 놓는 것만 나쁘단 말이오? 원 별 아니꼬운 소리를 다 듣겠네. 여보, 그래 내가 불을 놓았으니 어떻게 하란 말이오? 웃기는 싱글싱글 왜 웃어? 그래 백 호나 내가 남의 집에 불을 놓았으니 어떻게 하란 말이야?"

하고 정에게 향하여 상앗대질을 하였다.

정의 얼굴은 빨개졌다. 정은 모처럼 간병부의 비위를 맞추려고 하던 것이 그만 탈선이 되어서 이 봉변을 당하게 된 것이었다. 그러나 정의 얼굴에는 다시 웃음이 떠돌면서,

"아니 내 말이 어디 그런 말이오? 신상이 오해시지."

하고 변명하려는 것을 간병부는,

"오해? 육회가 어떠우?"

"아니 그런 말이 아니라, 신상도 불을 놓으셨지만은 신상은 술이 취하셔서 술김에 놓으신 것이거든. 그 술김이 아니면 신상이 어디 불 놓으실 양반이오? 신상이 우락부락해서 홧김에 때려죽인다면 몰라도 천성이 대장부다우시니까 사기나 방화나 그런 죄는 안 지을 것이란 말이오! 그저 애매하게 방화죄를 지셨다는 말씀이지요. 내 말이 그 말이거든. 그런데 말이오. 저 백 호, 그 녀석이야말로 정신이 멀쩡해서 불을 논 것이 아니요? 그게 정말 방화죄거든. 내 말이 그 말씀이야, 이제 알아들으셨어요?"

하고 정은 제 말이 심이라는 간병부의 분이 풀린 것을 보고,

"자 이거나 잡수세요."

하며 밥그릇 통속에 감추어두었던 조밥떡을 내어 팔을 기다랗게 늘여서 간병부에게 준다.

"날마다 이거, 미안해서 어떻게 하오?"

하고 간병부는 그 떡을 받았다.

간병부가 잠깐 일어나서 간수가 오나 아니 오나를 엿보고 난 뒤에 그 떡을 한 입 베어 물었다. 아까부터 간병부와 정과의 언쟁을 흥미 있는 눈으로 힐끗힐끗 곁눈질하던 윤이,

"아뿔사, 신상 그것 잡숫지 마시오."
하고 말만으로도 부족하여 손까지 살래살래 내흔들었다.
 간병부는 께름칙한 듯이 떡을 입에 문 채로,
 "왜요?"
하며 제자리에 와 앉는다. 간병부 다음에 내가 누워 있고 그다음에 정, 그다음에 윤, 우리들의 자리 순서는 이러하였다. 윤은 점잖게 도사리고 앉아서 부채를 딱딱하며,
 "내가 말라면 마슈. 내가 언제 거짓말했거디? 우리는 목에 칼이 오드라도 바른말만 하는 사람이거든."
그러는 동안에 간병부는 입에 베어 물었던 떡을 삼켜버린다. 그리고 그 나머지를 지리가미에 싸서 등 뒤에 놓으면서,
 "아니. 어째 먹지 말란 말이오?"
 "그건 그리 아실 건 무엇 있소? 자시면 좋지 못하겠으닝게 먹지 말랑 게지."
 "아이 말해요. 우리는 속이 겁겁해서, 그렇게 변죽만 올리는 소리를 듣고 가슴에 불이 일어나서 못 견디어."
 이때에 정이 매우 불쾌한 얼굴로,
 "신상, 그 미친 소리 듣지 마시오. 어서 잡수세요. 내가 신상께 설마 못 잡수실 것을 드릴라구?"
하였건마는 간병부는 정의 말만으로는 안심이 안 되는 모양이어서
 "윤서방, 어서 말씀하시오."
하고 약간 노기를 띤 어성으로 재우쳐 묻는다.
 "그렇게 아시고 싶은 건 무엇 있어? 그저 부정한 것으로만 아시라닝게. 내가 신상께 해로운 말쌈 할 사람은 아니닝게."
 "아따, 그 아가리 좀 못 닫쳐?"
하며 정이 참다못해 벌떡 일어나서 윤을 흘겨본다.
 윤은 까딱 아니 하고 여전히 몸을 좌우로 흔들흔들하면서,
 "당신네 평안도서는 사람의 입을 아가리라고 하는지 모르겠소마는 우리네 전

라도서는 점잖은 사람이 그런 소리는 아니 하오. 종교가 노릇을 이십 년이나 했다는 양반이 어 그 무슨 말버릇이란 말이오? 종교가 노릇을 이십 년이나 했길래 남 먹으라고 주는 음식에 침만 발라주었지, 십 년만 했드면 코 발라줄 뻔했소구려? 내가 아까 그러지 않아도 이르지 않았거디? 사람에게 먹을 것을 주려거든 숫으로 덜어서 주는 법이어. 침 묻은 젓가락으로 휘저어가면서 맛날 듯한 노란 좁쌀은 죄다 골라 먹고 콩도 이거 집었다가 놓고, 저것 집었다가 놓고, 입에 댔다가 놓고, 노르스름한 놈은 죄다 골라 먹고, 그리고는 퍼렇게 뜬 좁쌀, 썩은 콩만 남겨서 제 밥그릇, 죽그릇, 젓가락 다 씻은 재수물에 행주를 축여가지고는 코 묻은 손으로 주물럭주물럭해서 떡이라고 만들어가지고, 그런 뒤에도 요모조모 만날 듯 싶은 데는 다 떼어 먹고 그것을 남겼다가 사람을 먹으라고 주니, 그렇고 벼락이 무섭지 않아? 그런 것은 남을 주고도 벌을 받는 법이라고 내가 그만큼 일렀단 말이어. 우리는 남의 험담은 도무지 싫어하는 사람이닝게 이런 말도 안 하려고 했거든. 신상 내 어디 처음에야 말했가디? 저 진상도 증인이어. 내가 그만큼 옳은 말로 타일렀고, 또 덮어주었으면 평안도 상것이 '고맙습니다' 하는 말은 못 할망정 점잖게나 있어야 할 게지. 사람이란 그렇게 뻔뻔해서는 못쓰는 게여."

윤의 말에 정은 어쩔 줄을 모르고, 얼굴만 푸르락누르락하더니 얼른 다시 기막히고 우습다는 표정을 하며

"참 기가 막히오. 어쩌면 그렇게 빤빤스럽게도 거짓말을 꾸며대오? 내가 밥에 모래와 쥐똥, 썩은 콩, 팃검불 이런 걸 고르느라고 젓가락으로 밥을 저었지. 그래 내가 어떻게 보면 저 먹다 남은 찌꺼기를 신상더러 자시라고 할 사람 같아 보여? 앗으우, 앗으우. 고렇게 거짓말을 꾸며대면 혓바닥 잘린다고 했어. 신상 아예 그 미친 소리 듣지 마시고 잡수시우. 내 말이 거짓말이면 마른하늘에 벼락을 맞겠소!"

하고 할 말 다 했다는 듯이 자리에 눕는다. 정이 맹세하는 것을 듣고 나는 머리가 쭈뼛함을 깨달았다. 어쩌면 그렇게 영절스럽게, 곁에다가 증인을 둘씩이나 두고도 벼락 맞을 맹세까지 할 수가 있을까? 사람의 마음이란 헤아릴 수 없이

무서운 것이라고 깊이깊이 느껴졌다. 내가 설마 나서서 증인이야 서랴? 정은 이렇게 내 성격을 판단하고서 맘 놓고 이렇게 꾸며댄 것이다. 나는 '윤씨 말이 옳소. 정씨 말은 거짓말이오.' 이렇게 말할 용기가 없었다. 내게 이러한 용기 없는 것을 정이 빤히 들여다본 것이다. 윤도 정의 엄청난 거짓말에 기가 막힌 듯이 아무 말도 없이 딴 데만 바라보고 앉아 있었다. 간병부는 사건의 진상을 내게서나 알리는 듯이 가만히 누워 있는 내 얼굴을 들여다보고 있었다. 내게 직접 말로 묻기는 어려운 모양이다. 내게서 아무 말이 없음을 보고 간병부는 슬그머니 떡을 집어서 정의 머리맡에 밀어놓으며,

"엇소, 데이상이나 잡수시오. 나 두 분 더 쌈 시키고 싶지 않소."
하고는 쩍쩍 입맛을 다신다. 나는 속으로 '참 잘한다' 하고 간병부의 지혜로운 판단에 탄복하였다.

그러나 이 사건은 정의 윤에게 대한 깊은 원한을 맺히게 한 원인이었다. 윤이 기침을 하면 저쪽으로 고개를 돌리라는 둥, 입을 막고 하라는 둥, 캥캥하는 소리를 좀 적게 하라는 둥, 소갈머리가 고약하게 생겨먹어서 기침도 고약하게 한다는 둥, 또 윤이 낮잠이 들어 코를 골면 팔굽으로 윤의 옆구리를 찌르며 소갈머리가 고약하니깐 잘 때까지도 사람을 못 견디게 군다는 둥, 부채를 딱딱거리지 말라, 헬끔헬끔 곁눈질하는 것 보기 싫다, 이 모양으로 일일이 윤의 오금을 박았다. 윤도 지지 않고 정을 해댔으나 입심으론 도저히 정의 적수가 아닐뿐더러 성미가 급한 사람이라, 매양 윤이 끓어떨어지는 것 같았다. 코를 골기로 말하면 정도 윤에게 지지 아니하였다. 더구나 정은 이가 뻐드러지고 입술이 뒤둥그러져서 코를 골기에는 십상이었지만은 그래도 정은 자기는 코를 골지 않노라고 언명하였다. 워낙 잠이 많은 윤은 정이 코를 고는 줄을 모르는 모양이었다. 간병부도 목침에 머리만 붙이면 잠이 드는 사람이므로 정과 윤이 코를 고는 데에 희생이 되는 사람은 잠이 잘 들지 못하는 나뿐이었다. 윤은 소프라노로 정은 바리톤으로 코를 골아대면 나는 언제까지든지 눈을 뜨고 창을 통하여 보이는 하늘에 별을 바라보고 있을 수밖에 없었다. 더구나 정은 윤의 입김이 싫다 하여 꼭 내 편으로 고개를 향하고 자고, 나는 반듯이밖에는 누울 수 없

는 병자이기 때문에 정은 내 왼편 귀에다가 코를 골아 넣었다. 위확장 병으로 위 속에서 음식이 썩는 정의 입김은 실로 참을 수 없으리만큼 냄새가 고약한데 이 입김을 후끈후끈 밤새도록 내 왼편 뺨에 불어 부쳤다. 나는 속으로 정이 반듯이 누워주었으면 하였으나 차마 그 말을 못 하였다. 나는 이것을 향기로운 냄새로 생각해보라, 이렇게 힘도 써보았다. 만일 그 입김이 아름다운 젊은 여자의 입김이라면 내가 불쾌하게 여기지 아니할 것이 아닌가? 아름다운 젊은 여자의 배 속엔들 똥은 없으며 썩은 음식은 없으랴? 모두 평등이 아니냐? 이러한 생각으로 코 고는 소리와 냄새 나는 입김을 잊어버릴 공부를 해보았으나 공부가 그렇게 일조일석에 될 리가 만무하였다. 정더러 좀 돌아누워달랄까, 이런 생각을 하고는 또 하였다. 뒷 절에서 울려오는 목탁 소리가 들릴 때까지 잠을 이루지 못하는 날이 많았다. 새벽 목탁 소리가 나면 아침 세 시 반이다. 딱딱딱 하는 새벽 목탁 소리는 퍽이나 사람의 맘을 맑게 하는 힘이 있다.

"원컨대 이 종소리 법계에 고루 퍼져지이다."

한다든지

"일체 중생이 바로 깨달음을 얻어지이다."

하는 새벽 종소리 구절이 언제나 생각되었다. 인생이 괴로움의 바다요, 불붙는 집이라면 감옥은 그중에서도 가장 괴로운 데다. 게다가 옥중에서 병까지 들어서 병감에 한정 없이 갇혀 있는 것은 괴로움의 세 겹 괴로움이다. 이 괴로운 중생들이 서로서로 괴로워함을 볼 때에, 중생의 업보는 '헤아려 알기 어려워라' 한 말씀을 다시금 생각지 아니할 수 없었다.

이광수(李光洙)

1892년 평북 정주(定州) 출생. 아명은 보경(寶鏡), 당호로는 외배(孤舟), 장백산인(長白山人) 등을 사용했으나 춘원(春園)으로 더 많이 알려져 있음. 광수(光洙)는 관명(冠名)이었던 것으로 보임. 어린 나이에 고아가 되었으며 19세에 일본의 미션계 학교 메이지 학원 중학부를 졸업하고 고향으로 돌아와 오산중학교에 부임. 그 후 재차 도일하여 와세다 대학을 다녔고 이 시기부터 본격적인 작가 생활을 시작함. 1919년 일본에서 2·8 독립선언서를 기초한 후 상해로 망명하여 안도산을 도와 독립운동에 가담함. 귀국한 뒤 약 15년간 동아일보, 조선일보 등에 봉직. 이 시기에 집필한 작품들은 대부분 계몽사상, 민족주의를 고취함. 45세 이후 불교사상에 심취하면서『마의태자』『원효대사』『이차돈의 사』「무명(無明)」등의 작품을 발표함. 한국전쟁 중 납북되어 1950년 폐결핵으로 사망.

작품 세계

우리 근대 문학사에서 이광수의 위치는 독보적이다. 많은 장·단편소설과 시가 그리고 시론(時論)을 발표하면서 그 누구보다 한국 문학에 막대한 영향력을 끼치고 있었던 것이다. 특히 문학을 통해 민족의 자각과 계몽에 힘썼으며, 1917년 우리 신문학사에서 언문일치 소설의 효시가 되는『무정』을 발표하게 된다. 어린이들에 대한 정서 교육, 부조의 권위에 항거하는 자유연애 주장, 그리고 봉건적인 가정이나 생활 태도에 대하는 시민적 자유사상을 역설함으로써 당대의 시대정신이나 조류를 선두에서 이끌기도 한다.

이광수의 문학 경향은 주로 '정(情)의 문학론' '공리주의적 문학론'으로 이해된다. 「문학의 가치」라는 글에서 금일의 문학을 과거 유희적 문학과 구별하여 '정'의 만족을 목적으로 하는 문학, 즉 문학에서 정의 독립한 지위를 얻게 됨을 강조하고 있다. 이를 보다 체계화한 글이 유명한 「문학이란 하(何)오」이다. 이광수의 공리주의적 문학관은 '정'의 문학론과는 상반된 관계에 놓여 있는데, 주로 「문사의 수양」「예술과 인생」「여(余)의 작가적 태도」등에 집약되어 있다. 그의 공리주의 문학관 핵심은 예술을 위한 예술의 무의미성을 비판하면서 사상의 고취나 사회 개혁 수단으로서의 문학을 강조하는 것이었다.

이것은 실제로 3·1 만세운동 이후 민족의식이 고취되는 시기에 민족운동가적 입장에서 작품 활동을 시작했던 그의 이력을 통해 쉽게 확인된다. 그의 문학적 성격을 구체적으로 규정해주는 것은 무엇보다 근대소설적 조건이 형성된 최초의 소설『무정』발표, 우리 문학사 최초의 단편 양식 시도, 최초의 근대소설적 문장 확립이라는 업적일 것이다.

『무정(無情)』

『무정』은 작품 속 젊은이들이 보여주는 자유로운 연애감정의 실천 때문에 1917년 당시 전국적으로 화제를 불러일으키기도 했다. 그러나 관심을 끄는 것은 무엇보다 이 작품의 제명 '무정'이 암시하는 바이다. '무정'은 글자 그대로 무정함을 표양하는 말이다. 한(恨)이 맺혔을 때 쓰는 단어인 것이다. 따라서 암울한 식민지의 비극적 상황과, 어린 시절부터 고아로 자라야 했던 힘난한 작가적 삶을 이해한다면 '무정'에의 심층 도달은 그렇게 어렵지 않다. '한'의 문제는 주로 박영채를 중심으로 살펴볼 수 있다. 영채는『무정』에서 '무정'한 인물의 대명사나 다름없는 존재이다. 아버지 박진사와 두 오빠를 감옥에서 잃어야 했고 이형식으로부터 배반을 맛보며, 배학감 일당에게 정조를 유린당한다. 그녀의 '한스러운' 운명은 바로 식민지적 상황이 강요한 결과였다는 점에서 여타 소설의 그것과 본질적으로 다를 수밖에 없다. 뿐만 아니라 영채의 한스럽고 '무정'한 세월은 이형식의 합리적이고 공리적인 타산, 현실 논리와 교차함으로써 오늘날에도 새로운 감각으로 읽히게 된다.

흔히『무정』을 가족사적 의미망 속에서 읽기도 한다.『무정』의 지향 가치를 이해하려고 할 때 이러한 독서법은 도움이 된다. 박진사 집안은 전통적인 유가적 가계이지만 김장로 집안은 일찍 개화하여 서구화된 가계이다. 그러나 박진사 역시 어느 정도 개화했다는 점을 특별히 주목해야 한다. 박진사의 개화가, 유교적 전통을 유지하는 가운데 개화를 실천하려 했던 박은식 계열에 속한다면, 김장로는 전통적 가치를 전면 부정하고 서구 자본주의 물질 문명을 무조건적으로 수용하는 경박한 개화 세력에 지나지 않았다. 이러한 두 가계 사이에 주인공 '이형식'이 위치하고 있다. 그는 박진사의 몰락과 함께 김장로 계열로 자신의 개화 방향을 자연스럽게 수정한다. 여기에는 강력한 현실 원칙, 현실 감각을 확인함으로써 식민지 극복에 이를 수 있다는 작가적 명분이 내포되어 있지만 일제의 강한 힘에 압도되거나 정복될 수 있는 가능성 또한 잠재해 있다. 이것이『무정』과 이광수의 한계이기도 하다.

끝으로『무정』에서 주목할 만한 기법은 '차중기연'이다. 이것은 단순히 우연에 기댄 것이라기보다 필연적인 소설 장치로 보아야 한다. 당시의 기차는 문명의 이기 중에 이기였으며 운행 횟수 또한 제한적이었으므로 젊은이들이 자연스럽게 맺어질 수 있는 소설 공간이 될 수 있었기 때문이다.

「무명(無明)」

「무명」은 이광수가 수양동우회 사건으로 투옥되었다가 풀려나 병원에서 감방에서의 체험을 구술한 것을 문하생 박정호(朴定鎬)가 받아쓴 것으로 전해진다. 이광수 소설은 일반적으로 '개인과 민족의 자각'이라는 계몽적 주제를 담고 있다. 이로 말미암아 설교조 서술이 강하게 드러나는 문제점을 노정하기도 했다. 그러나「무명」은 일인칭 관찰자 시점을 통해 죄수들의 동정을 냉정하게 묘사함으로써 작가의 개입을 극도로 자제하는 모습을 보여준다.

그만큼 이 작품에서는 계몽주의자요 인도주의자였던 이광수의 이상적인 관념이 상당 부분 희석되고 있다.

작품의 제명 '무명(無明)'은 죄수들의 탐욕과 이기심을 상징한다. 그리고 탐욕, 시기, 아첨, 자만심에 얽혀 서로 암투하는 감옥 속 현실은 어렵지 않게 사바세계 인간들의 어리석음과 무지를 떠올리게 한다. 물론 발표 당시, 이광수의 위선과 거만함이 그대로 드러난 작품으로「무명」을 혹평한 사람도 있었지만 작가 자신이 '나로서는 오늘까지 쓴 작품 중에서 가장 자신 있는 작품'이라고 말할 정도여서 어느 정도 그 문학성은 인정할 만한 작품이다. 무엇보다도 작가의 사실적 체험이 작품 바탕에 깔려 있고 설교 과잉의 문제점 극복, 인간의 이기적 욕망과 탐욕의 본질을 깊이 있게 천착하고 있다는 점이 이를 뒷받침한다. 중편소설의 면모를 갖춘 이 작품은, 1930년대 장편화로 인한 소설의 통속성과 세태성에 맞서 장르적 타개책을 시도하고 있었던 것으로 평가되며, 기독교에서 불교 사상으로 전환하는 이광수의 정신사적 변모 양상을 드러내 보이기도 한다.

주요 참고 문헌

이광수의 대표작『무정』에 대한 관심은 이미 많은 논자들에 의해 제기된 바 있다. 이러한 논의는 크게 문학사적 관점, 인물이나 그들의 관계 그리고 장르론적 관점이라는 세 가지 방향에서 이루어졌다. 특히 최근에는 이광수 소설의 핵심적 소재인 사랑(애정의 문제)에 초점을 맞춘 논의가 많이 전개되고 있다. 애정의 양상에 주목하여 이광수 장편소설을 분석한 최주한의「이광수 소설 연구: 애정 삼각관계의 양상과 그 의미를 중심으로」라는 논문이 눈길을 끈다. 그는『무정』에 드러나는 '애정 삼각관계'가, 작가의 정치적 행로 문제와 관련하여 모종의 상관성을 지니는 구조임을 말하고 싶어한다.

『무정』에 대한 많은 개별적 논의들 가운데 특히 한승옥과 정혜영의 글은 이 방면 연구에 새로운 방향을 제시하고 있다는 점에서 시사하는 바가 크다. 한승옥은 「『무정』의 마르크스 비평적 연구」(『한중인문학연구』 11, 2003)에서 인물들의 계급 체계를 파악하는 가운데, 『무정』의 주된 자본주의 이데올로기가 프롤레타리아 계급을 교묘하게 통제 억압하는 것에 주목한다. 이러한 관점은,『무정』이 일제 근대화 기획에 의한 민족의 훼손을 묘파한 담론으로서 읽힐 수 있는 가능성을 열어놓게 된다. 그리고 정혜영은 「근대를 향한 시선」(『여성문학연구』 3권, 2000)에서『무정』에 나타난 연애의 성립 과정을 살핌으로써 이것이 궁극적으로 근대적 세계에 대한 이광수의 적극적인 지향과 관련 있음을 논증하고 있다.

이광수의「무명」은 그 문학사적 의의에 비해 연구자들의 관심을 크게 끌지 못했다. 그나마 주목할 만한 최근의 연구물로는 송기섭의「민족 개조와 자기 동일성의 논리:「무명」」(『어문연구』 제39권, 2002)이 있다. 이 글에서 필자는 계몽의 기획에서 일탈한 소설, 비로소 순수 문학의 구현 가능성을 담보한 소설로「무명」을 규정한다. 그럼에도 불구하고 이 작품은 작가의 목적, 즉 '민족 개조'에서 '내선 일체'의 사상으로 이어진 작가의 정신적 본체를 반영하고 있었던 것으로 비판을 받는다. 정호웅은 「무명 세계를 비추는 빛: 이광수의 「무명」」이라는 글에서, 욕망의 늪에서 허우적거리는 '박복한 무리'들과 일체중생의 해탈을 기원하는 보살심(菩薩心)의 소유자인 '나'를 선명하게 대비시킨 작품 구조에 주목하고 있다. 불교적 구원주의를 설법하는 계몽자의 자리에 '나'를 세우게 됨으로써 결국 계몽자/피계몽자의 관계라는 '이광수 문학의 원점'을 확인시켜주게 된다는 것이 이 글의 주된 논점이다.

_한승옥

김동인

태형(笞刑)

── 옥중기(獄中記)의 일절(一節)

"기쇼오(기상)!"

잠은 깊이 들었지만 조급하게 설렁거리는 마음에, 이 소리가 조그맣게 들린다. 나는 한순간 화닥닥 놀라 깨었다가 또다시 잠이 들었다.

"여보, '기쇼'야. 일어나요."

곁의 사람이 나를 흔든다. 나는 돌아누웠다. 이리하여 한 초, 두 초, 꿀보다도 단 잠을 즐길 적에 그 사람은 또 나를 흔든다.

"잠 깨구 일어나소."

"누굴 찾소?"

이렇게 나는 물었다. 머리는 또다시 나락(奈落)의 밑으로 미끄러져 들어간다.

"그러디 말구 일어나요. 지금 오(五)방 뎅껭(점검)합넨다⋯⋯."

"여보, 십 분 동안만 제발 더 자게 해주."

"그거야 내가 알갔소? 간수한테 들키믄 당신 혼나갔게 말이디."

"에이! 누가 남을 잠두 못 자게 해! 난 잠들은 데 두 시간두 못 됐구레. 제발 조꼼만 더⋯⋯."

---

* 「태형」은 1922년 12월부터 1923년 1월까지 『동명』에 연재되었다.

이 말이 맺기 전에 나의 넓은 침실과 그 머리맡의 담배를 걸핏 보면서 나는 또다시 혼혼히 잠이 들었다. 그때에 문득 내게 담배를 한 고치 주는 사람이 있으므로 그 담배를 먹으려 할 때에, 아까 그 사람(나를 흔들던 사람)은 또다시 나를 흔든다.

"기쇼 불렀소. 뎅껭꺼정 해요. 일어나래두······."

"여보! 이제 남 겨우 또 잠들었는데 깨우긴 왜······."

"뎅껭해요."

나는 벌컥 역정을 내었다.

"뎅껭이면 어떻단 말이요! 그래 노형 상관있소?"

"그만둡시다. 그러나 일어나 나오."

"남 이제 국수 먹고 담배 먹는 꿈 꿨랬는데······."

이 말을 하려던 나는 생각만 할 뿐 또다시 잠이 들었다. 또 한 초, 두 초, 단꿈에 빠지려던 나는 곁방에서 들리는 제걱거리는 칼소리와 문을 덜컥덜컥 여는 소리에 펄떡 놀라서 일어나 앉았다. 그러나 온몸을 취케 하던 졸음은 또다시 머리를 덮는다. 나는 무릎을 안고 머리를 묻은 뒤에 또다시 잠이 들었다. 또 한 초, 두 초, 시간은 흐른다. 덜컥! 마침내 우리 방문을 여는 소리가 났다. 나는 갑자기 굴복을 하고 머리를 들었다. 이미 잘 아는 바이거니와 한 초 전에 무거운 잠에 취하였던 사람이라고는 생각 안 되도록 긴장된다.

덜컥하는 소리와 함께 문이 열리며 간수가 서넛 들어섰다.

"뎅껭."

다섯 평이 좀 못 되는 방에는 너무 크지 않나 생각되는 우렁찬 소리가 울리며, 경험으로 말미암아 숙련된 흐르는 듯한 (우리의 대명사인) 번호가 불린다. 몇 호, 몇 호, 이렇게 흐르는 듯이 불러오던 간수부장은 한 번호에 머물렀다.

"나나햐쿠나나주욘고(칠백칠십사) 호."

아무 대답이 없다.

"나나햐쿠나나주욘고 호."

자기의 대명사 ― 더구나 일본말로 부르는 것을 알아듣지 못한 칠백칠십사

김동인 69

호의 영감(곧 내 뒤에 앉은)은 역시 대답이 없었다. 나는 참다못해 그를 꾹 찔렀다. 놀라서 덤비는 대답이 그때야 겨우 들렸다.

"예, 하이!"

"난고 하야쿠 헨지오 시나이(왜 빨리 대답을 아니 해)? 이리 와!"

이렇게 부장은 고함쳤다. 그러나 영감은 가만있었다. 고요한 가운데 소리 하나 없다.

"이리 오너라!"

두번째 소리가 날 때에 영감은 허리를 구부리고 그의 앞에 갔다. 한순간 공기를 헤치는 날카로운 소리와 함께, 이것 역시 경험 때문에 손 익게 된 솜씨인, 드는 손 보이지 않는 채찍은 영감의 등에 내려 맞았다.

영감은 가만있었다. 그러나 눈에는 눈물이 있었다.

칠백칠십사 호 뒤의 번호들이 불린 뒤에 정신 차리라는 책망과 함께 영감은 자기 자리에 돌아오고, 감방 문은 다시 닫혔다.

이상한 일이거니와 한 사람이 벌을 받으면 방 안의 전체가 떨린다. (공분이라든가 동정이라든가는 결코 아니다.) 몸만 떨릴 뿐 아니라 염통까지 떨린다. 이 떨림을 처음 경험한 것은 경찰서에서 세 시간을 연하여 맞은 뒤에 구류실에 들어가서 두 시간 동안을 사시나무 떨듯 떨던 때였다. 죽지나 않나까지 생각하였다. (지금은 매일 두세 번씩 당하는 현상이거니와…….)

방은 죽음의 방같이 소리 하나 없다. 숨도 크게 못 쉰다. 누구나 곁을 보면 거기는 악마라도 있는 것처럼 보려도 안 한다. 그들에게 과연 목숨이 남아 있는지?

좀 있다가 점검이 끝났는지 간수들의 발소리가 도로 우리 방 앞을 지나갔다. 그때 아까 그 영감의 조그만 소리가 겨우 침묵을 깨뜨렸다.

"집엔, 그 녀석(간수)보담 나이 많은 아들이 두 녀석이나 있쉐다가레……."

*

덥다.

몇 도인지 백십 도 혹은 그 이상인지도 모르겠다.

매일 아침 경험하는 바와 같이 동쪽 하늘에 떠오르는 해를, '저 해가 이제 곧 무르녹일 테지' 생각하면 그 예언을 맞히려는 듯이 해는 어느덧 방 안을 무르녹인다.

다섯 평이 좀 못 되는 이 방에, 처음에는 스무 사람이 있었지만, 몇 방을 합칠 때에 스물여덟 사람이 되었다. 그때에 이를 어찌하노 하였다. 진남포 감옥에서 공소로 넘어온 사람까지 하여 서른네 사람이 되었을 때에 우리는 한숨을 쉬었다. 그러나 신의주와 해주 감옥에서 넘어온 사람까지 하여 마흔한 사람이 된 때에 우리는 한숨도 못 쉬었다. 혀를 채였다.

곧 처마 끝에 걸린 듯한 뜨거운 해는 그침 없이 더위를 보낸다. 몸속에 어디 그리 물이 많았던지 아침부터 그침 없이 흘린 땀은 그냥 멎지 않고 흐른다. 한참 동안 땀에 힘없이 앉아 있던 나는 마지막 힘을 내어 담벽을 기대고 흐늘흐늘 일어섰다. 지옥이었다. 빽빽이 앉은 사람들은 모두들 힘없이 머리를 숙이고 입을 송장같이 벌리고, 흐르는 침과 땀을 씻을 생각도 안 하고 먹먹히 앉아 있다. 둥그렇게 구부러진 허리, 맥없이 무릎 위에 놓인 팔, 뚱뚱 부은 짓퍼런 얼굴에 힘없이 벌려진 입, 정기 없는 눈, 흩어진 머리와 수염, 모든 것은 죽은 사람이었다. 이것이 과연 아침에 세면소까지 뛰어갔으며 두 시간 전에 점심 먹느라고 움직인 사람들인가. 나의 곤하여 둔하게 된 감각에도 눈이 쓰린 역한 냄새가 쏜다.

그들은 무얼 하여 여기 왔나. 바람 불고 잘 자리 있고 담배 있는 저 세상에서 무얼 하러 여기 왔나. 사랑스런 손주가 있는 사람도 있겠지. 예쁜 아내가 있는 사람도 있겠지. 제가 벌어먹이지 않으면 굶어 죽을 어머니가 있는 사람도 있겠지. 그리고 그들은 자유로 먹고 마시고 자유로 바람을 쏘이고 자유로 자고 있었을 테다. 그러면 그들이 어떤 요구로 여기를 왔나.

그러나 지금의 그들의 머리에는, 독립도 없고 자결도 없고 자유도 없고 사랑스러운 아내나 아들이며 부모도 없고 또는 더위를 깨달을 만한 새로운 신경도 없다. 무거운 공기와 더위에게 괴로움받고 학대받아서 조그맣게 두개골 속에 웅크리고 있는 그들의 피곤한 뇌에 다만 한 가지의 바람이 있다 하면, 그것은 냉수 한 모금이었다. 나라를 팔고 고향을 팔고 친척을 팔고 또는 뒤에 이를 모든 행복을 희생하여서라도 바꿀 값이 있는 것은 냉수 한 모금밖에는 없었다.

즉 그때에 눈에 걸핏 떠오른 것은 (때때로 당하는 현상이거니와) 쫄쫄 쫄쫄 흐르는 샘물과 표주박이었다.

"한 잔만 먹여다고, 제발······."

나는 누구에게 비는지 모르게 빌었다. 그리고 힘없는 눈을 또다시, 몸과 몸이 서로 닿아서 썩어서 몸에는 종기투성이요 전 인원의 십분의 칠은 옴쟁이인 무리로 향하였다. 침묵의 끝없는 시간은 그냥 흐른다.

나는 도로 힘없이 앉았다.

"에, 더위 죽겠다!"

마지막 '죽겠다'는 말은 똑똑히 들리지 않도록 누가 토하는 듯이 말하였다. 그러나 아무도 거게 대꾸할 용기가 없는지 또 끝없는 침묵이 연속된다.

머리나 몸 가운데 어느 것이든 노동하지 않고는 사람은 못 사는 것이다. 그 사람들이 몇 달 동안을 머리를 쓸 재료가 없이 몸을 움직일 틈이 없이 지내왔으니 어찌 견딜 수가 있을까. 그것도 이 더위에······.

더위는 저녁이 되어가며 차차 더해진다. 모든 세포는 개개의 목숨을 가진 것 같이, 더위에 팽창한 몸의 한 부분이라고는 생각할 수가 없었다. 무겁고 뜨거운 공기가 허파에 들어갔다가 나올 때마다 더위는 더해진다. 이러고야 어찌 열병 환자가 안 날까?

닷새 전에 한 사람 병감으로 나가고, 그저께 또 한 사람 나가고, 오늘 또 두 사람이 앓고 있다.

우리는 간수가 와서 병인을 병감으로 데리고 나갈 때마다, 부러운 눈으로 그들을 보았다. 거기는 한 방에 여남은 사람밖에는 두지 않았다. 그리고 그들에게는 '물'약을 주었다. 뿐만 아니라, 그들은 맑은 공기를 마실 기회가 있었다.

*

"오늘이 일요일이지요?"

나는 변기 위에 올라앉아서 어두운 전등빛에 이를 잡으면서 곁에 서 있는 사람에게 물었다. (우리는 하룻밤을 삼분하고, 사람을 삼분하여 번갈아 잠을 자고, 남은 사람은 서서 기다리기로 하였다.)

"내니 압네까? 좋은 팁네다만, 삼일날인지 주일날인디……."

그러나 종소리는 그냥 뗑 — 뗑 — 고요한 밤하늘에 울려온다. 그것은 마치, '여기는 자유로 냉수를 마시고 넓은 자리에서 잘 수 있는 사람이 있다'는 것처럼…….

"사람의 얼굴이 좀 보구 싶어서……."

"그래요. 정 사람의 얼굴이 보구파요."

"종소리 나는 저 세상엔 물두 있을 테지. 넓은 자리두 있을 테지. 바람두, 바람두, 불 테지……."

이렇게 나는 중얼거렸다.

"물? 물? 여보, 말 마오. 나두 밖에 있을 땐 목마르면 물두 먹구 넓은 자리에서 잔 사람이외다."

그는 성가신 듯이 외면을 한다.

그 말을 듣고 보니 나도 밖에 있을 때는 자유로 물을 먹었다. 자유로 버드렁거리며 잤다. 그러나 그것은 지나간 옛적의 꿈과 같이 머리에 남아 있을 뿐이다.

"아이스크림두 있구."

이번은 이편의 젊은 사람이 나를 꾹 찔렀다.

"아이스크림? 그것만? 여보, 그것만? 내겐 마누라두 있소. 뜰의 유월도(六月桃)두 거반 익어갈 때요!"

나는 이렇게 말하였다. 즉 아까 영감이 성가신 듯이 도로 나를 보며 말한다.

"마누라? 여보, 젊은 사람이 왜 그런 철없는 소리만 하오? 난 아들이 둘씩이나 있었소. 삼월 야드렛날 뫼골짜기에서 만세 부를 때 집안이 통 떨테나서 불렀소구레. 그르누래는데 툭탁툭탁 총소리가 나더니 데켄 앞에 있던 맏이가 꼬꾸러딥데다가레. 그래서 그리루 가볼래는데 이번은 녚에 있던 둘째두 또 꼬꾸러디디요. 한꺼번에 아들 둘을 잡아먹구…… 그래서 정신없이 덤비누래니낀…… 음! 그런데 노형은 마누라? 마누라가 대테 무어이요."

"그래서 어찌 됐소?"

나는 그냥 이를 잡으면서 물었다.

"내가 알갔소? 난 곧 잽헤왔으니낀. 밥두 차입 안 하구 우티두 안 보내는 걸 보느낀 죽었나 베다."

"난 어디카구."

이번은 한 서너 사람 격하여 있는 마흔아믄 난 사람이 말을 시작하였다.

"그날 자꾸 부르구 있누래니낀, 그 헌병놈들이 따라옵데다. 그래서 도망덜 해서, 멧기슭에꺼정은 갔는데 뒤를 보아야 더 뛸 데가 없습데다가레. 궁한 쥐, 괭이게 달려든다구 할 수 있습데까? 맞받아 나갔디요. 그르닝낀 총을 놓기 시작하는데 그러구 여게서 하나 데게서 하나 푹푹 된장독 넘어디덧 꼬꾸라디는데……."

그는 여기서 잠깐 말을 멈추고 그때 일을 생각하는 듯하더니 다시 말을 시작한다.

"그르누래는데 우리 아우가 맞아 넘어딥데다가레. 그래서 뒤집어 업구 도망할래는데 엎틴 데 덮틴다구 그만 나꺼정 맞아 넘어뎄디요. 정신을 차리니낀 발세 밤인데 들이 춥기만 해요. 움쪽을 못하갔는 걸 게와 벌벌 기어서 좀 가누라니낀 웅성웅성하는 사람 소리가 나요. 아, 사람의 소릴 들으니낀 푹 맥이 풀리는데 고만 쓰러데서 움쪽을 못하갔시요. 그래서 헐덕거리구 가만있누래는데 발자국 소리가 가까워오더니 '여게두 죽은 놈 하나 있다' 하더니 발루 툭 찹데다가레. 그래서 앓는 소릴 하니낀 죽디 않았다구 것에다가 담는데, 그때 보느낀 헌병덜이야요. 사람이 막다른 골에 들믄 죽디 않게 났습데다. 약질두 안 하구 그대루 내버레둔 것이 이진 다 나아시오."
하며 그가 피투성이의 저고리 자락을 들치니까 거기는 다 나은 흐무러진 총알 자리가 있다.

"난 우리 아버진 (난 맹산서 왔지요) 우리 아바진 헌병대 구류장에서 총 맞아 없어시오. 오십 인이 나를 구류장에 몰아넿구 기관총으루…… 도죽놈들!"

그러나 우리들(자지 않고 서서 기다리기로 한) 가운데도 벌써 잠이 든 사람이 꽤 많았다. 서서 자는 사람도 있다. 변기 위 내 곁에 앉았던 사람도 끄덕끄덕 졸다가 툭 변기에서 떨어졌다. 그리고 떨어진 그대로 잔다. 아래 깔린 사람도 송장이 아닌 증거로는 한두 번 다리를 버둥거릴 뿐 그냥 잔다.

나도 어느덧 잠이 들었는지 모르겠다. 가슴이 답답하여 깨니까 (매일 밤 여러 번씩 당하는 현상이거니와) 내 가슴과 머리는 온통 남의 다리(수십 개의) 아래 깔려 있다. 그것들을 우므적우므적 겨우 뚫고 일어나서 그냥 어깨에 걸려 있는 몇 개의 남의 다리를 치워버리고 무거운 김을 뱉었다.

다리 진열장이었다. 머리와 몸집은 다 어디 갔는지 방 안에 하나도 안 보이고, 다리만 몇 겹씩 포개이고 포개이고 하여 있다. 저편 끝에서 다리가 하나 버드렁거리는가 하면 이편 끝에서는 두 다리가 움질움질하고……. 그것도 송장의 것과 같은 시퍼런 다리를. 이, 사람의 세계를 멀리 떠난 그들에게도 사람과 같이 꿈이 꾸어지는지(냉수 마시는 꿈이라도 꾸는지 모르겠다) 때때로 다리들 틈에서 꿈소리가 나온다.

아아, 그들도 집에 돌아만 가면 빈약하나마 제나 잘 자리는 넉넉할 것을…….

저편 끝에서 다리가 일여덟 개 들썩들썩하더니 그 틈으로 머리가 하나 쑥 나오다가 긴 숨을 내쉬고 도로 다리 속으로 스러진다.

이것을 어렴풋이 본 뒤에 나도 자려고 맥난¹ 몸을 남의 다리에 기대었다.

---

1 맥나다 긴장을 풀다. 맥이 풀려 멍하게 되다. 의욕을 잃다.

*

 아침 세수를 할 때마다 깨닫는 것은, 나는 결코 파래지 않았다는 것이었다. 부었는지 살쪘는지는 모르지만, 하루 종일 더위에 녹고 밤새도록 졸음과 땀에게 괴로움받은 얼굴을 상쾌한 찬물로 씻을 때마다 깨닫는 바가 이것이다. 거울이 없으니 내 얼굴은 알 수 없고 남의 얼굴은 점진적이니 모르지만 미끄러운 땀을 씻고 보둥보둥한 뺨을 만져볼 때마다 나는 결코 파래지 않았다는 것을 깨닫는다. 그리고 이 세수 뒤의 두세 시간이 우리의 살림 가운데는 그중 값이 있는 살림이며 그중 사람 비슷한 살림이었다. 이때뿐이 눈에는 빛이 있고 얼굴에는 산 사람의 기운이 있었다. 심지어는 머리도 얼마간 동작하며 혹은 농담을 하는 사람까지 생기게 된다. 좀(단 몇 시간만) 지나면 모든 신경은 마비되고 머리를 늘이고 떠도 보지를 못하는 눈을 지르감고 끓는 기름과 같이 숨을 헐떡거릴 사람과 이 사람들 새에는 너무 간격이 있었다.

 "이따는 또 더워질 테지요?"

 나는 곁의 사람에게 이렇게 말하였다.

 "더워요? 덥긴 왜 더워? 이것 보구려. 오히려 추운 편인데……."

 그는 엄청스럽게 몸을 떨어본 뒤에 웃는다.

 아직 아침은 서늘할 유월 중순이었다. 캘린더가 없으니 날짜는 똑똑히 모르되 음력 단오를 좀 지난 때였다. 하루 종일 받은 더위를 모두 방산한 아침은 얼마간 서늘하였다.

 "노형, 어제 공판 갔댔디요?"

 이렇게 나는 그 사람에게 물었다.

 "예."

 "바깥 형편이 어떻습디까?"

 "형편꺼정이야 알겠소? 거저 포플러두 새파랗구, 구름도 세차게 날아다니구, 다 산 것 같습디다. 땅바닥꺼정 움직이는 것 같구. 사람들두 모두 상판이 시커먼 것이 우리 보기에는 도둑놈 관상입디다."

"그것을 한번 봤으면…….."

나는 한숨을 쉬었다. 삼월 그믐 아직 두꺼운 솜옷을 입고야 지낼 때에 여기를 들어온 나는 포플러가 푸른빛이었는지 녹빛이었는지 똑똑히 모른다.

"노형두 수일 공판 가겠디요."

"글쎄 언제 한번은 갈 테지요. 그런데 좋은 소식은 못 들었소?"

"글쎄, 어제 이야기한 거같이 쉬 독립된답디다."

"쉬?"

"한 열흘 있으면 된답디다."

나는 거게 대꾸를 하려 할 때에 곁방에서 담벽 두드리는 소리가 들렸다. 그것은 ㄱㄴㄷ과 ㅏㅑㅓㅕ를 수(數)로 한 우리의 암호 신보(暗號信報)였다.

"무, 엇, 이, 오."

이렇게 두드렸다.

"좋, 은, 소, 식, 있, 소, 독, 립, 은, 다, 되, 었, 다, 오."

"어, 디, 서, 들, 었, 소."

"오, 늘, 아, 침, 차, 입, 밥, 에, 편, ㅈ."

여기까지 오던 신호는 뚝 끊어졌다.

"보구려. 내 말이 옳지 않나…….."

아까 사람이 자랑스러운 듯이 수군거렸다.

"곁방에서 공판 갈 사람 불러낸다. 오늘은…….."

"노형, 꼭, 가디."

"글쎄, 꼭 가야겠는데. 사람두 보구, 시퍼런 나무들두 보구, 넓은 데를…….."

그러나 우리 방에서는 어제 간수부장에게 매 맞은 그 영감과 그 밖에 영원 맹산 등지 사람 두셋이 불려 나갈 뿐, 나는 역시 그 축에서 빠졌다.

'언제든, 한번 간다.'

나는 맛없고 골이 나서 속으로 중얼거렸다. 그러나 그 '언제든'이 과연 언제일까. 오늘은 꼭 오늘은 꼭 이리하여 석 달을 밀려온 나였다. '영구'와 같이 생각되는 석 달을 매일 아침마다 공판 가기를 기다리면서 지내온 나였다. '언제

'한때'란 과연 언제일까? 이런 석 달이 열 번 거듭하면 서른 달일 것이다.

"노형은 또 빠뎄구려."

"싫으면 그만두라지. 도죽놈들!"

"이제 한번 안 가리까?"

"이제? 이제가 대체 언제란 말이오? 십 년을 기다려두 그뿐, 이십 년을 기다려두 그뿐……."

"그래두 한번이야 안 가리까?"

"나 죽은 뒤에 말이오?"

나는 그에게까지 성을 내었다.

좀 뒤에 아침밥을 먹을 때까지도 나의 마음은 자못 편치 못하였다. 그것은 바깥 구경할 기회를 빨리 지어주지 않는 관리에게 대함이람보다, 오히려 공판에 불려 나가게 된 행복된 사람들에 대한 무거운 시기에 가까운 것이었다.

*

점심을 먹고, 비린내 나는 냉수를 한 대접 다 마신 뒤에 매일 간수의 눈을 기어가면서 장난하는 바와 같이, 밥그릇을 당기어서 거게 아직 붙어 있는 밥알을 모두 뜯어서 이기기 시작하였다. 갑갑하고 답답하고 서로 이야기하는 것을 허락지 않고 공상을 하자 하여도 인전 벌써 재료가 없어진 우리가 가질 수 있는, 다만 하나의 오락이 이것이었다. 때가 묻어서 새까맣게 될 때는 그 밥알은 한 덩어리의 떡으로 변한다. 그 떡은, 혹은 개, 혹은 돼지, 때때로는 간수의 모양으로 빚어져서 마지막에는 변기 속으로 들어간다…….

한참 내 손 속에서 움직이던 떡덩이는, 뿔은 좀 크게 되었지만 한 마리의 얌전한 소가 되어 내 무릎 위에 섰다. 나는 머리를 들었다.

아직 장난에 취하여 몰랐지만 해는 어느덧 또 무르녹이기 시작하였다. 빈대 죽인 피가 여기저기 묻은 양회 담벽에는 철창 그림자가 똑똑히 그려져 있다. 사르는 듯한 더위는 등지고 있는 창밖에서 등을 탁 치고, 안고 있는 담벽에서 반사하여 가슴을 탁 치고, 곁에 빽빽이 있는 사람의 열기로 온몸을 썩인다. 게다가 똥오줌 무르녹은 냄새와, 살 썩은 냄새와 옴약 내에, 매일 수없이 흐르는 땀 썩은 냄새를 합하여, 일종의 독가스를 이룬 무거운 기체는 방에 가라앉아서 환기까지 되지 않는다. 우리의 피곤하여 둔하게 된 감각으로도, 넉넉히 깨달을 수 있는 역한 냄새였다. 간수가 가까이 와서 들여다보지 않는 것도 당연한 일이었다.

그러고 보니 생각나거니와 나뿐 아니라 온 사람의 몸에는 종기투성이였다. 가득 차고 일변 증발하는 변기 위에 올라앉아서 뒤를 볼 때마다 역정 나는 독한 습기가 엉덩이에 묻어서, 거기서 생긴 종기를 이와 빈대가 온몸에 퍼져서 종기투성이 아닌 사람이 없었다.

땀은 온몸에 뚝뚝— 이라는 것보다, 촬촬 흐른다.

"에— 땀."

나는 힘없이 중얼거렸다. 이상한 수수께끼와 같은 일이 있었다. 밥 먹은 뒤에 냉수를 벌컥벌컥 마시면 이삼십 분 뒤에는 그 물이 모두 땀으로 되어 땀구멍으로 솟는다. 폭포와 같다 하여도 좋을 땀이 목과 가슴에서 흘러서, 온몸에 벌레 기어다니는 것같이 그 불쾌함은 말할 수 없다.

그러나 땀을 씻는 사람은 하나도 없다. 손가락 하나라도 움직이면 초열지옥(焦熱地獄)에라도 떨어질 것같이, 흐르는 땀을 씻으려는 사람도 없다.

'얼핏 진찰감(診察監)에 보내어다고.'

나의 피곤한 머리는 이렇게 빌었다. 아침에 종기를 핑계 삼아 겨우 빌어서 진찰하러 갈 사람 축에 든 나는, 지금 그것밖에는 바랄 것이 없었다. 시원한 공기와 넓은 자리를 (다만 일이십 분 동안이라도) 맛보는 것은 여간한 돈이나 명예와는 바꿀 수 없는 귀중한 것이었다. 그것뿐 아니라, 입감 이래로 안부는커녕 어느 감방에 있는지도 모르는 아우의 소식도 알는지도 모르겠다.

즉 뜻하지 않게 눈에 떠오른 것은 집의 일이었다. 희다 못하여 노랗게까지 보이는 햇빛에 반사하는 양회 담벽에 먼저 담배와 냉수가 떠오르고 나의 넓은 자리가 (처음 순간에는 어렴풋하였지만) 똑똑히 나타났다. (어찌하여 고런 조그만 일까지 똑똑히 보였던지 아직껏 이상하게 생각하거니와) 파리만 한 마리, 성냥갑에서 담뱃갑으로 도로 성냥갑으로 왔다 갔다 한다.
"쌍!"
나는 뜨거운 기운을 뱉었다.
"파리까지 자유로 날아다닌다."
성내려야 성낼 용기까지 없어진 머리로 억지로 성을 내고, 눈에서 그 그림자를 지워버리려 하였다. 그러나 담배와 냉수는 곧 없어졌지만 성가신 파리는 끝끝내 떨어지지를 않았다.
나는 손을 들어서 (마치 그 파리를 날리려는 것같이) 두어 번 얼굴을 부친 뒤에 맥없이 아까 만든 소를 쥐었다.

*

공기의 맛이 달다고는, 참으로 경험해보지 못한 사람은 뜻도 못할 일일 것이다. 역한 냄새 나는 뜨거운 기운을 뱉고 달고 맑은 새 공기를 들이마시는 처음 순간에는, 기절할 듯이 기뻤다.
서늘한 좋은 일기였다. 아까는 참말로 더웠는지 더웠으면 그 더위는 어디로 갔는지, 진찰감으로 가는 동안 오히려 춥다 하여도 좋을 만치 서늘하였다.
그러나 그보다도 더 기쁜 것은 거기서 아우를 만난 일이었다.
"어느 방에 있니?"
나는 머리를 간수에게 향한 대로 조그만 소리로 물었다.
"사(四)감 이(二)방에."
나는 좀 있다가 또 물었다.
"몇 사람씩이나 있니? 덥지?"
"모두덜 살이 뚱뚱 부었어……."
"도죽놈들. 우리 방엔 사십여 인이 있다. 몸뚱이가 모두 썩는다. 집에 오히려 널거서 걱정인 자리가 있건만, 너 그새 앓지나 않았니?"

"감옥에선 앓을래야 병이 안 나. 더워서 골치만 쏘디……."
"어떻게 여기(진찰감) 나왔니?"
"배 아프다구 거짓부리하구……."
"난 종처투성이다. 이것 봐라."
하면서 나는 바지를 걷고 푸릿푸릿한 종기를 내놓았다.
"그런데 너희 방에 옴쟁이는 없니?"
"왜 없어……."
그는, 누구도 옴쟁이고 누구도 옴쟁이고, 알 이름 모를 이름 하여 한 일여덟 사람 부른다.
"그런데 집에서 면회는 왜 안 오는디……."
"글쎄 말이다. 모두들 죽었는지……."

문득 아직껏 생각도 해보지 않은 일이 머리에 떠오른다. 석 달 동안을 바깥 사람이라고는 간수들밖에는 보지 못한 우리에게는 바깥이 어떤 형편인지는 모를 지경이었다. 간혹 재판소에 갔다 오는 사람도 있기는 하지만, 거기 다니는 길은 야외라, 성 안은 아직 우리가 여기 들어올 때와 같이 음음한 기운이 시가를 두르고 상점은 모두 철전²을 하고 있는지, 혹은 전과 같이 거리에는 흥정이 있고 집 안에는 웃음소리가 터지며 예배당에는 결혼하는 패도 있으며 사람들은 석 달 전에 일어난 그 사건을 거반 잊고 있는지 보기는커녕 알지도 못할 일이었다. 일가나 친척의 소소한 일은 더구나 모를 일이었다.

"다 무슨 변이 생겼나 보다."
"그래두 어제 공판 갔던 사람이 재판소 앞에서 맏형을 봤다는데……."
아우는 근심스러운 얼굴로 이렇게 말하였다. 그러나 그 아우의 마지막 '봤다는데'라는 말과 함께,
"천십칠 호!"
하고 고함치는 소리가 귀에 울리었다. 그것은 내 번호였다.

---

2 철전 철시(撤市). 시장, 점포들을 모조리 거두어들임.

"네!"

"딘찰."

나는 빨리 일어서서 의사의 앞으로 갔다.

"오데가 아파?"

"여기요."

하고 나는 바지를 벗었다. 의사는 내가 내려놓은 엉덩이와 넓적다리를 얼핏 들여다보고, 요만 것을⋯⋯ 하는 듯한 얼굴로 말없이 간호수에게 내맡긴다. 거기서 껍진껍진한 고약을 받아서 되는대로 쥐어바르고 이번은 진찰 끝난 사람 축에 앉았다.

이때에 아우는 자기 곁에 앉은 사람과 (나 앉은 데까지 들리도록) 무슨 이야기를 둥둥 하고 있었다.

나는 깜짝 놀라서 간수를 보았다. 간수는 아우를 주목하는 모양이었다.

나는 기지개를 하는 듯이 손을 들었다. 아우는 못 보았다. 이번은 크게 기침을 하였다. 그러나 그는 못 들은 모양이었다. 가슴이 떨리기 시작하였다.

'알귀야³ 할 터인데.'

몸을 움즉움즉하여 보았지만 그는 이야기에 정신이 팔려서 그냥 그치지 않고 하다가 간수가 두어 걸음 자기에게 가까이 올 때야 처음으로 정신을 차리고 시치미를 뗴었다. 그러나 간수는 용서하지 않았다.

채찍의 날카로운 소리가 한 번 나는 순간 아우는 어깨에 손을 대고 쓰러졌다.

피와 열이 한꺼번에 솟아올라 나는 눈이 아득해졌다.

좀 있다가 감방으로 돌아올 때에 빨리 곁눈으로 아우를 보니, 나를 보내는 그의 눈에는 눈물이 가득하여 있었다. 무엇이 어리고 순결한 그의 눈에 눈물을 고이게 하였나!

나는 바라고 또 바라던 달고 맑은 공기를 맛보기는 맛보았지만, 이를 맛보기 전보다 더 어둡고 무거운 머리를 가지고 감방으로 돌아오게 되었다.

---

3 알귀야 '알려야'의 사투리.

*

저녁을 먹은 뒤에 더위에 쓰러져 있던 나는 아직 내가지 않은 밥그릇에서 젓가락을 꺼내어 손수건 좌우편 끝을 조금씩 감아서 부채와 같이 만들어서 부쳐 보았다. 훈훈하고 냄새 나는 바람이 땀 위를 살짝 스쳐서, 그래도 조금의 서늘함을 맛볼 수가 있었다. 이만 지혜가 어찌하여 아직 안 났던고. 나는 정신 잃은 사람같이 팔을 둘렀다. 이 감방 안에서는 처음의, 냄새는 나지만 약간의 바람이 벌레 기어다니는 것같이 흐르던 가슴의 땀을 증발시키느라고 꿀 같은 냉미를 준다. 천장에 딱 붙은 전등이 켜졌다. 그러나 더위는 줄지 않았다. 손수건의 부채는 온 방 안이 흉내 내어 나의 뒷사람으로 말미암아 등도 부쳐졌다. 썩어진 공기가 움직인다.

그러나 우리들의 부채질은 재판소에서 돌아오는 사람들 때문에 중지되지 않을 수가 없었다. 우리 방에서 나갔던 서너 사람도 돌아왔다. 영원 영감도 송장 같은 얼굴로 돌아왔다.

나는 간수가 돌아간 뒤에 머리는 앞으로 향한 대로 손으로 영감을 찾았다.

"형편 어떻습디까?"

"모르갔소."

"판결은 어찌 되었소?"

영감은 대답이 없었다. 그의 입은 바늘로 호라매지나[4] 않았나? 그러나 한참 뒤에 그는 겨우 대답하였다. 그의 목소리는 대단히 떨렸다.

"태형(笞刑) 구십 도랍니다."

"거 잘됐구려! 이제 사흘 뒤에는, 담배두 먹구, 바람두 쏘이구 …… 난 언제나……."

"여보! 잘돼시요? 무어이 잘된단 말이오? 나이 칠십 줄에 들어서서 태 맞으면— 말하기두 싫소. 난 아직 죽긴 싫어! 공소했쉐다!"

---

4 호라매다 '꿰매다'의 사투리.

그는 벌컥 성을 내어 내게 달려들었다. 그러나 그의 말을 들은 뒤의 내 성도 그에게 지지를 않았다.

"여보! 시끄럽소. 노망했소? 당신은 당신이 죽겠다구 걱정하지만, 그래 당신만 사람이란 말이오? 이 방 사십여 인이 당신 하나 나가면 그만큼 자리가 넓어지는 건 생각지 않소? 아들 둘 다 총 맞아 죽은 다음에 뒤상[5] 하나 살아 있으면 무얼 해? 여보!"

나는 곁에 있는 다른 사람들에게 향하였다.

"여게 태형 언도를 공소한 사람이 있답니다."

나는 이상한 소리로 껄껄 웃었다.

다른 사람들도 영감을 용서치 않았다. 노망하였다. 바보로다. 제 몸만 생각한다. 내쫓아라. 여러 가지의 폄[貶]이 일어났다.

영감은 대답이 없었다. 길게 쉬는 한숨만 우리의 귀에 들렸다. 우리들도 한참 비웃은 뒤에는 기진하여 잠잠하였다. 무겁고 괴로운 침묵만 흘렀다.

바깥은 어느덧 어두워졌다. 대동강 빛과 같은 하늘은 온 세상을 덮었다. 그 밑에서 더위와 목마름에 미칠 듯한 우리들은 아무 말 없이 앉아 있었다. 우리들의 입은 모두 바늘로 호라매지나 않았나.

그러나 한참 뒤에 마침내 영감이 나를 찾는 소리가 겨우 침묵을 깨뜨렸다.

"여보."

"왜 그러오?"

"그럼 어떡하란 말이오?"

"이제라두 공소를 취하해야지!"

영감은 또 먹먹하였다. 그러나 좀 뒤에 그는 다시 나를 찾았다.

"노형 말이 옳소. 내 아들 두 놈은 정녕코 다 죽었쉐다. 난 나 혼자 이제 살아서 무얼 하겠소? 취하하게 해주소."

"진작 그럴 게지. 그럼 간수 부릅니다."

---

5 뒤상 '늙은이'의 사투리.

"그래주소."

영감은 떨리는 소리로 말하였다.

나는 패통[6]을 쳤다. 간수는 왔다. 내가 통역을 서서 그의 뜻(이라는 것보다 우리의 뜻)을 말하매 간수는 시끄러운 듯이 영감을 끌어내 갔다.

자리에 돌아올 때에 방 안 사람들의 얼굴을 보니, 그들의 얼굴에는 자리가 좀 넓어졌다는 기쁨이 빛나고 있었다.

*

모깡, 이것은 우리가 십여 일 만에 한 번씩 가질 수 있는 우리의 가장 큰 행복이다.

"모깡!"

간수의 호령이 들릴 때에 우리들은 줄을 지어서 뛰어나갔다.

뜨거운 해에 쪼인 시멘트 길은 석 달 동안을 쉰 우리의 발에는 무섭게 뜨거웠다. 그러나 그것은 우리의 즐거움의 하나였다. 우리는 그 길을 건너서 목욕통 있는 데로 가서 옷을 벗어던지고, 반고형(半固形)이라 하여도 좋을 꺼룩한 목욕물에 뛰어들어갔다.

무엇이라고 형용할 수 없는 즐거움이었다. 곧 곁에는 수도가 있다. 거기서는 어쨌든 맑은 물이 나온다. 그것은 우리들의 머리에서 한때도 떠나보지 못한 '달콤한 냉수'였다. 잠깐 목욕통 속에서 덤빈 나는 수도로 나와서 코끼리와 같이 물을 먹었다.

바깥에는 여러 복역수들이 일을 하고 있었다. 그것도 (갑갑함에 겨운) 우리들에게는 부러움의 푯대였다. 그들은 마음대로 바람을 쏘일 수가 있었다. 목마르면 간수의 허락을 듣고 물을 먹을 수가 있다. 뿐만 아니라, 그들에게는 갑갑함이 없었다.

---

6 패통 교도소에서 제소자가 어떤 용무가 있을 때 담당 교도관을 부르기 위해 마련한 장치.

즉, 어느덧 그치라는 간수의 호령이 울렸다. 우리의 이십 초 동안의 목욕은 이에 끝났다. 우리는 (매를 맞지 않으려고) 시간을 유여치 않고 빨리 옷을 입은 뒤에 간수를 따라서 감방으로 돌아왔다.

꼭 가장 더울 시각이었다. 문을 닫는 다음 순간, 우리는 벌써 더위 속에 파묻혔다. 더위는 즐거움 뒤의 복수라는 듯이 용서 없이 우리를 내리쪼인다.

"벌써 덥다!"

나는 혼잣말로 중얼거렸다.

"매를 맞구라두 좀더 있을걸······."

누가 이렇게 말한다. 서너 사람의 웃음 비슷한 소리가 들렸다. 그러나 그 뒤에는 먹먹하였다. 몇 시간 동안의 침묵이 연속되었다.

우리는 무서운 소리에 화닥닥 놀랐다. 그것은 단말마의 부르짖음이었다.

"히도쓰(하나), 후다쓰(둘)."

간수의 헤어 나가는 소리와 함께,

"아이구 죽겠다, 아이구, 아이구!"

부르짖는 소리가 우리의 더위에 마비된 귀를 찔렀다. 우리는 더위를 잊고 모두들 머리를 들었다. 우리의 몸은 한결같이 떨렸다. 그것은 태 맞는 사람의 부르짖음이었다.

서른까지 헨 뒤에 간수의 소리는 없어지고 태 맞는 사람의 앓는 소리만 처량히 우리의 귀에 들렸다.

둘째 사람이 태형대에 올라간 모양이다.

"히도쓰."

하는 간수의 소리에 연한 깃은,

"아유!"

하는 기운 없는 외마디의 부르짖음이었다.

"후다쓰."

"아유!"

"미쓰(셋)."

"아유!"

우리는 그 소리의 주인을 알았다. 그것은 어젯밤 우리가 내쫓은 그 영원 영감이었다. 쓰린 매를 맞으면서도 우렁찬 신음을 할 기운도 없이 '아유!' 외마디의 소리로 부르짖는 것은 우리가 억지로 매를 맞게 한, 그 영감이었다.

"요쓰(넷)."

"아유!"

"이쓰쓰(다섯)."

"후—"

나는 저절로 목이 늘어지는 것을 깨달았다. 나의 머리에는 어젯밤 그가 이 방에서 끌려 나갈 때의 꼴이 떠올랐다.

"칠십 줄에 든 늙은이가 태 맞구 살길 바라갔소? 난 아무캐 되든 노형들이나……."

그는 이 말을 채 맺지 못하고 초연히 간수에게 끌려 나갔다. 그리고 그를 내쫓은 장본인은 이 나였다.

나의 머리는 더욱 숙여졌다. 멀거니 뜬 눈에서는 눈물이 나오려 하였다. 나는 그것을 막으려고 눈을 힘껏 감았다. 힘 있게 닫긴 눈은 떨렸다.

김동인(金東仁)

1900년 평남 평양 출생. 호는 금동(琴童), 금동인(琴童人), 춘사(春士). 메이지 학원 중학부 졸업, 가와바타 미술학교 중퇴. 1919년 최초의 문예 동인지 『창조(創造)』 발간. 단편 「약한 자의 슬픔」을 발표한 후 귀국, 출판법 위반으로 4개월간 투옥됨. 이후 「목숨」(1921), 「배따라기」(1921), 「감자」(1925), 「광염(狂炎) 소나타」(1929) 같은 단편을 발표하면서 간결체·언문일치 문장을 선보임. 그리고 사실주의적 수법이나 예술지상주의 경향을 표방하면서 순수문학 옹호에 앞장섬. 『젊은 그들』(1930), 『운현궁(雲峴宮)의 봄』(1933) 같은 장편을 신문에 연재하고, 「결혼식」(1931), 「발가락이 닮았다」(1932), 「광화사(狂畵師)」(1935) 등을 발표. 「춘원연구(春園研究)」를 내놓으면서 비평계의 주목을 받았음. 1935년 이후, 극심한 생활고에 시달리는 가운데 친일 행적을 보이기도 함. 한국전쟁 중 서울에서 숙환으로 작고.

작품 세계

김동인은 주로 단편소설 분야에서 탁월한 능력을 발휘했다. 그가 남긴 단편은 무려 40여 편에 이른다. 역사소설이나 장편소설 대부분이 야담류임을 감안할 때, 김동인 문학의 본령은 역시 단편소설이었음이 분명하다. 그러나 그의 단편들은 압축적 구성, 상징적 암시, 서술 대상이나 심리 표현의 측면에서 보면 다소 문제점을 안고 있다.

'잃어버린 정체성 회복을 위해 유랑하는 자의 고백체 소설,' 「배따라기」는 「광화사」 「광염 소나타」의 모태가 되는 작품이다. 「광화사」에서 김동인은, 독자를 효과적으로 설득하기 위해 현실과 환상의 적절한 교체를 시도한다. 그리고 '절대미 완성과 자아 실현'을 꾀하다가 끝내 비극적 결말에 이르는 인물을 형상화하고 있다. 뿐만 아니라 이 작품에서는 전통적 요소와 서구적인 예술지상주의의 접맥 가능성이 조심스럽게 타진되기도 한다. 「광염 소나타」는, 기존 질서의 파괴 위에 새 질서를 창조해 나가는 쾌감을 야성적인 음악으로 표현한 작품이다. '새 질서'를 '천상의 질서'로 규정했던 김동인은, 이 작품에서 '현세적 유한성'을 특별히 강조하게 된다. 인물과 현실 환경 사이의 충돌 양상은 「감자」(1925), 「대형(笞刑)」(1923), 「명문」(1925), 「송동이」(1929), 「배회」(1930), 「증거」(1930), 「붉은 산」(1932) 등에서 잘 드러난다. 특히 「배회」에서의 외적 갈등은 식민지하 자본가와 노동자 사이의 계층 갈등 형태로 그려진다. 이러한 갈등 구조를 통해 김동인은 '외래 사조의 무비판적 수용' 문제를 냉정한 시선으로 비판하고 있다.

하지만 이상의 단편에서 우리가 만나게 되는 현실은, 작가의 치열한 사회의식에 의해 포착된 것이 아니다. 작가가 지나치게 현실 상황에 집착하게 되면 소설의 본질인 '영원성'을 상실할 수 있다는 것이 김동인의 입장이었다. 그래서 그는 작품을 통해 끊임없이 '세속주의 탈피'를 시도하고 있었던 것이다.

「태형」

「태형」은 1922년 12월부터 이듬해 1월까지 『동명(東明)』에 연재된 단편소설이다. 이 작품에서 김동인은, 감옥이라는 특수 환경에 처한 인간의 부정적 내면성을 냉철하고도 정확한 시선으로 그려내고 있다. 이런 문제적 상황은 이광수 단편 「무명(無明)」(1939)에서의 그것과 자주 비교되기도 한다.

3·1운동 직후의 여름. 좁은 미결수 감방에는 사람들로 가득 차 있다. 번갈아 잠자리를 잡아야 할 정도로 열악한 환경 속에서, 모두 이 공간으로부터 한시바삐 벗어날 수 있기만을 고대한다. '나' 역시 민족과 조국 독립, 현실 타파 같은 역사적 차원의 문제에는 관심이 없다. 다만 약간의 냉수와 맑은 공기만이 절실할 뿐이다. 태형 구십 대를 언도받은 '영원 영감'이 매를 견딜 수 없을 것 같아 공소하게 되자 감방의 미결수들은 그를 윽박지르기 시작한다. 노인이 매를 맞고 나가게 되면, 이 미결 감방에 다소나마 공간적 여유가 생기기 때문이다. 물론 그 윽박지름의 선도자는 '나'이다. 의외로 영감은 초연한 모습으로 공소를 취하하고 미결 감방의 동료들을 위해 스스로 태형—죽음에의 길로 나간다. 무더위에 짓눌리고 무감각해진 감방 속 사람들이 지쳐갈 때쯤, 매질에 힘없이 내뱉는 노인의 외마디소리가 들려온다. '나'는 양심의 가책을 느끼며 애써 눈을 감고 외면해보지만 흐르는 눈물은 어쩔 수 없다.

'옥중기의 일절'이라는 부제에서도 드러나듯 이 소설의 시공간 배경은 '3·1운동 직후의 감옥'이며, 그 속에서 인간들이 보여주는 부정적 측면의 폭로를 핵심 주제로 삼고 있다. 즉 환경에 굴복하는 '인간의 비극적 진실'을, 도덕과 양심까지 벗어던진 인간 본연의 모습을 '나'에게서 보려고 했던 것이다. 감옥에 오기 전까지는 이타적 존재였지만 상황적 조건에서 비롯된 긴장감을 이기지 못하고 쉽게 이기적 존재로 돌아서버리는 '나,' 그는 '인물참여자적 서술자'이며 어느 평자가 지적했던 것처럼 '심리적 절박감이나 절망감'을 토로하는 작가의 또 다른 모습일 수 있다.

주요 참고 문헌

김동인의 「태형」에 대한 본격적 작품론으로는 김구중의 「인물참여자적 서술자 '나'의 중첩된 목소리 연구: 김동인의 「태형」을 중심으로」(『한국언어문학』 제39집, 한국언어문학회, 1997)가 있다. 이 글은 '일원 묘사체'와 '인형 조종술'로 집약되는 김동인의 서술 방법에 주목하면서, 인물참여자적 서술자 '나'를 선택함으로써 얻게 된 정체성 모색의 편의성과 '직접성의 환상' 확보 가능성을 점검하고 있다. 윤홍로의「「태형」과 민족 환경」(김열규·신동욱 편, 『김동인연구』, 새문사, 1982)에서는 문예사조적 측면에서의 문제를 논의하고 있다. 여기에서 필자는, 경험 자아의 행위를 사실주의(자연주의를 포함하는) 결정론에 근거한 것으로, 그리고「태형」을 자연주의적 세례를 강하게 받은 작품으로 평가한다. 장병희의「김동인 문학의 폭력적 죽음에 관한 연구」(『어문학』 제3집, 국민대학교어문학연구소, 1984)는「태형」의 '외적 갈등' 구조와, '폭력적 죽음' 양상에 주목하고 있다. 박재원의「김동인 단편에 나타난 일인칭고」(『교육논총』 제2집, 동국대학교 교육대학원, 1982)는 철저히 객관화된 존재로 그려진 '나'와, 그를 통해 더욱 넓어지는 동인의 작가적 시야에 관심을 보인다.

_한승옥

염상섭
만세전

 술이 얼큰하게 취하여, 문간으로 나오는 나를, 앞서 따라 나오던 정자는, 거진 입이 닿도록 내 귀에다 대고,
 "정말 밤차로 가세요?"
하며 소곤거렸다.
 "왜? 생각나는 대로 하지……."
 "글쎄요……."
하고 나서 정자는 무슨 말을 할 듯 할 듯하다가, P자가 쫓아 나오는 것을 보고 한 걸음 물러섰다.
 "하여간 갈 길이니까 어서 가야지. 그럼 한 달쯤 있다가 올 테니까, 그때 또 만납시다."
 나는 이같이 한마디 남겨놓고 길거리로 나섰다.
 거리는 아직 초저녁이지만, 첫추위인 데다가, 낮부터 음산했던 일기는 마치 눈이나 오려는 듯이, 밤이 들어갈수록 쌀쌀해졌다. 사람 자취도 점점 성기어가고, 길바닥에 부딪히는 나막신 소리는 한층 더 요란히 들린다. 여기저기 점두에 매달린 전등 불빛까지 졸린 듯 살얼음이 잡히어가는 듯 보유스름하게 비치

---
* 「만세전」은 『신생활』 1922년 7월~9월호에 연재되었다(당시 제목은 「묘지」). 여기서는 잡지 게재본을 텍스트로 삼아 부분 수록하였다.

는 것이, 더욱 쓸쓸해 보였다.

나는 곧 차에 뛰어오르려다가, 사람이 붐비는 갑갑한 차 속으로 기어들어갈 생각을 하니까 얼근한 김에 차마 올라설 용기가 나지를 않아서 그대로 돌쳐서서, O교 방면으로 꼽들었다.

화끈화끈 다는 뺨을, 살금살금 핥고 달아나는 저녁 바람에, 정신이 반짝 날 듯하면서도, 마음은 어찌하여 그렇다고, 꼭 집어 말할 수 없이, 조비비듯 조바심이 나서 못 견딜 지경이다. 자기 자신에게 대한 반항인지, 자기 이외의 무엇에 대한 반항인지, 그것조차 명료히 깨닫지 못하면서, 덮어놓고 앞에 닥치는 대로 무엇이든지 해내려는 듯한 터무니없는 울분이, 가슴속에서 용심지같이 치밀어 올라왔다. 컴컴한 속에서 열병에나 띄운 놈 모양으로, 포켓에 찔렀던 두 손을 꺼내가지고, 뿌리쳐보기도 하고, 입었던 외투나 윗저고리를 벗어서, O교 다리 밑으로 보기 좋게 던져버렸으면, 하는 공상도 머릿속에 그려보면서, 발은 기계적으로 움직여 O교 정거장을 지나 S교를 향하고 돌쳐서서 여전히 컴컴한 천변가로 헤매며 내려갔다.

이러한 공상이 한참 계속된 뒤에는, 별안간에 눈물이 비집어 나올 만치, 지향할 수 없이 애처로운 생각이 물밀듯하여, 참을 수 없는 공허와 고독을 감하면서, 눈물이나 마음껏 흘려보았으면 하는 생각이 일어났다. 그러나 그다음 순간에는,

'무슨 때문에 눈물이 필요하단 말이냐. 공허와 고독에 대한 캠퍼 주사가 새큼한 눈물 맛인가! 흠 정말 자유는 공허와 고독에 있지 않은가?'

나는 속으로 이같이 변명해보았다.

그것은 마치 종로에서 뺨 맞은 놈이, 행랑 뒷골에서 눈을 흘기다가, 자기의 약한 것을 분개하여보기도 하고, 혼자 변명하기도 해보는 셈이었다. 그러나 이렇게 겁겁증이 나서, 몸부림을 하는 일종의 발작적 상태는, 자기의 내면에 깊게 파고들어 앉은 '결박된 자기'를 해방하려는 욕구가, 맹렬하면 맹렬할수록, 그 발작의 정도가 한층 더하였다. 말하자면, 유형무형한 모든 기반, 모든 모순, 모든 계루에서, 자기를 구원해내지 않으면 질식하겠다는 자각이 분명하면서도,

그것을 실행할 수 없는 자기의 약점에 대한 분만(憤懣)과 연민과 변명이었다.

나는 참을 수 없어서 포병공창 앞으로 달아나는 전차에 뛰어올랐다. 이러한 때에 미인의 얼굴이라도 쳐다보면, 캠퍼 주사만 한 효과가 있으리라 생각하기 때문이었으나, 나의 이지(理智)는 그것조차 조소한다.

그러나저러나, 노역과 기한에, 오그라진 피부가 뒤틀린 얼굴밖에, 내 눈에는 비치지 않았다. 그들은 시든 얼굴을 서로 쳐들고 물끄럼말끄럼 마주 건너다보기도 하고, 곁의 사람을 기웃이 들여다보기도 하고 앉았다. 나도, 그들의 얼굴을 이 사람 저 사람 쳐다보다가,

'여러분, 장히 점잖구 무섭소이다그려!'

이렇게 한마디 하고, 일부러 허허허 하며 웃어보면, 어떨까 하는 생각을 하고 나서, 나 혼자 제풀에 빙긋해버렸다.

이렇게 안 나오는 거드름을 빼고, 될 수 있는 대로 우자한 태도로 좌우를 주시하는 것은, 비단 일본 사람이 조선 사람에게만 한한 무의식한 관습이 아니라, 사람의 공통한 성질인 동시에 사람이란 동물이, 얼마나 약한가를 유감없이 반영한 것이다. 약하기 때문에 조그만 승리와 조그만 자랑을 갈구하고, 약하기 때문에 성세(聲勢)를 허장(虛張)하며, 약하기 때문에 자기의 주위에 경계망을 쳐놓고 다른 사람을 주시할 필요가 있는 것이다. 상대자의 용모나 의복 행동 언사를 면밀히 응시하고 음미함으로써, 자기의 비열한 호기심을, 만족시키려는 본능적 요구가 있는 것도 물론이겠지만, 상대자에게 대한 일체를 탐구하는 데에는, 여러 가지 의미로 필요한 조건이 있다. 우선 자기 방어상, 상대자의 강약과 빈부의 정도와 계급의 고하를 감정할 필요가 있고, 그다음에는 의복 언어 거조 등이 시속적 유행에 낙오가 됨은 현대 생활상, 그중에도 도회 생활을 하는 자에게 대하여 일대 수치요 고통이기 때문에 또한 필요한 것이다. 만일에 일보를 진하여 비교적 협소한 범위의 사교나 상업상 거래가 있는, 소위 신사 계급이라든지 상인 간에는 한층 더한 것을 볼 수 있다. 왜 그러냐 하면, 그들은, 자기의 생명인 애(愛)를, 얻으려는 또 한 가지의 욕구가 있기 때문이다. 이런 점으로 보면, 제일 진순하고 아리따운 것은, 전차나 집회나 가로 상에서, 청

년 남녀가 정열에 타는 아미로 서로 도적질을 해보는 것과, 소위 하층 사회의 부박한 기풍이다. 이성을 동경하는 청년 남녀에게는 불결한 욕심이 없다. 적어도 물질적 욕심이 없다. 아첨할 필요도 없고 경계할 이유도 없고 우월하거나 농락하려는 야심도 없고 방어하고 반발하려는 적대심이란 손톱만큼도 없다. 다만 미를 동경하고 모색하며 이에 감격한다. 더구나 그러한 심리가, 영원히 흐르는 물결에 뿌려지는, 월광의 은박같이, 아무 더러운 집착 없이 순간순간에 반짝이며, 스러져버리는 것이, 더욱이, 방순하고 정결하다 할 수 있다. 그러나 위선 없이 살지 못하리라는 것이 오늘날 우리의 운명이다. 그리하여 인생의 움〔芽〕같은 그들도 미인의 얼굴을 결코 정시하는 일은 없다. 절도질을 한다. 그것이 무엇보다도 고약한 버릇이다.

그다음에 노동자에 이르러서는, 자랑할 것도 없고 숨길 것도 없고 부끄러울 것도 없는 대신에 적나라한 자기와, 동정과, 방위적 단결이 있을 따름이다. 생활의 양식으로는 제일 진실되고 아름답다. 하므로 그들은 사람과 사람끼리 만날 때에, 결코 응시하거나 음미하거나 탐색하지는 않는다. 그러나 그들의 병은, 무지한 것이다.

하고 보면 결국 사람은, 소위 영리하고 교양이 있으면 있을수록(정도의 차는 있을지 모르나), 허위를 반복하면서 자기 이외의 일체에 대해, 동의와 타협 없이는, 손 하나도 움직이지 못하는 이기적 동물이다. 물적 자기라는 좌안(左岸)과 물적 타인이라는 우안(右岸)에, 한 발씩 걸쳐놓고, 빙글빙글 뛰며 도는 것이, 소위 근대인의 생활이요, 그렇게 하는 어릿광대가 사람이라는 동물이다. 만일에 아무 편에든지 두 발을 모으고 선다면, 위선 어떠한 표준하에, 선인이나 악인이 될 것이요, 한층 더 철저히 그 양안의 사이로 흐르는 진정한 생활이라는 청류에, 용감히 뛰어들어가서 전아적(全我的)으로 몰입한다면, 서기에는 세속적으로는 낙오자에 자적(自適)하겠다는 각오를 필요조건으로 한다…….

나는 이러한 생각을 하며 역시 이 사람 저 사람 쳐다보고 앉았다가, 정자의 지금의 생활을 생각해보았다. 그 애가 반역자라는 점은 찬성이다. 그러나 자기의 생활을, 자율하여 나갈 힘이 있을까. 자기 생활의 중류에 뛰어들어갈 용기가 있을까? 다소의 자각도 있고 영리는 하지만. ……그러나 허영심이 앞을 서기 때문에 물질적으로나 정신적으로나 믿을 수 없는 것이다…….

전차는 종일 노역에 기진하여, 허덕허덕 다리를 끌면서, 잠이 들어가는 집집의 적막을 깨뜨리려는 듯이, 빽빽 기쓰는 듯한 외마디소리를 치며, E가도의 암흑 속을 겨우 기어 나와서, 대낮같이 전등이 달린 차고 앞에 와서, 한숨을 휘쉬며 우뚝 섰다. 졸음 졸듯이 고요하던 찻간 안은, 급작스레 왁자해지면서 우중우중 내려왔다.

나도, 검은 양복바지에 푸른 저고리를 입고, 벤또갑을 든 사오 인의 직공 뒤를 따라 내려왔다. 쌀쌀한 바람이 확 끼쳤다.

"아, 요새도 밤일을 하슈? 오늘은 제법 춥지요."

"예, 인제 참 겨울인데요."

"이리 들어와, 좀 녹여 가시구려."

차고 문간에 섰던 차장과 이같이 수작을 하며, 따뜻해 보이는 차장 휴게실로 끌려 들어가는 직공들의 뒤를, 부러운 듯이 건너다보며, 나는 그 사이 골짜기로 들어섰다.

하숙으로 휘돌아 들어오는 길에 뒷집에 있는 ×군을 들여다볼까 하며 한참 망설이다가, 결심하고 들어가보았다. ×군은, 내가 이 밤으로 귀국하게 되었다는 말을 듣고, 당자인 나보다도 놀라며, 진정으로 가엾어하는 모양이었다. 나는 사람 좋은 ×군을, 도리어 웃으면서 하숙으로 돌아왔다.

뒤미처 따라온 ×군과 같이, 짐을 수습하여 주인에게 맡긴 후에, 인사 받을 새도 없이 총총히 가방을 들고, 우리 둘이서 동경역으로 향한 것은, 그럭저럭 열 시가 넘은 뒤였다. ×군이 재촉을 하는 대로 나는,

"늦으면 내일 떠났지, 하는 수 있나!"

하면서도 허둥허둥 동경역에 도착해 보니까, 내 시계가 틀렸던지, 그래도 십분가량이나 여유가 있었다.

가방을 뒤에 서 있는 ×군에게 맡겨놓고 차표를 사려고 출찰구 앞에 들어가서 있으려니까 곁에서 누가 살짝 건드리며,

"이상!"

하는 귀에 익은 소리가 들린다.

나는 깜짝 놀라서 돌아다보았다. 역시 정자다. 자줏빛 보자에다가 네모진 것을 싸서 들고 옆에 선 ×군의 시선을 꺼리는 듯이, 옆을 흘겨보고 섰다.

"웬일이야? 이 추운 밤에."

나는 의외인 데에 놀라며, 위무하는 듯이 한마디 했다.

"난, 안 가시는 줄 알았지!"

"한참 기다렸어?"

"아뇨, 난 늦을까 봐 허둥지둥 나왔더니……."

"미안하구려. 어서 들어가지, 그럼……."

정자는 거기에는 대답도 안 하고, 맞은편 출찰구로 총총걸음을 걸어갔다.

×군이 자리를 잡으려고 앞서 들어간 뒤에, 정자는 입장권을 사가지고 와서, 맨 끝으로 둘이 나란히 서서 걸으며 입을 벌렸다.

"오래 되실 모양이에요?"

"뭘, 고작해야 이 주일쯤이지."

"오래 되시건 편지라도 해주세요. 그동안에 나도 어떻게 될지 모르니까."

"왜, 어딜 가게?"

"글쎄요, 밤낮 이 모양으로만 하고 있을 수도 없으니까……."

정자는 말을 끊고, 잠깐 고개를 기울이고 걷다가, 가까이 와서 매달리듯이 몸을 살짝 실리며,

"이렇게 급하지만 않았다면, 나도 같이 경도(京都)까지라도 가는 것을……."

하며 나를 쳐다보며 웃었다. 나는 잼처 무엇을 물으려다가, ×군이 황망히 손짓을 하며 부르는 바람에, 정자와는 총총히 인사를 하고 차에 올라서, ×군과 바꾸어 앉았다.

친구에게 전송을 받거나, 물건을 받는 일은 별로 없었기도 하려니와, 도리어 귀찮은 일이지만, 정자가 무엇인지 보자에 싼 채 창으로 디밀며, 지금 펴볼 것 없다 하기에, 나는 그대로 받아서 선반에 얹을 새도 없이, 차는 움직이기 시작

하였다.
 반 칸통쯤 떨어져서, 오도카니 섰던 정자의 똑바로 뜬 방울 같은 두 눈이, 힐끗하더니 몰려 나가는 전송인 틈에 사라져버렸다.

2

 반찬 찬합같이 각다구니를 여기저기 함부로 벌여놓고 꼭꼭 끼어 앉은 틈에서, 겨우 잠이랍시고 눈을 붙였다가 깨니까, 아직 동이 트려면 한두 시간이나 있어야 할 모양. 찻간은 야기에 선선하면서도, 입김과 궐련 연기에 혼탁했다. 다시 눈을 감아보았으나 좀처럼 잠이 들 것 같지도 않고, 외투 자락을 걸친 어깨가 으스스하여, 일어나 앉으며 담배 한 개를 피워 물고 나서, 선반에 얹은 정자가 준 보자를 끌어 내렸다. 아까 받아 얹을 때에 잠깐 보니까 과자 상자 위에 술병 같은 것이, 두두룩이 얹혀 있는 것 같아서 그리한 것이다. 네 귀를 살짝 접어서 싼 자주 모사 보자의 귀를 들치고 보니까, 과연 갑에 넣은 위스키 중병이 얹혀 있다. 어한 겸 한잔할 작정으로 병을 쑥 빼려니까, 갸름한 연보랏빛 양봉투가 끌려 나왔다.
 '별안간에 편지는 무슨 편지인구. 응 그래서 아까 풀지 말라구 한 게로군······.'
 나는 혼자 속으로 이렇게 생각을 하며, 꺼내서 옆에 놓은 모자 밑에 찔러 넣어놓은 뒤에, 한 잔 위선 따라서 한숨에 켰다.
 영리한 계집애다. 동정할 만한 카페의 웨이트리스로는 아까운 계집애다라고 생각은 했어도 이때껏 내 차지로 해보겠다는 정열을 경험한 때는 없다고 해도 거짓말이 아니다. 원래가 이지적, 타산적으로 생긴 나는, 일시 손을 댔다가, 옴칠 수도 없고 내칠 수도 없게 되는 때에는, 그 머릿살 아픈 것을 어떻게 조처를 하나, 하는 생각이 앞을 서는 동시에, 무슨 민족적 거구(渠溝)가 앞을 가리는 것은 아니라도, 이왕 외국 계집애를 얻어가지고, 아깝게 스러져가려는 청춘을 향락하려면, 자기에게 맞는 타입을 구하겠다는 몽롱한 생각도 없지 않아서 그리하였다. 그러나 숄 한 개가 인연이 되어, 편지까지 받게 되고 보니, 불쾌할 것은 없으나 다소 예상외인 감이 없지 않았다. 물론 어떠한 정도의 애착이 없는 것은 아니지만, 그렇다고 그것이 곧 생명의 내용인 연애도 아니려니와, 설혹 연애에 끌려 들어간다 할지라도 그것으로 인하여, 공연히 자기의 생활에 파란을 일으키고, 공연한 고생을 벌어가며, 안가(安價)한 눈물과 환멸의 비애를 사고 싶은 생각은 없었다. 내가 많지 않은 학비나 여비 속에서, 특별히 생각하고 숄을 사다가 준 것도, 그 애에게 폐를 많이 끼친 사례도 되고 또는 기뻐하는 양을 보고 향락하겠다는 의미에서 지나지 않았다. 만일 정자의 사랑을 바란다 할 지경이면 나는 구차히 물질에게 중매 들기를 원치 않았을 것이다.

나는 이런 생각을 하며, 두어 잔 더 마시고 나서, 편지를 꺼내서 피봉을 들여다보았다. 침착하고도 생생하고 정돈된 필적은, 그 애의 용모와 같이 재기가 발려 보였다. 나는, 앞사람은 졸고 앉았지만, 누가 보지나 않을까 하고, 그대로 포켓에다가 집어넣으려다가 그래도 궁금증이 나서 쭉 뜯어 보았다.

지금은 이런 편지를 올릴 기회가 아닌지도 모릅니다. 왜 그러냐 하면, 나는 물질로써 좌우되는 천열한 계집이라고 생각하실 것이, 너무도 창피하고 원통하기 때문이외다. 그러나 그러할수록…….

이렇게 허두를 낸 나의 위선적 태도에 대한 예리한 비판과 공격, 자기의 절망적 술회, 자기의 장래에 대한 희망 등을 간단간단히 요령만 쓴 뒤에, 형편 따라서는 세말쯤, 혹은 경도의 고모 집으로 갈지 모르겠다고 했다.

나는 한번 쭉 보고 나서, 혼자 웃있다. 그러나 그것은 조소거니, 나에게 대한 신뢰에 대하여 만족한 미소는 아니었다. 애를 써 설명하자면, 그 계집애의 조리가 정연한 이론과, 이지적이요 명민한 그 애의 두뇌에 만족이었다.

나는 곧 답장을 써볼까 하다가, 하나 둘씩 일어나 앉는 사람들의 시선이 귀찮아서 그만두어버리고, 또다시 잔을 들었다.

……왜 우롱을 하세요? 무슨 까닭에 농락을 하세요? P자와 저를 놓고 희롱하시는 것은 유쾌하시겠지요. 그러나 너무 참혹하지 않습니까. 물론 당신도, 애(愛)는 유희가 아니라는 것은 아시겠지요.
　……누가 당신께서 손톱만큼이라도, 나를 사랑하신다는 것은 아니지만, 나에게는 견딜 수 없는 고통입니다. 혹시는 모욕입니다. 당신의 태도가, 그 외에는 어떻게 할 수 없으시다면 우리는 이 이상 교섭을 끊는 것이 정당한 일이겠지요…….

　이것이 정자의 최대 불평이었다. 나는 술병을 싸서 놓고, 가만히 드러누워서 편지 사연을 곰곰이 생각해보았다.
　정자가 과거의 쓴 경험 — 글로 말미암은 현재의 경우에서도, 어떻게 해서든지 헤어나려는 자각과 진실되이 자기의 생활을 인도하려는 노력 그것을 생각할 제, 나는 감상적으로 그 애를 위하여 울고 싶었다. 옆에 앉았을 지경이면, 그대로 답삭 껴안고, 네 눈에서 흘러나오는 쓴 눈물을 같이 맛보고 싶었다. 그러나 그런 생각도 그 순간뿐이었다.
　'계집애하고 키스를 하면서도 침맛을 분석하는 놈에게, 애(愛)가 있다는 것부터 틀린 수작이다.'
　이렇게 생각을 하며, 아까 M헌 이층의 광경을 머리에 그려보았다. 그때 정자는 어떠했을까? 모욕이란 의식부터 머리에 떠올랐을까? …… 그러나 자기 말마따나, 이때껏 한 남자의 입밖에는 몰랐다면, 그리고 나에게 대한 애욕이 있다 하면 확실히 몽중(夢中)이었을 것이다. 그러고 보면, 정자도 아직 행복하다.
　이런 생각을 할 제, 사람의 행복은 — 적어도 사람다운 정열은, 정조로부터 나오는 것이 아닌가 하는 생각도 해보았다.
　'그러나 자기는, 이때껏 연애다운 연애를 해본 일도 없으면서, 청춘의 자랑이요 색채라 할 만한 정열이 고갈한 것은 웬 까닭인가. 하여간 성격이 기형적으로 성장했다는 것은 사실이다. 이것은, 정열을 소각시킨 제일 원인이지만, 동시에 인간성의 타락이다. 하지만 자기를 살리기 위하여, 어떠한 경우에는 이 정열을 억제해야 할 필요도 있으니까, 반드시 성격이 뒤틀렸다거나 인간성이 타락하여 그렇다고만도 할 수 없지…….'

그러나 자기를 살린다는 것이, 자기의 비열한 쾌락을 만족시킨다는 것이 아닌 이상, 사람을 우롱한다는 것은 죄악이다. 정열이 없으면 없을 뿐이지, 그렇다고 사람을 우롱하라는 것은 아니다. 사람에게는 사람을 우롱할 권리도 없거니와, 극단으로 말하자면, 사람을 우롱하는 것은, 인생을 유희함이라는 의미로서 결국에 자기 자신을 우롱하고 유희함이다.

무슨 까닭에, 자기는 굳세고 높게 살리겠다면서, 가련한 일개 여성을 농락하려는가? 사실 말하자면 오늘까지 나의 정자에 대한 태도는 그런 공박을 받을 만도 하다. 정자 앞에서도 P자를 귀여워하는 체하고, P자의 손을 잡은 뒤에는, P자가 보는 데서 정자의 비위를 맞추려 하는 체하는 그런 더러운 심리는, 창부보다 낫다 하면 얼마나 나을까. 자기에게 창부적 근성이 있기 때문에 사람을 창부시하는 것이 아닌가. 정신적 창부! 그것이 타락이 아니고 무엇일까. 일 여성을 사랑할 수 없을 만치 타락하였다. 그리고 정신적 타락은 육체적 타락보다도 한층 더 무서운 것이다. 타락이라는 것이 어폐가 있다 하면, 그만큼 사람 냄새가 없어졌다고 하는 것이 옳을까. …… 하지만, 사랑이니 무어니 머릿살 아프다.

나는 이런 생각을 하며 누웠다가, 숨이 괴로워서 벌떡 일어나 데크로 나왔다.

차 안의 전등은 아직 안 나갔으나, 젖빛 같은 하늘이 하얘져가며, 인기척 없이 꼭꼭 닫은 촌가가 가끔가끔 눈앞으로 날아가는 것을 보면, 동은 벌써 튼 모양이었다. 아침 바람이 너무도 세어서, 나는 무심고 외투 깃을 올리며 이삼 분 섰다가, 그래도 견딜 수가 없어서 다시 들어와 자기 자리에 드러누웠다.

한 두어 시간이나 잤을지, 사람이 너무 붐비는 바람에 잠이 깨어서 눈을 뜨고 내다보니, 기차는 플랫폼에서 어슬렁어슬렁 기어 나가는 모양. 나는 일어나기가 싫기에, 지금 바꾸어 들어와 앉은 앞자리의 사람더러 예가 어디냐고 물어보았다.

"나고야예요."

"에? 인제야 나고야?"

나는 이같이 놀란 듯이 반문을 하고, 암만해도 중도에서 하루 묵어가야 하겠군 하는 생각을 채 결심도 못하고 또 잠이 들어버렸다.

한잠 늘어지게 자고 나서 보니까, 기차는 아직도 기내 지방(畿內地方) 어귀에서 헤매는 모양. 시간표를 들추어 보니 경도에서 내리려면 아직도 세 시간, 신호(神戶)에서 묵어간다면 다섯 시간가량이나 있어야 할 터이다.

'을라(乙羅)나 가서 볼까?'

내년 신학기에는 동경 음악학교로 전학을 하겠다고, 규칙서를 얻어 보내라고 한 을라의 부탁을 이때껏 월여(月餘)나 되도록 답장도 안 한 것을 생각해보았다. 그것은 나의 태만도 태만이거니와, 만 일 년간이나 음신(音信)이 격절한 오늘날에, 불쑥 편지를 하는 것도 이상하고, 또다시 서신을 왕복하는 것은 피차에 머릿살 아픈 일이기 때문이었다.

'지금 만나면 어떤 얼굴로 볼꾸?'

창턱에 기대어 앉아서, 방울방울 방울을 지어 올라가는 담배 연기를 물끄러미 쳐다보며, 가장 정숙한 듯이 가장 부끄러운 듯이 꾸미는 을라의 팔초한¹ 하얀 얼굴을, 머릿속에 그려보았다.

'요샌 히스테리가 좀 나았나? 병화하고는 여전한가? 그러나 내게 또 불쑥 규칙서를 얻어 보내란 핑계로 편지를 한 것을 보면, 그동안 또 무슨 풍파가 있었는지도 모를 일이다.'

이런 생각을 할 제, 별안간에, 이왕이면 신호에서 내려서 을라를 찾아보려는 호기심이 와락 일어나서, 또다시 시간표를 뒤적거리며 누웠다.

도지개를 틀면서, 그럭저럭 네 시간 동안을 멀미를 내고, 겨우 감방 속 같은 삼등 찻간에서 해방이 되어 신호 역두에 내려선 것은, 은빛같이 비치는 저녁해

---

1 **팔초하다** 얼굴이 좁고 아래턱이 뾰족하다.

가 육갑산(六甲山) 산등성이에 걸렸을 때였다. 큰 가방은 역에다가 맡겨두고, 오글오글 끓는 정거장에서 빠져나와 한숨을 돌리니 사람이 살 것 같았다.

전차에 올라탈까 하다가, 저녁이나 먹고 나서 을라에게 찾아가리라 하고, 원정통으로 향했다. 작년 초여름 일을 생각하고, A카페의 아래층으로 들어가서, 여기저기 옹기옹기 앉아 있는 다른 손들을 피하여 한구석에 자리를 잡았다. 두세 접시나 다 먹도록 작년에 보던, 두 팔을 옴켜쥐고 아기족아기족 돌아다니던 그때의 그 계집애는 흔적도 보이지 않았다. 차를 가지고 온 계집애더러 물어보니까,

"왜요?"

하고 의미 있는 듯이 웃을 뿐이다.

"왜, 어딜 갔나? 그저 여기 있긴 있겠지?"

"흥! 언제 만나보셨어요? 아세요?"

"글쎄 말이야!"

"벌써 천당 갔답니다!"

"응? 무슨 병으로?"

"폭발탄 정사(情死)라는 파천황의 죽음을 하였답니다."

하며 깔깔 웃다가, 다른 손님이 들어오는 것을 보고, 뛰어 달아난다.

폭발탄 정사라는 말에 귀가 번쩍 뜨여서, 그 계집애가 다시 오기만 어느 때까지 기다려도 돌아본 체도 안 하고 분주히 돌아다닌다. 기다리다 못하여 불러 가지고 셈을 하면서,

"누구하고 그랬어?"

하며 물어보았으나, 내 얼굴만 말끄러미 쳐다보다가,

"누가 압니까. 요다음 오세요. 이야기를 할게요."

하고 바쁜 듯이 팔딱팔딱 신소리를 내며 뛰어 들어가버렸다.

'사실, 그것은 알아 무얼 하나!'

나는 이렇게 생각하고 일어나 나오면서도 어떤 놈하고 어떻게 하였누? 하는 호기심이 없지 않았다.

카페에서 나온 나는, 영정사정목(榮町四丁目)에서 산수(山手) 방면으로 꼽들어, 잊어버린 길을 이리저리 헤매면서, C음악학교로 찾아갔다.

시간은 아직 늦지 않았으나 밤은 들어가는 것 같았다. 저녁 뒤의 연습인지 아래층 저 구석에서 은근하고도 화려하게 울려 나오는 피아노 소리에 귀를 기울이며 기숙사 문간에 서 있으려니까, 을라는 기별하러 들어간 하녀의 앞을 서서, 발을 벗은 채 통통거리며 이층에서 내려왔다.

"이게 웬일예요, 참 오래간만이올시다그려! 어서 올라오세요."

인사할 말을 미리 생각하였던 사람처럼 이렇게 한마디 한 을라는 미소가 어린 그 옴폭한 눈으로 힐끗 나를 쳐다본 후에, 부끄럽다는 듯이 눈을 내리깔며, 태연히 문설주에 기대어 섰다. 나는 빨간 끈이 달린 발 째진 짚신 위에 가벼이 얹어놓은 하얀 조그만 발을 들여다보며, 구두끈을 풀고 올라서서 을라의 뒤로 따라섰다.

"응접실은 추우니까, 내 방으로 가시지요."

을라는 이렇게 한마디 하고 아까 내려오던 층계를 지나서 끌고 들어가다가, 잠깐 서 있으라고 하고 누구의 방인지 뛰어들어갔다. 방문을 열어놓은 채 꿇어앉아서 무어라고 한참 재깔재깔하더니, 생글생글 웃으며 나와서 이층으로 나를 데리고 올라갔다.

"사내를 함부루 끌어들여도 상관없나요?"

나는, 자리를 한구석으로 뚤뚤 말아서 밀어놓은 것을 돌려다보며 이렇게 물었다.

"아무 염려 없에요. ……그렇지만, 혹시 이따가 사감이 들어오더라도, 서울서 오는 오빠라고 하세요."

"그런 꿔다 박은 오빠 노릇은 어려운데……."

이런 실없는 소리를 정색으로 하며, 을라가 권하는 대로 책상 앞에 앉았다.

"옳지, 오빠 행세를 하려면, 싫어도 이렇게 상좌에 앉아야 하겠군……."

농도 아니요 빈정대는 것도 아닌, 이런 소리를 또 한마디 하며, 펴놓았던 책이며 버선짝 옷가지를 부산히 치우는, 을라를 건너다보았다.

을라는, 치우던 것을 한편으로 몰아놓고, 책상 모퉁이에 비스듬히 꿇어앉아서, 윤광 있는 쌍거풀진 눈귀를 처뜨리며, 약간 힐책하는 어조로,

"그 왜 그러세요. 일 년 만에 퍽도 변하셨습니다그려."
하며, 수기(羞氣)가 있는 듯이 고개를 숙여버렸다.

"글쎄요, 내가 그렇게 변했을까. 그러나 을라씨의 얼굴이야말로 참 변하셨소그려! 그래도 그 눈만은 여전하지만! 하하하."

나는 일부러 이런 소리를 기탄없이 해보았다. 어찌한 까닭인지, 아까 올 때에는 퍽 망설이기도 하고, 만나면 어떠한 태도로 대해야 할지 어금니에 무엇이 끼인 것같이 이상하게 근질근질하더니, 지금 여기 들어와서 이렇게 마주 앉고 보니, 어디까지든지 조롱을 해주겠다는 생각이, 반성할 여유도 없이 머리를 압도했다.

"차차 늙어가니까, 그렇지요. 그렇게 내 얼굴이 변했을까요?"

의외에 내가, 파탈한 태도로 수작을 하는 데에 안심한 을라는, 책상 위에 버려놓았던 큼직한 석경을 들어서 들여다보며, 또다시 말을 계속했다.

"그런데 벌써 방학이에요? 나두, 이번에는 나갔다가 들어올 텐데, 동행하실까요?"

"작히나 좋겠소. 그러나 이 밤으로 준비하시겠소?"

"이 밤으루?"

"난, 내일 아침차로 떠날 텐데요."

"이틀만 연기하시면 되지, 내일이 토요일이지요. 적어도 내일까지만 묵으세요."

"무어 할 일이 있나요. 모처럼 만나러 왔던 사람은 정사를 해버렸고!⋯⋯ 나도 정사나 하겠다는 사람이나 있으면 묵을시 모르겠지만⋯⋯⋯."

"참 변한다 변한다 하니 이선생같이 변하신 양반이 어디 계세요. 아아, 참⋯⋯."

을라는 급작스레 무엇에 감격한 듯이, 얕은 한숨을 쉬며 고개를 숙였다. 그것이 무엇을 의미하느냐는 것을 직각한 나는, 얄밉기도 하고, 일종의 모욕 같

은 생각이 나서,

"그래, 그 변한 원인이 어디 있단 말씀이오? 아마 을라씨에게 있겠지? 그렇다면 책임을 져야 하지 않소?"

나는, 말끝에 '되지 않게!'라는 한마디가 혀끝까지 나오는 것을, 입술로 비벼버렸기 때문에, 애를 써 한 말이 내 얼굴의 표정도 쳐다보지 않는 을라에게는, 농담인지 진담인지 알 수 없었던 모양이었다. 혹 알고도 모르는 체하는 버릇도, 이 계집애에게는 항용 수단이지만, 하여간 을라는 내 말에 잠깐 얼굴을 붉히는 듯하더니, 다시 눈살을 찌푸리며,

"그런 소린, 해 무엇 하세요. 그러나 참 정말 모레쯤, 나하고 같이 가세요. 같이 못 가시더라도, 내일 오후부터는 자유니까 이야기할 것도 있고, 구경도 시켜드릴게⋯⋯ 하여간 그리 급한 볼일은 없지요?"

단조와 적막과 이성에 대한 기갈에 고민하던 그때의 을라에게는, 나의 방문은 의외일 뿐 아니라, 진심으로 반가웠던 모양이었다.

"글쎄 그래도 좋지만, 신호는, 멀미가 나도록 구경을 했는데, 또 무슨 구경을 해요?"

"아 참, ⋯⋯그러면 어차피 대판 공회당의 음악회에 갈까 하는데요. 거기에라도 가시지. 토요일하구 일요일하군, 이 근방 학생들은 죄다 제 집에 나가서 자기두 하구⋯⋯."

'말도 잘하지만 수완도 할 만하다.'—나는 이런 생각을 하며, 작년 가을에 기숙사로 들어가기 전에, 여염집 하숙 주인인지 어떤 절간의 중인지 하는 일본놈하고 관계가 있었다는 소문을 생각하며, 또다시 을라의 희고 동글납대대한 얼굴을 쳐다보았다.

"아무려나 되어가는 대로 합시다. 그러나 요새 병화군은 어데 있나요?"

"그걸 왜 날더러 물어보세요? 아시면 당신이 더 잘 아시겠지요."

을라는 병화의 말을 듣더니, 별안간에 얼굴을 붉히고, 독기 있는 소리로 톡 쏘았다.

'나도 퍽 대담하게 되었지만, 너도 참 대담하구나' 하며 나는 천연히,

"아뇨. 요샌 서울 있는지 몰라서 물어본 것이에요. 그러나 그다지 놀라실 게 무엇이에요?"

하고 대답하였다.

을라도 지금 자기의 말이, 오히려 우스웠다고 후회하는 듯이, 소리를 낮추며,

"글쎄, 병화씨하고 무슨 깊은 관계가 있는 듯이, 늘 오해를 하시지만……."

"누가 오해는 무슨 오해를 해요. 사람에게 러브를 할 자유조차 없다면, 죽어야 마땅하지…… 오해를 하거나 육해를 하거나 아주 육회(肉膾)를 하거나, 그까짓 게 다 무어예요. 하하하. 참 너무 늦어서 미안하외다. 인젠 차차 가봐야지……."

하고 나는 모자를 들어서 만적만적하다가,

"에잇 실미적지근해 못 살겠다."

이같이 토하듯이 혼잣말처럼, 한마디 하고 와락 일어났다.

"왜 그러세요. 그렇게 달음박질 가시려면, 왜 내리셨어요…… 그런데 무엇이 실미적지근하시단 말씀이에요?"

을라는 실미적지근하다는 말에, 무슨 활로나 얻은 듯이 반기는 낯빛으로, 그대로 앉아서 나를 만류한다.

"누가 을라씨 보려구 내린 줄 아슈? 다 만날 사람이 있어서, 불원천리하고 온 것이라서 마음에두 없는 놈하고, 폭발탄을 지고, 불구덩이루 들어갔더니, 세상은 고르지도 않아. 대체 날더러 어쩌란 말인구!"

"참 정말이에요? …… 누구에요? …… 일본 여자 조선 여자?"

어리광하듯이 생글생글 웃으며 쳐다보는 을라의 얼굴은, 아무리 보아도 이십오륙 세로는 보이지 않았다.

"그건 알아 뭘 하시려우. 그러나 참 어서 가야지! 또 뵙시다."

하고 나는 어쩌나 보려고, 손을 내밀었다.

그래도 손을 내어줄 용기는 없었던지, 을라는 물끄러미 내 얼굴만 쳐다보다가,

"지금 가시면 어데로 가실 작정이에요? 내일 떠나시진 않을 테지요?"

"되어가는 대로 하지요. 여관에 가서 생각을 해봐서 마음 내키는 대로 하지요."

"내일 음악회는, 참 좋아요. 동경서 일류들만 와서 한다는데……."

"일류인지 이류인지, 송장을 뻐듯드려놓고, 음악회란 다 뭐예요. 에이 가겠습니다. 사감이나 나오면 누님 소리까지 하면서 예 있을 필요가 있나!"
하고, 나는 방문을 열고 훌쩍 나섰다. 을라도 하는 수 없이 쫓아 나오며,

"왜, 날더러 누이라구 못하실 게 뭐야. 그런데 송장이란 무슨 소리세요? 왜 그리 이상스럽게만 구세요. 수수께끼 같은 소리만 하시고, 난 무엇에 홀린 것 같습니다그려."

나는 나란히 서서 층계로 내려오며, 지금 나가는 이유를 이야기해 들려주었다. 을라는 깜짝 놀라는 듯한 표정으로,

"그거 안되었습니다그려! 그러면서 여긴 왜 들르셨에요? 남자란 참 무정도 하지, 어쩌면 부인이 돌아가셨는데……."
하며, 책망을 하는 듯한 을라의 얼굴에는, 그럴듯하게 보아서 그런지, 이때껏 멋모르고 만류한 것이 부끄럽기도 하고 일편으로는 분하기도 하다는 낯빛이 돌며, 눈가 입이 샐룩해졌다. 그러나 내가 불쑥 온 것이 무슨 의미가 없지는 않은가 하는 일종의 기대가 있는 듯도 하다.

"그러기에 남자하고는, 잇새도 어우르질 마슈. 더구나 나 같은 놈하군. 자, 그러면……."

나는 이같이 한마디 던져두고, 인사하는 소리도 채 다 듣기 전에, 캄캄한 문 밖으로 획획 나와버렸다.

깔깔 웃고 싶으니만치 인사 사나운 유쾌를 감하면, 을라와 작별하고 나온 나는, 그날 밤은 신호 역전의 조고만 여관 뒷방에서 고요히 새우고, 그 이튿날 저녁에야 연락선을 타게 되었다.

방축이 터져 나오듯 별안간에 꾸역꾸역 토해 나오는 시꺼먼 사람 떼에 섞여

서 나는 연락선 대합실 앞까지 왔다.

하관에 도착하면 그 머릿살 아픈 으레 하는 승강이를 받기가 싫기에, 배로 바로 들어갈까 했으나, 배에는 아직 들이지 않는 모양. 나는 하는 수 없이 대합실로 들어갔다. 벤또나 살까 하고 매점 앞에 가서 서 있으려니까, 어느 틈에 벌써 눈치를 챘던지, 인버네스[2]를 입은 낯선 친구가 와서, 모자를 벗으며 국적이 어디냐고 묻는다. 나는 암말 안 하고 한참 쳐다보다가, 명함을 꺼내서 내밀고 훌쩍 가게로 돌아서버렸다.

"본적은?"

내 명함을 받아들고, 내가 흥정을 다 하기까지, 기다리고 있던 인버네스는 또 괴롭게 군다. 나는 그래도 역시 잠자코, 그 명함을 도로 빼앗아서 주소를 기입해서 주고 나서, 사놓았던 물건을 들고 짐 놓은 자리로 와서 앉았다. 궐자는 또 쫓아와서,

"연세는? 학교는? 무슨 일로? 어디까지…….."

하며, 짓궂게 승강이를 부린다. 나는 실없이 화가 나서, 그까짓 건 물어 무엇에 쓰려느냐고 소리를 지르려다가, 외마디소리로 간단간단히 대답을 해주고, 부리나케 짐을 들고 대합실 밖으로 나와버렸다.

"미안합니다그려."

하며 좀 비웃는 듯이 인사를 하는 궐자의 흘겨 뜨는 눈에는 뱃속에서 바지랑대가 치밀어 올라온다는 것이 역력히 보였으나, 내 뱃속도 제게 지지 않을 만큼 썩 불편했다.

승객들은 우글우글하며 배에 걸어놓은 층층다리 앞에 일렬로 늘어섰다. 나도 틈을 비집고 그 속에 끼었다.

아스팔트 칠(漆)한 통에 석단산수를 담고 썩은 생선을 절이는 듯한 형언할 수 없는 악취에, 구역질이 날 듯한 것을 참으며, 제가끔 앞을 서려고 우당퉁탕 대는 틈을 빠져서, 겨우 삼등실로 들어갔다. 참외 원두막으로서는, 너무도 몰

---

2 **인버네스** 소매 대신에 망토가 달린 남자용 외투.

취미하고 더러운 이층 침대 위에다가 짐을 얹어놓고 옷을 갈아입은 후에, 나는 우선 목욕탕으로 뛰어들어갔다.

내가 제일착이려니 하였더니, 벌써 삼사 인의 욕객이 욕탕 속에 들어앉아서 떠들어댄다.

"오늘은 제법 까불릴걸!"

"뭘, 이게 해변가니까 그렇지, 그리 세찬 바람은 아니야."

시골서 갓 잡아 올라오는 농군인 듯한 자가, 온유해 보이는 커다란 눈이 쉴 새없이 디굴디굴하는 검고 우악한 상을, 이 사람 저 사람에게로 돌리면서 말을 꺼내니까, 상인인 듯한 동행자가 이렇게 대꾸를 하였다.

"조선은 지금쯤 꽤 추울걸?"

"그렇지만 온돌이 있으니까, 방 안에만 들어엎디었으면 십상이지."

조선 사정에 익은 듯한 상인 비슷한 사람이 설명을 했다.

"응, 참 온돌이란 게 있다지."

촌뜨기가 이렇게 말을 하니까, 나하고 마주 앉아 있는 자가, 암상스러운 눈으로 그자를 말끔히 쳐다보더니,

"노형 처음이슈?"

하며 말참례를 하기 시작했다. 남을 멸시하고 위압하려는 듯한 어투며, 뾰족한 조동아리가, 물어보지 않아도 빚놀이쟁이의 거간이거나 그따위 종류라고 나는 생각하였다.

"이 추위에, 어째 나섰소? 어딜 가기에?"

"대구에 형님이 계신데, 어머님이 편치 않으셔서……."

"마침 잘되었소그려. 나도 대구까지 가는 길인데. ……백씨께선 무얼 하슈?"

"헌병대에 계시죠."

"네? 바로 대구 분대에 계셔요? 네…… 그러면 실례입니다만, 백씨께서는 누구세요? 뭘로 계셔요?"

시골자의 형이 헌병대에 있다는 말에, 나하고 마주 앉은 자는 반색을 하면

서, 금시로 말씨가 달라진다. 나는 그자의 대추씨 같은 얼굴을 또 한 번 쳐다보지 않을 수 없었다.

"네, ×라고 하지요…… 아직 군조(軍曹)예요. 혹 형공도 아십니까? 그런데 노형은 조선엔 오래 계신가요?"

"네."

궐자는 시골자를 한참 멀뚱멀뚱 쳐다보다가,

"암, 알구말구요. 그 양반은 나를 모르실지 모르지만…… 아, 참 나요? 그럭저럭 오륙 년이나 '요보' 틈에서 지냈습니다."

"에구, 그럼 한밑천 잡으셨겠쇠다그려."

이번에는 상인 비슷한 자가 입을 벌렸다.

"웬걸요, 이젠 조선도 밝아져서, 좀처럼 한밑천 잡기는……."

"그러나 조선 사람들은 어때요?"

"요보 말씀이에요? 젊은 놈들은 그래도 제법들이지마는, 촌에 들어가면 대만(臺灣)의 생번(生蕃)보다는 낫다면 나을까. 인제 가서 보슈…… 하하하."

'대만의 생번'이란 말에, 그 욕탕에 들어앉았던 사람들이, 나만 빼놓고는 모두 킥킥 웃었다. 나는 가만히 앉았다가, 무심코 입술을 악물고 쳐다보았으나, 더운 김에 가려서, 궐자들에게는 자세히 보이지 않은 모양이었다.

사실 말이지, 나는 그 소위 우국지사는 아니다. 자기가 망국 민족의 일 분자라는 사실은 자기도 간혹은 명료히 의식하는 바요, 따라서 고통을 감하는 때가 없는 것은 아니나, 이때껏 망국 민족의 일 분자가 된 지 벌써 칠 년 동안이나 되는 오늘날까지는, 사실 무관심으로 지냈고, 또 사위가 그러하게, 나에게는 관대하게 내버려두었었다. 도리어 소학교 시대에는, 일본 교사와 충돌을 하여 퇴학을 하고, 사립학교로 선학을 한다는 둥, 순결한 어린 마음에 애국심이 비교적 열렬하였지만, 차차 지각이 나자마자 동경으로 건너간 뒤에는, 간혹 심사 틀리는 일을 당하거나, 일 년에 한 번씩 귀국하는 길에, 하관에서나 부산·경성에서 조사를 당할 때에는 귀찮기도 하고 분하기도 하지만 그때뿐이요, 그리 적개심이나 반항심을 일으킬 기회가 적었었다. 적개심이나 반항심이란 것은 압박과 학대에 정비례하는 것이요, 또한 활로를 얻는 유일한 수단이다. 그러나 칠 년이나 가까이 동경에 있는 동안에, 경찰관 이외에는 나에게 그다지 민족 관념을 굳게 의식하게 하지 않았을 뿐 아니라, 원래 정치 문제에 대해 무취미한 나는, 이때껏 별로 그런 문제로 머리를 썩여본 일이 전연히 없었다 해도 가할 만했다. 그러나 일 년 이 년 세월이 갈수록, 나의 신경은 점점 흥분해가지 않을 수가 없었다. 이것을 보면 적개심이라든지 반항심이라는 것은, 보통 경우에 자동적, 이지적이라는 것보다는 피동적, 감정적으로 유발되는 것이다. 다시 말하면 일본 사람은, 소소한 언사와 행동으로 말미암아, 조선 사람의 억제할 수 없는 반감을 비등케 한다. 그러나 그것은 결국 조선 사람으로 하여금 민족적 타락에서 스스로 구해야겠다는 자각을 주는 가장 긴요한 동인이 될 뿐이다.

지금도 목욕탕 속에서 듣는 말마다 귀에 거슬리지 않는 것이 없지만, 그것은 독약이 고구(苦口)나 이어병(利於病)이라는 격으로, 될 수 있으면 많은 조선 사람이 듣고, 오랜 몽유병에서 깨어날 기회를 주었으면 하는 생각이 없지 않다.

그들은 여전히 이야기를 계속하고 있다.

"그래 촌에 들어가면 위험하진 않은가요?"

처음 간다는 시골자가 또다시 입을 벌렸다.

"뭘요, 어딜 가든지 조금도 염려 없쇠다. 생번이라 해도, 요보는 온순한 데다가, 도처에 순사요 헌병인데, 손 하나 꼼짝할 수 있나요. 그걸 보면 데라우치(寺內)상이 참 손아귀 힘도 세지만 인물은 인물이야!"

매우 감격한 모양이다.

"그래 촌에 들어가서 할 게 뭐예요?"

"할 것이야 많지요. 어딜 가기로 굶어 죽을 염려는 없지만, 요새 돈 모을 것이 똑 하나 있지요. 자본 없이 힘 안 들고…… 하하하."

"그런 벌이가 어디 있어요?"

촌뜨기 선생은 그 큰 눈을 더 둥그렇게 뜨고, 일종의 기대와 호기심을 가지고 마주 쳐다보는 모양이다.

"왜요, 한번 해보시려우?"

그는 이렇게 한마디 충동이며, 무슨 의미나 있는 듯이 그 악독해 보이는 얼굴에 교활한 웃음을 띠고 한참 마주 보다가,

"시골서 죽도록 땅이나 파먹다가 거꾸러지는 것보다는 편하고 재미있습니다. ……게다가 돈은 쓰고 싶은 대로 쓸 수 있고……."

여전히 뱅글뱅글 웃으면서, 이 순실한, 어머니 뱃속에서 나온 그대로 있는 듯한 촌뜨기를 꾄다.

"그런 선반의 떡 같은 장사가 있으면 하다뿐이겠소."

촌뜨기는 차차 침이 말라온다.

"그러나 밑천이 아주 안 드는 것은 아니지요. ……우선 얼마 안 되지만 보증금을 들여놓아야 하고, 양복이나 한 벌 장만하여야 할 터이니까…… 그러나 노형이야, 형님이 헌병대에 계시다니까 신분은 염려 없을 터인 고로 보증금은 없어도 좋겠지."

제 딴은 누구나 그 직업을 얻으려면, 보증금을 내놓는 법인데, 특별히 그것만은 면제해주겠다는 듯이, 오만한 태도로 어깨를 뒤틀며, 지나가는 말처럼 또 한마디 했다. 그러나 정작 그 직업의 종류가 무엇인가는 용이히 가르쳐주지 않는다. 실상 곁에서 엿듣고 앉아 있는 나 역시 궁금하지만, 이러한 소리를 듣는 시골 궐자는, 더한층 호기의 눈을 번쩍이며 앉아 있는 모양이다. 그러나 그것을 토설치 않는 것은, 나와 그 외의 두세 사람이 들을까 꺼려서 그러는 것 같기도 하고, 또는 그 시골뜨기가, 더욱더욱 열(熱)해진 뒤에 자기의 부하가 되겠다는 다짐까지 받고서 이야기하려는 수단 같기도 하였다.

"그래 그런 훌륭한 직업이 무엇인데, 어디 있어요?"

이번에는 그 시골지의 동행인 듯한 사람이 가만히 듣고 있다가 욕탕에서 시뻘겋게 단 몸뚱어리를 무거운 듯이 끌어내며 물었다. 그자도 물속에서 불쑥 일어서서 수건을 등 뒤로 넘겨서, 가로잡고 문지르며, 한번 목욕탕 속을 휘 돌아다보고, 다른 사람들이 자기들네의 대화에는 무심히 한구석에 앉아 있는 것을 살펴본 뒤에, 안심한 듯이 비로소 목소리를 낮추며 입을 벌렸다.

"실상은 쉬운 일이에요. 나도 이번에 가서 해 오면 세번째나 되오마는, 내지의 각 회사와 연락해가지고, 요보들을 붙들어 오는 것인데…… 즉 조선 쿠리(苦力) 말씀요. 노동자요. 그런데 그것은 대개 경상남북도나, 그렇지 않으면 함경, 강원, 그다음에는 평안도에서 모집을 해야 하지만, 그중에도 경상남도가 제일 쉽습니다. 하하하."

그자는 여기 와서 말을 끊고 교활한 듯이 웃어버렸다.

나는 여기까지 듣고 깜짝 놀랐다. 그 가련한 조선 노동자들이 속아서, 지상의 지옥 같은 일본 각지의 공장으로 몸이 팔려가는 것이, 모두 이런 도적놈 같은 협잡 부랑배의 술중(術中)에 빠져서 그러는구나 하는 생각을 할 제, 나는 다시 한 번 그자의 상판대기를 쳐다보지 않을 수 없었다.

'옳지! 그래서 이자의 형이 헌병 군조라는 것을 듣고 이용할 작정으로 이러는 게로군!'

나는 이런 생각도 하여보며 가만히 귀를 기울이고 앉았었다.

궐자는 벙벙히 듣고 앉아 있는 그 두 사람의 얼굴을 등분(等分)해 보고 빙긋 웃고 나서, 또다시 말을 계속한다.

"왜 남선 지방에 응모자가 많고 북으로 갈수록 적은고 하니, 이 남쪽은 내지인이 제일 많이 들어가서 모든 세력을 잡기 때문에, 북으로 쫓겨서 남만주로 기어들어가거나, 남으로 현해탄을 건너서거나 두 가지 중에 한 가지 길밖에 없는데, 누구나 그늘보다는 양지가 좋으니까. '제미 붙을, 일 년 열두 달 죽도록 농사를 지어야 주린 배를 불리긴 고사하고 반년짝은 강냉이나 시래기로 부증이 나서 뒈질 지경이면, 번화한 대판, 동경에 가서 홍청망청 살아보겠다' 수작으로, 나두 나두 하고 청을 하다시피 해오는 터인데, 그러나 북선 지방은 인구도 적거니와 아직 우리 내지인의 세력이 여기같이는 미치지를 못했으니까, 비교적 그놈들은 편안히 살지만, 그것도 미구에는 동냥 쪽박을 차고 나서게 되리다. 하하하."

자기 강설에 열복하는 듯이, 연해 '옳지! 옳지!' 하며 들어주는 것이, 유쾌하기도 하고 자기의 견문에 자기도 만족하다는 듯이, 또 한 번 깔깔깔 웃었다.

"그래 그렇게 모집을 해 가면, 얼마나 생기나요?"

촌뜨기는 구수하다는 듯이 침을 흘리며 묻는다.

"얼마가 뭐요. 여비가 있지, 일당이 또 있지, 게다가 한 사람 모집하는 데에 일 원 내지 이 원이니까— 그건, 회사와 일의 종류에 따라서 다르지만, 가령 방적회사의 여공 같은 것은 임금도 싼 데다가 모집원의 수수료도 제일 헐하고, 광부 같은 것은 지금 시세로도 일 원 오십 전으로 이 원 오십 전까지라우. 가령 지금 천 명만 맡아가지고 와서 보구려. 이삼 삭 동안에 여비나 일당에서 남는 것은, 그까짓 건 다 제하고라도, 일천삼사백 원, 잘만 되면 근 이천 원은 간데 없는 것일 게니, ······하하하, 나도 맨 처음에— 그건 제주도에서 모집해 갔지만— 그때에 오백 명 모아다 주고 실살고로 남긴 것이 팔구백 근 천 원이었고, 둘째 번에는 올 가을에 팔백 명이나 북해도 탄광에 보내고, 근 이천 원 돈이 들어왔다우."

노동자 모집원이라는 자는 입의 침이 마르게 천 원, 이천 원을 신이 나서 뇌며 목욕탕 속에서 나왔다.

"예에, 예에."

하며, 일평생에 들어보지도 못하던 천 원 이천 원 소리에 눈을 휘둥그렇게 뜨고 귀를 기울이고 앉았던 시골자는, 때를 다 밀었는지, 그 장대한 동색(銅色) 거구를 벌떡 일으켜 다시 욕탕 속에 출렁 집어넣으면서, 만족한 듯이 또다시 말을 붙였다.

"그래 조선 농군들이 가서, 그런 공사일을 잘들 하나요?"

"잘하구 못하는 것은 내가 상관할 것 무엇 있소마는, 하여간 요보는 말을 잘 듣고 힘드는 일을 잘하는 데다가, 임은(賃銀)이 헐하니까 안성맞춤이지. ······ 그야 처음 데려갈 때에는 품삯도 많고, 일은 드러누워서 떡 먹기라고 푹 삶아야 하긴 하지만, 그래도 갈 노자며, 처자까지 데리고 가게 하고, 게다가 빚까지 갚아주는데야 제아무런 놈이기로 안 따라나설 놈이 있겠소. 한번 따라나서기만 하면야, 전차(前借)가 있는데 그야말로 독 안에 든 쥐지. 일이 고되거나 품이 헐하긴 고사하고 굶어 뒈진다기루 하는 수 있나, 하하하."

벌써 부하가 되었다는 듯이, 득의만면하여 모집 방법의 비술까지 도도히 설명을 해주고 앉았다.

나는 좀더 들으려고 일부러 머뭇머뭇하며 앉아 있으려니까, 승객이 다 올라탔는지, 별안간에 욕객의 한 떼가 디밀어 들어오기에, 금시초문의 그 무서운 이야기를, 곰곰 생각하며 몸을 훔치기 시작하였다.

스물두셋쯤 된 책상도련님인 그때의 나로서는, 이러한 이야기를 듣고 놀라지 않을 수 없었다. 인생이 어떠하니 인간성이 어떠하니 사회가 어떠하니 해야, 다만 심심파적으로 하는 탁상의 공론에 불과한 것은 물론이다. 아버지나, 그렇지 않으면, 코빼기도 보지 못한 조상의 덕택으로, 글자나 얻어 배웠거나 소설 권이나 들춰 보았다고, 인생이니 자연이니 시니 소설이니 한대야 결국은 배가 불러서, 포만의 비애를 호소함일 따름이요, 실인생, 실사회의 이면의 이면, 진상의 진상과는 아무 관계도 연락도 없을 것이다. 그러고 보면 내가 지금 하는 것, 이로부터 하려는 일이 결국 무엇인가 하는 의문과 불안을 느끼지 않을 수가 없었다. '일 년 열두 달 죽도록 애를 쓰고도, 반년짝은 시래기로 목숨을 이어 나가지 않으면 안 되겠으니까……' 하는 말을 들을 제, 그것이 과연 사실일까 하는 의심이 날 만치, 나는 귀가 번쩍하였다. 나도 팔구 세 전까지는 부모의 고향인 충청도 촌 속에서 자라났고, 그 후에 일 년에 한두 번씩은 촌락에 발을 들여놓아보았지만, 설마 그렇게까지, 소작인의 생활이 참혹하리라고는, 꿈에도 생각해본 일이 없었다.

'시를 짓는 것보다는 밭을 갈라고 한다. 그러나 밭을 가는 그것이 벌써 시가 아니냐. 사람은 흙에서 나와서 흙에 돌아간다. 흙의 방순한 냄새에 취할 수 있는 자의 행복이여! 흙의 북돋아 오르는 생기야말로, 너 인간의 끊임없는 새 생명이니라…….'

이러한 의미로 올봄에 산문시를 쓰던, 자기의 공상과 천려(淺慮)가 도리어 부끄러웠다. 흙의 냄새가 방순치 않다는 것도 아니다. 그 향기에 취할 수 있는 자가 행복스럽지 않다는 것도 아니다. '조반 후의 낮잠은 위약(胃弱)'이라는 고등 유민의 유행병에나 걸릴까 보아서 대팻밥모자에 연경이나 쓰고, 아침저녁으로 호미 자루를 잡는 것이 행복스럽지 않고 시적(詩的)이 아니라는 것이 아니다. 그러나저러나, 일 년 열두 달, 우마(牛馬) 이상의 죽을 고역을 다 하고도, 시래기죽에 얼굴이 붓는 것도 시일까? 그들이 삼복의 끓는 햇빛에, 손등을 데면서 호미 자루를 놀릴 때, 그들은 행복을 느끼는가? 그들은 흙의 노예다. 자기 자신의 생명의 노예다. 그리고 그들에게 있는 것은 다만 땀과 피뿐이다. 그리고 주림뿐이다. 그들이 어머니의 뱃속에서 뛰어나오기 전에, 벌써 확정된 유일한 사실은, 그들의 모공이 막히고 혈청이 마르기까지, 흙에 그 땀과 피를 쏟으라는 것이다. 그리하여 열 방울의 땀과 백 방울의 피는 한 톨의 나락을 기른다. 그러나 그 한 톨의 나락은 누구의 입으로 들어가는가? 그에게 지불되는 보수는 무엇인가 —— 주림만이 무엇보다도 확실한 그의 받을 품삯이다.

나는 몸을 다 훔치고 옷 입는 터전으로 나왔다.

나는 사람, 드는 사람, 한참 복작대는 틈에서, 부리나케 양복바지를 꿰며 서 있으려니까, 어떤 보지 못하던 친구가, 문을 반쯤 열고 중절모자를 쓴 대가리를 불쑥 디밀며, 황당한 안색으로 방 안을 휘휘 둘러보더니,

"실례올시다만, 여기 이인화란 이가 계십니까?"

하고 묻는다.

"네에, 나요. 왜 그러우?"

나는 궐자의 앞으로 두어 발짝 나서며 이렇게 대답을 하였다. 궐자는 한참 찾아다니다가 겨우 만난 것이 반갑다는 듯이 빙글빙글 웃으며, 문을 활짝 열어 젖히고 서서 이리 좀 나오라고 명령하듯이 소리를 친다. 학생복에 망토를 두른 체격이며, 제 딴은 유창하게 한답시는 일어의 어조가, 묻지 않아도 조선 사람이 분명하다. 그래도 짓궂게 일어를 사용하고 도리어 자기의 본색이 탄로될까 봐 염려하는 듯한 침착지 못한 행색이, 나의 눈에는 더욱 수상쩍기도 하고, 근질근질해 보이기도 하였다. 나의 성명과 그 사람의 어조를 듣고, 우리가 조선 사람인 것을 짐작한 여러 일인의 시선은, 나에게서 그자에게, 그자에게서 나에게로 올지 갈지 하는 모양이었다. 말하자면 우리 두 사람은, 일본 사람 앞에서 희극을 연작(演作)하는 앵무새의 격이었다.

"무슨 이야긴지, 할 말 있건 예서 하구려."

나는 기연가미연가하며, 역시 일어로 대답하였다.

"하여간 이리 좀 나오슈."

말씨가 벌써 그러한 종류의 위인인 것을 의심할 여지가 없다고 생각한 나는, 그 언사의 오만한 것이 첫째 귀에 거슬려서, 다소 불쾌한 어조로,

"그럼 문을 닫고 나가서 기다리우."

하며 소리를 지르고, 다시 내 자리로 와서 주섬주섬 옷을 마저 입기 시작하였다. 여러 사람의 경멸하는 듯한 시선은, 여전히 내 얼굴에 거미줄 늘이듯이 어리는 것을 깨달았다. 더구나 아까 이야기하던 세 사람은, 힐끔힐끔 곁눈질을 하는 것이 분명했으나, 나는 도리어 그 시선을 피했다. 불쾌한 생각이 목구멍 밑까지 치밀어 오르는 것 같을 뿐 아니라, 어쩐지 기운이 줄고 어깨가 처지는 것 같았다.

옷을 다 입고 문밖으로 나오니까, 궐자는 맞은편에 기대어 웅숭그리고 서서 기다리는 모양이다.

"미안합니다만, 나하고 짐을 가지고 저리 좀 나가십시다."

뒤를 쫓아오면서 애원하듯이 말을 붙이는 양이, 아까와는 태도가 일변하였다.

"댁이 누구길래, 어딜 가잔 말요?"

"에에, 참, 나는 ××서(署)에서 왔는데, 잠깐 파출소로 가십시다."

자기의 직무도 명언하지 않고 덮어놓고 가자고 한 것이 잘못되었다는 듯도 하고, 한편으로는 자기가 일인 행세를 하는 것이 내심으로 부끄럽고, 또한 나에게 '노형이 조선 양반이 아니오?' 하고, 탄로나 되지 않을까 하는 염려가 있어서 앞이 굽는다는 듯이, 언사와 태도는 점점 풀이 죽고 공손해졌다. 이것을 본 나는 도리어 불쌍하고 가엾은 생각이 나서, 층계를 느런히 서서 내려가다가 궐자의 얼굴을 쳐다보았다. 아무 의미 없이 빙글빙글 웃는 그 얼굴에는, 어색해하는 빛이 역력히 보였다. 나는 잠자코 자기 자리로 가서 순탄한 말로,

"나는 나갈 새도 없고, 짐이라곤 이것밖에 없으니, 혼자 가지고 가서 조사할

게 있건 조사하고, 갖다주슈."

하고 가방 두 개를 들어내서 주었다.

"안 돼요, 그건. 입회를 해줘야 이걸 열죠. 그러지 마시고 잠깐만 나가주세요. 이건 내가 들고 갈 테니."

선실 내의 수백의 눈은, 모두 나에게로 모여들었다. 여기저기서 수군거리는 소리도 들렸다. 나는 얼굴이 화끈화끈해 더 서 있을 수가 없었다.

"내가 도적질이나 한 혐의가 있단 말이오? 가지고 가서 마음대로 하라는데야, 또 어쩌란 말이오. 정 그럴 테면 이리로 들어와서 조사를 하라고 하구려. 배는 떠나게 되었는데 나가자는 사람도 염치가 있지."

나는 분이 치밀어 올라와서 이렇게 볼멘소리를 질렀다.

"그러지 마시고 오늘 이 배로 꼭 떠나시게 할 테니, 제발 잠깐만 나가주세요. 자꾸 시간만 갑니다. ……여기선 창피하실까 봐 그러는 것입니다."

"창피하다? 흥, 창피? 얼마나 창피하면 예서 더 창피할까. 그런 사폐 볼 것 없이 마음대로 하슈!"

홧김에 이렇게 소리는 질렀으나, 그 애걸하는 양이 밉살스러운 중에도 가엾어 보이지 않는 것도 아니요, 어느 때까지 승강이만 하다가는 궐자 말마따나, 이로울 것도 없고 시간만 바락바락 가겠기에, 나가기로 결심하고 윗저고리를 집어 입고 나서, 어떻게 될지 사람의 일을 몰라서, 아까 사가지고 들어온 벤또 그릇까지 가지고, 가방을 들고 앞서 나가는 형사의 뒤를 따라섰다.

형사가 큰 성공이나 한 듯이 득의만면하여,

"진작 그러시지요……."

하며 웃는 그 얼굴에는, 달래는 듯하기도 하고 빈정대는 듯한 빛이 보였다. 나는 무심중에 주먹이 부르르 떨리는 것을 깨달았다.

갑판으로 나와서, 승강구까지 불러다가 조사를 하라 해보았으나, 그것도 들어주지 않아서 화가 나는 것을 참고, 결국 잔교(棧橋)로 내려섰다.

대합실 앞까지 오니까, 아까 내 명함을 빼앗아간 인버네스가 양복에 외투를 입은 또 한 사람과 무시무시하게 경계를 하고 섰다가, 우리를 보더니 아무 말

안 하고 기선 화물을 집채같이 쌓아놓은 뒤로 앞서 들어갔다. 가방을 가진 자도 아무 말 안 하고 따라섰다. 나는 가슴이 선뜩하는 것을 참고, 아무 반항할 힘도 없이, 관에 들어가는 소같이 뒤를 대어 섰다. 네 사람이 예정한 행동을 취하는 것처럼, 묵묵하고 침중한 가운데에 모든 행동을 경쾌하게 하는 것이, 마치 활동사진에서 보는 강도단이나, 그것을 추격하는 탐정 같았다. 네 사람은 하물에 가려 행인에게 보이지 않을 만한 곳에 와서 우뚝우뚝 섰다. 대합실의 유리창에서 흘러나오는 전광만은, 양복쟁이의 안경테에 소리 없이 반짝 비쳤다.

"오늘 하루 예서 묵지 못하겠소."

양복쟁이가 우선 입을 벌리며 가방을 빼앗아 들었다. 좁은 골짜기에서 나직하게 내는 거세고도 굵은 목소리는, 이 세상에서 들어본 목소리 같지 않았다. 나는 얼빠진 놈 모양으로, 아무 생각 없이 안경알이 하얗게 어룽어룽하는 그자의 통통하고 둥근 상을 쳐다보며 섰었다. 그자도 나의 표정을 하나라도 놓치지 않으려는 듯이 입술을 악물고, 위협하는 태도로 노려보다가 별안간에 은근한 어조로,

"하루 쉬어서 가시구려."

하는 양이, 마치 정다운 진객을 만류하는 것 같았다. 무슨 죄가 있는 것은 아니나, 이같이 으슥한 골짜기에서, 을러보았다 달래보았다 하는 것을 당하는 것은 나의 수명이 줄어들어가는 것 같았다. 만일 내가 부호로서 이런 꼴을 당했다면, 여부없이 강도나 맞았다고 생각했을 것이다. 나는 정신을 바짝 차리고 대답을 하려 하였으나, 참 정말 기구멍이 막혀서 입을 벌릴 기운이 없었다.

"묵긴 어디서 묵으란 말이오? 유치장에나 가잔 말씀요? 이 배에 떠나게 한다는 약조를 하였기 때문에 나왔으니까 약조대로 합시다."

이렇게 강경히 주장은 하면서도, 마음은 평형을 잃고, 신경은 극도로 긴장했다. 대체 나 같은 위인은 경찰서의 신세를 지기에는 너무도 평범하지만, 그래도 이 배만 놓치면 참 정말 유치장에서 욕을 볼 것은 뻔한 일, 하늘이 두 쪽이 되는 한이 있더라도, 이 배를 놓쳐서는 큰일이라고 결심을 단단히 하고서도 웬

일인지 가슴은 여전히 두근두근하지 않을 수가 없었다.

"그럼 예서 잠깐 할까?"

양복쟁이가 나와 인버네스를 등분해 보며, 저희끼리 의논을 한다. 나는 우선 마음을 놓았다.

"네, 그러지요."

인버네스가 찬성을 하니까 양복쟁이는 나에게로 향하여,

"이것 좀 열어보아도 상관없겠지요?"

하고 열쇠를 내라고 청한다. 나는 곧 승낙을 했다. ……가방은 양복쟁이의 손에서 용이히 열렸다.

어린아이 관(棺) 같은 긴 모양의 트렁크를, 유리창 그림자가 환히 비치는 하물 쌓인 밑에다가 열어놓고 들쑤시는 동안에, 그 옆에서 인버네스는 조그만 손가방을 조사하고 앉았다. 나는 이편에 느런히 서 있는 학생복 입은 자와 함께, 두 사람의 네 손길만 내려다보고 섰었다. 큰 트렁크를 맡은 자는 잠깐 쑤석쑤석하여보더니, 그 위에 얹어놓은 양복이며 화복들을 손에 잡히는 대로 획획 집어서, 내 옆에 선 형사에게 주섬주섬 던져주고 나서, 그 밑에 깔렸던 서류 뭉텅이와 서적 몇 권을 분주히 들척거리고 앉았다. 조그만 트렁크 속에서 소득이 없었던지 그대로 뚜껑을 닫아서 옆에 놓고 인버네스도 다시 큰 가방으로 달려들어서 들여다보고 앉았다가, 양복쟁이의 분부대로 서적을 한 권씩 들어 보아가며, 일일이 책명을 수첩에 기입하며 앉았다. 가방 속에서 갈팡질팡하는 형사의 네 손은, 일 분 이 분 시간이 갈수록 가속도로 움직인다. 나는 또 무슨 망령이나 부리지 않을까 하는 불안과 의혹을 가지고, 전광에 벌겋게 번쩍이는 양복쟁이의 곁뺨을 노려보고 섰었다.

여덟 눈과 네 개의 손은 앞에 뉘어놓은 트렁크 한 개에 모든 정력을 집중하고, 일 초간의 빈틈 없이 극도로 긴장했으면서도 여덟 입술은 풀로 붙인 듯이, 아무도 입을 벌리려는 사람이 없었다. 절대 침묵이 한 칸통쯤 되는 컴컴한 골짜기에 밀운(密雲)같이 가득히 찼다. 비릿한 해기(海氣)를 품은 차디찬 저녁 바람이 귓가로 솔솔 지날 때마다, 바삭바삭하는 종잇장 구기는 소리밖에 나에게는 들리지 않았다. 그보다 큰 배에 짐 싣는 인부의 소리도, 잔교 밑에 와서 부딪는 출렁출렁하는 파도 소리도, 아마 이 네 사람의 귀에는 들리지 않았을 것이다. 무겁고 찌뿌드드한 침묵 속에 흐릿한 불빛에 싸여서 서고 앉고 하여 꾸물꾸물하는 양이, 마치 바다에 빠진 시체를 건져놓고 검시(檢屍)나 하는 것같이 처량하고 비장하며 엄숙히 보였다. 그러나 1분, 2분, 3분, 5분, 10분······ 시간이 갈수록 나의 머릿속은 귀와 반비례로 욱신욱신해졌다. 그 세 사람들이 일부러 느럭느럭하는 것은 아니건만, 뺏어가지고 내 손으로 하고 싶을 만치 초조했다. 나는 참다못해 시계를 꺼내들고,

"이제 이 분밖에 안 남았소. 난 갈 테요."

하고 재촉했다. 그제야 양복쟁이는 눈에 불이 나게 놀리던 손을 쉬고 서류 뭉치를 들어 뵈면서,

"이것만은 잠깐 내가 갖다가 보고, 댁으로 보내드려도 관계없겠지요?"

하고 일어선다.

나는 언하(言下)에 쾌락하였다. 사실 그 속에는, 집에서 온 최근의 편지 몇 장과 소설 초고와 몇 가지 원고 외에는 아무것도 없었다. 애를 써서 기록한 서적이래야, 원래 나에게는 사회주의라는 '사' 자나 레닌이라는 '레' 자는 물론이려니와, 독립이라는 '독' 자도 없을 것은, 나의 전공하는 학과만 보아도 알 것이었다. 아니, 설령 내가 볼셰비키에 관한 서적을 몇백 권 가졌거나 사회주의를 연구하거나, 그것은 학문의 연구라 물론 자유일 것이요, 비록 독립 사상을 가진 나의 뇌 속을 X광선 같은 것으로나 심사법(心寫法)으로 알았다 할지라도, 실행이 없는 다음에야 조사하기로 소용이 무엇인가 — 이러한 생각은 나중에 한 것이지만, 그 당장에는 하여간 무사히 방면되어 배에 오르게 된 것만 다행히 여겨, 궐자들과 같이 허둥지둥 행구를 수습하여 가지고 나섰다.

짐을 가볍게 해준 트렁크를 두 손에 들고, 어서 올라오라는 선원의 꾸지람을 들어가며 겨우 갑판 위에 올라서자, 기를 쓰는 듯한 경적과 말 울음소리 같은 기적 소리가 나며, 신경이 자릿자릿한 징소리가 교향적으로, 호젓이 암흑에 싸인 부두 일판에 처량하고도 요란하게 울렸다. 배는 소리 없이 미끄러져 벌써

두어 칸통이나 잔교에서 떨어졌다. 전송하러 온 여관 하인들이며 인부들의 그림자가 쓸쓸한 벌판에 성기성기 차차 조그맣게 눈에 띄고, 잔교 위에서 휘두르며 가는 등불이 쓸쓸한 바람에 불리어 길어졌다 짧아졌다 한다.

　나는 선실로 들어갈 생각도 없이 으스름한 갑판 위에, 찬 바람을 쐬어가며 웅숭그리고 섰었다. 격심한 노역과 추위에 피곤하여 깊은 잠에 들어가는 항구는, 소리 없이 암흑 속에 누웠을 뿐이요, 전시(全市)의 안식을 지키는 야광주는, 벌써부터 졸린 듯이 점점 불빛이 적어가고 수효가 줄어가면서 깜박깜박 졸고 있다. 나는 인간계를 떠나서 방랑의 몸이 된 자와 같이, 그 불빛의 낱낱이 어떠한 평화로운 가정의 대문을 지키고 있으려니 하는 생각을 할 제, 선뜩선뜩하게 별보다도 점점 멀리 흐려가는 불빛이 따뜻이 보였다. 나의 머릿속은 단지 혼돈하였을 뿐이요, 눈은 화끈화끈할 뿐이다.

　외투 포켓에다가 두 손을 찌르고 어느 때까지 우두커니 섰는 내 눈에는, 어느덧 뜨끈뜨끈한 눈물이 비어져 나와서, 상기가 된 좌우 뺨으로 흘러내렸다. 찬 바람에 산뜩산뜩 스며들어가는 것을, 나는 씻으려고도 안 하고 여전히 섰었다.

염상섭
양과자갑

1

"계십니까? 나 좀 보세요……."

안채의 뒷마당을 막은 차면 모퉁이에서, 여자의 거세면서도 빽빽한 목소리가 났다. 그러나 방 속에서는 내외간 이야기에 팔려서, 채 못 알아들은 모양인지, 대꾸도 없이 아낙네의 말소리가 이어 나온다.

"……그리키에 당신은 영어(英語) 헛배웠다는 거 아니요. 미국에는 공연히 다녀온 거 아니냔 말예요."

무슨 말 끝인지는 모르겠으나, 비양거리는 것 같기도 하고 울화가 터지는 것을 참는 듯 가라앉은 깐죽깐죽한 목소리다.

"내 영어는, 어디, 집 얻어 대라구 배우고, 통역(通譯)하라구 배운 영어던가? 통역에나 써먹자고 미국 가서 공부했을라구……."

영감의 목소리다. 목소리로 들어 나이는 한 사십 넘었을 것 같다.

차면 턱에 섰던 안라(安羅)는, 그러지 않아도 영문의 번역을 청하러 나온 길이라, 영어 노래 통에 귀가 반짝 뜨여서 손에 든 종잇조각을 들여다보며 귀를

---

* 「양과자갑」은 1948년 8월 『해방문학선집』(종로서원)에 수록되었다(당시 제목은 「바쁜 아바지」).

기울이고 섰는 것이다. 안라는 뒤채에 사는 사람이 누구인지는 몰라도 주인이 영어를 안다는 말을 일전부터 들었기에 지금 이 타이프라이터로 찍은 공문서(公文書)를 급한 대로 읽어보아달라고 가지고 나온 길이다. 안라는 다시 소리를 내려다가, 또 방 안에서 중얼중얼하고 영감의 목소리가 나기에 그대로 멈칫섰다.

"그 영어 한 자에 돈으로 따져도 몇십 원 몇백 원으로 논지가 아니거던. 미국 가서도 생돈 갖다 쓰면서 배운 거 아닌가! 허허."

젊었을 때, 호강으로 살던 것을 회고(回顧)하는 술회(述懷)인 모양이다.

"그러니 뭘 해요? 되루 주구 말루 받지는 못한들, 그 비싼 영어를 써먹지를 못하니 딱하우. 안집 딸만 해두 쭉 째진 영어를 웬걸 하겠소마는 그래두 이런 크나큰 집을 얻어 든 걸 보우! 형 내 참……."

"허허허…… 이런 딱한 소리 봤나? 글쎄 내 영어는 집 얻어 대는 영어, 통역하는 영어가 아니란밖에! 영어 못하는 셈만 치면 그만 아닌가? 그러지 말구 여보 마누라! 술이나 한잔 더 사오우. 당장 거리로 내쫓기야 하겠소. 정 갈 데가 없으면 방공굴로라도 들어가면 그만 아뇨. 나가라 들어오너라는 말 안 듣는 것만 해두 좋지."

하고 영감은 껄껄 웃는다. 술 사오라는 말을 듣고 생각하니, 공일날 늦은 아침 상을 받고 해장을 하고 있었던지 좀 주기가 있는 목소리다. 마누라는 술을 또 받아오라는 말에 어이가 없어 그런지, 방공굴로라도 들어간다는 객설에 화가 나서 그런지, 잠자코 있고 방 안은 괴괴하여졌다.

안라는 실없이 재미가 나서 엿듣다가,

"여보세요. 보배 어머니!"

하고 비로소 또 한 번 소리를 쳤다.

"네? 누구세요?"

주부의 곱살스러운 목소리가 나며 쇼지(미닫이 — 여기는 일본 집 뒤채다)의 허리께에 붙은 유리 안에서 주부의 얼굴이 해죽 비치더니 문을 밀치며,

"어서 오셔요."

하고 툇마루로 나선다.
　안집이 떠나온 지는 한 보름밖에 아니 되지마는 그리고 이 여자는 이 집 식구는 아닌 모양이지마는 안채가 떠나오던 날부터 보았고 안으로 물을 길으러 드나드는 동안에 몇 번 만나 말도 붙여보아서 잘 아나 뒤채의 주부가 보배 어머니인 줄은 알 리도 없고 그렇게 무관하게 말을 붙일 만큼 친숙해진 터도 아니지마는 주인마누라에게 들어서 안 모양이다.
　"이거 미안하지만 보배 아버지께 좀 보아줍시사고 하세요."
　안라는 그 우둥퉁한 얼굴에 웃는 낯도 안 보이고 손에 들었던 종이쪽지를 내민다. 영수(英秀) 부인은 잠자코 주는 종이쪽지를 받으면서도 "……보아줍시사고 하세요" 하는 그 '하세요'가 보아주어야 할 의무나 이편에 있는 듯이 명령적으로 하는 말이 무심중간에도 좀 불쾌하여 이편도 처음의 좋은 낯이 살짝 변하면서 그 야단스럽게 화장한 얼굴을 말끔히 쳐다보았다.
　노르끄레하게 물을 들여서 지진 부푼한 곱슬머리가 처음 볼 때부터 이건 튀기인가 아닌가 하고 눈을 커닿게 뜨기도 하였지마는 누런 얼굴빛이라든지 영채가 없이 부영게 뜬 거슴츠레한 뚱그런 검은 눈이 튀기는 아닌 것이 분명하였다. 질뚠하게 생긴 유착한 몸집과 빽빽해 보이는 어깨통이 어느 한구석 남자의 눈을 끌 데라고는 없으나 화장만은 머리와 같이 혼란하다. 제 바탕이 누르고 눈이 거슴츠레해서 거기에 걸맞게 하느라고 그랬던지 얼굴 전체를 검숭하게 꾸미고 눈가를 회색 빛깔로 더 거슴츠레하게 뺑끼칠 하듯이 칠한 데다가 눈썹은 꼬리께를 반은 깎고서 학교 아이의 에노구¹를 발랐는지 여기에는 고동색 칠을 한 줄기 살짝 그었다.
　이것은 어느 나라 화장술인지 그러고 보니 아닌 게 아니라 황인종과 흑인종의 튀기 같기도 하다. 화장이 여자의 몸가축만 아니라 취미와 교양 정도를 가리키는 것이요 시대 풍조라든지 생활의 쾌적과 심지어는 도시 풍경의 미화(美化)까지에 관계가 적지 않다고도 하겠지마는 본능적으로는 이성에 대한 소리

---

1 에노구(えのぐ, 繪の具) '그림물감'의 일본말.

없는 노래요 손짓이라 할진대 이 여자는 무엇을 상대로 누구더러 곱게 보아달라고 있는 솜씨를 다 부려서 이런 탈을 쓰고 다니는지? 영수 부인은 마주 보기가 면구스럽고 속이 느글느글해지는 것 같으면서 무심코 두 손이 퍼머넌트 한번 못 해본 자기 머리로 올라갔다.

"글쎄 여쭈어보죠."

영수 부인은 A자 한 자도 땅김을 못하는 영문을 한참 들여다보다가 한마디하고 돌쳐선다. 남편이 영어 한 자에 몇십 원 몇백 원 들여 배웠다고 금방 한 말이 귀에 남아 있어 그렇기도 하지마는 세상과 어울리지 않는 괴벽한 남편의 성미를 뻔히 아는지라 무슨 딴청을 할지 몰라서 뒤를 두는 것이었다.

영수는 종이쪽지를 받아서 한번 쭉 훑어보고 내주며, "난 모르겠는걸. 갖다 줘!" 하고 눈짓을 끔뻑한다. 벌써 토라진 소리다. 아내는 남편에게로 가까이 가서 입을 거진 귀에다 대듯이 하며

"그러지 말구 어서 일러주세요. 주인의 누이라는데……."

하고 속삭였다. 주인의 누이가 그다지 대수로운 것이 아니요, 또 그 말이 꽤 까다로운 남편의 비위를 더 거슬려놓을지? 애가 쓰이기는 하나, 당장 이 뒤채를 내놓으라고 날마다 얼굴만 보면 야단을 치는 집주인의 누이의 부탁이라면, 혹시는 아무리 예사롭지 않은 남편의 성미에도 다소곳이 들을까 싶어 이런 소리를 한 것이다.

"훙, 아니꼬운 소리! 주인이 그렇게 무섭다는 말인가? 허허허……."

술이 점점 취하여가는지 이런 소리를 밖에서 들릴 만치 커다랗게 하며 껄껄 웃는다. 아내는 자기 역시 그 계집애가 이것 좀 보아주슈 하고 퉁명스럽게 하던 말눈치가 못마땅은 하였으나, 남편의 입을 손으로 막으며,

"내 약주 사다 드릴게, 무슨 뜻인가 내게만 일러주시구려."

하고 정말 손으로 비는 흉내를 내며 속삭인다. 남편은 흐응…… 하고 또 코웃음을 치면서도 술을 받아다가 준다는 바람에, 마음을 돌렸던지 종잇조각을 빼앗아서 다시 보며 일러준다.

"약초정 — 지금의 초동(草洞)이로군 — 초동 ××번지 소재 적산가옥(敵産

家屋) 한 채를 김안라에게 관리(管理)시킨다는 증서로군. 말하자면 이것이 요새의 집문서야. 아닌 게 아니라 나보다 다들 재주가 좋아! 허허허…… 아니 마누라보다 재주가 좋단 말야, 마누라두 늙지나 않았더면 집 한 채 생기는걸! 허허허."

"에그, 객설! 젊은 여편네면 누구나 다 집 한 채씩 준답디까?"

아내는 밖에서 안라가 들을까 보아 이렇게 입을 막으려는 것인데, 남편은 되레 껄껄 웃으며,

"누가 아니랬어! 김안라란 여자 이름 아닌가? 서양식 이름으로 '안나'라는 걸 게니……."

마누라가 획 나가며 미닫이를 딱 닫아버리는 바람에, 영수는 방 안에서 혼자 중얼거리다가 입을 닫쳐버린다.

"네, 대강 그런 줄은 아는데 이걸 좀 번역을 해 써줍시사는 것인데…… 그집을 내가 들게는 됐으나 생전 내놓아야죠. 이것을 번역해 가지고 가서 보여주려구 해서 그래요."

영수 부인이 남편에게 들은 대로 전해 들려주니까, 안라는 이런 소리를 또 한다. '안라'인지 '안나'인지 이름도 모를 여자가, 제붙이가 차지한 집에 곁방살이를 한다고, 제멋대로 넘보고 하는 수작인지는 모르되 번역을 해서 벗겨다가 보여야 할 것은 제 사정이요 이편이 그 시중까지 하라는 것은 친숙한 사이면 몰라도 날마다 집을 내놓으라고 오구를 치는 요새의 영수네 처지로는 여편네 마음에두 아까 청하는 말씨에부터 토라진 끝이라 아니꼽게 들렸다.

"지금 약주가 취하셔서 안 될걸요."

술 핑계로 발뺌을 하려 하였다. 그러나 이 여자는

"뭘 이만 것쯤 두어 줄 획획 적어주시면 그만일걸……."

하고 종잇조각을 받으려고 아니 한다. 영수 부인은 슬며시 화가 나면서 망단이였다. 배짱이 이만이나 하기에 젊은 여자의 몸으로 이 판에 공으로 집 한 채를 울거낸 것이겠지마는, 또다시 남편에게 입을 벌렸다가는 당장 이 여자를 앞에 세워놓고 불호령이 나올 것이요, 그랬다가는 이 집에 하루도 더 붙어 있지는

못하고 쫓겨날 것이다. 바로 보름 전에 본 일이지마는, 저 안채에 든 사람을 하루 전에 나가라고 통고를 하여놓고 이튿날 ××가 오고 어쩌고 떠들썩하더니 세간을 끌어 길거리에 내놓고 식구들을 등덜미를 밀듯이 하여 당장으로 내쫓아 버리는, 그런 당당한 권력들을 가진 사람들이다. 어떻든지 덧들여서는 당장 아쉽다는 생각이 들어서,

"그럼 두구 들어가슈. 딸년이 변변치는 못해두 이만 것은 번역할 듯하니 시켜보죠."

하고, 또 한 번 자기가 꺾이는 수밖에 없었다.

"아, 따님이 그렇게 영어를 하셔요?"

안라는 눈이 더 둥그레지며 놀란다. 이름은 서양 여자 같은 이름을 붙이고, 양장에 얼굴을 서양 여자는 못 되어도 튀기만큼이라도 보이려고 갖은 솜씨를 부려서 도깨비 탈은 썼으나, 영어의 비럭질을 다녀야 하느니만치, 매우 안타까운 모양이요, 영어를 한다는 사람이면, 더구나 여자로서 영어를 하다니 부럽고 저만치 쳐다보이는 모양이다. 그러나 영어를 하는 남편과 딸을 둔 이 부인에게는 조금치도 경의를 표하는 눈치가 없이 명령하듯이 떼만 쓰니, 이 부인이 영어를 몰라서 그러는지, 집 한 칸이 없고 곁방살이를 하는 이재민이라 해서 그러는지 알 수가 없다.

마침 일요일이라, 저편 방에 들어앉아 책을 보고 있던 보배는 모친이 부르는 소리에 마루 끝으로 나왔다.

"너 이것 좀 번역해드릴 수 있겠니?"

모친은 아무리 딸이 L여중학 오 년생이지만 영어 실력을 알 수가 없다.

"네. 어디 내가 뭐 아나요?"

보배는 호기심이 나서 생글 웃으며 탐탁히 종잇조각을 모친에게서 받아 들고 한번 쭉 훑어본다.

부모 닮아서 키가 훌쩍 크고 날씬한 몸매가, 앞에 섰는 이 여자와 좋은 대조가 되거니와, 빛깔이 희고 갸름한 상이 귀염성 있는 예쁜 판이요, 더구나 상큼한 콧날과 또렷또렷한 눈매를 보면, 이 아버지의 이 딸답게, 맑고 강직한 성격

이 엿보인다.

"해드리죠." 보배는 청하는 이 여자보다도 도리어 상냥한 웃음을 생글 웃어 보이며 손쉽게 맡는다. 돈은 군정청 사환아이만큼도 못 벌어들이는, 대학의 시간강사이지마는, 영어로 소설도 쓰고 시도 읊는 영문학자인 자기 부친에게 이따위 대서소(代書所) 쉬직한 일을 청하는 것부터 딸의 생각에도 싫은 일이지마는, 보배는 제 영어의 실력을 실지에 써보는 데에 흥미와 만족을 느끼는 것이다.

보배가 종이쪽을 들고 방으로 들어가니까, 안라도 성큼 뛰어올라와서 따라 들어간다. 실례합니다, 어쩌고 인사를 하는 것은, 일본 풍속이라 생각해서 그런지, 제 집같이 무람없는 것도 영수 부인은 실쭉하였으나, 모른 척하고 이편 방으로 들어갔다.

"못 한다고 쫓아 보낼 일이지, 그건 무엇 하자구 아랑곳을 하는 거야?"

남편은 또 눈살을 찌푸린다.

"에그 꿈에 볼까 봐 무서워. 그따위를 어쩌자구 보배 방에 들어가게 내버려 두드람!"

송충이가 목덜미로 기어들어가기나 하는 듯싶어 영수는 점점 더 눈살을 찌푸리며 몸을 움츠러뜨린다.

"내 이런 딱한 양반은! 들어오는 사람을 떼밀어 내쫓나, 세상에 당신 같아서야 어디 남하구 하룬들 살겠소."

마누라가 속삭인다.

"그럼 커가는 딸자식을 데리구, 이 구석이 어떤 구석이라구······."

"제발 입을 좀 봉하구 가만히 계세요. 누가 이런 구석에 하룬들 있으라구 붙듭니까?"

마누라는 술을 사러 나가려는지, 머리를 부리나케 빗는다. 영수는 거기에는 대꾸도 않고,

"일본엔 라샤멘이라구 양첩(洋妾)이 있겠다 — 이건 그것보다두······." 하고, 누구더러 들으라는 것도 아니요, 혼자 개탄하듯이 또 쭝얼쭝얼하자니까, 마누

라는 쪽 찌던 머리를 붙들고 일어나서 또 다가오며,
"이거 누구를 못살게 굴려구 이러시는 거요? 이렇게 잔소리로 판을 차리시면 술 안 사와요."
여기에는 찔끔인지, 영수는 껄껄 웃고 만다.

2

영수 부인이 술병을 들고 마당으로 들어오자니까, 안라인지 뭐시껭인지 검둥아가씨가 딸의 방에서 나와서 안으로 들어가는 것과 마주쳤다.
"어떻게, 잘됐소?"
"네. ……그런데 이래서 갖다 뵈구 내놓으래두 안 들어먹으면, 어떻게 댁에서라두 그리로 떠나보시면 어떨까 하는 생각두 하는데……? 돈야 좀 목은 것을 내셔야 하겠지만……."
영수 부인은, 이 여자는 어떻게 배워먹었기에 아침 내 성이 가시게 하고 가면서도 고맙다는 말 한마디 없이, 별안간 불쑥 이건 무슨 구성없는 수작인가 하는 생각을 하면서, 처음에는 무슨 뜻인지 몰라서 멀뚱히 쳐다만 보다가, 비로소 짐작이 들면서,
"우리야 한시가 급하니까, 아무 데나 좋지만, 댁에서 못 내보내는 것을 더구나 우리 힘으로 내쫓는 재주가 있겠소?"
하고 핀잔을 주듯이 웃었다.
"어쨌든 나중에 의논, 좀 하십시다요."
하고 검둥아가씨는 안으로 들어가버렸다.
"지금 뭐라는 소리요? 집을 얻어줄 테니 나가라는 거야?"
마누라가 방에 들어오니까, 밖에서 하던 소리를 재차 묻는다.
"얻어주긴?…… 당신 같으신 소리두 하슈. 그래두 덜 속아보신 게로구려?"
하고, 아내는 전기 곤로에 술을 따라놓으며 코웃음을 친다. 술심부름에 넌더리

가 나서도 쏘는 소리를 하겠지마는, 작년 가을에, 이북서 오니까, 돈푼이나 가지고 온 줄 알고 그랬던지, 전에 안면이나 있던 젊은 아이가 나타나서, 집 한 채를 얻어주마는 바람에, 건몸 달아서 술을 사다 준다, 고기를 사다 준다, 점심을 먹여야 하니 돈이 든다 하고, 없는 옷가지를 팔아가며 젊은애 꽁무니를 한참 쫓아다니다가는 발라맞추는 양이, 세상에는 피난민 등쳐 먹는 그런 생화도 있구나 — 하고 헛물만 켜고 나가자빠진 일이 있은 뒤로, 아내는 그때에 자기 옷만 판 것이 분해서, 말끝만 나면 오금을 박는 것이다.

"그야 안 나가고 버티면, 저번 안채 사람 모양으로 어디던지 몸 붙일 데를 얻어라두 주는 것이지."

"속 시원한 소리두 하슈, 그 여자 말요, 집을 얻어놓았는데, 정 안 나가거던 권리금을 내구 사서, 우리더러 내쫓고 옮겨가라는 수작이라우. 권리금 낼 돈두 없지만, 앓느니 죽지, 저희가 못 내쫓는 걸 우리는 무슨 재주루 돈 들여가며 내쫓구 가라는 거겠소."

아내는 남편이 술 먹는 이외에는 별로 불만 있는 것은 아니나, 다만 세상 물정에 등한하고 주변이 없다는 것이다. 쉽게 말하면 이 판에 미국 유학한 덕, 영어 잘하는 덕을 남보다 더 보아야 할 터인데, 겨우 대학에 시간강사로 몇 시간 맡은 것밖에는 밤낮 죽치고 들어앉아서 세상 한탄이나 하고, 누구는 어떠니 싫고, 누구는 아무기로서니 그럴 줄은 몰랐다고 욕설이나 하는 것이, 인제는 귀에 못이 박이다시피 되어 싫었다. 누구보다 먼저 덕을 보아야 하겠다는 것은 다른 것이 아니라, 전쟁 통에 아무 까닭 없이 미국 출신이란 트집으로 두 번이나 유치장 신세를 지고 한 번은 미결감 한 번은 감시소(監視所)라던가 하는 데에 갇혀 있다가, 해방 직전에 풀려나와서는, 울화에 떠서 술로 세월을 보내면서, 마침 소개(疏開)한다는 바람에 몇 칸 안 되는 집이나마 팔아가지고 외가의 연줄을 더듬어 강원도 철원으로 갔던 것이, 결국은 오늘날 파산의 장본이 된 것이다. 설마 삼팔(三八)선에 '토치카'가 서고 철원에서 얶어지면 코 닿을 서울이 여행권조차 얻을 수 없는 천리 만리 외국이 될 줄은 꿈에도 생각 못 하였지마는, 세 식구가 빈 몸뚱이로 간신히 서울에를 기어 들어섰더라도 남과 같이 주변성 있게 서둘렀으면 아무려나 집 한 채 못 얻어 걸릴 것이 아니었다고 부인은 분해하는 것이다. 그러나 생각이 어떻게 들어서 그런지, 난 벼슬하려 공부한 것이 아니라, 내가 통역하려 영어를 배웠던가 싶으냐 하며 꼬장꼬장한 소리만 하고 앉았으니, 전쟁 통에 그 고생을 하고 파산까지 하고서 이 지경으로 겨울은 닥쳐오는데 거리에 나앉게 된 것이 무엇 때문이었던가를 생각하면, 이 판에 무슨 큰 수는 못 나도 그 보충은 될 만큼 약게 놀아야 살아가지 않는가 하는 불평이 나날이 쌓여가는 것이다.

"그래 벼슬을 하고 통역을 하는 것은 건국에 이바지하는 도리가 아니요?"
이렇게 권고를 해도,
"글쎄, 난 싫다는데 어쩌라는 거요?"
하고 눈을 곤두세우며 역정을 내는 것이었다.
"그럼 처자식을 거리로 나앉으라는 거요?"
하고 애원을 하면,
"흥, 그야 제 팔자대로 살겠지?"
하고 코대답이다. 스물한 살 먹은 맏아들놈을 병으로 내놓고 나서 소개를 한 뒤, 해방이 된 지도 일 년이 넘도록 종무소식인 것을 부부간에라도 아무쪼록 입 밖에 내지 않고 지내자니 더욱이 속이 썩어서 술만 마시려 들고 세상일을 귀찮아하는 듯싶다는 동정도 가나, "저의 팔자대로 살겠지!" 하는 그 말은 이런 데서 우러나오는 간국같이 쓰고 짠 소리일 것이다.

"그러니까 아까 그 색시가, 이 채에 들려고 몸이 달아 그러는 게로군? 그래 그 색시가 큰마누라의 둘째 딸이란 말야?"
영수는 잠자코 술만 마시다가 한마디 한다. 주인마누라 말이, 자기 둘째 딸이 집에 몰려서, 이 뒤채로 들어오니까 어서 내주어야 하겠다는 말을 늘 들었기에 하는 말이다.
"글쎄요. 난 그 흑구자가 안집 색시의 시뉘구, 둘째 딸이란 것은, 따루 있는 줄 알았더니…… 이 채에 와서들 둘째 딸이란 것이 그것이라면 큰딸과는 애비가 다른 것이지!"

영수댁은 이런 소리를 한다. 이 집은 원체 일본 사람이 여관이거나 마찌아이(待合) 같은 것을 경영하던 집인 듯싶은 크낙한 집인데, 미군이 쓴다고 해서 부랴부랴 내놓게 한 것인데, 급기야 와서 드는 사람을 보니, 기생퇴물 같은 똑 딴 양장미인과 그 모친이란 오십쯤 된 중년 부인하고, 금옥이라는 열댓 살 된 계집애년의 세 식구뿐이요, 안라는 주인의 동생이란 말을 무슨 말 끝에 들은 법한데 하여간 여기 와서 자지는 않는다.
　"아, 파닥지를 보면 모르나! 아무러면 그 귀신 같은 것이 양장미인의 동생일 리는 없으니, 남편의 누인지 시눈지! 검둥이의 첩인지? 허허허."
　영수도 안채의 양장미인을 힐끗 원공으로 한번 보고, 허어, 상당한 미인이라고 감탄도 하였지마는 주인이 어떤 작자인지 보지는 못하였어도 어느 놈의 소실이거니 하는 짐작은 든 것이다.
　"그건 어쨌든 말눈치를 들으면 아마 미군들의 놀이터로 양요릿집이거나 호텔 같은 것을 만들겠다구 청을 해서 이 집을 맡아냈나 봅디다."
　"그야, 그렇겠지. 이 크낙한 집을 무엇에 쓰나. 하여간 이 뒤채는 우리에게는 똑 알맞은데……."
　영수는 방 안을 새삼스레 휘 돌아다보았다.
　하여간 앞채는 아래위층에 방이 열서넛은 되고 그중에 팔조 십이조 하는 큰 방은 '댄스홀'이나 양식 식당으로 고쳐 꾸밀 수도 있고 장지를 떼어내면 얼마든지 넓게 쓸 수 있는 원체 요릿집으로 된 것이다. 이북에서 온 사람이 길이 좋아서 맡아놓고도 자본을 끌어내지 못하여 미루미루하다가 한 가구 두 가구 면에 못 이겨 피난민을 들이기 때문에 지금은 다다미가 엉망이 되었으니 외국인을 상대로 영업을 한다면 그까짓 것이 문제가 아니다. 이 뒤채는 원체 일인이 살 때에 늙은 주인의 거처였던지 팔조 사조 반에 온돌이 하나 있고 온돌에 달아서 아궁이 쪽으로 사랑 부엌 같은 것이 한 평가량 달려 있으니 부엌으로 넉넉히 쓰고 있는 터요, 변소까지 있다. 영수는 서울 올라와서 올봄까지 셋방으로 전전하며 고생을 하다가 요행 연줄이 닿아서 올 초봄에 힘에는 겨우건마는 세 식구 살림에는 똑 알맞아 그때 시세로는 비싼 줄 알면서도 이천 원씩 세를 내고 쫓겨 나간 전 주인에게 얻어 든 것이었다.

"그러나저러나 인제는 떠날 집까지 얻어받쳤다는 핑계가 또 하나 생겼으니 더 부쩍 들쌀 텐데 이걸 어떡한단 말요?"

이런 소리를 들으면 영수는 가뜩이나 막걸리 같은 시큰한 술맛이 더 없어졌다.

"바깥주인이 누군지나 알면 맞대놓고 담판이라두 하련마는……."

영수는 입맛을 쩝쩝 다시고 앉았다.

"떠나온 지 벌써 보름이나 돼야 낯두 코빼기나 볼 수 있기에요. 자기 본집이 있고 며칠만큼씩 와서 자는 모양인데 마루 끝에 구두가 놓인 날두 얼굴을 뵈지 않구 색시두 밤낮 싸지르는지 꼼짝 않구 들어앉았는지 좀체 눈에 안 띕니다."

아내는 저녁때 물을 길으러 들어가 보면 하루 걸러 이틀 걸러큼씩 엉정벙정하고 술들을 먹고 놀기도 하는 모양이니 원체 넓은 집이라 어디서들 노는지 주인의 방이 어디인지 알 수가 없다 한다.

동리 사람과 교제가 없으니 밖에 평판은 무어라는지 알 길 없고 부엌에서 물을 길으면서 금옥이란 년에게 물어보면 주인이 간혹 미국 손님도 데리고 와서 놀고 간다 하나, 그 외에는 저도 사실 모르는지 주인의 단속이 도저해서 입을 봉하는지, 기가 나서 내평을 알자는 것이 아니나 좀체 말이 없고 드나드는 여자들은 뭐시깽이들인지 알 수가 없었다.

"잘못하다가 매음굴에 들어앉은 셈쯤 되지는 않을지?"

남편의 이 소리에 아내는

"설마! 사람들은 조촐하던데."

하면서도 웃어버리는 양이 속으로는 그런 의혹도 없지는 않은 모양이다.

"하여튼 모리배의 소굴로도 괜찮고 강도단 도박단의 소굴로도 십상일 거라. 그 요염(妖艶)한 미인의 얼굴을 보면 '지고마'단의 여왕 감으로 쩍말없을² 거라."

---

2 **쩍말없다** 썩 잘되어 더 말할 나위 없다.

남편이 이런 소리를 하니까 아내는

"듣기 싫소. 무서운 소리 그만 하슈."

하고 눈살을 찌푸렸다.

하여간 누가 있으라는 것은 아니지만 나이 차가는 딸을 데렸는데 이런 구석에서 좋지 못한 꼴이나 보이고 들어앉았기가 하루가 민망하게 싫고 불현듯이 떠나고 싶었다. 그러나 이런 일이 있은 뒤로 영수 부인이 물을 길으러 들어가도 주인마누라가 그전같이 그리 실쭉해하는 내색도 보이지 않고 딸이란 미인도 간혹 눈에 띄면 좋은 낯으로 인사를 하게 되었다. 집 사단도 요새 며칠은 그리 조르지 않고 '흑구자'가 나중에 의논하자던 초동집 문제도 아무 소식 없고 말았다. 보배 모친은 인제 아마 차차 영어 덕을 보나 보다 하는 생각을 하며 웃었다.

3

이른 저녁때다. 보배가 학교에 다녀오다가 이 집 문전에 와서 보니 미군 트럭이 한 채 놓이고 인부 두셋이 안락의자며 테이블이며 세간짐을 내려놓기에 부산하다. 또 무슨 세간짐이 오나 싶었다. 힐끔 보기에도 보통 조선집 세간은 아니요 어떤 양관(洋館)의 응접실을 그대로 옮겨오는지 훌륭한 응접세트다. 안락의자가 대여섯, 찬란한 무늬 있는 우단 소파(장의자)가 두엇, 번즐번즐한 큰 테이블이 두엇이요, 둘둘 만 양탄자까지 있다. 탁자니 화병이니 전기스토브니…… 보배는 서양 잡지의 그림에서나 보던 사치스런 제구들이다. 보배는 저런 것을 사자면 지금 시세로 아마 한 십만 원은 할 거라는 생각을 허턱대고 하며 옆 골짜기로 꼽들여 뒷문으로 들어오려니까 마당에 주인집 딸이 모친과 서서 이야기를 하다가 반색을 하는 눈치다. 한 지붕 밑에서 살건마는 서로 대면할 기회도 없고 이러한 뒤채에는 발그림자 하나 하지 않던 눈이 부실 듯한 이 미인이 섰는 것을 보니 보배 생각에는 진객이나 온 듯싶이 반갑기도 하고 부끄러운 생각도 든다. 학생복에 너절한 외투를 걸친 자기 주제를 내려다보면 이 미인은 자기와는 저만치나 떨어진 딴 세상 사람 같다.

"마침 잘 왔다. 너 이거 좀 봐드려라."

모친은 마루 편으로 돌쳐서는 딸에게 뒤에서 말을 건다. 보배가 마루에 책보를 놓고 돌아서니까 주인 딸은 위에 입은 스웨터 포켓에서 착착 접은 편지 같은 종이쪽을 꺼내 들고 다가온다.

"미안하지만 이것 좀 보아주세요."

생글 웃어 보이는 양이 저번 '흑구자'와는 딴판이다. 아무려니 이 여자는 살결이 희니 백인종에 가깝고 흑구자는 역시 흑구자기 때문은 아니리라. 보배는 종잇조각을 잠자코 받아서 펴 본다. 이렇게 씌어 있다.

사랑하는 미쓰 리.

어제는 고맙고 미안하였습니다. 말씀하신 응접세트를 보내드립니다. 유쾌한 방을 꾸미실 줄 압니다. 영업상 필요한 것이 있으면 사양 말고 알려주시오. 내일은 점심때 찾아주셨으면 합니다. 오정까지 기다리겠습니다.

당신의 진실한 벗, 리차드슨

보배는 그러면 그렇지 그 훌륭한 양가구를 돈으로야 샀으랴 하는 생각을 하며 번역을 하여 들려준다.

"사랑하는 미쓰 리……."

보배는 '사랑하는'이란 말이 선뜻 입에서 아니 나와서 그만두어버릴까 하다가, 그거야 서양 사람의 편지투에 보통 쓰는 말이니 계관할 것이 무어 있으랴 하는 생각으로 학교에서 독본 번역하듯이 기계적으로 읽으면서도 귀밑이 뜨뜻해지는 것을 깨달았다. 앞에 섰는 미인의 얼굴도 살짝 발개졌으나 그것은 한순간에 지나지 않았다. 도리어 가만히 귀를 기울이고 섰는 이 여자의 얼굴에는 반기는 듯하고 흡족해하는 화려한 웃음까지 떠올라왔다.

다 읽고 나니까 이 미인은 편지를 받으며 그래도 좀 열적은 듯이 웃으며

"고맙습니다. 이 '리차드슨'은 바깥양반 친구인데 어제 우리 집에 놀러 왔다가 방에 아무 치장도 없는 것을 보고 접수해둔 양가구가 있으니 갖다가 쓸 테거던 쓰라구 보내준 거예요."
하며 변명 삼아 양가구의 내력을 설명하는 것이었다.
"헤에, 그거 좋군요."
모친은 얼마나 좋은 것인지 보지도 못하고 허청대고 대꾸를 하여준다. 이 부인도 딸의 입에서 '사랑하는' 어쩌고 하는 소리가 흘러나올 제 에구 망측스러워라 하고 주름살 진 얼굴이 붉어졌던 것이다. 도대체 그러한 편지를 딸에게 번역을 시키게 한 것이 잘못이라고 하였으나 이것도 집 없는 탓이니 어쩌는 수 없다고 속으로 혀를 차는 것이다.
"어머니 그 색시 남편이 있나요?"
안집 색시가 들어간 뒤에 보배는 모친을 따라 방으로 올라오며 이런 소리를 한다.
"아, 그럼 남편 있지. 왜 편지에 무어라구 했던?"
"글쎄 말예요. 편지에 '미쓰'라고 한 것은, 처녀에게 쓰는 말인데요, 지금 또 색시 말을 들으면, 바깥양반 친구니 어쩌니 하니 말이죠……."
보배는 그 색시가 서양 사람에게는 처녀 행세를 하는 것인지? 리차드슨이 '미세스'라고 쓸 것을 잘못 쓴 것인지 어정쩡해하는 것이다.
"누가 아니. 처녀거나 갈보거나 아랑곳할 것두 없지만, 아마 첩인가 보더라."
이 말은 전부터 들은 말이다.
"옷 입은 맵시가 딴은 그래요. 하지만 기생인지도 모르죠."
"그두 모르겠지만 그 어머니란 이가 얌전한 여염집 아낙네인 걸 보면 기생퇴물 같진 않구……."
모친은 딸에게 그 꼴을 보이기도 싫고 이러니저러니 입초에 올리기도 싫으나, 대체 본탈이 무엇인구 하는 호기심은 모녀가 똑같이 가지고 있는 것이다.
보배는 제 방에 들어가서 옷을 갈아입고 책보를 풀고 하면서도 지금 본 편지

사연이 머리를 떠나지 않았다. 얼른 보기에는 아무런 사연도 없고, 물건을 보낸다는 말과 점심에 초대를 하듯이 내일 만나자는 말에 지나지 않으나, 남편과 친구라면서, 남편은 어째 아니 청하누? 하고 그 '미쓰'란 말과 같이 역시 보배에게는 알 수 없는 일이요 짐작이 잘 나서지를 않으니만치 궁금하다.

'마이 디어 미쓰 리!'라는 첫 구절을 생각하면 훤칠한 코 큰 남자가 자그마한 이쁜 색시의 등을 툭툭 치는 양이 보이는 듯도 싶지마는, 어제는 고맙고 미안하였다는 말이, 남편이 어제 집에 데리고 와서 대접을 한 치사라고 아까 그 색시는 변명을 하였지마는 요새 며칠은 안채에 손님이 온 기척도 없었고 위아래층에 전등불이 캄캄히 꺼져 있었는데 그런 거짓말은 왜 하는지 그 역 알 수 없다.

보배는 대관절 그런 편지를 받는 여자의 마음이 어떨까 하는 생각도 하여보았다. 남자에게서 편지라고 받아본 일이 없는 보배는 징그러운 생각부터 든다. 그러나 또 한편으로 그런 남자의 편지 — 아니 남자의 편지는 아니라도, 사랑하는 동무가 있어서 편지를 주거니 받거니 하며 재미있게 지내보았으면 하는 충동도 깨닫는 것이었다.

보배는 다른 때 같으면 벌써 숙제장을 펴놓거나 영어책을 들고 나섰을 터인데 오늘은 책상 모퉁이에 멀거니 앉아서, 저고리에 솜을 두고 있는 모친의 손길만 바라보고 있다.

"어머니, 참 정말 요리점이고 뭐고 개업을 하나 보죠?"

'리차드슨'이란 자의 편지 사연이 또 머리에 떠올라서 보배는 불쑥 이런 소리를 꺼냈다.

"응, 참 그 편지에도 그런 말눈치지?"

모친은 이렇게 대꾸하는 하면서도 안집 이야기는 딸과 하고 싶지 않았다.

"요릿집을 차리고 갈보나 들끓고 하면 시끄럽구 챙피해서 어떻게 있에요."

보배는 눈살을 찌푸린다.

"내 말이 그 말이다! 어쩌면 이렇게 빡빡할 수가 있니!"

바느질을 붙들고 앉은 모친은 한숨을 내리쉰다.

"그래두 아버지께서 나스셔서 서둘러 보시면 적산집은 하나 걸리련마는……."

"얘, 그런 꿈같은 소리는 하지두 마라. 아버지 수단에 그 좋아하시는 약주 한 잔인들 공짜가 걸린다던! 그런 쥐변성 없는 이는 처음 봤으니까……."

모친은 부인의 주변 없는 이야기를 하기 시작하면 신이야 넋이야[3] 하는 것이다.

"그런 말씀 마슈. 그럼 노인네가, 술잔이나 얻어자시구 꿉적꿉적하구 다니셨다면 어쩔 뻔했겠에요."

보배는 부친이 모친을 꼬집는 소리를 하면, 모친의 역성을 들고, 모친이 부친에게 몰이해한 소리를 하면 부친 편을 드는 중립파였다. 모친도 딸의 말이 그럴싸하면서도

"세상에 늬 아버지같이 꼬장꼬장한 양반이 어디 있니? 물이 맑으면 고기가 없는 법야."

하고 핀둥이를 준다.

"흐린 물에는 송사리는 꼬일지 몰라도, 큰 고기는 바다의 맑은 물 속에 놀죠!"

하고 보배는 생글 웃는다.

그 역 일리가 있다고 모친은 생각하며 딸이 벌써 자라서 그런 소리를 하게 되었나? 하고 신통한 듯이 웃는 낯으로 쳐다본다. 그러나 자기 남편 같은 성미로 남에게 잘 쌔지를 못하니 평생 고생이라는 생각이 늘 있는 것이다.

4

모친은 저고리에 솜을 다 두어서 어느 틈에 뒤집어가지고 안섶에 코를 빼고

---

3 신이야 넋이야 하고 싶은 말을 거침없이 마구 털어놓음을 비유하여 이르는 말.

도련에 인두질을 치고 나더니 착착 개켜서 인두판에 얹어 밀어놓고는 일어선다. 저녁밥을 지으러 부엌으로 내려가는 모양이다. 보배도 따라 일어섰다.

"넌 웨 나오니? 어서 공부해라."

다른 때 같으면 보배는 상을 물린 뒤에 설거지나 하고 부친의 손님이 와서 약주 시중이나 들게 되어야 부엌에 내려가는 것이지만 오늘은 어쩐지 마음이 뒤숭숭한 한편에 집 걱정에 팔려서 공부할 생각이 아니 나기에 따라나선 것이다.

"이리 주세요. 제가 씻지요."

모친이 씻으려는 쌀 이남박을 보배는 씻었다. 요새 배급쌀이라는 것이 하도 돌멩이가 많이 섞여서 부친을 위하여 오백 원이나 주고 소꿉 같은 이남박을 샀지마는 세 식구 한 끼니 양식이래야 요 조그만 이남박의 바닥에 붙었다. 불과 서너 줌밖에 안 되는 쌀을 들여다보며 요까짓 쌀 때문에 모친은 배급날이면 어둑어둑해 일어나서 배급소 앞에 나가 떨고 섰다가 오늘은 배급을 주느니 안 주느니 하고 들락날락하는 것을 생각을 하던 보배는 씻던 쌀을 들여다보며 손을 쥐고 가만히 앉았다. 그나마 세 식구가 큰 양도 아니건마는 배를 곯리고 한 달에 부족한 소두 한 말을 사들이려고 모친이 애를 부덩부덩 쓰는 양을 생각하면 기가 막혔다. 쌀통장에 유령 인구 하나 못 넣은 것을 보면 주변 없기로는 부친만 나무랄 것이 아니라 세 식구가 매한가지지마는 또 한편으로 생각하면 그까짓 더럽게 세상을 그렇게 살면 무얼 하나 싶은 생각도 든다. 남의 앞에 어엿하니 마음이 언제나 가든하여 좋지 않으냐는 생각도 든다.

보배가 밥을 안치고 물 대중을 보아달라 하여서 모친이 찌개를 마련하다가 솥을 들여다보려니까 부엌문 밖에서

"계시요?"

하는 곱살스러운 목소리와 함께 문이 바스스 열린다. 안채의 딸이 또 나왔다.

해죽 웃으며

"벌써 저녁 지세요?"

하고 들어온다. 손에는 무엇인지 종잇갑을 들었다.

"어서 오슈."

모친은 속으로는 어쨌든지 웃는 낯으로 알은체를 하였다.
 "아이구 학생아가씨가 밥을 지으시는군요."
 색시는 인사성 있게 말을 붙인다. 스물세 살을 먹도록 밥이라고 몇 번이나 지어보았을지? 더구나 살림 들어앉은 뒤로 부엌에 내려와보는 일이 없는 이 평민적(平民的) 공주(公主) 아가씨의 눈에는 여학생의 밥 짓는 양이 신기해 보이는 모양이다.
 "이건 변변치 않은 것이지만 장난삼아 맛보세요."
 하고 안집 색시는 손에 든 과자갑을 마루 끝에 내놓는다. 영어로 쓴 마분지 갑을 보면 초콜릿이나 드롭스인 모양이다.
 "그건 뭐라구…… 그만두슈…… 우린 그런 서양 것 잘 먹을 줄두 모르구…… 갔다가 노인네나 드리슈."
 "아녜요 집에는 그런 것이 생겨두 아이들두 없구…… 학생아가씨 주세요."
 속눈썹이 긴 반짝하는 눈에 웃음을 머금어 보이며
 "학생아가씨 좀 놀러 오슈. 저녁에는 더구나 아무두 없구 쓸쓸할 지경예요."
 하고 보배에게 이따라도 저녁 먹고 놀러 오라고 다지고 나간다. 보배는 웃어만 보였다.
 "어쩌면 얼굴이 그림같이 곱고 그렇게 이쁠까요!"
 보배는 안집 딸이 나간 뒤에 아궁이에서 타 나오는 불을 디밀며 이렇게 얼굴을 칭찬한다. 갸름한 판이 어느 한구석 흠잡을 데가 없이 너무 꼭 째어서 어떻게 보면 얄미작스럽기도 하나 원체 천성이 고운지 붙임성이 있고 귀여운 맛도 있어 보이는 얼굴이다.
 "얼굴만 반반하면 뭘 하니? 그 얼굴 땜을 하느라고 팔자가 센 거 아니냐?"
 보배는 팔자가 세다는 뜻이 무엇인지도 자세히 모르겠고 그 여자가 어째서 팔자가 세다는 것인지 알 수는 없으나 이왕 여자로 태어난 바에는 그렇게 이뻐 봤더면 하는 부러운 생각을 어렴풋이 하며 과자갑을 들어서 영자를 들여다보려니까 모친은 끓는 찌개 맛을 보다가
 "그것두 영어 덕이로구나!"

하고 웃는다.

"두 번씩이나 번역을 해준 인사겠지마는 아이년을 시켜 보내도 좋을 것을 손수 가져오구 너더러 놀러 오라구 하는 품이 너하구 친하자는 모양이라. 그러다가 서양 사람이 오면 너를 불러내서 통역이라도 해달라지 않을지 모르겠다."

모친은 슬며시 딸더러 들어두라는 듯이 이런 소리를 한다.

"통역은 내가 회화를 할 줄이나 알게요!"

보배는 부친 덕에 간단한 회화라도 못하는 것은 아니지마는 설마 그런 여자의 서양 사람 교제에 통역을 써줄라구! 하는 생각이다. 그는 고사하고 '리차드슨'인가 하는 사람이 내일 만나자 하였으니 그런 사람을 만나면 손짓 눈짓으로 반벙어리 행세를 할 것을 생각을 하고는 혼자 웃었다.

"무언가 좀 뜯어보려므나."

어린애가 없고 규모로만 사는 이 집에 캔디니 초콜릿이니 하는 것이 생전 들어와본 일도 없는지라 모친도 구경이나 하고 싶은 모양이다. 보배가 과자갑을 다시 들어서 거죽에 싼 파라핀지(紙)를 뜯으려니까 밖에서 "음!" 하고 부친이 들어오는 기척이 난다.

보배는 뜯던 과자갑을 든 채 부엌문을 열고 뜰로 나섰다. 모친도 뒤따라 나왔다.

"그건 뭐냐?"

부친은 보배의 손으로 먼저 눈이 갔다.

"안에서 내온 과자예요."

"흐응…… 그건 어째?"

하고 영수는 아내에게로 눈을 돌린다. 오다가 선술집에라도 들렀었는지 주기를 띤 낯빛이다.

"어디를 가셨다가 이렇게 늦으셨소?"

"응, 오다가 뉘게 끌려서 빈대떡집에 들어가보았지."

빈대떡집이란 선술집 같은 데인 모양이다. 빈대떡을 몇 조각이나 먹었는지, 영수는 매우 신기가 좋았다.

"좋군요. 소원을 푸셨으니……."

마누라도 실없이 웃었다.

"소원이라니? 소원이 빈대떡이란 말요?"

영감은 다리가 따분한지 유리창이 열린 마루에 가서 걸터앉으며 껄껄 웃는다.

"늘, 공술 한잔 안 걸린다구 하시기에 말이죠."

마님은 부엌문 앞에 세워놓은 빗자루를 들고 와서 마당 앞을 쓴다.

"아무러면 내가 그런 소리를 했을까. 세상에 공게 어디 있을라구."

"주변 없는 영감이나 공게 없지, 신문만 봐두 세상 것이 모두 공짜 같습디다요."

"마누라두 인젠 늙었군! 그따위 천착한 허욕만 늘어가구……."

영수는 구두끈을 풀고 마루로 올라선다. 보배도 손에 들었던 과자갑을 유리창으로 들여놓고, 시중을 들러 뒤따라 올라갔다. 영수는 모자와 외투를 벗어서 딸에게 주고 선들한 맛에 다시 마루 끝에 주저앉으며 과자갑을 들어 레테르에 쓴 영자를 들여다본다.

"이건 누가 가져왔니? 누가 왔었소?"

"오긴 누가 와요. 들여다보는 사람두 없지만, 생전 가야 사탕 한 알갱이 먹어보라구 갖다주는 사람 못 봤어."

마누라는 모은 쓰레기를 쓰레받기에 긁어 담는다.

"내, 이렇게 공거 좋아하는 것 봤나!"

하고 영감은 웃다가,

"응, 저기서 내온 거로군?"

하고 영수는 인제야 알았다는 듯이 안채에 대고 턱짓을 해 보인다.

마나님은 잠자코 쓰레기를 내다 버리고 나서, 부엌에 들어가 끓는 찌개를 보고 나온다.

"그건 웨 내왔을꾸?"

영수는 저리 밀어놓은 과자갑을 또 한 번 돌려다본다. 집을 내놓으라고 들것질을 하는 판이요 음식을 서로 주고받고 하는 터도 아닌데, 안집에서 별안간 무슨 마음 먹고 그런 것을 주었을까? 하는 약간의 호기심도 있고, 어느 틈에 여편네끼리 사이가 좋아졌나 싶어 그것이 궁금한 것이었다. 안에서들 친해져서 대립 관계가 다소라도 완화되었다면, 당장 거리에 나앉는 수는 없으니 싫어도 삼동을 예서 나게 될까 하는 일루의 희망이 없지 않은 것이다.

"그야말로 공짜가 어디 있습디까?"

마님은 영감의 구두를 치우고 마루 끝에 앉으며 대꾸를 한다.

"그럼 웨?……"

마님은 사내가 그까짓 것쯤 본체만체할 일이지, 잘게도 묻는다는 듯이 잠깐 잠자코 있다가,

"그것도 영어 덕이라우. 우리는 영어 덕두 고작해야 그런 것밖에 더 걸린답디까!……"

하며, 또 영어 덕을 쳐들며 코웃음을 친다.

"흠……, 그건 또 무슨 소리야?"

영감은 눈살이 찌푸려졌다.

"쟤가 또 편지를 번역해주었다우. 쿤 딸이 제게 온 영어 편지를 가지고 나와서 읽어달래서 번역을 해주었더니, 그 인사루 지금 손수 가지구 나왔구먼……"

"흠…… 무슨 편진데?"

영감의 낯빛은 좀더 흐려졌다.

"정말 무슨 구락분지 요릿집인지 꾸미나 보군요. 조금 전에 서양 사람한테서, 훌륭한 양가구(洋家具)를 한 트럭 실어오구, 그걸 받으라는 편진데, 어떤 놈팽인지 내일은 제 집으루 와달라는 그런 편진가 보던데……."

"흠……."

세번째 '흠'에는 영감의 입귀가 뒤틀리며, 눈에 모가 났다. 마나님은 좀 점직한 생각이 들어서 영감을 달래듯이,

"저두 그런 편지를 읽어달래놓고 부끄러운 생각이 들었든지, 입을 막느라고

그런지, 이때껏 얼씬두 안 하던 이쁜 아씨가 손수 그걸 들고 나와서 살살대며 보배더러 놀러 들어오라 하구 친하자는 눈치군요."

하며 마나님도 그러는 동안에는 집 내놓으란 성화가 식어질까 하는 생각에 웃음이 떠오른다.

"그까짓 것들하구 친해서는 무얼 해……."

영수는 침이나 탁 뱉듯이 한마디 내던진다.

"……그 애하구 상종을 왜 하게 하드란 말요. 자라는 계집애년에게 그따위 편지를 읽어주라는 마누라가 딱하지!"

영수는 역정을 와락 낸다.

"그럼 어쩌우? 모르면 하는 수 없지만, 뻔히 아는 것을 모른다. 이런 처지가 아니라두 그만 부탁을 안 들어줄 수 없는데, 어떻게 차차 그렇게 해서 매일같은 그 성화나 면하게 되면 좋지 않은가……."

마나님은 무심코 한숨이 나온다.

"이런 처지란 어떤 처지란 말요? 딸자식을 시켜 그따위 연놈의 그런 더러운 편지쪽이나 번역을 시켜가며, 사탕 알갱이나 얻어먹고 앉았어야 할 처지란 말야?"

주기가 있는 벌건 얼굴이 퍼래지니까, 흙빛같이 되며, 눈을 까뒤집고 대든다.

"그건 누구 탓이오? 입찬소리 그만 하구, 그런 처지가 안 되게 만들어놓구려."

마나님도 맞서며 벌떡 일어나서 댓돌 위에 피해 섰다.

"무어 어째? 이게 무언지나 알구 이야기요? ……이게 어떻게 생긴 것인지나 알구서 말을 해요!"

영수는 과자갑을 들어 내밀며 당조짐을 한다.

"……그래 이걸 딸자식에게 먹여야 옳단 말야? 보배 입에 들어가는 것을 보고 앉았으란 말야?"

하는 소리와 함께, 휙 하더니 과자갑이 땅에 털썩 떨어지는 소리가 난다. 그 소리와 함께 영수는 훌쩍 자기 서재로 들어가버린다.

　어슴푸레해가는 초겨울의 푸른 하늘은, 드높고 수정알 눈동자처럼 맑았다. 사방이 괴괴하고, 햇발이 진 쓸쓸한 마당에 마나님은 얼이 빠진 듯이 섰다가 과자갑을 먼 광으로 찾아보니, 간반 틈쯤 격한 차면 너머로 굴러 떨어진 것이 차면 밑으로 보인다.

　마나님은, 안에서 누가 보지나 않을까 하는 선뜻한 생각이 들면서 가만가만히 집으러 가려니까, 방에서 발자취를 죽이며 나오던 보배의,

　"어머닌……."

하고, 눈을 찌푸린 소리가, 옷자락을 잡아당기듯이 뒤에서 난다.

　그래도 보배 어머니는 도적질이나 하러 들어가듯이, 흘끔흘끔 안채를 엿보며 발소리를 죽이고 가서 과자갑을 집어들고 단걸음에 나왔다.

　"에이 그건……."

　보배는 모친이 더러운 것이나 만지는 듯이 또 눈살을 찌푸린다. 모친의 거동이 천덕구니같이 보여서 더 싫었다.

　"그럼 어쩌니! 누가 물건이 아까워서 그러니? 먹는 데 더러워 그러니? 내가 아쉬니까 그렇지! 당장 내쫓기면 갈 데가 어디냐?…… 이 과자집을 제 울안에서 보고, 가만있을 사람은 누구요, 그 마음은 어떻겠니? 남 욕을 뵈두 체면이 있지……."

　모친의 말에도 고개가 숙었다. 보배는 소리 없이 한숨을 지으며, 어두워가는 마루 끝에서 언제까지 먼 산을 쳐다보고 섰다.

염상섭(廉想涉)

1897년 서울 출생. 본명은 염상섭(廉尚燮), 호는 제월(霽月), 횡보(橫步). 와세대 대학 수학. 1920년 『폐허』의 창간 동인으로 문학 활동 시작. 아세아자유문학상, 예술원 공로상 등 수상. 동아일보, 조선일보 등의 기자로 활동했으며 만선일보 주필 및 편집국장을 지냄. 초대 서라벌예대 학장 역임. 『만세전』(1924), 『견우화』(1924), 『삼팔선』(1948), 『해방의 아들』(1949), 『일대의 유업』(1960) 등의 작품집과 『사랑과 죄』(1939), 『이심』(1941), 『삼대』(1948), 『모란꽃 필 때』(1954), 『취우』(1954) 등의 장편소설을 출간했으며, 『염상섭전집』(1987)이 있음. 1963년 타계.

작품 세계

염상섭 문학은 대상의 객관적 재현에 머문 메마른 세계에 지나지 않는다는 편견이 널리 퍼져 있으나 이는 잘못이다. 염상섭 초기 문학은 부정적 현실을 넘어 이상적 가치 실현을 지향하는 과격한 열정으로 가득 차 있다. 그 열정은 갈수록 약화되고 마침내는 통속 연애소설로, 메마른 풍속 묘사의 소설로 빠져들게 되지만, 해방과 함께 다시 초기의 그 같은 열정을 어느 정도 회복한다.

염상섭 문학은 시대가 문학사가 부여한 과제에 정면으로 대응해 문학사의 새 단계를 열었던 문학이다. 당대 문학 일반을 떠받친 사고틀에 그 자신도 마찬가지로 갇혔지만 그 사고틀을 안쪽에서 해체해 나아가는 반성적·비판적 정신, 선험적 의미항으로 대상을 척도하지 않는 구체적 탐구의 정신, 단일성의 시각이 내뿜는 강력한 유혹의 흡입력을 뿌리치고 확보한 겹의 시각 등등을 염상섭 문학의 특성으로 들 수 있겠다.

「만세전」

「만세전」을 읽으면, 어떻게 그 혹독한 검열의 시대에 이런 표현을 동원할 용기가 있었을까 의아스러울 정도로 일본의 조선 식민 지배에 대한 강한 부정의식을 직설적으로 드러내는 표현들로 가득 차 있다. 젊은 자부의 작가 염상섭은 붓길을 구속하는 검열을 향하여, 조선을 '갑살리는' 식민 지배를 향하여 온몸을 드러내고 맞섰던 것이다. 「만세전」의 주인공 이인화는 "사실 말이지, 나는 그 소위 우국의 지사는 아니다"라고 말하지만 그 말 아래에는 이처럼 강력한 맞섬의 정신이 시퍼렇게 눈뜨고 있음을 지나쳐서는 안 된다. 식민 지배를 향하는 그 같은 맞섬의 정신을 가장 뚜렷이 드러내는 것은 관부연락선 갑판 위 찬 바닷

바람 속에서, 이인화가 자신도 모르게 흘리고 마는 뜨거운 눈물이다.
　이인화는 출항 직전 배에서 불려 나와 일본 경찰의 짐 검색을 당하였다. 민족 차별에 대한 분노와, 형사들이 "또 무슨 망발이나 부리지 않을까 하는 불안과 의혹," 배를 놓칠지 모른다는 생각에서 생겨난 초조감 등에 휩싸여 안절부절 어쩔 줄 모르는 주인공의 심리 곡절이 "1분, 2분, 3분, 4분, 5분, 10분……" "무겁고 찌뿌드드한 침묵" 속 시간의 흐름을 따라 펼쳐져 있어 그가 폭발 직전에 이르렀음이 여실하게 제시되었다. 단지 조선인이라는 이유로 이미 승선한 사람을 불러 내려 "마치 바다에 빠진 시체를 건져놓고, 검시나 하는 것같이" 짐을 검색하는 그들의 부당한 폭거, 그 같은 행위의 절대적 정당성에 대한 믿음의 외현인 그들의 '비장하며 엄숙한' 태도와 '절대 침묵'에 대한 이인화의 절대의 부정의식이 그 뜨거운 눈물로 흘러내렸던 것이다.
　「만세전」은 젊은 혼의 필마단기 외로운 여행길을 따라 펼쳐지는 젊음의 문학이고, 타락한 세계에 대한 환멸의 문학이다. 환멸에 사로잡혀 이 타락한 세계와 함께 스스로를 파괴하고 싶을 정도로 강렬한 충동에 휩싸이기도 하지만 앞길을 찾아 나아가려는 어기찬 열정과 의지를 잃지 않는 주인공의 탐구와 반성 그리고 자기 조정의 행로는 우리 소설의 새 차원을 여는 의미를 지닌다.

「양과자갑」

　해방될 때 염상섭은 중국 단동(지금의 안동)에 있었다. 압록강 철교를 건너서 신의주, 해주를 거쳐 서울로 돌아온 것은 1946년이었다. 만선일보 편집국장이 되어 서울을 떠난 지 10년 만이었다. 염상섭은 귀국 과정을 그린 소설집『삼팔선』간행으로 의욕적인 작가 생활을 다시 시작했다. 당시의 한국인 대부분이 입을 모아 외쳤던 자주적인 통일민족국가 수립이란 민족사적 과제를 그 또한 함께 짊어지고자 하였다.
　그러나 염상섭은 곧 타락한 현실 속에서 민족사의 새로운 전개를 기대할 수 없다는 깊은 비관에 갇히고 만다. 이 시기 염상섭의 이 같은 내면을 가장 잘 드러낸 작품은 장편『효풍(曉風)』(1948)이다. '효풍'은 새벽바람이다. 민족사의 새로운 전개를 비는 마음을 돋트는 새벽에 부는 맑고 생기 찬 새벽바람에 부친 것이리라. 그러나 그 마음은 미래에 대한 낙관으로 부푼 밝은 성격의 것이 아니라 안타까운 비원에 가까운 것이었다. 현실주의자 염상섭은 일본의 식민 지배에서는 벗어났지만 완전한 독립을 기대하기는 어려운 현실, 갈수록 굳어져가는 남북 분단의 현실, 한국 사회의 구성원 대부분이 나아갈 방향성을 잃고 깊게 흔들리고 있는 동요와 불안정의 현실을 정시하며 마음 깊은 곳에서 피어오르는 절망감을 애써 억누른 채 안타까운 비원을 올렸던 것이다.
　「양과자갑」(원 제목은 「바쁜 이바지」임. 일부 내용을 손보아『해방문학선집』(종로서원, 1948)에 수록하면서 제목을 바꾸었음)은『효풍』의 한 부분이라 해도 좋을 만큼 등장인물의 성격이 흡사하다. 영수는 김관식, 보배는 혜란과 정확하게 대응한다. 『효풍』에 짙게 드리운 비관주의를 우리는 「양과자갑」에서도 그대로 확인한다.

주요 참고 문헌

「만세전」

염상섭 초기 문학을 대표하는 「만세전」을 다룬 연구물은 이루 헤아릴 수 없을 정도로 많다. 소설 구조와 작가의식의 관련을 살핀 김윤식의 「염상섭의 소설 구조」(『염상섭』, 문학과지성사, 1977), 연재본-고려공사본(1924)-수선사본(1948)으로 나아가며 정착되는 「만세전」의 개작 과정을 검토한 이재선의 「일제의 검열과 「만세전」의 개작」(『염상섭전집 12』, 민음사, 1984), 주인공 이인화의 뒤를 따라 걸으며 80년 저쪽 「만세전」의 시대와 현재를 엮어 성찰한 한형구의 「「만세전」의 길을 좇아서」(『염상섭 문학의 재조명』, 새미, 1998) 등을 우선 들 수 있다. 염상섭 연구를 대표하는 저서에는, 김종균의 『염상섭 연구』(1974), 이보영의 『식민지 시대 문학론』(1984), 김윤식의 『염상섭 연구』(1987), 김경수의 『염상섭 장편소설 연구』(일조각, 2001), 『염상섭문학연구』(권영민 편, 민음사, 1987), 문학사와 비평 연구회가 펴낸 『문학사와 비평 5집: 염상섭 문학의 재조명』(새미, 1988), 김종균 교수가 엮어낸 『염상섭소설연구』(국학자료원, 2000) 등이 있다.

「양과자갑」

「양과자갑」은 해방 직후의 염상섭 문학을 대표하는 작품의 하나로 널리 다루어졌다. 좌우의 이념 대립으로 혼란스러웠던 해방 공간에서 염상섭은 양자의 통합을 지향하는 중도적 입장을 지녔으며, 외세의 지배를 넘어 자주적인 통일민족국가의 수립으로 나아가야 한다는 확고한 신념으로 실천적 글쓰기에 임했다. 「양과자갑」에 대한 지금까지의 논의는 거의 대부분 염상섭의 이 같은 이념적 입장과 관련된 것이었다. 김윤식의 「세 가지 작품군: 중립적 세계관의 구조」(『염상섭 연구』, 서울대 출판부, 1987)는 가치 중립성이 지배하는 세계라는 개성적인 해석을 내놓아 이채롭다.

_정호웅

현진건
운수 좋은 날

새침하게 흐린 품이 눈이 올 듯하더니 눈은 아니 오고 얼다가 만 비가 추적추적 나리는 날이었다.
 이날이야말로 동소문 안에서 인력거꾼 노릇을 하는 김첨지에게는 오래간만에도 닥친 운수 좋은 날이었다. 문안에(거기도 문밖은 아니지만) 들어간답시는 앞집 마마님을 전찻길까지 모셔다 드린 것을 비롯으로 행여나 손님이 있을까 하고 정류장에서 어정어정하며 나리는 사람 하나하나에게 거의 비는 듯한 눈길을 보내고 있다가 마침내 교원인 듯한 양복쟁이를 동광학교(東光學校)까지 태워다주기로 되었다.
 첫 번에 삼십 전, 둘째 번에 오십 전 —— 아침 댓바람에 그리 흔치 않은 일이었다. 그야말로 재수가 옴 붙어서 근 열흘 동안 돈 구경도 못 한 김첨지는 십 전짜리 백동화 서 푼, 또는 다섯 푼이 찰깍하고 손바닥에 떨어질 제 거의 눈물을 흘릴 만큼 기뻤었다. 더구나 이날 이때에 이 팔십 전이란 돈이 그에게 얼마나 유용한지 몰랐다. 컬컬한 목에 모주 한 잔도 적실 수 있거니와 그보담도 않는 아내에게 설렁탕 한 그릇도 사다 줄 수 있음이다.
 그의 아내가 기침으로 쿨룩거리기는 벌써 달포가 넘었다. 조밥도 굶기를 먹

* 「운수 좋은 날」은 1924년 6월 『개벽』에 발표되었다.

다시피 하는 형편이니 물론 약 한 첩 써본 일이 없다. 구태여 쓰려면 못 쓸 바도 아니로되 그는 병이란 놈에게 약을 주어 보내면 재미를 붙여서 자꾸 온다는 자기의 신조(信條)에 어디까지 충실하였다. 따라서 의사에게 보인 적이 없으니 무슨 병인지는 알 수 없으되 반듯이 누워가지고 일어나기는새로[1] 모로도 못 눕는 것을 보면 중증은 중증인 듯. 병이 이대도록 심해지기는 열흘 전에 조밥을 먹고 체한 때문이다. 그때도 김첨지가 오래간만에 돈을 얻어서 좁쌀 한 되와 십 전짜리 나무 한 단을 사다 주었더니, 김첨지의 말에 의지하면 그 오라질 년이 천방지축으로 냄비에 대고 끓였다. 마음은 급하고 불길은 달지 않아 채 익지도 않은 것을 그 오라질 년이 숟가락은 고만두고 손으로 움켜서 두 뺨에 주먹덩이 같은 혹이 불거지도록 누가 빼앗을 듯이 처박질하더니만 그날 저녁부터 가슴이 땅긴다. 배가 켕긴다고 눈을 홉뜨고 지랄병을 하였다. 그때 김첨지는 열화와 같이 성을 내며,

"에이 오라질 년, 조랑복은 할 수가 없어, 못 먹어 병, 먹어서 병! 어쩌란 말이야. 왜 눈을 바루 뜨지 못해!"

하고 김첨지는 앓는 이의 뺨을 한 번 후려갈겼다. 홉뜬 눈은 조금 바루어졌건만 이슬이 맺히었다. 김첨지의 눈시울도 뜨끈뜨끈한 듯하였다.

이 환자가 그러고도 먹는 데는 물리지 않았다. 사흘 전부터 설렁탕 국물이 마시고 싶다고 남편을 졸랐다.

"이런 오라질 년! 조밥도 못 먹는 년이 설렁탕은. 또 처먹고 지랄병을 하게."

라고 야단을 쳐보았건만 못 사주는 마음이 시원치는 않았다.

인제 설렁탕을 사줄 수도 있다. 앓는 어미 곁에서 배고파 보채는 개똥이(세 살먹이)에게 죽을 사줄 수도 있다. —— 팔십 전을 손에 쥔 김첨지의 마음은 푼푼하였다.

그러나 그의 행운은 그걸로 그치지 않았다. 땀과 빗물이 섞여 흐르는 목덜미를 기름주머니 다 된 왜목 수건으로 닦으며 그 학교 문을 돌아 나올 때였다. 뒤

---

1 새로 조사 '는' '은' 뒤에 붙어 '고사하고' '커녕'의 뜻을 나타내는 보조사 '새로에'의 준말.

에서 '인력거!' 하고 부르는 소리가 난다. 자기를 불러 멈춘 사람이 그 학교 학생인 줄 김첨지는 한 번 보고 짐작할 수 있었다. 그 학생은 다짜고짜로,

"남대문 정거장까지 얼마요?"

라고 물었다. 아마도 그 학교 기숙사에 있는 이로 동기 방학을 이용하여 귀향하려 함이리라. 오늘 가기로 작정은 하였건만 비는 오고 짐은 있고 해서 어찌할 줄 모르다가 마침 김첨지를 보고 뛰어나왔음이리라. 그렇지 않으면 왜 구두를 채 신지도 못해서 질질 끌고 비록 고구라 양복일망정 노박이로 비를 맞으며 김첨지를 뒤쫓아 나왔으랴.

"남대문 정거장까지 말씀입니까?"

하고 김첨지는 잠깐 주저하였다. 그는 이 우중에 우장도 없이 그 먼 곳을 철벅거리고 가기가 싫었음일까? 처음 것 둘째 것으로 그만 만족하였음일까? 아니다, 결코 아니다. 이상하게도 꼬리를 맞물고 덤비는 이 행운 앞에 조금 겁이 났음이다. 그러고 집을 나올 제 아내의 부탁이 마음에 켕기었다. ― 앞집 마마한테서 부르러 왔을 제 병인은 그 뼈만 남은 얼굴에 유일의 생물 같은, 유달리 크고 움푹한 눈에 애걸하는 빛을 띠며,

"오늘은 나가지 말아요. 제발 덕분에 집에 붙어 있어요. 내가 이렇게 아픈데……"

라고 모깃소리같이 중얼거리고 숨을 거르렁거르렁하였다. 그때에 김첨지는 대수롭지 않은 듯이,

"압다, 젠장맞을 년, 별 빌어먹을 소리를 다 하네. 맞붙들고 앉았으면 누가 먹여 살릴 줄 알아."

하고 훌쩍 뛰어나오려니까 환자는 붙잡을 드키 팔을 내저으며,

"나가지 말라도 그래. 그러면 일찍이 들어와요."

하고 목멘 소리가 뒤를 따랐다.

정거장까지 가잔 말을 들은 순간에 경련적으로 떠는 손, 유달리 큼직한 눈, 울 듯한 아내의 얼굴이 김첨지의 눈앞에 어른어른하였다.

"그래, 남대문 정거장까지 얼마란 말이오?"

하고 학생은 초조한 듯이 인력거꾼의 얼굴을 바라보며 혼잣말같이,

"인천 차가 열한 점에 있고 그다음에는 새로 두 점이던가?"
라고 중얼거린다.

"일 원 오십 전만 줍시오."

이 말이 저도 모르게 불쑥 김첨지의 입에서 떨어졌다. 제 입으로 부르고도 스스로 그 엄청난 돈 액수에 놀랐다. 한꺼번에 이런 금액을 불러라도 본 지가 그 얼마 만인가! 그러자 그 돈 벌 욕기가 병자에 대한 염려를 사르고 말았다. 설마 오늘 내로 어떠랴 싶었다. 무슨 일이 있더라도 제일 제이의 행운을 값친 것보담도 오히려 곱절이 많은 이 행운을 놓칠 수 없다 하였다.

"일 원 오십 전은 너무 과한데."

이런 말을 하며 학생은 고개를 기웃하였다.

"아니올시다. 이수로 치면 여기서 거기가 시오 리가 넘는답니다. 또 이런 진 날은 좀더 주셔야지요."

하고 빙글빙글 웃는 차부의 얼굴에는 숨길 수 없는 기쁨이 넘쳐흘렀다.

"그러면 달라는 대로 줄 터이니 빨리 가요."

관대한 어린 손님은 이런 말을 남기고 총총히 옷도 입고 짐도 챙기러 제 갈 데로 갔다.

그 학생을 태우고 나선 김첨지의 다리는 이상하게 거뿐하였다. 달음질을 한 다느니보담 거의 나는 듯하였다. 바퀴도 어떻게 속히 도는지 구른다느니보담 마치 얼음을 지쳐 나가는 스케이트 모양으로 미끄러져 나가는 듯하였다. 언 땅에 비가 나려 미끄럽기도 하였지만.

이윽고 끄는 이의 다리는 무거워졌다. 자기 집 가까이 다다른 까닭이다. 새삼스러운 염려가 그의 가슴을 눌렀다.

"오늘은 나가지 말아요. 내가 이렇게 아픈데!"

이런 말이 잉잉 그의 귀에 울렸다. 그리고 병자의 움쑥 들어간 눈이 원망하는 듯이 자기를 노리는 듯하였다. 그러자 엉엉하고 우는 개똥이의 곡성을 들은 듯싶다. 딸꾹딸꾹하고 숨 모으는 소리도 나는 듯싶다…….

"왜 이러우? 기차 놓치겠구면."

하고 탄 이의 초조한 부르짖음이 간신히 그의 귀에 들어왔다. 언뜻 깨달으니 김첨지는 인력거 채를 켠 채 길 한복판에 엉거주춤 멈춰 있지 않은가.

"예예."

하고 김첨지는 또다시 달음질하였다. 집이 차차 멀어갈수록 김첨지의 걸음에는 다시금 신이 나기 시작하였다. 다리를 재게 놀려야만 쉴 새 없이 자기의 머리에 떠오르는 모든 근심과 걱정을 잊을 듯이.

정거장까지 끌어다 주고 그 깜짝 놀란 일 원 오십 전을 정말 제 손에 쥐매, 제 말마따나 십 리나 되는 길을 비를 맞아가며 질퍽거리고 온 생각은 아니하고 거저나 얻은 듯이 고마웠다. 졸부나 된 듯이 기뻤다. 제 자식뻘밖에 안 되는 어린 손님에게 몇 번 허리를 굽히며,

"안녕히 다녀옵시오."

라고 깍듯이 재우쳤다.

그러나 빈 인력거를 털털거리며 이 우중에 돌아갈 일이 꿈밖이었다. 노동으로 하여 흐른 땀이 식어지자 굶주린 창자에서, 물 흐르는 옷에서 어슬어슬 한기가 솟아나기 비롯하매 일 원 오십 전이란 돈이 얼마나 괴치 않고 괴로운 것인 줄 절절히 느끼었다. 정거장을 떠나가는 그의 발길은 힘 하나 없었다. 왼몸이 옹송그려지며 당장 그 자리에 엎어져 못 일어날 것 같았다.

"젠장맞을 것, 이 비를 맞으며 빈 인력거를 털털거리고 돌아를 간담? 이런 빌어먹을, 제 할미를 붙을 비가 왜 남의 상판을 딱딱 때려!"

그는 몹시 화증을 내며 누구에게 반항이나 하는 듯이 게걸거렸다. 그럴 즈음에 그의 머리엔 또 새로운 광명이 비쳤나니 그것은,

'이러구 갈 게 아니라 이 근처를 빙빙 돌며 차 오기를 기다리면 또 손님을 태우게 되는지도 몰라.'

란 생각이었다. 오늘은 운수가 괴상하게도 좋으니까 그런 요행이 또 한 번 없으리라고 누가 보증하랴. 꼬리를 굴리는 행운이 꼭 자기를 기다리고 있다고 내기를 해도 좋을 만한 믿음을 얻게 되었다. 그렇다고 정거장 인력거꾼의 등쌀이

무서우니 정거장 앞에 섰을 수는 없었다. 그래 그는 이전에도 여러 번 해본 일이라 바로 정거장 앞 전차 정류장에서 조금 떨어지게, 사람 다니는 길과 전찻길 틈에 인력거를 세워놓고 자기는 그 근처를 빙빙 돌며 형세를 관망하기로 하였다.

얼마 만에 기차는 왔다. 수십 명이나 되는 손이 정류장으로 쏟아져 나왔다. 그중에서 손님을 물색하는 김첨지의 눈엔 양머리에 뒤축 높은 구두를 신고 망토까지 두른 기생퇴물인 듯, 난봉 여학생인 듯한 여편네의 모양이 띄었다. 그는 슬근슬근 그 여자의 곁으로 다가들었다.

"아씨, 인력거 아니 타시랍시오?"

그 여학생인지 뭔지가 한참은 매우 태깔을 빼며 입술을 꼭 다문 채 김첨지를 거들떠보지도 않았다. 김첨지는 구걸하는 거지나 무엇같이 연해연방 그의 기색을 살피며,

"아씨 정거장 애들보담 아주 싸게 모셔다 드리겠습니다. 댁이 어데신가요?"

하고 추근추근하게 그 여자의 들고 있는 일본식 버들고리짝에 제 손을 대었다.

"왜 이래. 남 귀치않게."

소리를 벽력같이 지르고는 획 돌아선다. 김첨지는 어랍시오 하고 물러섰다.

전차는 왔다. 김첨지는 원망스럽게 전차 타는 이를 노리고 있었다. 그러나 그의 예감(豫感)은 틀리지 않았다. 전차가 빡빡하게 사람을 싣고 움직이기 시작하였을 제 타고 남은 손 하나가 있었다. 굉장하게 큰 가방을 들고 있는 걸 보면 아마 붐비는 차 안에 짐이 크다 하여 차장에게 밀려 내려온 눈치이었다. 김첨지는 대어 섰다.

"인력거를 타시랍시오?"

한동안 값으로 승강이를 하다가 육십 전에 인사동까지 태워다 주기로 하였다. 인력거가 무거워지매 그의 몸은 이상하게도 가벼워졌다. 그리고 또 인력거가 가벼워지니 몸은 다시금 무거워졌건만 이번에는 마음조차 초조해온다. 집의 광경이 자꾸 눈앞에 어른거려 인제 요행을 바랄 여유도 없었다. 나뭇등걸이나 무엇 같고 제 것 같지도 않은 다리를 연해 꾸짖으며 갈팡질팡 뛰는 수밖에 없

었다.

'저놈의 인력거꾼이 저렇게 술이 취해가지고 이 진 땅에 어찌 가노?'
라고 길 가는 사람이 걱정을 하리만큼 그의 걸음은 황급하였다. 흐리고 비 오는 하늘은 어둠침침하게 벌써 황혼에 가까운 듯하다. 창경원 앞까지 다다라서야 그는 턱에 닿은 숨을 돌리고 걸음도 늦추잡았다. 한 걸음 두 걸음 집이 가까워갈수록 그의 마음조차 괴상하게 누그러웠다. 그런데 그 누그러움은 안심에서 오는 게 아니요 자기를 덮친 무서운 불행을 빈틈없이 알게 될 때가 박두한 것을 두리는 마음에서 오는 것이다. 그는 불행에 다닥치기 전 시간을 얼마쯤이라도 늘이려고 버르적거렸다. 기적(奇蹟)에 가까운 벌이를 하였다는 기쁨을 할 수 있으면 오래 지니고 싶었다. 그는 두리번두리번 사면을 살피었다. 그 모양은 마치 자기 집—곧 불행을 향하고 달려가는 제 다리를 제 힘으로는 도저히 어찌할 수가 없으니 누구든지 나를 좀 잡아 다고, 구해 다고 하는 듯하였다.

그럴 즈음에 마침 길가 선술집에서 그의 친구 치삼이가 나온다. 그의 우글우글 살찐 얼굴에 주홍이 도는 듯, 왼 턱과 뺨을 시커멓게 구레나룻이 덮였거든, 노르탱탱한 얼굴이 바짝 말라서 여기저기 고랑이 파이고 수염도 있대야 턱밑에만 마치 솔잎 송이를 거꾸로 붙여놓은 듯한 김첨지의 풍채하고는 기이한 대상을 짓고 있었다.

"여보게, 김첨지. 자네 문안 들어갔다 오는 모양일세그려. 돈 많이 벌었을 테니 한잔 빨리게."

뚱뚱보는 말라깽이를 보던 맡에 부르짖었다. 그 목소리는 몸집과 딴판으로 연하고 싹싹하였다. 김첨지는 이 친구를 만난 게 어떻게 반가운지 몰랐다. 자기를 살려준 은인이나 무엇같이 고맙기도 하였다.

"자네는 벌써 한잔한 모양일세그려. 자네도 오늘 재미가 좋았나버이."

하고 김첨지는 얼굴을 펴서 웃었다.

"압다, 재미 안 좋다고 술 못 먹을 낸가? 그런데 여보게, 자네 왼몸이 어째 물독에 빠진 새앙쥐 같은가? 어서 이리 들어와 말리게."

선술집은 훈훈하고 뜨뜻하였다. 추어탕을 끓이는 솥뚜껑을 열 적마다 뭉게

뭉게 떠오르는 흰 김, 석쇠에서 뼈지짓뼈지짓 구워지는 너비아니 구이며 제육이며 간이며 콩팥이며 북어며 빈대떡……이 너저분하게 늘어놓인 안주 탁자, 김첨지는 갑자기 속이 쓰려서 견딜 수 없었다. 마음대로 할 양이면 거기 있는 모든 먹음먹이를 모조리 깡그리 집어 삼켜도 시원치 않았다. 하되 배고픈 이는 위선 분량 많은 빈대떡 두 개를 쪼이기로 하고 추어탕을 한 그릇 청하였다. 주린 창자는 음식 맛을 보더니 더욱더욱 비어지며 자꾸자꾸 들이라 들이라 하였다. 순식간에 두부와 미꾸리 든 국 한 그릇을 그냥 물같이 들이켜고 말았다. 셋째 그릇을 받아 들었을 제 덥히던 막걸리 곱빼기 두 잔이 더웠다. 치삼이와 같이 마시자 원원이 비었던 속이라 찌르르하고 창자에 퍼지며 얼굴이 화끈하였다. 눌러 곱빼기 한 잔을 또 마셨다.

김첨지의 눈은 벌써 개개풀리기 시작하였다. 석쇠에 얹힌 떡 두 개를 숭덩숭덩 썰어서 볼을 불룩거리며 또 곱빼기 두 잔을 부어라 하였다.

치삼은 의아한 듯이 김첨지를 보며,

"여보게, 또 붓다니, 벌써 우리가 넉 잔씩 먹었네, 돈이 사십 전일세."

라고 주의시켰다.

"아따 이놈아, 사십 전이 그리 끔찍하냐? 오늘 내가 돈을 막 벌었어. 참 오늘 운수가 좋았느니."

"그래 얼마를 벌었단 말인가?"

"삼십 원을 벌었어, 삼십 원을! 이런 젠장맞을, 술을 왜 안 부어?…… 괜찮다 괜찮아, 막 먹어도 상관이 없어. 오늘 돈 산더미같이 벌었는데."

"어, 이 사람 취했군. 고만두세."

"이놈아, 그걸 먹고 취할 내냐? 어서 더 먹어."

하고는 치삼의 귀를 잡아 치며 취한 이는 부르짖었다. 그리고 술을 붓는 열 오륙 세 됨직한 중대가리에게로 달려들며,

"이놈, 오라질 놈, 왜 술을 붓지 않어?"

라고 야단을 쳤다. 중대가리는 희희 웃고 치삼을 보며 문의하는 듯이 눈짓을 하였다. 주정꾼이 이 눈치를 알아보자 화를 버럭 내며,

"네미를 붙을 이 오라질 놈들 같으니. 이놈, 내가 돈이 없을 줄 알고."
하자마자 허리춤을 흠칫흠칫하더니 일 원짜리 한 장을 꺼내어 중대가리 앞에 펄쩍 집어 던졌다. 그 사품에 몇 푼 은전이 잘그랑하며 떨어진다.
"여보게 돈 떨어졌네. 왜 돈을 막 끼얹나?"
이런 말을 하며 치삼은 일변 돈을 줍는다. 김첨지는 취한 중에도 돈의 거처를 살피려는 듯이 눈을 크게 떠서 땅을 나려다보다가 불시에 제 하는 짓이 너무 더럽다는 드키 고개를 소스라치자 더욱 성을 내며,
"봐라 봐! 이 더러운 놈들아! 내가 돈이 없나. 다리 뼉다구를 꺾어놓을 놈들 같으니."
하고 치삼의 주워주는 돈을 받아,
"이 원수엣 돈! 이 육시를 할 돈!"
하면서 팔매질을 친다. 벽에 맞아 떨어진 돈은 다시 술 끓이는 양푼에 떨어지며 정당한 매를 받는다는 듯이 쨍하고 울었다.
곱빼기 두 잔은 또 부어질 겨를도 없이 말려가고 말았다. 김첨지는 입술과 수염에 붙은 술을 빨아들이고 나서 매우 만족한 듯이 그 솔잎 송이 수염을 쓰다듬으며,
"또 부어, 또 부어."
라고 외쳤다.
또 한 잔 먹고 나서 김첨지는 치삼의 어깨를 치며 문득 깔깔 웃는다. 그 웃음소리가 어떻게 컸던지 술집에 있는 이의 눈은 모두 김첨지에게로 몰리었다. 웃는 이는 더욱 웃으며,
"여보게 치삼이, 내 우스운 이야기 하나 할까? 오늘 손을 태고 정거장에 가지 않았겠나?"
"그래서?"
"갔다가 그저 오기가 안됐데그려. 그래 전차 정류장에서 어름어름하며 손님 하나를 태울 궁리를 하지 않았나? 거기 마츰 마마님이신지 여학생님이신지(요새야 어데 논다니와 아가씨를 구별할 수 있던가) 만토를 잡수시고 비를 맞고 서

있겠지. 슬근슬근 가까이 가서 인력거 타시랍시오 하고 손가방을 받으려니까 내 손을 탁 뿌리치고 빽 돌아서더니만 '왜 남을 이렇게 귀찮게 굴어!' 그 소리야말로 꾀꼬리 소리지, 허허."

 김첨지는 교묘하게도 정말 꾀꼬리 같은 소리를 내었다. 모든 사람은 일시에 웃었다.

 "빌어먹을 깍쟁이 같은 년, 누가 저를 어쩌나, '왜 남을 귀찮게 굴어!' 어이구 소리가 채신도 없지 허허."

 웃음소리들은 높아졌다. 그러나 그 웃음소리들이 사라지기 전에 김첨지는 훌쩍훌쩍 울기 시작하였다.

 치삼은 어이없이 주정뱅이를 바라보며,

 "금방 웃고 지랄을 하더니 우는 건 또 무슨 일인가?"

 김첨지는 연해 코를 들이마시며,

 "우리 마누라가 죽었다네."

 "뭐, 마누라가 죽다니, 언제?"

 "이놈아 언제는, 오늘이지."

 "에끼 미친놈, 거짓말 말아."

 "거짓말은 왜? 참말로 죽었어, 참말로…… 마누라 시체를 집에 뻐들쳐놓고 내가 술을 먹다니, 내가 죽일 놈이야, 죽일 놈이야."

하고 김첨지는 엉엉 소리를 내어 운다.

 치삼은 흥이 조금 깨어지는 얼굴로,

 "원 이 사람이, 참말을 하나 거짓말을 하나? 그러면 집으로 가세, 가."

하고 우는 이의 팔을 잡아다리었다.

 치삼의 잡는 손을 뿌리치더니 김첨지는 눈물이 글썽글썽한 눈으로 싱그레 웃는다.

 "죽기는 누가 죽어?"

하고 득의가 양양.

 "죽기는 왜 죽어? 생때같이 살아만 있단다. 그 오라질 년이 밥을 죽이지. 인제 나한테 속았다, 인제 나한테 속았다."
하고 어린애 모양으로 손뼉을 치며 웃는다.
 "이 사람이 정말 미쳤단 말인가? 나도 아주머네가 앓는단 말은 들었는데."
하고 치삼이도 어느 불안을 느끼는 듯이 김첨지에게 또 돌아가라고 권하였다.
 "안 죽었어. 안 죽었대도 그래."
 김첨지는 화증을 내며 확신 있게 소리를 질렀으되 그 소리엔 안 죽은 것을 믿으려고 애쓰는 가락이 있었다. 기어이 일 원어치를 채워서 곱빼기 한 잔씩 더 먹고 나왔다. 궂은비는 의연히 추적추적 나린다.

 김첨지는 취중에도 설렁탕을 사 가지고 집에 다다랐다. 집이라 해도 물론 셋집이요 또 집 전체를 세 든 게 아니라 안과 뚝 떨어진 행랑방 한 칸을 빌려 든 것인데 물을 길어 대고 한 달에 일 원씩 내는 터이다. 만일 김첨지가 주기를 띠지 않았던들 한 발을 대문 안에 들여놓았을 제 그곳을 지배하는 무시무시한 정적(靜寂) — 폭풍우가 지나간 뒤의 바다 같은 정적에 다리가 떨리었으리라. 쿨룩거리는 기침 소리도 들을 수 없다. 그르렁거리는 숨소리조차 들을 수 없다. 다만 이 무덤 같은 침묵을 깨뜨리는 — 깨뜨린다느니보담 한층 더 침묵을 깊게 하고 불길하게 하는 빡빡 하는 그윽한 소리 — 어린애의 젖 빠는 소리가 날 뿐이다. 만일 청각이 예민한 이 같으면 그 빡빡 소리는 빨 따름이요 꿀떡꿀떡 하고 젖 넘어가는 소리가 없으니 빈 젖을 빤다는 것도 짐작할는지 모르리라.
 혹은 김첨지도 이 불길한 침묵은 짐작했는지도 모른다. 그렇지 않으면 대문에 들어서자마자 전에 없이,
 "이 난장 맞을 년, 남편이 들어오는데 나와 보지도 안해. 이 오라질 년!"
이라고 고함을 친 게 수상하다. 이 고함이야말로 제 몸을 엄습해오는 무시무시한 증을 쫓아버리려는 허장성세인 까닭이다.
 하여간 김첨지는 방문을 왈칵 열었다. 구역을 나게 하는 취기 — 떨어진 삿자리 밑에서 올라온 몬지내, 빨지 않은 기저귀에서 나는 똥내와 오줌내, 가지각색 때가 켜켜이 앉은 옷내, 병인의 땀 썩은 내가 섞인 추기가 무딘 김첨지의

코를 찔렀다.

　방 안에 들어서며 설렁탕을 한구석에 놓을 사이도 없이 주정꾼은 목청을 있는 대로 다 내어 호통을 쳤다.

　"이런 오라질 년, 주야장천 누워만 있으면 제일이야. 남편이 와도 일어나지를 못해!"

라는 소리와 함께 발길로 누운 이의 다리를 몹시 찼다. 그러나 발길에 차이는 건 사람의 살이 아니고 나뭇등걸과 같은 느낌이 있었다. 이때에 빡빡 소리가 응아 소리로 변하였다. 개똥이가 물었던 젖을 빼놓고 운다. 운대도 왼 얼굴을 찡그려 붙여서 운다는 표정을 할 뿐이다. 응아 소리도 입에서 나는 것이 아니고 마치 뱃속에서 나는 듯하였다. 울다가 울다가 목도 잠겼고 또 울 기운조차 시진(澌盡)한 것 같다.

　발로 차도 그 보람이 없는 걸 보자 남편은 아내의 머리맡으로 달겨들어 그야말로 까치집 같은 환자의 머리를 꺼들어 흔들며,

　"이년아, 말을 해, 말을! 입이 붙었어? 이 오라질 년!"

　"……."

　"으응, 이것 봐, 아모 말이 없네."

　"……."

　"이년아, 죽었단 말이냐, 왜 말이 없어?"

　"……."

　"으응, 또 대답이 없네. 정말 죽었나버이."

　이러다가 누운 이의 흰창이 검은창을 덮은, 위로 치뜬 눈을 알아보자마자,

　"이 눈깔! 이 눈깔! 왜 나를 바루 보지 못하고 천장만 보느냐? 응."

하는 말끝엔 목이 메었다. 그러자 산 사람의 눈에서 떨어진 닭의똥 같은 눈물이 죽은 이의 뻣뻣한 얼굴을 어룽어룽 적신다. 문득 김첨지는 미친 듯이 제 얼굴을 죽은 이의 얼굴에 한데 비비대며 중얼거렸다.

　"설렁탕을 사다 놓았는데 왜 먹지를 못하니, 왜 먹지를 못하니?…… 괴상하게도 오늘은 운수가 좋더니만……."

현진건(玄鎭健)

1900년 대구에서 대구 우체국장의 아들로 출생. 일본 세이조(成城) 중학교, 중국 상하이 후장(滬江) 대학 등에서 수학. 동아일보 사회부장 재직 시(1936) 일장기 말소 사건으로 피검되어 1년 복역. 1920년 단편「희생화」를 『개벽』에 발표하여 등단. 『타락자』(1922), 『조선의 얼굴』(1926), 『현진건 단편선』(1941) 등의 단편집이 있고, 『적도』(1933), 『무영탑』(1938~39), 『흑치상지』(1939, 미완) 등의 장편소설이 있음. 1943년 서울에서 결핵으로 타계.

작품 세계

현진건은 1920년대 초부터 1940년대 초까지 26편의 단편과 7편의 중·장편소설, 10편의 번역·번안소설, 그리고 40편에 가까운 수필·평론문을 남겼다. 그는 단편소설의 기교에 특히 많은 관심을 기울여, 1920년대에 있어 한국 단편소설 발전에 크게 기여하는 좋은 작품들을 남겼다. 1920년대 초기에 그는 당시의 다른 작가들과 마찬가지로 젊은 지식인 주인공들의 내면세계에 초점을 맞추고, 그들의 고뇌와 좌절, 패배의 양상들을 그리는 단편들을 발표했다. 첫 작품「희생화」는 인습의 벽에 막혀 좌절하는 젊은이들을, 그 뒤의「빈처」는 빈궁한 작가 지망생의 고뇌를 그렸다.「타락자」는 방황하는 현진건 자신의 모습을 반영한 작품이다.「술 권하는 사회」는 이때 작품 중 가장 성취도가 높은 작품으로, 잘 다듬어진 문장과 구성으로 민족 상황 때문에 고뇌하는 지식인상을 그렸다. 그러나 그 뒤 발표된 7~8편의 작품에서는 의미 있는 제재를 보이지 못했다.「할머니의 죽음」은 죽음을 둘러싼 산 자와 죽은 자의 모습을 간결한 문장과 구성으로 그려낸 수작(秀作)이다.

1925년 이후 현진건은 민족 현실로 눈을 돌려 현실 인식을 심화해나가면서 한편으로는 민중 현실을 바라보고 고뇌하는 지식인상을 그리고, 다른 한편으로는 민중의 궁핍한 삶의 현장을 그려나갔다. 전자에 속하는 작품으로「동정」「고향」「신문지와 철창」「서투른 도적」등이 있는데, 이들 작품은 지식인을 일인칭 화자로 하여 민중의 모습과 함께 관찰자에서 동정자로 나아가는, 그러나 민중과 한덩어리가 되지는 못한 지식인상을 보인다. 후자에 속하는 작품으로는「운수 좋은 날」「사립정신병원장」「정조와 약가」등이 있는데, 민중을 주인공으로 하여 그들의 궁핍한 삶의 현장을 비극적 아이러니의 기법을 활용하며 그려내었다.「사립정신병원장」은 돌보아야 할 정신병자를 자신이 미쳐서 찔러 죽이는 아이러니를 행하는 인물을,「정조와 약가」는 아내의 정조를 팔아서 남편의 병을 고치고 가정을 지키는 아이러니를 행하는 부부를 그렸다.

1930년대에 와서 현진건은 단편 대신 장편에 주력했다. 장편 『적도』는 통속성이 강한 여러 개의 삼각 애정 이야기들에다 항일투쟁 의식을 접합해놓은 작품이다. 『무영탑』은 신라를 배경으로 한 낭만적 역사소설이고, 『흑치상지』는 백제를 배경으로 한 저항적 역사소설이다.

「운수 좋은 날」

이 작품은 반어적 상황에 빠진 인력거꾼의 하루를 형상화함으로써 식민지 자본주의 사회에서 몰락하는 조선 민중의 현실을 날카롭게 반영·비판한 것으로, 현진건 소설 가운데 가장 빼어나다. 주인공 김첨지의 하루는 극히 반어적이다. '못 먹어서 병'이었던 그의 아내가 이날은 '먹어서 병'이 생겨 사경을 헤맨다. 그런데 평소에 없던 손님이 이날은 계속 이어진다. 일찍 집에 들어가 아내를 돌봐야 할 그이지만 모처럼의 '운수'를 버릴 수 없어 계속 일한다. 돈이 생길수록 귀가 시간은 지체되고 아내는 죽음에 가까이 가고 있다. 그에게 진정한 행운은 아내의 회복이다. 손님이 많다는 것은 표면적, 허상적 운수일 뿐이다. 결국 표면적 운수가 상승할수록 진정한 운수는 하강한다. 김첨지는 '극적 반어'의 상황에 빠져버렸다. 그는 가족을 사랑했고 선량한 인물이었으며, 비극적 상황과 맞서면서 최선을 다했지만 결국 아내의 죽음 즉 파멸을 맞았다. 이를 통해 현진건은 이 식민지 사회가 잘못된, 비정상적인 것임을 말하고 있다. 정상적인 사회란 선량한 사람의 정당한 노력에 걸맞은 행운(보상)이 이루어지는 사회인데, 지금 이 사회는 김첨지 같은 하층민에게는 노력의 대가가 전혀 없는 사회, 오히려 노력하면 할수록 불행하게 되는 사회, 모순으로 가득 찬 증오해야 할 사회인 것이다. 이 작품을 통해 현진건이 궁극적으로 바라는 것은 김첨지와 같은 하층 민중에 대한 이해와 구원이라고 할 수 있다. 그러나 그는 이들의 구원을 위해, 정상적인 사회를 위해, 누가 어떻게 해야 할 것인가에 대한 구상을 드러내지는 못했다. 이것이 당시의 경향소설과 근본적으로 다른 점이다. 작자 자신의 목소리는 내지 않으면서도 철저하게 계산된 문장, 구성, 그리고 복선, 언어적 반어(제목부터), 외면 묘사를 통한 심리 표현 등의 기교는 이 작품의 예술적 효과를 극대화하고 있다. 「고향」이 거시적이라면 이 작품은 미시적으로 민중 현실을 그리고 있다고 하겠다.

주요 참고 문헌

최원식의 「현진건의 「운수 좋은 날」」(이재선 외 편, 『한국 현대소설 작품론』, 문장, 1981)과 이재선의 「교차 전개의 반어적 구조」(신동욱 편, 『현진건의 소설과 그 시대인식』, 새문사, 1981)에서 이 작품을 자세히 분석했는데, 전자에서는 특히 자전적, 지식인 중심적 내용에서 식민지 현실 반영 및 민중 중심적 내용으로 바뀌게 되는 20년대 중기 문학의 한 선구작이자 대표적 성취작으로 평가했고, 후자에서는 특히 반어 구조를 통해 인물의 미묘한 행동 과정을 보여주었다는 점을 강조했다. 또 현길언의 『문학과 사랑과 이데올로기: 현진 건 연구』(태학사, 2000)에서는 이 작품이 행운과 불운의 상승 구조를 통해 현실적 불행에 대한 결정론적 인식을 드러냈음을 밝히고 있다. _이주형

나도향
벙어리 삼룡이

1

　내가 열 살이 될락 말락 할 때이니까 지금으로부터 십사오 년 전 일이다.
　지금은 그곳을 청엽정(靑葉町)이라 부르지만은 그때는 연화봉(蓮花峯)이라고 이름하였다. 즉 남대문(南大門)에서 바로 내다보면은 오정포가 놓여 있는 산등성이가 있으니 그 산등성이 이쪽이 연화봉이요 그 사이에 있는 동리가 역시 연화봉이다.
　지금은 그곳에 빈민굴(貧民窟)이라고 할 수밖에 없이 지저분한 촌락이 생기고 노동자들밖에 살지 않는 곳이 되어버리었으나 그때에는 자기네 딴은 행세한다는 사람들이 있었다.
　집이라고는 십여 호밖에 있지 않았고 그곳에 사는 사람들은 대개 과목밭을 하고 또는 채소를 심거나 그렇지 아니하면 콩나물을 길러서 생활을 하여갔었다.
　여기에 그중 큰 과목밭을 갖고 그중 여유 있는 생활을 하여가는 사람이 하나 있었는데 그의 이름은 잊어버렸으나 동리 사람들이 부르기를 오생원(吳生員)

* 「벙어리 삼룡이」는 1925년 7월 『여명』에 발표되었다.

이라고 불렀다.

　얼굴이 동탕하고 목소리가 마치 여름에 버드나무에 앉아서 길게 목 늘여 우는 매미 소리같이 저르렁저르렁하였다.

　그는 몹시 부지런한 중년 늙은이로 아침이면 새벽 일찍이 일어나서 앞뒤로 뒷짐을 지고 돌아다니며 집안일을 보살피는데 그 동리에는 그가 마치 시계와 같아서 그가 일어나는 때가 동리 사람이 일어나는 때였다. 만일 그가 아침에 돌아다니며 잔소리를 하지 않으면 동리 사람들이 이상하여 그의 집으로 가보면 그는 반드시 몸이 불편하여 누웠었다. 그러나 그와 같은 때는 일 년 삼백육십 일에 한 번 있기가 어려운 일이요. 이태나 삼 년에 한 번 있거나 말거나 하였다.

　그가 이곳으로 이사를 온 지는 얼마 되지 아니하나 그가 언제든지 감투를 쓰고 다니므로 동리 사람들은 양반이라고 불렀고 또 그 사람도 동리 사람들에게 그리 인심을 잃지 않으려고 섣달이면 북어 쾌 김 톳씩 동리 사람에게 나눠주며 농사에 쓰는 연장도 넉넉히 장만한 후, 아무 때나 동리 사람들이 쓰게 하므로 그 동리에서는 가장 인심 후하고 존경을 받는 집인 동시에 세력 있는 집이다.

　그 집에는 삼룡(三龍)이라는 벙어리 하인 하나가 있으니 키가 본시 크지 못하여 땅딸보로 되었고 고개가 빼지 못하여 몸뚱이에 대강이를 갖다가 붙인 것 같다. 거기다가 얼굴이 몹시 얽고 입이 몹시 크다. 머리는 전에 새 꼬랑지 같은 것을 주인의 명령으로 깎기는 깎았으나 불밤송이 모양으로 언제든지 푸하고 일어섰다. 그래서 걸어 다니는 것을 보면 마치 옴두꺼비가 서서 다니는 것같이 숨차 보이고 더디어 보인다. 동리 사람들이 부르기를 삼룡이라고 부르는 법이 없고 언제든지 '벙어리' '벙어리'라고 하든지 그렇지 않으면 '앵모' '앵모' 한다. 그렇지만 삼룡이는 그 소리를 알지 못한다.

　그도 이 집 주인이 이리로 이사를 올 때 데리고 왔으니 진실하고 충성스러우며 부지런하고 세차다. 눈치로만 지내가는 벙어리지만은 말하고 듣는 사람보다 슬기로울 적이 있고 평생 조심성이 있어서, 결코 실수할 적이 없다.

　아침에 일어나면 마당을 쓸고 소와 돼지의 여물을 먹이며 여름이면 밭에 풀을 뽑고 나무를 실어 들이고 장작을 패며 겨울이면 눈을 쓸고 잔심부름이며 진일 마른일 할 것 없이 못 하는 일이 없다.

그럴수록 이 집 주인은 벙어리를 위해주며 사랑한다. 혹시 몸이 불편한 기색이 있으면 쉬게 해주고 먹고 싶어하는 듯한 것은 먹이고 입을 때 입히고 잘 때 재운다.

그런데 이 집에는 삼대독자로 내려오는 그 집 아들이 있다. 나이는 열일곱 살이나 아직 열네 살도 되어 보이지 않고 너무 귀엽게 기르기 때문에 누구에게든지 버릇이 없고 어리광을 부리며 사람에게나 짐승에게 잔인 포악한 짓을 많이 한다.

동리 사람들은 그를
"호래자식!" "애비 속상하게 할 자식!" "저런 자식은 없는 것만 못해."
하고 욕들을 한다. 그래서 그의 어머니는 아들이 잘못할 때마다 그의 영감을 보고
"그 자식을 좀 때려주구려. 왜 그런 것을 보고 가만두?"
하고 자기가 대신 때려주려고 나서면
"아뇨. 아직 철이 없어 그렇지. 저도 지각이 나면 그렇지 않을 것이 아뇨."
하고 너그럽게 타이른다. 그러면 마누라는 왜가리처럼 소리를 지르며
"철이 없기는 지금 나이가 몇이오. 낼모레면 스무 살이 되는데. 또 며칠 아니면 장가를 들어서 자식까지 날 것이 그래가지고 무엇을 한단 말이오."
하고 들이대며
"자식은 꼭 아버지가 버려놓았습니다. 자식 귀여운 것만 알지 버릇 가르칠 줄은 모르니까——"
이렇게 싸움이 시작만 하려 하면 영감은 아무 말도 하지 않고 바깥으로 나가 버린다.

그 아들은 더구나 이 벙어리를 사람으로 알지도 않는다. 말 못하는 벙어리라고 오고 가며 주먹으로 허구리를 지르기도 하고 발길로 엉덩이도 찬다.

그러면 그 벙어리는 어린것이 철없어 그러는 것이 도리어 귀엽기도 하고 또

는 그 힘없는 팔과 힘없는 다리로 자기의 무쇠 같은 몸을 건드리는 것이 우습기도 하고 앙증하기도 하여 돌아서서 빙그레 웃으면서 툭툭 털고 다른 곳으로 몸을 피해버린다.

어떤 때는 낮잠 자는 벙어리 입에다가 똥을 먹일 때도 있었다. 또 어떤 때는 자는 벙어리 두 팔 두 다리를 살며시 동여매고 손가락과 발가락 사이에 화승불을 붙여놓아 질겁을 하고 일어나다가 발버둥질을 하고 죽으려는 사람처럼 괴로워하는 것을 보고 기뻐하였다.

이러할 때마다 벙어리의 가슴에는 비분한 마음이 꽉 들이찼다. 그러나 그는 주인의 아들을 원망하는 것보다도 자기가 병신인 것을 원망하였으며 주인의 아들을 저주한다는 것보다 이 세상을 저주하였다.

그러나 그는 결코 눈물을 흘리지 않았다. 그에게는 눈물이 없었다. 그의 눈물은 나오려 할 때 아주 말라붙어버린 샘물과 같이 나오려 하나 나오지를 아니하였다. 그는 주인의 집을 버릴 줄 모르는 개 모양으로 자기가 있어야 할 곳은 여기밖에 없고 자기가 믿을 곳도 여기 있는 사람들밖에 없는 줄 알았다. 여기서 살다가 여기서 죽는 것이 자기의 운명인 줄밖에 알지 못하였다. 자기의 주인 아들이 때리고 지르고 꼬집어 뜯고 모든 방법으로 학대할지라도 그것이 자기에게 으레 있을 줄밖에 알지 못하였다. 아픈 것도 그 아픈 것이 으레 자기에게 돌아올 것이요 쓰린 것도 자기가 받지 않아서는 안 될 것으로 알았다. 그는 이 마땅히 자기가 받아야 할 것을 어떻게 해야 면할까 하는 생각을 한 번도 하여본 일이 없었다.

그가 이 집에서 떠나가려 하거나 또는 그의 생활환경에서 벗어나려는 생각은 한 번도 해보지 못하였다 할지라도 그는 언제든지 그 주인 아들이 자기를 학대하고 또는 자기를 못살게 굴 때 그는 자기의 주먹과 또는 자기의 힘을 생각하여보았다.

주인 아들이 자기를 때릴 때 그는 주인 아들 하나쯤은 넉넉히 제지할 힘이 있는 것을 알았다.

어떠한 때는 아픔과 쓰림이 자기의 몸으로 스며들 때면 그의 주먹은 떨리면서 어린 주인의 몸을 치려 하다가는 그는 그것을 무서운 고통과 함께 꽉 참았다.

그는 속으로

'아니다, 그는 나의 주인의 아들이다, 그는 나의 어린 주인이다.'
하고 꾹 참았다.

그러고는 그것을 얼핏 잊어버리었다. 그러다가도 동릿집 아이들과 혹시 장난을 하다가 주인 아들이 울고 들어올 때에는 그는 황소같이 날뛰면서 주인을 위하여 싸웠다. 그래서 동리에서도 어린애들이나 장난꾼들이 벙어리를 무서워하여 감히 덤비지를 못하였다. 그리고 주인 아들도 위급한 경우에는 언제든지 벙어리를 찾았다. 벙어리는 얻어맞으면서도 기어드는 충견 모양으로 주인의 아들을 위하여 싫어하지 않고 힘을 다하였다.

2

벙어리가 스물세 살이 될 때까지 그는 물론 이성과 접촉할 기회가 없었다. 동리의 처녀들이 저를 '벙어리' '벙어리' 하며 괴상한 손짓과 몸짓으로 놀려먹음을 받을 적에 분하고 골나는 중에도 느긋한 즐거움을 느끼어본 일은 있었으나 그가 결코 사랑으로써 어떠한 여자를 대해본 일은 없었다.

그러나 정욕을 가진 사람인 벙어리도 그의 피가 차디찰 리는 없었다. 혹 그의 피는 더욱 뜨거웠을는지도 알 수 없었다. 뜨겁다 뜨겁다 못하여 엉기어버린 엿과 같는지도 알 수 없었다. 만일 그에게 볕을 주거나 다시 뜨거운 열을 준다 하면 그의 피는 다시 녹을는지도 알 수 없었다.

그가 깜박깜박하는 기름등잔 아래에서 밤이 깊도록 짚세기¹를 삼을 때이면 남모르는 한숨을 아니 쉬는 것도 아니지만은 그는 그것을 곧 억지할 수 있을 만치 정욕에 대하여 벌써부터 단념을 하고 있었다.

---

1 짚세기 짚신.

마치 언제 폭발이 될는지 알지 못하는 휴화산(休火山) 모양으로 그의 가슴 속에는 충분한 정열을 깊이 감추어놓았으나 그것이 아직 폭발될 시기가 이르지 못한 것 같았었다. 비록 폭발이 되려고 무섭게 격동함을 벙어리 자신도 느끼지 않은 바는 아니지마는 그는 그것을 폭발시킬 조건을 얻기 어려웠으며 또는 자기가 여태까지 능동적으로 그것을 나타낼 수가 없을 만치 외계의 압축을 받았으며 그것으로 인한 이지(理智)가 너무 그에게 자제력(自制力)을 강대하게 하여주는 동시 또한 너무 그것을 단념만 하게 하여주었다.

속으로 나는 '벙어리'다 자기가 생각할 때 그는 몹시 원통함을 느끼는 동시에 나는 말하는 사람들과 똑같은 자유와 똑같은 권리가 없는 줄 알았다. 그는 이와 같은 생각에서 언제든지 단념하려야 단념하지 않을 수 없는 그 단념이 쌓이고 쌓이어 지금에는 다만 한 개의 기계와 같이 이 집에 노예가 되어 있으면서도 그것이 자기의 천직으로 알고 있을 뿐이요 다시는 자기가 살아갈 세상이 없는 것같이밖에 알지 못하게 된 것이다.

3

그해 가을이다. 주인의 아들이 장가를 들었다. 색시는 신랑보다 두 살이 위인 열아홉 살이다. 주인이 본시 자기가 언제든지 분별이 얕은 것을 한탄하여 신부를 고를 때에 첫째 조건이 문벌이 높아야 할 것이었다. 그러나 문벌 있는 집에서는 그리 쉽게 색시를 내놓을 리가 없었다. 그러므로 하는 수 없이 그 어떠한 영락한 양반의 딸을 돈을 주고 사오다시피 하였으니 무남독녀의 딸을 둔 남촌 어떤 과부를 꿀을 발라서 약혼을 하고 혹시나 무슨 딴소리가 있을까 하여 부랴부랴 성례를 시켜버렸다.

혼인할 때에 비용도 그때 돈으로 삼만 냥을 썼다. 그리고 아들의 처갓집에 며느리 뒤보아주는 바느질 삯 빨래 삯이라는 명목으로 한 달에 이천오백 냥씩을 대어주었다.

신부는 자기 아버지가 돌아가기 전까지 상당히 견디기도 하고 또는 금지옥엽같이 기른 터이라 구식 가정에서 배울 것 읽힐 것은 못할 것이 없고 또는 본래 인물이라든지 행동거지에 조금도 구김이 있지 아니하다.

신부가 오자 신랑의 흠절이 생기기 시작하였다.

"신부에게다 대면 두루미와 까마귀지."

"아직도 철딱서니가 없어."

"색시에게 쥐여지내겠어."

"신랑에겐 과하지."

동릿집 말 좋아하는 여편네들이 모여 앉으면 이렇게 비평들을 한다. 어떠한 남의 걱정 잘하는 마누라님은 간혹 신랑을 보고는 그대로 세워놓고

"글쎄 인제는 어른이 되었으니 셈이 좀 나요. 저러구 어떻게 색시를 거느려가누. 색시 방에 들어가기가 부끄럽지 않담."

하고 들이대다시피 하는 일이 있다.

이럴 적마다 신랑의 마음은 그 말하는 이들이 미웠다. 일부러 자기를 부끄럽게 하려고 하는 것 같아서 그 후에 그를 만나면 말도 안 하고 인사도 하지 아니한다.

또 그의 고모 되는 이가 와서 자기 조카를 보고

"인제는 어른야. 너도 그만하면 지각이 날 때가 되지 않았니. 네 처가 부끄럽지 아니하냐."

하고 타이를 적마다 그의 마음은 그 말하는 사람이 부끄럽다는 것보다도 자기를 이렇게 하게 한 자기 아내가 더욱 밉살머리스러웠다.

"여편네가 다 무엇이냐? 저 빌어먹을 년이 들어오더니 나를 이렇게 못살게 들 굴지."

혼인한 지 며칠이 못 되어 그는 색시 방에 들어가기를 않았다. 집안에서는 야단이 났다. 마치 돼지나 말 새끼를 혼례시키려는 것같이 신랑을 색시 방으로 집어넣으려 하나 막무가내였다.

그럴 때마다 신랑은 손에 닥치는 대로 집어 때려서 자기의 외사촌 누이의 이

나도향 171

마를 뚫어서 피까지 나게 한 일이 있었다. 집안 식구들은 하는 수가 없어 맨 나중으로 아버지에게 밀었다. 그러나 그것도 소용이 없을뿐더러 풍파를 더 일으키게 하였다. 아버지께 꾸중을 듣고 들어와서는 다짜고짜로 신부의 머리채를 쥐어 잡아 마루 한복판에 태질을 쳤다. 그러고는
"이년 네 집으로 가거라. 보기 싫다. 내 눈앞에는 보이지도 마라."
하였다. 밥상을 가져오면 그 밥상이 마당 한복판에서 재주를 넘고 옷을 가져오면 그 옷이 쓰레기통으로 나간다.

이리하여 색시는 혼인 오던 날부터 팔자 한탄을 하고서 날마다 밤마다 우는 사람이 되었었다.

울면은 요사스럽다고 때린다. 또 말이 없으면 빙충맞다고 친다. 이리하여 그 집에는 평화스러운 날이 하루도 없었다.

이것을 날마다 보는 사람 가운데 알 수 없는 의혹을 품게 된 사람이 하나 있으니 그는 곧 벙어리 삼룡이었다.

그렇게 어여쁘고 그렇게 유순하고 그렇게 얌전한, 벙어리의 눈으로 보아서는 감히 손도 대지 못할 만치 선녀 같은 색시를 때리는 것은 자기의 생각으로는 도저히 풀 수 없는 의심이다.

보기에도 황홀하고 건드리기도 황송할 만치 숭고한 여자를 그렇게 학대한다는 것은 너무나 세상에 있지 못할 일이다. 자기는 주인 새서방님에게 개나 돼지같이 얻어맞는 것이 마땅한 이상으로 마땅하지만은 선녀와 짐승의 차가 있는 색시와 자기가 똑같이 얻어맞는다는 것은 너무 무서운 일이다. 어린 주인이 천벌이나 받지 않을까 두렵기까지 하였다.

어떠한 달밤 사면은 교교 적막하고 별들은 드문드문 눈들만 깜박이며 반달이 공중에 두렷이 달려 있어 수은으로 세상을 깨끗하게 닦아낸 듯이 청명한데 삼룡이는 검둥개 등을 쓰다듬으며 바깥마당 멍석 위에 비슷이 드러누워 있어 하늘을 치어다보며 생각하여보았다.

주인 색시를 생각하매 공중에 있는 달보다도 더 곱고 별들보다도 더 깨끗하였다. 주인 색시를 생각하면 달이 보이고 별이 보이었다. 삼라만상을 씻어내는

은빛보다도 더 흰 달이나 별의 광채보다도 그의 마음이 아름답고 부드러운 듯하였다. 마치 달이나 별이 땅에 떨어져 주인 새아씨가 된 것도 같고 주인 새아씨가 하늘에 올라가면 달이 되고 별이 될 것 같았다.

더구나 자기를 어린 주인이 때리고 꼬집을 때 감히 입 벌려 말을 하지 못하나 측은하고 불쌍히 여기는 정이 그의 두 눈에 나타나는 것을 다시 생각할 때 그는 부들부들한 개 등을 어루만지면서 감격을 느끼었다. 개는 꼬리를 치며 자기를 귀여워하는 줄 알고 벙어리의 손을 핥았다.

삼룡이의 가슴은 주인아씨를 동정하는 마음으로 가득 찼다. 또는 그를 위하여서는 자기의 목숨이라도 아끼지 않겠다는 의분에 넘쳤었다. 그것이 마치 살구를 보면 입속에 침이 도는 것같이 본능적으로 느끼어지는 감정이었다.

4

새댁이 온 뒤에 다른 사람들은 자유로 안 출입을 금하였으나 벙어리는 마치 개가 맘대로 안에 출입할 수 있는 것같이 아무 의심 없이 출입할 수가 있었다.

하루는 어린 주인이 먹지 않던 술이 잔뜩 취하여 무지한 놈에게 맞아서 길에 자빠진 것을 업어다가 안으로 들여다 누인 일이 있었다. 그때에 아무도 안에 있지 않고 다만 새색시 혼자 방에서 바느질을 하고 있다가 이 꼴을 보고 벙어리의 충성된 마음이 고마워서 그 후에 쓰던 비단 헝겊 조각으로 부시쌈지 하나를 하여준 일이 있었다.

이것이 새서방님의 눈에 띄었다. 그래서 색시는 어떤 날 밤에 자던 몸으로 마당 복판에 머리를 푼 채 내동댕이가 쳐졌다. 그리고 온몸이 피가 맺히도록 얻어맞았다.

이것을 본 벙어리는 또다시 의분의 마음이 뻗쳐 올라왔다. 그래서 미친 사자와 같이 뛰어들어가 새서방님을 밀어 던지고 새색시를 둘러메었다. 그러고는 나는 수리와 같이 바깥사랑 주인 영감 있는 곳으로 뛰어가 그 앞에 내려놓고 손짓과 몸짓을 열 번 스무 번 거푸하며 하소연하였다.

그 이튿날 아침에 그는 주인 새서방님에게 물푸레로 얼굴을 몹시 얻어맞아서 한쪽 뺨이 눈을 얼러서 피가 나고 주먹같이 부었다. 그 때릴 적에 새서방의 입에서 나오는 말은

"이 흉측한 벙어리 같으니 내 여편네를 건드려."

하고 부지쌈지를 뺏어서 갈가리 찢어 뒷간에 던졌다.

"그러고 이놈아! 인제는 주인도 몰라보고 막 친다! 이런 것은 죽여야 해."

하고 채찍으로 그의 뒷덜미를 갈겨서 그 자리에 쓰러지게 하였다.

벙어리는 다만 두 손으로 빌 뿐이었다. 말도 못하고 고개를 몇백 번 코가 땅에 닿도록 그저 용서해달라고 빌기만 하였다. 그러나 그의 가슴에는 비로소 숨겨 있던 정의감(正義感)이 머리를 들기 시작하였다. 그는 그 아픈 것을 참아가면서도 그는 북받치는 분노(심술)를 억지하였다.

그때부터 벙어리는 안에 들어가지를 못하였다. 이 들어가지 못하는 것이 더욱 벙어리로 하여금 궁금증이 나게 하였다. 그 궁금증이라는 것이 묘하게 빛이 변하여 주인아씨를 뵙고 싶은 감정으로 변하였다. 뵈옵지 못하므로 가슴이 타올랐다. 몹시 애상(哀傷)의 정서가 그의 가슴을 저리게 하였다. 한 번이라도 아씨를 뵈올 수가 있으면 하는 마음이 나더니 그의 마음의 엿은 녹기를 시작하였다. 센티멘털한 가운데에서 느끼는 그 무슨 정서는 그에게 생명 같은 희열을 주었다. 그것과 자기의 목숨이라도 바꿀 수 있을 것 같았다. 어떤 때는 그대로 대강이로 담을 뚫고 들어가고 싶도록 주인아씨를 뵈옵고 싶은 것을 꾹 참을 때도 있었다.

그 후부터는 밥을 잘 먹을 수가 없었다. 일도 손에 잡히지 않았다. 틈만 있으면 안으로만 들어가고 싶었다.

주인이 전보다 많이 밥과 음식을 주고 더 편하게 하여주었으나 그것이 싫었다. 그는 밤에 잠을 자지 않고 집 가장자리로 돌아다녔다.

5

하루는 주인 새서방님이 술이 취하여 들어오더니 집 안이 수선수선하여지며 계집 하인이 약을 사러 갔다 들어오는 것을 보고 그 계집 하인을 붙잡았다. 그리고 무엇이냐고 물었다.

계집 하인은 한 주먹을 뒤통수에 대고 얼굴을 젊다고 하는 뜻으로 쓰다듬으며 둘째 손가락을 내밀었다. 그것은 그 집 주인은 엄지손가락이요 둘째 손가락은 새서방님이라는 뜻이요 주먹을 뒤통수에 대는 것은 여편네라는 뜻이요 얼굴을 문지르는 것은 이쁘다는 뜻으로 벙어리에게 쓰는 암호다.

그런 뒤에 다시 혀를 내밀고 눈을 뒤집어쓰는 형상을 하고 두 팔을 짝 벌리고 뒤로 자빠지는 꼴을 보이니 그것은 사람이 죽게 되었거나 앓을 적에 하는 말 대신의 손짓이다.

벙어리는 눈을 크게 뜨고 계집 하인에게로 한 발자국 가까이 들어서며 놀라는 듯이 멀거니 한참이나 있었다.

그의 가슴은 무섭게 격동하였다. 자기의 그리운 주인아씨가 죽었다는 말이나 아닌가 그는 두 주먹을 마주치며 한숨을 쉬었다.

그러고는 자기 방에 들어가 무엇을 생각하는 것처럼 두어 시간이나 두 눈만 껌벅껌벅하고 앉았었다.

그는 밤이 깊어갈수록 궁금증 나는 사람처럼 일어섰다 앉았다 하더니 두 시나 되어 바깥으로 나가서 뒤로 돌아갔다.

그는 도적놈처럼 조심스럽게 바로 건넌방 뒤 미닫이 앞 담에 서서 주저주저하더니 담을 넘었다.

가까이 창 앞에 가 서서 문틈으로 안을 살피다가 그는 진저리를 치며 물러섰다.

어두운 방에 그의 손과 발이 마치 그 뒤에 서 있는 감나무 잎같이 떨리더니 그대로 문을 박차고 뛰어들어갔을 때 그의 팔에는 주인아씨가 한 손에 기다란 면주 수건을 들고서 한 팔로 벙어리의 가슴을 밀치며 버팅기었다. 벙어리는 다만 눈이 뚱그래서 '에헤' 소리만 지르고 그 수건을 뺏으려 애쓸 뿐이다.
 집안이 야단났다.
 "집안이 망했군."
 "어디 사내가 없어서 벙어리를!"
 "어떻든 알 수 없는 일이야!"
하는 소리가 이 구석 저 구석에서 수군댄다.

6

 그 이튿날 아침에 벙어리는 온몸이 짓이긴 것이 되어 마당에 거꾸러져 입에서 피를 토하며 신음하고 있다. 그 곁에서는 새서방이 쇠좆몽둥이²를 들고서 문초를 한다.
 "이놈!"
하고 음란한 흉내는 모조리 하여가며 건넌방을 가리킨다. 그러나 벙어리는 손을 내저을 뿐이다. 또 몽둥이에는 살점이 묻어 나왔다. 그리고 피가 흘렀다.
 벙어리는 타들어가는 목으로 소리도 못 하며 고개만 내젓는다. 그는 피를 토하고 고꾸라지며 이마를 땅에 비비며 고개를 내흔든다. 땅에는 피가 스며든다. 새서방은 채찍 끝에 납 뭉치를 달아서 가슴을 훔쳐 갈겼다가 힘껏 잡아 뽑았다. 벙어리는 그대로 고꾸라지며 말이 없었다.
 새서방은 그래도 시원치 못하였다. 그는 어제 벙어리가 새로 갈아는 낫을 들고 달려왔다. 그는 그 시퍼렇게 드는 날을 번쩍 들었다. 그래서 벙어리를 찌르려 할 제 벙어리는 한 팔로 그것을 받았고 집안사람은 달려들었다. 벙어리는 낫을 뿌리쳐 뺏어서 저리로 던지고 그대로 까무러쳤다.
 주인은 집안이 망하였다고 사랑에 누워서 모든 일을 들은 체 만 체 문을 닫

---

2 쇠좆몽둥이 쇠좆매. 황소의 생식기를 말려 형구(刑具)로 쓰던 매.

고 나오지를 아니하며 집안에서는 색시를 쫓는다고 야단이다.

그날 저녁때 벙어리는 다시 끌려 나왔다. 그때에는 주인 새서방이 그의 입던 옷과 신짝을 주며 눈을 부릅뜨고 손을 멀리 가리키며

"가! 인제는 우리 집에 있지 못한다!"

하였다. 이 소리를 듣는 벙어리는 기가 막혔다. 그에게는 이 집 외에 다른 집이 없다. 이 집 외에는 살 곳이 없었다. 자기는 언제든지 이 집에서 살고 이 집에서 죽을 줄밖에 몰랐다. 그는 새서방님의 다리를 껴안고 애걸하였다. 말도 못하는 것을 몸짓과 표정으로 간곡한 뜻을 표하였다. 그러나 새서방님은 발길로 지르고 사람을 불렀다.

"이놈을 내쫓아라."

벙어리는 죽은 개 모양으로 끌려 나갔다. 그리고 대강팽이를 개천 구석에 들이박히면서 나가 곤드라졌다가 일어서서 다시 들어오려 할 때에는 벌써 문이 닫혀 있었다. 그는 문을 두드렸다. 그의 마음으로는 주인 영감을 찾았으나 부를 수가 없었다.

그가 날마다 열고 날마다 닫던 문이 자기가 지금은 열려 하나 자기를 내쫓고 열리지를 않는다. 자기가 건사하고 자기가 거두던 모든 것이 오늘에는 자기의 말을 듣지 않는다. 어려서부터 지금까지 모든 정성과 힘과 뜻을 다하여 충성스럽게 일한 값이 오늘에 이것이다.

그는 비로소 믿고 바라던 모든 것이 자기의 원수가 된 것을 알았다. 그는 그 모든 것을 없애버리고 자기도 또한 없어지는 것이 나은 것을 알았다.

7

그날 저녁 밤은 깊었는데 멀리서 닭이 우는 소리와 개 짖는 소리뿐이 들린다. 난데없는 화염이 벙어리 있던 오생원 집을 에워쌌다. 그 불은 미리 놓으려고 준비하여놓았는지 집 가장자리로 쭉 돌아가며 흩어놓은 짚에 모조리 돌라붙어

공중에서 내려다보면은 집의 윤곽이 선명하게 보일 듯이 불이 타오른다.

불은 마치 피 묻은 살을 맛있게 잘라 먹는 요마(妖魔)의 혓바닥처럼 날름날름 집 한 채를 삽시간에 먹어버리었다.

이와 같은 화염 중으로 뛰어들어가는 사람이 하나 있으니 그는 다른 사람이 아니라 낮에 이 집을 쫓겨난 삼룡이다.

그는 먼첨 사랑에 가서 문을 깨뜨리고 주인을 업어다가 밭 가운데 놓고 다시 들어가려 할 제 그의 얼굴과 등과 다리가 불에 데어 쭈그러져드는 것을 알지 못하였다.

그는 건넌방으로 뛰어들었다. 그러나 색시는 없었다. 다시 안방으로 뛰어들었다. 그러나 또 없고 새서방이 그의 팔에 매달리며 구원하기를 애걸하였다. 그러나 그는 그것을 뿌리쳤다. 다시 서까래가 불이 시뻘겋게 타면서 그의 머리에 떨어졌다. 그의 머리는 홀랑 벗어졌다. 그러나 그는 그것을 몰랐다. 그는 부엌으로 가보았다. 거기서 나오다가 문설주가 떨어지며 왼팔이 부러졌다. 그러나 그것도 몰랐다. 그는 다시 광으로 가보았다. 거기도 없었다. 그는 다시 건넌방으로 들어갔다. 그때야 그는 새아씨가 타 죽으려고 이불을 쓰고 누워 있는 것을 보았다. 그는 새아씨를 안았다. 그러고는 불길을 찾았다. 그러나 나갈 곳이 없었다. 그는 하는 수 없이 지붕으로 올라갔다. 그는 비로소 자기의 몸이 자유롭지 못한 것을 알았다. 그러나 그는 자기가 여태까지 맛보지 못한 즐거운 쾌감을 자기의 가슴에 느끼는 것을 알았다. 새아씨를 자기 가슴에 안았을 때 그는 이제 처음으로 살아난 듯하였다. 그는 자기의 목숨이 다한 줄 알았을 때 그 새아씨를 자기 가슴에 힘껏 껴안았다가 다시 그를 데리고 불 가운데를 헤치고 바깥으로 나온 뒤에 새아씨를 내려놀 때에 그는 벌써 목숨이 끊어진 뒤였다. 집은 모조리 타고 벙어리는 새아씨 무릎에 누워 있었다. 그의 울분은 그 불과 함께 사라졌을는지! 평화롭고 행복스러운 웃음이 그의 입 가장자리에 엷게 나타났을 뿐이다.

나도향(羅稻香)

1902년 서울에서 대대로 의업에 종사하던 집안의 장남으로 출생. 본명 경손(慶孫), 필명 빈(彬), 도향은 호(號). 배재고보를 졸업하고 경성의전에 잠깐 적을 두었다가 동경에 가 와세다 대학교 영문과에 입학하려 하였으나 학비 문제로 귀국. 1921년 『백조』 동인으로 활동하면서 창작에 전념, 1922년 약관의 나이로 동아일보에 장편 『환희』를 연재하며 문명을 높였으나 1926년 25세로 요절. 「옛날 꿈은 창백하더이다」 「젊은이의 시절」 「별을 안거든 울지나 말걸」(1921), 「행랑 자식」 「여이발사」(1923), 「뽕」 「물레방아」(1925), 「지형근」 「벙어리 삼룡이」(1926) 등 발표.

작품 세계

나도향은 5년여의 짧은 기간 동안 20여 편의 단편과 2편의 중·장편을 발표하였다. 『백조』 동인으로 활동할 무렵 그의 작품은 주관적 애상과 영탄이 주조를 이루는 습작 수준을 넘어서지 못하였다. 나도향은 초기 작에서 사랑과 예술에 대한 동경이 좌절되자 그것을 환상으로의 도피를 통해 초월하려 하거나(「젊은이의 시절」), 낭만적 사랑으로 해결(「별을 안거든 울지나 말걸」)하려는 성향을 보여준다. 『환희』(1922)는 이광수의 『무정』 『개척자』 이후 처음으로 신문에 연재된 소설이라는 점에서 관심을 끌었으나, 여주인공의 비극적인 운명을 비탄과 애수로 영탄하는 수준에 머물렀고, 도향 자신도 "사색과 구상에 들어서 조금도 생각이 없었다고 해도 과언이 아니고, 붓이 내려가는 대로" 썼을 뿐이라고 고백하고 있다. 「여이발사」에서 주관적 애상과 감정의 과잉으로 일관했던 초기의 도피적 낭만주의에서 벗어나 객관적 시각으로 현실 세계를 바라보기 시작한 나도향은 「행랑 자식」 「계집 하인」(1925) 등의 작품을 통해 하층민의 실상을 사실적인 묘사체 문장으로 그려내는 한편, 남녀의 애정 문제에도 깊은 관심을 보인다(「자기를 찾기 전」 「전차 차장의 일기 몇 절」, 1924). 「뽕」의 '안협집'과 「물레방아」의 '방원의 처'는 물질적 욕망을 충족하기 위해 매음을 하거나 남편을 배신하는 매우 적극적이고 개성적인 창부형 인물로 성격화된다. 그러나 '안협집'은 재화를 얻기 위해 몸을 팔지만 가정을 포기하지 않는 점에서 '방원의 처'와는 구별된다. 「지형근」에서 작가는 신분 사회가 붕괴되고 자본의 논리에 의해 새로운 계층이 형성되는 현실 상황을 비판적 시각으로 그려낸다. 주관적 감상주의와 애상적 영탄의 낭만주의에서 벗어나 비판적 사실주의 경향으로 변모하는 나도향의 문학 세계는 1920년대 단편소설의 발전 양상과 거의 그대로 합치한다.

「벙어리 삼룡이」

이 작품의 주인공은 외모가 추악하고 말도 못 하는 하인이지만 충직한 성품 때문에 주인 오생원의 신임을 얻는다. 오생원의 아들은 성정이 포악해 삼룡이를 악랄한 수단으로 괴롭히는데, 삼룡이는 그 모든 것을 자신의 운명으로 여긴다. 오생원의 아들이 결혼한 뒤 아내(새아씨)를 괴롭히자 삼룡이는 이를 오생원에게 하소연하지만 그 때문에 내당 출입을 금지당한다. '주인아씨'를 보지 못하면서 삼룡이는 점차 그녀를 사모하는 마음을 품게 되는데, "센티멘털한 가운데에서 느끼는 그 무슨 정서는 그에게 생명 같은 희열을 주었다." 하녀에게서 '새아씨'가 죽어간다는 말을 들은 삼룡이는 야반에 안방에 들어가 자살하려던 '새아씨'를 구하지만 주인집에서 완전히 쫓겨난다. 그날 밤 오생원 집에는 난데없는 불길이 치솟고 삼룡이는 '새아씨'를 품에 안고 입가에 미소를 지으며 숨을 거둔다.

삼룡이와 '주인아씨' 사이에는 두 개의 극단적인 수직 축이 존재한다. 그 하나는 하인과 상전이라는 신분 관계의 축이고, 다른 하나는 추함과 아름다움이라는 미적 범주의 축이다. 못생기고 천한 신분의 삼룡이가 '새아씨'를 연모하는 마음을 품으면서 점차 하나의 인격적 개체로 거듭나는 과정이 핍진하게 그려진 이 작품의 밑바탕에는 죽음을 통한 사랑의 승화라는 낭만주의 정신이 깔려 있다. 삼룡이가 주인집에 방화를 하는 장면은 경향문학의 방화와 살인의 도식적 결말 처리와 유사하지만, 그가 오생원을 제일 먼저 구출한 뒤 '새아씨'를 찾는다는 사건 설정으로 도식성의 혐의에서 벗어난다.

주요 참고 문헌

진정석은 「단편소설의 미학을 위한 모색」에서 "낭만주의를 기조로 하면서도 사실주의적인 기법과 정신이 공존하는 나도향의 후기 소설이 지닌 특징을 잘 드러내는 대표작"으로, 윤홍로는 「나도향 작품 연구」(인문사회과학 논문집 11집, 단국대 출판부, 1977)에서 "하층 계급에 속해 있는 인물이 사랑을 통해 하나의 인격체로 서게 되는 과정을 그린, 인간성의 회복"을 추구한 것으로 분석하고 있다. _장영우

최서해
해돋이

1

끝없는 바다 낯¹에 지척을 모르게 흐르던 안개는 다섯 점이 넘어서 걷히기 시작하였다.

뿌연 찬 김이 꽉 찬 방 안같이 몽롱하던 하늘부터 멀겋게 개더니 육지의 푸른 산봉우리가 안개 바다 위에 뜬 듯이 우뚝우뚝 나타났다. 이윽하여 하늘에 누릿한 빛이 비치는 듯 마는 듯할 때에는 바다 낯에 남았던 안개도 어디라 없이 스러져버렸다.

한강환(漢江丸)은 여섯 시가 넘어서 알섬〔卵島〕을 왼편으로 끼고 유진(楡津) 끝을 지났다. 여느 때 같으면 벌써 항구에 들어왔을 것이나 오늘 아침은 밤사이 안개에 배질하기가 곤란하였으므로 정한 시간보다 세 시간가량이나 늦었다.

안개가 훨씬 걷힌 만경창파는 한없는 새벽하늘 아래서 검푸른 빛으로 굼실굼실 뛰논다. 누른 돛, 흰 돛 들은 벌써 여기저기 떴다. 그 커다란 돛에 바람을 잔뜩 싣고 늠실늠실하는 물결을 좇아 둥실둥실 동쪽으로 나아가는 모양은 바야흐로 솟아오르는 적오(赤鳥)나 맞으러 가는 듯이 장쾌하였다. 여러 날 여로에

---
* 「해돋이」는 1926년 3월 『신민』에 발표되었다. 여기서는 잡지 게재본을 텍스트로 삼아 부분 수록하였다.
1 낯 표면.

지친 손님들은 이 새벽 바다를 무심히 보지 않았다.

먼 동편 하늘과 바다가 어우른 곳에 한일자로 거뭇한 구름 장막이 아른아른한 자줏빛으로 물들었다. 그것도 한순간 다시 변하는 줄 모르게 연분홍빛으로 물들었다. 그 분홍 구름이 다시 사르르 걷히고 서너 조각 남은 거무레한 구름 가가 장밋빛으로 타들더니 양양한 벽파 위에 태양이 솟는다. 태연자약하여 늠실늠실 오르는 그 모양은 어지러운 세상의 괴로운 인간에게 깊은 암시를 주는 듯하였다.

아직 엷은 안개가 흐르는 마천령(摩天嶺) 푸른 봉우리에 불그레한 첫 빛이 타오를 때 검푸른 바다 전면에는 금빛이 반득반득하여 눈이 부실 지경이다. 침묵과 혼탁이 오래 흐르던 세계는 장엄한 활동이 시작되는 세계로 한 걸음 한 걸음 가까워졌다.

배는 해평(海坪) 앞바다를 지났다. 추진기 소리는 한풀 죽었다. 쿵덩쿵덩하고 온 배를 울리던 소리가 퍽 가늘어져서 밤사이 풍랑에 지친 피곤을 상징하는 듯하였다.

한풀 싱싱하여서는 남들이 수질[2]하는 것을 코웃음 치던 김소사(金召史)[3]도 이번에는 욕을 단단히 보았다. 어제 석양 청진(淸津)서 떠날 때부터 사납던 풍랑은 밤이 깊어갈수록 더 심하였다. 오전 세 시쯤 하여 명천무수끝〔明天舞水端〕을 지날 때는 뱃머리를 쿵쿵 치는 노한 물소리가 세차게 오르내리는 추진기 소리 속에 더욱 처량하였다. 닥쳐오는 물결에 배가 우쩍뚝 하고 소리를 내면서 번쩍 들릴 때면 몸을 무엇으로 번쩍 치받아주는 듯하였다가도 배가 앞으로 숙어지면서 쑥 가라앉을 때면 몸을 치받아주던 그 무엇을 쑥 잡아 뽑고 깊고 깊은 함정에 휘휘 둘러 넣는 듯이 정신이 아찔하고 오장이 울컥 뒤집혔다. 메슥메슥한 뺑끼 냄새와 퀴지근한 인염(人炎)에 후끈한 선실에는 신음하는 소리와 도르는[4] 소리와 어린애의 울음소리가 서로 어우러져서 수라장을 이루었다. 사람사람의 낯은 희미한 전등빛에 창백하였다. 보이들은 손님들 출입을 주의시킨다.

---

2 수질 배멀미.
3 소사(召史) 성(姓)을 나타내는 명사 뒤에 쓰여 '과부'의 뜻을 나타내는 말.

괴롬과 두려움의 빛이 무르녹은 이 속에서도 술이 얼근하여 장타령 하는 사람도 있다.

김소사는 그렇게 도르지는 않았으나 꼼짝할 수 없이 괴로웠다. 그렇게 괴로운 중에도 손녀의 보호에 조금도 태만치 않았다. 손녀 몽주가 괴로워서 킥킥 울 때마다 늙은 김소사의 가슴은 칼로 빡빡 찢는 듯하였다. 그것은 수질에 괴로워하는 것이 가엾다는 것보다,

"엄마 젖으…… 엄마 젖으……."

하고 어디 가 있는지도 모르는 어미를 찾는 때면 얼마나 안타까운지 알 수 없었다.

"쉬, 울지 말아라! 몽주야 울지 마라. 울면 에비 온다. 엄마는 죽었다. 자, 내 젖으 먹어라."

하고 시들시들한 자기 젖을 몽주의 입에 물려주었다. 몽주는 그것을 우물우물 빨다가도 젖이 나지 않으면 또 운다. 젖 못 먹는 그 울음소리는 애틋하였다. 이렇게 애를 쓰다가 먼동이 트기 시작하여서 물결이 자는지 배가 덜 뛰놀게 되니 몽주는 잠이 들었다. 그 바람에 김소사도 잠이 들었다.

죽어서 진토가 되어도 잊지 못할 원한을 품은 김소사에게는 잠도 위안을 못 주었다. 잠만 들면 뒤숭숭한 꿈자리가 그를 보깨었다.[5] 무슨 꿈인지 깨면 기억도 잘 안 나는 꿈이건마는 머리는 귀신의 방망이에 맞은 것처럼 늘 휑하였다. 깨면 끝없는 걱정, 잠들면 흉한 꿈, 이러한 것이 늙은 그를 더욱 쪼그라지게 하였다. 그는 늙은 자기를 생각할 때마다 의지 없는 손녀를 생각지 않을 수 없었다.

"뚜——"

맹렬하게 울리는 기적 소리에 김소사는 산란한 꿈을 깼다. 그는 푹 꺼진 흐릿한 눈을 뜨는 대로 품에 안은 손녀를 보았다. 낯이 감실감실하게 탄 몽주는

---

4 도르다 먹은 것을 게우다.
5 보깨었다 일이 뜻대로 되지 않아 마음이 불편하게 되다.

쌕쌕 자고 있다. 그 불그레한 입술을 스쳐 나드는 부드러운 숨결을 들을 때에 김소사의 가슴에는 귀엽고 아쉬운 감정이 물밀듯이 일렁일렁하였다. 그는 부지불식간에 손녀를 꼭 안으면서 따뜻한 뺨에 입 맞추었다. 그는 거의 열광적이었다. 그의 눈에는 웃음이 그득하였다. 웃음이 흐르던 눈에는 다시 소리 없는 눈물이 고였다. 그는 코를 훌쩍 들이마시면서 머리를 들어 선실을 돌아보았다. 똥그란 선창으로 아침볕이 흘러들었다. 붉고 따뜻한 그 빛은 퍽 반가웠다. 어떤 사람은 꼼짝 않고 누워 있고 어떤 사람은 짐을 꾸리고 어떤 사람은 갑판으로 나가느라고 분주 잡답하였다. 김소사는 손녀에게 베였던 팔을 슬그머니 빼고 대신 보꾸러미를 베어주면서 일어섰다. 일어앉은 그는 휑한 머리를 이윽히 잡았다.

"어— ㅁ마— 어ㅁ마— 히 히 애……."

몽주는 몽톡한 주먹으로 눈, 코, 입 할 것 없이 비비고 몸을 틀면서 울었다.

"응 어째 우니? 야! 몽주야 할머니 여기 있다. 우지 마라. 일어나서 사탕 먹어라. 위— 차."

김소사는 웃으면서 손녀를 가볍게 번쩍 일으켜 앉혔다.

"으응, 애…… 애……."

몽주는 몸을 틀고 발버둥을 치면서 손가락을 입에 물고 비죽비죽 울었다. 따뜻한 어미의 품을 그려서 우는 그 꼴을 볼 때 김소사의 늙은 눈은 또 젖었다.

"야! 어째 이러니? 쉬, 울지 마라. 울면 저 일본 영감상이 잡아간다."

김소사는 몽주를 안으면서 저편에 앉아서 이편을 보는 일본 사람을 가리켰다. 몽주는 눈물이 글썽글썽한 눈으로 그 일본 사람을 돌아다보더니 울음을 뚝 그치고 흑흑 느꼈다. 일본 사람은 빙그레 웃으면서 과자를 집어서 주었다.

"영감상, 고맙소."

김소사는 과자를 받아서는 몽주를 주었다. 몽주는 받으면서 거의 거의 울려는 소리로,

"한마니! 쉬하겠다."

하면서 일어서려고 하였다.

"응 오줌을 누겠니? 어, 내 새끼 기특두 한지고."
김소사는 몽주를 안아서 저편에 집어 내놓았다.

김소사는 몽주를 뒤집어 업고 커다란 보퉁이를 끌면서 번쩍 일어섰다. 일어서는 바람에 위층 천반[6]에 정수리를 딱 부딪혔다. 두 눈에서 불이 번쩍하면서 정신이 아찔하여 그 자리에 거꾸러졌다. 철창을 머릿속에 꽉 결은 듯이 전후가 캄캄하여 거꾸러진 그 찰나! 그에게는 아무런 감각도 없었다. 등에서 괴롭게 버둥거리면서,
"엄마…… 애……."
부르짖는 손녀의 울음소리도 못 들었다.

2

얼마 동안이나 되었는지 귓가에 어렴풋이 들리는 울음소리와 누가 몸을 흔드는 바람에 김소사는 정신을 차렸다. 누군지 몸을 잡아 일으켜주었다. 김소사는 독한 술에 질렸다 깬 듯이 어질어질하면서 보퉁이를 끌고 승강구(昇降口) 층층다리 곁으로 왔다. 홑몸으로도 어질어질한 터인데 손녀를 업고 보퉁이를 끌고 층층다리로 올라가기는 어려웠다. 여러 사람들이 쿵쿵 뛰어올라가는 것을 볼 때마다 혹 보퉁이를 들어 올려줄까 하여 그네들을 애원하듯이 쳐다보았다. 그러나 모두 알은척하지 않았다. 김소사는 소리 없는 한숨을 쉬었다. 그 여러 사람더러,
"이것 좀 들어다주시오!"
하기는 자기의 지위가 너무도 미천하였다.
이전에는 어디를 가면 그의 아들 만수(萬洙)가 따라다니면서 배에서든지 차

---

6 천반 '천장'의 함경도 사투리.

최서해 **185**

에서든지 "어머니 어머니" 하면서 봉양이 지극하였다. 그가 수질을 몹시 하지 않아도 뒷간으로 간다든지 갑판으로 바람 쐬러 나가면 만수가 업고 다녔다. 바람이 자고 물결이나 고요한 때면 만수는 어머니가 적적해하신다고 이야기도 하고 소설도 읽어드렸다. 그러던 아들 만수는 지금 곁에 없다. 김소사는 이전 같으면 만수에게 의지하고도 휘우뚱거릴 층층다리를 그때보다 더 늙은 오늘날 아무 의지 없이 애까지 업고 보퉁이를 끼고 올라가려는 고독하고도 처량한 자기 신세를 생각하고 멀리 철창에서 고생하는 아들을 생각할 때 온 세상의 슬픈 운명은 혼자 맡은 듯하며 알지 못할 악이 목구멍까지 바싹 치밀었다.

"에! 내 신세가 이리 될 줄을 어찌 알았을꾸? 망한 놈의 세상두!"

그는 멀거니 서서 입 밖에 흐르도록 중얼거렸다.

김소사는 간신히 끌고 나온 보퉁이를 갑판 한 귀퉁이에 놓았다.

"한마니 집에 가자! 응."

등에 업힌 몽주는 또 집으로 가자고 조른다. 간도(間島)서 떠난 지 벌써 닷새째 난다. 몽주는 차에서와 배에서와 여관에서 늘,

"엄마와 아부지 있는 집으로 가자!"

하고 할머니를 졸랐다. 어린 혼에도 옛집이 그리운지?

"오오 집으로 간다. 가만있거라 울지 말고."

김소사는 뱃전을 잡고 섰다. 갑판에는 승객이 주글주글하여 연극장 앞 같았다. 몹쓸 풍랑에 지친 그네들은 맑은 아침 기운에 새 즐거움을 찾은 듯하였다. 서로 손을 들어 바다와 육지를 가리키면서 속삭이고 웃는다.

해는 아침때가 되었다.

배는 항구에 닿았다. 닻을 주었다.

"성진(城津)도 꽤 좋아! 이게 성진이지?"

"암, 그래도 영북에 들어서 개항장(開港場)으로 맨 먼첨 된 곳인데……."

젊은 사람들이 아침 연기가 떠오르는 성진 시가를 들여다보면서 빙글빙글 웃었다.

'성진!' 그 소리를 들을 때 김소사의 가슴은 새삼스럽게 뿌지지하였다. 가슴

에 만감이 소용돌이를 치는 그는 장승처럼 멍하니 서서 휘돌아보았다. 육 년이라면 짧고도 긴 세월이다. 그사이 밤이나 낮이나 일각이 삼추같이 그리던 고향을 지금 본다. 그는 참으로 고향이 그리웠다. 가을봄이 바뀔 때마다 이마에 주름이 늘어갈수록 고향이 그리웠다. 물 설고 산 선 타국에서 생활난에 몰려 남에게 천대를 받을 때면 고향이 그리웠다. 더욱 천금같이 기르고 태산같이 믿던 아들이 감옥으로 들어가고 하나 있던 며느리조차 서방을 얻어 간 후로 개밥에 도토리처럼 남아서 철없는 몽주를 안고 이 집 저 집으로 돌아다니면서 밥술이나 얻어먹게 되면서부터는 고향이 더욱 그리웠다. 그는 그처럼 천애만리에서 생각을 달리던 고향으로 지금 왔다. 눈에 비치는 것이 어느 것이나 예 보던 것이 아니랴? '쌍포령'과 '솟방울' 사이에 기와집, 초가집, 양철집이 잇닿아서 오리는 됨직하게 늘어진 성진 시가며 그 사이에 우뚝우뚝 솟은 아침빛이 어우러진 포플러 숲들이며 멀리 보이는 '어살동' 골짜기니 파란 마천령, 예나 조금도 틀림이 없다. 이따금 이따금 흰 연기를 토하면서 성진굽[城岳] 밑으로 달아나는 기차만 이전에 못 보던 것이었다. 공동묘지 앞 바닷가 백사장이며 쌍포의 쌍암이며 남벌의 송림이며 의구한 강산은 의구한 정취를 머금었건마는 변하는 인생에 참예(參預)한 김소사는 예전 김소사가 아니었다. 고향 떠날 때는 그래도 검던 머리가 지금은 파뿌리가 되었다. 그것은 그렇다 하더라도 고향서는 남부럽잖게 살던 세간을 탕진하고 떠나서 거지가 되어서 돌아오게 되었다. 그도 그렇다 하더라도 그의 가슴을 몹시 찌르는 것은 아들을 못 데리고 오는 것이었다.

'아! 내가 무엇 하려고 고향으로 왔누? 이 꼴로 오면 누가 반갑게 맞아주리라고 왔누?'

배가 부두에 점점 가까워올수록 그의 가슴은 더욱 묵직하였다. 전후가 망망하였다. 될 수만 있으면 뱃머리를 돌려서 다시 오던 길로…… 아니 어디라 할 것 없이 가고 싶었다. 그렇게 그립던 고향을 목전에 대하니 내리고 싶지 않았다. 그렇다고 영영 내리고 싶지 않은 것은 아니었다. 고향은 그저 사랑스러웠다. 산천을 보는 것도 얼마간 위로가 된다. 그러나 첫째 사랑하던 자식이 저벅 저벅 밟던 땅을 혼자 밟기는 너무도 아쉬웠다. 더구나 몸차림까지 이 모양을 하여가지고 면목이 많은 고향 거리를 지나기는 너무도 용기가 부족되었다. 만일 그가 자식을 데리고 금의환향이라면 어서 바삐 내리려고 애썼을 것이다.

'그래도 영 소득이 없는 것은 아니다. 갈 때에 없던 몽주가 있으니…… 또 내 아들이 도적질이나 강간을 하다가 그렇게 안 된 담에야.'

그는 이렇게 억지 위로에 만족하려고 하면서 머리를 돌려서 등에서 쌕쌕 자는 몽주를 보았다. 다보록한 몽주의 머리에 뜨거운 볕이 내리쏜다. 그는 몽주를 돌려다가 앞으로 안았다. 어린것은 눈을 비주그레 떴다가 감았다. 그 가무레하고 여윈 몽주의 낯을 볼 때 김소사의 가슴은 또 쓰렸다.

"뚜—"

기적은 울렸다. 바로 정면에 보이는 망양정(望洋亭)은 으르렁 반향을 주었다. 뒤미처 우루룩 씩씩 울컥울컥 닻 주는 소리가 요란스러웠다. 아침빛이 몹시 밝게 비추는 부두에는 사람의 내왕이 빈번하다.

조그마한 경용 발동기선이 폴딱폴딱하고 먼저 들어왔다. 정복 순사 셋이 앞서고 하오리 입고 게다 신은 일본 사람 하나와 두루마기 입은 사람 하나가 뒤따라 올랐다. 배에 올라온 그네들은 승강제 어귀에 서서 삼빤으로 내려가는 손님들 행동거지와 외모를 조금도 놓지 않고 주의하여 본다. 순사를 본 김소사의 가슴은 또 울렁거렸다. 그는 순사를 보는 때마다 작년 겨울 일을 회상하는 까닭이었다.

출찰구에 차표 사러 들어가듯이 열을 지어서 한 사람씩 층층다리를 내려가는 사이에 흰 양복을 입고 트렁크를 든 청년 하나가 끼었다.

"어디 있어?"

순사와 같이 섰던 두루마기 입은 사람은 지금 내리려는 그 청년더러 물었다.

"간도…….''

그 청년은 우뚝 섰다. 안경을 스쳐 보이는 그 청년의 눈은 어글어글하고도 엄숙하였다.

"성명은?"

윗수염을 배배 틀어 흰 두루마기 입은 자는 그 청년을 노려보았다.
"김군현이……."
엄숙한 청년의 눈에는 노한 빛이 보였다. 길게 기른 머리가 귀밑까지 덮은 그 청년을 보니 김소사는 아들 생각이 났다. 김소사의 아들 만수도 그 청년처럼 머리를 터부룩이 길렀다. 김소사의 가슴은 공연히 두근두근하였다. 순사와 형사가 황천 사자같이 무서우면서도 한편으로는 밉살스러웠다. 또 그 청년이 가엾기도 하였다. 그러나 뻣뻣한 양을 하는 것이 민망스럽기도 하였다. 왜 저러누? 그저 네 네 할 일이지! 괜히 저렇게 뻣뻣한 양을 하다가 붙잡혀서 고생할 게 있나…… 지금 애들은 건방지더라…… 이렇게 생각하면 그 청년이 밉기도 하였다. 그러다가도 아들 생각을 하면 그 청년을 어서 보내주었으면 하는 생각에 애가 탔다. 김소사는 속으로 '왜 저리도 심한구?' 하고 순사를 원망하며 '저 사람도 부모가 있으면 여북 기다리랴' 하고 청년의 신세도 생각하였다.
"당신은 천천히 내려요."
형사는 저리 가 서라 하는 듯이 저편을 가리키면서 그 청년을 보았다. 그 소리는 그리 높지 않으나 뱃속에 울려 나오듯이 힘 있었다. 청년은 아무 대답도 없이 군중을 돌아보고 조소 비슷하게 빙그레하면서 가리키는 데로 가 섰다.
김소사는 두근두근하는 가슴을 진정하면서 보퉁이를 끌고 승강제 어귀에 이르렀다. 그는 무슨 큰 죄나 지은 듯이 애써 순사의 시선을 피하려고 하였다.
"아, 만수 어머니 아니오?"
하는 소리에 김소사는 가슴이 덜컥하고 전신에 소름이 쭉 끼쳤다. 김소사는 무의식중에 쳐다보았다. 그것은 돌쇠였다. 돌쇠는 지금 어떤 청년을 힐난하는 사람이었다. 그는 몇 해 전 만수에게서 일본말을 배우던 사람이었다.
"오! 이게 뉘긴가? 흐흐."
김소사는 비로소 안심한 듯이 웃었다. 그 웃음은 안심한 웃음이라는 것보다 넋이 없는 웃음이었다. 침침한 어둔 밤에 마굴을 슬그머니 지나던 사람이 무슨 소리에 등에 찬땀이 끼치도록 놀라고 나서 그것이 자기의 발자취나 바람 소리에 나뭇가지 꺾이는 소리였던 것을 비로소 깨달을 때 두근거리는 가슴을 만지면서 "흐흐 흐흐" 하는 그러한 웃음이었다. 저편에 섰던 일본 사람은 만수 어머니를 보더니 그 돌쇠더러 무어라고 하였다. 돌쇠는 무어라고 대답하였다. 일본 사람들은 모두 "아, 소오까"[7] 하면서 김소사를 한 번씩 보았다. 김소사는 더 말하지 않고 내렸다.

선객을 잔뜩 실은 삼빤은 아침 물결이 고요한 부두에 닿았다.

3

김소사가 아들 만수를 따라서 고향을 떠난 것은 경신년 늦은 봄이었다.

삼일운동이 일어나던 해였다. 만수도 그 운동에 한 사람으로 활동한 까닭에 함흥 감옥에서 일 개년 동안이나 지냈다. 감옥 생활은 그에게 큰 고초를 주었다. 일 개년이 지나서 경신년 봄에 출옥이 되어 집으로 돌아온 만수는 눈이 푹 꺼지고 뼈만 남은 얼굴에 수심이 그득한 것이 무서운 아귀 같았다. 그를 본 고향 사람들은 누구나 할 것 없이 놀라지 않을 수 없었다. 그의 어머니와 누이는 말은 못 하고 눈물만 쫙쫙 흘렸다.

만수가 돌아와서 며칠은 출옥 인사 오는 사람이 문밖에 끊이지 않았다. 젊은 패들은 밤이 이슥하도록 만수의 옥중 생활을 재미있게 들었다. 그러나 형사가 매일 문간에 드나들어서 자유로운 입을 못 벌렸다. 누가 무심하게 저촉될 만한 말을 하게 되면 서로 옆구리를 찔러가면서 경계하였다.

처음에는 막연하게 나라, 나라 하였으나 점점 개성이 눈뜨고 또 감옥 생활에서 문명한 법의 내막을 철저히 체험하고 불합리한 사회 역경에 든 사람들의 고통을 뼈가 저리도록 목격함으로부터는 그의 온 피는 의분에 끓었다. 그 의식이 깊어질수록 무형한 그물에 걸린 고통은 나날이 심하였다. 그 고통이 심할수록 그는 자유로운 천지를 동경하였다. 뜨거운 정열을 자유로 펼 수 있을 천지를

---

7 아, 소오까 '아, 그렇습니까'를 뜻하는 일본말.

동경하는 마음은 감옥에서 나온 후로 더 깊었다. 그는 그때 강개한 선비들과 의기로운 사람들이 동지를 규합하고 단체를 조직하여 천하를 가르보고[8] 시기를 기다리는 무대라고 명성이 뜨르르하던 상해, 시베리아와 북만주를 동경하였다. 남으로 양자강 연안과 북으로 시베리아 눈보라 속에서 많은 쾌한들과 손을 엇걸어가지고 천하의 풍운을 지정하려 하였다.

"건져라. 뼈가 부서져도 이 백성을 건져라. 그것이 나의 양심의 요구요 동시에 나의 의무다."

그는 이렇게 부르짖으면서 주먹을 쥔 때가 한두 번이 아니었다. 이때 빈곤의 물결은 그에게 점점 굳세게 닥쳐왔다. 이전같이 교사 노릇이나 할까 했으나 전과자(前科者)라는 패가 붙어서 그것을 허락지 않았다. 그의 어머니도 늙어서 잘 벌지 못하였다. "바쁘면 똥통이라두 메지." 그는 어느 때 한 소리지만 고향 거리에서 똥짐을 지고 나서기는 용기가 좀 부족하였다.

만수는 드디어 북간도로 가려고 하였다. 만수가 간도로 가겠다는 말을 들은 김소사는 천지가 아득하였다. 김소사는 일찍 과부가 되고 운경이와 만수 오누이를 곱게 기르다가 운경이 시집간 후 태산같이 믿던 만수가 만세를 부르고 감옥에 들어가서 일 년이나 있는 사이에 김소사는 울지 않은 날이 없었다. 그러다가 일 년 만에 낯을 보게 되어 겨우 안심이 될락말락하여서 '홍우적[馬賊]'이 우글우글한다는 되땅[胡地]으로 돌아올 기약도 없이 가겠다는 만수의 소리를 들은 김소사의 마음이 어찌 순평하랴. 김소사는 천사만탁으로 만류하였으나 만수는 듣지 않았다. 만수는 어머니의 정경을 잘 이해하였다. 자기 하나를 위하여 남에게 된 소리 안 된 소리 듣고 진일 마른일을 가리지 않고 고생한 어머니를 버리고 천애타국으로 갈 일을 생각할 때면 그 가슴이 쓰렸다.

'부모의 은혜를 배반하는 자여! 벌을 받으라.'

하는 듯한 소리가 귓가에 쟁쟁 울리는 듯하였다.

'성인의 말씀에 충신은 효자의 문에서 구하라!'

---

8 가르보다 '흘겨보다'의 함경도 사투리.

고 하였다. 부모에게 불효가 되는 것이 어찌 나라에 충신이 되랴? 아니다! 아니다. 온 인류가 태평해야 부모도 있고 나도 있다. 부모도 있고 나도 있어야 효도도 이루어지는 것이다. 아! 만수여! '나'여! 주저치 말아라. 떠나거라. 어머니께 효자가 되려거든 인류를 위하라. 이때 그의 일기에는 이러한 구절이 많았다. 그는 이렇게 자기의 뜻을 실행하는 데 어머니께 대한 은혜도 갚을 수 있다고 생각하였다. 만수는 어머니의 큰 은혜를 생각하는 일면, 어머니 때문에 자기의 꽃다운 청춘을 그르친 것도 생각지 않을 수 없었다. 김소사는 만수가 소학교를 마친 후 서울로 보내지 않고 글방에 보내서 통감을 읽혔다. 김소사는 학교 공부보다 글방 공부가 나은 줄로 믿었다. 그것은 김소사가 신시대를 반대하는 늙은이들 말 믿었음이다. 그뿐 아니라 만수를 외로이 서울로 보내기는 아까웠다. 어린것이 객지에서 배를 주리거나 추워서 떨 것을 걱정하는 것보다도 태산같이 믿고 금옥같이 사랑하는 만수와 잠깐 사이라도 이별하기는 죽기보다 더할 것 같았다. 앞일을 모르는 김소사는 천년이고 만년이고 귀여운 아들을 곁에 두고 보고 잘 먹이고 잘 입히고 글방에 보내고 장가들이면 부모의 직책은 다할 줄만 믿었다. 그러므로 만수는 유학을 못 갔다. 어린 만수의 가슴에는 이것이 적원이 되었다. 신문 잡지를 통하여 나날이 보도되는 새 소식을 듣고 소학에서 같이 공부하던 친구들이 서울 가서 공부하는 것을 보거나 들을 때에 동경의 정열에 울렁거리는 만수의 마음은 남의 발 아래로 점점 떨어지는 듯한 기운 없고 구슬픈 자기 그림자를 그려보고 부끄럽고 슬픔을 느꼈다. 밖에 대한 동경과 번뇌가 큰 그는 안으로 연애에도 번민하였다. 개성이 눈뜨고 신사상에 침염될수록 어려서 장가 든 처와 정분이 없어졌다. 공부 못 한 것이라든지 사랑 없는 장가 든 것이 모두 어머니의 허물(그는 어떤 때면 이렇게 생각하였다)이거니 생각하면 어머니가 밉고 어머니를 영영 버리고 싶었다. 그러나,

 '아니다. 그것은 어머니의 그릇이 아니다. 재래의 인습과 제도가 우리 어머니를 그렇게 가르쳤다. 그 인습에 물젖은 우리 어머니는 나를 사랑하여서 잘되라고 그렇게 하신 것이다.'

 그는 이렇게 돌쳐 생각할 때면 어머니께 대한 실쭉한 마음은 불현듯 스르르

풀리고 눈물이 옷깃을 적셨다. 이렇게 눈물에 가슴이 끓을 때면 어머니를 저항하고 싶지 않았다. 그래도 어머니의 명령 아래서 수굿이 일생을 보내고 싶었다. 그러나 그것은 한순간의 생각이었다. 자기의 힘을 생각하고 세상을 바라보는 그로서는 어머니의 은혜에 자기의 전 인격을 희생할 수는 없었다. 은혜는 은혜이다. 은혜로 말미암아 나의 전 인격을 희생할 수는 없다 하는 생각이 서로 싸울 때면 그의 고민은 격심하였다. 그는 어쩌면 좋을지 몰랐다. 그러던 끝에 그는,

"나는 모든 불합리한 인습에 반항하려고 한다. 그러니까 하는 수 없이 어머니 사상에 반항한다. 그러나 어머니를 반항하는 것은 아니다."

그는 이렇게 부르짖었다.

만수는 열여덟 살 되는 해에 이혼을 하였다. 인습의 공기에 취한 주위에서는 조소와 모욕과 비방으로 만수의 모자를 접대하였다. 만수의 어머니는 며느리 보내기가 부끄럽고 원통하였다. 그러나 아들의 말을 아니 들을 수 없었다. 그것은 전후 지낸 일이 그릇되다는 것을 깨달은 것이 아니라 천금 같은 자식이 그때에 심한 심려로 낯빛이 해쓱하여가는 것을 볼 때마다 자기의 고기를 찢더라도 자식의 마음을 거스르지 않으리라 하였다. 김소사는 이렇게 생각은 하면서도 일일이 실행은 못 하였다. 이혼한 처를 친정으로 보낼 때 만수의 가슴도 쓸쓸하였다. 죄 없는 꽃다운 청춘을 소박 주어 보내거니 생각할 때 그의 불안은 컸다. 그러나 불안은 인류가 인류에 대한 사랑에서 노출하는 불안이었다. 이성에 대한 연애에서 우러나오는 것은 아니었다. 그러므로 그렇게 동정하면서도 다시 끌어다가 품에 안기는 몸서리를 칠 지경 싫었다.

이혼만으로는 만수의 고민을 고칠 수 없었다. 만수는 어찌하든지 고민을 이기고 사람답게 살려고 애썼다. 이때 그의 머리에는 희미하나마 자기의 전 인격을 인류를 위하여 바치려는 정신이 일종의 호기심과 아울러 떠올랐다. 공부에 뒤진 고민과 연애에 대한 번민은 인류를 건지려는 열심으로 점점 경향을 옮겼다. 그 사상은 마침내 무르녹아 그로 하여금 감옥 생활을 하게 하고 만주로 향하게 하였다. 김소사는 만주를 따라가려고 하였다.

"나도 갈 테다. 어데든지 갈 테다. 나는 이제 너를 보내고는 못살겠다. 어데를 가든지 나는 나로 벌어먹을 테니 네 낯만 보여다고…… 네 낯만 보면 굶어도 살 것 같다."

김소사의 말에 만수는 묵묵하였다. 아! 어머니는 또 내 일에 방해를 놓으시나? 하고 생각할 때 칼이라도 있으면 그 앞에서 어머니를 찌르고 자기까지 죽고 싶었다. 만수의 가슴에는 연기가 팽팽 도는 듯하였다. 그러나 "네 낯만 보면 굶어도 살 것 같다!" 한 어머니의 말을 생각할 때 가슴이 찌르르하였다.

'아아 자식이 오죽 그립고 사랑스러우면 그렇게 말씀을 하시랴? 아! 배암의 새끼 같은 나는 소위 자식은 그런 부모를 버리고 가려고 해…… 아니 칼로…… 응 윽.'

그는 몸을 부르르 떨었다. 이때 '어서 올려라' 하고 무서운 악마들이 자기를 교수대로 끌어 올리는 듯하였다. 자기를 위하여 목숨이라도 아끼지 않으려는 그 어머니를 버리고 가면 그 앙화에 될 일도 안 될 듯싶었다.

만수는 드디어 어머니를 모시고 가기를 결심하였다.

〔중략〕

5

만수의 모자는 일주일이 넘어서 북간도 왕청 '다캉재'라는 곳에 이르렀다.

회령서 두만강을 건너서 '오랑캐령'을 넘어 용정에 다다를 때까지 그네는 다른 나라의 정조를 별로 느끼지 못하였다. 용정 거리에 들어선 때는 조선 어떤 도회에 들어선 듯하였다. 푸른 벽돌로 지은 중국집이며 중국 관리의 너저분한 복색이며 짐마차의 많은 것이 다소간 어둑한 호지의 분위기를 보였다. 그러나 십분의 아홉분이나 조선 사람에게 점령된 용정은 서양 사람이 보더라도 조선의 도회라는 감상을 볼 것이다. 간도라 하면 마적이 휘달리는 쓸쓸한 곳인 줄만 믿던 김소사는 용정의 변화한 물색에 놀랐다. 그러나 용정을 지나서 왕청으로 들어갈 때 황막한 들과 험악한 산골을 보고는 무서운 생각에 신경이 저릿저릿 하였다. 만수는 이미 짐작한 바이나 실지 목격할 때 '아아 황막한 벌이로구 나!' 하고 무심중 부르짖었다. 으슥한 산속에서 중국 사람을 만날 때마다 무서운 생각에 가슴이 두근거렸다. 군데군데서 조선 사람의 동리를 만나면 공연히 기뻤다. 조선 사람들은 어느 골짜기나 없는 데가 없었다. 십여 호, 삼사 호가 있는 데도 있고, 외따로 있는 집도 흔하다. 거개 쓰러져가는 초가집에서 중국 사람의 소작인으로 일평생을 지낸다. 간혹 전지를 가진 사람이 있으나 그것은 쌀에 뉘만도 못하였다. 그네들 가운데는 자기의 딸과 중국 사람의 전지와를 바꾸는 이가 있다. 그네들은 일본과 중국과의 이중 법률(二重法律)의 지배를 받는다. 아무런 힘 없는 그네들은 두 나라 틈에서 참혹한 유린을 받고 있다. 그래도 어디 가서 호소할 곳이 없다.

만수가 이른 왕청 다캉재에는 조선 사람의 집이 일곱 호가 있다. 그리고 고개를 넘어가나 동구를 나서 일 리나 이 리에 십여 호, 오륙 호의 촌락이 있다. 산과 산이 첩첩하여 콧구멍같이 뚫어진 골마다 몇 집씩 밭을 내고 들어 산다. 해 뜨면 땅과 싸우고 날이 들면 쿨쿨 자는 그네는 그렇게 죽도록 벌건마는 겨우 기한을 면할 뿐이다. 역시 알짜는 중국 사람의 손으로 들어가버린다. 그네에게는 교육 기관도 없었다. 그래도 그네들은 내지(朝鮮) 있을 때보다 낫다고 한다. 골과 산에는 수목이 울울하여 몇백 년간이나 사람의 자취가 그쳤던 곳 같다. 낮에도 산짐승이 밭에 내려와서 곡식을 먹는다.

만수는 이십 원 주고 외통집 한 채를 샀다. 다음 중국 사람의 밭을 도조로 얻었다. 농사를 못 지어본 만수로는 도조 맡은 밭은 다룰 수 없었다. 일 년에 삼십 원씩 주기로 작정하고 머슴을 두었다. 김소사는 비록 늙기는 하였으나 젊은 때 바람이 얼마 남았고 어려서 농삿집에서 자란 까닭에 농사 이면은 잘 알았다. 보리가 한창 푸른 여름이었다. 만수는 집을 떠났다.

이때 만주 시베리아 상해 등지에는 ×××이 벌떼같이 일어나서 그 경계선을 앞뒤에 벌렸다.

내지로서 은밀히 강을 건너와서 ×××에 몸을 던지는 청년들이 많았다. 산골짜기에서 나무를 베던 초부며 밭을 갈던 농군도 호미와 낫을 버리고 ×××에 뛰어드는 이가 많았다. 남의 빚에 졸려서 ×××에 뛰어든 이도 있었다. 자식을 ×××에 보내고 밤낮 가슴을 치면서 세상을 원망하는 늙은이들도 있었다.

×××의 세력은 컸다. 이역의 눈비에 신음하고 살아오던 농민들은 한 푼 두 푼 모은 돈을 ×××에 바치고 곡식과 의복까지, 형과 아우와 아들까지 바쳤다. 백성의 소리는 컸다. 그 무슨 소리였던 것은 여기 쓸 수 없다.

만수가 ×××에 들어서 시베리아와 서간도 골짜기로 돌아다닐 때 김소사의 가슴은 몹시 쓰렸다.

"해삼위에는 신당이 몰리고 구당과 일본병이 소황령까지 세력을 가졌다."

"토벌대가 방금 '얼두구' '배채구'에 들이차서 소란하다."

"벌써 큰 전쟁이 일어났다. 여기도 미구에 토벌대가 오리란다."

이러한 소문에 민심은 나날이 흉흉하였다. 어떤 사람은 집을 버리고 깊은 산골로 피란을 갔다. 이런 소리 저런 꼴을 보고 들으며 만수의 소식을 못 듣는 김소사의 가슴은 항상 두근두근하였다. 그의 눈앞에는 총과 칼에 빡빡 찢겨서 선혈이 임리한 만수의 시체가 어떤 구렁에 가로놓인 듯한 허깨비가 보였다. 김소사는 밤마다 정화수를 떠놓고 북두칠성에 빌었다. 그는 세상을 원망하였다. 공연히 ×××를 욕도 하였다. 세상이 다 망한다 하더라도 만수 하나만 무사히 돌아온다면 춤을 추리라고도 생각하였다. 그렇게 생각하면서도 ○○를 ○하는 것이 ○○일이라 하는 생각도 막연히 가슴에 떠올랐다. 그는 어떤 때에는 만수가 다니는 곳을 따라다니면서 밥이라도 지어주었으면 하였다. 어떠한 고초를 겪든지 만수의 낯만 보았으면 천추의 한이 없을 것 같았다.

살 같은 광음은 만수가 집 떠난 지 벌써 두 해나 되었다. 그는 집 떠나던 해 여름과 초가을은 ××에서 ○○매수에 진력하다가 그해 겨울에는 다시 간도로 나와서 A란 곳에서 △△병과 크게 싸웠다. 총을 끌고 적군을 향하여 기어나갈 때나 쾅 하는 소리를 처음 들을 때 그의 가슴은 두근두근하고 몸은 부들부들 떨렸다. 그는 그때마다,

'응! 내가 왜 이리두 ○○ 한구…… ○○ 가라. ○○를 위하여 ○ 으라!'
이렇게 스스로 ○○ 하면서 자기의 ○○ 한 생각을 누가 알지나 않나 해서 곁에 ○○들을 슬그머니 보았다. 긴장한 얼굴에 ○○가 ○○한 다른 사람의 낯을 보면 자기가 ○ 하여 보이는 것이 부끄럽고 동시에 '나도!' 하는 용기가 났다. ○○과 점점 가까워지고 주위는 긴장한 공기에 조일 때 말 없는 군중에 엄숙한 기운이 돌고 눈동자는 지휘하는 ○ 빛을 따라 예민하고 ○○○○ 게 움직였다. 이때 만수의 가슴은 천사만념이 폭류같이 얼크러졌다.

'어머니는 나를 얼마나 기다리시나? 자칫하면 어느 때 어디서 이 몸이 죽는 줄도 모르게 죽겠으니…… 내가 죽어라! 어머니는 손을 꼽고 기다리시다가 한 해 두 해…… 세 해…… 이리하여 소식이 없으면 그냥 통곡하시다가 피를 토하고 눈을 못 감으시고 돌아가실 것이다. 아, 어머니! 더구나 타국에서 죽으면 의지 없는 이 고혼이 어데 가서 붙을까? 노심초사하고 집을 뛰어나온 것은 고국에 들어가서 형제를 반갑게 맞으려고 했더니 강도 못 건너고 죽으면 어쩌누? 아, 어찌하여 이 몸이 이때에 났누? 아, 어머니!'

그는 이렇게 번민하였다. 그러나 그는 그 때문에 ○○ 하거나 뛰려고 하지 않았다.

'모두 공상이다! 그것은 방 안에 가만히 앉아서 생각할 꿈이요 공상이다. 나는 지금 ○○ 에 나섰다. 천애타국에서 이름 없이 ○ 는다 하여도 역시 ○○ 다. 인류와 어머니를 위한 ○○ 이다. 이름이란 하상 무엇이냐. ○○○○○!'
하고 홀로 ○○을 쥐고 부르짖을 때면 온 ○○의 ○가 ○○ 올라서 ○○을 지고 ○○○에라도 뛰어들 듯이 ○○이 났다. 이러다가 ○○과 어울려서 양방에서 ○ 는 ○○ 소리 ○ 소리가 산악을 울리고 뿌연 ○○ 냄새 속에 빗발같이 내리는 ○○이 눈 속에 마른 나뭇잎을 휘두들겨 떨어뜨릴 때면 모두 정신이 탕양[9]하고 어릿어릿하여 죽는지 사는지 내 몸이 있는지 없는지도 의식지 못하고 오직 ○ 만 쾅쾅 쏜다. 그러다가도 으아 하는 소리와 같이 뛰게 되면 산인지 물인지 구

---

9 탕양 물이 질펀히 넘쳐흐르는 모양.

령인지 나뭇등걸인지 가리지 못하고 허둥지둥 달린다. 이렇게 몇십 리나 뛰었는지도 모르게 쫓겨 다니다가 조용한 데서 흩어졌던 ○○이 보이게 되면 비로소 서로 살아 온 것을 치하하고 보이지 않는 사람은 죽은 줄로만 알았다. 이렇게 ○마저 ○는 사람도 있거니와 뛰다가 길을 잃고 눈구렁에 빠져서 얼어 죽고 굶어 죽는 사람도 불소하였다. 그네들 시체는 못 찾았다. 누가 애써서 찾으려고도 하지 않았다. A촌 싸움 후로 ×××의 세력은 점점 꺾였다. ×××은 하는 수 없이 뒷기약을 두고 각각 흩어져서 시베리아 등지로도 가고 산골에서 사냥도 하고 어린애들 천자도 가르쳤다.

만수도 하는 수 없이 '나재거우'서 겨울을 났다. 그 이듬해 봄에 집으로 돌아왔다.

집으로 돌아온 만수는 곧 장가들었다. 처음에는 장가를 들지 않으려고 하였으나 어머니의 애원에 장가를 들었다. 만수는 장가드는 것이 불만이었으나 어머니를 홀로 두고 다니는 것보다는 나으려니 생각하였으며 동지들도 그렇게 권하였다. 그는 은근히 한숨을 쉬면서 사랑 없는 아내를 이번에는 의식적으로 맞았다. 자기의 전 인격을 이미 바칠 곳을 정한 그는 연애를 그리 대단히 보려고 하지 않았다. 그러나 청춘인 그 가슴에 연애의 불꽃이 꺼진 것은 아니었다.

김소사는 만수가 자기의 말에 순종하여 장가드는 것이 기뻤다. 이제는 만수가 낫살도 먹고 고생도 하였으니 장가를 들어서 내외간 정을 알게 되면 어디든지 가지 않으리라는 것이 김소사의 추측이었다.

장가든 후에는 꼭 집에 있으려니 하고 믿었던 만수가 그해 가을에 또 집을 떠났다. 그때 그의 아내는 배가 점점 불렀다. 김소사는 절망하였다. 장가들어서 몇 달이 되어도 내외간에 희색이 없고 쓸쓸히 지내는 것을 보고 걱정하던 차에 또 집을 떠나니 예기하던 일 같기도 하고 지나간 일이 생각나서 후회도 하였으며 그러다가 만수가 영영 돌아오지 않으면 어쩌나 하여 가슴이 덜컥 내려앉았다.

만수는 ×××에 가서 있다가 곧 돌아왔다. 때는 만수가 떠난 겨울에 낳은 몽주가 세 살 난 늦은 가을이었다. 만수는 어디든지 갔다가도 어머니를 생각하고 돌아온다.

집에 돌아온 만수는 이웃에 새로 설립한 사립 소학교의 교사로 천거되어서 벌써 교편을 잡은 지 일삭이나 되었다. 그러나 이때에 만수는 '군삼'이라는 이름으로 변하였다. 이때는 △△가 남북 만주에 세력을 펴서 ×××를 잡는 때문이었다.

〔중략〕

7

만수는 조선으로 압송되어 청진 지방법원에서 징역 칠 개년 판결 언도를 불복하고 복심법원에 공소하였으나 역시 징역 칠 개년 언도를 받고 서대문 감옥으로 들어갔다.
 엄동설한에 자식을 잃고 집까지 잃은 김소사는 며느리와 손녀를 데리고 어느 집 사랑방을 얻어 설을 지냈다. 이렇게 된 후로 그립던 고향은 더욱 그리웠다. 고향으로 정 가고 싶은 날은 가슴이 짤짤하여 미칠 것 같다. 그러다가도 아들을 수천 리 밖 옥중에 집어넣고 거지꼴로 고향 밟을 일을 생각하면 불길같이 치밀던 망향심은 패배(敗北)의 한탄에 눌렸다. 더구나 나날이 '아버지'를 부르는 몽주 모녀를 볼 때면 가긍스러운 감정이 오장을 슬슬 녹였다. 그는 마음을 어디다가 의지할 줄을 몰랐다. 의복도 없거니와 양식이 떨어져서 며느리와 시어미는 남의 집 방아를 찧어주며 불도 때어주고 기한을 면하였다. 원래 그리 순순치 않던 며느리는 공연히 생트집 잡는 것과 종알종알하는 것이 나날이 심하였다. 김소사에게는 이것이 설상가상이었다. 하루는 만수 아내가 부엌에서 불을 때다가 무엇이 골이 났는지,
 "이 망한 갓난 년아! 네 아비 따위가 남의 애를 말리더니 너도 또 못 견디게 구누나."
하는 독살스러운 소리와 같이 몽주의 울음소리가 들린다. 어린것은 송곳에 뿍

찔린 듯이 목청이 찢어지게 소리를 지른다. 마당에서 눈 속에 묻힌 짚부스러기를 들추어 모으던 김소사는 넋 없이 부엌으로 뛰어갔다. 치마도 못 얻어 입고 아랫도리가 뻘건 몽주는 부엌 앞에 주저앉은 대로 얼굴이 까맣게 질려서 주먹을 부르르 떨면서 입을 딱 벌렸다.

"에구 몽주야, 어째 우니?"

김소사는 벌벌 떨면서 몽주를 안았다.

"이 사람아, 어린것에게 무슨 죄 있는가?"

김소사는 며느리의 눈치를 흘끔 보았다.

"애를 말리는 거야 죽어도 좋지…… 무슨……."

하고 며느리는 꽥 소리를 치더니,

"이런 망한 년의 팔자가 어디 있누? 시집을 와서 빌어먹으니 에구 실루 기막혀서……."

하면서 부지깽이가 부러져라 하고 나무를 끌어서 아궁이에 쓸어 넣는다. '시집을 와서도 빌어먹어' 하는 소리에 가슴이 묵직하고 죄송스러운 듯도 하며 부끄러운 듯도 하여 며느리의 낯을 다시 쳐다 못 보았다.

이해 이월 그믐 어느 추운 날 새벽이었다.

"엄마야! 엄마야!"

몽주의 어미 부르는 소리에 눈을 뜬 김소사는 부연 눈을 비비면서 아랫목을 보았다. 먼동이 텄는지 방 안이 훤한데 몽주는 홀로 누워서 엄마를 부르며 운다. 김소사는,

"우지 마라. 엄마가 뒷간에 간 게다."

하면서 몽주를 끌어 잡아다렸다. 몽주는 그저 발버둥을 치면서 운다. 눈을 감았던 김소사는 다시 떴다. 방 안을 다시 돌아본 김소사의 마음은 어수선하였다. 그는 또 눈을 비비면서 방 안을 다시 돌아보았다. 선잠에 흐릿하던 그의 눈에는 의심의 빛이 농후하게 일렁거린다. 그는 벌떡 일어나서 아랫목을 또 보았다. 며느리가 뒷간으로 갔으면 덮고 자던 포대기가 있을 터인데 포대기가 없다. 김소사는 치마도 입지 않고 마당에 나섰다. 쌀쌀한 눈바람은 으스스한 그

의 몸에 스며든다. 그는 사면을 두루두루 보면서 뒷간으로 갔다. 며느리는 뒷간에 없다. 여러 집은 아직 고요하다. 추운 줄도 모르고 이 구석 저 구석 돌아다니면서 끼웃끼웃하던 김소사는 몽주의 울음소리에 비로소 정신을 차린 듯이 집 안으로 뛰어들어갔다.

……만수의 처는 갔다. 만수 처가 어떤 사내를 따라 아령으로 가더란 소문은 한 달 후에 있었다.

김소사는 현실을 저주하는 광인 같았다. 몽주가 "엄마! 젖으!" 할 때마다 그의 머리카락은 더 세었다. 그는 며느리의 소위를 조금도 그르다고 생각지 않았다. 몽주의 정상[10]을 생각하는 순간에 며느리를 야속히 생각하다가도 자기 곁에서 덜덜 떨고 꼴꼴 주리던 것을 생각하고는 어디를 가든지 뜨뜻이 먹고 지내라고 빌었다. 며느리가 "나는 가오" 외치면서 가는 것을 보더라도 김소사는 억지로 붙잡지는 않았을 것이다.

김소사는 매일 손녀를 업고 이 집 저 집으로 돌아다니면서 입에 풀칠을 하였다. 하루 이틀 지나서 달이 넘으니 동리에서도 그를 별로 동정치 않았다.

어지러운 물결 위에 선 김소사는 그래도 살려고 하였다. 죽으려고 하지 않았다. 세상을 원망하고 자기의 운명을 저주하면서도 살려고 하였다. 그는 죽음[死]을 생각할 때 이를 갈았고 천지신명에게 십 년만 더 살아지이다고 빌었다. 그는 죽음을 두려워서 그러는 것이 아니라 아들의 출옥을 보려 함이며 어린 손녀를 기르려고 함이다. 아들의 출옥을 못 보거나 어린 손녀를 두고 죽기는 너무도 미련이 많다. 그러나 그는 금년이 환갑인 자기를 생각할 때 발하는 줄 모르게 탄식을 발하였다.

김소사는 이 집 저 집으로 돌아다니면서 노자를 얻어가지고 고향으로 떠났다. 고향에 있는 딸에게 편지하면 노자는 보냈을 것이나 딸도 넉넉지 못하게 사는 줄을 잘 아는 김소사는 차마 노자를 보내라는 말이 나오지 않았다.

팔월 열이튿날이었다. 김소사는 몽주를 뒤집어 업고 왕청을 떠나서 고향으

---

10 정상 감정과 생각.

로 향하였다. 떠난 지 사흘 만에 용정에 이르러서 차를 타고 도문강안(圖們江岸)에 내려서 강을 건넜다. 상삼봉(上三峰)에서 하룻밤을 자고 이튿날 아침차로 어제 석양에 청진 내려서 곧 남향선을 탔다. 배에서 하룻밤을 지내는 사이에 그러한 갖은 신고를 하다가 지금 고향 부두에 상륙하였다. 청진서 전보를 하였더니 운경이가 부두까지 나왔다. 출옥되어 고향에 돌아와 있는 김경석이와 생명보험회사에 있는 황창룡이도 부두까지 나왔다.

김소사의 모녀는 붙잡고 울었다. 김소사는 목이 메어서 끽끽하거니와 운경이는 어린애처럼 목을 놓아 운다. 눈물에 앞이 흐린 두 모녀의 머리에는 똑같이 육 년 전 오월 김소사가 고향을 떠나던 날 밤이 떠올랐다. 아, 그때에 그 많던 전송객은 어디로 다 갔는가? 오늘에 김소사를 맞아주는 것은 그딸 운경이와 만수의 친구인 경석이와 창룡이 세 사람뿐이다.

'육 년 전에 그 광경! 육 년 후 오늘에는 그것이 한 꿈이었다. 아, 꿈! 내가 고향에 와 선 것도 꿈이 아닌가?'

김소사는 이렇게 생각하였다.

"만수가 있었다면 자네들을 보고 얼마나 반가워하겠나?"

김소사는 말을 못 마치고 두 청년을 보면서 울었다. 경석이와 창룡이는 고요히 머리를 숙였다. 뜨거운 볕은 그네들 머리 뒤에 빛났다. 바다에서 스쳐오는 바람과 물소리는 서늘하였다.

"몽주야, 내가 업자. 할머니 허리 아파서……."

운경이는 김소사에게 업힌 몽주를 끄집어 내리려고 하였다.

"응, 그러자 몽주야. 저 엄마께 업혀라. 내가 어지러워서."

김소사는 몽주를 싸 업고 포대기 끈을 풀려고 하였다. 몽주는 몸을 틀고 할머니의 두 어깨를 꼭 잡으면서 킹킹 운다.

"야, 또 울음을 내면 큰일이다. 어서 보통이나 들어라."

김소사는 운경이를 돌아다보았다. 운경이는 그저,

"몽주가 곱지, 울지 마라. 내가 업지."

하면서 몽주의 머리를 쓰다듬었다.

"야, 울지 마라. 그 엄마 안 없는다."

김소사는 몽주를 얼싸 추켜 업더니 다시,

"어서 걸어라. 낯이 설어서 그런다."

하면서 운경이를 본다.

"에미나(계집애)두 아무 푸접"두 없고나!"

운경이는 몽주를 흘끔 가로보면서 보퉁이를 머리에 이었다. 몽주는 운경이가 소리를 빽 지르면서 흘끔 가로보는 것을 보더니 또 비죽비죽 섧게 섧게 운다.

"엑 이년아, 아이를 어째 욕하니? 그 엄마 밉다. 몽주야, 울지 마라."

김소사는 운경이를 치는 척하면서 손을 돌리다가 몽주의 궁둥이를 툭툭 가볍게 쳤다. 몽주는 흑흑 느끼면서 울음을 그쳤다.

"ㅎㅎㅎ, 고것두 설은 줄을 다 아는가."

운경이는 몽주를 귀여운 듯이 돌아다보고는 앞서서 걸었다. 두 청년도 뒤미처 걸었다.

아침때가 훨씬 겨운 햇볕은 뜨겁게 그네의 등을 지졌다. 물가에 밀려들었다가 물러가는 잔물결 소리는 고요하였다.

걸치기 고개 쪽에서는 우르르 우르르 하는 기차 소리가 연방 들린다.

본정 좌우에 벌여 있는 일본 상점은 난리 뒤와 같이 쓸쓸하였다. 짐을 산같이 실은 우차가 느럭느럭 부두를 향하고 간다. 자전거가 두서너 채나 한가롭게 지나가고 지나온다. 점점 올라오면서 사람의 왕래가 빈번하였다.

8

성진굽 아래에는 정거장을 짓느라고 일꾼이 우물우물하여 분주하다.

일행은 본정을 지나서 한천교(漢川橋)에 다다랐다. 예서부터는 조선 사람 사

---

11 푸접 인정이나 붙임성.

는 곳이다. 일행은 작대기를 끊듯이 꼿꼿한 큰 거리 가운데로 걸었다. 좌우에 벌여 있는 조선 사람의 가겟방들은 고요하다. 점방 주인들은 이마에 땀이 번지르하여 한가롭게 부채질을 하면서 거리에 지나가고 지나오는 사람을 물끄러미 본다. 육 년 전에 보던 점방이며 사람들이 그저 많이 있다. 김소사의 눈에는 이 모든 사람이 유복하게 보였다. 크나 작으나 점방이라고 벌여놓고 얼굴에 기름이 번지르하여 앉은 것이 자기에게 비기면 얼마나 행복스러울까? 자기도 고향에서 그네가 부럽잖게 살았다. 그러나 지금은 그네들보다 몇십 층 떨어져 선 것 같다. 만수와 함께 다니던 듯한 젊은 사람들이 늠름하여 가고 오는 것이 역시 심파(心波)를 어지럽게 한다. 자취자취 추억의 슬픔이요 소리소리 모욕 같았다.

"어머니, 성진이 퍽 변하였어요?"

운경이는 김소사를 돌아보면서 멋없이 웃는다.

"모르겠다."

하고 대답하는 김소사는 차마 낯을 들고 걸을 수가 없었다. 낯익은 사람의 낯이 언뜻 보일 때마다 머리를 숙이거나 돌렸다. 의지 없는 거지꼴을 그네들 눈에 보이기는 너무도 무엇하였다. 자기는 이 세상에서 아무 권리도 없는 비열하고 고독한 사람같이 생각된다.

'내가 왜 고향으로 왔누? 죽든지 그렇지 않으면 빌어먹더라도 멀찍이서 지내지! 무얼 하려고 이 꼴로 고향을 왔누!'

그는 이렇게 속으로 여러 번 부르짖었다. 그럴 때마다 얼굴이 후끈후끈하고 전신이 길바닥으로 자지러져 드는 듯하다.

'흥 별소리를 다 한다. 아무개네는 나보다도 더 못 되어서 돌아와서도 또 이전처럼 살더라.'

이렇게 자문자답으로 망하였다가 흥한 사람을 생각할 때면 자기도 그전 세상이 올 듯도 생각되며 인생이란 그런 것이거니 하는 한 숙명적인 자기심(自棄心) 같기도 하고 자위심(自慰心) 같기도 한 감정에 가슴이 좀 평평하였다.

"이게 누구요?"

"아, 만수 어머니오!"

"참 오래간만이오!"

지나가는 사람이며 점방에 앉았던 사람들이 뛰어나와서는 인사를 한다. 아무리 아니 보려고 외면을 하였으나 김소사의 얼굴은 오래 인상을 준 그네의 눈을 속이지 못하였다.

"네, 그새이 평안하시오?"

만나는 이들은 거의 묻는다. 그네들은 만수의 형편을 몰라서 묻는 것이나 김소사에게는 그것이 알고도 비웃는 소리 같았다. 또 그네에게 만수의 사정을 알리고도 싶지 않았다.

"만수는 왜 안 보임메?"

김소사는 이러한 말을 들을 때마다 어찌 대답하면 좋을지 몰라서 주저주저하다가는,

"네, 뒤에 오음메!"

하고는 빨리빨리 걸었다. 북선사진관 앞에 온 그네들은 왼편 골목으로 기울어져서 십여 보나 가다가 다시 바른편으로 통한 뒷거리로 올라가서 이전 수비대 앞 운경의 집으로 갔다.

"에구, 멀기두 하다."

운경이는 마루에 보퉁이를 놓고 잠갔던 문을 훨훨 열어놓았다.

"월자 아비는 어디로 갔니?"

정주방으로 들어간 김소사는 몽주를 내려놓으면서 운경이더러 물었다. 월자 아비는 운경의 남편이었다.

"애아비는 밤낮 낚시질이라오. 오늘도 새벽 갔소."

운경이는 대답하면서 국수 사러 밖으로 나갔다. 마루에 앉았던 두 청년도 또 온다 하고 갔다.

"한마니, 이게 뭐야? 응...... 한마니......"

몽주는 어느새 저편에 놓인 재봉침 바퀴를 잡고 서서 벙긋벙긋 웃는다.

"에구 아서라, 바늘을 상할라? 이리 오너라, 에비 있다."

김소사는 걱정하면서 몽주를 오라고 손을 내밀었다.
"웅, 에비 있니?"
몽주는 집으려는 패물을 빼앗긴 듯이 서먹하여 섰더니 "에비 에비" 하면서 지척지척 걸어온다. 김소사는 보퉁이 속에 손을 넣고 한참 움질움질하더니 벌건 사과를 집어내어서 몽주를 주었다. 몽주는 커다란 붉은 사과를 옴폭옴폭한 두 손으로 움킨 채 야들한 붉은 입술에 꼭 대고 조그만 입을 아기죽하더니 사과를 입술에서 떼었다. 벌건 사과에는 입술 대었던 데가 네모진 조그마한 입자국이 났다. 몽주는 사과를 아기죽아기죽 먹었다.
"한마니 젖으······."
하면서 목을 갸우듬하고 김소사를 쳐다보면서 어려운 것을 애원하듯이 해죽해죽 웃는다.
"에구, 나지 않는 젖을 무슨 먹자구 하니?"
김소사는 한숨을 쉬면서 무릎에 오르는 몽주에게 쭈글쭈글한 젖을 물렸다.
이날 밤부터 이전에 친히 지내던 이들을 김소사도 찾아다니면서 만나보았다. 몇몇 늙은 사람 외에는 그를 그리 반갑게 여기지 않았다. 고향은 그를 조롱으로 접대하였다. 만나서는 거개 허허하였으나 김소사가 생각하는 바와 같이 그 웃음 속에는 철창에 들어간 만수의 행위와 김소사의 거지꼴을 조소하는 어두운 빛이 흘렀다. 만수의 친구 몇은 그것을 잘 알았다. 그네들은 진정으로 김소사를 접대하였다. 창룡이와 경석이는 만수를 생각할 때마다 김소사가 가긍하고 가긍할수록 더욱 공경하고 싶었다. 운경이는 더 말할 것도 없거니와 사위도 그를 극진히 공경하였다. 그러나 김소사는 항상 사위의 얼굴이 어렵게 쳐다보였다. 더욱 사돈을 대할 때면 조마조마한 마음을 어디다 비할 수 없었다. 철없는 몽주는 매일 "과자를 다구" "외를 다구" 하고 졸랐다. 운경이는 돈푼이 생기면 월자는 못 사주어도 몽주는 과자를 사다 준다. 김소사에게 이것이 또한 걱정이었다.
흐르는 세월은 김소사를 위하여 조금도 쉬지 않았다. 마천령을 넘어 '어산동' 골을 스쳐 내리는 바람에 성진굽의 푸른 잎이 누런 물 들고 바다 하늘에 찼던 안개가 훤하게 개더니 하룻밤 기러기 소리에 찬 서리가 내렸다. 아침저녁 서늘한 바람과 정오에 밝은 빛은 더위에 흐뭇한 신경을 올올이 씻어주는 듯하더니 가을도 어느새 지나갔다. 펄펄 내리는 눈은 산과 들을 허옇게 덮었다. 사철 없이 굼실굼실하는 바다만이 검푸른 그 자태로 백옥천지 속에서 으르대고 있다. 갑자년 십일월 십오일이 되었다. 육십 년 전 이날 새벽에 김소사는 이 세상에 처음 나왔다. 그의 고고성은 의미가 심장하였을 것이다.

운경이는 며칠 전부터 어머니의 '환갑'을 생각하였다. 그날그날을 겨우 살아가는 운경이로는 도리가 없었다. 사위도 말은 없으나 속으로는 애썼다.

김소사는 자기 환갑 걱정을 하지나 않나 하여 딸과 사위의 눈치만 보았다. 그는 환갑 쇠기를 원치 않았다. 구차한 딸에게 입신세 지는 것도 조마조마한데 환갑 걱정까지 시키기는 자기가 너무도 미안스러웠다.

이날 아침에 운경이는 흰밥을 짓고 쇠고깃국을 끓였다. 이것도 운경의 집에서는 별식이었다.

상을 받은 김소사는 딸 몰래 한숨을 쉬었다. 참으려야 참을 수 없는 눈물이 눈 속에 솔솔 흐르고 목이 꽉꽉 메어서 밥이 넘어가지 않았다. 가까스로 넘긴 밥도 심사가 울렁울렁하여 목구멍으로 도로 치밀어 올라오는 듯하였다. 김소사는 따뜻한 구들에 앉고 맛있는 음식을 입에 넣으면 운경의 내외가 애쓰는 것이 미안하여 억지로 먹는 척하면서 몽주 입에도 떠 넣었다. 김소사의 사색을 살핀 운경이는,

"어머니, 많이 잡수. 몽주야, 너는 나와 먹자."
하면서 몽주를 끌어안았다.

"놓아두어라. 내가 이것을 다 먹겠니?"

그는 말 마치기 전에 눈물이 앞을 핑 가려서 콧물을 쿨쩍 들여마셨다. 운경의 내외는 말없이 서로 얼굴을 쳐다보았다. 운경의 머리에는 자기가 어려서 어머니 생일에 떡 치고 돼지 잡던 기억이 어렴풋이 떠올랐다. 김소사는 얼마 먹지 않고 술을 놓았다.

"어머니 왜 잡숫잖습니까? 또 만수를 생각하는 겝니다. 하하."

사위는 억지로 웃었다.

"아니, 많이 먹었네."

김소사는 담뱃대에 담배를 담았다.

이날 낮에 창룡의 내외는 떡국을 쑤어 왔다. 김소사는 슬픈 중에도 기뻤다. 자기 환갑날을 위하여 누가 떡국을 쑤어 오리라고는 생각지 않았다. 김소사는 창룡의 아내가 갖다 놓는 떡국상을 일어서서 황송스럽게 두 손으로 받았다. 젊은 사람 앞에서 "네! 네!" 하고 공경을 부리는 김소사의 모양이 창룡이와 경석의 눈에는 비열하고 측은하게 보였다. 아, 만수군이 있어서 저 모양을 보았으면 피를 토하리…… 경석이는 이렇게 생각하면서 한숨을 쉬었다.

"어머니 그냥 앉아 계십시오. 모다 자식의 친구가 아닙니까?" 창룡의 말.

김소사는 창룡의 젊은 내외가 서로 웃고 새새거리면서 정답게 지내는 것을 볼 때마다 가슴속이 답답하였다.

'오오 내가 왜 만수를 장가보냈던구? 저렇게 저희끼리 만나서 정답게 살게 못 했던구? 싫어하는 장가를 내가 왜 보냈던구? 이 늙은것이 왜 아들의 말을 듣지 않았나? 그저 늙으면 죽어야 해! 우리 만수도 어디 쟤들만 못한가? 일찍 뉘¹²를 본댔더니 뉘커녕 도로 앙화를 받네! 글쎄 이 늙은것이 어쩌자고 그런 짓을 했누? 밥이 되든지 죽이 되든지 저 하는 대로 내버려두지!'

김소사는 이러한 생각에 한참이나 멀거니 앉았었다. 경석이는 원래 능하고도 존존한 정다운 말로 김소사를 위로하였다.

경석이는 처자도 없고 부모도 없고 집도 없고 직업도 없는 청년이다. 그는 일갓집에서 몸을 그날그날을 지내간다. 그의 학식과 인격은 비범하다. 그가 만세를 부르고 감옥에 들어가고 감옥에서 나온 후로 ××주의자가 되어 여러 방면으로 활동하게 되면서부터 당국의 검은 손이 등 뒤를 떠나지 않고 쫓아다녔다. 그것이 드디어 그로 하여금 직업장에서 구축을 받게 하였다. 그는 굶거나 벗는 것을 염두에 두지 않았다. "감옥에 가면 공부하고 나오면 또 주의 선전한

---

12 뉘 자손에게 받는 덕.

다"는 것이 그의 항다반 하는 소리였다. 그의 기개를 안다는 사람들은 그 말을 믿는다.

　김소사의 앞에 앉은 경석의 신경은 또 비애와 의분에 들먹거렸다. 자기의 처지를 생각하든지 김소사와 만수의 처지를 생각하면 슬펐다. 그 슬픔은 그 몇몇 사람의 처지에만 대한 슬픔이 아니었다. 그 몇몇 사람을 표본으로 온 세계를 미루어 생각할 때 그는 주림과 벗음에 헐떡이는 수많은 생령 속에 앉은 듯하였다. 피기름이 엉긴 비린내 속으로 처량히 흘러나오는 굵은 이의 노래가 귓가에 들리는 듯하며 벌거벗고 얼음구멍에 헤매며 짜릿짜릿한 신음 소리를 지르는 생령이 눈앞에 보이는 듯하였다. 눈을 번쩍 떴던 경석이는 입술을 꼭 깨물면서 눈을 감았다.

　'아! 뛰어나가자! 저 소리를 어찌 앉아서 들으랴? 이 꼴을 어찌 보랴? 아! 가련한 생령아! 나도 너희와 같은 자리에 섰다. 만수도, 어머니도, 몽주도……성진도 아니 전 조선이 그렇구나. 아! 이 역경을 부수지 않으면 우리 목에 ○○○○○○○○ 않으면 우리는 영영 이 속을 못 벗어나리라. 뛰어 나서자!'

　이렇게 경석이는 가슴속으로 부르짖었다. 피는 질서 없이 뛰었다. 그는 눈을 뜨고 벌떡 일어나서 밖으로 나왔다. 쌀쌀한 겨울바람은 붉은 그의 여윈 낯을 스쳤다.

　'흥 세상은 만수를 조롱한다. 만수 어머니를 업수이 본다. 만수 어머니시여! 웃는 세상더러 기껏 웃어라 하옵소서. 어머니를 웃는 그네들께 어머니보다 나은 것이 무엇이 있습니까? 아! 불쌍도 하지. 피 묻은 구렁으로 들어가는 그네들은 나오려는 사람을 웃는구나! 오오 만수야! 내 아우야! 너는 선도자다.'

　눈을 밟으면서 내려오는 경석이는 이러한 생각에 골똘하여 몇 해 전 자기가 고생하던 감옥을 눈앞에 그려보았다. 그는 천사만념에 발이 어디까지 온 것을 의식지 못하였다. 그는 머리를 번쩍 들었다. 어시장으로 지나온 그는 한천철교(漢川鐵橋) 아래까지 이르렀다. 퍼런 얼음장 아래로 흐르는 물소리는 쿨렁쿨렁하는 것이 몹시 노한 듯하였다. 해는 벌써 서산에 뉘엿뉘엿 넘어간다.

　"아아, 조선의 해돋이[日出]여!"

석양빛을 보는 경석의 눈에서 흐르는 눈물은 온 얼음세계를 녹일 듯이 뜨거웠다.

어머니 회갑 갑자년 십일월 십오일
양주(楊州) 봉선사(奉先寺)에서

최서해(崔曙海)

1901년 함북 성진군 임명면 출생. 본명은 학송(鶴松). 부친에게 배우거나 서당을 다니며 한문 공부를 했다고 함. 1918년 간도로 들어가 유랑 생활 시작. 부두 노동자, 음식점 심부름꾼 등 극빈한 생활 경험. 1923년 봄 간도에서 귀국 회령역에서 노동일을 함. 서해(曙海)라는 필명을 쓰기 시작. 1924년 「토혈」 「고국」으로 등단. 1925년 조선문단사에 입사하며 작품 활동에 매진, 중견 작가로 인정받기 시작. 김기진의 권유로 카프에 가입하였으나 적극적으로 활동하지는 않았고 1927년 조선문예가협회 간사를 맡아 활동. 대표작으로 단편 「탈출기」 「기아와 살육」 「홍염」, 장편 『호외시대』 등이 있음. 1932년 타계.

작품 세계

최서해의 작품은 대개 간도 유랑 생활에서 겪었던 빈궁 체험과 관련된다. 최서해가 작품 활동을 본격적으로 시작한 1920년대 초반은 현실적으로 식민지 초기의 원시적 자본 축적기에 해당되어 궁핍이 극심했던 시기였다. 그러나 아직 우리 소설은 이러한 궁핍을 작품 속에 담아내지 못하고 있었다. 이때 등장한 최서해의 작품들은 체험에서 우러나오는 '궁핍의 상상력'으로 인해 단연 독특한 작품으로 부각된다. 그 당시의 일반적인 경향과는 다른 경향의 작품이라 하여 '신경향'파 소설이라는 명칭도 생겨나게 된다.

빈궁을 몸소 체험한 최서해는 실감 있게 가난을 형상화할 수 있었다. 당시의 작가들이 개인의 문제에 안주할 때, 최서해가 빈궁한 현실을 그려낸 것은 매우 중요한 의의를 지닌다. 빈궁을 통해서 1920년대 조선의 참담한 사회적 현실을 사실적으로 전해주었기 때문이다. 간도를 배경으로 한 작품들과 「백금」 「이역원혼」 「큰물 진 뒤」 「폭군」 「설날 밤」 「전아사」 「무서운 인상」 「담요」 등이 여기에 해당한다.

최서해의 작품에는 간도를 배경으로 한 작품들이 많다. 간도 역시 조선과 마찬가지로 고통스러운 공간이었는데 최서해는 이 점을 부각시켜 유랑 농민의 비참함과 암울함을 작품에서 보여준다. 그 참담함을 극대화하기 위해 겨울이나 밤, 홍수, 피폐한 농촌, 험악한 골짜기 등을 작품의 배경으로 설정하곤 했는데 한편으로 극단적 빈궁의 모습에 매몰되어 낙관적 전망 확보를 불가능하게 했다는 지적을 받기도 한다.

그의 작품에는 가난으로 인해 고통에 빠진 주인공이 폭발적으로 저항하는 양상이 종종 그려진다. 극단적 궁핍 상태에 처해 있는 주인공들을 형상화함에 있어 그 궁핍의 원인은 사회의 구조적 모순에 기인하는 것으로 그리지만 비사회적인 차원 즉 살인, 방화 등으로 해결을 도모하는 모습에서 최서해 소설에 내재한 이중성을 읽게 된다. 강력한 저항성과 함께 사회적인 전망 모색에의 무능력이 그것이다. 카프문학이 '목적의식기'에 접어들면서 '자연발생기' 작품의 특징으로 비판한 부분은 바로 최서해 작품의 이러한 한계였다.

「해돋이」

최서해의「해돋이」는 1926년에 발표되긴 했지만 작가가 작품 말미에 표기해놓았듯이 1924년 11월 15일 어머니의 환갑날「살려는 사람들」로 탈고한 작품이다. 후에 개제하여「해돋이」로 발표하였다. 춘원의 소개로 3개월간 기거한 양주 봉선사에서 쓴 작품으로, 작품의 내용처럼 이 시기, 작가의 아내는 시어머니와 딸을 버리고 출분한 것으로 알려져 있다.

이 작품의 특징은 그의 초기작의 면모를 강하게 지니고 있다는 점에 있다. 작품의 구성도 단편소설에 걸맞지 않을 뿐 아니라 주제를 펴나가는 집중력도 떨어진다. 그럼에도 이 작품이 의의가 있는 이유는 최서해 문학의 다층적인 요소를 모두 지니고 있다는 점 때문이다. 작품은 북간도에서 6년 만에 귀향하는 장면에서 시작한다. 대개 귀향을 모티프로 한 작품들은 북간도에서의 고생스러운 후일담이 배경 이야기로 등장하게 되어 있는데 이 작품도 마찬가지다. 작가가 만주 유랑을 통해 극도의 궁핍 체험을 한 것은 잘 알려져 있다. 이런 체험이 작품의 한 요소로 삽입되어 있다. 특기할 만한 것은 주인공이 간도로 들어가는 계기이다. 아들 만수의 젊은 혈기가 그를 만주로 몰아갔다는 점, 그리고 그곳에서 소작농으로서의 고통보다는 운동가로서의 편력이 더 문제가 되었다는 점이 이 작품에 그려져 있다. 즉 생존을 위한 이향이 아니기 때문에 이 작품은 조선으로의 귀향이 필연적이다. 아들이 체포되어 조선으로 압송되고 며느리마저 집을 나가자 노파는 손녀를 데리고 고향으로 돌아온다. 고향에는 아직 만수의 친구들이 남아 있었다. 낙관적인 분위기도 감지되고 있는 바 조선의 '일출'을 소망하는 장면에서 이 점이 암시된다. 최서해 문학이 지니는 운동적 성격이 이 소설에서는 가감 없이 노출되어 있다. 이 지점이 그의 카프 가입을 추동한 것으로 볼 수 있으며 이 작품의 둘째 특징이 된다.

주요 참고 문헌

우선 최서해 작품은 곽근 편『최서해 전집』(상·하, 문학과지성사, 1987)에 잘 정리되어 있다. 이 전집에는 최서해의 전 작품과 작가 및 작품 연보, 참고 논저가 총망라하여 제시되어 있어서 최서해 연구에 필수적이다. 또한 곽근 편『최서해 작품, 자료집』(국학자료원, 1997)은『최서해 전집』에 누락된 자료를 보완하고 전집 이후 이루어진 참고 논저를 첨가하였다. 안함광의『최서해론』(조선작가동맹출판사, 1956)은 최서해 연구에 대한 남북 최초의 단행본 평론서로 북한에서 출간되었다. 조남현의 「최서해의『호외 시대』, 그 갈등의 구조」(『한국문학』163, 1987. 5)는 최서해의 유일한 장편소설『호외시대』를 맨 처음 본격적으로 분석하여 이 작품 연구의 토대를 마련하였다. 신춘호의 『궁핍과의 문학적 싸움: 최서해』 (건국대 출판부, 1994)는 최서해의 전기와 작품의 특질을 조명한 단행본이다. 문학사와 비평학회 편, 『최서해 문학의 재조명』(국학자료원, 2002)은 최서해와 직접 관련된 논문과 신경향파와 관련된 논문 등을 싣고 있다. _서경석

조명희
낙동강

 낙동강 칠백 리, 길이길이 흐르는 물은 이곳에 이르러 곁가지 강물을 한몸에 뭉쳐서 바다로 향하여 나간다. 강을 따라 바둑판 같은 들이 바다를 향하여 아득하게 열려 있고 그 넓은 들 품 안에는 무덤무덤의 마을이 여기저기 안겨 있다.
 이 강과 이 들과 저기에 사는 인간 —— 강은 길이길이 흘렀으며, 인간도 길이길이 살아왔었다. 이 강과 이 인간 지금 그는 서로 영원히 떨어지지 않으면 아니 될 건가?

　　봄마다 봄마다
　　　　불어 내리는 낙동강 물
　　구포벌에 이르러
　　　　넘쳐 넘쳐 흐르네
　　　　　　흐르네 —— 에 —— 헤 —— 야.

　　철렁 철렁 넘친 물
　　　　들로 벌로 괴지면

---
* 「낙동강」은 1927년 7월 『조선지광』에 발표되었다. 여기서는 잡지 게재본과 함께 조명희 선집 『낙동강』(풀빛, 1988)을 참조하였다.

만 목숨 만만 목숨의
　　젖이 된다네—
　　　　젖이 된다네— 에— 헤— 야.

이 벌이 열리고
　　이 강물이 흐를 제
그 시절부터
　　이 젖 먹고 자라왔네
　　　　자라왔네— 에— 헤— 야.

천 년을 산, 만 년을 산
　　낙동강! 낙동강!
하늘가에 간들
　　꿈에나 잊을쏘냐—
　　　　잊힐쏘냐— 아— 하— 야.

　어느 해 이른 봄에 이 땅을 하직하고 멀리 서북간도로 몰려가는 한 떼의 무리가 마지막 이 강을 건널 제, 그네들 틈에 같이 끼어 가는 한 청년이 있어 뱃전을 두드리며 구슬프게 이 노래를 불러서, 가뜩이나 슬퍼하는 이삿군들로 하여금 눈물을 자아내게 하였다 한다.
　과연, 그네는 뭇 강아지 떼같이 이 땅 어머니의 젖꼭지에 매달려 오래오래 동안 살아왔다. 그러나 그 젖꼭지는 벌써 자기네 것이 아니기 시작한 지도 오래였다. 그러던 터에 엎친 데 덮친다고 난데없는 이리 떼 같은 무리가 닥쳐와서 물어 박지르며[1] 빼앗아 먹게 되었다.
　인제는 한 모금의 젖이라도 입으로 들어가기 어렵게 되었다. 하는 수 없

---

[1] 박지르다 힘껏 차서 쓰러뜨리다.

이 이 땅에서 표박하여 나가게 되었다. 이렇게 된 것을 우리는 잠깐 생각하여보자.

이네의 조상이 처음으로 이 강에 고기를 낚고, 이 벌에 곡식과 열매를 딸 때부터 세이지도 못할 긴 세월을 오래오래 두고 그네는 참으로 자유로웠었다. 서로서로 노래 부르며, 서로서로 일하였을 것이다. 남쪽 벌도 자기네 것이요, 북쪽 벌도 자기네 것이였었다. 동쪽도 자기네 것이요, 서쪽도 자기네 것이었다.

그러나, 역사는 한 바퀴 굴렀었다. 놀고먹는 계급이 생기고, 일하여 먹여주는 계급이 생겼다. 다스리는 계급이 생기고, 다스려지는 계급이 생겼다. 그럼으로부터 임자 없던 벌판이 임자가 생기고 주림을 모르던 백성이 굶주려가기 시작하였다. 하늘에 햇빛도 고운 줄을 몰라가게 되고, 낙동강의 맑은 물도 맑은 줄을 몰라가게 되었다. 천 년이다 오천 년이다. 이 기나긴 세월을 불평의 평화 속에서 아무 소리 없이 내려왔었다. 그네는 이 불평을 불평으로 생각지 아니하게까지 되었다. 흐린 날씨를 참으로 맑은 날씨인 줄 알듯이. 그러나, 역사는 또 한 바퀴 구르려고 한다. 소낙비 앞잡이 바람이다. 깃발이 날리었다. 갑오 동학이다. 을미 운동이다. 그 뒤에 이 땅에는 아니, 이 반도에는 한 괴물이 배회한다. 마치 나래치고 다니는 독수리같이. 그 괴물은 곧 사회주의다. 그것이 지나치는 곳마다 기어가는 암나비 궁뎅이에 수없는 알이 쏟아지는 셈으로 또한 알을 쏟아놓고 간다. 청년운동, 농민운동, 형평운동, 노동운동, 여성운동…… 오천 년을 두고 흘러가는 날씨가 인제는 먹장구름에 싸여간다. 폭풍우가 반드시 오고야 만다. 그 비 뒤에는 어떠한 날씨가 올 것을 뻔히 알 노릇이다.

이른 겨울의 어두운 밤, 멀리 바다로 통한 낙동강 어귀에는 고기잡이 불이 근심스러이 졸고 있고, 강기슭에는 찬 물결의 울리는 소리가 높아질 때다. 방금 차에서 내린 일행은 배를 기다리느라고 강 언덕 위에 옹기종기 등불에 얼비쳐 모여 섰다. 그 가운데에는 청년회원, 형평사원, 여성동맹원, 소작인조합 사람, 사회운동 단체 사람들이 대부분을 차지하였다. 동저고리 바람에 헌 모자

비스듬이 쓰고 보따리 든 촌사람, 검정 두루마기, 흰 두루마기, 구지레한² 양복, 혹은 루바슈카³ 입은 사람, 재킷 깃 위에 짧은 머리털이 다팔다팔하는 단발랑(斷髮娘), 혹은 그대로 틀어얹은 신여성, 인력거 위에 앉은 병인, 그들은 ○○ 감옥의 미결수로 있다가 병이 위중한 까닭으로 보석 출옥하는 박성운이란 사람을 고대 차에서 받아서 인력거에 실어가지고 마을로 들어가는 길이다.

"과연, 들리는 말과 같이 지독했구만. 그같이 억대호 같던 사람이 저렇게 될 때야 여간 지독한 형벌을 하였겠니. 몹쓸 놈들."

이 정거장에 마중을 나와서야 비로소 병인을 본 듯한 사람의 말이다.

"그래 가두고도 죽으면 병이 나서 죽었다 하겠지."

누가 받는 말이다.

"그러면, 와 바로 병원을 갈 일이지, 곧장 이리 온단 말고?"

"내사 모른다. 병인 당자가 한사라꼬 이리 온닥하니······."

"이거 와 이리 배가 더디노?"

"아, 인자 저기 뱃머리 돌렸다. 곧 올락한다."

한 사람이 저쪽 강기슭을 바라보며 지껄인다. 인력거 위에 병인을 쳐다보며

"늬, 춥지 않나?"

"괜찮다. 내 안 춥다."

"아니, 늬 춥거든, 외투 하나 더 주까?"

병인의 병든 목소리의 대답이다.

"보소. 배 좀 빨리 저어 오소."

강 저편에서 뱃머리를 인제 겨우 돌려서 저어 오는 뱃사공을 보고 소리를 친다.

"예—"

사이 뜨게 울려오는 소리다. 배를 저어 오다가 다시 멈추고 섰다.

"저 뭘 하고 있노?"

---

2 구지레하다 구저분하고 더럽다.
3 루바슈카 rubashka 러시아 남자가 착용하는 블라우스풍의 상의.

"각중에 담배를 피워 무는 모양이락구나. 에라, 이 문둥아."

여러 사람의 웃음은 와그르 쏟아졌다.

배는 왔다. 인력거 탄 사람이 먼저다.

"보소. 늬 인력거. 사람 탄 채 그대로 배에 오를 수 있는가?"

한 사람이 인력거꾼 보고 묻는 말이다.

"어찌 그럴 수 있능기요."

"아니다. 내사 내리겠다."

병인은 인력거에서 내리며 부축되어 배에 올랐다. 일행이 오르자 배는 삐걱삐걱하는 노 젓는 소리와 수라수라하는 물 젓는 소리를 내며 저쪽 기슭을 바라보고 나아간다. 뱃전에 앉은 병인은 등불 빛에 보아도 얼굴이 참혹하게도 야위어졌음을 알 수 있다.

"보소. 배 부리는 양반. 뱃소리나 한마디 하소, 예."

"각중에 이 사람, 소리는 왜 하라꼬?"

옆에 앉은 친구의 말이다.

"내 듣고 싶다…… 내 살아서 마지막으로 이 강을 건너게 될는지도 모를 일이다……."

"에라 이— 백주 쯤 없는 소리만 탕탕……."

"아니다, 내 참 듣고 싶다. 보소, 배부리는 양반. 한마디 아니하겠소?"

"언제, 내사 소리할 줄 아능기오."

"아, 누가 소리해줄 사람이 없능가?…… 아, 로사! 참 소리하소, 의…… 내가 지은 노래하소."

옆에 앉은 단발랑을 조른다.

"노래 하라꼬?"

"응.「봄마다 봄마다」해라 의."

　　봄마다 봄마다
　　　　불어 내리는 낙동강물

구포벌에 이르러
　　넘쳐 넘쳐 흐르네—
　　　　흐르네— 에— 헤— 야.
　　………………

경상도의 독특한 지방색을 띤 민요 '늴리리 조'에다가 약간 창가 조를 섞은 그 노래는 강개하고도 굳센 맛이 띠어 있다. 여성의 음색으로서는 핏기가 과하고 음율로서는 선이 좀 굵다고 할 만한. 그러나 맑은 로사의 육성은 바람에 흔들리는 강물결의 소리를 누르고 밤 하늘에 구슬프게 떠돌았다. 하늘에 별들도 무엇을 느낀 듯이 눈을 끔벅끔벅하는 것 같았다. 지금 이 배에 오른 사람들이 서북간도 이삿군들은 비록 아니지마는 새삼스러이 가슴이 울리지 아니할 수는 없었다.

그 노래 제 삼절을 마칠 때에 박성운은 몹시 히스테리컬하여진 모양으로 핏대를 올려가지고 합창을 한다.

　천 년을 산 만 년을 산
　　낙동강! 낙동강!
　하늘가에 간들
　꿈에나 잊을쏘냐—
　　잊힐쏘냐— 아— 하— 야

노래는 끝났다. 성운은 거진 미친 사람 모양으로 날뛰며, 바른팔 소매를 걷어들고 강물에다 잠그며, 팔로 물을 적셔보기도 하며, 손으로 물을 만지기도 하고 끼얹어보기도 한다. 옆 사람이 보기에 딱하든지,

"이 사람, 큰일 났구만. 이 병인이 지금 이 모양에, 팔을 찬 물에다 정구고 하니, 어쩌잔 말고."

"내사 이래 죽어도 좋다. 니 너무 걱정 마라."

"니 미쳤구나…… 백죄……."

그럴수록에 병인은 더 날뛰며, 옆에 앉은 여자에게 고개를 돌려

"로사! 니 팔 걷어라. 내 팔하고 같이 이 물에 정궈보자, 외."

여자의 손을 잡다가 잡은 채 그대로 물에다 잠그며 물을 저어본다.

"내가 해외에 가서 다섯 해 동안을 떠돌아 다니는 동안에도, 강이라는 것이 생각날 때마다 낙동강을 잊어본 적은 없었다…… 낙동강이 생각날 때마다, 내가 이 낙동강의 어부의 손자요 농부의 아들임을 잊어본 적도 없었다…… 따라서, 조선이란 것도."

두 사람의 손이 힘없이 그대로 뱃전 넘어 물 위에 축 처져 있을 뿐이다. 그는 다시 눈앞의 수면을 바라다보며 혼잣말로

"그 언제인가 가을에 내가 송화강(松花江)을 건널 적에, 이 낙동강을 생각하고 울은 적도 있었다…… 좋은 마음으로 나간 사람 같고 보면, 비록 만 리 밖을 나가 산다 하더라도 그같이 상심이 될 리 없으련마는……."

이 말이 떨어지자, 좌중은 호흡조차 은근히 끊어지는 듯이 정숙하였다. 로사는 들었던 고개가 아래로 떨어지며 저편의 손이 얼굴로 올라갔다. 성운의 눈에서도 한 방울의 굵은 눈물이 뚝 떨어졌다.

한동안 물소리만 높았다. 로사는 뱃전에 늘어져 있던 바른손으로 사나이의 언 손을 꼭 잡아당기며

"인제 그만둡시다, 외."

이 말끝 악센트의 감칠맛이란 것은 경상도 여자의 쓰는 말 가운데에도 가장 귀염성이 드는 말투였다. 그는 그의 손에 묻은 물을 손수건으로 씻어주며 걷었던 소매를 내려준다.

배는 저쪽 언덕에 가 닿았다. 일행은 배에서 내리자, 먼저 병인을 인력거 위에다 싣고는 건넌마을[4]을 향하여 어둠을 뚫고 움직여나갔다.

---

4 건넌마을 '건넛마을'의 북한말.

그의 말과 같이, 박성운은 과연 낙동강 어부의 손자요, 농부의 아들이었다. 그의 할아버지는 고기잡이로 일생을 보내었고 그의 아버지는 농사군5으로 일생을 보내었었다. 자기네 무식이 한이 되어 그 아들이나 발전을 시켜볼 양으로 그리 하였던지, 남 하는 시세에 좇아 그대로 해보느라고 그리하였던지, 남의 논밭을 빌려 농사를 지어 구차한 살림을 하여 나가면서도, 어쨌든 그 아들을 가르쳐놓았다. 서당으로, 보통학교로, 도립 간이 농업학교로…….

그가 농업학교를 마치고 나서, 군청 농업 조수로도 한두 해를 있었다. 그럴 때에 자기 집에서는 자기 아들이 무슨 큰 벼슬이나 한 것같이 여기며, 만나는 사람마다 자기 아들 자랑하기가 일이었었다. 그러할 것 같으면 동네 사람들은 또한 못내 부러워하며, 자기네 아들들도 하루바삐 어서 가르쳐 내놀 마음을 먹게 된다.

그러다가, 마침 독립운동이 폭발하였다. 그는 단연히 결심하고 다니던 것을 헌신짝같이 집어던지고는, 독립운동에 참가하였다. 일 마당에 나서고 보니 그는 열렬한 투사였다. 그때쯤은 누구나 예사이지마는 그도 또한 일 년 반 동안이나 철창 생활을 하게 되었었다.

그것을 치르고 집이라고 나와 보니 그동안에 자기 모친은 돌아가고, 늙은 아버지는 집도 없게 되어 자기 딸(성운의 자씨)에게 가서 얹혀 있게 되었다. 마침 그해에도 이곳에서 살 수가 없게 되어 서북간도로 떠나가는 이삿군이 부쩍 늘 판이다. 그들 부자도 그 이삿군들 틈에 끼어 멀리 고향을 등지고 떠나가게 되었다(아까 부르던 그 낙동강 노래란 것도 그때 성운이가 지어서 읊으던 것이었다).

서간도로 가보니, 거기도 또한 편안히 살 수가 없는 곳이었다. 그 나라의 관헌의 압박, 호인의 횡포, 마적의 등쌀은 여간이 아니었다. 그들 부자도 남과 한가지로 이리저리 떠돌았었다. 떠돌다가 그야말로 이역 타향에서 늙은 아버지조차 영원히 잃어버리게 되었었다.

---

5 농사군 '농사꾼'의 북한말.

그뒤에 그는 남북만주, 노령, 북경, 상해 등지에 돌아다니며, 시종이 일관하게 독립운동에 노력하였었다. 그러는 동안에 다섯 해의 세월은 갔었다. 모든 운동이 다 침체하고 쇠퇴하여갈 판이다. 그는 다시 발길을 돌려 고국으로 향하게 되었다. 그가 조선으로 돌아올 무렵에, 그의 사상상에는 큰 전환이 생기었다. 그것은 다른 것이 아니라 이때껏 열렬하던 민족주의자가 변하여 사회주의자로 되었다는 말이다.

그가 갓 서울로 와서, 일을 하여보려 하였으나, 그도 뜻과 같이 못하였다. 그것은 이 땅에 있는 사회운동단체란 것이 일에는 힘을 아니 쓰고, 아무 주의 주장에 틀림도 없이, 공연히 파벌을 만들어가지고, 동지끼리 다투기만 일삼는 판이다. 그는 자기와 뜻이 같은 사람끼리 얼리어, 양방의 타협운동도 일으켰으나 아무 효과도 없었고, 여론을 일으켜보기도 하였으나, 파쟁에 눈이 뻘건 사람들의 귀에는 그도 크게 울리지 못하였다. 그는 분연히 떨치고 일어서며
"이 파벌이란 시기가 오면 자연히 괴멸될 때가 있으리라"
고 예언같이 말을 하여 던지고서는, 자기 출생지인 경상도로 와서 남조선 일대를 망라하여 사회운동단체를 만들어서 정당한 운동에만 힘을 쓰게 되었다.
그리고 자기는 자기 고향인 낙동강 하류 연안 지방의 한 부분을 떼어 맡아서 일을 보게 되었다.
그리고, 그는 이 땅의 사정을 보아
"대중 속으로!"
하고 부르짖었다.
그가 처음으로, 자기 살던 옛마을을 찾아와볼 때에 그의 심사는 서글프기 가이 없었다. 다섯 해 전 떠날 때에는 백여 호 촌이던 마을이 그동안에 인가가 엄청나게 줄었다. 그 대신에 예전에는 보지도 못하던 크나큰 함석 지붕집이 쓰러져가는 초가집들을 멸시하고 위압하는 듯이 둥누렷이 가로 길게 놓여 있다. 그것은 묻지 않아도 동척 창고임을 알 수 있다. 예전에 중농(中農)이던 사람은 소농으로 떨어지고, 소농이던 사람은 소작농으로 떨어지고, 예전에 소작농이

던 많은 사람들은 거의 다 풍비박산하여 나가게 되고 어렸을 때부터 정 들었던 동무들도 하나도 볼 수 없었다. 그들은 모두 도회로, 서북간도로, 일본으로, 산지사방 흩어져 갔었다. 대대로 살아오던 자기네 집터에는 옛날의 흔적이라고는 주춧돌 하나 볼 수 없었고(그 터는 지금 창고 앞마당이 되었으므로) 다만 그 시절에 사립문 앞에 있던 해묵은 느티나무〔槐木〕만이 지금도 그저 그 넓은 마당 터에 홀로 우뚝 서 있을 뿐이다. 그는 쫓아가서, 어린아이 모양으로 그 나무 밑둥을 껴안고 맴을 돌아보았다. 뺨을 대어보았다 하며 좋아서 또는 슬퍼서 어찌할 줄을 몰랐다. 그는 나무를 안은 채 눈을 감았다. 지나간 날의 생각이 실마리같이 풀려나간다. 어렸을 때에 지금 하듯이 껴안고 맴돌기, 여름철에 꼭대기까지 기어올라가 매미 잡다가 대머리 벗겨진 할아버지에게 꾸지람 당하던 일, 마을의 젊은이들이 그네를 매고 놀 때엔 자기 그네를 뛰겠다고 성화 받치던 일, 앞집에 살던 순이란 계집아이와 같이 나무 그늘 밑에서 소꿉질하고 놀제 자기는 신랑이 되고 순이는 새악시 되어 시집가고 장가가는 흉내를 내던 일, 그러다가 과연 소년 때에 이르러 그 순이란 새악시와 서로 사모하게 되던 일, 그뒤에 또 그 순이가 팔려서 평양인가 서울로 가게 될 제, 어둔 밤, 남 모르게 이 나무 뒤에 숨어서 서로 붙들고 울던 일, 이 모든 일이 다 생각에서 떠돌아 지나가자 그는 흐르륵 느껴지는 숨을 길게 한번 내어쉬고는 눈을 딱 떴다.

"내가 이까짓 것을 지금 다 생각할 때가 아니다. ……에잇…… 쩨……."
하고 혼자 중얼거리고는 이때껏 하던 생각을 떨어 없애려는 듯이 휙 발길을 돌려 걸어나갔다. 그는 원래 정(情)의 사람이었다. 그러나 그는 근래에 그 감정을 의지로 누르려는 노력이 많은 터이다.

"혁명가는 생무쇠쪽 같은 시퍼런 의지의 마음씨를 가져야 한다!"
이것이 그의 생활의 지표이다. 그러나 그의 감정은 가끔 의지의 굴레를 벗어나서 날뛸 때가 많았다.

그는 먼저 일할 프로그램을 세웠다. 선전, 조직, 투쟁 이 세 가지로. 그리하여 그는 먼저 농촌 야학을 설치하여 가지고 농민 교양에 힘을 썼었다. 그네와 감정을 같이 할 양으로 벗어부치고 들어 덤비어 그네들 틈에 끼어 생 일도 하고, 농사 일터나, 사랑 구석에 모인 좌석에서나, 야학 시간에서나 기회가 있는 대로 교화에 전력을 썼다.

그 다음에는 소작조합을 만들어가지고 지주 더구나 대지주인 동척의 횡포와 착취에 대하여 대항운동을 일으켰었다.

첫해 소작쟁의에는 다소간 희생자도 내었지마는 성공이다. 그 다음 해에는 아주 실패다. 소작조합도 해산 명령을 받았다. 야학도 금지다. 동척과 관영의 횡포, 압박, 이루 말할 수가 없었다. 아무리 열성이 있으나, 아무리 참을성이 있으나, 이 땅에서는 어찌할 수 없었다. 모든 것이 침체되고 말 뿐이었다. 그리하여 작년 가을에 그의 친구 하나는 분연히 떨치고 일어서며

"내 구마 밖으로 갈른다. 여기에서 무슨 일을 할 수 있는가? 하자면 테러지. 테러밖에는 더 없다."

"아니다. 그래도 여기 있어야 한다. 우리가 우리 계급의 일을 하기 위하여는 중국에 가서 해도 좋고 인도에 가서 해도 좋고 세계의 어느 나라에 가서 해도 마찬가지다. 하지마는 우리 경우에는 여기 있어서 일하는 편이 가장 편리하다. 그리고 우리는 죽어도 이 땅 사람들과 같이 죽어야 할 책임감과 애착을 가지고 있다."

이같이 권유도 하였으나, 필경에 그는 그의 가장 신뢰하던 동무 하나를 떠나 보내게 되고 만 일도 있었다.

좋고 있는 이 땅 아니 움츠러들고 있는 이 땅, 그는 피칠할 일이 생기고 말았다. 그것은 다른 것이 아니다. 이 마을 앞 낙동강 기슭에 여러 만 평 되는 갈밭이 하나 있었다. 이 갈밭이란 것도 낙동강이 흐르고 이 마을이 생긴 뒤로부터, 그 갈을 비어 자리를 치고 그 갈을 털어 삿갓을 만들고, 그 갈을 팔아 옷을 구하고 밥을 구하였었다.

기러기 떴다 낙동강 위에
가을 바람 부누나 갈 꽃이 나부낀다.

이 노래도 지금은 부를 경황이 없게 되었다. 그 갈밭은 벌써 남의 물건이 되고 말았다. 그것은 이 촌민의 무지로 말미암아, 십 년 전에 국유지로 편입이 되었다가 일본 사람 가등이란 자에게 국유미간지 처리(拂)라는 명의로 넘어가고 말았다. 이 가을부터는 갈도 베일 수가 없었다. 도 당국에 몇 번이나 사정을 하였으나, 아무 효과가 없었다. 촌민끼리 혈서동맹까지 조직하여서 항거하려 하였다. 필경에는 모두가 다 실패뿐이다. 자기네 목숨이나 다름없이 알던 촌민들은 분에 눈이 뒤집혀가지고 덮어놓고 갈을 베어젖혔다. 저편에 수직군하고 시비가 생겼다. 사람까지 상하였다. 그 끝에 성운이가 선동자라는 혐의로 붙들려가서 가뜩이나 검찰당국에서 미워하던 끝에 지독한 고문을 당하고 나서 검사국으로 넘어가서 두어 달 동안이나 있다가 병이 급하게 되어 나온 터이다.

그런데 여기에 한 에피소드가 있다. 그것은 이해 여름 어느 장날이다. 장거리에서 형평사원들과 장꾼—그중에도 장거리 사람들과 큰 싸움이 일어났다. 싸움 시초는 장거리 사람 하나가 이곳 형평사 지부 앞을 지나면서 모욕하는 말을 한 까닭으로 피차에 말이 오락가락 하다가 싸움이 되고 또 떼싸움이 되어서, 난폭한 장거리 사람들이 몽둥이를 들고 형평사원 촌락을 습격한다는 급보를 듣고, 성운이가 앞장을 서서, 청년회원, 소작인조합원 심지어 여성동맹원까지 총출동을 하여가지고 형평사원편을 응원하러 달려갔었다. 싸움이 진정된 후에

"니도 이놈들, 새 백정이로구나"

하는 저편 사람들의 조소와 만매(慢罵)를 무릅쓰고도 그는

"백정이나 우리나 다 같은 사람이다…… 다만 직업의 구별만 있을 따름이다…… 무릇 무슨 직업이든지, 직업이 다르다고 사람이 귀천이 있는 것은 결코 아니다. 그것은 옛날 봉건시대 사람들이 하는 말이다…… 더구나 우리 무산계급은 형평사원과 같이 손을 맞붙잡고 일을 하여 나가지 않으면 아니된다…… 그러므로 형평사원을 우리 무산계급은 한형제요, 동무로 알고 나아가야 한다……"

하고 여러 사람 앞에서 열렬히 부르짖은 일이 있었다.

이 뒤에, 이곳 여성 동맹원에는 동맹원 하나가 더 늘었다. 그것이 곧 형평사

원의 딸인 로사다. 로사가 동맹원이 된 뒤에는 자연히 성운과도 상종이 잦아졌다. 그럴수록에 두 사람의 사이는 점점 가까워지며 필경에는 남다른 정이 가슴 속에 깊이 들어 배게까지 되었었다.

로사의 부모는 형평사원으로서, 그도 또한 성운의 부모와 마찬가지로 딸일망정 발전을 시켜볼 양으로 그리하였던지 서울로 보내어 여자 고등보통학교를 졸업시키고 사범과까지 마친 뒤에 여 훈도가 되어 멀리 함경도 땅에 있는 보통학교에 가서 있다가 하기 방학에 고향에 왔던 터이다. 그의 부모는 그 딸이 판임관이라는 벼슬을 한 것이 천지개벽 후에 처음 당하는 영광으로 알았었다. 그리하여 그는

"내 딸이 판임관 벼슬을 하였는데, 나도 이 노릇을 더 할 수 있는가?"
하고는, 하여오던 수육업이라는 직업도 그만두고, 인제 그 딸이 가 있는 곳으로 살러가서 새 양반 노릇을 좀 하여 볼 뱃심이었다. 이번에 딸이 집에 온 뒤에도 서로 의논하고 작정하여 놓은 노릇이다. 그러나, 천만 뜻밖에 그 몹쓸 큰 싸움이 난 뒤부터 그 딸이 무슨 여자청년회 동맹이니 하는 데 푸떡푸떡 드나들며, 주의자니 무엇이니 하는 사나이 틈바구니에 가서 끼어 놀고 하더니, 그만 가 있던 곳도 아니가겠다, 다니던 벼슬도 내어놓겠다 하고 야단이다. 그리하여 이네의 집안에는 제일 큰 걱정거리가 생으로 하나 생기었다. 달래다, 구스르다, 별별 소리로 다 타일러야 그 딸이 좀처럼 듣지를 않는다.

필경에는 큰소리까지 나가게 되었다.

"이년의 가시네야! 니 백정놈의 딸로 벼슬까지 했으면 무던하지. 그보다 무엇이 더 낳은 것이 있더노?……."
하고 그의 아버지가 야단을 칠 때에

"아배는 몇백 년이나 몇천 년이나 조상 때부터 그 몹쓸 놈들에게 온갖 학대를 다 받아왔으며, 그래도 그 몹쓸 놈들의 썩어자빠진 생각을 그저 그대로 가지고 있구만, 내사 그까짓 더러운 벼슬이고 무엇이고 싫소구마…… 인자 참 사람 노릇을 좀 할란다."
하고 딸이 대거리를 할 것 같으면

"아따 그년의 가시내, 건방지게…… 니 뭐라캤노? 뭐라캐?……."

그의 어머니는 옆에서 남편의 말을 거드느라고

"야, 니 생각해보아라. 우리가 그 노릇을 해가며 니 공부 시키느라고 얼마나 애를 먹었노. 니 부모를 생각키로 그럴 수가 있는가?…… 자식이라꼬 딸자식 형제에서 니만 공부를 시킨 것도 다 니 덕을 보자꼬 한 노릇이 아니냐?"

"그러면, 어매 아배는 날 사람 노릇 시킬라꼬 공부 시킨 것이 아니라, 돼지 키워서 이(利) 보드끼 날 무슨 덕 볼라꼬 키워논 물건으로 알았는게오?"

"니 다 그 무슨 쏘리고? 내사 한마디 몬 알아 듣겠다 ……아나, 니 와 이라노? 와?"

"구마, 내 듣기 싫소…… 내 맘대로 할라요."

할 때에, 그 아버지는 화가 버럭 나서

"에라 이…… 니 이년의 까시내, 내 눈앞에 뵈지 마라, 내사 딱 보기싫다구마."

하고는 벌떡 일어나 나가버린다.

이리하고 난 뒤에 로사는 그 자리에 푹 엎으러져서 흑흑 느껴가며 울기도 하였다. 그것은 그 부친에게 야단을 만나고 나서 분한 생각을 참지 못하여 그러하는 것만도 아니었다. 그의 부모가 아무리 무지해서 그렇게 굴지마는, 그 무지함이 밉다가도 도리어 불쌍한 생각이 난 까닭이었다.

이러할 때도, 로사는 의례같이 성운에게로 달려가서 하소연한다. 그럴 것 같으면 성운은

"당신은 최하층에서 터져나오는 폭발탄 같아야 합니다. 가정에 대하여, 사회에 대하여, 같은 여성에 대하여, 남성에게 대하여, 모든 것에 대하여 반항하여야 합니다."

하고 격려하는 말도 하여준다. 그럴 것 같으면 로사는 그만 감격에 떠는 듯이 성운의 무릎 위에 쓰러져 얼굴을 파묻고 운다. 그러면, 성운은 또

"당신은 또 당신 자신에 대하여서도 반항하여야 되오. 당신의 그 눈물— 약한 것을 일부러 자랑하는 여성들의 그 흔한 눈물도 걷어치워야 되오. ……우

리는 다 같이 굳센 사람이 되어야 합니다."

이같이, 로사는 사랑의 힘, 사상의 힘으로 급격히 변화하여가는 사람이 되었다. 그의 본 성명도 로사가 아니었다. 어느 때 우연히 로사 룩셈부르크[6]의 이야기가 나올 때에 성운이가 웃는 말로

"당신 성도 로가고 하니, 아주 로사라고 지읍시다. 의."

그리고 참말로 로사가 되시오 하고 난 뒤에, 농이 참 된다고, 성명을 아주 로사로 고쳐버린 일이 있었다.

병든 성운을 둘러싼 일행이 낙동강을 넘어 어둠을 뚫고 건넌마을로 향하여 가던 며칠 뒤 낮결이었다. 갈 때보다도 더 몇 배 긴긴 행렬이 마을 어귀에서부터 강 언덕을 향하고 뻗쳐온다. 수많은 깃발이 날린다. 양렬로 늘어선 사람의 손에는 긴 외올 베자락이 잡혀 있다. 맨앞에선 검정테 두른 기폭에는

'고 박성운 동무의 영구'

라고 써 있다.

그 다음에는 가지각색의 기다. 무슨 '동맹,' 무슨 '회,' 무슨 '조합,' 무슨 '사.' 각 단체 연합장임을 알 수 있다. 또 그 다음에는 수많은 만장이다.

"용사는 갔다. 그러나 그의 더운 피는 우리의 가슴에서 뛴다."

"갔구나, 너는! 날 밝기 전에 너는 갔구나! 밝는 날 해맞이 춤에는 네 손목을 잡아볼 수 없구나."

"…………."

"…………."

이루 다 세일 수가 없다. 그 가운데에는 긴 시구같이 이렇게 벌여서 쓴 것도 있었다.

그대는 평시에 날더러, 너는 최하층에서 터져 나오는 폭발탄이 되라, 하였

---

[6] 로사 룩셈부르크 **Rosa Luxemburg** 폴란드 출신의 사회주의 혁명가.

나이다. 옳소이다. 나는 폭발탄이 되겠나이다.

그대는 죽을 때에도 날더러, 너는 참으로 폭발탄이 되라, 하였나이다.

옳소이다, 나는 폭발탄 되겠나이다.

이것은 묻지 않아도 로사의 만장임을 알 수 있었다.

이 해의 첫눈이 푸뜩푸뜩 날리는 어느 날 늦은 아침, 구포역에서 차가 떠나서 북으로 움직이어 나갈 때이다. 기차가 들녘을 다 지나갈 때까지, 객차 안 동창으로 하염없이 바깥을 내어다 보고 앉은 여성이 하나 있었다. 그는 로사이다. 아마 그는 돌아간 애인의 밟던 길을 자기도 한번 밟아보려는 뜻인가 보다. 그러나 필경에는 그도 멀지 않아서 다시 잊지 못할 이 땅으로 돌아올 날이 있겠지. 〔1927. 5. 14. 밤〕

조명희(趙明熙)

1894년 충북 진천 출생. 호는 포석(抱石). 1919년 3·1 운동에 참여, 수개월간 투옥 생활. 1919년부터 일본 동경의 동양대학교 철학과에서 공부. 1923년 희곡집 『김영일의 사』 출간. 1923년에 귀국, 이듬해 시집 『봄 잔디밭 위에』 출간. 1925년 시대일보 학예부 기자를 지내면서 카프에서 활동하다, 1928년 8월 러시아 블라디보스토크로 망명. 이후 하바로프스크로 거처를 옮겨 활동하던 중 러시아 경찰에 체포되어 일본의 스파이라는 누명으로 1938년 총살형 당함. 대표적 소설로 「땅 속으로」(1925), 「마음을 갈아먹는 사람들」(1926), 「농촌사람들」(1927), 「낙동강」(1927), 「춘선이」(1928), 「아들의 마음」(1928) 등이 있음.

작품 세계

조명희는 궁핍한 식민지 현실을 살아가는 지식인과 민중의 생활을 박진감 있게 그려내어 사회주의 리얼리즘의 발전에 크게 공헌한 작가이다. 희곡 「김영일의 사」(1921)를 쓰면서 문학 활동을 시작한 그는 1924년에 「봄 잔디밭 위에」, 「어린 아기」 등의 시를 통해 자아와 타인에 대한 성찰과 삶에 대한 좌절감을 표현했다. 그의 희곡은 인도주의, 자유주의적 의식에 근거해 있으며 서정시들은 다소 신비주의적 색채를 띠기도 했다. 그러나 그는 1925년 「땅 속으로」라는 소설을 쓰면서부터 사회주의적 세계관에 근거해 식민지 현실의 비참한 삶을 드러내는 소설들을 쓰기 시작했다. 조명희의 초기 소설은 지식인의 빈곤한 삶과 고뇌를 담은 「땅 속으로」, 「저기압」(1926), 「R군에게」(1926) 등과 농민이나 도시 빈민의 피폐한 삶을 그린 「마음을 갈아먹는 사람들」, 「새거지」(1926), 「농촌 사람들」(1927), 「한여름 밤」(1927) 등으로 분류될 수 있다. 첫 소설 작품인 「땅 속으로」에서 '땅 속으로'라는 말은 '대중 속으로'라는 뜻과 함께 '암담한 어둠 속으로' 라는 의미를 갖고 있다. 그런 이중적인 의미가 암시하듯이, 이 소설의 주인공은 지식인의 한계를 넘어서서 대중의 고통 속으로 들어가야 한다 생각하면서도, 극한적인 빈궁 속에서 강도짓을 하는 꿈을 꾸는 데 그치는 한계를 아울러 보여준다. 지식인의 생활을 그린 소설이 현실적인 고뇌에 초점을 맞추고 있다면 민중들을 그린 소설은 비참한 삶에서 경험하는 울분과 고통의 과정을 제시한다. 「마음을 갈아먹는 사람들」은 가난한 삶에서 아내를 잃은 도시 빈민의 울분을 그리고 있으며, 「농촌 사람들」에서는 농촌의 구조적인 모순에 의해 황폐화된 생활 속에서 고향을 떠나야 하는 농민들의 모습이 그려진다. 조명희의 소설은 「낙동강」에 이르러 초기의 두 경향을 아우르면서 새로운 단계의 리얼리즘의 성취를 보여준다. 「낙동강」은 지식인이면서도 민중의 위치에서 행동하는 박성운을 중심으로 민중들이 집단적으로 단결하는 새로운 서사적 흐름을 제시한다. 「낙동강」 이후의 조명희의 소설은 민중들의 유대와 함께 사회주의적 이념을 분명히 담고 있는 점에서 그 이전의 신경향파적 작품들과 구분된다.

「낙동강」

「낙동강」은 발표 당시 제2기(목적의식기)의 작품이라는 평가를 둘러싸고 논쟁을 불러 일으킨 소설이다. 당시의 논쟁의 결과가 어떻든 이 소설은 객관적으로 볼 때 그 이전의 신경향파적 소설들과는 뚜렷이 구분되는 작품이다. 먼저 「낙동강」은 지식인의 관념적인 고뇌를 극복한 동시에 민중들의 자연발생적인 즉흥성 역시 넘어서고 있다. 지식인이면서도 민중들 속에서 행동하는 박성운은 민중들을 집단적으로 단결시켜 새로운 사회로 나아가는 실천적 행동의 주역으로 떠오르게 한다. 박성운이 죽은 후 만장을 들고 그의 뒤를 따르는 민중들의 모습은 낙동강의 물결과도 같이 역사를 향해 나아가는 도도한 흐름에 다름 아니다. 그처럼 식민지 현실에 대항하는 집단적 인물들의 움직임이 나타나는 점에서 이 소설의 인물들은 개인의 차원을 넘어서서 새로운 사회를 소망하는 공동체의 일원으로 그려진다. 이 소설의 첫 머리에 삽입된 민요와 함께 도입부의 낙동강의 정경이 서사시적으로 그려지고 있는 것은 그 때문이다. 또한 「낙동강」은 사회주의자로 변모한 박성운을 주인공으로 그리고 있지만 실상은 민족의식과 계급의식의 결합을 보여주고 있다. 그가 서간도로 떠도는 동안 민중의 아들임을 잊지 않았던 것처럼 그는 또한 조선의 낙동강의 정경 역시 한시도 잊어본 적이 없었다. 박성운은 민중의 새 삶을 여는 투사인 동시에, 그들의 젖줄인 조국의 강물에 몸을 담그고 싶은 민족의식을 지녔던 것이다. 이처럼 민족의식과 계급의식의 접합을 담아냄으로써 「낙동강」은 계급성에 편중되었던 당시의 도식적인 프로문학을 넘어서고 있다. 또한 지식인과 민중의 만남과 개인의 차원을 넘어선 집단의식을 통해 초기 소설의 비관과 절망을 극복하고 있다. 박성운의 죽음에도 불구하고, 만장을 든 민중들이나 애인을 뒤따르는 로사의 모습에서 낙관적 전망이 느껴지는 것은 그런 새로운 서사적 구도 때문이다. 박성운의 변모 과정을 요약된 서술로 처리함으로써 미처 생경한 관념성에서 탈피하지 못하고는 있지만, 긍정적 주인공, 집단적 인물의 움직임, 낙관적 전망 등은 사회주의 리얼리즘의 단초로서 높이 평가된다.

주요 참고 문헌

조명희의 「낙동강」에 대한 논의로는 발표 당시 제2기적 작품 논쟁에 관한 것으로 김기진의 「시감이편」(『조선지광』, 1927. 8)과 조중곤의 「낙동강과 제2기 작품」(『조선지광』, 1927. 10)이 있다. 김기진은 낙동강을 제2기에 선편을 던진 감격적인 작품으로 평가한 반면 조중곤은 목적의식기의 작품에는 못 미친다고 말했다. 임화는 「소설 문학의 20년」(동아일보,

1940)에서 박영희적인 관념 편향이 여전히 나타나지만 영탄 어린 시정이 독자의 심령을 울렸다고 평했다. 해방 이후의 논의 중에서 김윤식의 『한국문학사론고』(법문사, 1973)는 이 소설이 프로문학의 공식성을 탈피했으며 시적 응축성과 상징성을 갖춘 1920년대 소설의 압권이라고 평가했다. 정호웅의 「1920~30년대 한국경향소설의 변모 과정 연구」(서울대 석사 논문, 1983)는 박성운과 로사의 인물 형상화에 주목하고 있다. 그 밖에 조명희의 소설에 대한 연구로는 김철의 「1920년대 신경향파소설연구」(연세대 박사 논문, 1984), 김성수의 「목적의식론과 낙동강」(『성대문학』, 1987), 박성모의 「조명희 소설의 현실주의적 성격 연구」(수원대 석사 논문, 1992) 이진수의 「조명희 소설 연구」(한국교원대 석사 논문, 2002) 등이 있다.

_나병철

이기영
민촌(民村)

1

태조봉 골짜기에서 나오는 물은 '향교말'을 안고 돌다가 동구 앞 버들숲 사이를 뚫고 흐르는데, 동막골로 넘어가는 실뱀 같은 길이 개울 건너 논둑 밭둑 사이로 요리조리 꼬불거리며 산잔등으로 기어올라갔다. 그 길가 냇둑 옆에 늙은 상나무 한 주가 마치 등 굽은 노인이 지팡이를 짚고 있는 형상을 하고 섰는데, 그 언덕 옆으로는 돌담으로 쌓은 옹달샘이 있고 거기에는 언제든지 맑은 물이 남실남실 두덩을 넘어 흐른다.

그런데 그 앞 개울은 가뭄에 바짝 말라붙었던 개천에 이 샘물이 겨우 '메기' 침같이 흐르던 것이 이마적[1] 장마 통에 그만 물이 버쩍 늘었다.

양청[2]물같이 푸른 하늘에는 당태솜[3] 같은 흰 구름이 둥! 둥! 떠도는데 녹음이 우거진 버들숲 사이로는 서늘한 매미 소리가 흘러나온다. 이쪽 숲 앞으로

---

* 「민촌」은 1925년 12월에 탈고, 1926년 5월 『문예운동』 2호에 최초 수록된 것으로 추정된다(목차 제목은 「팔아먹은 딸」). 여기서는 그중 3, 4장을 제외한 전문을 수록하였다.

1 **이마적** 지나간 얼마 동안의 가까운 때.
2 **양청(洋靑)** 푸른 물감의 하나. 당청(唐靑)보다 빛이 밝고 진하다.
3 **당태솜** 예전, 중국에서 나던 솜.

툭 터진 들안에는 장잎이 갈라진 벼 포기가, 일면으로 퍼렇고 멀리 보이는 설화산이 가물가물 남쪽 하늘가에 닿았다. 푹푹 찌는 중복허리에 불볕이 쨍쨍 나는 저녁때이다.

조첨지 며느리, 점백이 마누라, 성삼이 처, 또는 점순이 이쁜이는 지금 샘가에 늘어앉아서 한편에서는 보리쌀을 씻고 또 한편에서는 푸성귀를 헹구는데, 수다하기로 유명한 성삼이 처는 이런 때에도 입을 다물 수 없는 모양이다. 그는 웃을 때마다 두 뺨에다 샘을 파고 말할 때에는 고개를 빼뚜룩하면서 쌍꺼풀 진 눈을 할금할금하는⁴ 것이 그의 버릇이었다. 어떻든지 — 해반주그레한⁵ 얼굴에 눈웃음 잘 치고 퍽 산들거리는 — 이 동리에서는 제일 하이칼라쟁이란다. 그래 주전부리(?)도 곧잘 한다는 소문이 나기는 벌써 오래전부터이다마는 시아비와 서방은 도무지 그런 줄을 모른다는 멍텅구리 한 쌍이라고 흉이 자자하단다. 지금 성삼이 처는 전과 같은 표정으로 점백이 마누라를 할끗 쳐다보며
"아주머니!"
하고 열쌔게⁶ 불렀다. 그의 날카롭고 윤나는 목소리로.
'또 무슨 소리가 나오려누?'
일상 뚱— 하니 남의 말만 듣고 있는 조첨지 며느리는 은근히 가슴속으로 생각하였다. 하긴 그는 아직 파겁⁷을 못 한 숫각시로서 이런 자리에서 그들과 같이 말참례하기는 어려웠다.

안동포 적삼 소매를 활짝 걷어붙인 뿌연 살이 포동포동 찐 팔뚝으로 보리쌀을 이리저리 헤쳐서 푹 눌렀다. 썩! 싹! 푹 눌렀다, 썩! 싹! 하고 한참 장단을 맞춰서 재미있게 씻던 성삼이 처는 바가지로 물을 퐁! 퐁! 퍼붓고는 한번 휘둘러서 보리쌀을 헹구더니만 그 옆에 놓인 옹배기에다 뽀얗게 우러난 뜨물을 쪽 따라놓는다. 하더니만 무슨 의미인지 점백이 마누라를 할끗 쳐다보고 한번 쌩

---
4 **할금할금하다** 곁눈으로 살그머니 자꾸 흘겨보다.
5 **해반주그레하다** 겉모양이 해말쑥하고 반듯하다.
6 **열쌔다** 행동이나 눈치가 매우 재빠르고 날쌔다.
7 **파겁(破怯)** 익숙하여 두려움이나 부끄러움이 없어짐.

긋 웃는다.

"아주머니! 박주사 아들은 또 첩을 얻었다지요?"

"그렇다네. 돈 많은 이들이니까 우리네 '소'를 개비하듯 얼마든지 할 수 있겠지."

점백이 마누라는 그리 대수롭지 않은 듯이 볼먹은 소리로 이렇게 대답한다. 그의 목소리는 원래 예사로 하는 말도 퉁명스럽게 들리었다.

"그런데 그전 첩은 가기 싫다는 걸 억지로 쫓았대요! 동전 한 푼 안 주고…… 그래 울며불며 나갔다던가."

"그럼 왜 아니 그렇겠나. 아무리 첩이라 하기로니 같이 살겠다고 데려다 놓고 불과 일 년에 맨손으로 나가라니!"

"그야 그렇지요만 나 같으면 그대로 쫓겨나지는 않겠어요!"

하고 성삼이 처는 별안간 두 눈초리가 샐쭉해진다.

"그럼 어찌하나! 첫째는 당자가 싫다 하고 온 집안사람이 들어내는 바에야. 그 눈칫밥을 먹고 어떻게 살겠나? 그러기에 예전 말에도 여편네는 뒷박 팔자라고 했다네. 더군다나 민적도 없는 남의 첩 된 신세가 아닌가?"

"그러면 그까짓 놈 고장[8]을 들어서 메붙이고[9] 한바탕 분풀이도 실컷 좀 못 할까?"

이 말이 채 떨어지기도 전에 눈앞을 흘끗 쳐다보던 점백이 마누라는 별안간

"쉿—"

하고 성삼이 처의 옆구리를 꾹 찔렀다. 이 바람에 성삼이 처는 깜짝 놀라서 고개를 홱 돌리었다. 과연 거기에는 지금 말하던 박주사 아들이 보이었다. 그래 그는 시치미를 뚝 따고 정신없이 보리쌀을 헹구는 체하였다.

모시 두루마기에 맥고자를 쓴 박주사 아들은 살이 너무 쪄서 아랫볼이 터덜터덜하는 얼굴을 들고 점잖은 걸음세로 조를 빼어[10] 걸어온다. 그는 어느 틈에

---

8 고장(孤掌) 한쪽 손바닥.
9 메붙이다 '메어붙이다'의 줄임말.
10 조빼다 난잡하게 굴지 아니하고 짐짓 조촐한 태도를 나타내다.

나왔는지 모르는 개천가, 논둑에서 뒷짐 지고 섰는 조첨지를 보고는
"영감 근력 좋은가?"
하고 거침없이 하소를 내붙인다. 그런데 조첨지는 그게 누구인지 의아해하는 모양으로 한참 동안을 자세히 쳐다보더니 그제서야 비로소 알아차린 모양으로 아주 반색을 하면서
"아! 나으리십니까, 웬수의 눈이 어두워서…… 해마다 달습니다그려. 어서 죽어야 할 터인데…… 아! 그런데 어디를 가십니까?"
하고 그는 박주사 아들 오는 편으로 꼬부랑꼬부랑 따라 나온다.
"응! 이 아래 들에 좀……."
그는 이런 대답을 거만하게 던지고 샘둑에 둘러앉은 여자들을 자존심이 가득한 눈매로 한번을 쓱 둘러보더니만 다시 무슨 생각이 들었던지 저만치 가다가
"그래도 좀더 살아야지!"
하는 말을 고개를 홱 돌이키며 하였다. 이 바람에 그는 다시 한 번 샘둑을 보았다.
"더 살면 무엇합니까? 살수록 고생이지요. 아하!"
조첨지는 한숨 섞인 말을 하며 동구 안으로 들어가는 그의 뒷모양을 우두커니 서서 보더니 다시 돌아서서 멀리 설화산 쪽을 바라본다. 그는 부지중, 후— 하는 한숨을 내쉬고 가까스로 등을 좀 펴보았다.
"새파란 젊은 놈이 제 할아비뻘 되는 노인보고 하소를 깍듯이 한담!"
하고 성삼이 처는 또 입을 삐쭉하는데
"할아비뻘은커녕 증조할아비뻘도 넉넉하겠네!"
하고 지금 막 바가지로 물을 퍼붓던 점백이 마누라는 또 이렇게 맞장구를 쳤다.
그는 다시 조첨지 며느리를 쳐다보며
"참, 자네 시아버니 연세가 올에 몇에 나섰나?"
"여든……일곱이시래요!"
하는 말에 그들은 모두 입을 딱 벌리었다.
"같은 양반이라도 이 아랫말 서울댁 양반은 그렇지 않더구만."

"응. 그 양반은 원체 얌전하니까 무얼! 저희가 우리보고 하소해주기로니 근본이 안 떨어지기나 우리가 저희보고 하오를 않기로니 근본이 안 올라서기나 피차일반이지. 지금 세상은 저만 잘나면 예전같이 판에 박은 상놈 노릇은 않는가 보데. 저만 잘나고 돈만 있으면 아조 고만인 세상인데 무얼!"

"아이구! 아주머니는 아들을 잘 두셨으니까 그러시지. 학교 공부에도 번번이 일등 간다지요?"

"글쎄…… 장래가 어떠할는지. 우리 늙은 내외는 그저 저 하나만 바라고 사네마는 그나마 뒤대기가 여간 어려워야지. 참, 자네도 어서 아들을 낳야 할 터인데 도모지 웬심인가? 소식이 캄캄하니…… 좀 당골한테나 물어보지?"

"그러지 않아도 물어보았대요!"

"그래 뭬라구?"

점백이 마누라는 별안간 목소리를 죽이며 은근히 쳐다본다.

"살풀이를 해야 한대요!"

'살은 무슨 살? 서방질을 작작 하지!'

점백이 마누라는 속으로 이런 말을 생각하면서도 겉으로는

"그럼 그 살을 풀어야지! 무슨 터줏살이라던가?"

하고 다시 의심스러운 듯이 물어보았다.

"아니 궁합이 안 맞는대요!"

'핑곗김에 잘됐군!'

그는 또 속으로 이런 생각을 하면서 그런 체하고 고개를 끄덕끄덕하였다. 그는 이야기에 팔려서 볼일을 못 본 것이 생각난 것처럼 소두방[11] 같은 손으로 보리쌀을 씻기 시작하였다. 큼직한 얼굴에는 얽은 구멍이 벌집같이 숭숭 뚫렸다.

지금까지 기척 없이 열무를 씻고 있던 점순이는 별안간 고개를 반짝 쳐들며

"그런 젊디젊은 이가 노인을 보고 어떻게 허소가 나온대요?"

하고 이상스러운 표정으로 점백이 마누라를 쳐다본다. 그는 마치 여태까지 그

---

11 소두방 '소댕'의 사투리. 솥을 덮는 쇠뚜껑을 가리킴.

생각을 하느라고 잠자코 있었던 것처럼.

"양반이라 그렇단다!"

하고 점백이 마누라는 대답하였다. 이 말에 무슨 생각이 들었던지 성삼이 처는 또 이야기를 끄집어 내놓는다.

"아주머니! 나는 참 저승에 가서라도 양반 될까 봐 겁이 나요! 잔뜩 갇혀 앉어서 그게 무슨 자미로 산대요? 해해……."

"그래도 지금 그까짓 것은 아주 약과라네. 예전에는 참말로 지독하였느니. 어디 가 남편의 얼굴을 바로 쳐다볼 뻔이나 하며 시부모 앞에 철퍽 앉어보기를 할까. 꼭 양수거지¹²를 하고 섰지. 어떻든지 양반이란 것은 마치 옷 치수금을 마르듯이 한 치 반 푼을 다투고 매사에 점잔하기로만 위주하였느니!"

한참 말끄러미 쳐다보던 성삼이 처는 별안간

"그런 이들이 내외 잠자리는 어찌했을까?"

하고 고만 웃음을 내뿜는 바람에 조첨지 며느리는

"아이 형님도……."

하고 손등으로 입을 가리며 웃는다.

"그렇던 양반이 지금은 차차 상놈을 닮어간다네!"

하고 점백이 마누라도 빙그레 웃었다. 이쁜이는 고만 고개를 푹 숙였다.

"아마 그들도 자네 말마따나 양반을 '결박'으로 알았던지 지금은 아주 상놈 행세를 하며 그저 말버릇만 '양반'이 남은 모양인데. 다른 것은 모두 상놈을 닮어가며 상놈보고 하대하는 것만 그대로 가지고 있느니. 하기는 그것마저 없어지면 아주 상놈과 마찬가지가 될 터이니까 이 양반 꺼풀만 가지고 있는지도 모르지만, 참말로 예전 양반은 양반다운 행세가 있었다네!"

"박주사 양반 같은 것은 양반탕반¹³ 개 팔어 두 냥 반만도 못한 것이 무슨 양반이라구?"

---

12 양수거지 두 손을 마주 잡고 서 있는 모양.
13 탕반(湯飯) 장국밥.

"예전 양반은 돈을 알면 못쓴댔는데 지금 양반은 돈을 잘 알아야만 되나 부데. 그이도 돈으로 양반이지 만일 돈이 없어보게, 누가 그리 대단히 알겠나. 그러니까 그에게 돈이 떨어지는 날에는 양반도 떨어지는 날이란 말일세. 그러니까 돈을 제 할아비 신주보다 더 위할밖에. 우리네 가난한 사람의 통갑데기를 벗겨서라도 돈을 더 모으자는 것은 좀더 양반 노릇을 힘 있게 하자는 수작이지."

"참, 돈이 그른지 사람이 그른지 지금 세상은 모두 돈만 아는 세상인가 봐요. 의리도 없고 인정도 없고……."

"사람이 글러서 돈이 생겼다네. 돈 없는 즘생들은 제각기 벌어먹고 잘들 살지 않나!"

"참 그래요. 예전 이야기에도 즘생들이 돈을 맨들어 썼단 말은 못 들었구면!"

"그렇지만 힘센 놈이 약한 놈을 잡아먹지 않아요! 즘생들은?"

하고 별안간 점순이는 의심스러운 듯이 물었다. 그는 자기도 모르는 이런 말이 쑥 나왔다.

"잡아먹힐 놈은 먹히더래도. 무얼 사람들도 그런 셈이지. 얘, 나는 제멋대로만 살 수 있다면 단 하루를 살다 죽더래도 좋겠다!"

"봄 하늘에 훨훨 나는 종달새같이요?"

"그래, 참 네가 잘 말했다!"

하고 점백이 마누라는 슬쩍 웃는다. 그가 제법 이런 소리를 하게 된 것은 실상은 자기 아들에게서 들은 말이다. 서울 양반댁이란 이는 역시 양반으로 서울 가서 중학교를 다니다가 온 청년인데 이 동리 사람들은 그를 이렇게 부르는 터이었다. 그가 집에 있을 때면 점백이 아들은 늘 그를 찾아가서 놀았으므로 그에게 이런 말을 듣고 와서는 저희 부모에게 옮긴 것이었다. 그런 소리를 들을 때에는 언제든지 신기한 것처럼 영감은 고개를 끄덕끄덕하며

"하긴 그도 그리여……."

하고 무엇을 생각하는 것같이 하고 있었다.

그들은 이런 이야기를 하다가 하나씩 둘씩 제 집으로 흩어져 갔다. 성삼이

처는 보리쌀 든 자배기¹⁴에다 물을 하나 가득 이고 한 손에는 뜨물 옹배기를 들고서는 자배깃전으로 물이 넘어 흘러서 입으로 대드는 것을 푸푸 내뿜으며 걸어간다. 이집 저집에서는 저녁연기가 꾸역꾸역 떠오른다.

2

향교말이란 동리는 자래¹⁵로 상놈만 사는 민촌으로 유명한 곳이었다. 과연 사오십 호나 되는 동리에 양반이라고는 약에 쓰려고 구해도 없는 상놈 천지였다. 어쩌다 못생긴 양반이 이 동리로 이사를 왔다가는 그들에게 돌려서 얼마를 못살고 떠나고 떠나고 하였다.

그러나 그전에는 양반의 덕으로(?) 향교 하나를 중심하여 향교 논도 부쳐 먹고 향교 소임 노릇도 해서 먹고살기는 그렇게 걱정이 없더니, 시체 양반은 잇속이 어찌 밝은지 종의 턱찌끼¹⁶까지 핥아먹는 더러운 양반이 생긴 뒤로는 그나마 죄다 떨어지고 지금은 향교 고지기¹⁷가 겨우 논 여남은 마지기를 얻어 부치는 것뿐이었다. 그 나머지는 모두 권세 좋은 양반들이 얻어 하고 얻어주기도 하는데 박주사 아들이 제 하인으로 부리는 이웃 상놈에게도 이 논을 더러 얻어 준 일이 있다.

그래 이 동리 사람들은 점점 더 못살게만 되는데 작년에 흉년을 만나서 더구나 못살 지경이 되었다. 그들 중에 조금 살기 낫다는 이가 남의 논 섬지기나 얻어 부치는 것인데 박주사 집 논을 얻어 짓는 사람도 몇 집은 된다. 그렇지 않으면 모두 나무장수와 짚신장수와 산전을 파서 굶다 먹다 하는 이들뿐으로 올에는 또 물난리가 나서 수패를 당한 사람도 많다. 그중에는 점순이 집도 논 댓 마

---

14 자배기 둥글넓적하고 아가리가 넓게 벌어진 질그릇.
15 자래(自來) 예부터 지금까지의 동안. 자고이래(自古以來).
16 턱찌끼 '턱찌꺼기'의 줄임말.
17 고지기 관아의 창고를 보살피고 지키던 사람.

지기를 지은 것이 온통 떠내려가 버려서 가을이 된대야 벼 한 톨 구경할 수 없게 되었다 한다. 그것은 박주사 집 땅을 올에도 다행히 그대로 부치다가 고만 그 지경이 된 것이었다. 박주사 집에서 이 논을 떼지 않고 그대로 둔 것은 다만 점순이 모친이 안으로 조른 보람만이 아니라 어떤 무엇이 있었는지도 모르겠다. 그것은 박주사는 그때 그 논을 벌써 언제부터 맨입으로 드난[18]을 하며 논 좀 달라고 지성껏 조르는 성룡이를 주자는 것을 박주사 아들이 우겨서 그대로 둔 것을 보아도…….

그 박주사 집이란 벌써 몇 대째로 이웃말에서 사는 집인데 해마다 형세가 늘어가서 이 통 안에서는 제일 부명을 듣는 터이다. 안팎으로 잇구녕은 몹시 밝아서 박주사의 어머니 귀머거리 노인도 잇속에 들어서는 귀가 초롱같이 밝아진다는 — 어떻든지 모두 그런 식구끼리 잘 만나서 사는 집이란다. 그래 그의 아들은 지금 스물이 겨우 넘은 젊은 친구가 어떻게도 이심스럽던지,[19] 또한 남만 못지않은 그 아버지 박주사가 아주 세간살이를 맡기었다 한다. 그는 지금 동척 회사 마름이요 면협 의원이요 금융조합 평의원으로 세력이 당당하여 내년에는 보통학교 학무위원으로 추천해준다는 셋줄도 있다는데 칼 찬 순사나 군 직원들이 출장을 나오게 되면 으레 그 집으로 먼저 와서 네냐, 내냐, 막 터놓고 희영수[20]를 하고 보통학교 훈도까지 가끔 나와서 그와 술잔을 기울이는 터이었다.

그러나 이런 말을 장황히 늘어놓을 것은 없겠다. 왜 그러냐 하면 이런 박주사 집이나 박주사 아들 같은 사람은 어느 시골이든지 결코 절종은 되지 않았을 터이므로. 지금 샘에서 돌아온 점순이는 푸성귀 담은 바구니와 물동이를 부뚜막에 놓았다. 모친은 벌써 보리쌀을 안치고 불을 때기 시작하였다. 보릿짚이 화르르화르르 타오른다.

"물은 그렇게 많이 이고 무겁지 않으냐? 순영이가 왔다 갔다."

"네! 언제쯤?"

---

[18] **드난** 임시로 남의 집 행랑에 붙어 지내며 그 집의 일을 돌봄.
[19] **이심스럽다** 지나치게 심한 데가 있다.
[20] **희영수** 다른 사람과 더불어 실없는 말이나 행동을 함.

"지금 막 또 온다구 하더라만. 그럼 너는 순영이와 같이 네 오빠 등거리[21]나 박어라!"

"어머니 혼자 바쁘지 않아!"

"아니."

하는 모친의 대답이 떨어지자마자

"그새 왔니?"

하고 순영이가 들어왔다. 그는 해죽이 웃는 낯으로 점순이를 쳐다보며. 그는 점순이보다 이쁘다 할 수는 없지마는 얼굴이 좀 둥그스름한 게 살이 토실토실 올라서 탐스럽게 생긴 처녀이었다. 역시 점순이와 동갑으로 올에 열여섯 살이라 하는데 엉덩이가 제법 퍼지고 기다란 머리채가 발꿈치까지 치렁치렁하였다. 점순이는 키가 날씬하고 얼굴이 갸름한 게 그리 살찌지도 또한 마르지도 않은, 그리고 살빛이 무척 희었다.

"나는 지금 샘으로 가볼까 하다가 이리 왔다. 왜 그렇게 늦었니?"

"열무에 버러지가 어떻게 먹었는지 좀 정하게 씻느라고. 자, 방으로 들어가자."

"더운데 무엇 하러 들어가니? 여기서 하자꾸나!"

"아니, 뒷문 앞은 시원하단다."

그래 그들은 방으로 들어가서 손그릇을 벌여놓고 앉았다.

"그것은 뉘 버선이냐?"

"아버지 해[22]란다!"

"요새 삼복머리에 버선은 왜?"

하고 점순이는 순영이 얼굴을 이상한 듯이 쳐다보았다. 그 표정은 갑자기 웃음으로 변하여졌다. 확실히 빈정거리는 웃음으로.

"옳지! 알겠다. 그렇지!"

"무에 그래여? 삼복에는 왜 버선을 못 신니!"

---

21 등거리 등만 덮을 만하게 걸쳐 입는 홑옷.
22 해 것.

"선보러 갈 버선?……."

하는 말이 채 떨어지기도 전에 순영이는 달려들어서 점순이의 입을 틀어막으며 한 손으로는 그의 허벅다리를 꼬집었다.

"아야! 야…… 안 하께! 네, 다시는 안 하오리다! 호호호…… 그럼 거짓말이냐? 또!"

"애! 그런 소리는 하지 말고 어서 바느질이나 가리쳐주렴! 얼른 해 가지고 오라는데 기 애가……."

하는 순영이는 오히려 부끄러운 듯이 두 뺨이 가만히 붉었다.

"왜 그리 또 급한가?"

"기 애는 또! 어머니가 얼른 오라구 하니까 그렇지. 우리 어머니는 니 집에 올 때마다 그런단다."

"그는 왜?"

"누가 아니. 커다란 머슴애 있는 집에 가서 왜 그리 오래 있느냐고 그런다는 구만. 커다란 계집애가 철을 몰라도 분수가 있지 않느냐구."

"너는 우리 오빠가 좋으냐?"

별안간 밑도 끝도 없이 점순이는 이런 말을 불쑥 물어보았다. 그래 순영이는 얼을 먹은 모양이었다.

"그럼 또 너는 좋지 않으냐?"

"나는 좋지 않다. 아주 심술꾸러긴데 무얼."

"애, 사내들은 그래야 쓴다더라. 숫기가 좋아야……."

"그럼 너는 우리 오빠가 좋은 게로구나!"

"누가 좋댔니…… 그렇단 말이지."

순영이는 얄미운 듯이 점순이를 흘겨보는데 눈 흰자위가 외로 쏠리고 입에는 병싯병싯 웃음이 괴었다.

"오빠는 아주 너한테 반했단다."

"아이 기 애는……."

순영이는 어이가 없는 듯이 점순이를 쳐다보았다.

"무얼, 나도 다 아는데…… 니들이 어젯밤에 담모퉁이에서 속살거리지 않었니?"

이 말에 고만 순영이는 실쭉해지더니

"그럼 또 너는 어제 저녁때 '서울댁'하고 니 원두막에서 단둘이 있지 않었니? 나두 개울창에서 똑똑히 좀 보았다나……."

"그리여. 기 애는 누가 아니라냠! 그럼 그때 너두 왜 놀러 오지 않구?"

이렇게 아무렇지도 않게 말하는 점순이를 순영이는 은근히 놀랐다. 그럴 줄 알았다면 나도 흉을 보지 말걸! 하는 생각이 났다.

"남의 재미있게 노는 걸 훼방 치면 좋으냐? 무얼! 그때 갔어봐. 속으로 눈딱총을 놓았을 것이……."

"아니야, 나도 어제 첨으로 그이하고 이야기해봤단다. 그런데……."

"그런데 뭐? 그때 너는 어째 혼자 있었니? 자옥[23] 맞이하려고? 호호호……."

"기 애는 별소리를 다 하네. 글쎄 들어봐요! 점심을 해놓고 기다리니까 어머니가 원두막에서 들어오시더니 나보고 이라시겠지. 어서 밥 먹고 원두막에 가 보아라, 내가 들에 밥 내다주고 올 동안만. 아버지와 우리 오빠는 어제 산 너머 있는 집의 화중밭을 매섰단다."

"오— 참, 어제도 니 집은 일했지. 점심때 연기가 꼬약꼬약 나더라!"

"그래 막 나가 앉아서 바느질거리를 손에 잡으랴니까 별안간 인기척이 나더구나. 깜짝 놀래 쳐다보니까 그이겠지! 나는 그때 어쩔 줄을 몰라서 고개를 푹 숙였단다."

"그래 그이가 뭐라구 하던?"

"뻔히 알면서 왜 모르는 체하니! 사람이 사람을 보는 것이 무엇이 부끄러워! 이라겠지."

"얼레! 그이도 꽤 우습잖다! 그래 그때 너는 뭐라구 했니?"

---

23 자옥 기회, 자리 또는 무엇이 이루어진 경우.

"그런 때 무슨 말이 나오겠니. 그저 웃고 쳐다보았지. 그랬더니 그는 그렇지! 그렇지! 진작 그렇게 고개를 들 것이지 하고 나를 꿰뚫을 듯이 쳐다보던가. 그리더니 무작정하고 망태기에서 참외를 꺼내 먹으며 나보고도 자꾸 먹으라 하겠지!"

"얼레! 그이가 왜 그렇다니? 그래 어떻게 되었니?"

순영이는 한 걸음 다가앉으며, 이상스러운 듯이 눈을 크게 뜨고 점순이를 쳐다보며 하는 말이었다.

"그담에 이런 이야기를 하였단다. 참외를 어귀어귀 먹으면서…… 나를 양반이라고 니들이 돌려내나 부다마는 양반도 역시 사람이란다. 하기는 같은 사람으로 누구는 양반이니 누구는 상놈이니 하고, 또 누구는 잘살고 누구는 못사는 것이 벌써 못생긴 인간이다. 그렇다면 너하고 나하고 같이 노는 것이 어떨 것 무엇 있니? 다 같은 사람인데, 나는 너한테 창순아! 하고 불러주는 소리를 들었으면 제일 좋겠다구."

"얼레! 그것은 또 무슨 소리라니?"

"그라지 않아도 그때 나는 건 왜요? 하고 깜짝 놀래며 물어보았단다. 그랬더니 그이는 이렇게 말하겠지. 그러면 너하고 나하고 동무가 되지 않니?"

"그럼 같이 놀잔 말이로구나!"

"그래 나는 당신도 우리네 상놈 같구려! 하였더니 그이는 나는 상놈이 되고 싶다 하겠지. 내 원, 어찌 우스운지!"

"왜 그런다니? 그이가 미치지 않았을까."

"몰라…… 그리고 여러 가지 이야기를 하였단다. 서울 이야기, 여학생 이야기, 이 세상이 악하고 어떻고 어떻다고 한참 떠들었단다."

"그건 또 웬 소린가…… 아니 참말로 들을 만했었구나! 그럴 줄 알았더면 나도 좀 가서 들을 것을!"

"그리다가 주머니를 부시럭부시럭하더니만 돈을 집히는 대로 꺼내서 세보도 않고 내놓고는 고만 뒤도 안 돌아다보고 휘적휘적 가겠지!"

"얼레! 그래 얼마나?"

"동전하고 백통전²⁴하고 한 네댓 냥은 되어 보이더라. 그래 나는 한참 동안 덩둘하다²⁵가 나 봐요! 하고 암만 불러도 세상 와야지. 그만둬 그만둬 하고 손을 내젓고 가겠지."

"참외는 몇 개를 먹었는데."

"세 개를 먹었단다. 하기는 잘 안 익은 놈을 두 개는 도려놓았지만두, 먹은 값으로 치면 한 개에 닷 돈을 치더래도 냥 반밖에 더 되니?"

"그렇지!"

"그런데 나는 참외 값을 안 받을라고 하였는데…… 부끄럽게 그것을 어떻게 받니? 그런데 나중에 세어보니까 넉 냥 일곱 돈이던가!"

말을 마치자 눈앞을 할끗 쳐다보던 점순이는 몸을 소스라쳐 놀란다.

"아이 오빠두, 도둑괘마냥 왜 거기 가 찰딱 붙어섰어?"

이 소리에 순영이는 기급을 하여 몸을 옴츠렸다.

"나도 좀 같이 놀자꾸나! 무슨 이야기를 그렇게 재미있게 했니?"

하고 사내는 벙글벙글 웃는다. 그는 깎은 머리를 수건으로 질끈 동였는데 서근서근한 얼굴이 매우 귀인성²⁶ 있어 보인다. 지금 열 팔구 세밖에 안 돼 보이는 소년티가 있긴 하나 그의 힘줄 켕긴 장딴지라든지 굵은 팔뚝이 한 장정같이 기운차 보이었다. 그는 지금 들에서 무엇을 하다 왔는지 손에는 흙가루가 뽀얗게 묻었다.

"순영이가 오빠의 흉을 보았다우. 커다란 머슴애가 남의 색시 궁둥이를 줄줄 따라다닌다구."

"누가 그래여? 기 애는 참!……."

하고 순영이는 얼굴이 빨개지며 불안한 웃음을 웃는데

"아, 참말로 그랬니?"

하고 사내는 순영이에게 팩 달려들었다. 점순이는 뱅글뱅글 웃는 눈으로 그의

---

24 **백통전** 구리, 아연, 니켈의 합금으로 만든 은백색의 돈.
25 **덩둘하다** 어리둥절하여 멍하다.
26 **귀인성(貴人性)** 신분이나 지위가 높고 귀하게 될 타고난 바탕이나 성질.

오빠를 할겨보면서 밖으로 살짝 나와버렸다.

"아! 왜 이래? 저리 가래두!"

하고 순영이의 징징 우는 소리가 들리자 부엌에서 모친의 목소리가 났다.

"점동아! 왜 그러니? 남의 낼모레 시집갈 색시를. 가만두어라! 성이나 내라구?"

"시집가기 전은 상관없지!"

사내는 빙그레 웃고 다시 순영이를 쳐다볼 때 그는 얄미운 눈초리로 사내를 할겨보았다. 별안간 고개를 푹 수그리더니 어느덧 그의 눈에서는 눈물방울이 뚝뚝 떨어졌다.

이 꼴을 본 사내는 다시 달려들어 그를 꼭 껴안았다. 그리고 뜨거운 입술을 그의 입에다 대었다.

그러자 문밖에는 박주사 아들이 왔다.

"김첨지 집에 있나?"

하는 그의 목소리가 나자

"아이구! 나리 오십니까? 저— 일 갔답니다."

하고 점순이 모친은 불을 때다 말고 부지깽이를 손에 든 채 일어서 맞는다.

"모처럼 오서야 앉으실 데도 없고, 원 사는 꼬라구니가 이렇답니다…… 그 밀방석 위라도 좀 앉으시지!"

하고 그는 불안한 듯이 얼굴에 당황한 빛을 띠고 있다. 마치 무슨 죄를 짓고 난 사람같이. 과연 그는 가난을 죄로 알았다.

안방을 흘금흘금 곁눈질하던 박주사 아들은 교만한 웃음을 엷게 머금고

"무얼 바로 갈걸! 괜찮어."

하는 모양은 자기의 행복을 더욱 느끼고 자기가 금방 더한층 훌륭한 사람이 된 것을 의식하는 표정 같다.

"그래도……."

점순이 모친은 이렇게 말끝을 죽이더니 다시 무슨 생각이 들었는지 잠깐 머뭇거리다가 비로소 딴 말을 꺼내었다. 그는 있는 힘을 다하여 간신히 이 말을

하는 모양 같다. 할까 말까? 하고 몇 번을 망설이다가 하는 말같이.

"저— 내년에는 논 좀 더 주십시오! 아, 올에는 뜻밖에 그런 물로 저희도 저희지마는 댁에도 해가 적지 않습니다."

"논? 어디 논이 있어야지. 그러나 어디 가을에 가서 또 보세."

이 말에 점순이 모친은 반색을 하는 듯이 한 걸음을 자기도 모르게 주춤 나오며

"참 나리만 믿습니다. 어디 다른 데야······."

"그리여 어디 보세······ 더러 댁에도 좀 놀러 오게나그려! 인제 늙은이가 좀 바람도 쐬고 그러지! 집안일은 딸에게 맡기고······."

그는 무슨 까닭인지 말끝을 이렇게 흐린다.

"어디 좀처럼 나설 새가 있습니까? 지지한 살림이 밤낮 해도 밤낮 바쁘답니다. 그까짓 것은 아즉 미거하고······ 참 언제쯤 새로 오신 마마님도 뵈올 겸 한번 놀러 가겠습니다."

"그라게! 나는 가······."

하고 박주사 아들은 마당에 놓인 절구통전에 걸터앉았다가 호기 있게 벌떡 일어나 나갔다. 궐련을 퍽퍽 피우면서.

"아, 그렇게 바로 가서요! 그럼 안녕히 가서요."

하고 점순이 모친은 한동안 그를 눈으로 배웅하였다. 어쩐지 그의 눈에는 까닭 모를 눈물이 핑 돌았다. 〔중략〕

5

그 후 한 달이 지나서이다. 가난한 집안에는 보리 양식이 떨어질 칠궁[27]으로 유명한 음력으로 칠월달을 접어들었다. 향교말에는 양식이 안 떨어진 집이 별

---

27 칠궁 농가에서 음력 7월에 겪는 식량의 궁핍함.

로 없는데 점순이 집에도 벌써부터 보리가 떨어졌다.

　그동안에는 어떻게 부자가 품도 팔고 이럭저럭 지내왔으나 앞으로는 앞뒤가 꼭 막혀서 살아갈 길이 망연하였다. 그것은 논밭에 김도 다 매고 두렁도 다 깎은 터이므로 일꾼들은 모두 나무갓[28]으로 올라갈 때이다. 인제는 품을 팔아먹을 일거리라고는 없어졌다. 벼는 벌써 부옇게 패었다.

　그러므로 점순이네 부자도 나무나 해서 팔아먹는 수밖에는 다른 수가 없었다. 원두도 이제는 다 되어서 더 팔아먹을 것은 없었다.

　산이 없는 점순이네는 나무갓을 얻기도 용이치 않았다마는 그래도 부자가 일을 하기만 하면 남의 나무를 베어주고라도 나무갓을 조금 얻을 수도 있었는데 화불단행[29]이란 옛말이 거짓말이 아니던지 이런 때에 뜻밖에 김첨지가 덜컥 병이 났다. 그는 벌써 한 이레째나 생인발을 앓느라고 꼼짝을 못하고 드러누웠는데 그게 순색으로 더치게 되었다. 그래 뚱뚱 부었다. 그런데 양식은 똑 떨어졌다. 점순이 모친은 생각다 못하여 마지막으로 박주사 아들한테 장릿벼[30] 한 섬을 얻으러 갔다.

　박주사 아들이 흉악한 불각쟁인 줄은 그도 모르는 바이 아니었지마는 거번에 논을 좀 달라고 할 적에도 그리할 듯한 대답을 한 것이라든지 그때 은근히 한번 놀러 오라던 말을 생각해보면 어디로 보든지 호의를 가졌던 것만은 확실한 모양이다. 나중에 알고 보면 이 호의가 무척 고가(高價)임을 알고 그는 아연실색할 것이다마는 지금은 두수 없이[31] 꼭 죽었다 할 판이므로 이런 때에는 턱에 없는 것도 믿고 바라는 것이 사람의 정리이다. 물에 빠진 사람은 지푸라기도 붙잡는다 하지 않는가? 한번 놀러 오라 하고 더구나 논까지 줄 듯이 대답한 그런 고마운 사람에게 어찌 구원의 손을 내밀지 않을 수 있으랴? 그자가 도척(盜跖)[32]

---

28 나무갓　'나뭇갓'의 이북 사투리. 나무를 가꾸는 말림갓.
29 화불단행　재앙이 늘 겹쳐서 오게 됨을 이르는 말.
30 장릿벼　장리(長利)로 빌려 주거나 갚기로 하고 꾸는 벼.
31 두수 없다　달리 주선하거나 변통할 여지가 없다.
32 도척　중국 춘추 시대의 큰 도적. 또는 몹시 악한 사람을 비유하는 말.

이거나 동척회사 마름이거나 이런 때는 그런 것이 상관없다. 그저 한번 놀러 오라는 말과 논을 줄 듯이 대답한 그런 고마운 생각만 나는 것이다. 하기는 이런 사람을 어리석다 할는지 모른다. 과연 박주사 아들은 그의 어리석음을 비웃었다. 그러나 이런 죄 없는 어리석은 사람을 농락하려는 사람은 또한 어떠한 사람이라 할까? 옳다! 지금 이 세상에서는 물론 이런 사람을 잘났다 하겠지! 남을 잘 속여서 제 낭탁[33]을 하는 사람을 똑똑하다고 칭찬하지 않는가? 그렇다면 박주사 아들도 물론 똑똑한 사람으로 칭찬을 받을 터인데 다만 너무 뚝뚝해서 알깍쟁이가 된 까닭에 똑똑한 사람을 칭찬하는 이 지방 사람들까지도 그를 좀 비방하게 되었단 말이다.

그러나 이런 말을 지금 여기서 옥신각신할 때가 아니다. 점순이 모친은 지금 등이 달아서 많은 희망을 품고 박주사 아들을 찾아갔다.

과연 박주사 아들은 서슴지 않고 한마디로 선뜻 승낙하였다. 한 섬으로 만일 부족하거든 두 섬이라도 갖다 먹으라고.

이때 점순의 모친은 얼마나 기뻐하였던가? 과연 자기도 모르게 입이 저절로 벌어졌다. 그래 그는 무수히 감사하다는 치사를 드리고 마치 승전고나 울리고 돌아오는 장수의 마음같이 걷잡을 수 없는 기쁜 마음으로 그 집 대문을 나섰다.

그런데 박주사 아들이 대문 밖에까지 따라 나오더니 잠깐 조용히 할 말이 있다고 구석진 곳으로 손짓을 한다.

그것은 이러한 조건이었다. 장릿벼는 지금 말한 대로 줄 터이니 그 대신 자네 딸을 나 달라고.

그래도 집에서는 이런 줄은 모르고 행여나 무슨 수가 있나? 하고 은근히 기다리었다. 고정하기로[34] 유명한 김첨지까지 — 가지 말라고 큰소리를 지르던 — 도 무슨 수가 있는가? 하고 바라는 바이 있었다. 그런데 마누라는 눈물만 얻어가지고 돌아왔다. 그는 그때 박주사 아들한테 그 소리를 들을 때에 고만 가슴이 덜컥 내려앉으며 별안간 두 눈이 캄캄하였다. 그는 아무 대답도 않고

---

33 **낭탁** 자기의 차지로 만듦. 또는 그런 물건.
34 **고정(孤貞)** 마음이 외곬으로 곧음.

그길로 돌아서서 눈물만 비 오듯 쏟으며 정신없이 돌아왔다. 그는 지금 눈갓이 퉁퉁 부은 눈으로 안산[35]만 우두커니 쳐다보고 한 손으로 턱을 괴고는 풀이 없이 앉았다. 그래 김첨지는 화가 버럭 났다.

"아! 뭬라구 하던가?"

그는 돌아누우며 궁금한 듯이 이렇게 물었다.

"한 섬은 말고 두 섬이라도 갖다 먹으랍디다."

"그럼 잘되지 않았나! 무얼?"

"그 대신 점순이를……."

마누라는 목이 메어 말끝을 못다 마치고 우는 얼굴을 외로 돌렸다. 이 소리에 별안간 김첨지는 벌떡 일어나 앉으며

"무엇이 어째고 어째?"

하고 그는 갈범[36]의 소리로 부르짖는다. 온 집안이 찌르릉 울렸다. 이 바람에 점순이 모친은 깜짝 놀라서 뒤로 무르춤하고, 부엌에서 무엇을 하던 점순이는 방으로 뛰어들어왔다. 이때 김첨지는 수염 속으로 쭉 찢어진 입을 실룩실룩하더니 무섭게 이를 악물고 두 주먹을 불끈 쥐었다. 그의 큰 눈에서는 불덩이가 왔다 갔다 하였다.

"글쎄 가지 말라니까 왜 기어이 가서 그런 드러운 소리를 듣느냐 말야. 이것아! 응?"

"누가 그럴 줄 알았소."

마누라는 주먹으로 때릴까 봐 겁이 나는 듯이 몸을 옴츠렸다.

"내가 굶어 죽어보아라! 그런 짓을 하나. 글쎄 셋째 첩 넷째 첩으로 딸을 팔아먹는단 말이냐? 그래 뭐라고 대답하였나! 이편은 응?"

"뭐라긴 무얼 뭐래요. 하두 기가 막혀서 아무 말두 안 했지!"

"그래! 그 말을 듣고 가만히 있었단 말이야? 이년아! 그놈의 낯짝에다 침을

---

35 안산(案山) 풍수지리에서, 집터나 묏자리의 맞은편에 있는 산.
36 갈범 '칡범'의 잘못.

뱉지 못하고 응! 예이 드러운 놈! 네까짓 놈이 양반의 자식이냐? 하고. 어서 가서 그래라! 어서. 네까짓 놈에게 딸을 주느니 차라리 개에게 주겠다고. 개만도 못한 놈아, 박주사 아들놈아! 이 드러운 양반놈아! 옛다! 너는 이것이 상당하다! 하고 그놈의 낯짝에다 침을 탁 뱉어줘라! 자, 어서 가서 그래 응! 어서 가서!"

하고 그는 소리를 고래고래 지르며 마누라를 자꾸 주장질하였다.[37] 그러나 마누라는 아무 말이 없이 고만 흑흑 느끼어 울기만 한다. 그래 점순이도 따라 울었다. 이때 별안간 어— 하는 외마디소리를 지르자 김첨지는 쾅 하고 방바닥에 거꾸러졌다. 이 바람에 그들의 모녀는 에구머니 소리를 쳤다. 점순이는 한걸음에 뛰어들며 "아버지!" 하고 그의 몸을 얼싸안고 모친은 창황망조[38]하여 오직 "찬물 찬물" 하였다. 그래 점순이는 얼른 냉수를 떠다가 부친의 이마에 뿜었다. 김첨지는 고만 딱 까무러쳤다.

모녀는 어쩔 줄을 모르고 다만 사지가 벌벌 떨리었다.

점순이는 아까 순영이가 가져다주던 좁쌀 한 되로 미음을 쑤느라고 부엌에 있었던 까닭에 그들이 수작하는 말을 낱낱이 들었었다. 그래 그는 부친의 까물쓴[39] 까닭도 잘 알 수 있었다.

이 소문이 난 뒤로는 향교말 사람들은 모두 박주사 아들을 욕하며 점순이 집 식구를 구제하기 시작하였다. 그것은 성삼이 처까지도 그리하였다. 아래윗동리로 돌아다니며 상놈의 반반한 계집이라고는 모조리 주워먹던 박주사 아들도 웬일인지 성삼이 처만은 건드리지 못하였다. 아니 그는 벌써 언제부터 성삼이 처를 상관하려고 애써보았지마는 서방질 잘하기로 유명한 성삼이 처는 박주사 아들이라면 고만 고개를 흔들었다. 그것은 동리마다 박주사 아들의 뚜쟁이가 있는데, 향교말 뚜쟁이가 박주사 아들의 말을 넌지시 비쳐볼라치면 성삼이 처는 대번에 입을 비죽거리며

---

37 주장질하다 몹시 나무라거나 때리다.
38 창황망조(蒼黃罔措) 너무 급하여 어찌할 바를 모름.
39 까물쓰다 정신이 혼미해져 까무러치다.

"그까짓 자식이 사람인가. 양반인지는 모르지마는 사람은 아닌데 무얼!"
하고 다시는 두말도 못 하게 하였다.

이 유명한 성삼이 처가 우선 쌀 닷 되와 돈 열 냥을 가지고 왔다. 그래 점순이 모친은 은근히 놀랐다. 점백이 집에서도 보리 두 말을 가져왔다. 수돌이 집에서도 보리 한 말을 가져왔다. 이쁜이 집에서도 밀가루 두 되, 만엽이 집에서는 좁쌀 한 되…… 심지어 밥 한 그릇, 죽 한 사발이라도 모두 가지고 와서는 김첨지의 고정한 마음을 칭찬하였다.

그러나 속담에 가난 구제는 나라에서도 못 한다고, 허구한 날에 그들을 구제할 수 없었다. 그날 저녁에 점동이도 일하고 돌아와서 이 소리를 듣고는 역시 김첨지만 못지않게 펄펄 뛰었다. 그는 자기 혼자 벌어먹일 터이니 걱정 말라고 큰소리를 하였다. 그러나 그의 한 몸으로 온 집안 식구를 건져가기는 그야말로 하늘에 올라가서 별따기같이 어려운 일이었다.

김첨지는 그 후에 다시 깨어나기는 났지마는 그 뒤로 병은 점점 더치었다. 약 쓸 일에 무엇에 돈 쓸 일은 그전보다 몇 갑절 더 들게 되었다. 그러나 그 역시 박주사 아들의 말은 다시는 입 밖에 내지도 못하게 하였다.

하루는 점순이가 아버지 앞에 무릎을 꿇고 조금도 사색 없이 공손한 말로 박주사 아들한테 시집가지란 말을 자청해보았다. 그러나 김첨지는 역시 펄펄 뛰며 듣지 않았다. 그러면 내 자식이 아니라고!

그 후로 그의 병세는 더욱 위중하여 아주 인사불성이 되었다. 그런데 약을 써보려야 돈 한 푼 없고 미음 한 그릇을 쑬 거리가 없었다. 그래 모친은 생병이 나서 울기만 하고 점동이가 겨우 나뭇짐을 해 팔아서 그날그날을 간신히 지나간다.

점동이는 이를 악물고 결심하였다. 그는 자기의 한 몸이 부서지기까지 어떻게든지 자기의 힘으로 버티어보려 하였다. 그는 밤에도 산에 가서 나무를 해 오고 날 궂은 날은 짚신도 삼아 팔았다. 조금도 쉬지 않고 일을 하였다. 그는 할 수 있는 데까지 해보다가 만일 되지 않으면 나중에는 어떠한 짓이든지 무슨 일이든지 해보겠다는 마음이었다. 그는 자기의 누이를 더러운 돈에 팔아먹고 사느니보다는 차라리 도적질을 하든지 ×××(검열로 삭제당함, 이하 동일)하고 감옥에 들어가는 것이 훨씬 나으리라 생각하였다.

그러나 점순이는 또한 점순이대로 자기 한 몸을 어떻게 처치할 것을 단단히 결심하였다. 그것은 지금 다시 자기의 부모에게나 오빠에게는 박주사 아들한테 시집가겠다는 허락은 당초에 얻을 수가 없을 줄 밝히 알았다. 그래 그는 아무도 모르게 자기 혼자 결행하기로 하였다. 그것은 내일이라도 이 동리에 있는 박주사 아들의 뚜쟁이에게 간단한 한마디 대답을 기별해주면 고만이다.

그러나 점순이가 이 일을 작정하기에는 며칠을 두고 밤잠을 못 자고 그의 조그만 가슴을 태울 대로 태웠다. 그는 울기도 많이 하고 참으로 어찌해야 좋을는지 가슴이 답답하였다. 그런 자에게 자기의 한 몸을 바친다는 것은 참으로 죽기보다 쓰라린 일이었다. 만일 지금 누가 그보고 이렇게 말한다면 — 내가 네 집 식구를 먹여 살릴 터이니 그 대신 네가 죽어라! — 한다면 그는 선뜻 대답하였을 것이다. 그러나 지금 세상에는 그런 의협심을 가진 고마운 사람도 없다. 과연 그는 이 일만 말고는 다른 어떠한 일이라도 무서워하지 않겠다고 아무리 발버둥치고 허공을 우러러보았다마는 역시 이 일밖에는 다른 도리는 없었다. 그도 저도 할 수 없다면 좌이대사(坐而待死)나 한다지만 자기의 한 몸을 바치게 되면 그들을 구원할 수 있는데 어떻게 모르는 체할 수 있으랴? 그들의 목숨의 자물쇠는 오직 자기 한 손에만 쥐여졌다. 더구나 부친은 병석에 누워 신음하는데 미음 한 그릇을 쑬 거리가 없는 이때가 아닌가? 아무리 할 수 없는 일이라도 — 슬프고 또 슬프고 죽기보다 쓰라린 슬픔이라도 — 자기는 그것을 참고 견딜 수밖에 없다. 아니 자기는 살다가 살 수 없거든 그때는 자기 혼자 조용히 죽자. 비록 박주사 아들은 말고 도척이한테라도 지금 사정으로는 갈 수밖에 없다! 하고 그는 악에 받쳐 부르짖었다.

하기는 이 근처에도 다른 부자가 없는 것은 아니다. 소위 행세한다는 양반 부자도 많다. 그러나 그들은 모르는 체하였다. 자기 집안 형편을 잘 알면서도 그들은 모두 모르는 체하였다. 장릿벼 한 섬이나 두 섬은 그게 몇 푼어치나 되는가? 그들이 그것을 줄 생각만 있으면 가난한 집의 쌀 한 줌이나 동전 한 푼보다도 하찮고 쉬운 일인데 — 그것도 자기 부친의 고정한 심사는 여태까지 남의 것을 떼먹은 일은 없는데도, 어떻게든지 해 갚을 마음을 먹고 장릿벼를 달라는데도 ─ 그들은 벼 한 톨을 주지 않았다. 그것도 더구나 이런 때에 한집안 식구가 몰사할 지경에 벼 한 섬이나 두 섬으로 죽을 사람이 살겠다는데도 그들은 모두 모르는 체하였다. 그것은 마치 자기네는 봉황선(선유배) 타고 뱃놀이를 하면서 바로 지척에서 물에 빠져 죽어가는 사람들이 억! 억! 소리를 치며 물을 켜고 허우적거리는데도 그들은 모르는 체하고 그대로 보고 있는 것 같다. 닻줄 하나만 내리던져주면 살겠다는데도 그들은 모르는 체하고 내려다보기만 하고 있다. 아니 내려다보기만 하는 것이 아니라 빙글빙글 웃고 본다. 그리고 자기네의 행복을 더욱 느끼고 있다.

그렇다! 이것이 지금 세상이다. 이것이 짐승보다 낫다는 사람 사는 세상이다. ××××× 이것이 옳다 한다. 거룩한 하느님의 교회는 이것을 찬미한다. 아! 이 땅에다 어서 유황불을 던지소서! 소돔 고모라 성에다가…… 아멘! 아멘!

점순이가 이런 생각을 한다면 그는 이 당장에 부엌으로 뛰어들어가서 식칼을 들고 나설 것이다. 그는 희미하나마 '서울댁'의 하던 말이 옳게 생각되었다. 과연 그는 이 세상이 악한 줄을 직각적으로 깨달았다. 가난은 전생의 죄얼이요 부귀는 하늘이 낸다는 말이 새빨간 거짓말로 알게 되었다. 그래 그는 서울댁과 같이 ××× 생쥐 같은 도적놈으로 알게 되었다. 그런데 자기는 그 생쥐 같은 더러운 도적놈에게 몸을 바치지 않으면 아니 되게 되었다. 깨끗한 처녀를 바치지 않으면 아니 되게 되었다.

마침내 점순이는 내일 아침에 박주사 아들에게 기별하기로 마음을 작정하였다. 그는 지금 마지막으로 이 하룻밤을 순결한 처녀의 몸으로 보내려 하였다. 아까까지도 악에 받쳐서 두 눈이 뽀송뽀송하던 그로도 별안간 이런 생각은 다시금 서러움에 목메었다. 그는 하염없이 흐르는 눈물을 걷잡지 못하여 아무도 모르게 울 밖에 나와 섰다. 그것은 아무도 보지 않는 곳에서 마음 놓고 실컷 울어나 보려 함이었다.

아직 초저녁이다마는 달은 뜨려면 아직도 먼 모양! 어슴푸레한 황혼이 차차 어둠의 장막으로 싸여가는데 적막한 산촌은 죽음의 나라같이 괴괴하였다. 그것은 자기의 운명도 이 밤과 같이 점점 어두워져 앞길이 캄캄해지는 것 같다. 하늘에는 뭇별이 깜박거리고 은하수는 높직이 매달렸는데 직녀성은 견우성을 바라다보고 있다. 산뜻한 바람이 어디서 이는지 양버들 잎새를 바르르 떨리우는데 아랫말로 가는 산길이 희미하게 뒷산 잔등 위로 보인다. 억새가 바삭바삭 맞비비는 야릇하고 갑갑한 소리가 나자 무슨 새인지 뺙! 하고 외마디소리를 지르고 날아간다. ……벌써 지랑폭에는 이슬이 축축이 내리었다. 그는 이때의 모든 것이 다만 슬픔의 상징으로 보이었다. 그래 그는 하늘을 쳐다보고 울었다. 땅을 굽어보고 울었다. 산을 바라보고 울었다. 저 으슥한 숲을 보고 울었다. 그리고 아무 하소연하는 말은 나오지 않고 오직 어머니! 아버지! 오빠! 하고 부르짖으며 울었다.

그런데 어느 틈에 왔는지 서울댁이 와서 자기 옆에 섰는 것을 발견하였다. 그래 그는 소스라쳐 놀라며 고개를 푹 숙이었다. 과연 그가 밤에 여기 오려니는 꿈에도 생각지 못한 일이었다.

"아! 웬일이야?"

하고 서울댁은 깜짝 놀라며 묻는다.

"아니요! 저…… 저……."

하고 점순이는 고만 울음을 삼키었다. 그리고 아무렇지도 않은 표정을 지었다. 그러나 서울댁도 이 소문은 벌써 들은 터이다. 그도 자기의 있는 돈을 몇 냥간 점동이를 가져다준 일이 있었다.

"나두 다 아는데 무얼!"

하는 그의 말이 채 떨어지기도 전에 점순이는 와락 달려들어 그를 얼싸안고 고개를 고만 그의 가슴에다 푹 처박았다. 그리고 열정에 떨리는 목소리로

"용서해주서요! 용서해주서요! 부잣집 첩으로 가는…… 당신이 미워하는…… 박…… 박주사 아들에게로……."

하고 그는 가늘게 부르짖는데 사내는 아무 말 없이 그를 껴안은 채 다만 멍하니 하늘을 쳐다보았다. 이때에 하늘에서는 유성이 죽 흘렀다.

6

그 이튿날 박주사 집에서는 벼 한 바리하고 돈 쉰 냥을 점순이 집으로 보내었다. 하인의 전갈에는 특별히 돈을 보낸 것은 병인의 약시세를 하라고, 그런 친절한 분부가 다 있었다 한다.

그런데 점순이는 밤 동안에 아주 딴사람이 되어서 종일 가도 말 한마디 않는 음울한 사람이 되었다. 그렇게 생기 있고 상냥하던 그의 표정이 다 어디로 가버렸다. 김첨지는 이런 일도 모를 만치 위독해 누웠는데 그는 이상히도 오늘부터 시렁시렁하기 시작하였다. 그는 눈을 뜰 때마다 누구든지 쳐다보일 때는

"저놈이 벼 한 섬에 부잣집 첩으로 딸을 팔아먹은 놈이야!"
하고 손가락질을 하였다. 그래도 모진 것은 목숨이다. 점순이 모친은 그 쌀로 지은 밥을 먹었다. 안 먹는다고, 굶어 죽어도 안 먹는다고 울며불며 야단을 치던 점동이도 그 밥을 먹기 시작하였다. ……하기는 점순이가 그 벼를 찧어서 얼른 밥을 지어다 놓고 지성으로 모친을 권하고 또한 오빠를 권하였다. 그날 점동이는 아침도 굶고 산에 가서 나무를 종일 베다가 다 저녁때 집에 돌아와 보니 점순이는 난데없는 하얀 쌀밥을 차려다 준다. 그래 행여나 무슨 수가 있었나 하고 우선 한 숟가락을 뜨며 모친에게 물어보다가 고만 그 눈치를 채고는 숟갈을 내동댕이쳤다. 그는 그때 엉엉 울었다. 그때 점순이는 뛰어가서 오빠의 무릎 앞에 엎드러지며

"오빠 용서해줘요!"
하고 빌며 울었다. 그길로 점동이는 머리를 싸고 드러누웠었다.

다만 모친만은 아무 말 없이 마치 혼망이 다 빠진 사람처럼 하고 앉아서 그들을 멀거니 쳐다보았다. 그러나 그는 자기마저 어린 딸의 속을 태워서는 안 되겠다 하였다. 그것은 점동이같이 하는 것은 다만 딸의 속을 자지리 태워줄 것밖에 안 되는 것이라 하였다. 다만 아들딸 남매를 둔 늙은 내외는 그것들이나 잘 길러서 착실한 데로 장가나 들이고 시집을 보내서 그것들의 사는 재미로나 말년을 보내려 하였더니, 아들은 스물이 가깝도록 여태 장가도 못 들이고

딸마저 이렇게 내주게 될 줄은 참으로 꿈에도 생각지 못한 일이다. 영감의 마음씨로 보든지 자기 집안 식구는 누구나 다 같이 그렇게 악인은 아니건만 웬일인지 아무쪼록 남과 같이 살아보려고 밤낮으로 애를 써보아도 늘 제턱[40]으로 가난에 허덕허덕하는 것을 생각하면 그는 전생에 무슨 죄를 지은 벌역[41]이나 아닌가 하였다. 그런데 설상가상으로 뜻밖에 일이 생기고 해서 나중에는 이렇게 누명을 입고 딸자식까지 팔아먹게 되었다. 아! 이것이 도무지 무슨 운명인가? 그는 이것을 모두 사람으로는 어찌할 수 없는 천생으로 타고난 사주팔자라 하였다. 그러면 이런 경우에 누구는 어찌하랴. 자기 한 몸이 이 당장에 칼을 물고 엎드러져 죽기는 어렵지 않은 일이다. 그러나 병든 늙은 영감하고 어린 자식들을 두고서 자기만 차마 죽을 수가 있는가? 그러면 영감도 죽는 게다! 그것들도 죽는다. 한집안 식구가 몰사를 하고 말 것이다. 아! 차마 차마 그것은 못 할 일이다. 그래 그 쌀로 지은 밥을 자기가 먼저 먹었다. 그는 이렇게 마음을 도슬러[42] 먹고 자기도 먹으며 영감도 먹이었다. 그러나 불현듯 딸에게 못 할 노릇을 했다, 그의 어린 가슴에다 못을 박았다는 생각이 날라치면 뼈가 저리고 간이 녹는 듯! 그는 고만 목이 메어서 밥숟갈을 내던졌다. 그러면 점순이는 얼른 달려들어 그를 얼싸안고 모친의 등을 탁탁 쳐주며

"어머니, 어머니! 그라시지 말어. 그러면 나도 죽을 테요!⋯⋯."
하고 마주 울었다. 그러면 밥상을 앞에 놓고 모녀는 서로 얼싸안고 슬피 통곡하였다. 이런 때에 김첨지가 눈을 떠 볼 때에는 역시 손가락질을 하며

"저놈들이 장릿벼 한 섬에 딸 팔아먹은 놈들이여!"
하고 중얼거렸다.

아! 이게 도무지 무슨 일이냐? 그는 곰곰이 생각해보았으나 차마 병든 영감을 굶어 죽일 수는 없었다. 죽으면 다시 살지 못할 병든 영감을⋯⋯.

점동이도 또한 점동이 깐으로 이미 이 지경이 된 바에는 할 수 없다 하였다.

---

40 제턱 변함이 없는 그대로의 정도나 분량.
41 벌역 '벌력'의 잘못. 잘못에 대한 벌을 받는 일.
42 도스르다 무슨 일을 하려고 별러서 마음을 다잡아 가지다.

그는 그래도 자기의 힘으로 어떻게 버티어보려 하였더니 점순이가 설마 그럴 줄은 몰랐다 하였다. 그러나 그는 자기 누이를 탓하지 않았다. 결국은 모든 것이 자기가 못나서 그렇다 하였다. 명색이 사내 코빼기로 생겨서 많지 않은 식구를 못 건져가고 이 지경이 되게 한 것은 오직 자기의 못생긴 탓이라 하였다. 그러나 아무것도 배우지 못한 그로서는 하루 진종일 가서 나무를 해다가 이십 리나 되는 읍내 가서 판대야 기껏 받아야 오륙십 전에 지나지 못하였다. 하루 진종일 꼬부리고 앉아서 짚신을 삼는대야 역시 사오십 전에 불과하였다. 아! 이것으로 어떻게 한집안 식구를 구할 수 있는가? 그래 부자가 벌어야 간신히 지내던 것을 고만 부친이 저렇게 병나고 보니, 더구나 농사지은 것도 다 떠나가서 장릿벼도 얻어먹을 수 없고, 꼼짝 두수 없이 굶어 죽을 수밖에는 별수가 없다. 여북해서 점순이가 그런 맘을 먹었을까? 철모르는 저로서도 이밖에 두수가 없음을 알았음이다! 자기가 그 밥을 먹고 사는 것은 참으로 낯이 뜨뜻한 일이다. 그러나 지금의 사정으로는 어찌할 수 없는 일이 아닌가?

그런데 순영이도 그 후 며칠 뒤에 쌀 두 섬을 미리 받아먹은 데로 고만 가마를 타고 갔다. 가던 날 식전에 그는 점순이를 찾아와서 손목을 붙들고 흑흑 울었다. 그는 차마 점동이를 붙들고 울 수는 없어서 점순이를 보고 대신 울었음이다. 점순이도 마주 보고 눈물을 흘렸었다마는 그 후로 점동이는 마치 얼빠진 사람같이 되었다. 서울댁도 또한 확실히 그전 같아 보이지는 않았다. 그 역 실심하나[43] 무슨 근심이 있는 것처럼 보였다. 그러나 그의 침착하고 굳건한 신념이 있어 보이는 모양은 무슨 일을 저지르지나 않을까 하는 생각을 내게 한다. 그렇게 보이도록 그는 무섭게 침통한 얼굴로 변하였다.

물론 점순이 모친도 반 실성을 하다시피, 그러나 잠시도 영감의 곁을 떠나지 않고 병구원을 지성으로 하면서 부질없이 한숨과 눈물을 짜내었다. 다만 박주사 아들만이 홀로 자기의 성공을 기뻐하며 어서 김첨지의 병이 낫기를 고대하였다. 그것은 병인이 낫기만 하면 점순이를 어서 데려가려 함이었다.

---

[43] 실심(失心)하다 근심걱정으로 맥이 빠지고 마음이 심란해지다.

7

　그런데 김첨지의 병은 점점 더하다는 소문이 났다. 그래 그는 만일 그러다가 김첨지가 죽으면 어찌하나? 하는 겁이 펄쩍 났다. 그것은 잇속만 아는 박주사 아들도 부모가 죽었다는데야 어찌 차마 그를 바로 데려올 수가 있으랴 하는 마음이었다. 이런 생각이 그에게 있다는 것은 참으로 생각 밖에 고마운 일이다마는 그래도 그는 이런 체면만은 볼 줄 알았다. 그것은 마음으로야 어쨌든지 겉으로는 부모를 위하는 것이 이 세상에서 제일 중대한 일인 줄을 어려서부터 많이 듣고 배운 터이라 남의 부모도 역시 존중한다는 생각이 있게 하였다. 그러면 적어도 몇 달 혹은 반년은 될 터이니 더구나 저편의 핑곗거리가 생겨서 이것으로 구실을 삼아가지고 소상을 치르고 오느니 대상을 치르고 오느니 하면 더욱 큰일이라고. 그래, 그는 점순이를 속히 데려오려 하였다.
　그러나 또 한 가지 그가 이렇게 속히 점순이를 데려오고 싶은 마음이 나게 한 이유는 새로 얻어 온 첩이 벌써 마땅치 못하게 틈이 벌어진 까닭이었다. 물론 좀더 그의 사랑을 핥아보지 않고는 그를 내박차기까지 하기는 아직 좀 이르다마는 이번 첩은 성미가 너무 괄괄하여 어떤 때는 자기를 깔보는 때까지 있단 말이다. 그래 그 분풀이로 점순이를 얼른 데려다가 이것 좀 보아라! 하고 그의 기를 꺾어놓고 싶을 뿐 아니라 저거번에 점순이를 보니까 작년보다도 훨씬 큰 것이 아주 처녀의 티가 제법 났다. 그만하면! 하는 생각이, 더구나 그의 아리따운 자태에 고만 욕심이 부쩍 난 것이다. 그래 한편에서는 피려는 꽃송아리[44] 같은 나긋나긋한 어린 사랑을 맛보고 또 한편으로는 은근하고도 땅속으로 끌어들이는 듯한 큰 첩의 사랑을 받다가 고만 싫증이 나거든 이것저것을 모두 후 불어세자는 수작이다. 그래 그는 오늘 아침에 가마를 꾸며서 별안간 김첨지 집으로 보내게 된 것이다.
　어느덧 칠월도 다 가고 팔월 초생이 되었다. 점순이 집에서는 지금 막 아침

---

[44] 꽃송아리 꽃이 잘게 한데 모여 달린 덩어리.

을 치르고 난 판인데 간밤까지도 청명하던 하늘은 어느 틈에 구름이 잔뜩 낀 음랭한 날이 되었다. 이마적은 더욱 원기가 쇠진하여 미친 소리도 잘 못하는 김 첨지는 겨우 미음 한 모금을 마시고는 아랫목에서 끙끙! 하고 누웠는데, 그 옆에서 세 식구가 경황없이 아침이라고 치르고 났다. 모친은 오늘 아침에도 그 생각이 나서 밥도 변변히 못 먹고 세 식구가 울기만 실컷 하였는데 점동이는 그래도 나무를 하러 간다고 지금 지게를 지고 나서는 참이다. 그런데 거기에 박 주사 집 하인들이 가마를 메고 싸리문 안으로 대들었다.

이때에 점동이는 고만 얼어붙은 듯이 마치 장승같이 하고 서서 그들을 바라보았다. 모친은 별안간 눈앞이 캄캄하였다. 점순이는 그저 얼떨떨하였다. 그는 잠깐 당황하다가 다시 한 번 부친을 쳐다보던 눈을 모친에게로 옮기며

"어머니······."

하는 한마디 말을 간신히 입 밖으로 꺼내었다. 그리고 그는 아무 말 없이 고개를 숙이고 조용히 가마 앞으로 걸어 나갔다. 이때에 별안간 애끓는 소리로

"점순아! 점순아! 점순아! 점순아······."

하고 모친은 한달음에 뛰어나와 딸의 발 앞에 고꾸라졌다.

"앗!"

하고 점동이는 뛰어들어 또 그를 얼싸안았다. 그런데 이마적은 미친 소리도 못하고 인사불성으로 드러누웠던 김첨지가 마치 기적같이 안방 문 앞에 일어나 앉아서 바깥을 내다보며

"저놈들이 장릿벼 한 섬에 딸을 팔어먹은 놈들이여!"

하고 손가락질을 하며 중얼거리더니 또 히히하고 웃는다. 이 바람에 점순이는 그와 눈이 마주치며

"아! 아버지······."

하고 다시 가늘게 부르짖으며 두 손으로 얼굴을 가리었다. ······ 점순이가 마지막으로 그들을 휘 둘러보고 막 가마 안으로 들어앉으려 할 때 언뜻 무섭게 빛나는 두 눈동자와 마주쳤다. 그것은 지금 들어오다가 싸리문 앞에서 발이 붙어서 맥 놓고 쳐다보는 서울댁의 눈이었다. 점순이는 고만 가마 안으로 푹 고꾸

라졌다.

 그러나 그들의 모든 힘은 벼 두 섬 값만 못하였다! 부친의 실성과 모친의 기절과 오빠의 울음과 또한 서울댁의 무서운 눈도 벼 두 섬의 힘만은 못하였다! 부모의 사랑과 형제의 우애와 서울댁의 순결한 사랑의 힘도 벼 두 섬의 힘만은 못하였다! 벼 두 섬은 부친을 미치게 하고 딸의 가슴에 못을 박고 모친을, 오빠를 영원히 슬프게 하고도 남았다. 그리하여 지금까지 귀엽게 길러온 부모의 사랑도, 동기간의 따뜻한 우애도, 또한 인간의 행복아! 어서 오너라 하고 동경하고 바라던 처녀의 꽃다운 희망도, 이 벼 두 섬 앞에는 아무 힘이 없이 물거품 같이 사라지고 말았다. ……그리하여 열여섯 살이나 먹도록 곱게곱게 키워논 남의 외동딸을 박주사 아들은 다만 벼 두 섬으로 뺏어갈 수 있었다. 아! 그러나 벼 두 섬 값은 대체 얼마나 되는가? 점순이는 이 벼 두 섬에 팔리어서 지금 박주사 아들 집으로 가마에 실려갔다.

이기영(李箕永)

1896년 충남 아산 출생. 호는 민촌(民村), 민촌생(民村生). 동경 세이소쿠(正則) 영어학교 수학 중 관동대진재로 귀국. 1924년 『개벽(開闢)』에 「오빠의 비밀편지」가 당선되어 등단. 카프 맹원으로 활동. 해방 후 '조선프롤레타리아예술동맹'을 조직하는 데 참여했으며 월북하여 '북조선문학예술총동맹'을 주도. 『민촌』(1927), 『서화』(1937), 『이기영 단편집』(1939) 등의 작품집과 『고향』(1936), 『신개지』(1938), 『인간수업』(1942), 『동천홍』(1943), 『광산촌』(1944) 등의 장편소설을 출간. 북한에서 출간한 『두만강』 『조국』 『역사의 새벽길』 등의 장편이 있음. 1984년 타계.

작품 세계

프로소설사를 통틀어 가장 뛰어난 작가는 이기영이다. 해방 공간에서 북쪽을 택해 삼팔선을 넘었으며, 북한 문학의 전개를 앞서 이끌었던 인물인데, 우리 문학사에서 이기영은 신경향파 소설의 개척자이며 프로소설이 일군 최고 수준의 작품이라 평가받는 『고향』 (1933~34)의 작가로 기록되어 있다.

이기영의 문학을 일관하는 핵심은 농민 생활을 구체적으로 묘사한다는 정신이다. 죽음에 곧바로 등 대고 있는 그들의 무서운 가난을, 가난의 폭력성을, 그 폭력성 아래 독초처럼 돋아나 죽음으로 끌고 가는 그들의 절망을 핍진감 있게 그려내고 있는데, 대상을 구체적으로 그려 보인다는 자각적 창작 방법은 우리 소설사에서 새로운 것이다.

카프소설사는 물론이거니와 우리 근대소설사의 가장 우뚝한 봉우리 중의 하나인 『고향』을 떠받드는 방법론 또한 그것이다. 구체적 묘사는 농민 생활, 그들의 감정과 의식 세계, 반봉건적 토지 소유 제도, 식민지 수탈 구조, 농업과 상업, 농업과 공업 사이의 지배 종속 관계 등등이 구축하는 거대하고 복잡한 틀을 채워 균형 잡힌 한 세계를 창출했으며, 농민 출신이며 다시 농민으로 되돌아온 실천적 지식인의 매개적 역할과 그 매개 작용에 의한 농민들의 의식 변모를 통해 표출되는 작가의 세계관과 조화롭게 어울려 추상적 관념과 구체적 현실이 변증법적으로 관련되는 소설 공간을 일구어내었다. 그 같은 균형과 변증법적 조화의 세계는 미리 주어진 추상적 관념에 절대적 가치를 부여, 그 속에 스스로를 가두는 추상적 이상주의의 문학과, 대상의 평면적 묘사에 그치는 범속한 자연주의의 문학으로 가득 찬 한국 근대소설사를 한 단계 높이 이끌어 올린 것이다.

덧붙여 이기영의 문체도 주목되어야 한다. 화려한 수사, 불필요한 요설을 배제한, 그러면서도 대상의 속성을 여실하게 드러내며, 단문을 이어 엮었음에도 은근한 내재율을 타고 담담하게 그러면서도 강건하게 흐르는 그의 문체는 고담체(枯淡體)라 이름 붙일 수 있는 것으로, 지금은 만날 수 없는 우리 문학의 소중한 자산이다. 아마도 한문체나 고대소설의 문체에 이어진 것으로 짐작되는데 그 되살림까지도 진지하게 검토해야 할 것이라 생각한다.

「민촌(民村)」

이 작품에서 먼저 눈여겨보아야 할 것은 소작농민들의 비참한 현실이다. 가난 때문에 소작농의 어린 딸들이 팔려가고 그로 인해 청춘 남녀들의 사랑은 좌절된다. 딸을 판 농부가 실성하게 되는 데서 절정에 달하는 그 비극성은 '죽음에 직결된 가난'에 신음했던 당대 소작농민들의 현실을 극명하게 드러낸다. 다른 하나는 여주인공 점순이 병든 아버지의 약값을 대기 위해 지주 아들의 소실로 자신을 판다는 내용이 '심청 모티프'라는 사실이다. 「심청전」의 경우, 심청의 몸팔기는 효성의 지극함을 부각하기 위한 것으로 가난의 문제와는 무관하지만 여기서는 효성과 가난의 문제가 결합되어 있다는 점이 다르다. 고전의 현대적 변용이라 할 수 있겠는데, 채만식의 『탁류』에서도 우리는 같은 양상을 확인한다. 여주인공 초봉의 몸팔기가 그것이다.

또 하나 주목해야 할 것은 지식인 창순이란 인물의 성격이다. 지주의 아들이란 자신의 신분에 죄의식을 느끼며 농민 계몽을 시도하는 그는 지주/소작농민의 농촌 사회 구조를 포함한 당대의 모순된 사회 구조의 혁파를 겨누었던 진보적 지식인의 지향성을 체현하고 있는 인물이다. 이기영 소설에서, 그리고 그가 앞서 열었던 프로소설에서 이 같은 인물은 이후 소작농이면서 세계에 눈뜬 인물 유형으로 바뀌어 설정된다.

제목 '민촌(民村)'은 상민들이 모여 사는 마을을 가리키는 말이다. 양반들이 모여 사는 '반촌(班村)'이 대부분 동성(同姓)의 집성촌(集成村)이었음에 반해 민촌은 각성바지들로 이루어져 있었다. 양반 집안 출신이었음에도 이기영은 이 같은 '민촌'을 자신의 호로 삼음으로써 전근대적 신분 질서의 혁파를, 전근대적 신분 질서와 맞붙어 있었던 모순된 정치경제적 질서의 근본 변혁을 향해 나아가는 실천적 지식인의 자리에 서고자 하였던 것이다.

주요 참고 문헌

이기영의 「민촌」에 대해 정호웅은 「이기영론: 리얼리즘 정신과 농민문학의 새로운 형식」(김윤식·정호웅 편, 『한국 근대 리얼리즘 작가 연구』, 문학과지성사, 1988)에서 그 대상 묘사의 문학사적 의미를 높게 평가하였다. 김윤식은 「이기영론: 『고향』에서 『두만강』까지」(『한국 현대 현실주의 소설 연구』, 문학과지성사, 1990)에서 '묘사의 예술성'이란 관점에서 이기영 문학을 새롭게 조명하였으며, 이상경은 「이기영 소설의 변모 과정 연구」(서울대 박사 논문, 1992)에서 이기영 소설의 변모 과정상에서 이 작품이 어떤 위상을 지니는가를 살폈다.

_정호웅

제2시기: 1930~1944
경향성의 분화와 소설적 관심의 확산

탁류/논 이야기 채만식
홍수전후 박화성
까마귀 이태준
태양은 병들다 한설야
제1과 제1장 이무영
창랑정기 유진오
메밀꽃 필 무렵 이효석
소설가 구보씨의 일일/천변풍경 박태원
상록수 심 훈
날개/봉별기 이 상
지하촌 강경애
흉가 최정희
맥 김남천
동백꽃 김유정
모범경작생 박영준
남생이 현 덕
무녀도/까치 소리 김동리

채만식

탁류

18. 내보살 외야차(內菩薩外夜叉)

조금 돌이켜 여덟 시가 되어서다.

초봉이는 송희가 잠든 새를 타서 잠깐 저자에 다녀오려고, 여러 날째 손도 안 댄 머리를 빗는다, 나들이옷을 갈아입는다 하고 있었다.

윗목 책상 앞으로 앉아 수형 조각을 뒤적거리던 형보가 아까부터 힐끔힐끔 곁눈질이 잦더니 마침내,

"어디 출입이 이대지 바쁘신구?"

하면서 참견을 하잔다. 제가 없는 틈에 나다니는 것은 못 막지만, 눈으로 보면 으레 말썽을 하려고 들고 더욱이 밤출입이라면 생 비상으로 싫어한다.

"여편네라껀 밤 이실을 자주 맞어선 못쓰는 법인데! 끙."

형보는 초봉이가 대거리도 안 해주니깐 영락없이 그놈 뱀모가지를 쳐들어 비위를 긁는다.

초봉이는 뒤저릴 일이 없지 않아 처음은 속이 뜨끔했으나 새침한 채 종시 거듭떠보지도 않고, 마악 나갈 채비로 송희를 한 번 더 싸주고 다독거려주고 하

---

* 『탁류』는 1937년 10월 12일부터 1938년 5월 17일까지 198회에 걸쳐 조선일보에 연재되었다. 여기서는 18장만을 수록하였다.

고 나서 돌아선다.

형보는 뽀르르 앞문 앞으로 가로막고 앉아, 고개를 발딱 젖히고 올려다보면서,

"어디 가? 어디?"

"살 게 있어서 나가는데 어쨌다구 안달이야? 안달이."

"인 줘, 내가 사다 주께?"

형보는 제가 되레 누그러져 비쭉 웃으면서 손바닥을 궁상으로 내민다.

"일없어!"

"그러지 말구!"

"이게 왜 이 모양이야!…… 안 비낄 테냐?"

"어멈을 시키던지?"

"안 비껴?"

초봉이는 소리를 버럭 지르면서 형보의 등감을 내지르려고 발길을 들먹들먹 아랫입술을 문다.

"제에밀!"

형보는 못 이기는 체 두덜거리면서 비켜 앉는다. 그는 지지 않을 어거지와 자신이 없는 것은 아니나, 그러나 초봉이를 위하여 짐짓 져준다. 되도록이면 제 불편이나 제 성미는 참아가면서 억제해가면서 마주 극성을 부리지 말아서, 그렇게나마 초봉이를 마음 편안하게 해주고 싶은 정성, 진실로 거짓 아닌 정성이던 것이다. 그것이 물론 '뱀'의 정성인 데는 갈데없기야 하지만…….

"난 모르네! 어린년 깨어서 울어두?"

"어린애만 울렸다 봐라! 배지를 갈라놀 테니."

초봉이는 송희를 또 한 번 돌려다보고, 치맛자락을 휩쓸면서 마루로 나간다.

"제에밀! 장형보 배진 터져두 쌓는다!…… 아무튼 꼭 이십 분 안에 다녀와야만 하네?"

"영영 안 들올걸!"

"흥! 담보물은 어떡허구?"

형보는 입을 삐쭉하면서 아랫목의 송희를 만족히 건너다본다.

옛날에 한 사람이 있었다. 계집이 젖 먹는 자식을 버리고 간부와 배맞아 도망을 갔다. 어린것은 어미를 찾고 보채다가 꼬치꼬치 말라 죽었다. 사내는 어린것의 시체를 ×를 갈라, 소금에 절여서 자반을 만들었다. 그놈을 크막한 자물쇠 한 개와 얼러, 보따리에 싸서 짊어지고 계집을 찾아 나섰다. 열두 해 만에 드디어 만났다. 사내는 계집의 젖통을 구멍을 푹 뚫고 자식의 자반시체를 자물쇠로 딸꼭 채워주면서, 옜다, 인제는 젖 실컷 먹어라, 하고 돌아섰다.

형보는 고담을 한다면서, 이 이야기를 그새 몇 번이고 초봉이더러 했었다. 그런 족족 초봉이는 입술이 새파랗게 죽고, 듣다 못해 귀를 틀어막곤 했다.

그럴라치면 형보는 못 본 체 시치미를 떼고 앉았다가 더 큰 소리로,

"자식을 업구 도망가지?"

해놓고는, 그 말을 제가 냉큼 받아,

"그러거들랑 아따, 자식을 산 채루…… 에미 젖통에다가 자물쇠루 채워주지? 흥!"

초봉이는 이것이 노상 엄포만이 아니요, 형보가 족히 그 짓을 할 줄로 알고 있다.

그는 송희를 내버리고 도망할 생각이야 애당초에 먹지를 않지만, 하니 데리고나마 도망함직한 것도, 그 때문에 뒤를 내어 생심을 못 하던 것이다.

형보는 초봉이의 그러한 속을 잘 알고 있고, 그러니까 그가 도망갈 염려는 않는다.

형보는 일반 사내들이 제 계집의 나들이를(그중에도 밤출입을) 덮어놓고 기하는 그런 공통된 '본능' 이외에 또 한 가지의 독특한 기호를 이 '밤의 수캐'는 가지고 있으니, 전등불 밑에서는 반드시 초봉이를 지키고 앉았어야만 마음이 푸지고 좋고 하지 그러질 못하면 공연히 짜증이 나고 짜증이 심하면 광기가 일고 한다. 그래 시방도 일껏 도량 있이 내보내주기는 하고서도, 막상 초봉이가 눈에 안 보이고 하니까는 아니나 다를까 슬그머니 심정이 부풀어 오르기 시작했다. 더구나 영영 안 들어올걸 하고 쏘아붙이던 소리가 아예 불길스러운 압박

을 주어, 단단히 심청이 부풀어 올라가던 것이었다.

초봉이는 동관 파주개에서 바로 길옆의 양약국에 들러 항용 ×××라고 부르는 '염산×××' 한 병을 오백 그램짜리째 통으로 샀다. 교갑도 넉넉 백 개나 샀다.

드디어 사약(死藥)을 장만하던 것이다.

오늘 아침 초봉이는 그렇듯 형보를 갖다가 처치할 생각을 얻었고, 그것은 즉 초봉이 제 자신의 '자살의 서광(曙光)'이었었다.

형보 때문에, 형보가 징그럽고 무섭고 그리고 정력에 부대끼고 해서 살 수가 없이 된 초봉이는 마치 차일귀신한테 덮친 것과 같았다.

차일귀신은 처음 콩알만 하던 것이 주먹만 했다가 강아지만 했다가 송아지만 했다가 쌀뒤주만 했다가 이렇게 자꾸만 커가다가 마침내 차일처럼 획하니 퍼져 사람을 덮어씌우고 잡아먹는다.

초봉이는 시방 그런 차일귀신한테 덮치어, 깜깜한 그 속에서 기력도 희망도 다 잃어버리고, 생명은 각각으로 눌려 찌부러들기만 했다. 방금 숨이 막혀오고 그러하되 아무리 해도 벗어날 길은 없었다.

이렇게 거진 죽어가는 초봉이는 그러므로 생명이란 건 한갓 무서운 고통일 뿐이지 아무것도 아니었다. 따라서 해방과 안식이 약속된 죽음이나 동경하지 않질 못하던 것이다.

그리하여 차라리 죽음을 자취하자던 초봉인데, 그런데 막상 죽자고를 하고서 본즉은, 그것 역시 형보로 인해 또한 뜻대로 할 수가 없게끔 억색한 사정이 앞을 막았다. 송희며 계봉이며의 위협이 뒤에 처지기 때문이다.

그렇기 때문에 초봉이가 절박하게 필요한 제 자신의 자살에 방해가 되는 형보를 처치하는 것은, 자살을 할 그 목적을 이루기 위한 한 개의 수단, 진실로 수단이요, 이 수단에 의한 자살이라야만 가장 완전하고 의의 있는 자살일 수가 있던 것이다.

이것이 일시 절망되던 자살이 서광을 발견한 경위다. 독단이요, 운산(運算)은 맞았는데 답(答)은 안 맞는 산술이다. 아마 식(式)이 틀린 모양이었었다.

계집의 좁은 소견이라 하겠으나, 그건 남이 옆에서 보고 하는 소리요, 당자는 맞았는지 틀렸는지 알 턱도 없고 상관도 없이 그 답을 가지고서 곧장 제이단으로 넘어 들어간 지 이미 오래다. 오늘 아침에 산술을 풀었는데 시방은 저녁이요, 벌써 사약으로 ×××까지 샀으니 말이다.

물론 이 ×××이라는 약품이 형보의 목숨을 (초봉이 제 자신이 자살하는 데 쓰일 긴한 도구인 형보의 그 목숨을) 처치하기에는 그리 적당치 못한 것인 줄이야 초봉이도 잘 안다. 형보를 굳히자면 사실 분량이 극히 적어서 저 몰래 먹이기가 편해야 하고, 그러하고도 효과는 적실하고 빨리 나타나주는 걸로, 그러니까 저 '××가리' 같은 맹렬한 극약이라야만 할 터였었다.

초봉이는 그래서 '××가리'를 구하려고, 오늘 종일토록 실상은 그 궁리에 골몰했었다. 그러나 결국 시원칠 못했다.

무서운 극약이라, 간대도 사진 못할 것이고 한즉 S의사의 병원에서든지, 또 하다못해 박제호에게 어름어름 접근을 해서든지 몰래 훔쳐내는 수밖에 없는데, 그러자니 그게 조만이 없는 노릇이었었다. 그래서 아무려나 우선 허허실수로, 일변 또 마음만이라도 듬직하라고 이 ×××이나마 사다가 두어보자던 것이다.

×××이라면 재작년 송희를 잉태했을 적에 ××를 시키려고 먹어본 경험이 있는 약이라, 얼마큼 효과를 믿기는 한다.

그때에 교갑으로 열 개를 먹고서 거진 다 죽었으니까, 듬뿍 서른 개면 족하리라 했다.

초봉이 저는 그러므로 그놈이면 좋고, 또 그뿐 아니라 다급하면 양잿물이 없나, 대들보에 밧줄이 없나, 하니 아무거라도 다 좋았다.

하고, 도시 문제는 형보다.

교갑으로 서른 개라면 한 주먹이 넘는다. 너댓 번에 저질러야 다 삼켜질지 말지 하다. 그런 걸 제법 형보게다가 저 몰래 먹인다는 게 도저히 안 될 말이다.

혹시 좋은 약이라고 사알살 돌려서나 먹인다지만 구렁이가 다 된 형본 것을

채만식 271

그리 문문하게 속아 떨어질 이치가 없다. 반년이고 일 년이고 두고 고분고분해서 방심을 시킨 뒤에 거사를 한다면 그럴 법은 하지만, 대체 그 짓을 어떻게 하고 견디며, 또 하루 한 시가 꿈만 한 걸 잔뜩 청처짐하고¹ 있기도 못 할 노릇이다.

그러므로, 아무리 해도 이 ×××은 정작이 아니요 여벌감이다. 여벌감이고, 정작은 앞으로 달리 서둘러서 '××가리'나 그게 아니면 '×××'이라도 구해볼 것. 그러나 만약 그도 저도 안 되거드면 할 수 있나, 뭐 부엌에 날카로운 식칼이 있겠다 하니 그놈으로 잠든 틈에…… 몸을 떨면서도 이렇게 안심은 해두던 것이다.

외보살 내야차(外菩薩內夜叉)라고 하거니와 곡절은 어떠했든 저렇듯 애련한 계집이 왈 남편이라는 인간 하나를 굳히려 사약을 사서 들고 만인에 섞여 장안의 한복판을 어엿이 걷는 줄이야 당자 저도 실상은 잊었거든, 하물며 남이 어찌 짐작인들 할 것인고.

초봉이는 볼일을 보았으니 이내 돌아갔을 테로되, 이십 분 안에 들어오라던 소리가 미워서 어겨서라도 더 충그릴 판이다. 충그려도 송희가 한 시간이나 그 안에는 깨지 않을 터여서 안심이다. 그런데 마침 또 오월의 밤이 좋으니 이대로 돌아다니고 싶기도 하고.

가벼운 옷으로 스며드는 야기(夜氣)가 무어라고 형용할 수 없이 홑입맛이 당기게 살을 건드려주어 자꾸자꾸 훠얼훨 걸어다녀야만 배길 것 같다. 자주 바깥바람을 쐬는 사람한테도 매력 있는 밤인 걸, 반감금살이를 하는 초봉이게야 반갑지 않을 리가 없던 것이다.

불빛 은은한 포도 위로 사람의 떼가 마치 한가한 물줄기처럼 밀려오고 이쪽에서도 밀려가고 수없이 엇갈리는 사이를 초봉이는 호젓하게 종로 네거리로 향해 천천히 걷고 있다.

가도록 황홀한 밤임에는 다름없었다. 그러나 오가는 사람들을 무심코 유심

---

1 **청처짐하다** 아래쪽으로 좀 처진 듯하다. 바싹 조이는 맛이 없이 조금 느슨하다.

히 보면서 지나치는 동안 초봉이의 마음은 좋은 밤의 매력도 잊어버리고 차차로 어두워오기 시작했다.

보이느니 매양 즐거운 얼굴들이지 저처럼 액색하게 목숨이 밭아가는 사람은 하나도 없는 성불렀다.

하다가 필경 공원 앞까지 겨우 와서다.

송희보다 조금 더 클까 한 아기 하나를 양편으로 손을 붙들어 배착배착 걸려가지고 오면서 서로가 들여다보고는 웃고 좋아하고 하는 한 쌍의 젊은 부부와 쭈쩍 마주쳤다.

어떻게도 그 거동이 탐탁하고 부럽던지, 초봉이는 그대로 땅바닥에 가 펄쩐 주저앉아 울고 싶은 것을, 겨우 지나쳐 보내고 돌아서서 다시 우두커니 바라다본다. 보고 섰는 동안에 생시가 꿈으로 바뀐다. 남자는 승재요 여자는 초봉이 저요, 둘 사이에 매달려 배틀거리면서 간지게 걸음마를 하고 가는 아기는 송희요…….

번연한 생시건만 초봉이는 제가 남이 되어 남이 저인 양 넋을 잃고 서서 눈은 환영을 쫓는다.

초봉이는 집에서도 늘 이러한 꿈 아닌 꿈을 먹고 산다. 송희를 사이에 두고 승재와 즐기는 단란한 가정.

물론 그것은 꿈이었지 산 희망은 감히 없다. 마치 외로운 과부가 결혼 사진을 꺼내놓고 보는 정상과 같아, 추억의 세계로 물러갈 수는 있어도 추억을 여기에다 살려놓을 능력은 없음과 일반인 것이다.

일찍이 초봉이는 제호와 살 적만 해도 승재에게 대한 여망을 통히 버리진 않았었다. 흠집 난 몸이거니 하면 민망은 했어도 그래도 승재가 거두어주기를 은연중 바랐고, 인제 어쩌면 그게 오려니 싶어 저도 모르게 기다렸고, 하던 것이 필경 형보한테 덮치어 심신이 다 같이 시들어버린 후로야 그런 생심을 할 기력을 잃는 동시에, 일변 승재는 저를 다 잊고 이 세상 사람으로 치지도 않겠거니 하여 아주 단념을 했었다. 그러고서 임의로운 그 꿈을 가졌다.

계봉이가 그때그때의 소식은 들려주었다. 의사 면허를 탄 줄도, 오래잖아 서

울다가 개업을 하는 줄도 알았다. 그런 것이 모두 꿈을 윤기 있게 해주는 양식이었었다.

계봉이와 사이가 어떠한가 하고 몇 번 눈치를 떠보았다. 그 둘이 결혼을 했으면 좋을 생각이던 것이다. 하기야 처음에 저와 그랬었고 그랬다가 제가 퇴를 했고, 시방은 꿈속의 그이로 모시고 있고, 그러면서 그 사람과 동생이 결혼하기를 바라는 것이 일변 마음에 죄스럽지 않은 것은 아니었었다. 그러나 그러고저러고 간에 계봉이의 태도가 범연하여 동무 이상 아무것도 아닌 성싶었고, 해서 더욱 마음 놓고 그 꿈을 즐길 수가 있었다.

아까 계봉이가 승재더러 한 말은 이 눈치를 본 소린데, 의뭉쟁이가 저는 시치미를 떼고 형의 속만 뽑아보았던 것이다. 물론 알다가 미처 못 안 소리지만, 아무려나 초봉이 저 혼자는 희망 없는 한 조각 빈 꿈일값에, 만약 승재가 아직까지도 저를 약시약시하고 있는 줄을 안다면 그때는 죽었던 그 희망이 소생되기가 십상일 것이었었다. 뿐 아니라 그의 시들어빠진 인생의 정기도 기운차게 살아날 것이었었다.

사람의 왕래가 밴 공원 앞 한길 한복판에 가서 넋을 놓고 섰던 초봉이는 얼마 만에야 겨우 정신이 들었다. 정신이 들자 막혔던 한숨이 소스라치게 터져 오르면서 이어 기운이 차악 까라진다.

인제는 더 거닐고 무엇 하고 할 신명도 안 나고, 일껏 좀 마음 편하게 즐기잿던 좋은 밤이 고만 쓸데없고 말았다.

처음 요량에는 종로 네거리까지 바람만 바람만 밟아가서 계봉이가 있는 ××백화점에 들러 천천히 한 바퀴 돌아보고, 그러다가 시간이 되어 파하거든 계봉이를 데리고 같이 오려니, 오다가는 아무거나 먹음직한 걸로 밤참이라도 시켜가지고 오려니, 이랬던 것인데 공꼴시 생각잖은 마가 붙어 흥이 떨어지매 이것이고 저것이고 다 내키지 않고 지옥 같아도 할 수 없는 노릇이요, 차라리 어서 집으로 가서 드러눕고 싶기만 했다.

그래도 미망이 없진 못해 잠깐 망설였으나 이내 호오 한숨을 한 번 더 내쉬고는 돌아섰던 채, 오던 길을 맥없이 걸어간다.

걸어가면서 생각이다.

숲속에 섞여 선 한 그루 조그마한 나무랄까, 풀언덕에 같이 자란 한 포기 이름 없는 풀이랄까, 명색도 없거니와 아무 시비도 없는 내가 아니더냐.

우뚝 솟을 것도 없고 번화하게 피어날 머리도 없고 다못 남과 한가지로 남의 틈에 섭쓸려² 남을 해하지도 말고, 남의 해도 입지 말고, 말썽 없이 바스락 소리 없이 살아갈 내가 아니더냐.

내가 언제 우난 행복이며 두드러진 호강을 바랐더냐. 내가 잘되자고 남을 음해했더냐. 부모며 동기간이며 자식한테며 불량한 마음인들 먹었더냐.

마음이 모진 바도 아니요 신분이 유난스러운 것도 아니요, 소리 없는 나무, 이름 없는 풀포기가 아니더냐. 그렇건만 그 사나운 풍파며 이 불측한 박해가 어인 것이란 말이냐.

이 약병은 무엇을 하자는 것이냐. 인명을 굳혀서까지 내 목숨을 자결하자는 것이 아니냐.

내가 어쩌다 이렇듯 무서운 독부가 되었단 말이냐. 이것이 환장이 아니고 무엇이냐. 이 노릇을 어찌하잔 말이냐. 이러한 것을 일러 운명이란다면 그도 하릴없다 하려니와, 아무리 야속한 운명이기로서니 너무도 악착하지 않느냐.

운명! 운명! 그래도 이 노릇을 어찌하잔 말이냐.

소리를 부르짖어 울고 싶은 것이, 더운 눈물만 두 볼을 촤르르 흘러내린다. 눈물에 놀라 좌우를 살피니 어둔 동관의 폭만 넓은 길이다.

아무렇게나 소매를 들어 눈물을 씻으면서 얼마 안 남은 길을 종내 시름없이 걸어 올라간다.

희미한 가등에 비춰 보니 팔목시계가 여덟 시하고 사십 분이나 되었다. 그럭저럭 사십 분을 넘겨 밖에서 충그린 셈이다. 꼭 이십 분 안에 다녀오라던 시간보다 곱쟁이가 되었거니 해도 그게 그다지 속이 후련한 것도 모르겠었다.

큰길을 다 올라와서 골목으로 들어설 때다.

---

2 섭쓸리다 '섭슬리다'의 잘못. 함께 섞여 휩쓸리다.

무심코 마악 들어서는데 갑자기 어린애 우는 소리가 까무러치듯 울려 나왔다.

송희의 울음소린 것은 갈데없고, 깜짝 놀라면서 반사적으로 움칫 멈춰 서던 것도 일순간, 꼬꾸라질 듯 대문을 향해 쫓어 들어간다.

아이가 벌써 제풀로 잠이 깰 시간도 아니요, 또 깼다고 하더라도 울면 칭얼거리고 울었지 저렇게 사뭇 기절해 울 이치도 없다. 분명코 이놈 장가놈이 내게다가 못 한 앙심풀이를 어린애한테다 하는구나!

급한 중에도 이런 생각이 퍼뜩퍼뜩, 그러나 몸은 몸대로 바쁘다. 골목이래야 바로 몇 걸음 안 되는 상거요, 길로 난 안방의 드높은 서창이 마주 보여, 한데 아이의 울음소리가 어떻게도 다급한지 마음 같아서는 단박 창을 떠받고 뛰어 들어갈 것 같았다.

지친 대문을, 안중문을, 마당을, 마루를, 어떻게 박차고 넘어 뛰고 해 들어 왔는지 모른다.

안방 윗미닫이를 벼락 치듯 열어젖히는 순간 아니나 다를까 두 눈이 벌컥 뒤집어진다.

짐작이야 못 했던 바 아니지만 너무도 분이 치받치는 장면이었었다.

마치 고깃감으로 사온 닭의 새끼나 다루듯, 형보는 송희의 두 발목을 한 손으로 움켜 거꾸로 도동동 처들고 섰다. 송희는 새파랗게 다 죽어, 손을 허우적거리면서 숨이 넘어가게 운다.

형보는 초봉이가 나가고. 나간 뒤에 이십 분이 넘어 삼십 분이 지나 사십 분이 거진 되어도 들어오질 않으니까, 그놈 불안과 짜증이 차차로 더해가고 해서 시방 어미가 들어오기만 들어오면 아까 나갈 제, 어린애를 울렸다 보아라 배지를 갈라놀 테니, 하던 앙칼진 그 소리까지 밉살스럽다고 우정 보아란 듯이 새끼를 집어 동댕이를 쳐주려고 잔뜩 벼르는 판인데, 이건 또 누가 이쁘달까 봐 제가 제풀로 발딱 깨서는 들입다 귀 따갑게 울어대지를 않느냔 말이다.

이참 저참 해서 '밤의 수캐'는 드디어 제 성깔이 나고 말았다.

울기는 이래도 울고 저래도 울고 성화 먹기야 매일반이니, 화풀이 삼아 언제까지고 이렇게 거꾸로 들었다 놓았다 하면서 어미한테다 기어코 요 꼴을 보여

줄 심술이었었다. 그랬기 때문에 초봉이가 달려드는 기척을 알고서도 짐짓 그 모양을 한 채로 서서 있었던 것이다.

악이 복받친 초봉이는 기색해가는 아이를 구할 것도 잊어버리고 푸르르 몸을 떨면서 집어 삼킬 듯 형보를 노리고 섰다.

이윽고 형보는 초봉이게로 힐끔 눈을 흘기고는,

"배라먹을 것! 사람 귀가 따가워……."

씹어뱉으면서 아이를 저 자던 자리에다가 내던져버린다.

"이잇 천하에!"

초봉이는 아드득 한마디 부르짖으면서 새끼 샘에 성난 암펌같이 사납게 달려들다가 마침 돌아서는 형보를, 되는대로 아랫배를 겨누어 꿰어지라고 발길로 내지른다.

역시 암펌같이 모진 그리고 날쌘 일격이었으나, 실상 겨누던 배가 아니고 어디껜지 발바닥이 칵 막히는데 저편에서는 의외에도 모질게 어이쿠 소리와 연달아 두 손으로 사타구니를 우디고 뱅뱅 두어 바퀴 맴을 돌다가 그대로 나가동그라진다.

엇나간 겨냥이 도리어 좋게 당처를 들이찼던 것이고 당한 형보로 보면 불의의 습격이라 도시에 피할 겨를이 없었던 것이다.

방바닥에 나가동그라진 형보는 두 손으로 ×××께를 움킨 채 악악 소리나 아니나 무령하게 물 먹는 메기처럼 입을 딱딱 벌리면서 보깬다. 눈은 흰창이 뒤집어지고 방금 숨이 넘어가는 시늉이다.

죽으려고 희번덕거리는 것을 본 초봉이는 가슴이 서늘하면서 몸이 떨렸다.

겁결에 얼핏 물이라도 먹이고 주물러라도 주어야지, 아니 의사라도 불러 대어 살려놓아야지 하면서 마음 다급해하는데 순간, 마치 뜨거운 물을 좌악 끼얹는 듯 머릿속이 화끈하니 치달아 오르는 게 있었다.

'옳아! 죽여야지!'

소리는 안 냈어도 보다 더 살기스러운 포효다.

죽으려고 납뛰는 것을 보고 겁이 나서 살려놓자던 저를 혀 한번 찰 경황도 없

채만식 277

었다. 경황이 없기보다도 잊어버렸기가 쉬우리라.

이 순간의 초봉이의 얼굴을 누가 보았다면 벌겋게 상기된 채 씰룩거리는 안면 근육이며 모가지의 푸른 핏대며 독기가 딩겅딩겅 듣는 눈이며, 분명코 육식류의 야수를 연상하고 몸을 떨지 않질 못했을 것이다.

"아이구우, 사람 죽는다아!"

형보는 그새 아픔이 신간했던지, 떠나가게 계목[3]을 지른다.

초봉이는 깜짝 놀라 입술을 깨물고 와락 달려들어 형보가 우디고 있는 ×××께를 겨누고 힘껏 걷어찬다. 정통이 거기라는 것은 형보 제가 처음부터 우디고 있기 때문에 안 것이요, 하니 방법은 당자 제 자신이 가르쳐준 셈쯤 되었다.

마음먹고 차는 것이건만 이번에는 곧잘 정통으로 들어가질 않는다. 세 번 걷어찼는데 겨우 한 번 올바로 닿기는 했어도 형보의 손이 가리어 효과가 없고 말았다. 그럴 뿐 아니라 형보는 겨냥 들어오는 데가 거긴 줄 알아채고서 두 손으로 잔뜩 가리고 다리를 꼬아 붙이고 그러고도 몸을 요리조리 가눈다. 인제는 암만 걷어질러야 위로 헛나가기 아니면 애먼 볼기짝이나 차이고 말지 정통에는 빈틈이 나지 않는다.

— 아이구우, 이년이 날 죽이네에!

— 아이구 아야 아이구 아야 —

— 아이구우 이년이 사람 막 죽이네에!

— 아이구 아이구 아이구!

— 아이구우 날 잡아먹어라 —

형보는 초봉이가 한 번씩 발길질을 하는 족족, 발길질이래야 헛나가기 아니면 아프지도 않은 것을 멀쩡하니 뒹굴면서 돼지 생멱 따는 소리로 소리소리 계목을 질러댄다.

××× 차인 것도 인제는 안 아프고 번연히 흉포를 떠느라 엄살인 것이다.

---

3 계목 듣기 싫은 목소리.

형보는 조금치라도 초봉이에게서 살의를 거니채지는 못했다. 그러나 제가 송희를 가지고 한 소행은 있겠다, 한데 초봉이가 전에 없이 미칠 듯 날뛰니까 달리 겁이 슬그머니 났었다.

그새까지는 악이 바치면은 등감이나 한번 쥐어박지르고 욕이나 해 퍼붓고 이내 그만두었지 그다지 기승스럽게 대드는 법이 없었다.

본시 뒤가 무른 형보는, 그래서 생각에, 저년이 이번에는 아마 단단히 독이 오른 모양이니 마주 성구거나 잘못 건드렸다가는 제 분에 못 이겨 양잿물이라도 집어삼킬는지 모른다, 아예 그렇다면 맞서지를 말고 엄살이나 해가면서 제 분이 풀리라고, 때리면 맞는 시늉, 걷어차면 차이는 시늉 해주는 게 옳겠다, 차여준대야 맨 처음의 ××× 는 멋도 모르고 차인 것, 인제는 제까짓 것 계집년이 참새 다리 같은 걸로 발길질을 골백번 한들 소용 있더냐! 엉덩판이나 허벅다리 좀 차였다고 골병들 리 없고, 요렇게 ××× 만 잘 싸고 피하면 고만이지, 이렇대서 시방 앞뒤 요량 다 된 줄로 든든히 배짱 내밀고 구렁이 같은 의뭉을 피우던 것이다.

초봉이는 발길질에 차차로 기운이 팡겨오는데, 형보는 일변 도로 멀쩡해지는 걸 보니 마음이 다뿍 초조해서, 이를 어찌하나 싶어 안타까워할 즈음 요행히 꾀 하나가 언뜻 들었다.

그는 여태까지 형보가 누워 있는 몸뚱이와 길이로만 서서 살을 겨누어 발길질을 하던 것을 고만두는 체 슬쩍 비키다가 와락 옆으로 다가서면서 날쌔게 발꿈치를 들어 칵 내리제긴다.

"어이쿠, 아이구우."

형보는 ××× 두덩을 한 손만 옮겨다가 우디면서 옳게 아파한다.

"아이구우 사람 죽네에!"

형보는 여전히 게목을 지르면서 몸을 요리조리 바워내고, 초봉이는 따라가면서 옆을 잃지 않고 제긴다.

그러다가 한번, 정통과는 겨냥이 턱없이 빗나갔고 훨씬 위로 배꼽 밑인 듯한데, 칵 내리제기는 발꿈치가 물씬하자 단박,

"어억!"

소리도 미처 못 맺고 자리를 우디려 올라오던 팔도 풀기 없이 방바닥으로 내려진다. 아까 맨 먼저 ×××를 차이고 나가동그라질 때보다 더하다. 차인 자리는 형보고 초봉이고 다 같이 생각지도 알지도 못하는 배꼽 밑의 급처이던 것이다.

형보는 숭업게 눈창을 뒤집어쓰고 입을 떠억 벌린 채 거진 사족이 뻐드러져서 꼼짝도 않는다. 숨도 쉬는 것 같지 않고 입가로 게거품이 피어오른다.

"오오냐!"

기운이 버쩍 솟은 초봉이는 이를 보드득 갈아붙이면서 맞창이라도 나라고 형보를 아랫배를 내리 칵칵 제긴다. 하나 둘 세엣 너히, 수없이 대고 제긴다. 다 아섯 여어섯 이일곱 여어덟…….

얼마를 그랬는지 정신은 물론 없고, 펄럭거리면서 발꿈치 방아를 찧는데 어찌어찌하다가 내려다보니 형보는 네 활개를 쭈욱 뻗고 누워 움칫도 않는다. 숨도 안 쉬고 눈도 많이 감았다.

초봉이는 비로소 형보가 죽은 줄로 알았다. 죽은 줄을 알고 발길질을 멈추고는 허얼헐 가쁜 숨을 쉬면서, 발밑에 뻐드러진 형보의 시신을 들여다본다.

이 초봉이의 형용은 거기 굴러져 있는 송장 그것보다도 더 숭어운 꼴이다.

긴 머리채가 앞뒤로 흐트러져 얼굴에도 그득 드리웠다. 얼굴에 드리운 머리칼 사이로 시뻘겋게 충혈된 눈이 무섭게 번득인다. 깨문 입술은 흐르는 피가 검붉다. 매무시가 흘러내려 흰 허리통이 징그럽게 드러났다. 가삐 쉬는 숨길마다, 드러난 그 허리통이 쥐노는 고깃덩이같이 들먹거린다.

초봉이는 시방 완전히 통제를 잃어버린 '생리'다.

머리가 눈을 가리거나 매무시가 흘러 허리통이 나온 것쯤 상관도 않거니와, 실상 상관 이전이어서 알기부터 못 하고 있다. 암만 숨이 가빠야 저는 가쁜 줄을 모른다. 송희가 들이울어도 뒹굴어도 안 들린다. 동네가 발끈한 것도 모른다.

다 모른다. 모르고 형보가 이렇게 발밑에 나가동그라져 죽은 것, 오로지 그것만이 눈에 보일 따름이다.

감각만 그렇듯 외딴 것이 아니라 의식도 또한 중간의 한 토막뿐이다. 그의 의식은 과거와도 뚝 잘리고, 미래와도 뚝 끊기어 앞서 일도 뒤엣일도 죄다 잊어버렸다. 잊어버리고서 역시 형보가 시방 — 당장 시방 — 거기 발밑에 나가동그라져 죽은 것, 단지 그것만을 안다. 그것은 흡사 곁가지를 후리고 위아래 동강을 쳐낸 가운데 토막만 갖다가 유리단지의 알코올에 담가놓은 실험실의 신경이라고나 할는지.

그 끔찍한 모양을 하고 서서 형보의 시신을 끄윽 내려다보던 초봉이는 이윽고 이마와 양미간으로 불평스러운 구김살이 분명하게 드러난다.

초봉이는 형보를, 원망과 증오가 사무친 형보를, 또 이미 죽이쟀던 형보를 마침내 죽여놓았고, 그래서 시방 이렇게 죽어 뻐드러졌고, 그러니까 인제는 속이 후련하고 기쁘고 했어야 할 것인데 아직은 그런 생각이 안 나고, 형보가 죽은 것이 도리어 안타까웠다.

원수는 이미 목숨이 없다. 죽었으되 저는 죽은 줄을 모른다. 발길로 차고 제기고 해도 아파하지 않는다.

내 생애를 잡쳐주었고 갖추갖추 나를 괴롭히던 원수건만 이제는 원한을 풀 데가 없다. 원수는 저렇듯 편안하다. 저 평온! 저 무사! 저 무관심!

초봉이는 이게 안타깝고 그래서 불평이던 것이다.

멈추고 섰던 것은 잠깐 동안이요, 이어 곧 훨씬 더 모질게 발길질을 해댄다. 칵칵 배가 꿰어지라고 내리제긴다. 발을 번갈아 가면서 제긴다.

만약 이 형보의 배가 맞창이라도 났으면, 이렇게 물씬거리지 말고 내리구르는 발꿈치가 배창을 꿰뚫고 다시 등짝을 꿰뚫고 따악 방바닥에 가서 야멸치게 맞히기라도 했으면 그것이 대답인 양 초봉이는 속이 후련해했을 것이다. 그러나 암만 기운을 들여서 사납게 제겨야 아파하지도 않고 퍼억퍽 바람 빠진 고무공처럼 물씬거리기만 한다. 마치 그것은 형보가 살아 있을 제 하던 짓처럼 유들유들한 것과 같았다.

끝끝내 반응이 없고, 그게 답답하다 못해 초봉이는 고만 눈물이 쏟아진다.

눈물에 맥이 탁 풀려, 그대로 주저앉으려다가 말고, 문득 방 안을 휘휘 둘러본다. 아무거나 연장이 아쉬웠던 것이다.

이때에 가령 칼이 눈에 띄었다면 칼을 집어들고서 형보의 시신을 육회 치듯 난도질을 해놓았을 것이다. 또, 몽둥이나 방망이가 있었다면 그놈을 집어들고서 들이 짓바쉈을 것이고, 시뻘건 화톳불이 있었다면 그놈을 들어다가 이글이글 덮어씌웠을 것이다.

방 안에는 아무것도 만만한 것이 보이지 않으니까 열려 있는 윗미닫이로 고개를 내밀고 마루를 둘러본다. 바로 문치의 쌀뒤주 앞에 가서 시커먼 맷돌이 묵직하게 포개져 놓인 것이 선뜻 눈에 띄었다.

서슴잖고 우르르 나가 그놈을 위아래짝 한꺼번에 불끈 안아들고 방으로 달려든다. 여느 때는 한 짝씩만 들재도 힘이 부치는 맷돌이다.

번쩍 턱밑까지 높이 쳐들어 올린 맷돌을, 형보의 가슴패기를 겨누어 앙칼지게 내리 부딪는다.

"떠그럭, 퍽, 떠그럭."

무딘 소리와 한가지로 육중한 맷돌이 등의 곱사혹에 떠받히어 빗밋이 기운 형보의 앙가슴을 으깨고 둔하게 굴러 내린다.

맷돌을 내려치는 바람에 초봉이는 중심을 놓치고 앞으로 형보의 시체 위에 가서 꼬꾸라질 뻔하다가 겨우 몸을 가눈다.

몸을 고쳐 가진 초봉이는 또다시 맷돌을 안아 올리려고 허리를 꾸부리다가, 피 밴 형보의 가슴을 보고서 그대로 멈춘다.

맷돌에 으끄러진 가슴에서 엷은 메리야스 위로 자리 넓게 피가 배어 오른다. 팔을 쭉 편 손끝이 바르르 보일락 말락 하게 떨다가 만다. 초봉이가 만일 그것까지 보았다면 아직도 설죽은 것으로 알고서 옳다구나 다시 무슨 거조를 냈겠는데, 실상은 잡아놓은 쇠고기에서 쥐가 노는 것과 다름없는 생명 아닌 경련이었었다.

뒤로 고개를 발딱 젖힌 입 한쪽 귀퉁이에서 검붉은 피가 가느다랗게 한 줄기 흐른다.

초봉이는 굽혔던 허리를 펴면서,

"휘유."

깊이 한숨을 내쉰다. 피의 암시로 하여 다시 한 번 형보의 죽음을 알았고, 그러자 비로소 그대도록 벅차고 조만찮아했던 거역이 아주 우연하게 이렇듯 수월히 요정이 난 것을 안심하는 한숨이었었다.

따로 놀던 신경이 정리가 되어감을 따라, 그것은 완연히 초봉이 제 자신의 능력이 아니고 한 개의 기적인 것 같아 경이의 눈으로 이 결과를 내려다보지 않을 수가 없었다.

아닌 게 아니라 오늘 밤 같은 전연 돌발적인 우연한 고패가 아니고서는 아무리 ××가리나 그런 좋은 약품이 있다고 하더라도 초봉이의 맑은 정신을 가지고는 좀처럼 마음 차근차근하게 일 거조를 내지 못했을는지도 모른다.

초봉이는 차차 온전한 제정신이 들고, 정신이 들면서 맨 처음 송희의 우는 소리를 알아들었다.

매우 오랜 동안인 것 같으나, 실상 첫 번 형보의 ×××를 걸어질러 넘어뜨리던 그 순간부터 쳐서 오 분밖에 안 된 시간이다.

초봉이는 얼른 머리카락을 뒤로 걷어 넘기고 허리춤을 추어올리고 그러고 나서 팔을 벌리고 안겨드는 송희를 그러안으려고 몸을 꾸부리다가 움칫 놀라 제 손을 끌어당긴다. 이 손이 사람을 굳힌 손이거니 하는 생각이 퍼뜩 들면서 사람을 굳힌 손으로 소중스러운 자식을 안기가 송구했던 것이다. 송희는 엄마가 꺼려하는 것이야 상관할 바 없고, 제품로 안겨들어 벌써 젖꼭지를 문다.

할 수 없는 노릇이고, 초봉이는 송희를 젖 물려 안은 채 처네⁴를 내려다가 형보의 시신을 덮어버린다. 이것은 송장에 대한 산 사람의 예절과 공포를 같이한 본능일 게다. 그러나 시방 초봉이의 경우는 그렇기보다 어린 송희에게, 아무리 무심한 어린 눈이라고 하더라도 그 눈에 이 끔찍스러운 살상의 자취가 보이지 말게 하자는 어머니의 마음일 게다.

---

4 **처네** 이불 밑에 덧덮는 얇고 작은 이불.

초봉이는 이어서 뒷일 수습을 하기 시작한다. 우선 시간을 본다. 아홉 시까지는 아직 십오 분이나 남았다. 계봉이가 항용 아홉 시 사십 분 그 어림해서 돌아오곤 하니 그 준비는 그동안에 넉넉할 것이었다.

한 손으로는 송희를 안고 한 손만 놀려가면서 바지런바지런, 그러나 어디 놀러 나갈 채비라도 차리는 듯 심상하게 서둔다.

아까 사가지고 온 ×××병과 교갑 봉지가 방바닥에 굴러져 있는 것을 집어 건넌방에다 갖다 둔다.

그다음, 양복장 아래 서랍에 고스란히 들어 있는 송희의 옷을 그대로 담쏙 트렁크에 옮겨 담아 건넌방으로 가져간다.

또 그다음, 장롱에서 위아랫막이 안팎 새 옷을 한 벌 심지어 버선까지 고르게 챙겨 내다가 놓는다.

마지막 방바닥의 너저분한 것을 대강대강 거두어 잡아 치우고는 손탯그릇의 돈지갑을 꺼내서 손에 쥔다.

반지가 백금반진데, 시방 손에 낀 형보가 해준 놈 말고 전에 박제호가 해준 놈이 또 한 개, 그리고 사파이어를 박은 금반지까지 도통 세 개다. 죄다 찾아내고 뽑고 해서 돈지갑에다가 넣는다.

반지를 뽑고 하노라니까 문득 한숨이 소스라쳐 나온다. 지나간 날 군산서 떠나올 그 밤에 역시 고태수가 해준 반지를 뽑던 생각이 나던 것이다.

어쩌면 한 번도 아니요 두 번째나 이 짓을 하다니, 그것이 심술 사나운 운명의 역력스러운 표적인가 싶기도 했다.

반지 하나 때문에 추억을 자아내어 가슴 하나 가득 여러 가지 회포가 부풀어 오른다.

한참이나 넋을 놓고 우두커니 섰다가 터져 나오는 한숨 끝에 중얼거린다.

"그래도 그때 그날 밤에는 살자고 희망을 가졌었지!"

초봉이는 안방을 마지막으로 나오려면서 휘익 한번 둘러본다. 역시 미진한 게 있다면 얼마든지 있겠으나 시방 이 경황 중에는 어찌할 수 없는 것들이다.

남색 제병[5]처네를 덮어씌운 형보의 시신 위에 눈이 제풀로 멎는다. 인제는 꼼지락도 않는 송장, 송장이거니 해야 몸이 쭈뼛하거나 무섭지도 않다.

항용 남들처럼 사람을 해하고 난 그 뒤에 오는 것, 가령 막연한 공포라든지, 순전한 마음의 죄책이라든지, 다시 또 그 뒤에 오는 것으로 받을 법의 형벌이라든지 그런 것은 통히 생각이 나질 않는다. 단지 천행으로 이루어진 이 결과에 대한 만족과, 일변 원수의 무사태평함에 대한 시기(嫉妬)와 이 두 가지의 상극된 감정이 서로 번갈아 드나들 따름이다.

이윽고 마루로 나와 미닫이를 닫고 돌아서다가 문득 얼굴을 찡그리면서,
"원수는 외나무다리서 만난다더니! 저승을 가도 같이 가야 하나!"
하고 쓰디쓰게 한마디, 입속말을 씹는다.

미상불 징그럽기도 하려니와 창피스러운 깐으로는 작히나 하면 이놈의 집구석에서 약을 먹고 죽을 게 아니라 철도 길목이든지 한강이든지 나갔으면 싶었다.

건넌방으로 건너와서 그동안 잠이 든 송희를 아랫목으로 내려 뉜다. 뉘면서 송희의 얼굴을 들여다보노라니 비로소 그제야 설움이 소스라쳐 눈물이 쏟아진다.

설움에 맡겨 언제까지고 울고 싶은 것을 그러나 뒷일이 총총해 못 한다. 흘러넘치는 눈물을 씻으며 흘리며, 계봉이의 경대를 다가놓고 머리를 빗는다. 단장은 했으나 눈물이 자꾸만 망쳐놓는다. 마지막 새 옷을 싸악 갈아입는다. 옷까지 갈아입고 나니 그래도 조금은 기분이 산뜻한 것 같다.

유서를 쓴다. 비회가 붓보다 앞을 서고 또 쓰기로 들면 얼마든지 장황하겠어서 아주 형식적이요 간단하게 부친 정주사와 모친 유씨한테 각각 한 장씩 썼다.

계봉한테는 송희를 갖추갖추 부탁하느라고 좀 자상했다. 승재와 결혼하는 것이 좋겠다는 말도 했다.

유서 석 장을 각각 봉해가지고 다시 한 봉투에다가 넣어 겉봉을 부주전상백시라고 썼다.

---

5 제병 전병만 한 큰 무늬가 있는 비단.

마침 아홉 시 반이 되어온다. 인제 한 십 분이면 계봉이가 오고, 오면은 선 자리에서 송희와 돈지갑과 유서와 트렁크를 내주면서 정거장으로 쫓을 판이다.

모친이 병이 위급하다는 전보가 왔는데, 형보가 의증을 내어 못 내려가게 하니 너 먼저 송희를 데리고 이번 열한 점 차로 내려가면, 날라컨 몸 가뿐하게 있다가 눈치 보아가면서 오늘 밤에 못 가더라도 내일 아침이고 밤이고 몸을 빼쳐 내려가마고, 이렇게 돌릴 요량이다. 유서의 겉봉을 부친한테 한 것도 그러한 의사가 있기 때문이다.

이것은 미리서 계획했던 것이 아니고, 당장 꾸며댄 의견이다. 그는 계봉이를 송희와 압령해서 그렇게 시골로 내려보내놓고 최후의 거사를 해야 망정이지, 이 흉악한 살상의 뒤끝을 그 애들한테다가 맡기다니 절대로 불가한 짓이었다.

사실 그러한 뒷근심이 아니고서야 유서나 머리맡에다 놓아놓고 진작 약그릇을 집어들었을 것이지 우정 계봉이를 기다리고 있을 것도 없던 것이다.

그러나 막상 '필요'가 그러한 연유로 해서 기다린다 하지만, 사랑하는 동생을 마지막으로 한 번 더 상면을 하게 되는 것이, 그것이 초봉이에게는 오히려 뜻이 있고 겸하여 커다란 기쁨이 아닐 수 없었다.

유서까지 써놓았고 하니 준비는 다 된 셈이다.

인제는 계봉이가 돌아올 동안에 교갑에다가 약이나 재자고 ×××병을 앞으로 다가놓다가, 먹고 죽을 사약이 쓴 걸 가리려는 저 자신이 하도 서글퍼 코웃음을 하면서 도로 밀어놓는다.

하고, 그것보다는 나머지 십 분을 송희의 마지막 엄마 노릇을 할 것이 긴한데 잊어버렸던 것이 대단스러웠다.[6]

그래 마악 책상 앞으로부터 아랫목의 송희에게로 돌아앉으려고 하는데 그때 마침 계봉이가 우당퉁탕 황급히 언니를 불러 외치면서 달려들었던 것이다.

---

6 것이 대단스러웠다 조선일보 연재본에는 '걸 깨다럿다'로 되어 있음. 여기에서는 『탁류』 단행본 초판본(박문서관, 1939)에 따랐다.

달려드는 계봉이는 미처 방으로 들어가지도 못하고 마루로 난 샛문턱에 우뚝, 사라질 듯 목안엣소리로,
"언니이!"
부르면서 눈에는 눈물이 뚜욱뚝, 형의 얼굴을 송희를 트렁크를 ×××병을, 이렇게 휘익 둘러보다가 다시 형을 마주 본다.

채만식
논 이야기

1

일인들이 토지와 그 밖에 온갖 재산을 죄다 그대로 내놓고 보따리 하나에 몸만 쫓겨가게 되었다는 이야기를 듣는 한생원은 어깨가 우쭐하였다.

"거 보슈 송생원. 인전들, 내 생각 나시지?"

한생원은 허연 탑삭부리에 묻힌 쪼글쪼글한 얼굴이 위아래 다섯 대밖에 안 남은 누런 이빨과 함께 흐물흐물 웃는다.

"그러면 그렇지, 글쎄 놈들이 제아무리 영악하기로소니 논에다 네 귀탱이 말뚝 박구섬 인도깨비처럼 어여차 어여차 땅을 떠가지구 갈 재주야 있을 이치가 있나요?"

한생원은 참으로 일본이 항복을 하였고, 조선은 독립이 되었다는 그날 — 8월 15일 적보다도 신이 나는 소식이었다. 자기가 한 말(豫言)이 꿈결같이도 이렇게 와 들어맞다니…… 그리고 자기가 한 말대로, 자기가 일인에게 팔아넘긴 땅이 꿈결같이도 도로 자기의 것이 되게 되었다니…… 이런 세상에 신기하고 희한할 도리라고는 없었다.

---

* 「논 이야기」는 『협동(協同)』 1946년 10월호에 발표되었고, 이후 『해방문학선집』(종로서원, 1948)에 수록되었다.

조선이 독립이 되었다는 8월 15일, 그때는 한생원은 섬뻑 만세를 부르고 싶은 생각이 나지 않았어도, 이번에는 저절로 만세 소리가 나와지려고 하였다.

8월 15일 적에 마을에서는 젊은 사람들이 설도¹를 하여 태극기를 만들고, 닭을 추렴하고 술을 사고 하여놓고 조촐히 만세를 불렀다.

한생원은 그 자리에 참례를 하지 아니하였다. 남들이 가서 같이 만세를 부르자고 하였으나 한생원은 조선이 독립이 되었다는 것이 벼랑² 반가운 줄을 모르겠었다. 그저 덤덤할 뿐이었다.

물론 일본이 항복을 하였으니 전쟁은 끝이 난 것이요, 전쟁이 끝이 났으니 벼 공출을 비롯하여 솔뿌리 공출이야, 마초 공출이야, 채소 공출이야, 가지가지의 그 억울하고 성가신 공출이 없어지고 말 것이었다.

또, 열여덟 살배기 손자놈 용길이가 징용에 뽑혀 나갈 염려가 없을 터였다. 얼마나 한생원은 일찍이 아비를 여의고 늙은 손으로 여태껏 길러온 외톨 손자놈 용길이가 징용에 뽑히지 말게 하려고, 구장과 면의 노무계 직원과 부락 담당 직원에게 굽은 허리를 굽실거리며 건사를 물고 하였던고. 굶는 끼니를 더 굶어가면서 그들에게 쌀을 보내어주기, 그들이 마을에 얼찐하면 부랴부랴 청해다 씨암탉 잡고 술 대접하기, 한참 농사일이 몰릴 때라도, 내 농사는 손이 늦어도 용길이를 시켜 그들의 논에 모심고 김매어주고 하기. 이 노릇에 흰머리가 도로 검어질 지경이요, 빚은 고패³가 넘도록 지고 하였다.

하던 것이 인제는 전쟁이 끝이 났으니, 징용 이자는 싹 씻은 듯 없어질 것. 마음 턱 놓고 두 발 쭉 뻗고 잠을 자도 좋았다.

이런 일을 생각하면 한생원도 미상불 다행스럽지 아니한 것은 아니었다. 그러나 오직 그뿐이었다.

독립?

신통할 것이 없었다.

---

1 **설도** 설두(說頭). 앞장을 서서 일을 주선함.
2 **벼랑** '별로'의 사투리.
3 **고패** 고비. 한창 막다른 때의 상황.

독립이 되기로서니, 가난뱅이 농투성이가 별안간 나으리 주사 될 리 만무하였다. 가난뱅이 농투성이가 남의 세토(貰土: 소작) 얻어 비지땀 흘려가면서 일 년 농사지어, 절반도 넘는 도지(소작료) 물고 나머지로 굶으며 먹으며 연명이나 하여가기는 독립이 되거나 말거나 매양 일반일 터였다.

공출이야 징용이야 하여서 살기가 더럭 어려워지기는 전쟁이 나면서부터였다. 전쟁이 나기 전에는 일 년 농사지어 작정한 도지 실수 않고 물면 모자라나따나 아무 시비와 성가심 없이 내 것 삼아놓고 먹을 수가 있었다.

징용도 전쟁이 나기 전에는 없던 풍도였다. 마음 놓고 일을 하였고, 그것으로써 그만이었지, 달리는 근심 걱정 될 것이 없었다.

전쟁 사품에 생겨난 공출이니 징용이니 하는 것이 전쟁이 끝이 남으로써 없어진 다음에야 독립이 되기 전 일본 정치 밑에서도 남의 세토 얻어 도지 물고 나머지나 천신하는 가난뱅이 농투성이에서 벗어날 것이 없을진대, 한갓 전쟁이 끝이 나서 공출과 징용이 없어진 것이 다행일 따름이지, 독립이 되었다고 만세를 부르며 날뛰고 할 흥이 한생원으로는 나는 것이 없었다.

일인에게 빼앗겼던 나라를 도로 찾고, 그래서 우리도 다시 나라가 있게 되었다는 이 잔주[4]도, 역시 한생원에게는 시쁘둥한 것이었다. 한생원은 나라를 도로 찾는다는 것은, 구한국 시절로 다시 돌아가는 것으로밖에는 달리는 생각할 수가 없었다.

한생원네는 한생원의 아버지의 부지런으로 장만한 열서 마지기와 일곱 마지기의 두 자리 논이 있었다. 선대의 유업도 아니요, 공문서(空文書: 무등기) 땅을 거저 주운 것도 아니요, 뻐젓이 값을 내고 산 것이었다. 하되 그 돈은 체계나 돈놀이(高利貸金業)로 모은 돈이 아니요, 품삯 받아 푼푼이 모으고 악의악식하면서 모은 돈이었다. 피와 땀이 어린 땅이었다.

그 피땀 어린 논 두 자리에서, 열서 마지기를 한생원네는 산 지 겨우 오 년 만에 고을 원(郡守)에게 빼앗겨버렸다.

---

4 잔주 큰 주석 아래 더 자세히 단 주석.

지금으로부터 오십 년 전, 갑오 을미 병신 하는 병신(丙申)년 한생원의 나이 스물한 살 적이었다.

그 안 해 을미년 늦은 가을에 김아무(金某)라는 원이 동학란에 도망 뺀 원 대신으로 새로이 도임을 해 와서, 동학의 잔당을 비질하듯 잡아 죽였다.

피비린내 나는 살육이 이듬해 병신년 봄까지 계속되었고, 그리고 여름…… 인제는 다 지났거니 하여 겨우 안도를 한 참인데, 한태수(한생원의 아버지)가 원두막에서 동헌으로 붙잡혀 가 옥에 갇히었다. 혐의는 동학에 가담하였다는 것이었다.

한태수는 전혀 동학에 가담한 일이 없었다. 그의 말대로 하면, 동학 근처에도 가보지 아니한 사람이었다.

옥에 가두어놓고는, 매일 끌어내다 실토를 하라고, 동류의 성명을 불라고 주리를 틀면서 문초를 하였다. 육십이 넘은 늙은 정강이가 살이 으깨어지고 뼈가 아스러졌다.

나중 가서야 어찌 될 값에 당장의 아픔을 견디다 못하여 동학에 가담하였노라고 자복을 하였다. 입에서 나오는 대로 아는 사람의 이름을 불렀다.

불린 일곱 사람이 잡혀 들어와 같은 문초를 받았다. 처음에는들 내뻗었으나 원체 아픔을 이기지 못하여 자복을 하였다.

남은 것은 처형을 하는 것뿐이었다.

하루는 이방이, 한태수의 아내와 아들(한생원)을 조용히 불렀다.

이방은 모자더러, 좌우간 살려낼 도리를 하여야 않느냐고 하였다.

모자는 엎드려 빌면서, 제발 이방님 덕택에 목숨만 살려지이다고 하였다.

"꼭 한 가지 묘책이 있기는 있는데…… 그럼 내가 시키는 대로 할 테냐?"

"불 속이라도 뛰어들어가겠습니다."

"논문서를 가져오느라. 사또께다 바쳐라."

"논문서를요?"

"아까우냐?"

"……."

"가장이나 애비의 목숨보다 논이 더 소중하냐?"

"그 땅이 다른 땅과도 달라서……."

"정히 그렇게 아깝거던 고만두는 것이고."

"논문서만 가져다 바치면, 정녕 모면을 할까요?"

"아니 될 노릇을 시킬까?"

"그럼 이 길로 나가서 가지고 오겠습니다."

"밤에 조용히 내아(內衙: 관사)로 오도록 하여라. 나도 와서 있을 테니. 그러고 네 논이 두 자리가 있겠다?"

"네."

"열서 마지기와 일곱 마지기."

"네."

"그 열서 마지기를 가지고 오느라."

"열서 마지기를요?"

"아까우냐?"

"……."

"아깝거들랑 고만두려무나."

"그걸 바치고 나면 소인네는 논 겨우 일곱 마지기를 가지고 수다한 권솔에 살아갈 방도가……."

"당장 가장이나 애비의 목숨은 어데로 갔던지?"

"……."

"땅이야 다시 장만도 할 수가 있는 것이 아니냐?"

모자는 서로 돌아보면서 말하였다.

"바칩시다."

"바치자."

사흘 만에 한태수는 놓여나왔다. 다른 일곱 명도 이방이 각기 사이에 들어, 각기 얼마씩의 땅을 바치고 놓여나왔다.

그 뒤 경술(庚戌)년에 일본이 조선을 합방하여 나라는 망하였다.

사람들이 나라 망한 것을 원통히 여길 때, 한생원은

"그깐 놈의 나라. 시언히 잘 망했지."

하였다. 한생원 같은 사람으로는 나라란 백성에게 고통이지, 하나도 고마운 것이 아니었다. 또 꼭 있어야 할 요긴한 것도 아니었다.

그런 나라라는 것을 도로 찾았다고 하여 섬뻑 감격이 일지 아니한 것도 일변 의당한 노릇이라 할 것이었다.

논 스무 마지기에서 열서 마지기를 빼앗기고 나니, 원통한 것도 원통한 것이지만, 앞으로 일이 딱하였다. 논이나 겨우 일곱 마지기를 가지고는 어림도 없었다.

하릴없이 남의 세토를 얻어 그 보충을 하여야 하였다. 그러나 남의 세토는 도지를 물어야 하는 것이라, 힘은 내 논을 지을 때와 마찬가지로 들면서도 가을에 가서 차지를 하기는 절반이 못 되는 것이었다. 그렇지만 그렇다고 남의 세토를 소작 아니 할 수는 없었다.

이리하여 한생원네는 나라 명색이 망하지 않고 내 나라로 있을 적부터 가난한 소작농이었다.

경술년 나라가 망하고, 삼십육 년 동안 일본의 다스림 밑에서도 같은 가난한 소작농이었다.

그리고 속담에 남의 불에 게 잡기로, 남의 덕에 나라를 도로 찾기는 하였다지만 한국 말년의 나라만을 여겨 그 나라가 오죽할 리 없고, 여전히 남의 세토나 지어먹는 가난한 소작농이기는 일반일 것이라고 한생원은 생각하던 것이었다.

일본이 항복을 하던 바로 전의 삼사 년에, 공출이야 징용이야 하면서 별안간 군색함과 불안이 생겼던 것이지, 그 밖에는 나라가 망하여 없어지고서 일본의 속국 백성으로 사는 것이 경술년 이전 나라가 있어가지고 조선 백성으로 살 적보다 벼랑 못할 것이 한생원에게는 없었다. 여전히 남의 세토를 지어, 절반 이상이나 도지를 물고, 그 나머지를 천신하는 가난한 소작인이요, 순사나 일인이나 면서기들의 교만과 압박보다 못할 것도 없거니와 더할 것도 없었다.

독립이 된 이 앞으로도, 그것이 천지개벽이 아닌 이상, 가난한 농투성이가 느닷없이 부자장자 될 이치가 없는 것이오. 원·아전·토반이나 일본놈 대신에, 만만하고 가난한 농투성이를 꼽박하는 '권세 있는 양반들'이 생겨날 것이요 할 것이매, 빼앗겼던 나라를 도로 찾아 다시금 조선 백성이 되었다는 것이 조금도 신통하거나 반가울 것이 없었다.

원과 토반과 아전이 있어, 토색질[5]이나 하고 붙잡아다 때리기나 하고 교만이나 피우고, 하되 세미(稅米: 납세)는 국가의 이름으로 꼬박꼬박 받아가면서 백성은 죽어야 모른 체를 하고 하는 나라의 백성으로도 살아보았다.

천하 오랑캐, 아비와 자식이 맞담배질을 하고, 남매간에 혼인을 하고, 뱀을 먹고 하는 왜인들이, 저희가 주인이랍시고서 교만을 부리고 순사와 헌병은 칼바람에 조선 사람을 개 돼지 대접을 하고, 공출을 내어라 징용을 나가거라 야미[6]를 하지 마라 하면서 볶아대고, 또 일본이 우리나라다, 나는 일본 백성이다 이런 도무지 그럴 마음이 우러나지를 않는 억지 춘향이 노릇을 시키고 하는 나라의 백성으로도 살아보았다.

결국 그러고 보니 나라라고 하는 것은 내 나라였건 남의 나라였건 있었댔자 백성에게 고통이나 주자는 것이지, 유익하고 고마울 것은 조금도 없는 물건이었다. 따라서 앞으로도 새 나라는 말고 더한 것이라도, 있어서 요긴할 것도 없어서 아쉬울 일도 없을 것이었다.

2

신해(辛亥)년…… 경술합방 바로 이듬해였다. 한생원── 때의 젊은 한덕문── 은 빼앗기고 남은 논 일곱 마지기를 불가불 팔아야 할 형편에 이르렀다.

칠팔 명이나 되는 권솔인데, 내 논 일곱 마지기에다 남의 논이나 몇 마지기

---

5 토색질 돈이나 물건 따위를 억지로 달라고 하는 짓.
6 야미 뒷거래.

를 소작하여가지고는 여간한 규모와 악의악식이 아니고서는 도저히 현상 유지를 하기가 어려웠다.

한덕문은 그 부친과는 달라 살림 규모가 없었다. 사람이 좀 허황하고 헤픈 편이었다.

부친 한태수가 죽고, 대신 당가산(當家産)을 한 지 불과 오륙 년에 한덕문은 힘에 넘치는 빚을 졌다.

이 빚은 단순히 살림에 보태느라고만 진 빚은 아니었다.

한덕문은 허황하고 헤픈 값을 하느라고, 술과 노름을 쑬쑬히 좋아하였다.

일 년 농사를 지어야 일 년 가계가 번연히 모자라는데, 거기다 술을 먹고 노름을 하니, 늘어가느니 빚밖에는 있을 것이 없었다.

빚은 갚아야 되었다.

팔 것이라고는 논 일곱 마지기 그것뿐이었다.

한덕문이 빚을 이리 틀어막고 저리 틀어막고, 오늘로 밀고 내일로 밀고 하여 오던 끝에, 마침내는 더 꼼짝을 할 도리가 없어 논을 팔기로 작정을 대었을 무렵에, 그러자 용말(龍田) 사는 일인 길천(吉川)이가 요새로 바싹 땅을 많이 사들인다는 소문이 들렸다. 그리고 값으로 말하여도, 썩 좋은 상답이면 한 마지기(200평)에 스무 냥으로 스물닷 냥(20냥 이상 25냥: 4원 이상 5원)까지 내고, 아주 박토라도 열 냥(2원) 안짝은 없다고 하였다.

땅마지기나 가진 인근의 다른 농민들도 다들 그러하였지만, 한덕문은 그중에서도 귀가 반짝 뜨였다.

시세의 갑절이었다.

고래실논으로, 개똥배미 상지상답이라야 한 마지기에 열 냥으로 열두어 냥(2원~2원 4, 50전)이요, 땅 나쁜 것은 기지개 써야 닷 냥(1원)이었다.

'팔자!'

한덕문은 작정을 하였다.

일곱 마지기 논이 상지상답은 못 되어도 상답은 되니, 잘하면 열 냥은 받을 것. 열 냥이면 이 칠 십사 일백마흔 냥(28원).

빚이 이럭저럭 한 오십 냥(10원) 되니, 그것을 갚고 나면 아흔 냥(18원)이 남아. 아흔 냥을 가지고 도로 논을 장만해. 판 일곱 마지기만 한 토리⁷의 논을 사더라도 아홉 마지기를 살 수가 있어.

결국 논 한번 팔고 사고 하는 노름에, 빚 오십 냥 거저 갚고도, 논은 두 마지기가 늘어 아홉 마지기가 생기는 판이 아니냐.

이런 어수룩한 노름을 아니하잘 머리가 없는 것이었다.

양친은 이미 다 없은 때요, 한덕문 그가 대주(大主: 호주)였으므로, 혼자서 일을 결단하여도 간섭을 받을 일은 없었다.

곡우(穀雨) 머리의 어느 날 한덕문은 맨발 짚신 풀상투에 삿갓 쓰고 곰방대 물고, 마을에서 십 리 상거의 용말 출입을 나갔다. 일인 길천이가 적실히 그렇게 후한 값으로 논을 사는지 진가를 알아보자 함이었다.

금강(錦江) 어구의 항구 군산(群山)에서 시작되어, 동북간방(東北間方)으로 임피읍(臨陂邑)을 지나 용말로 나온 한길이, 용말 동쪽 변두리에서 솜리(裡里)로 가는 길과 황등장터(黃登市)로 가는 길의 두 갈래 길로 갈리는, 그 샅에 가 전주집(全州집)이라는 주모가 업을 하고 있는 주막이 오도카니 홀로 놓여 있었다.

한덕문은 전주집과는 생소치 아니한 사이였다.

마당이자 바로 한길인, 그 마당 앞에 섰는 한 그루의 실버들이 한창 푸르른 전주집네 주막, 살진 봄볕이 드리운 마루에 나란히 걸터앉아 세상 물정 이야기, 피차간 살아가는 이야기, 훨씬 한담을 하던 끝에 한덕문이 지난 말처럼 넌지시 물었다.

"참 저, 일인 길천이가 요새 땅을 많이 산다구?"

"많얼께 아니라, 그 녀석이 아마, 이 근처 일판을, 땅이라구 생긴 건 깡그리 쓸어 사자는 배폰가 봅디다!"

"헛소문은 아니루구면?"

---

7 토리 메마르거나 기름진 흙의 성질.

"달리 큰 배포가 있던지, 그렇잖으면 그 녀석이 상성(發狂)을 했던지."
"?……"
"한서방 으런두 속내 아는배, 이 근처 논이 물 걱정 가뭄 걱정 없구, 한 마지기에 넉 섬은 먹는 논이라야 열 냥(2원)이 상값 아니우? 그런 걸 글쎄, 녀석은 스무 냥 스물댓 냥을 퍼주구 사는구랴. 제마석(一斗落에 一石)두 못 먹는 자갈바탕의 박토라두, 논 명색이면 열 냥 안짝 잽히는 건 없구."
"허긴 값이나 그렇게 월등히 많이 내야 일인한테 논을 팔지, 그렇잖구서야 누가."
"제엔장, 나두 진작에 논이나 시늉만 생긴 거라두 몇 섬지기 장만해두었드라면, 이런 판에 큰 횡잴 했지."
"그래, 많이들 와 파나?"
"대가릴 싸구 덤벼든답디다. 한서방 으런두 논 좀 파시구랴? 이런 때 안 팔구, 언제 팔우?"
"팔 논이 있나!"

이유와 조건의 어떠함을 물론하고 농민이 논을 판다는 것은 남의 앞에 심히 떳떳스럽지 못한 일이었다. 번연히 내일모레면 다 알게 될 값이라도, 되도록 그런 기색을 숨기려고 드는 것이 통정이었다.

뚜벅뚜벅 말굽 소리가 나더니, 말 탄 길천이가 주막 앞을 지난다. 언제나 그러하듯이, 깜장 됫박모자(中山帽子)에, 깜장 복장(洋服: 쓰메에리)⁸을 입고, 깜장 목 깊은 구두를 신고 허리에는 육혈포를 차고 하였다.
한덕문은 길에서 몇 차례 본 적이 있어 그가 길천인 줄을 안다.
"어디 갔다 와요?"
전주집이 웃으면서 알은체를 하는 것을, 길천은 웃지도 않으면서
"웅, 조기. 우리, 나쁜 사레미 자바리 갔소 왔소."
길천의 차인꾼⁹이요 통역꾼이요 한 백남술이가 밧줄로 결박을 지은 촌 젊은

---
8 쓰메에리 깃의 높이가 4센티미터쯤 되게 하여, 목을 둘러 바싹 여미게 지은 양복. 학생복으로 많이 지었다.

사람 하나를 앞참 세우고 뒤미처 나타났다.

　죄수(?)는 상투가 풀어지고, 발기발기 찢긴 옷과 면상으로 피가 묻고 한 것으로 보아, 한바탕 늘씬 두들겨 맞은 것이 역력하였다.

　"어디 갔다 오시우?"

　전주집이 이번에는 백남술더러 인사로 묻는다.

　백남술은 분연히

　"남의 돈 집어먹구 도망 댕기는 놈은 죽어 싸지."

하면서 죄수에게 잔뜩 눈을 흘긴다.

　그러고 나서 전주집더러

　"댕겨오께시니 닭이나 한 마리 잡구 해놓게나. 놈을 붙잡느라구 한 승강 했더니 목이 컬컬허이."

　그러느라고 잠깐 한눈을 파는 순간이었다. 죄수가 밧줄 한끝 붙잡힌 것을 홱 뿌리치면서 몸을 날려 쏜살같이 오던 길로 내뺀다.

　"엇!"

　백남술이 병신처럼 놀라다 이내 죄수의 뒤를 쫓는다.

　길천이 탄 말이 두 앞발을 번쩍 들어 머리를 돌리면서 땅을 차고 달린다. 그러면서 길천의 손에서 육혈포가 땅…… 풀씬 연기가 나면서 재우쳐 땅…….

　죄수는 그러나 첫 한 방에 그대로 길바닥에 가 동그라진다. 같은 순간 버선발로 뛰어 내려간 전주집이 에구머니 비명을 지른다.

　죄수는 백남술에게 박승 한끝을 다시 붙잡혀 일어난다. 길천은 피스톨 사격의 명인은 아니었었다.

　일인에게 빚을 쓰는 것을 왜채(倭債)라고 하고, 이 젊은 친구는 왜채를 쓰고서 갚지 아니하고, 몸을 피해 다니다가 붙잡힌 사람이었다.

　길천은 백남술이가

　"이 사람은 논이 몇 마지기가 있소."

---

9 차인꾼 남의 장사하는 일에 시중드는 사람.

하고 조사 보고를 하면, 서슴지 아니하고 왜채를 주곤 한다. 이자도 항용 체계나 장변보다 헐하였다.

빚을 주는 데는 무른 것 같아도, 받는 데는 무서웠다.

기한이 지나기를 기다려, 채무자를 제 집으로 데려다 감금을 하고, 사형(私刑)으로써 빚 채근을 하였다.

부형이나 처자가 돈을 가지고 와서 빚을 갚는 날까지 감금과 사형을 늦추지 아니하였다.

논문서를 가지고 오는 자리는 '우대'를 하였다. 이자를 탕감하고 본전만 쳐서 논으로 받는 것이었다. 논이 있는 사람은, 돈을 두어두고도 즐거이 논으로 갚고 하였다.

한덕문은 다시 끌려가고 있는 죄수의 뒷모양을 우두커니 바라다보면서

'제엔장, 양반 호랑이도 지질한데, 우환 중에 왜놈 호랑이까지 들어와서 이 등쌀이니, 갈수록 죽어나는 건 만만한 백성뿐이로구나!'

'쯧, 번연히 알면서 왜채를 쓰는 사람이 잘못이지, 누구를 원망하나.'

'참새가 방앗간을 거저 지날까. 이왕 외상술이라도 한잔 먹고 일어설까, 어떡헐까?'

이런 생각을 하고 앉았는 차에, 생각잖이, 외가 편으로 아저씨뻘 되는 윤첨지가 퍼뜩 거기에 당도하였다. 윤첨지는 황등장터에서 제 논 섬지기나 지니고 탁신히 사는 농민이었다.

아저씨 웬일이시냐고. 조카 잘 있었더냐고. 항용 하는 인사가 끝난 후에, 이 동네 사는 길천이라는 일인이 값을 후히 내고 땅을 사들인다는 소문이 있으니 적실하냐고 아까 한덕문이 전주집더러 묻던 말을 윤첨지가 한덕문더러 물었다.

그렇단다는 한덕문의 대답에, 윤첨지는 이윽고 생각을 하고 있더니 혼잣말같이

"그럼 나두 이왕 궐(厥)한테다 팔아야 하겠군."

하다가 한덕문더러

"황등이까지 가서두 살까? 예서 이십 리나 되는데."

채만식 299

하고 묻는다.
"글쎄요…… 건데 논은 어째 파실 영으루?"
"허. 그거 온 참…… 저어 공주 한밭(大田)서 무안 목포(木浦)루 철로(鐵道)가 새루 나는데, 그것이 계룡산(鷄龍山) 앞을 지나 연산(連山)·팥거리(豆溪) 루 해서 논메(論山)·강경(江景)으루 나와가지구, 황등장터를 지나게 된다네그려."
"그런데요?"
"그런데 철로가 난다 치면 그 십 리 안짝은 논을 죄 버리게 된다는 거야."
"어째서요?"
"차가 댕기는 바람에 땅이 울려가지구 모를 심어두 뿌릴 제대루 잡지 못하구 해서, 벼가 자라질 못한다네그려!"
"무슨 그럴 리가……."
"건 조카가 속을 몰라 하는 소리지. 속을 몰라 하는 소린 것이, 나두 작년 정월에 공주 한밭엘 갔다, 그놈 차가 철로 위루 달리는 걸 구경했지만, 아 그 쇳덩이루 만든 집채더미 같은 시꺼먼 수레가 찻길 위루 벼락 치듯 달리는데, 땅바닥이 사뭇 움죽움죽하드라니깐! 여승 지동(地震)이야…… 그러니, 땅이 그렇게 지동하듯 사철 들이 울리니, 근처 논의 모가 뿌리를 잡을 것이며, 자라기를 할 것인가?"
"……."
듣고 보니 미상불 근리한 말이었다.
"몰랐으면이어니와 알구두 그대루 있겠던가? 그래 좀 덜 받더래두 팔아넘길 영으루 하구 있는데, 소문을 들으니 길천이라는 손이 요새 값을 시세보담 갑절씩이나 내구 논을 산다데나그려. 정녕 그렇다면 철로 조간이 아니라두 팔아가지구 딴 데루 가서 판 논 갑절 되는 논을 장만함직두 한 노릇인데, 항차……."
"철로가 그렇게 난다는 건 아주 적실한가요?"
"말끔 다 칙량을 하구, 말뚝을 박아놓구 한 걸…… 황등장터 그 일판은 그래, 논들을 못 팔아 난리가 났다니까."

3

　일인 길천이에게 일곱 마지기 논을 일백마흔 냥에 판 것과, 그중 쉰 냥은 빚을 갚은 것, 이것까지는 한덕문의 예산대로 되었다.
　그러나 나머지 아흔 냥으로 판 논 일곱 마지기보다 토리가 못하지 아니한 논으로 두 마지기가 더한 아홉 마지기를 삼으로써 빚 쉰 냥은 공으로 갚고, 그러고도 논이 두 마지기가 붇게 된다던 것은 완전히 허사가 되고 말았다.
　아무도 한덕문에게 상답 한 마지기를 열 냥씩에 팔려는 사람은 없었다. 이왕 일인 길천이에게 팔면 그 갑절 스무 냥씩을 받는 고로 말이었다.
　필경 돈 아흔 냥은 한덕문의 수중에서 한 반년 동안 구르는 동안 스실사실 다 없어지고 말았다.
　이리하여 한덕문은 논 일곱 마지기로 겨우 빚 쉰 냥을 갚고는, 아무것도 남은 것이 없이 손 싹싹 털고 나선 셈이었다.
　친구가 있어 한덕문을 책하면서 물었다.
　"어떡허자구 논을 판단 말인가?"
　"인제 두구 보게나."
　"무얼 두구 보아?"
　"일인들이 다 쫓겨가면, 그 땅 도로 내 것 되지 갈 데 있던가?"
　"쫓겨갈 놈이 논을 사겠나?"
　"저이놈들이 천지 운수를 안다든가?"
　"자네는 아나?"
　"두구 보래두 그래."
　한덕문은 혼자 속으로는 아뿔싸, 논이라야 단지 그것뿐인 것을 팔고서, 인제는 송곳 꽂을 땅도 없으니 이 노릇을 어찌한단 말이냐고, 심히 후회하여 마지 않았다.
　그러면서도 남더러는 그렇게 배포 있이 장담을 탕탕 하였다.
　한덕문은 장차에 일인들이 쫓기어가리라는 것을 확언할 아무런 근거도 가진 것이 없었다. 따라서 자신도 없었다. 오직 그는 논을 판 명예롭지 못함과 어리석음을 싸기 위하여, 그런 희떠운 소리를 한 것일 따름이었다.

한덕문이, 일인들이 다 쫓기어가면 그 논이 도로 제 것이 될 터이라서 논을 팔았다고 한다더라. 이 소문이 한 입 두 입 퍼지자, 듣는 사람마다 그의 희떠움을, 혹은 실없음을 웃었다.

하는 양을 보느라고 위정

"자네 논 팔았다면서?"

한다 치면,

"팔았지."

"어째서?"

"돈이 좀 아쉬어서."

"돈이 아쉽다구 논을 팔구서 어떡허자구?"

"일인들이 다 쫓겨가면 그 논 도루 내 것 되지 갈 데 있나?"

"일인들이 쫓겨간다든가?"

"그럼 백년 살까?"

또 누구는 수작을 바꾸어

"일인들이 쫓겨간다지?"

한다 치면,

"그럼!"

"언제쯤 쫓겨가는구?"

"건 쫓겨가는 때 보아야 알지."

"에구 요 맹추야. 요 허풍선이야. 우리나라 상감님을 쫓어내구 저이가 왕 노릇을 하는데 쫓겨가?"

"자넨 그럼 일인들이 안 쫓겨가구, 영영 그대루 있으면 좋을 건 무언가?"

"좋기루 할 말이야 일러 무얼 하겠나만, 우리 좋구픈 대루 세상일이 돼준다던가?"

"그래두 인제 내 말을 일를 때가 오너니."

"괜히, 논 팔구섬 할 말 없거들랑, 국으루 잠자꾸 가만히나 있어요."

"체에. 내 논 내가 팔아먹는데, 죄 될 일 있나?"

"걸 누가 죄라니?"

"길천이한테 논 팔아먹은 놈이 한덕문이 하나뿐인감?"

"누가 논 판 걸 나무래? 희떤 장담을 하니깐 그리는 거지."

"희떤 장담인지 아닌지 두구 보잔 말야."

이로부터 한덕문은 그 말로 인하여 마을과 인근에서 아주 호가 났고, 어느 겨를인지 그것이 한 속담까지 되었다.

가령 어떤 엉뚱한 계획을 세운다든지 허랑한 일을 시작하여놓고서는, 천연스럽게 성공을 자신한다든지, 결과를 기다린다든지 하는 사람이 있다 치면

"흥, 한덕문이 길천이게다 논 팔아먹던 대 났구나."

하고 비웃곤 하는 것이었다.

그 후 그 속담은, 삼십오 년을 두고 전하여 내려왔다. 전하여 내려올 뿐만이 아니었다. 일본 제국주의의 조선에 있어서의 지반이 해가 갈수록 완구한 것이 되어감을 따라, 더욱이 만주사변 때부터 시작하여 중일전쟁을 거쳐 태평양전쟁으로 일이 거창하게 벌어진 결과, 전쟁 수단으로서 조선의 가치는 안으로 밖으로, 적극적으로 소극적으로, 나날이 더 커감을 좇아, 일본이 조선에다 박은 뿌리는 더욱 깊이 뻗어 들어가고, 가지와 잎은 더욱 무성하여서, 일본이 조선으로부터 물러간다는 것은 독립과 한가지로 나날이 더 잠꼬대 같은 생각이던 것처럼 되어버려감을 따라, 그래서 한덕문의 장담하던 '일인들이 다 쫓겨가면……' 이 말이, 해가 가고 날이 갈수록 속절없이 무색하여감을 따라, 그와 반비례하여, 그 말의 속담으로서의 가치와 효과만이 멸하지 않고 찬란히 빛을 내었다.

바로 8월 14일까지도 그러하였다. 8월 14일까지도,

"흥 한덕문이 길천이한테 논 팔아먹던 대 났구나."

는 당당히 행세를 하였었다.

그랬던 것이, 8월 15일에 일본이 항복을 하고, 조선은 독립(실상은 우선 해

방)이 되고 하였다. 그리고 며칠 아니하여 "일인들이 토지와 그 밖 온갖 재산을 죄다 그대로 내놓고 보따리 하나에 몸만 쫓기어가게 되었다"는 데까지 이르렀다.

한생원(한덕문)의

"일인들이 다 쫓겨가면······."

은 이리하여 부득불 빛이 환하여지고 반대로

"한덕문이 길천이한테 논 팔아먹던 대 났구나."

는 그만 얼굴이 벌게서 납작하고 말 수밖에 없었다.

4

"여보슈 송생원?"

한생원이 허연 탑삭부리에 묻힌 쪼글쪼글한 얼굴이 위아래 다섯 대밖에 안 남은 누런 이빨과 함께 호물호물 자꾸만 웃어지는 웃음을 언제까지고 거두지 못하면서, 그러다 별안간 송생원의 팔을 잡아 흔들면서 아주 긴하게

"우리 독립 만세 한번 부르실까?"

"남 다아 부르고 난 댐에, 건 불러 무얼 허우?"

송생원은 한생원과 달라 길천이한테 팔아먹은 논도 없으려니와, 따라서 일인들이 쫓기어가더라도 도로 찾을 논도 없었다.

"송생원, 접때 마을에서 만세를 부를 제, 나가 부르셨던가?"

"난 그날, 허리가 아파 꼼짝 못하구 누었었는걸."

"나두 그날 고만 못 불렀어."

"아따 못 불렀으면 못 불렀지, 늙은것들이 만세 좀 아니 불렀기루 귀양살이 보내겠수?"

"난 그래두 좀 섭섭해 그랬지요······ 그럼 송생원 우리 술 한잔 자실까?"

"술이나 한잔 사주신다면."

"주막으루 나갑시다."

두 늙은이가 지팡이를 짚고 마을에 단 한 집밖에 없는 주막으로 나갔다.

"에구머니, 독립두 되구 볼 거야. 영감님들이 술을 다 자시러 오시구."

이십 년이나 여기서 주막을 하느라고, 인제는 중늙은이가 된 주모 판쇠네가, 손님을 환영이라기보다 다뿍 걱정스러워한다.

"미리서 외상인 줄이나 알구, 술 좀 주게나."

한생원이 그러면서 술청으로 들어가 앉는 것을, 송생원도 따라 들어가 앉으면서 주모더러

"외상 두둑히 드리게. 수가 나섰다네."

"독립되는 운덤에 어느 고을 원님이나 한자리 해 가시는감?"

"원님을 걸 누가 성가시게, 호호……."

한생원은 그러다 다시

"거, 안주가 무어 좀 있나?"

"안주두 벤벤찮구 술두 막걸린 없구, 소주뿐인 걸, 노인네들이 소주 잡숫구 어떡하시게."

"아따 오줌은 우리가 아니 싸리."

젊었을 적에는 동이술을 사양치 아니하던 영감들이었다. 그러나 둘이가 다 내일모레가 칠십. 더구나 자주자주는 술을 입에 대지 않던 차에, 싱겁다고는 하지만 소주를 칠팔 잔씩이나 하였으니 과음일 수밖에 없었다.

송생원은 그대로 술청에 쓰러져 과연 소변을 지리기까지 하였다.

한생원은 송생원보다는 아직 기운이 조금은 좋은 덕에, 정신을 놓거나 몸을 가누지 못할 지경은 아니었다.

"우리 논을 좀 보러 가야지, 우리 논을. 서른다섯 해 만에, 우리 논을 보러 간단 말야, 호호호."

비틀거리면서 한생원은 술청으로부터 나온다.

주모 판쇠네가 성화가 나서

"방으루 들어가 누섰다, 술 깨신 댐에 가세요. 노인네들 술 드렸다구 날 또

욕허게 됐구면."

"논 보러 가, 논. 길천이게다 판 우리 논. 흐흐흐. 서른다섯 해 만에 도루 찾은, 우리 일곱 마지기 논, 흐흐흐."

"글쎄 논은 이 댐에 보러 가시면 어디루 가요?"

"날, 희떤 소리 한다구들 웃었지. 미친놈이라구 웃었지, 들. 흐흐. 서른다섯 해 만에 내 말이 들어맞일 줄을 누가 알었어? 흐흐흐."

말은 혀 꼬부라진 소리로, 몸은 위태로이 비틀거리면서, 한생원은 지팡이를 휘젓고 밖으로 나간다. 나가다 동네 젊은 사람과 마주쳤다.

"아 한생원 웬일이세요?"

"논 보러 간다, 논. 흐흐흐. 너두 이 녀석, 한덕문이 길천이한테 논 팔아먹던 대 났구나, 그런 소리 더러 했었지? 인제두 그런 소리가 나오까?"

"취하셨군요."

"나, 외상술 먹었지. 논 찾았은깐 또 팔아서 술값 갚으면 고만이지. 그럼 한 서른다섯 해 만에 또 내 것 되겠지, 흐흐흐. 그렇지만 인전 안 팔지, 안 팔아. 우리 용길이놈 물려줘여지, 우리 용길이놈."

"참, 용길이 요새 있죠?"

"있지. 길천이한테 팔아먹었을까?"

"저, 읍내 사는 영남이가 산판(山坂) 하날 사서 벌목을 하는데, 이 동네 사람들더러 와 남구 비어주구, 그 대신 우죽(枝葉) 가져가라구 하니, 용길이두 며칠 보내서 땔나무나 좀 장만하시죠."

"걸 누가…… 논을 도루 찾았는데."

"논만 찾으면 땔나문 없어두 사시나요?"

"논두 없어두 서른다섯 해나 살지 않었느냐?"

"허허 참. 그러지 마시구 며칠 보내세요. 어서서 다 비어버려야 할 텐데, 도무지 사람을 못 구해 그러니, 절더러 부디 그럭허두룩 서둘러달라구, 영남이가 여간만 부탁을 해싸여죠. 아, 바루 동네서 가찹겠다, 져 나르기 수얼하구…… 요 위 가잿골 있는 길천농장 멧갓이래요."

"무어?"

한생원은 별안간 정신이 번쩍 나면서 대어든다.

"가잿골 있는 길천농장 멧갓이라구?"

"네."

"네라니? 그 멧갓이…… 가마안자, 아니, 그 멧갓이 뉘 멧갓이길래?"

"길천농장 멧갓 아녜요? 걸, 영남이가 일인들이 이번에 거들이 나는 바람에 농장 산림감독 하던 강서방한테 샀대요."

"하, 이런 도적놈들. 이런 천하 불한당놈들. 그래, 지끔두 벌목을 하구 있더냐?"

"오늘버틈 시작했다나 봐요."

"하, 이런 천하 날불한당놈들이."

한생원은 천방지축으로 가잿골을 향하여 비틀걸음을 친다.

솔은 잘 자라지 않고, 개간하여 밭을 만들자 하니 힘이 부치고 하여, 이름만 멧갓이지, 있으나 마나 한 멧갓 한 자리가 있었다. 한 삼천 평 될까 말까, 그다지 크지도 못한 것이었다.

이 멧갓을 한생원은 길천이에게다 논을 팔던 이듬해지 그 이듬해지, 돈은 아쉽고 한 판에, 또한 어수룩이 비싼 값으로 팔아넘겼었다.

길천은 그 멧갓에다 낙엽송을 심어, 삼십여 년이 지난 지금 와서는 아주 한다하는 산림이 되었다.

늙은이의 총기요, 논을 도로 찾게 되었다는 것에만 정신이 팔려, 깜빡 멧갓 생각은 미처 아직 못 하였던 모양이었다.

마침 전신주감의 쪽쪽 곧은 낙엽송이 총총들이 섰다. 베기에 아까워 보이는 나무였다.

한 서넛이나가 한편에서부터 깡그리 베어 눕히고, 일변 우죽을 치고 한다.

"이놈, 이 불한당놈들. 이 멧갓 벌목한다는 놈이 어떤 놈이냐?"

비틀거리면서 고함을 치고 쫓아오는 한생원을, 사람들은 영문을 몰라 일하던 손을 멈추고 뻔히 바라다보고 섰다.

"이놈 너루구나?"

한생원은 영남이라는 읍내 사람 벌목 주인 앞으로 달려들면서, 한 대 갈길 듯이 지팡이를 둘러멘다.

명색이 읍사람이라서, 촌 농투성이에게 무단히 해거[10]를 당하면서 공수하거나 늙은이 대접을 하려고는 않는다.

"아니, 이 늙은이가 환장을 했나? 왜 그러는 거야 왜."

"이놈. 네가 왜, 이 멧갓을 손을 대느냐?"

"무슨 상관여?"

"어째 이놈아 상관이 없느냐?"

"뉘 멧갓이길래?"

"내 멧갓이다. 한덕문이 멧갓이다. 이놈아."

"허허, 내 별꼴 다 보니. 괜시리 술잔 든질렀거들랑 고히 삭히진 아녀구서, 나이깨 먹은 것이 왜 남 일하는 데 와서 이 행악야 행악이. 늙은인 다리뼉다구 부러지지 말란 법 있나?"

"오냐! 이놈, 날 죽여라. 너구 나구 죽자."

"대체 내력을 말을 해요. 무엇 때문에 이 야룐지, 내력을 말을 해요."

"이 멧갓이 그새까진 길천이 것이라두, 조선이 독립됐은깐 인전 내 것이란 말야, 이놈아."

"조선이 독립이 됐는데, 어째 길천이 멧갓이 한덕문이 것이 되는구?"

"길천인, 일인들은, 땅을 죄다 내놓구 간깐, 그전 임자가 도루 차지하는 게 옳지, 무슨 말이냐?"

"오오, 이녁이 이 멧갓을 전에 길천이한테다 팔았다?"

"그래서."

"그랬으니깐, 일인들이 땅을 다 내놓구 가니깐, 이녁은 팔았던 땅을 공짜루 도루 차지하겠다?"

---

10 해거 괴상하고 얄궂은 짓.

"그래서."

"그 개 뭣 같은 소리 인전 엔간치 해두구, 어서 없어져버려요. 난 뻐젓이 길천농장 산림관리인 강태식이한테 시퍼런 돈 이천 환 주구서 계약서 받구 샀어요. 강태식인 길천이가 해준 위임장 가지구 팔구. 돈 내구 산 사람이 임자지 저, 옛날 돈 받구 팔아먹은 사람이 임잘까?"

8·15 직후, 낡은 법이 없어지고 새로운 영이 서기 전, 혼란한 틈을 타서 잇속에 눈이 밝은 무리들이 일본인 농장이나 회사의 관리자와 부동이 되어가지고, 일인의 재산을 부당 처분하여 배를 불린 일이 허다하였다. 이 산판 사건도 그런 것의 하나였다.

5

그 뒤 훨씬 지나서.

일인의 재산을 조선 사람에게 판다, 이런 소문이 들렸다.

사실이라고 한다면 한생원은 그 논 일곱 마지기를 돈을 내고 사지 않고서는 도로 차지할 수가 없을 판이었다. 물론 한생원에게는 그런 재력이 없거니와, 도대체 전의 임자가 있는데 그것을 아무나에게 판다는 것이 한생원으로 보기에는 불합리한 처사였다.

한생원은 분이 나서 두 주먹을 쥐고 구장에게로 쫓아갔다.

"그래 일인들이 죄다 내놓구 가는 것을, 백성들더러 돈을 내구 사라구 마련을 했다면서?"

"아직 자세힌 모르겠어두, 아마 그렇게 되기가 쉬우리라구들 하드군요."

해방 후에 새로 난 구장의 대답이었다.

"그런 놈의 법이 어딨단 말인가? 그래, 누가 그렇게 마련을 했는구?"

"나라에서 그랬을 테죠."

"나라?"

"우리 조선 나라요."

"나라가 다 무어 말라비틀어진 거야? 나라 명색이 내게 무얼 해준 게 있길래, 이번엔 일인이 내놓구 가는 내 땅을 저이가 팔아먹으려구 들어? 그게 나라야?"

"일인의 재산이 우리 조선 나라 재산이 되는 거야 당연한 일이죠."

"당연?"

"그렇죠."

"흥, 가만 둬두면 저절루 백성의 것이 될 걸, 나라 명색은 가만히 앉았다 어디서 툭 튀어나와가지구 걸 뺏어서 팔아먹어? 그따위 행사가 어딨다든가?"

"한생원은 그 논이랑 멧갓이랑 길천이한테 돈을 받구 파셨으니깐 임자로 말하면 길천이지 한생원인가요?"

"암만 팔았어두 길천이가 내놓구 쫓겨갔은깐, 도루 내 것이 돼야 옳지 무슨 말야. 걸 무슨 탁에 나라가 뺏을 영으루 들어?"

"한생원한테 뺏는 게 아니라 길천이한테 뺏는 거랍니다."

"흥, 둘러다 대긴 잘들 허이. 공동묘지 가보게나. 핑계 없는 무덤 있던가? 저 병신년에 원놈(郡守) 김가가 우리 논 열두 마지기 뺏을 제두 핑곈 다 있었더라네."

"좌우간, 아직 그렇게 지레 염렬 하실 게 아니라, 기대리구 있느라면 나라에서 다 억울치 않두룩 처단을 하겠죠."

"일없네. 난 오늘버틈 도루 나라 없는 백성이네. 제길 삼십육 년두 나라 없이 살아왔을려드냐. 아니 글쎄, 나라가 있으면 백성한테 무얼 좀 고마운 노릇을 해주어야 백성두 나라를 믿구 나라에다 마음을 붙이구 살지. 독립이 됐다면서 고작 그래, 백성이 차지할 땅 뺏어서 팔아먹는 게 나라 명색야?"

그러고는 털고 일어서면서 혼잣말로

"독립됐다구 했을 제 내 만세 안 부르기 잘했지."

채만식(蔡萬植)

1902년 전북 옥구군 출생. 중앙고보 졸업. 일본 와세다 대학 부속 고등학원 중퇴. 동아일보, 조선일보 등의 기자 역임. 1924년 『조선문단』에 단편 「세 길로」를 발표함으로써 등단. 『채만식 단편집』(1939), 『집』(1943), 『제향날』(1946), 『잘난 사람들』(1948), 『당랑의 전설』(1948) 등의 작품집과 『인형의 집을 나와서』(1933), 『탁류』(1937), 『태평천하』(1938), 『금의 정열』(1939), 『아름다운 새벽』(1942) 등의 장편소설이 있음. 1950년 타계.

작품 세계

채만식은 철저한 지식인 의식과 현실주의적 문학관을 바탕으로 중·장편소설 15편, 단편소설 70여 편, 희곡·촌극·시나리오·대화소설 30여 편, 문학평론 40여 편, 수필 140여 편을 쓴 다작의 작가였다. 그의 작품 세계에서 일관되는 제재는 민족 현실과 역사에 관한 것이었다. 그는 자기 시대의 충실한 증인으로서 당대의 중요한 문제들을 그려내면서, 또한 현실 극복과 올바른 역사의 방향도 모색하려 했다. 그가 산 식민지 시대와 해방 직후기는 고통과 혼란의 시대였던 만큼, 그의 작품들은 거의 이 시기의 부정적 양상들을 그리고 있다. 그러나 이 부정적 양상들은 그에 반대되는 긍정적 양상들을 환기시킨다. 그는 "부정면을 통해서 기실 긍정면을 주장"하려 한다고 말했거니와, 그의 작품 세계의 기본 구도는 부정에서 출발하여 긍정의 모색으로 끝난다고 할 수 있다. 그는 현실을 '탁류'의 세계로 보고, 작품에서 그려진 부정적 양상들의 소멸을 통해 '청류'의 세계가 오리라는 생각을 가지고 있었는데, 『탁류』『태평천하』『소년은 자란다』 등 대표적 장편들이 이를 잘 드러낸다. 긍정적 세계를 생성시킬 주체로 제시되는 것은 부정적 세계 속에서 자생하는 새로운 세대이다. 그러나 그들의 구체적 이념이나 논리, 행동 등은 분명하게 드러나지 않는다.

그의 작품들에서 부정의 대상이 되는 것은 일제, 일제의 정책, 봉건적 인습, 반사회적·반민족적 가치나 인물 등 다양하다. 그는 다양한 문학적 형식(기법)도 추구했다. 역설·반어·희화·과장 등을 섞은 풍자 기법을 자주 활용하고 판소리 사설이나 무성영화 변사의 기법도 활용했다. 그는 근·현대 작가 중에서 풍자 기법을 가장 성공적으로 활용했다고 하겠다. 그는 '대화소설'이라는 형식도 개발하여 소설과는 다른 효과를 시험하기도 했다.

채만식 소설 세계의 변모는 다섯 단계로 나누어볼 수 있다. 등단기부터 1927년까지는 기법이나 작가의식이 정제되지 못한 습작기라 할 수 있다. 본격적인 작품 활동을 시작한 1928년부터 1933년 사이에 채만식은 '동반자' 작가로서, 궁핍한 하층민의 현실을 짧은 형식의 작품으로 그려내었다. 1934년부터 1938년 사이는 일제강점 시대 채만식 문학의 절정기였다. 현실 인식도 더욱 심화되고, 작품 기법도 다양하게 추구되었다. 일제 지배하 한국 인텔리의 암담한 운명과 현실을 많은 수사와 반어로 표현한『레디메이드 인생』과『치숙』, 판소리 사설의 수법을 활용하면서 한국 풍자소설의 정점을 이룬『태평천하』, 그리고 하층민들의 탁류적 현실을 그린 장편『탁류』등 채만식의 여러 대표작들이 이때 발표되었다. 1939년부터 해방까지는 현실 비판의식이 약화되다가 마침내는『여인전기』와 같은 대일 굴종의 작품이 나오게 된 시기였다. 해방 직후기에 채만식은 현실·역사의식으로 재무장하고, 자신의 과거 과오를 비판한 소설「민족의 죄인」과 함께「미스터 방」「도야지」「낙조」등 해방 직후기의 혼란스러운 사회상을 주로 풍자 기법을 활용하여 분석·비판하는 작품들을 발표하다가 폐병으로 세상을 떠났다.

「탁류」

작품 내의 시간은 1935년 5월부터 1937년 5월까지의 2년간으로서, 전쟁에 따른 일제의 억압과 착취로 조선인의 경제적·정신적 황폐화가 극에 달한 현실의 모습을 반영하고 있다. 이 작품은 한 여인의 비극적 운명의 전말을 그린 것으로, 내용상의 시간이 짧기는 하지만 '여자의 일생'형 소설이다. 일제강점기에는 비극적인 여성의 일생을 그린 소설이 많았다. 주인공 초봉은 청순한 처녀였지만 사악한 주변 인물들 때문에 파멸의 길을 걸어 마침내 살인자가 되고 만다는 줄거리이다. 여기 수록된 부분은 전체 19장 중 18번째 장으로, 초봉이 자신을 파멸시키고 지금도 여전한 악귀로 남아 있는 형보를 죽이는 장면이다. 여기에는 살인을 통해서만 '해방과 안식'의 길을 찾을 수밖에 없는 비극의 종착점에 선 주인공의 고뇌와 '야차'적 행동이 졸라의 자연주의 소설적 방식으로 그려지고 있다.

작자는 식민지 하층민의 현실을 탁류로 보고, 그 원인인 식민지 수탈과 궁핍, 가치관과 도덕의 타락, 그리고 그 결과를 추적해나갔다. 생동감 있는 작중인물 묘사, 군산 미두장과 그 주변의 상황 묘사가 두드러진다. 미두장과 그에 의한 조선인의 몰락에 대해서 채만식은 큰 관심을 가지고 있었으며, 이를 희곡「당랑의 전설」의 제재로 삼기도 했다.

작중인물 대부분은 부정적 인물이고, 계봉이와 승재만이 긍정적 인물이다. 작자는 이 탁류의 세계는 결국 사라지고 청류의 세계가 올 것이라는 믿음을 마지막 장에서 암시하고, 장의 제목도 '서곡(序曲)'이라 했다. 그러나 여기서 청류의 세계를 이끌어낼 주체적 인물이나 합리적인 방법을 제시하지는 않는다. 계봉이나 승재는, 새로운 세계를 만날 수는 있지만 그를 이끌어낼 인물로는 되어 있지 않다.

「논 이야기」

「논 이야기」는 나라와 농민의 관계를 주제로 하였다. 작자는 작품 속에서 수없이 '나라'를 거론하며, 나라와 작중인물의 갈등 양상을 그린다. 가난하고, 무식하고, 술과 노름도 좋아하는(그러나 '꾼'은 아닌), 극히 평균적인 농민인 주인공 한덕문은 한말에는 고을 원에게 억울하게 땅을 빼앗기고, 일제강점 시대에는 조선 땅을 무차별 매입하는 일인들에게 궁핍과 무지 때문에 논을 팔았다. 해방이 되자 나라가 자신에게 땅을 되찾아주리라는 기대가 무너지자 크게 실망한다. 여기서 작자는 두 가지를 말하려고 했다. 하나는 근대사 속에서의 농민과 나라의 관계 양상이다. 한말부터 농민들은 나라로부터 보호나 혜택을 받기는커녕 오히려 수탈당하거나 기만 혹은 외면당해왔음을 한덕문의 삶은 보여준다. 그랬기에 '나라란 백성에게 고통'이고, '고마운 것'도, '꼭 있어야 할 요긴한 것'도 아니었다. 경술국치에 슬퍼할 것도, 해방에 만세 부를 것도 당연히 없다. 다른 하나는 현실적 과제에 관한 것이다. 나라는 당연히 백성에게 보호와 시혜를 베풀어야 할 의무가 있는바, 이제는 그것을 실천해야 한다는 것이다. 즉 해방 조선은 농민(백성)들에게 논(살길)을 찾아주는, 그간의 고통에 대한 보상의 과제를 해결해야 하고, 그럼으로써 그간의 갈등을 해소하고 그들로 하여금 독립(나라) 만세를 부르게 해야 한다는 것이다. 이 작품이 발표될 때 북에서는 토지 개혁이 이미 끝났는데, 채만식은 이를 바라보면서 남한에서도 어떤 방식으로든 이 과제의 해결이 있어야 한다는 주장을 이 「논 이야기」를 통해 펴고 있는 것이다. 이 작품은 겉으로 보면 한덕문을 풍자하는 것처럼 보이나 사실은 근대 이후 이 땅의 '나라'(권력)들을 비판하고 있다. 여기서 한덕문이 우스운 행동을 하는 평균적인 인물로, '전형화'되었기 때문에 작품의 주제도 매우 생동적인 것이 되었다.

주요 참고 문헌

『탁류』에 대한 최초의 언급은 이를 '세태소설'로 본 임화의 「세태소설론」(동아일보, 1938. 4. 1~6)이다. 그 뒤 수많은 논구가 있었는데 「당랑의 전설」과 비교하면서 양식적 차이를 논한 김윤식의 「서사 양식과 극 양식」(『한국학보』 16집, 1979), 작중인물을 분석한 정현기의 「『탁류』와 『태평천하』의 인물」(『한국 근대소설의 인물 유형』, 이문당, 1984), 리얼리즘적 성격을 논한 한지현의 「리얼리즘의 관점에서 본 『탁류』 연구」(연세대 박사 논문, 1988) 등이 이 작품에 대한 집중적 연구의 예다. 「논 이야기」는 김윤식의 『해방 공간의 문학사론』(서울대 출판부, 1989), 정호웅의 「해방 공간의 자기비판소설 연구」(서울대 박사 논문, 1993), 조창환의 「채만식의 해방 전후 소설 연구」(전주우석대 박사 논문, 1994) 등 주로 해방기 채만식 소설을 다룬 논문에서 근대 한국 농민사와 해방기 혼란상을 반영한 작품이라는 관점에서 분석되고 있다.

_이주형

박화성
홍수전후(洪水前後)

1

어제 한나절과 지난밤 새도록 작대기처럼 쏟아지던 비도 날이 새면서부터는 미친 듯이 날뛰던 빗발들을 잠깐 걷고 검은 구름장 속에서 무슨 의논들을 하였는지 멀어지지 않을 듯이 굳게 엉겨 붙었던 구름덩이들이 이쪽저쪽으로 슬슬 헤어지기 시작한다.

그러나 몇 겹으로든지 첩첩이 덮여 있는 구름장인지라 검은 구름장이 슬그머니 찢어지자 그 속에서 검회색과 회색의 구름덩이가 몰켜 나와서 앞서간 구름의 뒤를 가는 듯 마는 듯 따라간다.

포플러나무들도 겨우 숨을 내쉬고 온갖 풀잎도 가만히 고개를 들고 지난밤의 무서운 광경을 그리며 몸을 떨면서 물방울을 털었다.

어디 가서 숨었던지 킹킹거리는 소리 한마디 없었던 검둥이가 어슬렁어슬렁 진흙투성이가 된 꼬리를 축 늘이고 마당으로 나오고 죽은 듯이 자빠져 있는 듯한 돼지조차 꿀꿀거리는 소리를 내면서 물창 틈으로 주둥이를 내놓고 코를 벌씬거린다. 닭들도 영계들까지 몰려와서 웃퇴 위에 놓여 있는 보리 가마니 위에

* 「홍수전후」는 1934년 9월 『신가정』에 발표되었고, 이후 창작집 『홍수전후』(백양사, 1948)에 수록되었다.

올랐다 내렸다 하며 놀고 있다.

명칠이는 담배 한 대를 피워 물고 방문 앞에 쭈그리고 앉아서

"인제는 비도 그만 와야지 오늘 종일 퍼부었다가는 또 무슨 일이 날 것인데. 원 하늘이 하시는 노릇이라 알 수가 있어사제……."

하고 하늘을 쳐다본다. 움직이고 있는 큰 하늘은 무서운 비밀이나 꾸미고 있는 듯이 명칠의 눈에 두렵게 보였다.

그는 천문학을 배우지는 않았다. 그러나 십사 년 동안 영산리(榮山里) 이 깊은 곳에 살면서 해마다 당해오는 물난리를 좋이 겪어오는 만큼 하늘의 모양과 구름덩이의 가고 오는 방향을 따라 대개 날씨는 어떻게 변하며 비 오는 껄쎄를 보아 비가 얼마큼이나 올 모양인지 짐작할 수 있는 지식을 가지게 되었다. 이만한 것쯤은 산간 농부나 어항 어부나 아니 도회지의 유복하다는 노인들까지도 잘 알고 있는 것이다. 그러나 소작인의 아들로 태어나서 다시 소작인의 아들을 가지고 있는 명칠이, 더구나 한편으로 조그마한 배 두 개를 가지고 영산강의 어부 노릇을 하며 살아가는 이 송서방은 나이는 지금 마흔다섯이건만 다른 육십 노인보다도 더 많은 천기에 대한 경험 지식과 선견의 밝음을 가지고 있었다.

송서방의 천후에 대한 지식이 노숙한 만치 그의 얼굴도 나이에 비하여 몹시 늙은 축이었다. 기름한 얼굴이었다. 광대뼈가 솟았고 아랫볼까지 쭉 빨아버려서¹ 언뜻 보면 환갑을 지난 노인처럼 보였다. 육지와 강으로 쏘다니며 당하는 육체적 노동과 농부와 어부의 특수한 고통 — 날씨에 매여 살아가는 만큼 천후로 인하여 당하는 심리적 고통 — 이 하루도 그의 얼굴에서 주름을 펴준 날이 없었으매 영양 좋은 사람의 얼굴에서는 기름이 흐르고 혈색이 좋을 장년 시기의 한창때를 가진 명칠의 얼굴에는 그의 손등에서 볼 수 있는 고로(苦勞)의 주름살이 이마와 두 볼에 잔줄을 그었고 검고 누른 얼굴빛은 항상 영양이 적음을 탓하는 듯이 뜨거운 여름 볕에나마 붉어지지는 않고 검어가기만 하였다.

"논에 나가 보니까 어쩝딩겨? 인자는 고만 오면 풍년이것지라우?"

---

1 빨다 끝이 차차 가늘어져 뾰족하다.

송서방의 마누라는 부엌문 앞에 앉아서 보리를 갈면서 남편을 쳐다보고 물었다.

"암— 은 비만 그만 오면 금년은 대풍년이것데마는……."

하고 다시 하늘을 쳐다본다. 그의 마누라는 보리 뜨물을 돼지 밥통에 주르르 부어주면서

"아이고 돼지막에 물이 흥근하게 과 있소. 그래도 또 비가 올라는가베."

하고는 하늘을 쳐다본다. 가랑비가 뿌린다.

"엄마!"

두 살쟁이 계집애가 송서방 무릎에 덥썩 기어올라서 담뱃대를 잡으려고 손을 내밀었다.

"나님아! 이리 온!"

열한 살 먹은 쌀례가 아기를 데려가며 아버지의 눈치를 살피면서 무슨 말을 할 듯 할 듯 망설이다가

"아부지!"

하고 용기를 내어 아버지를 불렀다.

"왜 그래."

송서방이 고개를 쌀례 쪽으로 돌리며 퉁명스럽게 대답한다.

"참외하고 수박하고 안 따 오시오?"

하고 쌀례는 부끄러운 듯이 고개를 숙이고 나님이를 안아 올리면서

"또 비가 딸아지면 어디 따러 가졌소? 작년마냥 물이나 쩌버리면 한나 맛도 못 보고 말어버리게라우? 비 쏟아지기 전에 따 왔으면 좋겠구만."

하고 성날 때에 하듯이 입을 내민다.

"저런 년 처먹을 일이나 밤낮 궁리해라. 애기나 업어줘. 그저 참외 수박 노래만 부르고 있다니께 저년은 허천병이 들었는 것이여."

어머니가 부엌 속에서 소리를 지르며 야단친다. 쌀례는 아기를 안고 돌아서면서 눈물을 씻다가 훌쩍훌쩍 울기 시작한다.

"밥 먹고 나서 따다가 주마."

송서방은 점잖게 말하였다.

"나도 아부지 따러서 수박밭에 갈 테여."

장독머리에 있는 손바닥만 한 꽃밭에서 쓰러진 복사꽃 나무를 다시 심고 있던 꽃례가 말하자

"나도 따러가랴."

하고 검둥이를 데리고 툇마루 끝에서 놀던 여덟 살 되는 귀성이가 한자리 잡고 나섰다.

"저년은 열네 살이나 되는 년이 어린 동생 듣는 데서 못 할 소리가 없다니께. 이년아 어서 밥솥에 불이나 때—"

어머니의 둘쨋번 쏜 총알은 꽃례에게로 향하였다. 꽃례는 귀성이를 보고 혀를 날름하면서 고개를 숙였다.

"아니 윤성이는 어디 갔는가?"

"언제 어지께 밤이 들어왔더라우? 또 대홍이네 집이 가서 그놈들하고 숙덕공론이나 하고 자빠졌는가 부오그랴."

송서방의 진중한 말소리의 정반대로 그 마누라의 소리는 콩알처럼 대굴대굴 부엌 속에서 굴러 나오는 듯이 쫑알거렸다.

"앵— 참."

송서방은 안간힘을 꿍 쓰면서 담배를 탁탁 털었다.

귀성의 손에서 검둥이가 주르르 빠져나가더니 획획 내두르는 꼬리 뒤에는 윤성이가 따라 들어왔다.

그 아버지의 골격을 닮은 건장한 체격을 가진 윤성이는 스무 살밖에 아니 되는 청년이건만 늠름한 장부의 티가 보였다. 그러나 소작인의 혈통을 가진 그의 얼굴빛은 역시 빈약하였다. 대대로 물려 나오는 오직 하나의 유산은 영양 부족이라는 것이기 때문에 그의 후손인 윤성이도 이 유산을 물려 가질 수밖에 없었던 것이다. 다만 그의 큼직한 눈이 불평을 가득히 담고서 항상 빛나는 시선을 이리저리 쏘아보기 때문에 사람들은 그의 눈을 열기 있는 눈이라 샛별 같은 눈이라 칭찬하였으나 톳게리 허부자 그들의 지주 양반만은 그의 눈을 불량한 목

자라고 비난하였다.

2

　윤성이가 툇마루에 걸어앉으며
　"간밤 비에 어디 상한 데나 없었소?"
하고 물었으나 송서방은 아무 말대답이 없었다.
　"어째에 상한 데가 없어야? 앞개울물이 정제까지 들어왔더란다. 집안사람 누가 잠이나 잔 줄 아냐? 해마다 당하는 노릇인데 뭐! 번히 물 들 줄 알면서도 다른 집에 가서 퍼자고 온 것 봐. 언제나 철이 들는고 몰라."
　그 어머니는 부엌문 앞에 서서 아들을 흘겨보며 치맛귀에 손을 씻고 있다.
　"어쩔 것이오? 이런 데서 살면서야 으례히 그런 일을 당할 줄 알어야지. 그러니께 어서 여기서 떠버리자고 안 합디까?"
하며 윤성이는 두 손으로 턱을 고이고 내리는 빗발을 바라다보고 있다. 윤성이가 들어올 때부터 굵은 빗방울이 떨어지다가 이제는 기운차게 쏟아진다.
　송서방은 아들을 물끄러미 바라보다가
　"윤성아 너 지금 무엇이라고 했냐?"
하고 곰방대에 새로 담배를 담으면서
　"나이 이십이면 한 집안을 거느릴 자식이 거 무슨 철없는 소리여. 아니 누가 이런 데서 살고 싶어서 사는 것인가. 여름이 돼서 장마철만 들면 그저 맘이 조마하고 밤에 잠을 맘 놓고 못 자면서도 열네 해 동안 해마다 집구석이 물에 잠겨서 온갖 고생을 당하고 살기가 그리 좋아서 여기서 살고 있는 줄 아냐? 앵? 철없는 자식."
하고 송서방은 담뱃불을 붙인다.
　"글쎄 말이오 오직해야 이런 데서 해마다 그 노릇을 당하고 살고 있겠소만은 그래도 어떻게든지 떠날 도리를 해봐야지 이런 데서 항상 살다가는 큰일이 한

번 나고 말 것이오. 그러니께 일찌가니……."
 "옳지 네 말대로 일찌가니 허부자네 집이 가서 떼장이나 써서 새집 하나 얻으란 말이지야? 염치없는 자식."
 송서방은 윤성의 말이 끝나기도 전에 성을 내어 그의 말을 무질러버렸다.
 "이 집도 허부자네 집이던 것을 해마다 벌어서 집값을 갚었더람서라우. 그러니께 말이오. 이왕 그 집 논을 벌면서 또 집 하나 하나쯤 높즉한 데 있는 것을 얻어보란 말이지. 누가 뺏어오라고 했소? 안 주면 떼장도 놓지 어째라우?"
 윤성이의 말소리가 거칠어졌다. 비는 쭉쭉 무서운 기세로 쏟아진다. 아이들도 아무 소리 없이 비 오는 것만 바라보고 있다.
 "홍 또 불한당 같은 소리가 나오는구나. 사람의 운수복력이 다 팔자에 타고난 것인데 새파란 어린놈들이 손발 떨어지도록 벌어먹을 생각은 않고 그저 잘사는 사람 시기할 줄만 안단 말이여. 자 그 사람들이 땅을 안 주더냐? 집을 안 주더냐? 그 사람들이 없으면 우리 같은 작인은 굶어 죽어야 옳게? 아니 그런데 저번 한창 가물 때 논이 갈라지니께 너그들이 허부자네 집이 가서 소작료를 감해달라고 떠들어댔담서야? 그 대홍이 유동이 만성이 이런 놈들하고 몰켜다니면서…… 앵— 못된 놈들 같으니 경찰서에나 잡혀가고 지주 집에나 몰려가서 심술이나 부리고 하는 놈들하고 이놈 다시 또 붙어 단겨만 봐라. 다리뼈를 분질러놀 테니께……."
 하고 송서방은 다시 담뱃대를 힘 있게 빨면서 불을 댄다.
 "천리란 것은 어기지 못하는 것이라 그렇게 몹시 가물다가도 기우제 몇 번에 비가 이렇게 많이 와서 물이 불어 모를 심어 곡식이 자라나 무엇 다— 사람 살 대로만 되어간단 말이여. 다만 근본 복을 사주팔자에 못 타고나서 죽게 일하고도 평생을 이리 가난하게 사는 이것이 한탄이지. 남들 잘사는 것보고 욕할 것이 무엇이란 말이냐? 그저 가난이 원수니라 가난이 원수여. 이놈의 데를 못 떠난 것도 가난하기 땜세 붙어사는 것이 아니여?"
 하고 송서방은 꺼진 담뱃대에 다시 성냥을 그어 댄다. 윤성의 입가에는 비웃음의 미소가 떠올랐다. 천리를 말하고 운수에 맡기면서 다시 가난이 원수라는 것을 역설하는 그 아버지의 모순된 말소리에 하염없는 쓴 탄식이 나왔다.

'우리 아버지도 멀지 않아서 모순을 깨달을 때가 올 것이다. 모르기 때문에.'

하고 그는 속으로 부르짖었다.

'아버지뿐이 아니라 농민의 전부가 다 저 같은 생각에 굳이 잡혀 있는 것이 아니냐?'

그는 기침을 칵 하면서 한숨을 내쉬었다.

"아부지! 참말로 우리 여기서 살지 말고 다른 데로 이사 갑시다 예? 나는 어저께 밤에도 무서워서 꼭 죽겠습디다."

하고 쌀례가 말참례를 한다. 보리밥 냄새가 물큰 끼치자 귀성이가

"어무니 어서 밥 줘."

하고 큰방 샛문에 붙어 서고 검둥이도 고개를 개웃하고 부엌 속을 들여다보고 서 있다.

비가 다시 줄기차게 쏟아진다.

"아버지 말씀대로 세상일이 다 사람 살 대로 되어가면 좋지마는 만일 이 비가 오늘 종일 내일 모레까지 쏟아져서 영산물이 넘고 우리 집이 떠내려가고 사람들이 죽고 동넷집이 무너지고 그렇게 되면 어쩔 것이오? 그때도 천리라고 앉어서 죽기를 바랄 것이오?"

윤성의 말소리는 몹시 뻣뻣하게 들렸다.

송서방은 화를 벌컥 내며,

"이 버릇없는 자식 같으니 뉘 말대답을 그렇게 하느냐? 꼭 네 말대로 고렇게 되어버렸으면 좋겠지야? 액― 이놈 썩 나가거라. 그런 자식은 없어도 좋다 당장 나가―"

하고 소리를 버럭버럭 질렀다. 윤성이가 벌떡 일어나서 나가려고 할 때 그 어머니는 밥상을 가져다 툇마루에 놓으며

"아나 나가더래도 밥이나 먹고 나가거라."

하였으나 윤성은 머뭇거리지도 않고 나가버리고 말았다. 비는 점점 더 억세게

쏟아져서 이 식구들이 곱살 보리밥을 다 먹고 났을 때는 앞개울물이 넘치어서 남실남실 마당에까지 들이밀렸다. 송서방은 벌떡 일어났다.

"명칠이! 명칠이!"

요란스러운 빗소리를 뚫고 황급히 송서방을 부르는 소리가 들렸다.

"명칠이! 어이 명칠이!"

여러 사람의 부르는 소리가 앞내 저쪽 언덕에서 들려왔다. 송서방은 마주 소리쳤다.

"어이 덕성인가? 이 우중에 어찌 나왔는가?"

"어서 나오소. 자네 식구들만 데리고 어서 높은 데로 나와야 큰일 날 것이네."

덕성이의 외치는 소리도 빗소리에 꺾이어 도막도막 들렸다.

"내 걱정 말고 자네들이나 어서 가서 손볼 데 손보고 그러소. 해마다 당하는 노릇인데 설마 어쩔라던가?"

송서방은 어서 가라는 뜻으로 손을 치며 소리하였다.

"작년에도 자네가 고집 부리고 끄니— 안 나오고 말았다고 본 사람들이 모두 욕하데. 그만 고집 부리고 어서 나오라니께. 저 봐— 개울물도 넘어 들지 않는가? 그런데 영산강물이 넘어 들게 되면 어쩔라고 그러는가? 어서 지금 나오소 어이."

이번에는 윤삼이가 소리쳤다. 우장을 쓴 그들의 모양은 빗발에 묻혀 안개 속으로 보이는 듯이 가물가물하였다.

한 지주의 전답을 함께 벌어먹고 산다는 야릇한 인연이 맺어준 우정과 오랫동안 이웃 동리에서 산다는 정리가 그들로 하여금 명칠이를 위하여 힘껏 소리치고 열심히 권고하게 하였으나 송서방은 끝끝내 그들만을 보내고 말았다.

십사 년을 지내는 동안 그는 죽음이란 것은 쉽사리 사람의 목숨을 빼앗지 못하는 것이라고 단정해버릴 만한 죽음에 대한 경험철학의 고질적 신념을 가지게 된 것과 또 그에게는 배 두 척이 있어 비록 그 하나가 극히 작은 거룻배일망정 일곱 식구의 생명쯤이야 언제든지 구원해줄 것이라는 굳은 믿음을 가지고 있기 때문에 해마다 장마철이면 집이 물에 잠겨서 위험한 고비를 당할지라도 친구들의 권고도 물리쳐버리고 식구들을 배에 태워서 물 빠지기를 기다리며 살아갔던 것이었다.

3

비는 잠시도 그치지 않고 퍼붓기만 하였다.

금성산맥으로부터 멀리 나주 영산포의 넓은 평야를 둘러싸고 있는 산들을 경계로 컴컴한 하늘은 물에 싸여 허덕이고 있는 대지를 무겁게 누르고 비를 쏟고만 있었다.

하늘과 땅은 빗줄기로 연하여졌고 내리는 빗발마다에서 튀어나는 가는 물방울이 보얗게 물연기를 내고 있다.

점점 험악해가는 검은 하늘은 더욱 악착스럽게 폭우를 내리쏟는다. 하늘도 내려앉을 듯하고 땅도 폭 꺼질 듯하게 오직 두려운 빗소리만이 천지에 가득하였다. 남에서 북으로 북에서 남으로 가는 평시에 재주와 용기를 자랑하던 급행열차들도 이 위대한 대자연의 무서운 기세와 위엄 아래에서는 물 위에 기어가는 작은 벌레에 지나지 못하였다.

종일을 한결같이 위세로 쏟아지던 비는 기어코 남조선 각처에 있는 크고 작은 강물을 붇게 하고 개천을 넘치게 하고 수리조합의 제방을 헐고 방축과 원둑을 터쳐버리고 말았다.

강 연안과 낮은 지대에 있는 동리는 물에 잠기고 지붕까지 잠긴 집은 둥우리가 떠내려가고 헐어지고 사람들은 높은 곳으로 물을 피하여 올라가며 목을 놓고 울었다.

장성(長城), 능주(綾州), 남평(南平), 화순(和順), 옥과(玉果), 곡성(谷城), 순창(順昌), 담양(潭陽), 평창(平昌), 나주(羅州), 송정리(松汀里), 광주(光州) 등의 열두 골 물이 한데로 합하여 내려가는 길이 되어 있는 영산강의 물은 시시각각으로 불어만 갔다.

각처에서 들이밀리는 물이 영산강으로 몰려들어가서 영산강물은 불완전한 연안을 쿵쿵 헐어가며 철철 넘쳐흘렀다. 논을 삼키고 들을 삼키고 집을 삼키며 내려가다가 영산포 물길의 길 어귀인 개산(犬田)의 굽이에 닥치어 많고 많은 물이 좁은 어귀로 빠져나갈 길이 없으매 용감한 기세로 앞을 향하여 전진하던 영산강물의 연합 진군은 갑자기 뒤로 뒤로 퇴군할 수밖에 없었다.

무서운 힘의 기세로 몰려갔던 붉고 누른 물결이 다시 맹렬히 돌쳐서며 내려오는 물의 세력과 물러나는 반동적인 수력이 한데 합하여 두렵게 큰 위력을 가지고 불행한 운명에서 떨고 있는 영산포 시내를 휩싸버렸다. 내려갈 때 겨우 물결의 험한 손길을 면하였던 조금 높은 곳에 있던 전답과 인가들도 퇴군한 수군의 최후 발악적 습격에는 드디어 전멸하고 말았다.

언덕이 무너지며 집들도 함께 헐어지고 떠내려가지 못한 집들은 팍팍 찌그러졌다.

개산 시령산이며 운곡리 뒷산 등 높은 곳에는 아기들을 업고 안고 울며 부르짖는 사람들의 흰옷 그림자가 사납게 쏟아지는 빗발 속에서 처참한 광경을 곳곳이 나타내고 있었다.

나주 정거장은 물에 잠기고 기차 선로는 끊어져 문명의 빛난 무기도 누르고 붉은 물결만은 이겨낼 수가 없었다.

삼도리, 길옥구, 옥정, 신기촌, 광볼, 덕치, 강경골, 가마테, 영산리, 새올, 톳게리, 도총, 돌고개, 원촌이며, 금천면, 신가리 등의 이재민들은 전부가 다 농민인 중에 가난한 상인들도 끼어 있었다.

왕곡면 옥곡리와 다시면 죽산리는 아주 전멸하여버리고 말았다.

물에 잠긴 영산포 시가를 경계하느라고 경종은 밤새도록 울고 울었으나 그릇 몇 개와 옷 보퉁이 하나씩을 들고 어린애들을 업고 안고서 높은 곳에서 물결에 삼켜진 집터들을 내려다보며 비에 폭 젖은 옷을 입고 울고 떨고 섰는 이재민들과 한 집 속에 칠팔 가족의 식구들이 웅게중게 모여 비 맞은 병아리들처럼 우들우들 떨며 있는 그들에게는 아무런 구원도 되지 못하는 차디찬 시끄러운 고동 소리로밖에 들리지 않았다. 영산교 높은 다리 밑에는 탁랑(濁浪)이 석 자의 거리를 남기고 흉녕한 손길을 넘실거리고 있고 시가 중에 있는 이층 지붕에는 발동선이 닿아 있으며 삼십사 년 전 신축년 대홍수 이래로 처음 당하는 그때보다 석 자가 더 자라는 대홍수이었다. 보통 장마 때에도 홍수의 재난을 받지 않으면 아니 되는 우리 주인공 송서방은 이 적파 속에서 어찌 되었는가?

4

악수[2]로 퍼붓는 빗속에서 영산리의 밤은 깊어갔다. 송서방 내외는 집 안에 들어온 물을 빼낸다 개울 둑을 쳐낸다 하느라고 종일을 비를 맞으며 돌아다니기 때문에 밤이 되어 몸이 노곤해지며 졸음이 폭폭 왔다. 전에 해본 경험대로 대낀 보리를 있는 대로 다 털어서 밥을 한 솥 가득히 짓고 된장과 무짠지를 곁들여서 큰 바구니에 담아놓고 물 한 병을 담았다.

그리고 식구대로의 의복을 풀도 못한 채로 보통이에 싸고 그릇 몇 개를 넣어 묶어서 배 속에다 넣어두었다.

이제 물이 집 속에 가득히 들어 기둥에 매어둔 배 두 척이 둥둥 뜨면 식구들은 그 배 속에 들어가 물이 빠질 동안 그 밥과 물을 먹으면서 기다릴 심산이었다.

만단의 예비를 해두고서 물 들어오는 것을 지킬 양으로 아이들은 재우고 두 내외는 쭈그리고 앉아서 빗소리를 들어가며 밤을 새우려 하였으나 스르르 감겨지는 두 눈에 마당에 고인 물빛이 희미하게 보이는 듯 마는 듯하다가 그들은 앉은 채 쓰러져 잠깐 잠이 들었다.

별안간 와자하는 소리에 잠이 깨어 저승에서 들리는 듯이 처참하게 들려오는 고동 소리가 들렸다. 영산강물이 넘었다는 신호이었다.

---

2 악수 물을 퍼붓듯이 세게 내리는 비.

뒤미처 송서방을 부르는 소리가 들렸다.
"명칠이! 명칠이!"
송서방은 화닥닥 뛰어 일어나 대답하였다.
"영산강물이 넘었다네. 큰일 났네. 어서 식구들 데리고 나오소."
덕성이와 윤삼이는 새벽빛에 물빛이 희끄무레한 속으로 두 손을 치며 소리쳤다.
"어서 자네들이나 피하소. 사람의 생사화복이 천리대로 되는 것이니까 내가 여기서 피해 나간다고 죽을 놈이 안 죽는단가? 목숨만 길면 불 속에서도 살아 나는 것일세. 염려 말고 어서들 가소."
송서방의 말소리는 극히 침착하였다.
"에이 돌뎅이 같은 사람! 어린것들이 불쌍하지도 않은가? 그래 안 나올 텐가?"
그들은 성이 나서 부르짖었다. 강물이 넘었다는 사이렌 소리를 듣고 여러 동리에서는 물을 피하려는 준비에 급급하여 여기저기서 마주 소리치는 소리가 들려왔다.
"예끼 못된 작자! 죽거나 말거나 하소. 우리는 가네 원 사람도 잉간해야지."
성미 급한 덕성이는 악을 버럭 쓰고 휙 돌아서서 윤삼이를 데리고 가버렸다.
두 내외는 아이들을 깨우고 나서 보리 가마니를 날라다가 방 안에다 쌓았다. 보리 양식도 겉보리까지 다섯 가마니밖에 남아 있지 않았다.
송서방은 큰 동아줄을 가지고 와서 기둥을 붙들어 매고 남은 한 가닥은 집 뒤에 서 있는 포플러나무에 매었다. 그리고 쭉 둘러서 있는 포플러나무마다 올라가서 굵은 줄을 매어 늘여놓고 장대를 한 개씩 걸쳐놓고 내려왔다.
앞뒤로 즐펀하게 있는 논밭을 삼키고 밀려오는 누른 물결은 넘실넘실 뱀의 혀끝처럼 남실거리며 차례차례 몰려오기 시작하더니 염치없이 마당으로 달려들었다. 이리저리 바쁘게 왔다 갔다 하는 송서방의 걷어 올린 무릎을 넘어 황톳물은 넓적다리까지 올라왔다. 물결은 사정없이 닥쳐들었다. 툇마루로 방으로……

아이들은 방 속, 찰랑거리는 물속에서 발을 구르고 울고 송서방 마누라는 어린애를 안고 갈팡질팡하였다.

송서방이 물에 잠긴 마당에 들어서서 아이들을 배에 태우려고 저쪽으로 밀려가는 큰 뱃줄을 잡아 내리려고 할 때 잠깐 사이 그야말로 눈 깜짝할 사이였다. 붉은 물결이 영산강 하류 쪽에서 왈칵 달려들어 자기 딴은 굳게 잡아매어놓은 줄 알았던 큰 배가 물결에 휩싸여 떠밀렸다.

송서방의 식구들은 비명을 질렀다. 급한 물결에 떠밀린 큰 배는 물 가운데 밥 바구니와 물병을 담은 채 한 번 빙 돌다가 하류 쪽으로 떠내려간다. 송서방은 그 배를 잡으러 갈 듯이 허우적이며 쫓아가려 하였다.

"아이고 애기들을 어쩌라고 배 잡으러 갈라고 그래요? 윤성이는 어디 가서 안 오는고?"

마누라는 겁결에 당목 찢어지는 듯한 소리를 지르면서 남편을 불렀다. 송서방의 큰 보배요, 유일의 재산이 되는 그 큰 배가 떠내려가고 말아 송서방의 믿음과 희망은 아깝게 깨어지고 말았다. 그의 몸을 지탱하고 있는 뼈가 뚝 부러지는 것 같으면서 다리에 힘이 풀리고 손에는 맥이 없어지는 듯하였다. 큰 배는 쫓아가면 잡힐 듯하였다. 송서방의 마음은 갑자기 황황하여졌다.

침착하고 진중하던 송서방의 온갖 정신은 큰 배를 따라가고 있었다. 두번째 부르는 마누라의 소리를 듣고서야 송서방은

"저— 기 떠내려가는 배는 우리 배요."

하고 누구에겐지 모르게 향하여 소리쳤다.

윤성이가 가슴에 닫는 물결을 헤치고 달려왔다. 송서방은 작은 배에 두 살 먹이와 쌀례와 귀성이와 꽃례에게 옷 보퉁이를 들려서 꽃례까지 타게 하는 동안 윤성이는 어머니를 포플러나무에 올라가게 하여 줄로 몸뚱이를 묶어놓고 다시 내려와서 아버지와 함께 물결과 싸우면서 작은 배를 끌어다가 큰 포플러나무에 매어놓았다.

"애기는 나 줘! 윤성아 애기는 이리 데려온나!"

하고 그의 어머니는 소리쳤다. 아기도 어머니의 소리를 듣고는 두 팔을 벌리고

포플러나무를 쳐다보며 킹킹거렸다. 물은 이미 포플러나무에도 얼마큼이나 올라왔다. 윤성이는 나님이를 안아다가 겨우 어머니에게로 올려보냈다. 어머니는 약한 줄에 몸을 맡겨 몸뚱이를 아래로 기울이고 두 팔을 벌려 아기를 안아다가 아기는 가운데 두고 다시 두 팔로 포플러나무를 안았다.

이 모든 비참한 광경을 모르는 체하고 비는 그대로 쏟아지고 물은 넘실넘실 급하게 늘어 윤성의 집도 절반 넘어 잠기고 영산포 시내와 이웃 동리에서 피난하는 사람들의 부르짖고 헤매는 그림자가 황황하게 덤비며 망망한 들에는 누른 물결보다도 붉은 물결이 도도하여 점점 나지막한 하늘에 접근하고 있는 듯하였다.

송서방과 윤성이도 포플러나무에 각각 올라갔다. 작은 배에 웅기중기 모여 앉은 세 남매는 세차게 내리는 비 속에서도 그들의 부모와 오빠의 올라앉은 포플러나무를 번갈아 쳐다보느라고 얼굴 정면에 억센 빗줄기를 맞고 있었다.

"쳐다보지들 말고 가만히 엎대어 있거라. 가마니때기를 꽉 쓰고 꼼짝들 말어 응."

하고 그들의 어머니는 가끔 소리쳤으나 나님이의 울음소리가 날 때마다 세 아이는 거적을 벗고 어머니를 쳐다보며 눈물을 흘렸다.

가난한 농촌에 가뭄이라는 뒤를 질러 사람의 마음과 풀잎들을 태우던 하늘은 이제 다시 홍수로써 사람과 집과 곡식과 가축까지를 깨끗이 씻어버려주고 말았다.

이러한 비극을 연출시키고 그침 없이 쏟아지는 빗속에서 이날도 저물었다. 어둠컴컴한 빛 속으로 납덩이처럼 무겁게 내려앉은 하늘과 뻔뻔스럽게 넘실거리는 흐린 물결은 서로 닿을 듯 닿을 듯하였다.

영산강 상류로서는 집이 몇 채인지 모르게 많이 떠내려오고 마주 보이는 거대한 건물인 정미공장도 물결에 쓸려 가버렸다. 오래된 집들은 대개 물속으로 슬그머니 가라앉았다. 윤성의 지붕에는 닭들이 웅기종기 모여 앉아서 떨고 있었다. 송서방은 배 속에 웅크리고 떨고 있는 자녀들과 지붕에 모여 있는 닭들을 내려다보고 한숨을 쉬며 두 동무의 우정을 거절한 것을 절절히 후회하였다. 끽끽 하는 짐승의 비명이 들리며 검은 몸뚱이가 허우적이며 떠내려간다.
"아이고 아까운 내 돼지! 아이고 아깝고 불쌍해라…… 새끼조차 밴 것을 갖다가……."
마누라의 부르짖는 소리가 들렸다. 귀성이의 소리가 갑자기 들렸다.
"어머니 우리 검둥이는 어디로 갔소?"
과연 그들은 검둥이의 간 곳을 모른다. 모두가 잠잠한 것을 보고
"나는 몰라 야. 검둥이가 죽었으면 나는 몰라."
하고 귀성이가 울음을 내놓고 꽃례는 식구처럼 생각하던 닭들이 죽을 것을 생각하고 쌀례는 못 먹은 참외 수박 생각을 하며 덩달아 울면서 같이 검둥이를 조상하였다.
송서방의 집은 지붕에 닭들을 인 채로 어둠 속으로 흘러간다. 지붕에서 아물거리는 닭들의 흰 그림자가 아니 보일 때까지 송서방은 이때까지 참았던 울음을 목 놓아 울었다. 마누라도 소리를 내어 울고 아이들도 울었다. 어디선지 남녀의 부르짖는 소리 외치는 소리가 끊이지 않고 들리며 가끔 소리를 지르고 있는 사이렌조차 목이 쉰 듯이 들렸다.
밤중에는 서로서로 잠자지 말라는 소리를 주고받았다. 밤이 깊어갈수록 폭풍우는 점점 더 세어갔다. 일어나는 줄 모르게 일어난 바람이건만 괴롭고 두려운 지루한 이 밤이 겨우 지나고 새벽녘이 되었을 때는 붉은 물결이 바다에 일어나는 파도처럼 펄쩍 뛰어 솟아 꿈틀거렸다. 물결은 점점 더 크게 솟아올랐다.
망망한 나주 바다에는 붉은 파도가 흉흉하였다. 물결이 뛸 때마다 작은 배 속에 있는 세 남매는 악을 쓰고 서로 붙들고 울었다.
송서방의 마누라는 그 소리를 들으며 가슴이 찢어지는 듯이 아팠다. 이틀 동안이나 온전히 굶은 연약한 기질에는 젖 있는 대로 다 빨아 먹어버린 어린애가 붙어 있었다. 그러나 나님이는 엄마보다도 더 배가 고프다고 울었다. 가슴속에 박혀서 젖꼭지만 입에 물고 젖이 나지 않는다고 킹킹거리다가 힘대로 쭉

쭉 빨 때는 전신의 피가 몰키는 듯이 젖꼭지가 몹시도 아팠다.

그뿐이랴. 가끔 구렁이가 척척 나뭇가지에 걸치고 그의 어깨에 걸쳐 올라올 때마다 그는 자지러지는 듯한 비명을 질렀다. 구렁이에게 한 번씩 놀랄 때마다 전신에서는 식은땀이 쭉 흘렀다.

그는 나뭇가지에 걸쳐 있는 막대기를 겨우 한 손으로 잡아서 척척 엉기는 구렁이를 떼어내버려도 구렁이는 얼마든지 흘러가는 물결에서 감겨들었다. 고로와 굶음으로 기운이 저상한 송서방과 윤성이도 뱀의 수난으로 몇 배나 더 몸이 지쳐짐을 느꼈다.

바람의 기세가 더욱 험악해가는 것에 눌렸음인지 비는 훨씬 줄기가 가늘어지고 이따금 폭풍에 휩쓸려 굵은 빗방울이 훌뿌렸다. 송서방과 윤성이가 올라앉은 포플러 나뭇가지가 뚝뚝 분지러졌다. 작은 배는 물결대로 올랐다가 내려앉을 때마다 아이들은 기절하는 듯한 소리를 질렀다. 그중에도 쌀례와 귀성이는 배가 고프다고 어머니를 쳐다보며 울었다.

몇 번이나 구제하러 오는 듯한 배가 보이기는 하였으나 미친 물결이 방향 없이 날뛰는 이 근처에까지는 도저히 가까이 올 수가 없었던지 기어코 오지 못하고 말았다.

작은 배의 위험이 경각에 있는 것을 알아차린 윤성이는 자기를 묶었던 줄의 한끝으로 자기의 허리를 굳게 동이고 나무에서 뛰어내렸다. 윤성의 뛰어내리는 것을 멀리 바라보던 그의 동지인 동무들은 아우성을 치며 배를 탁랑에 띄워 다섯 사람이 올라타고 이리로 오려고 갖은 애를 쓰는 모양이었다.

윤성이는 포플러나무와 나무의 사이를 익숙한 헤엄질로 더듬어 작은 배의 줄을 잡았다. 동아줄의 길이대로 떠밀려 있는 배는 다행히 그 옆 포플러나무 근방에서 빙빙 돌면서 뛰고 있었기 때문에 한 팔로 물속에 들어 있는 포플러의 몸을 안고 한 손으로 필사적인 힘을 내어 줄을 당겼다. 몇 번인지 모르게 윤성의 몸은 떠밀릴 뻔하면서도

"얘들아! 나무 밑으로만 배가 가서 닿거든 누구든지 늘어진 줄만 잡고 뛰어올라라."

하고 외치는 소리를 잊어버리지 않았다.

　송서방이 나무마다 늘어놓은 줄 끝은 물에 잠겨졌다가도 바람에 따라 고기 뛰듯이 펄쩍 뛰며 날렸다.

　귀성이가 먼저 줄을 뛰어 잡았다.

　"얘— 장하다."

하고 송서방 내외와 윤성이는 감격한 소리로 귀성이를 칭찬하였다.

　여덟 살 된 어린것이지만 극히 영리한 귀성이는 장난할 때부터 나무에 오르기를 다람쥐처럼 하였기 때문에 대롱대롱 매어달리며 애를 써서 줄을 타고 올라가 포플러나무를 안았다.

　"아이고 꽃례도 줄을 잡았구나."

　환희에 찬 어머니의 부르짖는 소리가 들리며 꽃례도 줄을 붙들고 최후의 용기와 힘을 내어 줄을 타고 올라갔다.

　그 순간!

　"아이고 저것!"

　"아이고 어매!"

하는 부르짖음과 함께 쌀례 혼자 남은 작은 배가 팔딱 뒤집히며 쌀례는 뛰는 물결에 휩쓸리고 말았다.

　"아이고 어찌끄나! 쌀례야! 아이고 쌀례 떠내려가네! 사람 살리소!"

　그 어머니는 쉬지 않고 울며 소리쳤다.

　윤성이는 쌀례의 가는 방향대로 헤엄쳐 나가려 하였으나 허리를 붙들어 맨 굵은 줄은 우애와 의협심으로 가득 찬 윤성의 몸을 놓아주지 않았다. 떠내려가는 쌀례는 두 손을 저으며 허우적거렸다. 작고 붉은 손이 보일 때마다 송서방 내외는 악을 쓰며 울었다.

　"사람 떠내려가네!"

하고 외치는 소리가 여기저기서 났다. 벌써 쌀례는 가물가물 작은 손을 보이며 멀찍이 떠내려갔다.

　"어짜꼬! 쌀례야! 우리 쌀례 좀 건져주시오."

"아이고매 쌀례야! 아이고 쌀례야!"

그 어머니는 나무 위에서 몸을 가누지를 못하고 소리를 치며 울었다. 꽃례와 귀성이도 목을 놓고 울고 송서방은 눈동자가 거꾸로 선 듯한 흥분을 느껴 숨을 씩씩거리며 몸을 떨고 있었다.

윤성이는 하는 수 없이 나무에 뛰어올라 쌀례의 떠내려간 것을 바라보고 주먹으로 가슴을 치며 이를 악물고 주린 사자처럼 꿍꿍 앓는 소리를 내다가 다시 주먹으로 포플러나무를 힘껏 두드리며 무겁고 뜨거운 깊은 한숨을 불기운같이 내뿜었다.

사람 떠내려간다는 소리에 사람들은 와글와글 물 끓는 듯한 소리를 내며 영산교 위로 떼 지어 몰려갔다.

읍내 유지로 된 구호반과 각 신문 지국의 구호대들은 갈팡질팡하고 쫓아다녔다. 사람들은 영산교 위에서 줄을 자꾸 던졌다.

그러나 아무리 그것들이 목숨을 살리려는 생명의 줄이라 한들 맑은 정신은 이미 없어지고 오직 탁랑에 휩쓸려 떠내려오는 어린 쌀례의 눈에 어찌 물결에 밀리는 가느다란 줄이 보일 리가 있을 것이랴?

쌀례를 몰고 오던 험한 물결은 뭇사람의 안타까운 외침을 모른 체하고 다리 아래로 슬쩍 지나가버렸다.

사람들은 발을 동동 굴렀다. 읍내서 물 구경 왔던 부인들 중에는 물에 희생된 작은 제물의 흘러가는 뒤를 향하여 손에 들었던 우산을 던지며 소리쳐 우는 이도 있었다. 이 광경을 목도한 윤성의 동무들의 젊은 가슴은 훨훨 달아올랐다. 다섯 사람은 사납게 펄펄 솟아오르는 붉은 물결을 눈 흘기며 노를 저어 윤성에게로 향하였다. 노를 젓는 네 팔뚝에는 의분의 힘이 솟아올라 우들우들 떨렸다. 그러나 거의 가까이 그곳에 닿으려 하였을 때 급히 쳐내리는 물결에 노는 뚝꺽 분지러졌다. 노를 잃어버린 배는 금시에 전복되려 하였다.

그중의 두 사람은 물결에 향하여 호통 소리를 지르며 포플러나무에 뛰어올랐다. 물결에 떠밀려 위험에 빠진 배는 가까이 떠온 배에서 던지는 줄을 잡고 겨우 안전지대에 들어갔다.

삼십오 년 만에 처음인 큰 홍수를 빚어낸 무서운 비는 내리기 시작한 지 닷새 만에야 겨우 완전히 그쳤다. 폭풍도 쌀례를 죽이는 소동을 일으키고 나서는 잠이 든 지 하루가 지난 칠월 이십이일! 송서방의 일곱 식구가 포플러나무에 목숨을 맡기고 이 주야를 경과한 사흘째 되는 날에야 그들은 윤성의 동무들의 구원함을 받아 배를 타고 관중으로 들어왔다.

사흘이나 굶고 그 위에 몸을 두 팔에만 맡겨 나무에 매달렸던 그들은 ×× 일보 지국장의 안내로 여관방 안에 들어오자 아이들은 퍽퍽 쓰러졌다. 송서방은 정신 빠진 사람처럼 멀거니 앉았고 그의 마누라는 펄썩 주저앉으며 주먹으로 방바닥을 치면서 울기를 시작하였다.

"아이고 쌀례야! 너만 없구나! 어디 가고 없냐! 아이고 쌀례야! 어린것이 무슨 죄로 물에 빠져 죽다니! 응? 이것이 무슨 일이여."

그는 소리를 버럭 지르며 또 한 번 방바닥을 두드렸다. 기운이 지쳐서 울음소리에 섞인 말소리조차 분명치 못하였다.

"아이고 세상에 이런 일이 어디 있으끄나! 누구 죄로 어린 네가 그리도 몹시 몹시 그렇게도 불쌍하게 죽었단 말이냐! 아이고 원통하네! 참외 수박 노래를 그렇게도 불러쌓더니…… 아이고 쌀례야! 쌀례야!"

그는 몸부림을 탕탕 치며 쌀례를 부르면서 방바닥을 득득 할퀴었다.

"우리 쌀례는 지금 어디로 떠댕기는고? 만경창파 바다 중에 어디로 떠댕김서 애비 에미 원망을 하고 있으끄나! 아이고."

그의 울음소리는 목구멍 속에서 콱콱 막혔다. 여관 안팎으로 모여 섰던 사람들 중에서는 흑흑 느끼는 소리까지 들려왔다. 송서방은 주먹으로 눈물을 씻고 윤성이는 어머니를 붙들고 위로하였다.

"아이고 몹쓸 일도 있다! 어린것이 무슨 죄로 고기밥이 된단 말이냐. 아이고 쌀례야! 내 쌀례야! 왜 쌀례 죽였소? 왜 당신은 어린 자식을 죽였소?"

그는 주먹으로 방바닥을 치며 송서방에게로 달려들었다.

"해마다 해마다 그 꼴을 당하면서도 무엇이 못 미더워서 그렇게들 두 번이나

와서 나오라 해도 안 나가고 뭉개드니마는 기어코 자식을 죽일랴고 고랬지라우? 아따 아따 하늘은 야속하네 하누님도 무정하네!"

그는 미친 사람처럼 부르짖으며 몸부림을 쳤다.

꽃례와 윤성이는 앞뒤로 어머니를 붙들고 달래었으나 그는 듣지 않았다. 귀성이와 꽃례 나님까지도 소리를 내어 울고 송서방은 갑자기 '우후후' 하는 소리를 내어 창자에서 우러나는 듯한 울음을 울었다.

"자식 잃고 집 잃고 곡식 잃고 아이고 무엇을 바라고 어떻게 살어갈꺼나."

송서방의 말소리는 무겁게 울려 나왔다. 점심상이 들어왔으나 꽃례와 귀성이까지도 밥 한 그릇을 다 먹지 못하였다.

송서방과 윤성이는 신문 기자들이 묻는 대로 겨우 대답을 하고 있고 아이들은 구호반이 준 의복을 바꿔 입었다. 송서방의 마누라가 지친 듯이 한쪽에 가 누워 있는 곁에 어린애는 젖꼭지를 물고 있었다.

하룻밤을 자고 이튿날 새벽에 어린것들을 데리고 여관에서 나온 송서방은 갈 곳이 없었다. 어디로 가나? 집터는 물에 잠긴 채 흔적도 아니 보이고 몸에는 비에 젖었던 헌 옷뿐이니 어린 자식들을 거느리고 장차 어디로 가서 어떻게 살아갈 것이냐? 송서방의 눈에서는 굵은 눈물방울이 뚝뚝 흘러내렸다.

길모퉁이를 돌아설 때 윤성의 동무들이 몰려오다가 마주쳤다. 그들은 일곱 식구를 데리고 대흥이네 집으로 갔다. 평시에 송서방 내외가 그다지도 미워하던 유동이 만성이 대흥이건만 그들의 친절함은 말할 수가 없었다.

대흥의 부모는 그에게 방 한 칸을 주고 물이 빠질 때까지 있으라 하였다. 쌀과 나무와 반찬 등은 윤성의 동무들이 번갈아가며 가지고 왔다. 며칠을 지내는 동안 송서방 내외는 대흥이와 그 부모에게 점점 마음 깊은 온정을 느끼게 되었다. 대흥의 부친은 김선생이라고 부르는 전에 선생까지 지낸 사람이었으므로 송서방은 그를 딴 세계의 사람으로 대하여왔다. 김선생은 대흥이와 같은 불량한 사람으로 윤성이까지 버려주는 사람이라고. 그러나 삼사일을 지내는 동안 이 집에 모이는 윤성의 동무들이나 이곳에 출입하는 사람들이 허부자와는 정반

대로 정답고 착하여서 송서방 자기네와 같은 가난한 농민들을 위하여서는 목숨
이나 재산이라도 바치는 과연 믿을 수 있고 고마운 사람들이라는 것을 확실히
깨닫게 되었다.

또 사흘이 지났다. 나주 영산포의 각 동리를 망해준 누른 물결은 볼일 다 보
았다는 듯이 완전히 빠지고 조롱하는 듯이 따갑게 비치는 햇빛에 젖은 땅들은
말라가기까지 하였다. 피난 갔던 윤삼이와 덕성이가 김선생 집으로 찾아왔을
때 송서방은 그들을 붙들고 통곡하였다. 송서방의 식구는 영산리 그들의 집터
에 왔다. 활짝 씻겨버린 붉은 땅에는 다만 뜨물 동이와 물 항아리와 장독의 그
릇 몇 개가 진흙투성이가 되어 놓여 있을 뿐이었다.

송서방의 마누라는 참외밭 자리로 달려갔다. 참외 수박의 줄기들이 흙물에
녹아버린 것을 보고 그는 땅에 주저앉아서 쌀례를 부르며 울었다.

송서방은 뿌리까지 녹아버린 논가로 빙빙 돌아다니며 한숨만 쉬었다. 윤성
이는 아버지 곁으로 가까이 왔다.

"아부지! 이렇게 참혹한 일을 당한 것이 우리뿐만이 아닌 줄은 아시지라우?
아까 오면서 보시지 않었소? 꽉 짜그러진 집들 헐어진 집들이 얼마나 많습데
까? 그 사람들의 논도 다 이 모양이 되었을 것이오. 그러니 말이오 아무리 천
리로 이렇게 됐다고 하지마는 요롷게까지 가련하게 된 사람들은 다 우리 같은
가난한 사람뿐이 아니오. 저번 날 김선생 말씀같이 울고만 있을 것이 아니라
어떻게 살아갈 도리를 깊이깊이 생각해봐야 안 쓰겠소?"

윤성의 말소리는 부드러우면서 힘이 있었다. 송서방은 고개를 끄덕끄덕하며
"오냐, 알어들었다. 인제는 내가 그전 그 사람이 아니다. 내가 지금은 김선
생의 말이나 너그 동무들의 말이 다 옳고 우리한테 이익 되는 말인 줄 안다. 그
러니까 그 사람들의 말이라면 어떤 말이든지 듣고 그대로 할라고 작정했다. 참
말로 울고만 있어서 쓸 것이냐? 손가락을 깨물고라도 살아갈 도리를 차려야
지……."

하고 다시 논들을 죽 둘러보며 한숨을 쉬었다. 저편 참외밭에는 그의 마누라와

세 남매가 모여 앉아서 아직까지 울고 있었다.

"윤성아! 가서 그만들 울고 정신 차리라고 해라 응 어서."

"예— 그런디 오늘 밤 시령산에서 홍수에 해 받은 사람들이 모여서 무슨 의논을 한다고 하는데 아부지도 가시지요?"

윤성이가 아버지를 쳐다보고 물었다. 송서방은 무거운 발길을 돌리며

"암— 은 가고말고. 다 우리 일인데…… 윤삼이랑 덕성이도 같이 갈 것이다."

하고 논둑길로 앞서서 걸어간다.

모든 일을 천리와 팔자로만 알아버리던 명칠이는 홍수로 인하여 딸과 집과 가축과 곡식들을 잃어버린 대신 그보다도 더 크고 귀중하고 위대한 무엇을 찾게 되었다. 그의 뒤를 따라가는 윤성의 입가에는 기쁨의 미소가 돌고 눈에는 아버지를 동무로 얻었다는 승리의 자랑의 빛이 가득하였다. 오정을 알리는 사이렌 소리가 청명한 하늘에 기운차게 울렸다.

박화성(朴花城)

1904년 전남 목포 출생. 본명은 박경순. 숙명여고보 졸업. 일본여자대학교 영문학부 수료. 1925년 이광수의 추천으로 『조선문단』에 「추석전야」를 발표하여 등단. 식민지 시대에 동반자 작가로 활동했으며 해방 후에는 작품 경향이 변화됨. 한국문인협회 이사(1961), 한국여류문인협회 초대회장(1965) 역임. 한국예술원상 수상(1970). 소설로는 「추석전야」(1925), 「하수도 공사」(1932), 장편 『백화』(1932), 「비탈」(1933), 「두 승객과 가방」(1933), 「논 갈 때」(1934), 「홍수전후」(1934), 장편 『북국의 여명』(1935), 「한귀」(1935), 「중굿날」(1935), 「고향 없는 사람들」(1936), 「춘소」(1936) 등과 해방 후의 장편으로『고개를 넘으면』(1955), 『사랑』(1956), 『거리에는 바람이』(1964) 등이 있음. 1988년 타계.

작품 세계

박화성의 첫 작품 「추석전야」는 비슷한 시기의 다른 여성 작가와는 달리 여성 노동자 문제를 다루고 있는 점이 특징적이다. 박화성은 일본 유학 중에 만난 남편 김국진의 영향으로 더욱 분명한 프로소설적 경향을 갖게 되는데, 「두 승객과 가방」이나 「헐어진 청년회관」(1934)이 그 대표적인 작품이다. 그러나 이 소설들에서는 여성 주인공이 지도자적인 남성에게 정신적으로 예속된 상태를 그림으로써 여성의 독립성이 나타나지 않고 있다. 박화성의 초기 소설은 지식인들의 신변소설과 민중들의 삶을 그린 두 계열로 나눠지는데, 예를 든 자전적인 소설들은 「비탈」, 「신혼여행」(1934) 등과 함께 앞의 유형에 속한다. 이 소설들은 지도자적 인물에 의존하는 남성 중심성이 뚜렷한 반면, 「하수도 공사」, 「홍수전후」 등의 뒤의 작품들은 그런 한계와 도식성을 넘어서서 생생한 현실성을 얻고 있다. 특히 「하수도 공사」는 일인 경찰서장과 부청 직원에 맞서는 노동자들의 집단행동과 그들을 이끄는 동권의 사랑의 서사가 결합된 문제작이다. 이 소설은 노동자들의 집단행동을 매우 박진감 있게 그리고 있을 뿐만 아니라 동권의 용희에 대한 사랑 역시 매우 자연스럽게 형상화하고 있다. 남성 인물이 권위적인 지도자로 나오는 신변소설들과는 달리 「하수도 공사」에서는 용희와 동권의 여성적인 사랑이 남성적인 계급의식과 잘 결합되고 있다. 이 시기의 또 다른 소설 「홍수전후」는 홍수에 대처하는 과정에서 소작인 송명칠이 각성되는 과정과 그의 아내의 모성애를 통해 농촌의 현실을 생생하게 그리고 있다. 박화성은 1935년 이후 「한귀」, 「중굿날」, 「고향 없는 사람들」, 「온천장의 봄」(1936) 등의 작품에서 농민과 도시 빈민들의 비참한 생활 모습을 보다 구체적으로 묘사한다. 이 작품들 중 뒤의 두 소설은 인신매매 등 여성의 삶이 유린되는 문제를 다루고 있어 더욱 주목된다. 그러나 현실의 정세가 악화된 이 시기에 씌어진 소설들은 수동적인 세태소설적 한계도 아울러 드러낸다. 박화성은 상황이 더욱 어려워진 1938년 이후 작품을 쓰지 않다가 해방 후 다시 활동을 재개하는데, 이 시기에는 사상적으로 변모되어 애정 문제를 다룬 장편소설들을 주로 창작하게 된다.

「홍수전후」

「홍수전후」는 영산강변의 홍수로 인해 재난을 겪는 소작인 송명칠 가족의 이야기이다. 이 소설에서 홍수는 단순한 자연재해가 아니라 농민들의 비참한 생활 모습을 실감나게 드러내는 배경 역할을 한다. 영산포의 넓은 들을 터전으로 삼는 농민들이 홍수 때면 생존의 기로에 처하는 것은 그들의 삶의 조건을 열악하게 만든 농촌 현실의 모순에 의한 것이다. 그러나 충직한 농민인 송명칠은 현실의 모순을 인식하지 못하고 오히려 지주에게 의지하려는 봉건적 의식을 보인다. 반면에 그의 아들 윤성은 비록 얼굴빛은 아버지처럼 빈약하지만 큼직한 눈 속에 지주 허부자의 위선을 꿰뚫는 시선을 담고 있었다. 그는 지난해 가뭄 때는 동네 청년들과 함께 허부자에게 소작료 인하 운동을 벌였다가 경찰서에 붙잡혀 간 적도 있었다. 이 같은 송명칠과 아들 윤성의 대립 관계 외에도 이 소설에서는 홍수에 대처하는 과정에서 송명칠의 아내의 모성애가 애절하게 그려진다. 송명칠은 물결에 휩쓸린 배를 붙잡으려 허우적거리는 반면 그의 아내는 아이들의 악쓰는 소리와 굶은 젖을 빨고 있는 나님이의 모습에 가슴 아파한다. 그녀의 모성애는 참혹한 현실을 견디려는 농민들의 생존 의지를 반영하는 듯이 느껴진다. 그러나 방향 없이 날뛰는 미친 물결은 작은 배를 뒤집으며 쌀례를 앗아가고 말았다. 쌀례를 잃은 아내는 빨리 피신하라는 윤성이의 권유를 무시한 송명칠에게 달려들며 절규한다. 유일한 재산인 배에 집착하다가 자식과 재물을 잃은 송명칠은 비로소 굶은 눈물방울을 떨어뜨린다. 그리고 그의 가족을 따뜻하게 대해주는 윤성의 친구 대홍과 그의 부모에게 고마움을 느낀다. 김선생이라고 불리는 대홍의 부친은 전에 선생을 지낸 사람으로 송명칠이 불량한 사람으로 배타시해왔지만 이제는 지주 허부자와는 달리 친절하고 정다운 사람임을 깨닫는다. 홍수는 송명칠 가족에게 돌이킬 수 없는 희생을 가져왔지만 그 대가로 새로운 희망을 선물한 것이다. 송명칠과 대립했던 윤성은 이제 아버지를 새로운 동지로 얻게 된 승리의 기쁨을 감추지 못한다. 이처럼 이 소설은 계급의식이 지식인에 의해 일방적으로 주어지기보다는 재난을 극복하는 과정에서 농민들 스스로에 의해 얻어짐을 드러내고 있다.

주요 참고 문헌

박화성에 관한 주요 논의 중에서 김병익의 『한국 문단사』(일지사, 1979; 문학과지성사, 2001)는 박화성을 여류로서는 드물게 사상성을 지닌 동반자 작가로 평했다. 김윤식의 『한국현대문학사전』(일지사, 1979)은 특히 박화성의 「하수도 공사」를 높이 평가하고 있다. 이재선의 『한국현대소설사』(홍성사, 1979)는 「홍수전후」 「한귀」 등을 주목하면서 박화성의 문학 세계가 남성적 여성성을 지니고 있다고 논의한다. 서정자의 「박화성론」(숙명여대 석사 논문, 1980)과 정영자의 「한국여류문학연구」(동아대 박사 논문, 1987)는 박화성 소설에서 여성의 자각이 리얼리즘적 경향과 결합되어 있음을 주목한다. 임성희의 「박화성 단편소설 연구」(연세대 석사 논문, 1991)는 1935년을 전후로 한 식민지 시대 박화성 소설의 변화를 논의한다. 변신원의 「박화성소설연구」(연세대 박사 논문, 1995)는 사회의식의 변모와 여성의식의 변모를 구체적으로 연관시켜 살펴본다. 나병철의 「식민지 시대의 사회주의 서사와 여성 담론」(『여성문학연구』, 2002. 12)은 박화성의 소설에서 여성적인 사랑의 서사가 프로문학의 도식성을 극복하는 측면을 주목한다. _나병철

이태준

까마귀

"호—"

새로 사온 것이라 등피에서는 아직 석유내도 나지 않는다. 닦을 것도 별로 없지만 전에 하던 버릇으로 그렇게 입김부터 불어가지고 어스름해진 하늘에 비춰 보았다. 등피는 과민하게도 대뜸 뽀얗게 흐려지고 만다.

"날이 꽤 차졌군……."

그는 등피를 닦으면서 아직 눈에 익지 않은 정원을 둘러보았다. 이끼 앉은 돌층계 밑에는 발이 묻히게 낙엽이 쌓여 있고 상나무, 전나무 같은 상록수를 빼놓고는 단풍나무까지 이미 반나마 이울어 어떤 나무는 잎이라고 하나도 없이 설명하게 서 있다. '무장 해제를 당한 포로들처럼' 하는 생각을 하면서 그런 쓸쓸한 나무들이 이 구석 저 구석에 묵묵히 섰는 것을 그는 등피를 다 닦고도 다시 한참이나 바라보다가야 자기 방으로 정한 바깥채 작은사랑으로 올라갔다.

여기는 그의 어느 친구네 별장이다. 늘 괴벽한 문체(文體)를 고집하여 독자를 널리 갖지 못하는 그는 한 달에 이십 원 남짓하면 독방을 차지할 수 있는 학생층의 하숙 생활조차 뜻대로 되지 않았다. 궁여의 일책으로 이렇게 임시로나마 겨우내 그냥 비워두는 친구네 별장 방 하나를 빌린 것이다. 내년 칠월까지

---

* 「까마귀」는 1936년 1월 『조광』에 발표되었다. 여기서는 단편선 『까마귀』(한국문학전집 21, 문학과지성사, 2006)에 수록된 것을 텍스트로 삼았다.

는 어느 방이든지 마음대로 쓰라고 해서 정자지기가 방마다 문을 열어 보이는 대로 구경하였으나 모두 여름에나 좋을 북향들이라 너무 음습하고 너무 넓고 문들이 많아서 결국은 바깥채로 나와, 상노들이나 자는 방이라는 작은사랑을 치이게 한 것이다.

상노들이나 자는 방이라 하나 별장 전체를 그리 손색 있게 하는 방은 아니었다. 동향이어서 여름에는 늦잠을 자지 못할 것이 흠일까, 겨울에는 어느 방보다 밝고 따뜻할 수 있고 미닫이와 들창도 다 갑창까지 드린 데다 벽장문과 두껍닫이에는 유명한 화가인지 아닌지는 몰라도 낙관(落款)이 있는 사군자(四君子)며 기명절지(器皿折枝)가 붙어 있다. 밖으로도 문 위에는 추성각(秋聲閣)이라 추사(秋史)체의 현판이 걸려 있고 양쪽 처마 끝에는 파랗게 녹슨 풍경이 창연히 달려 있다. 또 미닫이를 열면 눈 아래 깔리는 경치도 큰사랑만 못한 것 같지 않으니, 산기슭에 나붓이 섰는 수각(水閣)과 그 밑으로 마른 연잎과 단풍이 잠긴 연당이며 그리고 그 연당 언덕으로 올라오면서 무룡석으로 석가산을 모으고 잔디밭 새에 길을 돌린 것은 이 방에서 내려다보기가 기중일 듯싶었다. 그런 데다 눈을 번뜻 들면 동편 하늘이 바다처럼 트이고 그 한편으로 훤칠한 늙은 전나무 한 채가 절벽같이 가려 섰는 것이다. 사슴뿔처럼 썩정귀¹가 된 상가지에는 희끗희끗 새똥까지 묻히어서 고요히 바라보면 한눈에 태고(太古)가 깃드는 듯한 그윽한 경치이다.

오래간만에 켜보는 남폿불이다. 펄럭하고 성냥불이 심지에 옮기더니 좁은 등피 속에 자옥하게 연기와 김이 서리었다가 차츰차츰 밝아지는 것이었다. 그렇게 차츰차츰 밝아지는 남폿불에 삥 둘러앉았던 옛날 집안사람들의 얼굴이 생각나게, 그렇게 남폿불은 추억 많은 불이다.

그는 누워 너무나 고요함에 귀를 빼앗기면서 옛사람들의 얼굴을 그려보다가 너무나 가까운 데서 까악— 까악— 하는 까마귀 소리에 얼른 일어나 문을 열었다. 바깥은 아직 아주 어둡지 않았다. 또 까악— 까악— 하는 소리에

---

1 썩정귀 '삭정이'의 사투리.

치어다보니 지나가면서 우는 소리가 아니라 바로 그 전나무 썩정가지에 시커먼 세 마리가 웅크리고 앉아 그러는 것이었다.

"까마귀!"

까치나 비둘기를 보는 것만은 못하였다. 그러나 자연이 준 그의 검음과 그의 탁한 음성을 까닭 없이 저주할 필요는 느끼지 않았다. 마침 정자지기가 올라와서

"아, 진지는 어떡하십니까?"

하는 말에, 우유하고 빵이나 먹고 밥 생각이 나면 문안 들어가 사먹는다고, 그래도 자기는 괜찮다고 어름어름하고 말막음으로

"웬 까마귀들이?……"

하고 물었다.

"네, 이 동네 많습니다. 저 나무엔 늘 와 사는걸입쇼."

"그래요? 그럼 내 친구가 되겠군……."

하고 그는 웃었다.

"요 아래 돼지 기르는 데가 있습죠니까 거기 밥찌꺼기 같은 게 흔하니까 그래 까마귀가 떠나질 않습니다."

하면서 정자지기는 한 걸음 나서 풀매 치는 형용을 하니 까마귀들은 주춤하고 날 듯한 자세를 가지다가 아래를 보더니 도로 앉아서 이번에는 '까르르……' 하고 GA 아래 R이 한없이 붙은 발음을 하는 것이다.

정자지기가 내려간 후 그는 다시 호젓하니 문을 닫고 아까와 같이 아무렇게나 다리를 뻗고 누워버렸다.

배가 고팠다. 그는 또 어느 학자의 수면습관설(睡眠習慣說)이 생각났다. 사람이 밤새도록 그 여러 시간을 자는 것은 불을 발명하기 전에 할 일이 없어 자기만 한 것이 습관으로 전해진 것뿐이요, 꼭 그렇게 여러 시간을 자야만 될 리는 없다는 것이다. 그는 이 수면습관설에 관련하여 식욕이란 것도 그런 것으로 믿어보고 싶었다. 사람은 하루 꼭꼭 세 번씩 으레 먹어야 될 것처럼 충실히 먹는 것이나 이것도 그렇게 많이 먹어야만 되게 되어서가 아니라, 애초에는 수효

적은 사람들이 넓은 자연 속에서 먹을 것이 쉽사리 손에 들어오니까 먹기만 하던 것이 습관으로 전해진 것뿐이요 꼭 그렇게 세 끼씩이나 계획적으로 먹어야만 될 리는 없을 것 같았다. 그런데, 사람이 잠을 자기 위해서는 그처럼 큰 부담이 있는 것은 아니나 먹기 위해서는, 하루 세 번씩 먹는 그 습관을 지키기 위해서는 얼마나 큰, 얼마나 무거운 부담이 있는 것인가. 그러기에 살려고 먹는 것이 아니라 먹으려고 산다는 말까지 생긴 것이 아닌가 생각되었다.

"먹으려고 산다! 평생을 먹으려고만 눈이 뻘게 허둥거리다 죽어? 그건 실로 인간의 모욕이다."

그는 쓴웃음을 지으며 지금 자기의 속이 쓰려 올라오는 것과 입속이 빡빡해지며 눈에는 자꾸 기름진 식탁이 나타나는 것을 한낱 무가치한 습관의 발작으로만 돌려버리려 노력해보는 것이다.

'어디선가 르누아르는 예술가는 빵 한 근보다 꽃 한 송이를 꺾는다고, 그러나 배가 고프면?' 하고 제가 묻고는 그러면 그는 괴로워하고 훔치고 혹은 사람을 죽일지도 모른다. 그렇더라도 글쓰기를 버리지는 않을 게라고 했다. 난 배가 고파할 줄 아는 그 얄미운 습관부터 아예 망각시켜보리라. '잉크는 새것이 한 병 새벽 우물처럼 충충히 담겨 있것다 원고지도 두툼한 게 여남은 축 쌓여 있것다!'

그는 우선 그 문 앞으로 살랑살랑 지나다니면서 "쌀값은 오르기만 허구······ 석탄두 들여야겠는데······"를 입버릇처럼 하던 주인마누라의 목소리를 십 리나 떨어져서 은은한 풍경 소리와 짙은 어둠에 흠뻑 싸인, 이 산장 호젓한 방에서 옛 애인을 만난 듯한 다정스러운 남폿불을 돋우고 글만 생각하는 데 취할 수 있는 것이 갑자기 몸이 비단에 싸이는 듯, 살이 찔 듯한 행복이었다.

*

저녁마다 그는 남포에 새 석유를 붓고 등피를 닦고 그리고 까마귀 소리를 들으면서 어둠을 기다렸다. 방 구석구석에서 밤의 신비가 소곤거려 나올 때 살며시 무릎을 꿇고 귀한 손님의 의관처럼 공손히 남포 갓을 들어올리고 불을 켜는 것이며 펄럭거리던 불방울이 가만히 자리 잡는 것을 보고야 아랫목으로 물러나 그제는 눕든지 앉든지 마음대로 하며 혼자 밤이 깊도록 무얼 읽고 무얼 생각하고 무얼 쓰고 하는 것이다. 그래서 아침이면 늘 늦도록 자곤 하였다. 어떤 날은 큰사랑 뒤에 있는 우물에 올라가 세수를 하고 나면 산 너머로 오정 소리가 울려오기도 했다. 그러다가 이날은 무슨 무서운 꿈을 꾸고 그 서슬에 소스라쳐 깨어보니 밤은 벌써 아니었다. 미닫이에는 전나무 가지가 꿩의 장목처럼 비끼었고 쨍쨍한 햇볕은 쏴― 소리가 날 듯 쪼여 있었다. 어수선한 꿈자리를 떨쳐버리는 홀가분한 기분과 여기 나와서는 처음 일찍 깨어보는 호기심에서 그는 머리를 흔들고 미닫이부터 쫙 밀어놓았다. 문턱을 넘어드는 바깥 공기는 체온에 부딪치는 것이 찬물 같았다. 여윈 손으로 눈을 비비며 얼마나 아름다울 아침일까를 내다보았다. 해는 역광선이어서 부신 눈으로 수각을 더듬고 연당을 더듬고 잔디밭 길을 더듬다가 그 실뱀 같은 잔디밭 길에서다. 그는 문득 어떤 여자의 그림자 하나를 발견한 것이다.

여태 꿈인가 해서 다시금 눈부터 비비었다. 확실히 여자요 또 확실히 고요히 섰으되 산 사람이었다. 그는 너무 넓게 열렸던 문을 당황히 닫아버리고 다시 조그만 틈으로 내다보았다.

여자는 잊어버린 듯 오래도록 햇볕만 쏘이고 서 있다가 어디선지 산새 한 마리가 날아와 가까운 나뭇가지에 앉는 것을 보더니 그제야 사뿐 발을 떼어놓았다. 머리는 틀어올리었고 저고리는 노르스름한 명주빛인데 고동색 스웨터를, 아이 업듯, 두 소매는 앞으로 늘어뜨리고 등에만 걸치었을 뿐, 꽤 날씬한 허리 아래엔 옥색 치맛자락이 부드러운 물결처럼 가벼운 주름살을 일으키었다. 빨간 단풍잎 하나를 들었을 뿐, 고요한 아침 산보인 듯하다.

"누굴까?"

그는 장정(裝幀) 고운 신간서(新刊書)에처럼 호기심이 일어났다. 가까이 축대 아래로 지나가는 것을 보니 새 양봉투 같은 깨끗한 이마에 눈결은 뉘어 쓴 영어 글씨같이 차근하다. 꼭 다문 입술, 그리고 뾰로통한 콧봉우리에는 약간 치 않은 프라이드가 느껴지는 얼굴이었다.
"웬 여잔데?"
이튿날 아침에도 비교적 이르게 잠이 깨었다. 살며시 연당 쪽을 내다보니 연당 앞에도 잔디밭 길에도 아무도 사람이라고는 보이지 않았다. 왜 그런지 붙들었던 새를 날려 보낸 듯 그는 서운하였다.
이날 오후이다. 그는 낙엽을 긁어다가 불을 때고 있었다. 누군지 축대 아래에서 인기척이 났다. 머리를 쓸어넘기며 내려다보니 어제 아침의 그 여자다. 어제 그 옷, 그 모양, 그 고요함으로 약간 발그레해진 얼굴을 쳐들고 사뭇 아는 사람을 보듯 얼굴을 돌리려 하지 않고 걸음을 멈추고 섰는 것이다. 이쪽은 당황하여 다시 머리를 쓸어 넘기며 일어섰다.
"×선생님 아니세요?"
여자가 거의 자신을 가지고 먼저 묻는다.
"네, ××× 입니다."
"……."
여자는 먼저 물어놓고 더 말이 없이 귀밑까지 발그레해지는 얼굴을 폭 수그렸다. 한참이나 아궁에서 낙엽 타는 소리뿐이었다.
"절 아십니까?"
"……."
여자는 다시 얼굴을 들 뿐, 말은 없다가 수줍은 웃음을 머금고 옆에 있는 돌층계를 휘뚝휘뚝 올라왔다. 이쪽에서는 낙엽 한 무더기를 또 아궁에 쓸어 넣고 손을 털었다.
"문간에 명함 붙이신 걸루 알았어요."
"네……."
"저도 선생님 독자예요 꽤 충실한……."
"그러십니까? 부끄럽습니다."
그는 손을 비비며 여자의 눈을 보았다. 잦아든 가을 호수와 같이 약간 꺼진 듯한, 피곤한 눈이면서도 겨울 별 같은 찬 광채가 일어났다.

"손수 불을 때시나요?"

"네."

"전 이 집 정원을 저희 집처럼 날마다 산보 와요 아침이면……."

"네! 퍽 넓구 좋은 정원입니다."

"참 좋아요…… 어서 때세요."

"네, 이 동네 계십니까?"

"요 개울 건너예요."

이날은 더 이야기가 나올 새 없이 부끄러움도 미처 걷지 못하고 여자는 돌아가고 말았다.

그는 한참 뒤에 바깥 한길로 나와 개울 건너를 살펴보았다. 거기는 기와집 초가집 여러 집이 언덕에 층층으로 놓여 있었다. 어느 것이 그 여자가 들어간 집인지 짐작조차 할 수 없었다.

이날 저녁에 정자지기를 만나 물었더니

"그 여자 병인이올시다."

하였다. 보기에 그리 병색은 아니더라 하니

"뭐 폐병이라나요. 약 먹느라구 여기 나왔는데 숨이 차 산엔 못 댕기구 우리 정자루만 밤낮 오죠."

하였다.

폐병…… 그는 온전한 남의 일 같지 않게 마음이 쓰였다. 그렇게 예모 있고 상냥스러운 대화를 지껄일 수 있는 아름다운 입술이 악마 같은 병균을 발산하리라는 사실은 상상만 하기에도 우울하였다.

그러나 그다음 날부터는 정원에서 그 여자를 만나 인사할 수 있는 것이 즐거웠고 될 수만 있으면 그를 위로해주고 그와 더불어 자기의 빈한한 예술을 이야기하고 싶었다. 그래서 그 여자가 자기의 방문 앞으로 왔을 때는 몇 번이나

"바람이 찹니다."

하여보았다. 그러나 번번이

"여기가 좋아요."

하고 여자는 툇마루에 걸터앉았고 손수건으로 자주 입과 코를 막기를 잊지 않았다. 하루는

"글쎄 괜찮으니 좀 들어오십시오."

하고 괜찮다는 말에 힘을 주었더니 여자는 약간 상기가 되면서 그래도 이쪽에 밝히 따지려는 듯이

"전 전염병 환자예요."

하고 쓸쓸한 웃음을 지었다.

"글쎄 그런 줄 압니다. 괜찮으니 들어오십시오."

하니 그제야 가벼운 감격이 마음속에 파동치는 듯, 잠깐 멀리 하늘가에 눈을 던지었다가 살며시 들어왔다. 황혼이었다. 동향 방의 황혼이라 말할 때의 그 여자의 맑은 눈 속과 흰 잇속만이 별로 또렷또렷 빛이 났다.

"저처럼 죽음에 대면해 있는 처녀를 작품 속에서 생각해보신 적이 계셔요? 선생님?"

"없습니다! 그리구 그만 정도에 왜 죽음을 생각하십니까?"

"그래도 자꾸 생각하게 되어요."

하고 여자는 보일 듯 말 듯한 웃음으로 천장을 쳐다보았다. 한참 침묵 뒤에

"전 병을 퍽 행복스럽다 했어요. 처음엔······."

하고 또 가벼이 웃었다.

"······."

"모두 날 위해주구 친구들이 꽃을 가지구 찾아와주구 그리구 건강했을 때보다 여간 희망이 많지 않어요. 인제 병이 나으면 누구헌테 제일 먼저 편지를 쓰겠다, 누구헌테 전에 잘못한 걸 사과하리라 참 벨벨 희망이 다 끓어올랐에요······ 병든 걸 참 감사했에요 그땐······."

"지금은요?······"

"무서와졌에요. 죽음두 첨에는 퍽 아름다운 걸루 알었드랬에요. 언제던지 살다 귀찮으면 꽃밭에 뛰어들듯 언제나 아름다운 죽음에 뛰어들 수 있는 걸 기뻐했에요. 그런데 이렇게 닥들리고 보니 겁이 자꾸 나요. 꿈을 꿔두······."

하는데 까악—— 까악—— 하는 소리가 바로 그 전나무 썩정가지에서인 듯, 언제나 똑같은 거리에서 울려왔다.

"여기 나와선 까마귀가 내 친굽니다."

하고 그는 억지로 그 불길스러운 소리를 웃음으로 덮어버리려 하였다.

"선생님은 친구라구꺼정! 전 이 동네가 모두 좋은데 저게 싫어요. 죽음을 잊어버리면 안 된다구 자꾸 깨쳐주는 것 같아요."

"건 괜한 관념인 줄 압니다. 흰 새가 있듯 검은 새도 있는 거요. 소리 맑은 새가 있듯 소리 탁한 새도 있는 거죠. 취미에 따란 까마귀도 사랑할 수가 있는 샌 줄 압니다."

"전 죽음을 아직 남의 걸로만 아는 건강한 사람들의 두개골을 사랑하는 것 같은 악취미겠지요. 지금 저헌텐 무서운 짐생이에요. 무슨 음모를 가지구 복면허구 내 뒤를 쫓아다니는 무슨 음흉한 사내같이 소름이 끼쳐요. 아마 내가 죽으면 저 새가 덥석 날러와 앞을 설 것만 같이……."

"……"

"죽음이 아름답게 생각될 때 죽는 것처럼 행복은 없을 것 같아요."

하고 여자는 너무 길게 지껄였다는 듯이 수건으로 입을 코까지 싸서 막고 멀거니 어두워 들어오는 미닫이를 바라보았다.

*

이 병든 처녀가 처음으로 방에 들어와 얼마 안 되는 이야기를 그의 체온과 그의 병균과 함께 남기고 간 날 밤, 그는 몹시 우울하였다.

무슨 말을 하여야 그 여자를 위로할 수 있을까?

과연 그 여자의 병은 구할 수 없는 것일까?

어떻게 하면 그 여자에게 죽음이 다시 한 번 꽃밭으로 보일 수 있을까?

그는 비스듬히 벽에 기대어 이것을 생각하다가 머릿속에서 무엇이 버스럭거리는 소리를 들었다. 가만히 이마에 손을 대니 그것은 벽장 속에서 나는 소리였다. 그는 벽장을 열고 두어 마리의 쥐를 쫓고 나무때기처럼 굳은 빵 한 쪽을 꺼내었다. 그리고 한 손으로는 뒷산에서 주워온 그 환약과 같이 동그라면서도 가랑잎처럼 무게가 없는 토끼의 배설물(排泄物)을 집어 보면서 요즘은 자기의 것도 그렇게 담박한 것이 틀리지 않을 것을 미소하였다. '사람에게서도 풀내가 나야 한다' 한 철인 소로의 말이 생각났으며 사람도 사는 날까지 극히 겸손한 곤충처럼 맑은 이슬과 향기로운 풀잎으로만 만족하지 못하는 것을, 그 운명이 슬픈 생각도 났다.

'무슨 말을 하여주면 그 여자에게 새 희망이 생길까?'

그는 다시 이런 궁리에 잠기었고 그랬다가 문득

'내가 사랑하리라!'

하는 정열에 부딪치었다.

'확실히 그 여자는 애인을 갖지 못했을 거다. 누가 그 벌레 먹는 가슴에 사랑을 묻었을 거냐!'

그는 그 여자의 앉았던 자리에 두 손길을 깔아보았다. 싸늘한 장판의 감촉일 뿐, 체온은 날아간 지 오래였다.

'슬픈 아가씨여, 죽더라도 나를 사랑하면서 죽어다오! 애인이 없이 죽는 것은 애인을 남기고 죽기보다 더욱 슬플 것이다…… 오래전부터 병균과 싸워온 그대에겐 확실히 애인이 있을 수 없을 게다.'

그는 문풍지 떠는 소리에 덧문을 닫고 남포에 불을 낮추고 포의 슬픈 시 「레이번」을 생각하면서

"레노어? 레노어?"

하고 포가 그의 애인의 망령(亡靈)을 불렀듯이 슬픈 음성을 소리쳐보기도 하였다. 그 덮을 것도 없이 애인의 헌 외투 자락에 싸여서, 그러나 행복스럽게 임종하였을 레노어의 가엾고 또 아름다운 시체는, 생각하여보면 포의 정열 이상으로 포근히 끌어안아보고 싶은 충동도 일어났다. 포가 외로운 서재에 앉아 밤 깊도록 옛 책을 상고할 때 폭풍은 와 문을 열어젖뜨렸고 검은 숲 속에서는 보이지도 않는 까마귀가 울면서 머리 풀어헤친 아름다운 레노어의 망령이 스르르

방 안 한구석에 들어서곤 하였다.

 '오오 나의 레노어! 너는 아직 확실히 애인을 갖지 못했을 거다. 내가 너를 사랑해주며 내가 너의 주검을 지키는 슬픈 애인이 되어주마!'

 그는 밤이 너무나 긴 것을 탄식하며 어서 날이 밝기를 기다리었다.

 그러나 밝은 날 아침은 하늘은 너무나 두껍게 흐려 있었고 거친 바람은 구석구석에서 몰려나오며 눈발조차 희끗희끗 날리었다. 온실 속에서나 갸웃이 내다보는 한 송이 온대 지방 꽃처럼, 그렇게 가냘픈 그 처녀의 얼굴이 도저히 나타나기를 바랄 수 없는 날씨였다.

 '오 가엾은 아가씨! 너는 이렇게 흐린 날 어두운 방 속에 누워 애인이 없이 죽을 것을 슬퍼하리라! 나의 가엾은 레노어!'

 사흘이나 눈이 오고 또 사흘이나 눈보라가 치고 다시 며칠 흐리었다가 눈이 오고 그리고 날이 들고 따뜻해졌다. 처마 끝에서 눈 녹는 물이 비 오듯 하는 날 오후인데 그 가엾은 아가씨가 나타났다. 더 창백해진 얼굴에는 상장(喪章) 같은 마스크를 입에 대었고 방에 들어와서는 눈까풀이 무거운 듯 자주 눈을 감았다 뜨면서

 "그간 두어 번이나 몹시 각혈을 했어요."

하였다.

 "그러나……"

 "의사는 기관에서 터진 피래지만 전 가슴에서 나온 줄 모르지 않어요."

 "그래두 의사가 더 잘 알지 않겠어요?"

 "의사가 절 속여요. 의사만 아니라 사람들이 다 날 속이려구만 들어요. 돌아서선 뻔히 내가 죽을 걸 이야기허다두 나보군 아닌 체들 해요. 그래서 벌써부터 난 딴 세상 사람처럼 따돌리는 게 저는 슬퍼요. 죽음이 그렇게 외로운 거란 걸 날 죽기 전부터 맛보게들 해요."

 아가씨의 말소리는 떨리었다

 "그래두…… 만일 지금이라두 만일…… 진정으로 사랑하는 사람이 있다면 그 사람의 말만은 곧이들으시겠습니까?"

"……."

눈을 고요히 감고 뜨지 않았다.

"앓으시는 병을 조금도 싫어하지 않고 정말 운명을 같이 따라 하려는 사람만 있다면……?"

"그럼 그건 아마 사람이 아니겠지요. 저한테 사랑하는 사람이 있긴 있어요…… 절 열렬히 사랑해주어요. 요즘두 자주 저헌테 나와요."

"……."

"그는 정말 날 사랑하는 표루 내가 이런, 모두 싫어허는 병이 걸린 걸 자기만은 싫어허지 않는단 표루 하루는 내 가슴에서 나온 피를 반 컵이나 되는 걸 먹기까지 한 사람이야요. 그렇지만 그게 내게 위로가 되는 줄 아세요?"

"……."

그는 우울할 뿐이었다.

"내 피까지 먹구 나허구 그렇게 가깝게 해두 그는 저대로 건강하구 저대루 살아가야 할 준비를 하니까요. 머리가 자라면 이발소에 가구, 신이 해지면 새 구둘 맞추고, 날마다 대학 도서관에 다니면서 학위 받을 연구만 하구 있어요. 그러니 얼마나 저허군 길이 달러요? 전 머리 속에 상여, 무덤 그런 생각뿐인데……."

"왜 그런 생각만 자꾸 하십니까?"

"사람끼린 동정하구퍼두 동정이 안 되는 거 같어요."

"왜요?"

"병자에겐 같은 병자가 되는 것 아니곤 동정이 못 될 겁니다. 그런데 어떻게 맘대루 같은 병자가 되며 같은 정도로 앓다 같은 시각에 죽습니까? 뻔히 죽을 사람을 말로만 괜찮다 괜찮다 하구 속이는 건 이쪽을 더 빨리 외롭게만 만드는 거예요."

"어떤 상여를 생각하십니까?"

그는 대담하게 이런 것을 물어주었다. 그렇게 하는 것이 그 아가씨의 세계를 접근하는 것이 될까 하였다.

"조선 상여는 참 타기 싫여요. 요즘 금칠 막 한 자동차두 보기두 싫여요. 하얀 말 여럿이 끌구 가는 하얀 마차가 있다면…… 하구 공상해봤어요. 그리구 무덤두 조선 무덤들은 참 암만해두 정이 가질 않어요. 서양엔 묘지가 공원처럼 아름답다는데 조선 산수들야 어디 누구의 영원한 주택이란 그런 감정이 나요? 곁에 둘 수 없으니 흙으루 덮구 그냥 두면 비에 패이니까 잔디를 심는 것뿐이지 꽃 한 송이 심을 데나 꽃 데가 있어요? 조선 사람처럼 죽는 사람의 감정을 안 생각해주는 사람들은 없는 것 같아요. 괜히 그 듣기 싫은 목소리루 울기만 허구 까마귀나 꽤들게 떡 쪼가리나 갖다 어질러놓구……."

"……."

"선생님은 왜 이렇게 외롭게 사세요?"

"……."

그는 아무 대답도 하지 않았다. 그 여자에게 애인이 없으리라 단정한 자기의 어리석음을 마음 아프게 비웃었고 저렇게 절망에 극하여 세상 욕심이라고는 털끝만치도 없는 거룩한 여자를 애인으로 가진 그 젊은 학도가 몹시 부러운 생각뿐이었다.

날은 이미 황혼에 가까웠다. 연당 아래 전나무 꼭대기에서는 아직, 그 탁한 소리로 울지는 않으나 그 우악스런 주둥이로 그 검은 새들이 썩정귀를 쪼는 소리가 딱 딱 울려왔다.

"까마귀가 온 게지요?"

"그렇게 그게 싫으십니까?"

"싫여요. 그것 뱃속엔 아마 별별 귀신딱지가 다 든 것처럼 무서워요. 한번은 꿈을 꾸었는데 까마귀 뱃속에 무슨 부적이 들구 칼이 들구 시퍼런 불이 들구 한 걸 봤어요. 웃지 마세요. 상식은 절 떠난 지 벌써 오래요……."

"허허……."

그러나 그는 웃고, 속으로 이제 까마귀를 한 마리 잡으리라 하였다. 그 배를 갈라서 그 속에는 다른 새나 조금도 다를 것이 없는 내장뿐인 것을 보여주리라. 그래서 그 상식을 잃은 여자의 까마귀에 대한 공포심을 근절시키고 그래서 죽음에 대한 공포심까지도 좀 덜게 해주리라 마음먹었다.

*

　그는 이 아가씨가 간 뒤에 그길로 뒷산에 올라 물푸레나무를 베어다가 큰 활을 하나 메었다. 꼿꼿한 싸리로 살을 만들고 끝에다는 큰 못을 갈아 촉을 박고 여러 번 겨냥을 연습하여보고 까마귀를 창문 가까이 유혹하였다. 눈 위에 여기저기 콩을 뿌리었더니 그들은 마침내 좌우를 의뭉스러운 눈으로 두리번거리면서도 내려와 그것을 쪼았다. 먼 데 것이 없어지는 대로 그들은 곧 날듯 날듯이 어깨를 곤추세우면서도 차츰차츰 방문 가까이 놓인 것을 쪼며 들어왔다. 방 안에서는 숨을 죽이고 조그만 문구멍에 살촉을 얹고 가장 가까이 들어온 놈의 옆구리를 겨냥하여 기운껏 활을 당겨가지고 쏘아버렸다.
　푸드덕하더니 날기는 다 날았으나 한 놈이 죽지에 살이 박힌 채 이내 그 자리에 떨어졌고 다른 놈들은 까악까악거리면서 전나무 꼭대기로 올라갔다. 그는 황망히 신을 끌며 떨어진 놈을 쫓아들어가 발로 덮치려 하였다. 그러나 까마귀는 어느 틈에 그의 발밑에 들지 않고 훌쩍 몸을 솟구어 그 찬란한 핏방울을 눈 위에 흩뿌리며 두 다리와 한 날개로 반은 날고 반은 뛰면서 잔디밭 쪽으로 더 풀더풀 달아났다. 이쪽에서도 숨차게 뛰어 다그쳤다. 보기에 악한과 같은 짐승이었지만 그도 한낱 새였다. 공중을 잃어버린 그에겐 이내 막다른 골목이 나왔다. 화살이 그냥 박힌 채 연당으로 내려가는 도랑창에 거꾸로 박히더니 쌕쌕하면서 불덩어리인지 핏방울인지 모를 두 눈을 뒤집어쓰고 집게 같은 입을 딱딱 벌리며 대가리를 곤추들었다. 그리고 머리 위에서는 다른 놈들이 전나무에서 내려와 까악거리며 저의 가족을 기어이 구하려는 듯이 낮게 떠들며 덤비었다.
　그는 슬그머니 겁이 나기도 했으나 뭉어리돌을 집어 공중의 놈들을 위협하며 도랑에서 다시 더풀 올라 솟는 놈을 쫓아들어가 곧은 발길로 먹투시[2]를 차 내던지었다. 화살은 빠져 떨어지고 까마귀만 대여섯 간 밖에 나가떨어지며 킥 하고 뻐르적거리었다. 다시 쫓아가 발길을 들었으나 그때는 벌써 까마귀는 적을 볼 줄도 모르고 덮어누르는 죽음과 싸울 뿐이었다. 그는 두근거리는 가슴으로 이 검은 새의 죽음의 고민을 내려다보며 그 병든 처녀의 임종을 상상해보았다. 슬픈 일이었다. 그는 이내 자기 방으로 돌아왔고 나중에 정자지기를 시켜 그 죽은 까마귀를 목을 매어 어느 나뭇가지에 걸게 하였다. 그리고 어서 그 아가씨가 나타나면 곧 훌륭한 외과의(外科醫)나처럼 그 검은 시체를 해부하여 까마귀의 뱃속에도 다른 날짐승과 똑같이 단순한 조류(鳥類)의 내장이 있을 뿐, 결코 그런 무슨 부적이거나 칼이거나 푸른 불이 들어 있지 않다는 것을 증명하리라 하였다.

그러나 날씨는 추워가기만 하고 열흘에 한 번도 따뜻한 해가 비치지 않았다. 달포가 지나도록 그 아가씨는 나타나지 않았다. 날씨는 다시 풀어져 연당에 눈이 녹고 단풍나무 가지에 걸린 까마귀의 시체도 해부하기 알맞게 녹았지만 그 아가씨는 나타나지 않았다.

*

하루는, 다시 추워져 싸락눈이 사륵사륵 떨어져 길에 떨어져 구르는 날 오후이다. 그는 어느 잡지사에 들어가 곤작(困作) 한 편을 팔아가지고 약간의 식료를 사 들고 다 나온 길인데 개울 건너 넓은 마당에는 두어 대의 검은 자동차와 함께 금빛 영구차 한 대가 놓여 있는 것이다.

그는 가슴이 섬뜩하였다. 별장 쪽을 올려다보니 전나무 꼭대기에서는 진작부터 서너 마리의 까마귀가 이 광경을 내려다보며 쭈그리고 앉아 있었다.

'그 여자가 죽은 거나 아닌가?'

영구차 안에는 이미 검은 포장에 덮인 관이 실려 있었다. 둘러섰는 동네 사람 속에서 정자지기가 나타나더니 가까이 와 일러주었다.

---

2 멱투시 '멱살'의 잘못.

"우리 정자루 늘 오던 색시가 갔답니다."

"……."

그는 고요히 영구차를 향하여 모자를 벗었다.

"저 뒤에 자동차에 지금 오르는 사람이 그 색시하구 정혼했던 남자랩니다."

그는 잠자코 그 대학 도서실에 다니며 학위 얻을 연구를 한다는 청년을 바라보았다. 그 청년은 자동차 안에 들어앉자 이내 하얀 손수건을 내어 얼굴에 대었다. 그러자 자동차들은 영구차가 앞을 서며 고요히 굴러 떠나갔다. 눈은 함박눈이 되면서 펑펑 쏟아지기 시작하였다. 그 자동차들의 굴러간 자리도 얼마 안 있어 덮어버리고 말았다.

까마귀들은 이날 저녁에도 별다른 소리는 없이 그저 까악—까악— 거리다가 이따금씩 까르르— 하고 그 GA 아래 R이 한없이 붙은 발음을 내곤 하였다.

이태준(李泰俊)

1904년 강원도 철원 출생. 휘문고보 및 일본 조치(上智) 대학교 예과 중퇴. 1925년 「오몽녀」를 『조선문단』에 투고하여 입선하였으나 작품은 시대일보에 발표됨. 1933년 김기림·정지용 등과 '구인회'를 결성하고, 1939년 『문장』 편집을 맡아 신인 발굴. 당대에 이미 '시의 지용, 소설의 상허'

'1925년 이후 비경향문학이 낳은 가장 큰 작가' 등의 평가를 받음. 『달밤』(1934), 『까마귀』(1937), 『돌다리』(1944), 『해방전후』(1947), 『복덕방』(1947) 등의 작품집과 『제이의 운명』(1937), 『청춘무성』(1940), 『사상의 월야』(1946), 『농토』(1948) 등의 장편소설, 그리고 『무서록』(1941), 『소련기행』(1947), 『문장강화』(1948) 등의 산문집 발간. 해방 후 월북하여 북조선문학예술총동맹 부위원장 등을 지내다가 1956년 숙청된 뒤 생사 불명.

작품 세계

이태준은 30여 년 동안 60여 편의 단편과 18편의 중단편소설을 발표하였다. 그를 가리켜 '순수문학의 기수' 또는 '스타일리스트'라 호명하는 데서 알 수 있듯이 그는 계급문학보다 현대적인 소설 기법과 인물의 성격 창조에 깊은 관심을 기울였다. 특히 그는 사회에서 소외된 계층의 형상을 선명하게 부각시켰는데 「불우선생」(1932)의 낙백한 유자(儒者), 「어떤 날 새벽」, 「실락원 이야기」(1932)의 불우한 소학교원, 「달밤」(1933)의 어리석은 신문배달부, 「꽃나무는 심어놓고」(1933), 「농군」(1939)의 유랑하는 농민 등이 그 좋은 보기들이다. 1930년대 초중반에 발표된 그의 작품은 대체로 식민지 현실의 궁핍상과 타락상을 사실적으로 재현하는 양상을 띤다. 「고향」, 「아무 일도 없소」(1931), 「어떤 날 새벽」 등은 식민지 지식인의 시선에 포착된 조국의 암담한 현실을 다룬 작품이고, 「봄」(1932), 「꽃나무는 심어놓고」, 「아담의 후예」(1933) 등은 민중 계층의 피폐한 삶의 양상을 사실적으로 그려낸 작품이다. 「달밤」, 「손거부」(1935)의 등장인물에게 보이는 작가의 호의는 공동체적 가치관이 붕괴되는 현실에 대한 안타까움의 발현이라 볼 수 있다. 이태준은 1938년을 전후하여 방향 전환을 모색하는데 「장마」(1936), 「패강랭」(1938), 「토끼 이야기」(1941) 등 심경소설을 통해 일제의 나치즘적 문화 정책을 비판하거나 경제적 곤궁에서 탈피하려 안간힘을 다하는 지식인의 모습을 생동감 있게 재현한다. 「농군」은 이태준 소설 가운데서도 특히 서사적 겨룸이 적극화된 작품으로 꼽힌다. 「영월영감」(1939), 「돌다리」(1943), 「해방전후」(1946)는 이태준이 좌익 문학단체에 가입하게 된 배경을 소상히 다룬 것이고 『농토』는 북한의 토지 개혁을 주제로 한 작품이다. 그는 누구보다 일찍 월북했지만 사회주의 이데올로기를 신봉

하지는 않았다. 신문연재소설로 씌어진 장편소설은 통속성과 계몽성이 조화를 이루고 『성모』(1935), 『청춘무성』(1940) 등의 작품은 진취적인 여성의 사회 활동이 핵심 서사를 형성한다.

「까마귀」

이 작품은 원래 1936년 『조광』에 발표했으나 단편집 『까마귀』에 게재하면서 어휘와 문장을 여러 군데 수정하였다. 괴벽한 문체를 고집해 독자들에게 별 인기를 얻지 못하는 화자는 생활비를 절약하기 위해 친구 별장에서 겨울을 나기로 한다. 그곳에서 우연히 만난 여성이 폐병을 앓고 있다는 사실을 안 화자는 그녀에게 삶의 희망을 주기 위해 애인이 되려 하지만 그녀에겐 환자의 각혈까지 마실 정도로 사랑하는 애인이 있다는 얘기를 듣고 포기한다. 그녀가 병적으로 까마귀를 싫어하자 화자는 까마귀를 해부해 속에 아무것도 없음을 확인시켜주려 하나 달포 가까이 만나지 못한다. 마을에 영구차가 들어오던 날 함박눈이 쏟아졌고 까마귀들은 그날 저녁에도 "까악 — 까악 — 거리다가 이따금씩 까르르 — 하고 그 GA 아래 R가 한없이 붙은 발음"을 내며 울었다.

「까마귀」의 공간적 배경은 추사체의 현판과 파랗게 녹슨 풍경이 걸려 있어 태고가 깃든 듯한 고적한 별장이고, 등장인물은 죽음을 앞둔 폐병 환자로 설정되어 있다. 그러므로 이 소설에서는 서사가 뒤로 밀려나고 작중인물의 죽음을 연상시키는 시각적·청각적 이미지가 전경화한다. 작품의 배경에 대한 섬세한 묘사는 말할 것도 없거니와, 폐를 앓는 여성이 토한 피의 붉은색과 까마귀의 검은색, 그리고 그녀가 죽던 날 푸짐하게 내리는 함박눈의 하얀색은 인간의 근원적인 고독과 누구도 대신해줄 수 없는 죽음의 문제를 드러내는 데 효과적으로 기여한다. 그러나 그 이미지들은 현실과의 갈등 과정에서 생성된 것이 아니어서 내적 긴장감이 현저히 떨어진다는 지적을 받는다.

주요 참고 문헌

이태준 관련 논문이 수백 편 씌어졌으나 「까마귀」를 집중적으로 분석한 글은 찾아보기 어렵다. 이병렬(『이태준소설연구』, 평민사, 1998)은 "음습한 별장 분위기와 까마귀의 울음소리가 전체 분위기를 이끌며 까마귀와 여인의 동일시로 여인의 운명을 암시"한다고 분석하고, 박헌호(『이태준과 한국 근대소설의 성격』, 소명출판, 1999)는 "언어의 시각적 이미지를 극대화하여 '보여주기'를 통해 정서를 시각화"한 작품이라 분석한다. 이와 달리 송인화(『이태준 문학의 근대성』, 국학자료원, 2003)는 "상허의 미의식이 어느 작품보다도 짙게 드러나면서 동시에 그것이 지닌 한계에 대한 인식도 분명"한 작품으로 평가한다.

_장영우

한설야
태양(太陽)은 병들다

1

요사이 우리 집으로 자주 찾아오는 한 늙은 여인이 있다. 찾아온댔자 나를 만나러 오는 것은 물론 아니다.

그 늙은 여인은 여일 아내와 무슨 이야기를 소곤소곤하다가는 그래도 무진 사연이 끝나지 못한 듯 초연히 돌아가곤 한다.

우리 집으로 오는 여인은 물론 이 한 사람뿐은 아니다. 아내가 아직 나이 젊었으니만치 놀러 오는 여자도 대개가 그러그러한 또래들이다.

그런데 나는 이 여인들과 별로 이야기해본 일도 없고 또 특히 낯짝이 못났다고 여기는 것도 아니나 어쩐지 맘에 차지 않아서 노상 소가 닭 보듯 한다.

대개가 아침이면 아침마다 조반을 지어 먹고 분세수하고 될 수 있으면 어제와 다른 입성을 갈아입고 핸드백을 끼고 나서는 유한마담이 아니면 소위 자유연애를 해서 신가정을 이루었는데 남편자 단 이태도 못 돼서 기생이라 은근짜라 심지어는 술장수까지 다 주어 먹이려고 들어서 나이 삼십 미만에 벌써 오만 속이 다 탄다는 여학생물림들이다. 그렇지 않으면 일찍 글자나 배운 덕으로

---

* 「태양은 병들다」는 『조광』 1940년 1월~2월호에 발표되었다. 여기서는 잡지 연재본을 저본으로 삼아 부분 수록하였다.

오금에 공중 바람이 들고 또 그 덕에 남의 이호¹가 된 그런 치도 간혹 있다.

무직업쟁이인 나는 아내에게 큰소리할 면목도 없고 해서 육장 우두커니 윗방에 틀어박혀 죄 없는 책과 붓만 못살게 굴고 있는데 그러니까 그 여인들의 말을 들으려고 해서 듣는 것이 아니나 이따금씩 그 여인들이 성수가 나고 또는 악이 바쳐서 그 말소리가 조심성을 잃을 때마다. 그 높은 목소리가 마치 낮잠 잘 때의 생파리 모양으로 성가시게 귀를 건드리곤 한다.

유한마담은 요사이 무슨 진흥부인회니 국방부인회니 하는 데 관계되어 바쁘다고 도란도란 그 이야기고 때로는 저축계를 모아서 돈을 저축한다는 그런 이야긴 모양이다.

그리고 매일과 같이 동무들 집으로 처돌아다니는 것이 일과인 남의 이호들은 요사이 남편이 큰집치레에 자주 들여다 안 본다거나 그렇지 않으면 남편이 본처와 아이를 데리고 구경을 다녀서 속상해 집에 박혀 있을 수가 없다는 그러루한 이야기다.

그담 여학생물림은 대개가 제 남편과 함께 자는 기생 잡것을 정벌하던 무용담들이다. 꼭두새벽에 화냥년놈, 단꿈을 밟고 현장에 돌입해서 남편의 양복 내의 할 것 없이 모조리 찾아와서 남편이 대낮에 몽당 유까다 입고, 호로인력거 타고 집으로 돌아왔더란 말과, 어떤 때는 기생집 세간등무새를 풍비박산을 내주었다는 말과 또 어떤 때는 기생년이 겁결에 '형님, 형님' 하고 불러서 작년 추석에 먹은 떡이 다 되살아 올라오더란 말을 입심 좋게 재깔이는데 결론은 대개 이혼하고 만다는 거다.

염이 나면 꼬물도 의심 조심이 없다.

'이년들 사람을 정말 보리동지²로 아나 무인지경우루다 떠들어대구.'

나는 일상 이렇게 속으로 심사 꼬인 소리를 해보지만 명색이 남의 여편네니까 어찌할 도리가 없다.

또 그보다도 증이 나는 것은 아내의 일이다. 어째서 이따위 치들을 사람의

---
1 이호 첩.
2 보리동지 '조금 둔하고 숫된 사람'을 놀림조로 이르는 말.

집에 접촉을 시킬까, 암만해도 모를 일이다.

그러고 보니 참 또 하나 모를 일이 있다. 이 모양꾼들이 어디가 없어서 이 집 같이 구저분한 집으로 찾아올까. 아내는 변변한 옷 한 벌 없어서 젖 시울이 모두 터져도 병원으로 가볼 엄두를 못 내고 금년 여섯 살에 난 아이 종두 맞히러 오라는 것을 입혀가지고 갈 옷이 없다고 투루레[3]를 불고 있는 형편이다. 그런데 무슨 냄새가 좋아서 구접지레한 이 정주로 그 여인들이 찾아올까. 그래도 찾아오는 걸 보면 조만 정분들이 아닌 성싶다. 아내가 워낙 사람이 테수없고 남에게는 드리없이 좋기만 하니까, 음은 부드러운 걸 좋아한다고 그래서 이 여인들이 오는 건가, 내 딴에는 그렇게도 궁리해보지만 그래도 아직 이 여인들의 교제 속은 다 알 수 없다.

하기는 아내에게 물어봐도 부득요령이다.

"그 허파에 바람 든 년 따위들은 왜 온대여."

이렇게 내가 증을 내면 아내도

"글쎄 누가 알우. 어디 누가 오래서 오는 기요. 나도 정말 오지를 말았으면 좋겠소."

그런데 개중에도 여학생물림과 남의 이호가 제일 서로들 간담이 맞는지 만나면 반가워서 시시닥거리고 쑥떡을 치고 갖은 너스레를 다 놓는다.

그들의 말을 빌리면 여학생물림도 신식이요, 남의 소가도 신식이어서 그러니까 이 신식인 점이 서로 공통되고 공명된다 하리라.

나는 나대로 이렇게 그 여인들에게 장때를 그어놓고

"응뎅이 부러질 신식."

하고 혼자서라도 욕해야 맘이 약간 후련해진다.

나는 이들이 제일 싫다. 그래서 어떤 때는 일부러 눈을 찌글써하고[4] 깔보아 준다. 어떤 때에는 마루에 벗어논 신발을 툭 차서 떨궈도 본다.

그렇건만 이 여인들은 내 그만한 졸난 심술로 해서 자기들의 일과를 폐하지

---

3 **투루레** '투레질'의 사투리.
4 **찌글써하다** 한쪽으로 좀 찌그러진 듯하다. 북한 사투리.

는 않는다. 엔간히 면피들이 두텁다. 어떤 때는 나더러 보라는 듯이 저편으로 반고개를 돌리고서도 이편 볼따귀에 보조개를 지어 보이는 것이다. 나를 정말 민초시쯤으로 여기는 모양이다.

"그년들 뭐 공짜가 먹고 싶대여. 정 그렇거들랑 남숭당[5] 가래지…… 여기사 한 여자에 하나씩이지 어디 누가 길바닥에 떨굴 줄 아나."

그러면 느릉태[6]면서도 사내 속 도저한 아내는 시뜻하면서

"아마 당신이 계집 좋아하는 줄 아나 부. 또 당신이 아닌 보살로 왼심을 쓰는지도 모르지."

하고 딴전을 쓴다.

아내도 실상은 그 여인들 오는 게 그다지 반갑지 않으면서도 그리고 또 구접지레한 살림 꼴을 남의 눈에 보이고 싶지는 않으면서도 내가 왜가리 소시로 투정하는 게 귀 거슬려서 이렇게 얼버무리는 모양이다.

그리고 또 아내는 나같이 졸한 사내를 데리고 살면서도 딴에는 이 남자가 여색은 밝거나 뒤로 호박씨 까는 재간은 있거니, 이렇게도 생각한다.

해서 내가 실상 속으로는 그다지 그 여인들을 미워하는 맘이 없으면서 그저 고방구로 그러거니도 한다. 욕이든 칭찬이든 말해보고자 하는 케[7]가 아내에게는 노상 못마땅하기도 한 모양이다.

해서 아내가 옅은 샘으로 그 여인들을 약간 경원(敬遠)했는지 어쨌는지는 딱히 알 수 없으나, 요새 그 여인들의 말씨가 좀 떠진 듯하더니만 생판 또 웬 늙은 여인이 연일 드나든다.

'옳지.'

나는 퍼뜩 좋은 궁리가 났다. 궁해 지친 아내는 진짬 미신을 좋아한다. 사주풀이, 점치기…… 그러니까 이 늙은 여인도 필시 점쟁이가 아니면, 점치기 짝패거니 생각된 거다.

---

5 **남숭당** '남사당'의 사투리.
6 **느릉태** '느리광이'의 사투리.
7 **케** '형편'이나 '모양'을 뜻함.

하고 보니 이 노파가 밉기는 하나 한편 또 그렇게만 볼 수도 없다. 아내 하는 일을 그저 밉다고 그의 죄로만 돌릴 수는 없다. 그도 그럴 것이 남편이라는 위인은 노량으로 허구한 날 놀고만 있다.

나서 여태 단돈 삼십 원이나마 묶음 돈으로 척 들여내본 일이 없다. 그러고는 많지 않은 부모의 유산을 솔락솔락 곶감 빼 먹듯 빼 먹고만 있다. 그러니까 막비[8] 답답할 밖에…….

지나간 일도 지나간 일이려니와 장차 올 앞일을 알고 싶을 것도 노상 무리는 아니다. 가부당간 앞일이 어찌 될 것인지 미어지나 째어지나 알아보고 싶은 것이다. 해서 아내는 설 명절이면 가택을 치고 때로는 신수점을 보곤 한다.

"그래 언제쯤부터 재수 트인대여?"

나는 그 늙은 여인이 돌아간 다음 이렇게 넘겨짚어보았다. 미상불 나도 돈벌이 좀 있었으면 싶다. 원 사내대장부가 만날 이러고 있을 수야 있느냐.

하기는 되는 수 있다면 우연히 놀러 간 것이 큰 도박판이어서 입막이로 의외의 돈이 듬직이 생기는 수도 있다 한다. 또 요즈막은 금점꾼이 디굴디굴해서 광산 매매하는 자리에 어쩌다가 끼기만 하면 한번 한번 그림자만 얼씬 비치기만 하면 금점꾼 법은 구전을 다문 얼마라도 베어놓는다 한다.

그러나 그런 떡이 공중 떨어지지 못한다 하더라도 글줄이나 쓰는 터이니 어쩌다가 좋은 소설이나 한 편 생각나서 무슨 현상에 들는지도 모르는 것이요, 그것이 반연이 되어가지고 하다못해 신문지국 같은 데서 와달라고 하는지도 모르는 것이다.

"그놈의 칠 년 대통운이 언제부터 든대여?"

"누가 알우."

아내는 심상한 채다. 심상한 채가 아니라 사실은 내 삐뚤어진 심사를 잘 알고 있는 것이다.

"내가 다 알어. 그 늙은이 점쟁이 아니어?"

---

[8] 막비(莫非) '아닌 게 아니라'를 한문투로 이르는 말.

"원 천만에 그 늙은이 참 불쌍한 이라오."

"뭣 하는 사람인데 뭐 하러 그리 자루 오는 기오."

"우리 집 일도 딱하지만 그 집 일이 더 한심해요. 돈 없는데 인패까지 당하니……."

"왜 사람이 죽었나? 허지만 또 사람이 안 죽는 집이 세상에 어디 있나."

"죽어도 앓아 죽었으면야 덜 원통하지만…… 글쎄 생때같은 자식이 맞아 죽었다는구려. 천금 맞잡이 외아들이…… 그 맏아들도 감옥 갔다 와서 죽었다는데…… 참 당신도 알는지 모르겠소? 박명수라고……."

"박명수…… 엉 들은 법한데 그러나 건 벌써 옛일 아냐."

나도 어렴풋이나마 그런 기억이 아직 남아 있다.

"그럼요. 그런데 그 외동생마저 잘못 죽었다는구려 남헌테 맞아서."

"맞아서?"

그래서 아내가 하는 이야기는 아닌 게 아니라 이가 시리다.

하나 나는 이야기를 듣고 본래 무딘 붓이매 처음은 언감생심 글 쓸 차비를 못했다. 그러나 두고두고 생각하고 또 아내에게서 그 늙은 부처의 기막힌 이야기를 계속해서 듣는 가운데 나는 하잘것없는 내 붓이라도 다듬어보지 않고는 배길 수 없는 충동을 받았다.

또 털어놓고 말이지 붓을 든 지 십 년이 가깝고, 나이로 말하더라도 삼십이 가깝도록 소설 한 편 쫄쫄한 걸 못 내본 나이니까 이 기회에 한 편 엮어보리라는 야심도 있다.

하나 정말 붓을 들고서도 나는 적잖이 자저한다. 거기는 이런 두 가지 이유가 있다.

하나는 이 재료를 뛰어난 작가가 가져가면 정말 동뜬⁹ 작품을 만들 것인데 내가 써서 공연히 이 재료를 망가질는지 않나 하는 그것이, 다음 하나는 내가 가슴에 먹고 있는 것을 이 녹슨 펜이 충분히 표현해내지 못함으로 해서 이 사

---

9 동뜬 보통보다 훨씬 뛰어나다.

실이 있는 그대로 세상에 인식되지 못하리라는 그것이다.

하나 한 가지 안심되는 것과 믿어지는 것은 이 변변치 않은 이야기나마 깊이 들어주고 들어서 나보다 몇백 갑절 유용히 써먹을 사람이 그래도 이 세상 어디든지 있으리라는 그것이다.

2

그 늙은 내외는 일찍 두 아들을 낳았었다.

맏아들은 보통학교를 마치고 질소 공장에 다니다가 어찌해서 콩밥까지 먹고 나와서 긴날병[10]으로 죽었다.

둘째 놈도 보통학교를 졸업하고 공장으로 들어간다고 하였으나 늙은 내외는 공장이란 말만 들어도 가슴이 뿌서서 한사코 못 들어가게 하였다.

그러나 가세가 구차해서 그저 빈둥빈둥 놀고먹기도 어려운 터이고 해서 두루두루 직업을 구하다가 요행 얻어만난 것이 요새 꽤 흥청거리기 시작한 화원장이라는 식당이다.

보통학교를 열네 살에 졸업해가지고 그해 가을부터 열일곱 살 봄까지 이태 반 동안 고스란히 그 식당에 쿡 노릇을 하였다.

그런데 그도 타고난 재간인지 이 명우라는 소년은 양주 만드는 데 남보다 뛰어난 재주가 있었다. 값싼 양주들을 사다가 이것저것 조합해놓으면 아주 진짜 좋은 양주같이 맛이 훌륭하다.

그래서 이 식당에 있는 우두머리 쿡은 이 소년을 특히 사랑하여 여러 가지 비법을 가르쳐주었다. 가르쳐준즉 얼마 아니 하여서 이 소년은 그 우두머리보다 외려 솜씨가 나을 만치 되었다.

그리하여 값싼 양주를 가지고도 박래품[11] 양주에 지지 않을 만큼 파뜩한 맛도

---

10 긴날병 '긴병'의 북한말. 오랫동안 낫지 않는 병.
11 박래품 일제 때 서양에서 국내로 들여온 신식 물품.

내고, 구수한 맛도 내고 또 쿡 찌르는 맛도 내게 되었다.

그래서 양주 좋아하는 손님들은 거지반 이 집으로 밀몰리게 되고 따라서 이 소년의 이름도 이 식당의 한 자랑으로 드러나게 되었다.

해서 여러 식당에서 이 소년을 빼가려고 한 것은 물론이다.

그러나 식당 조합이 있는 관계로 또는 같은 거리에서 자리를 옮기기 난중한 사정도 있고 해서 이 소년은 그런대로 화원장에 눌러 있었다.

그런데 우연한 기회로 W항에서 상당히 큰 식당을 경영하고 있는 다나카라는 사람이 이 소년에게 버쩍 구미가 동하기 시작하였다.

W항은 세상이 다 알다시피 마도로스의 거리로 엔간히 번창한 항도(港都)다. 마도로스도 마도로스려니와 술 먹는 소패가 많고 또 이 항구는 다른 도시와 달라서 대낮에 술 먹는 사람이 많다.

양주가 잘 팔린다. 항구의 낭만과 견유학파들은 자극이 높은 양주를 찾는다. 배창수까지도 아직 부족하다. 사타구니까지 화끈해지는 극주를 좋아한다.

한잔 거나하게 걸고 축음기에서 나오는 왈츠나 팍스 트로트에 맞춰 미쳐 돌아가기를 좋아한다. 한 거리 추고는 또 마신다.

마사무네[12]를 못 마시는 사람도 그보다 훨씬 강한 양주는 마신다. 양주는 으레 좋은 것이요 또 서양 콧대바우가 먹는다. 그러니까 그걸 못 먹는 것은 오늘날 청년의 수치로 안다.

그래서 술 못 먹던 여자가 경우에 따라서는 간수라도 마시는 것 같은 용기로 이 항구의 청년들은 양주를 마신다.

그것은 그들의 한 가지 자랑이기도 하다. 유행가를 모르고 왈츠를 모르고 양주 맛을 모르고 홍차 맛을 모르는 것을 그들은 수치로 안다.

이런 거리에서 식당을 경영하는 다나카상은 이 청년들의 기질을 누구보다 잘 안다. 따져보면 이 청년들이 식당을 지고 섰기 때문이다.

하나 양주는 비싼 것이다. 더욱 박래품은 허무하게 비싸다. 그래서 하는 수

---

12 마사무네 청주의 일종. 정종.

없이 국산을 주장[13] 세워 쓰는데 이것은 아무러나 맛이 팔결[14]이다.

"하꾸라이[15]를 가져오너라. 하꾸라이를…… 돈은 얼마든지 좋다. 게찌게찌[16] 한 술은 집어쳐라."

취하면 이렇게 외치는 청년도 있다.

"이 집 양주는 틀렸다. 한 잔에 오십 전짜리 압산 다섯 잔을 곱빼기로 먹어도 까딱없으니 이리구야 양주 먹을 재미 있나."

하고 나무라는 사람도 있다.

하나 다나카상은 하꾸라이 쓸 엄두를 못 낸다. 못 낸다는 것은 이를테면 겨우 십여 원짜리 한 병으로 이백 원 가까이 살 수 있는 고마운 국산 양주에 대한 미련을 끊을 수 없다는 말이 된다.

하나 동시에 평판이 나빠지는 것은 무서운 일이다. 평판이 나빠지면 손님이 그만치 줄어드는 것이다. 운에 먹는 술을 인기 나쁜 집에 가서 먹을 까닭이 있으랴.

W항에는 네온사인의 찬란한 밤거리를 호령하고 싶은 식당이 얼마든지 있다. 그러니까 자연 서로들 인기를 올리려고 할밖에…… 한데 그러자면 첫째 무엇보다 양주가 좋아야 한다.

그래서 다나카상이 머리를 앓고 있는 판에 무슨 볼일로 이 H부에 왔다가 명우라는 소년의 소문을 들었다.

귀가 버쩍 근지러웠던 것은 물론이다. 가슴에서 욕기가 문어발같이 움직이기 시작하였다.

하나 다나카상은 물장수를 할망정 결코 심보 나쁜 사람은 아니다. 항구 사람다운 씩씩한 점도, 인정머리도 의렴심도 있는 사나이다.

그러니까 명우라는 철부지한 소년을 감언이설로 꾀어 가자는 건 아니다.

---

13 주장 기본이 되거나 으뜸이 되는 것. 북한 사투리.
14 팔결 엄청나게 어긋난 일이나 모양.
15 하꾸라이 '박래(품)'을 가리키는 일본말.
16 게찌게찌 '인색한'을 가리키는 일본말.

그는 지금 있는 화원장보다 모든 조건을 월등 낫게 할 성의가 있었다.

그래서 결국 명우 소년은 다나카상을 따라 W항으로 가기로 의논이 되었다.

그런데 여기 하나 어려운 문제는 화원장에 여급으로 있던 유리코의 문제다.

두 사람은 어제 서로 사랑하자고 말과 글로 맹세한 것은 아니로되, 어느새 젊은 맘과 맘이 각기 그것을 어심에 새겨두어서 그러니까 서로 다 떨어지기가 아수하였다.

아수한데 명우는 떠나야 할 사본이니, 유리코가 그만 낙망할밖에…… 그러나 낙망을 자장가로 잠재울 유리코는 아니다. 그는 상당히 깔끔한 여자니라 그래서 기어코 자기도 W항으로 간다고 우겼다.

"자 그리로 못 가면 어디 먼 데로 가버릴 테야. 만주든지 북지든지."

이것은 다분히 어린 명우 소년의 가슴을 놀래주고 그리고 떠보자는 거다.

하나 무엇보다 유리코는 이 명우 소년이 기실 사랑스러워 못 견딜 지경이다.

"나 그 바다에 빠져볼 테야. 죽나 어쩌나……."

하는 더 놀래주자는 심사도 실상은 더 사랑하고 싶은 심사 그것임에 틀림없다.

유리코는 열아홉 살…… 명우보다 좋이 두 살이나 이상이니까, 그러니까 명우라는 나어린 소년을 그러나 무진 사랑스러운 햇제비를 잃고 싶지 않은 것이다.

그러나 명우 소년으로 보면 유리코를 데리고 가기도 무엇하다.

여태 있던 화원장에서 감지덕지로 붙드는 것을 기어이 나오는 것도 여간 미안한 일이 아닌데 또 인기 있는 유리코까지 데리고 가면 이 집은 용가자미 알 뺀 심이다. 유리코는 이 집의 재미요 카나리아다.

그 때문에 손님이 몰려오는데 그가 빠지면 이 집은 그날부터 파리를 날리게 될지도 모르는 거다.

그러나 삼 년 가까이 있던 집을 그 지경 만들어주고 갈 만치 명우 소년은 맘이 모질지 못하다. 명우 역시 맘씨가 너무 고와서 탈인 소년이다.

이 식당 주인자의 사람 된 품으로 봐서는 일호반점도 사정 볼 게 없는 터이나 그래도 명우에게만은 자별하였다.

그만두겠다는 말을 한 때 주인은 월급을 올려줄 테니 눌러 있으라고 하고 그래도 안 되니까 제 버릇 개 못 준다고 이제 위협 비슷이 말하는 것을 명우 소년은 자기를 사랑해서 그러거니 생각하였다. 하기는 이런 일에 물의가 트인 주인의 말이 그만치 묘리가 있었기 때문에 위협을 호의로 해석했던 것은 물론이다. 어쨌든 명우 소년은 밑이 부드러워서 유리코까지 이 집에서 함께 데리고 나갈 엄두를 내지 못했다.
 "내가 가보고 좋으면 편지할게."
 달래는 말이요, 또 진심이기도 하나 유리코는
 "싫어."
 이렇게 된통 삐뚤어져서
 "같이 안 가도 좋아. 나 혼자 갈 테니 걱정 말어 누가 같이 가재나."
하고 내처 몇 걸음을 앞서 질러가며 말을 못 하게 맞고집이다.
 그런데 그런가 하면 또 이제 헤시시 되돌아서
 "그럼 복상 가지 말고 여기 그대로 있어, 응."
 이렇게 역습한다.
 "나야 간다고 약속하고 선전까지 타서 집에 맡겼는데."
 "그리게 같이 가잔 말이지 아무리도 갈걸."
하는 유리코는 장래 이 남편 엔간히 조련을 시켜야 하리라 싶었다.
 "이 집 일 탈 아니오, 아무리 그렇더라도……."
 "걱정두 팔자지…… 그따위 딱쇠 먹통…… 이 집에서 일곱 매끼 매여 나간들 어디 수고했다고나 헐 줄 알우. 또 나이 좀 먹어보지 나가겠다기 전에 등경걸음을 시키지 않나. 벌써 그렇게 몇 사람이 밀려났소. 흥, 술장수, 계집장수, 도박…… 그래서 이만큼 큰 식당을 만들었다면 그만이지, 뭔 줄 알아? 저게 이를테면 여급들야. 여급이 이 집을 버티고 선 거야. 허지만 그리면서도 그 여급들이 조금만 뭘 하면 툭 차버리고 다른 여급을 갖다 세우지 않아…… 나도 복상도 아마 이 집 기둥 네댓 개씩은 세워줬을 거여. 그렇다고 어디 그 공을 알아주나."

그래서 결국 할 수 없이 명우 소년은 다나카상에게 여급 한 사람도 같이 가자고 한다고 말하였다.

기뻐한 것은 다나카상이다.

'설 명절과 추석이 한데 온 심이구나.'

다나카상은 속으로 이렇게 웃었다.

3

그러나 정작 떠나려 하니까 이번은 늙은 부모가 못내 아수해하는 눈치다. 해서 명우 소년은 다나카상과 말하고 며칠 말미를 얻었다.

자식 단 하나를 태산같이 믿는 늙은 내외는 오래간만에 날마다 날마다 아침부터 밤까지 자식 보고 싶은 때에 보고 말하고 싶은 때 말하는 경황을 보니까 짜장 내놓고 싶지가 않았다.

지금 있는 논밭만 가지고는 먹고 입고 쓰는 것을 감용하면 아들이 이십 안짝에 낯선 타향으로 돈벌이 가지 않아도 좋으리라 싶었다.

또 막상 가게 하고 보니까 차라리 제 바닥에서 단돈 얼마씩이라도 받고 있는 게 나을 성싶어서 명우를 하루 이틀 더 붙들어두었다.

다나카상에게서 받아온 선전은, 명우가 그 전에 번 월급과 함께 저금해두었으니까 그걸 도로 내주는 것은 무난한 일이다.

그런데 또 하나는 그 전에 있던 화원장 주인이 사람을 보내서 다시 있어달라고 하여 차일피일 늦어졌다.

다나카상과 약속한 닷새가 지나 열흘이 되고, 열흘이 지나 이 주가 되어도 떠날 채비를 못 하고 있었다.

그사이 다나카상으로부터는 연일 편지가 꼬리를 물고 날아들었다.

그래도 소식이 없으니까 다나카상은 다시 데리러 들어왔다.

그래서 세부득이 오늘 밤은 떠나리라 작정한 그날 낮에 명우는 화원장을 찾아갔다. 그래도 오래 있던 집이요 미상불 은혜도 없지 않다.

주인도 주인이려니와 우두머리 쿡은 말하자면 선생이요 은인이다.

그래서 그와 작별 인사를 하고 잠시 앉아서 무슨 이야기를 하고 있는데 주인이 나오더니만

"예, 저 잘 왔다. 이리 좀 오너라."

하고 뒤켠 음침한 제 방으로 불러들였다.

명우는 그렇지 않아도 주인을 찾아보려던 차라 아무 딴생각 없이 들어간즉 주인은

"너 그래 우리 집에 다시 안 있을 테냐."

하고 첨은 그다지 성난 상도 아니다.

"네, 오늘 밤에 떠납니다."

"오늘 밤에?"

그러고는 주인은 속에 감추었던 음험하고 악착한 본성 그대로의 주인이 되었다.

그 몰골에, 질려서 명우 소년은 아무 말도 안 하고 공손히 미안한 빛을 보이고 있었다.

"너, 이놈의 새끼 은혜를 모르고⋯⋯ 가면 너나 가지 계집애들은 왜 빼가니? 이놈에 새끼⋯⋯."

하고 딱딱거린다.

"누가 빼가요. 그런 일 없습니다."

"없어?"

"네 없습니다."

"정말 없어? 예끼 처죽일 놈의 새끼⋯⋯ 없는 게 뭐냐."

그 바람에 주인의 억센 주먹이 명우 소년의 귓가에 무서운 소리를 터뜨렸다.

"딱―"

하는 된 소리가 들리고, 눈에서 불꽃이 번쩍 튀고 그리고 그담에는 아무 소리도 빛도 듣고 볼 수 없다.

이편 귀에서 저편 귀로 아픈 감촉이 무슨 바람살같이 쏘아가는 것을 얼떨떨 느꼈을 뿐…… 그담은 그저 정신이 뗑해서 의식이 없다.

명우는 그만 그 자리에 쓰러지고 말았다.

"이놈의 새끼, 또 계집애를 호리러 왔지."

그런 소리가 아주 어슴푸레 멀리 들린다. 들린다는 것보다 먼 우레 소리에 귀가 약간 울리는 것 같을 뿐이다.

"유리코를 빼 가고 또 다른 계집애들은 빼 가더라도 네놈의 새끼 숨주머니는 여기서 생전 못 가져간다."

명우 소년은 정말 죽나 보다 하였다. 이 이리 같은 사나이에게 무슨 사정쯤이 있으랴. 사람이라도 죽이자면 정말 죽일 수 있는 사람이 아닌가.

귀가 쨍하니 아무 소리도 안 들리는 걸 보니 필시 머릿속이 벌써 어떻게 잘못된 것이 아닌가 싶었다.

그는 두 손으로 귀를 단단히 움켜쥐고 쥐 죽은 듯 다소곳이 엎드려 있었다. 숨이라도 크게 쉬면 당장 짝벼락이 내려올 것 같은 공포가 그의 전신만신을 사개 죄듯 죄어주었다.

"요 당돌한 놈의 새끼, 그뿐인 줄 아느냐."

이번은 발길로 골통을 탁 내리찬다.

이마가 방바닥에 쿡 방아를 찧고 약간 반동적으로 솟았다가 다시 떨어진다. 명우 소년은 이제 정말 죽나 보다 하였다. 소리 지를 생각도 있었으나 그러면 된통 칼날이라도 모가지를 싹 갈라먹을 것 같아서 그대로 참고 있었다.

그렇게 한참 좋이 지났을 때 주인은 명우 소년의 덜미를 덥석 집어서 치켜들었다. 너무 오래 꼼짝 안 하니까 슬그머니 이상한 생각이 났던 것이다.

"요 숭칙한 놈의 새끼 보아…… 그까질 맞아가지고 될 줄 아니……."

명우 소년은 무심이 지나쳐서 까맣게 질렸다.

"요놈의 새끼 왜 암말 없어. 어깨받이에 송침을 주어 학춤을 좀 추어달라니."

주인은 그러면서도 명우의 얼떠름한 몰골에 적이 겁이 났는지 되게 때리지는 못하고 잔등을 후두들겨 쫓아내었다.
 명우 소년은 거기서 도로 나올 때까지 귀에서 손을 떼지 못했다. 이따금 귓속 깊은 곳이 뜨끔하고 쑤신다.
 하나 그는 집에 돌아와서도 그 이야기를 하지 않았다. 다나카상에게도 말하지 않았다.
 명우는 그날 밤 다나카상과 함께 W항으로 떠났다.
 거기 가서 그 이튿날부터 부지런히 일을 시작하였으나 귓속이 점점 더 쑤시기 시작하여 밤이면 더욱 심하였다. 이상한 것은 귓병이란 마치 밤과 낮을 아는 듯이 낮에는 우연만하다가도 밤이면 열이 오르며 버쩍 들쑤시는 것이다.
 몹시 쑤실 때 수건에 찬물을 묻혀 올려놓으면 한결 낫기도 그래서 식당에서 쓰는 얼음을 가져다가 빙낭에 넣어가지고 냉찜질을 하였다.
 유리코는 인방에서 여급들과 합숙하고 있어서 명우가 밤마다 그렇게 몹시 아파하는 것을 알지 못했다.
 주인도 첨은 몰랐는데 며칠 후에는 그 눈치를 알게 되었다.
 명우도 그저 그러다가 나으려니 하는 생각으로 데면스레 그러고 있었으나 차차 더하는 보법이 아무려나 심상치 않아서 주인에게 전후 사본을 이야기하고 병원으로 다니기 시작하였다.
 병원에서는 상당히 오래 치료를 받아야 하겠다고 하고 될 수 있는 대로 일을 쉬고 정양하라는 거나 그럴 형편도 못 되고 또 주인에게 미안한 일이고 해서 그런대로 눌러 일을 보고 있었다.
 그러나 병은 점점 더 무거워질 뿐이었다. 주인도 그제야 병이 심상치 않은 줄을 알았던지 명우한테 어떻게 맞은 것과 지금 병 증세가 어떤 것을 자세 물어가지고 손수 병원으로 데리고 갔다.
 "선생님, 이 애 병이 암만해도 심상치 않은데 귀가 절루두 이렇게 되는 수 있습니까?"
 다나카상은 꼭 맞아서 그런 것이라고 생각하면서도 일부러 우선 이렇게 물었다.

"그럼요 병이란 예측할 수 없으니까요…… 그리고 무릇 무슨 병이든 갑자기 생기는 것 같지만 실상은 그 원인이 벌써부터 체내에 잠재해 있는 게지요. 헌데 대개 그걸 미리들 알지 못하지요."

"아니 그런데 사실인즉 이 애가 며칠 전에 누구한테 얻어맞아서 그렇게 된 모양인데 선생님 보시기에는 어떻습니까?"

"네, 몹시 타격을 받아도 이렇게 되는 수 있습니다. 그때는 타박이 원인이 되지요."

"그래 지금 증세는 어떻습니까?"

"아직은 단순한 중이염입니다만, 타박이 심하면 다른 증세가 생기는 수도 있습니다. 고막까지 터진 걸 보니 만일 맞아서 그런 게라면 타박이 꽤 심했던 것 같습니다."

중이염이란 귓병 중에서 제일 까다롭고 위험한 병인 것을 다나카상은 잘 안다.

"오래 치료받아야겠습니다. 어쨌든 딴 증세가 발병하지 않도록 해주십시오."

"좌우간 치료받아보시오. 병이란 일률로 말할 수 없으니까요. 오죽지 않은 병도 악화하는 수가 있는 거고 그 반대로 중병도 뜻밖에 수이 낫는 수가 있으니까요."

의사 말도 결국 생게망게하나 어쨌든 의사를 믿는 수밖에…….

"선생님, 그렇지만 이 애로 말하면 집도 구차한데 만일 맞아서 그런 거라면 치료비 문제도 있고 하니……."

"언제 맞았소?"

"이제 한 칠팔 일 됩니다. 선생님 보시기엔 맞아서 그런 것 같지 않습니까?"

"글쎄요. 맞지 않고도 이렇게 되는 수는 있습니다만 이건 맞아서 그런 것 같습니다."

그리고 의사는 명우더러

"그전에 귓병 앓은 일이 있어?"

하고 묻는다.

"없습니다."

"무엇에 맞았어?"

"손으로 귀를 몹시 맞고요. 또 발길로 머리를 채였습니다. 그때부터 귀가 잘 들리지 않습니다. 이쪽까지 잘 들리지 않습니다."

사실 맞지 않은 쪽 귀까지도 잘 들리지 않는 것이다.

"고막이 상했어."

그렇다. 명우 소년은 고막이 어디 가 붙었는지 무얼 하는 건지 딱히 모른다. 그래서 그저 듣고만 있으려니까 다나카상이

"고막이 터져도 괜찮습니까. 뒤에 잘 들릴까요."

하고 대신 묻는다.

"네 고막이 상했더라도 별로 상관없습니다만 염증(炎症)이 얼른 사라지지 않으면 결국 화농할 염려가 있는데 그렇게 되면……."

"어쨌든 선생님한테 맡깁니다. 수이 낫도록 해주시오."

다나카상이 그렇게 말해주는 것이 명우 소년에게는 무척 고마웠다.

그래서 명우 소년은 그 후 주인이 듣는 데는 엔간히 아픈 것도 참고 그저 그만하다고 해왔다.

어떤 때는 주인이 물으면 오늘은 좀 나은 것 같다고까지 하였다.

유리코도 그의 병이 심상치 않은 것을 알게 되었다.

"고소를 하라니까. 그깟 놈 인정사정 있나. 안 그러면 누가 고맙다구 헐까."

유리코는 명우의 병도 병이지만 화원장 주인자가 무엇보다 미웠던 것이다.

명우는 결국 일을 못 하고 몸져누워 앓게 되었다.

"집에 가서 치료하겠습니다."

명우는 다나카상에게 간신히 이렇게 애원하듯 사정해보았다.

온 지 얼마 아니 하여 집으로 되돌아간다는 것이 심히 미안한 일이었으나, 아픈 보법이 객지에서 한산 치료해가지고는 벌써 될성부르지 않다.

그러나 주인이 좋다고 응낙할지 모른다. 선전까지 받은 것이 있고 하니까 필연 좋은 말은 안 하리라 싶었는데 정작 다다라보니까 다나카상은 그렇지도

않다.

"아, 그럼 가봐야지."

다나카상은 사실 명우 소년의 병이 심상치 않은 것을 누구보다도 잘 알고 있었다. 그리고 또 상당히 오래 끌 것도 알고 있었다. 그러니 치료비도 적지 않을 것이요 또 여차해서 입원하게 되고 수술하게 되고, 그러다가 생명까지 위험하게 되는 날에는 제가 고맙지 않은 호상도감 멜 것까지도 인생 파란이 많은 오십 줄 잡은 다나카상은 미리 짐작하였던 것이다. 그래서 쉬이 응낙하였다. 어찌하면 저편에서 먼저 집으로 가서 치료하라고 할까 하던 참이다.

"나으면 다시 오겠습니다."

"암 오다뿐이냐."

다나카상은 차비에 약간의 잔용까지 주어서 차를 태워주었다.

차를 타기 전에 명우 소년이 유리코를 만나서 집으로 간다고 말했던 것은 물론이다.

유리코도 적이 섭섭했지만 명우 소년은 무언지 모르게 더 쓸쓸했다. 어쩐지 인제 다시 만날 것 같지 못한 생각이 들었다.

그러고 보니 그런 자에는 한사코 따라온 유리코지만, 이제 이르러서는 하마 따라설 성부르지 않다. 그도 볼 탓이겠지만 그전보다 유리코도 자기에게 대해서 적잖이 덤덤해진 것 같다.

유리코도 어느새 많이 변했구나. 아무리 아파서 데굴데굴 굴러도 유리코는 와 보아줄 배 만무하려니 그는 차중에서 이렇게 혼자 생각하였다.

집으로 돌아오는 명우 소년은 심히 쓸쓸하였다. 떠나기 전 유리코가 하던 말이 마치 귀를 찜질하던 한 조각 얼음덩이같이 차게 귓속에 남아 있다.

"나아서 얼른 오우, 응."

유리코의 마지막 작별 인사는 이것이다. 낫지 못해서 올 수 없으면 그만이란 말밖에 더 되지 않는다. 그 쉬 식은 말이 더 내키면 아주 오지 말라는 데까지 이르고 말 것이다.

항구란 무서운 곳이다. 항구의 젊은 사나이들이 유리코의 말을 그만치 변하게 한 것이다.
'유리코에게는 명우라는 병든 소년은 인제 아무 소용이 없는 것이다.'
명우는 속으로 이렇게 생각하면서 집으로 돌아왔다. 돌아와서는 철썩 자리에 누워 일지 못했다.

〔중략〕

6

사람들의 말을 두루 조합해보면 결국 고소해야 일이 밝아지고 치료비를 받을 수 있다는 거다.
그래서 명우 어머니는 고소할 채비를 하였다. 대서소의 말이 첫째 의사 진단서가 있어야 한다 해서 최선생을 보고 진단서를 내랴 한즉 선생은 차일피일하고 좀처럼 써주려 하지 않는다.
"선생님 아무려나 경찰서에 고소해야 일이 바로 된답니다. 저놈이 통 모르쇠를 대니 어쩌면 좋습니까. 수고스럽습니다만 진단서 한 장 내주십시오. 선생님 진단서가 있어야 한답니다. 돈은 가지고 왔습니다."
"글쎄올시다. 고소하는 거야 바쁩니까. 언제든지 할 수 있는 겁니다만, 병 증세가 조금 이상한 데가 있어서 진단서를 쓰는 것이 오히려 자미없을 듯합니다. 네 그래서."
"지금 곧 하지 않아도 늦지 않을까요."
"고건 상관없습니다."
"맞아서 그렇게 된 건 의심 없습지요, 선생님."
"글쎄 며칠 더 치료해봅시다. 아직 좀더 봐야 적확히 알겠습니다."
"싱싱하든 아이가 갑자기 그렇게 될 때에야 뭐 딴 거 있습니까, 맞아서 그런 거야 더 의심할 나위가 없습지요. 그러니 그 연유로 진단서 한 장 내주십시오.

선생님, 돈은 후히 드리겠습니다."

그래도 의사는 종내 해주지 않았다.

환자가 요구하면 으레 진단서를 해주는 법이라는데 최선생은 웬일인지 이리저리 좋은 말로 피막이하며 날짜만 천취[17]해 가기 위주다.

하나 명우의 병은 점점 더 무거워져서 귀와 머리가 쏜다던 것이 이제는 전신만신이 모두 쏘는지 몸이 불덩이가 되고 이따금 금시 죽는 듯이 울부짖을 뿐이다.

얼음찜질을 해도 아무 효험이 없고 주사를 놔도 차도가 없다.

그래서 아버지 어머니는 식음을 전폐하다시피 하였다. 아버지는 노무력하고 또 담증이 도져서 출입을 하지 못하고 어머니 혼자가 이리 뛰고 저리 뛰나, 하나도 뜻대로 되는 일은 없다.

오직 최선생만을 하늘과 같이 믿는데 그 선생마저 점점 태도가 달라진다.

화원장 식당 주인이 최선생과 무슨 교섭을 어떻게 했는지 모르는 어머니는 최선생의 맘을 그래도 그다지는 아직 의심치 않았다. 무슨 다른 사정이 있어서 그렇거나 이제 써주는 때가 있겠거니 이렇게만 믿고 있었다.

그래서 '오늘은?' 하고 최선생이 왕진 오는 때마다 벼르곤 하면서도 차일피일 헛되이 보내기를 여러 번 한 뒤에야 어머니는 최선생을 따라 병원에 가서 사생 결판으로 진단서를 써달라고 졸랐다.

"선생님 제 죽는 날이 내 죽는 날이니 죽기 전에 소원 하나 풀어주십시오. 진단서만 쥐면 원을 풀겠습니다. 맞아 죽는 게 분해서 그럽니다. 명우 놈도 여태 그런 말 없더니만 오늘 고소해서 원수를 갚아달랍니다. 오죽 분하면 그렇겠습니까. 자식 소원 어서 소원을 풀어주십시오."

그런즉 선생도 오늘은 피하기 어려웠다. 하나 그래서 하는 말이

"그런데 여태 댁 사정을 보아서 말을 못 했고 또 병 증세도 소상치 않아서 그대로 보고 있었습니다만 오늘 보니까 단순한 귓병이 아니라 뇌막염이라는 무서

---

17 천취 일이나 날짜 따위를 미루고 지체함.

운 전염병입니다. 그러니 여간 위험하지 않습니다. 진단서를 내기 전에 병원에서 당국에 보고해야 하는 병입니다."

"선생님 그 병도 맞아서 되는 병이겠습지요? 그러면 선생님…… 경찰서에서도 그걸 알아주시겠습지요?"

"그야 사실 맞아서 그렇게 된 거라면 사실대로 판명되겠지요. 경찰서에서도 잘 알게 될 겁니다."

"아니 선생님은 잘 아시지 않습니까, 맞아서 그렇게 된 걸……."

"글쎄올시다. 귀는 분명 타박상 같은데 뇌막염은 맞아서 그렇게 된 거라고 아직 보기 어렵고…… 가부간 그러나 맞아서 그렇게 된 거라면 자연 사실이 판명될 거니 안심하십시오. 또 전염병을 전문으로 치료하는 병원도 있으니까요. 자세 더 진단해봐야겠지요."

"아니 선생님이 보시든 거니 죽든 살든 선생님 봐주셔얍지요. 선생님께 맡긴 자식입니다. 끝까지 선생님 맡아봐주십시오. 그담은 화태편작이라도 믿지 못하겠습니다."

"글쎄 그러니까 가 계십시오. 잘 해드리지요. 가장 좋은 방법으로 치료하도록 하겠습니다. 전염병인 줄을 안 바에는 그렇게 알아서 치료해야 하니까요."

어머니는 전염병이란 바람에 억이 막혀서 더 말하지 못하였다. 그리고 의사한테 아주 떠맡긴다고 했으니 잘 봐주려니 하고 병원을 나왔다.

나와서 집으로 오려고 하니 암만해도 맘에 떨어지지 않는 구석이 있어서 두루 또 수소문해가지고 다른 의사 한 분을 모셔 갔다. 의사는 별말 없이 귀도 닦아내고 주사도 놓고 하였다.

암말 없는 걸 보니 아마 전염병은 아닌가 보다 하고 생각하니 별안간 무슨 희망이 솟으며

"선생님 주사 한 대 더 놔주시지요. 어떻습니까, 병세 괜찮습니까?"
하고 애원하였다.

"주사란 무한정하고 놓는 거 아닙니다."

의사는 벌써 일이 절반이나 삐뚤어진 줄을 알았던지 별말 않고 걸어 가지고

가버렸다.
　그러던 그날 석후다.
　인력거는 아닌데 인력거처럼 생긴 기다란 검은 구루마를 끈 사람들이 왔다. 보기에 벌써 병자를 싣는 구루마로 되어먹었다. 구루마 위에 사람 눕기 편한 들것을 논 것 같은 장치인데 좀 신식으로는 되었지만 벌써 얼른 보기에도 몸서리나는 거다. 천생 죽을 사람을 실으러 온 사자요, 사자의 수레다.
　그들은 들어오더니만 댓바람에 환자를 내놓으라는 거다. 전염병 환자니까 내놓지 않으면 안 된다고 으르며 뿌득뿌득 들이덤비는 거다.
　그러나 늙은 두 양주는 죽으면 죽었지 거의 죽어가는 자식에게서 직접 제자리에서 죽는 마지막 소원을 빼앗아 가게 할 수는 없었다.
　"안 되오. 실어가려거든 이 늙은것들부터 먼저 실어가."
　이렇게 한사절단으로 떼를 쓰고 또
　"죽어도 집에서 죽게 해주오."
　이렇게 사정도 붙여보고 그담은 또 떼를 썼다.
　"정녕 가져갈 테건 세 식구를 비웃처럼 한데 얽어 가져가우. 자아."
하며 제 목을 저로 매어달려고 설치는 통에 그들은 종시 실어가지 못하고 말았다.
　그날 밤 주검의 서릿발이 서린 쥐 죽은 듯 고요한 이 집 지붕으로 밤 까마귀 까악 하고 지나갔다.
　그 이튿날 아침 명우는 끝내 마지막 숨을 모으기 시작하였다. 저승길 양식으로 오래간만에 미음 한 보깨를 마시고…….
　"원수를…… 원수…….."
　명우는 마지막으로 이렇게 부르짖고 죽었다.
　정말 죽기 싫은 것을 죽는 절통한 얼굴이었다. 죽은 뒤에 눈에 눈물이 흐르는 것은 늙은 양주도 첨 보았다. 몇 번 주검을 치달아 보았어도…….
　어머니는 아들을 명중시키고 눈을 고이 감기고 나서 그 아들의 말대로 한사코 원수를 갚아주려고 최선생에게 진단서 받으러 갔다. 그때 마침 최선생은 왕진을 가고 없었다.

그래서 병원 진찰실에서 한바탕 목을 놓아 울고 그래도 조급해나서 어제 모셔 갔던 선생한테로 갔다.

한즉 그 선생은 그 전에 맡아보던 선생한테 진단서를 써달래고 하지 움직이려 하지 않는다.

다 죽은 줄을 알지만 그래도 선생이 가서 마지막으로 한 번 더 보고 주사라도 한 대 놔주었으면 하는 것이나 선생은 소용없는 일이라고 왼고개를 흔들었다.

그래서 어머니는 다시 최선생 병원으로 왔다. 온즉 최선생이 막 돌아오는 길이었다.

"선생님 우리 명우는 그예 죽었습니다. 죽고 말았습니다."

하고 울음을 터뜨리고 그리고 울음 사이에도

"선생님 어서 진단서나 써주십시오. 원수를 갚겠습니다. 죽어도 갚고 말겠습니다. 진단서를 내주십시오. 돈은 가지고 왔습니다."

"섭섭한 일입니다. 그러나 그렇게 된 걸 이제 어쩝니까. 산 사람이나 평안해야지요."

"진단서 써주십시오. 원수만 갚으면 우리 양주는 그날이 죽는 날입니다. 나이 육십에 외아들 죽이고 살자는 것이 염치가 없지요. 어서 진단서나 써주십시오."

"네 써드리지요."

의사는 진단서를 쓰기 시작하였다.

"선생님 기왕이니 어찌합니까. 원수나 갚게 해주십시오. 선생님 원수를⋯⋯ 원수만 갚으면 지금 죽어도 유한이 없습니다. 그날로 무덤을 파고 아무도 몰래 두 양주 그 속에 묻힐랍니다. 선생님."

"죽은 사람이 죽었더라도 산 사람이 그래서 됩니까."

"선생님 우리 양주는 선생님밖에 믿을 곳이 없습니다. 잘 써주십시오. 선생님 말에 달렸습니다."

"거 원수만 갚으면 죽는다고 하니 어디 함부로 진단서 써 드리겠소."

"아니에요. 꼭 맞아 죽었다고…… 그렇게 박아 써주십시오. 박가 놈한테 맞아 죽었다고…… 네 선생님……."

그러고는 실진한 사람처럼 또 한참 꺼이꺼이 울다가

"선생님 사람이 세상에 살다가 이렇게 원통할 데가 어디 있습니까. 하 많은 사람이 해필 내 집 외아들을 때려죽일 게 뭡니까. 선생님 하늘도 무심합니다. 저 급살 맞을 놈을 그대로 살려두고 죄 없는 내 자식을 잡아가다니요. 내 아들이 무슨 죕니까."

그러나 선생은 진단서를 쓰느라고 아무 말도 대꾸가 없다.

"선생님 제발 덕분에 원수를 갚게 해주십시오. 그저 선생님 손에 달렸습니다…… 네 고맙습니다."

어머니는 의사가 써주는 진단서를 받아들고 또

"고맙습니다. 선생님 이거면 원수를 갚을 수 있습지요. 네 선생님…… 지성이 감천이라고 요행 선생님을 만나서 원수를 갚게 되었습니다. 머리를 잘라 신을 삼아 올리다. 선생님."

하고 허리 괴춤에 돈주머니를 뽑아 십 원짜리 통으로 맡기고 일어서려 하였다.

"아닙니다. 아니에요."

의사는 기어이 우수리를 거슬러주었다.

그것이 단순한 사망 진단서인지를 모르는 무지한 어머니는 마치 암행어사 마패만치나 단단히 그것을 허리춤에 깜찔러 넣었다가 그래도 혹시 드디어 빠질까 미심해서 도로 꺼내 손에 거머쥐고 집으로 달려 올라왔다.

올라와 본즉 주검은 간 곳이 없고 영감이 까무러쳐 방바닥에 자빠져 있다.

"영감! 영감……."

아내는 영감의 입술을 꼬집어 뜯고 낯판대기에 연해 찬물을 끼얹었다.

그렇게 부러 깨운 지 한 식경 만에야 영감은 겨우 정신을 차렸다.

"명우 어디 갔소. 명우 주검이 어디로 갔소?"

"어젯밤…… 그 구루마가."

영감은 겨우 여기까지 말하고 시진한 듯이 척 늘어져 날 잡아 잡수 하듯이 아무 말이 없다. 그리고 이따금 닭 모양으로 눈만 까뒤집는다.

"영감 어디로 갔소. 어디로……?"

그러나 영감도 알 까닭이 없다. 아들이 명중할 때 벌써 반 정신이 도망해버리고 그담에 구루마가 들이대어 주검을 실어가려고 할 때 온 정신이 까무러쳐버린 영감이니 그 구루마가 어디로 갔는지 알 까닭이 있으랴.

그래서 명우 어머니가 다시 밖에 나와 어마지두[18] 사방으로 뛰어다니고 수소문하고 하다가 화장장에 이른 때는 벌써 그 아들 명우의 살과 기름이 불에 타서 우중충 높다란 굴뚝으로 한 줄기 검은 연기가 되어 나오는 때였다.

화장장 부엌으로 들어가 보니 화덕 앞에 무거운 쇠창살이 굳게 닫혀 있고 뒤로 돌아가 조그만 뒤 아궁이 쇠문을 열고 보니 그 속에 벌건 불길이 한 가닥 바람에 불리며 무서운 혓바닥을 널름하고 밖으로 내민다.

명우 어머니는 그 자리에 까무러쳐버렸다.

7

그담 날 고소장을 쓰려고 대서소에 가서 최선생이 써주던 진단서가 단순한 사망 진단서인 것을 어머니는 알았다. 거게는 다만 죽은 원인을 뇌막염이라고만 써 있다는 것을 대서소에서 비로소 들은 것이다.

그래서 그길로 병원에 가서 맞아 죽었다는 진단서를 써달라고 해보았으나 종시 써주려 하지 않았다.

사정도 들이 없이 해보고 돈도 내놓아봤으나 어찌할 수 없었다.

해서 그저께 모셔 갔던 그 선생한테 다시 가보고 또 맨 첨에 진단해본 공의 선생에게까지 찾아가보았으나 모두 허사였다.

---

[18] 어마지두 무섭고 얼떨떨하여 놀라운 판.

경찰서에 가서 그 연유를 말한즉 그러나 선생한테 가서 진단서 써달래면 안 써줄 리 없다. 그걸 가지고 오라…… 이렇게 말하는 것이다.

어머니는 다시 최선생한테로 달려갔다.

"선생님 맞아 죽었다는 진단서를 얻어가지고 오랍니다. 선생님 진단서 한 장이면 된답니다. 그래서 꼭 선생님 걸 가지고 오라고요."

하고 손이 발이 되도록 빌었으나 선생은

"전염병으로 죽은 거니 헐 수 없습니다. 요전 진단서에 그게 다 적혀 있습니다."

할 뿐.

"아니 선생님 말씀은 첨은 맞아서 그렇게 된 거라고 하지 않았습니까. 귀를 눌러보시고 여기가 아프지? 하시고 머리를 두드려보시구 여기가 마치지?[19] 하시고 이렇게 아주 귀신같이 용히 맞히시지 않았습니까? 맞아서 그렇게 된 것을 신통하게 알아맞히지 않았습니까? 선생님 사람 살려주십시오."

그래도 어찌할 도리가 없었다. 그래서 어머니는 마침내 악이 받쳤다.

그는 병원 마당에 퍼더버리고 앉아서 한참 목을 놓아 울었다. 슬픈 울음이 아니라 원통하고 분하고 밸머리 나서 견딜 수 없는 울음이었다.

"이놈 네 되는 걸 내 보고 죽겠다. 네놈이 퍼렇게 맞아서 그렇게 됐다고 했지, 네가 이놈 돈을 먹었구나. 돈 먹고 거짓말을 했지. 내 자식을 팔아먹었지."

그리고 또 한참 울어댔다.

"이놈 내 자식을 팔아먹었지, 내 자식을 네가 사르라고 했지, 둬두면 증거가 될까 봐서 부랴부랴 사르라고 했지. 이놈 내 자식 몸뚱이라도 내놔라."

그리고 또 한참 땅을 두드리다가

"이놈 내 네 되는 걸 보고야 말겠다. 더도 되지 말고 나만치만 되어라. 나만치만 되어라. 내 자식 생자식 죽는 걸 네가 봤지. 네 눈깔은 액자 한 내 자식 죽는 것만 보라는 눈이라더냐. 네 눈에서 피고름이 나오는 걸 내 안 보고 죽을

---

19 마치다 몸의 어느 부분에 무엇이 부딪는 것처럼 걸리다.

줄 아느냐."

 그리고 또 한 거리 울어댔다.

 "해마다 설마다 네 집에 와서 나만치만 되라고 축원하구 가마. 나만치 되는 걸 보고 가마. 나만치만 되어라. 나만치만 나만치만…… 되어라."

 그것은 너도 내 자식을 액색히 때운 것처럼 그렇게 돼봐라 하는 의미인 것은 두말할 것도 없다.

 그리고 어머니는 그길로 화원장 식당으로 갔다.

 "이놈 네 이놈 내 자식을 내놔라 내 자식을 내놔."
하고 대문을 들어서면서 애고대고 울부짖는 통에 주인은 슬쩍 뒤로 빠져버리고 여급들과 쿡과 주인댁이 나와서 말리고 달래고 하였다.

 "안 된다. 안 돼. 내 자식 얼굴이라도 내놔라. 너희 놈들이 짜고 내 자식을 숨도 떨어지기 전에 태워버렸지. 내 자식을 내 손으로 할 거지. 너희 놈들이 가져다가 살라버려. 이 생사람 자아먹을 놈들…… 이놈들 의사놈하고 부동이 돼서 부리나케 실어다가 태워버리게 했지. 내 자식을 내놔라. 때기 죽었는지 내 한 번 더 봐야겠다. 주사를 놓으면 한 시간은 더 살 수 있다더라. 말이나 한마디 더 들어보겠다. 이 도적놈들아."

 그리며 땅을 치고 방성통곡을 하였다.

 그러나 어찌할 수 없는 일은 결국 어찌할 수 없고야 말았다.

 어머니는 한 가닥 마지막 희망으로 W항 다나카상을 찾아갔다. 찾아가서 그 사연을 저저히 이야기하였다.

 다나카상도 여간 분개해 하지 않았다. 확실히 맞아 죽은 것이라고 그는 단언하였다. 그리고 명우 어머니를 데리고 명우가 치료받던 병원으로 갔다.

 병원에 가서 그때 진찰한 경과를 물어보니 의사는

 "내가 보기는 분명 타박상이었습니다."
하고 다나카상 말대로 진단서를 써주었다. 다나카상이 병원 돈을 치르고 또 명우 어머니 차비까지 해주어서 어머니는 못내 감사해 하며 아들의 원수 갚을 유일한 재료를 얻어가지고 집으로 돌아왔다.

이것이면 영락없이 되리라고 믿고 대서소에 가서 고소장을 써가지고 경찰서로 갔다.

그러나 고소장도 되고 진단서도 있으나 무엇보다 시체가 있어야 할 것인데 땅에라도 묻혀 있어야 할 것인데 이미 한 줌 뼈밖에 남지 않았으니 어디 가서 흑백을 가려보랴.

그도 결국 허사였다.

8

이 일이 있은 지도 벌써 일 년이 넘는다.

나는 요사이 아내에게서 이 이야기를 들은 뒤부터 전보다 더 유표히 이 늙은이를 바라보곤 한다. 그의 표정을 읽고 그의 몸 전체를 읽어본다. 그리고 그 아들이 죽은 전후의 사실을 머리에 그려본다. 그 늙은 여인을 보는 때마다 아직도 내가 알지 못하는 무진한 이야기를 이 늙은이는 가지고 있는 듯해서 내 맘은 실히 근지럽다.

그 파다한 이야기를 다 하지 못하고 골골이 늙어가는 내외의 심사가 어떨까 하는 것을 생각하면 공연히 내 몸이 안타까워진다.

그리고 또 나는 그 여인을 볼 때마다 사람의 목숨이란 질리자면 한량없는 것이라고 생각한다.

이야기를 듣고 보니 웬만한 사람 같으면 벌써 죽어버렸을 건데 그래도 그 양주는 여전히 살아 있다. 지금은 보통 사람이나 마찬가지다.

목숨이 질린 것보다 사람의 잊음이란 진실로 귀한 것이라고도 나는 생각한다. 아무리 대단한 일이라 하더라도 사람은 시간이 옮기는 것이다. 아내의 말을 들으면 그 영감은 아들을 본다고 젊은 계집을 소실로 얻었다 한다.

"계집은 단산이 있지만 남자는 사는 날까지 단산이란 게 없는 법이다."
라고 영감은 우긴다고 한다.

그러더니 얼마 후에 그 젊은 소실은 아이를 배었다고 아내는 무슨 말끝에 내게 알려주어서 나는 그런가 보다 하고 얼마를 잊고 있었다.

그런데 어느 날 아내는

"작년에 아들을 죽이고 젊은 계집을 얻어 아이가 들었다던 것 말이오. 그게 통 거짓말이래도 그년이 아이도 배지 않고 밴 것처럼 하노라고 허리에다가 뭘 두툼히 감고 있다가 큰 노친한테 들켜서 쫓겨났대요."

"그랬다가 열 달이 되면 어쩔 심인가. 열 달 만에는 가부당간 아이를 내야 할 거 아닌가?"

나는 여기를 암만해도 알 수 없었다.

"그때는 남의 아이를 도적해 오든가 얻어 오거든요. 그래서 제 아이라고 한 예가 그전에도 있었다우. 남몰래 아이를 빼서 물에다 띄우는 세상인데 아이를 못 얻겠소."

그러고 보니 그건 해혹되었으나 설사 아이를 배고 또 낳는다 한들 무슨 별수가 있겠기에 그런 난감한 거짓 연극을 꾸밀까 하는 것이 또 의심된다.

하나 아내는 여개도 나보다는 선결의 명이 있다.

"밭날갈이 남아 있거든 그러니까 영감이 죽으면 그거나 처먹자는 거지요. 어쨌든 돈 때문에 죽고 사는 세상이 아니오."

그때 나는 문득 생각했다.

"참 그래 그 화원장에서는 명우 소년이 죽었을 때 돈 한 푼도 안 보냈나?"

"왜 사십 원인가 왔더래요…… 그러나 주인 이름으로 보낸 게 아니고 여급과 쿡들이 모아 보낸다고 해서 그런대로 받아두었다는데 알고 보니까 주인이 보낸 거래요."

"그래서 받아 썼나?"

"써놓고 후제야 그 사실을 알았다는데 그때는 갚을 돈도 없고 하니 도루 갖다가 메다 때리도 못하고…… 그러니 본심은 아니겠지만 그저 수염을 내려 쓰는 수밖에 없지요."

"그리고 참 그 유리꾼가 한 여자는 어찌 됐나?"

아내에게 물었다. 미상불 이 대문도 궁금한 대문이기는 하다.

"그 여자 말이지요? 그 여자는 소년이 앓는 중에 한 번 W항에서 찾아왔더래요. 그리고 다시 W항에 가서 편지두 오구 그러나 죽은 후에는 한 번도 온 일이 없다구요. 아마 이제 나이도 성년이 되었으니까 다른 데로 시집을 갔든가 그렇지 않으면 존 사람들과 얼려서 그 술집에서 여태 홍타령이나 수심곡을 부르고 있겠지요."

"그럴 테지 그게 인생이니까."

나는 딴에 무슨 되지않은 철학자 모양으로 이렇게 아무렇게나 말해 던졌으나 그러면서도 이 늙은 내외의 일을 생각할 적마다 가슴이 암연해진다.

아니 차라리 인생 그것이 암연해진다. 사람사람 이렇게 원통한 일을 얼마나 많이 가지고 있을까만 그것을 말할 곳이 없다. 들어줄 사람도 없다.

하늘이나 신이 사람의 말을 듣지 못하고 들어주려 하지 않는 것은 현대에 와서는 너무도 분명한 사실이다.

그러면 대체 사람은 이것을 어디다가 기울여놓을까.

그러나 역시 사람에게 향해서밖에 말할 데가 없다. 들어주는 사람이 오늘같이 극히 적은 시대라 하더라도 그래도 그 어느 때를 물론하고 들어주는 사람이 아주 없지는 않으리라. 나는 이렇게 믿고 싶다. 인간을 믿고 싶고 또 알고 싶다.

그러고 보니 우리 집으로 오는 젊은 여인들—— 유한마담 남의 소실 남편 흉허물이나 늙은 여인 그리고 아직 본 일도 없는 늙은 여인의 남편이 모두 나에게는 좋은 선생이다. 세상을 가르쳐주고 인생을 가르쳐주는 것이다.

하나 이 거리에서는 아직 이 여인만치 내게 산 교훈을 준 사람은 없다.

이마적에는 때를 타고 우후의 죽순처럼 기꼴[20] 좋게 늘어가는 잘난 사람 아는 사람들이 나를 배우라고 벽장궁 고아내나[21] 그래도 내게는 이 늙은 여인이 더 많이 무엇을 가르쳐주고 있다.

---

20 기꼴 '모양'을 이르는 함북 사투리.
21 벽장궁 고아내다 '씨끌벅적하게 떠들어대다'라는 의미의 북한말.

한설야(韓雪野)

1900년 함남 함흥 출생. 본명은 한병도(韓秉道). 1915년 경성제일고보에 입학 후, 1918년 함흥고보로 전학. 1921년에서 1923년까지 일본대학 수학. 1925년 춘원 이광수의 추천으로 『조선문단』에 「그날 밤」 발표. 1927년 카프 가입. 1934년 카프 제2차 사건 때 체포, 투옥되었고 1935년 12월 석방됨. 해방 후 북조선 예총 조직에 가담. 1948년 최고인민회의 대의원, 1951년 조선문학예술총동맹 위원장 역임. 1962년 숙청되었다가 2001년 복권됨. 「과도기」(1929), 『황혼』(1936), 『대륙』(1939, 일본어), 『탑』(1942) 등이 대표작으로 꼽히며 북한에서 주체문학의 기초를 닦은 작가로 평가할 수 있음. 1976년 타계.

작품 세계

한설야는 한국 프롤레타리아 문학의 한 경향을 대표하는 작가이다. 이기영이 주로 현실 제도의 탐구를 통해 인간의 의식과 삶을 그려낸 작가라면 한설야는 인간의 주체성에 초점을 맞추어 현실의 변화를 그려낸다. 그의 대표작 『황혼』(1936)이나 해방 후 북한에서 창작한 그의 작품들이 이러한 경향을 잘 드러낸다.

한설야가 프로문학 작가로 등장한 때는 1927년경이다. 중국 푸순으로 이주했다가 귀국한 직후였다. 「뒷걸음질」을 시작으로 하여 「합숙소의 밤」 「인조폭포」 「과도기」 「씨름」 등, 일련의 단편소설들을 통해 경향문학의 대표적 작가로 자리 잡는다. 특히 「과도기」와 「씨름」은 한설야의 향후 작품 세계의 출발점이자 극복 대상으로서 의미가 있다. 이 작품들에서 시도된, 급속히 근대화되어가는 조선 사회에서 노동자 계급의 전망을 어떻게 구체적으로 포착하여 형상화할 것인가가 그의 이후 창작의 주요 과제가 된다. 장편소설 『황혼』은 그의 이러한 노력의 첫 성과였다. 그러나 『황혼』에 그려진 노동자 계급의 미래에 대한 낙관적 전망은 1930년대 후반이라는 상황을 무시했다는 점 때문에 평론가들에 의해 종종 비판의 대상이 되었다. 한설야는 이러한 한계를 해방 후 창작 과정 속에서 지속적으로 극복해 보려 시도한다. 『황혼』에 가필하여 개작본(1955)을 출간한다든지, 그가 일제 말기에 창작해서 미발표로 보관했다고 주장하는 『열풍』(1958)의 출간 등이 그 증거이다.

「태양은 병들다」

한설야가 카프 제2차 사건으로 투옥된 후 출소한 때는 1935년 12월경이다. 이때부터 한설야의 작품 세계는 일정한 변화를 겪게 되는데 대개 세 경향으로 분화된다고 볼 수 있다.

첫째로는 여전히 카프 시절의 경향과 유사한 작품 경향, 둘째로는 생활문학이라 하여 전향한 문인이 실생활에의 적응 과정 속에서 겪게 되는 상실감과 자의식 등을 그린 작품 경향, 셋째로는 일상 속에서 작은 가능성들을 찾아내어 고발 차원으로 승화시키는 작품들이다. 「태양은 병들다」는 이 가운데 세번째 부류에 속하는 작품이긴 하지만 아직 그 경향이 뚜렷하게 드러나지는 않은 시점의 작품이다.

작품은 겉 이야기와 속 이야기로 구성되어 있어 액자소설로 볼 수 있다. 집 안에 늘 틀어박혀 있는 주인공이자 이 글의 화자는 작가이다. 집 안에 있으며 아내에게 찾아오는 여인들을 관찰하며 그들의 한가함과 수다를 흉보곤 했는데 의외로 작가인 '나'에게 큰 교훈을 준 노파가 등장한다. 이 여인이 아들을 잃었던 고통스러웠던 경험은 속 이야기가 되어 작품의 대부분을 차지한다. 아들 이름은 박명우, 술집의 양주 제조기술자, 직장을 옮기려다 주인에게 얻어맞아 고막이 터지는 중상을 입고 결국 이것이 뇌막염으로 진행돼 죽게 된다. 이 과정에서 주인을 고발하기 위해 진단서를 얻어내려는 어머니와 의사 간의 계속되는 실랑이 장면, 한편으로 아들을 치료하는 과정에서 겪게 되는 안타까움 등이 작품의 속 이야기에 부각되어 있다. 그러나 이 작품의 주제는 이런 내용에 있는 것이 아니다. 작가 한설야의 처지를 고려할 때 이 작품에서 읽어낼 부분은 작품 말미에 언급된다. '명망가들'이 자기를 배우라고 외치지만 '나'는 얼굴도 본 일이 없는 이 늙은 노파에게서 더 배울 게 많다는 언급이 그것이다. 시류에 편승한 출세꾼들에 대한 야유이며 한편으로 평범한 일상 속에 숨어 있는 굴곡진 삶의 발견이기도 하다. 이런 삶에서 한설야가 느낀 그 교훈이란 무엇인가. 노파는 그 고통을 잊고 현재 삶을 살아내고 있으며 노파의 남편은 아이를 낳기 위해 젊은 여자를 들였다는 것에서 알 수 있듯이 시간이 모든 고통을 해결해준다는 인식이다. 1940년 현재를 바라보는 한설야의 시선이 이 지점에서 묻어난다고 보아도 좋다.

주요 참고 문헌

한설야 문학에 대한 연구는 대개 1980년대 말부터 본격화된다. 경향소설 전반에 대한 연구의 한 부분으로 한설야 소설도 연구되어오다가 서경석의 「한국 경향소설과 귀향의 의미」, 『한국학보』, 1987년 가을), 김윤식의 『한국 현대 현실주의 소설 연구』(문학과지성사, 1990), 김재영의 「한설야 소설연구」(연세대 석사 논문, 1990) 등에서 본격 작가론 차원에서 연구되기 시작한다. 김윤식·정호웅 편, 『한국문학의 리얼리즘과 모더니즘』(민음사, 1989)에도 경향작가 연구의 일환으로 한설야에 대한 논문이 실려 있으며 전반적인 연구로는 서경석의 「한설야 문학연구」(서울대 박사 논문, 1992)가 있다. 전향 문제와 관련해서는 김재용의 「냉전 시대 한설야 문학의 비타협성」(『역사비평』, 1999년 여름)이 최근의 논의이며 등단 이전의 한설야에 대해서는 호테이 도시히로의 「등단 이전의 한병도」(『한설야 문학의 재인식』, 소명출판사, 2000)가 있다.   _서경석

이무영
제1과 제1장(第一課 第一章)

1

덜크덕덜크덕 — 퍼언한 신작로에 소마차 바퀴 소리가 외로이 울린다. 사양(斜陽)에 키만 멀쑥하니 된 가로수 포플러의 그림자가 느른하니 길을 가로막고 있을 뿐 별로이 행인도 없는 호젓한 신작로다. 동리 앞에는 곰방대를 문 영감님이 발가숭이 손주놈을 데리고 앉아서 돌장난을 시키고 있다. 약삭빠른 계절(季節)에 뒤떨어진 매아미 소리는 마치 남의 나라에 갇힌 공주의 탄식처럼 청승맞다.

"이러 이 소 쯔쯔!"

안반짝 같은 소 엉덩이에 철썩 물푸레 회초리가 운다. 소란 놈은 파리를 날려주어 고맙게 여길 정도인지 아무런 반응도 없다. 그저 뚜벅뚜벅 앞만 내다보고 걸을 뿐이다.

소마차가 동리 앞을 지날 때마다 주막집 뜰팡에 멍석을 깔고 땀을 들이던 일꾼들의 눈이 일시에 마차 짐으로 옮겨진다. 이삿짐을 처음 보아서가 아니라,

---

* 「제1과 제1장」은 1939년 10월 『인문평론』에 발표되었다. 여기서는 잡지 게재본과 함께 『이무영 문학전집』제1권(국학자료원, 2000)을 참조하였다.

그들의 눈에는 이 우차 위에 실려진 가구며 세간이 진기한 모양이다. 항아리니 독이니 메주덩이 바가지짝—이런 세간은 한 개도 볼 수 없고 농짝은 분명히 농짝이다. 생김생김도 그러려니와 시골서는 볼 수 없는 허들겁스럽게 큰 장이다. 이모저모에 가마니짝을 대어서 전부는 보이지 않으나마 넘어가는 햇빛을 받아 거울이 번쩍한다. 함짝 대신에 화류 단층장, 버들상자도 큰 것이 네모 번듯하다. 뭣에 쓰이는 것인지 알 길도 없는 혼란스러운 갓이며 검고 붉은 빛이 도는 가죽가방, 면장 나리나 무슨 주임 나리나가 놓고 있는 그런 책상에 걸상도 화려하다.

"뉘 첩살림인 게군."

키만 멀쑥하니 여덟팔자 노랑수염이 담숭담숭 난 하릴없이 노름꾼처럼 생긴 한 친구가 이렇게 운을 뗀다.

"토자에 ㄱ 했네."

누군지가 이렇게 받자,

"토자에 ㄱ도 트자에 ㄹ일세. 어디루 보니 저게 첩살림 같은가. 첩살림이면야 자개장이 번득이면 번득였지 사물상이 당한 겐가. 짐 임자들을 보지!"

이삿짐에서 여남은 간쯤 뒤떨어져서 곤색 저고리에 흰 바지를 받쳐입은 청년이 하나 따라섰다. 아직 햇살이 따가우련만 모자도 단정히 썼다. 나이는 한 삼십사오 세쯤 되었을까…….

청년은 한 손으로 양장을 한 오륙세 된 계집아이의 손을 잡고 그 옆에는 청년보다는 열 살이나 차이가 있음직한 젊은 여인이 역시 양복을 입힌 머슴애의 손을 잡고 간다. 한 너덧 살 되었음직한 토실토실하게 생긴 아이다. 과자 주머니인지 바른손에는 새빨간 주머니를 늘였다.

"아빠. 아직두 멀었수?"

말소리까지 타박타박하다.

"인저 조곰만 더 가면 된다. 에이 참 우리 철이 착하다."

청년은 담배에 불을 붙여 물고 덤덤히 마차 뒤를 따라간다.

"화신상회만큼 되우?"

어린것은 몹시 지친 모양이다.

 "그래. 그만큼 가면 되어."

하고 안타까운 듯이 젊은 여인이 대신 대답을 하자니까 어린것이 고개를 반짝 들고서 항의를 한다.

 "뭘 엄만 아냐? 엄마두 첨이라면서."

 "그래두 난 알아. 그렇지요. 아빠?"

 "암. 엄만 알구말구."

 청년과 여인은 어린것을 번갈아 업기도 하고 안기도 하다가 몇 걸음 걸려도 보고 몹시 거추장스러우련만 별로이 그런 티도 없다. 소에 끌려가는 이삿짐처럼 그저 묵묵히 끌려가고만 있다.

 "거 어디루 가는 이삿짐요?"

 동리 앞을 지날 때마다 소보고 묻듯 한다. 마차꾼은 '나는 소 아니오!' 하고 퉁명을 부리듯,

 "샌터 짐요!"

하고 돌아다보지도 않고 대답할 뿐이다.

 "샌터 뉘 집 짐요?"

 "난두 모르오!"

하고는 소 엉덩이에다 매질을 한다.

 "이러 이 소! 대꾸하기 귀찮다. 어서 가자!"

 동리를 빠져나오더니 청년도 여인네도 뒤를 한 번씩 돌아다본다. 무슨 감시의 구역에서 벗어나기나 한 때처럼 여인네는 가벼운 안도의 빛을 얼굴에 나타내기까지 한다.

 "인저 내가 좀 물어봐야겠군. 아직두 멀었어요?"

 "인저 얼마 안 돼. 전에 다닐 땐 얼마 안 되던 것 같았는데 왜 이리 멀까."

 혼잣말에 우차꾼이 받아넘긴다.

 "여름이라 길두 늘어나 그렇지요."

 얼마 안 가니 조그만 실개천이 흐른다. 청년 — 수택은 어려서 수수미꾸리

잡던 기억도 새로웠고 땀도 들일 겸 길목 포플러 그늘에서 참을 들이기로 했다. 이 개천을 건너서 한 십 분이면 그의 고향인 샌터에 다다르는 것을 알기 때문이기도 했다.

"영감두 쉬어 같이 갑시다. 자, 담배 한 대 드슈."

"고약두 있으십니까?"

"고약이라께?"

"이런 담밸 피구 입술이 성할 수가 있을라구요."

'이렇게 자미있는 늙은인 줄 알았더면 정거장에서부터 말벗을 해왔더면 오는 줄 모르게 왔을걸……' 하고 수택은 오늘 처음으로 웃었다.

수택은 차를 먼저 가게 하고 천천히 세수도 하고 발도 벗고 씻었다. 아내가 핸드백의 조그만 면경을 꺼내어 화장을 하는 동안에 어린것들도 벗기고 말끔히 씻어주었다. 물에 손을 잠그고 있으려니 어려서 물장난하던 기억이며 그동안 세파와 싸운 삼십 년간의 생활이 추억되어 덜크덕덜크덕 멀어져가는 이삿짐 소리도 한층 더 서글펐다.

"패배자."

그는 가만히 이렇게 자기를 불러본다. 시냇물은 조약돌이 옹기종기 몰켜 있는 수택의 발밑을 지날 때마다 뭐라고인지 쫑알대고 흘러간다. 이 물소리를 해득만 한다면 여러 가지 의미가 포함되었으리라. 그러나 지금의 수택으로서는 이 속삭이는 물소리보다도 지난날의 추억보다도 패배자의 짐을 싣고 가는 마차 바퀴 소리만이 과장이 돼서 울리는 것이었다.

'패배자? 어째서 패배자냐? 오랜 동안 동경해오던 이상 생활의 첫 출발이지!'

누가 있어 자기를 패배자라고 부르기나 했던 것처럼 그는 분명히 이렇게 반항을 해본다.

2

사실 이번 길은 수택의 일생에 있어서 커다란 분기점이었다. 그것이 희망의 재출발이 될지, 패배가 될지는 그가 타고난 운명(?)에 맡기려니와 현재 그의 가슴에 채워진 감회도 이 둘 중 어느 것인지 그 자신 모르고 있는 터다. 그가 농촌 생활을 꿈꾸고 이른 봄 서지[1] 안을 두둑하게 넣은 춘추복 안주머니에 넣어두었던 사직원이 이중 봉투를 석 장이나 갈가리 피우고 여름을 났을 때는 그래도 '패배자'란 감정이 없을 때였다. 일급 팔십 원의 샐러리라면 그리 적은 봉급도 아니었다. 회사 총무부 주임 말마따나 이런 자리를 노린 대학 출신의 이력서가 기백 장 서랍 속에서 신음을 하고 있는 터다. 사변으로 해서 갑자기 물가가 고등해진 터라, 이 정도의 수입만 가지고는 도저히 도회에서 생활을 유지하기가 어렵기는 하나 그렇다고 전혀 수입이 없는 것보다 나을 것은 주먹구구까지도 필요치 않은 것이었다. 그의 계획을 듣고 친구의 대부분이 — 아니 거의 전부가 반대를 한 것도 실로 이 단순한 타산에서였다. 너 굴러든 복바가지를 차버리고 어쩔 테냐는 듯싶은 총무부 주임의 눈치나, 철없이 날뛴다고 가련해하는 눈으로 보는 동료들의 말투가 그의 결심에 되레 기름을 쳐준 것도 사실이기는 하나 수택의 계획은 그네들이 보듯이 그렇게 근거가 적은 것은 아니었다. 그의 계획의 무모함을 충고하는 친구와 동료들의 거의 전부가 생활난에 중점을 둔 것이다. 그러나 일찍이 수택만큼 생활고를 겪어온 사람도 그만한 나쎄로는 드물 것이었다. 열두 살에 고향을 떠나서 중학교를 고학으로 마쳤고 열일곱에 동경으로 가서 C대학 전문부를 마치는 동안도 식당에서 벗겨 내버린 식빵 껍질과 먹고 남아 버리는 밥덩이를 사다 먹고 살아온 그였고, 일정한 직업이 없이 오륙 년 동안 동경서 구르는 동안에도 공중식당일망정 버젓하니 밥 한 끼 사먹어보지 못한 채 삼십 줄에 접어든 그였다. 조선에 나와서도 지금의 신문사 사회부 기자라는 직업을 얻기까지의 삼 년간은 십 전짜리 상밥으로 연명을 해

---

1 서지 serge 무늬가 씨실에 대하여 45도로 된 모직물. 바탕이 올차고 내구성이 있어 학생복 따위에 사용함.

이무영

온 그였고, 직업이라고 얻어서 결혼을 한 후도 고기 한 칼 떳떳이 사먹어보지 못한 그였다. 더욱이 십 개월이란 긴 동안 신문이 정간을 당코 푼전의 수입이 없었을 때도 세 끼나 밥을 못 끓이고 인왕산 중허리 같은 배를 끌어안고 숨까지 가빠하는 아내와 만 하루를 얼굴만 쳐다보고 시간을 보낸 쓰라린 경험도 갖고 있는 그였다.

이 십 개월 동안에 그는 평상시 오고 가던 친구들도 수입이 끊어지는 날로 거래가 끊어지는 것도 경험했고, 쌀말이나 설렁탕 한 그릇도 월급봉투가 없이는 대주지 않는 것도 잘 아는 터였다.

"인전 널 것도 없지?"

하고 물을 때,

"입은 것밖에 ──"

하고 대답하던 아내의 우울한 음성도 아직 귀에 새로웠고, 십여 장이나 되는 전당표를 삼 개년 계획으로 찾아내던 쓰라린 경험도 아직 기억에 새로운 터였다. 바로 신문이 해간되던 바로 그 전달이었지만 막역지간이라고 사양해오던 M이라는 친구한테 마침 그날이 월급일이라서, (아니 월급날을 일부러 택한 것이었지만) 삼만 원을 취대하러 갔다가 거절을 당코 분김에 욕을 하고 돌아온 사실을 기록해둔 일기가 아직도 그의 책상 어느 구석에 끼어져 있을 것이었다.

이 수택이가 선선히 사직원을 내놓고 나선 것이니 놀랄 만한 사실임에 틀림은 없었다.

"그래, 갑자기 살 구만두면?"

마지막으로 사직원을 접수한 R씨가 이렇게 말했을 때 그는 금후의 생활 설계를 설명하는 데 조금도 불안을 느끼지 않았던 것이었다. 다행히 고향에 가면 십여 두락의 땅이 있고 생활 수준이 얕아질 것이오, 고료 수입도 다소 있을 것이요…… 마치 R씨까지도 유인해서 끌고나 갈 듯이 호기가 있었던 것이었다.

"좀더 신중히 하지?"

호의에서 나온 이런 말에 그는 적의나 있는 듯이,

"그럴 필요 없지요."

하고 그 자리서 내챘던 것이다.

사직 이유는 병이었다. 간부 측에서 "병?" 하고 반문했을 만큼 그는 그렇게 잘못된 병자는 물론 아니다. 병이라면 그것은 생리적인 병보다도 정신적인 병이 더 위기에 가까웠다. 의사들이 폐가 어떠니 늑막이 위험하니 할 때도 한편 겁은 내면서도 또 한편으로는 속짐작이 있기는 했었다. 그와 같이 소설을 써오던 H가 자기와 같은 자신으로 버티다가 쓰러진 그길로 끝을 막은 무서운 사실에 잠시 '아차' 하는 생각도 없지는 않았지마는 그러나 그렇다고 해서 직업을 버릴 만큼 심약한 그도 아니었다. 이른 봄, 그가 아내도 몰래 사직원을 쓰고 도장까지 단정히 눌러 가진 것은 그의 조그만 영웅심에서였다.

수택은 동경서부터 소설을 써왔다. 장방형도 아니요, 삼각형도 아니요, 그렇다고 똑떨어진 원도 아니다. 세상에서는 그를 혹은 스타일리스트라고 불렀고, 한때 경향문학이 성할 때는 혹은 반동 또 혹은 동반자로 불렀고, 또는 허무주의자라고 야유도 했다. 그러나 기실은 그중 어느 것도 아니었다. 그 자신 자기의 특징이 어디 있는지를 모르는 작가였다. 소설가로서 차차 알려질 임시해서 ─ 아니 그 덕택이었겠지마는 ─ 그는 취직을 했었다. 그것이 그의 작가 생활의 마지막이었다. 저널리즘이란 문학의 매개체를 통해서 그 갓난애 숨길 만한 잔명을 유지해왔다.

첫 월급을 타던 기쁨은 "지난 ×일 밤 자정도 가까워 바야흐로 삼라만상이 잠들려 할 때 ××동 ××번지 근방에서 뜻 아니 한 비명이 주위의 정적을 깨뜨렸다. 이제 탐문한 바에 의하면……" 이런 식의 기사를 쓸 때마다 희미해졌고, 그것이 거듭되기 일 년이 못 돼서 그는 자기가 문학도였다는 의식까지도 완전히 잃어버리고 말았던 것이다. 경찰서를 드나들며, 강·절도, 밀매음, 사기 등속의 사건 전말을 듣는 것이 무슨 문학 수업의 좋은 찬스나처럼 생각던 것도 일시적이었고, 악을 폭로해서 써 민중의 좋은 시사가 되게 한다던 의협심도 기실 자기 위안의 좋은 방패이어서 아무것도 아니라는 것을 깨달은 후부터는 그는 완전히 기계였던 것이다. 아침이면 나와서 종일 돌아다니다가 저녁 ─ 대개는 밤에 집이라고 찾아든다. 친구에 휩쓸려 술잔도 마시고 회합에서 늦어

이차회가 벌어지고 이러구러 하루가 가고 이틀이 가고 달이 바뀌고 연도가 갈리었다. 그러기를 오 년—그동안에 수택이가 얻은 것은 허영과 태만이다. 그 밖에 얻은 것이 있다면 지기가 아닌 이런 사회에서의 독특한 존재인 이르는바 친구—아니 지인(知人)이다.

그러고 잃은 것은 얻은 것에 비해서 너무나 많았다. 그는 적어도 세 사람의 친구는 가졌던 사람이다. 그러나 그가 한 해, 두 해 지나는 동안에 세 친구도 없어졌고, 문학도로서 쌓았던 조그만 탑도 출판 기념회나 무슨 축하회의 발기인란에서나 겨우 발견하는 그런 존재가 되고 말았다.

동료들이 그달 그달 발표하는 작품을 읽을 때마다 그는 우울했다. 우두머니 맞은편 흰 회벽을 건너다본다. 성급한 전화 종소리도 그를 깨우쳐주지 못할 때가 한두 번이 아니다.

"받잖을 전환 뭣 하러 놨나요?"

문득 고개를 들면 천리안(千里眼)이라고 소문난 편집장의 두 줄 시선이 쏜다.

아무것 하나 얻을 것도 없는 회합에서 늦도록 붙잡혔다가 호올로 막차에 앉은 때의 그 공허, 허무감, 그것도 비길 데 없는 것이다. 어떤 때는 그 큰 전찻간에 동그마니 혼자 앉아 갈 때가 있다. 그럴 때면 저도 모르게 눈 속이 뜨끈해지는 일도 있었고 얼근히 술이 취했다가 깰 무렵에 집에 돌아가면 문득 수보가 덮인 책상이 눈에 뜨인다. 펜까지 꽂혀 있는 잉크스탠드, 한 달 가야 한 번 건드려주지도 않는 원고지가 마치 영원히 돌아오지 못할 주인을 기다리고 망망한 대해에 떠 있는 목선처럼 애처로워진다. 다소 술기운이 작용을 했겠지마는 그대로 책상에 엎드려 통곡을 하는 것이었다.

'아니다! 낼부터는 나도 단연 공부를 하리라!'

이렇게 일 년을 별러서 시작한 것이 「소설 못 쓰는 소설가」라는 단편이었다. 한 소설가가 취직을 했다. 박쥐처럼 해를 못 보는 생활이 계속된다. 무서운 정열로 창작욕을 흥분시켜주기는 하나 그 상이 마물러지기도 전에 출근이다. 잡다한 사무에 얽매여 허덕이는 동안에 해가 지고 오뉴월 엿가래처럼 늘어진 몸을 이끌고 회합이다, 이차회다, 야근이다를 계속한다. 이런 슬픈 이야기를 짜던 그는 자기도 모르게 내일 형사들을 녹여내어 재료를 얻어낼 계획이며, 안(案)의 진행 방법 등을 공상하고 있는 자신을 발견한다. 그리고 운다.— 그러나 이 소설도 끝끝내 소설이 못 되고 말았다.

그것은 몹시 무더운 날 밤이었다. 그는 소학생처럼 벽에다 좌우명(座右銘)을 써 붙였다. ① 조기할 것. ② 퇴사 즉시로 귀가할 것. ③ 독서, 혹은 창작할 것. ④ 일찍 취침할 것. 그러나 이 좌우명은 이튿날로 권위를 잃고 말았다. 이튿날은 사회부 부회가 밤 아홉 시까지나 계속되었다. 갑론을박의 심사 시간을 겪은 그는 돌아오는 길로 쓰러져 자고 말았다. 이튿날은 신문사 주최인 축구대회 기사로 야근을 했고, 다음 날은 부득이한 회합이 있어 역시 거기서 다시 이차, 삼차를 거듭해서 집에 돌아온 것은 새벽 세 시였다.

'도대체 나는 뭣 때문에 사는 겔까. 누구를 위해서 사는 겔까. 문화 사업? 흥!'

이러한 반문을 해본다는 것은 벌써 한 전설이 되어 있었다.

이러한 수택은 또 한 가지 위대한 발견을 했다. 그것은 적어도 자기는 신문기자가 아니라는 것이다. 과거나 현재 아닐 뿐만 아니라 영원히 신문기자로서 성공하기 어렵다는 사실을 발견했던 것이다. 아니 신문기자로서의 성공이 곧 문학적으로 그를 파멸시키는 것이라는 것을 그제서야 발견했던 것이었다. 그것은 희극 — 아니 비극이었다.

3

수택이가 하루이틀 쉬기 시작한 것도 이때부터다. 그는 하는 일 없이 교외를 빈들빈들 돌아다니었다. 하루는 S라는 동료를 유인해가지고 청량리로 나갔다. 전부는 아니나 그만둘 계획만을 이야기하고 생계로 이야기가 옮아갔을 때다. 그도 처음에는 그것이 무슨 낸지 몰랐었다. 매케한 냄새가 코를 콕 찌른다. 그

냄새는 코를 통해서 심장으로 깊이깊이 기어들어가는 것 같았다. — 흙내였다.
  그것이 흙내라는 것을 인식한 순간, 일찍이 그가 어렸을 때 들던 아버지의 음성이 바로 귓전에서 울리는 것을 느끼었다.
  '사람은 흙내를 맡아야 산다. 너도 공불 하고 나선 아비와 같이 와서 농사를 짓자. — 학문? 학문도 좋긴 하다. 허지만 학문이 짐이 될 때도 있으리라.'
  그때 그는 아버지를 비웃었다. 흙에서 헤어나지를 못하면서도 흙에 대한 미련을 버리지 못하는 아버지가 가엾기까지 했었다. 그러나 조소하던 그 말이 지금 그의 마음을 꾹하니 사로잡은 것이다.
  '집으로 가자. 흙을 만지자.'
  수택의 로맨틱한 계획은 이리하여 세워진 것이었다. 그의 첫 계획은 그동안 장만했던 가구를 전부 팔아버리려 한 것이나 아내가 너무 섭섭해하기도 했지마는 그들이 상상한 것의 절반도 못 되었다.
  이백 원도 못 되는 퇴직금이 그들의 유일한 재산이었다.
  소꼴지게와 함께 수택의 일행이 싸리 삽짝문에 들어서자 누렁이란 놈이 '컹' 하고 물어박는다. 빈집처럼 찬바람이 휘 돈다. 남의 집으로 잘못 들어온 모양이다. 수택은 부리나케 나와 문패를 보니 분명히 자기 집이다.
  "짐이 들어왔으니까 마중들을 나가신 모양이군요."
  아내가 들어가도 나오도 못하고 있는데,
  "오빠!"
소리가 나며 와— 들 몰켜든다. 십 년 가까이 못 본 늙은 아버지도 설명을 듣지 않고는 모를 아이들 속에 끼였었다. 뒤미처 찢어진 고무신짝을 집어 든 고모도 왔고, 폭 늙은 어머니도 뒤따라 왔다.
  "그래, 이 몹쓸 것아, 그렇게두……."
하고 막 어머니의 원망이 나오자 그는 사랑으로 나갔다. 이간 장방은 새에 장지를 질러 윗방은 남에게 세를 주었는지 주판 소리가 델그락거린다.
  "저 밖엣 게 너들 짐이냐?"
  "네."

"그래? 헌데 갑자기 이게 웬일이냐."
"차차 말씀드리겠습니다."
수택은 안으로 들어왔다.
안채 위쪽으로 달린 골방이 치워졌다. 바람이 잔뜩 든 벽하며, 벽흙을 안고 자빠진 종이짝이며 비워두었던 탓인지 곰팡내가 펄썩한다. 색지를 붙인 궤짝이며 주둥이도 없는 단지, 도깨비라도 나와 멱살을 잡을 듯싶은 방이다. 횃대에 걸린 헌옷은 흡사 죽은 사람같이 늘어졌다.
수택의 그 아름다운 농촌 생활의 첫 꿈이 깨진 것은 이 방에서였다. 그의 공상에서는 방부터가 이렇게 허무하지는 않았다.
그날 밤 아버지와 아들은 오래간만에 자리를 마주했다. 윗방에서 주판알을 튀기던 장사치도 갔고 단둘이 호젓이 앉았다. 고향으로 내려오기로 하기는 하면서도 기실 수택은 집안에 대한 지식이 전혀 없다. 자기가 집을 나갈 때는 논이 한 이십여 두락에 밭이 여남은 갈이나 있었다. 그 후 동경서 나와서 들렀을 때는 논 닷 마지기가 줄었고 밭이 하루갈이 남의 손에 넘어갔었다. 그런 지 칠 년, 그동안 거의 딴 남처럼 서신 하나 없이 지나온 아버지와 아들이었다. 물론 이렇다는 원인이 있은 것도 아니다. 의식적으로 그런 것도 물론 아니다. 다만 이 문화인인 아들은 원시인 그대로인 아버지를 경멸했고, 아버지는 또 아버지대로 너무나 문화한 아들을 경이원지했을 뿐이다.
"흙냄새를 싫어하는 것이 사람이냐. 그깟 놈 눈만 다락같이 높았지."
그는 이렇게 자기 아들을 조소했다.
아들은 무엇보다도 아버지의 흙투성이가 되어 사는 꼴이 싫다 했다. 흙에서 나서 흙을 만지며 컸고, 흙을 먹고 사는 아버지 — 옷에까지 흙투성이가 되어 사는, 흙인지 사람인지 모를 한낱 평범한 농부에게 털끝만 한 존경도 갖지 못했다. 당당한 문화인인 아들은 흙투성이인 김영감을 "내 아버지로라"고 내세우기조차 꺼려했다. 이러한 아버지를 가졌다는 것은 자기의 큰 치욕이라고까지 생각해온 터다. 결혼을 하면서도 자기 아버지를 청하지 않은 것도 그 자신은 친구나 동료들한테 달리 변명을 했겠지마는 기실 자기 아버지의 그 흙투성이 꼴을 뵈고 싶지 않다는 허영에서였다. 김영감만 해도 이런 눈치를 못 챌 리는 없었다. 집안에서도 동리에서 왜 며느리 보는 데 안 가느냐고 해도,

"아, 그 잘난 놈 잔치에 못난 애비가 가? 댕꼴 곽주식이 아들놈처럼 저 애빌 보구 누구냐니까 '우리 집 머슴' 하고 대답하더라는데 그런 놈들이 애빌 보구 행랑아범이라구 하지 말란 법이 있다든가?"

이렇게 격분을 했었다. 또 사실 그때의 수택으로서는 능중 그렇게 대답했을 것이었다. 그러기가 싫으니까 차라리 못 오게 한 것이었을 것이었다. 이런 아들이 지금 도시에는 얼마나 많을 건고?……

"사람이란 흙내를 맡아야 하느니라. 대처(도회) 사람들이 암만 고량진미로 음식을 만든대도 시골 음식처럼 구수한 맛이 없느니라. 마찬가지야. 사람이란 흙내도 맡고 된장 맛도 나고 해야 구수한 맛이 나는 게지. 음식이나 사람이나 대처 사람들이 맑구 정오(경우)야 밝지! 허지만 사람이란 정오만 가지고 산다드냐! 일테면 말이다. 내가 네 발등을 잘못해서 밟았다고 치자꾸나. 그러면 넌 발끈할 게다. 허지만 우리 시골 사람들은 잘못해 밟았나 보다 하군 그만이거든. 정오로 친다면야 남의 발을 밟은 사람이 글치. 그래, 이 많은 인총에 정오만 가지고 살려구 들어?"

수택이가 중학교를 다닐 때 고향에 돌아온 것을 붙잡고 김영감은 이렇게 자기의 지론을 폈던 것이다. 그때만 해도 도회 물을 먹은 아들은 물론 코웃음을 쳤었다.

몇 핸가 후다. 음력 과세를 한다고 고향에 내려온 일이 있었다. 이십 년래의 혹한이니, 삼십 년의 추위니 날마다 신문이 떠들어댈 때였다. 그는 겉으로는 하도 오래간만이니 집에 와서 과세를 한다고 꾸몄지만 기실은 근방 읍에까지 출장이 있어서 온 김에 들른 것이었다.

그날 밤 수택의 집에는 도적이 들었다. 벽에서 나는 황토 냄새와 그야말로 된장내처럼 퀴퀴한 냄새로 잠을 못 이루고 있을 때 울안에서 발소리가 난다. 조금 있더니 누군지 밖에서,

"아무것두 없으니 나오! 나오."

하는 애원 소리가 들린다. 아버지의 음성이었다.
 수택은 문구멍으로 가만히 내다봤다. 도적이 분명하다. 밖에서는 나오라고 하나 나갈 길을 막아선지라 어쩔 줄을 모르는 모양이었다. 황당해한 도적은 급기야 애원을 하기 시작했다.
 "나갈 길을 좀 틔워주서유!"
 이때 그는 벌써 부엌을 돌아서 울안에 와 있었다. 손에 흉기 하나 들지 않은 좀도적임을 발견한 그는 '억' 소리와 함께 덮치어 잡아 나꾸었다. 그는 학생 시절에 배운 유도로 도적을 메다치고는 제 허리끈으로 두 팔을 꽁꽁 묶었다.
 온 집안이 깨고 뒤미처 김영감도 달려들었다. 영감의 손에는 지겟작대기가 쥐여 있었다. 도적놈도 그랬고 수택이도 그랬고 온 집안사람들도 다 그렇게 생각했다. 몽둥이에 맞을 사람은 그 도적이리라고——
 그러나 아니었다. 지겟작대기에 아랫종아리를 얻어맞은 것은 아들이었다. 수택 자신도 그랬고, 도적도 그랬을 게고 집안사람들도 그렇게 생각했었다—— 이것은 영감이 흥분한 나머지 잘못 때린 것이라고—— 그렇게 생각했기 때문에 수택은 얼른 피했었다. 피하고는 안심을 했던 것이다.
 그러나 아니었다. 김노인의 작대기는 재차 아들에게로 향하고 겨누어졌다.
 "이 몰인정한 녀석. 내 물건 도적 안 맞았으면 그만이지 사람은 왜 친단 말이냐, 응? 이 치운 겨울에 도적질하는 사람은 여북해 하는 줄 아냐? 우리네 시골 사람은 그런 법이 없다!"
 도적은 울고 있었다. 도적의 등에는 쌀 한 말이 짊어지워졌다.
 이튿날 수택은 지루할 만큼 긴 설교를 듣지 않으면 안 되었다.
 "사람이란 법만 가지구 사는 게 아니니라. 법만 가지고 산다면야 오늘날처럼 법이 밝은 세상이 또 어디 있겠니. 법으루만 산다면야 법에 안 걸릴 놈이 또 어 딨단 말이냐. 넌 법에 안 걸리는 일만 하고 사는 상싶지? 그런 게 아니니라. 올 갈에두 기다무라란 사람의 과수원에서 사괄 하나 따먹다가 징역을 갔느니라. 남의 것을 따는 건 나쁘지. 나쁘기야 하지만 그게 징역 갈 죈 아니지. 어젯밤 일을 본다면 넌두 네 과밭의 실괄 따면 징역 보낼 사람이 아니냐. 너 어제 그게 누군 줄 아냐? 모르는 체하긴 했다만 내 저 아버진 잘 안다. 알구 보면 다 알 만한 사람야. 시골서야 서로 모르는 사람이 어딨겠나. 모두 한집안 식구거든…… 사람 사는 이치가 다 그런 게란 말야!"

— 이러한 일이란 적어도 도회인의 감정으로는 이해하기 어려운 일이었다.

그러나 수택은 오늘 아버지와 마주 앉아 이야기하는 동안에 막연하나마 이 이르는바 '흙냄새의 감정'이 이해되어지는 것같이 느껴지는 것이었다.

김영감은 아들의 이 뜻하지 않은 계획을 듣고는 뛸 듯이 기뻐했다. 아들은 논 닷 마지기에 밭 하루갈이만을 요구했음에도 불구하고 물자리 좋은 논으로만 여덟 마지기를 내주었고 집도 한 채 세워주기로 했다. 물론 소작권을 이동받은 것에 불과했다. 그의 집안에는 논 닷 마지기와 밭 두어 뙈기가 남아 있을 뿐이란 것도 그제서야 알았다.

"피란 무서운 것인가 보구나. 난 네가 아비 옆으로 와서 이렇게 살게 되리라고는 꿈에도 생각을 못했드니라! 첨엔 답답하겠지마는 차차 농사에도 자밀 붙이구— 허지만 걔가 이런 구석에서 살려구 허겠느냐?"

"웬걸요. 저보다두 처가 서둘러서 한 노릇이니까 별말 없을 겝니다."

"그래? 그럼 됐구나 뭐. 인저 난두 남들한테 떳떳스럽구—"

버젓이 아들을 둘씩이나 두고도 자식을 거느리고 있지 못한 것이 동리 사람들 보기에 미안타는 것이었다.

하여튼 이리해서 수택의 농촌 생활은 시작이 된 것이었다.

4

집은 조그만 동산 밑 이 동리 면장이 첩집으로 지었던 것을 일백삼십 원에 사기로 했다. 퇴직금이었다. 그 앞으로 수택네 집 소유인 천여 평의 밭도 있어 거기에 심었던 무와 배추도 그대로 수택의 소유로 이전이 되었다.

첩의 집이었던 만큼 회칠도 했고 조그만 반침도 붙어 있었다. 그러나 아무래도 시골집이다. 수택이네 큰 이불장만은 역시 들어가지를 않아서 봉당에다 받침을 하고 놓기로 했다. 그들 부처는 거기다 마루라도 들였으면 했으나,

"얘들아, 쓸데없는 소리 말아라. 이 물가 비싼 세상에 마룬 들여 뭣 한다든. 마루가 없어 밥을 못 먹진 않는다."

하는 바람에 아내는 실쭉해하면서도 대꾸만은 없었다. 김영감은 아들 내외가 대처 사람인 체하는 것이 마땅치 않았다. 양복때기를 꿰고 나오는 것도 눈엣가시처럼 대했고 며느리의 트레머리도 못마땅해한다. 그래서 그 처는 쪽을 졌고 수택은 고의적삼을 장만했다.

"시골 시골 해두 난 이런 시골은 못 봤어요. 산이 하나 변변한가, 물 한 줄기가 시원한가. 이런 곳에 와 살 바에야 만주 벌판에 가서 황무지를 일구어 먹지."

사실 수택이도 이 아내 말에는 동감이었다. 전에는 무심히 보아 그랬던지 자연도 다른 곳에 떨어지지 않는다고 생각했었으나 멀쑥한 포플러와 아카시아 숲이 실개천 가에 하나 있을 뿐, 이렇다는 특징도 없는 산천이다. 장성해서는 가 본 일도 없었지만 어렸을 제의 기억대로라면 그 아카시아 숲 앞에는 상당히 깊은 물도 있었고 큰 고기도 은비늘을 번득이었고, 숲에서는 매아미며 꾀꼬리도 울었던 것같이 기억이 되었으나 다시 가보니 조그만 웅덩이에는 오금에 차는 물이 고였고, 가문 탓도 있겠지마는 송사리 떼가 발소리에 놀라서 쩔쩔맬 뿐이다. 숲 속의 원두막 정취도 그지없이 시적인 듯이 기억이 되었으나 막상 가보니 그도 평범하기 짝이 없다. 숲 속은 그나마도 습했다. 월여를 두고 가물었다건만 발을 드놀 때마다 지적지적한다. 꾀꼬리가 울었다고 기억한 것도 그의 착각이었다. 이런 숲에 들어오면 꾀꼬리도 목이 쉬리라 싶었다. 이런 데서도 우는 꾀꼬리가 있다면 필시 청상과부가 된 꾀꼬리라 했다.

'이렇게 보잘것없는 자연이었던가?'

속기나 한 것처럼 허무해서 우두머니 섰으려니까 김영감이 꼴지게를 지고 나온다.

"옛다, 이건 네 거다. 이런 데 와 살자면 모두 배워야지!"

숫돌물이 뿌옇게 그대로 말라붙은 낫이다. 수택은 아무 말 없이 받아 들고 따라가다가 자연 말을 했다.
　"뭐? 경치? 애, 넌 경치만 먹구 살 작정이야? 여기 경치가 어때? 산이 없냐 물이 없냐. 숲이 있겠다. 십 리만 나가면 수리조합 보가 있겠다……."
　"볼 게 뭐 있어요?"
　그것이 자기 아버지의 탓이기나 한 것처럼 퉁명스럽게 사방을 훑어보려니까,
　"그래, 여기 경치가 서울만 못하단 말이냐."
하기가 무섭게 지게를 벗겨 내던지고는 상스러울 만큼 수택의 목덜미를 잡아 가랑이 속에다 집어넣는다.
　"자, 봐라! 먼 산이 보이고 저 숲이며 저 물이며, 이만하면 되잖았느냐."
　수택은 아버지가 너무 흥분이 돼서 서두는 통에 어리둥절하고만 있었다. 엄한 독선생을 만난 때처럼 부자유했다.
　"그래, 보렴. 세상이란 모두 거꾸루 봐야 하는 게다. 경치 경치 하지만 제대루 볼 땐 보잘것없던 것이 가랭이 밑으로 보니까 희한하잖으냐. 사람 산다는 것두 그러니라. 너들 눈엔 여기 사람들 사는 게 우습지? 허지만 여기 사람들은 상팔자야. 더 촌에 들어가 보면 조밥이구 꽁보리밥이구 간에 하루 한 낄 제대루 못 얻어먹는다. 그런 걸 내려다보면 되나. 거꾸루 봐야지! 너들 눈엔 우리가 이러구 사는 게 개돼지같이 뵈겠지만서두 알구 보면 신선야, 신선. 너들 월급쟁이에다 대? 그 연기만 자옥한 돌판에서 사는 서울 사람들에다 대? 보렴, 네. 여기 사람들이 어떻든? 너들처럼 얼굴이 새하얗진 않지? 그게 신선이 아니구 뭐냐?"
　이 급조(急造)된 '젊은 신선'은 그날 해가 지도록 끌려다니며 왜새에 서뻑서뻑 손을 베며 풀을 베었다. 하면 되리라고 생각한 낫질이 그 좁은 원고지 칸에 글자를 써넣기보다 이렇게 어려우리라고 생각지 못했던 것이었다.
　아침에는 새벽같이 끌리어 일어났다. 먼동이 트기가 무섭게 '어험' 소리가 문턱에 난다. 나가보면 김영감의 삼태기에는 벌써 쇠똥이 그득하게 담겨져 있었다.

"네 봐라. 이놈이 줄 땐 허리가 아파도 논에다 너두면 벼가 그저 시커매지는구나. 그까짓 암모니아에다 대? 그걸 한 가마에 오 원씩 주고 사다 넣느니 이놈을 며칠 주웠으면 돈 벌구 거름 생기구…… 자, 어서 차빌 차려라. 네 댁두 깨우구. 해가 똥구멍까지 치밀었는데 몸이 근지로워 어떻게 질펀히 눴단 말이냐."

수택이 부처는 처음에는 허영이었다. 대학을 마치고 세숫물까지 떠다 바치라던 수택이와 처가 매일처럼 그 드센 일을 한다 해서 동리에서 한 화젯거리가 될 것을 상상만 해도 유쾌한 일이었다. 그리고 사실 수택이가 헌 양복 조각을 입고 밭을 맨다거나 삽을 짚고 물꼬를 보러 간다거나 비틀비틀 꼴지게를 지고 개천을 건너올 때마다 동리 사람들은 경이의 눈으로 그를 맞았던 것이었다. 그의 아내가 물동우를 이고 비탈을 내려가다가 발목을 삐끗해서 동우를 해먹었을 때도 그들은 웃는 대신 동정의 눈으로 보아주었고, 호미를 들고 남편 뒤를 따라나서는 것을 보고는 이웃집 달순이며 앞집 봉년이를 큰일이나 난 듯이 불러다 구경을 시키고 했던 것이다. 그들은 동리 사람들의 이런 경이의 시선을 등 뒤에 느끼며 일을 했다. 이런 것이 그들에게 있어서 심지어의 위안이기도 했다. 지금의 그들에게는 잘하는 것이 자랑도 되었지마는 못하는 것도 부끄럼이 되지 않는 유리한 조건이 있었던 것이다.

"얘, 애어마. 너 그렇게 호밀 깊이 묻으면 배추 뿌리에 바람이 들잖겠냐. 요걸 요렇게 다루어가지고 살짝 흙을 일으키고 이쪽 손으로 풀을 집어내야지. 허, 그래두 그러는구나. 옳지, 옳지."

이렇게 새 며느리(실상은 헌 며느리지만)한테 잔소리를 하는가 하면, 어느새 수택의 등 뒤에 와서 서 있는 것이었다.

"에이끼, 미련한 것! 배추밭 매는 걸 밥 먹듯 하는구나. 밥 한 술 떠넣구 반찬 한 가지 집어먹구 — 그 식이 아니냐. 아, 이쪽으룬 흙을 이렇게 일으키면서 왼손으룬 풀을 집어내야지, 그걸 어떻게 따루따루……."

"아직 손에 안 익어 그렇습니다, 아버지."

수택은 이렇게 변명을 하는 도리밖에 없었다.

밤에는 거적 한 닢이 등에 지워진다. 물꼬를 지키라는 것이었다.
"네게 준 건 난 모른다. 농사 다 지어논 게니까 걷음새까지 네 손으로 해서 꼭꼭 챙겨놔야 삼동을 나지."
동구를 벗어나오니 약간 일그러진 달이 아카시아 숲에 걸렸다. 말복도 지난 지 오랬건만 아직도 바람은 무더웠다. 천변에는 여기저기 동리 부인네들이 보리밥 먹기에 흘린 땀을 들이고 아이들은 조약돌들을 또닥또닥 뚜드린다. 실개천 물소리도 제법 여물다. 풀섶에서 반딧불이 반짝이고 개구리 소리가 으슥이 어울리는 것이 역시 아직도 여름밤이다.
수택은 빨래 자리로 놓은 돌 위에 쪼그리고 앉아서 양치를 쳤다. 아침저녁으로 반죽한 치분으로만 닦아온 이가 물로만 웅얼웅얼해 뱉어도 입 안이 환한 것이 이상할 정도다. 그는 삽을 질질 끌고 징검다리를 건너 논길로 들어섰다. 광대 줄 타듯 하던 논두덩도 어느새 평지처럼 평탄해진 것 같고, 아랫종아리에 차이는 이슬이 생기 있는 감촉을 준다. 아스팔트를 거닐다가 상점에서 뿌린 물이 한 방울만 튀어도 시비를 걸던 일이 마치 옛날 꿈 같았다.
"이만하면 나도 농촌 제일과는 마친 셈인가?"
구수한 풀향기가 코를 통해서 가슴속까지 스며드는 것을 그것이라고 느끼며 수택은 이렇게 혼자 중얼거려본다. 밤이슬에 눅눅하니 젖은 셔츠에서도 차츰차츰 불쾌한 감촉이 없어져간다. 쫄쫄쫄 윗논배미서 아랫논으로 떨어지는 물꼬 소리에 금시 벼폭이 부쩍부쩍 살이 찌는 것같이 느껴지는 것은 벌써 그의 문학적인 감각 때문만이 아닌 것 같았다.
여남은 다랑이 건너 도독한 밭모퉁이에서 누군지 단소를 처량스러이 불고 있다. 역시 물꼬 보는 사람이리라. 그 맞은편 아카시아가 몇 주 선 둔덕 원두막에서는 젊은이들의 노랫소리가 흘러나온다. 술집 여인들이 놀러 나왔는지 여자들의 웃음소리가 가끔 섞여 나온다.
수택은 물꼬를 삥 한번 둘러보고 원두막으로 어슬렁어슬렁 올라갔다. 발소리에 노랫소리가 딱 그치며 누군지 소리를 꽥 지른다.
"누구요!"

"나요!"

"어, 서울 서방님이시오? 그래, 요샌 꼴지게가 등에 제법 붙든가?"

꺼르르 웃음이 터진다. 시골 살면 그야말로 말소리에서도 흙내와 된장내가 나는 겐가…… 수택은 원두막 새다리를 한층 한층 올라가며 이렇게 생각해보는 것이었다.

'내게선 언제부터나 흙냄새가 나려는고…….'

5

분명한 울음소리다. 그도 여자의 ― . 아니 듣고 있을수록에 그 울음소리에는 귀가 익다. '누굴까?……' 이런 생각 하는 동안에 눈이 아주 뜨였다. 어느 땐지 멀리 물방아 돌아가는 소리가 어렴풋이 들릴 뿐 어린것들의 숨소리조차 고요하다.

옆을 더듬어보니 어린것들만이 만져지고 응당 그 옆에 누웠어야 할 아내가 없다. 수택은 그대로 죽은 듯이 누워 눈에 정기를 모았다.

또 울음소리다. 그것은 마치 앵금줄을 그리는 듯싶은 애절한 울음소리다 ― 아내였다.

"여보!"

"……."

"여보!"

대답 대신에 울음소리가 한층 높아진다. 그도 일어나서 아내의 옆으로 갔다.

"왜 그러오?"

"말을 해야 알지. 뉘가 뭐라 그럽디까?"

"아뇨."

"그럼 어디가 아프오?"

또 말이 없다.

"말을 해야 알잖소. 왜 그러오?"

"설사가 나요!"

아내는 이 한마디를 하고는 그대로 흑흑 느낀다. 그는 어이가 없어 웃음이 탁 터졌다.

"나이 삼십이 가까운 여자가 설사 난다구 자다 말구 일어나 앉아 운다? 흐흐 흐흐."

"설사가 자꾸자꾸 나니까 그렇지요."

울음 반 말 반이다. 그는 또 한 번 커다랗게 웃었다.

"여보, 그래 설사가 나건 약을 사다 먹든지 밥을 한 끼 굶고서……."

하는데 아내는,

"그만둬요. 당신처럼 무심한 이가 어딨어요! 어른이고 아이들이고 오던 날부터 설살 하구 눈이 퀭하니 들어가도 일언반사가 없으니."

"그러기에 약을 사다 먹으랬지. 내야 집에 붙어 있어야 알지."

아내는 또 모를 소리를 한다.

"이렇게 나는 설사에 약이 무슨 소용야요. 밥을 갈아 먹어야지!"

그제야 수택은 설사 나는 원인을 눈치 챘던 것이었다. 그렇게 말을 듣고 생각하니 자기도 오던 이튿날부터 설사가 났다. 갑자기 물을 갈아 먹은 관계려니 했으나 며칠을 두고 설사가 계속되었다. 기실은 아직까지도 소화가 그렇게 좋지는 못한 폭이었다.

"보리 끝이 자꾸 뱃속에 들어가서 장을 꼭꼭 찌르나 봐요. 필년이두 자꾸 배가 아프다구 저녁마두 한바탕씩 울고야 잔대요."

"흥, 창자두 흙내를 맡을 줄 알아야 할까 보구나……."

그는 아무 말도 못했다. 아직 살림 연모가 갖추어지지도 못했고, 여름에 딴 불을 때느니 밥만은 집에서 함께 먹기로 했던 것이다. 그러자니 시골의 이 철은 꽁보리밥으로 신곡 장을 대는 동안이다. 쌀밥만 먹던 창자에 갑자기 깔깔한 보리쌀만이 들어가니까 문화 생활만 해오던 소화기가 태업을 시작한 것이었다.

"그럼 쌀을 좀 두어달라지. 기실 난두 늘 배가 쌀쌀 아팠는데 그걸 난 몰랐구려."

"야단나게요! 아버님이 이번엔 또 창자를 거꾸로 달구 먹으라고 걱정하잖으시겠어요."

가랑이 속으로 경치를 본 이야기를 아내는 생각해낸 모양이었다.

"그만 자우. 내 낼 아버지께 말씀해서 당분간은 쌀을 좀 섞어 먹도록 할 게니까."

그는 어린애를 달래듯 아내를 재웠다. 추수만 끝나면 남편이 자유로운 시간을 가질 수 있다는 데 유일한 희망을 붙이고 있는 줄을 알고 근 이십 일이나 설사를 하면서도 군말 한마디 않았다는 데 표시는 안 했지만 여간 감격한 것이 아니었다. 부디 그런 마음을 버리지 말라 했다.

이튿날부터는 쌀이 반은 섞이어졌다. 아버지의 성미를 잘 아는지라, 수택은 용기를 못 내고 필년이란 년을 시켜 할아버지를 조르게 했던 것이다.

"할 수 없구나. 그것들이 창자까지 사람 창잘 못 가졌으니 딱한 노릇이다, 그러시겠지."

딸년은 할아버지의 흉내를 내며 재미나게 웃었다.

그러나 쌀의 분량은 점점 줄어갔다. 그 대신 보리가 늘었고 조가 뛰어들었다. 감자니 기장 같은 잡곡도 간혹 섞였다. 하루바삐 신곡이 나기를 기다리는 것이 — 지금의 수택 부처와 어른들에게 있어서는 유일한 낙이었다.

이때부터 수택의 창작욕도 버쩍 늘어갔다. 오래전부터 그의 머릿속에서 매대기를 치던 어떤 역사소설의 상이 거의 가다듬어질 무렵에는 수택이가 물꼬를 내고 이듬매기[2]를 해준 벼도 누렇게 익어갔다. 집 앞 텃밭의 배추도 제법 자리를 잡고 토실토실 살쪄갔다. 사람이란 이렇게 욕심이 많은 겐가 싶었다. 손이래야 몇 번 댄 곡식도 아니건만 야무지게 여문 벼알이며 배추 한 폭에까지 지금까지는 맛보지 못한 그윽한 애정을 느끼는 것이었다. 그것은 그가 일찍이 깨알처럼 씌어진 원고지의 글자를 보는 때의 그 애정, 그 감격과도 같은 것이었

---

2 **이듬매기** 이듬. 논밭을 두번째 갈거나 매는 일.

다. 일 년 내 피와 땀을 흘려야 벼 한 톨 얻어먹지 못하고 빈손만 털고 일어나는 소작인들의 그 애절해하던 심정도 지금서야 이해되는 것 같았고 매년 그러리라는 것을 빠안히 내다보면서도 그 농사를 단념하지 못하는 그네들의 심정도 이해되는 것 같았다. 타작마당에서 벼 한 톨이라도 더 차지할 것을 전제로 한 애정임에는 틀림이 없겠지마는 단지 그러한 이욕만으로 그처럼이나 벼 한 폭, 배추 한 잎을 사랑할 수가 있을까. 그것은 마치 종이 값도 못 되는 원고료를 전제한 작품이기는 하지마는 쓰는 동안에는 그러한 관념이 전혀 없이 그저 맹목적인 정열을 글자 한 자에마다 느끼는 것과 무엇이 다르랴 했다. 애정이란 이해관계를 초월한다는 것을 수택은 또 한 번 생각한다. 이 애정—그것으로 인류는 살아가는 것이요, 이 애정으로 도덕을 삼는 데서만 인류는 행복될 것이다 싶었다. 아버지의 늘 말하던 소위 '흙냄새'와 '된장내'란 결국 이런 애정을 의미한 것이 아닐까. 그렇게도 생각해본다. '대처 사람'들에게서는 흙냄새가 안 난다는 그 말은 곧 이 이해를 초월한 애정이 없다는 말이 아닐까. 언젠가 집 안에 도적이 들었을 때 도적을 잡았다고 자기 아버지는 그를 때렸다. 도적질은 분명히 악이다. 악을 제지하고 악을 미워하는 것은 선이다. 이것은 사람이 가진 그리고 가져야 할 위대한 정신인 동시에 본능이다. 이 선, 이 본능에 대해서 그의 아버지는 지겟작대기로써 예물했다. 그러면 그의 아버지는 도적질을 악으로서 인정치 않는 것일까 하면 그렇지는 않다. 흙 속에서 나서 흙과 같이 자라고 흙과 더불어 살아온 그에게는 포근포근한 흙의 감정과 김가고 이가고 정가고 간에 씨만 뿌려주면 길러주는 그러한 흙의 애정 속에서만 살아온 그는 없어서 남의 것을 훔치는 도적놈보다도 흙의 냄새를 맡을 줄 모르고 흙의 애정을 유린한 철두철미 '대처 사람'인 아들에게 보다 더 증오를 느꼈기 때문이었으리라.

수택은 무서운 정열로 자기의 농작물을 사랑했다. 그것은 자기의 작품을 사랑하던 그 정열이었다. 문득 꺼추해진 벼폭을 발견하고는 인쇄된 자기 작품에서 전부 뒤바뀐 구절을 발견할 때와 꼭 같이 놀랐다. 그것은 그지없이 불쾌한 순간이었다. 수택은 그대로 논으로 뛰어들었다. 아랫동아리부터 벼폭이 노랗게 말라든다. 이삭은 알맹이 한 개 안 든 빈 쭉정이였다. 격한 나머지 그는 벼폭을 잡고 나꾸었다. 각충이란 놈이 밑대궁에 진을 치고 보기 좋게 까먹은 것이었다.

그는 삼십여 년의 반생 동안 이처럼 격한 일이 없었다. 이만큼 어떤 물건이나 생물에 대해서 증오를 느껴본 일이 없다고 생각했다. 그리고 또 자기 혈관 속에 이토록이나 잔인한 피가 흐르고 있었다는 것도 오늘서야 처음 발견했던 것이었다. 그는 벼폭을 발기고 일일이 각충을 잡아냈다. 그래서는 돌 위에다 놓고 짓찧고 있는 자신을 발견하는 것이었다. 그는 일생 처음으로 미움다운 미움을 경험했다고 생각하였다.

수택은 처음 고향에 돌아와서 동리 사람들의 시선에서 차디찬 것을 느끼었었다. 말만 고향이지 눈에 익은 얼굴도 거의 없었다. 파도에 밀린 뱃조각처럼 이리 밀리우고 저리 쫓기어 태반은 타곳에서 들어온 사람들이다. 그때 그 차디찬 시선에 그는 일종의 반감까지 일으킨 일이 있었으나 지금 가만히 생각하니 그래도 자기 아버지가 아들에게 품고 있던 그 증오보다는 오히려 나은 것이었다 싶었다.

'그렇다. 하루바삐 나도 대처 사람의 탈을 벗고 흙과 친하자. 그래서 흙의 냄새를 맡을 줄 아는 사람이 되자.'

이렇게 자기 자신에게 타이를 때 누군지 귀에다 대고 소리를 꽥 지른다.

'그것은 퇴화다!'

그것은 대처 사람인 또 한 다른 수택이었다. 물방울 한 개만 튀어도 시비를 가리고 파리 한 마리에 상을 찡그리고 데파트에서 한 시간씩이나 넥타이를 고르던 도회인의 반역이었다.

'퇴화? 퇴화 좋다!'

'아니 패배이다! 패배자의 역변이다. 도시 생활 —— 문명 사회에서 생활 경쟁에 진 패배자의 자위 수단이다. 그것은 ——'

'아무것이든 좋다!'

그는 이렇게 발악을 했다.

이러한 마음의 투쟁은 날을 거듭할수록에 격렬해갔다. 수택이가 자기의 피에는 흙의 전통이 흐르고 있다고 생각한 것은 한 착각이었다. 누르면 누를수록에 문화에 주린 도회인의 반항은 억세갔다. 포근포근한 흙을 밟는 평범한 감촉보다도 가죽을 통해서 오는 포도(鋪道)의 감촉이 얼마나 현대적인가 했다. 그것은 마치 필 대로 핀 낡은 지폐를 만질 때와 빠작 소리가 그대로 나는 손이 베어질 것 같은 새 지폐를 만질 때의 감촉과의 차이와도 같았다. 사람에게서나 자연에서나 입체적인 선(線)의 미가 그리웠다.

'아니다. 참자. 흙과 친하자!'

수택은 벌떡 일어났다. 참새 떼가 '와──' 하고 풍긴다. 이 젊은 도회인이 도회의 환상에 사로잡힌 동안 참새 떼들은 양양해서 벼톨을 까먹고 있었던 것이다.

"우여 우이!"

건너 다랑이로 옮겨 앉는 참새를 쫓아서는 두덕을 달리었다. 참새 떼는 적어도 수백 마리는 되는 것 같았다. 한 마리가 한 알씩만 까먹었대도 수백 톨을 까먹었을 것이다. 그는 달리다 말고 벼 이삭에 눈을 주었다. 누렇게 익은 벼폭들이 생기가 없다. 그때 울컥하고 가슴에 치미는 것이 있다. 증오였다. 도시 생활에서 세련이 된 현대인의 증오였다. 이 갖은 정성과 피와 땀으로 가꾼 곡식을 장난하듯 까먹고 다니는 참새에 대한 증오가 현기증이 날 정도로 머리에 찬다.

"우여! 우이!"

꼼짝도 않고 참새 떼는 못 견디어하는 이삭에 그대로 조롱조롱 매달렸다. 그는 무서운 정열로 기관총을 사모했다. 전쟁 영화에서 보듯이 뼁 한번 둘렀으면 톡톡 소리와 함께 소나기처럼 떨어질 참새 떼를 상상하는 것만으로 이 도회인의 간담은 기분간의 위안을 받는 것이었다.

도적놈을 때릴 때 아버지가 자기에게 느끼던 증오도 이런 것이었을까?

6

한결 볕이 엷어졌다. 벌레 소리도 훨씬 애조를 띠고, 달빛도 감상(感傷)을 띠었다. 이집 저집에서 마당질 소리가 나고 밤이면 다듬이 소리도 야물어갔다.

수택이네 집에서도 새벽부터 타작이 시작되었다. 한모로는 벼를 져 나르고, 한모에서는 '때려라' 소리를 연발하며 위세를 올렸다. 한모에서는 도급기(稻扱機)가 붕붕하고 돌아간다. 여인네들의 치맛자락에서도 바람이 난다.

수택이도 벗어부치고 지게를 졌다. 아직 다리는 허청거리나 그래도 대여섯 묶음씩 져 날랐다. 인저는 벌써 그의 노동을 신성시하는 사람도 없었고, 동정하는 사람도 없었다. 그는 명실공히 한 농부였다. 서투른 낫질에 손가락을 두 개나 처맸지만 보는 사람도 그랬고, 그 자신도 그것은 큰 상처로 알지도 않을 정도까지 이르렀다. 아내 역시 호미 자루에 터진 손바닥이 아물지를 못한 모양이다. 그렇다고 혼자 일어나 앉아서 밤을 새워가며 울지는 않았다. 아프니 자시니 했다가 그 말이 시아버지 귀에 들어가면 동정 대신에 핀잔을 맞을 것을 알기 때문이기도 했을 것이다. 가끔 그에게는 아버지가 남에게만 후하지 자식들한테는 너무 박하다는 불평을 말하는 때도 있었으나 그것은 그가 시인을 하는 정도로써 가라앉았다. 사실 그 자신도 다소 심하지 않은가 하는 불평은 여러 번 품었었다. 손에 익잖은 자식이 서투른 낫질을 하다가 손을 다치어도 먼저 핀잔부터 주었다. 그것은 어떻게 보면 증오와도 같은 것이었다.

그도 부리나케 볏단을 져 날랐다. 이 볏단의 대부분이 — 아니 어쩌면 거의 전부가 낡아빠진 맥고모자를 뒤꼭지에 붙인 되바라진 젊은 친구의 손으로 넘어가리라는 것을 잘 알면서도 수택은 그것을 억지로 생각지 않으려 했다.

그의 아버지도 그 위인이 나와서 버티고 선 후로는 분명히 얼굴에 검은빛을 띠었다. 자식에게 그런 눈치를 안 보이려고 비상한 노력을 하는 것이 그것이라고 엿보였다. 수택도 아버지의 이 노력에 협조를 했다.

도합 스물두 마지기에서 사십 석이 났다. 사십 석에서 스물닷 섬이 소작료로 제해졌다. 사십 석에서 스물닷 섬 — 열닷 섬. 그의 지식은 처음 긴요하게 쓰여겼다.

그러나 이 지식은 정확성을 갖지 못한 것이었다. 거기서 비료대로 한 섬 두 말이 제해졌고, 아내와 계집아이들의 설사를 치료한 쌀값으로 장리변을 쳐서 열두 말이 떼였다. 지세도 작인과 지주가 반분해서 물기로 되어 있었다. 지세로 또 몇 말인지 떼였다. 그는 말질을 하는 되강구[3]가 바로 지주나 되는 것처럼 그의 손목이 미웠다. 우르르 덤비어 되강구의 목덜미를 잡아 나꾸고 볏더미 속에다 쿡 처박고 싶은 충동을 이를 악물고 참는 것이었다.

수택은 아버지를 쳐다보았다. 그 옴팡하니 들어간 눈에서는 황혼을 뚫고 무시무시한 살기 띤 빛이 발하는 것이었다. 그는 방공 연습을 할 때의 그 휘황한 몇 줄의 탐조등 광선을 연상하였다. 김영감은 꼼짝도 않고 한자리에 서 있었다. 볏더미를 보는가 하면 그렇지도 않았다. 사음을 노리는가 하면 그것도 아닌 것 같았다. 영감은 내년 이때까지 살아갈 길을 궁리하는 것이었다.

"자, 짊어져라!"

수택은 깜짝 놀랐다. 남은 벼 여남은 섬이 가마니에 채워졌다. 전혀 자신은 없었으나 벼 이백 근을 못 지겠노란 말도 하기 싫어서 지겟발을 디밀었다.

"엇차."

옆에서는 벌써 지고 일어나서 성큼성큼 걸어간다. 그도 엇차 소리를 쳤다. 땅짐도 않는다.

"자. 들어줄 게니— 엇차—"

그는 있는 힘을 다해서 무릎을 세우려 했다. 그러나 오금은 뜨는 둥 마는 둥 하다가 그대로 뚝 꺾인다. 안 되겠느니, 다른 사람이 지라느니 이론이 분분하다. 그래도 그는 아버지의 명령이 떨어지기까지는 버티었다. 이를 북북 갈며 기를 썼다. 힘을 북 주었다. 오금이 떨어졌다. 그러나 다리가 허청하며 모여선 사람들의 "저것 저것" 소리를 귓결에 들으며 그대로 픽 한쪽으로 넘어가고 말았다. 넘어간 순간,

---

3 되강구 '말감고'의 잘못. 곡식을 팔고 사는 시장판에서 되질하거나 마질하는 일을 직업으로 하던 사람.

"에이끼, 천치 자식."

하는 김영감의 소리와 함께 빗자루가 눈앞에 획 한다. 머리에 동였던 수건이 벗겨졌다.

"나오게, 내 짐세. 나와."

하는 누군지의 말을 영감의 호통 같은 소리가 삼키었다.

"놔두게! 놔둬! 나이 사십이 된 자식 벼 한 섬 못 지겠는가. 져라 져, 어서 일나!"

그는 이를 악물고 또 힘을 북 주었다. 오금이 번쩍 떴다. 뒤뚝뒤뚝 몇 걸음 옮겨놓는데 눈과 콧속이 화끈하며 무엇인지가 흘렀다. 그러나 그는 그것이 무엇인지를 몰랐다.

"저 피! 코필 쏟는군. 나려놓게!"

하는 동리 사람들 소리 끝에,

"놔들 두게! 제 손으로 진 제 곡식을 못 져다 먹는 것이 있단 말인가! 놔들 두게."

수택은 눈물과 코피를 착착 쏟아가면서도 그래도 자꾸 걸었다. 내일은 우리 논 닷 마지기의 타작이다! 그는 이런 생각을 억지로 즐기려 노력을 했다.

이무영(李無影)

1908년 충북 음성 출생. 본명은 이갑룡(李甲龍), 아명은 이용구(李龍九). 휘문고보 중퇴 후 1925년 일본으로 건너가 세이조 중학(成城中學)에 잠시 재학. 이후 4년간 일본 작가 가토 다케오(加藤武雄)의 문하생으로 들어가 작가 수업을 받음. 1926년 『조선문단』에 단편소설 「달순의 출가」가 당선되어 등단. 1929년 귀국 후 강습소 교원, 동아일보 기자 등을 지냄. 해방 후 서울시 문화상 수상. 『의지할 곳 없는 청춘』(1927), 『농민』(1950), 『농군』(1953), 『노농』(1954) 등의 장편소설과 「맥령」(1957) 등의 중편소설, 「제1과 제1장」(1939), 「흙의 노예」(1940), 「문서방」(1942) 등의 단편소설 발표. 1960년 타계.

작품 세계

이무영은 한국 문학사에서 농민문학의 대표적 작가 가운데 한 사람으로 꼽힌다. 이무영의 소설은 크게 보면 농민의 삶을 다룬 것들과 일상적 도덕의 문제를 다룬 것들로 분류된다. 이 가운데 작가 이무영의 개성을 성공적으로 드러낸 것은 전자의 작품들이다. 「제1과 제1장」(1939)은 이무영의 대표적인 귀농소설이다. 「흙의 노예」는 「제1과 제1장」의 속편에 해당한다. 이 작품에서는 땅을 지키려는 농민들의 의지가 잘 드러나 있다. 여기서 '흙의 아들'이자 '흙의 노예'로 살아온 김영감의 자살은 농촌 문제의 심각성을 돌아보는 계기가 된다. 「문서방」은 농촌 사람들의 애환을 다룬 작품이다. 여기서는 등장인물들의 가족을 잃은 슬픔과 더불어 농촌 생활에서 느끼는 기대감과 잔잔한 기쁨 등이 그려지고 있다. 「농부전초」는 도시 지향적 인물인 아들과 농촌 지향적 인물인 아버지 사이의 갈등과 화해를 다룬 작품이다. 아들은 도시에 나가 고학하며 성공을 꿈꾸지만, 아버지는 농사짓는 일만이 세상에서 가장 성스러운 천직이라고 생각한다. 아버지는 세상을 떠나고 그 뒤 아들은 고위 공직자의 자리에 오른다. 어느 날 아들은 문득 20년간 잊고 산 아버지가 그리워지고 가족들과 함께 시골에 다녀오기로 한다. 장편소설 『농민』은 동학혁명을 시대적 배경으로 한 작품이다. 여기에서는 양반에 의한 농민 수탈의 실상이 구체적으로 제시된다. 『맥령』에서는 궁핍한 농촌의 현실과 그 궁핍성을 심화시키는 구조적 부조리의 문제 등이 다루어진다. 예전에는 양반 등쌀에 농민이 못살았지만 이제는 조직적인 부조리가 농민을 어렵게 만든다는 것이다.

「제1과 제1장」

작품의 주인공 수택은 일본에 유학한 지식인 청년이다. 그는 귀국 후 신문사 사회부 기자로 취직해 살아가지만 자신의 생활에 만족하지 못한다. 무엇보다도 동경에서부터 써오던 소설에 대한 생각이 떠나지 않는다. 그는 동료들이 발표하는 작품을 읽을 때마다 우울해한다. 결국 그는 사표를 내고 아내와 자식들을 데리고 고향인 샌터로 가서 농사를 짓는다. 그런 수택에게 한 편으로는 패배자 의식이 떠나지 않는다. 그런 한편, 사람은 흙냄새를 맡아야 산다는 아버지의 주장이 점차 설득력 있게 다가온다. 도회에서 생활하던 수택과 그 아내에게 농촌 생활은 결코 쉬운 것이 아니었다. 동네 사람들도 이들 부부의 귀향을 호기심 섞인 시선으로 바라본다. 차츰 농촌 생활에 적응해가면서 수택은 '이만하면 나도 농촌 제일과는 마친 셈'이라고 생각한다. 드디어 추수를 하던 날, 사십 석에서 스물닷 섬이 소작료로 제해진다. 그 밖에 비료대, 장리변 등등 모두 제하고 나니 벼는 몇 섬 남지 않는다. 아버지는 추수 마당에서 다시 내년 이때까지 살아갈 길을 궁리한다. 수택은 볏짐을 지고 일어나다 쓰러진다. 그는 다시 일어나 눈물과 코피를 쏟아가며 지게를 지고 걷기 시작한다.

「제1과 제1장」은 작가 이무영의 생애와 체험적 요소가 적지 않게 반영된 작품이다. 이 작품의 기본 골격을 이루는 것은 주인공 수택의 귀향과 농촌 생활에 대한 적응 과정이다. 그런데 주인공이 농촌 생활에 적응해가면 갈수록 창작에 대한 욕구 역시 강하게 살아난다. 농작물을 사랑하는 정열 역시 작품을 사랑하던 정열에 비유된다. 도시적 생활 방식과 농촌의 생활 태도 비교 역시 이 작품의 중요한 핵심을 이룬다. 그런 점에서 이 작품은 단순히 농민의 삶에 관한 작품이라기보다는, 지식인의 생존 방식과 현실 적응이라는 고민을 함께 다룬 작품이라 할 수 있다.

주요 참고 문헌

이재선은 「이무영의 농민소설의 이원성 문제」(『한국현대소설사』, 홍성사, 1979)에서 「제1과 제1장」이 반문화적(反文化的)일 만큼 집요한 흙에 대한 신앙과, 그 신앙에 입사하는 과정에서 겪는 아픔을 그린 작품이라고 정리한다. 김우종은 「농촌문학」(『한국현대소설사』, 성문각, 1982)에서 「제1과 제1장」을 비롯한 일련의 작품들이 농촌의 황폐화 과정을 그리고 있다고 보았다. 이주형은 「일제강점 시대 이무영 소설 연구」(『국어교육연구』 제31호, 1999)에서 이 작품이 일제하 귀농론을 중심에 놓은 대표적 작품 가운데 하나라고 보았다. 그러나 귀농론은 반근대적·반진보적 농민관에 입각해 있다는 점에서 비판의 대상이 되기도 한다. 김봉군은 「다시 쓰는 이무영론」(『이무영문학전집』 제1권, 국학자료원, 2000)에서 이 작품을 이무영의 문학적 삶에 중대한 전환의 기틀을 마련한 작품으로 평가한다. 아울러 이 작품에는 도회와 시골, 문화인과 농민, 아버지와 아들 등의 다양한 대립상이 잘 나타나 있다고 보았다.

_김영민

유진오
창랑정기(滄浪亭記)

1

"해만 저물면 바닷물처럼 짭조름히 향수가 저려든다"고 시인 C군은 노래하였지만 사실 고향을 그리는 마음이란 짭짤하고도 달콤하며 아름답고도 안타까우며 기쁘고도 서러우며 제 몸속에 있는 것이로되 정체를 잡을 수 없고 그러면서도 혹 우리가 무엇에 낙심하거나 실패하거나 해서 몸과 마음이 고달픈 때면은 그야말로 바닷물같이 오장육부 속으로 저려들어와 지나간 기억을 분홍의 한 빛깔로 물칠해버리고 소년 시절을 보내던 시골집 소나무 우거진 동산이며 한 글방에서 공부하고 겨울이면 같이 닭서리해다 먹던 수남이 복동. 이들이 그리워서 앉도 서도 못하도록 우리의 몸을 달게 만드는 이상한 힘을 가진 감정이다. 향수란 그러나 반드시 사람의 심사를 산란케만 해주는 것은 아니고 우리가 그렇게 할 마음의 여유만 갖는다면은 우리의 거칠 대로 거칠어진 정서의 거친 벌을 다시 곱게 빗질해줄 수도 있는 것이며 또는 갈기갈기 흩어진 어지러운 생각을 외바닥 길로 인도해주는 수도 있는 것이다. 가령 여기 젊어서 청운의 큰 뜻

* 「창랑정기」는 1938년 4월 19일부터 5월 4일까지 동아일보에 연재되었고, 이후 『유진오단편집』(학예사, 1939)에 수록되었다. 여기서는 신문 게재본을 저본으로 삼고 『창랑정기』(정음사, 1966)를 참조했다.

을 품고 만리타향에 나갔던 사람이 있다 하자. 바람 비 거친 몇십 년을 지낸 뒤 이마에 주름살이 깊어가고 은빛 흰머리카락이 나날이 늘어갈 때 달 밝은 어느 밤 그가 고향을 그리는 마음에 이리 뒹굴 저리 뒹굴하며 잠을 이루지 못한다면, 언뜻 생각하면 향수란 놈은 사람의 마음을 재리재리하게¹ 좀먹어 들어가는 우수의 사자(使者)인 것 같기도 하나 다시 생각하면 그가 젊어서 품었던 청운의 뜻이 뜻대로 이루어지지 못했을 때 또는 처음 뜻대로 이루어졌다 해도 그 소위 청운의 큰 뜻이라는 것이 결국은 인생이란 것을 분홍빛 베일을 통해서만 볼 줄 알던 젊었을 때의 일시의 헛된 꿈이요 사람의 마음과 몸을 영원히 안식시켜줄 깊고도 높고 또 튼튼한 것이 아니었다는 것을 깨달았을 때, 의지할 바를 잃은 그의 심정을 부드러운 손길로 쓰다듬어주어 위대한 안심의 길로 인도해주는 거룩한 어머니의 손길이야말로 고향을 그리는 마음이라고도 할 수 있지 않을까. '청운의 큰 뜻'을 이룬 사람에게나 못 이룬 사람에게나 향수란 다 같이 최후의 도착점이 아닐 것인가. 옛날 「귀거래사」의 시인은 "새는 날다 고달프면 돌아올 줄을 안다"²고 읊었고 '영원의 청춘'을 누리던 괴테도 서른한 살의 젊음으로써 이미 "모든 산봉우리에 휴식이 있느니라"³고 노래했거니와 이것은 즉 그들이 남다른 직관과 감수력으로 이 향수의 구슬프고도 깊은 의미를 몸으로써 느꼈기 때문이라고 말할 수 있을 것이다. 어린 시절을 경개⁴ 아름다운 시골서 보낸 사람은 이런 의미에서 대단히 행복된 사람이다. 그는 몸이나 마음이 고달플 때마다 찾아들어갈 따뜻한 어머니의 품속을 가졌기 때문이다.

 그러나 도회에서 나고 도회에서 자라고 몇 해에 한 번씩 또는 한 해에도 몇 번씩 이 골목에서 저 골목으로 이사를 돌아다니는 사람은 그리워하려도 그리워할 고향이 없으므로 대단히 불행한 사람이다. 그리워할 고향이 없으면 아무것도 그리워하지 말고 항상 앞날만을 바라보고 나가면 그만 아니냐고 할 사람이

---

1 재리재리하게 짜릿짜릿 아프게.
2 鳥倦飛而知還 雲無心以出岫 중국 진(晉)나라 시인 도연명의 「귀거래사」에 나오는 구절.
3 괴테의 「방랑객의 밤노래」의 한 구절.
4 경개(景槪) 경치.

유진오 419

있을지도 모르나 사람의 마음이란 그렇게 꺾으면 부러질 듯이 일상 꼿꼿하게 뻗쳐만 있을 수는 없는 것이니 긴장의 뒤에는 반드시 해이가 오는 것이요, 해이는 새로운 큰 긴장의 전주곡이라고도 할 수 있는 것이다. 어쨌든 우리는 누구를 물론하고 다 같이 향수를 가지고 있다.

그리워할 고향이 있는 경우에는 물론이거니와 그런 것이 없는 때에도 사람은 항상 무엇인가를 그리워하며 그 때문에 슬퍼하기도 하고 기뻐하기도 하는 것이 사실이다. 그 고향 없는 향수의 대상은 혹은 소년 시대의 어느 날 저녁 우연히 꿈에 본 산천일 수도 있는 것이요 또는 꿈에나마 한 번도 본 적이 없는 생판 공상의 소녀이기도 할 것이다. 이렇게 말하면 종교가는 네가 말하는 향수란 결국 거룩하신 하느님의 품을 의미하는 것이니 사람은 지혜의 열매를 따먹고 에덴의 동산을 쫓겨나올 때 벌써 숙명적으로 그런 향수를 지닌 것이라고 할는지도 모르나 종교가가 무엇이라고 하든 간에 사람이란 항상 무엇인가를 그리워하면서만 그의 생존의 의미를 느끼는 것임은 움직일 수 없는 사실이다.

서울서 나서 서울서 자라난 나는 남들과 같이 가끔가끔 가슴을 졸이며 그리워할 아름다운 고향을 갖고 있지 못하다. 내가 나서 세 살이 될 때까지 살았었다는 가회동 꼭대기 집은 어느새에 흔적도 없이 없어지고 지금은 낯모르는 문화주택[5]이 들어섰을 뿐이다. 그러나 나에게도 내 마음이 고달플 때 그 마음을 가져갈 고향의 기억이 아주 없는 것은 아니니 하나는 여섯 살 때부터 열네 살 되던 해까지 살던 계동 집의 기억이 그것이요 하나는 이곳에 기록하려는 창랑정의 기억이 그것이다.

2

창랑정이란 대원군 집정시대에 선전관[6]으로 이조판서 벼슬까지 지내던 나의

---

5 문화주택 개량식으로 지어서 재래식 주택과 구별되는 신식 주택.

삼종 증조부 되는 서강대신 김종호가 세상이 뜻과 같지 않아 쇄국의 꿈이 부서지고 대원군도 세도를 잃게 되자 자기도 벼슬을 내놓고 서강 —— 지금의 당인정[7] 부근 —— 강가에 있는 옛날 어떤 대관의 별장을 사 가지고 스스로 창랑정이라 이름 붙인 후 울울한 말년을 보내던 정자 이름이다. 내가 처음 창랑정을 갔던 것은 자세한 기억은 나지 않으나 일곱 살이나 잘해야 여덟 살 먹었을 적이었으니까 이럭저럭 스물일고여덟 해 전 일이다.
　이른 봄 —— 봄이라도 냉이 순이 파룻파룻 내밀 무렵이었으니까 삼월 중순이나 하순께쯤이었을까. 나는 아버지를 따라 그곳에 가서 며칠 동안을 지낸 것이었다. 그 며칠 동안에 보고 듣고 한 기억이 이상스레도 어린 머릿속에 깊이 새겨져서 거의 삼십 년이란 긴 세월이 흘러간 지금까지도 가끔 내 추억의 나라 속을 왕래하며 때로는 달디 단 일종의 향수가 되어 내 마음을 안타깝게까지도 하는 것이다. 창랑정은 서강이라 해도 당인리 편으로 가까운 강가 솔 숲 우거진 조그만 봉우리가 강으로 향해 비스듬히 얕아지다가 별안간 깎아지른 듯이 낭떠러지가 된 바로 그 위에 있는 칠십 간이 넘는 큰 집이었다. 서강 동네를 지나 강가에 나서서 서편을 바라보면 보통 때는 물 한 방울 없는 개울 건너 저편 언덕 위에 좌우로 줄행랑이 늘어서고 가운데 솟을대문이 우뚝 솟은 큰 집이 보인다.
　"자 인제 다 왔다. 저기 저 집이 창랑정 —— 서강 할아버지 댁이다."
　왼손으로 타박거리는 내 바른편 손을 붙들고 아버지는 바른편 손으로 단장을 들어 개 건너 큰 집을 가리키셨다. 저녁 해를 비스듬히 받은 그 큰 집의 인상이 얼마나 이상스러웠던지 처음으로 아버지가 그 집을 서강 할아버지 댁이라고 가르쳐주시던 그 순간의 광경이 바로 엊그제 일같이 지금도 내 눈에 선하다. 가까이 가보니 창랑정은 멀리서 볼 때와는 달리 지은 지 몇백 년이나 됐는지 행각[8] 기둥이 이리저리 기울고 쓰러진 아주 퇴락한 옛집이었다. 화방[9]도 군데군데

---

6 선전관 조선시대 병조에 속하여, 형명, 계라, 시위, 전령, 부신 등의 출납을 맡아보던 선전관청(宣傳官廳) 소속의 관리.
7 당인정 당인리 근처에 있던 정자로 추정됨. 당인리는 현재 서울 마포구 하수동 인근.
8 행각(行閣) 여기서는 줄행랑, 행랑.

무너지고 어떤 데는 큰 소라도 드나듬직하게 구멍이 뚫려 있었다. 언덕을 올라가 대문간을 들어서니 시꺼먼 늙은 은행나무가 무서운 악몽같이 앞을 가로막는다. 이것은 뒤에 들은 이야기거니와 그 은행나무에는 귀신이 접했다 해서 동네 집에서 고사를 지내면 반드시 그곳부터 갖다 지내고 동네서 무슨 불길한 일이 일어나도 그 나무에 동티[10]가 난 것이라 하여 무서워들 하는 것이었다.

　은행나무를 지나면 또 급한 언덕이요 그 언덕 위에 사랑으로 들어가는 중대문이 있다. 중대문 안은 편편한 마당이요 좌우에 작은사랑이 있고 강으로 향한 정면 높은 축대 위에 서강대신이 거처하는 큰사랑이 있는 것이다. 마당 앞은 불과 두서너 자밖에 안 되는 얕은 담이요 돌을 딛고 올라서서 담 너머로 넘겨다보면 담 밖은 바로 낭떠러지여서 까맣게 내려다보이는 저 밑에 검푸른 강물이 출렁거리는 것이었다. 서강대신은 병석에 누워 계셨다. 서남으로 터진 마루에는 양명한 저녁 햇빛이 환하게 비치고 있었지만 문을 열고 큰사랑에 처음 들어섰을 때는 방 안은 아무것도 보이지 않을 만큼 캄캄했다. 아버지는 아랫목편으로 가서 누워 있는 대신에게 절을 하시고 난 뒤 나더러도 절을 하라 하신다. 시키는 대로 절을 하고 무릎을 꿇고 앉으니까,

　"제 자식이올시다."

하고 나를 설명하신다.

　"오, 그놈 잘 생겼구나."

　서강대신은 일부러 일어나 내 머리를 쓰다듬으며,

　"몇 살이냐?" 하고 묻는다.

　"일곱 살이올시다."

　"음, 자식이나 똑똑히 낳야지……."

　그제서야 내 눈에는 방 안의 것이 똑똑히 보이기 시작하였다. 서강대신은 그때 나이 벌써 팔십이나 되고 거기다가 오래 병석에 누워 있을 때라 몹시 수척

---

9 화방(火防) 부엌의 아궁이.
10 동티 잡신의 조화로 생기는 화. 주로 땅, 돌, 나무 따위를 잘못 건드려 지신을 화가 나게 하여 재앙을 입는 일.

하기는 했으나 기름한 얼굴, 흰 살결, 은빛 같은 수염 모든 것이 과연 어린 내 마음에도 갖은 풍상을 다 겪은 귀인의 풍모같이 보였다. 아버지와 서강대신이 무엇인지 이야기하고 있는 동안에 나는 차례차례로 방 안을 둘러보았다.

모든 것이 그때까지 계동 우리집 간반 방 사랑밖에 모르던 나에게는 진기하기 짝이 없었다. 마루로 향한 미닫이에는 갑창[11]을 굳게 닫은 위로 또다시 짙은 자줏빛 방장이 드리워 있고 그 반대편에는 구름을 타고 물결 위에 노니는 신선을 그린 큰 병풍이 삼간 벽을 꽉 채우고 있었다. 방구석에 놓인 사방탁자와 대신의 머리맡에 놓인 한 쌍 화류문갑 위에는 커다란 옛날 책들이 길길이 쌓여 있었다. 벼룻집 위에 놓인 용을 새긴 붓꽂이, 그 옆에 있는 범을 새긴 대리석 도장, 벽에 걸린 옛날 명필의 글씨, 흰 말 꽁지로 만든 총채…… 아, 그 모든 신비스럽고 호화롭던 방 장식은 지금도 내 눈에 보이는 듯하다.

3

얼마 있더니 문이 열리며 스무 살이 될락 말락해 보이는 상투 짠 젊은 사람이 들어왔다. 아버지가,

"일어나 형님께 절해라"고 하신다.

시키는 대로 나는 또 일어나 절을 하였다. 그것이 그 집 젊은 주인 서강대신의 증손자 나의 열두촌 형님 김종근이었다. 서강대신은 아들도 손자도 일찍 여의고 단지 이 어린 증손 하나를 대를 물릴 귀한 자손으로 애지중지해 거느리고 있던 것이다. 아버지와 서강대신과는 종근을 옆에 앉히어 놓고 또 무슨 이야기인지 길게 하기 시작하였다. 무슨 이야기를 하는 것인지는 알 수 없었으나 학교니 무엇이니 하는 말이 자꾸 나오던 것으로 보아 서강대신은 종근을 학교에다 보낼까 말까에 대해 아버지에게 상의하던 것인가 싶다.

---

11 갑창(甲窓) 햇빛을 차단하기 위한 창.

유진오 423

다른 일이면 상의할 사람이 얼마든지 있었겠지만은 신식 개화에 대해서는 멀고 가까운 것을 물론하고 집안에 나의 아버지밖에는 아는 사람이 없었던 것이다. 그때 아버지는 한국 관비 유학생으로 일본 유학을 갔다 와서 탁지부[12]로 내각 제도국[13]으로 벼슬을 다니다가 합방이 된 후에도 그대로 계속해 다니고 계셨던 것이다. 서강대신과 아버지가 그때 하던 이야기가 종근에게 공부를 시킬 것인가 아닌가 하는 것이었음은 그 후에 아버지가 일상 서강대신이 완고해서 종근에게 학교 공부를 안 시킨 것이라고 원망하던 것으로 짐작이 된다.

생각컨대 서강대신은 대원군 시절에 가장 맹렬하게 양이 —— 서양 오랑캐들을 물리치기를 주장하던 분이라 세상이 날로 그의 생각과는 달라감을 보자 하나밖에 없는 귀한 자손에게 신식 공부를 시킬 필요를 느끼고 아버지하고까지 의논을 한 것이었으나 끝끝내는 자기의 신념에 충실해서 종근을 학교에 보내지 않았던 것인가 싶다. 어른들의 이야기가 너무 오래 계속되므로 나는 갑갑함을 참다 못해 가만히 자리를 일어나서 웃목 두껍닫이[14]를 열고 누마루[15]로 나갔다. 누마루도 문은 사방으로 다 닫혔으나 저녁 햇볕을 받아 정신이 번쩍나게 환하게 밝았다.

장식은 별로 없으나 이곳에도 가뜩 쌓인 책과 대들보에 걸린 '滄浪亭'이라는 현판이 역시 나의 호기심을 끌었다. 나는 창랑정이라는 현판을 한참이나 쳐다보고 옳지 창랑정 창랑정 하더니 찰창(滄) 자 물결랑(浪) 자 정자정(亭) 자로구나 하고 그것을 알아낼 수 있었던 것이 몹시 기쁘고 뽐내고 싶었다. 현판은 서강대신이 스스로 쓴 것이어서 끝에는 '도암(濤庵)'이라는 서명까지 있었다. 한참이나 현판을 쳐다보다가 나는 마룻가로 가서 강 편으로 향한 덧문을 밀어 보았다. 의외에도 덧문은 소리도 없이 스르르 열리며 예기하지 못했던 창랑정

---

12 탁지부 대한제국 시기에 국가 재정 전반을 맡아보던 기관.
13 제도국 대한제국 시기에 궁내부에 속하여, 제실(帝室)의 제도 정리와 그 실행의 관리를 맡아보던 관청.
14 두껍닫이 미닫이를 열 때, 문짝이 옆 벽으로 들어가 안 보이도록 만든 문.
15 누마루 마당에 잇대어 쌓은 누대 위에 높이 놓은 마루.

의 웅대한 풍경이 눈앞에 전개되었다. 아! 그 일순간에 소리도 없이 내 눈 속으로 확 달려들던 창랑정의 대관, 그것도 역시 내 눈에 선하다.
　바로 눈 아래 보이는 검푸른 물결. 물결 건너로 눈에 가득하게 들어오는 넓고 넓은 백사장, 그 백사장 저편 끝으로 멀리멀리 하늘 끝단 데까지 바닷물결 치듯 울멍줄멍[16]한 아득한 산과 산—나는 그 장대한 풍경에 정신이 팔려 시간 가는 줄을 모르고 그곳에 섰었다. 얼마나 지났는지 그 장대한 풍경에 별안간 영롱한 빛이 비치어 정신 차려보니 저녁노을이 뜨기 시작한 것이었다. 저녁노을이라는 것은 차츰차츰 뜨기 시작하는 것이로되 보는 사람에게는 별안간 뜬 것 같이 보이는 것이라는 것을 그때 알았다. 삼월달인데도 공교롭게 하늘에는 층층이 갖은 형상을 다한 구름이 겹쳐 떠 있었다. 연기같이 가로 길게 꼬리를 끄는 구름, 가를 은빛으로 빛내며 풀솜처럼 뭉게뭉게 피어오르는 구름, 거대한 맹수의 싸움처럼 보고 있는 동안에 산같이 솟았다가는 파도같이 무너지는 구름, 저 맨 위에 아련히 생선 비늘같이 얇게 입히어 움직이지 않는 구름, 그 가지가지 구름이 혹은 누렇게 혹은 붉게 혹은 분홍으로 혹은 자주로 혹은 오렌지빛으로 제각각 물들여져 간간이 내다보이는 푸른 하늘과 한데 되어 오색이 영롱한 요지경을 이룬 것이다.
　그 오색찬란한 하늘이 다시 물 위에 거꾸로 비치어 하늘과 땅이 함께 어우러져 장대 화려한 꽃밭을 이룬 황홀한 광경은 일곱 살의 소년 아니라도 누구나 한 번 보면 한 평생을 잊을 수 없을 것이다. 그러나 그 아름다운 자연보다도 한층 내 어린 기억에 지워지지 않는 인상을 준 사건이 곧 일어났다. 황홀한 노을 뜬 풍경에 팔려 나는 내 발밑 누마루 앞마당에 누가 왔는지 누가 갔는지 아무것도 모르고 있었는데 어쩌다가 언뜻 눈앞을 내려다보니 언제 온 것인지 열두서너 살 먹어 보이는 소녀가 앞마당에 와 서서 방긋방긋 웃으며 나를 쳐다보고 있었다. 회화나무 꽃씨로 물들인 호야노랑저고리에 잇다홍치마[17]를 입은 소녀는 오

---

16 울멍줄멍　크고 뚜렷한 것이 고르지 않게 많이 벌여 있은 모양.
17 잇다홍치마　'잇'은 보통 홍화(紅花)라고 불리는 꽃으로 짙은 붉은색이나 노란색을 띤다.

유진오　425

색이 영롱한 저녁 노을을 등지고 서서 방긋방긋 웃으며 나를 쳐다보는 것이다. 나는 곧 그 소녀에게 몸이 잦아지는 것 같은 호감을 느꼈다. 그래 나도 모르는 동안에 빙긋이 웃었더니 소녀는 이리 오라 이리 오라고 나에게 손짓을 하였다.

4

나는 고개를 끄덕하고 마당으로 내려가려고 큰사랑으로 들어갔다. 그랬더니 어디 가 있었느냐고 아버지가 꾸중을 하시면서 인제 안으로 들어가 할머니를 뵈어야 할 테니 거기 가만있으라고 하셨다. 마당에 있는 소녀가 궁금해 좀이 쑤시어 죽겠으나 하는 수 없이 아버지 옆에 가 무릎을 꿇고 앉았다.

안채는 사랑채보다도 더 드높고 더 뼈대가 굵었다. 육간대청을 가운데 끼고 ― 퇴[18]까지 합하면 여덟 간이나 된다 ― 서편으로 안방, 동편으로 건넌방, 안방 머리에는 마루방, 건넌방 머리에는 목방, 거기서 꺾여 뒷방, 뜰아래로 뜰아랫방이 둘 ― 이렇게 적어오면 굉장히 으리으리한 것 같으나 원체 후락[19]한 집이라 몹시 충충한[20] 데다가 서까래가 썩어 유착한 지붕 끝이 아래로 축 늘어진 것이 무슨 옛날이야기에 나오는 폐절[廢寺] 같았다. 지붕에는 작년에 났던 망초 마른 것이 어수선하고…….

안 대문을 들어서자 음식 냄새가 코를 찌르고 대청과 부엌에 사람들이 득실득실했다. 떡시루를 들고 왔다 갔다 하는 사람, 부침개질을 하는 사람, 가랫대[21]를 들고 도끼로 내리찍는 사람, 도라지를 쪼개는 사람, 콩나물을 다듬는 사람, 고기를 재는 사람, 그 충충한 큰 집이 온통 떠들썩하다. 대갓집이라 사는 번새[22]

---

18 퇴 툇마루. 원칸살 밖에 달아 낸 마루.
19 후락(朽落) 낡아서 어지럽혀짐.
20 충충하다 물이나 빛깔 따위가 맑거나 산뜻하지 못하다.
21 가랫대 소 갈비짝.
22 번새 어떤 동작이나 행동의 뒤됨이.

가 그런가 하고 속으로 생각하노라니,

"내일이 노할머니 생신이란다. 나는 저녁 먹고 집으로 갈 테니 너 혼자 여기서 종근형하고 같이 자고 며칠 놀다가 오너라. 내일 아침에는 어머니가 나오신다."

하고 아버지가 말씀하신다. 아버지는 기침을 에헴에헴 하시며 나를 데리고 정경부인 누워 계신 안방으로 들어가셨다. 대청에 있는 젊은이들은 더러 피하는 사람도 있었으나 안방에는 나이 많은 분들이 가득 앉아서 아버지가 들어가셔도 피하기는커녕

"영감 왔소."

"자네 왔나."

하면서 아버지를 백줴[23] 아이 취급이다. 정경부인은 아랫목에 누워 계신데 아버지와 내가 번갈아 절을 해도 누렇게 들뜬 얼굴을 조금 돌렸을 뿐 꼼짝도 하지 않았다. 정경부인께 절을 한 뒤 아버지와 나와는 무슨 할머니다 무슨 아주머니다 하는 방 안 노인들께 돌아가며 절을 하느라고 혼이 났다. 절이 한 바퀴 끝난 뒤 울멍줄멍한 이상한 천장 —— 그것이 소라반자[24]라는 것이었다 —— 을 쳐다보며 한숨 돌리고 앉았는데 방 안이 또 수선수선하더니 문이 열리며 달덩이 같은 —— 정말 그때 나에게는 달덩이 같이 환하게 보였다 —— 새색시가 눈을 내리깔고 방으로 들어왔다. 새색시는 아버지께 공손히 절을 한다. 아버지도 당황한 듯이 반쯤 일어나 절을 받으신다. 청대반물[25]에 호야노랑저고리를 맵시 있게 입은 새색시를 바라보며 나는 문득 아까 본 소녀 생각을 하였다. 소녀는 그의 누이나 조카딸이리라.

"너 아주머니께 절해라."

누가 나더러도 절을 하라 한다. 새색시는 종근형의 색시였던 것이다. 저녁이 지난 뒤에 아버지는 처음 말씀대로 나만 그곳에 남겨 두고 문안 집으로 들어가

---

23 **백줴** '백주에'의 줄임말. 도통.
24 **소라반자** 소라모양의 장식을 단 반자. 반자는 천장을 도배하거나 장식하는 방식.
25 **청대반물** 대청으로 물들인 남치마.

셨다. 그때까지 집을 나와 외방[26]에서 자본 일이 한 번도 없는 내라 아버지를 따라 들어갈 생각도 간절했으나 어린 마음에도 그곳에 있으면 내일은 아까 그 소녀를 마음대로 만날 수 있으리라 싶어 나는 쉽사리 아버지 말씀을 승낙하고 무슨 모험이나 하러 나서는 것 같은 호기심에 가슴을 뛰며 잠이 들었다. 이튿날은 새벽부터 손님들이 오기 시작하였다.

손님이래야 대개는 안 손님이요, 거의 다 일갓집 마님 아씨들이라 내가 아는 할머니 아주머니도 여러 분 계셨다. 그러는 중에 기다리던 어머니가 오시더니,

"잘 잤니. 세수는 했니. 집에 오구 싶지 않데. 무얼 먹었니."

하시며 나를 보고 반색을 하신다. 나는 소녀 생각도 무엇도 다 집어치우고 어머니만 반가워 어머니 옆을 떨어지지 않으리라 하였다.

어머니를 따라 안으로 들어가니 그동안에 어디서 그렇게 모였는지 대청에는 노랑저고리에 남치마를 질질 끄는 새댁들이 득시글득시글하였다. 그들이 떠드는 품이란 어저께의 비가[27] 아니었다. 새색시들은 예의도 잊어버리고 "그것 이리 주게" "이것 저리 두세요" 하고 고함고함치며 야단들이다. 그들은 오래 농[28] 속에 갇혔다가 처음으로 놓여 나온 참새떼처럼 무슨 이야기를 쏘곤쏘곤 하기도 하다가 킬 하고 웃기도 하다가 서로 허리를 쿡쿡 찌르며 장난도 하다가 어떤 이는 만들던 음식을 집어 재빠르게 입으로 집어넣고 우물우물 씹어 먹기도 하였다.

방 안도 마루도 잔치 손님으로 가득 차 어디 편하게 앉을 구석도 없었다. 거기다가 일시도 입을 다물고 잠자코 있는 이가 없다. 여인네가 모이면 시끄럽게 떠드는 것은 옛날이나 지금이나 다름이 없는 것이다. 나는 정신이 얼떨떨해 견디다 못해서 늦은 아침을 간신히 얻어먹자 곧 그 사람 고장을 빠져나와 안 뒤꼍으로 갔다.

---

26 외방 외처, 타처, 바깥.
27 비가 비할 바가.
28 농 조롱(鳥籠).

5

안 뒤껻에는 또 마당이 있고 마당에 연해서 바로 뒷동산이다. 집 뒤 산 중턱을 잘라 기와 담을 넓게 돌려 싸놓고 복숭아나무 살구나무 오얏나무 앵두나무 등 갖은 과일나무며 수양버들 동청[29] 개나리 등속을 터가 좁도록 심어놓은 안이 뒷동산이었다. 동산 기슭에는 단청 칠 벗겨진 사당채가 있었다. 나는 한참이나 사당채를 구경하다가 동산 맨 위로 올라가보리라 생각하고 과일나무 사이 좁은 길을 올라가기 시작하였다. 그때였다. 누가,

"얘, 얘."

하고 뒤에서 불렀다. 돌아다보니 노랑저고리에 잇다홍치마를 입은 어제 그 소녀가 막 뒷방 모퉁이를 돌아 나 있는 곳으로 급히 오는 것이었다. 나는 몹시 반가웠으나,

"왜?"

대답만 하고 그 자리를 움직이지 않고 서 있었다.

소녀는 나 있는 곳으로 올라오더니,

"우리 저리 올라가 놀까?"

동산 위를 가리키며 내 얼굴을 들여다본다.

"응."

하고 내가 고개를 끄덕이니까 그는 내 손을 붙들고 동산을 같이 올라가기 시작하였다.

"너 이름이 무어지?"

내 얼굴을 들여다보며 묻는다.

"김시근이."

"어디 사니?"

"계동."

---

29 동청(冬靑) 사철나무.

"계동이 어디냐?"

"여기서 아주 멀단다."

이야기하면서 나는 무엇인지 모르게 포근포근한 행복을 느꼈다. 소녀하고 어디까지라도 그렇게 손을 붙들고 걸어가고 싶었다. 그러고 보니 나도 소녀의 이름이 알고 싶어진다.

"넌 이름이 무어냐?"

"내 이름?"

하고 소녀는 어린애답지 않게 그런 것을 묻는 나를 의외로 생각했던가 방긋 웃고서,

"을순이란다."

하고 대답한다. 나는 소녀에 대해 좀더 알고 싶었다.

"너 이 집 새 아주머니 동생이냐?"

"아니. 새 애기씨는 우리 작은아씨란다."

나는 그 뜻을 알 수 없어,

"작은 아씨?"

하고 재차 물었다.

"지금은 새애기씨지만……."

그래도 무슨 뜻인지 알 수 없었지만 나는 더 묻지 않았다. 이것도 나중에 안 것이지만 을순이는 종근형의 새색시가 시집올 때 데리고 온 교전비(轎前婢)[30]였던 것이다. 그러는 동안에 우리는 맨 꼭대기 담 밑까지 왔다. 담 밑은 편편한 잔디밭이었다.

"우리 여기서 놀아, 응."

하고 을순이는 나를 잔디밭에 앉히고 저도 옆에 와 앉았다. 내려다보니 그 큰 집 안채 사랑채들이 큰 고래등같이 눈 아래 엎드리고 그 너머로 어제저녁 때 내가 황홀해 내다보던 강물과 흰 모래밭, 탁 트인 경치가 한눈에 보인다. 나는 을

---

30 교전비 시집올 때 데리고 오는 하녀.

순이가 내 손을 조몰락거리는 것이 어째 부끄러워.

"강물은 왜 저렇게 퍼럴까?"

강물은 가리키며 물어보았다.

"강물이 그럼 퍼렇지 무어."

하더니 을순이는 내 옆으로 바싹 다가앉아 내 얼굴을 똑바로 들여다보며,

"너 몇 살이지?"

"일곱 살."

"누님 있니?"

"응."

"누님은 몇 살이냐?"

"열다섯 살."

"예쁘지, 예쁘게 생겼지?"

나는 그때까지 누님을 예쁘다고 생각해본 적은 없으나 남한테 밉게 생겼다고 하기도 싫어서

"응."

하고 대답하였다.

"언니는?"

"언니두 하나 있어."

"몇 살이냐?"

"열두 살."

"잘생겼니, 이렇게 너같이?"

또

"응."

하고 대답하려는데 을순이는 별안간 두 손으로 내 양편 볼을 꼭 끼고 바르르 떤다. 을순이의 그런 행동은 나에게도 어쩐지 몸이 자지러지게 기뻤으나 한편으로는 별안간 무서운 생각이 났다. 어째 을순이가 달려들어 때리고 꼬집고 할 것 같았다.

"싫어. 얘, 난 싫어."

나는 고개를 흔들며 손으로 내 볼을 낀 을순의 손을 떼려 하였으나 을순이는 방긋방긋 웃으며 놓으려 하지 않는다.

"싫어. 얘, 난 싫어."

나는 아까보다도 더 고개를 내저으며 우는 얼굴이 되었다. 그제서야 을순이는 손을 놓으며,

"아냐, 아냐, 못난이 같으니. 네가 예쁘다고 그랬지 무어."

하더니 잠깐 있다가,

"우리 놀았다구 아무 보구두 말 말어, 응."

하고 내 얼굴을 들여다본다. 나는 고개를 끄덕여 비밀을 지킬 것을 약속하였다. 잠깐 있다가 을순이는 무엇을 생각한 듯이,

"아이구, 찾으실 텐데."

하고 벌떡 일어나며,

"우리 이따 또 놀아."

해놓고 동산 길을 뛰어내려갔다. 을순이 내려가는 뒷모양을 보며 나는 몹시 섭섭했다. 내가 고개를 흔들었기 때문에 내려간 것 같아 후회도 되었다. 이번에 을순이가 또 그렇게 하거든 가만히 있으리라고도 생각하였다. 그러나 곧 나는 이런 생각 저런 생각 다 잊어버리고 동산을 뛰기 시작하였다.

6

그 후 나는 창랑정에 며칠 더 있는 동안 을순이와 아주 친해져서 틈만 있으면 같이 뒷동산에 올라가 놀았다. 바구니를 들고 냉이를 캐기도 하고 흙을 헤치고 메[31]를 캐 먹기도 하는 재미는 그때까지 도회의 한복판을 떠나본 일이 없

---

[31] 메 메꽃의 뿌리. 메꽃은 여러해살이 덩굴풀로 여름에 나팔꽃 같은 분홍색 꽃이 피며, 그 뿌리는 식

던 나에게는 처음 경험하는 신기한 것이었다.

그러는 동안에 하루는 내가 창랑정을 생각할 때 빼놓을 수 없는 인상 깊은 사건이 또 하나 일어났다. 어느 날 저녁 때 나는 또 메 캐러 가자는 을순의 말을 따라 뒷동산에를 올라갔다. 나무 꼬챙이를 들고 이곳저곳 물신물신한 흙을 파헤치고 손가락으로 뒤적뒤적하면 오직오직 부러지는 메가 나온다. 겉에 묻은 흙을 털고 입에 넣고 잘강잘강 씹으면 흙 냄새에 섞여 달크무레한 물이 나오는 맛이란 일 전에 둘씩하는 왜떡[32]이나 눈깔사탕에 비할 것이 아니다. 처음에는 다른 질긴 풀뿌리도 잘못 알고 씹어보다가는 써서 튀튀하고 뱉기도 했지만 차차로 나도 메와 다른 풀뿌리를 쉽사리 분간하게 되었다. 을순이는 어느 결에 그렇게 캐는지 금방금방으로 한 움큼씩 캐 가지고 와서는 말짱하게 흙을 털어 나더러 먹으라고 준다. 나중에는 두었다 집에 가서 먹으라고 조끼 호주머니가 뿌듯하도록 넣어주기까지 하였다. 해가 거의거의 넘어갈 무렵이었다. 을순이는 저편에서 메를 캐고 나는 나대로 흙을 파헤치고 있는데 무엇인지 나무 꼬챙이 끝에 딱딱하게 걸리는 것이 있다. 처음에는 대수롭지 않게 알고 그 옆을 또 찔렀더니 거기서도 무엇인지 또 걸리는 것이 있었다. 궁금해 흙을 이리저리 파헤쳤더니 무슨 나무 썩은 것 같은 것이 나오고 그것을 또 헤치니까 뿌연 무슨 쇠 같은 것이 보인다.

"얘, 이거 뭐냐."

나는 곧 을순이를 불렀다.

"뭐?"

하며 을순이가 쫓아온다. 을순이는 엎드려 좌우를 더 파헤치며 흙을 털어가며 들여다보더니 별안간,

"칼이다, 칼이다!"

하고 소리를 지르며 일어났다. 그것은 내가 보기에도 확실히 칼이었다. 우리는

용과 약용으로 씀.
32 **왜떡** 일본식 떡. 찹쌀로 된 피 속에 팥으로 소를 넣어 만듦.

땅속에 가로 묻힌 긴 칼 한 중턱을 파낸 것이었다. 을순이는,

"얘, 가만 있어. 내 호미 가지구 올게."

해놓고 동산을 뛰어내려갔다. 을순이와 내가 한참이나 힘을 들여 파낸 것은 내 키보다도 더 길고 내 힘으로는 쳐들기도 무거운 큰 칼이었다.

썩은 칼집은 군데군데 붙어 있을 뿐 파내는 통에 다 떨어져갔으나 알맹이는 흙을 대강 털고 보니 등이며 날이 엊그제 새로 지은 것 같이 아직도 생생하였다. 칼자루와 손잡이에는 이상한 조각이 가득하고 찬란한 순금 장식이 눈이 어리게 빛나고 있다.

"얘——"

나는 감격해 소리치며 전신의 힘을 모아 칼을 번쩍 들어 저물어가는 하늘에 휘둘러보았다. 저녁 햇빛을 받아 칼끝이 번쩍번쩍한다.

"얘, 그러지 말어. 그러지 말어."

말리는 을순이를 젖히고 나는 또 한 번 칼을 들어 힘껏 휘둘러보았다. 옛날 이야기에 나오는 장검을 비껴 찬 장수가 된 것같이 장쾌하던 그때의 느낌을 나는 지금도 잊을 수가 없다. 그 칼이 얼마나한 보검이었는지 그 후에 그 칼이 어떻게 되었는지는 나는 모른다. 그러나 그것이 상당히 명검이었던 것은 몇 핸지 몇십 년인지를 땅속에 파묻혀 칼집이 다 썩었으면서도 날에는 대단한 녹도 슬지 않았던 것으로 알 수 있다.

그날 밤 서강대신이 칼을 앞에 놓고 눈을 감았다 떴다 하며 감개무량해하던 그 얼굴은 지금도 눈에 선하다. 서강대신은,

"허긴 이 집은 옛날에 정대장이 살던 집이니까."

하고 혼잣말하듯 중얼거리며 무슨 깊은 생각에 잠겨 있었다. 정대장이 누군지 어째서 그런 칼을 땅속에 묻어 감추었던 것인지 그것도 지금은 알 길이 없다. 그러나 그 칼에는 반드시 깊은 비밀과 숨은 이야기가 있었을 것은 그날 밤에 서강대신의 표정으로도 판단할 수 있다. 창랑정의 기억은 대개 여태까지 기록해 온 것에 그친다. 그러나 그뿐이라면 또 그다지 창랑정이 내 머리를 왕래하지 않았을 것이요, 소설의 형식을 빌려 일부러 쓰게까지도 되지 않았을 것이다.

사람이란 일상 현재 눈앞에 있는 것보다도 지나간 것, 없어진 것에 이상히 애착을 느끼는 법이다. 창랑정은 지금은 흔적도 없이 없어졌다. 없어졌기 때문에 창랑정은 더 한층 내 향수를 자아내는 것이다. 창랑정의 후일담은 그 자신이 한 편의 장편소설이 되겠으므로 이곳에 쓰지 않거니와 간단히 뼈만 추려 말하면 내가 다녀오던 해로 정경부인이 돌아가고 그 후 오륙 년이 지나 서강대신이 구십이 가까운 나이로 마저 돌아가고 그 소상이 지나기도 전에 그 며느님 종근의 할머니도 또 돌아가셨다. 사람만 이렇게 없어진 것이 아니라 이를테면 수백 년 바람 비 겪던 늙은 거목이 매운 겨울을 치르고 난 어느 봄, 소리도 없이 새싹을 돋우지 못하듯이 수십 년 영화를 누리던 서강대신의 집안은 나날이 변하는 세상 풍파에 밀려 불과 몇 해 동안에 여지없이 망해 없어지고 만 것이다.

7

창랑정의 몰락을 재촉한 것은 나의 형뻘 되는 종근의 난봉이었다. 어른들이 다음다음 돌아가시자 그때까지 들어앉아 한문책만 읽고 있던 종근형이 별안간 머리를 깎고 양복을 입고 기생오입을 시작하였다. 서강대신 대상[33] 때에는 벌써 집터까지 남의 손으로 넘어가 창랑정은 텅 빈 껍데기뿐이었다. 그때 여러 해만에 아버지를 따라 정든 고향을 찾아들듯이 다시 창랑정을 나간 나는 너무나 심한 그 변화에 놀라지 않을 수 없었다. 사람들이 득시글득시글하던 옛날의 모습은 그림자조차 찾을 수 없고 집은 무너지는 대로, 마당의 잡초는 나는 대로, 거기다가 그 큰 집에 그날 모인 사람들이라고는 불과 십여 명에 지나지 않았다. 을순이와 놀던 동산에 볼 만한 나무 한 주 없고 남치마 입은 새댁들이 득시글거리던 대청에서는 까만 생쥐같이 초라한 형수가 늙은 어멈 하나를 데리고 제수를 차리고 있었다. 저이가 그 달덩이같이 보이던 형수인가, 나는 내 눈을 의

---

[33] 대상 삼년상.

심할 지경이었다. 그날 밤 서강대신이 거처하던 큰사랑에는 나의 아버지를 중심으로 일고여덟 분이 둘러앉아 보슬비에 젖은 것 같은 얕은 음성으로 가지가지 회고담을 하고 계셨다. 그때는 나도 나이 열여섯이라 어른들 말씀을 대강 알아들을 수 있었다.

아버지는 임진란에 창랑정이 진터[34]가 되었었다는 이야기로부터 대원군 시절에 선교사를 학살[35]한 것 때문에 불란서 해군제독 로즈 장군이 프리모게 이하 군함 세 척을 거느리고 강화도로부터 한강을 쳐 올라와 조정을 빨끈 뒤집히게 하며 여러 날을 정박하던 곳이 바로 창랑정 마당 앞이었다는 이야기, 그때에 조정에서 가장 맹렬하게 '양이배척'[36]을 주장하던 이는 다른 이가 아니라 선전관으로 계시던 서강대신 바로 그분이었다는 이야기들을 밤이 이슥토록 하고 계셨다. 굴건제복[37]을 입은 몸을 갑갑한 듯이 가끔 굼실거리며 용렬스레[38] 고개를 푹 숙이고 앉아 있는 서강대신의 증손자 종근을 바라보며 나는 감개무량하게 아버지 말씀을 들었다. 아버지의 말씀은 가만가만 잔물 흐르는 듯하는데 밤은 깊어서 만뢰[39]가 고요하다. 언뜻 눈을 들어 아랫목 제상을 보니 황초에 켜 놓은 누런 불길이 바람도 없는데 흔들흔들 흔들리어 길게 천장으로 늘어났다가는 도로 짧게 오므라진다. 그 후 다시 거의 이십 년, 나의 아버지도 돌아가시고 나는 내 길을 걸어오는 동안에 창랑정은 아주 흔적도 없이 없어지고 말았다. 종근형의 식구가 서울 살림을 다 파헤치고 시골 일가 촌중으로 낙향해간 지도 이미 오래다. 그동안 나는 창랑정을 잊지는 않았어도 별로 그렇게 심하게 생각하지도 않았는데 올봄 들어서며 웬일인지 연속해 세 번이나 창랑정 꿈을 꾸었다. 꿈속

---

34 진터 진지로 삼기에 적당한 곳.
35 병인박해 1866년(고종3년) 프랑스의 힘을 빌려 러시아의 통상개시압력을 차단하려다 실패한 대원군이 천주교도 8천여 명을 학살한 사건으로, 같은 해 일어난 '병인양요'의 요인이 된 사건.
36 양이배척 서양의 오랑캐를 받아들일 수 없다는 쇄국정책의 표어.
37 굴건제복 삼베로 만든 굴건과 제복을 아울러 이르는 말. 굴건은 상주가 상복을 입을 때 두건 위에 덧쓰는 건. 제복은 상복.
38 용렬스레 비굴하고 못난 모양을 드러내는 모양.
39 만뢰(萬籟) 세상의 모든 사물.

에서는 반드시 나는 도로 일곱 살의 소년이며 창랑정 앞 하늘에는 노을이 뜨고 큰사랑에는 서강대신의 은실 같은 수염과 거물거리는 황촛불이 있으며 아버지는 단장을 들어 창랑정을 가리키시고 뒷동산에서는 나와 을순이가 저녁 햇빛을 받고 노는 것이다.

세번째 꿈을 꾸었을 때 아침에 일어나니 나는 어젯밤 꿈이 하도 역력해 그리운 마음을 억제할 수 없었다. 생각해보니 멀지 않은 곳에 있으면서도 서강대신의 제삿날 밤 이후 거의 이십 년이 지난 지금까지 나는 한 번도 창랑정에 가본 일이 없는 것이다. 마침 공일이요 거기다가 시절도 바로 삼월이라 나는 점심을 먹은 후 산보 겸 카메라를 메고 집을 나섰다. 처음 타보는 당인리행 기동차⁴⁰를 타고 서강에서 내려 나는 옛날 기억을 더듬어 창랑정을 찾아가려 하였다.

그러나 이상스레도 그 산이 어느 산이던가, 그 집이 어느 집이던가, 꿈속에서는 그렇게 똑똑하던 곳이 실지로 가보니 도저히 찾을 수가 없었다. 겨우 근사해 보이는 곳을 찾기는 하였으나 집 뒤 산이던 곳은 발간 북데기⁴¹이요 그 밑 창랑정이 있던 듯이 생각되는 곳에는 낯 모르는 큰 공장이 있어 하늘을 찌를 듯한 굴뚝으로 검은 연기를 토하고 있었다. 너무나 심한 변화에 실망한 채 나는 한참이나 공장 앞마당 석탄재 쌓인 위를 거닐며 꿈속의 기억을 되풀이하여 보려 하였다. 마당 앞 낭떠러지 밑 푸른 강물은 옛날과 마찬가지로 출렁거리고 있다. 그러나 음산하게 찌푸린 하늘에서는 봄이라 해도 오슬오슬 쌀쌀한 바람이 불어 내려올 뿐 끊임없이 왈가닥거리고 돌아가는 기계 소리는 애써 옛 기억을 더듬으려는 내 머리를 여지없이 혼란시킨다. 창랑정은 추억의 나라, 구름과 안개에 싸인 꿈의 저편에만 있을 수 있는 존재였던가? 나른한 추억에 잠겼던 내 정신은 차차로 굳센 현실 앞에 잠 깨온다. 문득 강 건너 모래밭에서 요란한 프로펠러 소리가 들린다. 건너다보니 까맣게 먼 저편에 단엽쌍발동기 최신식 여객기가 지금 하늘로 날아오르려고 여의도 비행장을 활주 중이다. 보고 있는

---

40 기동차(汽動車) 석유나 경유 따위로 움직이는 기차.
41 북데기 흙무덤. 장마가 졌을 때 흘러가는 흙탕물을 북덕물이라 함.

동안에 여객기는 땅을 떠나 오십 미터 백 미터 이백 미터 오백 미터 천 미터 처참한 폭음을 내며 떠올라갔다. 강을 넘고 산을 넘고 국경을 넘어 단숨에 대륙의 하늘을 무찌르려는 전금속제(全金屬製) 최신식 여객기다.

유진오(俞鎭午)

1906년 서울 출생. 호 현민(玄民). 경성제국대학 법문학부 졸업. 보성전문학교와 경성제대 법문학부 교수, 고려대 법정대 학장을 거쳐 고려대 총장, 대한민국 초대 법제처장, 신민당 총재 등을 역임. 대한민국 학술원상, 대한민국 문화훈장 수상. 1927년 『조선지광』에 「복수」「스리」「파악」 등을, 『현대평론』에 「갑수의 연애」를, 『조선지광』에 희곡 「피로연」을 연달아 발표하면서 활발한 문인 활동 전개. 1930년대 초반, 카프로부터 가입 권고를 받았으나 불응하고 이를 계기로 소위 동반자 작가라는 평을 듣게 됨. 이후 몇 편의 평론을 제외하고 문학 방면에는 침묵함. 「행로」(1934)의 발표로 문학 활동을 재개하고, 이후 「김강사와 T교수」「창랑정기」「어떤 부처」「수난의 기록」「치정」「수술」 등을 발표함. 1939년부터 이듬해 5월까지 동아일보에 유일한 장편소설인 『화상보』를 연재. 이외 주목할 만한 평론 「순수에의 지향」을 발표하여 문학평론가로서 면모를 과시하는 한편 김동리와 이른바 '신세대 논쟁'을 벌임. 『유진오단편집』(학예사, 1939), 소설집 『봄』(1940) 등이 있음. 1987년 타계.

작품 세계

유진오는 1927년 무렵부터 약 15년간의 짧은 문학 역정 속에서 소설, 희곡, 수필, 평론 등 문학의 전 장르를 포괄하고자 했다. 그의 문학적 업적 가운데 그의 생애를 대변하는 것은 소설 「창랑정기」와 「김강사와 T교수」라 할 수 있는데, 동반자 작가로 분류되는 그의 성향을 이어받은 것이 「김강사와 T교수」이며, 「창랑정기」는 그의 평론 「순수에의 지향」「소설의 핀트」 등에 암시된 문학적 형상화의 수준을 보여주는 것이다. 물론 장편소설 『화상보』가 있기는 하지만 당대의 세태를 그린 것 이상의 의미를 지닌다 하기 어렵다.

그가 초기에 보여준 작품 경향은 사회 현실의 참담함과 모순을 직시하는 것이었고, 이러한 성향을 간파한 카프 쪽에서 그에게 가입을 강력하게 권유하기도 했었다. 카프가 퇴조하는 시점인 1935년에 발표한 「김강사과 T교수」는 소설의 현실에 대한 거리두기와 반영의 논리를 동시에 형상화한 좋은 사례가 된다. 「창랑정기」를 발표한 이듬해인 1939년, 유진오는 김동리와 이른바 '신세대 논쟁'을 불러일으킨 평론 「순수에의 지향」을 발표한다. 거기서 주장하는 문학 정신은 '인간성 옹호의 정신'이라야 한다는 것이다. 순수란 '모든 비문학적인 야심과 정치의 책모를 떠나, 오로지 빛나는 문학정신만을 옹호하려는 의연한 태도'인데, 혼란에 처한 문학인을 구해줄 수 있는 것은 그 순수에의 정열이라는 주장을 편다. 여기서 「소설의 핀트」로 이어지는 문학의 예술성을 강조하는 논리는 이미 「창랑정기」에서 구체화되었다.

「창랑정기」

향수는 정체성의 위기와 더불어 솟아나는 복합적인 감정이다. 상실감은 시간과 공간은 물론, 가치의 상실로 이어져 삶의 무의미, 허무감을 부추긴다. 「창랑정기」는 상실된 고향을 다층적으로 조명하고 구조화하는 방식으로 그 주제를 형상화하고 있는 탓에 소설적 긴장미를 유지하고 있는 유진오의 대표작이다. 서강대신 댁에 갔다가 만난 소녀 '을순이'와 지낸 유년기의 애틋한 추억을 소재로 삼은 이 작품은, '고향 상실'을 표상하는 몇 가지 모티프를 교직함으로써 주제의 심도를 확보하고 있다. 서강대신으로 표상되는 구한말의 양반 가문이 결국 아들 세대에 가서 규모 있는 생활을 이끌어가지 못하고 몰락하는 모습을 상징적으로 그리고 있다. 그리고 근대화 과정 속에서 열강의 침략과 그에 대응하는 방식으로 대두된 쇄국 정책의 무력하기 짝이 없는 결말 등이, 역사를 이끌어가는 씨줄 역할을 하면서 작품의 구조를 복합적으로 만들어주고 있다.

이 작품에서 우리는 개인의 몰락이 그가 삶의 근거로 삼고 있는 체제의 몰락과 맞물려 있다는 인식을 읽을 수 있다. 문제는 그러한 인식을 실천으로 이끌어갈 수 없다는 데 있다. 여기에 또 다른 비애가 스며들게 된다. 그래서 식민제국주의 일본의 대륙 침략 의지를 암시하는 이 작품의 마지막 행은 섬뜩한 느낌을 자아낸다.

주요 참고 문헌

유진오의 희곡을 논의한 것으로는 한옥근과 손종훈의 논문이 있으며(한옥근, 「유진오의 희곡연구」, 한국드라마학회, 『드라마논총』, 1998; 손종훈, 「유진오 희곡 연구」, 한민족어문학회, 『한민족어문학』, 1990), 이중재, 유문선은 동반자 작가로서의 유진오의 의식 및 소설에 나타난 특성을 논의하였다(유문선, 「동반자 작가의 전향에 관한 시론 — 현민 유진오의 경우」, 서울대 국문과, 『관악어문연구』, 1983; 이중재, 「유진오 소설의 동반자적 특성 연구」, 한국국어교육학회, 『새국어교육』, 1986). 한편, 변정화는 유진오의 작품을 통해 작가가 세계를 보는 방법이 어떻게 소설의 구조로 반영되는지를 고찰하였다(변정화, 「유진오 작품고 — 훼손된 시대와 소설의 구조」, 한국어교육학회(구 한국국어교육연구학회), 『국어교육』, 1985; 변정화, 「귀향의 사회학 — 유진오의 「창랑정기」 연구」, 한국현대소설학회, 『현대소설연구』, 1998).

_우한용

이효석
메밀꽃 필 무렵

여름 장이란 애시당초에 글러서, 해는 아직 중천에 있건만 장판은 벌써 쓸쓸하고 더운 햇발이 벌려놓은 전 휘장 밑으로 등줄기를 훅훅 볶는다. 마을 사람들은 거지반 돌아간 뒤요, 팔리지 못한 나무꾼패가 길거리에 궁싯거리고들 있으나 석유병이나 받고 고깃마리나 사면 족할 이 축들을 바라고 언제까지든지 버티고 있을 법은 없다. 춥춥스럽게[1] 날아드는 파리떼도 장난꾼 각다귀[2]들도 귀치않다. 얼금뱅이요 왼손잡이인 드팀전[3]의 허생원은 기어코 동업의 조선달을 낚아 보았다.[4]

"그만 걷을까?"

"잘 생각했네. 봉평장에서 한번이나 흐붓하게 사본[5] 일 있었을까. 내일 대화장에서나 한몫 벌어야겠네."

"오늘 밤은 밤을 새서 걸어야 될걸."

"달이 뜨렷다."

---

* 「메밀꽃 필 무렵」은 1936년 10월 『조광』(제12호)에 발표되었다(당시 제목은 '모밀꽃 필 무렵').
1 **춥춥하다** 전덕거리는 느낌으로 귀찮게 굴다.
2 **각다귀** 각다귓과 곤충을 통틀어 이르는 말. 남의 것을 뜯어먹고 사는 사람을 비유적으로 이름.
3 **드팀전** 여러 가지 피륙을 파는 가게.
4 **낚아 보다** 상대방이 동의해주기 바라면서 은근히 제안하다.
5 **사다** '팔다'의 다른 형태. '돈사다'에 그 쓰임이 남아 있음.

절렁절렁 소리를 내며 조선달이 그날 산 돈을 따지는 것을 보고 허생원은 말뚝에서 넓은 휘장을 걷고 벌여놓았던 물건을 거두기 시작하였다. 무명필과 주단 바리[6]가 두 고리짝에 꼭 찼다. 멍석 위에는 천조각이 어수선하게 남았다.

다른 축들도 벌써 거진 전들을 걷고 있었다. 약빠르게 떠나는 패도 있었다. 어물장수도 땜장이도 엿장수도 생강장수도 꼴들이 보이지 않았다. 내일은 진부와 대화에 장이 선다. 축들은 그 어느 쪽으로든지 밤을 새며 육칠십 리 밤길을 타박거리지 않으면 안 된다. 장판은 잔치 뒷마당같이 어수선하게 벌어지고 술집에서는 싸움이 터져 있었다. 주정꾼 욕지거리에 섞여 계집의 앙칼진 목소리가 찢어졌다. 장날 저녁은 정해놓고 계집의 고함 소리로 시작되는 것이다.

"생원, 시침을 떼두 다 아네…… 충줏집 말야."

계집 목소리로 문득 생각난 듯이 조선달은 비죽이 웃는다.

"화중지병[7]이지. 면소패[8]들을 적수로 하구야 대거리가 돼야 말이지."

"그렇지두 않을걸. 축들이 사족을 못 쓰는 것두 사실은 사실이나, 아무리 그렇다곤 해두 왜 그 동이 말일세, 감쪽같이 충줏집을 후린 눈치거든."

"무어 그 애숭이가? 물건 가지고 낚었나 부지. 착실한 녀석인 줄 알었더니."

"그 길만은 알 수 있나…… 궁리 말구 가보세나그려. 내 한턱 씀세."

그다지 마음이 당기지 않는 것을 쫓아갔다. 허생원은 계집과는 연분이 멀었다. 얼금뱅이 상판을 쳐들고 대어설 숫기도 없었으나 계집 편에서 정을 보낸 적도 없었고, 쓸쓸하고 뒤틀린 반생이었다. 충줏집을 생각만 하여도 철없이 얼굴이 붉어지고 발밑이 떨리고 그 자리에 소스라쳐버린다. 충줏집 문을 들어서 술좌석에서 짜장[9] 동이를 만났을 때에는 어찌 된 서슬엔지 발끈 화가 나버렸다. 상 위에 붉은 얼굴을 쳐들고 제법 계집과 농탕치는 것을 보고서야 견딜 수 없

---

6 바리 말이나 소의 등에 잔뜩 실은 짐. 여기서는 말에 실을 만한 비단필.
7 화중지병(畵中之餠) 그림의 떡.
8 면소패 면소재지 젊은이들로 보면 면소(面所)패, 혹은 아직 얼굴이 하얀 젊은이들이란 듯으로 보면 면소(面素)패. 면소는 얼굴이 희고 깨끗하다는 뜻.
9 짜장 과연, 정말로, 정작, 막상.

었던 것이다. 녀석이 제법 난질꾼[10]인데 꼴사납다. 머리에 피도 안 마른 녀석이 낮부터 술 처먹고 계집과 농탕이야. 장돌뱅이 망신만 시키고 돌아다니누나. 그 꼴에 우리들과 한몫 보자는 셈이지. 동이 앞에 막아서면서부터 책망이었다. 걱정두 팔자요 하는 듯이 빤히 쳐다보는 상기된 눈망울에 부딪힐 때, 결김에[11] 따귀를 하나 갈겨주지 않고는 배길 수 없었다. 동이도 화를 쓰고 팩하게 일어서기는 하였으나, 허생원은 조금도 동색하는 법 없이 마음먹은 대로는 다 지껄였다 — 어디서 주워먹은 선머슴인지는 모르겠으나, 네게도 아비 어미 있겠지. 그 사나운 꼴 보면 맘 좋겠다. 장사란 탐탁하게[12] 해야 되지, 계집이 다 무어야, 나가거라, 냉큼 꼴 치워.

그러나 한 마디도 대거리하지 않고 하염없이 나가는 꼴을 보려니, 도리어 측은히 여겨졌다. 아직도 서름서름한[13] 사인데 너무 과하지 않았을까 하고 마음이 섬뜩해졌다. 주제도 넘지, 같은 술손님이면서도 아무리 젊다고 자식 낳게 되는 것을 붙들고 치고 닦아세울 것은 무어야, 원. 충줏집은 입술을 쫑긋하고 술 붓는 솜씨도 거칠었으나, 젊은애들한테는 그것이 약이 된다나 하고 그 자리는 조선달이 얼버무려 넘겼다. 너 녀석한테 반했지? 애송이를 빨면 죄 된다. 한참 법석을 친 후이다. 담도 생긴 데다가 웬일인지 흠뻑 취해보고 싶은 생각도 있어서 허생원은 주는 술잔이면 거의 다 들이켰다. 거나해짐을 따라 계집 생각보다도 동이의 뒷일이 한결같이 궁금해졌다. 내 꼴에 계집을 가로채서는 어떡할 작정이었누 하고 어리석은 꼬락서니를 모질게 책망하는 마음도 한편에 있었다. 그러기 때문에 얼마나 지난 뒤인지 동이가 헐레벌떡거리며 황급히 부르러 왔을 때에는, 마시던 잔을 그 자리에 던지고 정신없이 허덕이며 충줏집을 뛰어나간 것이었다.

---

10 난질꾼 술과 색에 빠져 방탕하게 놀기를 잘하는 사람. 대개 남자를 '난봉꾼,' 여자를 '난질꾼'이라 함.
11 결김 성이 나는 김.
12 탐탁하게 튼튼히 규모 있게, 허랑하지 않게.
13 서름서름하다 가깝지 못하고 서먹하다.

"생원 당나귀가 바[14]를 끊구 야단이에요."

"각다귀들 장난이지 필연코."

짐승도 짐승이려니와 동이의 마음씨가 가슴을 울렸다. 뒤를 따라 장판을 달음질하려니 거슴츠레한 눈이 뜨거워질 것 같다.

"부락스런 녀석들이라 어쩌는 수 있어야죠."

"나귀를 몹시 구는 녀석들은 그냥 두지는 않는걸."

반평생을 같이 지내온 짐승이었다. 같은 주막에서 잠자고, 같은 달빛에 젖으면서 장에서 장으로 걸어다니는 동안에 이십 년의 세월이 사람과 짐승을 함께 늙게 하였다. 까스러진[15] 목 뒤 털은 주인의 머리털과도 같이 바스러지고, 개진개진[16] 젖은 눈은 주인의 눈과 같이 눈꼽을 흘렸다. 몽당비처럼 짧게 쓸리운 꼬리는, 파리를 쫓으려고 기껏 휘저어보아야 벌써 다리까지는 닿지 않았다. 닳아 없어진 굽을 몇 번이나 도려내고 새 철을 신겼는지 모른다. 굽은 벌써 더 자라나기는 틀렸고 닳아버린 철 사이로는 피가 빼짓이 흘렀다. 냄새만 맡고도 주인을 분간하였다. 호소하는 목소리로 야단스럽게 울며 반겨한다.

어린아이를 달래듯이 목덜미를 어루만져주니 나귀는 코를 벌름거리고 입을 투르르거렸다. 콧물이 튀었다. 허생원은 짐승 때문에 속도 무던히는 썩였다. 아이들의 장난이 심한 눈치여서 땀 배인 몸뚱어리가 부들부들 떨리고 좀체 흥분이 식지 않는 모양이었다. 굴레가 벗어지고 안장도 떨어졌다. 요 몹쓸 자식들, 하고 허생원은 호령을 하였으나 패들은 벌써 줄행랑을 논 뒤요 몇 남지 않은 아이들이 호령에 놀라 비슬비슬 멀어졌다.

"우리들 장난이 아니우. 암놈을 보고 저 혼자 발광이지."

코흘리개 한 녀석이 멀리서 소리를 쳤다.

"고 녀석 말투가."

"김첨지 당나귀가 가버리니까 왼통 흙을 차고 거품을 흘리면서 미친 소같이

---

14 바 당나귀를 맨 밧줄.
15 까스러다 잔털 따위가 거칠게 일어나다.
16 개진개진 물기가 지저분하게 내 밴 모양.

날뛰는걸. 꼴이 우스워 우리는 보고만 있었다우. 배를 좀 보지."

아이는 앵돌아진 투로 소리를 치며 깔깔 웃었다. 허생원은 모르는 결에 낯이 뜨거워졌다. 뭇 시선을 막으려고 그는 짐승의 배 앞을 가려 서지 않으면 안 되었다.

"늙은 주제에 암새를 내는 셈야, 저놈의 짐승이."

아이의 웃음소리에 허생원은 주춤하면서 기어코 견딜 수 없어 채찍을 들더니 아이를 쫓았다.

"쫓으려거든 쫓아보지. 왼손잡이가 사람을 때려."

줄달음에 달아나는 각다귀에는 당하는 재주가 없었다. 왼손잡이는 아이 하나도 후릴 수 없다. 그만 채찍을 던졌다. 술기도 돌아 몸이 유난스럽게 화끈거렸다.

"그만 떠나세. 녀석들과 어울리다가는 한이 없어. 장판의 각다귀들이란 어른보다도 더 무서운 것들인걸."

조선달과 동이는 각각 제 나귀에 안장을 얹고 짐을 싣기 시작하였다. 해가 꽤 많이 기울어진 모양이었다.

드팀전 장돌이를 시작한 지 이십 년이나 되어도 허생원은 봉평장을 빼논 적은 드물었다. 충주 제천 등의 이웃 군에도 가고, 멀리 영남 지방도 헤매이기는 하였으나 강릉쯤에 물건하러 가는 외에는 처음부터 끝까지 군내를 돌아다녔다. 닷새만큼씩의 장날에는 달보다도 확실하게 면에서 면으로 건너간다. 고향이 청주라고 자랑삼아 말하였으나 고향에 돌보러 간 일도 있는 것 같지는 않았다. 장에서 장으로 가는 길의 아름다운 강산이 그대로 그에게는 그리운 고향이었다. 반날 동안이나 뚜벅뚜벅 걷고 장터 있는 마을에 거지반 가까웠을 때, 거친 나귀가 한바탕 우렁차게 울면—더구나 그것이 저녁녘이어서 등불들이 어둠 속에 깜박거릴 무렵이면 늘 당하는 것이건만 허생원은 변치 않고 언제든지 가슴이 뛰놀았다.

젊은 시절에는 알뜰하게 벌어 돈푼이나 모아본 적도 있기는 있었으나, 읍내에 백중[17]이 열린 해 호탕스럽게 놀고 투전을 하여 사흘 동안에 다 털어버렸다. 나귀까지 팔게 된 판이었으나 애끊는 정분에 그것만은 이를 물고 단념하였다. 결국 도로아미타불로 장돌이를 다시 시작할 수밖에는 없었다. 짐승을 데리고 읍내를 도망해 나왔을 때에는 너를 팔지 않기 다행이었다고 길가에서 울면서 짐승의 등을 어루만졌던 것이었다. 빚을 지기 시작하니 재산을 모을 염은 당초에 틀리고 간신히 입에 풀칠을 하러 장에서 장으로 돌아다니게 되었다.

호탕스럽게 놀았다고는 하여도 계집 하나 후려보지는 못하였다. 계집이란 좀 쌀쌀하고 매정한 것이었다. 평생 인연이 없는 것이라고 신세가 서글퍼졌다. 일신에 가까운 것이라고는 언제나 변함없는 한 필의 당나귀였다.

그렇다고는 하여도 꼭 한 번의 첫 일을 잊을 수는 없었다. 뒤에도 처음에도 없는 단 한 번의 괴이한 인연! 봉평에 다니기 시작한 젊은 시절의 일이었으나 그것을 생각할 적만은 그도 산 보람을 느꼈다.

달밤이었으나 어떻게 해서 그렇게 됐는지 지금 생각해도 도무지 알 수는 없었다.

허생원은 오늘 밤도 또 그 이야기를 끄집어내려는 것이다. 조선달은 친구가 된 이래 귀에 못이 박이도록 들어왔다. 그렇다고 싫증을 낼 수도 없었으나 허생원은 시침을 떼고 되풀이할 대로는 되풀이하고야 말았다.

"달밤에는 그런 이야기가 격에 맞거든."

조선달 편을 바라는 보았으나 물론 미안해서가 아니라 달빛에 감동하여서였다. 이지러는 졌으나 보름을 가제[18] 지난 달은 부드러운 빛을 흐붓이[19] 흘리고 있다. 대화까지는 칠십 리의 밤길, 고개를 둘이나 넘고 개울을 하나 건너고 벌판과 산길을 걸어야 된다. 달은 지금 긴 산허리에 걸려 있다. 밤중을 지난 무렵인지 죽은 듯이 고요한 속에서 짐승 같은 달의 숨소리가 손에 잡힐 듯이 들리며, 콩포기와 옥수수 잎새가 한층 달에 푸르게 젖었다. 산허리는 온통 메밀밭이어서 피기 시작한 꽃이 소금을 뿌린 듯이 흐붓한 달빛에 숨이 막힐 지경이다.

---

17 백중 백중은 24절기의 하나로 음력 칠월 보름. 이때 난장이 열리기도 함.
18 가제 갓.
19 흐붓이 흐뭇하고 뿌듯한 느낌으로.

붉은 대궁이 향기같이 애잔하고 나귀들의 걸음도 시원하다. 길이 좁은 까닭에 세 사람은 나귀를 타고 외줄로 늘어섰다. 방울 소리가 시원스럽게 딸랑딸랑 메밀밭께로 흘러간다. 앞장선 허생원의 이야기 소리는 꽁무니에 선 동이에게는 확적히는[20] 안 들렸으나, 그는 그대로 개운한 제멋에 적적하지는 않았다.

"장 선 꼭 이런 날 밤이었네. 객줏집 토방이란 무더워서 잠이 들어야지. 밤중은 돼서 혼자 일어나 개울가에 목욕하러 나갔지. 봉평은 지금이나 그제나 마찬가지나 보이는 곳마다 메밀밭이어서 개울가에 어디 없이 하얀 꽃이야. 돌밭에 벗어도 좋을 것을, 달이 너무도 밝은 까닭에 옷을 벗으러 물방앗간으로 들어가지 않았나. 이상한 일도 많지. 거기서 난데없는 성서방네 처녀와 마주쳤단 말이네. 봉평서야 제일가는 일색이었지."

"팔자에 있었나 부지."

아무렴 하고 응답하면서 말머리를 아끼는 듯이 한참이나 담배를 빨 뿐이었다. 구수한 자줏빛 연기가 밤기운 속에 흘러서는 녹았다.

"날 기다린 것은 아니었으나 그렇다고 달리 기다리는 놈팽이가 있는 것두 아니었네. 처녀는 울고 있단 말야. 짐작은 대고 있었으나 성서방네는 한창 어려워서 들고날[21] 판인 때였지. 한집안 일이니 딸에겐들 걱정이 없을 리 있겠나. 좋은 데만 있으면 시집도 보내련만 시집은 죽어도 싫다지…… 그러나 처녀란 울 때같이 정을 끄는 때가 있을까. 처음에는 놀라기도 한 눈치였으나 걱정 있을 때는 누그러지기도 쉬운 듯해서 이럭저럭 이야기가 되었네…… 생각하면 무섭고도 기막힌 밤이었어."

"제천인지로 줄행랑을 놓은 건 그 다음 날이였나?"

"다음 장도막[22]에는 벌써 온 집안이 사라진 뒤였네. 장판은 소문에 발끈 뒤집혀 고작해야 술집에 팔려가기가 상수라고 처녀의 뒷공론이 자자들 하단 말이야. 제천 장판을 몇 번이나 뒤졌겠나. 하나 처녀의 꼴은 꿩 궈먹은 자리야. 첫

---

20 확적하다 확실하고 또렷하다.
21 들고나다 본래 물건을 팔러 가지고 나간다는 뜻이나, 여기서는 '손 털고 빈털털이로 나서다'의 뜻
22 다음 장도막 다음 장이 있는 기간.

날 밤이 마지막 밤이었지. 그때부터 봉평이 마음에 든 것이 반평생을 두고 다니게 되었네. 평생인들 잊을 수 있겠나."

"수 좋았지. 그렇게 신통한 일이란 쉽지 않어. 항용 못난 것 얻어 새끼 낳고, 걱정 늘고 생각만 해두 진저리나지…… 그러나 늘그막바지까지 장돌뱅이로 지내기도 힘드는 노릇 아닌가? 난 가을까지만 하구 이 생애와두 하직하려네. 대화쯤에 조그만 전방이나 하나 벌이구 식구들을 부르겠어. 사시장철 뚜벅뚜벅 걷기란 여간이래야지."

"옛 처녀나 만나면 같이나 살까…… 난 거꾸러질 때까지 이 길 걷고 저 달 볼 테야."

산길을 벗어나니 큰길로 틔어졌다. 꽁무니의 동이도 앞으로 나서 나귀들은 가로 늘어섰다.

"총각두 젊겠다, 지금이 한창 시절이렷다. 충줏집에서는 그만 실수를 해서 그 꼴이 되었으나 설게 생각 말게."

"천, 천만에요. 되려 부끄러워요. 계집이란 지금 웬 제격인가요. 자나깨나 어머니 생각뿐인데요."

허생원의 이야기로 실심해한[23] 끝이라 동이의 어조는 한풀 수그러진 것이었다.

"애비 에미란 말에 가슴이 터지는 것도 같았으나 제겐 아버지가 없어요. 피붙이라고는 어머니 하나뿐인걸요."

"돌아가셨나?"

"당초부터 없어요."

"그런 법이 세상에."

생원과 선달이 야단스럽게 껄껄들 웃으니, 동이는 정색하고 우길 수밖에는 없었다.

"부끄러워서 말하지 않으려 했으나 정말예요. 제천 촌에서 달도 차지 않은

---

[23] 실심해하다 마음이 무겁게 가라앉아 기운을 잃다.

아이를 낳고 어머니는 집을 쫓겨났죠. 우스운 이야기나, 그러기 때문에 지금까지 아버지 얼굴도 본 적 없고, 있는 고장도 모르고 지내와요."

고개가 앞에 놓인 까닭에 세 사람은 나귀를 내렸다. 둔덕은 험하고 입을 벌리기도 대견하여[24] 이야기는 한동안 끊겼다. 나귀는 건듯하면 미끄러졌다. 허생원은 숨이 차 몇 번이고 다리를 쉬지 않으면 안 되었다. 고개를 넘을 때마다 나이가 알렸다. 동이 같은 젊은 축이 그지없이 부러웠다. 땀이 등을 한바탕 쪽 씻어 내렸다.

고개 너머는 바로 개울이었다. 장마에 흘러 버린 널다리가 아직도 걸리지 않은 채로 있는 까닭에 벗고 건너야 되었다. 고의를 벗어 띠로 등에 얽어매고 반 벌거숭이의 우스꽝스런 꼴로 물속에 뛰어들었다. 금방 땀을 흘린 뒤였으나 밤물은 뼈를 찔렀다.

"그래, 대체 기르긴 누가 기르구?"

"어머니는 하는 수 없이 의부를 얻어 가서 술장사를 시작했죠. 술이 고주[25]래서 의부라고 전망나니[26]예요. 철들어서부터 맞기 시작한 것이 하룬들 편할 날 있었을까. 어머니는 말리다가 채고 맞고 칼부림을 당하곤 하니 집 꼴이 무어겠소. 열여덟 살 때 집을 뛰어나와서부터 이 짓이죠."

"총각 낫세론 심이 무던하다고 생각했더니 듣고 보니 딱한 신세로군."

물은 깊어 허리까지 찼다. 속 물살도 어지간히 센 데다가 발에 채는 돌맹이도 미끄러워 금시에 훌칠[27] 듯하였다. 나귀와 조선달은 재빨리 거의 건넜으나 동이는 허생원을 붙드느라고 두 사람은 훨씬 떨어졌다.

"모친의 친정은 원래부터 제천이었던가?"

"웬걸요, 시원스리 말은 안 해주나 봉평이라는 것만은 들었죠."

"봉평? 그래 그 아비 성은 무엇인구?"

---

24 대견하다 대간하다. 힘들고 만만치않다는 의미의 충청도 사투리.
25 고주 고주망태. 술이 지나치게 취하여 몸을 가누지 못하는 상태, 혹은 그런 사람.
26 전망나니 돈이라면 사족을 못 쓰고 못된 짓을 하는 사람.
27 훌치다 물체가 바람 따위를 받아서 휘우듬하게 쏠리다.

"알 수 있나요. 도무지 듣지를 못했으니까."

"그, 그렇겠지."

하고 중얼거리며 흐려지는 눈을 까물까물하다가 허생원은 경망하게도 발을 빗디디었다. 앞으로 고꾸라지기가 바쁘게 몸째 풍덩 빠져버렸다. 허비적거릴수록 몸을 걷잡을 수 없어 동이가 소리를 치며 가까이 왔을 때에는 벌써 퍽이나 흘렀었다. 옷째 쫄딱 젖으니 물에 젖은 개보다도 참혹한 꼴이었다. 동이는 물속에서 어른을 해깝게[28] 업을 수 있었다. 젖었다고는 하여도 여윈 몸이라 장정등에는 오히려 가벼웠다.

"이렇게까지 해서 안됐네. 내 오늘은 정신이 빠진 모양이야."

"염려하실 것 없어요."

"그래 모친은 아비를 찾지는 않는 눈치지?"

"늘 한번 만나고 싶다고는 하는데요."

"지금 어디 계신가?"

"의부와도 갈라져 제천에 있죠. 가을에는 봉평에 모셔 오려고 생각 중인데요. 이를 물고 벌면 이럭저럭 살아갈 수 있겠죠."

"아무렴, 기특한 생각이야. 가을이렸다?"

동이의 탐탁한 등허리가 뼈에 사무쳐 따뜻하다. 물을 다 건넜을 때에는 도리어 서글픈 생각에 좀더 업혔으면도 하였다.

"진종일 실수만 하니 웬일이오, 생원."

조선달은 바라보며 기어코 웃음이 터졌다.

"나귀야. 나귀 생각하다 실족을 했어. 말 안 했던가. 저 꼴에 제법 새끼를 얻었단 말이지. 읍내 강릉집 피마[29]에게 말일세. 귀를 쫑긋 세우고 달랑달랑 뛰는 것이 나귀 새끼같이 귀여운 것이 있을까. 그것 보러 나는 일부러 읍내를 도는 때가 있다네."

"사람을 물에 빠치울 젠 딴은 대단한 나귀 새끼군."

---

28 해깝다 가볍다의 경상도 사투리.
29 피마 다 자란 암말. 빈마(牝馬).

허생원은 젖은 옷을 웬만큼 짜서 입었다. 이가 덜덜 갈리고 가슴이 떨리며 몹시도 추웠으나 마음은 알 수 없이 둥실둥실 가벼웠다.

"주막까지 부지런히들 가세나. 뜰에 불을 피우고 훗훗이[30] 쉬어. 나귀에겐 더운 물을 끓여 주고. 내일 대화 장 보고는 제천이다."

"생원도 제천으로?"

"오래간만에 가보고 싶어. 동행하려나, 동이?"

나귀가 걷기 시작하였을 때 동이의 채찍은 왼손에 있었다. 오랫동안 아둑시니[31] 같이 눈이 어둡던 허생원도 요번만은 동이의 왼손잡이가 눈에 띄지 않을 수 없었다.

걸음도 해깝고 방울 소리가 밤 벌판에 한층 청청하게 울렸다.

달이 어지간히 기울어졌다.

---

30 훗훗하다 약간 갑갑할 정도로 훈훈하게 덥다.
31 아둑시니 어둑시니. 밤에 보이는 헛것. 어둑시니를 보는 것처럼 눈이 희미함.

이효석(李孝石)

1907년 강원도 봉평 출생. 아호는 가산(可山), 필명으로 아세아(亞細亞), 효석(曉晳) 등을 쓰기도 함. 경성제국대학 영문과 졸업. 경성농업학교 교사, 평양 숭실전문학교 교수, 대동공업전문학교 교수 등을 지냄. 1928년『조선지광』에 「도시와 유령」을 발표하며 동반작가(同伴作家)로 본격적으로 문단에 데뷔함. 이후 「노령근해」(1931), 「프레류드」(1931), 「오리온과 임금(林檎)」(1932), 「돈(豚)」(1933), 「메밀꽃 필 무렵」(1936), 「산」(1936), 「들」(1936) 등의 단편과 장편소설『화분(花粉)』(1939)을 발표. 1942년 타계.

작품 세계

등단작 「도시와 유령」(1928)을 비롯한 이효석의 초기 작품은 시대 현실을 비판적 시각으로 그리고 있다. 이효석은 계층의 격차로 인한 삶의 왜곡 현상, 성의 문란으로 인한 도덕적 타락, 인격의 분열과 정체성의 혼란 등을 파헤치는 일을 작가의 과업으로 삼았다. 당대의 이념을 흡수하여 형상화한 예로 삼부작『노령근해』를 들 수 있는데, 이 작품은 경향파 문학의 이념을 계승한 것으로 평가되기도 한다.

카프 검거가 시작된 1931년 무렵, 이효석은 아이러니컬하게도 경무국 검열계에 취직하여 사상적으로 불온한 작가와 작품을 색출하는 일을 하게 된다. 지인들의 비판으로 직장을 그만둔 이후 작품 세계에도 큰 변화가 일어나는데, 사회에 대한 관심은 자연과 인간의 본능을 추구하는 방향으로 급변한다. 이를 반영하는 작품들로 「산」 「들」 「돈」 등이 있으며, 이 작품들은 일견 목가적인 자연 취향을 보여준다. 사회 현실에 대응할 수 없는 질곡에서 취할 수 있는 작가의 방법 가운데 하나는 인간을 사회적 관계와 단절하여 바라보는 것일 터이다. 한편 장편소설『화분』에 이르러서는 육체적 환락을 그 자체로서 가치로 추구하는 인간 군상이 그려진다.

「메밀꽃 필 무렵」

「메밀꽃 필 무렵」이 발표된 1936년은 한국 소설사에서 리얼리즘 소설과 모더니즘 계열의 소설이 두 산맥을 이루면서 전개되는 시점이다. 일제강점기이기는 하지만 근대화의 모양을 갖추기 시작하는 때이고, '구인회' 회원들을 비롯한 문학인들이 근대화의 길로 치달아가던 때이다. 이러한 시점에서 이효석은 근대화와는 반대 방향으로 문학의 길을 가고 있었다. 시대의 흐름이나 역사의 진행과 맞물리지 않고, 인간이기 때문에 그렇게 느끼고 그렇게 살 수밖에 없는 길을 찾아나선 것이다. 여기에 흔히 문학사에서 서정소설로 분류하는 「메밀꽃 필 무렵」이 있다.

달 아래 칠십 리 밤길, 이 공간에 설정되어 있는 사물들은 공감각적 은유의 인식 공간에서 존재의 경계가 흐려지고, 마침내는 작중 인물들과 일체가 된다. "짐승 같은 달의 숨소리," "달에 푸르게 젖은" 콩포기와 옥수수 잎새, "붉은 대궁이 향기같이 애잔하"다는 등의 표현이 그러하다.

그리고 이 은유적 발상은 이 작품 전체를 규율하는 주제어가 된다. 이 은유는 자연과 인간, 동물과 인간, 생애와 운명 사이의 동질성과 조화를 상징하는 원형 심상으로 발전한다. 인간 삶의 사회 역사적 조건에 대한 탐구보다는 자연적 존재로서 인간 삶의 원형성을 추구한 데에 이 작품의 미적 구조가 자리 잡고 있다.

주요 참고 문헌

김연수, 서재원, 한상무는 이효석 소설에 나타난 심미성을 미의식, 근대성, 예술적 형상화의 측면에서 논의하고(김연수, 「이효석 소설에 나타난 미의식 연구」, 서울여대 석사 논문, 1990; 서재원, 「이효석의 심미적 근대성 연구——「개살구」를 중심으로」, 우리어문학회, 『우리어문연구』, 2004; 한상무, 「소설의 '미적 지리'와 예술적 형상화——이효석, 김유정 작품을 대상으로」, 한국어교육학회(구 한국국어교육연구학회), 『국어교육』, 1977), 김미영, 김해옥, 정영자, 김원일은 이효석 소설의 자연관에 주목하여 생태학적, 비교문학적 논의를 이루고 있다(김미영, 「1930년대 후반기 소설에 나타난 생태학적 상상력——이효석의 「산」「들」과 정비석의 「성황당」을 중심으로」, 한국비교문학회, 『비교문학』, 2005; 김해옥, 「이효석의 서정 소설과 생태적 상상력——작품 「들」을 중심으로」, 한국현대소설학회, 『현대소설연구』, 2004; 김해옥, 「생태인문학의 가능성과 이효석의 「산」을 통해 본 생태학적 상상력——불타의 중생관을 중심으로」, 한국언어문화학회(구 한양어문학회), 『한국언어문화(구 한양어문)』, 2002; 정영자, 「한국 현대소설의 자연관 연구——현진건, 김유정, 이효석을 중심으로」, 수련어문학회, 『수련어문논집』, 1982; 김원일, 「이효석과 Saint-Exupery의 '자연관' 비교연구」, 한국프랑스학회, 『한국프랑스학논집』, 1974). 한편, 배경열, 김제철, 조명기는 이효석의 작품을 각각 초기, 전기, 후기로 나누어 논의하였고(배경열, 「이효석의 초기 작품 고찰——창작집 『노령근해』를 중심으로」, 서울대 국문과, 『관악어문연구』, 1994; 김제철, 「이효석 전기 작품 연구」, 한국언어문화학회, 『한양어문』, 1999; 조명기, 「이효석의 후기 소설 연구——「삽화」「장미 병들다」「부록」을 중심으로」, 현대문학이론학회, 『현대문학이론연구』, 2004), 조명기는 이효석 전기소설과 후기소설의 분기점에 위치한 「북국사신」「프레류드」「오리온과 임금」을 중심으로 이효석 소설의 변화양상을 연구하였다(조명기, 「이효석 소설의 변화 양상 연구——「북국사신」「프레류드」「오리온과 임금」을 중심으로」, 한국현대소설학회, 『현대소설연구』, 2004). _우한용

박태원
소설가 구보(仇甫)씨의 일일(一日)

어머니는

아들이 제 방에서 나와, 마루 끝에 놓인 구두를 신고, 기둥 못에 걸린 단장을 떼어 들고, 그리고 문간으로 향해 나가는 소리를 들었다.
"어디, 가니?"
대답은 들리지 않았다.
중문 앞까지 나간 아들은, 혹은, 자기의 한 말을 듣지 못하였는지도 모른다. 또는, 아들의 대답 소리가 자기의 귀에까지 이르지 못하였는지도 모른다. 그 둘 중의 하나라고 생각한 어머니는 이번에는 중문 밖에까지 들릴 목소리를 내었다.
"일쯔거니 들어오너라."
역시, 대답은 들리지 않았다.
중문이 소리를 내어 열려지고, 또 소리를 내어 닫혀졌다. 어머니는 얇은 실망을 느끼려는 자기 자신을 스스로 위로하려 한다. 중문 소리만 크게 나지 않

---

* 「소설가 구보씨의 일일」은 1934년 8월 1일부터 9월 19일까지 조선중앙일보에 연재되었다. 여기서는 단편선 『소설가 구보씨의 일일』(한국문학전집 15, 문학과지성사, 2005)에서 부분 수록하였다.

았다면, 아들의 "네" 소리를, 혹은 들을 수 있었을지도 모른다…….
 어머니는 다시 바느질을 하며, 대체, 그애는, 매일, 어딜, 그렇게, 가는, 겐가, 하고 그런 것을 생각해본다.
 직업과 아내를 갖지 않은, 스물여섯 살짜리 아들은, 늙은 어머니에게는 온갖 종류의, 근심, 걱정거리였다. 우선, 낮에 한번 집을 나서면, 아들은 밤늦게나 되어 돌아왔다.
 늙고, 쇠약한 어머니는, 자리도 깔지 않고, 맨바닥에 가, 팔을 괴고 누워, 아들을 기다리다가 곧잘 잠이 든다. 편안하지 못한 잠은, 두 시간씩 세 시간씩 계속될 수 없다. 잠깐 잠이 들었다, 깰 때마다, 어머니는 고개를 들어 아들의 방을 바라보고, 그리고, 기둥에 걸린 시계를 쳐다본다.
 자정—그리 늦지는 않았다. 이제 아들은 돌아올 게다. 어머니는 아들이 어서 돌아와지라 빌며, 또 어느 틈엔가 꼬빡 잠이 든다.
 그가 두번째 잠을 깨는 것은 새로 한 점 반이나, 두 점, 그러한 시각이다. 아들의 방에는 그저 불이 켜 있다.
 아들은 잘 때면 반드시 불을 끈다. 그러나, 혹은, 어느 틈엔가 아들은 돌아와 자리에 누워 책이라도 읽고 있는 게 아닐까. 아들에게는 그런 버릇이 있다.
 어머니는 소리 안 나게 아들의 방 앞에까지 걸어가 가만히 안을 엿듣는다. 마침내, 어머니는 방문을 열어보고, 입때 웬일일까, 호젓한 얼굴을 하고, 다시 방문을 닫으려다 말고 방 안으로 들어온다.
 나이 찬 아들의, 기름과 분 냄새 없는 방이, 늙은 어머니에게는 애달팠다. 어머니는 초저녁에 깔아놓은 채 그대로 있는, 아들의 이부자리와 베개를 바로 고쳐놓고, 그리고 그 옆에 가 앉아본다. 스물여섯 해를 길렀어도 종시 마음이 놓이지 않는 것은 자식이었다. 설혹 스물여섯 해를 스물여섯 곱하는 일이 있었더라도, 어머니의 마음은 늘 걱정으로 차리라. 그래도 어머니는 그가 작은며느리를 보면, 이렇게 밤늦게 한 가지 걱정을 덜 수 있으리라 생각한다.
 "참 이 애는 왜 장가를 들려구 안 하는 겐구."
 언제나 혼인 말을 꺼내면, 아들은 말하였다.

"돈 한 푼 없이 어떻게 기집을 멕여 살립니까?"

하지만…… 어떻게 도리야 있느니라. 어디 월급쟁이가 되더라도, 두 식구 입에 풀칠이야 못 헐라구…….

어머니는 어디 월급 자리라도 구할 생각은 없이, 밤낮으로, 책이나 읽고 글이나 쓰고, 혹은 공연스레 밤중까지 쏘다니고 하는 아들이, 보기에 딱하고, 또 답답하였다.

"그래두 장가를 들어놓면 맘이 달러지지."

"제 기집 귀여운 줄 알면, 자연 돈 벌 궁릴 하겠지."

작년 여름에 아들은 한 '색시'를 만나본 일이 있다. 그 애면 저도 싫다고는 않겠지. 이제 이놈이 들어오거든 단단히 따져보리라…… 그리고 어머니는 어느 틈엔가 손주 자식을 눈앞에 그려보기조차 한다.

아들은

그러나, 돌아와, 채 어머니가 뭐라고 말할 수 있기 전에, 입때 안 주무셨어요, 어서 주무세요, 그리고 자리옷으로 갈아입고는 책상 앞에 앉아, 원고지를 펴놓는다.

그런 때 옆에서 무슨 말이든 하면, 아들은 언제든 불쾌한 표정을 지었다. 그것은 어머니의 마음을 아프게 한다. 그래, 어머니는 가까스로, 늦었으니 어서 자거라, 그걸랑 낼 쓰구…… 한마디를 하고서 아들의 방을 나온다.

"얘기는 낼 아침에래두 허지."

그러나 열한 점이나 오정에야 일어나는 아들은, 그대로 소리 없이 밥을 떠먹고는 나가버렸다.

때로, 글을 팔아 몇 푼의 돈을 구할 수 있을 때, 그 어느 한 경우에, 아들은 어머니를 보고, 뭐 잡수시구 싶으신 거 없에요, 그렇게 묻는 일이 있었다.

어머니는 직업을 가지지 못한 아들이, 그래도 어떻게 몇 푼의 돈을 만들어,

자기에게 그런 말을 할 수 있는 것을 신기하게 기뻐하였다.

"어서 내 생각 말구, 네 양말이나 사 신어라."

그러면, 아들은 으레, 제 고집을 세웠다. 아들의 고집 센 것을, 물론 어머니는 좋게 생각 안 했다. 그러나 이러한 경우라면, 아들이 고집을 세우면 세울수록 어머니는 만족하였다. 어머니의 사랑은 보수를 원하지 않지만, 그래도 자식이 자기에게 대한 사랑을 보여줄 때, 그것은 어머니를 기쁘게 해준다.

대체 무얼 사줄 테냐, 뭐든 어머니 마음대로. 먹는 게 아니래도 좋으냐. 네. 그래 어머니는 에누리 없이 욕망을 말해본다.

"너, 나, 치마 하나 해주려무나."

아들이 흔연히 응낙하는 걸 보고,

"네 아주멈은 뭐 안 해주니?"

아들은 치마 두 감의 가격을 묻고, 그리고 갑자기 엄숙한 얼굴을 한다. 혹은 밤을 새우기까지 해 아들이 번 돈은, 결코 대단한 액수의 것이 아니었다. 그래, 어머니는 말한다.

"그럼 네 아주멈이나 해주렴."

아들은, 아니에요, 넉넉해요. 갖다 끊으세요. 그리고 돈을 내놓았다.

어머니는, 얼마를 주저한다. 그러나, 마침내, 그는 가장 자랑스러이 돈을 집어들고, 애애 옷감 바꾸러 나가자, 아재비가 치마 허라고 돈을 주었다. 네 아재비가······ 그렇게 건넌방에서 재봉틀을 놀리고 있던 맏며느리를 신기하게 놀래어준다.

치마가 되면, 어머니는 그것을 입고, 나들이를 하였다.

일갓집 대청에 가 주인 아낙네와 마주 앉아, 갓난애같이 어머니는 치마 자랑할 기회를 엿본다. 주인마누라가, 섣불리, 참, 치마 좋은 거 해 입으셨구면, 이라고나 한다면, 어머니는 서슴지 않고,

"이거 내 둘째 아이가 해준 거죠. 제 아주멈 해¹하구, 이거하구······."

---

1 **아주멈 해** '아주멈'은 형수를 가리키고 '해'는 '것'을 의미하는 옛말. 따라서 '제 형수 것.'

이렇게 묻지도 않은 말을 하였다. 어머니는 그것이 아들의 훌륭한 자랑거리라 생각하였다.

자식을 자랑할 때, 어머니는 얼마든지 뻔뻔스러울 수 있다.

그러나 그런 일은 늘 있을 수 없다. 어머니는 역시 글을 쓰는 것보다는 월급쟁이가 몇 곱절 낫다고 생각하고, 그리고 그렇게 재주 있는 내 아들은 무엇을 하든 잘하리라고 혼자 작정해버린다. 아들은 지금 세상에서 월급 자리 얻기가 얼마나 힘든 것인가를 말한다. 하지만, 보통학교만 졸업하고도, 고등학교만 나오고도, 회사에서 관청에서 일들만 잘하고 있는 것을 알고 있는 어머니는, 고등학교를 졸업하고도, 또 동경엘 건너가 공부 하고 온 내 아들이, 구해도 일자리가 없다는 것이 도무지 믿어지지가 않았다.

구보는

집을 나와 천변 길을 광교로 향해 걸어가며, 어머니에게 단 한마디 "네—" 하고 대답 못 했던 것을 뉘우쳐본다. 하기야 중문을 여닫으며 구보는 "네—" 소리를 목구멍까지 내어보았던 것이나 중문과 안방과의 거리는 제법 큰 소리를 요구하였고, 그리고 공교롭게 활짝 열린 대문 앞을, 때마침 세 명의 여학생이 웃고 떠들며 지나갔다.

그렇더라도 대답은 역시 해야만 하였다고, 구보는 어머니의 외로워할 때의 표정을 눈앞에 그려본다. 처녀들은 어느 틈엔가 그의 시야에서 사라졌다.

구보는 마침내 다리 모퉁이에까지 이르렀다. 그의 일 있는 듯싶게 꾸미는 걸음걸이는 그곳에서 멈추어진다. 그는 어딜 갈까, 생각해본다. 모두가 그의 갈 곳이었다. 한 군데라 그가 갈 곳은 없었다.

한낮의 거리 위에서 구보는 갑자기 격렬한 두통을 느낀다. 비록 식욕은 왕성하더라도, 잠은 잘 오더라도, 그것은 역시 신경 쇠약에 틀림없었다.

구보는 떠름한 얼굴을 해본다.

臭剝(취박)²	4.0
臭那(취나)	2.0
臭安(취안)	2.0
若丁(약정)	4.0
水(물)	200.0

一日 三回分服 二日分 (일일 삼회분복 이일분)

그가 다니는 병원의 젊은 간호부가 반드시 "삼삐스이"라고 발음하는 이 약은 그에게는 조그마한 효험도 없었다.

그러자 구보는 갑자기 옆으로 몸을 비킨다. 그 순간 자전거가 그의 몸을 가까스로 피해 지났다. 자전거 위의 젊은이는 모멸 가득한 눈으로 구보를 돌아본다. 그는 구보의 몇 칸통 뒤에서부터 요란스레 종을 울렸던 것임에 틀림없었다. 그것을 위험이 박두하였을 때에야 비로소 몸을 피할 수 있었던 것은 반드시 그가 '삼B水'의 처방을 외우고 있었기 때문만이 아니었다.

구보는, 자기의 왼편 귀 기능에 스스로 의혹을 갖는다. 병원의 젊은 조수는 결코 익숙하지 못한 솜씨로 그의 귓속을 살피고, 그리고 대담하게도 그 안이 몹시 불결한 까닭 외에 아무 이상이 없다고 선언하였었다. 한 덩어리의 '귀지'를 갖기보다는 차라리 사 주일간 치료를 요하는 중이염을 앓고 싶다, 생각하는 구보는, 그의 선언에 무한한 굴욕을 느끼며, 그래도 매일 신경질하게 귀 안을 소제하였었다.

그러나, 구보는 다행하게도 중이 질환을 가진 듯싶었다. 어느 기회에 그는 의학 사전을 뒤적거려보고, 그리고 별 까닭도 없이 자기는 중이가답아(中耳可答兒)³에 걸렸다고 혼자 생각하였다. 사전에 의하면 중이가답아에는 급성 급 만성이 있고, 만성 중이가답아에는 또다시 이를 만성 건성 급 만성 습성의 이

---

2 **취박(臭剝)** 브롬화칼륨. 진정제 · 수면제 등으로 쓰는 약.
3 **중이가답아(中耳可答兒)** '가답아'는 염증의 일종인 카타르 katarrh의 음차. 즉, 중이염.

자(二者)로 나눈다 하였는데, 자기의 이질은 그 만성 습성의 중이가답아에 틀림없다고 구보는 작정하고 있었다.

그러나 부실한 것은 그의 왼쪽 귀뿐이 아니었다. 구보는 그의 바른쪽 귀에도 자신을 갖지 못한다. 언제든 쉬이 전문의를 찾아보아야겠다고 생각은 하면서도, 일 년이나 그대로 내버려둔 채 지내온 그는, 비교적 건강한 그의 바른쪽 귀마저, 또 한편 귀의 난청 보충으로 그 기능을 소모시키고, 그리고 불원한 장래에 '듄케르 청장관(廳長管)'이나 '전기보청기'의 힘을 빌리지 않으면 안 될지도 모른다.

구보는

갑자기 걸음을 걷기로 한다. 그렇게 우두커니 다리 곁에 가 서 있는 것의 무의미함을 새삼스러이 깨달은 까닭이다. 그는 종로 네거리를 바라보고 걷는다. 구보는 종로 네거리에 아무런 사무도 갖지 않는다. 처음에 그가 아무렇게나 내어놓았던 바른발이 공교롭게도 왼편으로 쏠렸기 때문에 지나지 않는다.

갑자기 한 사람이 나타나 그의 앞을 가로질러 지난다. 구보는 그 사내와 마주칠 것 같은 착각을 느끼고, 위태롭게 걸음을 멈춘다.

그리고 다음 순간, 구보는, 이렇게 대낮에도 조금의 자신을 가질 수 없는 자기의 시력을 저주한다. 그의 코 위에 걸려 있는 이십사 도의 안경은 그의 근시를 도와주었으나, 그의 망막에 나타나 있는 무수한 맹점을 제거하는 재주는 없었다. 총독부 병원 시대의 구보의 시력 검사표는 그저 그 우울한 '안과 재래(眼科在來)'의 책상 서랍 속에 들어 있을지도 모른다.

R, 4   L, 3

구보는, 이 주일간 열병을 앓은 끝에, 갑자기 쇠약해진 시력을 호소하러 처음으로 안과의와 대하였을 때의, 그 조그만 테이블 위에 놓여 있던 '시야 측정기'를 지금 기억하고 있다. 제 자신 강도(强度)의 안경을 쓰고 있던 의사는, 백묵을 가져, 그 위에 용서 없이 무수한 맹점을 찾아내었었다.

그래도, 구보는, 약간 자신이 있는 듯싶은 걸음걸이로 전차 선로를 두 번 횡단해 화신상회 앞으로 간다. 그리고 저도 모를 사이에 그의 발은 백화점 안으로 들어서기조차 하였다.

젊은 내외가, 너덧 살 되어 보이는 아이를 데리고 그곳에 가 승강기를 기다리고 있었다. 이제 그들은 식당으로 가서 그들의 오찬을 즐길 것이다. 흘깃 구보를 본 그들 내외의 눈에는 자기네들의 행복을 자랑하고 싶어하는 마음이 엿보였는지도 모른다. 구보는, 그들을 업신여겨볼까 하다가, 문득 생각을 고쳐, 그들을 축복해주려 하였다. 사실, 사오 년 이상을 같이 살아왔으면서도, 오히려 새로운 기쁨을 가져 이렇게 거리로 나온 젊은 부부는 구보에게 좀 다른 의미로서의 부러움을 느끼게 하였는지도 모른다. 그들은 분명히 가정을 가졌고, 그리고 그들은 그곳에서 당연히 그들의 행복을 찾을 게다.

승강기가 내려와 서고, 문이 열려지고, 닫히고, 그리고 젊은 내외는 수남(壽男)이나 복동(福童)이와 더불어 구보의 시야를 벗어났다.

구보는 다시 밖으로 나오며, 자기는 어디 가 행복을 찾을까 생각한다. 발 가는 대로, 그는 어느 틈엔가 안전지대에 가 서서, 자기의 두 손을 내려다보았다. 한 손의 단장과 또 한 손의 공책과 — 물론 구보는 거기에서 행복을 찾을 수는 없다.

안전지대 위에, 사람들은 서서 전차를 기다린다. 그들에게, 행복은 알 수 없다. 그러나 그들은 분명히, 갈 곳만은 가지고 있었다.

전차가 왔다. 사람들은 내리고 또 탔다. 구보는 잠깐 멍하니 그곳에 서 있었다. 그러나 자기와 더불어 그곳에 있던 온갖 사람들이 모두 저 차에 오른다 보았을 때, 그는 저 혼자 그곳에 남아 있는 것에, 외로움과 애달픔을 맛본다. 구보는, 움직인 전차에 뛰어올랐다.

전차 안에서

구보는, 우선, 제 자리를 찾지 못한다. 하나 남았던 좌석은 그보다 바로 한 걸음 먼저 차에 오른 젊은 여인에게 점령당했다. 구보는, 차장대(車掌臺)가 가까운 한구석에 가 서서, 자기는 대체, 이 동대문행 차를 어디까지 타고 가야 할 것인가를, 대체, 어느 곳에 행복은 자기를 기다리고 있을 것인가를 생각해 본다.

이제 이 차는 동대문을 돌아 경성운동장 앞으로 해서…… 구보는, 차장대, 운전대로 향한, 안으로 파란 융을 받쳐 댄 창을 본다. 전차과에서는 그곳에 '뉴스'를 게시한다. 그러나 사람들은 요사이 축구도 야구도 하지 않는 모양이었다.

장충단으로. 청량리로. 혹은 성북동으로…… 그러나 요사이 구보는 교외를 즐기지 않는다. 그곳에는, 하여튼 자연이 있었고, 한적이 있었다. 그리고 고독조차 그곳에는, 준비되어 있었다. 요사이, 구보는 고독을 두려워한다.

일찍이 그는 고독을 사랑한 일이 있었다. 그러나 고독을 사랑한다는 것은 그의 심경의 바른 표현이 못 될 게다. 그는 결코 고독을 사랑하지 않았는지도 모른다. 아니 도리어 그는 그것을 그지없이 무서워하였는지도 모른다. 그러나 그는 고독과 힘을 겨루어, 결코 그것을 이겨내지 못하였다. 그런 때, 구보는 차라리 고독에게 몸을 떠맡겨버리고, 그리고, 스스로 자기는 고독을 사랑하고 있는 것이라고 꾸며왔었는지도 모를 일이다…….

표, 찍읍쇼── 차장이 그의 앞으로 왔다. 구보는 단장을 왼팔에 걸고, 바지 주머니에 손을 넣었다. 그러나 그가 그 속에서 다섯 닢의 동전을 골라내었을 때, 차는 종묘 앞에 서고, 그리고 차장은 제자리로 돌아갔다.

구보는 눈을 떨어뜨려, 손바닥 위의 다섯 닢 동전을 본다. 그것들은 공교롭게도 모두가 뒤집혀 있었다. 대정(大正) 12년. 11년. 11년. 8년. 12년. 대정 54년──,[4] 구보는 그 숫자에서 어떤 한 개의 의미를 찾아내려 들었다. 그러나 그

---

[4] 대정 54년 일본 황제 연호로서 1912년이 대정 1년이며 1925년까지 이어진다. 이후는 '소화'이다. 그

것은 부질없는 일이었고, 그리고 또 설혹 그것이 무슨 의미를 가지고 있었다 하더라도, 그것은 적어도 '행복'은 아니었을 게다.

차장이 다시 그의 옆으로 왔다. 어디를 가십니까. 구보는 전차가 향해 가는 곳을 바라보며 문득 창경원에라도 갈까, 하고 생각한다. 그러나 그는 차장에게 아무런 사인도 하지 않았다. 갈 곳을 갖지 않은 사람이, 한번, 차에 몸을 의탁하였을 때, 그는 어디서든 섣불리 내릴 수 없다.

차는 서고, 또 움직였다. 구보는 창밖을 내다보며, 문득, 대학병원에라도 들를 것을 그랬나 해본다. 연구실에서, 벗은, 정신병을 공부하고 있었다. 그를 찾아가, 좀 다른 세상을 구경하는 것은, 행복은 아니어도, 어떻든 한 개의 일일 수 있다…….

구보가 머리를 돌렸을 때, 그는 그곳에, 지금 막 차에 오른 듯싶은 한 여성을 보고, 그리고 신기하게 놀랐다. 집에 돌아가, 어머니에게 오늘 전차에서 '그 색시'를 만났죠 하면, 어머니는 응당 반색을 하고, 그리고, "그래서 그래서," 뒤를 캐어물을 게다. 그가 만약, 오직 그뿐이라고라도 말한다면, 어머니는 실망하고, 그리고 그를 주변머리 없다고 책할지도 모른다. 그러나 누가 그 일을 알고, 그리고 아들을 졸(拙)하다고라도 말한다면, 어머니는, 내 아들은 원체 얌전해서…… 그렇게 변호할 게다.

구보는 여자와 시선이 마주칠까 겁(怯)하여, 얼토당토않은 곳을 보며, 저 여자는 내가 여기 있는 것을 보았을까, 하고 생각한다.

여자는

혹은, 그를 보았을지도 모른다. 전차 안에, 승객은 결코 많지 않았고, 그리고 자리가 몇 군데 비어 있음에도 불구하고, 구석에 가 서 있는 사람이란, 남의

래서 대정 54년은 1965년에 해당하지만 실제로는 있을 수 없는 해이고, 먼 미래의 해이기도 하다. 다섯 닢 동전의 햇수를 합하면 대정 54년이 나온다.

눈에 띄기 쉽다. 여자는 응당 자기를 보았을 게다. 그러나, 여자는 능히 자기를 알아볼 수 있었을까. 그것은 의문이다. 작년 여름에 단 한 번 만났을 뿐으로, 이래 일 년간 길에서라도 얼굴을 대한 일이 없는 남자를, 그렇게 쉽사리 여자는 알아내지 못할 게다. 그러나, 자기가 기억하고 있는 여자에게, 자기의 기억이 없으리라고 생각하는 것은, 누구에게 있어서든, 외롭고 또 쓸쓸한 일이다. 구보는, 여자와의 회견 당시의 자기의 그 대담한, 혹은 뻔뻔스러운 태도와 화술이, 그에게 적잖이 인상 주었으리라고 생각하고, 그리고 여자는 때때로 자기를 생각해주고 있었다고 믿고 싶었다.

그는 분명히 나를 보았고 그리고 나를 나라고 알았을 게다. 그러한 그는 지금 어떠한 느낌을 가지고 있을까, 그것이 구보는 알고 싶었다.

그는 결코 대담하지 못한 눈초리로, 비스듬히 두 칸통 떨어진 곳에 앉아 있는 여자의 옆얼굴을 곁눈질하였다. 그리고 다음 순간, 그와 눈이 마주칠 것을 겁하여 시선을 돌리며, 여자는 혹은 자기를 곁눈질한 남자의 꼴을, 곁눈으로 느꼈을지도 모르겠다고, 그렇게 생각하여본다. 여자는 남자를 그 남자라 알고, 그리고 남자가 자기를 그 여자라 안 것을 알고 있을지도 모른다. 이러한 경우에, 나는 어떠한 태도를 취해야 마땅할까 하고, 구보는 그러한 것에 머리를 썼다. 알은체를 해야 옳을지도 몰랐다. 혹은 모른 체하는 게 정당한 인사일지도 몰랐다. 그 둘 중에 어느 편을 여자는 바라고 있을까. 그것을 알았으면, 하였다. 그러다가, 갑자기, 그러한 것에 마음을 태우고 있는 자기가 스스로 괴이하고 우스워, 나는 오직 요만 일로 이렇게 흥분할 수가 있었던가 하고 스스로를 의심해보았다. 그러면 나는 마음속 그윽이 그를 생각하고 있었던지도 모르겠다고 생각해보았다. 그러나 그가 여자와 한 번 본 뒤로, 이래 일 년간, 그를 일찍이 한 번도 꿈에 본 일이 없었던 것을 생각해내었을 때, 자기는 역시 진정으로 그를 사랑하고 있는 것은 아닌지도 모르겠다고, 그러한 생각이 들었다. 만약 그렇다면 자기가 여자의 마음을 헤아려보고, 그리고 이리저리 공상을 달리고 하는 것은, 이를테면, 감정의 모독이었고, 그리고 일종의 죄악이었다.

그러나 만약 여자가 자기를 진정으로 그리고 있다면 —

구보가, 여자 편으로 눈을 주었을 때, 그러나, 여자는 자리에서 일어나 양산을 들고 차가 동대문 앞에 하차하기를 기다려 내려갔다. 구보의 마음은 또 한 번 동요하며, 창 너머로 여자가 청량리행 전차를 기다리느라, 그곳 안전지대로 가 서는 것을 보았을 때, 그는 자기도 차에서 곧 내리고 싶은 충동을 느꼈다. 그러나, 여자가 청량리행 전차 속에서 자기를 또 한 번 발견하고, 그리고 자기가 일도 없건만, 오직 여자와의 사이에 어떠한 기회를 엿보기 위해 그 차를 탄 것에 틀림없다는 것을 눈치 챌 때, 여자는 그러한 자기를 얼마나 천박하게 생각할까. 그래, 구보가 망설거리는 동안, 전차는 달리고, 그들의 사이는 멀어졌다. 마침내 여자의 모양이 완전히 그의 시야에서 떠났을 때, 구보는 갑자기, 아차, 하고 뉘우친다.

행복은

그가 그렇게도 구해 마지않던 행복은, 그 여자와 함께 영구히 가버렸는지도 모른다. 여자는 자기에게 던져줄 행복을 가슴에 품고서, 구보가 마음의 문을 열어 가까이 와주기를 갈망하였는지도 모른다. 왜 자기는 여자에게 좀더 대담하지 못하였나. 구보는, 여자가 가지고 있는 온갖 아름다운 점을 하나하나 헤어보며, 혹은 이 여자 말고 자기에게 행복을 약속해주는 이는 없지나 않을까, 하고 그렇게 생각하였다.

방향판을 한강교로 갈고 전차는 훈련원을 지났다. 구보는 자리에 앉아, 주머니에서 오 전 백동화를 골라 꺼내면서, 비록 한 번도 꿈에 본 일은 없었더라도, 역시 그가 자기에게는 유일한 여자가 아닐까 하고 생각해본다.

자기가, 그를, 그동안 대수롭지 않게 여겨왔던 것같이 생각하는 것은, 구보가 제 감정을 속인 것에 지나지 않을지도 모른다. 그가 여자를 만나보고 돌아왔을 때, 그는 집에서 아들을 궁금히 기다리고 있던 어머니에게 '그 여자면' 정도의 뜻을 표하였었던 것에 틀림없었다. 그러나 구보는, 어머니가 색싯집으로 솔직하게 구혼할 것을 금하였다. 그것은 허영심만에서 나온 일은 아니다. 그는 여자가 자기 생각을 안 하고 있는 경우에 객쩍게시리 여자를 괴롭혀주고 싶지 않았던 까닭이다. 구보는 여자의 의사와 감정을 존중하고 싶었다.

그러나, 물론, 여자에게서는 아무런 말도 하여오지 않았다. 구보는, 여자가 은근히 자기에게서 무슨 말이 있기를 기다리고 있는 것이나 아닐까, 하고도 생각하여보았다. 그러나 그런 것을 생각하는 것은 제 자신 우스운 일이다. 그러는 동안에, 날은 가고, 그리고 그것에 대한 흥미를 구보는 잃기 시작하였다. 혹시, 여자에게서라도 먼저 말이 있다면— . 그러면 구보는 다시 이 문제에 흥미를 가질 수 있을 게다. 언젠가 여자의 집과 어떻게 인척 관계가 있는 노마나님이 와서 색싯집에서도 이편의 동정만 살피고 있는 듯싶더란 말을 들었을 때, 구보는 쓰디쓰게 웃고, 그리고 그것이 사실이라면, 그것은 희극이라느니보다는, 오히려 한 개의 비극이라고 생각하였다. 그러면서도 구보는 그 비극에서 자기네들을 구하기 위해 팔을 걷고 나서려 들지 않았다.

전차가 약초정(若草町)5 근처를 지나갈 때, 구보는, 그러나, 그 흥분에서 깨어나, 뜻 모를 웃음을 입가에 띠어본다. 그의 앞에 어떤 젊은 여자가 앉아 있었다. 그 여자는 자기의 두 무릎 사이에다 양산을 놓고 있었다. 어느 잡지에선가, 구보는 그것이 비(非)처녀성을 나타내는 것임을 배운 일이 있다. 딴은, 머리를 틀어 올렸을 뿐이나, 그만한 나이로는 저 여인은 마땅히 남편을 가졌어야 옳을 게다. 아까, 그는 양산을 어디다 놓고 있었을까 하고, 구보는, 객쩍은 생각을 하다가, 여성에 대해 그러한 관찰을 하는 자기는, 혹은 어떠한 여자를 아내로 삼든 반드시 불행하게 만들어주지나 않을까, 하고 생각하였다. 그러나 여자는— . 여자는 능히 자기를 행복되게 해줄 것인가. 구보는 자기가 알고 있는 온갖 여자를 차례로 생각해보고, 그리고 가만히 한숨지었다.

〔중략〕

---

5 약초정(若草町) 서울의 지명. 오늘날의 을지로 3가와 중구 저동 부근.

다방을

찾는 사람들은, 어인 까닭인지 모두들 구석진 좌석을 좋아하였다. 구보는 하나 남아 있는 가운데 탁자에 가 앉는 수밖에 없었다. 그래도, 그는 그곳에서 엘만[6]의 「발스・센티멘탈」[7]을 가장 마음 고요히 들을 수 있었다. 그러나 그 선율이 채 끝나기 전에, 방약무인한 소리가, 구포씨 아니요——. 구보는 다방 안의 모든 사람들의 시선을 온몸에 느끼며, 소리 나는 쪽을 돌아보았다. 중학을 이삼 년 일찍 마친 사내. 어느 생명보험 회사의 외교원이라는 말을 들었다. 평소에 결코 왕래가 없으면서도 이제 이렇게 알은체를 하려는 것은 오직 얼굴이 새빨개지도록 먹은 술 탓인지도 몰랐다. 구보는 무표정한 얼굴로 약간 끄떡해 보이고 즉시 고개를 돌렸다. 그러나 그 사내가 또 한 번, 역시 큰 소리로, 이리 좀 안 오시료, 하고 말하였을 때, 구보는 게으르게나마 자리에서 일어나, 그의 탁자로 가는 수밖에 없었다. 이리 좀 앉으시오. 참, 최군, 인사하지. 소설가, 구포씨.

이 사내는, 어인 까닭인지 구보를 반드시 '구포'라고 발음하였다. 그는 맥주병을 들어보고, 아이 쪽을 향하여 더 가져오라고 소리치고, 다시 구보를 보고, 그래 요새두 많이 쓰시우. 뭐 별로 쓰는 것 '없습니다.' 구보는 자기가 이러한 사내와 접촉을 가지게 된 것에 지극히 불쾌를 느끼며, 경어를 사용하는 것으로 그와 사이에 간격을 두기로 하였다. 그러나 이 딱한 사내는 도리어 그것에서 일종 득의감을 맛볼 수 있었는지도 모른다. 그뿐 아니라, 그는 한 잔 십 전짜리 차들을 마시고 있는 사람들 틈에서 그렇게 몇 병씩 맥주를 먹을 수 있는 것에 우월감을 갖고, 그리고 지금 행복이었을지도 모른다. 그는 구보에게 술을 따라 권하고, 내 참 구포씨 작품을 애독하지. 그리고 그러한 말을 하였음에도 불구하고 구보가 아무런 감동도 갖지 않는 듯싶은 것을 눈치 채자,

---

6 엘만 Mischa Elman(1891~1967) 러시아 태생의 바이올린 연주자.
7 「발스・센티멘탈」 러시아 작곡가 차이코프스키의 협악곡.

박태원

"사실, 내 또 만나는 사람마다 보고, 구포씨를 선전하지요."

그러한 말을 하고는 혼자 허허 웃었다. 구보는 의미 몽롱한 웃음을 웃으며, 문득 이 용감하고 또 무지한 사내를 고급으로 채용해 구보 독자 권유원을 시키면, 자기도 응당 몇십 명의 또는 몇백 명의 독자를 획득할 수 있을지 모르겠다고 그런 난데없는 생각을 하여보고, 그리고 혼자 속으로 웃었다. 참 구보 선생, 하고 최군이라 불린 사내도 말참견을 하여, 자기가 독견(獨鵑)[8]의 『승방비곡(僧房悲曲)』과 윤백남[9]의 『대도전(大盜傳)』을 걸작이라 여기고 있는 것에 구보의 동의를 구하였다. 그리고, 이 어느 화재보험회사의 권유원인지도 알 수 없는 사내는, 가장 영리하게,

"구보 선생님의 작품은 따루 치고……."

그러한 말을 덧붙였다. 구보가 간신히 그것들이 좋은 작품이라 말하였을 때, 최군은 또 용기를 얻어, 참 조선서 원고료는 얼마나 됩니까. 구보는 이 사내가 원호료라 발음하지 않는 것에 경의를 표하였으나 물론 그는 이러한 종류의 사내에게 조선 작가의 생활 정도를 알려주어야 할 아무런 의무도 갖지 않는다.

그래, 구보는 혹은 상대자가 모멸을 느낄지도 모를 것을 알면서도, 불쑥, 자기는 이제까지 고료라는 것을 받아본 일이 없어, 그러한 것은 조금도 모른다 말하고, 마침 문을 들어서는 벗을 보자 그만 실례합니다. 그리고 그들이 뭐라 말할 수 있기 전에 제자리로 돌아와 노트와 단장을 집어들고, 막 자리에 앉으려는 벗에게,

"나갑시다. 다른 데로 갑시다."

밖에, 여름밤, 가벼운 바람이 상쾌하다.

---

8 독견(獨鵑) 최상덕(1901~1970) 소설가이자 연극인. 1920년대에 『승방비곡』 등으로 독자들로부터 큰 인기를 얻었음.
9 윤백남(1888~1954) 소설가, 극작가, 영화감독. 소설·연극·영화·방송 등의 분야에서 선구자적인 업적을 남긴 대중예술가.

조선호텔

앞을 지나, 밤늦은 거리를 두 사람은 말없이 걸었다. 대낮에도 이 거리는 행인이 많지 않다. 참 요사이 무슨 좋은 일 있소. 맞은편에 경성우편국 삼 층 건물을 바라보며 구보는 생각난 듯이 물었다. 좋은 일이라니. 돌아보는 벗의 눈에 피로가 있었다. 다시 걸어 황금정으로 향하며, 이를테면, 조그만 기쁨, 보잘것없는 기쁨, 그러한 것을 가졌소. 뜻하지 않은 벗에게서 뜻하지 않은 엽서라도 한 장 받았다는 종류의……

"갖구말구."

벗은 서슴지 않고 대답하였다. 노형같이 변변치 못한 사람은 죽을 때까지 받아보지 못할 편지를. 그리고 벗은 허허 웃었다. 그러나 그것은 공허한 음향이었다. 내용 증명의 서류 우편. 이 시대에는 조그만 한 개의 다료를 경영하기도 수월치 않았다. 석 달 밀린 집세. 총총하던 별이 자취를 감추고 하늘이 흐렸다. 벗은 갑자기 휘파람을 분다. 가난한 소설가와, 가난한 시인과…… 어느 틈엔가 구보는 그렇게도 구차한 내 나라를 생각하고 마음이 어두웠다.

"혹시 노형은 새로운 애인을 갖고 싶다 생각 않소."

벗이 휘파람을 마치고 장난꾼같이 구보를 돌아보았다. 구보는 호젓하게 웃는다. 애인도 좋았다. 애인 아닌 여자도 좋았다. 구보가 지금 원함은 한 개의 계집에 지나지 않는지도 몰랐다. 또는 역시 어질고 총명한 아내라야 하였을지도 몰랐다. 그러다가 구보는, 문득, 아내도 계집도 말고, 십칠팔 세의 소녀를, 만약 그럴 수 있다면, 딸을 삼고 싶다고 그러한 엄청난 생각을 해보았다. 그 소녀는 마땅히 아리땁고, 명랑하고, 그리고 또 총명해야 한다. 구보는 자애 깊은 아버지의 사랑을 가져 소녀를 데리고 여행을 할 수 있을 게다—.

갑자기 구보는 실소하였다. 나는 이미 그토록 늙었나. 그래도 그 욕망은 쉽사리 버려지지 않았다. 구보는 벗에게 알리고 싶은 것을 참고, 혼자 마음속에 그 생각을 즐겼다. 세 개의 욕망. 그 어느 한 개만으로도 구보는 이제 용이히 행복될지 몰랐다. 혹은 세 개의 욕망의, 그 셋이 모두 이루어지더라도 결코 구보는 마음의 안위를 이룰 수 없을지도 몰랐다.

역시 그것은 '고독'이 빚어내는 사상이었다.

나의 원하는 바를 월륜도 모르네

문득 '춘부(春夫)'[10]의 일행시를 구보는 입 밖에 내어 외어본다. 하늘은 금방 빗방울이 떨어질 것같이 어둡다. 월륜(月輪)은커녕, 혹은 구보 자신 알지 못하고 있을지도 모른다. 어느 틈엔가 종로에까지 다시 돌아와, 구보는 갑자기 손에 든 단장과 대학 노트의 무게를 느끼며 벗을 돌아보았다. 능히 오늘 밤 술을 사줄 수 있소. 벗은 생각해보는 일 없이 고개를 끄떡였다. 구보가 다시 다리에 기운을 얻어, 종각 뒤, 그들이 가끔 드나드는 술집을 찾았을 때, 그러나 그곳에는 늘 보던 여급이 없었다. 낯선 여자에게 물어, 그가 지금 가 있는 낙원정의 어느 카페 이름을 배우자, 구보는 역시 피로한 듯싶은 벗의 팔을 이끌어 그리로 가자, 고집하였다. 그 여급을 구보는 이름도 몰랐다. 이를테면 벗이 흥미를 가지고 있는 계집이었다. 마치 경박한 불량소년과 같이, 계집의 뒤를 좇는 것에서 값없는 기쁨이나마 구보는 맛보려는 심사인지도 모른다.

처음에

벗은, 그러나, 구보의 말을 좇지 않았다. 혹은, 벗은 그 여급에게 흥미를 느끼지 않고 있었던 것인지도 모른다. 그러나 만약 그가 그 여자에게 뭐 느낀 게 있었다 하면 그것은 분명히 흥미 이상의 것이었을 게다. 그들이 마침내, 낙원

---

10 춘부(春夫) 이 절의 제목 '나의 원하는 바를 월륜도 모르네'는 일본 시인 사토 하루오(佐藤春夫)의 시 「孤叔」의 한 구절.

정으로, 그 계집 있는 카페를 찾았을 때, 구보는, 그러나, 벗의 감정이 그 둘 중의 어느 것도 아니었다는 것을 알았다. 혹은, 어느 것이든 좋았었는지도 몰랐다. 하여튼, 벗도 이미 늙었다. 그는 나이로 청춘이었으면서도, 기력과, 또 정열이 결핍되어 있었다. 까닭에 그가 항상 그렇게도 구하여 마지않는 것은, 온갖 의미로서의 자극이었는지도 모른다.

여급이 세 명, 그리고 다음에 두 명, 그들의 탁자로 왔다. 그렇게 많은 '미녀'를 그 자리에 모이게 한 것은, 물론 그들의 풍채도 재력도 아니다. 그들은 오직 이곳에 신선한 객이었고, 그러고 노는계집들은 그렇게도 많은 사내들과 알은체하기를 좋아하였다. 벗은 차례로 그들의 이름을 물었다. 그들의 이름에는 어인 까닭인지 모두 '꼬'가 붙어 있었다. 그것은 결코 고상한 취미가 아니었고, 그리고 때로 구보의 마음을 애달프게 한다.

"왜, 호구 조사 오셨어요."

새로이 여급이 그들의 탁자로 와서 말하였다. 문제의 여급이다. 그들이 그 계집에게 알은체하는 것을 보고, 그들의 옆에 앉았던 두 명의 계집이 자리를 양도하려 엉거주춤히 일어섰다. 여자는, 아니 그대루 앉아 있에요, 사양하면서도 벗의 옆에 가 앉았다. 이 여자는 다른 다섯 여자들보다 좀더 예쁠 것은 없었다. 그래도 어딘지 모르게 기품이 있어 보이기는 하였다. 벗이 그와 둘이서만 몇 마디 말을 주고받고 하였을 때, 세 명의 여급은 다른 곳으로 가버리고 말았다. 동료와 친근히 하고 있는 듯싶은 객에게, 계집들은 결코 흥미를 느끼지 않았다.

"어서 약주 드세요."

이 탁자를 맡은 계집이, 특히 벗에게 권하였다. 사실, 맥주를 세 병째 가져오도록 벗이 마신 술은 모두 한 곱보[11]나 그밖에 안 되었던 것임에 틀림없었다. 그러나 벗은 오직 그 곱보를 들어보고 또 입에 대는 척하고, 그리고 다시 탁자에 놓았다. 이 벗은 음주 불감증이 있었다. 그러나 물론 계집들은 그런 병명을

---

11 곱보 '컵'의 일본어식 발음 '고푸(コップ)'에서 온 말.

알지 못한다. 구보에게 그것이 일종의 정신병임을 듣고, 그들은 철없이 눈을 둥그렇게 떴다. 그리고 다음에 또 철없이 그들은 웃었다. 한 사내가 있어 그는 평소에는 술을 즐기지 않으면서도 때때로 남주(濫酒)를 하여, 언젠가는 일본주를 두 되 이상이나 먹고, 그리고 거의 혼도를 하였다고 한 계집은 이야기를 하고, 그리고 그것도 역시 정신병이냐고 구보에게 물었다. 그것은 기주증(嗜酒症), 갈주증(渴酒症), 또는 황주증(荒酒症)이었다. 얼마 전엔가 구보가 흥미를 가져 읽은 『현대의학대사전』 제23권은 그렇게도 유익한 서적임에 틀림없었다.

갑자기 구보는 온갖 사람을 모두 정신병자라 관찰하고 싶은 강렬한 충동을 느꼈다. 실로 다수의 정신병 환자가 그 안에 있었다. 의상분일증(意想奔逸症). 언어도착증(言語倒錯症). 과대망상증(誇大妄想症). 추외언어증(醜猥言語症). 여자음란증(女子淫亂症). 지리멸렬증(支離滅裂症). 질투망상증(嫉妬妄想症). 남자음란증(男子淫亂症). 병적기행증(病的奇行症). 병적허언기편증(病的虛言欺騙症). 병적부덕증(病的不德症). 병적낭비증(病的浪費症)…….

그러다가, 문득 구보는 그러한 것에 흥미를 느끼려는 자기가, 오직 그런 것에 흥미를 갖는다는 것만으로도 이미 한 것의 환자에 틀림없다, 깨닫고, 그리고 유쾌하게 웃었다.

그러면

뭐, 세상 사람이 다 미친 사람이게. 구보 옆에 조그마니 앉아, 말없이 구보의 이야기만 듣고 있던 여급이 당연한 질문을 하였다. 문득 구보는 그에게로 향해 비스듬히 고쳐 앉으며 실례지만, 하고 그러한 말을 사용하고, 그의 나이를 물었다. 여자는 잠깐 망설거리다가,

"갓 스물이에요."

여성들의 나이란 수수께끼다. 그래도 이 계집은 갓 스물이라 볼 수는 없었다. 스물다섯이나 여섯. 적어도 스물넷은 됐을 게다. 갑자기 구보는 일종의 잔

인성을 가져, 그 역시 정신병자임에 틀림없음을 일러주었다. 당의즉답증(當意 卽答症). 벗도 흥미를 가져 그에게 그 병에 대해 자세한 것을 물었다. 구보는 그의 대학 노트를 탁자 위에 펴놓고, 그 병의 환자와 의원 사이의 문답을 읽었다. 코는 몇 개요. 두 갠지 몇 갠지 모르겠습니다. 귀는 몇 개요. 한 갭니다. 셋 하구 둘하고 합하면. 일곱입니다. 당신 몇 살이오. 스물합니다(기실 삼십팔 세). 매씨는. 여든한 살입니다. 구보는 공책을 덮으며, 벗과 더불어 유쾌하게 웃었다. 계집들도 따라 웃었다. 그러나 벗의 옆에 앉은 여급 말고는 이 조그만 이야기를 참말 즐길 줄 몰랐던 것임에 틀림없었다. 특히 구보 옆의 환자는, 그것이 자기의 죄 없는 허위에 대한 가벼운 야유인 것을 깨달을 턱 없이 호호대고 웃었다. 그는 웃을 때마다, 말할 때마다, 언제든 수건 든 손으로 자연을 가장해, 그의 입을 가린다. 사실 그는 특히 입이 모양 없게 생겼던 것임에 틀림없었다. 구보는 그 마음에 동정과 연민을 느꼈다. 그러나 그것은 물론, 애정과 구별되지 않으면 안 된다. 연민과 동정은 극히 애정에 유사하면서도 그것은 결코 애정일 수 없다. 그러나 증오는——, 증오는 실로 왕왕히 진정한 애정에서 폭발한다…… 일찍이 그의 어느 작품에서 사용하려다 말았던 이 일 절은 구보의 얕은 경험에서 추출된 것에 지나지 않았어도, 그것은 혹은 진리였을지도 모른다. 그런 객쩍은 생각을 구보가 하고 있었을 때, 문득, 또 한 명의 계집이 생각난 듯이 물었다. 그럼 이 세상에서 정신병자 아닌 사람은 선생님 한 분이겠군요. 구보는 웃고, 왜 나두…… 나는, 내 병은,

"다변증이라는 거라우."

"뭐요. 다변증…….''

"응, 다변증. 쓸데없이 잔소리 많은 것두 다아 정신병이라우."

"그게 다변증이에요."

다른 두 계집도 입안말로 '다변증' 하고 중얼거려보았다. 구보는 속주머니에서 만년필을 꺼내어 공책 위에다 초한다. 작가에게 있어서 관찰은 무엇에든지 필요하였고, 창작의 준비는 비록 카페 안에서라도 하여야 한다. 여급은 온갖 종류의 객을 대함으로써, 온갖 지식을 얻으려 노력하였다——. 잠깐 펜을 멈추

고, 구보는 건너편 탁자를 바라보다가, 또 가만히 만족한 웃음을 웃고, 펜 잡은 손을 놀린다. 벗이 상반신을 일으켜, 또 무슨 궁상맞은 짓을 하는 거야—, 그리고 구보가 쓰는 대로 그것을 소리 내어 읽었다. 여자는 남자와 마주 대해 앉았을 때, 그 다리를 탁자 밖으로 내어놓고 있었다. 남자의 낡은 구두가 탁자 밑에서 그의 조그만 모양 있는 숙녀화를 밟을 것을 염려하여서가 아닐 게다. 그는, 오늘, 그가 그렇게도 사고 싶었던 살빛 나는 비단 양말을 신을 수 있었다. 그리고 그것은 그렇게도 자랑스러웠던 것임에 틀림없었다.

흥, 하고 벗은 코로 웃고 그리고 소설가와 벗할 것이 아님을 깨달았노라 말하고, 그러나 부디 별의별 것을 다 쓰더라도 나의 음주 불감증만은 얘기 말우—. 그리고 그들은 유쾌하게 웃었다.

구보와 벗과

그들의 대화의 대부분을, 물론 계집들은 알아듣지 못하였다. 그러면서도 그들은 능히 모든 것을 이해할 수 있었던 듯이 가장하였다. 그러나, 그것은 결코 죄가 아니었고, 또 사람은 그들의 무지를 비웃어서는 안 된다. 구보는 펜을 잡았다. 무지는 노는계집들에게 있어서, 혹은, 없어서는 안 될 물건이나 아닐까. 그들이 총명할 때, 그들에게는 괴로움과 아픔과 쓰라림과…… 그 온갖 것이 더하고, 불행은 갑자기 나타나 그들의 마음을 사로잡고 말 게다. 순간, 순간에 그들이 맛볼 수 있는 기쁨을, 다행함을, 비록 그것이 얼마나 값없는 물건이더라도, 그들은 무지라야 비로소 가질 수 있다…… 마치 그것이 무슨 진리나 되는 듯이, 구보는 노트에 초하고, 그리고 계집이 권하는 술을 사양 안 했다.

어느 틈엔가 밖에 비가 내리고 있었다. 가만한 비다. 은근한 비다. 그렇게 밤늦어, 은근히 비 내리면, 구보는 때로 애달픔을 갖는다. 계집들도 역시 애달픔을 가졌다. 그들은 우산의 준비가 없이 그들의 단벌옷과, 양말과 구두가 비에 젖을 것을 염려하였다.

유끼짱 ── . 보이지 않는 구석에서 취성(醉聲)이 들려왔다. 구보는 창밖 어둠을 바라보며, 문득, 한 아낙네를 눈앞에 그려보았다. 그것은 '유끼'[12] ── 눈이 그에게 준 생각이었는지도 모른다. 광교 모퉁이 카페 앞에서, 마침 지나는 그를 작은 소리로 불렀던 아낙네는 분명히 소복을 하고 있었다. 말씀 좀 여쭤보겠습니다. 여인은 거의 들릴락 말락 한 목소리로 말하고, 걸음을 멈추는 구보를 곁눈에 느꼈을 때, 그는 곧 외면하고, 겨우 손을 내밀어 카페를 가리키고, 그리고,

"이 집에서 모집한다는 것이 무엇이에요."

카페 창 옆에 붙어 있는 종이에 女給大募集. 여급대모집. 두 줄로 나뉘어 씌어져 있었다. 구보는 새삼스러이 그를 살펴보고, 마음에 아픔을 느꼈다. 빈한은 하였을지도 모른다. 그러나 그는 제 자신 일거리를 찾아 거리에 나오지 않아도 좋았을 게다. 그러나 불행은 뜻하지 않고 찾아와, 그는 아직 새로운 슬픔을 가슴에 품은 채 거리로 나오지 않으면 안 되었던 것일 게다. 그에게는 거의 장성한 아들이 있을지도 모른다. 혹은 그것이 아들이 아니라 딸이었던 까닭에 가엾은 이 여인은 제 자신 입에 풀칠하기를 꾀하지 않으면 안 되었을 게다. 그의 처녀 시대에 그는 응당 귀하게 아낌을 받으며 길러졌을지도 모른다. 그의 핏기 없는 얼굴에는 기품과, 또 거의 위엄조차 있었다. 구보가 말을, 삼가, 여급이라는 것을 주석할 때, 그러나, 그 분명히 마흔이 넘었을 아낙네는 그의 말을 끝까지 듣지 않고, 혐오와 절망을 얼굴에 나타내고, 구보에게 목례한 다음, 초연히 그 앞을 떠났다…….

구보는 고개를 돌려, 그의 시야에 든 온갖 여급을 보며, 대체 그 아낙네와 이 여자들과 누가 좀더 불행할까, 누가 좀더 삶의 괴로움을 맛보고 있는 걸까, 생각해보고 한숨지었다. 그러나 그 좌석에서 그러한 생각을 하는 것은 옳지 않았을지도 모른다. 구보는 새로이 담배를 피워 물었다. 그러나 탁자 위에 성냥갑은 두 갑이 모두 비어 있었다.

---

[12] 유끼 눈(雪)의 일본어.

조그만 계집아이가 카운터로, 달려가 성냥을 가져왔다. 그 여급은 거의 계집아이였다. 그가 열여섯이나 열일곱, 그렇게 말하더라도, 구보는 결코 의심하지 않았을 게다. 그 맑은 두 눈은 그의 두 뺨의 웃음우물은 아직 오탁에 물들지 않았다. 구보가 그 소녀에게 애달픔과 사랑과, 그것들을 한꺼번에 느낄 수 있었던 것은 결코 취한 탓만이 아니었을지도 모른다. 너 내일, 낮에, 나하구 어디 놀러 가련. 구보는 불쑥 그러한 말조차 하며 만약 이 귀여운 소녀가 동의한다면, 어디 야외로 반일(半日)을 산책에 보내도 좋다고 생각한다. 그러나 소녀는 그 말에 가만히 미소하였을 뿐이다. 역시 그 웃음우물이 귀여웠다.

구보는, 문득, 수첩과 만년필을 그에게 주고, 가(可)하면 ○를, 부(否)면 ×를 그리고, ○인 경우에는 내일 정오에 화신상회 옥상으로 오라고, 네가 뭐라고 표를 질러놓든 내일 아침까지는 그것을 펴보지 않을 테니 안심하고 쓰라고, 그런 말을 하고, 그 새로 생각해낸 조그만 유희에 구보는 명랑하게 또 유쾌하게 웃었다.

오전 두 시의

종로 네거리 — 가는 비 내리고 있어도, 사람들은 그곳에 끊임없다. 그들은 그렇게도 밤을 사랑하여 마지않았는지도 모른다. 그들은 그렇게도 용이하게 이 밤에 즐거움을 구하여 얻을 수 있었는지도 모른다. 그리고 그들은 일순, 자기가 가장 행복된 것같이 느낄 수 있었는지도 모른다. 그러나 그들의 얼굴에, 그들의 걸음걸이에 역시 피로가 있었다. 그들은 결코 위안받지 못한 슬픔을, 고달픔을 그대로 지닌 채, 그들이 잠시 잊었던 혹은 잊으려 노력하였던 그들의 집으로 그들의 방으로 돌아가지 않으면 안 된다.

이렇게 밤늦게 어머니는 또 잠자지 않고 아들을 기다릴 게다. 우산을 가지고 나가지 않은 아들에게 어머니는 또 한 가지의 근심을 가질 게다. 구보는 어머니의 조그만, 외로운, 슬픈 얼굴을 생각하였다. 그리고 제 자신 외로움과 또 슬픔을 맛보지 않으면 안 된다. 구보는 거의 외로운 어머니를 잊고 있었던 것임에 틀림없었다. 그러나 어머니는 그 아들을 응당, 온 하루, 생각하고 염려하고, 또 걱정하였을 게다. 오오, 한없이 크고 또 슬픈 어머니의 사랑이여. 어버이에게서 남편에게로, 그리고 다시 자식에게로, 옮겨가는 여인의 사랑—— 그러나 그 사랑은 자식에게로 옮겨간 까닭에 그렇게도 힘 있고 또 거룩한 것이 아니었을까.

구보는, 벗이, 그럼 또 내일 만납시다. 그렇게 말하였어도, 거의 그것을 알아듣지 못하였다. 이제 나는 생활을 가지리라. 생활을 가지리라. 내게는 한 개의 생활을, 어머니에게는 편안한 잠을, 평안히 가 주무시오. 벗이 또 한 번 말했다. 구보는 비로소 그를 돌아보고, 말없이 고개를 끄떡하였다. 내일 밤에 또 만납시다. 그러나, 구보는 잠깐 주저하고, 내일, 내일부터, 내 집에 있겠소, 창작하겠소—— .

"좋은 소설을 쓰시오."

벗은 진정으로 말하고, 그리고 두 사람은 헤어졌다. 참말 좋은 소설을 쓰리라. 번[13] 드는 순사가 모멸을 가져 그를 훑어보았어도, 그는 거의 그것에서 불쾌를 느끼는 일도 없이, 오직 그 생각에 조그만 한 개의 행복을 갖는다.

"구보——"

문득 벗이 다시 그를 찾았다. 참, 그 수첩에다 무슨 표를 질렀나 좀 보우. 구보는, 안주머니에서 꺼낸 수첩 속에서, 크고 또 정확한 ×를 찾아내었다. 쓰디쓰게 웃고, 벗에게 향해, 아마 내일 정오에 화신상회 옥상으로 갈 필요는 없을까 보오. 그러나 구보는 적어도 실망을 갖지 않았다. 설혹 그것이 ○ 표라 하였더라도 구보는 결코 기쁨을 느낄 수는 없었을 게다. 구보는 지금 제 자신의 행복보다도 어머니의 행복을 생각하고 싶었을지도 모른다. 그 생각에 그렇게 바빴을지도 모른다. 구보는 좀더 빠른 걸음걸이로 은근히 비 내리는 거리를 집으로 향한다.

어쩌면, 어머니가 이제 혼인 얘기를 꺼내더라도, 구보는 쉽게 어머니의 욕망을 물리치지는 않을지도 모른다.

---

[13] 번 숙직이나 당직 근무를 서는 일.

박태원
천변풍경

제1절 청계천 빨래터

정이월에 대독 터진다는 말이 있다. 딴은, 간간이 부는 천변 바람이 제법 쌀쌀하기는 하다. 그래도 이곳, 빨래터에는, 대낮에 볕도 잘 들어, 물속에 잠근 빨래꾼들의 손도 과히들 시리지는 않은 모양이다.

"아니, 요새, 웬 비웃이 그리 비싸우?"

주근깨투성이 얼굴에, 눈, 코, 입이 그의 몸매나 한가지로 모두 조그맣게 생긴 이쁜이 어머니가, 왜목 욧잇을 물에 흔들며, 옆에 앉은 빨래꾼들을 둘러보았다.

"아니, 얼말 주셨게요?"

그보다는 한 십 년이나 젊은 듯, 갓 서른이나 그밖에는 더 안 되어 보이는 한약국 집 귀돌어멈이 빨랫돌 위에 놓인 자회색 바지를 기운차게 방망이로 두드리며 되물었다. 왼편 목에 연주창 앓은 자국이 있는 그는, 언제고, 고개를 약간 왼편으로 갸우뚱한다.

---

* 『천변풍경』은 1936년 8월부터 10월까지 『조광』에 연재되었고, 이후 1938년에 박문서관에서 단행본으로 발행되었다. 여기서는 『천변풍경』(한국문학전집 10, 문학과지성사, 2005)에서 부분 수록하였다.

"글쎄, 요만밖에 안 되는 걸, 십삼 전을 줬구료. 것두 첨엔 어마허게 십오 전을 달라지? 아, 일 전만 더 깎재두 막무가내로군."

지금 생각해보아도 어이가 없는 듯이, 빨래 흔들던 손을 멈춘 채, 입을 딱 벌리고 옆에 앉은 이의 얼굴을 쳐다보려니까, 그의 건너편으로 서너 사람째 앉은 얼금뱅이 칠성어멈이,

"그, 웬걸 그렇게 비싸게 주구 사셨에요? 어제 우리 안댁에서두 사셨는데 아마 한 마리에 팔 전꼴두 채 못 된다나 보던데……."

그리고 바른손에 들었던 방망이를 왼손에 갈아 들고는 한바탕 세차게 두드리는 것을, 언제 왔는지 그들의 머리 위 천변 길에서, 우선, 그 얼굴이 감때사납게 생긴 점룡이 어머니가 주춤하니 서서,

"어유, 딱두 허우. 낱개루 사먹는 것허구, 한꺼번에 몇 두름씩 사먹는 것허구, 그래 같담? 한 마리 팔 전씩만 헌담야 우리 같은 사람두, 밤낮, 그 묵어빠진 배추김치 좀 안 먹구두 살게?"

사내같이 우락부락한 소리로 하는 말에, 이쁜이 어머니는 고개를 끄떡여 동의를 표하기는 하면서도, 반은 혼잣말로,

"그 묵은 통김치나마 넉넉하게나 있었으면 좋겠수. 우린 그나마두 낼만 먹으면 그만야."

욧잇을 빨랫돌 위에 올려놓은 채, 잠깐 손을 쉬고 한 그 말에는 대답이 없이,

"그, 저번에 입었던 국사[1] 저고리 아뉴?"

점룡이 어머니는 허리를 굽히고, 그의 옆에 놓인 빨래 광주리를 내려다본다.

"이거?"

이쁜이 어머니는 일부러 몸을 돌려, 광주리에서 점룡이 어머니의 주위를 이끈 빨랫감을 집어들고,

"글쎄, 한 번 입구, 오늘 첨 빤 게 이 꼴이구료? 모두 왼통 째지구. 내 기가 맥혀……."

---

[1] 국사 봄가을의 한복을 만드는 데 주로 쓰던 전통 옷감.

"그러기에 나이 먹은 사람은 호살 말라는 게지. 딸은 안 해주구, 저만 해 입으니 그럴밖에…… 그거, 인조야?"

"인존, 왜? 이 꼴에 이게 한 자 사십 전짜리 교직이라우."

"그게 사십 전예요?"

귀돌어멈은 새삼스러이 그의 편을 돌아보고,

"질기긴 외려 인조가 낫죠. 교직은 볼품은 있어두, 그저 첨 입을 그때뿐이지, 한 번 입으면 그만이니……."

그리고 다음은 상반신을 외로 틀어 흐응 하고 코를 푼다.

요란스러이 종을 울리며 자전거가 지난다. 인력거가 지난다. 그러나, 이곳, 천변 길에 노는 아이들은 그러한 것에 결코 놀라지 않는다.

"글쎄 골목 안으루들 들어가 놀어라. 난, 그저, 가슴이 늘 선뜩선뜩허는구나."

이맛살을 찌푸리고 소리를 질러 일러도 듣지 않는 아이들을 못마땅하게 둘러보다가,

"참, 저건, 밤낮 애두 잘 봐."

점룡이 어머니가 하는 말에 그 편을 돌아보고,

"잘 보지 않으면 그럼 어째? 매부 집에 와서 얻어먹구 있으려니, 그저 그럴밖에……."

"그래두 말이에유."

하고, 칠성어멈은, 저도, 그 딱한 사나이 편을 돌아본 다음에,

"매부 집이 어렵기나 하다면 그두 모를 일이죠만두, 그렇지두 않은 터에 점잖은 이가 자기 처남을 하인 대신 부려먹는 게, 그게 인산 아니죠."

눈을 끔벅거리며 하는 말을 점룡이 어머니가 다시 받아가지고,

"뭐얼. 제가 다 변변치가 못해 그렇지. 나이 서른다섯이 되두룩 장가두 못 가구, 뭐 하나 배운 것이라군 없구…… 그래 제까짓 게 어디 가서 뭘 해 먹구 살어? 작년 여름에두, 쥔 영감이, 처남, 용돈이나 뜯어먹게 해주느라, 밑천을 주어 야시장에서 애들 장난감 장수두 시켜봤건만, 뜯어먹기커녕은 밑천까지 까

먹어버리구…… 그나마 제 매부가 그저 멕여주는 것만 해두 고마운 일이지."

그리고 그는 다시 고개를 들어, 개천 건너 한약국 앞을 오락가락하는, 동저고리 바람에 아이를 업은 사나이를 바라다본다.

"글쎄 그두 그렇지만요."

칠성어멈은 방망이를 다시 고쳐 쥐며,

"그래두 처남 매부 새에 대접이 그러면 그게 결국은 자기 체면 깎이는 거 아녜요? 돈푼이나 있으니, 어디 장가래두 들여……."

그러나, 그가 채 말을 맺기 전에, 이때까지 잠자코 빨래만 하던 귀돌어멈이 나서서,

"돈푼이 있긴 뭐 있어? 전엔 괜찮았지만 지금은 뭐……."

하고, 고개를 설레설레 흔들며 다 빤 자회색 바지를 앙세게 쥐어짠다.

"그래두, 아들 대학교 보내구, 뭐구, 다 괜찮은가 보던데……."

칠성어멈이, 그래도 알 수 없다는 듯이, 중얼중얼하는 말을, 마침 뒤로 지나던 샘터 주인이, 일부러 걸음을 멈추어서까지 받아가지고,

"괜찮은 게 다 뭐유. 그래 가만히 생각해보구료. 다른 얘긴 그만두구래두, 한 십 년 전에 첩 하나 얻어, 그래두 전세루 집 한 채 얻어줬던 걸, 사오 년 전엔 사글세 집으로 옮아 앉히구, 그게 그러겐 셋방이 됐다가, 이젠 아주 자기 집 안으로 끌어들여, 큰마누라허구 한집 살림을 시키구 있으니, 그것 한 가지만 허드래두 벌써 알쪼 아니유? 게다 지금 들어 있는 집이나 점방이나 모두 은행에 들어가 있는 데다, 그 밖에두 이곳저곳에 빚이 여러 천 환 되는 모양이니……."

허, 허, 허, 하고 너털웃음을 한 번 웃고서, 몇 걸음 저편으로 걸어가다가, 생각난 듯이 걸음을 멈추고 고개를 돌려,

"참 칠성네 아주머니, 빨래 삶는다지 않었수? 삶을 테건 어서 가져오슈. 아마 인제 곧 솥이 날 모양이니……."

그리고 새삼스러이 주위를 둘러보다가 혼자 고개를 끄덕이고, 막, 나무장 공동 변소에라도 다녀 나오는 듯싶은 젊은 사람을 쳐다보고,

"용돌이. 곧 좀 집이 가서 철사 좀 가지구 오게. 밤낮 예다가 줄 좀 몇 개 더 매놓는다면서 늘 잊어버리구, 잊어버리구……."

뒤는 또 무엇인지 입안말로 중얼거리며 돌아서다가, 마침 눈에 띈 큼직한 유리조각을,

"그리 말래두 누가 또 예다 내버렸어?"

허리를 굽혀 집어가지고는 개천 한복판을 향하여 팽개쳤다.

"그래 어떡허다 그렇게 됐나유? 그래 뭣에 실팰 봤나유?"

칠성어멈이 그 얽은 얼굴에 남의 일이라도 딱해하는 빛을 띠고, 반은 정신이 없이 제 옆에 놓인 빨래 광주리를 끌어 잡아당기며 주위에 앉은 이들에게 물은 말을, 그저 천변에 서서 아래를 내려다보고, 되는대로 이 아낙네 저 여편네하고 이 말 저 말 주고받던 점룡이 어머니가 또 나서서,

"어떡허다 그러긴…… 그것두 다 말허자면 시절 탓이지. 그래, 이십 년두 전에 장사를 시작해서 한 십 년 잘해먹던 것이, 그게 벌써 한 십 년 될까? 고무신이 생겨가지구 내남즉 헐 것 없이 모두들 싸구 편헌 통에 그것만 신으니, 그래 징신² 마른신³이 당최에 팔릴 까닭이 있어? 그걸 그 당시에 어떻게 정신을 좀 채려가지구서 무슨 도리든지 간에 생각해냈더라면 그래두 지금 저 지경은 안됐을 걸, 들어오는 돈이야 있거나 없거나, 그저 한창 세월 좋을 때나 한가지루, 그대루 살림은 떠벌린 살림이니, 그, 온전허겠수?…… 집, 잽혔겠다, 점방두, 들앉었겠다, 남에게 빚은 빚대루 졌겠다. 아, 그뿐인 줄 아우?"

그는, 갑자기, 굽힌 허리에 얼굴조차 앞으로 쑥 내밀고, 한껏 낮은 음성으로,

"누구 얘길 들으니까 말야……."

하고 모든 사람의 머리를, 얼굴을 둘러보다가, 저편 바른쪽으로 눈이 가자, 변덕스럽게 별안간, 놀라는 표정을 짓고,

"아니, 저이 좀 봐. 그래 남들, 아래서 흰 빨랠 허는데, 위에서 그저 염체두

---

2 **징신** 들기름에 절여 만든 가죽신. 진 땅에 신었으며, 신창에 징을 촘촘히 박아서 만듦.
3 **마른신** 기름으로 걷지 않은 가죽신. 마른 땅에서만 신는 신.

좋게 처덕처덕 무새* 빨랠 허니…….”

소리소리 치는 그 통에 빨래꾼들도 그제서야 새삼스러이,

"아니 저이가 그래…….”

"그래 이렇게 구정물이 나는군그래.”

"이게 무슨 심사야? 남의 빨랠 왼통 망쳐놨으니…….”

"여보, 저리 내려가서 빨려건 빨우. 온, 참, 천하에…….”

"아니, 저, 웬 예펜네야? 보지두 못허던 인데…….”

뭐니, 뭐니, 그대로 한데들 뒤범벅이 되어 야단야단 치는 통에, 그, 이곳에서 낯선 젊은 여인은, 겨우 한두 마디,

"잠깐 헹구기만 했에요…….”

"뭐, 회색 빨랜데 그것 좀 가지구…….”

잠깐 말대꾸를 하여도 보았으나, 그만 얼굴을 붉힌 채, 조그만 빨래 보퉁이를 들고, 엉거주춤히 자리에서 일어나는 수밖에 없었다.

그 모양을 일종 비웃음을 가지고 보고 있던 점룡이 어머니는 다시 칠성어멈 쪽을 내려다보고,

"그런데, 글쎄, 누구 얘길 들으니까 말야.”

하고 다음은 좀더 은근한 목소리로,

"그, 권 영감이, 왜, 지난번에 강원도 춘천엔가 댕겨오지 않었수? 그게 거기다 집을 보러 갔던 거라는군그래. 인제 왼 집안 식구가 모조리 그리 낙향을 헐 모양이지.”

그는 자기 이야기에 거의 모든 빨래꾼들이 일하던 손을 멈추고, 놀라는 기색으로 자기 얼굴을 쳐다보는 것을, 일종 자랑 가득히 둘러보다가, 갑자기 또 눈살을 찌푸리고,

"하여튼 남의 일이나마, 그, 안되지 않었수? 그 양반이 원래가 서울 태생이라는데, 더구나 한참 당년에 남부럽지 않게 지내다가, 일조일석에 그만 그 꼴

---

4 무새 무색. 물감을 들인 빛깔.

이 되니…… 자기두 정신을 못 채리긴 했지만 그래두 말허자면 시절 탓이지. 사실 말이지 그만큼 얌전헌 이두 드물우. 첩을 두긴 했어두, 이번에 한집 살림을 시키기 전까지, 단 하룻밤이래두 첩한테서 묵구 오는 일이란 없었으니…… 그저, 자정이 되나, 새로 한 점 두 점이 되나, 꼭 댁으루 돌아왔죠."

점룡이 어머니 이야기에 칠성어멈은 무턱대고 고개만 끄떡이다가, 그 말에 이르러 무심코,

"그럼, 우리 댁 영감마님허군 아주 딴판이로구먼."

한마디 한 말을 귀돌어멈이 재빨리 받아가지고,

"그럼 민주산, 아주 관철동 가서 사슈?"

하고, 지금 막 물에 흔들어서 빨랫돌 위에 올려놓은 인조견 단속곳에다 비누칠을 하려던 손을 멈추고 가늘게 간사한 눈을 떠본다.

"가서 사실 건 없어두 밤마다 가시긴 그리 가시니까…… 낮엔 늘 댁에서 사무 보시구."

그러면서 신전[5] 집 주인 이야기 듣느라 그사이 내버려두었던 빨래를 다시 시작하려니까, 저편에서 누군지,

"오, 그래 민주사가 그렇게 빼빼 말렀군그래."

하고 놓치는 통에 모두들 소리를 내어 웃으니까,

"어디 그래두 게서 주무시는 줄 아우? 요새 거기 마짱이라나 뭐라나 그게 밤마다 판이 벌어져, 그래 그저 날밤만 새우시나 본데……."

변명 비슷이 그러한 말을 한마디 하였으나, 그 즉시 그는 자기가 객쩍은 말을 하였다 뉘우쳤다. 주인마님이, 밤마다, 영감, 첩에게 가는 것이 못마땅해서 그러는 말도 말이겠지만,

"그거 이제 경찰서에서래두 알기만 허면, 대번에 붙잡혀 가서 가진 욕 다 보구, 몇백 환씩 벌금 물구 허실 텐데, 그래두 밤마다 붙잡으시니……."

하고 몇 번씩이든 혀를 차던 것이 생각나자, 그는 누가 뭐라든 주인집 이야기

---

5 신전 신 파는 가게.

는 이제는 더 하지 않겠다고 결심을 하였다. 그래 점룡이 어머니가 또 한몫을 끼어,

"참, 민주사가 늘 손속이 좋아서 많이 딴다는데, 그 입구 다니는 외투두, 그럼, 그게 공짜루 생긴 건가? 하, 하, 하."

사내 같은 웃음을 웃어도 칠성어멈은 아랑곳하지 않고 그저 방망이만 놀리고 있었으나,

"아니 그럼 이거 참 빨래 공짜루 허는 줄 알았습니까?"

갑자기 샘터 주인의 우락부락한 목소리가 들리자, 그는 누구보다도 먼저 그편으로 눈을 주었다.

위에서 무색 빨래를 하였다고 아까 타박을 받은, 그, 낯선 여편네가 이편 끝으로 내려와서, 하던 빨래를 대강 마치고서, 개천 둑에다 널판 쪽으로 비스듬히 짜놓은 사다리를 반이나 올라가고 있는 것을, 마침 빨랫줄을 매고 있던 샘터 주인이 발견하고, 소리를 지른 것이다. 스물네댓이나 그밖에는 더 안 되어 보이는 그 여인은, 잠깐 어리둥절하여 빨래터 주인의 얼굴만 바라보다가,

"그러믄, 돈을 내요?"

어이없이 묻는 양이, 이곳 풍습에는 매우 어두운 듯싶다. 김첨지는 그대로 그곳에 서서 줄을 매면서도 더욱 기가 나서,

"아니, 돈을 내요라니⋯⋯ 그럼 이건, 누가, 남 자선사업으루 허는 줄 알았습디까? 뭐 이래저래 돈 드는 거, 노력 드는 거, 다 그만두구래두, 우선 해마다 경성부청에다 갖다 바치는 세금만 해두 수십 환야. 이건, 왜, 어림두 없이 이러는 거요?"

하고 으르딱딱거리는 통에, 다시 얼굴이 새빨개가지고,

"그런 줄 누가 알었나요? 몰랐죠. 모르구 그랬죠."

하고, 그나마 몇 번인가 더듬어가며 어색하게 말하는 품이, 시골서 올라온 지 얼마 안 되리라고는, 진작, 아까 짐작은 하였던 것이, 다시 상고해보니, 이것은 아주, 서울에 발을 들여놓았어도 바로 어제나 그저께가 분명하였다.

그렇다고 알자, 빨래꾼들의 동정은, 역시, 그 아낙네에게로 몰려, 우선 점룡

이 어머니가,

"저런…… 그, 시굴서 첨 올라와, 몰르구 그랬군그래. 뭐, 빨래두 많진 않은가 본데, 그저 이번은 그냥 눌러봐주구료."

한마디 말해준 것을 기회로, 다른 여편네들도 각기 말들이 있어, 아무리 셈 속 빠른 주인으로서도 그것에는, 역시, 별수가 없어서,

"여러분 말씀두 기시구 허니, 오늘은 어서 그냥 가슈. 요담버텀이나 정신 채리구……."

그리고 그는 큰기침을 한 번 하고, 아주 그 김에, 보기 좋게 개천 물에다 가래침을, 탁, 뱉었다.

그제야 가만한 한숨조차 토하고, 부리나케 사다리를 위까지 올라가, 간신히 점룡이 어머니에게만 약간 머리를 굽혀 사례하는 뜻을 표하고, 그대로 도망질치듯 골목 안으로 달려 들어가는, 그, 젊은 여편네의 뒷모양이, 그 골목을 다 나가기 전, 바른편으로 셋째 집 문 안으로 사라질 때까지 그악스럽게도 보고 난 점룡이 어머니는, 무슨 크나큰 발견이나 한 듯이, 수다스럽게 다시 빨래터를 내려다보고,

"그 젊은 게, 바루 요 골목 안 기생집으루 들어가는데그래. 필시 시골서 그 필원이네 찾어온 사람인 게야."

잠깐 말을 끊었다가, 문득, 혼자 신기한 듯이 눈을 끔벅거리고,

"오라, 그 예펜네 아닌가?"

"그 예펜네라니?"

이쁜이 어머니가 다 한 빨래를 광주리에 담아 들고 일어서며 물었다.

"아, 왜, 필원이네가 밤낮 그러지 않었어? 저이 시골, 바로 한 이웃에, 그저 밤낮 제 서방헌테 얻어만 맞구 지내는 젊은 예펜네가 있다구. 그래 그동안 무던히 참어두 왔지만, 근래엔 딴 기집이 또 생겨 더구나 구박이 심해서 그대루 지낸단 수가 없어, 어떻게든 자식 데리구 서울루나 올러갈까 허는데, 어디 남의집살 데 없겠냐구, 바루 요 며칠 전에두 편지를 했다던 그 예펜네 말야."

혼자 늘어놓는 그 말을 이쁜이 어머니는 입가에 가만한 웃음을 띤 채,

"글쎄에."

한마디 할 그뿐으로, 고개를 돌려, 저편에서 빨래 삶는 솥에다 몇 개비 장작을 더 지피고 있는 김첨지에게다 대고,

"얼마죠?"

"어디요."

샘터 주인은 그대로 앉은 채, 상고머리에 구레나룻이 듬성듬성 난 얼굴만 돌려, 먼빛으로 그의 광주리에 담긴 빨래를 바라보고,

"네, 십오 전만 냅쇼."

"저, 오늘두 못 가지고 나왔는데, 그럼 모두 얼마죠?"

"저번 게 십오 전. 이십 전. 도합 삼십오 전이니까, 그럼 꼭 오십 전요."

"네, 모두 오십 전."

그리고 혓바닥을 내밀어보고 사다리를 올라온 이쁜이 어머니의, 안으로 접힌 고대⁶를 펴주면서, 점룡이 어머니는 생각난 듯이,

"참, 우리 이쁜이 혼인이 언제지? 날 택일했수?"

이 마누라쟁이의 타고난 수다로, 이러한 말소리는 지극히 은근하고도 또 다정하다.

"정작 날 택일은 안 했지만서두 역시 삼월 안이지."

"에구, 그럼 한 달두 채 못 남었구료. 오죽 바쁘겠수. 그끄저껜가? 문간에 잠깐 나온 걸 봤는데, 어떻게 그렇게두 더 이뻐졌수? 차려입기만 헌담야, 기생에두 개 따를 년 없겠습디다."

이쁜이 어머니는, 그러나, 그 말에는 대답 없이, 빨래 광주리를 이고 저편으로 걸어갔다. 그 뒷모양을 잠깐 바라보다가 마침 개천 건너 남쪽 천변으로 기생 탄 인력거가 호기 있게 달려가는 것이 눈에 띄자, 그는, 순간에, 일종 부러움 가득한 얼굴을 해가지고,

"뭐니, 뭐니 해두, 호강은 니가 제일이다."

---

6 고대 깃고대. 옷의 깃을 붙이는 자리. 두 어깨솔 사이로 목뒤에 닿는 곳.

거의 한숨조차 섞어서 하는 말을, 막 빨래를 마치고 일어서서 아픈 허리를 펴고 있던 귀돌어멈이 듣고,

"누구, 말예요?"

그의 얼굴을 쳐다보니까, 점룡이 어머니는 기다리고나 있었던 듯이,

"언년이 말이오. 취옥이 말이야. 걔 어머니가 걔 기생으로 집어넣군 아주 막 호강허는데?…… 언년이가 바루 이쁜이허구 한 동갑이지. 열네 살부터 소리를 배워가지구, 작년 봄엔가, 열여덟에 머리를 얹었는데, 인젠 아주 잘 불려 다니는데?……"

그리고 그는 또 소리를 낮추어,

"그래, 내가 이쁜이 어머니헌테두 여러 번이나 권했지. 이쁜이두 곤반[7]에다 넣으라구. 그럼 그년 팔자두 해롭지 않거니와 마누라두 딸의 덕을 볼 게 아니냐 말야? 헌데, 딸 기생에 넣어라는 걸, 이건 무슨 큰 욕이나 되는 줄 아는군그래, 이쁜이 어머니는. 내가 그 얘기만 꺼내면 아주 딱 질색이지. 그게 내 딸이 아니니까 맘대루 못허지, 그저 내 조카딸쯤만 돼두, 꼭 우겨서 곤반에 넣구 말지. 아무렴 그렇다마다. 모두들 인물이 잘나지 못해 못 되는 게지. 아, 이쁜이만큼만 이쁘다면야 그걸 왜 그냥 둬?…… 그야, 양반으루, 부자루, 다 같은 집안에다 시집이래두 보낸다면, 그건 혹 몰라두, 어려운 집 딸자식은 그저 파닥지[8]나 추하지 않으면 별수 없어. 소리나 가르쳐서 기생으루 내놓는 것밖엔…… 그래, 그렇지 않수?"

입에 침이 마를 새 없이 늘어놓는 말을, 귀돌어멈은 쓴웃음을 웃으며 듣고만 있다가,

"그래두, 기생이면 다 잘 버나요? 것두 기생 나름이죠."

"아무렴, 그야 그렇지."

"뭐, 저, 필원이네 안집 기생은, 지난달에 세 번 불려 갔는데, 모두 열 시간두 못 된다지 않어요? 그래 그걸 가지구 어떻게 살어요?"

---

7 곤반 권번. 일제 때 기생들의 조합.
8 파닥지 '얼굴'의 비속어.

"글쎄, 인물두 밉진 않은데, 이상허게두 그리 세월이 없다는군. 허지만 말야. 어디, 기생 수입이란, 놀음에 불려 댕기는 그것뿐인가? 지금 말헌 명월이만 허드래두, 아무렴, 한 달에 열 시간두 못 불려 댕기구, 대체, 맨밥은 먹게 되나? 그렇지만, 그 대신, 반해서 찾아다니는 작자가 있거든. 왜, 저, 은방 주인 말야. 그 사람이, 아, 겨우내, 양식허구, 나무허구, 대주지? 옷 해주지? 작년 동짓달엔 김장 담가줬지?…… 다아 그런 속이 있거든."

그리고 다음은 혼잣말같이,

"그저 딸자식이 잘 벌어들이기만 하면야, 사내자식 외딴치지, 어디, 요새 사내 녀석들, 무슨 값이 나가나? 어렵두 없지."

그러한 소리를 하다가 그제야 생각난 듯이,

"아니, 참, 점룡이 녀석, 이 녀석, 어디 갔어? 해전에 왕십리 다녀오라구 그렇게 일러두 듣잖구."

마침, 빨래터에서 줄 매고 남은 철사를 들고 올라오는 용돌이나 하는 젊은이를 보자,

"우리 점룡이 녀석 봤어?"

거의 달려들다시피 하여 묻는 것을 젊은이는 어이없는 얼굴로, 그를 흘긋 쳐다보고,

"아니 바로 앞에다 두구 찾으세요?"

"앞이라니?"

점룡이 어머니가 새삼스러이 주위를 둘러보는 것을 용돌이는 턱으로 샘터를 둘러쌓은 거적담 하나 격한, 이웃 모래판을 가리키고,

"저기 앉은 건 누구예요?"

그곳에는 스물 안팎으로 대여섯까지의 젊은이들이 칠팔 명이나 동저고리 바람으로 모여들 앉아, 모래판에 깔아놓은 한 장 거적 위에서 윷들을 놀기에 정신이 팔려 있다. 한 달 전 정초의, 그 기분이 아직도 완전히 가시지 않은 그들은, 제각기 가진 약간의 볼일은 결코 마음에 키우지 않는다.

진작부터 그곳에 윷판이 벌어져 있는 것은 짐작하고 있었으나, 이때까지 빨

래꾼들하고 객담만 하느라 그 속에서 점룡이 찾을 생각은 못 하고 있었던 그 수다스러운 마누라쟁이는, 부리나케 노름판 벌어진 바로 윗천변으로 걸음을 옮겨 아래를 굽어보고, 금세 표정을 험상궂게 꾸미고,

"아니, 이 녀석. 그래 갔다 오란 심부름은 아주 제쳐두구 그저 똑 노름에만 팔렸으니, 그래 저런 죽일 녀석이……."

소리를 버럭 지르는 것을 이제껏 곰방대를 빼뚜름히 물고서, 천변에 쭈그리고 앉아 윷놀이만 구경하고 있던 칠성아범이,

"하, 하, 그 가만둡쇼, 점룡이가 내리 따는 판인데요."

그리고 자기도 몸이 다는지 좀더 끝으로 바싹 다가앉는 것을, 점룡이 어머니는 어이없는 듯이,

"그래 내리 따면 그게 몇십 전이나 되겠수? 온 참, 나이 먹은 이까지 주책없는 소릴 허지."

눈을 흘기는 것을, 칠성아범은 담뱃대를 고쳐 들고,

"몇십 전이 뭐예요? 아까부터 혼자 장을 쳐서 따들인 게, 이래저래 이 환 각순[9] 실허게 될걸."

역시, 순간에, 점룡이 어머니의 얼굴에는 적잖이 좋아하는 빛이 떠올랐다. 그러나, 그 즉시, 이래서는 안 되겠다고, 얼른 표정을 엄숙히 하고,

"그거 따면, 뭘 해? 그저 따거나 잃거나, 패가 망신허긴 으레 주색자깨(잡기)지. 돈이란 꼭 곧은 일을 해서 벌어야만 몸에 붙는 법입니다."

그리고 다시 노름판을 향하여,

"아, 그래 이 녀석아. 일은 안 허구 밤낮 노름만 허니그래……."

소리를 다시, 버럭, 질러도 보았으나, 아래서는 당자 점룡이부터 고개 한번 들어보는 일 없이 잃은 놈은 잃은 놈대로, 딴 놈은 딴 놈대로, 몸들은 달 대로 달아가지고,

"아니, 저거 막가는 거냐?"

---

9 각순 각수는. '각수'는 돈을 '원' 단위로 셀 때 남는 몇 전이나 몇십 전을 일컬음.

"이거, 왜 이래? 어째 가다 한 번 이기려는 걸, 고걸 배를 앓니?"

제각기 판을 들여다보고 지껄이느라, 남이 여간 뭐라는 소리는 귀 근처에 범접도 안 시킨다.

점룡이 어머니는 그 꼴을 못마땅하게 내려다보다가, 옆에 앉은 칠성아범을 돌아보고,

"노름이란 천하에 고약헌 거유. 거기 미쳐 패가망신 안 허는 놈 없지. 그래 두 따는 놈은 고땐 아주 이헌 것 같지? 허지만, 누가 따구서 일어서게 돼야지? 땄던 돈 다 털어 다시 잃어야만 경우가 일어서게 되니……."

올해 쉰한 살 먹은 저의 어머니가 후유 하고 한숨조차 토하거나 말거나, 점룡이는 윷을 모아 들고 말판을 노려본 뒤에, 가장 자신 있게,

"두 모, 두 모 개면 되는구나."

말이 채 마치기 전에, 화닥, 솟았다 떨어진 윷이,

"한 모다, 한 모야."

두번째 솟았다 떨어진 윷이,

"지화자 얼씨구, 얘 또 모다, 또 모야."

점룡이하고 한편은, 기가 나서 야단이요, 모처럼 한 번 이겨볼 듯싶다가 다시 형세가 불리한 편은, 그만 풀이 죽어 말이 없는 중에,

"개든, 걸이든, 윷이든, 모든, 그저 뭘 치든 된다. 똑 도만 치지 말아라."

같은 편 주위를 들으며, 세번째 머리 위로 올라갔던 윷이,

"얘, 또 모다, 또 모야. 아주 뺄 모로구나."

열광한 나머지에, 하나가 옆에 앉은 놈의 덥수룩한 머리털을 꺼들고 발을 쾅쾅 구르는 것을,

"아, 그, 참, 아주 흡사 미친 녀석들일세."

가장 기가 막히거나 하는 듯이, 흐, 흐, 웃음을 웃고 뭐라 또 입안말로 중얼거리다가, 진 편에서들 윷판에다 제각기 내던진 십 전짜리 백통전을, 점룡이가 세 푼인가 네 푼인가 제 주머니에 집어넣는 것을 보고는, 역시, 스스로 입가에 떠오른 웃음을 금치 못하였으나, 문득, 칠성아범이,

"여, 점룡이. 끝나거든 한잔 내야 허네."

한마디 하는 말에, 그만 찔끔하여,

"온, 참, 걔가 술 사낼 돈이 어딨수? 저게 어디 딴 거유? 그저 입때꺼정, 재가 날마다 돈 들구 나와선 똑 남 존 일만 해왔는데…… 오늘 딴 게, 저게 어디 딴 건가? 지난번에두 방세 사 환을 들구 나와선 고대루 잃구 들왔는데……."

열이 나서 늘어놓는 말이 채 끝나기 전에, 노름판에서 하나가 고개를 번쩍 들고,

"원, 아주머니두 거짓말 좀 작작 허우. 그래 언제 점룡이가 사 환씩이나 잃었수? 여기 앉은 놈들, 밤낮 점룡이 존 일은 해줘두, 그 애 돈 단 오십 전 따본 놈이라군 없에요. 언제 사 환을 누구헌테 잃어?……."

이때까지 지기만 했는지, 눈이 시뻘게가지고 하는 말에, 점룡이 어머니는 괴팍스럽게 입을 딱 벌리고,

"아니, 온, 저 소리 좀 들어봐. 그래, 점룡이 녀석이 딴 게 뭬 있어? 밤낮 잃구만 들오는걸……."

그러나, 그 말은 더 하지 않고 다음은 혼잣말같이,

"에이 저 녀석이 언제 갔다 와. 내가 횡허케 다녀올밖에……."

돌아서서 몇 걸음 가다가, 문득 생각난 듯이 다시 돌아서서,

"얘, 점룡아. 너, 아까, 아주머니 갖다준다는 돈 일 환, 이리 내놔라. 왕십리 내 지금 갈 테니……."

천변에 그러고 버티고 서서, 진 편에서들야, 곁눈질을 해가며,

"은제, 점룡이가 밑천 가지고 했던가? 걔 주머니엔 애최 이십 전인가 그밖에 없던가 보던데……."

그러한 말을 하거나 말거나, 왼 눈 하나 까딱 않고, 정작 점룡이는 돈 넣은 주머니에 손도 넣지 않는 것을,

"얘, 노마야."

하고, 그는 노름판 옆에서 구경을 하고 섰는 애 녀석을 불러서,

"저, 돈 주는 거 어서 받어가지구 올로나라."

기어코 백통전 열 닢을 손에 받아 쥔 다음에야,

"그저, 남의 돈은 얼른 갚아야지."

그러한 말을 하며, 점룡이 어머니는 저편으로 걸어갔다.

제2절 이발소의 소년

민주사는 거울에 비친 자기 얼굴을 물끄러미 바라보다가, 숫제 덥수룩할 때는 그래도 좀 덜하던 것이, 이발사의 가위 소리에 따라 가지런히 쳐지는 머리에, 흰 털이 어째 더 돋뵈는 것만 같아, 그 마음이 좋지 않았다. 그것은, 물론, 오늘 비롯한 것이 아니다. 근년에 이르러 이발소 의자에 앉을 때마다 늘 느껴 온 것이지만, 그 희끗희끗한 머리 터럭으로, 아무리 싫어도 자기 나이를 헤어 보게 되고, 그와 함께 작년에 얻어 들인 안성집과 사이의 연령의 현격을 생각하지 않으면 안 되는 것이, 그에게는 적잖이 고통거리인 것이다. 민주사는 올해에 이미 천명(天命)을 알았고, 관철동에 살림을 시키고 있는 그의 작은마누라는, 꼭, 그 절반인 스물다섯 살이었다.

양 볼이 쪽 빠져, 가뜩이나 한 얼굴이 좀더 여위어 뵈고, 우글쭈글 보기 싫게 주름살이 잡힌 것을, 그는 우울하게 바라보며, 그래, 거의 하루 걸러큼씩은 마작을 하느라 날밤을 꼬박이 새우고 새우고 하여, 그래, 더욱이 건강을 해하고, 우선 혈색이 이렇게 나쁘다고.

'좀 그 장난두 삼가야…….'

그렇게 마음을 먹기도 하였으나, 다시 돌이켜, 외려 마작으로 밤을 새우면 새웠지, 꾼이 없어 판이 벌어지지 않는다든지 할 때, 그 젊은 계집의 경영이, 사실은, 더욱 두통거리인 것에 생각이 미치자, 그의 마음은 좀더 우울해지지 않을 수 없었다.

그는, 연해, 자기 머리 위에 가위를 놀리고 있는, 이제 스물대여섯이나 그밖에는 더 안 된 젊은 이발사의, 너무나 생기 있어 보이는 얼굴을, 일종 질투를 가져 바라보며, 현대의 의술이 발달되었느니 뭐니 하는, 그 말이 다 헛말이라고, 은근히 그러한 것에조차 분노를 느꼈다. 자기가 그렇게 신임하는 젊은 약방 주인이 권하는 대로, 열심히 복용한 '요힌비'[10]는, 그야 오직 잠시 동안의 정력을 도와 일으켜는 주는 것이었으나, 그 뒤에 그것이 가져오는 특이한 그 불쾌감과, 피로와, 더욱이 심신의 쇠약이 무엇보다도 두려웠다. 그냥 그 임시 그 임시의 최정제 말고, 근본적으로 정기를 왕성하게 하는 약이나, 무슨 술법이 있다면, 돈 천 원쯤 아깝지 않다고, 그는 그렇게까지 생각하였다. 민주사는, 그저, 그만한 정도의 부자다.

그러나 그것이, 역시, 용이한 일이 아니라고 새삼스러이 느껴지자, 그는 이내 그것을 단념하고,

'뭐, 내겐 그래두 돈이 있으니까…….'

그러한 것을 생각하려 들었으나, 사실은, 자기가 가진 돈이라는 것이 그리 대단한 것이 못 될 뿐 아니라, 우선, 얼마 안 있어 시작될 부회의원 선거 전에, 그 비용으로, 한 이천 원 융통하지 않으면, 모처럼 별렀던 입후보도 적잖이 곤란한 일이라고, 문득 그러한 것에 생각이 미치자, 그는 '청춘'만큼은 불가능사가 아닌 듯싶은 '부귀'가 버썩 탐이 났었다.

'뭐, 돈이 제일이지. 지위가 제일이지.'

민주사는, 자칫하였더라면 입 밖에까지 내어 중얼거릴 뻔한 것에 스스로 놀라, 거울 속에서 다른 이들의 얼굴을 찾으려니까, 저편 한길로 난 창 앞에 앉아 있는 이발소 아이놈의 얼굴이 이편을 향하고 있는 것과 시선이 마주쳐, 어쩌 그사이 그놈이 자기의 표정으로 자기의 마음속을 환하게 들여다본 것만 같아, 그는 제풀에 당황하여, 순간에, 엄숙한 표정을 지었다. 아이는, 그러나, 별로 민주사에게 흥미를 가지고 있지는 않았다. 그는 다시 유리창 너머로, 석양녘의 천변 길을 오고 가는 행인들에게 눈을 주었다.

소년은, 그곳에 앉아 바라볼 수 있는 바깥 풍경에, 결코, 권태를 느끼지 않

---

[10] 요힌비(ヨヒンビン, yohimbine) '요힘빈.' 식물 추출물의 하나. 혈관을 확장시켜 생식 중추의 반사 흥분성을 촉진시킴.

는다. 손님이 벗어놓은 구두를 가지런히 놓고, 슬리퍼를 권하고, 담배 사러, 돈 바꾸러 잔심부름 다니고 그러는 이외에 그가 이발소에서 하는 일이란, 손님의 머리를 감겨주는 그것뿐으로, 이렇게 틈틈이 밖이라도 내다보지 않고는 이러한 곳에서, 누가 그저 밥만 얻어먹고 있겠느냐고, 그것은 좀 극단의 말이나, 하여튼, 그는 그렇게도 바깥 구경이 좋았다.

그렇게 매일 내다보고 있는 중에, 양쪽 천변을 늘 지나다니는 사람들에 관한 여러 가지가 뭐 누구한테 배우지 않더라도 저절로 알아지는 것이 제 딴에는 너무나 신기하여, 그래, 그는, 곧잘, 이발하러 온 손님이 등 뒤에서,

"인석. 뭘 이렇게 정신없이 보구 있니?"

하고라도 물을 양이면,

"저것 좀 내다보세요."

바로 기다리고나 있었던 듯이 창밖을 손으로 가리키고,

"저기, 개천에서 올라오는 저 사람이 인제 어딜 가는지 알아내시겠에요?"

"어디, 누구."

손님이 넥타이 매던 손을 멈추고 그가 가리키는 곳을 내다보노라면, 딴은 낡은 노동복에 때 묻은 나이트캡을 쓰고, 아무렇게나 막돼먹은 놈이 덜렁덜렁 빨래터 사다리를 올라온다.

"저거, 땅꾼 아니냐?"

"땅꾼요?"

"거지 대장 말야."

"저건 둘째 대장이에요. 근데 지금 어딜 가는지 아시겠에요?"

"인석. 그걸 내가 어떻게 아니?"

그러면 소년은 가장 자랑스러이,

"인제 보세요. 저어 다리께 가게루 갈 테뇨."

"어디⋯⋯ 참, 딴은 가게루 들어가는구나. 저놈이 담밸 사러 갔을까?"

"아무것두 안 사구 그냥 나올 테니 보세요. 자, 다시 돌쳐서서 이쪽으로 오죠?"

"그래 인젠 저눔이 어딜 가누?"

"인제, 개천가 선술집으루 들어갈 테니 보세요."

"어디…… 참, 딴은 술집으루 들어가는구나. 그래두 저눔이 가게서 뭐든지 샀겠지, 그냥 거긴 갔다 올 까닭이 있나?"

"왜 들어가는지 아르켜드리까요? 저 사람이, 곧잘, 다리 밑으루 들어가서, 게서, 거지들한테 돈을 십 전이구 이십 전이구, 얻어 갖거든요. 그래 그걸루 술두 사먹구, 밥두 사먹구 허는데, 그게 거지들이 동냥해 들인 거니, 이십 전이구, 삼십 전이구 간에, 모두 동전 한 푼짜릴 거 아녜요? 근데 저 사람이 동전 가지군 절대 술집엘 안 들어가거든요. 그래 언제든지 꼭 가게루 가서, 그걸 모두 십 전짜리루 바꿔달래서……."

하고 한창 재미가 나서 이야기를 하노라면, 그런 때마다 무슨 일이든 생기는 것도 공교로워,

"인마. 잔소리 그만 허구, 어서 돈 좀 바꾸어 오너라."

들어온 지 얼마 안 되는 젊은 이발사 김서방이, 바로 젠 척하고 소리치는 것도 은근히 약이 오르는 노릇이다…….

소년은, 아까 한나절 아이를 보아주던, 신전 집 주인의 짱구 대가리 처남이, 이번에는, 또 언제나 한가지로 물지게를 지고 천변에 나오는 것을 보고,

'저이는, 밤낮, 생질의 아이나 봐주구, 물이나 길어주구, 그러다가 죽으려나?……'

어린 마음에도, 어쩐지, 그러한 그가 딱하게 생각되었으나, 그것도 잠시 동안의 일로, 문득 창 앞을 느린 걸음으로 점잖게 지나는 중년의 신사를 보자, 어린이의 입가에는, 제풀에, 명랑한 웃음이 떠올랐다.

그 신사는, 우선, 몸이 뚱뚱하고, 더욱이 배가 앞으로 쑥 나왔다. 그것에 정비례하여, 그의 얼굴이 크고 또 살진 것은 물론이지만, 그 큰 얼굴에 또 그대로 정비례하여, 눈, 코, 귀, 입이 모두 크다. 그중에도 장관인 것은, 그의 코로, 그 이를테면 벌렁코 종류에 속하는 크고 둥근 콧잔등이가, 근래에는 단연히 금주하였음에도 불구하고, 역시 전에 그가 애주하였을 때의 그 기념으로, 새빨갛

게 주독이 든 것이, 여간 탐스럽지 않다. 그러한 얼굴에다, 그 위에, 그가 애용하는 중산모를 얹고, 실내화 신은 발을 천천히 옮겨 걸어갈 때, 그를 대하는 모든 사람이, 마음에 은근한 기쁨을 갖더라도, 그것은 결코 이상한 일이 아닐 것이다. 더구나 그가 남의 앞에서 즐겨 꺼내보는 그 시계는 참말 금시계지만, 역시 참말 십팔금인 것같이 남이 알아주기를, 은근히 바라고 있는 듯싶은 그 시곗줄이, 사실은 오금에 지나지 않는다는 것을, 이발소 안에서의 풍문으로 들어 알고 있는 소년은, 그의 태도와 걸음걸이가 점잖으면 점잖을수록에, 더욱이 속으로 우스웠다.

그 웃음에는, 그러나, 물론 악의 같은 것이 품어 있지는 않았다. 만약 있다면, 오히려 호의일 것이다. 자기의 매부가 부회의원인 것을 다시없는 명예로 알고, 때로, 육십 노모까지를 끼어서 온 가족을 인솔하고 백화점 식당으로 가서 점심을 먹는 취미를 가진 그를, 사실 이 소년이 미워한다든가 비웃는다든가 할 아무런 근거도 없다.

가운데 다방골 안에 자택을 가지고 있는 그는, 바로 지척 사이인 광교 모퉁이 큰길거리에서 포목전을 경영하고 있었다. 아침에 점에 나왔다가 저녁때 집으로 돌아가는 이 신사는, 언제고, 골목에서 나와 배다리를 지나 북쪽 천변을 광교에까지 이르는 노차[11]를 택하였다. 까닭에, 광교와 배다리 사이 북쪽 천변에 있는 이발소 창으로, 소년은 언제든 그렇게 가까이서 그를 조석으로 대한다. 그리고 대할 때마다 은근한 기쁨을 갖는다. 그 기쁨과 함께 어느 한 포목전 주인에게 갖는 기대라는 것을 아주 이 기회에 말하면, 그것은 신사의 머리 위에 얹혀 있는 중산모의 위치에 관한 것이었다.

소년의 관찰에 의하면, 그의 중산모는 그의 머리 둘레에 비하여 크도 작도 않은 것임에 틀림없었다. 그러나 신사는, 결코 그것을 보는 사람의 마음이 편안할 수 있도록 깊이 쓰는 일이 없었다. 그는, 문자 그대로, 그것을 머리 위에 사뿐 얹어놓은 채 걸어 다녔다. 어느 때고 갑자기 바람이라도 세차게 분다면,

---

11 노차 노선의 차(車).

그의 모자가 그대로 그곳에 안정되어 있을 수 없을 것은 분명한 일이다. 소년은 그것에 적잖이 명랑한 기대를 가졌다. 그러나 모든 기대가 그러한 것과 같이, 이것도 그리 쉽사리 실현되지는 않았다…….

오늘도 소년은 신사의 뒷모양을, 그가 배다리를 건너 골목 안으로 사라질 때까지 헛되이 바라보고 나서, 고개를 돌려 천변 너머 맞은편 카페로 눈을 주었다.

밤이 완전히 이르기 전, 이 '평화'라는 옥호를 가진 카페의 외관은, 대부분의 카페가 그러하듯이, 보기에 언짢고, 또 불결하였다. 그나마 안에서 내비치는 전등불이 없을 때, 그 붉고 푸른 유리창은 더구나 속되었고, 창밖 좁은 터전에다, 명색만으로 옹색하게 옮겨다 심은 두어 그루 침엽송은, 게으르게 먼지와 티끌을 그 위에 가졌다.

소년은, 그러나, 이루 그러한 것에 별 느낌을 가지고 있는 것이 아니었다. 그는 지금, 바로 조금 아까부터 그 밖에 서서, 혹 열려 있는 창으로 그 안도 기웃거려보며, 혹 부엌으로 통한 문의, 한 장 깨어진 유리 대신, 서투른 솜씨로 발라놓은 얇은 반지가 한 귀퉁이 쭉 찢어진 그 사이로, 허리를 굽혀 그 안을 살펴도 보며 하는, 이미 오십 줄에 든 조그맣고 늙은 부인네에게 호기심을 가졌다. 그이는 그 카페의 여급 '하나꼬'의 어머니다.

'하나꼰, 아까, 목욕을 가나 보던데…….'

소년은 속으로 그러한 것을 중얼거리며, 분명히 동대문 안인가 어디서 드난을 살고 있다는 그를 위하여, 모처럼 틈을 타서 딸 좀 보러 나왔던 것이 그만 가엾게도 허행이 되고 말 것을 애달파하였다.

그러나, 물론, 아낙네는 그러한 것을 알 턱이 없다. 그는 그대로 애타는 걸음으로 문 앞을 오락가락한다. 이미 그의 얼굴은, 카페 안의 모든 사람에게 알려졌고, 또, 여급들이 채 단장도 하기 전인 이 시각에, 객이라고는 아직 한 명도 와 있지 않건만, 저런 이들은 쓱 부엌으로라도 들어가서, 아무에게나 물어본다든가 그러는 일도 없이, 언제든 딸 만나보는 데 그렇게도 어려워한다.

그가, 네번째, 반쯤 열어젖힌 앞에서 발돋움을 하고서 그 안을 기웃거려보았을 때. 그러나 마침내 부엌으로 통하는 문이 열리고, 분명히 삼십이 넘은, 그리고 얼굴이나 맵시가 결코 어여쁘지 않은 여급이 때 묻은 행주치마를 두른 채 맨발에 흰 고무신을 꿰고 나왔다. '기미꼬'다. 밖에 나오는 그길로, 개천가로 다 가서지도 않고, 그대로 그곳에서 개천 속을 향하여, 사내 녀석같이 퉤하고 침을 뱉고, 문득 고개를 돌려 제 동무의 어머니를 발견하자,

"아까, 목욕 갔에요."

표정도 고치는 일 없이 일러주는 그 말소리가, 개천을 건너 소년의 귀에까지 들리도록, 역시 그렇게도 크고 또 거칠다.

저렇게 무뚝뚝하고, 못생기고, 또 늙은 것을, 대체 뭣 하러 여급으로 데려다 두었누 하고, 혹 모르는 이는 말해도, 그것은 참말 모르는 말로, 사실은 주인의 술을 그만큼 많이 팔아주는 계집도 드물었다. 우선 기미꼬는 제 자신 술을 잘 먹는다. 그래, 그의 차례에 온 손님들은, 자기들이 먹은 거의 갑절의 술값을 치르지 않으면 안 되었다. 이곳에 오는 손님 중에는 무엇보다도 그러한 점에 있어 그를 좋게 여기지 않는 이가, 더러 있기는 있었다. 또 얼굴이 아름답지 못하고, 우선 젊지 못한 그 대신에, 그러면 구변이라도 능하고 애교라도 있느냐 하면, 또한 그렇지도 못하여, 어찌 가다 인사성 있게라도 좋은 말 한마디 한다든가, 유쾌한 웃음 한번 웃는다든가 그러는 일이 없다. 카페 같은 데 드나드는 사람들이 결코 좋아할 턱 없는, 온갖 요소만을 갖추고 있는 기미꼬가, 남보다도 특별나게 손님들의 총애를 받고 있다는 것은, 이를테면, 적잖이 괴이한 일이나, 현대에 있어서는, 혹은 그러한 것도 소홀히 볼 수 없는 매력일지도 모른다.

그러나 물론, 그에게도 남이 따르기 어려운 장점이 있기는 있었다. 그것은 협기다. 이 지구 위에 부모 형제는 이를 것도 없고, 소위 일가친척이라 할 아무 하나 가지고 있지 않다고 스스로 말하는 그는, 자기 자신, 어렸을 적부터 그렇게도 고단한 생애만을 살아오지 않으면 안 되었으므로, 그래 그 까닭으로 하여 그러한지는 알 수 없는 노릇이나, 하여튼 누구에게 대해서나, 그들의 참말 어려운 경우에 진정으로 애쓰고 생각해주는 것만은, 사실, 무던하였다…….

소년은 하나꼬 어머니가 광교 쪽을 바라보며 난처한 얼굴로 생각에 잠겨 있

다가, 이내 한두 마디 기미꼬에게 말하고, 기미꼬가 또 큰 소리로,

"그럼, 그리 가보세요."

하고 말하자, 그에게 목례를 하고 돌아서서 큰길로 향하여 걸어나가는 것을 보고,

'아마, 목욕탕으루 찾아가나 부다. 또, 돈 좀 해달라구 왔나?······'

혼자 생각을 하며 고개를 조금 돌려, 저편 한약국 집에서 젊은 내외가 같이 나오는 것을 보자,

'하여튼, 의는 좋아. 언제든지, 꼭, 동부인이지······.'

제풀에 빙그레 웃음이 입가에 떠올랐다.

그들 젊은 내외를 가리켜 의가 좋다는 것은, 다만, 이 이발소 소년 혼자의 의견이 아니다. 동경 어느 사립대학 영문과를 졸업한 한약국 집 큰아들이, 현재의 아내와 결혼을 한 것은 지금부터 햇수로 삼 년 전의 일이요, 그들이 서로 안 것은 그보다도 일 년이 일러, 같이 어깨를 가지런히 하여 거리를 산책하는 풍습은 이미 그때부터 시작되었던 것이다. 동경서 갓 나온 한약국 집 아들이, 역시 그해 봄에 '이화'를 나온 '신식 여자'와 '연애'를 한다는 소문은, 우선 빨래터에서 굉장하였고, 이를테면 완고하다 할 한약국 집 영감이, 이러한 젊은 사람들의 사이에 대하여, 어떠한 의견을 가질지는 의문이었으므로, 동리의 말 좋아하는 사람들은 제법 흥미를 가지고 하회를 기다렸던 것이나, 아들의 말을 들어보고, 한 번 여자의 선을 보고 한 완고 영감이, 두말하지 않고 그들에게 선뜻 결혼을 허락해준 것은, 참말, 뜻밖의 일이었다. 그것으로, '영감'은 '개화'하였다는 칭찬을 동리에서 받았으나, 아들 내외의 행복에 대해서는, 객쩍게, 남들은, 또 말들이 많아 '연애를 해서 혼인했던 사람들이 더 새가 나쁘더군' 그러한 말을 하는 사람도 더러 있었으나, 그들의 사랑은 참말 진실한 것인 듯싶어, 흔히 '신식 여자'라는 것에 대하여 공연히 빈정거려보고 싶어하는 동리의 완고 마누라쟁이로서도, 이제는 방침을 고쳐, 도리어 그들 젊은 내외를 썩 무던들 하다고, 그렇게 뒷공론이 돌게 된 것은 퍽이나 다행한 일이라 아니할 수 없다.

소년은, 잘 닦아놓은 유리창문 너머로, 한약국 안, 사랑방에 손님과 대하여

앉아 있는 주인 영감을 바라보았다. 집도 그리 크지는 못하였고, 살림살이도 그다지 부유해 보이지는 않았으나, 남들 이야기를 들으면, 벼 천이나 실하게 하는 터라 한다. 그것도 그가 당대에 자기 한 사람의 손으로 모아놓은 것이라 생각하니, 그 허울은 별로 좋지 못한 약국 영감이, 소년의 눈에는 퍽이나 잘난 사람같이, 은근히 우러러보이는 것이다.

주인 영감과 이야기를 마치고 시골 손님이 밖으로 나왔다. 벌써 오래전에 세탁소에 보냈어야만 할 다갈색 중절모를 쓰고, 특히 이번 서울 길에 다려 입고 나온 듯싶은 고동색 능견¹² 두루마기에, 흰 고무신을 신은 그는, 문을 나올 때 흘깃 보니, 가엾게도 애꾸다. 이 천변에서 애꾸를 구경하기도 참말 오래간만이어서, 광교로 걸어나가는 그를 지켜보려 하였으나, 뒤미처 방에서 나온, 서사 보는 홍서방이 대문간 옆 약 곳간에서 큼직한 약 부대를 끌어내는 것이 곁눈에 띄자, 그는 다시 그편으로 눈을 돌리며, 저도 모르게 침이 한 덩어리 목구멍을 넘어갔다.

'참말이지, 계피를 얻어먹어본 지두 오래다…….'

돌석이가 약국을 나가버린 지도 이미 열흘이나 가까웠다. 그 애 대신 누가 또 들어오려누. 약국 심부름하는 애들과 사귀어본 것도 돌석이 아래로 셋이나 되지만, 그 애같이, 한 쪽만 씹어도 입 안이 얼얼하게 매운 계피를 툭하면 갖다주고 갖다주고 하던 아이도 없었다.

'자식이, 그냥 있지 않구 괜히 나가서…….'

일은 고되고 월급은 적고 한 것이, 그가 약국을 나간 이유라지만,

'어이 자식두…… 돈 일 전 못 받구 있는 나는 어쩌구…….'

다른 약국에 비해 적다고 하는 말이지만, 그래도 먹고 오 환이면, 그게 얼마야 하고, 공연히, 잠깐, 심사가 좋지 못하였으나, 저녁 찬거리를 장만하러 귀돌어머니가 바구니를 들고 대문을 나오는 것을 보자,

'참, 행랑 사람이 아직 안 들어와서, 그래, 저이가 빨래두 허구, 찬거리두 사

---

12 능견 비단의 한 종류.

러 가구…… 혼자서, 요샌 약 오를걸?……'

그것은 어떻든, 약국 집에서 사람 부리는 것이 그리 심악하다거나 박하다거나 한 것도 아닌 모양인데, 역시 사람 만나기란 그렇게도 어려운 것인지, 이번에 나간 하인도 일 년이나 그밖에는 더 안 살았다.

'그저, 저 사람 하나지. 아주 죽을 때꺼정 그 집이서 살겠다구 헌다니까…….'

시앗을 보고, 남편의 학대를 받고, 마침내는 단 하나 어린 자식마저 없애고, 이제는 이 세상에 믿고 살 모든 것을 잃은 귀돌어멈이, 한약국 집으로 안잠을 살러 들어온 것은, 지금으로부터 오 년 전, 지금 유치원에 다니는 막내딸 기순이가 세상에 나오던 바로 그해 가을이다. 동리 아낙네들이, 모두 그를 무던한 여편네라 칭찬하고 있는 것을 잠깐 생각해보며, 배다리 반찬 가게로 향하는 귀돌어멈의, 왼편으로 약간 고개를 갸우뚱한 뒷모양을 바라보고 있으려니까, 웃고 재깔이며 십칠팔 세씩 된 머리 땋아 늘인 색시가 세 명, 걸음을 맞추어 남쪽 천변을 걸어 내려온다. 흡사 학생같이 차렸으나, 손에 들고 있는 것은 벤또 싼 보자기로, 조금 전 다섯 시에, 전매국 의주통 공장이 파한 것이다. 모두 묘령들이라 그리 밉게는 보이지 않아도, 특히 가운데 서서 그중 웃기 잘하는 색시가 가히 미인이라 할 인물로, 우선, 그러한 공장 생활을 하는 여자답지 않게 혈색이 좋은 얼굴이 참말 탐스럽다. 교직 국사 저고리에, 지리멩[13] 검정 치마를 입고 납작 구두를 신은 맵시도 썩 어울리는 그 처녀는, 수표 다리께 사는 곰보 미장이의 누이로, 소년은, 그가 얼굴값을 하느라고 행실이 단정하지 못하다는 소문을 들어 알고 있다.

행실이 단정하지 못하기로 말하면, 이 색시의 형 되는 사람이 오히려 더하여, 지금은 과부가 되어 저의 오라비에게로 와서 지내나, 남편이 살았을 때에도 사내가 한둘은 아니었던 모양이요, 병도 병이려니와 그러한 것으로 남편은 속을 썩어, 그래, 서른여덟 살, 한창 살 나이에 죽었다고 남들의 뒷공론이 대단

---

13 지리멩(ちりめん, 縮緬) 지리멩. 견직물의 한 종류.

한 모양이다. 이미 서른넷이나 되어, 고운 티도 다 가시고, 이제 또 개가를 하느니 어쩌니 그러한 것이 문제될 턱도 없는 것이지만, 원래가 그러한 여자라 그대로 집에 두어두자니, 필경 추잡한 소문만 퍼뜨려놓을 것이요, 그것은 이제 쉬 시집을 보내야 할 둘째 누이를 가지고 있는 오라비로서, 정히 머릿골 아픈 노릇이라, 역시, 누구 나서는 사람이 있으면 그에게다 과부 누이를 떠맡기고 싶어하는 모양이라 한다…….

물을 다 싣고 난 신전 집 주인의 처남이, 다시 아이를 들쳐 업고 문간에 나왔을 때, 천변으로 창이 난 작은아들의 방에서 풍금 소리가 들려왔다. 「바그다드의 추장」, 물론, 소년은, 그 곡명을 알지는 못하였으나, 신전 집 작은아들이 즐겨서 타는 이 행진곡은, 그냥 귀로 듣기만 해도, 악한의 뒤를 추격하는 '청년'의 모양이 눈에 선하여, 절로 신이 나는 것이다. 그러나, 풍금을 타는 사람의 마음이 그래서, 듣는 이도 전만큼은 흥이 나지 않는 것일까? 이 봄에 대학을 마치면 의사로 나서게 되는 그는, 보통학교 적부터 음악에 취미를 가져, 하모니카와 대정금[14]으로 시작된 노래 공부가, 이어서 풍금, 만돌린, 색소폰, 바이올린, ……그에게는 온갖 악기가 있었고, 그것들을 그는 어느 정도까지 희롱할 줄 알아,

"어떻든 재주 한 가지는 제일이야."

하고, 점룡이 어머니도 칭찬이 대단하였으나, 이제는 그것들을 다시 만져보려 해도 쉽지 않아 가운이 기울어지는 것과 함께 악기 나부랭이도 혹은 전당포 곳간으로, 고물상 점두로 나가버리고, 이제는 하나 남은 풍금이 낡아서 몇 푼 돈이 안 되는 채, 때때로 젊은이의 심사를 위로해줄 뿐인 것이다.

소년은 눈을 돌려, 두 집 걸러 신전 편을 바라보았다. 이월이라, 물론 파리야 있을 턱이 없는 일이지만, 이를테면, 저러한 것을 가리켜 '파리만 날리고 있다'— 그렇게 말하는 것일 게다. 아까부터 보아야 누구 하나 찾아들지 않는 쓸쓸한 점방에 머리 박박 깎은 큰아들이 신문만 뒤적거리고 있었다. 그것도 한약

---

[14] 대정금 일본 악기의 하나.

국 집에서 얻어온 어저께 신문일 것이다. 이 집에서 신문을 안 본 지도 여러 달 된다. 어린 마음에도 남의 사정을 딱하게 여기고 있었으나, 사람들은, 그의 그러한 갸륵한 심정을 알아줄 턱 없이, 정신없이 그러고 앉아 있는 그가 질겁을 하게시리,

"인마. 뭣에 또 정신이 팔렸니? 어서 선생님 머리 감겨드리지 않구……."

바로 등 뒤에서 소리를 꽥 지르는 것이 들어온 지 얼마 안 된 게 주짜[15]만 빼려드는 김서방이라. 소년은 은근히 골이 나서,

"내가 인마에요? 내 이름은 어엿허게 재봉이예요."

볼멘소리를 하고, 민주사의 뒤를 따라 세면대로 걸어갔다.

제3절 시골서 온 아이

소년은, 드디어, 그렇게도 동경해 마지않던 서울로 올라오고야 말았다. 청량리를 들어서서 질펀한 거리를 달리는 승합자동차의 창 너머로, 소년이 우선 본 것은 전차라는 물건이었다. 시골 '가평'서는 결코 볼 수 없었던 것이, 그야, 전차 한 가지가 아니다. 그래도 그는, 지금 곧, 우선 저 전차에 한번 올라타보았으면 한다. 그러나 아버지는 어린 아들의 감격을 일일이 아랑곳하지 않고, 동관 앞 자동차부에서 차를 내리자, 그대로 그를 이끌어 종로로 향한다.

소년은 한길 한복판을 거의 쉴 사이 없이 달리는 전차에, 신기하지도 아무렇지도 않은 듯싶게 올라타고 있는 수많은 사람들의 얼굴에, 머리에, 등덜미에, 잠깐 동안 부러움 가득한 눈을 주었다.

"아버지. 우린, 전차, 안 타요?"

"아, 바로 저긴데, 전찬 뭣 허러 타니?"

아무리 '바로 저기'라도, 잠깐 좀 타보면 어떠냐고, 소년은 적이 불평이었으

---

15 주짜 말이나 행동이 분에 넘치며 버릇이 없는 것.

나, 다음 순간, 그는 언제까지든 그것 한 가지에만 마음을 주고 있을 수 없게, 이제까지 시골구석에서 단순한 모든 것에 익숙해온 그의 어린 눈과 또 귀는 어지럽게도 바빴다.

전차도 전차려니와, 웬 자동차며 자전거가 그렇게 쉴 새 없이 뒤를 이어서 달리느냐. 어디 '장'이 선 듯도 싶지 않건만, 사람은 또 웬 사람이 그리 거리에 넘치게 들끓느냐. 이층, 삼층, 사층…… 웬 집들이 이리 높고, 또 그 위에는 무슨 간판이 그리 유난스레도 많이 걸려 있느냐. 시골서, '영리하다' '똑똑하다.' 바로 별명 비슷이 불려온 소년으로도, 어느 틈엔가, 제풀에 딱 벌어진 제 입을 어쩌는 수 없이, 마분지 조각으로 고깔을 만들어 쓰고, 무엇인지 종잇조각을 돌리고 있는 사나이 모양에도, 그의 눈은, 쉽사리 놀라고, 수많은 깃대잡이 아이놈들의 앞장을 서서, 몽당수염 난 이가 신나게 부는 날라리 소리에도, 어린이의 마음은 걷잡을 수 없게 들떴다.

몇 번인가 아버지의 모양을 군중 속에 잃어버릴 뻔하다가는 찾아내고, 찾아내고 한 소년은, 종로 네거리 굉대한 건물 앞에 이르러, 마침내, 아버지의 팔을 잡았다.

"예가 무슨 집이에요, 아버지."

"저, 화신상……, 화신상이란 데야."

"화신상요? 그래, 아무나 들어가요?"

"그럼, 아무나 들어가지."

그러나 아버지는, 아들이 지금 그 안에 들어갈 것을 허락지 않았다. 그는 겨우내 생각하고 또 생각한 나머지, '마소 새끼는 시골로, 사람 새끼는 서울로'의 속담을 그대로 좇아, 아직 나이 어린 자식의 몸 위에 천만 가지 불안을 품었으면서도, '자식 하나, 사람 만들어보겠다'고, 이내 그의 손을 잡고 '한성'으로 올라온 것이다. 지난번 올라왔을 때 들르지 못한 화신상회에, 자기 자신 오래간만이니 잠깐 들어가보고도 싶었으나, 그는, 자식의 앞길을 결정하는 사무가 완전히 끝나기까지, 자기의 모든 거조가, 그렇게도 긴장되고, 또 경건하기를 바랐다.

청계천변, 한약국 주인 방에, 가평서 올라온 부자는 주인 영감과 마주 대하여 앉았다.

"애가 자제요니까?"

"네…… 애, 인사 여쭤라."

소년은 주인 영감의 짧은 아랫수염과 뒤로 젖혀진 귓바퀴에, 시골 구장 영감을 생각해내며, 한껏 긴장한 마음으로 공손히 절을 하였다. 그는 처음 보는 주인 영감 앞에서 몸 가지기가 거북한 것을 느끼지 않을 수 없었다. 아버지도 그의 앞에서는 보잘것없는 인물인 듯싶은 것이 또 마음에 부끄럽고 불안하였다. 그가 바로 검붉은 살빛까지 구장 영감과 흡사한 것에 비겨, 자기 아버지가 '시골뜨기'로, 더구나 '애꾸'라는 것을 생각할 때, 소년은 제풀에 얼굴이 붉어졌다.

"너, 몇 살이지?"

"네, 이놈이 지금 열네 살이랍니다."

소년은, 자기가 대답할 수 있기 전에, 아버지가 대신 말해준 것이, 또 불평이었다. 열네 살이면, 처음 보는 이 앞에서도 능히 그러한 것을 제 입으로 대답할 수 있다. 어른이 대신 말해줄 때, 모르는 이는 아이가 똑똑지 못한 것같이 잘못 알지도 모른다. 그는 광대뼈가 약간 나온 주인 영감의 옆얼굴을 곁눈질하며, 만일 이름을 묻거들랑, 아버지가 채 뭐라기 전에, 얼른,

"창수예요."

그렇게 대답하리라고 정신을 바짝 차렸던 것이나, 주인 영감은 얼굴뿐이 아니라, 그 마음까지도 구장 영감을 닮아 심술궂은지, 슬쩍 그러한 것을 좀 물어주는 일도 없이, 조금 있다,

"문간에 나가 구경이래두 허렴. 어디 먼 데는 가지 말구……."

그리고 어른들은 어른들끼리만 무슨 은근한 이야기가 있으려는지, 새로이들 궐련을 피워 물었다.

소년은 곧 밖으로 뛰어나왔다. 그리고 신기롭게 주위를 둘러보았다. 이곳은 가평이 아니라 서울이다. 나는 그렇게도 오고 싶어 마지않았던 서울에 기어코

오고야 말았다— 이 생각이 소년의 눈에 보이는 것, 귀에 들리는 것, 그 모든 것에 감격을 주었다. 아무리 시골서 처음 올라온 소년의 마음에라도, 결코 그다지는 신기로울 수 없고, 또 아름다울 수 없는 이곳 '천변풍경'이, 오직 이곳이 서울이라는 그 까닭만으로, 그렇게도 아름다웠고, 또 신기하였다.

창수는, 우선, 개천 속 빨래터로 눈을 주었다. 한 이십 명이나 모여든 빨래꾼들, 그들의 누구 하나 꺼리지 않고 제멋대로들 지절대는 소리와, 또 쉴 사이 없이 세차게 놀리는 방망이 소리가, 그의 귀에는 무던히나 상쾌하다.

그는 눈을 들어, 이번에는 빨래터 바로 윗천변의, 나무장 간판이 서 있는 곳을 바라보았다. 그곳에는 이미 윷을 놀지 않는 젊은이들이, 철망 친 그 앞에 앉아서들 잡담을 하고, 더러는 몸들을 유난스러이 전후좌우로 놀려가며, 그것은 또 무슨 장난인지, 서로 주먹을 들어 때리는 시늉을 한다. 그것이 '권투'라는 것의 연습임을 배운 것은 그로부터 며칠 뒤의 일이거니와, 그러한 장난도 창수의 눈에는 퍽이나 재미스러웠다.

그러한 소년의 눈에, 천변을 오고 가는 모든 사람들이, 그 모두가, 한결같이 잘나만 보이는 것도 또한 어찌할 수 없는 일이 아니냐. 인버네스 입은 민주사며, 중산모 쓴 포목전 주인이며, 인력거 위에 날아갈 듯이 앉아 있는 취옥이며, 그러한 모든 사람은 이를 것도 없거니와 다리 밑에 모여서들 지껄대고, 툭 치고, 아무렇게나 거적 위에서 뒹굴고, 그러는 깍정이[16]떼들도, 이곳이 결코 시골이 아니라 서울일진댄, 그것들은 또 그만큼 행복일 수 있지 않으냐.

더구나, 소년은, 줄창, 이곳에만 있어, 오직 이곳 풍경만 사랑하지 않아도 좋을 것이다.

'암만 좋은 구경이래두, 밤낮 본다면 물리고 만다…….'

그러나 이제 창수는 '화신상'도 가볼 수 있고, '전차'도 탈 수 있고, 옳지, 또 가만히 서만 있어도 삼층 꼭대기, 사층 꼭대기로 데려다준다는 '승강기'라는 것이 있다지 않나. 수길이 말을 들으면, 머리가 어찔하게 현기증이 나더라지만,

---

16 깍정이 거지.

그것은 타는 법을 몰라 그럴 것이다.

'눈을 꼭 감고만 있으면 아무 상관이 없다…….'

창수는, 말로만 들었지 정작 눈으로 본 일은 없는 '승강기'라는 물건을, 잠깐 머릿속에 아무렇게나 만들어보느라 골몰이었으나, 어느 틈엔가 제 곁에 서너 명의 아이들이 모여 선 것을 깨닫고, 그들을 둘러보았다.

"얘가 시굴 아이다, 시굴 아이야."

칠팔 세나 그밖에 더 안 된 아이가, 옆에 있는 아이들을 둘러보고 그렇게 말하니까, 모두 고만고만한 또래의 딴 아이들이,

"그래, 시굴 아이야, 시굴 아이……."

저마다 연방 고개를 끄덕이고, 열한두 살이나 그렇게 된 계집아이 등에 업혀 있는 두세 살 된 갓난애조차, 잘 안 돌아가는 혀끝을 놀리어,

"시구라, 시구라."

하고, 빤히 저를 쳐다보는 것에, 소년은 그러한 것에도 쉽사리 붉어지는 제 얼굴을 아무렇게도 하는 수 없이, 문득, 등 뒤에서 요란스러이 울린 자전거 종소리에, 그만 질겁을 하여 한옆으로 허둥대며 비켜서는 꼴을 보고, 그 결코 그렇게는 놀라는 일이 없는 '서울 아이'들이, "하, 하, 하" 하고 가장 재미있는 듯싶게 한바탕을 웃었을 때, 소년은 귀밑까지 새빨개가지고 마음속에 끝없는 모욕을 느끼지 않으면 안 되었다.

그러나 저를 비웃은 아이는, 옆에 모여 선 그 애들뿐이 아니다. 개천 건너 이발소 창 앞에 앉아, 저보다 좀 큰 아이가 아까부터 제 편만 지켜보고 있었던 듯싶어,

"하, 하, 하…… 녀석, 놀라기는……."

하고, 그러한 말을 하더니, 눈이 마주치자,

"너, 약국에, 오늘 들왔구나?"

아주 어른같이 그러한 것을 묻는다. 창수는 또 변변치 못하게 얼굴을 붉히며, 가까스로 고개를 한 번 끄덕하고, 문득, 부모를 떠나 외따로이 이러한 곳에서 이제 어떻게 지내가나 겁이 부쩍 나며, 그저 아버지가 '전차'나 태워주고,

'화신상'이나 구경시켜주고, 또 '승강기' 있다는 데도 데리고 가주고, 그러한 다음에, 같이 집으로나 다시 내려갔으면, 그러면 퍽 좋겠다고 침을 몇 덩어리나 삼키며, 저 혼자 속으로 생각하지 않으면 안 되었다.

소년이, 그렇게, 서울에서의 자기에 대하여, 눈곱만 한 자신도 가질 수 없을 때, 그러나, 아버지는, 단 하룻밤이라 같이 묵어주는 일 없이, 그대로 무자비하게도 자기의 볼일만을 보러, 영등포나 어디라나로 떠나버렸으므로, 어린 창수는, 대체, 혼자서, 이제, 어찌해야 좋을지, 끝없는 불안에 사로잡히고 말았다. 그야, 아버지는, 내일 아침 가평으로 돌아가기 전에, 다시 한 번, 이 한 약국에를 들르마고, 그러한 말을 하였던 것이나, 그까짓 것이 그의 마음의 불안을 조금이라도 덜어주는 것이 될 수는 없었다. 그래, 얼마 있다, 주인 영감이 '피죤' 한 갑 사오라고 한 장의 일 원 지폐를 내어주었을 때, 담배 가게가 어디 붙어 있는지, 우선 그것부터 모르는 창수는 고만한 심부름에도 애가 쓰였다.

돈을 두 손으로 받아들고 밖으로 나오는 그의 등에다 대고, 주인 영감은 생각난 듯이 한마디 하였다.

"너, 담배 파는 데, 아니?"

"네."

얼떨결에 그렇게 대답하고, 또 얼굴을 붉히며, 천변에 나와, 대체, 어디로 발길을 향해야 옳을지 분간을 못 하고 있었을 때,

"너, 심부름 가니?"

개천 건너 이발소 창 앞에 그저 앉아 있는, 아까 그 아이가 말을 또 걸어, 그래,

"응."

하고 대답하니까,

"뭐. 무슨 심부름."

"담배."

하니까, 마음씨는 착한 아이인 듯싶어,

"저기, 배다리 가게서 판다."

일러주는 그 말이, 이 경우의 창수에게는 퍽이나 고마웠다.

창수는 한달음에 다리 모퉁이 반찬 가게로 뛰어갔다.

"담배 한 갑 주세요. 마코요…… 아니, 저, 피죤요."

아버지는 늘 마코만 태우신다. 구장 영감도 피죤을 태우는 것을 못 보았다. '퀸 영감'은 참말 부잣가 보다…… 창수는 썩 지전을 내놓았다.

주인 영감이 일 원 지폐를 그에게 주었던 것은, 혹은, 따로 잔돈이 있었으면서도, 그러한 간단한 셈이라도 소년이 칠 줄 아나 어떤가 시험해보려는 그러한 마음에서 나온 것일지도 모른다. 창수는, 그러나, 그러한 것에 서투르지 않다. 마침내 그는, 한 갑의 담배와, 아홉 개의 백통전을, 주인 영감 책상머리에 갖다 놓고, 제 딴에는 무슨 크나큰 일이나 치른 듯이, 가만한 한숨조차 토하였던 것이나, 돈을 세어보고 난 주인 영감이, 뜻밖에도 눈살을 잔뜩 찌푸리고서, 가장 못마땅한 듯이 그의 얼굴을 면구스럽게 쳐다보며,

"너, 얼마 거슬러 온 거냐?"

한마디 말에, 그만 창수의 얼굴은 어처구니없이 붉어지고,

"구십, 구십 전이죠. 왜, 저……."

변변하지 못하게 말소리조차 더듬어지는 것을, 제 자신, 어쩌는 수 없이,

"그래, 이게 구십 전야?"

주인 영감이 거의 음성조차 높여가지고, 그의 눈앞에 내보이는, 그 거슬러 온 돈을 다시 한 번 세어보아도, 역시 틀림없이 아홉 푼이기는 하였으나, 성미 급하게 주인 영감이 마침내 집어서 보여주는 그중의 한 푼은, 둘레는 거의 십 전짜리만이나 하였어도, 역시 틀림없는 오 전짜리 백통전이 분명하였다.

창수는 얼굴이 무섭게까지 새빨개가지고, 대체, 이제 어찌해야 좋을 것인지, 어림이 도무지 서지 않았다. 이제까지 시골에 있어서도, 그는 이러한 경우를 당해본 일이 없었다. 그러한데, 이곳은, 더구나, 누구라 하나 아는 사람을 가지지 못한 서울 한복판이 아니냐? 소년은 금방 울 것 같은 마음으로 오 전짜리 백통전을 내려다보며, 얼마 동안을 바보같이 그곳에 서 있었다. 아무리 어려운

일, 아무리 힘든 일이라도 좋았다. 대체, 이러한 경우에는 어떻게 하여야만 옳은 것인지, 우선, 그것만 알아낼 수 있더라도 당장 살 것 같았다.

그러하였던 까닭에, 그때 옆에서 장부를 뒤적거리고 있던 홍서방이, 비로소 말참견을 하여

"어여, 가게 한 번, 다시 갔다 오너라."

일러주었을 때, 창수는, 오직 그 말 한마디로 금시에 소생이나 하고 난 듯이, 가만히 숨 쉬고 부리나케 다시 가게로 달음질쳐 갔던 것이다.

그러나 그것은 부질없는 일이었다. 창수가, 자신 없이, 그것도 더듬어가며 하는 말을, 반찬 가게 주인은 결코 끝까지도 들어주지 않았다.

"얘, 어림두 없는 소리는, 허지두 말어라."

눈을 부라리며 한마디 하였을 뿐으로, 다음은, 마침 무엇을 사러 나온 칠성 아범을 보고, 자기가 이 장사를 열네 해를 하였어도, 이제까지, 단 '고린전' 한 푼 셈을 틀려본 일이 없었노라고, 그것을 역설하여, 단순한 민주사 집 하인의 찬동을 어렵지 않게 얻었다.

창수는, 비애와, 애원과, 원망과…… 그러한 온갖 감정이 뒤범벅을 한 눈을 들어, 얼마 동안 가게 주인의 얼굴만을 쳐다보았다. 그러나 그러한 것이 이 경우에 아무런 보람도 있을 턱 없이, 그대로 하는 수 없는 발길을 옮겨 다시 약국 앞에까지 왔던 것이나, 그냥 문 안으로 들어설 용기가 나지 않는 채, 담에 시름없이 몸을 기대서려니까, 이제까지 목구멍 너머에 눌러두었던 울음이, 바로 제 때나 만난 듯이 복받쳐 올랐다.

고생이 되어도 좋다고, 어떠한 일이든지 하겠다고, 그저 서울로만 보내달라고, 어머니며, 아버지를 졸랐던 어제까지의 자기가 자꾸 뉘우쳐졌다. 아버지가 볼일 보러 간 곳이 대체 어디쯤인지, 만약 찾아갈 수만 있다면 지금이라도 당장 그리로 달려가고 싶었다. 그리고 아버지에게 하소하면, 아버지는, 물론, 이러한 경우에도 반드시 '자기의 편'일 것으로, 어린 아들을 좀더 고생시키는 일 없이, 다시 손을 이끌고 시골로 내려갈 것이다.

그러나, 이튿날 아침, 차 시간이 촉박하여, 단 오 분이라도 지체할 수가 없다고, 분주하게 약국에를 들른 아버지는, 결코, 창수에게 그러한 말을 할, 시간과 기회를 주지 않았다. 아버지는 그저, 주인 영감에게 향하여, 아무것도 배우지 못한 자식을, 잘 좀 나무라주시고, 지도해주시어, 어떻게 사람이 되게 해주십사고, 그러한 것을 또 당부하였고, 창수에게는, 그저 매사를 주인어른 말씀대로만 꼭 해야 한다고, 집에 있을 때와는 다르니까, 바짝, 정신을 차려야 한다고, 그리고 또 몸 성히 잘 있어야 한다고, 집을 나오기 전에도 몇 번씩 당부하던 그 말을 또 한 번 되풀이하였을 뿐으로, 서투른 솜씨로 후추를 연질[17]하고 있는 아들의 모양을, 잠깐 애달프게, 또 일종 미쁘게 내려다본 뒤,

"얘."

하고 은근히 아들에게,

"그저 한시 쉬지 말구, 일을 부지런히 해야 헌다."

그렇게 또 한 번 타이르고서는, 다만 대문간까지라도 아들이 따라 나올 것을 허락하지는 않았다.

그러한 아버지에게, 창수는 겨우 입을 열어,

"아버지, 안녕히 내려가세요."

단 한 마디 인사말을, 그것도 거의 들릴까 말까 하게 중얼거려보았을 그뿐으로, 순간에 떠도는 눈물을, 남몰래 소매 끝으로 씻은 그 다음에, 얼른 다시 고개를 들어보았을 때에는, 이미 아버지의 모양을 이 한약국 구석진 방에 찾을 수 없었다. 창수는 별 까닭 없이 잠깐 그 안을 둘러보고, 그리고, 이제 혼잣몸이 이곳에서 어떻게 지내갈 것인가— 문득, 끝없는 외로움과 또 애탐을, 그는 마음 깊이 느끼지 않으면 안 되었다…….

---

17 연질 생후추를 약한 불에 말리는 일을 가리키는 말로 추정됨.

제4절 불행한 여인

익숙지 않은 일에 얽매여 고생하는 것은 그러나 오직 창수 혼자의 슬픔이 아니다. 파랑 칠한 중문 하나 격하여 약국 안채에서는, 행랑에 든 지 사흘이 채 못 되는 만돌어멈이, 새아씨가 건넌방 툇마루에 내어놓았던 연분홍 하부다에[18] 치마를, 그저 제 짐작으로, 다른 무명 빨래와 함께 잿물에다 막 삶았대서, 새아씨는 물론, 안방마님의 퉁명스러운 꾸지람을 듣고, 또 뒤이어, '이 댁에서 죽을 때까지 살겠다'는 안잠자기 귀돌어멈에게까지 핀잔을 맞아, 어리둥절한 채, 이제는 태워본대야 아무런 보람이 없는 애를, 혼자 부엌 속에서 태우고 있었다.

고생은 날 적부터 타고난 제 팔자다. 가난한 것은, 이미 아무렇게도 하는 수 없는 것이었고, 잘못 만난 서방 탓으로, 밤낮 속을 썩이는 것에도, 이제는 완전히 익숙하였다. 그러나 그래도 '내 사내'라고 받들어왔던 남편이, 드디어 딴 계집을 얻어가지고, 그대로 차고, 때리며, 나가라 구박이 자심할 때, 한때는 죽어버릴까 하고, 그렇게 모진 마음조차 먹어보았던 것이나, 아직 철이 나기도 먼, 만돌이, 수돌이, 두 어린것을 생각하고는, 도저히 결심이 서지 않았다. 그때, 문득, 생각난 것이 반년 전에 서울로 올라간 필원이네 소식이다. 한 이웃에 살며, 거의 매일같이 서로 마을을 다니던 필원이네가, 서울서 드난을 살며, 그래도 어떻게 탈 없이 지낸다는 것이, 그의 걸어갈 길을 지시해주었다. 그래, 남의집사는 것이 결코 수월치 않다는 것쯤은 짐작을 하면서도, 그래도, 그것이, 지금의 이 고생살이보다는 오히려 나으리라고, 오직 필원이네를 믿고 어린것들의 손목을 잡아, 난생처음, 서울로 올라온 그것이, 바로 지금으로부터 보름 전의 일이다.

그는 그렇게 하여, 저의 앞길이 갑자기 터진 것같이, 한때는, 생각하였다.

---

[18] 하부다에(なぶたえ) 얇고 부드러우며 윤이 나는 순백의 견직물의 한 가지. 원문에는 '하부다이.'

열일곱 살에 사내를 알아가지고, 스물네 살 되는 이제까지, 시집살이 팔 년 동안에 눈곱만 한 기쁨도 준 일 없이, 오직 한숨과 눈물로만 날을 보내게 하여주던 남편과도, 이제는 참말 영이별이다. 그야, 어린것을 둘씩이나 데리고 아직도 새파랗게 젊은 몸이, 대체 어떻게 살아가야 하나── 그것이 마음에 큰 걱정이 아닐 수 없었으나, 그 무지하고 표독한 사내와 이렇게 떨어질 수 있는 것만 해도, 우선 얼마나 다행한지 몰랐다.

그러나 넓은 서울 장안에서도, 그와 두 어린것을 용납해주도록 관대한 집은 드물었다.

수소문을 하여 사람 구한다는 집을 차례로 다녀보았으나, 모든 것이 부질없는 일이었다. 행랑것으로는, 서방이 없는 것이 흠이었고, 안잠자기로는, 또 어린것이 둘씩이나 있는 것이 탈이었다. 그래, 만돌어미가 기진역진한 끝에, 또다시 모진 마음을 먹으려 들었을 때, 그것은 또 무슨 생각으로선지, 그렇게 구박을 하여 내쫓아놓고, 지금쯤은 새로 얻은 계집과 재미나게 살고 있어야만 옳을 만돌아비가, 제 계집의 뒤를 좇아 서울에 나타났다.

서울에 오던 당초에, 만돌어미가 필원이네를 보고 서러운 사정을 하소연한 다음, 이제는 애아버지와도 참말 영이별이라고, 그렇게 말하였을 때, 그보다는 네 살이나 위요, 또 그만큼 경난을 한 필원어멈이, 호젓하게 웃으면서,

"내외 사이가, 어디 그렇게 쉽게 갈라지나? 다 어림없는 말이지."

그렇게 하던 말이, 지금 생각해보면, 역시 옳았다.

불행한 여성은, 어떻게 무정한 사내에게 좀더 반항해본다든가 하는 수 없이, 그대로 운명에 맹종하기로 마음을 먹고, 안팎드난이라야 한대서, 서방이 아직 올라오지 않았을 때는 들어갈 수 없었던 한약국 집에, 이제 네 식구는 필원이네의 극력 주선으로, 평생 처음인 남의 집 고용살이를 시작하였던 것이다.

그러나 같은 조선 사람의 생활이면서도, 자기들이 이제껏 시골에서 경영해오던 살림과는 전연 달라서, 처음 서울 올라온 여인은, 오직 밥 짓는 것 한 가지밖에는, 대체 무엇을 어떻게 하여야 옳을 것인지, 밤낮 귀돌어머니의 핀잔만 맞아, 한 가지의 실책이 있을 때마다, 혹시나 이렇기 때문에 드난도 못 살고 쫓

겨나는 것이나 아닐까, 그것이 마음에 겁났고, 또 아직은 별 행패가 없으나, 제 버릇 개 줄 리 없이, 이제 당장이고 시골서 하던 그대로 술이나 처먹고, 애아범이 안팎을 소란하게나 만들면 어쩌는고 하고, 그는 그러한 것에, 자나 깨나, 애가 탔다.

그러나 한 열흘이나 지나도록, 만돌아비는 아주 별 사람이나 된 듯싶게, 얌전하니 아무런 일도 일으키지는 않았다. 안잠자기 귀돌어멈은, 원래, 빨래터에서 들은 말이 있었던 까닭에, 행랑에서 크고 작고 간에 이제 쉬 무슨 분란이든 있으리라고, 그러한 것에 은근히 기대를 가졌었던 듯싶으나, 얼마 동안 유지되어가는 평화에, 그 왼편으로 기울어진 고개를 그는 좀더 기울여보곤 하는 것 같았다. 그러나, 그것만으로 만돌어미가 어리석게도, 혹은 참말, 서방이 이제는 맘보를 바로 가지고 못된 행실을 고치려는가 하고, 그렇게 은근하게 기뻐하려 하였던 것은, 결코 옳지 않았다.

어느 날 낮에 장작이 한 마차 들어와, 그것은 마땅히 행랑아범이 있어가지고, 헛간에다 쌓는 데 거들어야 하고, 또 당장 저녁에 땔 것만이라도 단 몇 단, 패어놓아야만 되는 것을 대체 어디로 무엇을 하러 갔는지, 만돌아비는 암만 찾아도 보이지 않아, 그래, 꾸지람은 어멈이 혼자 도맡아 받고, 그리고 혼자 좁은 가슴만 태우지 않으면 안 되었던 그날 밤의 일이다.

밤 열 시나 거의 되어서, 술까지 잔뜩 취해가지고 돌아온 애아범을 보고, 만돌어미는, 이내 참지 못하고,

"아니, 그래, 바쁜데 일은 안 허구 어딜 또 갔었수?"

한마디 불만을 토해놓았다. 여기가 만약 자기네들만이 사는 집이라면, 이제까지나 마찬가지로, 불행한 계집은, 결코 그러한 말 한마디 입 밖에 내어놓았을 리 없다. 그러나 자기들은 지금 남의 집에 드난을 살고 있는 것이었고, 더구나 불은 때야 하고 장작 팰 아범은 들어오지 않고 하였을 때, 주인 서방님이 서투른 도끼질을 하느라, 손바닥에 생채기조차 내었던 것이 마음에 어찌나 죄스러웠던지, 그는 그대로 잠자코 있을 수가 없었던 것이다. 만돌아비는, 그러나, 그러한 모든 어려움을 결코 머릿속에 두지 않았다.

"어디 갔다 오든, 이년아, 니가, 무슨 상관야?"

말은 오직 그 한마디로, 다음에 무수한 주먹과 또 발길이, 가엾은 여인의 몸 위에 떨어졌다. 사내는, 결코, 제 본성을 고쳤던 것도 아무것도 아니었다. 계집의 팔자는 그리 쉽사리 좋아질 수 없다. 만돌어미는 그대로 독한 매를 맞으며, 방 안에 가득한 어린것들의 울음소리에 흥분할 대로 그는 흥분해가지고, 모두들 나중에 어떻게 되든지, 자기는 이대로 얻어맞아 죽기나 했으면, 참말이지 그것이 오히려 얼마나 나을지 모르겠다고, 불행한 여인은 이를 꽉 악물고,

'정말이지 쥐기려거든, 제발 나 좀 쥐겨다우, 쥐겨다우……'

몸을 그곳에 그대로 내던져둔 채, 그는 쉴 사이 없이 그러한 것을 마음속으로 외치고 있었다.

박태원(朴泰遠)

1909년 서울 출생. 호는 구보(仇甫). 초기에는 필명으로 박태원(泊太苑), 몽보(夢甫) 등을 쓰기도 함. 동경 법정대 예과 입학. 1926년 『조선문단』에 시 「누님」이 당선되어 데뷔했으나, 본격적인 활동은 1930년 동아일보에 「적멸」을 발표한 이후에 이루어짐. 1933년 모더니즘 성향의 문학 동인 '구인회'에 가입했으며, 해방 이후에는 문학가동맹의 집행위원을 지냄. 1950년 월북한 후에는 주로 역사소설을 집필. 『소설가 구보씨의 일일』(1938), 『박태원 단편집』(1939), 『성탄제』(1948) 등의 단편집과 『천변풍경』(1938), 『여인성장』(1942), 『금은탑』(1948), 『계명산천은 밝아오느냐』(1962), 『갑오농민전쟁』(1부 1977, 2부 1980) 등의 장편소설이 있음. 1986년 타계.

작품 세계

박태원은 이상, 최명익과 함께 1930년대 모더니즘 소설을 대표하는 작가이다. 박태원의 모더니즘 소설은 당시 파행적인 차원에서나마 근대 도시로서의 면모를 띠기 시작하던 서울을 주요 배경으로 식민지적 근대의 일상성을 성찰하고 반성하는 데 주력하였다.

박태원이 초기 소설에서 가장 뚜렷하게 내세운 방법은 '고현학(考現學)'으로서, 근대 도시의 일상적 모습들을 관찰하고 기록하는 과정을 소설 속에 그대로 드러내는 방식이었다. 이와 같은 고현학을 수행하는 주체인 작가는 현실에 얽매이지 않은, 이른바 '자유로이 부동하는 지식인'으로서 일상성에 대한 지적인 성찰을 수행한다. 곧 식민지적 근대의 일상적인 측면과, 그를 대하는 지식인의 자의식이 균형을 이루면서 제시되는 것이다. 그 정점에 서 있는 것이 「소설가 구보씨의 일일」이다.

1930년대 후반부터 박태원의 소설은 고현학적인 방법에서 멀어진다. 그의 첫 장편소설인 『천변풍경』은 고현학적 방법은 남아 있되, 지식인의 성찰적인 자의식은 잠재화된 상태에서 발표된 작품이다. 이후 박태원은 술집 여급을 비롯한 기층 민중들의 빈곤한 삶을 자연주의적으로 그려내거나, 생활에 침윤된 작가 또는 지식 계급의 사적 생활을 자조적으로 그려내는 경향에 머문다. 그러나 이 시기에도 식민지적 근대에 희생된 기층 민중들과 지식 계급의 연대적 관계를 포착하려는 시도가 아예 사라진 것은 아니었는데, 이의 편린을 통속적인 장편 『여인성장』에서 볼 수 있다.

일제의 군국주의화가 극에 달하던 1940년대 초 박태원은 『수호지』 등의 중국 고전소설 번역을 매개로 작품 세계를 현대에서 고전과 역사 쪽으로 옮겨간다. 이는 해방 이후에도 지속되는데, 우리 고전소설을 고쳐 쓰는 단계(『홍길동전』)를 거쳐, 1860년대 이후 호남과 서울 지역의 민중사를 소설로써 재구하는 데 전력을 기울이게 된다. 이러한 과제의 연속선상에서 『군상』『계명산천은 밝아오느냐』『갑오농민전쟁』 등의 역사장편소설이 쓰였다. 이러한 역사소설들은 봉건적 모순과 제국주의의 침탈에 저항하는 기층 민중의 역동성을 사실주의적 정신과 모더니즘적인 기법을 통해 포착한 것으로 평가받는다.

「소설가 구보(九甫)씨의 일일(一日)」

이 소설은 주인공 구보가 아침에 집에서 나와 밤에 집으로 돌아가기까지의 하루 동안, 서울 거리를 뚜렷한 목적 없이 산책하면서 겪고 본 여러 사소한 일들과, 그에 대한 구보의 속생각을 병치하는 방식으로 구성된다. 외적인 사건의 진전이 중심이 되는 전통적인 사실주의 소설과 달리, 이 소설은 노트를 들고 관찰하는 주체인 구보의 지각과 의식이 소설을 진행하는 중심 요소가 된다.

물론 구보가 무작정 서울 거리를 배회하는 것은 아니다. 일본에서 대학을 나왔고 문학에 뜻을 두고 있는 그는 자신을 진정 이해해줄 사람이 없는 고독한 상태에 처해 있다. 구보는 그러한 고독을 벗어나 행복해질 수 있는 방법을 당시 근대 도시로서의 면모를 갖추기 시작했던 식민지 수도 경성의 거리에서 찾아보고자 했던 것이다. 이 소설이 식민지적 근대에 따른 일상적인 삶을 성찰한다고 평가되는 이유도 여기에 있다. 근대화로 인한 새로운 삶의 방식 속에서 과연 고독을 벗어나 행복에 다다를 수 있는지 도시 풍물과 사람들을 대상으로 성찰해보고자 했던 것이다.

그러나 구보의 성찰 결과는 긍정적이지 않다. 근대적 일상성이 구보에게 제시하는 행복에의 수단은 취직(돈)과 결혼(사랑)인데, 거리를 산책하면서 도시의 풍물과 사람들을 접해 본 결과, 구보는 이 두 사항이 진정한 행복을 보장해줄 수는 없다는 결론에 이르게 된다. '황금광 시대'를 대변하는 존재인 옛 친구와의 만남은 구보에게 금전을 통해 행복에 도달하기란 어렵다는 것을 느끼게 해주었고, 벗과 함께 걸어가면서 떠올린 옛 사랑에 대한 회상은 그러한 사랑이 결국에는 불가능한 것임을 인정하게 만들었던 것이다. 이 작품의 결말 부분에서 구보가 '이제는 거리를 다니지 않겠으며, 집에서 소설을 쓰겠다'고 결심하는 이유도 바로 여기에 있다. 곧 구보에게 글쓰기는 속물적인 근대 도시의 일상성과 타협하지 않는 유일한 방책으로 의미 부여되는 것이다.

이 밖에 이 소설은 기법 면에서 몽타주나 의식의 흐름 등의 기법을 부분적으로 도입한 것이 주목된다. 동경에서의 사랑을 회상하는 장면이 그 대표적인 예인데, 이 기법은 근대적 일상성에 의해 은폐된 삶의 진정한 면모를 발견하려는 노력에 의해 개발된 것이다.

「천변풍경」

1930년대 서울의 청계천변에 사는 기층 민중들의 일상적 삶을 묘사하고 있는 이 소설에서 고현학은 약화된 형태로 존재하는데, 「소설가 구보씨의 일일」처럼 성찰적인 시각을 드러내지는 않는다. 대신 비중이 작은 다른 인물(재봉 및 점룡이 어머니)이 등장하여 성찰과는 무관한 정보 전달 수준의 관찰을 하고 있으며, 3인칭 서술자 역시 사건의 진전을 가벼운 필치로 전달하고 있을 뿐이다. 곧 작가의 내면은 더 이상 중요한 역할을 하지 않으며, 이에 따라 과거의 기억을 연상하는 방식은 소설의 전면에서 사라지게 되었다. 이러한 점은 이 소설이 지니는 세태소설적인 성격과 연관된다.

이 소설의 작품 내적 공간은 여러 세부 공간으로 분할되어 있으며, 각 공간에는 제각기의 사연을 지닌 인물들이 위치하고 있다. 이때 서술자는 각각의 공간에서 일어나는 사건들을 카메라의 이동 시점처럼 움직여가면서 비추어준다. 이에 따라 이 소설은 각 공간의 독립된 작은 사건들의 추이를 조명하면서 모자이크처럼 큰 이야기로 짜맞추어나가는 구성으로 이루어진다.

이 소설에 등장하는 인물들은 대체로 세 부류로 나눌 수 있다. 첫번째는, 민주사나 그의 첩 안성댁, 이쁜이의 남편 강가, 금순을 데리고 온 남자와 같은 속물적인 인물들로서, 근대적 일상성의 핵심인 돈과 욕망에 의거하여 움직이는 인물들이다. 두번째는 이쁜이, 금순이, 만돌어멈, 재봉이, 창수, 점룡이, 점룡 어머니, 기미꼬 등의 인물들인데, 이들은 첫번째 부류와 달리 근대적 일상성과 맞아떨어지는 인물들은 아니다. 이들도 돈이 필요하고 중요하지만 그에 못지않게 인정과 의리도 중요한 것이다. 세번째 부류는 한약국댁으로 표상되는 당시 중산층에 속하는 인물들인데, 작품의 전면에 등장하기보다는 두번째 부류의 인물들이 살고자 하는 삶의 표상으로 기능한다.

이 가운데 서술자가 중심적으로 비추어주는 인물군은 두번째 부류이다. 이와 관련하여 주목할 것은, 이 소설의 시간적 배경이 3월에서 이듬해 2월까지의 사계절이라는 점이다. 만돌어멈이나 하나꼬와 같은 예외도 있지만, 대체로 두번째 부류의 인물들은 봄에서 여름에 이르는 시기 동안 시련을 겪지만 가을에서 겨울에 이르는 시기에 삶의 안정을 되찾는 과정이 소설의 중심적인 서사가 된다. 시집살이로 고생하던 이쁜이의 귀환이나, 금순이 기미꼬의 도움으로 삶의 안정을 찾는 것, 점룡이가 마음을 잡고 장사에 전념하는 것 등은 그 예이다.

이처럼 각 세부 공간의 안정성 획득을 사계절의 변화와 관계 맺어놓은 것은, 작가가 천변이라는 공간 전체를 근대적 일상성을 넘어선 자립적인 공간, 특히 공동체에 연원을 둔 공간으로 만들려 했다는 것을 보여준다. 한편, 이러한 점은 주요 인물들이 돈이나 욕망보다는 의리와 인정이라는 전래의 공동체적 질서를 본질로 삼고 있다는 데서도 드러난다. 이 역시 이 소설이 단순히 세태를 그려내는 차원에 머물지 않고 근대적 일상성에 대립하면서 그것을 넘어서려는 의도를 가지고 있음을 잘 알려준다.

주요 참고 문헌

「소설가 구보씨의 일일」을 비롯한 초기 소설에 쓰인 고현학에 대해서는 김윤식의 「고현학의 방법론: 박태원을 중심으로」(김윤식·정호웅 편, 『한국 문학의 리얼리즘과 모더니즘』, 민음사, 1989)에서 다루어졌다. 최혜실은 「소설가 구보씨의 일일」에 나타나는 '산책자' 연구에서 발터 벤야민의 산책자 개념을 바탕으로 이 소설의 미의식을 해명하고, 플롯을 당시 서울의 실제 거리와 연관시켜 분석하였다(최혜실, 「1930년대 한국모더니즘소설연구」, 서울대 박사 논문, 1991). 우한용은 「박태원 소설의 담론과 기법의 의미」(『표현』 제18호, 1990)에서 이 소설의 시간의 공간화 기법 및 영화적 기법을 분석하고 주제의식을 드러내었다. 초기 박태원 소설의 주제의식에 대한 심층적인 탐구는 강상희의 「1930년대 한국 모더니즘 소설의 내면성 연구」(서울대 박사 논문, 1998)에서 볼 수 있으며, 박태원의 전체 작품 활동을 충실히 소개하고 분석한 것은 정현숙의 『박태원문학연구』(국학자료원, 1994)에서 볼 수 있다.

『천변풍경』에 대해서는 1930년대에 최재서와 임화가 벌인 논쟁이 우선 주목할 만하다. 최재서는 『천변풍경』을 카메라의 눈 기법을 이용한 "리얼리즘의 확대"로 평가한 반면(「리얼리즘의 확대와 심화: 『천변풍경』과 「날개」에 대하여」, 조선일보, 1936. 10. 31~11. 7), 임화는 『천변풍경』이 세태 묘사에 치중한 결과 사상성의 감퇴를 가져온 것으로 보았다(「세태소설론」, 동아일보, 1938. 4. 1~6). 이후 『천변풍경』이 다시 주목받기 시작한 때는 1980년대 이후로, 도시소설로 보고 분석한 것은 이재선의 「1930년대의 도시소설: 『천변풍경』에 나타난 박태원의 작품 세계」(『문학사상』, 1988. 8)와, 나병철의 「1930년대 후반기 도시소설 연구」(연세대 박사 논문, 1989)에서 볼 수 있다. 『천변풍경』에 나타난 근대성에 대한 비판적 연구로는 문흥술의 「의사-탈근대성과 모더니즘」(『외국문학』, 1994. 봄), 한수영의 「『천변풍경』의 희극적 양식과 근대성」(『문학과 현실의 변증법』, 새미, 1997), 김종욱의 「1930년대 한국 장편소설의 시간-공간 구조 연구」(서울대 박사 논문, 1998) 등을 참조할 수 있다.

_장수익

심훈

상록수

쌍두취행진곡(雙頭鷲行進曲)

 가을 학기가 되자, ○○일보사에서 주최하는 학생계몽운동(學生啓蒙運動)에 참가하였던 대원들이 돌아왔다. 오늘 저녁은 각처에서 모여든 대원들을 위로하는 다과회가 그 신문사 누상에서 열린 것이다.
 오륙백 명이나 수용할 수 있는 대강당에는 전 조선의 방방곡곡으로 흩어져서 한여름 동안 땀을 흘려가며 활동한 남녀 대원들로 빈틈없이 들어찼다.
 폭양에 그은 그들의 시꺼먼 얼굴! 큰 박덩이만큼씩 한 전등이 드문드문하게 달린 천장에서 내리비치는 불빛이 휘황할수록, 흰 벽을 등지고 앉은 그네들의 얼굴은 더 한층 검어 보인다.
 만호장안의 별처럼 깔린 등불이 한눈에 내려다보이도록, 사방에 유리창을 활짝 열어젖혔건만, 건장한 청년들의 코와 몸에서 풍기는 훈김이 우거진 콩밭 속에를 들어간 것만큼이나 후끈후끈 끼친다.
 정각이 되자, P학당의 취주악대는 코넷, 트럼펫 같은 번쩍거리는 악기를 들

---

* 『상록수』는 1935년 9월 10일부터 1936년 2월 15일까지 동아일보에 연재되었다. 여기서는 『상록수』 (한국문학전집 18, 문학과지성사, 2005)에서 부분 수록하였다.

고 연단 앞줄에 가 벌여 선다. 지휘자가 손을 내젓는 대로 힘차게 연주하는 것은 유명한 독일 사람의 작곡인 쌍두취행진곡(雙頭鷲行進曲)이다. 그 활발하고 장쾌한 멜로디는 여러 사람의 심장까지 울리면서 장내의 공기를 진동시킨다.

악대의 연주가 끝난 다음에 사회자인 이 신문사의 편집국장이 안경을 번득이며 점잖은 걸음걸이로 단 위에 나타났다.

"에— 아직 개학을 안 한 학교도 있어서 미처 올라오지 못한 대원이 많을 줄 알았습니다. 그런데, 뜻밖에 이처럼 성황을 이루어서 장소가 매우 협착한 까닭에, 여러분끼리 서로 간친하는 기회를 드리려는 다과회가 무슨 강연회처럼 되었습니다."

하고 일장의 인사를 베푼 뒤에 으흠으흠 하고 헛기침을 해서 목소리를 가다듬더니,

"금년에는 여러 가지로 지장이 많았는데도 불구하고 작년보다도 거의 곱절이나 되는 놀라울 만한 성적을 보게 됐습니다. 이것은 오직 동족을 사랑하는 여러분의 열성과, 문맹을 한 사람이라도 더 물리치려는 헌신적 노력의 결과인 것이 물론입니다. 그러므로 주최자 측으로서 여러분의 수고를 감사할 뿐 아니라, 우리 계몽운동의 장래를 위해서 경축하기를 마지않는 바입니다."

처음에는 늦게 들어오는 사람들 때문에 수성수성하던 장내가 이제는 기침 소리 하나 없이 조용해졌다.

사회자는 말을 이어

"긴 말씀은 하지 않겠으나, 차나 마셔가면서 간담적으로 피차에 의견도 교환하고, 그동안에 분투한 체험담도 들려주셔서, 앞으로 이 운동을 계속하는 데 크게 참고가 되게 해주시기를 바라는 바입니다."

라는 부탁을 한 후 단에서 내렸다.

대원들 중에서 제일 나이가 들어 보이는 어느 전문학교의 교복을 입은 학생이 나가 간단한 답사를 하고 돌아왔다.

문간에서 회장을 정돈시키던 이 신문사의 배지를 붙인 사원이 눈짓을 하니까, L여학교 가사과의 학생들은, 굉장한 연회나 차리는 듯이 일제히 에이프런

을 두르고 돌아다니며 자기네의 손으로 만든 과자와 차를 죽 돌린다.

대원들은 찻잔을 받아들고 앉아서 무릎 위에 올려놓은 과자 접시를 들여다보면서

'에계── 요걸루 어디 간에 기별이나 가겠나.'

하는 듯한 표정을 지으며 입맛을 다신다.

장내는 사기그릇이 부딪쳐 대그락거리는 소리와 잡담을 하는 소리로 웅성웅성하는데 맨 앞줄 한구석에서 '하와이안 기타'를 뜯는 소리가 모깃소리처럼 애응애응 하고 들리기 시작한다.

남양의 달밤을 상상케 하는 애련하고도 청아한 선율(旋律)에 회장은 다시 조용해졌다. C전문의 명물인 익살꾼으로 기타의 명수인 S군이 자청을 해서 한 곡조를 타는 것이다.

S군은 한참 타다가, 저 혼자 신이 나서 악기를 들고 일어나 엉덩춤을 춘다. 메기같이 넓적한 입을 실룩거리며 토인의 노래를 흉내 내는데, 그 목소리는 체수[1]에 어울리지 않게, 염소가 우는 소리와 흡사하게 떨려 나와서, 여러 사람의 웃음보가 터졌다. 어떤 중학생은 웃음을 억지로 참다가, 입에 물고 있던 과자를 앞줄에 앉은 사람의 뒤통수에다가 확 내뿜었다. 한구석에 몰려 앉은 여학생들은 손수건을 입에 대고 허리를 잡는다.

*

"재청요──"

"앙콜── 앙콜."

하는 소리가 여기저기서 일어나며 회장 안은 벌통 속처럼 와글와글한다. S군은 저더러 잘한다는 줄만 알고, 두 번 세 번 껑충거리고 나와서 익살을 깨뜨리는 바람에, 점잔을 빼던 사회자도 간신히 웃음을 참고 앉았다. 그는 미소를 띠고

---

[1] 체수 몸의 크기.

일어서며

"여러분 고만 조용합시다."

하고 손을 들었다.

"지금부터 여러분의 체험담을 듣겠습니다. 한 사람도 빼놓지 않고 고향에서 활동하던 이야기를 골고루 듣구는 싶지만, 시간이 허락지 않는 관계로 유감천만이나, 사회자가 몇 분을 지적할 수밖에 없습니다."

하고 양복 주머니에서 각 지방으로부터 온 통신과, 이미 신문에 발표된 대원들의 보고서(報告書)를 한 뭉텅이나 꺼내놓고 뒤적거리더니

"금년에 활동한 계몽대원 중에 뛰어나게 좋은 성적을 보여주었을 뿐 아니라, 글을 깨쳐준 아동의 수효로는 우리 신문사에서 이 운동을 개시한 이래 최고 기록을 지은 분을 소개하겠소이다."

하고는 다시 안경 너머로 서류를 들여다보다가 얼굴을 들고 선생이 출석부를 부르듯이

"××고등농림의 박동혁(朴東赫)군!"

하고 목소리를 높였다. 장내는 테[2]를 맨 듯이 긴장해졌건만, 제 이름을 못 들었는지 얼핏 대답하는 사람이 없다.

"박동혁군 왔소?"

사회자는 더한층 목소리를 높이고는 사면을 살핀다.

만장의 학생들은

'박동혁이가 어떻게 생긴 사람이야?'

하는 듯이 서로 돌아다보며 이름을 불린 고등학생을 찾는다.

"여기 있습니다."

맨 뒷줄에서 굵다란 목소리가 청처짐하게 들렸다. 여러 사람의 고개는 일제히 목소리가 난 데로 돌려졌다.

"그리로 나가랍니까?"

---

2 테 그릇의 조각이 어그러지지 못하게 둘러맨 줄.

엉거주춤하고 묻는 말이다.

"이리 나오시오."

사회자는 연단에서 비켜서며 손짓을 한다.

기골이 장대한 고농 학생이 뭇사람이 쏘는 시선을 한 몸에 받으며 뚜벅뚜벅 걸어 나오자 우레 같은 박수 소리가 강당이 떠나갈 듯이 일어났다.

박동혁이라고 불린 학생은 연단에 올라서기를 사양하고 앞줄에 가 두 다리를 떡 버티고 섰다. 빗질도 안 한 듯한 올백으로 넘긴 머리며 숱하게 난 눈썹 밑에 부리부리한 두 눈동자에는 여러 사람을 누르는 위엄이 떠돈다.

그는 박수 소리가 그치기를 기다려 두툼한 입술을 열었다.

"여러분!"

청중이 숨소리를 죽이게 하는 저력 있는 목소리다.

"오늘 저녁에 항상 그리워하던 여러분 동지와 한자리에 모여서, 흉금을 터놓고 서로 얘기할 기회를 얻은 것을 무한히 기뻐합니다."

목구멍에서 나오는 음성이 아니요, 땀에 전 교복이 팽팽하게 켕기도록, 떡 벌어진 가슴 한복판을 울리며 나오는 바리톤(남자의 저음)이다. 청중은

'저 입에서 무슨 말이 떨어지려나?'

하는 듯이 눈도 깜짝거리지 않으며 동혁의 얼굴을 바라본다.

*

동혁은 장내를 다시 한 번 둘러본 뒤에 천천히 입을 연다.

"그러나, 삼 년째 이 운동에 참가해서 적으나마 힘을 써온 이 사람으로서 그 경험이나 감상을 다 말씀하려면 매우 장황하겠습니다. 더구나 오늘 저녁은 간단한 경과만 보고하기를 약속한 까닭에, 정작 이 가슴속에 첩첩이 쌓인 그 무엇을 여러분 앞에 시원스럽게 부르짖지 못하는 것을 크게 유감으로 생각합니다. 그러니까, 이 자리에서 못 하는 말은 사사로운 좌석에서 얘기할 기회를 짓고, 또는 개인적으로도 긴밀한 연락을 취해서 서로 간담을 비춰가며 토론도 하

고 의견도 교환하기를 바랍니다."

하고 잠시 말을 멈추더니, 수첩을 꺼내들고 자기의 고향인 남조선의 서해변에 있는 한곡리(漢谷里)라는 궁벽한 마을의 형편을 숫자적으로 대강 보고를 한다.

호수(戶數)가 구십사 호인데, 농업이 칠 할, 어업이 이 할이요, 토기업(土器業)이 일 할이라는 것과, 인구(人口)가 사백육십여 명에 그야말로 낫 놓고 기역 자도 모르는 문맹이 팔 할 이상이나 점령한 것을 삼 년 동안을 두고 여름과 겨울 방학에 중년 이하의 여자들과 육칠 세 이상의 아동들을 모아놓고 한글을 깨쳐주고 간단한 셈수를 가르쳐준 것이 이백사십칠 명에 달하는데, 그곳 보통학교 출신들의 조력이 많았다는 것을 말하자 박수 소리가 사방에서 일어났다.

동혁은 천천히 수첩을 접어 넣으면서 집안 식구와 이야기하는 듯한 말씨로

"우리 고향은 워낙 원시부락(原始部落)과 같은 농어촌이 돼서, 무지한 부형들의 이해가 전연 없는 데다가, 관변의 간섭도 여간 까다로운 게 아니었어요. 그런 걸 별짓을 다 해가면서 억지로 시작을 했지요. 첫해에는 아이들을 잔뜩 모아는 놨어두 가르칠 장소가 없어서 큰 은행나무 밑에다 널판때기에 먹칠을 한 걸 칠판이라고 기대어 놓고 공석[3]이나 가마니를 깔고는 밤 깊도록 이슬을 맞아가면서 가르치기를 시작하였는데 마침 장마 때라 비가 자꾸만 와서 견딜 수가 있어야지요. 그래서 할 수 없이 움을 팠어요. 나흘 동안이나 장정 십여 명이 들러붙어서 한 대여섯 칸통이나 파고서 밀짚으로 이엉을 엮어서 덮고, 그 속에 들어가서 진땀을 흘리며 '가갸거겨'를 가르쳤어요. 그러다가 어느 날 밤새도록 비가 퍼붓듯이 쏟아졌는데 그 이튿날 아침에 가보니까 교실 속에 빗물이 웅덩이처럼 흥건하게 고였는데, 송판으로 엉성하게 만든 책상 걸상이 둥실둥실 떠다니는군요."

그 말에 여기저기서 픽픽 웃는 소리가 들렸다. 동혁이 자신도 남자다운 웃음을 띠고

"그뿐인가요, 제철을 만난 맹꽁이란 놈들이 뛰어들어서 저희끼리나 글을 읽

---

3 공석 벼를 담지 아니한 빈 섬.

겠다고 '맹자 왈' '공자 왈' 해가며 한바탕 복습을 하는데…….”

그때에 어느 실없는 군이 코를 싸쥐고

"매앵 꽁, 매앵 꽁.”

하고 커다랗게 흉내를 내서 여러 사람은 천장을 우러러 간간대소를 하였다. 여학생들은 킬킬거리고 웃어대다가 눈물을 다 질금질금 흘린다. 그러자

“웃을 얘기가 아니오!”

“쉬— 조용들 합시다.”

하고 꾸짖듯 하는 소리가 회장 한복판에서 들렸다. 동혁이도 검붉은 얼굴에 떠돌던 웃음을 지워버리고 한 걸음 다가서며

“나 역시 이 자리를 웃음바탕을 만들려고 그런 말을 한 게 아닙니다. 이보다 더 비참한 현실과 부딪쳐서 더한층 쓰라린 체험을 하신 분도 많을 줄 알면서도 다만 한 가지 예(例)를 들었을 뿐입니다.”

하고 잠시 눈을 꽉 감고 침묵하더니 손을 번쩍 쳐들며

“그러나 여러분! 끝으로 꼭 한마디만 하고 싶은 말이 있습니다.”

하고 목청을 높여 힘차게 청중에게 소리친다. 대원들은 물론, 사회자까지도 다시금 긴장해서 엄숙해진 동혁의 얼굴만 주목한다.

“눈 뜬 소경에게 글자를 가르쳐주는 것은 두말할 것 없이 필요합니다. 계몽운동이 우리에게 있어서 가장 시급한 사업 중의 하나인 것도 사실입니다. 그러나 이 땅의 지식분자인 우리들이 이러한 기회에 전 조선의 농촌, 어촌, 산촌으로 방방곡곡에 파고들어가서 그네들과 똑같은 생활을 하면서 어떻게 하면 그네들이 그 더할 수 없이 비참한 생활에서 벗어날 수가 있을까 하는 문제를 머리를 싸매고서 생각해봐야 합니다. 지금부터 육칠십 년 전 노서아의 청년들이 부르짖던 브나로드(민중 속으로라는 말)를 지금 와서야 우리가 입내 내듯 하는 것은 더할 수 없이 슬프고 부끄러운 일입니다. 그렇지만, 우리는 남에게 뒤떨어진 것을 탄식만 할 것이 아니라, 높직이 앉아서 민중을 관찰하거나 연구의 대상(對象)으로 삼으려 하는 태도를 단연히 버리고, 그네들이 즉 우리 조선 사람이 제 힘으로써 다시 살아나기 위한 그 기초 공사(基礎工事)를 해야겠습니다.

오늘 저녁 이 자리에 모인 바로 여러분의 손으로 시작해야겠습니다. 물질로 즉 경제적으로는 일조일석에 부활하기가 어렵겠지만 무엇보다도 먼저 모든 것을 지배하고 온갖 행동의 원동력이 되는 정신, 요샛말로 '이데올로기'를 통일하기 위해서 전력을 기울여야 하겠습니다!"
하고 말끝마다 힘을 주다가, 잠시 무엇을 생각하더니,
"여러분! 여러분은 우리를 못살게 구는 적(敵)이, 고쳐 말씀하면 우리의 원수가 어디 있는 줄 아십니까?"
하고 나서, 그는 무슨 범인이나 찾는 듯한 눈초리로 청중을 돌아본 뒤에 손가락을 펴들어 저의 머리통을 가리키며
"그 원수가 이 속에 들었습니다. '아이구 인제는 죽는구나' '너 나 할 것 없이 모조리 굶어 죽을 수밖에 없구나' 하는 절망과 탄식! 이것 때문에 우리는 두 눈을 멀거니 뜬 채 피를 뽑히고 있는 것입니다. 그런 지레짐작 즉 선입관념(先入觀念)이 골수에 박혀 있는 까닭에, 우리가 피만 식지 않은 송장 노릇을 한다고 해도 과언이 아닙니다. 그야 천치 바보가 아닌 담에야 우리의 현실(現實)을 낙관(樂觀)할 수야 없겠지요. 덮어놓고 '기운을 차려라' '벌떡 일어나 달음박질을 해라' 하고 고함을 지르며 채찍질을 한대도 몇십 년이나 앓던 중병 환자가 벌떡 일어나지야 못하겠지요. 그렇지만……."
하고 주먹을 쥐고 부르르 떨며 혀끝으로 불을 뿜는 듯한 열변에 회장은 유리창이 깨어질 듯한 박수 소리가 일어났다. 동시에 여기저기서

*

"옳소 —"
"그렇소 —"
하는 고함과 함께
"그건 탈선이오."
하고 반박하는 소리가 들렸다. 그 소리를 듣자, 동혁은 금세 눈초리가 실쭉해

지더니
 "어째서 탈선이란 말요?"
하고 눈을 커다랗게 부릅뜨며 목소리가 난 쪽을 노려보는 판에, 사회자는 동혁의 곁으로 가서 무어라고 귓속을 한다.
 "중지시킬 권리가 없소!"
 "말해라, 말해!"
이번에는 발을 구르며 사회자를 공박하는 소리로 장내가 물 끓듯 한다. 동혁은 그 자리에 꿈쩍도 안 하고 버티고 서서 매우 흥분된 어조로
 "지금은 시간의 자유까지도 없지만 내 의견과 틀리는 분은 이 회가 파한 뒤에 얼마든지 토론을 합시다."
하고 누구든지 덤벼라! 하는 기세를 보이더니
 "나는 어떠한 수단과 방법을 써서라도 우리 민중에게 우선 희망의 정신과 용기를 길러주기 위해서 노력하는 것이 우리 계몽운동 대원의 가장 큰 사명으로 믿습니다. 동시에 여러분도 이 신조(信條)를 다 같이 지키기를 충심으로 바랍니다."
 동혁은 성량(聲量)껏 부르짖고는 교복 소매로 이마의 땀을 씻으며 제자리로 돌아갔다.
 사회자는 아까보다도 더 정중한 태도를 짓고 동혁이가 섰던 자리로 가서, 장내가 정숙해지기를 기다려
 "박동혁군의 말은 개념적이나마 누구나 존중해야 할 좋은 의견으로 압니다."
하고는
 "그러나, 현재의 정세로 보아서 어느 시기까지는 계몽운동과 사상운동을 절대로 혼동해서는 아니 됩니다. 계몽운동은 계몽운동에 그칠 따름이지, 부질없이 혼동해가지고 공연한 데까지 폐해를 끼칠 까닭은 털끝만큼도 없습니다."
하고 단단히 주의를 시킨다. 그때에 한구석에서
 "에그 추워 ── "
하고 일부러 어깨와 목소리를 떠는 학생이 있었다.

동혁의 뒤를 이어 서너 사람이나 판에 박은 듯한 경과보고가 지루하게 있은 후, 사회자는

"이번에는 금년에 처음으로 참가한 여자 대원 중에서 제일 좋은 성적을 나타낸 ××여자 신학교에 재학 중인 채영신(蔡永信)양의 감상담이 있겠습니다."

하고 회장 오른편에 여자들이 모여 앉은 데를 바라다본다. 남학생들은 그 편으로 머리를 돌리며 손뼉을 친다. 채영신이라고 불린 여자는 한참 만에 얼굴이 딸기빛이 되어가지고 일어서더니

"전 아무 말도 하기 싫습니다!"

하고 머리를 내저으며 여무지게 한마디를 하고는 펄썩 앉아버린다. 사회자는 영문을 몰라서 눈이 둥그레졌다.

*

뜻밖에 미리 약속까지 하였던 여자가 말하기를 딱 거절하는 데는, 사회자와 청중이 함께 어리둥절할 수밖에 없었다.

"이유를 말합시다."

"그 대신 독창이래두 시키세."

상대자가 여자인 까닭에 더욱 호기심을 가진 남학생들이 가만히 두고 볼 리가 없다. 음악회에서 억지로 끌어내어 재청이나 시키는 것처럼, 짓궂게 박수를 하며 야단들이다.

"간단하게나마 말씀해주시지요."

사회자는 좀 무색한 듯이 채영신이가 앉은 편으로 몇 걸음 다가오며 어서 일어나기를 권한다.

그래도 영신은 꼼짝도 아니하고 앉았다가 곁에서 동지들이 옆구리를 찌르고 등을 떠다밀어서, 마지못해 일어났다. 서울 여자들은 잠자리 날개처럼 속살이 하얗게 내비치는 깨끼적삼에 무늬가 혼란한 조세트나, 근래에 유행하는 수박색 코로나프레프 같은 박래품⁴으로 치마를 정강마루까지 추켜 입고 다닐 때건만

그는 언뜻 보기에도 수수한 굵다란 광당포 적삼에, 검정 해동치마를 입었고, 화장품과는 인연이 없는 듯 시골서 물동이를 이고 다니는 과년한 처녀를 붙들어다 세워놓은 것 같다. 그러나 얼굴에 두드러진 특징은 없어도 청중을 둘러보는 두 눈동자는 인텔리(지식 계급) 여성다운 이지(理智)가 샛별처럼 빛난다. 그는 사회자를 쏘아보며

"첫째, 이런 자리에서 남자와 여자를 구별하는지는 모르지만, 남이 다 말을 하고 난 맨 끄트머리에 언권을 주는 것이 몹시 불쾌합니다."

새되고 결곡한⁵ 목소리다.

"흥, 엔간한걸."

"여간내기가 아닌데."

남학생들은 혀를 내두르며 수군거린다. 제자리에 돌아와 이제껏 흥분을 가라앉히느라고 눈을 딱 감고 있던 동혁이도, 얼굴을 쳐들고 채영신의 편을 주목한다. 두 사람은 매우 가까운 거리에 앉아 있었던 것이다.

영신은 말을 이어

"둘째는 제 속에 있는 말씀을 솔직하게 쏟아놓고는 싶어두요, 사회하시는 분이 또 무어라고 제재를 하실 테니깐, 구차스레 그런 속박을 받아가면서까지 말을 할 필요가 없을 줄 압니다."

하고 다시 앉아버린다. 이번에는 여자석에서 손뼉 치는 소리가 생철 지붕에 소낙비 쏟아지듯 한다.

사회자는 그만 무안에 취해서 얼굴을 붉히며 매우 난처한 표정을 짓다가

"아까 박동혁군이 말할 때는, 시간이 없다고 주의를 시킨 것이지, 말의 내용을 간섭한 것은 아닙니다."

하고 뿌옇게 발뺌을 한다. 그러자 동혁이가 벌떡 일어나 나치스 식으로 팔을 들며

---

4 **박래품(舶來品)** 지난날 '서양에서 들여온 상품'을 이르던 말.
5 **결곡하다** 생김새나 마음씨가 빈틈이 없고 야무지다.

"사회!"

하고 회장이 쩌렁쩌렁하도록 부른다.

"밤을 새우는 한이 있더라도, 이런 기회에 우리는 충분히 의견을 교환하고 싶습니다. 우선 지도원리(指導原理)를 통일해놓고 나서 깃발을 드는 것이 일의 순서가 아니겠습니까."

하고 톡톡히 항의를 한다. 사회자는 시계를 꺼내 보고 사교적 웃음을 띠며

"채영신씨, 그럼 내년에는 맨 먼첨 언권을 드릴 테니 그렇게 고집하지 마시고 말씀하시지요."

하고는 장내의 공기를 완화시키려고 슬쩍 농친다.

영신은 다시 망설이다가, 이번에는 대접상으로 간신히 일어났다.

"저는 금년에야 참가를 했으니까, 이렇다고 보고를 할 만한 재료가 없고요, 고생을 좀 했다고 자랑할 것도 못 될 줄 압니다. 그저 앞으로 이 운동을 꾸준하게 해 나갈 결심이 굳을 뿐이니까요."

하고는 그 영채가 도는 눈을 사방으로 돌리더니

"그렇지만, 저 역시 여러분께 우리 계몽대의 운동이 글자를 가르치는 데만 그치지 말고, 한 걸음 더 나아가서 우리 민족의 거의 전부라고 할 만한, 절대다수인 농민들의 갈 길을 열어주기 위해서, 우선 그네들에게 희망의 정신을 넣어주자는……"

하다가 상막해서[6] 잠시 이름을 생각해보더니

"……박동혁씨의 의견은 저도 전연 동감입니다!"

하고 남학생 편으로 고개를 돌린다.

"여러분은 학교를 졸업하면 양복을 갈아붙이고 의자를 타고 앉아서, 월급이나 타먹으려는 공상부터 깨뜨려야 합니다. 우리 남녀가 총동원을 해서 머리를 동처 매고 민중 속으로 뛰어들어서, 우리의 농촌, 어촌, 산촌을 붙들지 않으면, 그네들을 위해서 한 몸을 희생해 바치지 않으면, 우리 민족은 영원히 거듭나지

---

6 상막하다 기억이 분명하지 않고 아리송하다.

못합니다!"

 그는 무슨 말을 더 하려다가, 북받쳐 오르는 흥분을 스스로 억제하지 못하고 고만 쓰러지듯이 앉아버린다. 장내는 엄숙한 기분에 잠겼다. 말썽을 부리던 남학생들도 머리를 수그리고 있다. 그네들의 머릿속에도 감격의 물결이 출렁거리고 있었던 것이다.

〔중략〕

제삼(第三)의 고향(故鄕)

 나의 경애하는 동혁씨!

 영신이가 '한곡리'를 떠난 지 사흘 만에 온 편지의 서두에는 전에 단골로 쓰던 '존경' 두 자의 높을 존(尊)자가 떨어지고, 그 대신으로 사랑 애(愛)자가 또렷이 달렸다.

 무한한 감사와 가슴 벅찬 감격을 한 아름 안고, 무사히 저의 일터로 돌아왔습니다. 그 감사와 감격은 무덤 속으로 들어간 뒤까지라도 영원히 영원히 잊지 못하겠습니다.
 떠날 때에 바쁘신 중에도 여러분이 먼 길을 전송해주시고, 배표까지 사주신 것만 해도 염치없는데, 꼭 배 속에서 뜯어보라고 쥐여주신 봉투 속에 십 원짜리 지전 한 장이 들어 있는 것을 보고 놀랐습니다. 몇 번이나 다시 돌려보내려고 하였으나 한창 어려운 고비를 넘는 농촌에서 십 원이란 큰돈을 변통하기가 얼마나 어려우셨을 것을 알고, 또는 제가 떠나기 전날 밤에 이 돈을 남에게 취하려고 몇십 리 밖까지 가셨다가 늦게야 돌아오셨던 것이 이제야 짐작되어서, 차마 도로 부치지를 못하였습니다. 몸 보할 약이라도 한 제

지어 먹으라고 간곡히 부탁은 하셨지만, 백 원 천 원보다도 더 많은 이 돈을 저 한 몸의 영양을 위해서는 쓸 수 없습니다. 그대로 꼭 저금을 해두었다가, 가을에 지으려는 학원 마당 앞에 종을 사서 달겠습니다. 아침저녁 저의 손으로 치는 그 종소리는 저의 가슴뿐 아니라, 이곳 주민들의 어두운 귀와, 혼몽이 든 잠을 깨워주고 이 '청석골'의 산천초목까지도 울리겠지요.

나의 경애하는 동혁씨!

자동차가 닿은 정류장에는 부인친목계의 회원들과 내 손으로 가르치는 어린이들이 수십 명이나 마중을 나와서 손과 치마꼬리에 매달리며 어찌나 반가워서 날뛰는지 눈물이 자꾸만 쏟아지는 것을 간신히 참았어요.

더구나 계집아이들은 거의 십 리나 되는 산길을 날마다 두 번씩이나 나와서 자동차 오기를 까맣게 기다리다가 '우리 선생님 아주 도망갔다'고 홀짝홀짝 울면서 돌아가기를 사흘 동안이나 하였다고 합니다. 이 세상에서 어느 누가 그다지도 안타까이 저를 기다려줄 사람이 있겠습니까. 이 변변치 못한 채영신이를 그다지도 따뜻이 품어줄 고장이 이 세계의 어느 구석에 있겠습니까?

나의 경애하는 동혁씨!

이번 길에 저는 고향 하나를 더 얻었어요. '한곡리'는 저의 제삼의 고향이 되고 말았어요. 저와 한평생 고락을 같이하기로 굳게굳게 맹세해주신 당신이 계시고 씩씩한 조선의 일꾼들이 있고, 친형과 같이 친절히 굴어주는 건배씨의 부인과 동네의 아낙네들이 살고 있는 곳이 어째서 저의 고향이 아니겠습니까? 저는 새로 얻어서 첫정이 든 그 고향을 꿈에라도 잊지를 못하겠습니다. 그리고 저의 가슴에 피를 끓이던 그「애향가」의 합창을…….

나의 가장 경애하는 동혁씨!

저는 행복합니다. 인제는 외롭지도 않습니다.

큰덕미 나루터의 커다란 바윗덩이와 같이 변함이 없으실 당신의 사랑을 얻고, 우리의 발길이 뻗치는 곳마다, 넷째 다섯째의 고향이 생길 터이니, 당신의 곁에 앉았을 때만큼이나 제 마음이 든든합니다. 저의 가슴은 오직 하나님께 대한 감사와 기쁨으로 충만합니다. 그러나 그와 동시에 이 몸의 책임이 더한층 무거워진 것을 깨닫습니다. '청석골'의 문화적 개척 사업을 나 혼자 도맡은 것만 하여도 이미 허리가 휘도록 짐이 무거운데 우리의 사랑을 완성할 때까지 불과 삼 년 동안에 그 기초를 완전히 닦아놓자면 그 앞길이 창창한 것 같습니다. 양식 떨어진 사람이 보룃고개를 넘기는 것만큼이나 까마득한 것 같습니다. 그러나 저는 그런 생각이 들 때마다 '우리들은 가난하고 힘은 아직 약하나, 송백처럼 청청하고 바위처럼 버티네' 하고 「애향가」의 둘쨋 절을 부르겠어요. 목청껏 부르겠어요!

나에게 다만 한 분이신 동혁씨!

그러면 부디부디 건강히 일 많이 하여주십시오.

그동안 밀린 일이 많고 야학 시간이 되기도 전에 아이들이 몰려와서 오늘은 더 길게 쓰지 못하니 이 편지보다 몇 곱절 긴 답장을 주십시오. 다른 회원들에게 안부 전해주시고 건배씨 내외분에게도 틈나는 대로 따로 쓰겠습니다.

×월 ××일

당신께도 하나뿐인 채영신 올림

영신은 어머니에게와 아버지가 혼인을 정해준 남자에게도 편지를 썼다.

앞으로 몇 해 동안 결혼 문제 같은 것은 염두에도 두지 않겠고, 또는 이 뒤에라도 당신과는 이상이 맞지 않고 주의가 틀려서 억지로 결혼을 한대도 결단코 행복스러운 생활을 할 수가 없겠으니 이 편지를 보고는 아주 단념해주기를 바란다.

는 최후의 통첩을 띄웠다.

동혁이와 삼십 년 동안이라도 기다리겠다는 언약을 한 이상 연애니 결혼이니 하는 번거로운 문제로 새삼스러이 머리를 썩일 시간도 없고, 그렇다고 그대로 질질 끌어 나가는 것은 여러 해를 두고 저를 유념해온 상대자에게 대해서 매우 미안하기도 하였던 것이다.
　한 일주일 뒤에야 어머니에게서는

　　진정으로 네 생각이 그렇다면 인력으로 못 할 노릇이나, 딸자식 하나로 해서 이 어미는 죽어도 눈을 감지 못할 줄이나 알아다오.

하는 대서 편지가 왔고, 금융조합에 다니는 남자에게서는

　　얼마나 이상이 높고 주의가 맞는 남자와 결혼을 해서 이 세상 복록을 골고루 누리며 사나 두고 보자. 아무튼 조만간 직접 만나서 최후의 담판을 할 테니 그런 줄 알라.

는 저주(詛呪) 비슷한 회답이 왔다.. 그 사람이야 다시 오건 말건, 영신은 남이 억지로 짊어지워준 무거운 짐을 벗어버린 것만큼이나 마음이 거뜬하였다.
　"자 이젠 일이다! 일을 하는 것밖에 없다! 앞으로 삼 년이란 세월을 지루하지 않게 보내기 위해서라도 힘껏 일을 하는 수밖에 없다."
하고 그 몸을 스스로 채찍질하였다. 일주일 동안 '한곡리'에서 받은 자극도 컸거니와 동혁이와 약혼을 한 것으로 말미암아 여간 큰 충동을 일으킨 것이 아니다. 그래서 '청석골'로 돌아온 뒤에도 며칠 동안은 일이 손에 잡히지를 않고, 그때까지도 흥분이 가라앉지를 않았다. 그러나 그 반면으로 건강은 아주 회복이 되어서 먼동이 훤하게 틀 때에 일어나 기도회에 참례를 하고 낮에는 학원을 지을 기부금을 모집하러 몇십 리 밖까지 다니거나, 그렇지 않으면 부인친목계의 계원들과 같이 발을 벗고 들어서서 원두밭을 매고 풀을 뽑고 하다가 저녁을 먹고 나면 그 자리에 쓰러지고 싶은 것을 간신히 참고 예배당으로 가야 한다. 가서는 서너 시간이나 아이들과 아귀다툼을 해가면서 글을 가르치고 나오면, 다리가 굳어 오르는 것 같고 고개를 꿇을 힘까지 빠져서 길가에 잔디밭만 보아도 턱 누워버리고 싶은 것을 간신히 참았다. 사숙하는 집까지 와서는 자리도

펼 사이가 없이 곯아떨어진다. 그렇건만 아침에 벌떡 일어나서 냉수에 세수를 하고 나면 새로운 용기가 솟는다. 아침마다 제시간이 되면 동혁이가 부는 나팔 소리가 바람결에 들려오는 것 같아서, 더 좀 누워 있으려야 누워 있을 수가 없었다.

아이들까지 놀 새가 없는 농번기가 닥쳐왔건만 강습소의 아이들은 나날이 늘어 오 리 밖 십 리 밖에서까지 밥을 싸가지고 다니고 기부금이 단돈 몇 원씩이라도 늘어가는 것과, 친목계의 계원들도 지도하는 대로 한 몸뚱이가 되어 한 사람도 마을을 다니거나 버정거리는 사람이 없이 닭을 기르고 누에를 치고 또는 베를 짠다.

영신은 그러한 재미에, 극도로 피곤하건만, 몸이 괴로운 줄을 모르고 하루 이틀을 보냈다. 사업이 날로 늘어가고 모든 성적이 뜻밖으로 좋아질수록, 끼니때를 잊을 적도 있고 심지어 며칠씩 머리도 빗지 못하기가 예사였다.

그러나 틈이 빠끔하게 나기만 하면 동혁의 환영(幻影)에게 정신이 사로잡히는 것은 어찌할 수 없는 일이었다. 그 바닷가의 기울어가는 달밤…… 모래 위에 그 육중한 몸뚱이를 몸부림치며 사랑을 고백하던 동혁이…… 온 몸뚱이가 액체(液體)로 녹을 듯이 힘차게 끌어안던 두 팔의 힘…… 숨이 턱턱 막히던 불 같은 키스…….

영신은 그 장면이 머릿속에 떠오르기만 해도 가슴이 설레고 얼굴이 화끈화끈 달았다. 그날 밤 그 하늘에 떴던 달이나 별들밖에는 그 장면을 본 사람이 없으니, 아무도 두 사람의 마음속의 비밀을 알 리 없건만 그래도 동혁의 생각이 불현듯이 나서, 멀리 남녘 하늘의 구름을 바라보고 섰을 때에는 곁에 있는 사람이 제 속을 뚫고 들여다보는 것 같아서 머리가 저절로 수그러들기도 여러 번 하였다.

동혁에게서는 꼭 일주일에 한 번씩 편지가 왔다. 사연은 간단한데 여전히 보고 싶다든지 그립다든지 하는 말은 한 마디도 없고, 다만 영신의 건강을 축수하는 것과 새로 계획하는 일이나 방금 실지로 해 나가는 일이 어떻다는 것만은 문체도 보지 않고 굵다란 글씨로 적어 보내는 것뿐이었다. 그러나 영신은 그

편지를 틈틈이 꺼내 보는 것, 오직 그것만이 큰 위안거리였다.

*

그동안 영신의 수입이라고는 서울 연합회에서 백현경의 손을 거쳐 생활비 겸 사업을 보조하는 의미로 다달이 삼십 원씩 보내주는 것밖에 없었다. 원재 어머니라는 젊어서 홀로된 교인의 집 건넌방에 들어서 밥값 팔 원만 내면 방세는 따로 내지 않았다. 옷이라고는 그곳 여자들과 똑같은 보병것7을 입고 겨울이면 학생 시대에 입던 헌 털 재킷 하나가 유일한 방한구인데 구두도 안 신고 고무신을 끌고 다니니, 통신비·신문 잡지비 십여 원만 가지면 저 한 몸은 빠듯이 먹고 지낼 수가 있었다. 그래서 나머지 이십 원도 못 되는 돈으로 이태 전부터 강습소와 그 밖에 모든 경비를 써온 것이다. 월사금을 한 푼이라도 받기는커녕, 그중에도 어려운 아이들의 교과서와 연필·공책까지도 당해주고, 심지어 넝마가 다 된 옷을 입고 다니는 것을 보면, 장에 가서 옷감까지 끊어다가 소문 안 나게 해 입힌 것이 한두 벌이 아니었다. 더구나 아이들이 장난을 하다가 다치거나 배탈이 나든지 하면 으레 '선생님'을 부르며 달려오고, 나중에는 동네 사람들까지 영신을 무슨 고명한 의사로 아는지

"채선생님, 제 둘째 새끼가 복학8을 앓는뎁쇼, 신효한 약이 없습니까?"
하고 찾아와서 손길을 마주 비비는 사람에

"아이구 우리 딸년이 관격9이 돼서 자반뒤집기를 하는데, 제발 적선에 어떻게 좀 살려줍쇼."
하고 발을 동동 구르는 얼굴도 모르는 여편네에, 낫으로 손가락을 베인 머슴

---

7 보병것 조선 시대에 '보병목(步兵木)'으로 지은 옷'을 이르던 말.
8 복학(腹瘧) 한방에서 비장(脾臟)이 부어 뱃속에 뜬뜬한 것이 생기면서 한열(寒熱)이 심히 나는 어린아이의 병을 이름. 자라배.
9 관격(關格) 한방에서 음식이 급하게 체하여 먹지도 못하고 대소변도 못 보며 정신을 잃는 위급한 병을 이르는 말.

에, 도끼로 발등을 찍힌 나무꾼 할 것 없이 급하면 채선생을 찾아온다. 영신은
"이건 내가 성이 채가니까 옛날 채동지가 여자로 태어난 줄 아우?"
하고 어이가 없어서 웃을 때도 있었다. 그러면서도 그네들을 하나도 그대로 돌려보낼 수가 없어서 내복약도 주고 겉으로 치료도 해주었다. 그러니 그 시간과 비용도 적지 않다. 붕대, 소독약, 옥도정기, 금계랍, 요오드포름 할 것 없이 근자에는 한 달에 약품 값만 거의 십 원씩이나 들었다. 그래도 오히려 모자라는데, 그네들은 채선생이 병만 잘 고칠 줄 아는 것뿐 아니라, 화수분이나 가진 것처럼 돈도 뒷구멍으로 적지 않이 버는 줄 아는 모양이다.

　보통 사람은 불러다 볼 생각도 못 하는 공의가 그나마 사십 리 밖 읍내에 겨우 한 사람이 있고, 장거리에 의생이 두어 사람 있다고는 하나, 옛날처럼 교군[10]이나 보내야 온다니, 이 근처 백성들은 무료로 치료를 해주는 채선생을 찾아올 수밖에 없는 것이다. 그래서 영신의 방이 어떤 때는 진찰실이 되고 벽장 속은 양약국의 약장 같았다. 나날이 명망이 높아가는 채의사(?)는 병을 고쳐주는 데까지 재미가 나서 빚을 얻어가면서도 급한 때 쓰는 약을 떨어뜨리지 않으려고 애를 썼다. 아메바성 이질로 다 죽어가던 사람이 에메틴 주사 한 대로 뒤가 막히고, 가슴앓이로 펄펄 뛰던 사람이 판토폰 한 대에 진정이 되는 것은 여간 신기하지가 않았다. 그래서 자연히 통속적인 의학과 임상(臨床)에 관한 서책도 보게 되고 실지로 의사의 경험도 쌓게 된 것이다. 그래서

　"나는 하나님이 이 동리에 특파하신 사도(使徒)다!"
하는 자존심과 자랑까지도 갖게 되었다. 그러나 수술을 해야 할 환자를 몇십 리 밖에서 업고 오고, 심지어 보기에도 더럽고 지겨운 화류병 환자까지 와서 치료를 해달라고 엎드려 손이 발이 되도록 비는 데는 진땀이 났다. 그네들이 거절을 당하고 원망스러운 표정으로 돌아가는 것을 볼 때

　'왜 내가 정작 의술을 배우지 못했던가.'
하고 탄식을 할 때도 많았고 동시에

---

10 교군(轎軍) 가마.

"의료 기관 하나 만들어놓지를 않고, 세금을 받아다간 뭣에다 쓰는 거야. 의사란 놈들이 있대두 그저 돈에만 눈들이 번하지."
하고 몹시 분개하기도 한두 번이 아니었다.

그뿐 아니라 영신은 이따금 재판장 노릇까지도 하게 된다. 아이들끼리 자그락거리는 싸움은 달래고 타이르고 하면 평정이 되지만 어른들의 싸움, 그중에도 내외 싸움까지 판결을 내려달라는 데는 기가 탁 막힐 노릇이었다.

어느 비 오던 날은 딱정떼로 유명한 억쇠 어머니가 집에서 양주가 터지도록 싸우다가 영감쟁이의 멱살을 추켜 쥐고, 영감쟁이는 마누라의 머리채를 꺼두르며, 씨근벌떡거리고 와서는

"아이고 사람 죽겠네. 채선생님, 이 경칠 놈의 영감을 어떡허면 튀전을 못하게 맨듭니까? 술 못 먹게 하는 약은 없습니까?"
하면 영감쟁이는 만경이 된[11] 눈을 희번덕거리며

"아이구 이 육실할 년, 버르쟁이를 좀 가르쳐줍쇼."
하고 비가 줄줄 쏟아지는 진흙 마당에서 서로 껴안고 뒹굴며 한바탕 엎치락뒤치락하다가 버럭버럭 대드는 바람에, 영신은 어쩔 줄을 모르고 구경만 하다가 고만 뒷문으로 빠져서 예배당으로 뺑소니를 친 때도 있었다.

[중략]

최후(最後)의 일인(一人)

동혁은 관 모서리에 얼굴을 비비며, 연거푸 사랑하는 사람의 이름을 불렀다.
"영신씨, 영신씨! 내가 왔소. 여기 동혁이가 왔소!"
하고 목이 메어 부르나, 대답은 있을 리 없는데, 눈물에 어린 탓일까 관 뚜껑이

---

11 만경되다 눈에 정기(精氣)가 없어지다.

소리 없이 열리며 면사포와 같은 하얀 수의를 입은 영신이가 미소를 띠며 부스스 일어나 팔을 벌리는 것 같다.

이러한 환각(幻覺)에 사로잡히는 찰나에, 동혁은 당장 뛰어나가서 도끼라도 들고 들어와 관을 뻐개고, 시체를 끌어안고 싶은 충동을 받았다. 그는 가슴 벅차게 용솟음치는 과격한 감정을 발뒤꿈치로 누룩을 디디듯이 이지의 힘으로 꽉꽉 밟았다. 어찌나 원통하고 모든 일이 뉘우치는지, 땅바닥을 땅땅 치며 몸부림을 하여도 시원치 않을 것 같건만, 여러 사람 앞에서 그다지 수통스러이[12] 굴 수도 없었다. 다만 한마디

"왜 당신은, 일하는 것밖에, 좀더 다른 허영심이 없었더란 말요?"
하고 꾸짖듯 하고는 한참이나 엎드려 떨리는 가슴을 진정하다가

'영신씨 같은 여자도, 이런 자리에서 남에게 눈물을 보이나요?'
라고, 경찰에서 마지막 만났을 때에 제 입으로 한 말이 문뜩 생각이 나서 주먹으로 눈두덩을 비비고 벌떡 일어섰다. 그는 다시 관머리를 짚고, 기도를 올리는 것처럼 침묵하다가 바로 영신의 귀에다 대고 말을 하듯이 머리맡을 조금씩 흔들면서

"영신씨 안심하세요. 나는 이렇게 꿋꿋하게 살아 있소이다. 내가 죽는 날까지 당신이 못다 하고 간 일까지 두 몫을 하리다!"
하고 새로운 결심과 영결의 인사를 겸쳐 한 뒤에, 여러 사람과 함께 관머리를 들고 앞서 나와서, 조심스럽게 상여에 옮겼다.

영신의 육신은 영원한 안식처를 향하여 떠나려 한다.

동혁의 기념품인 학원의 종을 아침저녁으로 치던 사람의 상여 머리에서 요령 소리가 땡그랑땡그랑 울린다. 상여는 청년들이 멨는데, 수백 명이나 되는 아이들과 부인네들과 동민이 가득 들어선 속에서, 다시금 울음소리가 일어났다. 아이들은 장강목[13]에 조롱조롱 매달려 제 힘껏 버티어서, 상여도 차마 못 떠나겠는 듯이 뒷걸음을 친다.

---

12 **수통스럽다** 수치스럽고 분한 마음이 있다.
13 **장강목(長江木)** 길고 굵은 멜대. 물건을 가운데 올려놓거나 매달고, 앞뒤로 사람이 들어서서 메게 됨.

앞채를 끊어주던 동혁은 엄숙한 얼굴로 여러 사람의 앞으로 나섰다.
"여러분!"
조상 온 사람 전체를 향해서 외치는 목소리는 여전히 우렁차다.
"여러분! 이 채영신양은 연약한 여자의 몸으로 농촌의 개발과 무산 아동의 교육을 위해서 너무나 과도히 일을 하다가 둘도 없는 생명을 바쳤습니다. 완전히 희생했습니다. 즉 오늘 이 마당에 모인 여러분을 위해서 죽은 것입니다."
하고 한층 더 언성을 높여
"지금 여러분에게 바친 채양의 육체는 흙보탬을 하려고 떠나갑니다. 그러나 이분이 끼쳐준 위대한 정신은 여러분의 머릿속에 살아 있을 것입니다. 저 아이들의 조그만 골수에도 그 정신이 박혔을 겝니다."
하고는, 손길을 마주 모으고 서고 혹은 머리를 떨어뜨리고 듣는 여러 청중들 앞으로 한 걸음 더 나서며
"그러나 여러분, 조금도 서러워하지 마십시오. 이 채선생은 결단코 죽지 않았습니다. 살과 뼈는 썩을지언정 저 가엾은 아이들과 가난한 동족을 위해서 흘린 피는 벌써 여러분의 혈관 속에 섞였습니다. 지금 이 사람의 가슴속에서도 그 뜨거운 피가 끓고 있습니다!"
하고 주먹으로 제 가슴 한복판을 친다. 여러 사람의 머리 위로는 감격의 물결이 사리 때의 조수와 같이 밀리는 듯…… 서울서 온 백현경은 몇 번이나 안경을 벗어서 저고리 고름으로 닦았다.
동혁은 목소리를 낮추어
"사사로운 말씀은 하지 않겠습니다마는 나는 이 '청석골'에서 사랑하던 사람의 사업을 당분간이라도 계속하고 싶습니다. 만일 여러분이 이 변변치 못한 사람이나마 소용이 되신다면 모든 것을 버리고 이 길을 밟는 것이 나 개인에게도 가장 기쁜 의무일 줄로 생각합니다."
말이 끝나자, 청년들은 상여를 메고 선 채 박수를 하였다.

*

　장사가 끝난 뒤에, 백현경과 장래의 일을 의논하며, 산에서 내려왔던 동혁은, 황혼에 몸을 숨기고 홀로 영신의 무덤으로 올라갔다.
　이른 봄 산기슭으로 스며드는 저녁 바람은 소름이 끼칠 만큼 쌀쌀하다. 그러나 그는 추운 줄을 몰랐다. 머리 위에서 새파란 광채를 흘리며 반짝거리는, 외딴 별 하나를 우러러보고 섰으니까, 극도의 슬픔과 원한에 사무쳤던 동혁의 머리는 차츰차츰 식어가는 것 같다. 마음이 가라앉는 대로, 사람의 생명의 하염없음과, 인생의 무상함을 새삼스러이 느꼈다.
　'그만 죽을 걸, 그다지도 애를 썼구나!'
하니, 세상만사가 다 허무하고 무덤 앞에 앉은 저 자신도 판결을 받은 죄수처럼, 언제 어느 때 죽음의 사자에게 덜미를 잡혀갈는지? 제 입으로 숨 쉬는 소리를 제 귀로 들으면서도, 도무지 살아 있는 것 같지가 않다.
　'수수께끼다! 왜 무엇 하러 뒤를 이어 나고 뒤를 이어 죽고 하는지 모르는 인생— 요컨대 영원히 풀어볼 수 없는 수수께끼에 지나지 못한다.'
　'내가 이 채영신이란 여자와 인연을 맺었던 것도, 결국은 한바탕 꾸어버린 악몽이다. 이제 와서 남은 것은 깨어진 꿈의 한 조각이 아니고 무엇이냐.'
　될 수 있는 대로 인생을 명랑하게 보려고 노력하여오던 동혁이건만 너무도 뜻밖에 사랑하는 사람의 죽음을 눈앞에 보고는 회의(懷疑)와 일종 염세(厭世)의 회색 구름에 온몸이 에워싸이는 것이다.
　'별은 왜 저렇게 무엇이 반가워서 반짝거리느냐. 뻐꾹새는 무엇이 서러워서 밤 깊도록 저다지 청승맞게 우느냐. 영신은 왜 무엇 하러 나왔다 죽었고, 나는 왜 무엇 하러 이 무덤 앞에 올빼미처럼, 두 눈을 끔벅거리고 쭈그리고 앉았느냐. 생각하면 생각할수록 그 까닭을 알 수 없다. 순환소수(循環小數)와 같이 쪼개보지 못하는 채, 사사오입(四捨五入)을 하는 것이 인생 문제일까? 쳇바퀴를 돌리는 다람쥐 모양으로, 까닭도 모르고 또한 아무 필요도 없이, 제자리에서 맴을 돌며 허우적거리는 것이 인생의 길일까?

오직 먹기를 위해서, 씨를 퍼뜨리기 위해서, 땀을 흘리고 피를 흘리고, 서로 쥐어뜯고 싸우고 잡아먹지를 못해서 앙앙거리고 발버둥질을 치다가, 끝판에는 한 삼태기의 흙을 뒤집어쓰는 것이 인생의 본연한 자태일까?'

동혁의 머릿속은 천 갈래로 찢기고 만 갈래로 얽혀져 갈피를 잡을 수가 없다.

그는 가슴이 무엇에 짓눌리는 것처럼 답답해서, 벌떡 일어났다. 팔짱을 끼고 제절[14] 앞을 왔다 갔다 하다가, 봉분의 주위를 돌았다. 열 바퀴를 돌고 스무 바퀴를 돌았다. 그러다가 무덤을 베개 삼고 쓰러지며, 하늘을 쳐다본다. 별은 그 수가 부쩍 늘었다. 북두칠성은 금강석을 바수어서 끼얹은 듯이 찬란히 빛나고 있다. 그중에도 큰 별 몇 개는 땅 위의 인간들을 비웃는 듯이 눈웃음을 치는 것 같다. 동혁은 그 별을 향해서 침이라도 탁 뱉고 싶었다.

그러다가 그는 생각을 홱 뒤집었다.

'그렇다. 인생 문제는 그 자체인 인생의 머리로 해결을 짓지 못한다. 인류의 역사가 있은 후, 수많은 철학자와 사상가와 예술가가 머리를 썩이다가 해결의 실마리도 잡아보지 못한 문제다. 그것을 손쉽게 풀어보려고 덤비는 것부터 망령된 것이다.'

하고는 단념을 해버린 뒤에

'그렇지만 채영신이가 죽은 것과 같이, 박동혁이가 살아 있는 것도 사실이다. 정신병자가 아닌 다음에야 누구나 부인할 수 없는 엄연한 현실이다. 그러니 우리가 생명이 있는 동안은 값이 있게 살아보자! 산 보람이 있게 살아보자! 구차하게 살려는 것도 어리석은 일이지만 이미 타고난 목숨을 제 손으로 끊어버리는 것도 또한 어리석은 일이다.'

하고, 영신이가 반은 자살한 것처럼 생각도 하여보았다.

'일을 하자! 이 영신이와 같이 죽는 날까지 일을 하자! 인생의 고독과 고민을 잊어버리기 위해서라도, 일을 해야만 한다. 사랑하던 사람의 사업을 뒤를 이을 사람은 나밖에 없다. 울어주고 서러워해주는 것보다 내가 청석골로 와서

---

14 제절 자손들이 늘어서서 절할 수 있도록 산소 앞에 마련된 평평하고 널찍한 부분.

자기가 끼친 사업을 계속해준다면, 그의 혼백이라도 오죽이나 기뻐할까. 든든히 여길까. "일에 바쁜 꿀벌은 슬퍼할 겨를도 없다"는 격언(格言)이 있지 않은가.'
하고 몇 번이나 생각을 뒤집었다.
'그럼, 우리 한곡리는 어떡하나? 흐트러진 진영(陣營)을 수습할 사람도 없는데……'
동혁은 다시금 방황하지 않을 수 없었다.

*

동혁은 앞으로 해 나갈 일을 궁리하기보다도 우선 저의 신변이 몹시 외로운 것을 느꼈다. 애인의 무덤을 홀로 앉아 지키는 밤, 그 밤도 깊어가서 저의 숨소리조차 듣기에 무서우리만큼이나, 온 누리는 괴괴한데 추위와 함께 등허리에 오싹오싹 소름이 끼치게 하는 것은 형용할 수 없는 고독감(孤獨感)이다.

처음부터 서로 믿고 손이 맞아서, 일을 하여오던 동지에게 배반을 당하고 부모의 골육을 나눈, 단지 한 사람인 친동생은 만리타국으로 탈주한 후 생사를 알 길 없는데, 목숨이 끊기는 날까지 저의 반려(伴侶)를 삼아, 한 쌍〔雙頭〕의 수리〔鷲〕와 같이 이 세상과 용감히 싸워 나가려던 사랑하던 사람조차 죽음으로써 영원히 이별한 동혁은 외로웠다. 무변대해에서 키를 잃은 쪽배와도 같고, 수백 길이나 되는 절벽 아래서 격랑(激浪)에 부딪치는 불 꺼진 등대만큼이나 외로웠다. 무한히 외로웠다.

그러나 한참 만에 동혁은 무거운 짐이나 부린 모군꾼처럼
"휘유——"
하고 한숨을 길게 내쉬었다. 다시 마음을 돌이켜보니, 저의 일신이 홀가분한 것도 같았던 것이다.

'채영신만 한 여자를 두 번 다시 만나지 못할진댄, 차라리 한평생 독신으로 지내리라. 아무 데도 얽매이지 않는 몸을 오로지 농촌 사업에다만 바치리라.'

하고 일어서면서도, 차마 무덤 앞을 떠나지 못하는데 멀리 눈 아래에서 등불이 올라오는 것이 보였다. 원재와 다른 청년들이 동혁을 찾아 돌아다니다가 혹시 산소에나 있나 하고 떼를 지어 올라오는 것이었다.

동혁은 잠자코 청년들의 뒤를 따라 내려왔다. 장로의 집에 잠시 들러 곤해서 쓰러진 백현경을 일으키고 몇 마디 앞일을 의논해보았다. 백씨는 여전히 값비싼 화장품 냄새를 풍기며, 종아리가 하얗게 내비치는 비단 양말을 신은 것이 불쾌해서, 동혁은 될 수 있는 대로 외면을 하고 그의 의견을 들었다.

"여기 일은 우리 연합회 농촌사업부에서 시작한 게니까, 속히 후임자를 한 사람 내려보내서, 사업을 계속하기로 작정했어요. 영신이만 할 수야 없겠지만 나이도 지긋하고 퍽 진실한 여자가 한 사람 있으니까요."

하는 것이 그 대답이다. 동혁은 더 묻지 않았다. 부탁 비슷한 말도 하기 싫어서

"그럼 나도 안심하겠소이다."

하고 원재네 집으로 내려왔다. 영결식장에서 여러 사람 앞에 선언한 대로, 당분간이라도 '청석골'에 머물러 있어 뒷일을 제 손으로 수습해주고 싶은 생각은 간절하였다. 그러나 이미 후임자까지 내정이 되고, 진실한 사람이 온다는데, 부득부득 '나를 여기 있게 해주시오' 할 수도 없는 형편이었다.

영신이가 거처하던 원재네 집, 텅 빈 건넌방에서 하룻밤을 드새자니, 동혁은 참으로 무량한 감개에 몸 둘 바가 없었다. 앉았다 누웠다 엎치락뒤치락하다가

'세상모르도록 술이나 취해봤으면……'

하고 난생처음으로 술 생각까지 해보는데, 원재가 저의 이부자리를 안고 건너왔다. 두 사람은 형제와 같이 나란히 누워서 불을 끈 뒤에도 두런두런 이야기를 하였다. 동혁은

"나는 새로 온다는 여자보다도 원재를 믿고 가네. 나도 틈이 있는 대로 와서 보살펴주겠지만 조금도 낙심 말고 일을 해주게!"

하고 신신당부를 하였다. 원재도

"채선생님 영혼이 우리들한테 붙어 댕기시는 것 같아서, 일을 안 하려야 안 할 수가 없겠에요."

하고 끝까지 잘 지도를 해달라는 말에 동혁은 이불 속에서 나어린 동지의 손을 더듬어 꽉 쥐어주었다.

닭은 두 홰를 울고 세 홰를 울었다. 그래도 동혁은 이 방에서 마지막 숨을 거두던 사람과 지내오던 일이 너무나 또렷또렷이 눈앞에 나타나서 머리만 지끈지끈 아프고 잠은 안 왔다.

그러다가 어렴풋이 감기는 눈앞에서, 뜻밖에 이러한 글발이 나타났다. 청석학원 낙성식 때에, 식장 맞은편 벽에 영신이가 써 붙였던 슬로건 같은 글발이, 비문(碑文)처럼 천장에 옴폭옴폭하게 새겨지는 것이었다.

'과거(過去)를 돌아다보고 슬퍼하지 마라.
그 시절은 결단코 돌아오지 아니할지니,
오직 현재(現在)를 의지하라. 그리하여 억세게,
사내답게 미래(未來)를 맞으라!'

*

이튿날 아침 동혁은 산소로 올라가서
'당신이 못다 한 일과 두 몫을 하겠다.'
고 맹세한 것을 이제로부터 실행하겠다는 말을 다시 한 번 자신 있게 한 뒤에 홱 돌아서서 그길로 내처 걸어 '한곡리'로 향하였다. 그러나 시꺼먼 눈썹이 숱하게 난 그의 양미간은, 생목(生木)이 도끼에 찍힌 그 흠집처럼 찌푸려졌다. 아마 그 주름살만은 한평생 펴지지 못하리라.

어머니의 병이 염려는 되었으나, 그는 바로 집으로 가기가 싫어서 역로에 몇 군에 모범촌이라고 소문난 마을을 들렀다.

어느 곳에서는 농업학교를 졸업하고 돌아온 청년이 오막살이 한 채를 빌려가지고 혼자서 야학을 시작한 곳이 있고, 어떤 마을에서는 제법 크게 차리고, 여러 해 동안 한글과 여러 가지 과정을 강습해 내려오다가 당국과 말썽이 생겨 강습소 인가(認可)를 취소당하고 구석구석이 도둑글을 가르치는 것을 보았다.

'한곡리'서 오십 리쯤 되는, 장거리에서 멀지 않은 촌에서는 청년이 서너 명이나 보수 한 푼 받지 않고 삼 년 동안 주야학을 겸해서 하는 곳이 있는데, 그들은 겨우내 두루마기도 못 얻어 입고, 동저고리 바람으로 손끝을 호호 불어가며 교편을 잡는 것을 볼 때

'우리는 편하게 지냈구나.'

하는 감상이 들었다. 그는 그러한 지도분자들과 굳게 악수를 하고, 하룻밤씩 같이 자면서 의견을 교환하고 새로운 방침을 토론도 하였다. 어느 곳에 가나

'지금 우리의 형편으로는 계몽적인 문화운동도 해야 하지만 무슨 일에든지 토대가 되는 경제운동이 더욱 시급하다.'

는 것을 역설하고 저의 경험을 이야기하였다. 그러는 동시에, 그는

'이제부터 한곡리에만 들어앉았을 게 아니라, 다시 일에 기초가 잡히기만 하면, 전 조선의 방방곡곡으로 돌아다니며 널리 듣고, 보기도 하고, 또는 내 주의와 주장을 세워보리라. 그네들과 긴밀한 연락을 취해서 같은 정신과 계획 아래에서 농촌운동을 통일시키도록 힘써보리라.'

하니, 어느 구석에선지 새로운 기운이 솟아오르는 것을 느꼈다. 남들이 그러한 고생을 달게 받으며, 굽히지 않고 일을 하는 것을 실지로 보니 동혁은 '한곡리'서 처음으로 일을 시작할 때의 생각이 바로 어제인 듯이 났다. 동시에 옛날의 동지가 불현듯이 보고 싶었다. 일체의 과거를 파묻어버리고 새로운 길을 개척해 나가려는 생각이 굳을수록 동지들의 얼굴이 몹시도 그리워졌다.

"건배를 찾아가보자."

지난날의 경우는 어찌 되었든 맨 먼저 생각나는 사람이 건배였다. 보고만 싶은 게 아니라 제가 감옥에 있는 동안 박봉 생활을 하는 사람이 두 번이나 적지 않은 돈을 부쳐준 치사도 할 겸, 그가 일을 보는 군청으로 찾아갔다.

그러나 건배는 군청에도 거기서 멀지 않은 사글세로 들어 있는 그의 집에도 없었다.

건배의 아내와 아이들은 반겼으나

"엊저녁에 '한곡리'까지 다녀올 일이 있다고 자전거를 타고 가서 여태 안 들

어왔어요."

하는 것이 그의 대답이었다.

'무슨 일일까? 나를 찾아가지나 않았나?'

하고 동혁은 일어서는데 안주인이 한사코 붙들어서 더운점심을 대접받으며 지내는 형편을 들었다.

"노루 꼬리만 한 월급에 그나마 반은 술값으로 나가서 어렵긴 매일반이에요. 일구월심에 다시 '한곡리'로 가서 살 생각만 나요. 굶어도 제 고장에서 굶는 게 맘이나 편하죠."

건배의 아내는 당장에 따라 일어서고 싶은 눈치였다. 그러나 동혁은 그와 의형제까지 한 사이를 알면서도 영신의 죽음은 짐짓 말하지 않았다. 그가 영신의 소식을 묻고 혼인 때는 꼭 청해달라는 부탁을 받을 때

"네에 청하고말고요."

하고 쓰디쓴 웃음을 웃어 보였다.

'한곡리'가 십 리쯤 남은 주막 근처까지 왔을 때였다. 자전거를 끌고 고개를 넘는 양복쟁이와 마주치자, 동혁은

"여어, 건배군 아닌가?"

하고 손을 들었다.

*

"요오, 동혁이!"

키다리 건배는 자전거를 내던지고 달려들어, 동혁의 어깨를 끌어안는다. 피차에 눈을 꽉 감고 잠시 말이 없다가

"이게 얼마 만인가?"

"어디로 해 오는 길인가?"

하고 동시에 묻고는, 함께 대답이 없다.

"아무튼 저 집으로 좀 들어가세."

건배는 동혁을 끌고 주막집으로 들어갔다.

"아, 신문에까지 났데만, 영신씨가 온 그런……."

건배는 대뜸 동혁의 가슴속의 가장 아픈 구석을 찌르고도 말끝을 맺지 못한다. 동혁은 손을 들며

"우리 그 사람의 말은 입 밖에도 내지 마세. 제에발 그래주게!"

하고 손을 들어 친구의 입을 막았다. 건배는 머리를 떨어뜨리고 있다가, 한숨 섞어

"그렇지, 남자한테는 사랑이 그 생활의 전부가 아니니까…… 하지만 어디 그이하고야 단순한 연애 관계뿐이었나? 참 정말 아까운……."

하는데

"글쎄 이 사람 고만둬!"

하고 동혁은 성을 더럭 냈다.

두 친구는 말머리를 돌렸다. 둘이 서로 집을 찾아갔더라는 것과 그동안에 적조했던 이야기를 대강 하는데 청하지도 않은 술상이 들어왔다. 건배는

"나 오늘은 술 안 먹겠네."

하고 막걸리 보시기를 폭삭 엎어놓더니, 각반 친 다리만 문지르며 말 꺼내기를 주저하다가

"자네 그동안 '한곡리'서 변사(變事)가 생긴 줄은 모르지?"

한다.

"아아니 무슨 변사?"

동혁의 눈은 둥그레졌다.

"그저께 강기천이가 죽었네!"

"뭐? 누가 죽어?"

동혁은 거짓말을 듣는 것 같았다.

"사실은 강기천이 조상을 갔다 오는 길일세."

하고 건배는, 듣고 본 대로 놀라운 소식을 전한다. 기천이는 연전부터 주막 갈보에게 올린 매독을 체면상 드러내놓고 치료를 못 하다가 술 때문에 갑자기 더

쳐서 짤짤매던 중, 그 병에는 수은(水銀)을 피우면 특효가 있다는 말을 곧이듣고 비밀히 구해다가 서너 돈쭝씩이나 콧구멍에다 피웠다. 그러다가 급작스레 고만 중독이 되어서 온몸이 시퍼레가지고, 저 혼자 팔팔 뛰다가 방구석에 머리를 틀어박고는 이빨만 빠드득빠드득 갈다가 고만 뻐드러졌다는 것이다.

동혁은

"흥, 저도 고만 살걸."

하고 젓가락도 들지 않은 술상을 들여다보며, 아무런 감상도 더 입 밖에 내지를 않았다.

건배는 마코[15]를 꺼내 붙이며

"가보니, 아주 난가(亂家)데 난가야. 한데 형이 죽은 줄도 모르는 '건살포'는 서울서 웬 단발한 계집을 데리고 왔네그려. 마침 쫓겨갔던 본처가 시아주범 통부[16]를 받고 왔다가, 외동서끼리 마주쳐서, 송장은 뻗쳐놓고 대판으로 쌈이 벌어졌는데, 참 정말 구경할 만하데."

하고 여전히 손짓을 해가며 수다를 늘어놓는다. 동혁은 고개만 끄떡이며 듣다가

"망할 건 진작 망해야지."

할 뿐이었다. 그러다가 한참 만에

"그런데 자넨……."

하고 전보다도 두 볼이 더 여윈 건배의 얼굴을 유심히 쳐다보다가

"자네 그 노릇을 오래 할 텐가?"

하고 묻는다. 건배는 그런 말 꺼내기를 기다렸다는 듯이

"고만 집어치우겠네. 이 연도 말까지만 다니고 먹거나 굶거나 '한곡리'로 다시 가겠네. 되레 빚만 더끔더끔 지게 돼서 고만둔다는 것보다도 아니꼽고 눈꼴 틀리는 거 많아서 인제 넌덜머리가 났네."

---

15 마코 일제 시대 담배의 한 상표.
16 통부 부음(訃音)을 통지함.

하고 담배 연기를 한숨 섞어 내뿜으며

"월급 푼에 목을 매다느니보다는 정든 내 고장에서 동네 사람이나 아이들의 종노릇을 하는 게 얼마나 맘 편하고 사는 보람이 있는 걸 인제야 절실히 깨달았네."

하고 진정을 토한다. 그 말에 동혁은 벌떡 일어서며

"자아 그럼, 우리 일터에서 다시 만나세! 나는 지금 자네가 한 말을 다시 한 번 믿겠네."

하고 맨 처음 일을 시작했을 때처럼 굳게굳게 건배의 손을 쥐었다.

"염려 말게. 자넬랑은 벌판의 모래보다 한 줌의 소금이 되어주게!"

건배도 잡힌 손을 되잡아 흔들었다.

*

아무리 지루하던 겨울도 한번 지나만 가면 봄은 기다리지 않아도 저절로 닥쳐온다.

반가운 손님은 신 끄는 소리를 내지 않듯이, 자취 없이 걸어오기로서니, 얼어붙었던 개천 바닥을 뚫고 졸졸졸 흐르는 물소리를 듣고, 말랐던 나뭇가지에서 새 움이 뾰족뾰족 솟아나는 것을 볼 때, 뉘라서 새봄이 오지 않았다 하랴.

동혁은 신작로 가에서 잔디 속잎이 파릇파릇해진 것을 비로소 보았다. 미루나무 껍질을 손톱 끝으로 제겨보니 벌써 물이 올라서, 나무하는 아이들의 피리 소리도 멀지 않아 들릴 듯

"인제 완구히 봄이로구나!"

한마디가 저도 모르는 사이에 새어 나왔다.

그는 논둑으로 건너서며 발을 탁탁 굴러보았다. 흠씬 풀린 땅바닥은 우단 방석을 딛는 것처럼 물씬물씬하다.

동혁은 가슴을 붕긋이 내밀며, 숨을 깊다랗게 들이마셨다. 마음의 들창이 활짝 열리며, 그리고 훈훈한 바람이 쏟아져 들어오는 듯, 그는 다시 속 깊이 서려

있는 묵은 시름과 함께

"후——"

하고 마셨던 바람을 기다랗게 내뿜었다. 화로에 꺼졌던 숯불이 발갛게 피어난 방 속같이 온몸이 후끈해지는 것을 느꼈다.

동혁이가 동리 어구로 들어서자, 맨 먼저 눈에 띄는 것은 불그스름하게 물든 저녁 하늘을 배경 삼고, 언덕 위에 우뚝우뚝 서 있는 전나무와 소나무와 향나무들이었다. 회관이 낙성되던 날, 그 기쁨을 영원히 기념하기 위해서 회원들과 함께 파다 심은 상록수(常綠樹)들이 키돋움을 하며 동혁을 반기는 듯…….

"오오, 너희들은 기나긴 겨울에 그 눈바람을 맞고도 싱싱하구나! 저렇게 시푸르구나!"

동혁의 걸음은 차츰차츰 빨라졌다. 숨 가쁘게 잿배기를 넘으려니까, 회관 근처에서「애향가」를 떼를 지어 부르는 소리가 바람결을 타고 웅장하게 들려오는 듯하여서 그는 부지중에 두 팔을 내저었다. 그러고는 동리의 초가집들을 내려다보며, 오랫동안 떠나 있던 주인이 저의 집 대문간으로 들어서는 것처럼

"에헴 에헴!"

하고 골짜기가 울리도록 커다랗게 기침을 하였다.

그의 눈에는 회관 앞마당에 전보다 몇 곱절이나 빽빽하게 모여 선 회원들이 팔다리를 벌렸다 오므렸다 하며 체조를 하는 광경이 보였다.

그는 고개를 돌리고 눈을 끔벅하고 감았다가 떴다. 이번에는 훤하게 터진 벌판에 물이 가득히 잡혔는데 회원이 오리떼처럼 논바닥에 가 하얗게 깔려서, 일제히「이앙가(移秧歌)」를 부르며 모를 심는 장면이 망원경을 대고 보는 듯이 지척에서 보였다.

동혁은 졸지에 안계(眼界)가 시원해졌다. 고향의 산천이 새삼스러이 아름다워 보여서 높은 멧부리에서부터 골짜기까지, 산허리를 한바탕 떼굴떼굴 굴러보고 싶었다.

앞으로 가지가지 새로이 활동할 생각을 하며 걷자니, 그는 제풀에 어깻바람이 났다. 회관 근처까지 다가온 동혁은 누가 등 뒤에서

"엇둘! 엇둘!"
하고 구령을 불러주는 것처럼 다리를 쭉쭉 내뻗었다.

상록수 그늘을 향하여 뚜벅뚜벅 걸었다.

"을해년 유월 이십육일 당진 필경사(乙亥年 六月 二十六一 唐津 筆耕舍)에서 탈고(脫稿)"

심훈(沈熏)

1901년 서울 출생. 본명은 심대섭(沈大燮). 경성고등보통학교 재학 시 3·1운동에 가담, 퇴학당함. 1921년 항주(杭州) 지강(之江)대학에 입학. 1923년 최승일 등과 극문회(劇文會) 조직. 동아일보에 입사하나 1926년 철필구락부 사건으로 퇴사함. 1927년 일본 교토에서 영화 공부. 1928년 조선일보 기자. 「탈춤」(영화소설, 1925), 『동방의 애인』(1930), 『불사조』(1930), 「그날이 오면」(시, 1930), 『영원의 미소』(1933), 『직녀성』(1934) 등을 발표. 1935년 『상록수』가 동아일보 현상모집에 당선됨. 상록학원 설립. 1936년 타계.

작품 세계

심훈은 운동과 사랑을 매개하는 상황 설정을 통해 일관되게 청년의 실천을 다룬다. 그 경향을 잘 보이는 것은, "우리 민족과 같은 계급에 처한 남녀노소가 사랑에 겨워 껴안고 몸부림칠 만한 새로운 애인을 발견"하고자 하는 『동방의 애인』 '작자의 말'이다. 이 소설에서 주목되는 점은, 동렬과 세정이 무산자 동지로 결합할 뿐 아니라, 그 조직이 국제당의 공인 하에 모스크바의 레닌 묘소를 찾는다는 사실이다. 「그날이 오면」에 보이는 민족의식과 짝을 이루는 이 이념적 지향은 『불사조』에서도 나타난다. 파업을 주도했던 덕순은, "놀고 처먹는 놈들 때문에 우리가 이렇게 고생을" 한다며, 양반 부호인 김장관을 비판한다. 이는 독일인 주리아와의 연애 및 방탕으로 인해 부부 관계에 파탄을 일으키는 바이올리니스트 계훈과 그 아내 정희를, 동지애로 결합한 흥룡과 덕순에 대비시키는 일로도 구현된다. 『영원의 미소』 역시 계급 이념과 사랑을 당대 청년의 풍속에 엮은 작품이다. 감옥을 갔다 온 신문배달부 수영에게 계숙은 "한 사람밖에 없는 이성의 동지"이다. 문제는 계숙이 백화점의 "마네킹 걸"로 "자본주의의 종노릇"을 하거나, 유학을 위해 조판서의 아들이자 전문학교 교수인 경호의 집에 들어간다는 점이다. 그러나 또 한 명의 동지인 병식의 죽음과 함께 계숙은 경호의 유혹을 뿌리치고 시골로 가 수영과 결혼한다. 이로 인해 경호네의 마름인 수영의 집은 땅을 빼앗겨 "벼 한 톨 없는 무산자"가 되지만, 수영은 "투쟁하려는 불타는 의식"과 "영원의 미소"를 잃지 않는다. 『직녀성』은 어린 나이에 윤자작 집에 시집간 인숙을 통해 봉건적인 부잣집을 비판한다. 인숙은 끝없이 헌신하지만, 그녀에게 돌아오는 것은 식구들의 의심 및 일본인 모델과 연애하는 봉환의 이혼 요구뿐이다. 노동자 복순을 통해, 사랑은 같은 계급의 사람들끼리만 가능함을 깨달은 인숙은 유치원 교사가 되어 복순 세철 봉희와 함께 계급 없는 '공동 가정'을 이룬다. 이렇게 보았을 때, 심훈의 대표작인 『상록수』는 상대적으로 계급 이념보다는 구체적 실천의 묘사에 중점을 둔 작품이라 할 수 있다.

「상록수」

잘 알려져 있듯이, 『상록수』는 농촌운동에 목숨을 바친 최용신의 실제 활동을 배경으로 한다. 즉 채영신과 박동혁은 최용신과 김학준, 류달영 등을 상기시킨다. 그러나 『상록수』의 또 한 가지 기원은 『영원의 미소』에 피력되는 수영의 말에 있다. 그는 농사, 야학, 소비조합 등만이 일의 전부는 아니며, 어떠한 박해에도 "상록수처럼 꿋꿋이 버티어 나갈 것"이라고 말한다. 수영은 마을 청년들을 "새로운 의식"을 지닌 "전위분자"로 만들려 한다. 이때 알 수 있는 것은, 영신과 동혁의 동지적 애정이라는 설정이 반복됨에도 불구하고, 이전 작품들에서 보이던 계급의식이 『상록수』에는 크게 강조되지 않는다는 점이다. 『상록수』에서 눈에 띄는 것은 "갱생의 광명은 농촌으로부터" "아는 것이 힘, 배워야 산다" "우리의 가장 큰 적은 무지다" "일하기 싫은 사람은 먹지도 말라" 등과 같은 표어, 마을 회관의 건축 과정, 영신의 고투 등이다. 그 이유는 『상록수』가 기독교와 관련된 채영신의 실제 삶을 모델로 했다는 사실, 이 작품이 브나로드 운동을 내세운 동아일보의 현상문예 작품이었다는 사실과 무관하지 않을 터이다. 요컨대 『상록수』는 체제 내의 농촌 계몽을 시도한 『흙』(이광수)의 세계에 접근하는 듯하다. 하지만 이 작품의 마지막 장면, 즉 회원들이 체조하는 회관 마당의 상록수 그늘로 동혁이 다가가는 것은 상징적이다. 이는 노동운동, 독립운동, 소작운동, 브나로드운동 등, '운동'이 내포하는 실로 다양한 지향을 함축하기 때문이다.

주요 참고 문헌

『상록수』에 대한 주요한 논의를 제시하면 다음과 같다. 임화는 성격과 환경의 비정상적 통일로 통속소설을 규정하며, 이 작품을 "예술소설의 불행을 통속소설 발전의 계기로 전화"하는 일과 관련시킨다(「통속소설론」, 『문학의 논리』, 학예사, 1940). 전광용은 이 작품의 계급의식과 반일의식에 주목하면서, 1930년대 농촌의 단면을 치밀하게 그린 '흙의 문학'으로 이 작품을 규정한다(「상록수고」, 『동아문화』 5, 서울대 동아문화연구소, 1966). 송백헌은 주인공의 시혜적인 자세로 인해 계몽의 문학이 되었다는 점에서 이 작품을 부정적으로 평가한다(「농민소설의 전개」, 『농민문학론』, 온누리, 1983). 김종욱은 주인공들의 만남을 서사적 구성 원리로 분석하고 그 노동의 세계관을 파악함으로써 『상록수』의 통속성에 주목한다(「『상록수』의 '통속성'과 영화적 구성 원리」, 『외국문학』 34, 1993). 조남현은 『상록수』의 서지와 창작 계기, 정신적 배경, 주인공들의 갈등 양상 등을 「최용신양 전기」와 비교하며 종합적으로 논의한다(「『상록수』 연구」, 『상록수』, 서울대 출판부, 1996).

_이경훈

이상
날개

'박제가 되어버린 천재'를 아시오? 나는 유쾌하오. 이런 때 연애까지가 유쾌하오.

육신이 흐느적흐느적하도록 피로했을 때만 정신이 은화처럼 맑소. 니코틴이 내 횟배 앓는 뱃속으로 스미면 머릿속에 으레 백지가 준비되는 법이오. 그 위에다 나는 위트와 패러독스를 바둑 포석처럼 늘어놓소. 가증할 상식의 병이오.
　나는 또 여인과 생활을 설계하오. 연애 기법에마저 서먹서먹해진, 지성의 극치를 흘깃 좀 들여다본 일이 있는 말하자면 일종의 정신분일자¹ 말이오. 이런 여인의 반──그것은 온갖 것의 반이오── 만을 영수(領受)하는 생활을 설계한다는 말이오. 그런 생활 속에 한 발만 들여놓고 흡사 두 개의 태양처럼 마주쳐다보면서 낄낄거리는 것이오. 나는 아마 어지간히 인생의 제행(諸行)이 싱거워서 견딜 수가 없게쯤 되고 그만둔 모양이오. 꾿빠이.

　꾿빠이. 그대는 이따금 그대가 제일 싫어하는 음식을 탐식하는 아이러니를

---

* 「날개」는 1936년 9월 『조광』에 발표되었다. 여기서는 단편선 『날개』(한국문학전집 16, 문학과지성사, 2005)에 수록된 것을 텍스트로 삼았다.
1 정신분일자 정신 분열(사고 분열)에 걸린 사람.

실천해보는 것도 좋을 것 같소. 위트와 패러독스와……

그대 자신을 위조하는 것도 할 만한 일이오. 그대의 작품은 한 번도 본 일이 없는 기성품에 의하여 차라리 경편(輕便)하고 고매하리다.

19세기는 될 수 있거든 봉쇄하여버리오. 도스토예프스키 정신이란 자칫하면 낭비인 것 같소. 위고를 불란서의 빵 한 조각이라고는 누가 그랬는지 지언인 듯싶소. 그러나 인생 혹은 그 모형에 있어서 디테일 때문에 속는다거나 해서야 되겠소? 화를 보지 마오. 부디 그대께 고하는 것이니…….

테이프가 끊어지면 피가 나오(생채기도 머지않아 완치될 줄 믿소. 꾿빠이).

감정은 어떤 포즈(그 포즈의 소²만을 지적하는 것이 아닌지나 모르겠소). 그 포즈가 부동자세에까지 고도화할 때 감정은 딱 공급을 정지합네다.

나는 내 비범한 발육을 회고하여 세상을 보는 안목을 규정하였소.

여왕벌과 미망인— 세상의 하고많은 여인이 본질적으로 이미 미망인 아닌 이가 있으리까? 아니! 여인의 전부가 그 일상에 있어서 개개 '미망인'이라는 내 논리가 뜻밖에도 여성에 대한 모독이 되오? 꾿빠이.

그 삼십삼(三十三) 번지라는 것이 구조가 흡사 유곽이라는 느낌이 없지 않다. 한 번지에 십팔(十八) 가구가 죽 어깨를 맞대고 늘어서서 창호가 똑같고 아궁이 모양이 똑같다. 게다가 각 가구에 사는 사람들이 송이송이 꽃과 같이 젊다. 해가 들지 않는다. 해가 드는 것을 그들이 모른 체하는 까닭이다. 턱살 밑에다 철줄을 매고 얼룩진 이부자리를 넣어 말린다는 핑계로 미닫이에 해가 드는 것을 막아버린다. 침침한 방 안에서 낮잠들을 잔다. 그들은 밤에는 잠을 자지 않나? 알 수 없다. 나는 밤이나 낮이나 잠만 자느라고 그런 것은 알 길이 없

---

2 소 요소, 또는 원소.

다. 삼십삼 번지 십팔 가구의 낮은 참 조용하다.

조용한 것은 낮뿐이다. 어둑어둑하면 그들은 이부자리를 걷어들인다. 전등불이 켜진 뒤의 십팔 가구는 낮보다 훨씬 화려하다. 저무도록 미닫이 여닫는 소리가 잦다. 바빠진다. 여러 가지 냄새가 나기 시작한다. 비웃[3]굽는 내 탕고도란[4] 내 뜨물내 비눗내…….

그러나 이런 것들보다도 그들의 문패가 제일로 고개를 끄덕이게 하는 것이다. 이 십팔 가구를 대표하는 대문이라는 것이 일각이 져서 외따로 떨어지기는 했으나 있다. 그러나 그것은 한 번도 닫친 일이 없는 행길이나 마찬가지 대문인 것이다. 온갖 장사치들은 하루 가운데 어느 시간에라도 이 대문을 통하여 드나들 수가 있는 것이다. 이네들은 문간에서 두부를 사는 것이 아니라 미닫이만 열고 방에서 두부를 사는 것이다. 이렇게 생긴 삼십삼 번지 대문에 그들 십팔 가구의 문패를 몰아다 붙이는 것은 의미가 없다. 그들은 어느 사이엔가 각 미닫이 위 백인당(百忍堂)이니 길상당(吉祥堂)이니 써붙인 한곁에다 문패를 붙이는 풍속을 가져버렸다.

내 방 미닫이 위 한곁에 칼표딱지[5]를 넷에다 낸 것만 한 내— 아니! 내 아내의 명함이 붙어 있는 것도 이 풍속을 좇은 것이 아닐 수 없다.

나는 그러나 그들의 아무와도 놀지 않는다. 놀지 않을 뿐만 아니라 인사도 않는다. 나는 내 아내와 인사하는 외에 누구와도 인사하고 싶지 않았다.

내 아내 외의 다른 사람과 인사를 하거나 놀거나 하는 것은 내 아내 낯을 보아 좋지 않은 일인 것만 같이 생각이 들었기 때문이다. 나는 이만큼까지 내 아내를 소중히 생각한 것이다.

내가 이렇게까지 내 아내를 소중히 생각한 까닭은 이 삼십삼 번지 십팔 가구

---

3 **비웃** 청어.
4 **탕고도란** 일제 때 많이 쓰인 화장품 이름.
5 **칼표딱지** 기존 전집에는 '뜯어서 쓰는 딱지'라는 설명이 붙어 있다. '칼표'는 담배의 이름으로 보이며, 무늬가 도안된 담뱃갑의 한 면을 의미하는 것으로 보인다.

가운데서 내 아내가 내 아내의 명함처럼 제일 작고 제일 아름다운 것을 안 까
닭이다. 십팔 가구에 각기 별러 든 송이송이 꽃들 가운데서도 내 아내는 특히
아름다운 한 떨기의 꽃으로 이 함석지붕 밑 볕 안 드는 지역에서 어디까지든지
찬란하였다. 따라서 그런 한 떨기 꽃을 지키고—아니 그 꽃에 매어달려 사는
나라는 존재가 도무지 형언할 수 없는 거북살스러운 존재가 아닐 수 없었던 것
은 물론이다.

    나는 어디까지든지 내 방이—집이 아니다. 집은 없다—마음에 들었다.
방 안의 기온은 내 체온을 위하여 쾌적하였고 방 안의 침침한 정도가 또한 내
안력을 위하여 쾌적하였다. 나는 내 방 이상의 서늘한 방도 또 따뜻한 방도 희
망하지는 않았다. 이 이상으로 밝거나 이 이상으로 아늑한 방을 원하지 않았
다. 내 방은 나 하나를 위하여 요만한 정도를 꾸준히 지키는 것 같아 늘 내 방
이 감사하였고 나는 또 이런 방을 위하여 이 세상에 태어난 것만 같아서 즐거
웠다.
    그러나 이것은 행복이라든가 불행이라든가 하는 것을 계산하는 것은 아니었
다. 말하자면 나는 내가 행복되다고도 생각할 필요가 없었고 그렇다고 불행하
다고도 생각할 필요가 없었다. 그냥 그날그날을 그저 까닭 없이 편둥편둥 게으
르고만 있으면 만사는 그만이었던 것이다.
    내 몸과 마음에 옷처럼 잘 맞는 방 속에서 뒹굴면서 축 처져 있는 것은 행복
이니 불행이니 하는 그런 세속적인 계산을 떠난 가장 편리하고 안일한 말하자
면 절대적인 상태인 것이다. 나는 이런 상태가 좋았다.
    이 절대적인 내 방은 대문간에서 세어서 똑—일곱째 칸이다. 럭키 세븐의
뜻이 없지 않다. 나는 이 일곱이라는 숫자를 훈장처럼 사랑하였다. 이런 이 방
이 가운데 장지로 말미암아 두 칸으로 나뉘어 있었다는 그것이 내 운명의 상징
이었던 것을 누가 알랴?

    아랫방은 그래도 해가 든다. 아침결에 책보만 한 해가 들었다가 오후에 손수

건만 해지면서 나가버린다. 해가 영영 들지 않는 윗방이 즉 내 방인 것은 말할 것도 없다. 이렇게 볕 드는 방이 아내 해이오 볕 안 드는 방이 내 해이오 하고 아내와 나 둘 중에 누가 정했는지 나는 기억하지 못한다. 그러나 나에게는 불평이 없다.

아내가 외출만 하면 나는 얼른 아랫방으로 와서 그 동쪽으로 난 들창을 열어놓고 열어놓으면 들이비치는 볕살이 아내의 화장대를 비쳐 가지각색 병들이 아롱지면서 찬란하게 빛나고 이렇게 빛나는 것을 보는 것은 다시없는 내 오락이다. 나는 조그만 '돋보기'를 꺼내가지고 아내만이 사용하는 지리가미[6]를 그슬어가면서 불장난을 하고 논다. 평행광선을 굴절시켜서 한 초점에 모아가지고 그 초점이 따끈따끈해지다가 마지막에는 종이를 그슬기 시작하고 가느다란 연기를 내면서 드디어 구멍을 뚫어놓는 데까지에 이르는 고 얼마 안 되는 동안의 초조한 맛이 죽고 싶을 만치 내게는 재미있었다.

이 장난이 싫증이 나면 나는 또 아내의 손잡이 거울을 가지고 여러 가지로 논다. 거울이란 제 얼굴을 비칠 때만 실용품이다. 그외의 경우에는 도무지 장난감인 것이다.

이 장난도 곧 싫증이 난다. 나의 유희심은 육체적인 데서 정신적인 데로 비약한다. 나는 거울을 내던지고 아내의 화장대 앞으로 가까이 가서 나란히 늘어놓인 고 가지각색의 화장품 병들을 들여다본다. 고것들은 세상의 무엇보다도 매력적이다. 나는 그중의 하나만을 골라서 가만히 마개를 빼고 병 구멍을 내 코에 가져다 대고 숨죽이듯이 가벼운 호흡을 하여본다. 이국적인 센슈얼한 향기가 폐로 스며들면 나는 저절로 스르르 감기는 내 눈을 느낀다. 확실히 아내의 체취의 파편이다. 나는 도로 병마개를 막고 생각해본다. 아내의 어느 부분에서 요 냄새가 났던가를…… 그러나 그것은 분명치 않다. 왜? 아내의 체취는 요기 늘어섰는 가지각색 향기의 합계일 것이니까.

---

6 지리가미 휴지. 수지.

아내의 방은 늘 화려하였다. 내 방이 벽에 못 한 개 꽂히지 않은 소박한 것인 반대로 아내 방에는 천장 밑으로 쫙 돌려 못이 박히고 못마다 화려한 아내의 치마와 저고리가 걸렸다. 여러 가지 무늬가 보기 좋다. 나는 그 여러 조각의 치마에서 늘 아내의 동체(胴體)와 그 동체가 될 수 있는 여러 가지 포즈를 연상하고 연상하면서 내 마음은 늘 점잖지 못하다.

그렇건만 나에게는 옷이 없었다. 아내는 내게는 옷을 주지 않았다. 입고 있는 코르덴 양복 한 벌이 내 자리옷이었고 통상복과 나들이옷을 겸한 것이었다. 그리고 하이넥의 스웨터가 한 조각 사철을 통한 내 내의다. 그것들은 하나같이 다 빛이 검다. 그것은 내 짐작 같아서는 즉 빨래를 될 수 있는 데까지 하지 않아도 보기 싫지 않도록 하기 위한 것이 아닌가 한다. 나는 허리와 두 가랑이 세 군데 다 고무 밴드가 끼여 있는 부드러운 사루마다[7]를 입고 그리고 아무 소리 없이 잘 놀았다.

어느덧 손수건만 해졌던 볕이 나갔는데 아내는 외출에서 돌아오지 않는다. 나는 요만 일에도 좀 피곤하였고 또 아내가 돌아오기 전에 내 방으로 가 있어야 될 것을 생각하고 그만 내 방으로 건너간다. 내 방은 침침하다. 나는 이불을 뒤집어쓰고 낮잠을 잔다. 한 번도 걷은 일이 없는 내 이부자리는 내 몸뚱이의 일부분처럼 내게는 참 반갑다. 잠은 잘 오는 적도 있다. 그러나 또 전신이 까칫까칫하면서 영 잠이 오지 않는 적도 있다. 그런 때는 아무 제목으로나 제목을 하나 골라서 연구하였다. 나는 내 좀 축축한 이불 속에서 참 여러 가지 발명도 하였고 논문도 많이 썼다. 시도 많이 지었다. 그러나 그것들은 내가 잠이 드는 것과 동시에 내 방에 담겨서 철철 넘치는 그 흐늑흐늑한 공기에 다 비누처럼 풀어져서 온데간데가 없고 한잠 자고 깬 나는 속이 무명 헝겊이나 메밀껍질로 떵떵 찬 한 덩어리 베개와도 같은 한 벌 신경이었을 뿐이고 뿐이고 하였다.

그러기에 나는 빈대가 무엇보다도 싫었다. 그러나 내 방에서는 겨울에도 몇

---

7 사루마다 팬티.

마리씩의 빈대가 끊이지 않고 나왔다. 내게 근심이 있었다면 오직 이 빈대를 미워하는 근심일 것이다. 나는 빈대에게 물려서 가려운 자리를 피가 나도록 긁었다. 쓰라리다. 그것은 그윽한 쾌감에 틀림없었다. 나는 혼곤히 잠이 든다.

나는 그러나 그런 이불 속의 사색 생활에서도 적극적인 것을 궁리하는 법이 없다. 내게는 그럴 필요가 대체 없었다. 만일 내가 그런 좀 적극적인 것을 궁리해내었을 경우에 나는 반드시 내 아내와 의논하여야 할 것이고 그러면 반드시 나는 아내에게 꾸지람을 들을 것이고—나는 꾸지람이 무서웠다느니보다도 성가셨다. 내가 제법 한 사람의 사회인의 자격으로 일을 해보는 것도, 아내에게 사설 듣는 것도. 나는 가장 게으른 동물처럼 게으른 것이 좋았다. 될 수만 있으면 이 무의미한 인간의 탈을 벗어버리고도 싶었다.

나에게는 인간 사회가 스스로웠다.[8] 생활이 스스로웠다. 모두가 서먹서먹할 뿐이었다.

아내는 하루에 두 번 세수를 한다. 나는 하루 한 번도 세수를 하지 않는다. 나는 밤중 3시나 4시 해서 변소에 갔다. 달이 밝은 밤에는 한참씩 마당에 우두커니 섰다가 들어오곤 한다. 그러니까 나는 이 십팔 가구의 아무와도 얼굴이 마주치는 일이 거의 없다. 그러면서도 나는 이 십팔 가구의 젊은 여인네 얼굴들을 거반 다 기억하고 있었다. 그들은 하나같이 내 아내만 못하였다.

11시쯤 해서 하는 아내의 첫번 세수는 좀 간단하다. 그러나 저녁 7시쯤 해서 하는 두번째 세수는 손이 많이 간다. 아내는 낮에보다도 밤에 더 좋고 깨끗한 옷을 입는다. 그리고 낮에도 외출하고 밤에도 외출하였다.

아내에게 직업이 있었던가? 나는 아내의 직업이 무엇인지 알 수 없다. 만일 아내에게 직업이 없었다면, 같이 직업이 없는 나처럼 외출할 필요가 생기지 않을 것인데—아내는 외출한다. 외출할 뿐만 아니라 내객이 많다. 아내에게 내

---

8 스스로웠다 두 가지 의미로 볼 수 있는데 첫번째 기본형은 수수롭다. 근심스럽다. 마음이 서글프고 산란하다. 또는 기본형이 스스럽다. 정분이 그리 두텁지 않아 조심스럽다. 수줍고 부끄럽다.

이상 563

객이 많은 날은 나는 온종일 내 방에서 이불을 쓰고 누워 있어야만 된다. 불장
난도 못한다. 화장품 냄새도 못 맡는다. 그런 날은 나는 의식적으로 우울해 하
였다. 그러면 아내는 나에게 돈을 준다. 50전짜리 은화다. 나는 그것이 좋았다.
그러나 그것을 무엇에 써야 옳을지 몰라서 늘 머리맡에 던져두고 두고 한 것이
어느 결에 모여서 꽤 많아졌다. 어느 날 이것을 본 아내는 금고처럼 생긴 벙어
리를 사다 준다. 나는 한 푼씩 한 푼씩 고 속에 넣고 열쇠는 아내가 가져갔다.
그 후에도 나는 더러 은화를 그 벙어리에 넣은 것을 기억한다. 그리고 나는 게
을렀다. 얼마 후 아내의 머리 쪽에 보지 못하던 누깔잠이 하나 여드름처럼 돋
았던 것은 바로 그 금고형 벙어리의 무게가 가벼워졌다는 증거일까. 그러나 나
는 드디어 머리맡에 놓였던 그 벙어리에 손을 대지 않고 말았다. 내 게으름은
그런 것에 내 주의를 환기시키기도 싫었다.

아내에게 내객이 있는 날은 이불 속으로 암만 깊이 들어가도 비 오는 날만큼
잠이 잘 오지는 않았다. 나는 그런 때 아내에게는 왜 늘 돈이 있나 왜 돈이 많
은가를 연구했다.
내객들은 장지 저쪽에 내가 있는 것은 모르나 보다. 내 아내와 나도 좀 하기
어려운 농을 아주 서슴지 않고 쉽게 해 내던지는 것이다. 그러나 내 아내를 가
운데 두고 서너 사람의 내객들은 늘 비교적 점잖았다고 볼 수 있는 것이 자정
이 좀 지나면 으레 돌아들 갔다. 그들 가운데는 퍽 교양이 옅은 자도 있는 듯싶
었는데 그런 자는 보통 음식을 사다 먹고 논다. 그래서 보충을 하고 대체로 무
사하였다.
나는 우선 내 아내의 직업이 무엇인가를 연구하기에 착수하였으나 좁은 시야
와 부족한 지식으로는 이것을 알아내기 힘이 든다. 나는 끝끝내 내 아내의 직
업이 무엇인가를 모르고 말려나 보다.
아내는 늘 진솔버선만 신었다. 아내는 밥도 지었다. 아내가 밥 짓는 것을 나
는 한 번도 구경한 일은 없으나 언제든지 끼니때면 내 방으로 내 조석을 날라
다주는 것이다. 우리 집에는 나와 내 아내 외의 다른 사람은 아무도 없다. 이

밥은 분명히 아내가 손수 지었음에 틀림없다.

그러나 아내는 한 번도 나를 자기 방으로 부른 일이 없다.

나는 늘 윗방에서 나 혼자서 밥을 먹고 잠을 잤다. 밥은 너무 맛이 없었다. 반찬이 너무 엉성하였다. 나는 닭이나 강아지처럼 말없이 주는 모이를 넙죽넙죽 받아먹기는 했으나 내심 야속하게 생각한 적도 더러 없지 않다. 나는 안색이 여지없이 창백해가면서 말라 들어갔다. 나날이 눈에 보이듯이 기운이 줄어들었다. 영양 부족으로 하여 몸뚱이 곳곳이 뼈가 불쑥불쑥 내어밀었다. 하룻밤 사이에도 수십차를 돌쳐눕지 않고는 여기저기가 배겨서 나는 배겨낼 수가 없었다.

그렇기 때문에 나는 내 이불 속에서 아내가 늘 흔히 쓸 수 있는 저 돈의 출처를 탐색해보는 일변 장지 틈으로 새어나오는 아랫방의 음식은 무엇일까를 간단히 연구하였다. 나는 잠이 잘 안 왔다.

깨달았다. 아내가 쓰는 돈은 그 내게는 다만 실없는 사람들로밖에 보이지 않는 까닭 모를 내객들이 놓고 가는 것에 틀림없으리라는 것을 나는 깨달았다. 그러나 왜 그들 내객은 돈을 놓고 가나. 왜 내 아내는 그 돈을 받아야 되나 하는 예의 관념이 내게는 도무지 알 수 없는 것이었다.

그것은 그저 예의에 지나지 않는 것일까. 그렇지 않으면 혹 무슨 대가일까 보수일까. 내 아내가 그들의 눈에는 동정을 받아야만 할 한 가엾은 인물로 보였던가?

이런 것들을 생각하노라면 으레 내 머리는 그냥 혼란하여버리고 버리고 하였다. 잠들기 전에 획득했다는 결론이 오직 불쾌하다는 것뿐이었으면서도 나는 그런 것을 아내에게 물어보거나 할 일이 참 한 번도 없다. 그것은 대체 귀찮기도 하려니와 한잠 자고 일어나는 나는 사뭇 딴사람처럼 이것도 저것도 다 깨끗이 잊어버리고 그만두는 까닭이다.

내객들이 돌아가고, 혹 밤 외출에서 돌아오고 하면 아내는 경편한 것으로 옷을 바꾸어 입고 내 방으로 나를 찾아온다. 그리고 이불을 들추고 내 귀에는 영생동생동한 몇 마디 말로 나를 위로하려 든다. 나는 조소도 고소도 홍소도 아닌 웃음을 얼굴에 띠고 아내의 아름다운 얼굴을 쳐다본다. 아내는 방그레 웃는다. 그러나 그 얼굴에 떠도는 일말의 애수를 나는 놓치지 않는다.

아내는 능히 내가 배고파하는 것을 눈치챌 것이다. 그러나 아랫방에서 먹고 남은 음식을 나에게 주려 들지는 않는다. 그것은 어디까지든지 나를 존경하는 마음일 것임에 틀림없다. 나는 배가 고프면서도 적이 마음이 든든한 것을 좋아했다. 아내가 무엇이라고 지껄이고 갔는지 귀에 남아 있을 리가 없다. 다만 내 머리맡에 아내 놓고 간 은화가 전등불에 흐릿하게 빛나고 있을 뿐이다.

고 금고형 벙어리 속에 고 은화가 얼마큼이나 모였을까. 나는 그러나 그것을 쳐들어보지 않았다. 그저 아무런 의욕도 기원도 없이 그 단춧구멍처럼 생긴 틈바구니로 은화를 들이뜨려둘 뿐이었다.

왜 아내의 내객들이 아내에게 돈을 놓고 가나 하는 것이 풀 수 없는 의문인 것같이 왜 아내는 나에게 돈을 놓고 가나 하는 것도 역시 나에게는 똑같이 풀 수 없는 의문이었다. 내 비록 아내가 내게 돈을 놓고 가는 것이 싫지 않았다 하더라도 그것은 다만 고것이 내 손가락에 닿는 순간에서부터 고 벙어리 주둥이에서 자취를 감추기까지의 하잘것없는 짧은 촉각이 좋았달 뿐이지 그 이상 아무 기쁨도 없다.

어느 날 나는 고 벙어리를 변소에 갖다 넣어버렸다. 그때 벙어리 속에는 몇 푼이나 되는지는 모르겠으나 고 은화들이 꽤 들어 있었다.

나는 내가 지구 위에 살며 내가 이렇게 살고 있는 지구가 질풍신뢰의 속력으로 광대무변의 공간을 달리고 있다는 것을 생각했을 때 참 허망하였다. 나는 이렇게 부지런한 지구 위에서는 현기증도 날 것 같고 해서 한시바삐 내려버리고 싶었다.

이불 속에서 이런 생각을 하고 난 뒤에는 나는 고 은화를 고 벙어리에 넣고 넣고 하는 것조차가 귀찮아졌다. 나는 아내가 손수 벙어리를 사용하였으면 하고 희망하였다. 벙어리도 돈도 사실에는 아내에게만 필요한 것이지 내게는 애초부터 의미가 전연 없는 것이었으니까 될 수만 있으면 그 벙어리를 아내는 아내 방으로 가져갔으면 하고 기다렸다. 그러나 아내는 가져가지 않는다. 나는 내 아내 방으로 가져다둘까 하고 생각하여보았으나 그 즈음에는 아내의 내객이 원체 많아서 내가 아내 방에 가볼 기회가 도무지 없었다. 그래서 나는 하는 수 없이 변소에 갖다 집어넣어버리고 만 것이다.

나는 서글픈 마음으로 아내의 꾸지람을 기다렸다. 그러나 아내는 끝내 아무 말도 나에게 묻지도 하지도 않았다. 않았을 뿐 아니라 여전히 돈은 돈대로 내 머리맡에 놓고 가지 않나? 내 머리맡에는 어느덧 은화가 꽤 많이 모였다.

내객이 아내에게 돈을 놓고 가는 것이나 아내가 내게 돈을 놓고 가는 것이나 일종의 쾌감——그 외의 다른 아무런 이유도 없는 것이 아닐까 하는 것을 나는 또 이불 속에서 연구하기 시작하였다. 쾌감이라면 어떤 종류의 쾌감일까를 계속하여 연구하였다. 그러나 그것은 이불 속의 연구로는 알길이 없었다. 쾌감 쾌감, 하고 나는 뜻밖에도 이 문제에 대해서만 흥미를 느꼈다.

아내는 물론 나를 늘 감금하여두다시피 하여왔다. 내게 불평이 있을 리 없다. 그런 중에도 나는 그 쾌감이라는 것의 유무를 체험하고 싶었다.

나는 아내의 밤 외출 틈을 타서 밖으로 나왔다. 나는 거리에서 잊어버리지 않고 가지고 나온 은화를 지폐로 바꾼다. 5원이나 된다. 그것을 주머니에 넣고 나는 목적을 잃어버리기 위하여 얼마든지 거리를 쏘다녔다. 오래간만에 보는 거리는 거의 경이에 가까울 만치 내 신경을 흥분시키지 않고는 마지않았다. 나는 금시에 피곤하여버렸다. 그러나 나는 참았다. 그리고 밤이 이슥하도록 까닭을 잊어버린 채 이 거리 저 거리로 지향 없이 헤매었다. 돈은 물론 한 푼도 쓰지 않았다. 돈을 쓸 아무 엄두도 나서지 않았다. 나는 벌써 돈을 쓰는 기능을 완전히 상실한 것 같았다.

나는 과연 피로를 이 이상 견디기가 어려웠다. 나는 가까스로 내 집을 찾았다. 나는 내 방으로 가려면 아내 방을 통과하지 않으면 안 될 것을 알고 아내에게 내객이 있나 없나를 걱정하면서 미닫이 앞에서 좀 거북살스럽게 기침을 한 번 했더니 이것은 참 또 너무 암상스럽게 미닫이가 열리면서 아내의 얼굴과 그 등 뒤에 낯선 남자의 얼굴이 이 쪽을 내다보는 것이다. 나는 별안간 내어쏟아지는 불빛에 눈이 부셔서 좀 머뭇머뭇했다.

나는 아내의 눈초리를 못 본 것은 아니다. 그러나 나는 모른 체하는 수밖에 없었다. 왜? 나는 어쨌든 아내의 방을 통과하지 않으면 안 되니까……

나는 이불을 뒤집어썼다. 무엇보다도 다리가 아파서 견딜 수가 없었다. 이불 속에서는 가슴이 울렁거리면서 암만해도 까무러칠 것만 같았다. 걸을 때는 몰랐더니 숨이 차다. 등에 식은땀이 쭉 내배인다. 나는 외출한 것을 후회하였다. 이런 피로를 잊고 어서 잠이 들었으면 좋았다. 한잠 잘 자고 싶었다.

얼마 동안이나 비스듬히 엎드려 있었더니 차츰차츰 뚝딱거리는 가슴 동기가 가라앉는다. 그만해도 우선 살 것 같았다. 나는 몸을 돌쳐 반듯이 천정을 향하여 눕고 쭉 다리를 뻗었다.

그러나 나는 또다시 가슴의 동기를 피할 수 없게 되었다. 아랫방에서 아내와 그 남자의 내 귀에도 들리지 않을 만치 옅은 목소리로 소곤거리는 기척이 장지 틈으로 전하여 왔던 것이다. 청각을 더 예민하게 하기 위하여 나는 눈을 떴다. 그리고 숨을 죽였다. 그러나 그때는 벌써 아내와 남자는 앉았던 자리를 툭툭 털며 일어섰고 일어서면서 옷과 모자 쓰는 기척이 나는 듯하더니 이어 미닫이가 열리고 구두 뒤축 소리가 나고 그리고 뜰에 내려서는 소리가 쿵 하고 나면서 뒤를 따르는 아내의 고무신 소리가 두어 발자국 찍찍 나고 사뿐사뿐 나나 하는 사이에 두 사람의 발소리가 대문간 쪽으로 사라졌다.

나는 아내의 이런 태도를 본 일이 없다. 아내는 어떤 사람과도 결코 소곤거리는 법이 없다. 나는 윗방에서 이불을 쓰고 누웠는 동안에도 혹 술이 취해서 혀가 잘 돌아가지 않는 내객들의 담화는 더러 놓치는 수가 있어도 아내의 높지도 얕지도 않은 말소리는 일찍이 한 마디도 놓쳐본 일이 없다. 더러 내 귀에 거슬리는 소리가 있어도 나는 그것이 태연한 목소리로 내 귀에 들렸다는 이유로 충분히 안심이 되었다. 그렇던 아내의 이런 태도는 필시 그 속에 여간하지 않은 사정이 있는 듯싶이 생각이 되고 내 마음은 좀 서운했으나 그러나 그보다도 나는 좀 너무 피곤해서 오늘만은 이불 속에서 아무것도 연구치 않기로 굳게 결심하고 잠을 기다렸다. 잠은 좀처럼 오지 않았다. 대문간에 나간 아내도 좀처럼 들어오지 않았다. 그러는 동안에 흐지부지 나는 잠이 들어버렸다. 꿈이 얼쑹덜쑹 종을 잡을 수 없는 거리의 풍경을 여전히 헤맸다.

나는 몹시 흔들렸다. 내객을 보내고 들어온 아내가 잠든 나를 잡아 흔드는 것이다. 나는 눈을 번쩍 뜨고 아내의 얼굴을 쳐다보았다. 아내의 얼굴에는 웃음이 없다. 나는 좀 눈을 비비고 아내의 얼굴을 자세히 보았다. 노기가 눈초리에 떠서 얇은 입술이 바르르 떨린다. 좀처럼 이 노기가 풀리기는 어려울 것 같았다. 나는 그대로 눈을 감아버렸다. 벼락이 내리기를 기다린 것이다. 그러나 쌔근 하는 숨소리가 나면서 푸스스 아내의 치맛자락 소리가 나고 장지가 여닫히며 아내는 아내 방으로 돌아갔다. 나는 다시 몸을 돌쳐 이불을 뒤집어쓰고는 개구리처럼 엎드리고, 엎드려서 배가 고픈 가운데에도 오늘 밤의 외출을 또 한 번 후회하였다.

나는 이불 속에서 아내에게 사죄하였다. 그것은 네 오해라고…….
나는 사실 밤이 퍽이나 이슥한 줄만 알았던 것이다. 그것이 네 말마따나 자정 전인 줄은 나는 정말이지 꿈에도 몰랐다. 나는 너무 피곤하였다. 오래간만에 나는 너무 많이 걸은 것이 잘못이다. 내 잘못이라면 잘못은 그것밖에는 없다. 외출은 왜 하였더냐고?
나는 그 머리맡에 저절로 모인 5원 돈을 아무에게라도 좋으니 주어보고 싶었던 것이다. 그뿐이다. 그러나 그것도 내 잘못이라면 나는 그렇게 알겠다. 나는 후회하고 있지 않나?
내가 그 5원 돈을 써버릴 수가 있었던들 나는 자정 안에 집에 돌아올 수 없었을 것이다. 그러나 거리는 너무 복잡하였고 사람은 너무도 들끓었다. 나는 어느 사람을 붙들고 그 5원 돈을 내어주어야 할지 갈피를 잡을 수가 없었다.

그러는 동안에 나는 여지없이 피곤해버리고 말았던 것이다.

　나는 무엇보다도 좀 쉬고 싶었다. 그래서 나는 하는 수 없이 집으로 돌아온 것이다. 내 짐작 같아서는 밤이 어지간히 늦은 줄만 알았는데 그것이 불행히도 자정 전이었다는 것은 참 안된 일이다. 미안한 일이다. 나는 얼마든지 사죄하여도 좋다. 그러나 종시 아내의 오해를 풀지 못하였다 하면 내가 이렇게까지 사죄하는 보람은 그럼 어디 있나? 한심하였다.

　한 시간 동안을 나는 이렇게 초조하게 굴지 않으면 안 되었다. 나는 이불을 홱 젖혀버리고 일어나서 장지를 열고 아내 방으로 비칠비칠 달려갔던 것이다. 내게는 거의 의식이라는 것이 없었다. 나는 아내 이불 위에 엎드러지면서 바지 포켓 속에서 그 돈 5원을 꺼내 아내 손에 쥐어준 것을 간신히 기억할 뿐이다.

　이튿날 잠이 깨었을 때 나는 내 아내 방 아내 이불 속에 있었다. 이것이 이 삼십삼 번지에서 살기 시작한 이래 내가 아내 방에서 잔 맨 처음이었다.

　해가 들창에 훨씬 높았는데 아내는 이미 외출하고 벌써 내 곁에 있지는 않다. 아니! 아내는 엊저녁 내가 의식을 잃은 동안에 외출한 것인지도 모른다. 그러나 나는 그런 것을 조사하고 싶지 않았다. 다만 전신이 찌뿌드드한 것이 손가락 하나 꼼짝할 힘조차 없었다. 책보보다 좀 작은 면적의 볕이 눈이 부시다. 그 속에서 수없는 먼지가 흡사 미생물처럼 난무한다. 코가 콱 막히는 것 같다. 나는 다시 눈을 감고 이불을 푹 뒤집어쓰고 낮잠을 자기에 착수하였다. 그러나 코를 스치는 아내의 체취는 꽤 도발적이었다. 나는 몸을 여러 번 여러 번 비비 꼬면서 아내의 화장대에 늘어선 고 가지각색 화장품 병들과 고 병들이 마개를 뽑았을 때 풍기던 냄새를 더듬느라고 좀처럼 잠은 들지 않은 것을 어찌하는 수도 없었다.

　견디다 못하여 나는 그만 이불을 걷어차고 벌떡 일어나서 내 방으로 갔다. 내 방에는 다 식어빠진 내 끼니가 가지런히 놓여 있는 것이다. 아내는 내 모이를 여기다 주고 나간 것이다. 나는 우선 배가 고팠다. 한 숟갈을 입에 떠 넣을 때 그 촉감은 너무도 냉회와 같이 써늘하였다. 나는 숟갈을 놓고 내 이불 속으로 들어갔다. 하룻밤을 비워 때린⁹ 내 이부자리는 여전히 반갑게 나를 맞아준다. 나는 내 이불을 뒤집어쓰고 이번에는 참 늘어지게 한잠 잤다. 잘—

내가 잠을 깬 것은 전등이 켜진 뒤다. 그러나 아내는 아직도 돌아오지 않았나 보다. 아니! 들어왔다 또 나갔는지도 알 수 없다. 그러나 그런 것을 삼고하여 무엇 하나?

정신이 한결 난다. 나는 지난 밤 일을 생각해보았다. 그 돈 5원을 아내 손에 쥐여주고 넘어졌을 때에 느낄 수 있었던 쾌감을 나는 무엇이라고 설명할 수가 없었다. 그러나 내객들이 내 아내에게 돈 놓고 가는 심리며 내 아내가 내게 돈 놓고 가는 심리의 비밀을 나는 알아낸 것 같아서 여간 즐거운 것이 아니다. 나는 속으로 빙그레 웃어보았다. 이런 것을 모르고 오늘까지 지내온 내 자신이 어떻게 우스꽝스러워 보이는지 몰랐다. 나는 어깨춤이 났다.

따라서 나는 또 오늘 밤에도 외출하고 싶었다. 그러나 돈이 없다. 나는 엊저녁에 그 돈 5원을 한꺼번에 아내에게 주어버린 것을 후회하였다. 또 고 벙어리를 변소에 갖다 처넣어버린 것도 후회하였다. 나는 실없이 실망하면서 습관처럼 그 돈 5원이 들어 있던 내 바지 포켓에 손을 넣어 한번 휘둘러보았다. 뜻밖에도 내 손에 쥐어지는 것이 있었다. 2원밖에 없다. 그러나 많아야 맛은 아니다. 얼마간이고 있으면 된다. 나는 그만한 것이 여간 고마운 것이 아니었다.

나는 기운을 얻었다. 나는 그 단벌 다 떨어진 코르덴 양복을 걸치고 배고픈 것도 주제 사나운 것도 다 잊어버리고 활갯짓을 하면서 또 거리로 나섰다. 나 서면서 나는 제발 시간이 화살 닫듯 해서 자정이 어서 홱 지나버렸으면 하고 조바심을 태웠다. 아내에게 돈을 주고 아내 방에서 자보는 것은 어디까지든지 좋았지만 만일 잘못해서 자정 전에 집에 들어갔다가 아내의 눈총을 맞는 것은 그것은 여간 무서운 일이 아니었다. 나는 저물도록 길가 시계를 들여다보고 들여다보고 하면서 또 지향 없이 거리를 방황하였다. 그러나 이날은 좀처럼 피곤하지는 않았다. 다만 시간이 좀 너무 더디게 가는 것만 같아서 안타까웠다.

---

9 **비워 때리다** 비워뜨리다. 즉 '비워놓다'는 뜻.

경성역 시계가 확실히 자정이 지난 것을 본 뒤에 나는 집을 향하였다. 그날은 그 일각 대문에서 아내와 아내의 남자가 이야기하고 섰는 것을 만났다. 나는 모른 체하고 두 사람 곁을 지나서 내 방으로 들어갔다. 뒤이어 아내도 들어왔다. 와서는 이 밤중에 평생 안하던 쓰게질[10]을 하는 것이다. 조금 있다가 아내가 눕는 기척을 엿듣자마자 나는 또 장지를 열고 아내 방으로 가서 그 돈 2원을 아내 손에 덥석 쥐어주고 그리고— 하여간 그 2원을 오늘 밤에도 쓰지 않고 도로 가져온 것이 참 이상하다는 듯이 아내는 내 얼굴을 몇 번이고 엿보고 —아내는 드디어 아무 말도 없이 나를 자기 방에 재워주었다. 나는 이 기쁨을 세상의 무엇과도 바꾸고 싶지는 않았다. 나는 편히 잘 잤다.

이틀날도 내가 잠이 깨었을 때는 아내는 보이지 않았다. 나는 또 내 방으로 가서 피곤한 몸이 낮잠을 잤다.

내가 아내에게 흔들려 깨었을 때는 역시 불이 들어온 뒤였다. 아내는 자기 방으로 나를 오라는 것이다. 이런 일은 또 처음이다. 아내는 끊임없이 얼굴에 미소를 띠고 내 팔을 이끄는 것이다. 나는 이런 아내의 태도 이면에 엔간치 않은 음모가 숨어 있지나 않은가 하고 적이 불안을 느끼지 않을 수 없었다.

나는 아내의 하자는 대로 아내 방으로 끌려갔다. 아내 방에는 저녁 밥상이 조촐하게 차려져 있는 것이다. 생각하여보면 나는 이틀을 굶었다. 나는 지금 배고픈 것까지도 긴가민가 잊어버리고 어름어름하던 차다.

나는 생각하였다. 이 최후의 만찬을 먹고 나자마자 벼락이 내려도 나는 차라리 후회하지 않을 것을. 사실 나는 인간 세상이 너무나 심심해서 못 견디겠던 차다. 모든 일이 성가시고 귀찮았으나 그러나 불의의 재난이라는 것은 즐겁다. 나는 마음을 턱 놓고 조용히 아내와 마주 이 해괴한 저녁밥을 먹었다. 우리 부부는 이야기하는 법이 없었다. 밥을 먹은 뒤에도 나는 말이 없이 그냥 부스스

---

10 쓰게질 비로 쓸어 집안을 청소하는 일. 쓰레질.

일어나서 내 방으로 건너가버렸다. 아내는 나를 붙잡지 않았다. 나는 벽에 기대어 앉아서 담배를 한 대 피워 물고 그리고 벼락이 떨어질 테거든 어서 떨어져라 하고 기다렸다.

5분! 10분!

그러나 벼락은 내리지 않았다. 긴장이 차츰 늘어지기 시작한다. 나는 어느덧 오늘 밤에도 외출할 것을 생각하고 있었다. 돈이 있었으면 하고 생각하고 있었다.

그러나 돈은 확실히 없다. 오늘은 외출하여도 나중에 올 무슨 기쁨이 있나. 나는 앞이 그냥 아뜩하였다. 나는 화가 나서 이불을 뒤집어쓰고 이리 뒹굴 저리 뒹굴 굴렀다. 금시 먹은 밥이 목으로 자꾸 치밀어 올라온다. 메스꺼웠다.

하늘에서 얼마라도 좋으니 왜 지폐가 소나비처럼 퍼붓지 않나, 그것이 그저 한없이 야속하고 슬펐다. 나는 이렇게밖에 돈을 구하는 아무런 방법도 알지는 못했다. 나는 이불 속에서 좀 울었나 보다. 돈이 왜 없냐면서…….

그랬더니 아내가 또 내 방에를 왔다. 나는 깜짝 놀라 아마 인제서야 벼락이 내리려나 보다 하고 숨을 죽이고 두꺼비 모양으로 엎디어 있었다. 그러나 떨어진 입으로 새어나오는 아내의 말소리는 참 부드러웠다. 정다웠다. 아내는 내가 왜 우는지를 안다는 것이다. 돈이 없어서 그러는 게 아니란다. 나는 실없이 깜짝 놀랐다. 어떻게 저렇게 사람의 속을 환하게 들여다보는구 해서 나는 한편으로 슬그머니 겁도 안 나는 것은 아니었으나 저렇게 말하는 것을 보면 아마 내게 돈을 줄 생각이 있나 보다. 만일 그렇다면 오죽이나 좋은 일일까. 나는 이불 속에 똘똘 말린 채 고개도 들지 않고 아내의 다음 거동을 기다리고 있으니까, 엣소 하고 내 머리맡에 내려뜨리는 것은 그 가뿐한 음향으로 보아 지폐에 틀림없었다. 그리고 내 귀에다 대고 오늘일랑 어제보다도 좀더 늦게 들어와도 좋다고 속삭이는 것이다. 그것은 어렵지 않다. 우선 그 돈이 무엇보다도 고맙고 반가웠다.

어쨌든 나섰다. 나는 좀 야맹증이다. 그래서 될 수 있는 대로 밝은 거리로 골라서 돌아다니기로 했다. 그러고는 경성역 일이등 대합실 한곁 티룸에를 들렀다. 그것은 내게는 큰 발견이었다. 거기는 우선 아무도 아는 사람이 안 온다. 설사 왔다가도 곧들 가니까 좋다. 나는 날마다 여기 와서 시간을 보내리라 속으로 생각하여두었다.

제일 여기 시계가 어느 시계보다도 정확하리라는 것이 좋았다. 섣불리 서투른 시계를 보고 그것을 믿고 시간 전에 집에 돌아갔다가 큰코를 다쳐서는 안 된다.

나는 한 복스에 아무것도 없는 것과 마주 앉아서 잘 끓은 커피를 마셨다. 총총한 가운데 여객들은 그래도 한잔 커피가 즐거운가 보다. 얼른얼른 마시고 무얼 좀 생각하는 것같이 담벼락도 좀 쳐다보고 하다가 곧 나가버린다. 서글프다. 그러나 내게는 이 서글픈 분위기가 거리의 티룸들의 거추장스러운 분위기보다는 절실하고 마음에 들었다. 이따금 들리는 날카로운 혹은 우렁찬 기적 소리가 모차르트보다도 더 가깝다. 나는 메뉴에 적힌 몇 가지 안 되는 음식 이름을 치읽고 내리읽고 여러 번 읽었다. 그것들은 아물아물한 것이 어딘가 내 어렸을 때 동무들 이름과 비슷한 데가 있었다.

거기서 얼마나 내가 오래 앉았는지 정신이 오락가락하는 중에 객이 슬며시 뜸해지면서 이 구석 저 구석 걷어치우기 시작하는 것을 보면 아마 닫을 시간이 된 모양이다. 11시가 좀 지났구나, 여기도 결코 내 안주의 곳은 아니구나, 어디 가서 자정을 넘길까, 두루 걱정을 하면서 나는 밖으로 나섰다. 비가 온다. 빗발이 제법 굵은 것이 우비도 우산도 없는 나 고생을 시킬 작정이다. 그렇다고 이런 괴이한 풍모를 차리고 이 홀에서 어물어물하는 수는 없고 에이 비를 맞으면 맞았지 하고 나는 그냥 나서버렸다.

대단히 선선해서 견딜 수가 없다. 코르덴 옷이 젖기 시작하더니 나중에는 속속들이 스며들면서 처근거린다. 비를 맞아가면서라도 견딜 수 있는 데까지 거리를 돌아다녀서 시간을 보내려 하였으나 인제는 선선해서 이 이상은 더 견딜 수가 없다. 오한이 자꾸 일어나면서 이가 딱딱 맞부딪는다.

나는 걸음을 재우치면서 생각하였다. 오늘 같은 궂은 날도 아내에게 내객이 있을라구. 없겠지 하는 생각이 드는 것이다. 집으로 가야겠다. 아내에게 불행히 내객이 있거든 내 사정을 하리라. 사정을 하면 이렇게 비가 오는 것을 눈으로 보고 알아주겠지.

부리나케 와 보니까 그러나 아내에게는 내객이 있었다. 나는 그만 너무 춥고 척척해서 얼떨김에 노크하는 것을 잊었다. 그래서 나는 보면 아내가 좀 덜 좋아할 것을 그만 보았다. 나는 갑발[11]자국 같은 발자국을 내면서 덤벙덤벙 아내 방을 디디고 그리고 내 방으로 가서 쭉 빠진 옷을 활활 벗어버리고 이불을 뒤썼다. 덜덜덜 떨린다. 오한이 점점 더 심해 들어온다. 여전 땅이 꺼져 들어가는 것만 같았다. 나는 그만 의식을 잃어버리고 말았다.

이튿날 내가 눈을 떴을 때 아내는 내 머리맡에 앉아서 제법 근심스러운 얼굴이다. 나는 감기가 들었다. 여전히 으스스 춥고 또 골치가 아프고 입에 군침이 도는 것이 쏩쓸하면서 다리 팔이 척 늘어져서 노곤하다.

아내는 내 머리를 쓱 짚어보더니 약을 먹어야지 한다. 아내 손이 이마에 선뜩한 것을 보면 신열이 어지간한 모양인데 약을 먹는다면 해열제를 먹어야지 하고 속생각을 하자니까 아내는 따뜻한 물에 하얀 정제약 네 개를 준다. 이것을 먹고 한잠 푹 자고 나면 괜찮다는 것이다. 나는 널름 받아먹었다. 쌉싸름한 것이 짐작 같아서는 아마 아스피린인가 싶다. 나는 다시 이불을 쓰고 단번에 그냥 죽은 것처럼 잠이 들어버렸다.

나는 콧물을 훌쩍훌쩍하면서 여러 날을 앓았다. 앓는 동안에 끊이지 않고 그 정제약을 먹었다. 그러는 동안에 감기도 나았다. 그러나 입맛은 여전히 소태처럼 썼다.

나는 차츰 또 외출하고 싶은 생각이 났다. 그러나 아내는 나더러 외출하지 말라고 이르는 것이다. 이 약을 날마다 먹고 그리고 가만히 누워 있으라는 것이다. 공연히 외출을 하다가 이렇게 감기가 들어서 저를 고생을 시키는 게 아니냔다. 그도 그렇다. 그럼 외출을 하지 않겠다고 맹서하고 그 약을 연복하여

---

11 갑발(匣鉢) 도자기를 구울 때 담는 큰 그릇.

몸을 좀 보해보리라고 나는 생각하였다.

나는 날마다 이불을 뒤집어쓰고 밤이나 낮이나 잤다. 유난스럽게 밤이나 낮이나 졸려서 견딜 수가 없는 것이다. 나는 이렇게 잠이 자꾸만 오는 것은 내가 몸이 훨씬 튼튼해진 증거라고 굳게 믿었다.

나는 아마 한 달이나 이렇게 지냈나 보다. 내 머리와 수염이 좀 너무 자라서 훗훗해서 견딜 수가 없어서 내 거울을 좀 보리라고 아내가 외출한 틈을 타서 나는 아내 방으로 가서 아내의 화장대 앞에 앉아보았다. 상당하다. 수염과 머리가 참 산란하였다. 오늘은 이발을 좀 하리라 생각하고 겸사겸사 고 화장품 병들 마개를 뽑고 이것저것 맡아보았다. 한동안 잊어버렸던 향기 가운데서는 몸이 배배 꼬일 것 같은 체취가 전해 나왔다. 나는 아내의 이름을 속으로만 한번 불러보았다.

"연심(蓮心)이!"

하고…….

오래간만에 돋보기 장난도 하였다. 거울 장난도 하였다. 창에 든 볕이 여간 따뜻한 것이 아니었다. 생각하면 5월이 아니냐.

나는 커다랗게 기지개를 한번 펴보고 아내 베개를 내려 베고 벌떡 자빠져서는 이렇게도 편안하고 즐거운 세월을 하느님께 흠씬 자랑하여주고 싶었다. 나는 참 세상의 아무것과도 교섭을 가지지 않는다. 하느님도 아마 나를 칭찬할 수도 처벌할 수도 없는 것 같다.

그러나 다음 순간 실로 세상에도 이상스러운 것이 눈에 띄었다. 그것은 최면약 아달린[12]갑이었다. 나는 그것을 아내의 화장대 밑에서 발견하고 그것이 흡사 아스피린처럼 생겼다고 느꼈다. 나는 그것을 열어보았다. 똑 네 개가 비었다.

나는 오늘 아침에 네 개의 아스피린을 먹은 것을 기억하고 있었다. 나는 잤다. 어제도 그제도 그끄제도— 나는 졸려서 견딜 수가 없었다. 나는 감기가 다 나았는데도 아내는 내게 아스피린을 주었다. 내가 잠이 든 동안에 이웃에

---

12 아달린 최면제의 상품명.

불이 난 일이 있다. 그때에도 나는 자느라고 몰랐다. 이렇게 나는 잤다. 나는 아스피린으로 알고 그럼 한 달 동안을 두고 아달린을 먹어온 것이다. 이것은 좀 너무 심하다.

별안간 아뜩하더니 하마터면 나는 까무러칠 뻔하였다. 나는 그 아달린을 주머니에 넣고 집을 나섰다. 그리고 산을 찾아 올라갔다. 인간 세상의 아무것도 보기가 싫었던 것이다. 걸으면서 나는 아무쪼록 아내에 관계되는 일은 일체 생각하지 않도록 노력하였다. 길에서 까무러치기 쉬우니까. 나는 어디라도 양지가 바른 자리를 하나 골라서 자리를 잡아가지고 서서히 아내에 관하여서 연구할 작정이었다. 나는 길가에 도랑창, 핀 구경도 못한 진 개나리꽃, 종달새, 돌멩이도 새끼를 까는 이야기, 이런 것만 생각하였다. 다행히 길가에서 나는 졸도하지 않았다.

거기는 벤치가 있었다. 나는 거기 정좌하고 그리고 그 아스피린과 아달린에 관하여 연구하였다. 그러나 머리가 도무지 혼란하여 생각이 체계를 이루지 않는다. 단 5분이 못 가서 나는 그만 귀찮은 생각이 버쩍 들면서 심술이 났다. 나는 주머니에서 가지고 온 아달린을 꺼내 남은 여섯 개를 한꺼번에 질경질경 씹어 먹어버렸다. 맛이 익살맞다. 그리고 나서 나는 그 벤치 위에 가로 기다랗게 누웠다. 무슨 생각으로 내가 그따위 짓을 했나? 알 수가 없다. 그저 그러고 싶었다. 나는 게서 그냥 깊이 잠이 들었다. 잠결에도 바위틈을 흐르는 물소리가 졸졸 하고 귀에 언제까지나 어렴풋이 들려왔다.

내가 잠을 깨었을 때는 날이 환히 밝은 뒤다. 나는 거기서 일주야를 잔 것이다. 풍경이 그냥 노랗게 보인다. 그 속에서도 나는 번개처럼 아스피린과 아달린이 생각났다.

아스피린, 아달린, 아스피린, 아달린, 맑스, 말사스, 마도로스, 아스피린, 아달린.

아내는 한 달 동안 아달린을 아스피린이라고 속이고 내게 먹였다. 그것은 아내 방에서 이 아달린 갑이 발견된 것으로 미루어 증거가 너무나 확실하였다.

무슨 목적으로 아내는 나를 밤이나 낮이나 재웠어야 됐나?

나를 밤이나 낮이나 재워놓고 그리고 아내는 내가 자는 동안에 무슨 짓을 했나?

나를 조금씩 조금씩 죽이려던 것일까?

그러나 또 생각하여 보면 내가 한 달을 두고 먹어온 것은 아스피린이었는지도 모른다. 아내는 무슨 근심되는 일이 있어서 밤 되면 잠이 잘 오지 않아서 정작 아내가 아달린을 사용한 것이나 아닌지. 그렇다면 나는 참 미안하다. 나는 아내에게 이렇게 큰 의혹을 가졌다는 것이 참 안됐다.

나는 그래서 부리나케 거기서 내려왔다. 아랫도리가 홰홰 내저이면서 어찔어찔한 것을 나는 겨우 집을 향하여 걸었다. 8시 가까이었다.

나는 내 잘못 든 생각을 죄다 일러바치고 아내에게 사죄하려는 것이다. 나는 너무 급해서 그만 또 말을 잊어버렸다.

그랬더니 이건 참 너무 큰일났다. 나는 내 눈으로는 절대로 보아서 안 될 것을 그만 딱 보아버리고 만 것이다. 나는 얼떨결에 그만 냉큼 미닫이를 닫고 그리고 현기증이 나는 것을 진정시키느라고 잠깐 고개를 숙이고 눈을 감고 기둥을 짚고 섰자니까 일 초 여유도 없이 홱 미닫이가 다시 열리더니 매무새를 풀어헤친 아내가 불쑥 내밀면서 내 멱살을 잡는 것이다. 나는 그만 어지러워서 게다가 그냥 나둥그러졌다. 그랬더니 아내는 넘어진 내 위에 덮치면서 내 살을 함부로 물어뜯는 것이다. 아파 죽겠다. 나는 사실 반항할 의사도 힘도 없어서 그냥 넙죽 엎뎌 있으면서 어떻게 되나 보고 있자니까 뒤이어 남자가 나오는 것 같더니 아내를 한아름에 덥석 안아가지고 방 안으로 들어가는 것이다. 아내는 아무 말 없이 다소곳이 그렇게 안겨 들어가는 것이 내 눈에 여간 미운 것이 아니다. 밉다.

아내는 너 밤 새워가면서 도적질하러 다니느냐, 계집질하러 다니느냐고 발악이다. 이것은 참 너무 억울하다. 나는 어안이 벙벙하여 도무지 입이 떨어지지를 않았다.

너는 그야말로 나를 살해하려던 것이 아니냐고 소리를 한번 꽥 질러보고도 싶었으나 그런 긴가민가한 소리를 섣불리 입밖에 내었다가는 무슨 화를 볼는지 알 수 있나. 차라리 억울하지만 잠자코 있는 것이 우선 상책인 듯싶이 생각이 들길래 나는 이것은 또 무슨 생각으로 그랬는지 모르지만 툭툭 털고 일어나서 내 바지 포켓 속에 남은 돈 몇 원 몇십 전을 가만히 꺼내서는 몰래 미닫이를 열고 살며시 문지방 밑에다 놓고 나서는 나는 그냥 줄달음박질을 쳐서 나와버렸다.

여러 번 자동차에 치일 뻔하면서 나는 그대로 경성역을 찾아갔다. 빈자리와 마주 앉아서 이 쓰디쓴 입맛을 거두기 위하여 무엇으로나 입가심을 하고 싶었다.

커피—좋다. 그러나 경성역 홀에 한 걸음을 들여놓았을 때 나는 내 주머니에는 돈이 한 푼도 없는 것을 그것을 깜박 잊었던 것을 깨달았다. 또 아뜩하였다. 나는 어디선가 그저 맥없이 머뭇머뭇하면서 어쩔 줄을 모를 뿐이었다. 얼빠진 사람처럼 그저 이리 갔다 저리 갔다 하면서…….

나는 어디로 어디로 들입다 쏘다녔는지 하나도 모른다. 다만 몇 시간 후에 내가 미쓰코시 옥상에 있는 것을 깨달았을 때는 거의 대낮이었다.

나는 거기 아무 데나 주저앉아서 내 자라온 스물여섯 해를 회고하여보았다. 몽롱한 기억 속에서는 이렇다는 아무 제목도 불거져 나오지 않았다.

나는 또 내 자신에게 물어보았다. 너는 인생에 무슨 욕심이 있느냐고. 그러나 있다고도 없다고도, 그런 대답은 하기가 싫었다. 나는 거의 나 자신의 존재를 인식하기조차도 어려웠다.

허리를 굽혀서 나는 그저 금붕어나 들여다보고 있었다. 금붕어는 참 잘들 생겼다. 작은 놈은 작은 놈대로 큰 놈은 큰놈대로 다 싱싱하니 보기 좋았다. 내리비치는 5월 햇살에 금붕어들은 그릇 바탕에 그림자를 내려뜨렸다. 지느러미는 하늘하늘 손수건을 흔드는 흉내를 낸다. 나는 이 지느러미 수효를 헤아려보기도 하면서 굽힌 허리를 좀처럼 펴지 않았다. 등어리가 따뜻하다.

나는 또 회탁[13]의 거리를 내려다보았다. 거기서는 피곤한 생활이 똑 금붕어 지느러미처럼 흐늑흐늑 허비적거렸다. 눈에 보이지 않는 끈적끈적한 줄에 엉켜

---

[13] 회탁 기존 전집은 '회락'으로 오기. 회탁(灰濁)은 '회색의 탁한'이라는 뜻.

서 헤어나지들을 못한다. 나는 피로와 공복 때문에 무너져 들어가는 몸뚱이를 끌고 그 회탁의 거리 속으로 섞여 들어가지 않는 수도 없다 생각하였다. 나서서 나는 또 문득 생각하여보았다. 이 발길이 지금 어디로 향하여 가는 것인가를…….

그때 내 눈앞에는 아내의 모가지가 벼락처럼 내려 떨어졌다. 아스피린과 아달린.

우리들은 서로 오해하고 있느니라. 설마 아내가 아스피린 대신에 아달린의 정량을 나에게 먹여왔을까? 나는 그것을 믿을 수는 없다. 아내가 그럴 대체 까닭이 없을 것이니. 그러면 나는 날밤을 새면서 도적질을 계집질을 하였나? 정말이지 아니다.

우리 부부는 숙명적으로 발이 맞지 않는 절름발이인 것이다. 내가 아내나 제 거동에 로직을 붙일 필요는 없다. 변해할 필요도 없다. 사실은 사실대로 오해는 오해대로 그저 끝없이 발을 절뚝거리면서 세상을 걸어가면 되는 것이다. 그렇지 않을까?

그러나 나는 이 발길이 아내에게로 돌아가야 옳은가 이것만은 분간하기가 좀 어려웠다. 가야 하나? 그럼 어디로 가나?

이때 뚜우 하고 정오 사이렌이 울었다. 사람들은 모두 네 활개를 펴고 닭처럼 푸드덕거리는 것 같고 온갖 유리와 강철과 대리석과 지폐와 잉크가 부글부글 끓고 수선을 떨고 하는 것 같은 찰나, 그야말로 현란을 극한 정오다.

나는 불현듯이 겨드랑이 가렵다. 아하, 그것은 내 인공의 날개가 돋았던 자국이다. 오늘은 없는 이 날개, 머릿속에서는 희망과 야심의 말소된 페이지가 딕셔너리 넘어가듯 번뜩였다.

나는 걷던 걸음을 멈추고 그리고 어디 한번 이렇게 외쳐보고 싶었다.

날개야 다시 돋아라.

날자. 날자. 날자. 한 번만 더 날자꾸나.

한 번만 더 날아보자꾸나.

이상
봉별기(逢別記)

1

스물세 살이오―3월이오―각혈이다. 여섯 달 잘 기른 수염을 하루 면도 칼로 다듬어 코밑에 다만 나비만큼 남겨가지고 약 한 재 지어 들고 B라는 신개지 한적한 온천으로 갔다. 게서 나는 죽어도 좋았다.

그러나 이내 아직 기를 펴지 못한 청춘이 약탕관을 붙들고 늘어져서는 날 살리라고 보채는 것은 어찌하는 수가 없다. 여관 한등(寒燈) 아래 밤이면 나는 늘 억울해했다.

사흘을 못 참고 기어 나는 여관 주인 영감을 앞장세워 밤에 장고 소리 나는 집으로 찾아갔다. 게서 만난 것이 금홍(錦紅)이다.

"몇 살인구?"

체대(體大)가 비록 풋고추만 하나 깡그라진 계집이 제법 맛이 맵다. 열여섯 살? 많아야 열아홉 살이지 하고 있자니까

"스물한 살이에요."

"그럼 내 나인 몇 살이나 돼 뵈지?"

* 「봉별기」는 1936년 12월 『여성』에 발표되었다. 여기서는 단편선 『날개』(한국문학전집 16, 문학과지성사, 2005)에 수록된 것을 텍스트로 삼았다.

"글쎄 마흔? 서른 아홉?"

나는 그저 흥! 그래버렸다. 그리고 팔짱을 떡 끼고 앉아서는 더욱더욱 점잖은 체했다. 그냥 그날은 무사히 헤어졌건만—

이튿날 화우(畵友) K군이 왔다. 이 사람인즉 나와 농(弄)하는 친구다. 나는 어쩌는 수 없이 그 나비 같다면서 달고 다니던 코밑 수염을 아주 밀어버렸다. 그리고 날이 저물기가 급하게 또 금홍이를 만나러 갔다.

"어디서 뵌 어른 같은데."

"엊저녁에 왔던 수염 난 양반 내가 바루 아들이지. 목소리까지 닮았지?"

하고 익살을 부렸다. 주석(酒席)이 어느덧 파하고 마당에 내려서다가 K군의 귀에 대고 나는 이렇게 속삭였다.

"어때? 괜찮지? 자네 한번 얼러보게."

"관두게, 자네가 얼러보게."

"어쨌든 여관으로 껄구 가서 짱껭뽕¹을 해서 정허기루 허세나."

"거 좋지."

그랬는데 K군은 측간에 가는 체하고 피해버렸기 때문에 나는 부전승으로 금홍이를 이겼다. 그날 밤에 금홍이는 금홍이가 경산부(經産婦)²라는 것을 감추지 않았다.

"언제?"

"열여섯 살에 머리 얹어서 열일곱 살에 낳았지."

"아들?"

"딸."

"어딨나?"

"돌 만에 죽었어."

지어가지고 온 약은 집어치우고 나는 전혀 금홍이를 사랑하는 데만 골몰했다. 못난 소린 듯하나 사랑의 힘으로 각혈이 다 멈췄으니까.

---

1 짱껭뽕 가위바위보.
2 경산부(經産婦) 이미 출산 경험이 있는 여자.

나는 금홍이에게 노름채를 주지 않았다. 왜? 날마다 밤마다 금홍이가 내 방에 있거나 내가 금홍이 방에 있거나 했기 때문에.

그 대신 우(禹)라는 불란서 유학생의 유야랑(遊冶郎)³을 나는 금홍이에게 권하였다. 금홍이는 내 말대로 우씨와 더불어 '독탕(獨湯)'에 들어갔다. 이 '독탕'이라는 것은 좀 음란한 설비였다. 나는 이 음란한 설비 문간에 나란히 벗어놓은 우씨와 금홍이 신발을 보고 언짢아하지 않았다.

나는 또 내 곁방에 와 묵고 있는 C라는 변호사에게도 금홍이를 권하였다. C는 내 열성에 감동되어 하는 수 없이 금홍이 방을 범했다.

그러나 사랑하는 금홍이는 늘 내 곁에 있었다. 그리고 우, C 등등에게서 받은 10원 지폐를 여러 장 꺼내놓고 어리광석게 내게 자랑도 하는 것이었다.

그러자 나는 백부님 소상 때문에 귀경하지 않으면 안 되게 되었다. 복숭아꽃이 만발하고 정자(亭子) 곁으로 석간수(石間水)가 졸졸 흐르는 좋은 터전을 한 군데 찾아가서 우리는 석별의 하루를 즐겼다. 정거장에서 나는 금홍이에게 10원 지폐 한 장을 쥐여주었다. 금홍이는 이것으로 전당 잡힌 시계를 찾겠다고 그러면서 울었다.

2

금홍이가 내 아내가 되었으니까 우리 내외는 참 사랑했다. 서로 지나간 일은 묻지 않기로 하였다. 과거라야 내 과거가 무엇 있을 까닭이 없고 말하자면 내가 금홍이 과거를 묻지 않기로 한 약속이나 다름없다.

금홍이는 겨우 스물한 살인데 서른한 살 먹은 사람보다도 나았다. 서른한 살 먹은 사람보다도 나은 금홍이가 내 눈에는 열일곱 살 먹은 소녀로만 보이고 금홍이 눈에 마흔 살 먹은 사람으로 보인 나는 기실 스물세 살이요 게다가 주책

---

3 유야랑(遊冶郎) 주색에 빠진 방탕하고 유약한 남자.

이 좀 없어서 똑 여남은 살 먹은 아이 같다. 우리 내외는 이렇게 세상에도 없이 현란하고 아기자기하였다.

부질없는 세월이—

1년이 지나고 8월, 여름으로는 늦고 가을로는 이른 그 북새통에—

금홍이에게는 예전 생활에 대한 향수가 왔다.

나는 밤이나 낮이나 누워 잠만 자니까 금홍이에게 대하여 심심하다. 그래서 금홍이는 밖에 나가 심심치 않은 사람들을 만나 심심치 않게 놀고 돌아오는—

즉 금홍이에 협착한 생활이 금홍이의 향수를 향하여 발전하고 비약하기 시작하였다는 데 지나지 않는 이야기다.

그런데 이번에는 내게 자랑을 하지 않는다. 않을 뿐만 아니라 숨기는 것이다.

이것은 금홍이로서 금홍이답지 않은 일일 밖에 없다. 숨길 것이 있나? 숨기지 않아도 좋지. 자랑을 해도 좋지.

나는 아무 말도 하지 않는다. 나는 금홍이 오락의 편의를 돕기 위하여 가끔 P군 집에 가 잤다. P군은 나를 불쌍하다고 그랬던가싶이 지금 기억된다.

나는 또 이런 것을 생각하지 않았던 것도 아니다. 즉 남의 아내라는 것은 정조를 지켜야 하느니라고!

금홍이는 나를 내 나태한 생활에서 깨우치게 하기 위하여 우정 간음하였다고 나는 호의로 해석하고 싶다. 그러나 세상에 흔히 있는 아내다운 예의를 지키는 체해본 것은 금홍이로서 말하자면 천려의 일실 아닐 수 없다.

이런 실없는 정조를 간판 삼자니까 자연 나는 외출이 잦았고 금홍이 사업에 편의를 돕기 위하여 내 방까지도 개방하여주었다. 그러는 중에도 세월은 흐르는 법이다.

하루 나는 제목 없이 금홍이에게 몹시 얻어맞았다. 나는 아파서 울고 나가서 사흘을 들어오지 못했다. 너무도 금홍이가 무서웠다.

나흘 만에 와 보니까 금홍이는 때 묻은 버선을 윗목에다 벗어놓고 나가버린 뒤였다.

 이렇게도 못나게 홀아비가 된 내게 몇 사람의 친구가 금홍이에 관한 불미한 가십을 가지고 와서 나를 위로하는 것이었으나 종시 나는 그런 취미를 이해할 도리가 없었다.

 버스를 타고 금홍이와 남자는 멀리 과천 관악산으로 가는 것을 보았다는데 정말 그렇다면 그 사람은 내가 쫓아가서 야단이나 칠까 봐 무서워서 그런 모양이니까 퍽 겁쟁이다.

3

 인간이라는 것은 임시 거부하기로 한 내 생활이 기억력이라는 민첩한 작용을 하지 않았기 때문에 두 달 후에는 나는 금홍이라는 성명 삼 자까지도 말쑥하게 잊어버리고 말았다. 그런 두절된 세월 가운데 하루 길일을 복(卜)하여 금홍이가 왕복 엽서처럼 돌아왔다. 나는 그만 깜짝 놀랐다.

 금홍이의 모양은 뜻밖에도 초췌하여 보이는 것이 참 슬펐다. 나는 꾸짖지 않고 맥주와 붕어과자와 장국밥을 사 먹여가면서 금홍이를 위로해주었다. 그러나 금홍이는 좀처럼 화를 풀지 않고 울면서 나를 원망하는 것이었다. 할 수 없어서 나도 그만 울어버렸다.

 "그렇지만 너무 늦었다. 그만해두 두 달지간이나 되지 않니? 헤어지자, 응?"

 "그럼 난 어떻게 되우, 응?"

 "마땅헌 데 있거든 가거라, 응?"

 "당신두 그럼 장가 가나? 응?"

 헤어지는 한에도 위로해 보낼지어다. 나는 이런 양의(良議) 아래 금홍이와 이별했더니라. 갈 때 금홍이는 선물로 내게 베개를 주고 갔다.

 그런데 이 베개 말이다.

 이 베개는 2인용이다. 싫대도 자꾸 떠맡기고 간 이 베개를 나는 두 주일 동안 혼자 베어보았다. 너무 길어서 안됐다. 안됐을 뿐 아니라 내 머리에서는 나지 않는 묘한 머리 기름땟내 때문에 안면(安眠)이 적이 방해된다.

나는 하루 금홍이에게 엽서를 띄웠다.

"중병에 걸려 누웠으니 얼른 오라"고.

금홍이는 와서 보니까 내가 참 딱했다. 이대로 두었다가는 역시 며칠이 못 가서 굶어 죽을 것같이만 보였던가 보다. 두 팔을 부르걷고 그날부터 나서 벌어다가 나를 먹여 살린다는 것이다.

"오— 케—"

인간 천국—그러나 날이 좀 추웠다. 그러나 나는 대단히 안일하였기 때문에 재채기도 하지 않았다.

이러기를 두 달? 아니 다섯 달이나 되나 보다. 금홍이는 홀연히 외출했다.

달포를 두고 금홍이 홈시크를 기대하다가 진력이 나서 나는 기명집물(器皿什物)을 뚜들겨 팔아버리고 21년 만에 '집'으로 돌아갔다.

와 보니 우리 집은 노쇠해버렸다. 이어 불초 이상은 이 노쇠한 가정을 아주 쑥밭을 만들어버렸다. 그동안 이태 가량—

어언간 나도 노쇠해버렸다. 나는 스물일곱 살이나 먹어버렸다.

천하의 여성은 다소간 매춘부의 요소를 품었느니라고 나 혼자는 굳이 신념한다. 그 대신 내가 매춘부에게 은화를 지불하면서는 한 번도 그네들을 매춘부라고 생각한 일이 없다. 이것은 내 금홍이와의 생활에서 얻은 체험만으로는 성립되지 않는 이론같이 생각되나 기실 내 진담이다.

4

나는 몇 편의 소설과 몇 줄의 시를 써서 내 쇠망해가는 심신 위에 치욕을 배가하였다. 이 이상 내가 이 땅에서의 생존을 계속하기가 자못 어려울 지경에까지 이르렀다. 나는 하여간 허울 좋게 말하자면 망명해야겠다.

어디로 갈까. 나는 만나는 사람마다 동경으로 가겠다고 호언했다. 그뿐 아니라 어느 친구에게는 전기 기술에 관한 전문 공부를 하러 간다는 둥 학교 선생님을 만나서는 고급 단식 인쇄술을 연구하겠다는 둥 친한 친구에게는 내 5개 국어에 능통할 작정일세 어쩌구 심하면 법률을 배우겠소까지 허담을 탕탕 하는 것이다. 웬만한 친구는 보통들 속나 보다. 그러나 이 헛선전을 안 믿는 사람도 더러는 있다. 여하간 이것은 영영 빈빈털털이가 되어버린 이상의 마지막 공포에 지나지 않는 것만은 사실이겠다.

어느 날 나는 이렇게 여전히 공포를 놓으면서 친구들과 술을 먹고 있자니까 내 어깨를 툭 치는 사람이 있다. 긴상이라는 이다.

"긴상(이상도 사실은 긴상이다) 참 오랜간만이슈. 건데 긴상 꼭 긴상 한번 만나 뵙자는 사람이 하나 있는데 긴상 어떡허시려우."

"거 누군구. 남자야? 여자야?"

"여자니까 일이 재미있지 않으냐 거런 말야."

"여자라?"

"긴상 옛날 옥상."[4]

금홍이가 서울에 나타났다는 이야기다. 나타났으면 나타났지 나를 왜 찾누?

나는 긴상에게서 금홍이의 숙소를 알아가지고 어쩔 것인가 망설였다. 숙소는 동생 일심(一心)이 집이다.

드디어 나는 만나 보기로 결심하고 그리고 일심이 집을 찾아가서

"언니가 왔다지?"

"어유— 아제두, 돌아가신 줄 알았구려! 그래 자그만치 인제 온단 말씀유, 어서 들오슈."

금홍이는 역시 초췌하다. 생활 전선에서의 피로의 빛이 그 얼굴에 여실하였다.

"네눔 하나 보구져서 서울 왔지 내 서울 뭘 허려 왔다디?"

---

4 옥상 사모님. 부인.

"그러게 또 난 이렇게 널 찾아오지 않었니?"
"너 장가 갔다더구나."
"얘 듣기 싫다. 그 익모초 겉은 소리."
"안 갔단 말이냐, 그럼."
"그럼."

당장에 목침이 내 면상을 향하여 날아 들어왔다. 나는 예나 다름이 없이 못 나게 웃어주었다.

술상을 보았다. 나도 한잔 먹고 금홍이도 한잔 먹었다. 나는 영변가(寧邊歌)를 한마디 하고 금홍이는 육자배기를 한마디 했다.

밤은 이미 깊었고 우리 이야기는 이 생에서의 영이별이라는 결론으로 밀려갔다. 금홍이는 은수저로 소반전을 딱딱 치면서 내가 한 번도 들은 일이 없는 구슬픈 창가를 한다.

"속아도 꿈결 속여도 꿈결 굽이굽이 뜨내기 세상 그늘진 심정에 불질러버려라 운운."

이상(李箱)

1910년 서울 출생. 3세 때 큰아버지 집으로 입양. 1924년 보성고보 재학시 교내 미술전람회에 유화「풍경」을 출품하여 입선. 1926년 경성고등공업학교 건축과에 입학. 1929년『조선과 건축』표지 현상도안에 당선. 1930년 장편「12월12일」을『조선』에 연재. 1931년 일문시「이상한 가역반응」「조감도」등을『조선과 건축』에 발표. 1932년「지도의 암실」을, 1933년「꽃나무」「이런 시」등 한글시를『가톨릭청년』지에 발표. 1932년 각혈로 배천온천에 요양. 1934년 '구인회'에 가입. 조선중앙일보에「오감도」를 발표하여 문단에 회자되었고, 1936년 소설「날개」를 발표하여 일약 문단의 총아로 떠오름. 1936년 10월 말경에 동경행, 1937년 2월에 '불령선인'으로 체포. 수감 직후 건강 악화로 보석되었으나 4월 17일 동경제대 부속병원에서 사망. 주요 작품으로는「날개」(1936),「봉별기」(1936),「동해」(1937),「종생기」(1937) 등의 소설과「오감도」(1934),「위독」(1936),「이런 시」(1933) 등의 시, 그리고「산촌여정」(1935),「권태」(1937),「동경」(1939) 등의 수필이 있음.

작품 세계

이상은 근대 문인 어느 누구보다도 문학적 자장이 넓고 크다. 그는 시, 소설뿐만 아니라 수필에서도 뛰어난 작품들을 남겼으며, 그의 문학은 당대뿐만 아니라 오늘날에도 여전히 영향을 미치고 있다. 그는 처음「12월12일」(1930)이라는 장편소설을 발표하였지만, 이후(1931~32)에「이상한 가역반응」이나「조감도」「삼차각설계도」「건축무한육면각체」와 같은 독특한 시편들을 발표하였다. 그가 문단 또는 일반인들에게 회자되기 시작한 것은 난해하고 생경하기 그지없는「오감도」(1934) 발표 이후이다. 이때부터 이상은 소설 장르에 대한 본격적 탐색을 하게되며, 그것은「날개」의 성과로 나타난다. 그의 소설 세계는「12월12일」「봉별기」「환시기」등으로 대표되는 자전적 소설, 그리고「지도의 암실」「지주회시」「동해」등으로 대변되는 심리적 소설,「동해」「종생기」로 대변되는 상호텍스트적 소설 세계로 나눠볼 수 있다. 그의 소설들에서는 작가적 자의식과 치열성을 엿볼 수 있다. 그리고「산촌여정」「권태」등의 수필에서 은유와 환유라는 절대적 비유를 통해 아름다운 수사학의 세계를 개척했고, 고도의 언어적인 실험을 추구한 시「위독」을 발표한다. 그의 문학은 전위적이고 해체적인 형식 실험, 내면 세계, 또는 분열된 의식의 추구, 기교 및 수사학의 완성이라는 다층적인 세계를 보여준다. 그는 천재적인 기질과 결핵의 병마가 어우러져 누구보다 치열한 작가의식을 가졌고, 그렇기에 짧은 창작 기간에도 불구하고 다수의 뛰어난 작품들을 낳았다. 그의 문학은 1930년대 한국 모더니즘 문학의 성채를 더욱 견고하게 마련해놓았다.

「날개」

「날개」의 독특성은 문체나 구성에서 발견할 수 있다. 작가는 작품의 맨 앞에 "'박제가 되어버린 천재를 아시오?' 나는 유쾌하오. 이런 때 연애까지가 유쾌하오."라는 구절을 던져놓고 있다. 이 작품이 일반 작품과 다른 점도 여기에 있다. 텍스트 전체는 하나의 질문과 답변의 형태, 아이러니, 패러독스, 비유 등의 특이한 문체로 이뤄졌다. 아내의 직업을 밝히기 위해 잠, 내객, 돈, 아달린 등을 하나의 사건 해결의 실마리로서 연속적으로 제기한다. 하나의 질문에 대한 해답은 미끄러지고 지연되면서 다음 화제로 넘어가는데, 새로운 화제는 이전 질문과 연관성을 지니면서 독자의 관심과 흥미를 유도하게 된다. 그리고 이 작품은 외출과 귀가의 반복 구조를 띠고 있다. 다섯 번의 외출과 네 번의 귀가를 겹쳐놓으면 하나의 완전한 영상, 즉 성행위로 상승·발전하는 양상을 띤다. 외출과 귀가는 시·공간적인 차원에서도 의미를 갖는다. 외출의 공간 이동은 거리에서 티룸, 산 위, 미쓰코시 옥상이라는 수직적 상승 국면을 갖고 있다. 그리고 시간 역시 밤 또는 자정에서 낮 또는 대낮으로 수직적 이동 국면을 갖는다. 이러한 시간 이동은 인간의 의식 세계의 표상이다. 곧 작가는 현실 세계보다 인간의 심리 세계의 표현에 초점을 맞추고 있다. 이 작품은 사회와의 단절된 공간에 유폐된 주인공의 자의식적 세계를 내적 초점화를 통해 서술하고 있다. '나'는 돈을 변소에 집어넣는 등 근대 자본주의의 토대인 화폐의 가치를 부정하기도 하며 끊임없이 쾌감의 세계, 욕망과 무의식 세계를 탐닉하게 된다. 근대 경성은 자본주의화, 성의 상품화, 그리고 인간 관계의 단절 등으로 인해 회탁의 거리로 변질되었고, 그 속에서 지식인은 희망과 야심조차 말소된 채 살아가게 된다. 그러므로 마지막 부분의 "날자, 날자"는 현실에의 탈출과 도피를 꿈꾸는 룸펜 지식인의 외침이다. 이 작품은 근대적 자본주의의 권태와 은폐된 욕망, 치열한 자의식의 공간을 잘 그려낸 1930년대 한국 모더니즘의 문제작이다.

「봉별기」

이상은 결핵으로 인해 총독부 기사직을 그만두고, 1932년, 그의 나이 스물세 살 때 배천온천에 요양을 갔다. 그곳에서 금홍을 만났다. 「봉별기」 첫 부분 "스물세 살이오—3월이오—각혈이다. 여섯 달 잘 기른 수염을 하루 면도칼로 다듬어 코밑에 다만 나비만큼 남겨가지고 약 한 재 지어 들고 B라는 신개지 한적한 온천으로 갔다"라는 구절은 결핵으로 인한 삶의 위기의식을 잘 보여준다. 「봉별기」는 요양차 배천온천에 갔다가 거기에서 금홍을 만나 사귀고, 다시 서울에 돌아와 동거하고 헤어지는 과정이 주된 내용으로 이뤄져 있다. 이 작품은 이상의 다른 어떤 작품보다 쉽게 읽히는데, 그것은 그의 삶을 보다 직접적으로 그려내고 있기 때문이다. 금홍과의 삶을 재현하면서도 「날개」나 「지주회시」 등에 비해서 예술적인 장치나 기교가 별로 사용되지 않았으며, 따라서 사실의 기술(記述)이나 작가와 서술자의 일치 등 자전적 소설의 성격이 잘 드러난다. 자신의 삶과 관련된 부분을 허구의 구조 속에 끌어들여 예술화하는 것이 바로 이 소설의 특징인 것이다. 이 소설에는 특히 폐결핵으로 인한 자신의 병과 아내 금홍과의 사랑이 낭만적으로 그려져 있다. 이상이 결핵으로 인해 병 요양차 들른 배천에서 기생 금홍을 사귀고 그녀를 여러 사람에게 권했다거나 귀경 후 그녀와 더불어 다방을 하며, 그녀가 가출과 귀가를 일삼았다는 사실에서 자본주의의 병리의식과 퇴폐주의를 읽을 수 있지만, 이상은 그러한 삶을 예술로 치환하기에 이른다. 예술적 진정성이 치열한 작가일수록 삶 그 자체는 의미가 있다. 이상의 문학은 삶과 혼동을 일으킬 정도로 둘의 관계는 밀접하며, 그러므로 이에 대한 명확한 인식이 요구된다. 이상에게 있어서 문학은 한 차원 승화된 의미 있는 그 무엇이 될 수 있었던 것이다.

주요 참고 문헌

이상에 대한 연구는 대단히 많이 축적되어 있다. 이상이 주목을 받은 작품 「날개」는 발표 이래 주된 논의 대상이 된다. 최재서는 「리얼리즘의 확대와 심화」(조선일보, 1936. 11. 3)라는 평문에서 「날개」를 현대의 분열과 모순을 잘 그려낸 '리얼리즘의 심화' 작으로 평가했다. 정귀영은 「이상의 '날개'」(『현대문학』, 1979. 7)에서 정신분석학적 논의를 하였으며, 김중하는 「이상의 '날개'」(『한국현대소설작품론』, 문장사, 1983)에서 외출을 통한 사건의 구조를 통해 작품의 패턴을, 그리고 강용운은 「'날개'를 통해 본 주체와 욕망의 문제」(고려대 석사 논문, 1995. 2)에서 결핍과 충족이라는 주체의 욕망을 밝혀냈다. 그리고 김성수는 「이상의 '날개' 연구 1」(『연세학술논집 28』, 연세대 대학원, 1998. 8)에서 화폐와 육체의 페티시즘을 다루고 있다. 그리고 임 헨리 홍순은 「이상의 '날개' — 반식민주의적 알레고리로 읽기」(『역사연구 6』, 역사학연구소, 1998. 12)에서 「날개」를 근대성의 한 축인 사적인 영역에서 이뤄진 근대화의 억압성을 보여주는 반식민주의적 알레고리로 독해하였다. 김규동은 「HERETIC DOCTRINE — '봉별기'를 통해 본 이상」(『현대문학』, 1961. 11)에서 「봉별기」를 통해서 이교도적 도전의식을 읽었고, 조두영은 「이상 연구 — '봉별기'의 정신분석」(『서울의대학술지 19-3』, 서울의대, 1978. 9)에서 이상의 외디푸스적 욕망을 분석하였다. 그리고 박혜주는 「'봉별기' 구조분석」(『문학과 비평 1』, 탑출판사, 1987. 3)에서 「봉별기」의 미의식을 기능, 행위, 서술의 층위에서 기호학적으로 분석하였고, 김윤식은 「결핵의 속성과 결핵문학 — '봉별기'를 중심으로, 이상심층연구」(『문학사상』, 1987. 6)에서 결핵으로 인한 병의 은유적 속성을 논의하였다.

_김주현

강경애
지하촌(地下村)

 방으로 들어온 칠성이는 이제 툇돌에 움찔린 발가락을 엉덩이로 꼭 눌러 앉고 일변 칠운이가 들어오지 않는가 귀를 기울이며 문을 걸었다. 그리고 동냥자루를 가만히 쏟았다. 흩어지는 성냥과 쌀알 흐르는 소리. 솜털이 오싹 일어 그는 몸을 움찔하면서 얼른 손을 내밀어 하나하나 만져보았다. 역시 거지[1] 안에 있는 돈 생각이 나서 돈마저 꺼내가지고 우두커니 들여다보았다. 비록 방 안이 어두워서 그 모든 것들이 보이지는 않으나 눈곱같이 눈구석에 박혀 있는 듯했다.
 성냥갑 따로, 쌀과 과자 부스러기 따로 골라놓고, 문득 큰년이를 생각하였다. 어느 것을 주나, 얼른 과자를 쥐며, 이것을 주지 하고 하나 집어 입에 넣었다. 바작 소리가 이 사이에 돌고 달콤한 물이 사르르 흐른다. 그는 입맛을 다시고 나서 칠운이가 엿듣는가 다시 한 번 조심했다.
 그는 온 손에 땀이 나도록 쥐고 있는 돈을 펴서 보고 한 푼 두 푼 세어보다가, 이것으로 큰년이의 옷감을 끊어다 주면 얼마나 큰년이가 좋아할까. 그의

---

* 「지하촌」은 1936년 3월 12일부터 4월 3일까지 조선일보에 연재되었고, 이후 『여류단편걸작집』(조선일보, 1939)에 수록되었다. 여기서는 『여류단편걸작집』에 실린 것을 저본으로 삼고 부분 수록하였다. 신문 연재본과 비교하여 편집 과정상의 오류가 분명한 것은 바로잡고, 검열에 의해 삭제당한 것이 분명한 부분은 〈 〉 속에 복원했다.
1 거지 '호주머니'의 황해도 사투리.

가슴은 씩씩 뛰었다. 고것, 왜 우리 집엘 안 올까? 오면 내가 돈도 주고 이 과자도 주고, 또 또 큰년이가 달라는 것이면 내 다 주지. 응 그래. 이리 생각되자 그는 어쩐지 맘이 송구해졌다. 해서 성냥갑과 과자 부스러기를 한데 싸서 저편 갈자리 밑에 밀어 넣고 돈은 거지에 넣은 담에 쌀만 아랫방에 내려놨다. 그리고 뒷문 곁으로 바싹 다가앉아서 큰년네 바자²를 바라보았다.

바자에 호박넌출이 엉키었고 그 위에 벌들이 팔팔 날았다. 어떻게 만날까. 그는 무심히 발가락을 쥐고 아픔을 느꼈다. 서늘한 바람이 그의 볼 위에 흘러내렸다. 그는 안타까웠다. 지금 이 발끝이 아픈 것보다도 어딘가 모르게 또 아픈 것을 느낀다.

"이애 밥 먹어."

칠성이는 놀라 돌아보았다. 어머니가 샛문 밖에 서 있다는 것을 알자 웬일인지 가슴 한구석에 공허를 아득하게 느꼈다.

"왜 문은 걸었나."

어머니는 문을 잡아챈다. 과자를 달라거나 돈을 달래려고 저리도 문을 잡아 흔드는 것 같다. 그는 와락 미운 생각이 치올랐다.

"난 난 안 먹어!"

꽥 소리쳤다. 전신이 후르르 떨린다.

"장에서 뭐 먹고 왔니."

어머니의 음성은 가늘어진다. 언제나 칠성이가 화를 낼 땐 어머니는 저리도 기운이 없어진다. 한참 후에,

"좀더 먹으렴."

"시 싫어."

역시 소리를 질렀다. 그러니 어머니는 뭐라구 웅얼웅얼하더니 잠잠해버린다. 칠성이는 우두커니 앉았노라니 자꾸만 갈자리³ 속에 넣어둔 과자가 먹고 싶어 가만히 갈자리를 들썩하였다. 먼지내가 싸하게 올라오고 빈대 냄새 역하다. 그

---

2 **바자** 대, 갈대, 수수깡, 싸리 따위로 발처럼 엮거나 결어서 만든 울타리.
3 **갈자리** 갈대를 엮어서 만든 '삿자리'를 가리킴.

는 갈자리를 도로 놓고 내일 아침에 큰년이 줄 것인데 내가 먹으면 안 되지 하고 획 돌아앉고도 부지중에 손은 갈자리를 어루쓸고 있다. 큰년이 줘야지. 냉큼 손을 떼고 문턱을 꽉 붙들었다.

　마침 바람이 산들산들 밀려들어 이마에 흐른 땀을 선뜻하게 한다. 그는 얼른 적삼을 벗어 던지고 그 바람을 안았다. 온몸이 가려운 듯하여 벽에다 몸을 비비치니 어떤 쾌미가 일어, 부지중에 그는 몸을 사정없이 비비치고 나니 숨이 차고 등가죽이 벗겨져 아팠다. 그래서 벽을 붙들고 일어나 나왔다.

　몸을 움직이니 아니 아픈 곳이 없다. 손끝에 가시가 박혔는지 따끔거리고 팔뚝이 쓰라리고 아까 다친 발가락이 새삼스러이 더 쏘고, 그는 꾹 참고 걸었다. 울바자 밑에 나란히 서 있는 부추종 끝에 별빛인가도 의심나게 흰 꽃이 다문다문 빛나고 간혹 맡을 수 있는 부추 냄새는 계집이 곁에 와 섰는가 싶게 야릇했다. 그는 바자 곁으로 다가섰다.

　큰년네 집에선 모깃불을 피우는지 향긋한 쑥내가 솔솔 넘어오고 이따금 모깃불이 껌벅껌벅하는데 두런두런하는 소리에 귀를 세우니, 바자가 바삭바삭 소리를 내고 호박잎의 솜털이 그의 볼에 따끔거린다. 문득 그는 바자 저편에 큰년이가 숨어서 나를 엿보지나 않나 하자 얼굴이 확확 달았다.

　어느 때인가 되어 가만히 둘러보니 옷에 이슬이 촉촉하였고 부추꽃이 물속에 잠긴 차돌처럼 그 빛을 환히 던지고 있다. 모깃불도 보이지 않고 캄캄하며, 어디선가 벌레 소리가 쓰르릉하고 났다. 그는 방으로 들어서자 가슴이 답답하였다.

　이튿날 아침에 눈을 뜨니 벌써 뒤뜰은 햇빛으로 가득하였다. 칠성이는 일어나는 참 어머니와 칠운이가 아직도 집에 있는가 살핀 담에 아무도 없음을 알고 뒷문턱에 걸터앉아서 큰년네 바자를 물끄러미 바라보았다. 큰년의 아버지 어머니도 김매러 갔을 테고 고것 혼자 있을 터인데…… 혹 마을꾼이나 오지 않았는지 오늘은 꼭 만나야 할 터인데, 이러한 생각을 하다가 무심히 그의 팔을 들여다보았다. 다 해진 적삼 소매로 맥없이 늘어진 팔목은 뼈도 살도 없고 오직 누렇다 못해서 푸른빛이 도는 가죽만이 있을 뿐이다. 갑자기 슬픈 마음이 들어 그는 머리를 들고 한숨을 푹 쉬었다. 큰년이가 눈을 감았기로 잘했지. 만일 두 눈이 동글하게 떠있다면 이 손을 보고 십 리나 달아날 것도 같다. 그러나 큰년이가 이 손을 만져보고 왜 이리 맥이 없어요, 이 손으로 뭘 하겠소 할 때엔…… 그는 가슴이 답답해서 견딜 수 없다. 그저 한숨만 맥없이 내쉬고 들이쉬다가 문득 약이 없을까? 하였다. 약이 있기는 있을 터인데…… 큰년네 바자 위에 둥글하게 심어 붙인 거미줄에는 수없는 이슬방울이 대롱대롱했다. 저런 것도 약이 될지 모르지, 그는 벌떡 일어 나왔다.

거미줄에서 빛나는 저 이슬방울들이 참으로 약이 되었으면 하면서, 그는 조심히 거미줄을 잡아당겼다. 팔은 맥을 잃고, 뿐만 아니라 자꾸만 떨리어 거미줄을 잡을 수도 없지만 바자만 흔들리고, 따라서 이슬방울이 후두두 떨어진다. 그는 손으로 떨어져 내려오는 이슬방울을 받으려고 했다. 그러나 한 방울도 그의 손에는 떨어지지 않았다.

"에이, 비 빌어먹을 것!"

그는 이런 경우를 당할 때마다 이렇게 소리치고 말없이 하늘을 노려보는 버릇이 있다. 한참이나 이러하고 있을 때, 자박자박하는 신발 소리에 그는 가만히 머리를 돌이어 바라보았다. 호박잎이 그의 눈썹 끝에 삭삭 비비치자 눈물이 핑그르르 돈다. 눈물 속에 비치는 저 큰년이! 그는 눈가가 가려운 것도 참고 눈을 점점 더 크게 떴다.

빨래 함지를 무겁게 든 큰년이는 이리로 와서 빨래 함지를 쿵 내려놓고 일어난다. 눈은 자는 듯 감았고 또 어찌 보면 감은 듯 뜬 것같이도 보였다. 이제 빨래를 했음인지 양 볼에 붉은 점이 한 점 두 점 보이고 턱이 뾰족한 것이 어디 며칠 앓은 사람 같다. 큰년이는 빨래를 한 가지씩 들어 활활 펴가지고 더듬더듬 바자에 넌다.

칠성이는 숨이 턱턱 막혀서 견딜 수 없다. 소리 나지 않게 숨을 쉬려니 가슴이 터지는 것 같고 뱃가죽이 다 잡아 씌웠다. 그는 잠깐 머리를 숙여 눈물을 씻어낸 후에 여전히 들여다보았다. 지금 그의 머리엔 아무런 생각도 할 수 없다. 그저 큰년의 동작으로 가득했을 뿐이다. 큰년이는 한 가지 남은 빨래를 마저 가지고 그의 앞으로 다가온다. 그때 칠성이는 손이라도 쑥 내밀어 큰년의 손을 덥석 잡아보고 싶었으나 몸은 움찔 뒤로 물러나지며 온 전신이 풀풀 떨리었다.

바삭바삭 빨래 널리는 소리가 칠성의 귓바퀴에 돌아내릴 때 가슴엔 웬 새 새끼 같은 것이 수없이 팔딱거리고 귀가 우석우석 울고 눈은 캄캄하였다. 큰년의 신발 소리가 멀리 들릴 때 그는 비로소 몸을 움직일 수 있었고 또 호박잎을 젖히고 들여다보았다. 큰년이는 빈 함지를 들고 부엌문을 향하여 들어가고 있다. 그는 급하여 소리라도 쳐서 큰년이를 멈추고 싶었으나, 역시 마음뿐이었다. 큰년의 해어진 치마폭 사이로 뻘건 다리가 두어 번 보이다가 없어진다. 또 나올까 해서 그 컴컴한 부엌문을 뚫어지도록 보았으나 끝끝내 큰년이는 나오지 않았다. 그는 후 하고 숨을 내쉬고 물러섰다. 햇볕은 따갑게 내려쬔다. 과자나 들려줄걸…… 돈이나 줄 것을, 아니 돈은 내가 모았다가 치마나 해주지 하고 다시 들여다보았다. 바자만 바삭바삭 소리를 내고 고요하다. 이제 큰년의 손으로 넌 빨래는 희다 못해서 햇빛같이 빛나고, 그는 눈을 떼고 돌아섰다. 자기가 옷가지라도 해주지 않으면 큰년이는 언제나 그 뻘건 다리를 감추지 못할 것 같다.

"성아, 나 사탕 좀."

돌아보니 칠운이가 아기를 업고 부엌문으로 나온다. 그는 도둑질이나 하다가 들킨 것처럼 무안해서 얼른 바자 곁을 떠났다. 칠운이는 저를 다그쳐 형이 저리도 급히 오는 것으로 알고 부엌으로 달아나다가 살짝 돌아보고 또 이리 온다.

"응야, 나 하나만……."

손을 내민다.

아기도 머리를 갸웃하여 오빠를 바라보고 손을 내민다. 아기의 조[4] 머리엔 종기가 지질하게 났고, 거기에는 언제나 진물이 마를 사이 없다. 그 위에 가늘고 노란 머리카락이 이기어 달라붙었고 또 파리가 안타깝게 달라붙어 떨어지지 않는다. 아기는 자꾸 그 가는 손가락으로 머리를 쥐어 당기고 종기 딱지를 떼

---

4 조 '저'를 낮잡아 이르거나 귀엽게 이르는 말.

어 오물오물 먹고 있다.

아기는 그 손을 오빠 앞에 쳐들었다. 손가락을 모을 줄 모르고 쫙 펴들고 조른다. 칠성이는 눈을 부릅떠 보이고 방으로 들어왔다. 칠운이는 문 앞에 딱 막아서서 흥흥거렸다.

"응야 성아, 한 알만 주면 안 그래."

시퍼런 코를 훌떡 들여마신다.

"보 보기 싫다!"

칠운이 역시 옷이 없어 잠방이만 입었고 그래서 저 등은 햇빛에 타다 못해서 허옇게 까풀이 일고 있으며 아기는 그나마도 없어서 쫄⁵ 벗겨두었다. 동생들의 이러한 모양을 바라보는 그의 눈에서 불이 확확 일어난다. 눈을 돌리어 벽을 바라보자 문득 읍의 상점에 첩첩이 쌓인 옷감을 생각하였다. 그는 자기도 모르게 손을 번쩍 들어 칠운이를 치려 했으나 그 손은 맥을 잃고 늘어진다.

"난 그럼, 아기 안 보겠다야, 씨."

칠운이는 아기를 내려놓고 달아난다. 그러니 아기는 악을 쓰고 운다. 칠성이는 눈도 거듭떠보지 않고 돌아앉아 파리가 우글우글 끓는 곳을 바라보니 밥그릇이 눈에 띄었다. 언제나 어머니는 그가 늦게 일어나므로 저렇게 밥바리에 보를 덮어놓고 김매러 가는 것이다. 그는 슬그머니 다가앉아 술을 들고 보를 들치었다. 국에는 파리가 빠져 둥둥 떠다니고 밥바리에 붙었던 수없는 바퀴떼는 기겁을 해서 달아난다. 그는 파리를 건져내고 밥을 푹 떠서 입에 넣었다. 밥이란 도토리뿐으로 밥알은 어쩌다가 씹히곤 했다. 씹히는 그 밥알이야말로 극히 부드럽고 풀기가 있으며 그 맛이 달큼해서 기침을 할 지경이었다. 그러나 그 맛은 잠깐이고 또 도토리가 미끈하게 씹혀 밥맛이 쓰디쓴 맛으로 변한다. 그래 도토리만은 잘 씹지 않고 우물우물해서 얼른 삼키려면 그만큼 더 넘어가지 않고 쓴 물을 뿌리며 혀끝에 넘나들었다.

얼마 후에 바라보니 아기가 언제 울음을 그쳤는지 눈이 보송보송해서 발발

---

5 쫄 '몽땅'을 구어적으로 이르는 이북 사투리.

기어오다가 오빠를 보고 멀거니 쳐다보다가는 그 눈을 밥그릇에 돌리곤 또 오빠의 눈치를 살핀다. 칠성이는 그 듣기 싫은 울음을 그친 것이 대견해서 얼른 밥알을 골라 내쳐주었다. 그러니 아기는 그 조그만 손으로 밥알을 쥐어 먹다가 성이 차지 않아서 납작 엎드리어서 밥알을 쫄쫄 핥아 먹고는 또 멀거니 오빠를 본다. 이번에는 도토리 알을 내쳐주었다. 아기는 웬일인지 당길성 없게 도토리를 쥐고는 손으로 조몰락조몰락 만지기만 하고 먹지는 않는다.

"아, 안 먹게이!"

도토리를 분간해서 아는 아기가 어쩐지 미운 생각이 왈칵 들어 그는 이렇게 소리쳤다. 그러니 아기는 입을 비죽비죽하다가 으아 하고 울었다.

"우 울겠니?"

칠성이는 발길로 아기를 찼다. 아기는 눈을 꼭 감고 방바닥에 쓰러졌다. 그 바람에 아기 머리의 파리는 웅 하고 조금 떴다가 곧 달라붙는다. 칠성이는 재차 차려고 달려드니, 아기는 코만 풀쩐풀쩐 하면서 울음소리를 뚝 끊었다. 그러나 그 눈엔 눈물이 샘솟듯 흐른다. 칠성이는 모른 체하고 돌아앉아 밥만 퍼먹다가 캑 하는 소리에 머리를 돌렸다.

아기는 언제 그 도토리를 먹었던지 캑캑하고 게워놓는다. 깨느르르한 침에 섞이어 나오는 도토리 쪽은 조금도 씹히지 않은 그대로였고 그 빛이 약간 붉은 기를 띤 것을 보아 피가 묻어 나오는 것임을 알 수가 있었다. 아기의 얼굴은 빨갛게 상기되고 목에 힘줄이 불쑥 일어났다.

그 찰나에 칠성이는 입에 문 도토리가 모래알 같아 씹을 수 없고, 쓴내가 콧구멍 깊이 칵 올려받혀 견딜 수 없었다. 그는 술을 텡겅 내치고 애기를 번쩍 들어 문밖으로 내놓았다. 그리고 뼈만 남은 아기의 볼기를 짝 붙이니 얼굴이 새카매지면서도 여전히 욱욱 게운다. 이번에는 밥그릇을 냅다 차서 요란스레 굴리고 웃방으로 올라오나 게우는 소리에 몸이 오시러워서 가만히 있을 수 없었다. 문득 갈자리 속의 과자를 생각하고 그것을 남김없이 꺼내다가 아기 앞에 팽개치고 뒤뜰로 나와버렸다. 그는 빙빙 돌다가 침을 탁 뱉었다.

한참만에 칠성이는 방으로 들어오니 방 안은 단 가마 속 같았다.

그는 앉았다 섰다 안달을 하다가 머리를 기웃하여 보니 아기는 손을 깔고 봉당에 엎드려 잠들었고, 게워놓은 자리엔 쉬파리가 날개 없는 듯이 벌벌 기고 있으며, 아기 머리와 빠끔히 벌린 입에는 잔파리 왕파리가 아글아글 들쌌다. 과자! 그는 놀라 둘러보았다. 부스러기도 볼 수 없었다. 아기가 다 먹을 수 없고 필시 칠운이가 들어왔던 것이라 생각될 때 좀 남기고 줄 것을 하는 후회가 일며 칠운이를 보면 실컷 때리고 싶었다. 그는 달려 나오면서 발길로 아기를 차고 나왔다. 손을 거북스레 깔고 모로 누운 꼴이 눈에 꺼리고 또 여윈 팔다리가 보기 싫어서 이러하고 나온 것이다.

아기 울음소리를 들으면서 그는 칠운이를 찾았다. 저편 버드나무 아래에 애들이 모여 떠든다. 옳지 저기 있구나 하고 씩씩거리며 그리로 발길을 떼어놓았다.

몰래몰래 오느라 했건만 칠운이는 벌써 형을 보고서 달아난다. 애들은 수숫대를 시시하고 씹고 서서 칠성이를 힐끔힐끔 보다가는 히히 웃었다. 어떤 놈은 칠성의 걸음 흉내를 내기도 한다.

칠운이는 조밭으로 들어갔는지 보이지도 않는다. 그가 잡풀에 얽히어 넘어지니 뒤로 따르던 애들은 허 하고 웃고 떠든다. 칠성이는 겨우 일어나서 애들을 노려보았다. 이놈들도 달려들지나 않으려나 하는 불안이 약간 일어 이렇게 딱 버티어 보인 것이다. 애들은 무서웠던지 슬금슬금 달아난다. 애들 같지 않고 무슨 원숭이 무리가 먹을 것을 구하려 눈이 뒤집혀서 다니는 것 같았다. 이 동네 애들은 모두가 미운 애들만이라고 부지중에 생각되어 한참이나 바라보다가 걸렸다. 이마가 따갑고 발가락이 따가운데 또 애들이 벗겨버린 수숫대 껍질이 발끝에 따끔거린다. 애들은 내를 바라고 달아난다. 그 무리에 칠운이도 섞이었을 것이라 하고 그는 버드나무 아래로 왔다. 여기는 수숫대 껍질이 더 많고 또 소를 갖다 매는 탓인지 소똥이 지저분했다. 버드나무에 기대서서 그는 바라보았다. 저절로 그의 눈이 큰년네 집에 멈추고 또 큰년이를 만나볼 맘으로 가득하다. 지금 혼자 있을 텐데 가볼까. 그러다 누가 있으면…… 무엇이 따끔하기에 보니, 왕개미 몇 마리가 다리로 올라온다. 그는 툭툭 털고 다시 보았다.

멀리 큰년네 바자엔 빨래가 희게 널렸는데 방금 날려는 새와 같이 되룩되룩 하여 쉬 하면 푸르릉 날 듯하다. 있기는 누가 있어 김매러 다 갔을 터인데……
신발 소리에 그는 돌아보았다. 개똥 어머니가 어떤 여인을 무겁게 업고 숨이 차서 온다. 전 같으면 "요새 성냥 많이 벌었겠구먼, 한 갑 선사하게나" 하고 농담을 건넬 터인데 오늘은 울상을 하고 잠잠히 지나친다. 이마에 비지땀이 흐르고 다리가 비틀비틀 꼬이고 숨이 하늘에 닿고. 그는 머리를 들어보니 등에 업힌 여인인즉 죽은 시체 같았다. 흩어진 머리 주제며 입에 끓는 거품 꼴, 피투성이 된 옷! 눈을 크게 뜨고 머리카락에 휩싸인 여인의 얼굴을 똑바로 보니 큰년의 어머니였다. 그는 놀랐다. 해서 뭐라고 묻고 싶은데 벌써 개똥 어머니는 버드나무를 지나 퍽이나 갔다. 웬일까? 어디 넘어졌나, 누구와 쌈을 했나 하고 두루 생각하다가, 못 견디어 일어나 따랐다. 맘대로 하면 얼른 가서 개똥 어머니에게 어찌 된 곡절을 묻겠는데 다리가 말을 듣지 않고 점점 더 비틀거리기만 하고 앞으로 가지지는 않는다. 그는 화를 더럭 내고 몸짓만 하다가 팍 꺼꾸러졌다. 한참이나 버둥거리다가 일어나서 천천히 걸었다.

큰년네 굴뚝에는 연기가 흐른다. 옳구나, 큰년의 어머니가 어찌해서 그 모양이 되었을까, 또다시 이러한 궁금증이 일어난다. 그가 큰년네 마당까지 오니 큰년네 집으로 들어가고 싶어 발길이 자꾸만 돌려진다. 그런 것을 참고 무슨 소리나 들을까 하여 한참이나 왔다 갔다 하다가 집으로 왔다.

봉당에 들어서니 파리가 와그그 끓는데, 그 속에서 아기가 똥을 누고 있다. 깽깽 힘을 쓰니, 똥은 안 나오고 밑이 손길같이 빠지고 거기서 빨간 핏방울이 똑똑 떨어진다. 아기는 기를 쓰느라 두 눈을 동그랗게 비켜뜨니, 얼굴의 힘줄이 칼날같이 일어난다. 그 조그만 이마에 땀이 비 오듯 하고, 그는 못 볼 것이나 본 것처럼 머리를 돌리고 방으로 들어왔다. 마음대로 하면 아기를 캭[6] 밟아 죽여버리든지 어디 멀리로 들어다 버리든지 했으면 오히려 시원할 것 같았다.

칠성이는 발길에 채어 구르는 도토리를 집어 먹으며 아기 기 쓰는 소리에 눈

---

6 캭 '꽉'의 이북 사투리.

살을 잔뜩 찌푸리고 그만 뒷뜰로 나와버렸다. 아기로 인하여 잠깐 잊었던 큰년 어머니의 생각이 또 나서, 그는 바자 곁으로 다가섰다.

"으아 으아."

하는 아기 울음소리에 머리를 돌렸다. 영애의 울음소리가 아니요, 아주 갓난 어린 아기의 울음인 것을 직각하자 큰년의 어머니가 아기를 낳았는가 했다. 그러니 불안하던 마음이 다소 덜리나 아기 하고 입에만 올려도 입에서 신물이 돌 지경이었다. 지금 봉당에서 피똥을 누느라 병든 고양이 꼴을 한 그런 아기를 낳을 바엔 차라리 진자리[7]에서 눌러 죽여버리는 것이 훨씬 나을 것 같았다.

큰년이 같은 그런 계집애를 나았나, 또 눈먼 것을…… 그는 히 하고 웃음이 터졌다. 그 웃음이 입가에서 사라지기도 전에 왜? 이 동네 여인들은 그런 병신만을 낳을까 하니, 어쩐지 이상하였다. 하기야 큰년이가 어디 나면서부터 눈멀었다니, 우선 나도 네 살 때에 홍역을 하고 난 담에 경풍이라는 병에 걸리어 이런 병신이 되었다는데 하자, 어머니가 항상 외우던 말이 생각되었다.

그때 어머니는 앓는 자기를 업고 눈이 길같이 쌓여 길도 찾을 수 없는 데를 눈 속에 푹푹 빠지면서 읍의 병원에를 갔다는 것이다. 의사는 보지도 못한 채 어머니는 난로도 없는 복도에 한겻[8]이나 서고 있다가, 하도 갑갑해서 진찰실 문을 열었더니 의사는 눈을 거칠게 떠 보이고, 어서 나가 있으라는 뜻을 보이므로, 하는 수 없이 복도로 와서 해가 지도록 기다리는데 나중에 심부름하는 애가 나와서 어머니 손가락만 한 병을 주고 어서 가라고 하였다는 것이다.

어머니는 그 말만 하면 흥분이 되어 의사를 욕하고 또 세상을 원망하는 것이다. 그때마다 그는 어머니를 핀잔하고 그 말을 막아버리곤 하였다. 무엇보다도 불쾌하여 견딜 수 없었던 것이다.

약만 먹으면 이제라도 내 병이 나을까, 큰년이 병도…… 아니야. 이미 병신이 된 담에야 약을 쓴다고 나을까. 그래도 알 수가 있나, 어쩌다 좋은 약만 쓰면 나도 남처럼 다리 팔을 맘대로 놀리고 해서 동냥도 하러 다니지 않고, 내 손

---

7 진자리 아기를 갓 낳은 그 자리.
8 한겻 반나절.

으로 김도 매고 또 산에 가서 나무도 쾅쾅 찍어 오고, 애새끼들한테서 놀림도 받지 않고…… 그의 가슴은 우쩍하였다. 눈을 번쩍 떴다. 병원에나 가서 물어볼까…… 그까짓 놈들이 돈만 알지 뭘 알아. 어머니의 하던 말 그대로 되풀이하고 맥없이 주저앉았다.

큰년네 집도 조용하고 아기의 울음소리도 그쳤는데 배가 쌀쌀 고팠다. 그는 해를 짐작해보고, 어머니가 이제 들어오면 얼굴에 수심을 띠고 귀밑에 머리카락을 담뿍 흘리고서, 너 왜 동냥하러 가지 않았니, 내일은 뭘 먹겠니 할 것을 머리에 그리며 무심히 옆에 서 있는 댑싸리나무를 바라보았다.

혹시 이 댑싸리나무가 내 병에 약이 되지나 않을까, 그는 댑싸리나무 냄새를 코 밑에 서늘히 느끼자, 이러한 생각이 불쑥 일어, 댑싸리나무 곁으로 가서 한 입 뜯어 물었다. 잘강잘강 씹으니, 풀내가 역하게 일며 욱 하고 구역질이 나온다. 그래도 눈을 푹 감고 숨도 쉬지 않고 대강 씹어서 삼켰다. 목이 찢어지는 듯이 아프고 맑은 침이 자꾸만 흘러내린다. 그는 이 침마저 삼켜야 약이 될 듯해서 눈을 꿈쩍거리면서 그 침을 삼키고 나니, 까닭 없이 두 줄기 눈물이 주르륵 흘러내린다.

그는 하늘을 바라보고 제발 이 손을 조금만이라도 놀려서 어머니가 하는 나무를 내가 하도록 합시사 하였다. 평소에 이런 생각을 한 번도 해본 적이 없건만, 어머니가 나무를 무겁게 이고 걸음도 잘 걷지 못하는 것을 보아도 무심했건만, 웬일인지 이 순간엔 이러한 생각이 일었다.

한참이나 꿈쩍 않고 있던 그는 손을 가만히 들어보고 이번에나 하는 마음이 가슴에서 후닥닥거렸다. 하나 손은 여전히 떨리어 옴츠러든다. 갑자기 욱 하고 구역질을 하자 땅에 머리를 쾅! 드좁고 훌쩍훌쩍 울었다.

아주 캄캄해서야 어머니는 돌아왔다. 또 산으로 가서 나무를 해 이고 온 것이다.

"어디 아프냐?"

어둠 속에 약간 드러나는 어머니의 윤곽은 피로에 싸여 넘어질 듯했다. 그리고 짙은 풀내가 치마폭에 흠씬 배어 마늘내같이 강하게 품겼다.⁹

"이애야, 왜 대답이 없어."

아들의 몸을 어루만지는 장작개비 같은 그 손에도 온기만은 돌았다.

칠성이는 어머니의 손을 뿌리치고 돌아누웠다. 어머니는 물러앉아 아들의 눈치를 살피다가 혼자 하는 말처럼,

"어디가 아픈 모양인데, 말을 해야지 잡놈 같으니라구."

이 말을 남기고 일어서 나갔다. 한참 후에 어머니는 푸성귀 국에다 밥을 말아 가지고 들어와서 아들을 일으켰다. 칠성이는 언제나처럼 어머니 팔목에서 뚝 하는 소리를 들으면서 일어앉아 떨리는 손으로 술을 붙들었다.

"이애야, 어디 아프냐?"

아까와 달리 어머니 옷가에 그을음내가 품기고 숨소리에 따라 밥내 구수한데 무겁던 몸이 가벼워진다.

"아 아니."

마음을 졸이던 끝에 비로소 안심하고 아들이 국 마시는 것을 들여다보았다.

"에그, 큰년네 어머니는 오늘 밭에서 애기를 낳았다누나. 내남없이 가난한 것들에게 새끼가 무어겠니?"

아까 버드나무 아래서 본 큰년의 어머니가 떠오르고 '으아으아' 울던 아기 울음소리가 들리는 듯, 또 영애의 그 꼴이 선히 나타난다. 그는 눈살을 찌푸렸다.

"글쎄, 새끼가 왜 태여, 진절머리 나지."

한숨 섞어 어머니는 이렇게 탄식하고, 빈 그릇을 들고 나가버린다. 칠성이는 방 안이 덥기도 하지만, 큰년네 일이 궁금해서 그만 일어나 나왔다.

뜰 한 모퉁이에 쌓여 있는 나뭇단에서 짙은 풀내가 산속인 듯싶게 흘러나오고, 검푸른 하늘의 별들은 아기 눈같이 이쁘다.

왱왱거리는 모기를 쫓으면서 나무 말려 모아놓은 곳에 주저앉았다. 마른 갈잎이 버석버석 소리를 내고 더운 김에 밑이 뜨뜻하였다. 어머니가 저리로부터 온다.

---

9 품기다 '풍기다'의 옛말.

"칠성이냐? 왜 나왔니."

버석 소리를 내고 곁에 앉는다. 땀내와 영애의 똥내가 훅 끼치므로 그는 머리를 돌리었다. 어머니는 젖을 꺼내 아기에게 물리고 한숨을 푹 쉰다. 무슨 말을 하려나 하고 칠성이는 어머니의 눈치를 살피나, 안타깝게 병든 고양이 새끼 같은 영애를 어루만지기만 하고, 쉽사리 입을 열지 않았다.

해종일 김매기에 그 몸이 고달팠겠고 더구나 산에 가서 나무를 해 오려기에 그 몸이 지칠 대로 지쳤으련만, 또 아기에게서라도 시달림을 받으니, 오늘 밤이라도 잠만 들면 깨지 못할 것 같다. 그렇게 피로한 몸을 돌아보지 않는 어머니가 어딘지 모르게 미웠다.

"계집애는 자지도 않아!"

칠성이는 보다 못해서 꽥 소리쳤다. 영애는 젖꼭지를 문 채 울음을 내쳤다. 그 애가 어디 자게 되었니. 몸이 아픈 데다 해종일 굶었고, 또 이리 젖이 안 나니까 하는 말이 혀끝에서 똑 떨어지려는 것을 꾹 참으니 눈물이 핑그르르 돌았다.

"오오, 널보고 안 그런다. 어서 머."

겨우 말을 마치자, 눈물이 줄줄 흘렀다. 문득 어머니는 이 눈물이 젖으로 흘러서 영애의 타는 목을 축여줬으면 가슴은 이다지도 쓰리지 않으련만 하였다.

한참 후에 어머니는,

"글쎄 살지도 못할 것이 왜 태어나서 어미만 죽을 경을 치게 하겠니. 이제 가보니 큰년네 아기는 죽었더구나. 잘되기는 했더라만…… 에그 불쌍하지. 얼마나 밭고랑을 타고 헤매이었는지 아기 머리는 그냥 흙투성이더구나. 그게 살면 또 병신이나 되지 뭘 하겠니. 눈에 귀에 흙이 잔뜩 들었더라니, 아이구 죽기를 잘했지, 잘했지!"

어머니는 흥분이 되어 이렇게 중얼거린다. 칠성이도 가슴이 답답해서 숨을 크게 쉬었다. 그리고 자신도 어려서 죽었더라면 이 모양은 되지 않을 것을 하였다.

"사는 게 뭔지 큰년네 어머니는 내일 또 김매러 가겠다더구나. 하루쯤 쉬어야 할 텐데. 이게 이게 어느 때냐, 그럴 처지가 되어야지. 없는 놈에게 글쎄 자식이 뭐냐, 웬 자식이냐."

영애를 낳아놓고 그다음 날로 보리마당질하던, 그 지긋지긋하던 때가 떠오른다. 하늘이 노랗고, 핑핑 돌고, 보리 이삭이 작았다 커 보이고, 도리깨를 들 때, 내릴 때, 아래서는 무엇이 뭉클뭉클 나오다가 나중엔 무엇이 묵직하게 매달리는 듯해서 좀 만져보려 했으나, 사이도 없고 또 남들이 볼까 꺼리어 그냥 참고 있다가 소변보면서 보니 허벅다리엔 피가 흥건했고 또 주먹 같은 살덩이가 축 늘어져 있었다. 겁이 더럭 났지만 누구보고 물어보기도 부끄럽고 해서 그냥 내버려두었더니, 그 살덩이가 오늘까지 늘어져서 들어갈 줄 모르고 또 무슨 물을 줄줄 흘리고 있다.

그것 때문에 여름에는 더 덥고 또 고약스런 악취가 나고, 겨울엔 더 춥고 항상 몸살이 오는 듯 오삭오삭 추웠다. 먼 길이나 걸으면 그 살덩이가 불이 붙는 듯 쓰라리고 또 염증을 일으켜 퉁퉁 부어서 걸음 걸을 수가 없으며 나중엔 주위로 수없는 종기가 나서 그것이 곪아 터지느라 기막히게 아팠다. 이리 아파도 누구에게 아프다는 말도 할 수 없는 그런 종류의 병이었다.

어머니는 지금도 척척히 늘어져 있는 그 살덩이를 느끼면서 한숨을 푹 쉬었다. 갈잎이 바삭바삭 소리를 낸다. 마침 영애는 젖꼭지를 깍 물었다. "아이그!" 소리까지 내치고도 얼른 칠성이가 이런 줄을 알면 욕할 것이 싫어서 그다음 말은 뚝 그치고 손으로 영애의 머리를 꼭 눌러 아프다는 뜻을 영애에게만 알리었다. 그러고도 너무 눌렀는가 하여 누른 자리를 금시로 어루만져주었다.

"정말 오늘 그 난시에 글쎄 큰년네 집에는 손님이 와서 방 안에 앉아도 못 보고 갔다누나."

칠성이는 머리를 들었다. 어디서 불려오는 모기 쑥내는 향긋하였다.

"전에부터 말 있던 그 집에서 왔다는데 넌 정 모르기 쉽겠구나. 읍에서 무슨 장사를 한다나, 꽤 돈푼이나 있다더라. 한데, 손을 이때까지 못 보았다누나. 해서, 첩을 여나믄두 넘어 얻었으나 이때까지 못 낳았단다. 에그 그런 집에나 태이지."

어머니는 영애를 잠잠히 내려다본다. 칠성이는 이야기하면서도 아기를 생각하는 어머니가 보기 싫었다. 하나 다음 말을 들으려니 가만히 앉아 있었다.

"그런데 어찌어찌하다가 큰년의 말이 났는데 사내는 펄쩍 뛰더란다. 그래두 안으로 맘이 켕기어서 그러하다고 하더니, 하필 오늘 같은 날, 글쎄 선보러 왔다 갔다니…… 큰년이는 이제 복 좋을라! 언제 봐도 덕성스러워. 그 애가 눈이 멀었다뿐이지 못하는 게 뭐 있어야지. 허드렛일이나 앉아 하는 일이나 휑 잡았으니 눈 뜬 사람보다 낫다. 이제 그런 집으로 시집가게 되고 달덩이 같은 아들을 낳아놀 게다. 아이그, 좀 잘살아야지……."

"눈먼 것을 얻어다 뭘을 해!"

칠성이는 뜻밖에 이런 말을 통명스레 내친다. 그의 가슴은 지금 질투의 불길로 꼭 찼고, 누구든지 큰년이만 다친다면 사생을 결단하리라 하였다. 이러고 나니 머리에 열이 오르고 다리 팔이 떨리었다.

"그 그래, 시집가기로 됐나?"

어머니는 아들의 눈치를 살피고 어쩐지 대답하기가 어려웠다. 동시에 저것도 계집이 그리우려니 하니 불쌍한 마음이 들고 또 아들의 장래가 캄캄해 보이었다.

"아직은 되지 않았다더라만은……."

이 말에 그의 맘은 다소 가라앉은 듯하나, 웬일인지 슬픈 생각이 들어 그는 일어났다.

"들어가 자거라, 내일은 일찍이 읍에 가야 해, 어떡허겠니?"

칠성이는 화를 버럭 내고 어머니 곁을 떠나 되는대로 걸었다.

발걸음에 따라 모기쑥내 없어지고 산뜻한 공기 속에 풀내 가득히 흐른다. 멀리 곡식대 비벼치는 소리 바람결에 은은하고, 산기를 띤 실바람이 그의 몸에 싸물싸물 기고 있다. 잠방이 가랑이 이슬에 젖고, 벌레 소리 발끝에 차여 요리 졸졸졸, 조리 쓸쓸쓸…….

그는 우뚝 섰다. 저 앞은 지척을 분간할 수 없는 어둠으로 덮였고, 하늘 아래 저 불타산의 윤곽만이 검은 구름같이 뭉실뭉실 떠 있다. 그 위에 별들이 너도 나도 빛나고, 별빛이 눈가에 흐르자 눈물이 핑그르르 돌며 통곡이라도 하고 싶었다. 저 산도 저 하늘도 너무나 그에겐 무심한 것 같다.

"이애야, 들어가자."

어머니의 기운 없는 음성이 들린다.

"왜 왜 쫓아다녀유."

칠성이는 마음에 잠겼던 어떤 원한이 일시에 머리를 들려고 하였다.

"제발 들어가. 이리 나오면 어쩌겠니?"

어머니는 그의 손을 붙들었다. 칠성이는 뿌리쳤으나 힘이 부친다. 길 풀이 그들의 옷에 비비쳐 실실 소리를 낸다. 어머니는 절반 울면서 사정을 하였다. 그는 어머니 손에 붙들리어 돌아오면서, 오냐 내일 저를 만나보고 시집가는지 안 가는지 물어보고, 또 나한테 시집오겠니도 물어야지 할 때 가슴은 씩씩 뛰고 어떤 실 같은 희망이 보인다.

"날 보고 네 동생들을 봐라."

어머니는 이러한 말을 하여 아들을 달래려고 한다. 칠성이는 말없이 그의 집까지 왔다.

이튿날 일부러 늦게 일어난 칠성이는 오늘은 기어코 큰년이를 만나 무슨 말이든지 하리라, 만일 시집가기로 되었다면…… 그는 아뜩하였다. 그때는 그만 죽여버릴까, 나는 그 칼에 죽지 하고 뒤뜰로 나와서 바자 곁에 다가섰다. 큰년네 집은 고요하고 뜨물동이에서 왕왕거리는 파리 소리만이 간혹 들릴 뿐이다. 가자! 바자에서 선뜻 물러섰다. 눈에 마주 뜨이는 저 앞의 차돌은 웬일인지 노랗게 보이었다.

그는 숨이 차서 방으로 들어왔다. 옷을 이 모양을 하구 가 하고 굽어보았다. 쇠똥 자국이 여기저기 있고, 군데군데 해졌고, 뭘 눈이 멀었는데, 이게 보이냐, 그럼 만나서는 뭐라구 말을 해야지, 그는 천정[10]을 바라보고 생각하였다. 입가에 흐르는 침을 몇 번이나 시 하고 들여마시나 그저 캄캄한 것뿐이다. 생전 말

---

10 천정 '천장'의 이북 사투리.

이라고는 못 해본 것처럼 아뜩하였다.

　내가 병신임을 저가 아나 하는 불안이 불쑥 일어 맥이 탁 풀린다. "너까짓 것에게 시집가!" 하는 큰년의 말이 들리는 듯해서 그는 시름없이 밖을 내다보았다.

　바자에 얽힌 호박넌출, 박넌출, 그 옆으로 옥수숫대, 썩 나와서 살구나무, 작고 큰 댑싸리가 아무 기탄 없이 하늘을 바라보고 가지가지를 쭉쭉 쳤으니 잎이 자유롭게 미풍에 흔들리지 않는가. 웬일인지 자신은 저러한 초목만큼도 자유롭지 못한 것을 전신에 느끼고 한숨을 후 쉬었다.

　한참 후에 칠성이는 마음을 단단히 먹고 마당으로 나와서 큰년네 집 앞으로 몇 번이나 왔다 갔다 하다가 싸리문을 가만히 밀고 껑충 뛰어들었다.

　봉당문도 꼭 닫히었고 싸리비만이 한가롭게 놓여 있다. 얼떨결에 봉당문을 삐꺽 열었을 때 고양이 한 마리가 야웅 하고 튀어 나간다. 그는 어찌 놀랐던지 숨이 하늘에 닿을 것처럼 뛰었다. 봉당으로 들어서서 한참이나 망설이다가 방문을 열어보았다. 무거운 공기만이 밀려 나오고 큰년이는 없었다. 시집을 갔나? 하고 얼른 생각하면서, 부엌으로 뒤뜰로 인기척을 찾으려 하였으나 조용하였다. 그는 이러하고 언제까지나 있을 수가 없어서 발길을 돌리려 했을 때 싸리문 소리가 난다. 그는 얼떨결에 기둥 이편으로 와서 그 뒤 멍석 곁에 바싹 다가섰다. 부엌문 소리가 덜그렁 나더니 큰년이가 빨래 함지를 이고 들어온다. 그의 눈은 캄캄해지고 전신이 나른해진다. 큰년이가 그를 알아보고 이리 오는 것만 같고, 그의 눈은 먼 것이 아니요, 언제나 창틈으로 볼 수 있는 별 눈을 빠끔히 뜨고서 쳐다보는 듯했다. 숨이 차서 견딜 수 없으므로 멍석 아래 뒤로 돌아가며 숨을 죽이었으나 점점 더 숨결이 항항거리고 멍석 눈에 코가 맞닿아서 기절을 할 지경이었다.

　큰년이는 뒤뜰로 나간다. 짤짤 끄는 신발 소리를 들으면서 머리를 내밀어 밖을 살피고 발길을 옮기려 했으나 온몸이 비비 꼬이어 한 보를 옮길 수가 없다. 어색하여 그만 집으로 가려고도 했다. 그의 몸은 돌로 된 것 같았으나 마침 빨래 널리는 소리가 바삭바삭 나자 큰년이가 읍으로 시집간다! 하는 생각이 들며 발길이 허둥하고 떨어진다.

큰년이는 빨래를 바자에 걸치다가 휘끈 돌아보고 주춤한다. 칠성이는 차마 큰년이를 쳐다보지 못하고 우두커니 서 있었다.

"누구요?"

"······."

"누구야요?"

큰년의 음성은 떨려 나왔다. 칠성이는 무슨 말이든지 해야 할 터인데, 입이 꽉 붙고 떨어지지 않는다. 한참 후에 발길을 지척하고 내디디었다.

"난 누구라구······."

큰년이는 바자 곁으로 다가서고 머리를 다소곳 한다. 곱게 감은 그의 눈등은 발랑발랑 떨렸다. 칠성이는 자기를 알아보는 것을 알고 조금 마음이 대담해졌다. 이번엔 밖이 걱정이 되어 연신 눈이 그리로만 간다.

"나가. 야, 어머니 오신다."

큰년이는 암팡지게 말을 했다. 어려서 음성이 그대로 남아 있다.

"너 너 시집간다지. 조 좋겠구나!"

"새끼두 별소리 다 하네. 나가 야."

큰년이는 빨래를 조물락거리고 서서 숨을 가볍게 쉰다. 해어진 적삼 등에 흰 살이 불룩 솟아 있다. 칠성이는 무의식간에 다가섰다.

"아이구머니!"

큰년이는 바자를 붙들고 소리쳤다. 칠성이는 와락 겁이 일어 주춤 물러서고 나갈까도 했다. 앞이 캄캄해지고 또 빙글빙글 돌아가는 것 같았다.

"어머니 오신다 야."

칠성이는 잠깐 눈을 감았다가 덜덜 떨리어 나오는 이 소리에 눈을 떴다. 등어리로 흘러내려온 삼단 같은 머리채는 큰년의 냄새를 물씬물씬 피우고 있다. 칠성이는 얼른 큰년의 발을 짐짓 밟았다. 큰년이는 얼굴이 새빨개서 발을 냉큼 빼어가지고 저리로 간다. 손에 들었던 빨래는 맥없이 툭 떨어진다.

재가 돌을 집어 치려고 저러나 하고 겁을 먹었으나, 큰년이는 바자 곁에 다가서서 바자를 보시락보시락 만지고 있는데, 댕기꼬리는 풀풀 날린다. 야물야물 하던 말도 쑥 들어가고 애꿎이 바자만 만지고 있다.

"사탕두 주구, 옷 옷감두 주 주께, 시집 안 가지?"

큰년이는 언제까지나 잠잠하고 있다가, 조금 머리를 드는 척하더니,

"누가…… 사탕…… 히."

속으로 웃는다. 칠성이도 따라 웃고,

"응야 안 안 가지?"

"내가 아니, 아버지가 알지."

이 말엔 말이 막힌다. 그래서 우두커니 섰노라니,

"어서 나가 야."

큰년이는 얼굴을 돌린다. 곱게 감은 눈에 속눈썹이 가무레하게[11] 났는데 그 눈썹 끝에 걱정이 대글대글 맺혀 있다.

"그 그럼 시집가 가겠니?"

큰년이는 머리를 푹 숙이고, 발끝으로 돌을 굴리고 있다. 칠성이는 슬픈 맘이 들어 울고 싶었다.

"안 안 안 가지, 응야?"

큰년이는 대답 대신으로 한숨을 푹 쉬고 머리를 들려다가 돌아선다. 그때 어린애 울음소리가 들렸다. 칠성이는 놀라 뛰어나왔다.

집에 오니, 칠운이가 아기를 부엌 바닥에 내려 굴리고 띠로 아기를 꽁꽁 동이려고 한다. 아기는 다리 팔을 함부로 놀리고 발악을 하니, 칠운이는 사뭇 죽일 고기를 다루듯 아기를 칵칵 쥐어박는다.

"이 계집애 자겠니 안 자겠니. 안 자면 죽이고 말겠다."

시퍼런 코를 쌍줄로 흘리고서 주먹을 겨누어 보인다. 아기는 바르르 떨면서 눈을 꼭 감고 눈물을 졸졸 흘리고 있다.

"그러구 자라. 이 계집애."

---

11 가무레하다 옅게 가무스름하다.

칠운이는 아기 옆에 엎어지고 한 손으로 그의 허리를 꼬집어 당긴다.

"어마이, 난 여기 자꾸자꾸 아파서 아기 못 보겠다야 씨…… 흥."

코를 혀끝으로 빨아올리면서 칠운이는 이렇게 중얼거렸다. 그 눈에 졸음이 가득하더니 그만 씩씩 자버린다.

칠성이는 무심히 이 꼴을 보고 봉당으로 들어섰다.

"엄마!"

자는 줄 알았던 아기가 눈을 동글하게 뜨고 오빠를 바라본다. 칠성이는 머리 끝이 쭈뼛하도록 놀랐다. 해서 얼결에 발을 이어 찰 것처럼 하고 눈을 딱 부릅 떠 보이니 아기는 그 얇은 입술을 비죽비죽하며 눈을 감는다.

"엄마! 엄마!"

아기는 그 입으로 이렇게 부르고 울었다. 칠성이는 방으로 들어와서 빙빙 돌다가 뒷뜰로 나와 큰년이가 아직도 그 자리에 서 있으면 하고 바자를 가만히 삐기고 들여다보니 큰년이는 보이지 않고 빨래만이 가득히 널려 있었다.

방으로 들어와서 벽에 걸린 동냥자루를 한참이나 바라보면서 큰년의 옷감 끊어다 줄 궁량을 하고, 그러면 큰년이와 그의 부모들도 나에게로 뜻이 옮겨질지 누가 아나 하고 동냥자루를 벗겨 메고서 밀짚모를 비스듬히 젖혀 쓴 다음에 방문을 나섰다. 눈결에 보니 아기는 무엇을 먹고 있으므로, 그는 머리를 넘석하여[12] 보았다. 애기는 띠 동인 데서 벗어나와 아궁 곁에 오줌을 눈 듯한데 그 오줌을 쪽쪽 핥아 먹고 있다.

"이애! 이 계집애!"

칠성이는 이렇게 버럭 소리 지르고 밖으로 나왔다. 뜨거운 물속에 들어서는 듯 전신이 후끈하였다. 신작로에 올라서며 그는 옷을 바로 하고 모자를 고쳐 쓰고 아주 점잖은 양 하였다. 이제부터는 이래야 할 것 같다. 에헴! 하고 큰기침도 하여보고, 걸음도 천천히 걸으려 했다. 이러면 애들도 달려들지 못하고 어른들도 놀리지 못할 테지, 할 때 큰년이가 떠오른다. 슬며시 돌아보니, 벌써

---

12 **넘석하다** '넘성하다'의 이북 사투리. 넘어다보다.

그의 마을은 보이지 않고, 수수밭이 탁 막아섰다. 수수밭 곁으로 다가서니, 싱
싱한 수수잎내가 훅 끼치고, 등허리가 근질근질하게 땀이 흘러내린다. 두어 번
몸을 움직이고 어디라 없이 바라보았다.

  수수밭 머리로 파랗게 보이는 저 불타산은 몇 발걸음 옮기면 올라갈 듯이 그
렇게 가까워 보인다. 그의 집 창문 곁에 비켜서서 맘 놓고 바라볼 수 있는 것
은 저 산이요, 또 이런 수수밭 머리에서 쉬어 가며 바라볼 수 있는 것이 저 산
이다.

  그는 한숨을 푹 쉬었다. 언제나 저 산을 바라볼 때엔 흩어졌던 마음이 한데
모이는 듯하고 또한 깜박 잊었던 옛날 일이 한두 가지 생각되곤 하였다.

  먼 산에 아지랑이 아물아물 기는 어느 봄날, 그는 자리에서 일어나 창문 곁
에 서니, 동무들이 조그만 지게를 지고, 지팡이를 지게에 끼웃이 꽂아가지고,
열을 지어 산으로 가고 있다. 어찌나 부럽던지 한숨에 뛰어나와서, 우두커니
바라볼 때, 언제나 나도 이 병이 나아서 쟤들처럼 지팡이를 저리 꽂아 가지고
나무하러 가보나. 난 어른이 되면 저 산에 가서 이런 굵은 나무를 탕탕 찍어서
한참 잔뜩 지고 올 테야.

  여기까지 생각한 그는 흠 하고 코웃음 쳤다. 뼈 마디마디가 짜릿해오고, 가
슴이 죄어지는 것 같다. 두어 번 머리를 설레설레 흔들고 터벅터벅 걸었다. 지
금 그의 앞엔 큰년이가 있을 따름이다.

  이틀 후.

  칠성이는 그의 마을로부터 육 리나 떨어져 있는 송화읍 어구에 우두커니 서
있었다. 읍에 와서 돌아다니나 수입이 잘되지 않으므로 이렇게 송화읍까지 오
게 되었고, 그래서야 겨우 큰년의 옷감을 인조견으로 바꾸어 가지고 돌아오는
길이었던 것이다.

  이 밤이나 어디서 지낼까 망설이나, 어서 빨리 이 옷감을 큰년의 손에 쥐여
주고 싶은 마음, 또는 큰년의 혼사 사건이 궁금하고 불안해서 그는 가기로 결
정하고 걸었다.

  쳐다보니, 별도 없는 하늘 검정 강아지 같은 어둠이 눈 속을 아물아물하게

하는데, 웬일인지 맘이 푹 놓이고 어떤 희망으로 그의 눈은 차차로 열렸다. 산과 물은 그의 맘속에 파랗게 솟아 있는 듯, 그렇게 분명히 구별할 수 있고, 신작로에 깔린 조약돌은 심심하면 장난치기 알맞았다.

사람들이 연락부절하고, 자동차가 먼지를 피우며 달아나는 그 낮길보다는 오히려 이 밤길이 그에게는 퍽이나 좋게 생각되었다. 그래서 다리 아픈 것도 모르고 걸었다.

가다가 우뚝 서면 산냄새 그윽하고, 또 가다가 들으면 물소리 돌돌 하는데, 논물내 확 품기고, 간혹 산새 울음 끊었다 이어질 제, 멀리 깜박여오는 동네의 등불은 포르릉 날아오는 것 같다가도 다시 보면 포르릉 날아간다.

그가 숨을 크게 쉴 때마다 가슴에 품겨 있는 큰년의 옷감은 계집의 살결 같아 조약돌을 밟는 발가락이 짜르르 울리었다. "고것 어떡허나." 그는 무의식간에 입을 쩍 벌리고 무엇을 물어 당길 것처럼 하였다. 지금 큰년이와 마주 섰던 것을 머리에 그려본 것이다. 이제 가서 이 옷감을 들려주면 큰년이는 너무 좋아서 그 가무레한 눈썹 끝에 웃음을 띨 테지. 가슴은 소리를 내고 뛴다.

차츰 동녘 하늘이 바다와 같이 훤해오는데 난데없는 빗방울이 뚝뚝 떨어진다. 그는 놀라 자꾸 뛰었으나, 비는 더 쏟아지고, 멀리서 비 몰아오는 소리가 참새 무리들 건너듯 했다. 그는 어쩔까 잠시 망설이다가, 빗발에 묻히어 어림해 보이는 저 동리로 부득이 발길을 옮겼다. 큰년의 옷감이 아니면 이 비를 맞으면서도 가겠으나 모처럼 끊은 이 옷감이 비에 젖을 것이 안되어 동네로 발길을 옮긴 것이다.

한참 오다가 돌아보니, 신작로가 뚜렷이 보이고 어쩐지 마음이 수선해서 발길이 딱 붙는 것을 겨우 떼어놓았다.

동네까지 오니, 비에 젖은 밀짚내 콜콜 올라오고, 변소 옆을 지나는지 거름내가 코 밑에 살살 기고 있다. 그는 어떤 집 처마 아래로 들어섰다. 몸이 오슬오슬 춥고 눈이 피로해서 바싹 벽으로 다가서서 웅크리고 앉았다. 그의 마을 앞의 홰나무가 보이고 큰년이가 나타나고…… 눈을 번쩍 떴다.

빗발 속에 날이 밝았는데, 먼 산이 보이고 또 지붕이 옹기종기 나타나고, 낙숫물 소리 요란하고. 그는 용기를 내어 일어나 둘러보았다.
 그가 서고 있는 이 집이란 돈푼이나 좋이 있는 집 같았다. 우선 벽이 회벽으로 되었고, 지붕은 시커먼 기와로 되었으며 널판지로 짠 문의 규모가 크고 또 주먹 같은 못이 툭툭 박힌 것을 보아 짐작할 수 있었다. 그의 얼었던 마음이 다소 풀리는 듯하였다.
 흰 돌로 된 문패가 빗소리 속에 적적한데 칠성이는 눈썹 끝이 희어지도록 이 문패를 바라보고 생각을 계속하였다. '오냐, 오늘은 내게 무슨 재수가 들어 닿나 보다. 이 집에서 조반이나 톡톡히 얻어먹고, 돈이나 쌀이나 큼직히 얻으리라…….' 얼른 눈을 꾹 감아보고, '눈도 먼 체할까. 그러면 더 불쌍하게 봐서 쌀이랑 돈을 더 줄지 모르지.' 애써 눈을 감고, 한참을 견디려 했으나 눈등이 간지럽고 속눈썹이 자꾸만 떨리고 흰 문패가 가로세로 나타나고 못 견디어 눈을 뜨고 말았다.
 어떡허나 내 옷이 너무 희지, 단숨에 뛰어나와서 흙탕물에 주저앉았다가, 일어나 섰던 자리로 왔다. 아까보다 더 춥고 입술이 떨린다. 그는 대문 틈에 눈을 대고 안을 엿보려 할 때, 신발 소리가 절벅절벅 나므로, 날래 몸을 움직이어 비켜섰다. 대문은 요란스러운 소리를 내고 열렸다. 언제나처럼 칠성이는 머리를 폭 숙이고 어떤 사람의 시선을 거북스러이 느꼈다.
 "웬 사람이야."
 굵직한 음성. 머리를 드니 사나이는 눈이 길게 찢어졌고, 이 집의 고용인 듯 옷이 캄캄하다.
 "한술 얻어먹으러 왔수."
 "오늘은 첫새벽부터야."
 사나이는 이렇게 지껄이고 나서 돌아서 들어간다. 이 집의 인심은 후하구나. 다른 집 같으면 으레 한두 번은 가라고 할 터인데 하고, 어깨가 으쓱해서 안을 보았다.
 올려다보이는 퇴 위에 높직이 앉은 방은 사랑인 듯했고, 그 옆으로 조그만 대문이 좀 삐딱해 보이고, 그리고 안대청마루가 잠깐 보인다. 사랑채 왼편으로 죽 달려 이 문간에 와서 멈춘 방은 얼른 보아 창고인 듯, 앞으로 밀짚낟가리들이 태산같이 가리어 있다. 밀짚대에서 빗방울이 다룽다룽 떨어진다. 약간 누런 빛을 띠었다. 뜰이 휘휘하게 넓은데 빗물이 골이 져서 흘러내린다.

저리로 들어가야 밥술이나 얻어먹을 텐데, 그는 빗발 속에 보이는 안대문을 바라보고 서먹서먹한 발길을 옮겼다. 중대문을 들어서자, 안 부엌으로부터 개 한 마리가 쏜살같이 달려나온다.

으르렁 하고 달려들므로 그는 개를 얼릴 양으로 주춤 물러서서 혀를 쩍쩍 채었다. 개는 날카로운 이를 내놓고 뛰어오르며 동냥자루를 확 물고 늘어진다. 그는 아찔하여 소리를 지르고 중문 밖으로 튀어나오자, 사랑에 사람이 있나 살피며 개를 꾸짖어줬으면 했으나 잠잠하였다. 개는 눈을 뒤집고서 앞발을 버티고 뛰어오른다. 칠성이는 동냥자루를 입에 물고 몸을 굽혔다 폈다 하다가도 못이겨서 비슬비슬 쫓겨 나왔다. 개는 여전히 따라 큰 대문에 와서는 칠성이가 용이히 움직이지 않으므로 으르렁 달려들어 잠방이 가랑이를 물고 늘어진다. 그는 악 소리를 지르고 달려나왔다. 아까 나왔던 사내가 안으로부터 나왔다.

"워리워리."

개는 들은 체하지 않고 뾰죽한 주둥이로 자꾸 짖었다. 저놈의 개를 죽일 수가 없을까 하는 마음이 부쩍 일어 그는 휘 돌아서서 노려볼 때 사내는 손짓을 하여 개를 부른다. 그러니 개는 슬금슬금 물러나면서도 칠성에게서 눈은 떼지 않았다.

갑자기 속이 메슥해지고 등허리가 오싹하더니 온몸에 열이 화끈 오른다. 개를 찾았으나 보이지 않고, 큰 대문만이 보기 싫게 버티고 있었다. 또 가볼까 하는 맘이 다소 머리를 드나, 그 개를 만날 것을 생각하니 진저리가 났다. 해서 단념하고 시죽시죽[13] 걸었다.

비는 바람에 섞이어 모질게 갈겨 치고, 나무 흔들리는 소리 도랑물 흐르는 소리에 귀가 뺑뺑할 지경이다. 붉은 물이 이리 몰리고 저리 몰리는 그 위엔 밀

---

13 시죽시죽 시적시적 힘들이지 않고 느릿느릿 행동하는 모습.

짚이 허옇게 떠 있고, 파랑새 같은 나뭇잎이 뱅글뱅글 떠돌아 간다.

비에 젖은 옷은 사정없이 몸에 착 달라붙고 지동치듯 부는 바람결에 숨이 흑흑 막혔다. 어쩔까 하고 둘러보았으나 집집이 문을 꼭 잠그고 아침 연기만 풀풀 피우고 있다. 혹 빈집이나 방앗간 같은 게 없나 했으나 눈에 뜨이지 않고, 무거운 눈엔 그 개가 자꾸만 얼른거리고 또 뒤에 다우쳐 오는 것 같다. 개에게 찢긴 잠방이 가랑이가 걸음에 따라 너덜너덜하여 그의 누런 다리 마디가 환히 들여다보이고, 폭 눌러쓴 밀짚모에선 방울져 떨어지는 빗방울이 눈물같이 건한 것을 입술에 느꼈다. 문득 그는 큰년의 옷감이 젖는구나 생각되자, 소리를 내어 칵 울고 싶었다.

그는 우뚝 섰다. 들은 자욱하여 어디가 산인지 물인지 길인지 분간할 수 없고, 곡식대들이 미친 듯이 날뛰는 그 속으로 무슨 큰 짐승이 윙윙 우는 듯한 그런 크고도 굵은 소리가 대지를 울린다.

지금 그는 빗발에 따라 마음만은 앞으로 앞으로 가고 싶은데 발길이 딱 붙고 떨어지지 않는다. 바라보니 동네도 거반 지나온 셈이요, 앞으로 조그만 집이 두셋이 남아 있다. 그리로 발길을 돌렸으나, 저 들에 미련이 남아 있는 듯 자주 자주 멍하니 들을 바라보았다.

그가 개에게 쫓긴 것이 이번뿐이 아니요, 때로는 같은 사람한테도 학대와 모욕을 얼마든지 당하였건만, 오늘 일은 웬일인지 견딜 수 없는 분을 일으키게 된다.

"이 친구, 왜 그러구 섰수."

그는 놀라 보니 자기는 어느덧 조그만 집 앞에 섰고, 그 조그만 집은 연자간이라는 것을 알았다. 머리를 넘석하여 내다보는 사내는 얼른 보아 사 오십 되었겠고 자기와 같은 불구자인 거지라는 것을 즉석에서 알았다. 사내는 쭝긋이 웃는다. 그는 이리 찾아오고도 저 사내를 보니, 들어가고 싶지 않아 머뭇거리다도 하는 수 없이 들어갔다. 쌀겨내 가득히 흐르는 그 속에 말똥내도 훅훅 품겼다.

"이리 오우, 저 옷이 젖어서 원……."

사내는 나무다리를 짚고 일어나서 깔고 앉았던 거적자리를 다시 펴고 자리를 내놓고 비켜 앉는다. 칠성이는 얼른 희뜩희뜩 센 머리털과 수염을 보고 늙은것이 내 동냥해 온 것을 빼앗으려 하는 겁이 나고 싫어진다.

"그 옷 땜에 칩겠수. 우선 내 옷을 입고 벗어서 말리우."

사나이는 그의 보따리를 뒤적뒤적하더니,

"자 입소. 이리 오우."

칠성이는 돌아보았다. 시커먼 양복인데 군데군데 기운 것이다. 그 순간 어디서 좋은 옷 얻었는데, 나두 저런 게나 얻었으면, 하면서 이상한 감정에 싸여 사나이의 웃는 눈을 정면으로 보았을 때 동냥자루나 뺏을 사람 같지 않았다. 그는 머리를 숙이고 소매에서 떨어지는 물방울을 보았다. 사나이는 나무다리를 짚고 이리로 온다.

"왜 이러구 섰수. 자 입으시우."

"아 아니유."

칠성이는 성큼 물러서서 양복저고리를 보았다. 나서 생전 입어보지 못한 그 옷 앞에 어쩐지 가슴까지 두근거린다.

"허! 그 친구 고집 대단한데, 그럼, 이리 와 앉기나 해유."

사나이는 그의 손을 끌고 거적자리로 와서 앉힌다. 눈결에 사내의 뭉퉁한 다리를 보고 못 본 것처럼 하였다.

"아침 자셨수."

칠성이는 이자가 내 동냥자루에 아침 얻어 온 줄을 알고 이러는가 하여, 힐끔 동냥자루를 보았다. 거기에서도 물이 떨어지고 있다.

"아니유."

사내는 잠잠하였다가,

"안되었구려. 뭘 좀 먹어야 할 터인데……."

사내는 또 무슨 생각을 하듯 하더니, 그의 보따리를 뒤진다.

"자, 이것 적지만 자시유."

신문지에 싼 것을 내들어 펴 보인다. 그 종이엔 노란 조밥이 고실고실 말라가고 있다.

밥을 보니 구미가 버쩍 당기어 부지중에 손을 내밀었으나, 손이 말을 안 듣고 떨리어서 흠칫하였다. 사나이는 눈치를 채었음인지, 종이를 그의 입 가까이 갖다 대고,

"적어 안되었수."

부끄럼이 눈썹 끝에 일어 칠성이는 눈을 내려 뜨고 애꿎이 코를 들여마시며 종이를 무릎에 놓고 입을 대고 핥아 먹었다. 신문지내가 이 사이에 나돌고 약간 쉰 듯한 밥알이 씹을수록 고소하였다. 입맛을 다실 때마다 좀더 있으면 하는 아수한[14] 마음이 혀끝에 날름거리고 사내 편을 향한 귓바퀴가 어쩐지 가려운 듯 따가움을 느꼈다.

"적어서 원……."

사나이의 이러한 말을 들으며 신문지에서 입을 떼고 히 하고 웃어 보이었다. 사나이도 따라 웃고 무심히 칠성의 다리를 보았다.

"어디 다쳤나 보! 피가 나우."

허리를 굽히어 들여다본다. 칠성은 얼른 아픔을 느끼고 들여다보니 잠방이 가랑에 피가 빨갛게 묻었고 다리엔 방금 선혈이 흐르고 있다. 별안간 속이 무쭉해서[15] 그는 다리를 움츠리고 머리를 들었다. 바람결에 개비린내 같은 것이 홀씬 끼친다.

"개, 개한테 그리되었지우."

"아, 그 기와집에 가셨수…… 그〈놈네〉개를 길러도 흉악한 개를 기르거든. 홍!〈돈 있는 놈이라도 모두〉한놈이 아니우. 어디 이리 내놓우. 개에게 물린 것이 심상히 여길 것이 못 되우."

사내는 그의 다리를 잡아당기었다. 그는 얼른 다리를 치우면서도〈형용할 수 없는 울분이 젖은 옷에까지 오싹오싹 기어오르고〉코안이 싸해서 몇 번 코를

---

14 아수하다 아깝고 서운하다.
15 무쭉하다 '묵직하다'의 함경도 사투리.

움직일 때, 뜻하지 않은 눈물이 주르르 흘러내린다. 사나이는 이 눈치를 채고 허허 웃으면서 그의 등을 가볍게 두드렸다.

"이 친구 우오. 울기로 하자면…… 허허 울어선 못 쓰오. 〈난 공장에서 생생하던 이 자리가 기계에 물려 이리되었소만, 지금 세상이 어떤 줄 아시우〉."

칠성이는 머리를 번쩍 들어 사내를 바라보니 눈에 분노의 빛이 은은하였다. 다시 다리로 시선이 옮겨질 때, 가슴이 턱 막히고 목에 무엇이 가로 걸리는 것 같아 시름없이 머리를 숙이고 무심히 부드러운 먼지를 쥐어 상처에 발랐다.

"아이고! 먼지를 바르면 되우?"

사나이는 칠성의 손을 꽉 붙들었다. 칠성이는 어린애같이 히 웃고 나서,

"이러면 나아유."

"아 원, 그런 일 다시는 하지 마우. 약이 없으면 말지, 그런 일 하면 되우. 더 성해서 앓게 되우."

칠성이는 약간 무안해서 다리를 움츠리고 밖을 바라보았다. 사나이는 또다시 무슨 생각에 깊이 잠기는 것 같다.

바람이 비를 안고 싸싸 밀려들고, 천장의 수없는 거미줄은 끊어져 연기같이 나부꼈다. 바라뵈는 버드나무의 잎은 팔팔 떨고 아래로 시뻘건 물이 좔좔 소리를 내고 흐른다. 어깨 위가 어찔해서 돌아보면 큰 맷돌이 쌀겨를 뽀얗게 쓰고서 얼음 같은 서늘한 기를 품품 피우고 있다.

"배 안의 병신이우?"

사나이는 문득 이렇게 물었다. 칠성이는 머리를 숙이고 머뭇머뭇하다가,

"아 아니유."

"그럼 앓다가 그리되었구려…… 약 써봤수?"

칠성이는 또다시 말하기가 힘든 듯이 우물쭈물하고 다리만 보았다. 한참 후에,

"아 아니유, 못 못 썼어유."

"흥!〈말짱한〉생다리도 꺾이우는 지경인데 약 못 쓰는 것쯤이야, 허허."

사나이는 허공을 향하여 웃는다. 그 웃음소리에 소름이 오싹 끼쳐 힐끔 사내

를 보았다. 눈을 무섭게 뜨고 밖을 내다보는데, 이마엔 퍼런 힘줄이 불쑥 일었고, 입은 꾹 다물고 있다.

"허, 치가 떨려서. 내 왜 그리 어리석었던지. 지금만 같으면 지금이라면 죽더라도 해볼걸. 왜 그 꼴이었어! 흥!"

칠성이는 귀를 밝혀 이 말을 개어들으려 했으나 무엇을 의미한 말인지 알 수가 없었다. 사나이는 칠성이를 돌아보았다. 눈 아래 두어 줄의 주름살이 돌아가신 그의 아버지와 흡사했다.

"이 친구, 나두 한 가정을 가졌던 놈이우. 공장에선 모범공인이었구. 허허 모범공인!…… 다리가 꺾인 후에 〈돈 한 푼 못 가지고〉 공장에서 나오니, 계집은 달아나고, 어린것들은 배고파 울고, 부모는 근심에 지레 돌아가시구…… 허 말해서 뭘 하우. 〈우리를 이렇게 못살게 하는 놈이 저 하늘인 줄 아우? 이 땅인 줄 아우?〉"

사나이는 칠성이를 딱 쏘아본다. 어쩐지 칠성의 가슴은 까닭 없이 두근거려 차마 사나이를 정면으로 보지 못하고 꺾인 다리를 보았다. 그리고 사나이의 다리 밑에 황소같이 말 없는 땅을 보았다.

〈"아니우, 결코 아니우. 비록 우리가 이 꼴이 되어 전전 걸식은 하지만두. 왜 우리가 이 꼴이 되었는지나 알아야 하지 않소…… 내 다리를 꺾게 한 놈두, 친구를 저런 병신으로 되게 한 놈두, 다 누구겠소? 알아들었수? 이 친구."

사나이의 이 같은 말은 칠성의 뼈끝마다 짤짤 저리게 하였고, 애꿎은 하늘과 땅만 저주하던 캄캄한 속에 어떤 번쩍하는 불빛을 던져주는 것 같으면서도 다시 생각하면 아찔해지고 팽팽 돌아간다. 무엇인가 묻고 싶어 머리를 번쩍 들었으나 입이 꽉 붙고 만다. 그는 시름없이 하늘을 물끄러미 보았다.〉

어느덧 밖은 안개비로 자욱하였고 먼 산이 눈물을 머금고, 구불구불 솟아 있으며, 빗소리에 잠겼던 개구리 소리가 그의 동네 앞인가도 싶게 했고, 또한 큰년의 뒷매가 홰나무 아래 얼른거려 보인다. 칠성이는 부스스 일어났다.

"난 난 집에 가겠수."

사나이는 따라 일어난다.

"아, 집이 있수? …… 가보우."

칠성이는 머리를 드니, 사나이가 곁에 와서 밀짚모자를 잘 씌워주고 빙긋이 웃는다. 어머니를 대한 것처럼 어딘가 모르게 의지하고 싶은 생각과 믿는 마음이 들었다.

"잘 가우…… 세월 좋으면 또 만나지……." 대답 대신으로 그는 마주 웃어 보이고 걸었다. 한참이나 오다가 돌아보니 사나이는 우두커니 서 있다. 주먹으로 눈을 닦고 보고 또 보았다.

길 좌우에 늘어앉은 조밭 수수밭은 이랑마다 물이 충충했고, 조이삭 수수이삭이 절반 넘어져 물에 잠겨 있다. 올해도 흉년이구나 할 때 어디서 "맹" 하니 또 어디서 "꽁" 하는 소리가 들렸다. 저 멀리 귀 시끄럽게 우지짖는 개구리 소리는 무심한데, 이제 그 어딘가 곁에서 "맹꽁" 한 그 소리는 사람의 음성같이 무게가 있었다.

안개비 나실나실 내려온다. 조금 말라오려던 옷이 또 촉촉히 젖고 눈썹 끝에 안개비 엉키어 마음까지 묵중하고 알 수 없는 의문이 뒤범벅이 되어 돌아간다.

그가 그의 마을까지 왔을 때는 다시 빗발이 굵어지고 바람이 슬슬 불기 시작하였다. 언제나 시원해 보이는 홰나무도 찡그린 하늘 아래 우울해 있고, 동네 뒤로 나지막이 둘려 있는 산도 빗발에 묻히어 잘 보이지 않았다. 그러나 큰년이가 물동이를 이고 이 비를 맞으면서도 저 산 아래 박우물로 달려가지나 않나 하는 생각이, 집집의 울바자며 채마밭에 긴 바자가 차츰 선명히 보일 때 선뜻 들어 그의 발길은 허둥거렸다.

집에까지 오니 어머니는 눈물이 그득해서 나왔다.

"이놈아, 어미 기다릴 것도 생각지 않고 어딜 그리 다니느냐?"

어머니는 동냥자루를 받아 쥐고 쿨쩍쿨쩍 울었다. 칠성이는 잠잠히 방으로 들어오니, 빗물 받는 그릇으로 절반 차지했고 뚝뚝 듣는 빗소리가 장단 맞춰났다. 칠성이는 그만 우두커니 서서 어쩔 줄을 몰랐다. 몸은 아까보다 더 춥고 떨리어서 견딜 수가 없다.

칠운이와 아기는 아랫목에 누워 있고 아기 머리엔 무슨 헝겊으로 허옇게 싸매 있었다. 그들의 그 작은 몸에도 빗방울이 간혹 떨어진다.
"아무 데나 앉으럼. 어쩌겠니…… 에그, 난 어젯밤 널 찾아 읍에 가서 밤새 싸다니다 왔다. 오죽해야 술집 문까지 두드렸겠니? 이놈아 어딜 가면 간다고 하지 그게 뭐이."
이번에는 소리까지 내어 운다.
남편을 잃은 뒤 그나마 저 병신 아들을 하늘같이 중히 의지해 살아가는 어머니의 마음을 엿볼 수가 있다. 칠운이는 울음소리에 벌떡 일어났다.
"성 왔네! 성 왔네!"
눈을 잔뜩 움켜쥐고 뛰었다. 그 통에 파리는 우구구 끓고 아기까지 키성키성 보챈다. 칠운이는 두 손으로 눈을 비비치고 형을 보려다 못 보고 또 비비친다.
"이 새끼야, 고만두라구. 그러니 더 아프지. 에그 너 없는 새 저것들이 자꾸만 앓아서 죽겠다. 거게다 눈까지 더치니, 그런데 이 동리는 웬일이냐. 지금 눈병 때문에 큰일이구나. 아이 어른이 모두 눈병에 걸려 눈을 못 뜬다."
칠성이는 지금 아무 말도 귀에 거치지 않고 비 새지 않는 곳에 누워 한잠 푹 들고 싶었다. 칠운이는 마침내 응응 울다가 무슨 생각을 하고 뒷문 밖으로 나가더니 오줌을 내뻗치우며 그 오줌을 눈에 바른다.
"잘 발라라. 눈등에만 바르지 말고 눈 속에까지 발러…… 저것도 널 보고 반가와서 저리도 눈을 뜨려누나. 어제는 성아 성아 찾더구나."
어머니는 또 운다. 칠성이는 등에 선뜻 떨어지는 빗방울을 피하여 앉으니 이번엔 콧등에 떨어져 입술로 흐른다. 그는 콧등을 후려치고 화를 버럭 내었다.
"제 제길!"
"글쎄 비는 왜 오겠니. 바람이나 불지 말아야 할 터인데 저 바람! 기껏 키운 조는 다 쓰러져 싹이 나겠구나. 아이구 이 노릇을 어찌해야 좋으냐. 하느님 맙시사!"
두 손을 곧추들고 애걸한다. 그의 머리는 비에 젖어 이마에 붙었고 눈은 눈곱에 탁 엉기었고 그 속으로 핏줄이 뻘겋게 일어 눈이 시큼해서 바라볼 수 없는데 시커먼 옷에 천정물이 어룽어룽 젖었다.

칠성이는 얼른 샛문턱에 걸쳐 앉아 눈을 딱 감아버렸다. 눈이 자꾸만 피곤하고 그래선지 속눈썹이 가시같이 눈 속을 꼭꼭 찌른다.

그는 눈을 두어 번 굴렸을 때 문득 방앗간이 떠오른다.

"어제 개똥네 논에 동이 터졌는데 전부 쓸려 나갔다누나. 에구 무서워. 저게 무슨 바람이냐. 저 바람! 우리 밭은 어쩌나."

어머니는 밖으로 뛰어나간다. 칠운이는 울면서 따르다가 문턱에 걸려 공중 나가 넘어지고 시재 가므러는[16] 소리를 하였다. 칠성이는 눈을 부릅떴다.

"저 저놈의 새끼, 주 죽이고 말까 부다!"

어머니는 얼른 칠운이를 업고 물러나서 정신없이 밖을 바라보고, 또 나갔다가 들어왔다. 칠운이를 때리다가 중얼중얼하며 돌아간다.

칠성이는 이 꼴이 보기 싫어 모로 앉아 눈을 감았다. 무엇에 놀라 눈을 뜨니, 아랫목에 누워 할딱할딱하는 아기가 일어나려다 쓰러지고 소리 없는 울음을 입으로 운다. 머리를 갈자리에 비비치다가도[17] 시원치 않은지 손이 올라가서 헝겊을 쥐고 박박 할퀴는 소리란 징그러워 들을 수 없었다.

칠성이는 눈을 안 뜨자 하다가도[18] 어느새 문득 뜨게 되고 아기의 저 노란 손가락이 머리를 쥐어뜯는 것을 보게 된다. 조놈의 계집애는 죽었으면! 하면서 눈을 감는다.

바람은 점점 더 세차게 분다. 살구나무 꺾이는 소리가 뚝뚝 나고 집 기둥이 쏠리는지 씩컥 쿵! 하는 소리가 샛문에 울렸다. 칠운이는 방으로 들어와서 눕는다.

"성아, 내일은 눈약두 얻어오렴. 개똥이는 저 아버지가 읍에 가서 눈약 사왔다는데, 저 그 약을 넣으니까, 눈이 나았다더라 응야."

칠성이는 잠잠히 들으며, 얼른 가슴에 품겨 있는 큰년의 옷감을 생각하였다. 차라리 눈약이나 사올 것을 하는 마음이 잠깐 들었으나 어떻게 큰년에게 이 옷

---

16 시재 가므려는 지금(현재) 까무라치려는.
17 비비치다가도 '삐다'를 강조하여 이르는 말. 원문에는 '비비치다도.'
16 하다가도 원문에는 '하다도.'

감을 들려줄까 하였다.

부엌에서 성냥 긋는 소리가 들리더니, 어머니가 들어온다.

"아궁에 물이 가득하니 이를 어쩌냐. 저것들도 아무것도 못 먹었는데…… 너두 배고프겠구나."

이런 말을 하고 밖으로 나가더니 곧 뛰어들어온다.

"큰년네 논두 동이 터졌단다. 그리 튼튼하던 동두, 저를 어쩌니."

칠성이는 눈을 둥그렇게 떴다.

"좀 자려무나. 요 계집애야 왜 자꾸만 머리를 뜯니. 조놈의 계집애는 며칠째 안 자고 새웠단다. 개똥 어머니가 쥐가죽이 약이라기 쥐를 잡아 저리 붙였는데 자꾸만 떼려구 저러니, 아마 나으려구 가려운 모양인지."

그렇다고 해줘야 어머니는 맘이 놓일 모양이다. 큰년네 말에 칠성이는 눈을 떴는데 딴 푸념을 하니 듣기 싫었다. 하나 꾹 참고,

"그 그래. 큰년네두 논이 떴대?"

"그래! 젖이 안 나니……."

어머니는 연신 아기를 보고 그의 젖을 주물러본다. 명주 고름끈같이 말큰거린다.

아기는 점점 더 할딱할딱 숨이 차오고 이젠 손을 놀릴 기운도 없는지 손이 귀밑으로 올라가고는 맥을 잃고 다르르 굴러 떨어진다. 어머니는 바람소리를 듣더니,

"이전 우리 조는 못 쓰게 되었겠디! 큰년네 논이 뜨는데 견디겠니…… 참 큰년이는 복 좋아, 글쎄 이런 꼴 안 보렴인지 어제 시집갔단다."

"큰년이가?"

칠성이는 버럭 소리쳤다. 그의 가슴에 고이 안겨 있던 큰년의 옷감은 돌같이 딱 맞질리운다. 어머니는 아들의 태도에 놀라 바라보았다.

"어마이! 저것 봐!"

칠운이는 뛰어 일어나서 엉엉 운다. 그들은 놀라 일시에 바라보았다. 아기는 언제 그 헝겊을 찢었는지 반쯤 헝겊이 찢어졌고 그리로부터 쌀알 같은 구더기

가 설렁설렁 내달아오고 있다.

"아이구머니. 이게 웬일이야 응, 이게 웬일이어!"

어머니는 와락 기어가서 헝겊을 잡아 걷으니 쥐가죽이 딸려 일어나고 피를 문 구더기가 아글바글 떨어진다.

"아가 아가 눈 떠, 눈 떠라, 아가!"

이 같은 어머니의 비명을 들으며 칠성이는 "엑!" 소리를 지르고 우등퉁퉁 밖으로 나와버렸다.

비는 착착 쏟아지고 바람은 미친 듯 몰아치는데 가다가 우르릉 쾅쾅 하고 하늘이 울고 번갯불이 제멋대로 쭉쭉 찢겨 나가고 있다.

칠성이는 묵묵히 저 하늘을 노려보고 있었다.

강경애(姜敬愛)

1906년 황해도 송화 출생. 1921년 평양 숭의여학교에 입학했다가 1923년 동맹 휴학과 관련하여 퇴학당함. 이후 동덕여학교에서도 1년 정도 수학. 1931년 조선일보에 「파금」을 독자투고로 발표한 뒤 같은 해 『혜성』에 장편소설 「어머니와 딸」(1931~1932)을 연재하면서 문단의 주목을 받게 됨. 이후 간도 용정으로 이주하여 살면서 본격적으로 소설을 발표함. 「그 여자」(1932), 「소금」(1934), 「모자(母子)」(1935), 「원고료 이백 원」(1935), 「지하촌」(1936), 「어둠」(1937), 「마약」(1937) 등의 단편소설을 발표했고, 장편소설 『인간문제』(1934. 8. 1~12. 22)를 동아일보에 연재. 1944년 타계.

작품 세계

봉건적 인습에 얽매인 어머니와 어머니의 삶을 넘어 신여성으로 성장하는 딸을 그린 장편소설 『어머니와 딸』 이후 강경애의 모든 소설은 간도에서 씌어졌다. 당대의 다른 여성 작가들이 대부분 조선 문화의 중심지인 서울에서 살며, 더욱이 잡지사나 신문사의 기자로서 문단의 중심에 있으면서 작품 활동 바깥의 부수적인 활동에 더 바빴던 경우가 많았던 것에 비해 문단의 변두리이지만 당시 항일 무장투쟁의 중심지인 간도에서 살면서 창작에 전념한 것이 작가 강경애에게 예술적으로나 정치적으로 긴장감을 주었고, 그러한 긴장감에서 당대 어느 작가보다 뛰어난 예술적 성취를 이룰 수 있었다. 장편소설 『인간 문제』는 일제 식민 치하의 자본가와 농민·노동자의 대립 구조 속에서 농민과 노동자가 현실의 문제를 해결하고자 하는 주체로 성장하는 과정과 그들의 조직적 투쟁을 현실성 있게 그려낸 작품으로 우리 근대 소설사에서 리얼리즘 소설의 수작이다. 또 강경애는 간도 지방 조선 민중의 궁핍한 삶과 그러한 삶을 강요하는 억압 세력, 그 세력에 맞서 싸우는 항일운동 세력에 지속적인 관심을 가지면서 그들을 형상화하는 노력을 기울였다. 총을 들고 일어선 항일유격대의 모습과 그에 대한 민중의 감정을 암시적으로 반영한 「소금」 이후, 「모자(母子)」, 「번뇌」 같은 작품에서는 1930년대 초의 전성기 이후 항일 무장조직이 점차 간도 지방에서 패퇴하면서 전향해가는 세태와 남겨진 가족들의 고난을 그렸다. 「어둠」은 간도 공산당 사건으로 사형당한 청년의 누이동생을 내세워 국내의 모든 사람이 침묵으로 넘기는 사건에 대해 주의를 환기하였다. 이 시기 국내에서는 일제의 군국주의가 강화되고 검열도 심해지면서 문학 작품 역시 그 전 시기의 민족과 계급을 이야기하는 데서 벗어나 일상의 궁핍과 감정의 갈피들에 대해 섬세하게 묘사하기 시작했다. 「지하촌」은 그 궁핍의 극한 지점을 지긋지긋할 정도로 세밀히 묘사하여 독자로 하여금 거기에 그려진 궁핍한 현실을 외면하고 싶어 하면서도 외면할 수 없게 하였다. 강경애는 드물게 하층 여성의 목소리를 공식 기록으로 끌어올린 식민지 시대 하층 여성의 대변자였고 민족 갈등, 계급 갈등이 첨예한 간도 지방의 항일 무장투쟁에 참가한 사람들의 면모를 목격하고, 그들의 고통과 정당성을 기록으로 증언하고, 그것을 일제의 직접 지배를 받는 식민지 조선에 전하는 것을 작가로서의 의무로 삼았다.

「지하촌」

「지하촌」은 어릴 때 병으로 팔다리를 못 쓰게 되어 동냥을 다니는 칠성이네와 그 이웃에 사는 눈먼 큰년이네의 궁핍한 삶을 극사실주의로 그린 작품이다. 이 작품에는 애정의 갈등이라든지 현실 극복의 방도나 의지 같은 것은 전혀 문제가 되지 않고 궁핍 그 자체의 묘사만 있다. 제목인 '지하촌'이 암시하듯 빛이라고는 조금도 스며들 여지가 없는 폐쇄되고 절망적인 공간에 사는 칠성이에게 구원의 빛은 어디서도 비치지 않는다. 가족끼리도 서로 사랑하거나 서로에게 구원이 돼줄 기미는 없다. 칠성이는 자신의 가족을 미워한다. 자신의 동냥자루에만 눈독을 들이면서 아무도 자신의 큰년이에 대한 사랑은 알려고 하지 않으며 심지어 큰년이에게 줄 과자를 뺏어 먹으려고까지 하기 때문이다. 칠성이가 유일하게 애정을 가지는 대상은 이웃집 큰년이다. 농촌 마을 빈궁한 청년 남녀의 연애 감정을 제재로 한 소설은 대부분 지주나 고리대금업자에게 여자가 팔려가는 것으로 끝나는데 큰년이 역시 읍내 부잣집 첩으로 팔려 간다. 그런데 「지하촌」의 칠성이와 큰년이의 경우는 이들이 모두 아무런 저항도 할 수 없는 무력한 장애인이라는 점에서 그런 현실에 대한 분노보다는 비참함과 절망감을 불러일으킨다. 특히 너무 비참하고 끔찍해서 독자로 하여금 소설에서 눈을 돌리고 싶게끔 하는 대목은 모두 젖먹이 영애를 묘사한 부분이다. 이 소설에서 행한 궁핍에 대한 '지긋지긋한' 묘사는 이 소설을 읽은 독자로 하여금 두번 다시 읽고 싶지 않게 하면서 동시에 절대로 이 소설을 잊을 수 없게 한다. 「지하촌」의 인물들의 삶은 그들만의 특별한 것이 아니라 1930년대 후반 식민지 조선에서의 일상적인 생활이었다. 실제로 거리에는 많은 유랑민들이 있었고 그들은 칠성이처럼 구걸로 하루하루 목숨을 이어나갈 수밖에 없었다. 그런데 그런 현실이 특별히 어둡고 폐쇄된 지하촌에 사는 무력한 장애인이라는 극단적 상황 속의 인물을 통해 묘사될 때 가장 궁핍한 시대로서의 식민지 조선의 본질이 뚜렷하게 드러나게 되는 것이다.

주요 참고 문헌

강경애의 「지하촌」에 관한 독립된 논의는 드물고 강경애 작품 세계의 전개과정에서 그 의미를 읽어내는 논의가 주를 이룬다. 이상경은 「강경애 — 문학에서의 성과 계급」(건국대 출판부, 1997)에서 1930년대 후반 강경애가 국내 정세의 악화와 검열 강화 속에서 선택한 창작방법으로서의 자연주의를 실현한 작품으로 비참한 현실을 한없이 비참하게 그려냄으로써 고발을 감행했다고 보았다. 김양선은 「강경애 후기 소설과 체험의 윤리학— 이산과 모성 체험을 중심으로」(『여성문학연구』 제11집, 2004)에서 '빈궁의 모성화'라는 측면에서 칠성이 어머니의 몸이 가부장 이데올로기가 통상 여성의 몸에 대해 갖고 있는 신화인 성적 욕망을 불러일으키는 육체나 아니면 욕망이 제거된 성스러운 몸 같은 것이 아니라, 노동과 출산으로 인해 피폐해진 몸이며 재생산 역할을 담당하는 여성의 실제 몸이라는 사실적인 인식을 보여준다고 평가했다. _이상경

최정희
흉가

그 집은 '흉가'라고 했다.

그것을 전연 모르고 나는 아침 일찍이 비가 몹시 오는데 우산을 받고 동저고리 바람에 앞을 서서 휘적휘적 잘 걷던 늙은 집주름의 손을 붙잡고 가까스로 정말 가까스로 밤사이에 불은 개천을 건너가서 그 집을 돌아보았다.

집은 대문에 쇠가 잠겨 있었다. 빈집이라 계약만 잘되면 곧 옮길 수 있을 것이 기뻐서 나는 집주름이 집주인을 데리러 비 오는 산모롱이를 돌아간 뒤에 대문 밖에 우산을 받쳐든 채 우두커니 섰다가 집 울타리 밖을 몇 번 휙 돌아보기도 했다. 앵두나무 살구나무가 집을 뺑 돌아싸고 바로 집 뒤 가까이 산이 있고 좋은 바위도 군데군데 엎드려져 있었다.

앵두는 봉오리가 짓고 살구나무 능금나무엔 물이 다 오르고 감나무만이 아직 검은 대로 출출해 보였으나 오래지 않아서 잎이 무성할 것 같았다. 그러고 보니 그 집이 더 바짝 마음에 들어서 산모롱이를 돌아간 집주름이 주인을 어서 데려오기를 얼마나 기다렸는지 모른다.

하기야 한시가 급한 형편이었으니 집주인과의 타협만 잘된다면야 능금나무 한 주 없지 않아 어머니가 시골서 올라오신 뒤 삼 년째 두고 원하시는 부엌이

---
* 「흉가」는 1937년 4월 『조광』에 발표되었다.

없다 치더래도 나는 그 집을 꼭 얻을 작정이었지만……

일이 어찌 되느라고 그랬든지 어쨌든 한 삼십 분 만에 집주름이 데리고 온 집 쥔이란 사람은 집세를 별말 없이 한 달에 십 원씩 석 달 치 삼십 원만 내어주면 당장에 이사를 해도 상관없다고 허락할 뿐 아니라 벌써 육칠 년을 두고 지내본 일이지만 삼사 원짜리 방 한 칸을 얻재도 보증금이니 선세니 해가지고 사오십 원 넘어의 돈이 있어야 한다는 건데 그 집은 방세에 부엌 있고 마루 있고 뜰이 넓고 또 그 위에 경치가 좋고 한데도 보증금도 없고 선세 여러 달치 내라는 말도 없이 직업도 식구도 묻지 않고 거저 수월히 내주는 데는 무슨 까닭이 있지 않은가 하는 생각도 없지 않았으나 나는 그보다도 집주인 입에서 내게 불리한 다른 말이 떨어질까 하는 초조한 마음에서 저녁 여섯 시에 돈 삼십 원을 갖다 준다는 약속을 굳게 굳게 하고 돌아왔다.

그러지 않자니 정동집에서 우리 집 식구가 끝끝내 집달리와 변호사와 순사에게 그 집에 살던 백여 명의 식구와 함께 쫓기우던 날 비지발¹ 없이 마당에 동댕이쳐 내어던지운 세간 등물을 걷어 싣고 자하문(紫霞門) 밖 아는 이의 친구집 건넌방을 빌려서 임시로 옮기게 된 지도 한 달이 훨씬 넘은 때였으니까.

아무리 아는 이의 살뜰한 친구라고 하지만 안면조차 없는 터이고 또 그 위에 그 부인 되는 이가 내 여학교 시대의 동창생이었다. 나는 그것을 통 모르고 저녁 늦게 지저분하기 짝이 없는 우리 집 세간을 걷어 싣고 어머니와 아이와 동생들을 데리고 자하문 턱마루를 고생스레 넘어 그리로 갔을 때 너무 부끄러워서 울고 싶었다.

그것도 그랬거니와 그 이튿날부터 더 민망한 것은 그 집에 심부름하는 석이가 우리 집 식구에게 제 방을 빼앗기고 십 리(十里)나 되는 문(門)안 친척집에 가서 자고는 아침 일찍이 눈을 비비며 넘어오는 것이다.

하루 이틀도 아니고 한 달이 훨씬 넘자니까 석이도 어지간히 고생스러웠는지 우리 아이가 밖에 나가는 때마다 너희가 언제 이사가느냐고 물어본다는 것이

---

1 비지발괄(비대발괄) 억울한 사연을 하소연하면서 간절히 청하여 빎.

다. 중에도 아이가 안팎을 드나들며 잠시도 문을 붙견디게 못하고 어질러놓고 떠들고 잘 바른 문과 벽에 글씨를 쓰고 그림을 그리고 채소밭에 들어가고 꽃나무 실과나무를 꺾고 그러지 말라면 더 큰 소리로 떠들고…….

내가 신문사에 안 나가던 어느 일요일에도 아이가 어떻게 말썽을 부리는지 나는 참다못해 아이 입에 손을 틀어막고 볼타구니를 힘자라는 대로 꼬집어 흔들었다. 그랬더니 아이는 죽는다고 악을 바락바락 쓰다가 그만 나중엔 못 견디겠던지 소리도 못 내고 바르르 떨기만 하는 때 한쪽 구석에 경황없이 팔짱을 끼고 앉으셨던 어머니는 그 꼬락서니를 보시고 그만 아이를 끌어다가 안으시며 같이 우시는 것이다.

"그게 무스거 알겠니 죄를 말기겠다."

나를 나무람하시는 어머니의 음성은 떨리셨다. 나도 웬만하면 거기서 소리쳐 울고 싶었지만 어머니와 아이 앞에서 눈물짓는 것이 더구나 비참한 일 같고 또 안방 주인네들이 부끄러웠던 탓으로 앞산 마루턱을 넘어 커다란 소나무 밑에를 찾아갔다. 나는 실컷 울자고 했으나 울지도 못하고 산과 허물어진 성터와 그 위에 뭉게뭉게 떠도는 하얀 구름을 바라보며 어머니와 같이 울고 있을 아이를 생각하면서 한숨만 쉬었다.

사월의 햇발이 따사했다. 그 햇발과 같이 따사한 정이 그립기도 했다.

우리는 집세 삼십 원을 갖다주고 나던 이튿날 아침으로 곧 이사를 했다. 본래 있던 아는 이의 친구 집과 그 집 사이가 아주 가까운 거리고 그날이 바로 일요일이라 동생도 학교에 안 가고 또 석이도 제 방이 나는 것이 좋아서 거들어주고 했으나 세간을 다 옮기기까지 한나절이 훨씬 걸렸다. 일 년에도 몇 번씩 하는 이사질이라 하는 때마다 느끼는 일이지만 없어도 괜찮을 성싶은 물건들은 없애버리자고 늘 벼르면서도 정작 버리자면 아깝고 혹 쓸직한 데도 있을 것 같아서 모아두고 두고 한 것이 구질부레하게 많은 데다가 새로 드는 집이 오래 비웠던 탓으로 마당에 잡초와 곳곳에 거미줄과 곰팡이가 끔찍이 많아서 그것들을 대강 치우고 솥을 붙이고 마루와 방바닥의 곰팡이와 때를 벗기고 그리고 어느 방이나 도벽²은 하나도 못한 채 나는 건넌방 하나를 내 방으로 정하고 테이블과 의자와 책과 남양에서 친구가 갖다준 탈바가지(假面)— 우선 이런 것들만 정돈해놓고 또 어머니와 동생들도 다 각각 자기가 거처할 방에 자기들의 중요한 물건만 대강 정리했는데도 밤 아홉 시가 훨씬 넘었다. 우리는 그때야 안방 밀창 위에 촛불을 켜놓고 한데 모아서 저녁밥을 허기져서 먹을 수 있었다.
"집은 좋다마는 한 달에 십 원씩 어디메서 생기겠니?"
어머니는 저녁밥을 잡수시고 나더니 한숨 돌리셨는지 이렇게 걱정을 하셨다. 나는 나중에야 어찌 되든 간에 우선 마음을 펼 수 있고 또 조용한 내 방이 육칠 년 만에 처음 생긴 것이 무척 좋아서 그저 즐거울 뿐이었다.

"이달에는 삼십 원이나 데깍 집에다가 밀어였으니 월급 탈 것두 벨루 없구 무스거 먹구 살겠는지."
"글쎄 걱정 마세요. 내 다 할 테니⋯⋯ 문간방에다가 학생 둘만 두면 그 방값으로 쌀 사구 나무 사구 내 월급은 집세 주구 용돈 쓰구 할 텐데 뭘 그러세요."
그제야 어머니도 적이 안심되는 기색으로 걱정은 되지만 윈채³라 먹든지 굶든지 남부끄럽잖고 아이가 떠들어도 민망찮고 마루가 넓어서 다듬이도 하고 다리미질도 잘하고 고향 손님이 와도 부끄럽지 않겠다고 말씀하셨다.

봄은 날마다 잘 익어갔다. 텃밭에 푸성귀가 푸르고 마을 아이들이 버들피리 불고 우리 집 앞뒷길 능금나무 살구나무에 흰 꽃이 피고 앵두밭 그늘이 짙어지고 뒷산에 뻐꾹새가 성히 울고 그리고 우리 집 식구들이 똑같이 그 집이 좋아서 빗자루 한번 드는 일 없는 남동생이 아침마다 마당을 쓸고 어머니는 집이 점점 더 마음에 든다고 하시고 아이는 누가 올 적마다 부엌이 있고 방이 셋이라고 좋아서 자랑하고 학교 다니는 누이동생은 삼 년 만에 처음으로 동무들을 데

---

2 도벽 벽에 종이와 흙을 바름.
3 윈채 '온채'의 평안도 사투리. 집, 이불, 가마 따위의 전체.

리고 와 놀고 또 나도 좋은 집에 온 것이 기뻐서 틈만 있으면 능금밭 사이를 걸으며 오래지 않아 필 하얀 능금꽃 냄새를 생각해보았다.

그렇게 모두 우리 집 식구가 봄과 함께 그 집을 즐거워하고 신통해하였다. 그랬는데 그 집에 들어서 스무 날이 넘는 어느 날 내가 병원에 가서 의사의 진단을 받고 X광선으로 된 얼룩진 내 폐(肺)를 보고 돌아오는 길에 — 날마다 즐겁게 넘던 자하문 어구 굿당 앞에서 나는 지난번 집을 들리던 날 솥 붙인 늙은이가 한 이야기를 생각해내고 또 그날 밤에 당장 그 미친 안주인이라고 생각한 여자에게 내 머리채를 쥐이고 맞아대는 꿈을 꾸고 나서는 나도 그 집을 '흉가'라고 단정해버렸다.

집을 들리는 날 늙은이는 아주 좋지 못한 얼굴을 지으며 솥은 얼른 안 붙이고 오래 이야기만 하는 것이 아닌가.

— 벌써 제가 이 부엌에서 솥 붙이기가 두번째입니다. 처음 이 집 퀸이 혼인하고 이 집에 들 적에도 제가 솥을 붙였습죠. 솥을 잘 붙이고 못 붙이는 데두 집안에 재수가 달린 겁니다. 이 집 퀸도 돈이야 많이 안 벌었나요. 큰 부자 소리를 듣다가 그리되었습죠.

— 어떻게 되다니요? 그럼 통 모르시고 집을 얻으셨습니까. 하긴 집터가 세더래두 집 다스리기루 간다구는 합니다마는…… 이 집 바깥 주인은 사십 미만에 그만 죽었습죠. 또 그 안주인은 미쳤습죠. 그러다가 나니 이 집을 동네서 죄다 '흉가'라 이르고 누구 드는 놈 하나 없이 이태 동안이나 비워두지 않았습니까…… 마는…….

— 그렇지요. 안주인 말씀입죠? 지금 그 시형집에서 비지발 없이 얻어먹다시피 하는걸입쇼? 다섯 살내기 딸년이 하나 있기는 합죠만 그게 뭘 알겠습니까. 그 많던 세간과 재산은 시형이 다 차지해가지고 배통을 두들기죠. 망할 놈 같으니 동생 간에 그게 할 짓이람. 금방 아우가 숨이 지자 아니 글쎄 재산을 다 투어가지고 네가 먹으니 내가 먹으니 했다니 참 기막히는 세상입죠. 그러니 그 꼬락서니를 보고서야 그 안에서 안 미칠 수가 있겠습니까! 그 자리에서 — 참 서방님이 발을 뻗친 방에서 너털웃음을 '허허' 몇 번간 웃더니만 그만 미쳐버렸

다는군요. 가긍한 일입지요. 그래두 지금 그 시형네가 그 제수와 조카딸년을 지천데기 굴듯이 거저 어쩌면 면할까 하고 이맛살을 찌푸리는걸요. 남의 눈들이 아니면 벌써 어디다 처치했을걸입쇼. 봄이면 앵두, 살구, 여름이면 능금, 가을이면 감을 따서 철철히 돈을 흥청흥청 잘두 쓰지만 동네 늙은이 한번 그 흔한 능금, 한 알 이렇단 말이나 있겠습니까. 저희 배짱 불리기에 눈알이 뻘겋지요. 그러면서두 구절부레한 세간 등물과 장 간장은 하나도 다치지 않구…… 값나가는 알맹이 세간들만 쏙 빼다가 팔어먹고 저이가 씀직한 놈은 죄다 쓰면서두…….

— 암요. 구절부레한 거나 장 간장은 께름측하니까 못 가져가고 저 헛간 속에다 쓸어 넣고 쇠를 잠궈버렸답니다. 장 간장에선 여름이면 구데기가 우굴우굴 바라나고 냄새가 물컥물컥 난다더니만.

— 그럴걸입쇼. 그 헛간은 내주지 않을 겁니다. 그 안에 쓸어 넣었던 건 다 어쩌게요. 그래두 헛간을 그연 우겨서 내달라구 하시지 왜 그러셨습니까.

— 남들은 이 집 쥔이 어째서 죽었느니 하고 수군거리지만 실상은 이 집 쥔의 병이야 너무 뇌동한 데서 생긴 거죠. 그 넓은 과실밭에 실과나무를 심구 그놈을 가꾸느라구 밤낮 침식을 잊었으니까요. 이 집에 들어서 칠 년 만에 죽었는가요. 어쨌든 그동안은 밤낮으로 밭에만 나서 있었죠. 그러다가 겨우 과실에서 돈을 벌게 되자니까 그만 죽어버리더군요. 원통한 일입죠.

— 그러기에 그 안쥔이 늘 하는 말인즉 사람을 보면 붙잡고 능금 칠천 석을 어쨌느냐 돈 오천 냥을 어디다 썼느냐 왜 내 이불보를 뜯어서 옷을 해입었느냐 하면서 너털웃음을 웃는답니다. 그저께도 글쎄 누가 보랴니까 이 집 대문 밖에서 잠긴 문을 흔들며 "내 집에 누가 산단 말이냐?" 하고 소리소리 지르더라나요. 날씨가 좋지 못한 날 어슬녘이면 꼭 한 번씩 그 시형집을 뛰쳐나와 늘 그렇게 대문을 흔들기도 하고 또 이 집 울타리 밖을 휘돌기두 하면서 무어라고 중얼거린다는군요. 그러니 동네에서 좋다고 할 리가 있겠습니까. 하지만 댁 같은 이들이야 신식 어른들이라 그런 걸 다 헤지 않으실 테니까 제가 이야기하는 겁니다. 뭐니 뭐니 해도 제가 솥이나 잘 붙여서 댁에서두 부자가 되신다면야 그

런 다행할 일이 또 어디 있겠습니까.

　늙은이는 여기까지 이야기를 계속하다가 궁둥이를 하늘로 높이 추켜들고 아궁이를 들여다보는 것이다. 나도 처음엔 늙은이가 하는 이야기가 어쩐지 께름칙하기도 해서 어머니나 동생들이 듣지 않게 늙은이에게 음성을 낮춰달라고 몇 번 당부한 일도 있었지만 늙은이가 솥 붙이는 데 집안의 재수가 달렸다는 말을 두세 번씩이나 하는 데는 그 늙은이의 배짱도 어지간히 들여다보여서 이야기를 딱 막아버리고 솥이나 얼른 붙여달라고 했다. 늙은이가 이야기한 대로 그렇다고 하면 그 안쥔이란 여자가 얼마나 가엾은가, 남편을 젊어서 잃고 그 아까운 세간과 많은 재산을 모두 남 좋은 일을 하고 살고 싶은 집에 못 살고 그러고도 그 시형집에서나 동리 사람에게 지천데기처럼 굴리우는 그 여자의 슬픈 운명에 나는 되려 동정이 갈 뿐 아니라 또 설사 늙은이가 말한 대로 그 집이 틀림없는 '흉가'라고 치더래도 나로서는 어떻다고 집을 나무람 할 수 없는 형편이 아닌가. 나는 오히려 그 집이 그런 흉을 가졌다는 것이 한편으로는 좋게도 생각되었다. 그 까닭은 '흉가'라면 셋돈이 웬만치 밀린다고 하더라도 심하게 굴거나 쫓아내거나 하는 일이 없으리라고 믿는 점에서였다. 그래서 그랬는지 나는 그 집에 들어서 스무 날이 넘도록 꿈 한번 어수선히 꾸어보기는커녕 늙은이가 한 이야기조차 다시 생각해본 일이 없었던 것이다. 사람처럼 저를 위해 사는 동물은 없는가 봐.
　하긴 그 집에 들어서 사흘째 되던 날부터 늘 몸에 열이 있고 오한이 아슬아슬 나기 시작한 것이 스무 날 넘어를 줄창 불편해오긴 했지만 어머니도 몸살이니 왜 안 나겠느냐 하시고 또 나도 그동안 집 까닭에 너무 몸과 마음을 지탱한 끝인가 보다고만 알고 있었을 뿐이다.
　어떻게 생각하면 내가 폐병이란 진단을 받고 그것이 겁나서 집을 들리던 날 늙은이가 한 이야기를 생각하고 또 그날 밤으로 당장 꿈까지 꾼 것이 아닌가 하는 마음도 없지 않으나 실상은 내가 폐병이란 의사의 진단을 받던 그 즉시로 나는 도무지 내 병을 염려한 일이 없고 되려 우리 집 식구의 생활만이 걱정되었

있는데 정말 그날 밤 내가 긴 머리채를 감아쥐우고 미친 안쥔이란 그 여자에게 실컷 얻어맞던 꿈을 꾸고 나서는 완전히 힘을 탁 잃고 말아버렸던 것이다.

꿈에 내 머리채를 휘여잡고 때리던 여자는 확실히 그 집 안쥔이란 여자일 게다. 날 보고 왜 내 이불보를 갖다가 치마를 해입었느냐 하고 또 왜 내 집에 들어 있느냐고 한 것이 솥 붙인 늙은이가 한 이야기와 똑같지 않고 어떠냐.

나는 실상 그 집 안쥔이란 여자를 본 적은 없었지만은 아마 그 여자는 꿈에 본 여자처럼 눈이 넷이고 머리가 크고 다리가 짤막하리라.

그 네 눈 알맹이를 무섭게 대굴대굴 굴리며 내 긴 머리채를 몇 번 왼손에 감아쥐고 바른손으로 죽어라 하고 나를 마구 때리던 것을 생각하면 몸서리가 치운다.

내가 소리소리 치다가 겨우 깨었을 때엔 머리맡에 촛불도 꺼져버렸었다. 그리고 방 안은 무척 조용한데 서쪽 창에 달빛만 가득 차고 그 달빛 속에 감나무 그림자가 꺼멓게 서리었었다. 나는 내 높이 뛰노는 가슴을 진정하면서 방 안을 휘 돌아보았으나 거기는 내 무서움을 덜게 해줄 아무것도 없었다. 테이블과 의자와 책과 탈바가지만이 서쪽 창에 비친 달빛으로 해서 어슴푸레하게 보여질 뿐이다. 내 눈은 점점 해등잔같이 둥그래서 서쪽 창에 서린 감나무 그림자만 바라보았다. 그것이 바람이 불 적마다 설렁설렁 흔들거리는 것이 몸에서 진땀이 빠지도록 무서웠다. 똑 나를 때리던 꿈에 본 여자가 그 문밖에서 조화를 부리는 것만 같았다. 나는 달빛이 원망스러웠다. 달빛 아닌 달빛이 그리워서 머리맡에 초 끄트러기라도 있었으면 하고 손으로 어스벙어스벙 만져보기도 했으나 그것도 없었다. 그러면서도 내 눈은 서쪽 창을 떠나지 못했다. 거기서 시선을 뗀다면 그 밖에 서 있을 성싶은 꿈에 본 여자가 문을 번쩍 열고 들어올 것만 같았다. 나는 감나무 그림자만이라도 없었으면 하고 바랐다. 내가 집을 돌아보던 날 그 감나무가 서쪽 창 가까이 바싹 들어서 있는 것이 운치 있다고 얼마나 좋아했던고.

땀이 물 퍼붓듯 하고 머리가 더 아팠다. 나는 꼼짝도 못하고 거저 죽을 것만 같았다.

어머니를 불러보고 싶은 마음도 났지만은 어머니를 깨우기 싫다기보다 너무 무서워서 부를 수가 없었다. 전등을 달아달라고 집을 들어서부터 스무 날째 전화질을 해도 문안서 떨어진 데라 몇 집 더 생겨야 달아준다는 전기회사가 그에서 어찌 더 미우랴.

몇 시나 되었을까? 어머니를 불러볼까? 어머니를 불러볼래도 안방 건넌방 새의 문이 모두 두꺼운 분합문이라 잘 들리지 않을 것 같기도 했다.

어쩌면 좋을까 하고 아직도 서쪽 창에서 눈을 떼지 못한 채 호들호들 떨며 땀만 흘리고 있는데 앞마을 닭이 '꼬꼬' 우는 것이 아닌가. 나는 귀에 신경을 집중시켜서 닭의 소리를 다시 한 번 들으려고 애를 썼다. 닭이 우는 것은 새날이 가까웠다는 것이니까. 닭이 울면 귀신도 간다고 하지 않는가. 서쪽 창밖에 서 있을 성싶은 그 여인도 이제는 가버리리라고 기뻐하고 나는 어머니를 불렀다.

하나 어머니는 아무 대답도 없었다. 또 한 번 더 크게 불러보았다. 또 대답이 없고 내가 '어머니' 하고 부른 내 소리의 떨리는 여음만이 조용한 방 안에 요란하게 흩어질 뿐이다.

아직 새벽이 안 됐단 말인가. 닭이 확실히 울었는데. 어머니는 새벽이면 꼭 깨시는 습관이신데. 그러면 닭이 초저녁에 울었을까. 초저녁 닭이 울면 불길한 일이 생긴다고 하지 않는가.

— 전에 우리가 시골서 어머니가 젊고 할머니가 계실 때 초저녁에 수탉이 '꼬꼬' 하고 활개를 치며 울어서 무슨 큰 변이 생긴다고 할머니가 당장 그 닭의 모가지를 비틀어 죽여서 튀를 해서 고아서 먹었지. 닭의 모가지를 비트니까 닭이 주둥아리를 길쭉이 빼내 물고 빨간 피를 철철 흘리며 두 눈통을 쑥 내밀고 버둥거리다가 한 발이나 줄쭉이 쭉 늘어진 놈을 할머니가 끓는 물에다가 넣고 털을 뽑으니까 우죽우죽 소리가 났다.

이튿날 아침 밥 먹을 때 닭곰탕에 밥을 말아 먹으면서도 할머니나 어머니나 닭이 불쌍타는 말 한마디도 없으시길래 나도 그냥 맛있게 잘 먹지 않았는가……

앞마을 닭이 또 한 번 '꼬꼬' 울었다. 나는 소름이 쭉 끼쳐서 그만 이불을 막

뒤집어쓰고 말았다. 그것은 확실히 초저녁 닭의 울음소리로 들렸던 까닭이다. 나는 이불을 쓰고도 서쪽 창에 어린 달빛 속의 감나무 그림자가 보이는 것 같고 앞마을 닭의 소리가 들리는 듯싶었다. 아! 무서웠다. 어머니를 부를 힘도 없었다.

"이만하면 고향 손님이 와도 부끄럽잖다"고 하시던 어머니의 말씀과

"엄마 왜 우리는 밤낮 이사만 해…… 우리 지금 가는 집은 하늘 끝에 있어?" 하고 정동집에서 떠나던 날 자하문 턱을 해가 저물어서 넘을 때 아이가 내게 울 듯싶은 얼굴로 묻던 말도 아직 기억에 있기는 해도 그래도 나는 날이 밝으면 집주인에게 돈을 찾아가지고 이사를 하리라는 마음뿐이었다.

나는 이불 밑에서 얼마를 신고하다가 조금 잠이 들었던가 봐. 이불을 벗고 눈을 떴을 제는 서쪽 창에 달빛도 감나무 그림자도 다 어디 가고 창은 벌써 달빛 아닌 빛에 환해졌다. 닭의 소리도 안 들렸다. 나는 그래도 어느 날이나 늘 하듯이 일어나자 머리를 풀어헤친 채 옷도 가다듬지 못하고 열어젖히던 서쪽 창을 못 열고 안방과 사이를 둔 어간 분합문을 먼저 열었다. 벌써 어머니와 아이와 동생들도 일어나고 그렇게 성문같이 두껍게 단단히 닫히웠으리라고 생각되던 안방 분합문도 환히 열려 있었다. 그리고 나는 다음에 앞밀창을 열고 또 서쪽 창을 주먹에 힘을 들여 꽉 냅다 밀었다. 달빛도 감나무 그림자도 이제 다 없는 그 문이었으나 그래도 나는 밤의 일을 생각하고 문이 괴상한 소리를 내며 벽에 나가 탕 하고 자빠지자 바깥을 이리저리 휘 돌아보았다. 하나 거기엔 무서울 것이 아무것도 없었다. 거저 나를 늘 즐겁게 하던 산과 능금나무 살구꽃과 감나무 앵두밭과 바위가 있었을 뿐이다.

나는 문턱에 턱을 고이고 앉아서 오래 그 산과 나무와 꽃과 바위를 보며 산허리를 싸고돌 아지랑이가 산봉우리를 넘어갈 때까지 무슨 생각을 했던지 모른다. 눈이 희미해지고 머리가 띵하고 가슴이 두근거리는 것이 꼭 누구에게 핀잔을 맞을 것 같은 불안스러운 마음이었다.

나는 다시 누웠다. 앞문으로 파란 하늘이 보였다. 그 하늘이 너무 무섭게 파

란 것이 싫어서 나는 그 문을 닫았다. 그리고 다시 누웠더니 이번엔 또 서쪽 창과 안방과 사이를 둔 어간 분합문 열린 것이 쓸데없는 구멍이 퀭하니 뚫린 듯싶어서 나는 또다시 일어나 그 양쪽 문도 마저 닫아버리고 말았다. 그랬더니 방이 몹시 우중충해지며 또 무서워졌다. 꿈과 솥 붙인 늙은이가 하던 말—— "집터가 세더래도 집 다스리기루 갑니다"—— 그 말이 생각났다.

정말 집터가 세서 내가 병들고 또 그 무서운 꿈까지 꾸었는가. 저녁쯤은 그 미친 안쥔이란 여자가 꼭 그 시형집을 뛰쳐나올 것 같기도 했다.

어쩌면 좋을까. —— 집을 옮겨야 할 텐데. —— 집을 옮기자면 집쥔에게서 돈을 찾는대도 이십 원 남짓하겠으니 단칸방두 얻으나 마나 하겠구. —— 그러니 나는 아프고 무섭고 하다가 여기서 죽는 건가.

이런 생각을 하고 있는데 맞은편 벽의 탈바가지가 눈을 부릅뜨고 입을 썰룩거리는 것이 아닌가. 마치 움직이는 물체 모양으로——.

"저게 또 웬일인가?"

나는 눈을 똑바로 뜨고 그 탈바가지를 바라보았다. 하나 보면 볼수록 더 무서운 표정을 짓는 데는 어쩌는 수가 없어서 나는 벌떡 일어나 그것을 떼어 테이블 밑에 집어넣고 그러고도 무서워서 내 방에 못 있고 안방으로 건너갔다.

집을 들리던 날 내 방을 정하고 테이블과 의자와 책을 정돈하고 벽에 그 탈바가지를 걸어놓고 좋아하던 일을 생각하면서 나는 안방 아랫목에 누워 있었다.

아침밥도 지났다. 누이동생은 학교에 가고 남동생도 나가고 아이는 동무를 따라 나가고 어머니는 정말 내가 몸살인 줄 아시고 약을 지어다가 다리시기까지 나는 조용한 그 아랫목에서 병과 약과 꿈과 집과 돈과 우리 집 생활을 생각하고 또 그리고 주름살 잡힌 늙은 어머니의 얼굴을 바라보았다.

약이 어느새 끓어서 '약탕'에 덮은 종이가 누렇게 부풀어 올랐다. 김이 천장에 잘 오르고 구수한 냄새가 제법 괜찮을 듯싶기도 했으나 그 약은 내 병을 모르시는 어머니가 몸살약으로 지어 오신 것이니 어쩌랴. 그래도 나는 어머니에게 내가 무슨 병이란 말을 차마 할 수 없었다. 그것은 어머니의 낙망이 너무 크실 것을 내가 잘 알고 있었던 까닭이다. 나는 눈물이 핑그르 돌아서 어머니가 안 보시게 얼른 벽 쪽으로 돌아누웠다.

뒷산에서 뻐꾹새 우는 소리가 들려왔다.

최정희(崔貞熙)

1906년 함북 성진 출생. 1924년 상경하여 동덕여학교, 숙명여고보를 거쳐 1929년 중앙보육학교를 졸업. 유치원 보모생활을 잠시 한 뒤 1930년 일본 동경으로 건너가 유치원에 근무하면서 '학생극예술좌'에 참여하기도 함. 귀국 후 『삼천리』의 기자로 있으면서 「정당한 스파이」(1931)로 등단. 1934년 '전주사건'(카프 제2차검거사건)에 연루되어 8개월간 감옥살이. 출옥 후 『조광』에 「흉가」(1937)를 발표. 제1회 여류문학상 수상(1964), 한국여류문학인회 회장(1969)을 역임. 『천맥』(1948), 『풍류 잡히는 마을』(1949) 등의 작품집과 장편소설 『녹색의 문』(1953), 『끝없는 낭만』(1958), 『인간사』(1964) 발표. 1990년 타계.

작품 세계

최정희는 '여성다운 여류'로서 여성 심리 내지 실재에 대한 날카로운 해부를 보여주었다는 찬사와 가부장적 권위에 순응하면서 '모성'이라는 전통적 부덕으로 회귀하였다는 비난을 동시에 받는 작가이다. 젊은 마르크시스트의 아내가 형사에게 협조하는 척하며 경찰의 끄나풀이 누구인가를 확인하여 남편에게 인정을 받는다는 간단한 이야기를 담은 등단작 「정당한 스파이」 이후 얼마 동안 프로문학을 지향하는 작품을 발표하여 '동반자작가'로 불리기도 하였다. 하지만 주인공이 모두 여성이고 '나'의 시점에서 이야기되는 점에서 이후의 고백적이고 자전적인 글쓰기의 특색을 일찌감치 보여주고 있다. 감옥살이를 하면서 문학을 본업으로 삼기로 작정하고 본격적으로 쓴 첫 작품이 「흉가」(1937)이다. 「흉가」와 「정적기」(1938)에서 시도하고 「지맥」(1939), 「인맥」(1940), 「천맥」(1941)에서 본격적으로 추구한 '여성 특유의 경험과 내면 세계에 대한 진술한 기록'은 최정희 작품 세계의 특징이 되었다. 최정희가 추구한 '여성 특유'의 것이란 관습적으로 주어진 여성성을 운명으로 여기고 그것에 자학적으로 부응하는 것이었고, 1930년대 후반 문단의 '여류' 문학 논의에서 '여류'를 긍정하든 부정하든 그 잣대는 최정희 작품의 이런 특징을 염두에 둔 것이었다. 일제 말에는 여성이 모성에 헌신하면서 '군국의 어머니'로 거듭나는 과정을 고백한 「야국 — 초」(1942) 같은 일본 식민주의파시즘에 협력하는 작품을 쓰기도 했다. 창작집 『풍류 잡히는 마을』로 대표되는 해방 직후의 작품 세계는 농촌의 가난하고 핍박받는 사람들의 비극을 다루고 도시 빈민에 대한 연민을 드러내며 그러한 불행의 원인을 지주와 소작인 또는 부자와 가난한 사람 사이의 계급의 문제로 파악하고 있다. 등단 초기작에서 보이는 사회의식이 다시 작품 전면에 등장했다. 한국전쟁 때 남편이 납북되는 등의 어려움을 겪은 최정희는 전쟁 후부터 다시 모성 — 여성의 문제를 제기한다. 해방 전부터 한국전쟁 후까지의 시대를 배경으로 비극적인 애정 관계를 그린『녹색의 문』과 국제결혼의 비극을 다룬『끝없는 낭만』을 발표했고, 애정과 성, 사상과 인간에 대한 것을 집약하고 작가 자신의 삶의 비전을 담으려 한『인간사』에서 역사적 사건에서 비롯된 갈등을 '모성'으로 감싸 안는 쪽으로 소설 세계를 확장해나갔다.

「흉가」

「흉가」는 최정희가 실제적 처녀작으로 내세우는 소설로서, 작가 자신이 자하문 밖 집에서 살 때 그 집의 유래와 자연환경을 생활하던 그대로 표현했기에 발표 직후 집주인이 남의 집을 흉가로 만들어놓았다고 쫓아냈다는 일화처럼 자전적 요소를 담고 있는 소설이다. 남편 없이 어머니와 동생과 아이를 부양해야 하는 가난한 여기자가 마침 집세가 싸게 나온 집을 구하게 되어 너무나 기뻐했는데 그전에 살던 사람이 죽고 미쳐 나간 흉가였더란 이야기이다. 솥 붙이는 늙은이가 자기 생색을 내려고 그 집의 내력을 이야기해주었고, '나'는 병원에서 폐병 진단을 받고 돌아오는 날 마침 굿당 앞에서 그 집에 대한 내력을 생각해내었고, 그날 밤 다시 꿈에 그 집의 미친 안주인이라고 생각되는 여자에게 머리채를 잡히고 맞는 꿈을 꾼 것이다. 소설 앞부분은 살던 집에서 갑자기 쫓겨나 남의 집에 빌붙어 사는 곤욕과 새집으로 이사해서 기를 펴는 — 나도 서재를 가질 정도이다 — 기쁨이 섬세하게 묘사되어 있다. 뒷부분은 그 괴로움이 있었기에 우연히 싸게 구했다고 좋아했던 집이 '흉가'로 변하는 공포스러움이 섬세하게 묘사되어 있다. 현진건의「운수 좋은 날」식의 아이러니보다는 의지할 데 없이 친정 식구와 아이들을 거느린 여성 가장 '나'의 고통의 묘사에 무게가 실려 있다. 그런데 그 미친 여자가 나에게 원풀이를 하거나 지식인적 면모를 가진 내가 '흉가'라는 터부에 휘둘릴 필연적 이유가 없다. 그 미친 여자와 나는 어쩌면 기댈 만한 남편이 없다는 점에서 서로 동정해야 할 관계일 수도 있기에 이사 오는 날 처음 이야기를 들었을 때는 "그 여자의 운명에 나는 도리어 동정이 갈 뿐만 아니라" 덕분에 집을 싸게 얻어서 다행이라고까지 생각했던 것이다. 그런데 내가 폐병 선고를 받은 날 꾼 꿈에서 그 미친 여자는 나를 위협하는 공포의 대상이 되니 이는 어떤 원초적인 공포이다. '나'는 남편을 잃자 모든 것을 잃어버린 그 미친 여자를 의식적으로는 동정하면서도 무의식적으로는 그녀와 같은 처지인 자신이 불행해질까 봐 두려워하고 있다. 이 작품에서 드러나는 '남편 없는 여자'의 불행에 대한 강박적 두려움은 다른 면에서는 '결핍된 가부장을 향한 욕망'을 드러내는 시발점이 되며 갈등을 기존에 주어진 것, 지배적 권위에 순응하는 것으로 해결하는 최정희 소설의 출발점이기도 하다. 1930년대 후반 여성다운 체취를 지닌 작가의 등장을 기대하는 문단적 분위기에서 자극을 받아 여성 소재의 이야기를 쓴 것으로 보이는데 에피소드적이고 신변사를 다루는 소설이 갖기 쉬운 주제의 빈곤을 '흉가'라는 소설적 공간을 은유적으로 표상함으로써 짜임새 있게 극복한 셈이다.

주요 참고 문헌

　최정희의「흉가」만을 논의한 작품론은 드물고 작가의 문학적 처녀작으로의 의미에 주목한 논의가 주를 이룬다. 서정자는「최정희 소설 연구 1 — 습작기 작품과 처녀작「흉가」를 중심으로」(『원우론총』제4집, 1986)에서 최정희가 습작기에 사회의식을 보여주는 소설과 여성의 신변사를 다루는 소설을 함께 쓰다가 수감생활 이후「「흉가」를 내놓은 점에 주목하면서, '흉가'로서 상징되는 원초적 공포는 반역사적인 것이며 집에 대한 갈증은 모성 회귀적 지향을 은유하고 있다고 보았다. 김동식은「여성과 모성을 넘어서」(『수라도 흉가 외 — 한국소설문학대계 31』, 동아출판사, 1995)에서「흉가」가 감옥 체험을 거쳐 자기 구원의 문학관을 가지고 쓴 작품이라는 데 주목하여 흉가 — 폐병 — 가면의 의미 구조를 열정과 낭만적 동경에 들떠 집을 나갔던 처자가 감옥을 거쳐 집에 돌아와 자신의 가면을 벗고 내면을 발견하는 것으로 해석했다. 서영인은「순응적 여성성과 국가주의「흉가」」(『현대소설연구』, 이회문화사, 2005)에서 '나'의 무의식을 남편 없는 여자, 여성 가장의 불행에 대한 강박관념으로 해석하면서 이후 최정희 소설에서 보이는 여성의 가부장적 가치에 대한 일탈과 순응의 내면구조의 원형으로 읽었다.

　　　　　　　　　　　　　　　　　　　　　　　　　　　_이상경

김남천
맥(麥)

지난여름의 일이다. 이 년 가까이 입감해 있던 오시형(吳時亨)이를 그는 백방으로 서둘러서 보석을 시켰다. 오시형이와 무경이의 관계는 양쪽 편 집이 모두 반대하였다. 어머니는 오랜 장로교인으로서 오시형이가 '믿지 않는 사람'이라고 꺼려 하다가 그가 사건에 걸려서 입감한 뒤에는 더욱더 완강히 그와의 결혼에 반대하였다. 한편 오시형이네 집에서는 그의 아버지가 극력으로 반대하였다. 물론 평양서 부회 의원을 지내면서 상업회의소에도 얕지 않은 지위를 가지고 있는 그의 부친이 반대하는 것은 아들이 선택한 최 무엇이라는 여자뿐만이 아니었다. 대학을 졸업하고 서울서 증권회사 조사부 같은 데 취직해 있는 아들의 태도에 반대였고, 사상이나 생활 태도 전체에 대해서 그는 아들의 생각과 뜻이 맞지 않았다. 그는 우선 아들이 평양으로 내려와서 자기 앞에서 친히 일을 보기를 희망하였고, 자기가 생각하고 있는, 도지사를 지냈다는 지명인사의 총명한 규수와 약혼을 할 것을 바라고 있었다. 그는 그의 생각하는 길이 아들을 출세시키는 최단 거리라고 믿는 것이었다. 그래서 부자가 서로 옥신각신하던 통에 뜻밖에 아들이 그만 온당하지 못한 사건에 걸려서 입감을 하게 되었

---

* 「맥」은 1941년 2월 『춘추』에 발표되었다. 여기서는 단편선 『맥』(한국문학전집 26, 문학과지성사, 2006)에서 부분 수록하였다.

다. 이것은 아들의 장래를 자기의 연장으로서 설계해오던 아버지에게 있어 놀라운 일이었을 뿐 아니라 그의 명예와 지위를 위해서는 치명적인 사건이 아닐 수 없었다. 아버지는 세상을 향해서 당황하였다. 그는 노하였다. 그는 드디어 아들과의 관계를 통히 끊어버리듯 하였다. 나이라도 많으면 늙은 마음이 자식을 생각하는 정의에 이겨나가질 못할 것이나 그는 오십 전후의 정정한 장년이어서 아들의 고생 같은 것은 보고 못 본 척할 수 있었다 —.

이렇게 해서 이 년이 흘렀는데 이 이 년 동안 무경이는 오시형이를 위하여 직업에 나섰고 어머니의 마음을 움직여서 오시형이와의 관계를 인정하게 하였을 뿐 아니라 보석 운동이 주효해서 그에게 다시금 태양의 빛을 쐬게 만들었다. 지금 무경이가 쓰고 있는 야마도 아파트의 삼층 이십삼호 실은 보석으로 출감하는 오시형이를 위하여 무경이가 준비해두었던 방이었다.

그러나 오시형이가 출감하면서 동시에 연달아서 뜻하지 않았던 사건이 튀어나왔다. 우선 오시형이는 그전에 포회했던 사상으로부터 전향을 하였다. 그의 전향의 이론을 그 자신의 설명으로 들어보면 경제학으로부터 철학에의 전향이요, 일원사관(一元史觀)으로부터 다원사관(多元史觀)에의 그것이라 한다. 이러한 결과로 하여 학문상으로 도달한 것이 동양학(東洋學)의 건설이었고, 사상적으로도 세계사의 전환에 처하여 시시각각으로 변하는 국제 정국에 대처해서 하나의 동양인으로서의 자각이 있어야 한다는 것이다. 그러나 사상이나 학문 태도가 변하였다든가 전향하였다고 하여서 그들의 사이에 어떠한 틈이 생길 리는 없는 것이었다. 본시 최무경이는 오시형이가 어떠한 사상을 품게 되든 그런 것에는 깊이 개의하지 않는 것이라고 믿어왔고, 또 그러한 것에 대해서 깊이 천착하고 추궁할 만한 준비나 여유가 없다고 생각해왔었다. 그러므로 오시형이의 이러한 전향이란 것이 어떠한 정신적인 내용을 가지고 있는 것인지 또 그러한 내면적인 정신상의 문제가 자기와의 관계나 혹은 생활 태도 같은 것에 어떠한 영향을 줄 것인지에 대해서는 아무러한 생각도 가지지 못하였다. 그는 변함없는 애정이면 그만이었고 자기가 그동안 실천한 불요불굴한 행동에서 오는 자긍과 도취로 해서 통히 그런 것에 생각이 미치지도 못하였다. 그러나 오시형이의 내면 생활은 무경이가 생각하는 것보다는 좀더 복잡한 과정을 경험하고 있었다. 이 년 동안 독방 안에서 경험하는 내면 생활에 대해서 밖의 사람은 단순한 해석밖에는 가지지 못한다. 아버지, 여태껏 무슨 큰 원수나 되듯이 생각하여오던 오시형의 아버지가 아들의 출감을 듣고 상경하여 아파트를 찾아왔을 때에 시형이의 내부 생활의 복잡한 면모는 하나의 표현을 보였다. 그는 당장에 아버지와 타협한 것이다. 인정과 격리되어서 애정에 주린 생활을 영위하던 사람이, 죽일 놈 살릴 놈 하던 아버지의 돌변한 태도에 부딪쳐서 감격과 흥분을 맞이한 때문만은 아니었다. 아들과 아버지의 사이란 하나의 혈통이니까 커다란 불화가 있었다 해도 칼로 물을 벤 것과 진배없어서 그들은 언제나 다시 화합해야 할 핏줄을 가졌다고만 해석하는 데도 다소간의 불충분은 없지 않을 것이다. 그런 것과 관련을 가지면서도 결정적인 원인을 지은 것은 오시형이의 가슴에 아버지까지를 포함시켜 그가 여태껏 상대해오던 일체의 '대립물(對立物)'을 받아들일 만한 준비가 되어 있었다는 점일 것이다. 여하튼 그는 아버지를 따라서 평양으로 내려갔다. 그러나 그것뿐만은 아니었다. 오시형의 출감과 전후해서 무경이는 또 하나의 돌발 사건을 맞이하게 되었다. 그것은 어머니의 결혼이었다. 어머니가 어떤 남자와 교제를 가지고 있다는 것을 눈치 챘을 때 무경이는 커다란 실망과 함께 여자다운 질투와 어머니의 육체적인 체취에 대해서 늑지한¹ 구역을 느꼈다. 그리고 어머니를 잃어버리는 데 대해서 누를 수 없는 서러움을 경험하였다.

  단 하나의 어머니도 잃어버리고 단 하나의 애인도 잃어버렸다. 직업에는 오시형의 차입을 위하여 나섰던 것이요, 아파트의 방은 보석으로 나오는 그를 맞이하기 위하여 얻었던 것이었다. 의지하였던 것도 믿었던 것도 사랑하던 것도 희망하는 것도 일시에 없어져버린 것이다. 산다는 것의 의미와 생존의 목표를 어디서 찾아볼 수 있을까 하여 그는 잠시 동안 멍청하니 공허해진 저의 가슴을 처치해볼 길이 없었다.

---

1 늑지하다 '느끼하다'의 사투리.

그러나 그는 희망을 잃지 않고 살아 나아가겠다는 하나의 높은 생활력 같은 것을 천품으로서 가지고 있었다. 그러한 생활력은 제 앞에 부딪쳐오는 어떤 어려운 문제라도 꿰뚫고 나아가야 한다는 강력한 의지력으로 나타날 때가 있었다. 사람은 제 앞에 다닥쳐오는 어려운 문제를 회피하지 않고 그것을 맞받아서 해결하고 꿰뚫고 전진하는 가운데서 힘을 얻고 굳세지고 위대해진다고 생각해본다. 어떻게도 할 수 없는 난관에 부딪히고 함정에 빠져서 그가 생각해본 것은 모든 운명의 쓴 술잔을 피하지 않고 마셔버리자 하는 일종의 '능동적인 체관(諦觀)'이었다. 그는 우선 어머니와 오시형이를 공연히 비난하고 시기하고 질투하지 않으리라 명심해본다. 자기 자신을 그들의 입장 위에 세워보리라 생각한다.

오시형이는 이 년 동안 옥중에서 충분한 사색과 반성을 가질 수 있었을 것이다. 그의 생각은 섬세해지기도 하였고 치밀해지기도 하였고 풍부해지기도 하였을 것이다. 그는 자기의 정신상 갱생을 사상과 학문상의 전향에서 찾으려 하였고, 그의 육체와 생명은 다시금 빛 없는 생활에 얽매이지 않기를 본능적으로 갈망하고 있을 것이다. 아버지와의 관계에 있어서도 좀더 원만하고 원숙해지리라 명심하고 있을 것이다. 사실 그는 가정이 있는 평양으로 내려가는 것이 건강에나 또는 당국 관계에 있어서도 편리할 것이라고 믿지 않을 수가 없었을 것이다. 오시형이가 아버지를 따라 평양으로 가는 것, 그것은 그의 금후 생활을 영위하기 위해서 반드시 필요한 일이라고도 생각되어진다. 그렇다면 이까짓 방 같은 것이 합체 무엇이며 무경이의 마음이 다소 섭섭해지는 것 같은 것이 하상 무엇이냐고도 생각되어진다.

어머니의 입장도 이와 마찬가지였다. 어머니는 이십 전에 홀몸이 되어서 자기 하나만을 믿고 살아왔다. 자기가 어떤 사내와 결혼하면 어머니는 누가 모시며 어머니가 마음을 의지할 사람은 장차 누구일 것이냐? 어머니의 신뢰와 애정을 거역하고 나선 것은 딸이었다. 딸의 문제를 허락하였을 때 어머니가 그를 믿고 팽팽하게 당길 수 있었던 닻줄을 팽개쳐버리면서 갑자기 독신 생활에 대해서 신념을 잃어버렸다는 것도 넉넉히 이해할 수 있지 아니한가. 그렇다면 딸의 마음이 서운해질 것을 염려치 않고 어머니가 장래의 생애에서 행복된 설계를 가지려 하였다고 그것을 탓할 수는 없는 노릇이었다. 오시형이는 그의 앞날을 위하여 영위함이 있어 마땅한 일이며 어머니는 어머니의 남은 생애를 위하여 설계함이 있어 마땅한 일이 아니냐. 그러면 뒤에 남아 있는 최무경이 자기 자신은? 그는 생각해본다.

'나는 나 자신을 위하여 생활을 가져보자!' — 이것이 그를 구렁텅이에서 구하여낸 결론이었다.

시형이를 위하여 얻었던 방에는 제가 들기로 하였다. 어머니가 결혼하여 정일수씨와 동거하게 되었을 때 어머니와 무경이가 살던 집은 팔아버렸다. 마침 가옥 시세가 가장 댓금[2]이던 때이라 그리 새집은 아닌 것인데 한 칸에 칠백 원씩 받아서 일만 오천 원의 거액이 무경이의 저금 통장에 기입되었다. 살림도 간단히 추려서 대부분은 어머니한테 맡겨두고 신변에 필요한 몇 가지와 취사도구의 간단한 것만 아파트로 옮겨 왔다. 아직도 아버지의 명의대로 남아 있는 칠십 석 남짓한 땅은 으레 무경이에게 상속이 되었으나 정일수씨한테 관리시키고 일 년에 이천 원씩을 받아다가 저금 통장에 기입시키기로 작정하였다. 한집안에 살기를 권하다가 그들의 뜻을 이루지 못한 정일수씨와 어머니는 될수록 무경이에게 편의를 도와주려 힘썼고 딸에 대한 그들의 애정을 극진히 표시하려고 애썼다. 무경이는 전과 다름없는 여사무원의 직업을 그대로 가지고 있었다.

그러나 이러한 조처를 대어놓고도 오시형이와의 애정에 대한 신뢰만은 덜지 않으려고 생각하였다. 하기는 시형이가 아버지와 타협하고 평양으로 내려간다는 고백을 들었을 때에 이 사건을 통해서 맨 먼저 느낀 것은 여자다운 직관력만이 날카롭게 간파할 수 있는 애정의 동요였다. 평양에는 진척시켜오던 약혼설이 있다. 도지사를 지낸 저명인사의 영양이 있다. 무경이는 고백 뒤에 어물거리는 그림자로서 그것을 눈앞에 그려보았던 것이다. 그러면서도 그들은 한가지로 그 문제에 대하여는 아무러한 이야기도 나누려 하지 않았다. 무슨 일이

---

2 댓금 물건값의 높은 시세.

있어도 오시형이의 마음만은 변하지 않으리라고 믿었던 것일까, 또는 아무리 따져놓고 약속을 굳이 하여두어도 흐르는 수세는 당해낼 재주가 없는 것이라고 단념해버렸던 것일까. 어떤 날, 어머니는 딸에게 이런 말을 물었다.

"시형이 아버지가 그 무슨 도지사의 딸이라든가 허구 약혼하라던 건 그 뒤 무슨 이야기가 없다든?"

이 날카로운 질문을 받고 무경이는 잠시 당황했으나,

"무슨 별 이야기 없던데요."

하고 대답하였다. 그러나 어머니는 마음을 놓을 수가 없다는 듯이 또다시 무어라고 입을 나불거리다가 여러 번 주저하던 끝에,

"글쎄, 그렇다면 좋거니와. 손수 올라와서 데리구 가는 바엔 그런 이야기두 있었을 법한데. 그럼 무어 너허구의 결혼에 대해서두 안즉 이렇다 할 의사 표시는 없은 셈이로구나."

하고 나직이 말하였다. 무경이의 가슴속에서는 꿍 하고 물러앉는 것이 있었다. 당황해지는 제 마음을 부둥켜 세우며,

"마음대루 허라지요. 도지사 딸한테 장갈 들려건 들구 귀족의 딸한테 들려건 들구······."

어머니는 이러한 딸의 언행에서 적지 않은 경악을 맛보았으나 그 이상 이야기를 이어 나아가지는 못하였던 것이다.

서울을 떠난 오시형이한테서는 내려간 지 한 주일이 지나서 한 장의 편지가 왔다. 윤택이 있는 다정스러운 문구는 하나도 없고 적잖이 고민이 섞인 생경한 문구로 적혀 있었다.

── 지금 내가 생각하고 있는 것은 나의 장래에 대한 것이오. 내가 어떻게 하면 정신적으로 재생하여 자기를 강하게 하고 자기를 신장시킬 수 있을까 하는 문제입니다. 일찍이 나는 비판(批判)의 정신을 배웠습니다. 그러나 이러한 자기 자신에 대한 비판만 되풀이하고 있으면 그것은 곧 자학(自虐)이 되기 쉽겠습니다. 나는 자학에 빠져버리고 싶지는 않습니다. 뿐만 아니라 외부 세계(外部世界)에 대한 준열한 비판만 있으면 모든 것이 그대로 이루어지리라는 요즘의

지식인들의 통폐에 대해서는 나는 벌써부터 좌단(左袒)을 표명할 수가 없었습니다. 비판해버리기만 하는 가운데서는 창조는 생겨나지 않을 것이기 때문입니다. 그러므로 설령 그러한 결과 도달하는 것이 하나의 자애(自愛)에 그치고 외부 환경(外部環境)에 대한 순응에 떨어지는 한이 있다고 하여도, 나는 지금 나의 가슴속에 자라나고 있는 새로운 맹아(萌芽)에 대해서 극진한 사랑을 갖지 않을 수는 없겠습니다. 새로운 정세 속에 나의 미래를 세워놓기 위해서 지금까지 도달하였던 일체의 과거와 그것에 부수(附隨)되었던 모든 사물이 희생을 당하고 유린을 당하여도 그것은 또한 어떻게도 할 수 없는 일일까 합니다 ——.

물론 결혼에 대한 문구는 아무 데서도 찾아볼 수 없었다. 무경이는 애정에 대한 것만은 변치 않았고 또 앞으로도 변하지 않으리라고 생각하여보았다. 그러나 무경이는 어떤 급처를 마치 보자기로 송곳을 싸 들고 있는 것 같은 위태로운 심리로 가만히 덮어놓고 있는 것도 희미하게 느끼지 않을 수는 없었다. 보자기를 조금만 힘을 주어서 잡아당기면 날카로운 송곳이 보자기를 뚫고 벌(蜂)처럼 폐부를 찌르기를 사양치 않을 것이다. 그것을 잘 알고 있기 때문에 보자기를 어름어름 가만히 덮어놓아보는 것이다. 그러나 이러한 상태는 오래 지속될 수는 없었고 또 무경이의 성격이 그러한 상태에 어물어물 박혀 있도록 철부지도 아니었다. 드디어 오시형이의 편지 내용이 결코 추상적인 문구만이 아니고 실상은 생생한 구체적 사실의 진행을 그러한 추상적인 문구로 표현해놓은 데 불과하다는 것이 명백히 이어질 시기가 왔다.

그 뒤 무경이의 몇 장의 편지에 대해서 오시형이에게선 도무지 회답이 없었다. 그러다가 어떤 날 짤막한 편지가 한 장 왔는데, 그것은 정양하러 어느 온천으로 간다, 통신 관계가 빈번한 것은 여러 가지로 재미롭지 않아서 아무에게나 여행한 곳은 알리지 않기로 되었으니 양해하라는 내용의 글이었다.

오시형이가 자기의 사상을 정비(整備)하고 정신을 통일시키는 데 방해가 되고 장애가 될 만한 이야기는 될수록 삼가서 편지를 쓰던 무경이었다. 그의 문제를 그 자신이 처리하고 있는 데에 다른 사람의 수작이 하상 무슨 관계냐고 무경이도 생각해보았던 것이다. 그로 하여금 그의 문제를 처리케 하라! 새로운 사상의 체계를 세워서 생명의 구원을 받게 하라! 그것이 무경이의 진심이었다. 그러나 이 편지가 내용하는 것은 무엇인가. 그런 것과는 관계없이 최무경이라는 석 자의 이름과 그 이름으로부터 오는 기억 속에서 해방되겠다고 하는 하나의 전혀 별개의 사실이 아닌가.

무경이는 보자기를 뚫고 올라온 송곳 끝이 제 심장을 쓰리게 찌르고 있는 것을 느끼며 얼마를 보내었다. 가을이 왔다. 겨울이 왔다. 새해가 왔다. 봄이 닥쳐왔다. 물론 오시형이의 소식은 그대로 끊어진 채로. 그러나 이러한 가운데서 그가 가진 것은 '혼자서 산다'는 억지에 가까운 결심과 자기도 누구에게나 지지 않을 정신적인 발전을 가져보겠다는 앙심이었다. 나도 나의 생활을 갖자! 나의 생각을 나의 입으로 표현할 만한 자립성을 가져보자! 오시형이의 영향으로 경제학을 배우던 무경이는 또 그의 가는 방향을 따라 '철학을 배우리라' 방침을 정하는 것이다. '너를 따르고 너를 넘는다!' — 이러한 표어 속에 질투와 울분과 실망과 슬픔과 쓸쓸함과 미움의 일체의 복잡한 감정을 묻어버리려 애쓰는 것이었다 —.

〔중략〕

"선생님 공부하십니다그려."
하고 놀란 듯이 뒤에 놓은 서가와 그 옆으로 쌓아놓은 많은 서적을 굽어본다. 무경이의 것 외에 오시형이가 미결감에서 보던 것이 대부분 그대로 있어서 서적은 의외로 많았다.
"그저 허는 시늉이나 합니다."
"아니 거 대부분이 철학이 아닙니까."
그는 참말로 놀라는 표정을 지어 보였다. 차를 가져다 앞에 놓아도 무경이의 얼굴만 감탄하는 낯으로 뻔히 쳐다보고 있었다.
"너무 그러시지 마세요. 부끄럽습니다."
그러나 열심히 공부한다는 칭찬을 받는 것은 그다지 불쾌한 일은 아니었다.

"어서 식기 전에 차 드세요."

관형이는 깊이 감동된 듯한 얼굴로 가만히 앉았었으나 이윽고 차를 들어서 맛보듯이 입술로 가져갔다. 무경이도 마주 앉아서 차를 들었다.

"선생님은 대학에서 무엇을 가르치셨에요?"

"나요?"

그러고는 찻종을 놓았다.

"일전에 대학 강사라구 사칭(詐稱)했던 건 취소하지 않었습니까."

그러나 입술은 빙그레 웃고 있었다.

"그렇게 놀리시지 마십시오. 그때에 사정이 그렇게 되어서 실례를 했었지만."

무경이도 그때의 일을 회상하면서 그렇게 말했다.

"가르쳤달 것까진 없지만 영어를 좀 강의했습니다."

"그럼 영문학이 전공이세요?"

"네, 선생님의 철학으루 보면 아주 옅은 학문이올시다."

"온 천만에, 제가 또 철학이니 무어 벤벤히 공부헌 줄 아시구 그러세요. 저 책두 대부분이 제 것이 아니랍니다. 어찌어찌 그렇게 될 사정이 있어서 요즘 좀 뒤적거려보지만."

관형이는 다시 서가 있는 쪽을 돌아다본다.

"니체, 키에르케고르, 베르그송, 뒤르켐, 딜타이, 하이데거, 세렐, 페기, 오르테가, 짐멜, 슈미트, 로젠베르크, 트레루치, 듀이……."

그렇게 책 이름의 밑을 따라가며 입속으로 중얼중얼하다가,

"어유우 이거 더 굉장한 거물들이 아주 뭇별처럼 찬연히 빛나고 있습니다그려. 모두 세계 정신을 제가끔 떠받들고 구라파를 구해보겠다는……."

그러고는 낯을 돌려 찻잔을 다시 들면서,

"나두 인제 저 사람들을 좀 공부해야지……."

저의 여태껏의 생활이 엉망이었던 것을 부끄러워하는 낯으로 가만히 그렇게 뇌었다. 그러나 무경이는 어쩐지 낯이 간지러웠다. 책은 쪼르르니 꽂아놓았지

만 저는 아직 그 뭇별처럼 빛나는 구라파의 사상가들이 무엇을 하는 사람인 것도 알고 있달 자신이 없었다. 자기를 무슨 큰 공부꾼이나 되듯이 착각하고 있는 젊은 학자를 눈앞에 앉혀놓고 그는 난데없는 부끄러움을 맛보고 있다. 그럴수록 오시형이의 생각이 난다. 그이에게 구원을 준 사람은 그의 말에 의하면 저 철학자와 사상가들이라 한다. 하긴 저 사람들은 오시형이의 애정까지도 무경이에게서 빼앗아 갔지만.

그런 것을 마음속으로 생각해보다가 무경이는 낯을 들었다.

"선생님, 제가 하나 여쭈어볼 말씀이 있습니다."

"무어 말입니까? 저는 그런 방면은 아무것도 모릅니다."

무경이는 그러한 사내의 겸사의 말엔 귀도 기울이지 않고 열심스러운 태도로 물어본다.

"동양학이라는 학문이 성립될 수 있을까요?"

동양학은 어떻게 해서 오시형이를 저토록 고민 속에 파묻히게 만드는 것일까. 동양학으로 가는 길이 무엇이관데 그것은 오시형이와 최무경이의 관계를 이토록 유린하고 무시해버릴 수 있는 것일까. 그의 질문에는 학문과 애정의 문제가 함께 얽혀져서 마치 그의 생활의 전체를 통솔하고 지배하는 열쇠 같은 것이 간축되어 있는 것이다. 사내들 세계는 알 수 없는 수수께끼라 한다. 사실 그는 오시형이가 평양으로 내려간 뒤부터 그를 이해하고 있달 자신이 없어졌다. 지금 그의 앞에 앉아 있는 이관형이라는 사내 역시 형체를 붙들 수 없는 사람은 아닌가. 이렇게 마주 앉아 있는 것을 보면 교양 있고 얌전한 지식인 같다. 그러나 한편으론 문란주와 같은 나이 먹은 여자와, 강영감의 말은 아니지만 심상하지 않은 관계를 맺어놓고 질서 없는 비위생적인 생활도 버젓하게 벌여놓을 수 있는 사람.

무경이의 묻는 말에 처음은 농말조로 받아넘기려다가 그의 태도가 지나치게 진지한 데 눌리어서 이관형이도 잠시 제 머리를 정리해보듯 한다.

"전문 부분이 아니어서 상식적인 것밖에는 대답할 수 없겠습니다. 그리구 그런 정도로도 잘못된 해석이나 또 엉터리 없는 취상이 많을 줄 압니다마는……

내 생각 같애선 서양 사람이 자기네들의 학문적 방법을 가지고 동양을 연구하는 것과 동양인이 구라파의 학문 세계에서 동양을 분리할 생각으로 동양을 새롭게 구성해보려는 노력과 이렇게 두 가지루다 나누어서 생각해볼 수가 있는데 어느 것이나 독자적인 학문을 이룬다던가 하는 것은 어려운 일인 줄 생각합니다. 서양 학자가 구라파 학문의 방법을 가지고 동양을 연구한다고 그것을 동양학이라고 말한다면 그것은 지역적인 의미밖에 되는 게 없으니까 별로 신통한 의미가 붙는 것이 아니고 그저 편의적인 명칭에 불과할 것이요, 또 동양인인 우리들이 동양을 서양 학문의 세계에서 분리해서 세운다는 일에도 정작 깊은 생각을 가져보면 여러 가지 곤란이 있을 줄 압니다. 가령 동양학을 건설한다지만 우리들의 대부분은 구라파의 근대(近代)를 수입한 이래 학문 방법이 구라파적으로 되어 있지 않겠습니까. 대학에서 공부한 사람의 거개가 구라파적 학문의 방법을 배운 사람들이니 그 방법을 버리고서 동양을 연구할 수는 없지 않습니까. 그렇지 않다면 동양이 가지고 있는 고유의 학문 방법으로 동양을 연구하여야 할 터인데 내가 영국 문학을 한 사람이라 그런지 사회과학이나 자연과학이나 철학이나 심리학이나 구라파적 학문 방법을 떠나서는 지금 한 발자국도 옴짝달싹 못할 것입니다. 그러니까 니시다(西田) 같은 철학자도 서양 철학의 방법을 가지고 일본 고유의 철학 사상을 창조한다고 애쓴다지 않습니까. 한동안 조선학이라는 것을 말하는 분들도 우리네 중에 있었지만 그 심리는 이해할 만하지만 별로 깊은 내용이 없는 명칭에 그칠 것입니다. 요즘에 율곡(栗谷) 같은 분의 유교 사상을 서양 철학의 방법을 가지고 연구해보려는 분들이 생기고 있는 모양이지만 이런 의미에서 본다면 동양학의 성립이란 애매하고 또 내용 없는 일거리가 되기 쉽겠습니다."

"그러나 서양 학자들이 동양을 연구하는 데는 좀더 다른 의미도 들어 있지 않을까요? 말하자면 서양의 몰락과 동양의 발견이라든가 하는."

"네, 잘 알겠습니다. 요즘 그렇게들 말하는 분이 많습니다. 그리고 물론 그것은 결코 거짓이 아니겠지요. 구라파 정신의 몰락이라든가 구라파 문학의 위기라든가 하는 소리는 이 쭈루루니 책장에 꽂혀 있는 뭇별 같은 사상가들이 오래전부터 떠들어오는 말이고, 구라파 정신의 재생이나 갱생책을 생각해보는 과정에서 동양을 발견하는 일이 많다고도 말할 수 있겠는데, 그러나 그들은 결코 구라파 정신을 건질 물건이 동양의 정신이라고는 믿지 않고 있습니다. 뿐만 아니라 그들은 한가지로 세계를 건질 정신은 역시 구라파 정신이라고 깊이 확신하고 있습니다. 이것은 서양 사람으로서는 물론 당연한 일이고 우리 동양 사람은 감정적으로래도 항거하구야 견뎌 배길 일이지만, 그러나 구라파 학자의 동양 발견이라는 것은 그 이상의 것은 아닙니다. 서양 학자가 동양에 오면 도시의 근대 건축이나 그런 것에는 조금도 감탄하지 않고 고적이나 유물 앞에서는 아주 무릎을 친답니다. 그를 안내한 동양 학자는 이것을 설명해서 서양 사람들은 위안(慰安)으로밖엔 감탄하지 않는다고 말합니다. 유물이나 고적에서 서양을 건져낸다던가 세계 정신을 갱생시킬 요소를 발견하고 감탄하는 것은 아니란 것입니다. 이런 점은 우리 동양 사람이 깊이 명심할 일입니다.”

무경이는 가만히 듣고 앉아 있다. 그러나 마지막으로 오시형이의 이론을 그대로 옮겨서 또 한 번 질문을 던져본다.

“앞으로의 현대의 세계사를 구상해보는 데 있어서 서양 사학에서 떠나 다원 사관에 입각하여 여러 개의 세계사를 꾸며놓는 것은 어떨까요?”

학술적인 술어가 마음대로 입에 오르지 않아서 그는 더듬더듬 자기의 의사를 표현해놓는다.

“동양에는 동양으로서 완결되는 세계사가 있다, 인도는 인도의, 지나는 지나의, 일본은 일본의, 그러니까 구라파학에서 생각해낸 고대니 중세니 근세니 하는 범주(範疇)를 버리고 동양을 동양대로 바라보자는 역사관 말이지요. 또 문학의 개념두 마찬가지 구라파적인 것에서 떠나서 우리들 고유의 것을 가지자는 것. 한번 동양인으로 앉아 생각해볼 만한 일이긴 하지요마는 꼭 한 가지 동양이라는 개념은 서양이나 구라파라는 말이 가지는 통일성을 아직껏 가져보지 못했다는 건 명심해둘 필요가 있겠지요. 허기는 구라파 정신의 위기니 몰락이니 하는 것은 이 통일된 개념이 무너지는 데서 생긴 일이긴 하지만. 다시 말하면 그들은 중세(中世)를 가지고 있지 않습니까. 그 중세가 가졌던 통일된 구라파 정신이 아주 깨어져버리는 데 구라파의 몰락이 있다고 하지 않습니까. 그러나 그들이 그들의 정신적 갱생을 믿는 것은 통일을 가졌던 정신의 전통을 신뢰하기 때문이겠습니다. 불교나 유교는 이러한 정신적 가치로 보면 훨씬 손색이 있겠지요. 조선에도 유교도 성했고 불교도 성했지만 그것이 인도나 지나를 거쳐 조선에 들어와서 하나도 고유의 사상이나 문화의 전통을 이룰 만한 정신적인 힘은 가지고 있지 못하지 않았습니까. 허기는 그건 불교나 유교의 탓이라기보다는 우리 조상들의 불찰이기도 하지만."

어느 한 귀퉁이를 비비고 들어가볼 틈새기도 없을 것 같았다. 이관형이의 이러한 생각을 듣고 있으면 그가 비위생적인 생활 태도를 가지는 데도 어딘가 이해가 가는 듯이 느껴졌다. 동양인으로서 동양을 저토록 폄하(貶下)하지 않을 수 없는 것도 하나의 비극이라고 생각되어지기도 하였다. 그는 잠시 오시형이의 편지를 생각해보았다. 비판만 하면 자연히 생겨나리라고 생각하는 것이 요즘의 지식인들의 하나의 통폐라고 말하면서 비판보다도 창조가 바쁘다고 한 것은 이러한 것을 두고 말하였던 것일까.

잠시 말을 끊고 앉아 있던 이관형이는 주머니를 뒤져서 담배를 꺼냈다.

"미안하지만 담배 한 가치만 피웁시다."

그러고는 성냥을 그어서 담배를 붙였다. 한 모금 깊숙이 빨고는,

"요즘 내가 가장 사랑하는 말이 하나 있습니다. 반 고흐라는 화가의 말인데."

다시 한 모금을 빨아 마신 뒤에,

"인간의 역사란 저 보리와 같은 물건이다. 꽃을 피우기 위해서 흙 속에 묻히지 못하였던들 무슨 상관이 있으랴, 갈려서 빵으로 되지 않는가. 갈리지 못한 놈이야말로 불쌍하기 그지없다 할 것이다. 어떻습니까?"

그러고는 또 한 번 뜨즉뜨즉이 그것을 외고 있었다. 무경이도 그의 하는 말을 외어가지고 다소곳하니 생각해본다. 그러나 한참 만에,

"그게 어떻단 말씀이에요. 흙 속에 묻히는 것보다 갈려서 빵이 되는 게 낫다는 말씀입니까. 그렇잖으면 흙 속에 묻혀서 많은 보리를 만들어도 그 보리 역

시 빵이 되지 않는가 하는 말씀입니까?"
하고 물어보았다. 이관형이는 싱글싱글 웃으면서,

"여러 가지루 해석할 수 있을수록 더욱더 명구가 되는 겁니다. 해석은 자유니까요."

"그럼 전 이렇게 해석할 테예요. 마찬가지 갈려서 빵가루가 되는 바엔 일찍이 갈려서 가루가 되기보담 흙에 묻이어 꽃을 피워보자."

이관형이는 여전히 싱글싱글 웃었다.

"구라파 정신이 막다른 골목에 처했을 적에 그들이 니힐리스틱하게 던져본 말입니다. 이렇게 구라파가 몰락해버리는데 정신을 신장해보는 사업에 종사해본들 무엇하랴, 이건 하이데거 같은 철학자의 해석이랍니다. 선생님의 해석은 건강하고 낙천적이고 미래가 있어서 좋습니다."

"선생께선 그런 사상을 가졌으니께 대학에서두 실패를 보신 거예요."

"대학에서 실패를 보구 그런 사상을 가졌다는 편이 진상에 가깝겠지요."

"영국 문학을 하셨구 그런데 바로 그 정신의 고향인 자유주의와 개인주의의 영국이 지금 망하게 되었으니께 선생님이 그런 생각을 가지게 되시죠."

관형이는 담배를 껐다.

"그런 것만도 아닙니다. 대학에서 실패한 건 되려 자유주의적이 못 되기 때문이었구, 또 내 정신의 고향이 결코 영국인 것도 아닙니다. 우린 동양 사람이 아니어요. 대학에서 몇 년 배웠다구 그대루 영국 정신이 터득된다면 큰일이게요. 오히려 병집은 그 반대인 데 있습니다. 구라파 문화를 겉껍질루만 배운 데. 그럼 내 자신의 이야기를 하지요. 그러나저러나 내 자신의 이야기를 털어놓는다고 하면서도 여태 서루 통성두 없었군요. 저는 이관형이라고 부릅니다."

그래서 무경이도 제 이름을 가르치고 인사를 하였다. 그러고는 마주 보며 웃었다.

"그러면 내 정신의 비밀을 들어보십시오. ……아까 동양을 여행하는 외국 사람들이 우리 서양식 건축과 문명을 구경하고는 감탄은 샘스러 그저 누추한 모방품을 본 듯이 유쾌하지 못한 낯짝을 한다는 의미의 말씀을 드렸지요. 바로 그 서양식 건축 같은 가정이 우리 집이라구 해두 과언이 아닙니다. 내 아버지는 서울서두 손꼽이에 들 수 있는 무역상입니다. 말하자면 부르주아올시다. 아버지의 세 자식은 모두 근대적인 교육을 받았습니다. 나는 보시는 바 영문학을 하였고 내 누이동생은 음악학교를 나왔고 내 끝 동생은 금년 봄에 삼고(三高) 독문과를 나옵니다. 모두 문화의 가장 찬연한 정수를 전공했습니다. 우리 가정은 그것 자체로 하나의 현란하고 난숙한 부르주아의 가정이올시다. 그런 의미에선 티피컬한 가정이라구 해두 과언은 아니겠습니다. 그런데……."

그는 잠시 숨을 돌리듯 하며 말을 끊었으나 다소 침울한 빛이 눈 가상에 떠올랐다.

"그런데 우리 조선이 근대를 받아들인 상태를 이것과 대조해보면 우리 집 가정의 타입이 더 뚜렷해지리라고 생각합니다. 개화(開化)가 있은 지 가령 칠십 년이라고 합시다. 이때부터 구라파의 근대를 수입해왔다고 쳐도 실상은 구라파의 정신은 그때에 벌써 노쇠해서 위기를 부르짖고 있던 때입니다. 우리들은 새롭고 청신하다고 받아들여온 것이 본토에서는 이미 낡아서 자기네들의 정신에 의심을 품고 진보(進步)라는 개념 자체에 회의를 품어오든 시대입니다. 그러니까 우리는 남의 고장의 노후하고 낡아빠진 문명과 문화를 새롭고 청신하게 맞아들인 것입니다. 구라파가 결딴이 났다고 우리들이 눈을 부실 때엔 벌써 이미 시일이 늦었습니다. 받아들인 문명과 문화는 소화도 하지 못하고 있는데 벌써 구라파 정신은 갈 턱까지 가서 두 차례나 커다란 전쟁을 경험하고 있습니다. 나 같은 사람이 영국 문학을 하였으나 조금씩조금씩 깊은 이해를 가져보려고 노력하면 노력할수록 나는 어떻게도 할 수 없는 그들의 답답한 정신세계에 자꾸만 부딪히게 됩니다. 우리 아버지란 그러한 아들을 가지고 있는 상인입니다. 무역상이라고 하니까 앞으로 자유주의 경제가 완전히 통제를 당하고 보면 당연히 결딴이 나겠지요. 지금은 상업적 수단이 있어서 되려 시국을 이용하고 있는지도 모르지만. 우리들은 이층에서는 양식을 잡숫고 아래층에 와서는 깍두기를 집어 먹는 그런 사람들이요. 또 그 정도로 아주 될 대로 되어버려서 모두 권태와 피로를 경험하고 있습니다. 노인네들 말대로 하면 우리 집도 장차 쇠운(衰

運)에 빠지고 말 것이 분명합니다. 누이동생은 음악이 전공이지만 그것에 몰두할 수 없은 지 오래고, 고등학교 다니는 학생은 벌써 학문이나 학업에 권태를 느껴온 지 오랩니다. 내 매부는 비행가였었는데 이 용기 있고 참신한 청년은 얼마 전에 향토 비행을 하다가 울산 부근에서 안개를 만나 불시 착륙하였으나 바위와 충돌해서 비행기와 함께 세상을 떠났습니다."

"얼마 전에 신문에 났던?"

"네, 아마 그것이겠지요. 그러한 가운데 나는 살고 있었습니다. 그런데 또 한 가지 이상한 건 작년부터 약 일 년 가까이 내 주위에는 참말 아무짝에도 쓸모가 없는 사람들이 욱적거리고 있었습니다. 가령 문란주 같은 여자가 그중의 한 사람입니다. 이 사람은 약 일 년 전에 우연히 알게 된 사람인데 처음부터 나는 이 여자를 '데카당스'의 상징처럼 느껴왔습니다. 그 사람이 들으면 노할런지 모르고 또 그 자신 그렇지 않은 사람인지도 모르나 나는 그를 볼 때마다 퇴폐적이고 불건강한 것의 대표자처럼 자꾸 느껴진 것입니다. 그러니까 나는 자꾸 그를 피하고 물리쳐왔지요. 또 오늘 나를 찾아와서 소절수를 주고 간 양반, 이분은 내 아저씨뻘 되는 분인데 몸도 건장하고 정력도 좋고 돈도 먹을 만치는 있는 한 청년 신삽니다. 그는 하나의 정복욕을 가지고 있습니다. 그러나 그 정복욕은 여자를 정복하는 데만 쓰였습니다. 그는 그 방면에 레코드 홀더가 된다고 스스로 말하고 있습니다. 또 백인영이라는 은행가가 있었는데 이 양반은 잔재주를 너무 부리다가 그것 때문에 은행에서 실패했습니다. 그의 첩은 바로 저 문란주의 지기지우입니다. ……이런 분위기 속에서 나는 일 년 동안 싸워왔습니다. 그러나 그렇든 내가 교내의 파벌과 학벌 다툼에 희생이 되어서 아주 실패를 보게끔 되었습니다. 요 얼마 전입니다. 나는 그날 술에 취하였습니다. 술에서 깨어보니까 문란주네 이층에 가 누웠습니다. 이야기를 들으니까 명치정에서 문란주가 오뎅 해서 한잔 먹고 나오는데 내가 비틀거리고 오더라나요. 나는 사오 일 동안 이층에 번뜻이 누웠었습니다. 아주 기력이 없고 수족을 놀리기도 싫어진 겁니다. 무슨 정신에 집에는 여행 가노라는 엽서는 띄워놓았지요. 나는 집에 들어가기도 싫어졌습니다. 또 문란주씨네 집에 그대로 묵고 있는 데도 싫증이 났습니다. 그래서 옮아온 것이 이 아파트올시다. 이사하자 막 늙은 영감과 또 최선생과 말다툼을 하였고…….”

"잘 알겠습니다."

하고 무거운 머리를 들어 관형이에게 인사를 하듯 하고 무경이는 일어나서 다시 가스불을 열어놓았다.

"그러나 나 같은 사람은 비위생적인 데도 철저히 빠져 있을 수 없는 사람인 모양입니다. 빵가루가 되기보담 어느 흙 속에 묻혀 있기를 본능적으로 희망하는 인물인지도 모르죠. 그것이 더 비극이지만."

물이 사르르 하고 더워오는 소리가 들려온다.

"실상은 저도 그것과는 다르지만 그 비슷한 정신적 비밀을 가지고 있습니다."

남의 신변의 비밀을 듣고 나니 어쩐지 제 비밀도 털어트려야 할 것처럼 생각되어졌다.

그러나 이관형이는,

"그러시겠지요. 요즘 청년치고 그런 것 가지고 있지 않는 분이 쉽겠습니까."

할 뿐 그 이상 이야기를 듣고 싶은 표정은 없었다. 무경이는 일어나서 홍차를 한 잔씩 더 만들었다. 차를 쭉 마시고는,

"이거 이야기가 너무 길어졌습니다. 공연히 방해되셨지요?"

관형이는 의자에서 일어났다.

"그럼 안녕히 주무십시오."

하고 인사하였을 때 방을 나가려는 사내는 작은 약병을 꺼내 잘랑잘랑 흔들면서,

"잠이 안 오면 이걸 먹고 잡니다."

그러고는 시니컬하게 웃어 보였다. 이관형이를 보내고 난 뒤 책을 펴놓았으나 물론 읽혀지진 않았다. 침대에 들어가 누워도 잠도 이내 오지 않았다.

늦게야 잠이 들었으나 아침은 또 이르게 눈이 뜨였다. 침대에 누워서 일어나

기가 싫다. 어젯밤에 들은 이관형이의 이야기를 생각한다. 인간의 역사란 보리와 같다고! 비밀을 털어놓고 샅샅이 들어보면 그러한 생각에 찬성을 하건 안 하건 이해는 가질 수가 있다. 오시형이도 지금 그런 것을 생각하고 있는 것일까, 그러한 정신세계를 헤매고 있는 것일까. 이관형이보다 복잡하면 복잡하였지 단순할 것 같진 않아 보인다. 그럴수록 그를 만나고 싶다. 만나서 모든 것을 들어보고 싶다. 그는 지금 어디 있는 것일까.

그러나 오시형이를 만나고 싶다는 그의 욕망은 곧 이루어질 수 있게 되었다. 오시형이는 지금 무경이가 사는 이 서울에 올라와 있다고 한다.

아침도 먹기 전이었다. 어디서 전화가 왔다고 하여서 그는 전화통 있는 데로 갔다. 오시형이를 보석시켜준 변호사한테서 온 것이었다. 오시형이가 공판에 올라왔을 텐데 어디서 유하는지 모르느냐는 전화 내용이다. 무경이는 당황하였다. 차마 모른다고 말하기는 창피하였으나 역시 그렇게 대답할밖에 도리가 없었다.

오늘이 공판인데 좀 상의할 일이 있다고 하면서 변호사는 전화를 끊는다. 오늘이 공판? 그러면서 어째서 오시형이는 나에게 그런 것조차도 알려주지 않는 것일까. 서울에 올라왔으면서 어째 여관도 알리지 않고 한번 찾아도 오지 않는 것일까.

아침도 먹을 수 없었다. 사무실에는 잠시 나갔다가 머리가 아프다고 들어와 버렸다. 아무리 생각하여도 공판정으로 찾아가볼밖에 도리가 없었다. 시간은 퍽 지났을 것이지만 그는 이내 아파트를 나와서 재판소로 달려갔다. 정정(廷丁)[3]에게 물어서 공판정에 들어가니까 재판은 퍽 진행이 되어 있었다. 방청객이 더러 있었으나 그런 것엔 눈이 가지도 않았다. 공범 여섯이 앉아 있는 앞에 머리를 청결하게 깎은 국민복 입은 청년이 서 있었다. 그것이 오시형이었다. 심리는 얼추 끝이 날 모양이었다.

"피고가 학문상으로 도달하였다는 새로운 관념에 대해서 간명히 대답해보

---

3 정정(廷丁) 일제 강점기에 법원의 사환을 이르던 말.

라."

　재판장은 온후한 얼굴에 미소를 그리고 질문을 던진다. 서류 위에 법복 입은 두 손을 올려놓고 그는 오시형이를 내려다보고 있다.

　"구라파 사람들은 역사에 대한 하나의 신념을 가지고 있다고 생각합니다. 그들은 역사란 마치 흐르는 물이나 혹은 계단이 진 사다리와 같은 물건이라고 믿고 있습니다. 맨 앞에서 전진하고 있는 것은 구라파의 민족들이요, 그 중턱에서 구라파 민족들이 지나간 과정을 뒤쫓아 따라가고 있는 것은 아시아의 모든 민족이요, 맨 뒤에서 쫓아오고 있는 것은 미개인의 민족들이라는 사상이 그것입니다. 고대에서 중세로 근대로 현대로 한 줄기의 물처럼 역사는 흐르고 있다 합니다. 그러니까 설령 그들이 가졌던 구라파 정신이 통일성을 잃고 붕괴하여도 새로운 현대의 세계사를 구상할 수 있고 또 구상하는 민족들은 자기들이라고 생각하고 있습니다. 이것이 역사에 있어서의 말하자면 일원사관일까 합니다. 그러나 이러한 생각에서 떠나서 우리의 손으로 다원사관의 세계사가 이루어지는 날 역사에 대한 이 같은 미망은 깨어지리라고 봅니다. 역사적 현실은 이러한 것을 눈앞에 보여주고 있습니다."

　"그러면 피고의 그러한 생각으로 현재 진행되고 있는 전쟁과 세계사적 동향은 어떻게 포착할 수 있다고 생각하는가?"

　피고는 말을 끊고 숨을 돌리듯 하고는 다시 이야기의 머리를 잠간 돌려보듯 하였다.

　"저의 사상적인 경로를 보면 딜타이의 인간주의에서 하이데거로 옮아갔다는 느낌이 듭니다. 하이데거가 일종의 인간의 검토로부터 히틀러리즘의 예찬에 이른 것은 퍽 깊은 감명을 주었습니다. 철학이 놓여진 현재의 주위의 상황으로부터 새로운 문제를 집어 올린다는 것은 최근의 우리 철학계의 하나의 동향이라고 봅니다. 와쓰지(和辻) 박사의 풍토 사관적 관찰이나 다나베(田邊) 박사의 저술이 역시 국가, 민족, 국민의 문제를 토구하여 이에 많은 시사를 보이고 있습니다. 제가 과거의 사상을 청산하고 새로운 질서 건설에 의기를 느낀 것은 대충 이상과 같은 학문상 경로로써 이루어졌습니다."

재판장은 만족한 미소를 입술에 띠었다. 무경이도 숨을 포 내쉬었다. 그러나 바로 그때였다. 피고석 뒤에 놓인 방청석으로부터 젊은 여자가 약간 허리를 드는 것이 눈에 띄었다. 이윽고 재판장은 오후에 심리를 계속하고 일단 휴식에 들어간다는 선언을 하였다. 젊은 여자는 완전히 일어섰다. 흰 두루마기를 입은 키가 날씬한 여자였다. 무경이는 가슴이 뚱 하고 물러앉는 것을 느꼈다. 그 여자의 옆자리엔 오시형이의 아버지, 그리고 또 그 옆자리엔 어떤 늙은 신사. 피고석으로부터 돌아온 오시형이는 긴장한 얼굴을 흩뜨려놓으며 그 여자가 서 있는 곳으로 가는 것이 보였다. 무경이는 뒤숭숭해진 공판정의 소음에 앞서 복도로 나왔다.

'그 여자이다! 도지사의 딸!' ─그리고 이것으로 모든 문제는 끝이 나는 것이 아닌가. 복도 가운데 서보았으나 몸을 유지할 수가 없어서 그는 허턱대고 걸어본다. 뜰로 나왔다, 날이 쨍쨍하다. 몹시 현기증이 난다.

어떻게 그래도 용하게 아파트는 찾아왔다. 문밖에서 지금 막 아파트를 나오는 문란주와 만났다. 그는 겨우 인사를 하였다.

"사무실에서 들으니까 몸이 편하지 않으시다더니······."
하고 말하는 문란주의 얼굴도 핏기가 없어 보인다.

"네, 그래서 병원에 다녀옵니다."
문란주는 잠깐 동안 가만히 서 있었으나,

"그럼 잘 조리하세요."
하고 걸어 나갔다. 데카당스의 상징 같다고 하는 문란주와 그는 차라도 마시고 싶은 충동을 느껴보았으나 그대로 제 방으로 올라왔다.

'인제 나는 어떻게 할 것인가?'
침대에 누우니까 처음으로 눈물이 나서 그는 실컷 울었다. 그런데 얼마가 지나서 노크 소리가 났다. 뚜들기는 품으로 보아 어젯밤에 찾아왔던 이관형이의 것이 분명하다.

"네에."
하고 대답해놓고는 낯을 고치고야 문을 열었다.

"어젯밤은 실례했습니다. 어데 편하지 않으시다고요."

"아뇨, 괜찮습니다."

"글쎄, 그러시면 다행이지만……."

잠시 말을 끊었다가,

"지난 생활을 청산해보려고 어데 훨훨 여행이나 떠나보렵니다. 방은 그대루 두고 단녀와서 정리하기루 하겠어요. 우리 집엔 실상은 아저씨한테 돈 취해 갖고 지금 경주 방면에 여행하는 중이라고 알려두었는데 헛소리를 참말로 만들어볼까 합니다."

"그럼 경주로 가십니까?"

"뭐, 작정은 없습니다. 휘 한 바퀴 돌아보면 마음이 좀 거뜬해질까 해서, 보리알을 또 한 번 땅속에 묻어볼까 허구서."

그는 껄껄거리며 웃었다. 아까 다녀 나가던 문란주의 얼굴이 눈앞에 떠올랐으나,

"잘 생각하셨습니다. 그럼 어저께 소절수를 마저 찾아드리지요."

"죄송합니다."

소절수를 찾으러 강영감을 은행으로 보내고 무경이는 사무실 의자에 혼자 앉아 있었다.

'나두 어데 여행이나 갈까?'

'아예 어머니 말마따나 동경으루 공부나 갈까?'

그런 것을 생각해보았으나 원기도 곧 솟아나지 않았다.

김남천(金南天)

1911년 평안남도 성천군 출생. 본명은 김효식(孝植). 평양고보 졸업. 1929년 일본 호세이대학 재학 중 카프 가입. 카프 동경지부 발행 동인지 『무산자』에 임화, 안막, 이북만 등과 함께 참여. 1930년 동경에서 희곡 「파업조정안」, 소설 「공제생산조합」을 『조선지광』에 발표.

1930년 무산자사 조직원으로 활동하면서 권환, 안막, 임화 등과 함께 예술운동의 '볼셰비키화'론을 내세워 카프 제2차방향전환을 시도, 예술운동의 정치적 실천을 감행. 볼셰비키화론에 의한 작품 「공장신문」을 1931년 조선일보에, 「공우회」를 1932년 『조선지광』에 발표. 평론 「영화운동의 출발점 재음미」를 중외일보에 발표. 1931년 10월 카프 1차 검거 때 카프 임원 중 유일하게 기소, 2년 실형을 선고받음. 1933년 조선중앙일보 기자 역임. 1935년 임화, 김기진과 함께 카프 해산계 제출. 『인문평론』 편집장 역임. 장편소설 『대하』, 평론 「발자크론」 발표. 감옥에서의 경험을 토대로 한 작품 「물」(『대중』, 1933) 발표 후 문학과 정치적 실천을 주제로 임화와 논쟁을 벌임. 이후 전향소설의 대표적 작품인 「경영」(『문장』, 1940. 1~5), 「맥」(『춘추』, 1941. 2) 발표. 1946년 '조선문학가동맹' 중앙집행위원회 서기국 서기장 역임. 『8.15』 「동맥」 등의 작품 발표. 1947년 월북. 1948년 북한 최고인민회의 제1기 대의원 역임. 「꿀」(『문학예술』, 1951. 4) 발표. 1953년 문학예술총동맹 서기장을 역임했으나, 남로당 숙청 시 임화와 함께 숙청됨.

작품 세계

김남천은 문학이론가이자 소설가로서 자신의 이론적 작업을 소설 창작으로 실천해보였던 작가이다. 우리 문학사를 통틀어 이처럼 이론과 창작 양 부문에서 활발히 활동한 경우는 흔치 않다.

카프 제2차방향전환을 계기로 문학 진영의 전면에 나타난 김남천은 현실의 발전 전개에 따른 창작방법론 논의가 끊임없이 진행되었던 당시, 창작방법론을 발표하는 동시에 그에 따른 문학적 실천으로 작품을 발표하였다.

카프 제2차방향전환을 위한 볼셰비키화론은 예술보다는 정치적 실천을 우위에 둔 문학운동으로의 전환을 주창했다. 김남천의 초기작 「공장신문」(1931)과 「공우회」(1932)는 이런 볼셰비키화론에 따른 작품이었다. 「공장신문」은 김남천 자신이 평양고무공장에 위장 취업했던 경험을 토대로 한 작품으로 초기 자본주의의 형태인 악덕 자본가와 노동자들의 갈등을 다룬 소설이다. 그러나 공장에만 한정된 고립된 현실을 그림으로써 객관적 현실 반영에는 한계가 있었다. 인물 또한 철저한 계급의식화한 계급적 인간만을 보여줌으로써, 추상적 낙관주의를 벗어나지 못했다. 「남편, 그의 동지」(1933)는 현실의 모순에 대해 개인적으로 고뇌하는 지식인을 주인공으로 내세우고 있는데, 앞의 두 작품에서보다 작가의 현실 인식이 진일보하였음을 보여주고 있다.

「물」(1933)을 둘러싼 김남천과 임화와의 논쟁은 소련의 문학 이론을 수입하는 데 급급했던 당시에, 객관적 현실을 매개로한 비평론이 발전하는 계기를 마련했다. 임화는 「물」에 대해 '훌륭한 유물론자 리얼리스트'라고 지칭하며, 이 작품이 어떤 특정 상황의 제시를 통해 인간의 생물학적 욕망, 평범한 인간의 생리적 고통만 그리고 있을 뿐 계급적 인간의 정치적 투쟁은 없다고 논박했다. 이에 관한 두 사람의 논쟁은 이기영의 「서화」 논쟁으로 이어지면서 결국 올바른 현실 반영으로서의 문학이 무엇인가 하는 리얼리즘 비평에 새로운 전환점을 마련한다.

그 이후 김남천은 객관적 정세의 악화에 의해 정치적 실천을 할 수 없는 시점에서 자신은 프롤레타리아가 아니라 소시민이라는 한계 인식에서 고발의 정신을 기초로 한 주체 확립의 창작방법론인 '고발문학론'을 제시한다. 이 창작방법론에 의한 작품이 「처를 때리고」(1937), 「춤추는 남편」(1937), 「제퇴선」(1937), 「요지경」(1938) 등이다. 이 작품들은 채만식의 「치숙」 이후 그 당시 지식인의 적나라한 이기주의 속성을 파헤침으로써 지식인에 대한 새로운 지형학을 보여준 작품들이다.

김남천의 창작방법론에 관한 연구는 주체 재건을 위한 '고발문학론'을 비롯하여 '모럴론' '풍속론' '관찰 문학론' 등과 소설의 장르 문제를 당면 현실과 함께 고찰하는 '로만개조론' '소설의 운명'에 이른다. '로만개조론'은 '풍속론'이나 '모럴론'에서처럼 풍속 혹은 모럴만을 다룰 경우, 소설 공간이 협소해지기 때문에 풍속을 가족사로 확대하고, 가족사에서 더 확대된 연대기에 와서는 묘사의 정신에 합리적 핵심을 보장할 수 있기 때문에 로만개조론으로 현실을 극복할 수 있다는 이론이다. 이에 따른 작품이 『대하』(1939)이다.

『대하』는 이기영의 『봄』(1940)과 한설야의 『탑』(1940)에 영향을 미친 작품으로, 봉건적인 요소와 자본주의적 요소가 혼재해 있던 구한말을 시대적 배경으로 풍속의 탁월한 묘사를 통해 과도기적 풍경을 보여주고 있다.

김윤식이 최고의 전향소설로 극찬한 「경영」과 「맥」은, 전향소설의 대부분이 전향의 사상적 동기보다는 일상생활의 부적응자를 소재로 한 작품이 많은 데 비해 전향의 심리적 배경과 전향자로서의 현실에 대한 태도가 관찰자의 입장에서 구체적으로 잘 제시되고 있다는 점에서 우리나라 전향소설의 최고봉이라고 할 수 있다.

「맥(麥)」

김남천의 「경영」과 「맥」은 중편소설로서 연작소설이다. 이 두 작품을 우리나라 전향소설의 최고봉으로 극찬한 김윤식은 다원사관론(多元史觀論)자를 대표하는 오시형과 서양 중심의 일원사관(一元史觀)을 부분적으로 지지하는 회의론자 이관형, 그리고 양쪽 사이에서 주체적인 가치를 정립하고자 하는 보편적 지식인 최무경을 놓음으로써 작품의 균형감각을 유지하고 있다고 했다.

「경영」은 아파트 사무원인 최무경과 사상범으로 2년간 복무하고 전향하여 풀려나온 오시형의 관계의 파탄을 그리고 있다. 「맥」은 오시형에게서도 어머니에게서도 독립한 주체로서 새로운 삶을 지향하려는 최무경이 오시형의 전향논리인 다원사관의 논리를 이해하기 위해 영문학도 이관형과 토론하던 중에 오시형의 논리도, 이관형의 논리도 거부하고 자신의 삶의 방향을 새로 설정하는, 정치한 작품구조를 보여주는 작품이다. 오시형의 전향논리인 다원사관은 일본을 맹주로 한 대동아공영권을 만들고 그로써 서양과 대결한다는 일본 파시즘의 핵심이 되는 사상이다. 이관형은 서구사상과 달리 동양에는 통일된 사상이 없다며 이런 전향논리의 허구성을 준열히 비판한다. 그러나 최무경의 눈에는 이관형 역시 자본주의 몰락기의 서구 사회의 낡아빠진 문명과 문화를 받아들인 회의주의자이며 퇴폐주의자일 뿐이다. 최무경은 관찰자의 입장에서, 오시형의 전향논리는 이관형의 논리를 빌려, 이관형의 동양에 대한 폄하 논리에 대해서는 오시형의 논리를 빌려, 오시형 이관형 둘 다를 비판하고 있다. 그러면서 반 고흐가 말한 보리의 비유 중에 자신은 일찍 갈려서 빵가루가 되느니 보다 오히려 흙에 묻혀 꽃을 피워보겠다며 동경 유학이나 가볼까 한다. 최무경은 헤어진 애인 오시형의 전향논리를 이해하려는 의도에서 시작해 결국 자기 자신의 정립에 이르게 된다.

김남천의 다른 작품에서는 자본주의의 왜곡된 인간상과 이념적 인간형이 따로따로 분리되어 하나의 통합된 작품의 원리를 통해 드러나지 않았다. 그러나 「맥」에서는 이념적 인간형 최무경과 자본주의의 퇴폐적 인간상을 드러내는 이관형 둘 다 서로의 논리를 전개하는 과정 중에 반성적 자아로서 자신의 삶을 재정립하는 인간형으로 그려진다. 이 작품은 다양한 그룹의 현실에 대한 태도를 형상화함으로써 당대 일본의 파시즘화의 논리인 신체제에 대한 총제적인 안목을 제시하고 있다. 「맥」은 형식으로는 전향소설의 형태를 띠지만 전향의 논리(신체제)를 비판하는 작품이다.

주요 참고 문헌

김남천의 작품에 대한 논의는 『대하』에 집중되어 있다. 「물」 논쟁이 지니는 문학사적 의의와 전향소설 연구로서 「경영」 「맥」에 대한 논문의 양은 비슷하다.

김윤식은 『전향소설의 한국적 양상』(한길사, 1984)에서 동반자 작가 출신의 전향소설과 구카프계 전향소설을 분리해 논하는 가운데 김남천의 「경영」과 「맥」을 "우리말로 씌어진 전향소설의 최고봉"이라고 극찬한다. 「맥」은 단순히 전향의 논리 전개가 아니라 전향의 논리가 한쪽으로 치우치지 않은 균형 감각을 유지하는 데다, 인물의 배치를 통한 작품의 정치한 구조로 작품의 완성도를 높여준 작품이라는 것이다.

포괄적으로 김남천을 다룬 논문 「주체의 정립과 리얼리즘」(한국학보, 1986)에서 정호웅은 「경영」「맥」 연작을 새로운 세계의 도래에 대한 그의 열망과 시대의 대세였던 친일에의 사상 전향을 사상적 측면에서 비판적으로 문제 삼은 유일한 경우로 주목된다고 했다. 1930년대 전향소설에 대해 포괄적으로 다룬 김동환의 「1930년대 한국 전향소설 연구」(서울대 석사 논문, 1987)에서는 「맥」의 핵심은 주인공 최무경이 '흙 속에 묻히어 꽃을 피워보자'는 현실과의 대결 자세가 미래 지향적으로 드러나는 데 있다고 했다.

김남천 문학 연구를 통해 박사학위를 받은 김재남은 『김남천 문학론』(태학사, 1991)에서 유일하게 「경영」과 「맥」을 부정적으로 평가하고 있다. 「맥」에서 '흙 속에 묻히어 꽃을 피워보자'는 최무경의 태도는 주어진 환경 속에서 최선을 다해야 하며 새 세계는 결국 기다림에서 온다는 생각으로 후퇴하게 된다는 것이다.

역시 김남천 문학으로 박사학위를 받은 이덕화는 『김남천 연구』(연세대 박사 논문, 1991)에서 「맥」에서의 최무경의 의식 변화에 긍정적으로 해석하면서, 오시형의 전향사상을 이해하려는 의도에서 시작, 총체적인 세계 인식에 도달하고, 결국 자신의 삶의 정립에 이르므로 의식의 변증법적 합의 과정을 잘 보여주는 작품이라고 했다.

김남천 문학에 나타난 주체의 변모과정을 살핀 김외곤(서울대 박사 논문, 1995)은 「경영」과 「맥」을 주체를 재건하는 쪽의 생활 세계인인 최무경을 내세워 사상운동 경력의 이념형 인물을 비판하는 데 중심이 놓여 있다고 했다. _이덕화

김유정
동백꽃

 오늘도 또 우리 수탉이 막 쪼키었다.[1] 내가 점심을 먹고 나무를 하러 갈 양으로 나올 때였다. 산으로 올라서려니까 등 뒤에서 푸드득, 푸드득 하고 닭의 횃소리[2]가 야단이다. 깜짝 놀라며 고개를 돌려보니 아니나 다르랴 두 놈이 또 얼렸다.
 점순네 수탉(은 대강이가 크고 똑 오소리같이 실팍하게 생긴 놈)이 덩저리[3] 적은 우리 수탉을 함부로 해내는 것이다. 그것도 그냥 해내는 것이 아니라 푸드득, 하고 면두[4]를 쪼고 물러섰다가 좀 사이를 두고 또 푸드득, 하고 모가지를 쪼았다. 이렇게 멋을 부려가며 여지없이 닭아놓는다. 그러면 이 못생긴 것은 쪼일 적마다 주둥이로 땅을 받으며 그 비명이 킥, 킥, 할 뿐이다. 물론 미처 아물지도 않은 면두를 또 쪼키어 붉은 선혈은 뚝뚝 떨어진다.
 이걸 가만히 내려다보자니 내 대강이가 터져서 피가 흐르는 것같이 두 눈에서 불이 버쩍 난다. 대뜸 지게막대기를 메고 달려들어 점순네 닭을 후려칠까

---

* 「동백꽃」은 1936년 5월 『조광』에 발표되었다. 여기서는 단편선 『동백꽃』(한국문학전집 14, 문학과지성사, 2005)에 수록된 것을 텍스트로 삼았다.
1 쪼키다 '쪼이다'의 강한 의미.
2 횃소리 닭이나 새가 날개를 벌리고 탁탁 치는 소리.
3 덩저리 '덩치'의 강원도 사투리.
4 면두 '볏'의 강원도 사투리.

하다가 생각을 고쳐먹고 헛매질로 떼어만 놓았다.
 이번에도 점순이가 쌈을 붙여놨을 것이다. 바짝바짝 내 기를 올리느라고 그 랬음에 틀림없을 것이다. 고놈의 계집애가 요새로 들어서서 왜 나를 못 먹겠다고 고렇게 아르릉거리는지 모른다.
 나흘 전 감자 쪼간^{5}만 하더라도 나는 저에게 조금도 잘못한 것은 없다.
 계집애가 나물을 캐러 가면 갔지 남 울타리 엮는데 쌩이질^{6}을 하는 것은 다 뭐냐. 그것도 발소리를 죽여가지고 등 뒤로 살며시 와서
 "얘! 너 혼자만 일하니?" 하고 긴치 않은 수작을 하는 것이다.
 어제까지도 저와 나는 이야기도 잘 않고 서로 만나도 본 척 만 척하고 이렇게 점잖게 지내던 터이련만 오늘로 갑작스레 대견해졌음은 웬일인가. 항차^7 망아지만 한 계집애가 남 일하는 놈보구—
 "그럼 혼자 하지 떼루 하듸?"
 내가 이렇게 내뱉는 소리를 하니까
 "너 일하기 좋니?"
 또는
 "한여름이나 되거든 하지 벌써 울타리를 하니?"
 잔소리를 두루 늘어놓다가 남이 들을까 봐 손으로 입을 틀어막고는 그 속에서 깔깔댄다. 별루 우스울 것도 없는데 날씨가 풀리더니 이놈의 계집애가 미쳤나 하고 의심하였다. 게다가 조금 뒤에는 즈 집께를 할금할금 돌아다보더니 행주치마의 속으로 꼈던 바른손을 뽑아서 나의 턱밑으로 불쑥 내미는 것이다. 언제 구웠는지 아직도 더운 김이 홱 끼치는 감자 세 개가 손에 뿌듯이 쥐었다.
 "느 집엔 이거 없지" 하고 생색 있는 큰소리를 하고는 제가 준 것을 남이 알면 큰일 날 테니 여기서 얼른 먹어버리란다. 그리고 또 하는 소리가
 "너 봄 감자가 맛있단다."

---

5 쪼간 사건. 어떤 사건이나 작간.
6 쌩이질 쓸데없이 남을 귀찮게 구는 일.
7 항차 황차. 하물며.

"난 감자 안 먹는다. 니나 먹어라."

나는 고개도 돌리려 하지 않고 일하던 손으로 그 감자를 도로 어깨 너머로 쑥 밀어버렸다.

그랬더니 그래도 가는 기색이 없고 뿐만 아니라 쌔근쌔근하고 심상치 않게 숨소리가 점점 거칠어진다. 이건 또 뭐야, 싶어서 그때에야 비로소 돌아다보니 나는 참으로 놀랐다. 우리가 이 동리에 온 것은 근 삼 년째 되어오지만 여태껏 가무잡잡한 점순이의 얼골이 이렇게까지 홍당무처럼 새빨개진 법이 없었다. 게다 눈에 독을 올리고 한참 나를 요렇게 쏘아보더니 나중에는 눈물까지 어리는 것이 아니냐. 그리고 바구니를 다시 집어들더니 이를 꼭 악물고는 엎디어질 듯 자빠질 듯 논둑으로 횡하게 달아나는 것이다.

어쩌다 동리 어른이

"너 얼른 시집을 가야지?" 하고 웃으면

"염려 마셔유, 갈 때 되면 어련히 갈라구—"

이렇게 천연덕스레 받는 점순이였다. 본시 부끄럼을 타는 계집애도 아니거니와 또한 분하다고 눈에 눈물을 보일 얼병이[8]도 아니다. 분하면 차라리 나의 등어리를 보구니[9]로 한번 모지게 후려쌔리고 달아날지언정.

그런데 고약한 그 꼴을 하고 가더니 그 뒤로는 나를 보면 잡아먹으려고 기를 복복 쓰는 것이다.

설혹 주는 감자를 안 받아먹은 것이 실례라 하면 주면 그냥 주었지 '느 집엔 이거 없지'는 다 뭐냐. 그러잖아도 저희는 마름이고 우리는 그 손에서 배재[10]를 얻어 땅을 부치므로 일상 굽실거린다. 우리가 이 마을에 처음 들어와 집이 없어서 곤란으로 지낼 제 집터를 빌리고 그 위에 집을 또 짓도록 마련해준 것도 점순네의 호의였다. 그리고 우리 어머니 아버지도 농사 때 양식이 딸리면 점순네한테 가서 부지런히 꾸어다 먹으면서 인품 그런 집은 다시 없으리라고 침이

---

8 **얼병이** 얼뜨기.
9 **보구니** 바구니.
10 **배재** 땅을 소작할 수 있는 권리.

마르도록 칭찬하고 하는 것이다. 그러면서도 열일곱씩이나 된 것들이 수군수군 하고 붙어 다니면 동리의 소문이 사납다고 주의를 시켜준 것도 또 어머니였다. 왜냐하면 내가 점순이하고 일을 저질렀다가는 점순네가 노할 것이고 그러면 우리는 땅도 떨어지고 집도 내쫓기고 하지 않으면 안 되는 까닭이었다.

그런데 이놈의 계집애가 까닭 없이 기를 복복 쓰며 나를 말려 죽이려고 드는 것이다.

눈물을 흘리고 간 그담 날 저녁나절이었다. 나무를 한 짐 잔뜩 지고 산을 내려오려니까 어디서 닭이 죽는소리를 친다. 이거 뉘 집에서 닭을 잡나, 하고 점순네 울 뒤로 돌아오다가 나는 그만 두 눈이 뚱그레졌다. 점순이가 저의 집 봉당에 홀로 걸터앉았는데 아 이게 치마 앞에다 우리 씨암탉을 꼭 붙들어놓고는
"이놈의 닭! 죽어라 죽어라."

요렇게 암팡스레 패주는 것이 아닌가. 그것도 대가리나 치면 모른다마는 아주 알도 못 낳으라고 그 볼기짝께를 주먹으로 콕콕 쥐어박는 것이다.

나는 눈에 쌍심지가 오르고 사지가 부르르 떨렸으나 사방을 한번 휘돌아보고 그제야 점순이 집에 아무도 없음을 알았다. 잡은 참 지게막대기를 들어 울타리의 중턱을 후려치며

"이놈의 계집애! 남의 닭 알 못 낳으라구 그러니?" 하고 소리를 빽 질렀다.

그러나 점순이는 조금도 놀라는 기색이 없고 그대로 의젓이 앉아서 제 닭 가지고 하듯이 또 죽어라, 죽어라 하고 패는 것이다. 이걸 보면 내가 산에서 내려올 때를 겨냥해가지고 미리부터 닭을 잡아가지고 있다가 네 보란 듯이 내 앞에 쥐지르고[11] 있음이 확실하다.

그러나 나는 그렇다고 남의 집에 튀어 들어가 계집애하고 싸울 수도 없는 노릇이고 형편이 썩 불리함을 알았다. 그래 닭이 맞을 적마다 지게막대기로 울타리나 후려칠 수밖에 별도리가 없다. 왜냐하면 울타리를 치면 칠수록 울섶이 물러앉으며 뼈대만 남기 때문이다. 허나 아무리 생각하여도 나만 밑지는 노릇

---

11 쥐지르다 쥐어지르다. 주먹으로 힘껏 내지르다.

이다.

"아 이년아! 남의 닭 아주 죽일 터이냐?"

내가 도끼눈을 뜨고 다시 꽥 호령을 하니까 그제야 울타리께로 쪼르르 오더니 울 밖에 섰는 나의 머리를 겨누고 닭을 내팽개친다.

"에이 더럽다! 더럽다!"

"더러운 걸 널더러 입때 끼고 있으랬니? 망할 계집애년 같으니" 하고 나도 더럽단 듯이 울타리께를 횡하게 돌아내리며 약이 오를 대로 다 올랐다. 라고 하는 것은 암탉이 풍기는 서슬에 나의 이마빼기에다 물찌똥을 찍 깔겼는데 그걸 본다면 알집만 터졌을 뿐 아니라 골병은 단단히 든 듯싶다.

그리고 나의 등 뒤를 향하여 나에게만 들릴 듯 말 듯한 음성으로

"이 바보 녀석아!"

"얘! 너 배냇병신이지?"

그만도 좋으련만

"얘! 너 느 아버지가 고자라지?"

"뭐? 울 아버지가 그래 고자야?"

할 양으로 열벙거지가 나서 고개를 홱 돌리어 바라봤더니 그때까지 울타리 위로 나와 있어야 할 점순이의 대가리가 어디 갔는지 보이지를 않는다. 그러다 돌아서서 오자면 아까에 한 욕을 울 밖으로 또 퍼붓는 것이다. 욕을 이토록 먹어가면서도 대거리 한마디 못 하는 걸 생각하니 돌부리에 채키어 발톱 밑이 터지는 것도 모를 만치 분하고 급기야는 두 눈에 눈물까지 불끈 내솟는다.

그러나 점순이의 침해는 이것뿐이 아니다.

사람들이 없으면 틈틈이 저의 집 수탉을 몰고 와서 우리 수탉과 쌈을 붙여놓는다. 저의 집 수탉은 썩 힘상궂게 생기고 쌈이라면 회를 치는 고로 으레 이길 것을 알기 때문이다. 그래서 툭하면 우리 수탉이 면두며 눈깔이 피로 흐드르하게 되도록 해놓는다. 어떤 때에는 우리 수탉이 나오지를 않으니까 요놈의 계집애가 모이를 쥐고 와서 꾀어내다가 쌈을 붙인다.

이렇게 되면 나도 다른 배채[12]를 차리지 않을 수 없다. 하루는 우리 수탉을

붙들어가지고 넌지시 장독께로 갔다. 쌈닭에게 고추장을 먹이면 병든 황소가 살모사를 먹고 용을 쓰는 것처럼 기운이 뻗친다 한다. 장독에서 고추장 한 접시를 떠서 닭의 주둥아리께로 들이밀고 먹여보았다. 닭도 고추장에 맛을 들였는지 거스르지 않고 거의 반 접시 턱이나 곧잘 먹는다.

그리고 먹고 금세는 용을 못 쓸 터이므로 얼마쯤 기운이 돌도록 홰 속에다 가두어두었다.

밭에 두엄을 두어 짐 져내고 나서 쉴 참에 그 닭을 안고 밖으로 나왔다. 마침 밖에는 아무도 없고 점순이만 저의 울안에서 헌 옷을 뜯는지 혹은 솜을 터는지 옹크리고 앉아서 일을 할 뿐이다.

나는 점순네 수탉이 노는 밭으로 가서 닭을 내려놓고 가만히 맥을 보았다. 두 닭은 여전히 얼려 쌈을 하는데 처음에는 아무 보람이 없다. 멋지게 쪼는 바람에 우리 닭은 또 피를 흘리고 그러면서도 날갯죽지만 푸드득, 푸드득, 하고 올라뛰고 뛰고 할 뿐으로 제법 한번 쪼아보지도 못한다.

그러나 한번엔 어쩐 일인지 용을 쓰고 펄쩍 뛰더니 발톱으로 눈을 하비고[13] 내려오며 면두를 쪼았다. 큰 닭도 여기에는 놀랐는지 뒤로 멈씰하며[14] 물러난다. 이 기회를 타서 적은 우리 수탉이 또 날쌔게 덤벼들어 다시 면두를 쪼니 그제서는 감때사나운 그 대강이에서도 피가 흐르지 않을 수 없다.

옳다 알았다 고추장만 먹이면 되는구나 하고 나는 속으로 아주 쟁그러워[15] 죽겠다. 그때에는 뜻밖에 내가 닭쌈을 붙여놓는데 놀라서 울 밖으로 내다보고 섰던 점순이도 입맛이 쓴지 살[16]을 찌푸렸다.

나는 두 손으로 볼기짝을 두드리며 연방

"잘한다! 잘한다!" 하고 신이 머리끝까지 뻗쳤다.

---

12 배채 대책. 방도.
13 하비다 손톱 등으로 조금 긁어 파다.
14 멈씰하다 멈칫하다.
15 쟁그럽다 경쟁자의 실패가 마음이 간지러울 정도로 썩 고소하다.
16 살 눈살.

그러나 얼마 되지 않아서 나는 넋이 풀려 기둥같이 묵묵히 서 있게 되었다. 왜냐면 큰 닭이 한 번 쪼인 앙가프리[17]로 허들갑스레 연거푸 쪼는 서슬에 우리 수탉은 찔끔 못하고 막 곯는다. 이걸 보고서 이번에는 점순이가 깔깔거리고 되도록 이쪽으로 많이 들으라고 웃는 것이다.

나는 보다 못하여 덤벼들어서 우리 수탉을 붙들어가지고 도로 집으로 들어왔다. 고추장을 좀더 먹였더라면 좋았을 걸 너무 급하게 쌈을 붙인 것이 퍽 후회가 난다. 장독께로 돌아와서 다시 턱밑에 고추장을 들여댔다. 흥분으로 말미암아 그런지 당최 먹질 않는다.

나는 하릴없이 닭을 반듯이 눕히고 그 입에다 권연 물쭈리[18]를 물렸다. 그리고 고추장 물을 타서 그 구멍으로 조금씩 들이부었다. 닭은 좀 괴로운지 킥킥하고 재채기를 하는 모양이나 그러나 당장의 괴로움은 매일같이 피를 흘리는 데 댈 게 아니라 생각하였다.

그러나 한 두어 종지 가량 고추장 물을 먹이고 나서는 나는 고만 풀이 죽었다. 성성하던 닭이 왜 그런지 고개를 살며시 뒤틀고는 손아귀에서 뻐드러지는[19] 것이 아닌가. 아버지가 볼까 봐서 얼른 홰에다 감추어두었더니 오늘 아침에서야 겨우 정신이 든 모양 같다.

그랬던 걸 이렇게 오다 보니까 또 쌈을 붙여놨으니 이 망할 계집애가 필연 우리 집에 아무도 없는 틈을 타서 제가 들어와 홰에서 꺼내가지고 나간 것이 분명하다.

나는 다시 닭을 잡아다 가두고 염려는 스러우나 그렇다고 산으로 나무를 하러 가지 않을 수도 없는 형편이었다.

소나무 삭정이를 따며 가만히 생각해보니 암만해도 고년의 목쟁이[20]를 돌려놓고 싶다. 이번에 내려가면 망할 년 등줄기를 한번 되게 후려치겠다, 하고 싱

---

17 앙가프리 '앙갚음'의 강원도 사투리.
18 물쭈리 물부리.
19 뻐드러지다 부드럽던 것이 굳어지다.
20 목쟁이 '목'의 비속어.

김유정 675

둥경둥 나무를 지고는 부리나케 내려왔다.
　거지반 집께 다 내려와서 나는 호들기[21] 소리를 듣고 발이 딱 멈추었다. 산기슭에 늘려 있는 굵은 바윗돌 틈에 노란 동백꽃이 소보록하니 깔렸다. 그 틈에 끼어 앉아서 점순이가 청승맞게스리 호들기를 불고 있는 것이다. 그보다 더 놀란 것은 그 앞에서 또 푸드득, 푸드득, 하고 들리는 닭의 홰소리다. 필연코 요년이 나의 약을 올리느라고 또 닭을 집어내다가 내가 내려올 길목에다 쌈을 시켜놓고 저는 그 앞에 앉아서 천연스레 호들기를 불고 있음에 틀림없으리라.
　나는 약이 오를 대로 다 올라서 두 눈에서 불과 함께 눈물이 퍽 쏟아졌다. 나무 지게도 벗어놓을 새 없이 그대로 내동댕이치고는 지게막대기를 뻗치고 허둥지둥 달려들었다.
　가차히[22] 와보니 과연 나의 짐작대로 우리 수탉이 피를 흘리고 거의 빈사지경에 이르렀다. 닭도 닭이려니와 그러함에도 불구하고 눈 하나 깜짝 없이 그대로 앉아서 호들기만 부는 그 꼴에 더욱 치가 떨린다. 동리에서도 소문이 났거니와 나도 한때는 걱실걱실 일 잘하고 얼골 이쁜 계집애인 줄 알았더니 시방 보니까 그 눈깔이 꼭 여호새끼 같다.
　나는 대뜸 달려들어서 나도 모르는 사이에 큰 수탉을 단매로 때려엎었다. 닭은 푹 엎어진 채 다리 하나 꼼짝 못하고 그대로 죽어버렸다. 그리고 나는 멍하니 섰다가 점순이가 매섭게 눈을 홉뜨고 닥치는 바람에 뒤로 벌렁 나자빠졌다.
　"이놈아! 너 왜 남의 닭을 때려죽이니?"
　"그럼 어때?" 하고 일어나다가
　"뭐 이 자식아! 누 집 닭인데?" 하고 복장을 떼미는 바람에 다시 벌렁 자빠졌다. 그러고 나서 가만히 생각을 하니 분하기도 하고 무안도 스럽고 또 한편 일을 저질렀으니 인젠 땅이 떨어지고 집도 내쫓기고 해야 될는지 모른다.
　나는 비슬비슬 일어나며 소맷자락으로 눈을 가리고는 얼김에 엉, 하고 울음을 놓았다. 그러다 점순이가 앞으로 다가와서

---

21 호들기 버들피리.
22 가차히 '가까이'의 강원도 사투리.

"그럼 너 이담부텀 안 그럴 테냐?" 하고 물을 때에야 비로소 살길을 찾은 듯 싶었다. 나는 눈물을 우선 씻고 뭘 안 그러는지 명색도 모르건만

"그래!" 하고 무턱대고 대답하였다.

"요담부터 또 그래봐라. 내 자꾸 못살게 굴 테니!"

"그래그래, 인젠 안 그럴 테야!"

"닭 죽은 건 염려 마라. 내 안 이를 테니."

그리고 뭣에 떠다밀렸는지 나의 어깨를 짚은 채 그대로 픽 쓰러진다. 그 바람에 나의 몸뚱이도 겹쳐서 쓰러지며 한창 피어 퍼드러진 노란 동백꽃 속으로 폭 파묻혀버렸다.

알싸한 그리고 향긋한 그 내음새에 나는 땅이 꺼지는 듯이 온 정신이 그만 아찔하였다.

"아무 말 마라?"

"그래!"

조금 있더니 요 아래서

"점순아! 점순아! 이년이 바느질을 하다 말구 어딜 갔어?" 하고 어딜 갔다 온 듯싶은 그 어머니가 역정이 대단히 났다.

점순이가 겁을 잔뜩 집어먹고 꽃 밑을 살금살금 기어서 산 알로 내려간 다음 나는 바위를 끼고 엉금엉금 기어서 산 위로 치빼지 않을 수 없었다.

김유정(金裕貞)

1908년 1월 11일 강원도 춘천 출생. 조실부모하고 형님 아래서 자람. 재동 공립보통학교를 거쳐 1923년 휘문고등보통학교에 입학. 1930년 연희전문에 입학했으나 두 달 만에 중퇴, 춘천으로 와서 농촌계몽운동에 참가함. 1932년 최초의 소설 「심청」을 탈고, 1933년 휘문 시절의 친구 안회남의 주선으로 「산골 나그네」와 「총각과 맹꽁이」를 『제1선』과 『신여성』에 발표. 1935년 「소낙비」가 조선일보 신춘문예에 1등 당선, 같은 해 「노다지」가 조선중앙일보에 가작 입선. 이후 후기 '구인회' 회원이 되고 이상(李箱)과 가까이 지냄. 「만무방」 「동백꽃」 등 30편 남짓한 작품을 남김. 1937년 타계.

작품 세계

김유정은 흔히 1930년대의 농촌 현실을 다룬, 독특한 문체와 해학의 작가라고 지적된다. 그러나 그것은 김유정 작품의 일부만 조명한 것이다. 김유정의 작품 세계는 철저하게 현실에 발붙인 가난한 하층민의 삶을 천착해간다. 김유정이 남긴 30편 남짓한 소설 가운데 12편은 농촌 특히 춘천의 실레마을을 그 공간 배경으로 하고, 2편은 광산촌, 나머지는 서울을 배경으로 한다. 그의 농촌 배경의 작품에서 주인공들은 대개 소작인, 유랑농민, 들병이들이고 도회지 배경에서는 실업자, 노동자, 카페 여급, 거지와 같은 사회 하층민들이다.

김유정 작품의 특징 가운데 하나로 꼽히는 독특한 언어 감각이란 작가가 작중 인물과 그들이 살고 있는 시공간 속에 철저하게 몰입했음을 보여준다. 「봄·봄」 「동백꽃」 「가을」 「안해」 같은 작품 속에서 작가는 촌놈의 눈과 생각과 말투로 그들의 생생한 일상생활을 형상화한다. 한편 도시 배경 소설인 「야앵」 「따라지」 「정조」 「애기」 「두꺼비」에서는 철저하게 서울내기의 생각과 시선과 말투로 서울 깍쟁이들의 생활을 엮어나간다.

「산골 나그네」 「가을」 「소낙비」 「솥」에서 보이는 성의 상품화는 단순히 매매춘으로 매도할 수 있는 것이 아니다. 가족의 생계를 위해서 아내는 특별한 '노동'에 참가할 뿐이다. 아내들은 생계 문제가 해결되는 순간 남편에게로 돌아간다. 여성 성의 상품화, 늘어나는 농민의 빚, 제 논의 벼를 제가 도둑질할 수밖에 없는 현실을 생생하게 제시함으로써 작가는 당시 사회의 구조적 모순에 대해 생각해보게 한다.

그의 작품 가운데 실화를 소설화한 작품으로는 「산골 나그네」 「봄·봄」이 있고, 작가 자전적 소설에는 「심청」 「솥」 「두꺼비」 「슬픈 이야기」 「연기」 「따라지」 「형」 등이 있다.

「동백꽃」

김유정의 동백꽃은 산동백 혹은 생강나무라고 불리며 3월 하순부터 4월 중순까지 산야에 피어나는 노란 동백꽃이다.

「동백꽃」은 열일곱 살 먹은 농촌 처녀 총각의 사랑 이야기다. 작품의 전개는 오늘 낮 점심 먹고 나무하러 갈 때, 점순이가 붙여놓은 닭싸움을 보면서 지난 사흘 동안 점순의 횡포에 속수무책일 수밖에 없었던 총각의 억울함과 그에 따른 대비책, 그러나 산에서 나무를 해가지고 내려올 때 다시 점순의 횡포 앞에 티격태격하다가 점순에게 떠밀려 뒤로 넘어지면서 덮쳐온 점순에게 포옹의 첫 경험을 하게 된다는 내용이다.

이 작품이 우리를 웃게 하는 것은 점순의 구애에 대한 총각의 오해에서 비롯된다. 나흘 전 점순이 구운 감자를 주면서 깔깔거릴 때에 총각의 반응은 "날씨가 풀리더니 이놈의 계집애가 미쳤나" 하는 것이다. 감자를 거절한 것인데 다음 날, 점순이는 총각이 나무하고 제 집 앞을 지나갈 시간을 기다려 총각네 암탉을 때려주면서, 이에 항의하는 총각에게 "얘! 너 배냇병신이지?" 더 나아가 "얘! 너 느 아버지 고자라지?"하고 사뭇 총각의 약을 올린다. 그러고는 기회 있을 때마다 총각 몰래 저희 집 닭을 데려다가 닭싸움을 붙여놓는다. 이에 대한 총각의 대비는 고추장 물을 먹여 닭의 힘을 길러 점순네 닭과 대결하게 하는 것인데, 총각네 닭은 역부족이다. 닭싸움은 점순이 총각의 시선을 자신에게 끌려고 하는 것인데 융통성 없고 불뚝뱉이 외통고집인 총각은 그 까닭을 모르고, 평소에는 얼굴 예쁘고 성격도 좋고 걱실걱실 일 잘하던 망아지만 한 계집애가 자신을 보면 "고렇게 아르릉거린"고 자신을 "잡아먹으려고 기를 복복 쓰는 것"이냐고 울근불근한다. 마침내 오늘 오후 산에서 나무하고 오다가 목격한 점순의 횡포 앞에서 총각은 점순네 닭을 단매에 때려죽이고 그것이 발화점이 되어 점순에게 닭달을 당하는 순간 총각은 무안감과 "인젠 땅이 떨어지고 집도 내쫓기고 해야 되는지" 몰라 엉 하고 울음을 터뜨리게 된다. 이에 점순은 자신의 우세함을 인식시키고 "뭣에 떠다밀렸는지" 총각의 어깨를 짚은 채 쓰러지고 총각도 얼결에 뒤로 벌러덩 쓰러져 동백꽃 속에 푹 파묻혀버린다. 총각은 첫 포옹의 아찔한 체험을 동백꽃의 "알싸한 그리고 향긋한 그 내음새"의 탓으로 돌린다. 구운 감자와 닭싸움, 호드기 소리와 동백꽃 향기는 열일곱 청춘의 첫사랑을 흐뭇하고도 풋풋하게 장식해주는 소중한 장치들이다.

주요 참고 문헌

김유정에 관련된 주요 참고 문헌으로는 김유정 작품 속 등장인물들의 성격에 주목한 이재선 교수의「회화적 감각과 바보열전」(『문학사상』 1974년 7월호), 김유정 문학 전반에 걸친 연구로 박세현의 『김유정 소설 연구』(인문당, 1990), 『김유정의 소설세계』(국학자료원, 1980)가 있다. 박정규의 『김유정 소설과 시간』(깊은샘, 1992)은 김유정 소설의 이야기 전개 방법에 주목한다. 유인순의 『김유정문학연구』(강원대 출판부, 1988)는 구조주의적 입장에서 이야기의 구조, 그리고 소설 배경이 되는 공간 구조가 작품 주제와 어떤 관계를 갖는지 살펴본다. 역시 유인순의 『김유정을 찾아가는 길』(솔과학, 2003)은 김유정에 관심을 갖고 있는 일반 독자들을 위해서, 김유정의 생애와 작품을 연결시킨 해설서이다. 그 밖에 김유정 문체의 특징을 살핀 김용직의 「반산문적 경향과 토속성」(『문학사상』 1974년 7월호)과, 조남현의 「김유정의 작품세계」(『김유정 — 동백꽃』, 한국대표작어문특선 해설, 어문각, 1993) 등이 주목할 만하다. _유인순

박영준

모범경작생

"얘얘, 나 한 마디 하마."
"얘얘 얘, 기억(基億)이보구 한 마디 하래라. 아까부터 하겠다구 그러던데……."
"기억이 성내겠다. 자아 한 마디 해보게."
한참 소리를 하는데 이런 말이 나와 일하던 손들이 쥐었던 벼포기를 놓았고, 모든 눈이 기억의 얼굴로 모였다.
목청이 남보다 곱지 못하다고 해서 한 차례도 소리를 시키지 않는 것이 화가 났던지 기억이는 권하는 기회를 놓치지 않고, 있는 목소리를 다 빼어 소리를 시작했다.

온갖 물은 흘러나려두
오장 썩은 물 솟아만 오른다.

같은 논에서 일하던 사람들은 기억이의 미나리곡에 합세하여 다시 노래를 주고받고 하였다.

---

* 「모범경작생」은 1934년 1월 10일부터 23일까지 조선일보에 연재되었다. 여기서는 『일년』(연세대출판부, 1974)에 수록된 것을 텍스트로 삼았다.

깔기죽 깔기죽 깔보디 말구
속을 두르러 말해주렴

소리를 하면 흥겨워져서 모르는 사이에 일이 빨리 되어감에 일터에서는 웃는 소리가 아니면 노래가 그치지 않는다.

모시나 전대에 베전대에
전에나 전대루 놀아나 보자.

성두(成斗)의 논에서 일하던 사람들은 누구 하나 빼놓은 사람 없이 단 한 번씩이라도 목청을 뽑고 소리를 불렀다.

물소리를 출렁출렁 내며 한 움큼씩 쥔 볏모를 몇 뿌리씩 떼어 꽂는 그들은 서로 뒤떨어지지 않으려고 입으로 소리를 하면서도 손을 재빠르게 놀렸다.

그러나 열네 살밖에 안 되는 성두의 동생은 가뜩이나 뒤떨어지는 솜씨에 소리를 한 마디 하고 나면 한 발씩 뒤떨어졌다.

"얘얘, 너는 소린 그만두구 모나 잘 꽂아라. 잘못하면 너 때문에 일을 못 맞출라."

성두가 그의 동생 몫을 꽂아주며 하는 말이다.

"얘들아, 이번에는 수심가나 한 마디 하자꾸나아. 아마 수심가는 성두가 가장 나을걸?……"

다 같이 젊은 사람들만 모여 일하는 곳이라 그런지 어떤 이가 이렇게 따라 말했다.

"아암 수심가는 성두지……."

"나야 받기나 하지…… 누가 먼저 꺼내봐."

"공연히 그러지 말구 빨리 해."

성두는 처음에 사양하려 했으나 두 번 권할 때는 댓자 소리를 꺼냈다.

그럴 때 마침 옆엣논에서 자동차 온다는 고함 소리가 들려왔다. 그 논에서 일하는 이들이 굽혔던 허리를 펴고 달려오는 자동차를 보고 있었다.

"저 차에 길서(吉徐)가 온대지."

"그러더군……."

이런 말이 나자, 성두의 동생은 논에서 밭을 건너 신작로로 뛰어갔다. 옆엣 논에서도 몇 사람이 자동차가 머무르는 큰 돌이 놓여 있는 길가에 모여 서서 수군거렸다.

"팔자 좋다. 어떤 놈은 땀 흘리며 종일 일만 하는데 어떤 놈은 자동차만 슬슬 굴리누나."

기억이가 자동차 온다는 말에 길서를 생각하며 말했다. 그러면서도 길서가 부러운 듯 자동차에서 눈을 떼지 않았다.

자동차는 여름 먼지를 뽀얗게 휘날리면서 동네 앞까지 왔으나 기다리던 사람들 앞에서 머물지를 않고 그냥 달아나버렸다. 동네 서쪽 조그만 산을 돌아 가물가물 사라질 때까지 모여 섰던 사람들은 다시 수군거리며 제각기 일터로 돌아갔다. 성두 동생이 돌아왔을 때 일꾼들은 남의 일이 아니면 자기들도 신작로까지 나가 보고야 말았으리라고 수군거리며 다시 모를 꽂기 시작했다.

"오늘 온댔으니 꼭 올 텐데……."

성두가 왼손에 쥔 못단에서 몇 포기를 떼며 말했다.

"글쎄…… 꼭 올 텐데…… 요새 모를 못 내면 금년에는 상을 못 탈 거 아냐?"

기울어지는 햇살을 쳐다보며 진도 애비가 말했다.

"너 원통할 게 뭐 있니? 길서가 상을 탄대두 너는 '마꼬'[1] 한 개 못 얻어먹어, 이 자식아!"

기억이가 툭 쏘았다.

"그래두 온다구 한 날에 올 텐데……."

---

1 마꼬 담배 이름.

은근히 기다렸는지 성두가 다시 말했다.
  길서는 그 마을에서 가장 칭찬을 받는 사람이다. 물론 사촌 형뻘이 되면서도 기억이 같은 몇 사람은 길서를 시기하고 속으로는 미워까지 했으나, 동네 전체로 보아 보통학교 졸업을 혼자 했고, 군청과 면사무소에 혼자서 출입하고, 공부를 많이 한 사람에게도 지지 않을 만큼 동네 사람들을 가르치며 지도했다. 나이 젊은 사람으로 일을 부지런히 해서 돈도 해마다 벌며, 저축을 하여 마을의 진흥회니 조기회니, 회마다 회장을 도맡고 있는 관계로 무식하고 착한 농부들은 길서를 잘난 위인이라고 생각하지 않을 수 없었다.
  더욱이 서울서 열리는 농사 강습회에 군에서 보내는 세 사람 중 한 사람으로, 한 주일 전에 떠난 뒤 길서를 칭찬하는 소리는 더 커갔다.
  평양 구경도 못한 마을 사람들이 서울까지 가서 별난 구경을 다 하고 돌아올 그에게서 서울 이야기를 들을 생각을 하니 그의 돌아옴이 기다려지는 것도 할 수 없는 일이었다.
  점심을 먹은 뒤 한 번도 쉬지 못하고 성두의 논에서 일하던 사람들은 논두렁으로 올라가 담배를 피우기로 했다. 다른 동네에서는 점심 뒤 한 번 쉬는 참에는 샛밥을 먹는 것이었으나 이들은 몇 해 전부터 그런 것을 잊어버렸다. 그래서 밥은 못 먹어도 그저 몸이나 쉬는 것이었다.
  길서네만 내놓고는 전부가 소작으로 사는 그들이 여름철에는 보리밥도 마음대로 먹을 수가 없는 터에 샛밥쯤은 물론 생각도 못했다.
  "나두 돈이 있으면 죽기 전에 서울 구경이나 한번 해봤으면 좋겠다."
  진도 애비가 드러누워 맥고모자로 얼굴을 가리며 말했다.
  "나는 평양이라두 구경해보구 죽었으면 좋갔다."
  신문지 조각으로 희연을 말아 침으로 붙이던 성두가 웃었다.
  "하늘에서 돈이나 좀 떨어지지 않나?……"
  풀 위에 엎드려 풀을 손으로 뜯던 기억의 말이다.
  여름 하늘은 구름 한 점 없이 맑고 곡식의 싹이 돋은 들판은 물들인 것같이 파랗다.

"그런데 금년엔 나두 길서네처럼 금비를 사다가 한번 논에 뿌려보았으면……
길서는 밭에다 조합 비료래나…… 암모니아를 친대…… 그것을 한번 해보았
으면 좋겠는데…….”
하고 성두가 말할 때, 진도애비가 벌떡 일어나 앉았다.
 "말 말게! 골메²서는 누가 빚내다가 그것을 했다는데 본전두 못 빼구 빚만 남
었다데…….”
 "그럼! 웃동네 이록이네두 녹았대더라. 설사 잘된다 한들 우리가 많이 먹을
듯하냐? 소작료가 올라가면 그뿐이야!”
 기억이가 성난 것처럼 말했다.
 "얼마 전에 지주한테 가니까 이록이 칭찬을 하며 우리가 금비 안 쓴다는 말
을 하던데…….”
 "글쎄 말이야…… 금비라는 게 또 우릴 못 살게 하는 거거든…… 그것은 어
떤 놈이 만들었는지 모르지만 분명 돈 있는 놈들이 만들었을 게야. 빚 안 내고
농사를 지어두 굶을 지경인데 빚까지 내래니 살 수가 있나?”
 기억이가 큰소리를 할 때, 진도 애비가 무엇을 생각하고 있다가 말을 꺼냈다.
 "길서야 돈 있고 제 땅이 있으니 무슨 짓인들 못하리…… 또 변〔利子〕 없이
얼마든지 보통학교에서 돈을 갖다 쓸 수가 있으니까…….”
 "나두 보통학교나 다녔으면 모범경작생이나 되어 돈을 가져다 그런 것을 한
번 해보았으문 좋을 텐데, 보통학교 물도 못 먹었으니…….”
 성두가 절반이 거의 꽂힌 모를 둘러보며 말했다.
 그들은 이런 의미에서도 길서를 부러워했다. 물론 제 땅이 얼마만큼은 있어
야 모범경작생이 될 것이나, 보통학교도 다니지 못한 형편에 그런 꿈은 꿀 수
도 없고 따라서 길서처럼 서울 구경을 공짜로 할 생각을 못 해보는 것이 억울
했다.
 "내일은 우리 조밭 세벌김 매러들 오게.”

---

2 골메 동네 이름.

기억이가 일어서서 기지개를 켜며 말했다.
"나는 내일 장에 가서 돼지 금새를 보구 와야갔네. 그것을 팔다가 지세두 바치고 오월 단오에 의숙이 댕기두 한 감 끊어다 줘야지."
성두가 이 말을 하고 일어나자 앉았던 사람들도 논으로 다시 내려갔다.
성두는 말없이 모를 꽂고 있었으나 모 이파리에서 곧 벼알이 열리어 익어주었으면 하고 생각해보았다. 일 년에 벼를 두 번만이라도 거둘 수 있다면 돼지는 안 팔아도 좋을 것이라 생각되었던 까닭이다.
기나긴 해가 기울기 시작하자 어느새 쑥 내려갔다. 서산에 넘어가려는 붉은 해를 돌아보고 기억이가 타령조로 소리를 높이었다.
"어서 꽂구 저녁 먹자······."

다른 사람들도 이 소리를 따라 마지막 춤을 추는 무당처럼 소리를 치며 모를 꽂았다.
어둠이 들을 휩싸고 돌 때 물오리들이 소리치며 떼를 지어 날아갔다.
성두의 논에서 큰 개뚝을 넘어 김매러 갔던 그의 손아래 누이 의숙이가 국숫집 딸 얌전이와 같이 모 꽂는 논두렁을 지나갔다.
"의숙아! 빨리 가서 저녁 지어라. 원, 이제야 가니?"
성두가 의숙을 보며 말했다.
"응······."
하며, 의숙이가 고개를 돌리었을 때 기억이가 말을 붙이었다.
"길서가 안 와서 맥이 풀리겠구나······."
그러고는 다시 얌전이에게 말을 했다.
"오늘 저녁 너희 집에 갈까?"
의숙이와 얌전이는 꼭같이 눈을 떨구고 길을 걸었으나 의숙이만은 얼굴을 붉히었다.
개뚝에 가리어 자동차를 못 보았으나 그래도 동네에 들어가면 길에서라도 길서가 자기를 불러줄 것을 은근히 생각하던 의숙이었다.

먼지 묻은 적삼이 등골에 흐른 땀에 뻘게졌고, 장흙을 뭉갠 듯한 치마가 걸을 때마다 너풀거렸다.

"얘, 길서가 안 왔대지?……"

얌전이가 말을 꺼냈다.

"글쎄, 누가 아니……."

"공연히 그러지 마라…… 눈물이 나오면 울어. 이런 때 울지 않구 언제 울겠니? 나 같으면 그까짓 거 막 울겠다."

이름만이 얌전이며 사실은 동네에서 제일가는 말괄량이로 아직 시집도 가기 전에 서방질까지 했다는 처녀지만 의숙이는 그의 말이 그다지 밉지가 않았다.

하루라도 보지 못하면 가슴이 답답한 듯하여 안타까워하던 길서를 한 주일이나 보지를 못하다가 오늘에야 만나려니 했던 마음을 얌전이만이 알아주는 듯했다.

"얘, 사랑이라는 게 무어니? 함께 살지두 않으면서 사랑을 할 수 있니? 너는 그래두 기억이를……."

무슨 소리나 가릴 줄 모르는 얌전이는 하지 않아도 좋을 말을 하면서도 전에 없던 진정을 보였다.

"누군 사랑이 뭔지 아니? 그래두 너는 길서 오래비하구 사랑한대드구나……."

"몰라, 얘……."

마을은 조용했다.

어슬어슬해가는 들에서는 낮에 먹은 더위를 식히고 마시었던 먼지를 토하는 듯 벌레들이 목청을 가다듬어 울고 있었다.

의숙이와 얌전이는 집에다 호미를 두고 꼭같이 우물로 나왔다. 의숙이는 바가지에 물을 떠서 한 손으로 물을 쏟아 얼굴을 씻고, 머리털에 묻은 물방울을 손으로 퉁긴 뒤에 흙에 빨개진 고무신과 발을 씻고 있었다. 마침 그때 동이를 옆에 끼고 오던 마을 여편네가 길서가 이제야 온다는 것을 알려주었다.

"얘, 길서 오래비가 온대! 개들이 짖는 데쯤 온 모양이다."

얌전이가 마치 길서를 만나보기나 한 것처럼 들먹거리었다.

고무신도 마저 씻지 못하고 물동이를 이고 집으로 돌아갈 때 의숙은 혹시 길에서라도 만나지 않을까 하여 가슴을 졸이었다. 집에 가서 아무 정신없이 돼지 죽을 바가지에 담아 가지고 돼지우리로 나갈 때는 설마 길서가 자기 옆에 와 있으려니 했으나, 꿀꿀거리는 돼지에게 죽을 쏟아주고 돌아설 때까지 길서가 자기를 만나러 오지 않음이 원망스러웠다.

그러나 대문으로 들어가려 할 때 귀에 익은 기침 소리가 의숙의 발을 멈추게 했다. 역시 길서의 기침 소리가 틀림없었다.

의숙이는 작년 여름, 설레이는 가슴으로 길서를 대하게 된 뒤부터 동네에서도 거의 알게끔 사이가 친했건만 아직까지 어른들에게는 눈을 숨기고 있는 사이라 마당 옆 낟가리 밑에 숨어 길서를 만났다.

"잘 있었니?"

"네……."

"자동차를 타구 올래다가 몇 시간 걸으면 칠십오 전이나 굳는 걸 공연히 타구 오겠든…… 빨리 너를 만나구 싶기는 했지만……."

의숙이는 아무 대답도 못했다.

울렁거리는 가슴은 그저 널뛰듯 뛰었고, 고개는 들고 있을 수 없게 숙여지기만 했다.

매일같이 만날 때는 어느 틈에라도 웃어보이었고 말을 한 마디만 해도 기쁜 생각이 솟았건만 며칠 떠났다가 만났음인지 공연히 가슴만 떨리었다.

그날 밤. 동네 사람들은 서울 이야기를 들으려고 길서네 마당으로 몰려들었다.

소 먹이러 갔던 어린애들은 밥술을 놓기 전에 뛰어와서 멍석을 차지하고 앉았다. 마당에는 빨랫줄에 남포등이 걸리어 금시 꺼질 것처럼 바람에 홀떡홀떡 했다.

윷꾼[3]에게 남포등을 내다 건 것이 길서네로서는 처음인 만큼 마을 사람들도

---

3 윷꾼 이웃에 모인 사람들.

보통 때의 윷놀이와는 달리 말들을 적게 했다.

불빛이 희미하게 비치는 한편 옆에 앉은 부인네들도 각기 길서에게 잘 다녀 왔느냐는 인사를 했다.

"오래비, 잘 다녀왔소?"

특별히 큰 목소리로 말하는 얌전이의 인사는 웅크리고 앉았던 의숙의 고개를 더 숙이게 했다.

"그래, 서울이 얼마나 크던가?"

길서 앞에 앉았던 수염 기른 늙은이가 웃으며 물었다.

"서울에는 우리 동네 터보다 더 넓은 자리를 잡고 있는 집이 수없습니다. 총독부 같은 집은 수만 명이 살겠던데요."

길서는 서울서 구경한 놀랄 만한 일을 하나도 빼지 않고 이야기했다.

전차는 수백 대나 되며 자동차가 수천 대나 다녀 귀가 아파서 다닐 수가 없었다는 말까지 했다.

혀를 빼고 멍하니 듣던 사람들이 숨을 몰아쉬려 할 때, 그는 자리에서 일어서며 강연조로 말을 꺼냈다.

"이제는 강습회에서 배운 것을 조금 말하겠습니다. 농사짓는 법이란 제가 보통학교 다니면서 다 배운 것이며, 지금 제가 채소밭 하는 것과 꼭 같은 것이었으니까 말할 것이 없지요. 하나 새로 배운 것이 있다면, 닭을 칠 때 서울서 '레그호온'이라는 흰 닭을 사다 기르면 그놈이 알을 굉장히 낳는다는 것입니다. 그 밖에는 배운 것이라곤 별로 없습니다."

이 말을 끝맺고 다시 말을 이을 때는 기침을 한 번 하고 목청을 올리었다.

"제가 강습회에서도 가장 많이 물은 이야기입니다마는, 우리가 먼저 깨달아야 할 것이 하나 있습니다. 그것은 다름이 아니라 지금이 가장 어렵고 무서운 시국이라는 것입니다. 까딱 잘못하다가는 죽을죄를 짓기 쉽고, 일을 아니 하고 놀려고만 생각하면 농사도 못 짓게 됩니다. 불경기(不景氣) 불경기 하지만 얼마 오래갈 것이 아니며 한 고비만 넘기면 호경기(好景氣)가 온다는 것입니다. 들으니까 요사이에 감옥에 가장 많이 갇힌 죄수들은 일하기가 싫어서 남들까지 일을 못하게 한 놈들이래요. 말하자면 공산주의자라나요. 공연히 알지도 못하고 그런 놈들의 말을 들었다가는 부치던 땅까지 못 부치게 될 것이니 결국은 농군들의 손해가 아니겠소?……"
 듣고 있던 사람들은 길서의 얼굴만 쳐다보며 멍하니 앉아 있었다.
 "또 무슨 전쟁이 일어날 것도 같습니다. 하라는 일을 아니 하면 우리가 어떻게 될는지도 모르지요. 그러나 같은 값이면 마음 놓고 하라는 일을 잘하며 살아야 하겠어요. 에에, 우리는 일을 부지런히 합시다. 그러면 굶어 죽는 법이 없으니깐요. 유명하게 된 사람들은 전부 부지런했던 덕택이었다는 것을 우리는 잘 알지 않습니까!"
 말을 끝내고 한참이나 서 있다가 앉을 때, 옆에 앉았던 늙은이가 이마를 긁으며 물었다.
 "너, 서울 가서 그런 말도 배웠니?"
 길서는 그저 웃었다. 의숙이는 재미있게 듣는 동네 사람들을 볼 때 길서가 더 훌륭한 것 같은 생각이 들었다.
 "그런데 호경긴가 하는 것은 언제 온대든?"
 아닌 밤중에 홍두깨 내밀 듯 기억이가 한참 동안 잔잔하던 공기를 깨뜨리고 말했다. 대답이 궁했던 길서는 한참이나 생각하다가,
 "얼마 안 있으면 온대드라…….”
하고 대답했으나 어째서 불경기니 호경기니 하는 것이 생기느냐고 캐어물을 때에는 모르겠다는 솔직한 대답밖에 더 할 수가 없었다. 농민들이 나날이 못살게 되어가는 것이 불경기 때문만이냐고 묻는다면 자신 있게 그렇다고 대답했을는지 모른다.
 "암만 호경기가 온다 해두 팔아먹을 것이 있어야 호경기지, 팔 거 없는 놈에게 호경기는 무슨 소용이냐. 호경기가 되면 쌀이 많이 생기기나 하나?……"
 이러한 기억의 말은 아무런 생각도 없이 나온 듯했으나 호경기가 쌀을 많이 가져다 주는 것이 아니라는 것을 아는 그들은 길서의 말보다 더 그럴듯하게 생각되었다.

아무리 불경기라 해도 십 리 밖 읍내에 있는 지주(地主) 서(徐)재당은 금년에 맏아들을 분가시키고 고래 같은 기와집을 지어주었다.

쌀값이 조금 오르면 고무신 값이 오르고, 쌀값이 떨어지면 물건 값이 떨어지는 것을 잘 아는 그들은 불경기니 호경기니 해도 그것이 그들에게는 아무 관계가 없는 것같이 생각되었으며, 돈 있는 사람들이 불경기에 땅 팔았다는 말을 못 들었으므로 경기라는 것이 무엇인지 참으로 알 수 없었다.

그러나 그러면서도 길서가 어려운 말을 자기들보다 많이 아는 사람같이 생각하고 집으로 돌아갔다.

다음날, 서울 갈 때 입었던 누런 양복을 벗고, 무명 잠방 적삼을 갈아입은 뒤, 논에 나가 모를 꽂고 들어온 길서는 컴컴한 저녁때쯤 해서 의숙의 집 모퉁이로 의숙을 만나러 갔다.

기쁨을 기쁘다고 말하지 못하던 의숙도 이날만은 자기도 모르게 웃음이 솟아오르며 무슨 말이든 가슴이 시원하게 털어놓고 싶었다. 길서가 서울서 사 왔다고 파란 비누를 손에 쥐어 줄 때 의숙은 진정으로 뜨거운 눈초리로 길서의 손을 듬뿍 잡았다.

비누 세수라고는 평생 못해본 의숙이 비누 세수를 하면 금시 자기의 터진 얼굴이 희어지며 예뻐질 것 같아 춤을 추고 싶게 기뻤다.

"내 다음 일본 가게 되면 더 좋은 거 사다 줄게……."

"언제 또 가세요?"

"가을에는 도에서 세 사람을 뽑아 일본 시찰을 보낸다는데 뽑히기나 할는지 모르지만……."

"뽑히겠지요. 뭐……."

자신 있는 듯이 의숙이가 말할 때 컴컴한 데서 사람 소리를 들은 강아지가 깡깡 짖으며 뛰어나왔다.

무서운 호랑이라도 본 것처럼 그들은 뒤돌아볼 새도 없이 굴뚝 뒤로 몸을 움츠렸다.

가슴속에서 뛰는 심장의 고동을 제각기 남의 가슴속에서 들었다.

"그놈의 개새끼가 사람을 놀라게 하눈……."

숨을 내쉬고 일어설 때 그들의 손은 꼭 쥐어져 있었다.

의숙은 길서를 떠나서, 몰래 집 안으로 들어가 비누를 궤 속 깊이 넣었다가 한 번 다시 꺼내 보고는 마당으로 나와 어머니와 오빠, 동생이 앉아 있는 멍석으로 갔다. 그러나 길서의 품에 안겼던 생각만이 가슴에서 떠나질 않았다.

"그래 사 원 팔십 전을 받고 팔았단 말인가?"

그의 어머니가 성두에게 하는 말이었다.

"그럼 어떡헙니까? 그거라두 팔아서 용돈을 써야지요. 우선 지세두 밀리구 보리 벨 때까지 먹을 보리두 사야 하지 않어요? 또 단오 명절두 가까워 오는데 돈 쓸 데가 없어서 그러십니까?"

"아아니. 그런 줄은 알지만 큰 돈을 만들려구 했던 돼지를 너무 일찍 팔았단 말이다."

"누구는 모르나요? 여름에는 풀을 깎아다 주기만 하면 거름을 잘 만들고, 먹을 것도 겨울보다 흔해서 기르기도 쉽구…… 그러다가 가을철에 들어 팔면 큰 돈 될 것두 알기는 하지만 어떻게 합니까?"

성두의 얼굴은 푸르락푸르락했다.

"오빠! 오빠의 잔치는 어떻게 합니까? 돼지를 팔구……."

의숙이가 옆에 앉았다가 눈을 흘기는 것 같으면서도 웃는 얼굴로 말을 했다.

"글쎄 말이다. 내 말이 그 말이 아닌가?"

어머니는 차마 꺼내지 못했던 말이 나와서 시원한 듯했다.

길서는 새벽에 일어나 감자밭에 나가 벌레를 잡고 뽕나무 묘목 밭을 한번 돌아보고는 서울 갈 때 입었던 누런 양복을 입고 읍내로 들어갔다.

먼저 보통학교 교장에게 가서 제 손으로 만든 빗자루 다섯 개를 쓰라고 주고 모를 다 냈으니 비료를 사야겠다고 이십오 원을 빌려 가지고는 뽕나무 묘목에 대한 이야기를 하려고 면사무소로 들어갔다.

"리상, 잘 왔소. 한턱내야지. 오늘은 리상의 점심을 얻어먹어야겠군……."

세금 못 낸 사람을 잘 치기로 유명한 뚱뚱한 서기가 들어서자마자 말을 했다.

"한턱은 점심 때 내기루 하구, 묘목은 언제 가져갑니까? 퍽 자랐는데…… 이번에는 돈을 좀 실하게 받아야겠는데요."

"한턱만 내면야 잘 팔아주지……. 내게만 곱게 보이란 말이야. 값을 정해서 갖다 맡기면 그만이니까. 누가 감히 무슨 소리를 하겠나?"

면서기가 농담 비슷하게 웃었으나 허리를 구부리고 복종하는 농부들은 절대로 마음대로 할 자신이 있다는 듯한 호걸웃음을 웃었다.

"일본으루 보내는 사람을 뽑을 때두 면장을 시켜서 잘 말하도록 할 테니 그저 한턱만 내요."

"그것은 염려 마십시오. 술 한 병이면 녹초가 될걸…… 그러면서두 얼마나 먹는 듯이…… 하하하……."

길서는 진정으로 한턱내고 싶기도 했다. 묘목만 잘 팔아주면 예상외의 돈이 들어온다는 것을 모를 리 없었다. 그때 뚱뚱한 몸에 맵시 없는 의복을 입은 면장이 들어와서 길서 앞에 섰다. 길서는 인사를 하고 서울 갔던 일을 보고했다.

"그런데 이번 호세(戶稅)는 자네 동네에서 조금 많이 부담해야겠네. 보통 학교를 육 학급으로 증축해야겠으니까……."

하고, 길지도 않은 수염을 쓸며 호세 이야기를 했다.

"거야 제가 압니까?"

"아니야. 자네 동네서야 자네만 승낙하면 되는 게니까. 그렇다구 자네에게 해로운 것은 없을 게고……."

"글쎄요……."

길서는 면장의 말에 무엇이라고 대답할 수가 없었다. 만약 그에게 조금이라도 재미없는 말을 해서 비위를 거슬리게 하면 자기도 끼니를 굶고 지내는 동네 소작인들이나 다름없는 생활을 해야 할 것을 잘 알고 있었다. 일본은 둘째로 하고라도 묘목도 못 팔아먹을 것이며, 그런 말이 보통학교 교장 귀에 들어가면 돈도 빌려다 쓸 수가 없게 된다.

그러면 묘목을 심었던 밭에 조를 심게 되고, 면사무소 사무원들과 학교 선생들에게 팔던 감자와 파도 썩히게 되는 것이다.

삼백 평밖에 안 되는 논에 비료를 많이 내지 않으면 미곡품평회(米穀品評會)에 출품도 못 해볼 것이며, 그러면 상금을 못 탈 뿐 아니라 벼가 겨우 녁 섬밖에 소출이 안 될 것이다.

그러면 동네 사람들과 꼭 같이 일 년 양식도 부족할 것이 아닌가?

"자네 동네 사람들은 얌전하게 근심 없이 사는 모양이던데……."

면장이 다시 말을 꺼낼 때 길서는 곧 대답했다.

"그럼요. 근심이 조금도 없다고야 할 수 없지마는 무던한 편은 됩니다."

벼는 누릇누릇해서 이삭들이 뭉친 것이 황금덩이 같았다. 그러나 얼굴의 주름살을 편 사람이라고는 하나도 없었다.

강충이⁴가 먹어 예년에 비해서 절반도 곡식을 거둘 수가 없었기 때문이었다. 길서만이 평양 가서 북어기름을 통으로 사다가 쳤기 때문에 그의 논만은 작년보다도 더 잘 되었으나 다른 논들은 털 빠진 황소 가죽같이 민숭민숭해졌다. 이(虱)새끼만 한 작은 벌레까지도 못살게 하는 것이 원통했으나 여름내 땀을 빼고도 제 입으로 들어올 것이 없을 것을 생각하니 눈물이 솟아오를 지경이었다.

그들은 할 수 없어서 성두의 말대로 길서를 시켜 읍내 지주 서재당에게 가서 금년만 도지(小作料)를 조금 감해달래보자고 했다.

그러나 길서는 자기와 관계가 없을 뿐 아니라, 정해놓은 도지를 곡식이 안 되었다고 감해달라는 것은 흔히 일어나는 소작 쟁의와 같은 당치 않은 것이라고 해서 거절했다. 그리고는 며칠 있다가 일본 시찰단으로 뽑혀 떠나가버렸다.

동네 사람들은 어찌할 줄을 몰랐다. 더구나 금번 겨울에는 기어이 잔치를 하려고 했던 성두는 가끔 우는 얼굴을 하곤 했다.

그들은 할 수 없이 큰마음을 먹고 떼를 지어 읍내로 들어가 재당에게 사정을 말해보았으나 물론 들어주지 않았다. 오히려 아들을 분가시킨 관계로 돈이 몰

---

4 강충이 벼 줄기를 갉아 먹어 벼를 마르게 하는 벌레.

린다는 근심까지 들었다.

"너희들 마음대로 그렇게 하려거든 명년부터는 논을 내놓아라."

하는 말에는 더 할 말이 없어, 갈 때보다도 더 기운이 없이 돌아왔다. 그들은 돌아가는 길에 길서의 논 앞에 서서 '모범경작'이라고 쓴 말뚝을 부럽게 내려다보았다.

볏대가 훨씬 큰 데다 이삭이 한 길만큼 늘어진 것이 여간 부럽지 않았다. 그러나 말도 잘하고 신망도 있다 해서 대신 교섭을 해달라고 부탁했음에도 불구하고 못 들은 체 들어주지 않은 길서가 미웠다.

"나도 내 땅이 있어 비료만 많이 하면 이삼 곱을 내겠다 이까짓 거……."

기억이 침을 탁 뱉으며 말했다. 며칠 뒤 그들이 다시 놀란 것은 값도 모르는 뽕나무 값이 엄청나게 비싸진 것과, 십삼 등 하던 호세가 십일 등으로 올라간 것이었다.

그것보다도 십 등 하던 길서네만은 그대로 십 등에 있는 것이 너무도 이상했다. 길서네는 그래도 작년에 돈을 모아 빚을 주었으나 다른 사람들은 흉년까지 만나 먹고 살 수도 없는데 호세만 올랐다는 것이 우스우면서도 기막힌 일이었다.

무엇을 보고 호세를 정하는지 알 수 없었다.

흉년. 그러면서도 도지를 그대로 바쳐야 하는 데다가 호세까지 오른 그들은 눈앞이 캄캄했다.

'아마 북간도나 만주로 바가지를 차고 떠나야 하는가 보다.'

성두는 혼자 생각했다. 그들은 마을에 대한 애착심도 잊었고 제 고장이라는 것도 생각하기 싫었다. 다만 못 살 놈의 땅만 같았다.

마을 사람들은 길서의 장난으로 호세까지 올랐다는 것을 다음에야 알고 누구 하나 그를 곱게 이야기하는 이는 없게 되었다. 길서 때문에 동네를 떠나야 하겠다는 오빠의 말을 들은 의숙이도 눈물을 흘리며 길서가 그렇지 않기를 속으로 바랐다.

길서는 일본서 돌아오는 길에 자기의 논두렁에서 가슴이 서늘함을 느꼈다.

논에 박은 '김길서'라고 쓴 말뚝은 쪼개져서 흩어져 있었다.

심술궂은 애들이 장난을 했는가 하고 생각하려 했으나 그 한 짓으로 보아 반드시 무슨 일이 일어난 것 같은 예감이 들었다.

동네에 들어섰을 때 동네에는 어른이라고는 한 사람도 찾아볼 수 없었다.

읍내 서재당 집에 가서 저녁때가 되도록 아직 돌아오지 않았다는 말을 듣자, 서울 갔다 돌아올 때보다 더 의기양양해 온 길서의 마음은 조각조각 깨어지고 말았다.

보지도 못했고 이름조차 들어보지 못했던 바나나를 가지고 밤이 이슥했을 무렵 의숙이를 찾아갔지만 그를 본 의숙이도 얼굴을 돌리고 울기만 했다.

뒤에서 몽둥이를 들고 따라오는 사람의 숨소리를 듣는 듯 가슴이 떨리었다. 불길한 징조가 눈에 보이는 듯했다.

성두가 충혈된 눈으로 아랫문에 뛰어들었을 때 길서는 들고 왔던 바나나를 들고 뒷문으로 도망쳤다.

박영준(朴榮濬)

1911년 평남 강서 출생. 연희전문학교 문과 졸업. 1934년 조선일보 신춘문예에 「모범경작생」이, 『신동아』에 장편소설 『일년』이 당선되어 등단. 예술원상, 서울시문화상, 대한민국 문화예술상, 은관문화훈장 수상. 연세대 국문과 교수 및 문과대 학장 역임. 『목화씨 뿌릴 때』(1946), 『풍설』(1951), 『그늘진 꽃밭』(1953), 『푸른 치마』(1956), 『방관자』(1960), 『고호』(1964), 『추정』(1968), 『슬픈 행복』(1971) 등의 작품집과 『태양과 더불어』(1947), 『애정의 계곡』(1954), 『오늘의 신화』(1960), 『자살미수』(1963), 『고속도로』(1969), 『일년』(1974) 등의 장편소설 출간. 1976년 타계.

작품 세계

박영준의 문학은 작가가 체험한 일상의 풍속을 사실적으로 묘사하는 가운데 바람직한 삶의 가치를 탐구하는 방향을 취하고 있다. 등단작인 「모범경작생」과 장편 『일년』은 농촌 생활에서 취재한 작품으로서 일제의 착취와 지주의 소작료에 얽매여 불행한 삶을 살아가는 식민 지배하의 조선 농민의 삶을 형상화한다. 이 초기 작품에서 작가의 시선은 사회의 구조적 모순에 희생당하는 농민의 모습에 초점을 맞추어 사회 고발의 형식을 취했기 때문에 『일년』에서는 세금으로 착취당하는 이야기와 부역으로 희생되는 이야기 등 예민한 사회 문제를 다룬 여러 곳이 검열에 의해 삭제되었다. 1938년 만주로 이주한 뒤에 발표된 「밀림의 여인」 같은 작품에서 작가의 문제의식이 둔화되는 양상을 드러내는 것은 독서회 사건으로 5개월간 구류되었던 경험과 검열에 의한 피해 의식이 반영된 것으로 볼 수 있다. 작가의 2기의 작품은 한국전쟁의 체험과 밀접한 관계가 있다. 납북되어 가던 도중에 탈출하여 종군작가단에서 활동한 작가는 「빨치산」 「용초도 근해」 등의 작품에서 전쟁이 빚은 민족의 상흔을 섬세하게 그리고 있다. 체포되어 끌려가는 빨치산 부대장의 회상 형식으로 서술되는 「빨치산」에서는 공산주의의 비인간성을 폭로하고 있어 다분히 이념 지향성을 드러낸다. 이에 비해 송환되는 국군 포로의 시점에서 서술되는 「용초도 근해」는 집단의 폭력에 의해 삶이 굴절된 인간의 모습을 그리면서 삶의 본질에 대한 근원적 질문을 던진다. 남과 북 어디에서도 용납될 수 없는 한 개인이 바다에 투신하여 죽는다는 플롯 전개와 갈매기를 등장시켜 심리적 투사를 하는 방식 등 최인훈의 『광장』과 매우 유사한 구조를 지닌 이 작품은 한국전쟁을 근거리에서 다루면서도 시선의 객관성을 성취한 작품으로서 높이 평가되고 있다. 3기의 작품에서 작가는 도시 생활로 초점을 옮긴다. 근대화의 물결 속에서 가치 규범이 무너진 세태를 그린 「태풍지대」, 『고속도로』는 주로 성 풍속의 문란을 통해 이야기를 전개하면서도 종국에는 주인공들 스스로 윤리의 회복을 가져온다는 공통된 구도를 보여준다. 한국 소설로는 드물게 죄와 구원의 문제를 다룬 『종각』이나 사람들 사이의 소통의 문제를 다룬 「겨울등산」과 같은 후기 소설은 대부분 이 윤리의 회복과 관련된 주제를 다루는 것으로서 작가는 사람의 삶에서 윤리적 가치가 가지는 힘에 대한 신뢰에 문학의 바탕을 두면서 그 질서가 인간 상호간의 진정한 소통, 사랑을 통해서만이 가능한 것임을 말하고 있다.

「모범경작생」

「모범경작생」은 가난한 동네의 마을 지도자인 길서란 인물이 겪는 영욕을 통해 식민지 시대 농촌을 희화적으로 형상화한 작품이다. 길서는 마을에서는 유일하게 소학교 교육을 받았고, 일을 처리하는 데도 눈치가 빨라 갖가지 모임의 회장직을 도맡아 하는 인물이다. 그는 군청과 면사무소에 혼자서 출입하며 마을 지도자 역할을 하는 덕으로 소학교에서 돈을 빌려다가 영농비로 쓰기도 하고 선진 농법을 사용한 까닭에 소출을 많이 내어 모범경작생으로 뽑힌다. 그는 서울에서 열리는 농사 강습회에 다녀오는 등 다른 사람의 부러움을 받지만 자신의 경제적 이익을 보장받기 위해서는 주민들의 호세(세금)를 올리려는 면장의 부탁을 들어주지 않을 수 없다. 때마침 농사가 흉년이 들어 농민들과 지주 사이에 분쟁이 일어나고 마을 사람들은 말깨나 하는 길서에게 교섭에 앞장서줄 것을 부탁하지만 그는 자신과는 무관한 일이라고 외면한다. 또다시 모범경작생으로 뽑혀 길서가 일본에 간 다음 농민들은 그의 농간으로 마을 사람들의 호세가 크게 오르고 뽕나무 값도 엄청나게 비싸진 것을 알게 된다. 일본에서 돌아왔을 때 길서는 자기 논에 꽂혀 있던 모범경작생 표시 말뚝이 뽑혀 산산이 쪼개져 있는 모습을 보게 된다. 지주한테 따지러 갔던 마을 사람들이 돌아오는 길로 자기한테 몰려오자 길서는 애인에게 주려고 가져왔던 선물을 들고 황급히 달아난다.

이 소설은 자신의 이익만을 추구하면서 마을 사람들을 배반한 마을 지도자의 위선적인 모습을 그리고 있다. 그러나 이 이야기 속에는 모범경작생이란 허울 좋은 이름을 붙여주고 농민을 착취하는 데 이용하는 식민 당국의 술책과 혹정, 지주에게서 수탈당하는 농민의 모습이 형상화되어 있다. 작품의 말미에는 이러한 사실을 깨닫고 소작 쟁의를 벌이는 농민의 모습이 편린이나마 비쳐지지만 그들의 각성은 기껏해야 허수아비 노릇을 한 마을 지도자에게 앙갚음을 하는 수준에서 벗어나지 못한다.

주요 참고 문헌

박영준의 농민문학에 대한 포괄적인 논의는 백철의 「신사상의 주체화문제」(『신천지』 1948년 7월호), 김우종의 『현대소설사』(선명문화사, 1974), 이재선의 『한국현대소설사』(홍성사, 1979)에서 이루어진다. 정현기는 『문학의 사회적 의미』(페닌슐러퍼브리게이션즈,

1977)에서 장편『일년』을 작가의 사회의식이란 측면에서 조명했으며, 표언복은「해방을 전후한 창작환경의 차이가 작품에 미친 영향」(『어문학』, 2000)에서「밀림의 여인」의 개작을 시대상과 관련하여 분석하고 있다. 황송문은「다시 읽어보는 전후문제작」에서「빨치산」이 단순히 이념 편향이 아니라 인간성에 대한 작가의 애정이 표현된 작품이라고 평가했으며 김윤식은『한국소설사』(예하, 1993)에서「용초도 근해」가 양심의 문제란 독특한 주제를 다루고 있지만 추상적 무시간성에 떨어짐으로써 이의 극복은 최인훈의『광장』에 이르러서야 가능하게 된다고 분석했다. 윤혜정은『한국기독교소설의 죄와 구원의 양상』(성심여대, 1994)에서『종각』을 한국의 대표적인 기독교 소설로 평가했다. 박영준의 작품 전체에 대한 체계적인 분석은 장백일의「박영준과 그 문학」(『박영준선집』, 어문각, 1977)과 최병우의『한국현대소설의 미적 구조』(민지사, 1997), 유성호의「역사와 일상에 대한 윤리적 투시」(『비평문학』, 2001)에서 이루어진다. _최유찬

현덕
남생이

 호두형으로 조그만 항구 한쪽 끝을 향해 머리를 들고 앉은 언덕, 그 서남면 일대는 물매¹가 밋밋한 비탈을 감아내리며, 거적문 토담집이 악착스럽게 닥지닥지 붙었다. 거의 방 하나에 부엌이 한 칸, 마당이랄 것이 곧 길이 되고 대문이자 방문이다. 개미집 같은 길이 이리 굽고 저리 굽은 군데군데 꺼먼 잿더미가 쌓이고, 무시로 매캐한 가루를 날린다. 깨어진 사기 요강이 굴러 있는 토담 양지쪽에 누더기가 널려 한종일 퍼덕인다.
 냄비 하나와 사기 그릇 몇 개를 엎어논 가난한 부뚜막에 볕이 들고, 아무도 없는가 하면 쿨룩쿨룩 늙은 기침 소리가 난다. 거푸 기침 소리는 자지러지고 가늘게 좋아들더니 방문이 탕 하고 열린다. 햇볕을 가슴 아래로 받으며 가죽만 남은 다리를 문지방에 걸친다. 가느다란 목, 까칠한 귀밑, 방 안 어둠을 뒤로 두고 얼굴은 무섭게 차다.
 "노마야——"
 힘없는 소리다. 대답은 없다. 좀더 소리를 높여 부른다. 세번째는 오만상을 찡그리고 악성을 친다. 역시 대답은 없다. 다시금 터져 나오는 기침에 두 손으

---

* 「남생이」는 1938년 1월 8일부터 25일까지 조선일보에 연재되었고, 이후 작품집 『남생이』(아문각, 1947)에 수록되었다.
1 물매 수평을 기준으로 한 경사도.

로 입을 싼다.

길 하나 건너 영이 집 토담 밑에서 노마는 그 소리를 곰보 아버지가 곰보를 부르는 소리로쯤 들어 넘기고 만다. 마침 영이가 부엌문 옆에 붙어 서서 손을 뒤로 돌려 숨기고,

"이거 뭔데."

조금 전 영이 할머니가 신문지에 떡을 사들고 들어간 것과 영이가 투정을 하던 것까지 아는 일이니까, 노마는 그 손에 감춘 것이 무언지 의심날 게 없는 터다. 그러나,

"구슬이지 뭐야."

"아닌데 뭐."

"물부리지 뭐야."

"아닌데 뭐."

"석필이지 뭐야."

"이거라구."

마침내 영이는 자신이 먼저 깜짝 놀라는 표정을 하고 턱밑에 인절미 한쪽을 내민다. 금세 노마는 어색해진다. 두어 번 어깨를 젓더니 슬며시 뒷짐 진 손이 풀려 받는다.

영이보다 먼저 먹어버리지 않을 양으로 적은 분량을 잘게 씹어 천천히 넘기며, 차츰 노마는 곰보를 부르던 소리는 기실 아버지가 저를 부르던 음성이던 것을 깨달아간다. 그러나 일부러 대답지 않은 그 일이 목을 넘어가는 떡 맛보다 더 고소하다.

아버지보다는 어머니에게 하는 반항이다. 날마다 아침에 집을 나갈 때 어머니는 노마에게 이르는 말이 있다.

"아버지 곁에서 떠나지 말고 시중 잘 들어라. 아버지 마음 상하게 하지 말고."

그러나 이 말은 어머니 자신이 할 일이지, 노마가 할 일은 아니다. 자기가 할 일은 노마에게 맡기고 어머니는 한종일 좋은 데 나가 멋대로 지내다가 해가 저

물어서야 돌아온다. 그동안 아버지나 노마가 얼마나 자기를 기다렸던 거나 그 하루가 얼마큼 고초스러웠던가는 조금도 아랑곳하려고도 않는다. 다만 봉지에 저녁 쌀을 가지고 온 것이 큰 호기다. 그리고 바람에 문풍지가 떨어진 것까지 노마의 잘못으로 눈을 흘긴다. 실로 야속하다. 이런 어머니가 이르는 말쯤 어기었기로 그리 겁날 것이 없다.

그러나 노마 저는 모르지만 여기엔 자기네답지 않게 어머니만이 인조견이나 무늬 있는 비단옷을 입고 다니는 것이며 선창에 나가 많은 사람에게 귀염을 받는 것에 대한 반감과 샘이 크다. 어머니는 이른바 '항구의 들병장수'다.

노마는 이런 어머니를 보았다. 몰래 어머니의 뒤를 밟아 선창엘 갔었다. 그러다 선창 마당 가운데서 어머니를 잃었다. 다시 찾았을 때 노마는 좀더 놀랐다. 목선 쌓아 올린 볏섬 위에 올라앉아서 어머니는 사오 인 사나이들과 섞여 희롱을 하고 있다. 어깨에 팔을 걸고 몸을 실린 조선 바지에 양복저고리를 입은 자에게 어머니는 술잔을 입에다 대주려 하고 그자는 손바닥으로 막으며 고개를 젓고 그리고 술을 받아 마시고 나서 또 빈 잔에다 술병 아가리를 기울이는 어머니를 제 무릎 위에 앉히려 하고 아니 앉으려 하고 나머지 사람들도 모두 어머니를 중심으로 희희낙락하는 것이었다. 노마는 그런 어머니를 전혀 꿈에도 본 적이 없다. 어머니는 그곳에 와서 어린애처럼 어리광을 떨고 일찍이 노마 자신도 한번 받아보지 못한 귀염을 뭇사람에게 받는 것이 아닌가. 자기 어머니가 그처럼 소중한 존재라는 것을 몰랐다. 노마는 저도 갑자기 흥이 오르는 듯싶었다. 모든 사람에게 저와 어머니의 관계를 크게 알려주고도 싶었다. 노마는 어머니를 불렀다. 두 번 세 번. 그러나 햇볕을 손으로 가리고 지그시 노마를 보던 어머니는 점점 자기 집 부엌에서 흔히 볼 수 있는 일그러진 얼굴로 변했다. 같은 얼굴로 어머니는 노마를 창고 뒤로 끌고 가 말없이 머리를 쥐어박는다. 이런 때 등 뒤로 배에 있던 양복저고리가 나타나서 좋았다. 그는 어머니를 안아 뒤로 밀고, 양복저고리에서 밤을 꺼내 노마 머리 위에 흘려 떨어뜨리며 웃었다. 붉은 얼굴에 밤송이 같은 털보였다.

집에 있을 때 어머니는 담벼락같이 말이 없고 간나위[2]가 없다. 노마를 나무라도 말보다 손이 앞서 소리 없이 꼬집거나 쥐어박거나 할 뿐, 언제든 성이 안 풀려 몽총히³ 입을 오므린다. 남편이 부르면 대답은 없이 얼굴만 내놓는다. 그를 대하고는 아버지도 멍추가 된다. 어쩌면 아버지는 아내가 보는 데서는 일부러 더 앓는 시늉을 하는 것인지도 모른다. 고개를 돌려 벽을 향하고 눕거나 이불을 들쓰고 될 수 있는 대로 아내에게서 눈을 감으려 한다. 그러나 어머니가 나가고 없으면 일어나 앉아 이불도 개올리고 노마를 상대로 이야기도 한다.

"노마야 노마야."
가랑잎이 다그르 굴러 내리며 지붕 너머로 아버지의 가느다란 음성이 넘어온다. 방 안에서 들창을 향해 부르는 소리리라. 노마는 살금살금 앞으로 돌아간다. 필시 요강을 가시어 오라고 창문 밖에 내놓았을 것이니 살며시 부시어다 들고 갈 작정. 왜냐하면 노마는 요강을 가시느라고 지금까지 거레⁴를 한 것이지, 결코 부르는 소리를 듣고도 모른 척한 것이 아니라는 변명을 삼으련다. 그렇지 않아도 아버지는 요즈음으로 노마를 곁에서 잠시라도 떠나지 못하게 한다. 오줌이 마려워 일어서도 벌써 '어디 가니' 그리고 영이하고도 놀지 말고 아무하고도 놀지 마라, 만날 아버지와 같이 방 안에만 있어달라는 거다. 그러니까 노마는 아버지가 잠드는 틈을 엿보지 않을 수 없고, 그러나 잠이 깨기 전에 돌아와 앉기는 쉬운 일이 아니어서 흔히 날벼락을 맞는다.
노마는 앙가슴을 헤치고 볕을 쪼이고 앉아 있는 아버지와 마주친다. 갈가리 뼈가 드러난 가슴이다. 그 가슴을 남에게 보이는 때면 공연히 화를 내는 아버지니까 노마는 또 한 가지 죄를 번 셈이다. 지레 울상을 하고 손가락을 입에 문다.
"노마야, 이리 온."
그러나, 고개를 쳐들게 하고 코밑을 씻기더니,

---

2 **간나위** 간사한 사람이나 간사한 짓을 낮잡아 이르는 말.
3 **몽총하다** 붙임성과 인정이 없이 새침하고 쌀쌀하다.
4 **거레** 까닭없이 지체하여 매우 느리게 움직임. 원문은 '가래'.

"저리 가, 앉아봐라."

비탈을 찍어 판 손바닥만 한 붉은 마당에 오지항아리 몇 개가 섰고, 구기자 나무 그림자가 짙은 한편은 볕이 당양하다.⁵ 아들을 땅바닥에 주저앉히고 아버지는 묵묵히 바라다보기만 한다. 장독 뒤로 한 포기 억새가 적은 바람에 쏴쏴 하고 어디서 귀뚜라미도 운다. 몰랐더니 여기는 흡사 고향집 울안 같은 생각이 났다.

추석 가까운 날 맑은 어느 날 어린 노마가 양지쪽에 터벌거리고 앉아 흙장난을 하는 그런 장면인 성싶은 구수한 땅내까지 끼친다. 지금 아내는 종태기에 점심을 담아 뒤로 돌려차고 뒷산으로 칡넝쿨을 걷으러 갔거니.

"노마야, 너 절골집 생각나니."

"응."

"너두 가보구 싶을 때 있니."

"응."

밭 가슬에 주춧돌만 남은 절터가 있는 작은 마을이 있다. 묏갓⁶에는 나무가 흔하고 산답이나마 땅이 기름지고, 살림이 가난하다 하여도 생이 욕되지는 않았고 대추나무가 많아 가을이면 밤참으로 배불렀었다. 다 고만두고라도 거기는 너 나 사정이 통하고 낯이 익은 이웃이 있고 길가의 돌 하나 밭둑길, 실개천 하나에도 어릴 때 발자국을 볼 수 있는 땅이다.

그러나 몇 해 전은 지금 여기서처럼 진절머리를 내던 그 땅이었고 그때는 지금처럼 이 잘난 곳을 못 잊어하지 않았던가.

사실은 그때 영이 할머니의 편지를 믿는 구석이 없었더면 그처럼 단판 씨름으로 지주가 보는 앞에서 마름 김오장의 멱살을 잡지는 못하였을 것이다.

그 덕에 나머지 작인들은 지주에게서 나오는 비료대도 제대로 찾아 먹을 수도 있었고, 예외 없이 마름집 농사에 품을 바치는 폐단도 면하였지만, 자기는

---

5 당양(當陽)하다 햇볕이 잘 들어 밝고 따뜻하다.
6 묏갓 뫼(무덤)의 경기도 사투리.
7 동티 건드려서는 안 될 것을 공연히 건드려서 스스로 걱정이나 해를 입음.

그 동티로 이내 땅을 뜯기고 말았다. 지금 생각하면 모두 편지 사연대로 쉽게 좇기 위하여 일부러 자기를 막다른 길로 몰아넣으려고 한 짓 같기도 하였다.

"선창 벌이가 좋아. 하루 이삼 원 벌이는 예사고 저만 부지런하면 아이들 학교 공부시키고 땅섬지기 장만한 사람도 적지 않다."

이 말을 다 곧이들은 것은 아니지만 땅 없이는 살 수 없는 살림이요, 그 꼴을 김오장에게 보이기가 무엇보다 싫었다. 하기는 처음 떠나온 얼마 동안은 그 말이 사실인 성싶은 생각도 없지 않았다.

선창에 나가 소금을 져나를 때도 그렇다. 이백 근들이 바수거리[8]를 짊어지고 도급으로 맡은 제 시간 안에 대느라고 좁다란 발판 위를 홑몸처럼 달음질치는 일을 닷새 이상을 붙박이로 계속하면 장사 소리를 듣는다는 고역을 노마 아버지는 남우세[9] 없이 꿋꿋이 배겨냈다. 본시 부지런한 것이 한 가지 능으로 감독의 눈에 든 바 되어 매일 일을 얻을 수 있던 노마 아버지라, 자기 말고도 얼마든지 곯이 나기를 기다리고 있는 배고픈 얼굴들에 위협이 되어서뿐만이 아니다. 영이 할머니의 편지에 말한바 아들 자식 학교 공부시키고 땅섬지기 장만하려는 애초에 고향을 떠날 때 먹은 결심이 광고판처럼 눈앞에 가로걸려 악지를 썼다.

그러나 그 아들놈에게 학생 모자 하나를 사주겠다고 벼르기만 하면서 노마 아버지는 먼저 몸이 굴했다.

점점 배에서 뭍 위로 건너가는 발판이 제게 한해서만 흔들리는 것 같고, 그 아래 시퍼런 물이 무서워졌다. 아래서 쳐다보이는 허연 산 소금더미가 올라가기 전에 먼저 어마어마해 기가 질렸다. 무릎에 손을 짚어야 하게쯤, 허리는 오그라들고 걸음은 뒷사람의 길을 막고 핀잔을 맞는다. 밤에는 식은땀에 이불이 젖고 밭은 기침이 났다.

마지막 되던 날 그는 전일 하던 대로 소금더미 위로 올라서서 부삽으로 가리

---

8 바수거리 발채. 짐을 싣기 위하여 지게에 얹는 소쿠리 모양의 물건.
9 남우세 비웃음과 놀림.

키는 장소에 기우뚱하고 한편으로 몸을 꺾어 소금을 쏟는 동작에서 그는 몸을 뒤치지 못하고 그냥 엎으러져 두어 간통 씨르르 미끄러져 내렸다. 몸에 조그만 상처도 없으면서 그는 전신의 맥이 탁 풀려 사지를 가둥거리지 못했다. 한 자가 장난처럼 팔을 잡아채는 대로 허청으로 몸을 실리었다. 그리고 노마 아버지는 이내 선창과 연을 끊었다. 몸살이거니 하고 며칠만 쉬면 하던 병은 점점 골수로 깊어갔다.

"노마, 너 소금 선창에 나가봤니?"

"응."

"중국 호렴배[10] 들어찼디?"

"응."

"소금 져 나르는 사람 들끓구?"

"응."

잠시 노마를 내려다보던 추연한 얼굴이 흐려지더니,

"보기 싫다. 보기 싫여, 저리 가거라."

자기가 먼저 발을 들어 구중중한 방 안으로 움츠러들이자, 방문을 닫는다. 그러나 조금 후 노마를 불러들인다. 아버지는 잔말이 많다.

"영이 할머니 집에 있디?"

"응."

"영이두?"

"있어."

"뭘 해?"

"놀아."

"너두 놀았지?"

"……."

"바가지 목소리 숭내내는 놈 누구냐?"

---

10 호렴(胡鹽)배 중국산 굵고 거친 소금을 실은 배.

"수돗집 곰보라니까."

"그놈 어디 사는 놈인데?"

"수돗집 살어."

"수돗집이 어디지?"

"……."

어제도 그제도 묻던 소리를 또 묻는다.

바가지는 성이 박가래서 부르는 별명만이 아니다. 주걱턱인데 밤볼이 지고[11] 코까지 납작하고 빤빤한 상이 바가지 같다. 그는 홀아비다. 노마 집에서 지붕 둘 높이로 올라앉은 움집, 쪽 일그러진 문엔 언제나 자물쇠가 채워 있다. 그는 두루마기 속에 이발 기계를 감추어 차고 선창으로 나갔다. 커다란 구두를 신고 그것이 무거워 그러는 듯이 뻗정다리로 질질 끈다. 그러나 선창에 나가 그 많은 사람 가운데서 머리 깎을 자를 끌어내는 수는 용하다. 그럴듯한 사람이면 꾹 찍어 창고 뒤, 잔교 밑 으슥한 곳으로 끌고 가 채를 벌인다. 그는 막 깎는 머리 이상의 기술은 없다. 그러나 오 전 십 전 주는 대로 받는 이것으로 객을 끈다. 그는 남에게 반말 이상의 대우를 받지 못하는 대신 저도 남에게 허우 이상의 말을 쓰지 않는다.

팔짱을 찌르고 직수굿이[12] 머리를 맡기고 앉았는 검정 조끼 입은 자는 이발 기계를 놀리는 바가지에게 말을 건다. 노마 어머니 얘기다.

"털보는 뭐여! 그게 본서방인가?"

"본서방이 뭐유, 생때 같은 서방은 눈을 뜨고 앉았는데, 뭐 하나뿐인 줄 아슈. 선창 바닥에 잡놈이란 잡놈은 모두지."

"자넨 그 여자하구 장가든다면서 정말여?"

"ㅎㅎㅎㅎ."

그러나 바가지와 노마 어머니는 사이가 옹추[13]다.

---

11 **밤볼이 지다** 입 안에 밤을 문 것처럼 살이 볼록하게 찌다.
12 **직수굿하다** 저항하거나 거역하지 아니하고 하라는 대로 복종하는 태도를 보인다.
13 **옹추** 옹치. 늘 싫어하고 미워하는 사람 또는 그런 관계를 비유하는 말.

배방장 밖에 남자 고무신에 하얀 여자 고무신만이 놓여 있을 바엔 묻지 않아도 알 일이로되— 바가지는 체면을 모른다. 하늘로 난 문을 구둣발로 찬다.

"어물리 김서방 예 있수."

저도 사나이에게 볼일이 있다는 것이지만, 머리 깎을 사람을 인도해가는 곳이 가마 곳간 구석, 떡집 뒤 의지간[14] 같은 노마 어머니가 자리를 잡았을 듯한 장소를 골라 다니며 헤살[15]을 놓는 데는 좀 심하다. 또 짓궂은 자는 일부러 바가지를 그런 곳으로 들여보내기도 한다.

"저리 야깡집 뒤로 돌아가보슈. 누가 머리 깎으러 오랍디다."

남들이 킥킥킥 웃음을 죽이는 장면에 바가지는 침통한 얼굴을 하고 돌아서 나온다. 그러나 어색한 것은 사나이다.

"없네 없어. 누가 좋아서 먹은 술인가베, 억지로 떠너서 먹은 술값 거 너무 조르는데."

여자를 으슥한 곳으로 이끌던 같은 방법으로 사나이는 조끼 주머니를 움켜쥐고 경정경정 놀리듯 떨어져간다.

"날 좀 보슈. 날 좀 보슈."

노마 어머니는 후장걸음으로 따라가다는 남자가 마당 군중 가운데 섞이자 멈춘다. 볏섬을 진 자, 떡목판을 벌이고 선 자, 지게를 벗어놓고 걸터앉은 자, 노마 어머니를 둘레로 적은 범위의 사람이 음하게[16] 웃을 따름 그리 대수롭지 않다.

현장에서 좀 떨어져 노마 어머니는 바가지의 앙가슴을 움켜잡는다.

"넌 나허구 무슨 대천지 원수루 남의 뒤만 졸졸 따라다니면서 장사허는 데 헤살이냐. 이 요 반병신아."

"헤살은 누가 헤살여, 임자가 헤살이지. 임자만 장사구, 난 장사 아닌 줄 알어."

---

14 의지간 원래 있던 집채에 더 달아서 꾸민 칸.
15 헤살 일을 짓궂게 훼방함.
16 음(陰)하다 마음이 엉큼하고 검다.

옳거니 그르거니 옥신각신하다가 종말은,

"난 허가 없이 머리를 깎어주구 임자는 허가 없이 술을 팔구. 헐 말이 있거든 저리 가 헙시다. 저리 가 해."

우마차가 연달아 먼지를 풍기며 가는 큰길 저편 끝 수상경찰서 지붕을 머리로 가리킨다. 하기야 피차가 크게 떠들지 못할 처지다.

때로는 털보가 사이를 빼기고 들어서 남자의 멱살을 잡고 민다. 마찻길을 피해 담배가게 옆으로 밀고 가 넉장거리¹⁷로 땅에 눕힌다. 허리에 손을 걸고 내려다보고 섰다가 허위적거리고 상체를 일으키면 발로 툭 차 눕히고 눕히고 한다. 둘레에 아이들이 모이고 제 행동이 남의 눈에 표가 나게쯤 되면, 좌우를 돌아보며 털보는 변명이다.

"대로상에서 젊은 여자의 멱살을 잡고 이놈 병신이 지랄한다고 쌍스러 그 꼴은 보구 있을 수가 없거든."

그곳 마당지기 앞잡이 노릇으로 그렇지 않어도 세도와 주먹이 센 털보. 그와는 애초에 적수가 안 된다. 얼음에 자빠진 쇠눈깔 그대로 바가지는 그만 맥을 놓는다.

그러나 바가지는 노마 어머니에게 앙가슴을 잡힐 때처럼 복장이 두근거리는 때는 없고 그가 자기 아닌 딴 사나이와 가까이하는 것을 보는 때처럼 쓸쓸한 때는 없다. 그럼 노마 어머니에게 바가지는 정을 두는 거라 할 터이나 뻔히 저도 남처럼 돈으로 살 수 있는 상대고 보니 한번 얼러라도 볼 것이로되 그렇지 않다. 다만 이런 날이면 술을 마시는 거고 술이 취하면 으레 노마 아버지를 찾아가 앞에 앉는다. 끄물끄물 침침한 등잔불 아래다. 앉은키는 선키보다 음전하고 그래도 노마 아버지에게 비하면 바깥 바람에 닦여난 생기가 있다. 무릎 사이에 턱을 괴고 우그리고 앉았는 그 앞에서만은 새패기¹⁸ 같은 팔목도 홍두깨만큼 실해지는 모양. 바가지는 연해 가냘픈 팔뚝을 걷어 올린다.

"내 얼굴이 어떠우. 눈이 없수 코가 없수. 남 있는 거 못 가진 거 없지. 노마

---

17 넉장거리 네 활개를 벌리고 뒤로 벌렁 나자빠지다.
18 새패기 갈대, 띠, 억새, 짚 따위의 껍질을 벗긴 줄기. 패기. 원문은 '색고끼.'

아버지 보기두 나 병신으로 보이우?"
하고 바가지 같은 상판을 더 그렇게 보이게 다그쳐든다. 한편으로 불빛을 받고 검붉은 얼굴은 그럴듯이 험하다.
 "헐 수 없어 머리는 깎어줘두, 그눔 뱃놈들보담야 뭘루두 기울 것 없는 나유."
 '그렇잖소' 하고 방바닥을 탁 붙이었던 손바닥으로 다시 제 가슴을 때린다. 같은 짓을 몇 번이고 되풀이한다. 그래도 부족해서,
 "뭐 돈벌이를 남만 못 하우. 외양이 병신유."
 "그렇지, 그래."
 노마 아버지의 건성으로 하던 대답이 나중에는,
 "아, 그렇다니깐두루."
하고 퉁명스러진다. 그래도 바가지는 만족지 못한다. 보다 확적한 대답이 듣고 싶어서 또 그렇잖소, 급기야는 뒤를 보러 가는 척 노마 아버지는 밖으로 나가 서성거린다. 그러나 바가지는 얼마고 직수굿이 머리를 숙이고 기다리고 앉았다가는 또 가슴을 때리었다.

 이 동네 아이들은 제법 눈치가 빠르다. 골목으로 꼽쳐 돌아서는 노마 어머니 등 뒤를 향해 바가지의 음성 그대로를 흉내낸다.
 "내 얼굴이 어때여. 눈이 없나 코가 없나. 털보 그놈보다 못생긴 게 뭐여."
 수돗집 곰보가 선봉이다. 노마 어머니 모양이 멀찍이 사라지자, 다른 아이들도 여기 합한다.
 "다리는 뻗정다리라두 머리 기계만 잘 놀리구 돈 잘 벌구 술 잘 먹구."
 털보는 때로 노마 집으로도 왔다. 검정 모자를 눈을 덮어 눌러쓰고 턱을 쳐들어 밖에 서서 방 안을 둘러보며 서슴는다. 모양으로 주름살이 억척인 다듬은 두루마기를 입었다. 그 안에는 여전히 양복저고리. 방 안에 들어와서도 그는 모자를 손에서 놓지 않는다. 아랫목에 도사리고 앉았는 노마 아버지에게 하는 조심이리라. 곧 돌아갈 사람처럼 엉거주춤 발을 괴고 앉았다. 슬며시 노마 아

버지는 몸을 일으킨다. 침을 뱉으려는 것처럼 허리를 굽혀 방문 밖에 머리를 내놓더니, 발 하나가 나가 신발을 더듬자 객은 주인을 붙든다.

"켠, 어딜 가슈. 같이 앉아서 노시지 않구."

"요기 좀 갈 데가 있어서 편히 앉아서 노슈."

그러나 털보는 아버지가 누웠던 자리에 요를 엎어 깔고 다리를 뻗고 앉는다. 그는 두루마기를 벗고 노마 어머니는 소반 귀에 촛불을 붙인다. 방 안은 갑자기 환해진다. 아버지가 털보로 바뀐 변화보다 노마는 이것이 더 크다. 윗목 구석으로 보꾹으로, 난데처럼 스스러워진다. 도리어 제집에 앉은 듯이 털보는 스스럽지 않다. 촛불 붙인 소반에 김치보시기 새우젓 접시의 술상을 차린다. 어머니는 말없이 술을 따르고 말없이 털보는 받아 마실 따름, 전일 선창에서처럼 희롱치 않는다. 그러나 털보는 맥쩍게[19] 노마를 보더니, 이끌어 가까이 앉힌다. 양복 주머니에 손을 넣더니 노마 머리 위에 무엇을 얹는다. 남북이 나온 장구 머리다. 눈을 희번덕이며 머리를 젓는다. 값싼 과자 한쪽이 떨어진다. 노마는 짐짓 놀란다. 털보는 호호호 울상으로 웃는다. 문어발이 나온다. 밤이 나온다. 담배 딱지가 나온다. 나중에는 손바닥이 딱 머리를 때리고,

"손 대지 말고 떨어뜨려봐라. 떨어뜨려봐."

머리를 젓는다. 앞뒤로 끄덕인다. 떨어지는 것이 없다. 빈탕이다. 동떨어진 웃음소리가 잠시 왁자하였다가 꺼진다. 더 심심해진다. 멀뚱멀뚱 얼굴만 서로 보다가, 털보는 문득,

"요새 군밤 좋더라. 너 좀 사오겠니."

"어디 국숫집 앞 말이지."

"싸리전 거리 구둣방 앞 말야. 거기 밤이 크고 많더라."

하고 어머니가 가로챈다. 거기는 길도 서투르고 또 밤이 무섭다. 그리고 노마는 거기 말고도 근처에서 얼마든지 구할 수 있는 것을 먼 데를 가야 하는 불평도 있다. 두 사람을 번갈아 보며 구원을 청한다. 어머니는 눈을 흘기고 털보는

---

19 맥쩍다 심심하고 재미가 없다.

외면을 한다.
 꿈에 가위를 눌리는 때처럼 밤길은 뒤에서 무어가 쫓아오는 것만 같다. 걸음을 빨리 노면 놀수록 오금이 붙고, 개천에 허방을 빠질까 꺼면 데면 모두 건너뛰는 우물 앞 골목길이 더욱 그렇다. 골목을 빠지면 큰길, 거기서부터는 가리킨 대로 오른편으로 가기만 하면 된다. 그러나 급기야 구둣방 앞에서 굽는 밤은 도리어 잘다. 몇 번이고 지나놓고 온 것이 굵고 많을 성싶다. 노마는 다시 그런 놈을 찾으러 다닌다.
 돌아오는 길은 정말 무서운 밤이 된다. 컴컴한 골목에서 밝은 거리로 나올 때보다 밝은 데를 버리고 컴컴한 속으로 들어가게 되는 무서움이란 또 유별하다. 노마는 우물 앞 골목을 들어서 눈감은 개에게 들키지 않으려는 것처럼 가만가만 발자취를 죽인다. 그러나 발소리보다 더 똑똑하게 가슴이 두근거린다. 반대로 거칠게 발을 구른다. 목청을 뽑아,
 "순풍에 돛을 달고……."
 맞은편 양철지붕을 울리는 그 소리가 또 노마 아닌 딴 목청 같아 무섭다.
 이런 때 한번은 허연 것이 전선주 뒤에서 나와 앞을 막았다. 커다란 손이 어깨를 잡아끌었다. 가등(街燈) 밑 가까이 왔다. 아버지였다.
 "더럽다. 그거 버려라, 버려."
 까닭을 모르게 아버지는 사지를 부들부들 떨도록 노하였다. 노마는 고개를 숙이고 종이봉지를 발아래 떨어뜨린다. 아버지는 발로 차 개천으로 굴린다. 몇 개 길바닥에 흩어진 것까지 발로 뭉갠다. 퉤퉤 침을 뱉고 더러운 그 물건에서 멀리하듯이 노마의 팔을 이끈다. 집과는 반대로 언덕 저편 뒤 사정(射亭) 있는 편으로 향해 길을 더듬는다. 아버지는 숨이 가빠 헉헉한다. 터져 나오는 기침에 몸을 오그린다. 사정 밑 아카시아나무 아래 이르자 그는 더 걷지 못했다. 나무에 몸을 실리고 늘어뜨리고 서서 굵은 숨을 내쉰다. 노마는 조마조마 다음에 일어날 행동을 기다리며 발발 떤다. 아버지는 호흡이 차츰 졸아들며 평조로 가라앉는다. 그러나 움직이지 않는 아카시아나무와 한가지 아버지는 어느 때까지나 미동도 없다. 거칠게 들고나는 숨 그것 때문에 성미가 모두 풀리었는지 모

른다. 노마는 좀 싱거워진다. 그 아버지가 묵연히 내려다보는 컴컴한 바다 저편에는 등대가 이따금씩 끔벅일 뿐 밤은 괴괴하다.

　이튿날 아침 노마 아버지는 옷을 갈아입고 나갈 차비를 차리는 아내에게서 술병을 빼앗아 깨뜨리었다. 댓돌에 떨어져 강한 소리를 내고 병은 두 동강이 났다. 눈에 노기가 없었다면 그가 그랬을 듯싶지 않게 아버지는 팔짱을 끼고 방 한구석에 맥을 놓고 섰다. 어머니는 돌아앉아 입었던 나들이옷을 벗는다. 인조견 치마저고리를 찌든 헌털뱅이[20]로 바꿔 입으면 고만, 이웃집에 쌀을 꾸러 갈 때, 그만 정도의 싫은 얼굴도 못된다. 입가에는 비웃음 같은 것이 돈다.
　"누군 좋아서 그 노릇 하는 줄 알우. 모두 목구녁이 포도청이지. 남의 가슴 아픈 사정은 모르고."
　"굶어 죽더라도 그만두랄밖에."
　"이눔 저눔에게 갖은 설움 다 받구 하루 열두 번두 명을 갈구 싶은 것을 참구……."
　잠시 울음 없는 눈물을 코로 푼다.
　"아아, 글쎄 그만두랄밖에 무슨 말야…… 굶어 죽드래두 그만두랄밖에."
　나도 생각이 있다 싶은 노마 아버지의 호기 찬 소리는 별것이 아니었다. 그는 아랫집 춘삼네를 통해 성냥갑 붙이는 재료를 얻어왔다. 그 집은 아들이 조합에 든 인부여서 밥을 굶는 형편은 아니나 늙은이 양주가 심심소일로 성냥갑을 붙여 살림에 보탠다. 그러면 혹은 대끝에 올라 여기다 목숨을 걸고 바재면 구명동생이 아니 될 것도 같지 않다. 하기야 하루 만 개 가까이만 붙였으면 공전이 일 원 오십 전, 그만하면 우선 급한 욕은 면하겠고 그리고 노마 어미에게 할 말도 하겠고, 하루 만 개! 그러나 궁하면 통하는 법이니 인력으로 아니 되란 법도 없으리라. 오냐 만 개만 붙여라— 번히 그는 열에 동하기 쉬운 성품이어서 매무시를 졸라매며 서둘렀다.

20 **헌털뱅이**　'헌것'을 속되게 이르는 말.

그러나 곰상스런 일에 익지 않은 손가락은 셋에 하나는 파치[21]를 내어 뭉쳐버린다. 풀칠을 너무 많이 해서 종이가 묻어난다. 사귀가 맞지 않고 일그러진다. 마음이 바쁜 반대로 손은 곱은 듯이 굼떠진다. 다른 때 없이 오줌이 잦아 몇 번이고 일어난다. 부엌 뒤로 돌아가 낙일(落日)을 바라보며 몸을 떨고 부지런히 돌아가 다시 일을 붙잡는다. 하지만 밤 어둑한 등불 아래 그림자가 크고 꽤 많이 쌓인 것 같아 세보면 단 오백을 넘지 못했다.

그보다는 아내가 손톱 하나 까딱지 않고 종시 코웃음으로 보려는 것이 괘씸하다. 그가 거들어주었으면, 못해도 오백의 갑절은 성적이 나올 것이 아닌가. 그러나 그편에 알미운 경계심이 있는 것을 알고야 권하기는 아니꼽다. 앰한 노마만 볶는다.

"코를 질질 흘리고 넌 구경만 헐 테냐. 요 인정머리 없는 자식 같으니."

그리고 물을 떠오너라 풀을 개오너라 아내가 할 일을 시킨다. 잘난 솜씨를 자식에게 본보기를 보이며 가르친다. 노마는 아버지의 시늉을 내어 무릎 하나를 올려 턱을 괴고 앉아 손등으로 코를 문대며 뺨에 풀칠을 한다.

그러나 부자의 힘을 모아 하루의 성적은 천을 한도로 오르내리었다.

"이것두 기술인데 하루 이틀에 될라구. 차차 졸업이 되면……."
하고 장래를 둔다고 하여도 며칠에 한 번 모아서 아내가 머리에 이고 나갔다가 돌아올 때면 하찮게 몇십 전 은전을 손수건에서 풀어내었다. 그래도 생화[22]라고 여기다 세 식구가 입을 대야 했고, 그들 하루 소비량에 비하면 그것은 황새걸음에 촉새로 따르지 못할 경주였다.

밤이 깊어서 노마 어머니가 문득 잠이 깨어 떠보면, 그때까지도 남편은 이불을 들쓰고 앉아서 쿨룩쿨룩 어깨를 들먹거리며 손을 놀리고 있다. 가슴에 찔려 거들까 하다가는, 그는 못 본 척 돌아눕고 만다. 번연히 생화[22]가 안 되는 노릇을 공연한 고집을 쓰는 남편이고 보매, 일찍이 지쳐 자빠지기를 기다리는 편이

---

21 파치 깨어지거나 흠이 나서 못 쓰게 된 물건.
22 생화 먹고 살아가는 데 도움이 되는 벌이나 직업.

옳다 싶었다.

딴은 그대로 되고 말았다. 그는 동네 이 사람 저 사람 선창과 인연이 있는 사나이를 만나는 대로 농을 주고받는다. 마당에서 바가지 움집을 쳐다보고 말을 건다.

"요새 벌이 많이 했소, 여보."

문 앞에 구부리고 열쇠 구멍을 찾다 바가지는 돌아다보고 어리둥절해한다.

"지금 돌아오는 길유? 선창에 자거리배, 약산배 들어왔습디까?"

그러나 노마 어머니의 전에 못 보던 상냥한 얼굴에 의아하여 바가지는 내려다보기만 한다.

"아, 새우젓 선창에 가봤었어? 자거리배 들어왔습디까?"

창밖에서 아내는 근심 없이 웃고 지껄인다. 그 소리에서 아내의 선창을 못 잊어하는 마음을 노마 아버지는 자기 자신의 그것처럼 느끼며 순간 일손을 놓고, 슬며시 벽을 향해 몸을 실리었다. 피대[23]가 벗어진 기계처럼 갑자기 가슴의 맥이 높고 느즈러진다. 오장이 그대로 목을 치밀어 넘어오려는 덩어리를 이를 악물고 막는다. 급기야는 한 모금 한 모금 입 밖에 선짓덩이를 끊어냈다.

가을 하늘과 같이 깊고 가라앉은 눈으로 노마 아버지는 윗목에 돌아앉은 아내를 누워서 고개만 들고 본다. 연분홍 치마저고리를 검정함에서 꺼내 하나하나 내 입고 얼굴에 분첩을 두들긴다.

'오냐 두 달만 참아라.'

하고 노마 아버지는 아내의 등을 향해 말없이 변명을 한다.

'몸을 추스르는 대로 나두 하던 일을 계속하겠구, 하루 천이 되든 이천이 되든 붙이는 대로 쓰지 않구 모으면 새끼 꼬는 기계 한 틀쯤은 장만할 밑천은 모일 게구. 그것 한 틀만 가졌으면 앉아서두 아내가 하는 하루벌이는 나두 능히 벌 수 있겠구. 오냐 두 달만 참아라.'

곁눈으로 남편의 안색을 살피는 아내의 눈을 피해 그는 고개를 돌린다. 아내

---

23 피대 짐승의 가죽으로 만든 손가방.

의 그 눈에도 노마 아버지는 눈물이 났다.

*

　해가 저물면 아침에 나갔던 사람들이 각기 제 나름대로 컴컴한 얼굴로 돌아오고 이 집 저 집 풀떡풀떡 풀무질하는 소리와 매캐한 왕겨 때는 연기가 온 동네를 서린다.
　노마 어머니가 늦게 돌아오는 날은 영이 할머니가 저녁을 지어주러 왔다. 재물재물한[24] 눈을 인중을 늘이며 비집어 뜨고 풀무질을 하랴 아궁이에 왕겨를 한 주먹씩 던져 넣으랴 주름살 많은 깜숭한 얼굴을 더욱 오그린다. 그러나, 노마 아버지는 알은체도 않는다. 밥쌀을 내라고 바가지를 내밀어도 얼굴이 보기 싫어 고개를 돌이키지 않는다. 저 늙은이가 저녁을 짓는 때문으로 아내가 늦게 돌아오게 되나 한 듯싶다. 아니라 해도 아내의 밤늦게 돌아오는 그 일에 분명 노파의 짬짜미[25]가 있으리라. 이것만이 아니다. 노마 아버지 자기가 당하는 오늘날의 불행 전부, 자기가 불치의 병을 얻어 눕게 된 것도, 아내를 들병장수로 내보낸 것도 모두—— 부엌에서 영이 할머니의 훌쩍훌쩍 코를 마시는 소리에도 비위가 상했다.
　"저녁 그만두슈."
　"왜."
하고 노파의 빨간 눈이 방 안을 들여다보며 새물거린다.[26]
　"우린 걱정 말구, 댁 저녁이나 가보슈."
　"또 속이 아픈 게로군그래, 어째."
　"먹든 안 먹든 우리가 할 테니, 당신은 가요, 가."
　그러나 이만 말에 뇌까리지 않을 만큼 면역이 된 영이 할머니려니와 말을 한

---

24 재물재물하다 얼굴이나 눈이 좀스럽게 생기다.
25 짬짜미 남모르게 자기들끼리만 짜고 하는 약속이나 수작.
26 새물거리다 입술을 약간 샐그러뜨리며 소리 없이 자꾸 웃다.

당자도 오래 심금을 세우지 못했다. 본시 모두가 앞뒤 절벽으로 답답한 제 운명 — 이것은 더욱이 아내를 거리로 내보내 밤을 세우게 하는 사실로 나타나 속을 뒤집어놓는다 — 에 대한 제 입술을 깨물 때 같은 암상[27]이 충동이는 때문이다. 조금 지나 영이 할머니가 밥상을 받쳐 들고 들어올 때쯤 되어서는 그에게 아랫목을 권하리만큼 노마 아버지는 마음을 돌린다.

그러나, 영이 할머니는,

"아닐세, 여기두 좋구면."

"아 글쎄, 이리 내려와 앉으라니깐두루."

"아닐세 아닐세."

노파는 좀더 제 모가치의 밥그릇을 밀며 모로 앉는다.

"아 글쎄, 거긴 차다니께두루."

소리는 다시 퉁명스러워진다. 밥상을 거칠게 앞으로 당긴다. 모래알을 씹는 상으로 맛없이 밥을 떠넣는다. 그 얼굴이 좀 풀릴 만해서 영이 할머니는 코를 훌쩍훌쩍 뚝배기 바닥을 긁더니,

"노만 그래두 어멜 잘 둬서."

하고 아랫목 편을 흘낏 보고,

"여편네 손으로 밥 걱정, 땔 걱정 안 시키구 — 그건 수월헌가. 맘성이구 인물이구 마당에 나오는 여자치곤 아깝지 아까워."

노파는 그 말이 노마 아버지의 성미를 것게 될 줄은 꿈밖이다. 젓가락짝으로 소반 귀를 두들기는 서슬에 놀라 입을 봉한다. 노마 아버지에겐 아픈 데를 꼬집는 말이다. 그러나 그는 아내가 자기를 향해 배를 채는 큰소리라 하여 괘씸해하는 거다. 이내 밥상을 밀어낸다. 까닭을 모를 이런 경우에는 모두 제 잘못으로 접고 마는 영이 할머니는 우두망찰해 어쩔 줄을 모른다. 만약에 노마 아버지가 돌부리에 발을 차이고 화를 냈다 하여도 노파는 역 제 잘못으로 안심찮아하리라.

---

27 암상 남을 시기하고 샘을 잘 내는 마음.

노마 아버지는 이불을 쓰고 눕더니, 갑자기 이불자락을 젖히고 뻘겋게 상기한 얼굴을 든다.

"모두 그놈의 편지 땜야. 그게 아니더면 이놈의 고장이 어디 붙었는 줄이나 알았습디까. 뭐, 하루 이삼 원 벌이는 예사구."

그가 편지 때문이라는 것은 곧 영이 할머니 탓이란 말이다. 그러나 한고향에서 아래윗집 사이에 지내던 정분으로도 그에게 해를 입히고 싶어서 부른 것은 아니다. 갑자기 의지하고 살던 아들을 여의고 선창에 나가 품을 파는 자기 아들과 같은 사람들을 볼 때 그 가치가 갑절 돋보였을 것도 무리가 아니다. 하나 노마 아버지는 좀더 심악하게,

"노마 어밀 쓰레기꾼으로 꾀여낸 건 누구구. 들병장수로 집어넌 건 대체 누구여."

"그건 앰한 소릴세. 첨 날 따라 나올 때두 난 열손으로 말리지 않었든가, 왜, 젊은 사람은 할 노릇이 못 된다구."

모두 선창에 나가 영이 할머니는 낙정미를 쓸어 모은 쓰레기꾼, 노마 어머니는 잔술을 파는 들병장수, 일터를 같은 마당에 가진 탓으로 듣는 억울한 소리다.

하기는 노마 어머니가 처음 쓰레기꾼으로 마당엘 나오자 영이 할머니는 은근히 반기었다. 그는 인물보다 맨드리[28]가 쓰레기꾼 축에 섞이기는 아까웠다. 번히 쓰레기꾼이란 정작 볏섬도 산으로 쌓이고 낙정미도 많이 흘려 있는 지대조합 구역 내에는 얼씬도 못 하고, 목채 밖에 지켜 섰다가 벼를 싣고 나오는 마차가 흘리고 가는 나락을 쓸어 모은다. 그러나 기실은 구루마 바닥에 흘려 있는 나락을 쓸어 담는 척하고 볏섬에다 손가락을 박고 치마 앞자락에 후비어 내는 것을 본직으로 꼽는다.

그러다 들키면 욕바가지를 들쓴다. 쓰레받기 몽당비를 빼앗긴다. 앙가슴은 떠다박질리고 채찍으로 얻어맞는다. 그러나 마차 뒤에 달라붙은 여인들을 향해

---

28 맨드리 옷을 입고 매만진 맵시.

채찍을 든 마차꾼도 노마 어머니를 대하고는 그대로 멈춘다. 머리에 숙여 쓴 수건 아래 수태[29]를 품고 고개를 숙인 미목이 들어앉은 아낙네가 노상 봉변을 당한 때 싶다. 마차꾼은 금세 언성이 숙는다. 욕이 농으로 변한다.

차츰 노마 어머니는 이력이 나서 자기가 먼저 선손을 건다.

"아제 내 이것 가져다가 돌절구에 콩콩 빻아 가는체로 받쳐서 대추 박아 꿀떡 해놀 테니 부디 잡수러 오슈."

하고 마차꾼의 뒤로 실리는 등판을 떠다민다. 그 틈에 나머지 여인들은 볏섬에 달라붙어 오붓이 긁어모은다.

선창 사나이들은 노마 어머니에게 실없이 굴었고 노마 어머니는 그들이 만만히 보였다. 여봐란듯이 쓰레받기를 내흔들며 노마 어머니만은 지대조합 구역 내를 출입해도 무관했다. 쓰레기꾼을 쫓는 것이 소임인 털보도 그에게는 막대기를 들지 않았다. 뒷짐을 지고 슬슬 따라다니며 실없이 지근덕거리었다. 차츰 노마 어머니는 쓰레기꾼들에게서 멀어갔다. 얼굴에는 분을 바르고 인조견 치마를 헐게 눅게 끌었다.

그가 누구 발림으로 들병장수가 되었는지 영이 할머니는 도시 알지 못하는 일이다. 그를 자기가 꼬였단 말은 참 앰하다.

그렇지 않아도 아들을 노마 아버지와 같은 병으로 여읜 영이 할머니는 아들에게 해보지 못한 한을 노마 아버지에게 풀기나 하는 듯이 남의 일 같지 않게 음으로 양으로 마음을 쓰는 것이나 노마 아버지는 그 뜻을 받아주지 않는다. 아마 영이 할머니가 인복이 없는 탓인가 보다.

그러나 이유는 하여튼 까칠한 귀밑, 어복이 떨어진 다리, 엄나무 가시같이 피골이 맞붙은 아들의 몰골대로 되어가는 노마 아버지를 대하고는 불쌍한 생각은 곧 자신에게 무거운 죄밑이 되어 내리덮어 할 말도 못 한다. 다만,

"남의 앰한 소리 말구, 자네 몸만 꺾이네. 화가 나두 참어야 하네. 참어야 해."

---

[29] 수태(羞態) 부끄러워하거나 수치스러워하는 태도.

그러나,

"제발 내 눈앞에 뵈지 좀 말라니께두루. 그럼 내가 먼저 피해 나가야겠수."

하고 노마 아버지는 경망스레 일어나 대님을 친다 하여 그예 노파를 쫓아낸다. 머리에 썼던 수건을 벗어 들고, 어린애처럼 면난쩍어하며[30] 방문 밖을 나갔다. 그 팔짱을 오그린 알스런 어깨가 길 아래로 사라지자, 노마 아버지는 문득 일어나서 방 밖에 머리를 내민다.

"영이 할머니, 영이 할머니."

조금 전과는 음성도 딴판으로 안타깝다. 대답은 없다. 끙 하고 자리에 몸을 달아 누우며 쓰게 눈을 감는다. 어미 없는 어린 영이를 업고 울타리 밑에서 호박잎을 헤치고 섰던 영이 할머니. 아들을 앞세우고는 밖에 나갔다 길을 잃어버리기 잘하는 영이 할머니. 뉘우치는 것은 아닐 텐데 영이 할머니의 이런 장면도 머리에 얼씬거린다.

그러지 말자 해도 영이 할머니의 얼굴을 보면 노마 아버지는 그예 비위가 상한다. 늙은이가 박복해 아들 며느리 다 앞세우고 같은 운명으로 호리려고 노마 아버지를 가까이한다. 아니라 해도 그를 보기는 싫다. 그러나 하루라도 아니 보면 공연히 기다려지는 영이 할머니다.

며칠 발을 끊어 아주 노했구나 하였더니 영이 할머니는 전에 없이 신바람이 나서 왔다. 그는 제멋대로 드나드는 방문 위에 부적 한 장을 붙여놓았다. 또 있다. 검정 보자기를 끌러 무엇을 내놓는데, 난데없는 남생이 한 마리다. 요술장이처럼 노파는 호기 차게 노마 아버지를 쳐다본다. 남생이 잔등에도 노란 종이에 붉은 주(朱)자를 흘려 쓴 부적이 붙어 있다.

"금강산에서 공부를 하구 나온 사람이라는데, 아무네 누구두 이걸루 십 년 앓던 속병이 씻은 듯이 떨어졌대여."

그러나 노마 아버지는 마이동풍으로 응등그리고[31] 앉았더니 남생이를 윗목으로 밀어버리고 이불을 쓰는 거다. 영이 할머니는 어안이 벙벙하고 만다. 남생

---

30 면난(面赧)하다 남을 대할 때에 무안하거나 부끄러워서 낯이 붉어지는 기색이 있다.
31 응등그리다 춥거나 겁이 나서 몸을 움츠리다.

이는 항아리 뒤로 들어가 기척도 없다. 한참 그놈이 나오기를 기다리는 듯이 치마고름을 말며 앉았더니 영이 할머니는 소리 없이 돌아갔다. 얼마 후 노마 아버지는 부스럭부스럭하는 소리에 고개를 돌이켰다. 남생이다. 그는 난데없는 것을 처음 보는 듯이 신기하게 고쳐 본다. 부스럭부스럭 남생이는 어둑한 함 뒤를 돌아 벽과 반짇고리 사이에서 기웃이 머리를 뽑아 들고 좌우를 살핀다.
"잡귀를 쫓고 보신을 해주고, 있는 병은 떨어지고 없는 병은 붙지 않고 남생이 이놈만큼 무병장수를 하리라."
남들이라 영험을 보았겠나 하고 영이 할머니가 옮긴 말 그대로를 남생이 이놈도 그 징글징글한 상판에 말하는 듯싶다. 느럭느럭 방바닥을 긁으며 남생이는 천근들이 무거운 잔등머리를 짚어지고 가까스로 몸을 옮긴다. 알 수 없는 무엇을 전할 듯이 음흉스레 노마 아버지에게로 가까이 온다. 그는 숨을 죽이고 누워 지켜본다. 남생이가 베개 밑 가까이 이르는 대로 조금씩 몸을 일으켜 마주 노리다가 살며시 일어앉는다. 가만히 남생이를 집어 손바닥에 올려놓는다. 남생이는 머리와 사지를 옴츠러뜨린다. 차돌과 같이 묵직한 무게다. 아니 전혀 차돌이다. 산 물건치고는 이렇게 고요할 수가 없다. 방 전체의 침묵을 남생이는 삼킨다. 한참 만에 조심조심 머리를 내민다. 손바닥을 흔든다. 도로 차돌이 된다. 알 수 없는 신비한 힘이 뭉친 덩어리다. 그것은 하루저녁에 묵은 씨앗에서 새움이 트는 그런 힘이리라. 여기다 노마 아버지 자신의 시들어가는 가지를 접붙여서 남생이의 생맥이 그대로 자기에게도 전해올 듯싶다.
"영물의 짐승이라 사람의 일은 모르는 걸세."
이번에는 노마 아버지 자신이 무심중 영이 할머니의 말을 입에 옮기어본다.
이튿날 영이 할머니는 부적을 받아 가지고 와서 내놓지를 못하고 망설이는데, 의외로 노마 아버지는 두 손으로 받다시피 하여 대견하였다. 까닭에 그는 부적 한 장을 구하는 데 은전 한 닢이 드는 것과 매일 한 장씩을 써야 한다는 말을 쉽게 말할 수 있었다. 그러나, 노마 아버지는 불에 태워서 그 재만 정한수에 타서 먹으라는 부적을 — 이것이 또한 영이 할머니에게 하는 단 한 가지 고집이리라 — 맞은편 바람벽에 붙여놓고 바라보는 것이다.

남생이가 생긴 후 아버지는 노마에게 범연해졌다.[32] 한종일 눈에 아니 보여도 부르지 않았다. 노마는 제 세상을 만났다. 아버지가 싫어서 그러는 것이 아니라 남생이가 무서워 피하는 것이니까 노마는 한종일 밖에 나가 놀아도 구실이 되었다.

먼저 영이에게 까치걸음으로 뛰어가 얼마든지 놀아도 좋은 몸임을 자랑한다. 창문 앞 양지쪽에 앉아서 영이는 할머니가 선창에서 쓸어온 흙에 섞인 나락을 고른다. 그 앞에서 노마는 혼자 팔방치기를 한다. 길바닥에 금을 긋고 될 수 있는 대로 손을 저고리 소매 속으로 넣으려니까 팔죽지를 새 새끼처럼 하고 깡충깡충 뛰며 돌을 찬다.

"오랴 이랴."

"걸렀다."

노마는 곧잘 일인 이역을 한다. 한편은 노마, 또 한편은 영이다. 되도록 저편의 골을 올리려고 거르는 때는 전부 영이 쪽으로 꼽는다. 그러나 영이는 대척[33]도 않는다. 여전히 저 할 일만 한다. 키에 담아 두 손으로 비비어 흙을 가루가 되게 한 후 바람에 날린다. 다음 모래와 나락이 남은 데서 모래를 골라내는 것이 아니고 모래 틈에서 나락알을 골라내는 거다. 손에 융 헝겊을 감아쥐고 모래 위를 눌렀다가 떼면, 누릇누릇 나락알만이 붙어 오른다. 그것을 둥구미[34]에 털며 영이는 능청맞게 웃더니,

"너희 어머닌 그런다지."

"뭐."

달아날 준비로 담모퉁이에 붙어 서서 고개만 내놓고 영이는 해해거리며,

"너희 어머닌 그런다지."

그리고 담 저쪽 모퉁이로 달아나 아웅거린다. 노마는 바지 괴춤을 움켜쥐고

---

32 범연(泛然)하다 차근차근한 맛이 없이 데면데면하다.
33 대척 말대꾸.
34 둥구미 멱둥구미. 짚으로 둥글고 울이 깊게 결어 만든 그릇.

머리를 저으며 쫓아간다. 쫓기며 쫓으며 네모진 영이 집 둘레를 두고 맴을 돈
다. 거진거진 잡힐 듯해서 영이는 숨이 턱에 차,
 "아니다 아니다."
 굴뚝 구석에 머리를 박고 오그린다. 노마는 양 어깨를 찌그러이 누르며,
 "이래두. 이래두."
 "안 그럴게. 안 그럴게."
 그러나 영이는 몇 걸음 물러서 머리카락을 다듬어 올리며 정색을 한다.
 "너 바가지가 그러는데 너희 어머닌 달어난데."
 "거짓부렁."
 "정말이다. 너 너희 아버지 앓기만 하구 벌이두 못 하구 하니까."
 "그럼, 좋지. 나두 쫓아다니며 구경하구."
 "누가 달아나는 사람이 널 데리고 가니, 얘 쉬라."
 "그럼 어머니 혼자."
 "아니래, 너 털보하구래."
 "거짓부렁 말어."
 "정말이다, 너."
 "거짓부렁야."
 "정말이다, 너."
 "거짓부렁."
 옆에 고무래 자루를 집어 들고 다가선다. 그 얼굴에 장난이 아닌 정색을 보
자 영이는 겁이 난다.
 "그래 아니다. 아니다."
 그러나 노마는 안심이 안 된다. 요즈음으로 더 아침은 일찍이 나가고 저녁에
는 늦게 돌아오는 어머니는 이렇게 야금야금 노마와 집에서 떨어져가는 시초인
지도 모른다. 아버지와도 사이가 더 차고 노마에게도 쌀쌀해진 어머니다. 그렇
다면 집에는 노마하고 아버지만 남게 되겠고 — 그때엔 노마가 대신 벌지 그
까짓 거, 그러나 무섭다.

영이의 그 아니다 소리를 좀더 분명히 듣고 싶어서, 노마는 고무래 자루를 둘러메고 달아나는 영이를 부엌 뒤로 쫓아간다.

문득 노마는 걸음을 멈춘다. 어쩐지 그동안 집에 무슨 변고가 났을까 싶은, 사실 다른 때 같으면 아버지는 벌써 열 번도 노마를 찾았을 것이 아니냐. 어쩌면 지금도 그랬는지 모를 일. 그것을 못 듣고 장난에만 팔려 있었던 것인지 뉘 알리오.

노마는 살금살금 방문 밖에 가 귀를 기울인다. 아무 기척도 없다. 문구멍으로 방 안을 살핀다. 아버지는 무릎을 꿇고 앉아 먼 소리를 듣는 사람의 모양으로 두 손을 한쪽 귀에다 몰아 대고 있다. 손바닥 안에는 남생이가 들어 있다. 맞은편 바람벽에는 여남은 장의 부적이 가지런히 붙어 있다.

*

잿더미가 쌓인 토담 모퉁이 양버들나무는 노마의 이름으로 하나 꼭 찼다. 노마는 두 손에 침을 바르고 단단히 나무통을 안는다. 두어 자 올라갔다가는 주르르 미끄러져 내린다. 허리띠를 조르고 다시 붙는다. 또 주르르— 머리를 기웃거리며 아래위로 나무를 살핀다. 상가지에 구름이 걸린 듯이 높다. 한데 수돗집 곰보는 단숨에 저 끝까지 올라가니 놀랍다 아니할 수 없다. 그리고 기차가 보인다. 윤선이 보인다. 큰 소리다. 노마가 곰보에게 따르지 못하는 거리는 이것만이 아니다. 제법 곰보는 어른처럼 그들의 세계를 아이들 말로 해석해 들린다, 선창에 관한 풍차 같은 소문을 알린다, 유행가를 전한다, 활동사진 시늉을 낸다. 또 어른처럼 돈을 잘 쓴다. 마음이 내키면 일 전에 하나짜리 눈깔사탕을 매 아이 하나씩 돌리고도 아깝지 않아 한다. 그러나 그 돈의 출처를 묻는 때만은 자랑을 피한다. 다만 '저 나무도 못 올라가는 바보가' 하고 어깨를 쓸기죽한다.[35] 그는 헌 양복에 캡을 젖혀 쓰고 어른과 함께 선창에 나가 해를 보낸다.

---

35 쓸기죽하다 물체가 한쪽으로 천천히 조금 기울어지거나 비뚤어지다.

노마는 틈틈이 나무 올라가기에 열고[36]가 난다. 볼따구니를 긁히고 손바닥에 생채기를 내고 바지를 찢기고, 그래도 노마는 그만두지 않는다. 장난이 아닌 거다. 곰보가 가진 높이까지 이르는 그 사이를 가로막은 장벽이 곧 이놈이었다.

이 고비를 넘기기만 하였으면 금방 거기는 선창이 있고, 활동사진이 있고, 돈이 있고 그리고 능히 어른의 세계에 한몫 들 수 있는 딴 세상이 있다. 그때에 노마는 자기 아니라도 족히 아버지 모시고 잘살 수 있는 노마임을 여봐란듯이 어머니에게 보여줄 수도 있으련만 아아!

노마는 두어 간 떨어져 달음박질해 나무에 달라붙는다. 서너 자 올라간다. 한 간 거리쯤 올라간다. 옹이 뿌리를 딛고 손바닥에 침칠을 한다. 찍 미끄러지며 쿵 땅바닥에 엉덩방아를 찧는다. 저절로 울음이 터지는 것을 꽉 입을 다물고 아픔이 삭기를 기다린다.

뒤에서 호호호 웃음소리가 나며 누가 목 뒤를 잡아 일으킨다. 바가지다.

"임마 나무엔 뭣 허러 올라가는 거여."

그리고,

"너 떡 사줄련."

"……."

"너 나 따라오면 떡 사주지."

"어디 말야."

"선창 마당까지."

떡 아니라도 반가운 소리다. 금방 아픈 것이 낫는다.

두루마기 아구리[37]에다 손을 넣어 뒷짐을 지고 바가지는 앞으로 쓰러질 듯이 구두를 끈다. 노마가 천천히 걸어도 그 걸음은 뒤떨어져 노마를 부른다.

"너 아버지가 좋으냐, 어머니가 좋으냐."

"다 좋지 뭐."

네거리를 건너서 구둣방 옆을 지나며 바가지는,

---

36 열고 열이 나서 바삐 서두름.
37 아구리 '입'을 속되게 이르는 아가리의 북한말.

"너 마당에 있는 털보 알지. 그게 누군데……."

"……."

"너희 집 아랫목에 누워 있는 사람이 정말 아버지냐, 털보가 정말 아버지냐."

"……."

"정말 아버진 털보지, 털보여, 응."

노마는 저고리 소매로 코를 문댄다. 모자점 유리창 안의 발가숭이 인형에 눈이 팔려 못 들은 척한다. 혼자 바가지는 호호호 웃음을 참지 못한다.

선창 칠통 마당 어귀에 이르렀다. 갑자기 엉덩이를 들이대며 바가지는 노마의 다리를 잡는다.

"업혀라, 업혀."

어린애 아닌 노마를, 그리고 제 걸음도 바로 걷지 못하는 꼴불견이 아닌가. 노마는 싫다고 등을 내민다. 그러나 업혀야 떡을 사준다는 거다.

시커먼 화물차가 한참 지나가고 훤하게 앞이 열리자, 건너편 일대는 전부 볏섬이 더미더미 산을 이루었다. 말구루마 소구루마가 길이 미어 나온다. 볏섬 사잇길을 왼편으로 꺾어 나서면 바다. 제2잔교서부터 제3잔교 일폭은 크고 작은 목선이 몸을 비빌 틈이 없이 들어찼다. 꾸벅꾸벅 고개를 빼고 볏섬을 져나르는 자, 섬에다 삭대를 찔렀다 빼며 '다마금요, 은방요' 허청대고 외는 자, 뒷짐을 지고 서서 두리번거리는 모직 두루마기를 입은 자, 그리고 지게를 벗어 놓고 볏섬 위에 혹은 가슬에 무더기 무더기 입을 벌리고 앉았는 자, 그들의 무심한 눈은 거의 한곳으로 모인다. 가운데 무럭무럭 오르는 더운 김과 시큼한 냄새를 휩싸고 섰는 한 덩어리가 있다. 각기 젓가락과 사발을 들고 고개를 쳐들어 먼산을 바라보며 입을 쩍쩍거린다. 바가지는 그들 사이를 뻐기며 소리를 친다.

"여기두 탁배기 한 사발 노슈. 그리구 시루떡 한 조각허구."

앞에 선 자가 팔을 내리자, 노마는 수건을 오그려 쓰고 시루의 떡을 베는 여자의 모습이 익다. 남 아닌 자기 어머니였다. 떡을 들고 내밀던 손이 멈칫한다.

잠깐 낭패한 빛이 돌더니 태연하다. 노마 아닌 남을 보는 거나 다름없다. 노마는 차마 손을 내밀어 받지 못한다.

뒤에서 노마 머리에 손을 얹으며 굵은 음성이,

"얘가 누구요."

"내 아들놈여."

하고 바가지는 다 들어보라는 음성으로,

"머리는 장구통이라구 이눔 신통헌 눔여. 제 에민 노점을 앓구 자빠졌구 애빈 이 모양으로 난봉이나 다니구, 집에서 어미 병 고신이며 부엌 설거지까지 이눔이 혼자 허는데 해두 잘허거든."

노마 어머니는 손구루마 한 채에다 한편에는 시루떡, 한편에는 막걸리 항아리 모주 냄비를 걸어놓고 사발에 술을 부랴 보시기에 모주를 놓으랴(이렇게 하여 노마 어머니는 바가지의 의기를 꺾으려는 것인지도 모른다) 바쁘게 손을 놀린다.

더부살이는 아닐 텐데 여기 털보가 시중을 든다. 일일이 술값을 받아 목걸이를 해 앞에 늘인 주머니에 넣는다. 막걸리통을 날라온다. 냄비에 부채질을 한다. 바가지는 노마를 내려놓고 앞으로 어머니의 정면에 서게 한다. 그는 한층 목청을 높인다.

"이녀석 에미 말 좀 들어보슈."

하고 여자 음성으로 고쳐서,

"나야 오늘 죽을지 내일 죽을지 모르는 몸이니께 날 버리구 맘대루 딴 계집을 얻든 살림을 배치하든 상관없지만 이 자식은 무슨 죄로 굶주리게 하는 거냐. 선창엔 그렇게 드나들면서 그 흔헌⋯⋯."

털보가 앞치마에 손을 씻으며 뒤로 돌아와 바가지의 구두를 툭 차고 턱으로 건너편을 가리킨다.

"나두 내 돈 내구 술 사먹는 사람유. 어쩨 함부루 툭툭 치구 내모는 거여."

"누가 내모는 건가 이 사람아. 나허구 헐 얘기가 있으니 저리 좀 가잔 말이지."

"헐 말이 있거던 예서 해."
하고 이건 뭐냐 어깨를 잡은 손을 툭 차버리고 몸을 뒤로 채기는 했으나, 너무 지나쳐 뒷사람의 팔을 쳐 술사발을 엎지르고 쓰러졌다. 와아 하고 웃음소리가 높아진다. 둘레가 터져 더러 젓가락을 든 자가 그편으로 둘러선다. 잠시 땅을 짚고 주저앉아 바가지는 눈을 지릅떠[38] 털보를 노리더니 한번 해볼 양으로 일어선다. 몇 보 걸음을 옮기자, 그가 앉았던 자리에서 한 자가 보자 하나를 집어들고 쳐든다. 허리에 찼던 이발 기계를 싼 보자다. 바가지는 기급을 해 돌아서 손을 벌린다. 그러나 먼저 털보의 손으로 넘어간다. 그리고 일은 우습게 되고 말아, 보자 한끝을 털보가 잡고 한끝은 바가지가 매달려,

"이리 내어, 이리 내어."

"이리 좀 와, 이리 좀 와."

털보가 끄는 대로 바가지는 달려서 건너편 창고 뒤로 사라진다. 벌어졌던 자리는 다시 오므라들었다. 겹으로 울립[39]을 한 사람 가운데 노마 어머니의 모양은 파묻히었다.

그편을 멀찍이 등지고 돌아서, 그러나 어머니의 시야에서 벗어나지 않을 거리를 두고 노마는 뒷짐을 지고 섰다. 제2잔교 위 엿목판 옆이다. 어머니가 노마를 노마 아니로 보아준 야속함은, 노마도 어머니를 어머니 아니로 보아주었으면 그만이다.

너무 잔잔해 유리 같은 바다. 놀라움밖에 더 표현할 줄 모를 커다란 기선이 떠 있다. 가난한 사람처럼 해변 쪽으로는 목선이 겹겹이 모여서 떠돈다. 잔교 한편에 여객선이 붙어 서서 사람과 짐을 모여들인다. 통통통 고리 진 연기를 뽑으며 발동선이 우편으로 물살을 가르며 달아난다. 저 배가 보이지 않거든 노마는 그만 집으로 돌아가리라 한다. 마침내 발동선은 시커먼 중국 배 뒤로 사라진다. 그러나 어쩐지 미진해 다시 이번에는 여객선이 사람을 다 태우고 움직이기 시작하거든 하고 노마는 자리를 뜨지 못한다. 어머니를 기다리는 것이

---

38 지릅뜨다 고개를 수그리고 눈을 치올려서 뜨다.
39 울립 빽빽이 들어선 모양.

다. 그 배가 움직이기 전에 어머니는 왔다. 그러나 건너편 세관 앞을 오면서부터 눈을 흘기고,

"뭣 허러 까질러 다니니. 배라먹게."

하고 노마의 머리를 쥐어박고,

"아버지에게 말하면 이거다, 이거여."

주먹을 쥐어 으르는 시늉을 내다가, 그 손바닥을 펴 돈 한 닢을 보이며 어머니는 눙친다.

"바가지가 오재두 듣지 말구, 아버지 시중 잘 들고 있어, 응 착하지. 그리구 아예 나 봤단 소리 말구, 응."

어머니는 등을 두들기며 음성이 다정하다. 노마는 낯을 찌푸린다. 그 속은 어쩐지 울음이 나와 참는 것이다.

이날처럼 노마에게 집의 아버지가 불쌍하고 쓸쓸하게 생각된 때는 없다. 아버지는 쓰레기통 옆에 다리 병신보다 더 가엾고 노마 자신보다 더 작고 쓸쓸하다. 오늘도 아버지는 앞가슴에 남생이를 올려놓고 누웠으리라.

노마는 지나가는 가게마다 기웃거리며 손아귀의 돈 한 푼과 그곳에 놓인 물건과 비교한다. 사과, 귤, 감, 유리병 속에 든 과자, 모두 엄청나다. 골목길로 들어서 늙은이가 앉았는 구멍가게에서 노마는 붕어과자 하나와 바꾼다. 아버지에게 드릴 생각이다. 아버지는 노마 이상으로 이런 것들에 군침이 나리라.

조금 후 눈으로 박은 콩알이 떨어져 손에 잡힌다. 할 수 없으니까 노마는 먹는다. 비위가 동한다. 이번에는 제 손으로 지느러미를 떼어 먹는다. 이런 것은 없어도 붕어 모양이 틀려지는 것이 아니니까 표가 안 난다. 그러나 꽁지만 먹자는 것이 야금야금 절반을 녹이고 만다.

노마는 차츰 무거운 마음에서 풀어져 즐거워진다. 멀리 떨어지면 항구는 마치 커다란 소꿉장난판 같다.

*

　노마가 급기야 토담 모퉁이 양버들나무를 올라갈 수 있던 날 노마 아버지는 세상을 떠났다.
　그날은 실로 이상한 날이다. 그렇게 어렵던 나무가 힘 안 들이고 서너 간 높이 쌍가지[40] 진 데까지 올라가졌다. 거기서부터는 손잡을 데 발 놀 데가 다 있어 한 층 두 층 곰보 이놈도 이만큼 높이는 못 올랐으리라.
　그 내려다보이는 시야가 결코 뒤 언덕 위에서 보는 때보다 그리 넓지도 멀지도 못하다 할지라도 이렇게 늘 보던 길, 집, 사람 들이 아주 달라 보이도록 나무 상가지에서 거꾸로 보기는 노마 아니면 할 수 없다.
　"곰보야, 곰보야."
　제법 큰 소리로 별명을 부를 만도 하다. 저 아래서 조그맣게 영이 할머니가 울상을 하고 쳐다본다. 이런 데서 거꾸로 보는 사람의 얼굴이란 저런 게다. 음성까지 울음에 섞여 손짓을 한다. 오늘 노마의 성공은 영이 할머니를 울리다시피 장한 것인지도 모를 일. 그런데 노마 집 문 앞에는 동네 집 여인들이 중게중게 큰일 난 얼굴로 모여 섰다. 한 번도 들어보지 못한 그러나 어머니 음성이 분명한 곡성이 모기 소리만큼 가늘다.
　모두 거짓부렁이다. 참 설움에서 우러나오는 울음이고야 목청만이 노래 부르듯 청승맞을 수 없다. 치마폭에 얼굴을 싸고 엎드리었다. 문득 낯을 들 때 어머니가 굴뚝 뒤로 돌아가 털보와 수군수군 공동묘지를 쓸 것인가 화장을 할 것인가 손가락을 꼽으며 구구를 따지는데, 어머니는 영이 할머니보다도 예사롭다.
　만약에 노마 아버지의 뒤축 끊어진 커다란 고무신을 전대로 방문앞 댓돌 위에 놓아만 두었으면 한잠 깊이 든 때 아버지나 다름없다. 그것을 신을 임자가 없다는 듯이 뒷간 옆에 내던져 굴리는 고무신을 볼 때만 노마는 언짢은 생각이 들어 도로 제자리에 집어다 놓는다. 그러면 어머니는 고질을 떼어버리듯이 한

---

40 쌍가지 아퀴쟁이. 가장귀가 진 나무의 가지.

짝씩 집어 멀리 길 아래 쓰레기더미가 있는 편으로 팽개쳤다.

영이 할머니는 노마를 집 뒤 들창 밑 아무도 없는 데로 끌고 가 은근히 묻는다.

"노마, 너 남생이 어디 간 거 아니?"

"어제는 보았어두 오늘은 몰라."

"거 참 심상헌 일이 아니다."

하고 잠시 눈을 크게 뜨더니, 남생이가 없어졌음으로 해서 그런 일이 생기었다는 듯이 갑자기 울음에 자지러진다.

저녁때 길목을 막고 헤갈[41]을 하고 서서 바가지는 노마 집 편을 향해 고래고래 소리를 질렀다.

"네 서방은 속여두 난 못 속인다. 담벼락에 붙여논 건 뭐구, 남생이는 다 뭐여. 멀쩡하게 산 사람을 앉혀놓고 연놈이 방자[42]를 해. 방자대루 돼서 좋겠다."

아이들 머리 너머로 어른들도 팔짱을 찌르고 우뚝우뚝 서자, 바가지는 기세가 높아진다.

"모두 그눔의 농간야. 그눔이 뒤에 앉아서 방자두 놓게 하구 그리구……."

그리고 저녁밥에 필시 못 먹을 독을 탔을 것이다. 아니면 멀쩡하게 같이 앉아서 이야기를 하던 사람이 별안간 요강요강 선짓덩이를 쏟아놀 리가 없지 않으냐 ― 그러나 바가지가 취중이 아니고 성한 정신으로 한 사람을 붙잡고 넌지시 하는 말이라 하여도 곧이들을 사람은 없을 것이다. 바가지 자신의 처신이 글러 그런 것만이 아니다. 남의 집 일에 발벗고 나서서 초상비 일동일절을 대고 백지 한 장을 사려도 손수 비탈을 오르고 내리고 하는 털보에게 일반은 인정 많은 사람이라 지목이 돌았다.

저녁에 노마는 잠자리를 영이 집으로 옮기었다. 방울 등잔을 가운데 두고 앉아서 노마는 영이에게 전에 없이 다정히 군다. 위하던 호루라기를 저고리 고름에서 풀어 영이에게 주어도 아깝잖다. 이런 때 노마에게 호루라기 이상의 무슨 귀중한 것이 있었다면 좋았다. 왜냐하면 노마는 어떻게 영이에게 착한 일을 하

---

41 **헤갈** 허둥지둥 헤매는 일.
42 **방자** 남이 못되거나 재앙을 받도록 귀신에게 빌어 저주하거나 그런 방술(方術)을 쓰는 일.

고 싶으나 그 방법을 몰라 한다.

그날 동네 여인들은 변으로 노마에게 곰살궂게 하였다. 이 사람 저 사람 머리도 쓰다듬고 떡 같은 것도 갖다준다. 측은해하는 낯색으로 노마의 얼굴을 들여다본다. 노마는 그들이 하는 대로 풀 없는 낯으로 고개를 숙인다. 그러나 그 속은 어쩐지 겉과 같지 않은 것이 있어 외면을 하는 거다.

"넌 울지두 않니? 남들이 숭보라구."

어머니는 눈을 흘기며 노마에게 울기를 권한다. 그러나 자기처럼 아니 나오는 울음을 소리만 높여 울면 더 흉이 되지 않을까, 노마는 남부끄러 못 운다. 그러나 영이 할머니가 진정으로 자기가 먼저 울어 보이며 권하는 때도,

"어떻게 울어."

노마는 사실 제 식으로 진정 울려 해도 도시 울음이 나지 않는다. 거기 실감이 따르지 않는다.

호젓한 집 뒷담 밑으로 돌아가 노마는 짐짓 시르죽은[43] 표정을 한다. 담벼락의 모래알을 뜯어내며 '아버지는 영 죽었다' 하고 입 밖에 내어 외워본다. 그리고 되도록 울음이 나오라고 슬픈 생각을 만든다. 하나 머릿속에는 담배 물부리를 찾느라 방바닥을 더듬는 아버지가 나타난다. 거미발 같은 손가락이다. 창밖에서 쿵쿵 발을 구르며 먼지를 터는 아버지가 나타난다. 그러나 아무리 해도 얼굴은 형용을 잡을 수 없다. 그보다는 오늘 노마가 나무 올라가기에 성공한 그 장면이 똑똑히 나타나 덮는다. 갑자기 노마의 키가 자라난 듯싶은 그만큼 보는 세상이 달라지는 감이다. 노마는 부지중 마음이 기뻐진다. 어쩔 수 없는 기쁨이다. 아아, 그러나 이것은 아버지에게 죄스런 마음이다. 어떻게 무슨 커다란 착한 일을 하거나 하지 않으면 무얼로 이 마음을 씻을 수 있으리요.

"영이야."

"응."

노마는 빤히 영이의 얼굴을 마주 본다. 이처럼 영이가 어여뻐 보이기는 처음

---

43 시르죽다 기운을 차리지 못하거나 펴지 못하다.

이다. 눈두덩 위의 곁두데기까지 무척 귀엽다. 노마는 불시에 두 팔로 영이 목을 끌어다녀 흔든다. 다시 무릎 사이에 넣고 꾹꾹 누른다.
"아이 아이 아이."
뜻에 반하여 노마는 그만 영이를 울리고 만다.

현덕(玄德)

1909년 서울 출생. 본명은 현경윤(玄敬允). 1924년 대부 공립 보통학교 6년을 수료하고, 중동학교 속성과 1년 재학. 1925년 제일고보에 입학하였으나 같은 해에 자퇴. 1927년 조선일보 신춘문예에 동화「달에서 떨어진 토끼」가 1등 당선되고, 뒤이어 1932년 동화「고무신」이 동아일보에 가작 입선. 1938년에 조선일보에 소설「남생이」가 당선되어 소설가로 문단에 정식 등단. 출생 당시는 가정 형편이 꽤 넉넉했으나, 가세가 기울면서 최하층의 생활을 경험함. 김유정과 각별한 교우 관계를 맺음. 1946년 조선문학가동맹에 참여하여 출판부장 등을 역임하였고, 한국전쟁 중 월북. 1962년 한설야 일파로 분류되어 숙청당했으며, 이후의 행적은 알려져 있지 않음. 해방 이전까지「경칩」(1939),「군맹」(1940) 등 8편의 단편소설과 『포도와 구슬』,『토끼 삼형제』등 40여 편의 동화, 그리고 『집을 나간 소년』을 비롯한 10여 편의 청소년소설 창작.

작품 세계

현덕은 1930년대 후반기 신세대 작가 중의 한 명으로, 많은 작품을 남기지는 않았지만 독특한 인물 설정과 분위기 묘사를 통해 개성 있는 소설 세계를 구축하였다. 현덕 소설의 중요한 특징 중의 하나는 '묘사력'으로서, 등단 당시부터 그의 소설이 갖는 최대의 장점으로 언급되어왔다. 현덕의 소설은 이 묘사력을 통해 일제 강점기 식민지 자본주의 체제하의 피폐화된 농민과 도시 노동자의 삶을 사실주의적인 관점에서 형상화하고 있다. 먼저「남생이」(1938),「두꺼비가 먹은 돈」(1938),「경칩」(1939) 등의 소설은 농촌이나 해안가를 배경으로 하고 어린이를 중요한 역할로 등장시켜 공동체의 해체 과정을 생생하게 그리고 있다. 이 소설들은 농촌을 버리고 도시 변두리로 이주한 농민의 몰락 과정을 그림으로써 전통적인 농촌공동체의 해체라고 하는 당대의 현실 상황을 비판적으로 드러낸 것이다. 한편「골목」(1939),「녹성좌」(1939),「군맹」(1940) 등 도시를 배경으로 한 소설에서는 타락한 인물과 무기력한 지식인의 모습을 부각시켜, 식민지 사회의 또 다른 모순을 드러내고 있다. 특히「녹성좌」는 암울한 현실을 극복할 수 있는 대안으로 이념형 인물을 제시함으로써, 해방 이후 현덕의 문학적·정치적 행보를 설명해줄 수 있는 작품으로도 꼽힌다.

「남생이」

소설의 주인공 노마는 아버지 병을 수발드느라 옆집 영이와 마음껏 놀지 못한다. 아버지는 원래 소작 농민이었지만 땅을 빼앗기고 항구로 와 인부가 되었다. 힘든 노동 때문에 아버지가 병들어 눕게 되면서 어머니는 들병장수가 되고 만다. 어머니는 현장 감독인 털보와 눈이 맞아 지내고, 항구의 남자들에게 미모와 웃음을 판다. 어느 날 영이 할머니가 부적과 남생이를 가지고 와 내놓자 아버지는 남생이를 배에 올려놓고 바라보며 지낸다. 노마는 나무 오르기에 열중한다. 노마에게 나무 오르기는 어른의 세계로 들어가려는 행동이며, 독립한 개체로 자신을 정립하려는 시도이다. 드디어 노마가 나무에 올라간 날 아버지는 죽고 남생이도 사라진다. 노마는 나무에 올라갔다고 기뻐하면서도, 아버지의 죽음을 슬퍼하지 않는 자신의 모습에 죄의식을 느낀다.

「남생이」는 발표 당시 문단의 커다란 주목을 받은 작품으로서, 안회남은 이 소설을 "우리의 전문학적 수준을 대표할 만한" 작품이라고 평하기도 했다. 이 소설은 일제 강점기 농촌 공동체의 붕괴, 그에 따른 궁핍화와 가족 해체를 어린 노마의 순진한 눈을 통해 묘파함으로써 독특한 성격의 사실주의를 보여주고 있다. 피폐한 현실을 어린이의 눈을 통해 묘사하여 동화 같은 분위기를 조성하고 있는데, 이것은 동시대의 카프 소설이 갖고 있던 특징과 대비되는 측면이다. 현실의 모순을 해결할 수 있는 존재로 이처럼 '어린이'를 설정하는 것은 현덕 소설의 개성이자 한계라고 할 수 있다.

주요 참고 문헌

백철은 「금년간의 창작계 개관」(『조광』, 1938. 12)에서 「남생이」가 "소년의 눈을 통하여 작품 세계를 관철시키고 있는데, 그것은 작가가 소년 세계에 더 능통하고 소년의 눈이 한층 순수하고 진실한 눈이 될 수 있다고 생각한 때문"이라고 설명하였다. 그의 설명은 현덕의 소설과 「남생이」를 이해하는 하나의 전범으로 자리 잡게 되었다. 유한근의 『한국현대아동문학작가작품론』(집문당, 1997)은 백철의 관점을 이어받아 「남생이」를 '동심 구조(童心構造)'의 발현으로 보았다. 이는 「남생이」를 어린이의 순진한 시선을 통해 일제 강점기의 피폐한 현실을 바라본 작품으로 파악한 일련의 연구 중의 하나이다. 한편 이경재는 「현덕의 생애와 소설 연구」(『관악어문연구』, 2005)에서 현덕의 생애를 실증적으로 재검토하여 여러 가지 전기적 사실들을 정정하였으며, 아동 인물의 형상화 방식과 의미를 중심으로 하여 월북에까지 이른 현덕의 행적이 일관된 인과관계를 가졌음을 논증하였다. _강상희

김동리
무녀도(巫女圖)

1

 뒤에 물러 누운 어둑어둑한 산, 앞으로 폭이 널따랗게 흐르는 검은 강물, 산마루로 들판으로 검은 강물 위로 모두 쏟아져 내릴 듯한 파아란 별들, 바야흐로 숨이 고비에 찬 이슥한 밤중이다. 강가 모래펄엔 큰 차일을 치고, 차일 속엔 마을 여인들이 자욱이 앉아 무당의 시나위 가락에 취해 있다. 그녀들의 얼굴얼굴들은 분명히 슬픈 흥분과 새벽이 가까워온 듯한 피곤에 젖어 있다. 무당은 바야흐로 청승에 자지러져 뼈도 살도 없는 혼령으로 화한 듯 가벼이 쾌자 자락을 날리며 돌아간다…….
 이 그림이 그려진 것은 아버지가 장가를 들던 해라 하니 나는 아직 세상에 태어나기도 이전의 일이다. 우리 집은 옛날의 소위 유서 있는 가문으로, 재산과 세도로도 떨쳤지만, 글하는 선비란 것도 우글거렸고, 특히 진기한 서화(書畵)와 골동품으로는 나라 안에서 손꼽힐 만치 높이 일컬어졌다. 그리고 이 서화와 골동품을 즐기는 취미는 아버지에서 아들로, 아들에서 다시 손자로, 대대 가산과 함께 물려받아 내려오는 가풍이기도 했다.

---

* 「무녀도」는 1936년 5월 『중앙』에 발표되었다. 여기서는 단편선 『무녀도』(한국문학전집 7, 문학과지성사, 2004)에 수록된 것을 텍스트로 삼았다.

우리 집 살림이 탁방난¹ 것은 아버지 때였으나, 그즈음만 해도 아직 옛날과 다름없이, 할아버지께서는 사랑에서 나그네를 겪으셨고, 그러자니 시인묵객(詩人墨客)들이 끊일 새 없이 찾아들곤 하였다. 그 무렵이라 한다. 온종일 흙바람이 불어, 뜰 앞엔 살구꽃이 터져 나오는 어느 봄날 어스름 때였다. 색다른 나그네가 대문 앞에 닿았다. 동저고리 바람에 패랭이를 쓰고, 그 위에 명주 수건을 잘라맨, 나이 한 쉰가량이나 되어 뵈는 체수도 조그만 사내가, 나귀 고삐를 잡고 서고, 나귀에는 열예닐곱쯤 나 뵈는 낯빛이 몹시 파리한 소녀 하나가 안장 위에 앉아 있었다. 남자 하인과 그 상전의 따님 같아도 보였다.

그러나 이튿날 그 사내는,

"이 여아는 소인의 여식이옵는데 그림 솜씨가 놀랍다 하기에 대감의 문전을 찾았삽내다."

했다.

소녀는 흰 옷을 입었고, 옷빛보다 더 새하얀 그녀의 얼굴엔 깊이 모를 슬픔이 서려 있었다.

"아기의 이름은?"

"……."

"나이는?"

"……."

주인이 소녀에게 말을 건네보았으나, 소녀는 굵은 두 눈으로 한 번 그를 바라보았을 뿐 입을 떼려고 하지는 않았다.

아비가 대신 입을 열어,

"여식의 이름은 낭이(琅伊), 나이는 열일곱 살이옵고……."

하더니, 목소리를 더 낮추며

"여식은 귀가 좀 먹었습니다."

했다.

---

1 **탁방나다** 집안의 재물이 죄다 없어지다. 방나다.

주인도 이번에는 고개를 끄덕였다. 그러고는 사내를 보고, 며칠이든지 묵으며 소녀의 그림 솜씨를 보여달라고 했다.

그들 아비 딸은 달포 동안이나 머물러 있으며 그림도 그리고, 자기네의 지난 이야기도 자세히 하소연했다고 한다.

할아버지께서는 그들이 떠나는 날에, 이 불행한 아비 딸을 위하여 값진 비단과 충분한 노자를 아끼지 않았으나, 나귀 위에 앉은 가련한 소녀의 얼굴에는 올 때나 조금도 다름없는 처절한 슬픔이 서려 있었을 뿐이라고 한다.

…… 소녀가 남기고 간 그림 — 이것을 할아버지께서는 「무녀도」라 불렀지만 — 과 함께 내가 할아버지에게서 전해 들은 이야기는 다음과 같다.

2

경주읍에서 성 밖으로 십여 리 나가서 조그만 마을이 있었다. 여민촌[2] 혹은 잡성촌이라 불리는 마을이었다.

이 마을 한구석에 모화(毛火)라는 무당이 살고 있었다. 모화서 들어온 사람이라 하여 모화라 부르는 것이었다. 그것은 한 머리 찌그러져가는 묵은 기와집으로, 지붕 위에는 기와버섯이 퍼렇게 뻗어 올라 역한 흙냄새를 풍기고, 집 주위는 앙상한 돌담이 군데군데 헐린 채 옛 성처럼 꼬불꼬불 에워싸고 있었다. 이 돌담이 에워싼 안의 공지같이 넓은 마당에는, 수채가 막힌 채 빗물이 고이는 대로 일 년 내 시퍼런 물이끼가 뒤덮이고, 늘쟁이 명아주 강아지풀 그리고 이름도 모를 여러 가지 잡풀들이 사람의 키도 묻힐 만큼 거멓게 엉키어 있었다. 그 아래로 뱀같이 길게 늘어진 지렁이와 두꺼비같이 늙은 개구리들이 구물거리고 움칠거리며 항시 밤이 들기만 기다릴 뿐으로, 이미 수십 년 혹은 수백 년 전에 벌써 사람의 자취와는 인연이 끊어진 도깨비굴 같기만 했다.

---

2 여민촌(黎民村) 서민들이 모여 사는 마을.

이 도깨비굴같이 낡고 헐린 집 속에 무녀 모화와 그 딸 낭이는 살고 있었다. 낭이의 아버지 되는 사람은 경주읍에서 칠십 리가량 떨어져 있는 동해변 어느 길목에서 해물 가게를 보고 있는데, 풍문에 의하면 그는 낭이를 세상에 없이 끔찍이 생각하는 터이므로, 봄가을 철이면 분 잘 핀 다시마와, 조촐한 꼭지미역 같은 것을 가지고 다녀가곤 한다는 것이었다. 나중 욱이(昱伊)가 돌연히 나타나지 않았다면, 이 도깨비굴 속에 그녀들을 찾는 사람이래야, 모화에게 굿을 청하러 오는 사람들과 봄가을에 한 번씩 낭이를 찾아주는 그녀의 아버지 정도로, 세상 사람들과는 별로 교섭도 없이 살아야 할 쓸쓸한 어미 딸이었던 것이다.

간혹 먼 곳에서 모화에게 굿을 청하러 오는 사람이 있어도, 아주 방문 앞까지 들어서며,

"여보게 모화네 있는가?"

"여보게 모화네."

하고, 두세 번 부르도록 대답이 없다가 아주 사람이 없는 모양이라고 툇마루에 손을 짚고 방문을 열려고 하면, 그때에야 안에서 방문을 먼저 열고 말없이 내다보는 계집애 하나— 그녀의 이름이 낭이였다. 그럴 때마다 낭이는 대개 혼자서 그림을 그리고 있다가 놀라 붓을 던지며 얼굴이 파랗게 질린 채 와들와들 떨곤 하는 것이었다.

이와 같이 모화는 어느 하루를 집구석에서 살림이라고 살고 있는 날이 없었다. 날이 새기가 무섭게 성안으로 들어가면 언제나 해가 서쪽 산마루에 걸릴 무렵에야 돌아오곤 했다. 술이 얼근해서, 수건엔 복숭아를 싸들고 춤을 추며,

"따님아, 따님아, 김씨 따님아,

수국 꽃님 낭이 따님아,

용궁이라 들어가니

열두 대문이 다 잠겼다,

문 열으소, 문 열으소,

열두 대문 열어주소."

청승 가락을 뽑으며 동구로 들어오는 것이었다.

"모화네 오늘도 한잔했구나."

마을 사람들이 인사를 하면, 모화는 수줍은 듯이 어깨를 비틀며,

"예예, 장에 갔다가요."

하고, 공손스레 절을 하곤 하였다.

모화는 굿을 할 때 이외에는 대개 주막에 가 있었다.

그만큼 모화는 술을 즐겼고, 낭이는 또한 복숭아를 좋아하여, 어미가 술에 취해 돌아올 때마다, 여름 한 철은 언제나 그녀의 손에 복숭아가 들려 있었다.

"따님 따님 우리 따님."

모화는 집 안에 들어서면서도 이러한 조로 낭이를 불렀다.

낭이는 어릴 때, 나들이에서 돌아오는 어미의 품에 뛰어들어 젖을 빨듯, 어미의 수건에 싸인 복숭아를 받아먹는 것이었다.

모화의 말을 들으면 낭이는 수국 꽃님의 화신(化身)으로, 그녀(모화)가 꿈에 용신(龍神)님을 만나 복숭아 하나를 얻어먹고 꿈꾼 지 이레 만에 낭이를 낳은 것이라 했다. 그녀의 말에 의하면 수국 용신님은 따님이 열두 형제였다. 첫째는 달님이요 둘째는 물님이요 셋째는 구름님이요…… 이렇게 열두째는 꽃님이었는데, 산신님의 열두 아드님과 혼인을 시키게 되어, 달님은 햇님에게, 물님은 나무님에게 구름님은 바람님에게, 각각 차례대로 배혼을 정해가려니까 막내 따님인 꽃님은 본시 연애를 좋아하시는 성미라, 자기 차례가 돌아오기를 미처 기다릴 수 없어, 열한째 형인 열매님의 낭군님의 되실 새님을 가로채버렸더니, 배필을 잃은 열매님과 나비님은 슬피 울며 제각기 용신님과 산신님께 호소한 결과, 용신님이 먼저 크게 노하사 벌을 내려 꽃님의 귀를 먹게 하시고 수국을 추방하시니 꽃님에서 그만 복사꽃이 되어, 봄마다 강가로 산기슭으로 붉게 피지만, 새님이 가지에 와 아무리 재잘거려도 지금까지 귀가 먹은 채 말없는 벙어리가 되어 있는 것이라 한다.

모화는 주막에서 술을 먹다 말고, 화랑이[3]들과 어울려서 춤을 추다 말고, 별안간 미친 것처럼 일어나 달아나곤 했다. 물으면 집에서 '따님'이 자기를 부르

노라고 했다. 그녀는 수국 용신님께서 낭이 따님을 잠깐 자기에게 맡겼으므로 자기는 그동안 맡아 있는 것뿐이라 했다. 그러므로 자기가 만약 이 따님을 정성껏 섬기지 않으면 큰어머님 되는 용신님의 노염을 살까 두려움노라 하였다.

낭이뿐 아니라, 모화는 보는 사람마다 너는 나무귀신의 화신이다, 너는 돌귀신의 화신이다 하여, 걸핏하면 칠성에 가 빌라는 둥 용왕에 가 빌라는 둥 했다.
모화는 사람을 볼 때마다 늘 수줍은 듯 어깨를 비틀며 절을 했다. 어린애를 보고도 부들부들 떨며 두려워했다. 때로는 개나 돼지에게도 아양을 부렸다.
그녀의 눈에는 때때로 모든 것이 귀신으로만 비친다는 것이었다. 그것은 사람뿐 아니라, 돼지, 고양이, 개구리, 지렁이, 고기, 나비, 감나무, 살구나무, 부지깽이, 항아리, 섬돌, 짚세기, 대추나무가시, 제비, 구름, 바람, 불, 밥, 연, 바가지, 다라이, 솥, 숟가락, 호롱불…… 이러한 모든 것이 그녀와 서로 보고, 부르고, 말하고, 미워하고, 시기하고, 성내고 할 수 있는 이웃 사람같이 생각되곤 했다. 그리하여 그 모든 것을 '님'이라 불렀다.

3

욱이가 돌아온 뒤부터 이 도깨비굴 속에는 조금씩 사람 냄새가 나기 시작했다. 부엌에 들어서기를 그렇게 싫어하던 낭이도 욱이를 위해서는 가끔 밥을 짓는 것이었다. 그리고 밤이면 오직 컴컴한 어둠과 별빛만이 차 있던 이 헐려가는 기와집 처마 끝에도 희부연 종이 등불이 고요히 걸리는 것이었다.
욱이는 모화가 아직 모화 마을에 살 때, 귀신이 지피기 전, 어떤 남자와의 사이에 생긴 사생아였다. 그는 어릴 적부터 무척 총명하여 신동이란 소문까지 났으나 근본이 워낙 미천하여, 마을에서는 순조롭게 공부를 시킬 수가 없어서 그

---

3 **화랑이** 광대와 비슷한 놀이꾼의 패. 옷을 잘 꾸며 입고 가무와 행락을 주로 하던 무리로 대개 무당의 남편이었다.

가 아홉 살 되었을 때 아는 사람의 주선으로 어느 절간으로 보낸 뒤 그동안 한 십 년간 까맣게 소식조차 묘연하다가 얼마 전 표연히 이 집에 나타난 것이었다. 낭이와는 말하자면 어미를 같이하는 오누이뻘이었다. 낭이가 대여섯 살 되었을 때 그때만 해도 아직 병으로 귀가 먹기 전이라 '욱이' '욱이' 하고 몹시 그를 따르곤 했다. 그러던 것이 욱이가 절간으로 떠난 지 얼마 되지 않아 낭이는 자리에 눕게 되어 꼭 삼 년 동안을 시름시름 앓고 나더니 그길로 귀가 먹어버렸던 것이다. 그러나 귀가 어느 정도로 먹은지는 아무도 아는 사람이 없었다. 한두 번 그의 어미를 향해 어눌하나마,

"우, 욱이 어디 가서?"

이렇게 물은 적이 있었다.

"절에 공부하러 갔다."

"어어디, 절에?"

"지림사, 큰 절에……."

그러나 이것은 거짓말이었다. 모화 자신도 사실인즉 욱이가 어느 절에 가 있는지 통히 모르고 있었고, 다만 모른다고 하기가 싫어서 이렇게 머리에 떠오르는 대로 대답했을 뿐이었다.

모화는 장에서 돌아와 처음 욱이를 보았을 때 그 푸른 얼굴에 난데없는 공포의 빛이 서리며 곧 어디로 달아날 것같이 한참 동안 어깨를 뒤틀고 허둥거리다 말고 별안간 그 후리후리한 키에 긴 두 팔을 벌려 흡사 무슨 큰 새가 저희 새끼를 품듯 뛰어들어 욱이를 안았다.

"이게 누고, 이게 누고? 아이고…… 내 아들아! 내 아들아!"

모화는 갑자기 목을 놓고 울었다.

"내 아들아, 내 아들아! 늬가 왔나, 늬가 왔나?"

모화는 앞뒤도 살피지 않고 온 얼굴을 눈물로 씻었다.

"오마니, 오마니."

욱이도 어미의 한쪽 어깨에 왼쪽 볼을 대고 오래도록 울었다. 어미를 닮아 허리가 날씬하고 목이 가는 이 열아홉 살 난 청년은 그동안 절간으로 어디로 외

롭게 유랑해 다닌 사람 같지도 않게 품위가 있고 아름다운 얼굴이었다.

낭이도 그때야 이 청년이 욱이인 것을 진정으로 깨닫는 모양이었다. 처음 혼자 방에 있는데 어떤 낯선 청년이 와서 방문을 열기에, 너무도 놀라고 간이 뛰어 말— 표정으로라도— 한마디도 못 하고 방구석에 박혀 앉아 오들오들 떨고만 있었던 것이다. 이제 낭이는 그 어머니가 욱이를 얼싸안고 '내 아들아 내 아들아' 하며 우는 것을 보고 어쩌면 저도 눈물이 날 것 같았다. (낭이는 그 어머니에게도 이렇게 인정이 있다는 것을 보자 형언할 수 없는 즐거움을 깨달았다.)

그러나 욱이는 며칠을 가지 않아 모화와 낭이에게는 알 수 없는 이상한 수수께끼 같은 존재가 되었다. 그는 음식을 받아놓고나, 밤에 잠을 자려고 할 때나, 또 아침에 자리에서 일어나면 반드시 한참 동안씩 눈을 감고 입술이 달싹달싹하며 무슨 주문(呪文) 같은 것을 외는 것이었다. 그러고는 틈틈이 품속에서 조그만 책 한 권을 꺼내 읽곤 하는 것이었다. 낭이가 그것을 수상스레 보고 있으려니까 욱이는 그 아름다운 얼굴에 미소를 띠며,

"너도 이 책을 읽어라."

하고 그 조그만 책을 낭이 앞에 퍼 보이곤 했다. 낭이는 지금까지『심청전』이란 책을 여러 차례 두고 읽어서 국문쯤은 간신히 읽을 수 있었으므로 욱이가 내놓은 그 조그만 책을 들여다보니, 맨 처음 껍데기에 큰 글자로 '신약전서'란 넉 자가 똑똑히 씌어 있었다. '신약전서'란, 생전 처음 보는 이름이다. 낭이가 알 수 없다는 듯이 욱이를 바라보자, 욱이는 또 만면에 미소를 띠며,

"너 사람을 누가 만들어냈지 아니?"

하였다. 그러나 낭이에게는 이 말이 들리지도 않았을뿐더러, 욱이의 손짓과 얼굴 표정을 통해 대강 짐작할 수 있었다 하더라도 이건 지금까지 생각도 해보지 못한 어려운 말이었다.

"그럼 너 사람이 죽어서 어드케 되는 줄은 아니?"

"……."

"이 책에는 그런 것들이 모두 씌어 있다."

그러고는 손으로 몇 번이나 하늘을 가리켰다. 그리하여 낭이가 알아들은 말

이라고는 겨우 한마디 '하느님'이었다.

"우리 사람을 만든 것은 하느님이다. 하느님은 우리 사람뿐 아니라 천지 만물을 다 만들어내셨다. 우리가 죽어서 돌아가는 곳도 하느님 전이다."

이러한 욱이의 '하느님'은 며칠 지나지 않아 곧 모화의 의혹과 반발을 불러일으켰다. 욱이가 온 지 사흘째 되던 날, 아침밥을 받아놓고 그가 기도를 드리려니까, 모화는,

"너 불도에도 그런 법이 있나?"

이렇게 물었다. 모화는 욱이가 그동안 절간에 가 있다 온 줄만 믿고 있으므로 그가 하는 짓은 모두 불도(佛道)에 관한 일인 줄로만 생각하는 모양이었다.

"아니요, 오마니, 난 불도가 아닙내다."

"불도가 아니고 그럼 무슨 도가 있어?"

"오마니 난 절간에서 불도가 보기 싫어 달아났댔쉐다."

"불도가 보기 싫다니, 불도야 큰 도지…… 그럼 넌 뭐 신선도야?"

"아니요, 오마니 난 예수도올시다."

"예수도?"

"북선 지방에서는 예수교라고 합데다. 새로 난 교지요."

"그럼 너 동학당이로군!"

"아니요, 오마니 나는 동학당이 아닙내다. 나는 예수교올시다."

"그래, 예수도온가 하는 데서는 밥 먹을 때마다 눈을 감고 주문을 외나?"

"오마니, 그건 주문이 아니외다, 하느님 앞에 기도드리는 것이외다."

"하느님 앞에?"

모화는 눈을 둥그렇게 떴다.

"네, 하느님께서 우리 사람을 내셨으니깐요."

"야아, 너 잡귀가 들렸구나!"

모화의 얼굴빛은 순간 퍼렇게 질렸다. 그러고는 더 묻지 않았다.

다음 날 모화가 그 마을에 객귀 들린 사람이 있어 '물밥'을 내주고 돌아오려니까, 욱이가

"오마니 어디 갔다 오시나요?"
하고 물었다.
"저 박급창 댁에 객귀를 물려주고 온다."
욱이는 한참 동안 무엇을 생각하는 모양이더니,
"그럼 오마니가 물리면 귀신이 물러나갑데까?"
한다.
"물러나갔기 사람이 살아났지."

모화는 별소리를 다 묻는다는 듯이 대답했다. 그는 지금까지 이 경주 고을 일원을 중심으로 수백 번의 푸닥거리와 굿을 하고, 수백 수천 명의 병을 고쳐 왔지만 아직 한 번도 자기의 하는 굿이나 푸닥거리에 '신령님'의 감응을 의심한 다든지 걱정해본 적은 없었다. 더구나 누구의 객귀에 물밥을 내주는 것쯤은 목 마른 사람에게 물 한 그릇을 떠주는 것만큼이나 당연하고 손쉬운 일로만 여겨 왔다. 모화 자신만이 그렇게 생각할 뿐 아니라, 굿을 청하는 사람, 객귀가 들린 사람 쪽에서도 그와 같이 믿고 있는 편이기도 했다. 그들은 무슨 병이 나면 먼 저 의원에게 보이려는 생각보다 으레 모화에게 찾아갈 것으로 생각하는 것이었 다. 그들의 생각에는 모화의 푸닥거리나 푸념이 의원의 침이나 약보다 훨씬 반 응이 빠르고, 효험이 확실하고, 준비가 손쉬웠던 것이다.

……한참 동안 고개를 숙이고 무엇을 생각하고 있던 욱이는, 고개를 들어 그 어미의 얼굴을 똑바로 바라보며,
"오마니, 그런 것은 하느님께 죄가 됩내다. 오마니 이것 보시오. 「마태복음」 제구장 삼십오절이올시다. 저희가 나갈 때에 사귀 들려 벙어리 된 자를 예수께 다려오매, 사귀가 쫓겨나니 벙어리가 말하거늘……."
그러나 이때 벌써 모화는 자리에서 일어나, 방구석에 언제나 차려놓은 '신주 상' 앞에 가서,
"신령님네, 신령님네, 동서남북 상하천지,
날 것은 날아가고, 길 것은 기어가고,
머리검하 초로인생 실낱같은 이 목숨이,

신령님네 품이길래 품속에 품았길래,
대로같이 가옵내다 대로같이 가옵내다.
부정한 손 물리치고, 조촐한 손 받으실새,
터주님이 터 주시고 조왕님이 요 주시고,
삼신님이 명 주시고 칠성님이 두르시고,
미륵님이 돌보셔서 실낱같은 이 목숨이,
대로같이 가옵내다
탄탄대로같이 가옵내다."

 모화의 두 눈은 보석같이 빛나고, 강렬한 발작과도 같이 등허리를 떨며 두 손을 비벼댔다. 푸념이 끝나자 '신주상' 위의 냉수 그릇을 들어 물을 머금더니 욱이의 낯과 온몸에 확 뿜으며
"엇쇠, 귀신아 물러서라,
여기는 영주 비루봉 상상봉에,
깎아질린 돌벼랑에, 쉰 길 청수에,
너희 올 곳이 아니다.
바른손에 칼을 들고 왼손에 불을 들고,
엇쇠, 잡귀신아, 썩 물러서라. 툇 툇!"
이렇게 외쳤다.

 욱이는 처음 어리둥절해서 모화의 푸념하는 양을 바라보고 있다가, 이윽고 고개를 숙여 잠깐 기도를 올리고 나서 일어나 잠자코 밖으로 나가버렸다.

 모화는 욱이가 나간 뒤에도 한참 동안 푸념을 계속하며, 방구석마다 물을 뿜고 주문을 외었다.

4

 욱이는 그길로 이 지방의 예수교인들을 찾아보기로 했다. 그날 곧 돌아올 줄

알았던 욱이는 해가 지고 밤이 깊어도 돌아오지 않았다. 모화와 낭이 어미 딸은 방구석에 음울하게 웅크리고 앉아 욱이가 돌아오기만 기다리는 것이었다.

"예수 귀신 책 거 없나?"

모화는 얼마 뒤에 낭이더러 이렇게 물었다. 낭이는 고개를 저었다. 그러자 갑자기 낭이도 욱이의 그『신약전서』란 책을 제가 맡아두지 않았음을 후회했다. 모화는 욱이의『신약전서』를 '예수 귀신 책'이라 불렀다. 모화는 분명히 욱이가 무슨 몹쓸 잡귀에 들린 것으로만 간주하는 모양이었다. 그것은 마치 욱이가 모화와 낭이를 으레 사귀 들린 사람들로 생각하는 것과도 같았다. 그는 모화뿐만 아니라 낭이까지도 어미의 사귀가 들어가서 벙어리가 된 것이라고 믿는 것이었다.

'예수 당시에도 사귀 들려 벙어리 된 자를 예수께서 몇 번이나 고쳐주시지 않았나.'

욱이는 이렇게 생각하는 것이었다. 그리고 그는 자기의 힘으로, 자기가 하느님께 열심히 기도를 드림으로써 그 어미와 누이동생의 병을 고쳐야 한다고 마음속으로 굳게 결심하는 것이었다.

"예수께서 무리들이 달려와서 모이는 것을 보시고 그 더러운 귀신을 꾸짖어 가라사대 벙어리와 귀머거리 귀신아 내가 네게 명하노니 그 아이에게서 나오고 다시 들어가지 마라 하시니 사귀가 소리 지르며 아이를 심히 오그라뜨리고 나가니 그 아이가 죽은 것같이 되매 여러 사람이 말하기를 죽었다, 하거늘 오직 예수 그 손을 잡아 일으키시니 드디어 일어서더라. 집에 들어가시매 제자들이 조용히 묻자와 가로대 우리는 어찌하여 능히 그 귀신을 쫓아내지 못하였나이까 예수 이라사대 기도 아니 하여서는 이런 유를 나가게 할 수 없나니라"(「마가복음」제구장 제이십오절~제이십구절).

그리하여 욱이는 자기도 하느님께 기도만 간절히 드리면 그 어미와 누이동생에게 들어 있는 사귀도 내쫓을 수 있으리라 믿었다. 일방 그는 그가 지금까지 배우고 있던 평양 현목사와 이장로에게도 편지를 띄웠다.

'목사님 저는 하느님의 은혜로 무사히 오마니를 찾아왔삽내다. 그러하오나

이 지방에는 아직 우리 주님의 복음이 전파되지 않아서 사귀 들린 자와 우상 섬기는 자가 매우 많은 것을 볼 때 하루바뻬 주님의 복음을 이 지방에 전파하도록 교회를 지어야 하겠삽내다. 목사님께 말씀드리기는 매우 부끄러운 일이나 저의 오마니는 무당 사귀가 들려 있고, 저의 누이동생은 귀머거리와 벙어리 귀신이 들려 있습내다. 저는 「마가복음」 제구장 제이십구절에 있는 우리 주님 예수 그리스도의 말씀대로 이 사귀들을 내쫓기 위하여 열심으로 기도를 드립다마는 교회가 없으므로 기도드릴 장소가 매우 힘드옵내다. 하루바뻬 이 지방에 교회 되기를 하느님께 기도 올려주소서.'

이 현목사는 미국 선교사로서 욱이가 지금까지 먹고 입고 공부를 하게 된 것이 모두 전혀 그의 도움이었다. 욱이는 열다섯 살까지 절간에서 중의 상좌 노릇을 하고 있다가, 그해 여름에 혼자서 서울 구경을 간다고 나선 것이, 이리저리 유랑하여 열여섯 되던 해 가을엔 평양까지 가게 되었고 거기서 그해 겨울 이장로의 소개로 현목사의 도움을 받게 되었던 것이었다.

이번에 욱이가 평양서 어머니를 보러 간다고 하니까 현목사는 욱이를 불러놓고 이렇게 말했다.

"지금부터 삼 년 안에 이 사람 고국 갈 것이오. 그때 만일 욱이가 함께 가기 원하면 이 사람 같이 미국 가게 될 것이오."

"목사님 고맙습니다. 저는 목사님을 따라 미국 가기가 원입니다."

"그러면 속히 모친 만나보고 오시오."

그러나 욱이가 어머니의 집이라고 찾아온 곳은 지금까지 그가 살고 있던 현목사나 이장로의 집보다 너무나 딴 세상이었다. 그 명랑한 찬송가 소리와, 풍금 소리와, 성경 읽는 소리와, 모여 앉아 기도를 올리고, 빛난 음식을 향해 즐겁게 웃음 웃는 얼굴들 대신에 군데군데 헐려가는 쓸쓸한 돌담과 기와버섯이 퍼렇게 뻗어 오른 묵은 기와집과, 엉킨 잡초 속에 꾸물거리는 개구리 지렁이들과, 그 속에서 무당 귀신과 귀머거리 귀신이 각각 들린 어미 딸 두 여인을 보았을 때 그는 흡사 자기 자신이 무서운 도깨비굴에 홀려든 것이나 아닌가 하고 새삼 의심이 들 지경이었다.

욱이가 이 지방 예수교인들을 두루 만나보고 집으로 돌아온 뒤부터 야릇하게 변한 것은 낭이의 태도였다. 그 호리호리한 몸매와 종잇장같이 희고 매끄러운 얼굴에 빛나는 굵은 두 눈으로 온종일 말 한마디, 웃음 한번 웃는 일 없이 방구석에 들어박혀 앉은 채 욱이의 하는 양만 바라보고 있다가, 밤이 되어 처마 끝에 희부연 종이 등불이 걸리고 하면, 피에 주린 모기들이 미친 듯이 떼를 지어 울고 날아드는 마당 구석에서 낭이는 그 얼음같이 싸늘한 손과 입술로 욱이의 목덜미나 가슴팍으로 뛰어들곤 했다. 욱이는 문득문득 목덜미로 가슴팍으로 낭이의 차디찬 손과 입술을 느낄 적마다 깜짝깜짝 놀라곤 하였으나, 그녀가 까무러칠 듯이 사지를 떨며 다시 뛰어들 제면 그도 당황히 낭이의 손을 쥐어주며, 그 희부연 종이 등불이 걸려 있는 처마 밑으로 이끌곤 했다.

낭이의 태도가 미묘해진 뒤부터 욱이의 얼굴빛은 날로 창백해갔다. 그렇게 한 보름 지난 뒤 그는 또 한 번 표연히 집을 나가고 말았다.

모화는 욱이가 집을 나간 지 이틀째 되던 날 밤 문득 자리에서 일어나 앉으며 긴 한숨을 내쉬었다. 그러고는 곁에 누워 있는 낭이를 흔들어 깨우더니 듣기에도 음울한 목소리로,

"욱이가 언제 온다더누?"

물었다. 낭이가 잠자코 있으려니까,

"왜 욱이 저녁 밥상은 보아두라고 했는데 없노."

하고 낭이더러 화를 내었다. 모화는 날이 갈수록 점점 더 초조한 빛으로 밤중마다 부엌에다 들기름불을 켜고 부뚜막 위에 욱이의 밥상을 차려놓고는 기도를 드리는 것이었다.

"성주는 우리 성주, 칠성은 우리 칠성, 조왕은 우리 조왕,

비나이다 비나이다 신주님께 비나이다.

하늘에는 별, 바다에는 진주,

금은 같은 이내 장손, 관옥 같은 이내 방성,

산신에 명을 빌어 삼신에 수를 빌어,

칠성에 복을 빌어 쌈신에 덕을 빌어,

조왕님전 요오를 타고 터주님전 재주 타니
하늘에는 별, 바다에는 진주,
삼신조왕 마다하고 아니 오지 못하리라
예수 귀신아, 서역 십만 리 굶주리던 불귀신아
탄다 훨훨 불이 탄다 불귀신이 훨훨 탄다.
타고 나니 이내 방성 금은같이 앉았다가,
삼신 찾아오는구나, 조왕 찾아오는구나."

모화는 혼자서 손을 비비고, 절을 하고 일어나 춤을 추고 갖은 교태를 다 부리며 완연히 미친 것같이 날뛰었다. 낭이는 방에서 부엌으로 난 봉창 구멍에 눈을 대고, 숨소리를 죽여 오랫동안 어미의 날뛰는 양을 지켜보고 있다가 별안간 몸에 한기가 들며 아래턱이 달달달 떨리기 시작하였다. 그는 미친 것처럼 뛰어 일어나며 저고리를 벗었다. 치마를 벗었다. 그리하여 어미는 부엌에서, 딸은 방 안에서 한 장단, 한 가락에 놀듯 어우러져 춤을 추곤 했다. 그러한 어느 새벽, 낭이는 (정신을 차리고 보니) 발가벗은 알몸뚱이로 방바닥에 쓰러져 있는 그녀 자신을 발견한 일도 있었다.

두번째 집을 나갔던 욱이는 다시 얼굴에 미소를 띠며 그녀들 어미 딸 앞에 나타났다.

모화는 그때 마침 굿 나갈 때 신을 새 신발을 신어보고 있었는데, 욱이가 오는 것을 보자 그 후리후리한 허리에 긴 팔을 벌려, 흡사 큰 새가 알을 품듯, 그의 상반신을 얼싸안고 울기 시작했다. 이번엔 아무런 푸념도 없이 오랫동안 욱이의 목을 안은 채 잠자코 울기만 하는 것이었다. 언제나 퍼런 그 얼굴에도 이때만은 붉은 기운이 돌며, 그 천연스러운 몸짓은 조금도 귀신 들린 사람 같지 않았다.

"오마니, 나 방에 들어가 좀 쉬겠쇠다."

욱이는 어미의 포옹을 끄르고 일어나 방에 들어가 누웠다.

모화는 웬일인지 욱이가 방에 들어간 뒤에도 혼자 툇마루에 앉아 고개를 수그린 채 몹시 쓸쓸한 얼굴이었다. 그러더니, 무슨 생각인지 일어나 방에 들어가 낭이의 그림을 이것저것 뒤져보는 것이었다.

그날 밤이었다.

밤중이나 되어 욱이가 잠결에 그의 품속에 언제나 품고 있는 성경책을 더듬어보았을 때, 품속이 허전함을 느꼈다. 그와 동시 웅얼웅얼하며 주문을 외는 소리도 들려왔다. 자리에서 일어나 보았으나 품속에서 성경을 찾을 수는 없었다. 그리고 낭이와 욱이 사이에 누워 있을 그의 어머니는 보이지 않았다. 그는 어떤 불길하고 무서운 예감에 몸이 부르르 떨렸다. 바로 그때였다. 그의 귀에는, 땅속에서 귀신이 우는 듯한, 웅얼웅얼하는(주문을 외는 듯한) 소리가 좀더 또렷이 들려왔다. 다음 순간 그는 거의 무의식적으로, 방에서 부엌으로 난 봉창 구멍에 눈을 갖다 대었다.

"서역 십만 리 굶주리던 불귀신아,

한쪽 손에 불을 들고 한쪽 손에 칼을 들고,

이리 가니 산신님이 예 기신다,

저리 가니 용신님이 제 기신다,

칠성이라 돌아가니 칠성님이 예 기신다,

구름 속에 싸여 간다 바람결에 묻혀 간다,

구름님이 예 기신다, 바람님이 제 기신다,

용궁이라 당도하니 열두 대문 잠겨 있다,

첫째 대문 두드리니 사천왕 뛰어나와,

종발눈 부릅뜨고, 주석 철퇴 높이 든다,

둘째 대문 두드리니 불개 두 쌍 뛰어나와,

꽃불은 수놈이 낼룽, 불씨는 암놈이 낼룽,

셋째 대문 두드리니 물개 두 쌍 뛰어나와,

수놈이 공공 꽃불이 죽고

암놈이 공공 불씨가 죽고……."

모화는 소복 단장에 쾌자까지 두르고, 온갖 몸짓 갖은 교태를 다 부려가며 손을 비비다, 절을 하다, 덩싯거리며 춤을 추다 하고 있다. 부뚜막 위에는 깨끗한 접싯불(들기름의)이 켜져 있고, 접싯불 아래 놓인 소반 위에는 냉수 한 그릇과 흰 소금 한 접시가 놓여 있을 따름이다. 그리고 그 곁에는 지금 막 그 마지막 불꽃이 나불거리고 난 새빨간 불에서 파란 연기 한 오리가 오르는 『신약전서』의 두터운 표지는 한 머리 이미 파리한 재가 되어가고 있었다.

모화는 무엇에 도전이나 하는 것처럼 입가에 야릇한 냉소까지 띠며, 소반에 얹힌 접시의 소금을 집어, 인제 연기마저 사라진 새까만 재 위에 뿌렸다.

"서역 십만 리 예수 귀신이 돌아간다.

당산[4]에 가 노자 얻고, 관묘[5]에 가 신발 신고,

두 귀에 방울 달고 방울 소리 발맞추어

재 넘고 개 건너 잘도 간다.

인제 가면 언제 볼꼬, 발이 아파 못 오겠다.

춘삼월에 다시 오랴, 배가 고파 못 오겠다……."

모화의 음성은 마주(魔酒) 같은 향기를 풍기며 온 피부에 스며들었다. 그 보석 같은 두 눈의 교태와 쾌자 자락과 함께 나부끼는 손짓은 이제 차마 더 엿볼 수 없게 욱이의 심장을 쥐어짜는 것이었다. 욱이는 가위눌린 사람처럼 간신히 긴 숨을 내쉬며 뛰어 일어났다. 다음 순간, 자기 자신도 모르게 방문을 뛰어나온 그는, 부엌문을 박차고 들어가 소반 위에 차려놓은 냉수 그릇을 집어들려 하였다. 그러나 그가 냉수 그릇을 집어들기 전에 모화의 손에는 식칼이 번득이고 있었고, 모화는 욱이와 물그릇 사이에 식칼을 두르며 조용히 춤을 추는 것이었다.

"엇쇠, 귀신아 물러서라

너 이제 보아하니 서역 십만 리 굶주리던 잡귀신아,

여기는 영주 비루봉 상상봉에

깎아질린 돌벼랑에, 쉰 길 청수에, 엄나무 밭에

너희 올 곳이 아니다.

---

4 당산(堂山) 토지나 마을의 수호신을 제사 지내는 곳.
5 관묘(關廟) 관우(關羽)를 신으로 섬기는 사당.

바른손에 칼을 들고 왼손에 불을 들고,

엇쇠, 서역 잡귀신아 썩 물러서라."

이때, 모화는 분명히 식칼로 욱이의 면상을 겨누어 치려 하였다. 순간, 욱이는 모화의 칼날을 왼쪽 귓전에 느끼며 그의 겨드랑이 밑을 돌아 소반 위에 차려놓은 냉수 그릇을 들어서 모화의 낯에다 그릇째 끼얹었다. 이 서슬에 접시의 불이 기울어져 봉창에 붙었다. 욱이는 봉창에서 방 안으로 붙어 들어가는 불길을 잡으려고 부뚜막 위로 뛰어올랐다. 그러자 물그릇을 뒤집어쓰고 분노에 타는 모화는 욱이의 뒤를 쫓아 칼을 두르며 부뚜막으로 뛰어올랐다. 봉창에서 방 안으로 붙어 들어가는 불길을 덮쳐 끄는 순간, 뒷등허리가 찌르르하여 획 몸을 돌리려 할 때 이미 피투성이가 된 그의 몸은 허옇게 이를 악물고 웃음 웃는 모화의 품속에 안겨 있었다.

5

욱이의 몸은 머리와 목덜미와 등허리 세 군데에 상처를 입었다. 그러나 욱이의 병은 이 세 군데 칼로 맞은 상처만이 아니었다. 그는 날이 갈수록 갈비뼈가 앙상하게 드러나고 두 눈자위가 패어들기 시작하였다.

모화는 욱이의 병간호에 남은 힘을 다하여 그가 원하는 것이 있으면 낮과 밤을 헤아리지 않고 뛰어갔다. 가끔 욱이를 일으켜 앉혀서 자기의 품에 안아도 주었다. 물론 약도 쓰고 굿도 하고 방문도 외었다. 그러나 욱이의 병은 낫지 않았다.

모화는 욱이의 병간호에 열중한 뒤부터 굿에는 그만큼 신명이 풀린 듯하였다. 누가 굿을 청하러 와도 아들의 병을 핑계로 대개 거절을 했다. 그러자 모화의 굿이나 푸념의 반응이 이전과 같이 신령치 않다고들 하는 사람이 하나 둘씩 생기기도 했다.

이러할 즈음 이 고을에도 조그만 교회당이 서고 선교사가 들어왔다. 그리하여 그것은 바람에 불처럼 온 고을에 뻗쳤다. 읍내의 교회에서는 마을마다 전도대를 내보냈다. 그리하여 이 모화의 마을에까지 '복음'이 전파되었다.

"여러 부모 형제 자매 우리 서로 보게 된 것 하느님 앞에 감사드릴 것이오. 하느님, 우리 만들었소. 매우 사랑했소. 우리 모두 죄인이올시다. 우리 마음속 매우 흉악한 것뿐이오. 그러나 예수 우리 위해 십자가에 못 박혔소. 그러므로 예수 '그리스도' 믿음으로 우리 구원받을 것이오. 우리 매우 반가운 뜻으로 찬송할 것이오. 하느님 앞에 기도드릴 것이오."

두 눈이 파랗고 콧대가 칼날 같은 미국 선교사를 보는 것은 '원숭이 구경'보다도 더 재미나다고들 하였다.

"돈은 한 푼도 안 받는다. 가자."

마을 사람들은 떼를 지어 모여들었다.

이 마을 방영감네 이종사촌 손자사위요 선교사와 함께 온 양조사(楊助事)[6] 부인은 집집마다 심방하여 가로되,

"무당과 판수를 믿는 것은 거룩거룩하시고 절대적 하나밖에 없는 우리 하느님 아버지께 죄가 됩니다. 무당이 무슨 능력이 있습니까. 보십시오, 무당은 썩 어빠진 고목나무, 듣도 보도 못하는 돌미륵한테도 빌고 절을 하지 않습니까. 판수가 무슨 능력이 있습니까. 보십시오, 제 앞도 못 보아 지팡이로 더듬거리는 그가 어떻게 눈 밝은 사람을 구원할 수 있겠습니까. 우리 인생을 만든 것은 절대적 하나밖에 없는 하느님 아버지올시다. 그러므로 아버지께서 말씀하셨습니다. 내 앞에 다른 신을 두지 말라······."

이리하여 하느님 아버지의 외아들 예수 '그리스도'가 온갖 사귀 들린 사람, 문둥병 든 사람, 앉은뱅이, 벙어리, 귀머거리 고친 이야기와, 십자가에 못 박혀 죽은 지 사흘 만에 다시 살아나 승천했다는 이야기가 한정 없이 쏟아진다.

모화는 픽 웃곤 했다.

"그까짓 잡귀신들."

---

[6] 조사(助事) 목사를 도와서 전도하는 교직(敎職). 또는 그 직을 맡은 사람.

했다. 그러나 그들의 비방과 저주는 뼛골에 사무치는 듯 그녀는 징을 울리고 꽹과리를 치며 외쳤다.

"엇쇠, 귀신아 물러서라,

당대 고축년에 얻어먹던 잡귀신아,

늬 어이 모화를 모르나냐. 아니 가고 봐하면 쉰 길 청수에, 엄나무 발에, 무쇠 가마에, 백말 가죽에 늬 자자손손을 가두어 못 얻어먹게 하고 다시는 세상 밖을 내주지 아니하여 햇빛도 못 보게 할란다,

엇쇠, 귀신아 썩 물러가거라

서역 십만 리로 꽁무니에 불을 달고

두 귀에 방울 달고 왈강달강 왈강달강

벼락같이 떠나거라."

그러나 '예수 귀신'들은 결코 물러가지 않았을 뿐 아니라 점점 늘어만 갔다. 게다가 옛날 모화에게 굿과 푸념을 빌러 다니던 사람들까지 하나 둘씩 모두 예수 귀신이 들기 시작하였다.

이러는 중에 서울서 또 부흥 목사가 내려왔다. 그는 기도를 드려서 병을 고치는 능력이 있다 하여 온 고을 사람들이 모여들기 시작하였다. 그가 병자의 머리 위에 손을 얹고,

"이 죄인은 저의 죄로 말미암아 심히 괴로워하고 있사옵니다."

하고 기도를 올리면, 여자들의 월숫병[月水病] 대하증쯤은 대개 '죄 씻음'을 받을 수 있었고, 그 밖에도 소경이 눈을 뜨고, 앉은뱅이가 걷고, 귀머거리가 듣고, 벙어리가 말하고, 반신불수와 지랄병까지 저희 믿음 여하에 따라 모두 '죄 씻음'을 받을 수 있다는 것이었다. 여자들의 은가락지, 금반지가 나날이 수를 다투어 강단 위에 내걸리게 된다. 기부금이 쏟아진다. 이리 되면 모화의 굿 구경에 견줄 나위가 아니라고들 하였다.

"양국 놈들이 요술단을 꾸며 왔어."

모화는 픽 웃고, 이렇게 말했다. 굿과 푸념으로 사람 속에 든 사귀 잡귀신을 쫓는 것은 지금까지 신령님께서 자기에게만 허락하신 자기의 특수한 권능이었

다. 그리고 그의 신령님은 오늘날 예수꾼들이 그렇게도 미워하고 시기하는 고목이기도 했고, 미륵돌이기도 했고, 산이기도 했고, 물이기도 했다.

"무당과 판수를 믿는 것은 절대적 한 분밖에 안 계시는 거룩거룩하신 하느님 아버지께 죄가 됩니다."

'예수 귀신'들이 나팔을 불고 북을 치며 비방을 하면, 모화는 혼자서 징을 울리고 꽹과리를 치며,

"꽁무니에 불을 달고, 두 귀에 방울 달고, 왈강달강 왈강달강, 서역 십만 리로, 물러서라 잡귀신아."

이렇게 응수하곤 했다.

6

욱이의 병은 그해 가을을 지나 겨울철에 들면서부터 표나게 악화되어갔다. 모화가 가끔 간장이 녹듯 떨리는 음성으로,

"이것아 이것아, 늬가 이게 웬일이고? 머나먼 길에 에미라고 찾아와서 늬가 이게 무슨 꼴고?"

손을 잡고 눈물을 흘리면,

"오마니 너무 걱정하지 마시오. 나는 죽어서 우리 아버지께로 갈 것이오."

욱이는 조용히 이렇게 말했다. 그리고 무어 생각나는 게 없느냐고 물으면 그는 조용히 고개를 돌렸다. 그러나 그의 어미가 밖에 나가고 낭이가 혼자 있을 때엔, 이따금 낭이의 손을 잡고,

"나 성경 한 권 가졌으면……."

하는 것이었다.

이듬해 봄 그가 세상을 떠나기 사흘 전에 그가 그렇게도 그리워하고 기다리던 현목사가 평양에서 찾아왔다. 현목사는 방영감네 이종사촌 손자사위인 양조사의 인도로 뜰 안에 들어서자 그 황폐한 광경과 역한 흙냄새에 미간을 찌푸

리며,

"이런 가운데서 욱이가 살고 있소?"

양조사에게 이렇게 물었다.

욱이는 양조사가 들어오는 것을 보자 두 눈에 광채를 띠며,

"목사님 목사님."

이렇게 두 번 불렀다.

현목사는 잠자코 욱이의 여윈 손을 쥐었다. 별안간 그의 온 얼굴은 물든 것처럼 붉어지며 무수한 주름살이 미간과 눈꼬리에 잡혔다. 그는 솟아오르는 감정을 누르려는 듯이 한참 동안 눈을 감고 있었다.

양조사는 긴장된 침묵을 깨뜨리려는 듯이 입을 열었다.

"경주에 교회가 이렇게 속히 서게 된 것은 이분의 공로올시다."

그리하여 그의 말을 들으면 욱이는 평양 현목사에게 진정을 했고, 현목사께서는 욱이의 편지에 의하여 대구 노회에 간청을 했고, 일방, 경주 교인들은 욱이의 힘으로 서로 합심하여 대구 노회와 연락한 결과 의외로 속히 교회 공사가 진척되었던 것이라 하였다.

현목사가 의사와 함께 다시 오기를 약속하고 일어나려 할 때 욱이는,

"목사님 나 성경 한 권만 사주시오."

했다.

"그럼 그동안 우선 이것을 가지시오."

현목사는 손가방 속에서 자기의 성경책을 내주었다. 성경책을 받아 쥔 욱이는 그것을 가슴에 안고 눈을 감았다. 그의 감은 눈에서는 이슬방울이 맺혔다.

7

모화 집 마당에는 예년과 다름없이 잡풀이 엉기고, 늙은 개구리와 지렁이들이 그 속에 웅크리고 있었다. 그녀는 그동안 거의 굿을 나가지 않고, 매일, 그

찌그러져가는 묵은 기와집, 잡초 속에서 혼자 징 꽹과리만 울리고 있었다. 사람들은 모화가 인제 아주 미친 것이라 하였다. 그는 부엌에다 오색 헝겊을 걸고, 낭이가 그려둔 그림으로 기를 만들어 달고는, 사뭇 먹기를 잊어버린 채 입술은 먹같이 검어지고 두 눈엔 날로 이상한 광채가 짙어갔다.

"서역 십만 리 예수 귀신 돌아간다.

꽁무니에 불을 달고, 두 귀에 방울 달고, 왈강달강 왈강달강,

엇쇠, 귀신아 썩 물러가거라,

늬 아니 가고 봐하면, 쉰 길 청수에, 엄나무 발에, 무쇠 가마에, 흰말 가죽에, 너이 자자손손을 다 가두어 죽일란다. 엇쇠! 귀신아!"

그는 날마다 같은 푸념으로 징 꽹과리를 울렸다.

혹 술잔이나 가지고 이웃 사람이 찾아가,

"모화네 아들 죽고 섭섭해서 어쩌나?"

하면, 그녀는 다만,

"우리 아들은 예수 귀신이 잡아갔소."

하고, 한숨을 내쉬곤 했다.

"아까운 모화 굿을 언제 또 볼꼬?"

사람들은 모화를 아주 실신한 사람으로 치고 이렇게 아까워하곤 했다. 이러할 즈음에 모화의 마지막 굿이 열린다는 소문이 났다. 읍내 어느 부잣집 며느리가 '예기소'에 몸을 던진 것이었다. 그래 모화는 비단옷 두 벌을 받고 특별히 굿을 응낙했다는 말도 났다. 그리고 이와 동시에, 모화가 이번 굿에서 딸(낭이)의 입을 열게 할 계획이라는 소문도 났다. '흥, 예수 귀신이 진짠지 신령님이 진짠지 두고 보지.' 이렇게 장담했다는 것이다. 사람들은 기대와 호기심에 들끓었다. 그들은 놀랍고 아쉬운 마음으로 산을 넘고 물을 건너 모여들었다.

굿이 열린 백사장 서북쪽으로는 검푸른 소 물이 깊은 비밀과 원한을 품은 채 조용히 굽이돌아 흘러내리고 있었다. (명주구리 하나 들어간다는 이 깊은 소에는 해마다 사람이 하나씩 빠져 죽게 마련이라는 전설이었다.)

백사장 위에는 수많은 엿장수, 떡장수, 술가게, 밥가게 들이 포장을 치고 혹

은 거적을 두르고 득실거렸고, 그 한복판 큰 차일 속에서 굿은 벌어져 있었다. 청사 홍사 녹사 백사 황사의 오색 사초롱이 꽃송이같이 여기저기 차일 아래 달리고, 그 초롱불 밑에서 떡시루 탁주 동이 돼지 통샘이 들이 온 시루 온 동이 온 마리째 놓인 대감상, 무더기쌀과 타래실과 곶감꽂이, 두부를 놓은 제석상과, 삼색 실과에 백설기와 소채 소탕에 자반 유과 들을 차려놓은 미륵상과, 열두 가지 산채로 된 산신상과, 열두 가지 해물을 차린 용신상과 음식이란 음식마다 한 접시씩 놓은 골목상과, 냉수 한 그릇만 놓인 모화상과 이 밖에도 여러 가지 크고 작은 전물상⁷들이 쭉 늘어놓여 있었다.

이날 밤 모화의 얼굴에는 평소에 볼 수 없었던 정숙하고 침착한 빛이 서려 있었다. 어제같이 아들을 잃고 또 새로 들어온 예수교도들에게서 가지각색 비방과 구박을 받아오던 그녀로서는 의아스러울 만치 새침하게 가라앉아 있어, 전날 달밤으로 산에 기도를 다닐 적의 얼굴을 연상케 했다. 그녀는 전날과 같이 여러 사람 앞에서 아양을 부리거나 수선을 떨지도 않았다. 그러나 그녀는 그 호화스러운 전물상들을 둘러보고도 만족한 빛 한번 띠지 않고, 도리어 비웃듯이 입을 비쭉거렸다.

"더러운 년들 전물상만 잘 차리면 그만인가."

입 밖에 내어놓고 빈정거리기까지 하였다. 그러자 자리에서는 모화가 오늘 밤 새로운 귀신이 지핀다고들 수군거리기 시작했다. 그 가운데 한 여자가 돌연히,

"아, 죽은 김씨 혼신이 덮였군."

하자 다른 여자들도,

"바로 그 김씨가 들렸다. 저 청승맞도록 정숙하고 새침한 얼굴 좀 봐라, 그러고 모화네가 본디 어디 저렇게 예뻤나, 아주 김씨를 덮어썼구먼."

이렇게들 수군댔다. 이와 동시, 한쪽에서는 오늘 밤 굿으로 어쩌면 정말 낭이가 말을 하게 될 게라는 얘기도 퍼졌고, 또 한쪽에서는 낭이가 누구 아인지

---

7 전물상(奠物床) 무당이 굿을 할 때 음식을 차려놓은 상.

는 모르지만 배가 불러 있다는 풍설도 돌았다. ······하여간 이 여러 가지 소문들이 오늘 밤 굿으로 해결이 날 것이라고 막연히 그녀들은 믿고 있는 것이었다.
　모화는 김씨 부인이 처음 태어났을 때부터 물에 빠져 죽을 때까지의 사연을 한참씩 넋두리하다가는 전악들의 젓대 피리 해금에 맞추어 춤을 덩싯거렸다. 그녀의 음성은 언제보다도 더 구슬펐고, 몸뚱어리는 뼈도 살도 없는 율동으로 화한 듯 너울거렸고, ······취한 양, 얼이 빠진 양 구경하는 여인들의 숨결은 모화의 쾌자 자락만 따라 오르내렸다. 모화의 쾌자 자락은 모화의 숨결을 따라 나부끼는 듯했고, 모화의 숨결은 한 많은 김씨 부인의 혼령을 받아 청승에 자지러진 채, 비밀을 품고 조용히 굽이돌아 흐르는 강물(예기소의)과 함께 자리를 옮겨가는 하늘의 별들을 삼킨 듯했다.
　밤중이나 되어서였다.
　혼백이 건져지지 않는다는 것이었다. 화랑이들과 작은 무당들이 몇 번이나 초망자(招亡者) 줄에 밥그릇을 달아 물속에 던져도 밥그릇 속에 죽은 사람의 머리카락이 들어오지 않는 것으로 보아 김씨가 초혼에 응하질 않는 모양이라 하였다.
　작은 무당 하나가 초조한 낯빛으로 모화의 귀에 입을 바짝 대며,
　"여태 혼백을 못 건져서 어떡해?"
하였다.
　모화는 조금도 서둘지 않고 오히려 당연하다는 듯이 넋대를 잡고 물가로 들어섰다.
　초망자 줄을 잡은 화랑이는 넋대가 가리키는 방향으로 이리저리 초혼 그릇을 물속에 굴렸다.
　"일어나소 일어나소,
　서른세 살 월성 김씨 대주 부인,
　방성으로 태어날 때 칠성에 복을 빌어."
　모화는 넋대로 물을 휘저으며 진정 목이 멘 소리로 혼백을 불렀다.
　"꽃같이 피난 몸이 옥같이 자란 몸이,

양친 부모도 생존이요, 어린 자식 누여두고,

검은 물에 뛰어들 제 용신님도 외면이라,

치마폭이 봉긋 떠서 연화대를 타단 말가,

삼단머리 흐트러져 물귀신이 되단 말가."

모화는 넋대를 따라 점점 깊은 물속으로 들어갔다. 옷이 물에 젖어 한 자락 몸에 휘감기고, 한 자락 물에 떠서 나부꼈다.

검은 물은 그녀의 허리를 잠그고, 가슴을 잠그고 점점 부풀어 오른다…….

그녀는 차츰 목소리가 멀어지며 넋두리도 휘황해지기 시작했다.

"가자시라 가자시라 이수중분 백로주로,

불러주소 불러주소 우리 성님 불러주소,

봄철이라 이 강변에 복숭꽃이 피거덜랑,

소복단장 낭이 따님 이내 소식 물어주소,

첫 가지에 안부 묻고, 둘째 가…….''

할 즈음, 모화의 몸은 그 넋두리와 함께 물속에 아주 잠겨버렸다…….

처음엔 쾌자 자락이 보이더니 그것마저 잠겨버리고, 넋대만 물 위에 빙빙 돌다가 흘러내렸다.

열흘쯤 지난 뒤다.

동해변 어느 길목에서 해물 가게를 보고 있다던 체수 조그만 사내가 나귀 한 마리를 몰고 왔을 때, 그때까지 아직 몸이 완쾌되지 못한 낭이는 퀭한 눈으로 자리에 누워 있었다.

사내는 낭이에게 흰죽을 먹이기 시작했다.

"아버으이."

낭이는 그 아버지를 보자 이렇게 소리를 내어 불렀다. 모화의 마지막 굿이 (떠돌던 예언대로) 영검을 나타냈는지 그녀의 말소리는 전에 없이 알아들을 만도 했다.

다시 열흘이 지났다.

"여기 타라."

사내는 손으로 나귀를 가리켰다.

"……."

낭이는 잠자코 그 아버지가 시키는 대로 나귀 위에 올라앉았다.

그들이 떠난 뒤엔 아무도 그 집을 찾아오는 사람이 없었고, 밤이면 그 무성한 잡풀 속에서 모기들만이 떼를 지어 울었다.

김동리
까치 소리

 단골 서점에서 신간을 뒤적이다 『나의 생명을 물려다오』 하는 얄팍한 책자에 눈길이 멎었다. '살인자의 수기'라는 부제가 붙어 있었다.
 생명을 물려준다, 이것이 무슨 뜻일까, 나는 무심코 그 책자를 집어 들어 첫 장을 펼쳐 보았다. 「책머리에」라는 서문에 해당하는 글을 몇 줄 읽다가 "나도 어릴 때는 위대한 작가를 꿈꾸었지만 전쟁은 나에게 살인자라는 낙인을 찍어주었다"라는 말에 왠지 가슴이 뭉클해짐을 느꼈다. 비슷한 말은 전에도 물론 얼마든지 여러 번 들어왔던 터다. 그런데도 이날 나는 왜 그 말에 유독 그렇게 가슴이 뭉클해졌는지 그것은 나도 잘 모를 일이다. "위대한 작가를 꿈꾸었다"는 말에 느닷없는 공감을 발견했기 때문일까.
 나는 그 책을 사왔다. 그리하여 그날 밤, 그야말로 단숨에 독파를 한 셈이다. 그만큼 나에게는 감동적이며, 생각게 하는 바가 많았다. 특히 그 문장에 있어, 자기 말마따나 '위대한 작가를 꿈꾸던 사람의 솜씨라서 그런지 문학적으로 빛나는 데가 많은 것도 사실이었다.
 나는 다음에 그 수기의 내용을 소개하려 하거니와 될 수 있는 대로 그의 문학적 표현을 살리기 위하여 본문을 그대로 많이 옮기는 쪽으로 주력했음을 일

---

* 「까치 소리」는 『현대문학』 1966년 10월호에 발표되었다. 여기서는 단편선 『등신불』(한국문학전집 13, 문학과지성사, 2005)에 수록된 것을 텍스트로 삼았다.

러둔다. 특히 내가 재미있다고 생각한 소위 그의 문학적 표현으로서, 그의 본고장인 동시, 사건의 무대가 된 마을의 전경을 이야기한 첫머리를 그대로 옮겨 보면 다음과 같다.

— 마을 한복판에 우물이 있고, 우물 앞뒤에 늙은 회나무 두 그루가 거인 같은 두 팔을 치켜든 채 마주 보고 서 있었다. 몇 아름씩이나 될지 모르는 굵고 울퉁불퉁한 둥치는 동굴처럼 속이 뚫린 채 항용 천 년으로 헤아려지는 까마득한 세월을 새까만 침묵으로 하나 가득 메우고 있었다.

밑동에 견주어 가지와 잎새는 쓸쓸했다. 둘로 벌어진 큰 가지의 하나는 중동이가 부러진 채, 그 부러진 언저리엔 새로 돋은 곁가지가 떨기를 이루었으나 그것도 죽죽 위로 벋어 오른 것이 아니라 아래로 한두 대가 잎을 달고 드리워진 것이 고작이었다.

둘 중에서 부러지지 않은 높은 가지는 거인의 어깨 위에 나부끼는 깃발과도 같이 무수한 잔가지와 잎새들을 하늘 높이 펼쳤는데, 까치들은 여기만 둥지를 치고 있었다.

앞 나무에 둘, 뒤 나무에 하나, 까치 둥지는 셋이 쳐져 있었으나 까치들이 모두 몇 마리나 그 속에서 살고 있는지는 아무도 똑똑히 몰랐다. 언제부터 둥지를 치기 시작했는지도 역시 안다는 사람은 없었다. 나무와 함께 대체로 어느 까마득한 옛날부터 내려오는 것이거니 믿고 있을 뿐이었다.

……아침 까치가 울면 손님이 오고, 저녁 까치가 울면 초상이 나고…… 한다는 것도, 언제부터 전해오는 말인지 누구 하나 알 턱이 없었다. 그래서 그런지, 아침 까치가 유난히 까작거린 날엔 손님이 잦고, 저녁 까치가 꺼적거리면 초상이 잘 나는 것 같다고, 그들은 은근히 믿고 있는 편이기도 했다.

그런대로 까치는 아침저녁 울고 또 다른 때도 울었다.

까치가 울 때마다 기침을 터뜨리는 어머니는 아주 흑흑하며 몇 번이나 까무러치다시피 하다 겨우 숨을 돌이키면 으레 봉수(奉守)야 하고, 나의 이름을 부르곤 했다. 그것도 그냥 이름을 부르는 것이 아니라 반드시 '죽여다오'를 붙였다.

……쿨룩 쿨룩 쿨룩 쿨룩, 쿨룩 쿨룩 쿨룩 쿨룩, 쿨룩 쿨룩, 쿨룩, 쿨룩…… 이렇게 쿨룩은 연달아 네 번, 네 번, 두 번, 한 번, 한 번, 여섯 번, 그리고 또다시 세 번이고 네 번이고 두 번이고 여섯 번이고 종잡을 수 없이 얼마든지 짓이기듯 겹쳐지고 되풀이되곤 했다. 그 사이에 물론, 오오, 아이구, 끙, 하는 따위 신음 소리와 외침 소리를 간혹 섞기도 하지만 얼마든지 '쿨룩'이 계속되다가는 아주 까무러치는 고비를 몇 차례나 겪고서야 겨우, 아이구 봉수야, 한다거나, 날 죽여다오를 터뜨릴 수 있는 것이다.

　어머니의 기침병(천만)은 내가 군대에 가기 일 년 남짓 전부터 시작되었으니까 이때는 이미 삼 년도 넘은 고질이었던 것이다.

　내 누이동생 옥란(玉蘭)의 말을 들으면, 내가 군대에 들어간 바로 그 이튿날부터 어머니는 나를 기다리기 시작했다는 것이다. 마침 아침 까치가 까작까작 울자, 어머니는 갑자기 옥란을 보고,

　"옥란아, 네 오빠가 올라는가 부다."

하더라는 것이다.

　"엄마도, 엊그제 군대 간 오빠가 어떻게 벌써 와요?"

하니까,

　"그렇지만 까치가 울잖았냐?"

하더라는 것이다.

　이렇게 처음엔 아침 까치가 울 때마다 얘가 혹시 돌아오지 않나 하고 야릇한 신경을 쓰던 어머니는 그렇게 한 반년쯤 지난 뒤부터, 그것(야릇한 신경을 쓰는 일)이 기침으로 번져지기 시작했다는 것이다.

　'반년쯤 지난 뒤부터'라고 했지만, 그 시기는 물론 확실치 않다. 옥란의 말을 들으면 그 전에도 몇 번이나 그런 일이 있었다고 한다. 몇 달이 지나도록 편지도 한 장 없는 채, 아침 까치는 곧장 울고 하니까, 그럴 때마다 어머니의 눈길엔 야릇한 광채가 어리곤 하더니, 그것이 차츰 기침으로 번져지기 시작하더라는 것이다. 첨에는 가끔 그러더니 날이 갈수록 점점 더 심해져서, 한 일 년 남짓 되니까, 거의 예외 없이 회나무에서 까치가 까작까작하기만 하면 방 안에서

는 쿨룩쿨룩이 터뜨려지게 마련이었다는 것이다(처음은 아침 까치 소리에 시작되었으나 나중은 때의 아랑곳이 없어졌다).

그러나 이런 것은 누구나 이해할 수도 있는 일이라고 나는 생각한다. 아들을 몹시 기다리는 병(천만)든 어머니가 아침 까치가 울 때마다(손님이 온다는) 기대를 걸어보다간 실망이 거듭되자, 기침을 터뜨리고(그러지 않아도 자칫하면 터뜨리게 마련인), 그것이 차츰 습관성으로 발전하게 되었다는 것은 얼마든지 있을 수도 있는 얘길 테니까 말이다.

그렇게 해서 터뜨린 질기고 모진 기침 끝에 아들의 이름을 부르고 또 '날 죽여다오'를 덧붙였대서 그 또한 이해하기 힘든 일도 아니었다. 어머니는 전에도, 그렇게 까무러칠 듯이 짓이겨지는 모진 기침 끝엔 '오오, 하느님!' '사람 살려주!' 따위를 부르짖은 일이 있었던 것이다. '오오, 하느님!' '사람 살려주!'가 '아이구 봉수야!' '날 죽여다오'로 바꿔졌을 뿐인 것이다. 살려달란 말과 죽여달란 말은 반대라고 하겠지만 어머니의 경우엔 그렇지도 않았다. 오히려 비슷한 말이라고 보는 편이 가까울 것이다. '죽여다오'는 '살려다오'보다 좀더 고통이 절망적으로 발전되었음을 나타내는 것이 아닐까. 나는 그렇게 생각했다.

따라서 나는 군대에서 돌아와 처음 얼마 동안은 어머니의 입에서 이 말을 들을 때마다 견딜 수 없는 설움과 울분을 누를 길 없어 나도 모르게 사지를 부르르 떨곤 했다.

'아아, 오죽이나 숨이 답답하고 괴로우면 저러랴, 얼마나 지겹게 아들이 보고 싶고 외로웠으면 저러랴.'

나는 그럴 때마다 어머니가 측은하고 불쌍해서 그냥 목을 놓고 울고만 싶었던 것이다.

그러면서도 나에게는 어머니를 치료해드리거나 위로해드릴 수 있는 어떠한 힘도 재간도 없었다. 그럴수록 어머니가 겪는 무서운 고통은 오로지 나의 책임이거니 하는 생각만 절실했을 뿐이다.

그리고 이러한 나의 심경도 누구에게나 대체로 이해될 수 있으리라고 믿는다.

그런데 다른 사람은 고사하고 내 자신마저 잘 이해할 수 없는 일이 이에 곁들여 생긴 것이다. 그것을 한마디로 말하면 나의 심경의 변화라고나 할까. 나는 어느덧 그러한 어머니를 죽여주고 싶은 충동 같은 것을 느끼기 시작한 것이다. 어머니가 '아이구 봉수야 날 죽여다오' 하고 부르짖는 것은, '오오 하느님 사람 살려주' 하던 것의 역표현(逆表現)이라기보다도 진한 표현 같은 것에 지나지 않는다는 것은 위에서 말한 대로다. 나는 그것을 충분히 이해하고 있었던 것이다. 그럼에도 불구하고 나는 왜 그러한 어머니에게 죽여주고 싶은 충동을 느끼게 되었을까.

그것도 어쩌다 한 번 그런 일이 있었다는 얘기가 아니다. 처음 한 번 그런 일이 있고 나서는 그 뒤부터 줄곧 그렇게 돼버린 것이다. 까치가 까작 까작 까작 하면, 어머니는 쿨룩 쿨룩 쿨룩을 터뜨리는 것이요, 그와 동시 나의 눈에는 야릇한 광채가 어리기 시작하는 것이다(옥란의 말을 빌리면, 옛날 어머니가 까치 소리와 함께 기침을 터뜨리려고 할 때, 그녀의 두 눈에 비치던 것과도 같은 그 야릇한 광채라는 것이다). 어머니가 목에 걸린 가래를 떼지 못하여 쿨룩 쿨룩 쿨룩을 수없이 거듭하다 아주 까무러치다시피 될 때마다 나는 그녀의 꺼풀뿐인 듯한 목을 눌러주고 싶은 충동에 몸이 부르르 떨리는 것이다.

그것은 처음 며칠 동안이 가장 강렬했던 것같이 기억된다. 더 정확하게 말할 수 있다면 내가 그것을 경험하기 시작한 지 사흘째 되던 날에서 이삼일간이었다고 믿어진다. 나는 그 무서운 충동을 누르지 못하여, 사흘째 되던 날은 마침 곁에 있던 물사발을 들어 방바닥에 메어쳤고, 나흘째 되던 날은 꺽꺽거리며 꼬꾸라지는 어머니를 향해 막 덤벼들려는 순간, 밖에 있던 옥란이 낌새를 채고 뛰어와 내 머리 위에 엎어짐으로써 중지되었고, 닷새째 되던 날은, 마침 설거지를 하는 체하고 방문 앞에 대기하고 있던 옥란이 까치 소리를 듣자, 이내 방으로 뛰어들어왔기 때문에 나는 숫제 단념을 했던 것이다. 그런데도 역시 어머니의 까무러치는 꼴을 보는 순간, 나는 갑자기 이성을 잃은 듯, 나와 어머니 사이를 가로막다시피 하고 있는 옥란을 힘껏 떼밀어서 어머니 위에다 넘어뜨리고는 발길로 방문을 냅다 지르며 밖으로 뛰쳐나갔던 것이다.

그 며칠 동안이 가장 고비였던 모양으로, 그 뒤부터는 어머니의 기침이 터뜨려지는 것을 보기만 하면, 나는 그녀의 '봉수야 날 죽여다오'를 기다리지 않고 미리(그때는 대개 옥란이 이미 나와 어머니 사이를 가로막듯 하고 나타나 있게 마련이기도 했지만) 방문을 박차고 밖으로 나와버릴 수 있었다.

이렇게 내가 미리 자리를 피할 수만 있다면 다행이나 그렇지 못할 경우도 얼마든지 생각할 수 있었다. 여기서 먼저 우리 집 구조를 한마디 소개하자면, 부끄러운 얘기지만, 세 평 남짓 되는(그러니까 꽤 넓은 편이긴 한) 방 하나에 부엌과 헛간이 양쪽으로 각각 붙어 있을 뿐이었다. 따라서 우리 세 식구는 자고 먹고 하는 일에 방 하나를 같이 써야 하게 되어 있었다. 그러므로 전날 술을 좀 과히 마셨다거나 몸이 개운치 못하다거나 할 때에도 내가 과연 그렇게 까치 소리를 신호로 얼른 자리를 뜰 수 있게 될진 아무도 장담할 수 없는 일이었다.

여기다 또 한 가지 해괴한 일은 어머니의 기침이 멎어짐과 동시 나의 흥분이 갈앉으며, 나는 어느덧 조금 전에 내가 겪은 그 무서운 충동에 대하여 내 자신이 반신반의를 일으킨다는 사실이다. 나는 왜 그러한 충동에 사로잡히게 되었던가, 그것은 정말이었을까, 어쩌면 나의 환각(幻覺)이나 정신 착란 같은 것이 아닐까, 적어도 나에겐 이러한 의문이 치미는 것이다.

그런대로 까치 소리와 어머니의 기침은 하루도 쉬는 날이 없었고, 그럴 때마다 나는 대개 방문을 차고 나오는 데 성공한 셈이다.

그러나 방문을 박차고 나온다고 해서 나의 흥분이 감쪽같이 사라져버리느냐 하면 그렇지는 물론 않았다. 방문 밖에서 어머니의 까무러치는 소리를 듣는 것이 방 안에서 직접 보는 것보다도 더 견딜 수 없이 사지가 부르르 떨릴 때도 있었다. 다만 방 안에서처럼 눈앞에 어머니가 있는 것은 아니니까 당장 목을 누르려고 달려들 걱정만이 덜어질 뿐이었다.

그 대신 검둥이(우리 집 개 이름)를 까닭 없이 걷어찬다거나 울타리에 붙여 세워둔 바지랑대를 분질러놓는 일이 가끔 생겼다.

어저께는 동네 안 주막에서 술을 마시다가 까치 소리가 울려오자 술잔을 떨어뜨려 깨었다. 그때 마침 술도 얼근히 돌아 있었고, 상대자에 대한 불쾌감도 곁들어 있긴 했지만 의식적으로 술잔을 깨뜨릴 생각은 전혀 없었고, 또 그렇게 해서 좋을 계제도 결코 아니었던 것이다. 그런데 마침 까작까작하는 저녁 까치 소리가 들려오자 갑자기 피가 머리로 확 올라오며 사지가 부르르 떨리더니 손에 잡고 있던 잔을(술이 담긴 채) 철격 떨어뜨려버린 것이다. 아니 떨어뜨렸다기보다 메어쳤다고 하는 편이 옳을지 모른다. 그렇지 않고서야 마루 위에 떨어진 하얀 사기잔이 아무리 막걸리를 하나 가득 담고 있었다고 할망정 그렇게 가운데가 짝 갈라질 수 있겠느냐 말이다.

지금까지 나는 내 자신의 일에 대하여 '내 자신도 잘 모르겠다'고 몇 번이나 되풀이했지만 이것은 결코 발뺌이나 책임 회피를 위한 전제가 아니다. 그래서 나는 우선 내 자신이 어떻게 해서 어머니의 기침에 말려들게 되었는지 그 전후 경위를 있는 그대로 적어보려고 한다.

여기서 미리 고백하거니와 나는 한 번도 어머니를 미워한 적은 없었다. 그렇다고 집에 돌아온 뒤 날이 갈수록 어머니가 더 측은해지고 견딜 수 없이 불쌍해졌다는 것도 아니다. 다만 '봉수야 날 죽여다오'가 처음 생각했던 것처럼 그냥 고통을 못 이겨 울부짖는 넋두리만은 아니라고 차츰 깨닫게 되었던 것은 사실이다. 그것은,

"내가 죽고 없어야 옥란이도 시집을 가고 네도 색시를 데려오지."

하는 어머니의 (가끔 토해놓는) 넋두리가 어쩌면 아주 언턱거리 없는 하소연만이 아니라고 생각되기 시작했을 때부터다. 옥란의 말을 들으면 (내가 군에 가고 없을 때) 위뜸의 장생원 댁에서 옥란을 며느리로 달래는 것을 옥란이 자신이 내세운 '오빠가 군에서 돌아올 때까지는'이라는 이유로 거절 아닌 거절을 한 셈이지만, 누구 하나 돌볼 이도 없는 병든 어머니를 혼자 두고 어떻게 시집갈 생각인들 낼 수 있었겠냐는 것이 그녀의 실토였다. 뿐만 아니라, 정순이가 나(봉수)를 기다리지 않고 상호(相浩)와 결혼을 해버린 것도 아무리 기다려봐야 너한테 돌아올 거라고는 누워 있는 천만쟁이(어머니) 하나뿐이라는 그의 꼬임수에 넘어갔기 때문이라는 것이다. 상호는 내가 이미 전사를 했다면서, 그 증거로 전사 통지서라는 것까지 (가짜로 꾸며서) 정순에게 내보이며 결혼을 강요했다

는 것이다.

 이것이 사실이라면 정순은 상호의 '꼬임수'에 넘어간 것이 아니라, 바로 속임수에 넘어간 것이 된다. 다시 말하자면 '주야로 기침만 콜록거리고 누워 있는 천만쟁이'보다도 나의 전사 통지서 때문이라는 편이 옳을 테니까 말이다. 그러니까 정순을 놓친 원인이 반드시 어머니에게 있는 것은 아니라는 말이 된다.

 따라서 나도 어머니의 넋두리를 곧이곧대로 듣는 것은 아니다. 그러나 나의 그 '알 수 없는' 야릇한 흥분에 정순이(그리고 상호가) 전혀 관련되지 않는다고 할 수도 없다.

 하여간 나는 여기서 그 경위를 처음부터 얘기할 차례가 된 것 같다.

 내가 군에서 (명예 제대를 하고) 돌아왔을 때 — 그렇다, 나는 내가 첨으로 집에 돌아왔을 때부터 얘기하는 것이 순서일 것 같다. 그러니까 내가 우리 동네에 들어서면서부터의 이야기가 된다. 그렇다, 내가 우리 동네 어귀에 들어섰을 때 제일 먼저 내 눈에 비친 것은 저 두 그루의 늙은 회나무였다. 저 늙은 회나무를 바라보자 비로소 나는 내가 고향에 돌아왔다는 실감이 들었던 것이다. 저 볼 모양도 없는 시꺼먼 늙은 두 그루의 회나무, 그것이 왜 그렇게도 그리웠을까. 그것이 어머니와 옥란과 정순이 들에 대한 기억을 곁들이고 있었기 때문이었을까. 아니 그것이 고향이 가진 모든 것을 상징하고 있었기 때문일까. 오오, 늙은 회나무여, 내 마음이여, 우리 어머니와 옥란과 그리고 정순이도 잘 있느냐 — 나는 회나무를 바라보며 느닷없는 감회에 잠긴 채 시인 같은 영탄을 맘속으로 외치며 동네 가운데로 들어섰던 것이다.

 나는 지금 '어머니와 옥란과 그리고 정순이'라고 했지만 사실은 정순이와 어머니와 옥란이라고 차례를 바꾸고 싶은 것이 나의 솔직한 심정이었는지도 모른다. 왜 그러냐 하면, 내가 그렇게 살아서 고향으로 돌아올 수 있는 것은 오로지 정순이에 대한 그리움 하나 때문이라고 해도 좋았기 때문이었다. 이렇게 말하면 나는 돌아가신 아버지와 병들어 누워 있는 어머니에 대한 불효자요, 가련한 누이동생에 대한 배신자같이도 들릴지 모르지만, 나로 하여금 그 마련된 죽음에서 탈출케 한 것은 정순이라는 사실을 나는 의심할 수 없는 것이다.

그러나, 그 '마련된 죽음'과 거기서의 '탈출' 이야기는 다음으로 미루자.

하여간 나는, 나를 구세주와도 같이 기다리고 있는 어머니와 누이동생 들 앞에 나타났다.

내가 동네 복판의 회나무 밑의 우물가로 돌아왔을 때, 우물 앞에서 보리쌀을 씻고 있던 옥란이가 먼저 나를 발견하고, 처음 한참 동안은 정신 나간 사람처럼 멀거니 나를 바라보고 있더니, 다음 순간 그녀는 부끄럼도 잊은 듯한 큰 소리로 '오빠'를 부르며 달려와 내 품에 얼굴을 묻으며 흐느껴 울었던 것이다. 일년 반 동안에 완전히 처녀가 된, 그리고 놀라리만큼 아름다워진 그녀를 나는 거의 무감각한 사람처럼 물끄러미 내려다보고 서 있었다. 어쩌면 이다지도 깨끗한 처녀가 거지꼴이 완연한 초라한 군복 차림의 나를 조그마한 거리낌도 꾸밈도 없이 마구 쏟아지는 눈물로써 이렇게 반겨준단 말인가. 동기! 아, 그렇다. 그녀는 나의 누이동생이었던 것이다. 나는 그때같이 옥란의 행복을 빌어주고 싶은 강렬한 충동을 느껴본 적은 일찍이 없었다.

나는 옥란을 따라 집 안에 들어섰다. 횅뎅그렁하게 비어 있는 뜰! 처음부터 무슨 곡식 가마라도 포개져 있으리라고 예상했던 것은 아니지만, 나는 이때같이 우리 집의 가난에 오한을 느껴본 적도 없었다.

"엄마, 오빠야!"

옥란은 자랑스럽게 방문을 열었다.

어머니는 놀란 듯이 자리에서 상체를 일으켰다. 주름살과 꺼풀뿐인 얼굴은 두 눈만 살아 있는 듯, 야릇한 광채를 내며 나를 쏘아보았다. 그러나 기침이 터뜨려질 것을 저어하는 듯, 입은 반쯤 열린 채 말도 없이, 한쪽 손을 가슴에 갖다 대고 있었다.

"어머니!"

나는 군대 백(카킷빛의)을 방구석에 밀쳐둔 채, 무릎을 꿇고 절을 했다.

그동안 어떻게 지냈느냐든지, 기침병이 좀 어떠냐든지, 하는 따위 인사말도 나는 물어보고 싶지 않았던 것이다. 눈에 빤히 보이지 않느냐 말이다. 병과 가난과 고독과 절망에 지질린 몰골이.

"구, 군대선 어쨌냐? 배는 많이 고, 곯잖았냐?"

어머니는 가래가 걸려서 거르렁거리는 목소리로 띄엄띄엄 이렇게 물었다.

그러나 나는 그녀의 묻는 말엔 아무런 대꾸도 없이 성이 난 듯한 뚱한 얼굴로 맞은편 바람벽만 멀거니 건너다보고 있었다.

'나는 어머니에게 무엇을 가지고 돌아왔단 말이냐. 어머니가 낳아서 길러준 온전한 육신을 그대로 가지고 왔단 말이냐. 그녀의 병을 치료할 만한 돈이라도 품에 넣고 왔단 말이냐. 하다못해 옥란이를 잠깐 기쁘게 해줄 만한 무색 고무신이나마 한 켤레 넣고 왔단 말인가. 그녀들은 모르는 것이다. 내가 그녀들을 위해서 돌아오지 않았다는 것을. 내가 정순이를 위해서, 아니, 정순이와 나의 사랑을 위해서, 군대를 속이고 국가를 배신하고 나의 목숨을 소매치기해서 돌아왔다는 것을 그녀들이 알 리 없는 것이다.'

"엄마, 또 기침 날라, 자리에 누우세요."

옥란은 어머니의 상반신을 안다시피 하여 자리에 눕혔다.

"오빠도 오느라고 고단할 텐데 잠깐 누워요. 내 곧 밥 지어 올게."

옥란은 나를 돌아다보며 이렇게 말할 때도, 방구석에 밀쳐둔 군대 백엔 우정 외면을 하는 듯했다. 그것은 역시 너무 지나친 기대를 그 백 속에 걸고 있기 때문일 것이라고 나에게는 헤아려졌다.

나는 백을 끄르기로 했다. 옥란이로 하여금 너무 긴 시간, 거기다 기대를 걸어두게 하기가 미안했기 때문이었다.

"이건 내가 쓰던 담요와 군복."

나는 백을 열고, 담요와 헌 군복을 끄집어내었다. 그러고는 내복도 한 벌, 그러자 백은 이내 배가 홀쭉해져버렸다. 남은 것은 레이션 상자에서 얻어진(남겨두었던) 초콜릿 두 갑, 껌 두 매듬, 건빵과 통조림이 두세 개씩, 그리고는 병원에서 나올 때, 동료에게서 선사받은 카킷빛 장갑(미군용)이 한 켤레였다. 나는 이런 것을 방바닥 위에다 쏟았다.

그러나 백 속에는 아직도 한 가지 남아 있었다. 그것은 포장지에 싸여 있었다. 나는 그것만은 옥란에게도 끌러 보이지 않았다. 그 속에 든 것은 여자용 빨강빛 스웨터요, 내가 군색한 여비 중에서 떼어내 손수 산 것은 이것 하나뿐이란 말도 물론 하지 않았다. 뿐만 아니라 나는 방바닥에 쏟아놓았던 물건 중에서도 초콜릿 한 갑과 껌 한 매듭을 도로 백 속에 집어넣으며,

"이것뿐야, 통조림은 따서 어머니께 드리고 너도 먹어봐. 그리고 이것 모두 너한테 소용되는 거면 다 가져."

했다.

"……"

옥란은 말없이 처음부터 내 얼굴만 바라보고 있었다. 그것은 나를 원망하는 눈이기보다 무엇에 겁을 집어먹은 듯한 표정이었다.

"아무것도 없지만…… 넌 나를 이해해주겠지?"

"아냐, 오빠, 난 괜찮지만……."

옥란은 무슨 말을 하려다 말고 끝도 맺지 않은 채 방문을 열고 나가버렸다.

'역시 토라진 거로구나. 정순이한테만 무언지 굉장히 좋은 걸 준다고 불평이겠지. 그래서 '난 괜찮지만' 하고 어머니를 내세우겠지. '난 괜찮지만' 어머니까지 무시하고 정순이만 생각하기냐 하는 속이겠지.'

나는 방바닥에 쏟아놓은 물건들을 어머니 앞으로 밀쳐두고, 접힌 담요(백에서 끄집어낸)를 베개하여 허리를 펴고 누웠다. 그녀가 섭섭해하는 것도 무리가 아니지만, 나로서도 하는 수 없는 일이었다고 체념할 수밖에 없었다.

점심 겸 저녁으로, 해가 설핏할 때 '식사'를 마치자 나는 종이로 싼 것(스웨터)과 초콜릿을 양복 주머니에 넣고 밖으로 나왔다.

"오빠, 잠깐."

부엌에서 설거지를 하고 있던 옥란이 나를 불러 세웠다.

"정순 언닌……."

옥란은 이렇게 말을 시작해놓고는 얼른 뒤를 잇지 못했다.

순간 나는 어떤 불길한 예감이 확 들었다. 그것은 내가 집에 돌아온 지 꽤 여러 시간 되는 동안 그녀의 입에서 한 번도 정순이 얘기가 나오지 않고 있었기

때문인지도 몰랐다.

"……."

"결혼했어."

"뭐? 뭐라고?"

당장 상대자를 집어삼킬 듯한 나의 험악한 표정에, 옥란은 질린 듯 한참 동안 말문이 막힌 채 망설이고 있더니 어차피 맞을 매라고 결심을 했는지,

"숙이 오빠하구……."

드디어 끝을 맺는다.

"뭐? 숙이라구? 상호 말이냐?"

"……."

옥란은 두 눈을 크게 뜬 채 나의 얼굴을 똑바로 지켜보며 고개를 한 번 끄덕인다.

"그렇지만 정순이 어떻게……."

나는 무슨 말인지 내 자신도 모르게 이렇게 중얼거리다 입을 닫쳐버렸다.

옥란이 안타까운 듯이 다시 입을 열었다.

"숙이 오빠가 속였대. 오빠가 죽었다고……."

"뭐, 내가 주, 죽었다고?"

나는 떨리는 목소리로 이렇게 다짐해 물으면서도, 일방, 아아, 그렇지, 그건 어쩌면 정말일 수도 있었다. 이렇게 속으로 자기 자신을 조롱하고 싶은 충동을 느끼기도 했다.

"오빠가 전사를 했다고, 무슨 통지서에라나 그런 것까지 갖다 뵈더라나."

옥란도 이미 분을 참지 못하는 목소리였다.

순간, 나는 눈앞이 핑그르르 돌아감을 느꼈다. 그때 만약 상호가 내 앞에 있었다면 나는 틀림없이, 당장에 달려들어 그의 목을 졸라 죽였을 것이다. 다음 순간, 나는 어디로 누구를 찾아간다는 의식도 없이 삽짝 쪽으로 부리나케 뛰어 나갔다. 그러나 삽짝 앞 좁은 골목에서 큰 골목(회나무가 있는)으로 접어들자 나는 갑자기 발길을 우뚝 멈추고 섰다. 그와 거의 동시, 누가 내 팔을 잡았다.

옥란이었다. 그녀는 나의 뒤를 따라오고 있었던 모양이었다.
"오빠 들어가."
그녀는 내 팔을 가볍게 끌었다.
나는 흡사 넋 나간 몸뚱어리뿐인 듯한 내 자신을 그녀에게 맡기다시피 하며 그녀가 끄는 대로 집을 향해 돌아섰다. 돌아서지 않으면 어쩐단 말인가. 내가 그녀를 뿌리칠 수 있다면 그것은 무슨 이유와 목적에서일까. 그렇다, 나에게는 그녀의 손길을 뿌리칠 수 있는 아무런 이유도 목적도 없었다. 내가 없어진 거와 마찬가지였다. '내'가 있었다면 나는 무엇을 생각하고 무엇을 행동했을까. 그랬을 것이다. 그렇다, '내'가 없었기 때문에 나를 일단 가련한 옥란에게 맡길 수밖에 없었던 것이다.
나는 옥란이 시키는 대로 방에 들어와 누웠다. 아랫목 쪽에는 어머니가, 윗목 쪽에는 내가. 이렇게 우리는 각각 벽을 향해 돌아누워 있었다. 나는 흡사 잠이나 청하는 사람처럼 눈까지 감고 있었지만 물론 잠 같은 것이 올 리 만무했다.
해가 지고, 어스름이 짙어지고, 바람이 좀 불기 시작했다. 설거지를 마친 옥란이 물을 두어 번 길어왔고…… 나는 눈을 감고 벽을 향해 누운 채 이런 것을 전부 알고 있었다.
저녁 까치가 까작까작 울어왔다. 어머니가 자리에서 몸을 일으키며 기침을 터뜨리기 시작했다. (나는 물론 그때만 해도 까치 소리는 까치 소리대로 회나무 위에서 나고, 어머니의 기침은 기침대로 방 안에서 터뜨려졌을 뿐이요, 때를 같이 (전후)한대서 양자 사이에 무슨 관련이 있다고는 전혀 상상도 할 수 없었던 것이다.)
나는 어머니의 그 길고도 모진 기침이 끝날 때까지 그냥 벽을 향해 누운 채, '오오, 하느님!' '봉수야, 날 죽여다오' 하는 소리까지 다 들은 뒤에야 자리에서 몸을 일으켰다. 그러나 어머니의 등을 쓸어준다거나 위로의 말 한마디를 건네 보지도 못한 채 그냥 방문을 밀고 밖으로 나왔다.
밖은 완전히 어두워져 있었다. 집 앞의 가죽나무 위엔 별까지 파랗게 돋아나 있었다.
 내가 막 삽짝 밖을 나왔을 때였다. 담장 앞에서 다른 동무와 무엇을 소곤거리고 있던 옥란이 또 나를 불러 세웠다.
 "오빠 어딜 가?"
 "……"
 나는 그냥 고개만 위로 꺼떡 젖혀 보였다.
 그러자 옥란은 내 속을 알아챘는지 어쩐지,
 "얘가 영숙이야."
하고 자기 앞에 서 있는 처녀를 턱으로 가리켰다.
 '영숙이가 누구더라?'
하는 생각이 내 머릿속을 잠깐 스쳐갔을 뿐, 나는 거의 아무런 관심도 없이 그냥 발길을 돌리려 했다. 그러나 이와 거의 같은 순간에, 영숙이 나를 향해 몸을 돌리며 머리를 푹 수그려 공손하게 절을 하지 않는가. 날씬한 허리에 갸름한 얼굴에, 옥란이보다 두어 살 아래일 듯한 소녀였다.
 '쟤가 누구더라?'
 나는 또 한 번 이런 생각을 하며, 역시 입은 열지도 않은 채 그냥 발길을 돌리려 하는데,
 "오빤 아직 면에서 안 돌아왔어요."
하는 소녀의 목소리였다.
 순간, 나는 이 소녀가 바로 상호의 누이동생이란 것을 깨달았다. 내가 군에 갈 때만 해도 나를 몹시 따르던 달걀같이 매끈하고 갸름하게 생긴 영숙이. 지금은 고등학교 이삼학년쯤 다니겠지, 나는 이런 생각을 하며 소녀를 한참 바라보고 섰다가 역시 그냥 발길을 돌리고 말았다.
 "오빠, 영숙이한테 얘기해줄 거 없어?"
 '그렇다, 달걀같이 뽀얗고 갸름하게 생긴 소녀, 그녀는 정순이나 옥란이를 그때부터 언니 언니 하고 지냈지만, 그보다도 나를 덮어놓고 따르던, 상호네 식구답지 않던 애, 그리고 지금도, 내가 군에서 돌아왔단 말을 듣고 기쁨을 못

이겨 찾아왔겠지만, 그러나, 나는 무슨 말을 그녀에게 할 수 있단 말인가?'

나는 그냥 돌아서버리려다

"오빠 들옴 나 좀 만나잔다고 전해주겠어?"

겨우 이렇게 인사 땜을 했다.

"그러잖아도 올 거예요."

영숙의 목소리는 조용하고 맑았다.

나는 '부엉뜸'으로 발길을 돌렸다. 옥란의 말을 의심하는 것은 아니지만 정순이 친정 사람들의 얘기를 직접 한번 들어보고자 했던 것이다.

정순이네 친정 사람들이라고 하면 물론 그 어머니와 오빠다(아버지는 일찍이 죽고 없었다). 그리고 오빠래야 정순이와는 나이 차가 많아서 거의 아버지같이 보였다.

나와 정순이는 약혼한 사이와 같이 되어 있었지만(우리 고장에서는 약혼식이란 것이 거의 없이 바로 결혼식을 가지기로 되어 있었다), 나는 그를 형님이라고 부르지 않고 언제나 윤이 아버지라고만 불렀다.

윤이 아버지는 이날도 나를 반갑게 맞아주었으나 면구해서 그런지 정순이 말은 입 밖에 내비치지도 않은 채 전쟁 이야기만 느닷없이 물어대었다.

나는 통 내키지 않는 얘기를 한두 마디씩 마지못해 대꾸하며 그가 따라주는 막걸리를 두 잔째 들이켜고 나서,

"근데 정순이는 어떻게 된 겁니까?"

이렇게 딱 잘라 물었다.

"그러니까 말일세."

그는 밑도 끝도 없는 말을 대답이랍시고 이렇게 한마디 던져놓고는,

"자 술이나 들게."

내 잔에다 다시 막걸리를 따라주었다.

"자네도 알다시피 내야 어디 술을 좋아하는가? 이런 거 한두 잔이면 고작이지. 그런 걸 자네 대접한다고 이게 벌써 몇 잔째야? 자 어서 들게, 자 어서 들게, 자넨 멀쩡한데 나 먼저 취하면 되겠나?"

'정순이 일이 어떻게 된 거냐고 묻는데 웬 술 이야기가 이렇게 길단 말인가?'
 나는 또 한 번 같은 말을 되풀이해 물으려다 간신히 참고, 그 대신, 그가 따라놓은 술잔을 들어 한숨에 내었다.
 "자네야 동네가 다 아는 수재 아닌가? 지금이라도 서울만 가면 일등 대학에 돈 한 푼 내지 않고 공부시켜주는 거 뭐라더라? 장학상이던가? 그거 돼서 집에다 도로 돈 부쳐 보내가며 공부할 거 아닌가? 머리 좋고 인물 좋겠다, 군수 하나쯤야 따논 당상이지. 대통령이 부럽겠나 장관이 부럽겠나. 그까짓 시골 처녀 하나가 문젠가? 자네 같은 사람한테 딸 안 주고 누구 주겠나. 응? 우리 정순이 같은 게 문젠가? 그보다 몇 곱절 으리으리한 서울 처녀들이 자네한테 시집오고 싶어서 목을 매달 건데…… 그렇잖나? 내 말이 틀렸는가?"
 나는 그의 느닷없이 지루하기만 한 말을 더 듣고 있을 수가 없어,
 "그런데 정순이는 어떻게 된 겁니까?"
 먼저와 같은 질문을 다시 한 번 되풀이할 수밖에 없었다.
 "정순이는 상호한테 갔지, 갔어. 상호 같은 자야 정순이한테나 어울리지. 그렇잖나? 자네는 다르지. 자네야 그때부터 이 고을에선 어떤 처녀든지 골라잡을 만치, 머리 좋고, 인물 좋고, 행실 착하고…… 유명한 사람이 아닌가?"
 "그게 아니잖아요?"
 나는 상반신을 부르르 떨며 겨우 이렇게 항의를 했다.
 내 목소리가 여느 때와 다른 것을 깨달았는지 그도 이번엔 말을 그치고, 나의 얼굴을 잠깐 바라보고 있더니 다시 말을 이었다.
 "사실은 자네가 전사를 했다기에 그렇게 된 걸세. 지나간 일 가지고 자꾸 말하면 무슨 소용 있겠는가. 참게, 자네가 이렇게 살아 올 줄 알았다면야…… 다 팔자라고 생각하게."
 "그렇지만 정순이가 그렇게 쉽사리 속아 넘어가진 않았을 텐데……."
 "여부가 있나. 정순이야 끝까지 버텼지만 상호가 재주껏 했겠지. 나도 권했고…… 헐 수 있나? 하루바삐 잊어버리는 편이 차라리 나을 줄 알았지. 저도 그렇게 알고 간 거고……."

"알겠습니다."

나는 곧 자리에서 일어나버렸다.

윤이 아버지는 깜짝 놀란 듯이 따라 일어나며,

"이 사람아, 그러지 말고 좀 앉게. 천천히 술이라도 들며 얘기라도 더 나누다 가세."

나는 그의 간곡한 만류도 듣지 않고 그대로 돌아오고 말았다.

상호는 출장을 핑계로, 내가 돌아온 지 일주일이 되도록 나타나지 않았다. 직접 그의 집으로 찾아가면 출장을 가서 돌아오지 않았다는 것이나, 주막에 나가 알아보니, 면(사무소)에서는 만난 사람이 있다는 것이었다. 그렇다고 내가 직접 면(사무소)으로 찾아가서 그의 출장 여부를 알아보기도 난처한 점이 많았다.

그러자 그가 출장을 간 것이 아니라, 면에는 출근을 하되 자기 집으로 돌아오질 않고 읍내에 있는 그의 고모 집에 묵고 있으면서 어쩌다 밤중에나 몰래 (집엘) 다녀가곤 한다는 소문이 들려왔다. 그 무렵 나는 그를 만나기 위하여 동구에 있는 주막에 늘 나가 있었기 때문에 여러 가지 정보를 들을 수 있었던 것이다.

하루는 내가 주막 앞에 앉아 장기를 두고 있는데 저쪽에서 상호가 자전거를 타고 오는 것이 보였다(그것도 당장 그렇게 알아본 것이 아니고, 술꾼 하나가 저게 상호 아닌가 하고 귀띔을 해줘서 돌아다보니 바로 그였던 것이다).

나는 장기를 놓고 길 가운데 나가 섰다. 그가 혹시 모른 체하고 자전거를 달려 주막 앞을 지나쳐버리지나 않을까 해서였다.

나는 길 가운데 버텨 선 채 잠자코 손을 들었다.

그도 이날은 각오를 했는지 순순히 자전거에서 내리며,

"아, 이거 누구야? 봉수 아닌가?"

자못 반가운 듯이 큰 소리로 내 손까지 덥석 잡았다.

'나야, 봉수야.'

나는 그러나 입 밖에 내어 대답하진 않았다.
"언제 왔어?"
'정말로 출장을 갔다 지금 돌아오는 길인가?'
이것도 물론 입 밖에 내어 물은 것은 아니다.
"하여간 반갑네. 자, 들어가지, 들어가 막걸리나 한잔 같이 드세."
그는 자전거를 세우고 술청으로 올라서자 주인(주모)을 보고 술상을 부탁했다.
나는 그의 대접을 받고 싶진 않았지만 그런 건 아무려나 중요한 문제가 아니라고 생각하고 일단 그가 하는 대로 내버려두고 보기로 했다.
주막에 있던 사람들이 모두 우리에게 시선을 쏟았다. 그것은 그들이 우리의 관계를 알고 있기 때문인 듯했다. 따라서 나는 될 수 있는 대로 내 자신을 달래며, 흥분하지 않으리라 결심했다.
"자, 들게, 이렇게 보니 무어라고 할 말이 없네."
상호는 나에게 술을 권하며 이렇게 말을 건넸다.
'할 말이 없네'—이 말을 나는 어떻게 들어야 할까. 이것은 미안하단 말일까. 그렇지 않으면 뭐라고 말할 수도 없이 반갑단 뜻일까. 물론 반가울 리야 없겠지만, 옛 친구니까 반가운 체할 수도 있을 것이다.
나는 그가 권하는 대로 잠자코 술잔을 들었다. 물론 맘속으로 좀 꺼림칙하긴 했으나 그것과는 전혀 별문제란 생각에서 일단 술을 들 수밖에 없었던 것이다.
얼마나 고생을 했는가, 주로 어느 전선에서 싸웠는가, 중공군의 인해전술이란 실지로 어떤 것인가, 이북군의 사기는 어떤가, 식사 같은 건 들리는 말같이 비참하지 않던가, 미군들의 전의(戰意)는 어느 정도인가, 그들은 결국 우리를 포기하지 않을 것인가…… 그의 질문은 쉴 새 없이 계속되었으나, 나는 그저, 글쎄, 아냐, 잘 모르겠어, 잊어버렸어, 그저 그렇지, 따위로 응수를 했을 뿐이다. 나는 그가 돈을 쓰고 징병을 기피했다고 이미 듣고 있었기 때문에 그와 더불어 전쟁 얘기를 하는 더구나 싫었던 것이다.
그러는 중에서도 술잔은 부지런히 비워냈다. 나도 그동안 군에서 워낙 험하게 지냈기 때문에 막걸리쯤은 여간 먹어야 낭패 볼 정도로 취할 것 같지 않았지만, 상호도 면에 다니면서 제 말마따나 는 게 술뿐인지, 막걸리엔 꽤 익숙해 보였다.

"그동안 주소만 알았대도 위문 편지라도 보냈을 겐데, 참 미안하게 됐어."

'그렇다, 주소를 몰랐다는 것은 정말일 것이다. 내가 소속된 부대는 한군데 오래 주둔해 있지 않고 늘 이동했으니까 말이다. 그러나 위문 편지가 문제란 말이냐.'

나는 이런 말을 혼자 속으로 삭이며 또 잔을 내었다.

내가 속으로 무엇을 생각하고 있는지를 전혀 알 리 없는 그는 다시 말을 계속했다.

"영숙이가 말야, 자네 기억하지, 우리 영숙이 말야, 정말 그게 벌써 고삼(高校三年)이야, 자네한테 위문 편질 보내겠다고 나더러 주솔 가르쳐달라지 뭐야. 헌데 나도 모르니까, 옥란이한테 가서 물어오라고 했더니 옥란이 언니도 모른다더라고 여간 안타까워하지 않데."

'그렇지, 영숙인 물론 너보다 나은 아이다. 그러나 영숙이가 무슨 관계냐 말이다. 영숙이보다 몇 곱절 관계가 깊은 정순이 문제는 덮어놓고 왜 영숙이는 끄집어내냐 말이다.'

나는 또 술잔을 내면서, 이제 이쯤 됐으니, 내 쪽에서 말을 끌어낼 수밖에 없다고 생각했다.

"정순이 말일세. 어떻게 된 건지 간단히 말해줄 수 없겠는가?"

나는 두 눈을 크게 뜨고 그를 정면으로 바라보며, 그러나, 한껏 부드러운 목소리로 이렇게 입을 떼었다.

상호는 들고 있던 술잔을 상 위에 도로 놓으며 고개를 푹 수그렸다. 그러고는 간단히 한숨을 짓고 나더니,

"여러 말 할 게 있는가. 내가 죽일 놈이지. 용서하게."

뜻밖에도 순순히 나왔다. 이럴 때야말로 술이 참 좋은 음식이란 생각이 들었다. 그와 나는 한동네에서 같이 자랐으며, 국민학교에서 고등학교까지 동창이

었기 때문에 우리는 서로 상대자의 성격이나 사람됨을 잘 알고 있는 편이다. 그는 나보다 가정적으로 훨씬 유여했지만 워낙 공부가 싫어서 고등학교까지를 간신히 마치자 면서기가 되었고, 나는 그와 반대로 줄곧 우등에다 장학금으로 대학까지 갈 수 있게 되어 있었지만 내가 그에게 친구로서의 신의를 잃은 일은 없었고, 또 그가 여간 잘못했을 때라도, 솔직하게 용서를 빌면 언제나 양보를 해주곤 했던 것이다. 이러한 과거의 우정과 나의 성격을 알고 있는 그는 정순이 문제도 이렇게 해서 용서를 빌면 내가 전과 같이 양해를 할 것이라고 딴은 믿고 있는 겐지 몰랐다. 그러나 이것만은 문제가 달랐다.

"자네가 그렇게 나오니 나도 더 여러 말을 하지 않겠네. 그러나 이것은 자네의 처사를 승인한다거나 양해를 한다는 뜻이 아닐세. 그건 그렇다 하고, 나도 내 태도를 결정하기 위해서 자네하고 상의할 일이 있어 그러네."

"……?"

그는 내 말뜻을 잘 이해할 수 없다는 듯이 고개를 들어 내 얼굴을 유심히 바라보았다.

나는 다시 말을 이었다.

"간단히 말할게. 정순이를 한번 만나봐야 되겠어. 이에 대해서 자네의 협력을 구하는 걸세."

나는 말을 마치자 불이 뿜어지는 듯한 두 눈으로 상호를 쏘아보았다.

그는 역시 나의 말뜻을 잘 알아듣지 못하는 사람처럼 멍하니 마주 바라보고 있다가 시선을 아래로 떨어뜨려버렸다.

"……."

"대답해주게."

내가 단호한 어조로 답변을 요구했다.

그는 겁에 질린 사람처럼 나의 눈치를 살펴가며 천천히 고개를 들더니,

"안 된다면?"

떨리는 목소리로 물었다.

"그것은 자네 상상에 맡기겠네. 어차피 결말은 자네 자신이 보게 될 것이니

까. 다만 자네를 위해서 말해주고 싶은 것은 자네같이 안온한 인생을 보내려는 사람이라면 극단적인 행동은 피하는 것이 좋을 걸세."

"자넨 나를 협박하는 셈인가?"

상호는 갑자기 반격할 자세를 취해보는 모양이었다.

"……."

나는 눈썹 하나 움직이지 않고 그를 한참 동안 묵묵히 바라보고 있었다. 그리하여 먼저보다도 더 부드럽고 더 낮은 목소리로 다시 입을 열기 시작했다.

"나는 지금 자네에게 어떤 형식으로든지 보복을 한다거나, 어떤 유감이나 감정 같은 것을 품어본다거나 그런 것은 단연코 없네. 이 점은 나를 믿어주어도 좋아."

"그렇다면?"

"내가 정순이를 한번 만나보겠다는 것은 자네에게 대한 복수라든지 원한이라든지 그런 것과는 아무런 상관도 없는 문젤세. 아까도 말하지 않았던가, '그건 그렇다 하고'라고. 과거지사는 과거지사대로 불문에 부치겠다는 뜻일세."

"그렇다면 꼭 정순이를 만나봐야 할 이유도 없지 않은가."

"내가 과거지사를 불문에 부치겠다는 것은 자네와 정순이의 관계에 대해서 하는 말일세. 나와 정순이의 관계나 내 자신의 과거를 모조리 불문에 부치겠다는 뜻이 아닐세. 나는 정순이와 맺은 언약이 있기 때문에 정순이가 살아 있는 한 정순이를 만나봐야 할 의무가 있는 거야."

"그동안 결혼을 해서, 남의 아내가 되고, 아기 어머니가 돼 있어도 말인가?"

"물론이지. 남의 아내가 돼 있든지 남의 노예가 돼 있든지, 내가 없는 동안, 내가 모르는 사이에 생긴 일은 불문에 부친다는 뜻일세."

여기서 상호는 자기대로 무엇을 이해하겠다는 듯이 고개를 두어 번 주억거리고 나더니,

"자넨 너무 현실을 무시하잖아?"

이렇게 물었으나 그것은 시비조라기보다 오히려 어떤 애원 같은 것이 서려 있었다.

"현실? 그렇지, 자넨 아직, 전장엘 다녀오지 않았기 때문에 그런 말을 하고 있는 거야. 자, 보게, 이게 현실인지 아닌지."

나는 그의 앞에 나의 바른손을 내밀었다. 식지(食指)와 장지(長指)가 뭉턱 잘라지고 없는 보기 흉한 검붉은 손이었다.

"자네는 내가 군에 가기 전의 내 손을 기억하고 있겠지. 지금 이 손은 현실인가 꿈인가?"

"참 그렇군. 아까부터 손을 다쳤구나 생각하고 있었지만, 손가락이 둘이나 달아났군. 그래서야 어디?"

"자넨 손가락 애길 하고 있군. 나는 현실 얘기를 하는 거야. 손가락 두 개가 어떻단 말인가? 이까짓 손가락 몇 쯤이야 아무런들 어떤가? 현실이 문제지. 그렇잖은가? 그렇다, 정순이가 이미 결혼을 한 줄 알았더면 나는 이 손을 들고 돌아오진 않았을 거야. 자넨 역시 내가 손가락을 얘기하는 줄 알고 있겠지? 그나 그게 아니라네. 잘못 살아 돌아온 내 목숨을 얘기하고 있는 걸세. 이제 나는 내 목숨을 처리할 현실이 없다네. 그래서 정순이를 만나야겠다는 걸세. 이왕이 보기 흉한 손을 들고 돌아온 이상, 정순이를 만나지 않아서는 안 되네. 빨리 대답을 해주게."

"정 그렇다면 하루만 여유를 주게. 자네도 알다시피 나 혼자 결정할 문제도 아니겠고, 우선 당사자의 의사도 들어봐야 하겠지만, 또 부모님들이 뭐라고 할지, 시하에 있는 몸으로서는 부모님들의 의견을 전적으로 무시할 수도 없는 문제겠고, 그렇잖은가?"

나는 상호의 대답하는 내용이나 태도가 여간 아니꼽지 않았지만 지그시 참았다. 그를 상대로 하여 싸울 시기는 아니라고 헤아려졌기 때문이었다.

"내일 이 시간까지 알려주게, 정순이를 만날 수 있는 시간과 장소를……."

나는 씹어뱉듯이 일러주고 자리에서 일어났다.

이튿날 저녁때 영숙이가 쪽지를 가지고 왔다.

작일(昨日)은 여러 가지로 군(君)에게 실례되는 점(點)이 많았다고 보네.

연(然)이나¹ 군의 하해(河海) 같은 마음으로 두루 용서해주리라 신(信)하며 금야(今夜)에는 소찬이나마 제(弟)의 집에서 군을 초대하니 만사 제폐하고 필(必)히 왕림해주시기 복망(伏望)하노라.

죽마고우 상호 서

내가 상호의 쪽지를 읽는 동안 툇마루에 걸터앉아 있던 영숙이 발딱 일어나며,

"오빠가 꼭 모시고 오랬어요."

새하얀 얼굴에 미소를 짓는다.

"미안하지만 좀 기다려줘."

나는 영숙에게 이렇게 말한 뒤 옥란을 불러서 종이와 연필을 내오라고 했다.

자네의 초대에 응할 수 없음을 유감으로 생각하네. 어저께 말한 대로 정순이를 만날 수 있는 시간과 장소를 내일 오전 중으로 다시 연락해주게. 만약 정순이가 원한다면, 그때, 영숙이를 동반해도 무방하네.

봉수

내가 주는 쪽지를 받자 영숙은 공손스레 머리를 숙여 절을 하고 돌아갔다. 이튿날 저녁때에야 영숙이 다시 쪽지를 가지고 왔다. 오빠는 오전 중으로 전하라고 일러두고 갔지만, 자기가 학교에서 돌아온 시간이 늦기 때문에 이렇게 되었노라고, 영숙이 정말인지 꾸며댄 말인지 먼저 이렇게 변명을 늘어놓았다. 쪽지엔 역시 상호의 필치로 다음과 같이 적혀 있었다.

군의 회신(回信)은 잘 보았네. 연이나 정순이 일간 친정에 근친 갈 기회가 도래(到來)하여 영숙이를 동반코 왕복케 할 계획이니 그리 양해하고, 그 시

---

1 연(然)이나 그러하나.

기는 다시 가매(家妹) 영숙을 시켜 통지할 것이니 그리 아시게.

　　　　　　　　　　　　　　　　　　　　　　상호 서

　이틀 뒤가 일요일이었다.
　영숙이 와서 언니가 친정엘 가는데 자기도 동반하게 되었노라고 옥란을 보고 넌지시 일러주는 것이었다. 나는 그녀가 왜 나에게 직접 말하지 않고 옥란을 통해 간접적으로 알리는지를 곧 이해할 수 있었기 때문에 더 묻지 않기로 했다. 그 대신 나는 옥란에게 그녀들이 떠나는 것을 보아서 나에게 알려주도록 부탁해두고 오래간만에 이발소로 가서 귀밑까지 덮은 머리를 쳐냈다.
　면도를 마친 뒤 옥란의 연락을 받고 내가 '부엉뜸'으로 갔을 때는 점심때도 훨씬 지난 뒤였다.
　내가 뜰에 들어서자, 장독대 앞에서 작약꽃을 만지고 있던 영숙이 먼저 나를 발견하고 알은체를 하더니 곧 일어나 아랫방으로 들어가버렸다. 정순이 그 방에 있음을 알리는 모양이었다.
　이윽고 방문이 열리더니 정순이, 아, 그 어느 꿈결에서 보던 설운 연꽃 같은 얼굴을 내밀었다. 순간, 나는 그녀가 무슨 옷을 입고, 얼굴의 어디가 어떻다는 것을 전혀 의식할 수 없었다. 다만 저것이 정순이다, 저것이 아, 설운 연꽃 같은 그것이다, 하는 섬광 같은 것이 가슴을 때리며, 전신의 피가 끓어오름을 느낄 뿐이었다. 나는 그 집 식구들에 대한 인사나 예의 같은 것도 잊어버린 채 정순이가 있는 방문 앞으로 걸어갔다. 그리하여 나는 방문 앞에 한참 동안 발이 얼어붙기라도 한 것같이 우두커니 서 있었다.
　정순은 곧 자리에서 일어났으나, 고개를 아래로 드리운 채 입을 열려고 하지 않았다. 영숙도 정순이를 따라 몸을 일으키긴 했으나, 요 며칠 동안 나에게 보여주던 그 친절과 미소도 가뭇없이, 이때만은 새침한 침묵에 잠겨 있을 뿐이었다.
　나는 그녀들에게서 '들어오세요'를 기다릴 수 없다고 알자, 스스로 신발을 벗고 방으로 들어갔다.

내가 방에 들어가도, 그리하여, 스스로 자리에 앉은 뒤에도, 그녀들은 더 깊이 얼굴을 수그린 채 그냥 서 있었다.

그러나 나는 실상, 그녀들이 서 있건 말건 그런 것보다는, 내 자신 갑자기 복받쳐 오르는 울음을 누르노라고 어깨를 들먹이며 고개를 아래로 곧장 수그리기에 여념이 없을 정도였다.

내가 간신히 고개를 들었을 때엔 그녀들도 어느덧 자리에 앉은 뒤였다.

'이것은 분명히 꿈이 아니다. 나는 정순이를 보았다. 아니, 지금도 정순이는 바로 내 눈앞에 앉아 있지 않은가. 그렇다, 정순이다. 정순이다. 나는 이제 후회하지 않아도 된다.'

이러한 울부짖음이 내 마음속을 지나가자 나는 비로소 이성(理性)을 돌이킨 듯했다. 나는 다시 고개를 들었다. 그리하여 정순이의 얼굴을 비로소 정면으로 바라보았다. 정순은 물론 고개를 수그리고 있었지만, 나는 그녀의 이마를 바라보는 것이라도 좋았다.

"정순이!"

내 목소리는 굵게 떨리어 나왔다.

"이것이 마지막이 될진 모르지만, 이 자리에서만이라도 옛날대로 부르겠어. 용서해줘요 영숙이도."

내가 이까지 말했을 때, 나는 또 먼저와 같은 울음의 덩어리가 가슴에서 목구멍으로 치솟아오름을 깨달았다. 나는 그것을 참느라고 이를 힘껏 악물었다. 울음의 덩어리는 목구멍을 몹시 훑으며 뜨거운 눈물이 되어 주르르 흘러내렸다. 소리를 내며 흐느껴지는 울음보다는 그것이 차라리 나았다. 나는 손수건을 내어 천천히 눈물을 훔친 뒤 다시 입을 열기 시작했다.

"내가 괴로운 것만치 정순이도 괴로울 거야. 이 못난 눈물을 보는 일이 말야. 그러나 내가 정순이를 만나려고 한 것은 이 추한 눈물을 보이려고 해서는 아니야. 이건 없는 것으로 봐줘. 곧 거둬질 거야."

나는 담배를 꺼내 불을 붙였다. 연기를 두어 모금이나 천천히 들이켜고 나서 다시 말을 시작했다.

"하긴 이 자리에 앉아 생각하니 내가 전선에서 생각했던 거와는 다르군. 이럴 줄 알았더면 이렇게 하지 않아도 좋았을 것을. 될 수 있는 대로 정순이를, 그리고 영숙이도 그렇겠지만, 너무 오래 괴롭히지 않기 위해서 내 얘기를 간단히 할게."

나는 이렇게 허두를 땐 다음 내 바른손을 그녀들 앞에 내놓았다.

"이것 봐요. 이게 내 손이야. 식지와 장지가 떨어져 나가고 없잖아. 덕택으로 나는 제대가 돼 돌아온 거야. 이런 손을 갖고는 총을 쏠 수 없으니까. 그런데 말야. 이게 뭐 대단한 부상이라고 자랑하는 게 아냐. 팔다리를 송두리째 잃은 사람도 있고, 눈, 코, 귀 같은 것을 잃은 놈들도 얼마든지 있는데 이까짓 거야 문제도 아니지. 아주 생명을 잃은 사람들은 또 별도로 하더라도. 그런데 내가 지금 와서 뼈아프게 후회하는 것은 역시 이 병신 된 손 때문이야. 이건 실상 적에게 맞은 것이 아니고 내 자신이 조작한 부상이야, 살려고. 목숨만이라도 남겨 가지려고. 아아, 정순이, 요렇게 해서 지금 여기까지 달고 온 내 목숨이야."

나는 얘기를 하는 동안에 내 자신도 걷잡을 수 없는 흥분에 사로잡힘을 깨달았다. 나는 다시 담배에 불을 붙인 뒤 한참 동안 고개를 수그리고 있었다.

정순이와 영숙이도 먼저보다 훨씬 대담하게 고개를 들어 내 얼굴을 바라보곤 했다.

나는 연기를 불고 나서 다시 이야기를 계속했다.

"내가 소속된 부대는 ○○사단 ○○연대 수색중대야. 수색중대! 정순이는 이 말이 무엇인지를 모를 거야. 그 무렵의 전투사단의 수색대라고 하면 거의 결사대란 거와 다름이 없을 정도야. 한번 나가면 절반 이상이 죽고 돌아오는 것이 보통이었어. 어떤 때는 전멸, 어떤 때는 두셋이 살아서 돌아오는 일도 흔히 있었어. 그러자니까 원칙적으로는 교대를 시켜줘야 하는 거지. 그런데 워낙 전투가 격렬하고 경험자가 부족하고 하니까 교대가 잘 안 되거든. 그 가운데서도 내가 특히 그랬어. 머리가 좋고 경험이 풍부하대나. 나중은 불사신(不死身)이란 별명까지 붙이더군. 같이 나갔던 동료들이 거의 다 죽어 쓰러졌을 때도 나는 번번이 살아왔으니까. 얘기가 너무 길군…… 나는 생각했어. 정순이를 두고는 죽을 수 없는 목숨이라고. 내가 번번이 죽지 않고 살아 돌아온 것도 정순이 때문이라고. 거기서 나는 결심을 했던 거야. 사람의 힘과 운이란 아무래도 한도가 있는 이상, 기적도 한두 번이지 결국은 죽고 말 것이 뻔한 노릇 아닌가. 위에서는 교대를 시켜주지 않으니까. 결국 죽을 때까진 죽을 수밖에 없는 일을 몇 번이든지 되풀이해야 하는 내가 자신의 위치랄까 운명이랄까 그런 걸 깨달은 거야. 거기서 나는 결심을 했어. 정순이를 두고 죽을 수 없다고. 나는 내가 꼭 죽기로 마련되어 있는 운명을 내 손으로 헤쳐 나가야 한다고…… 이런 건 부질없는 얘기지만, 정순이, 나는 결코 죽음 그 자체가 두렵지는 않았어. 더구나 생사를 같이하던 전우가 곁에서 픽픽 쓰러지는 꼴을 헤아릴 수도 없이 경험한 내가 그토록 비겁할 수는 없었던 거야. 국가 민족이니, 정의, 인도니 하는 건 집어치고라도, 우선 분함과 고통을 견딜 수 없어서라도 얼마든지 죽고 싶었어. 죽었어야 했어. 정순이가 아니었더라면 물론 그랬을 거야."

나는 잠깐 이야기를 쉬었다.

정순이는 아까부터 벽에 이마를 댄 채 마구 흐느끼고 있었고, 영숙이도 손수건으로 두 눈을 가린 채 밖으로 달아나버렸던 것이다.

"그런데 어떤가. 돌아와 보니 정순이는 결혼을 했군. 나는 지금 정순이를 원망하려는 건 아냐. 상호의 속임수에 넘어갔다는 것도 듣고 있어."

"아녜요. 제가 바보예요. 제가 죽일 년이에요."

정순이는 높은 소리로 이렇게 외치며 또다시 흑흑 느껴 울었다.

"그런데 지금부터가 문제야. 나는 어떻게 하느냐 하는 문제야. 내 목숨을 말야. 나는 이렇게 해서 스스로 훔쳐낸, 그렇지 소매치기 같은 거지. 그렇게 해서 훔쳐낸 내 목숨이 이제 아무짝에도 쓸데가 없이 됐거든. 내가 이 목숨을 가지고 이대로 산다면 나는 하늘과 땅 사이에 용서받을 수 없는, 국가 민족에 대한 죄인인 것은 말할 것도 없지만, 그 불쌍한, 그 거룩한, 그 수많은 전우들, 죽어 넘어진 놈들에 대해서, 내가 어떻게 산단 말인가. 배신자란 남에게서 미움을 받기 때문에 못 사는 것이 아니라, 자기 자신이 외로워서 못 사는 거야. 정순이가 없는 고향인 줄 알았더라면 나는 열 번이라도 거기서 죽고 말았어야 하는 거야. 전우들과 함께, 그들이 쓰러지듯 나도 그렇게 쓰러졌어야 했던 거야. 그것도 조금도 괴롭거나 두려운 일이 아니었어. 오히려 편하고 부러웠을 정도야. 이 더럽게 훔쳐낸 치사스런 이 목숨을 나는 어떻게 해야 하는가?"

"저를 차라리 죽여주세요. 괴로워서 더 못 듣겠어요."

정순이는 소리가 나게 이마를 벽에 곧장 짓찧으며 사지를 부르르 떨고 있었다.

"정순이 들어봐요. 나는 상호에게 말했어. 내가 없는 동안 상호와 정순이 사이에 생긴 일은 없었던 거와 같이 보겠다고. 정순이가 세상에서 없어진 것이 아니라면, 정순이가 나와 같이 있을 수만 있다면, 그동안에 있은 일은 없음으로 돌리겠어. ……정순이! 상호에게서 나와주어. 그리고 나하고 같이 있어. 우리는 결혼하는 거야. 이 동네에서 살기가 거북하다면 어디로 가도 좋아. 어머니와 옥란이도 버리고 가겠어. 전우를 버리고 온 것처럼."

"그렇지만 그 집에서 저를 놓아주겠어요?"

정순이는 나직한 목소리로 혼잣말같이 속삭였다.

"내가 스스로 목숨을 훔쳐서 돌아온 거나 마찬가지지. 결심하면 돼. 그밖엔 길이 없어. 그렇지 않으면 내 목숨을 돌려줘야 해. 이건 내 게 아니야. 정순이와 같이 있기 위해서만 얻어진 목숨이야. 그렇지 않으면 세상에도 무서운 반역자의 더럽고 치사스런 목숨인걸. 잠시도 달고 있을 수 없는 추악한 장물이야. 어디다 어떻게 갖다 팽개쳐야 좋을지 모르는 추악한 장물이야. 정말야, 두고 보면 알걸."

"무서워요."

정순이는 아래턱을 달달달 떨고 있었다.

"무서울 게 뭐야? 정순이 첨부터 상호를 사랑해서 결혼을 했다거나, 지금이라도 사랑하고 있다면 별도야. 그렇지 않다면 내 목숨에 빛을 주고 두 사람의 행복을 찾아 나서는 거니까 어디까지나 정당한 일이지 잘못이 아니잖아? 알겠지? 응? 대답을 해줘."

"……."

정순이 대답 대신 고개를 한 번 끄덕해 보였다.

이때 영숙이 방문을 열었다.

"언니, 저기……."

문밖에는 정순이 올케(윤이 어머니)가 진짓상을 들고 서 있었다.

"국수를 좀 만들었어. 맛은 없지만…… 그리고 아가씬 안에서 우리하고 같이 할까?"

그녀는 국수상을 방 안에 디밀어놓으며 이렇게 말했다.

정순이는 국수상을 다시 들어, 내 앞에 옮겨놓으며,

"천천히 드세요. 그리고 그 일은 제가 알아서 하겠어요."

이렇게 속삭이고 나서 밖으로 나갔다. 나는 국수상엔 손도 대지 않은 채 담배 한 개비를 피워 물자 밖으로 나와버렸다.

정순이한테서는 연락이 오지 않았다.

아기 낳고 살던 여자가 집을 버리고 나오려면 어려운 일이 한두 가지일 리 없다고는 나도 짐작할 수 있었지만 끝없이 날만 보내고 있을 수도 없는 노릇이었다.

여러 가지 어려운 점이 많다는 것은 나도 안다. 남편이나 시부모 이외에 아기도 걸리고 친정도 걸리겠지만 죽느냐 사느냐 한 가지만 생각해야 한다. 내가 그랬듯이 말이다. 한시바삐 결행 바란다.

나는 이렇게 쪽지에 써서 옥란에게 주었다.

"이거 네가 정순이 언니한테 남 안 보게 전할 수 있거든 전해다오…… 역시 영숙이한테 부탁할 순 없겠지?"

"요즘은 우물에도 잘 안 나오니 어려울 거야. 영숙인 오빠를 너무 좋아하지만 아무렴 저의 친오빠만이야 하겠어?"

옥란은 쪽지를 접어 옷 속에 감추며 혼잣말같이 중얼거렸다.

그러나 옥란이도 좀체 정순이를 직접 만날 기회가 없는 모양이었다. 그런대로 영숙이와는 자주 왕래가 있어 보였다.

"영숙이한테 무슨 들은 말 없어?"

"걔도 요즘은 세상이 비관이래."

"왜?"

"그날 정순이 언니하고 셋이서 만났잖아? 자기는 누구 편이 돼얄지 모르겠대. 그리고 슬프기만 하대."

"자기하고 관계없는 일이니까 모르면 되잖아?"

"그렇지도 않은 모양야. 걘 책도 많이 읽었어. 오빠 한번 만나주겠어? 오빠가 잘 부탁하면 걘 무슨 말이라도 들을지 몰라……."

"……."

나는 대답을 하지 않았다.

옥란에게 쪽지를 맡긴 지도 닷새나 지난 뒤였다. 막 저녁을 먹고 났을 때 영숙이 정순의 편지를 가지고 왔다.

저의 계획을 집안에서 눈치 채어버렸습니다. 저는 지금 꼼짝도 할 수 없는 몸이 되었습니다. 저는 영원히 봉수씨를 배반할 마음은 아닙니다. 다시 맹세합니다. 언제든지 봉수씨가 기다려주신다면 저는 반드시 그 일을 실행할 날이 있을 줄 믿습니다. 그러나 지금은 간도 쓸개도 없는 썩은 고깃덩어리 같은 년이라고 생각해주십시오. 죽지 못해 살고 있는 불쌍한 목숨이올시다. 부디 용서해주시고 너무 조급히 기다리지 말아주시기 바랍니다.

정순이 올림

나는 편지를 두 번이나 되풀이해 읽었다. 내용이 복잡하다거나 이해하기 힘든 말이 들어 있었기 때문이 아니었다. 무언지 정순이의 운명 같은 것이 거기서 느껴졌기 때문이었다.

'정순이는 이런 여자였어. 참되고 총명하고 다정하고 신의 있는. 그러나 강철같이 굳센 여자는 아니었어. 순한 데가 있었지. 환경에 순응하는. 물론 지금도 그녀가 나에게 거짓말을 하거나 자기 자신을 속이고 있는 것은 아니야. 그러나 환경에 순응하고 있는 거야. 그녀를 결정하는 것은 그녀 자신의 의지이기보다 그녀를 에워싼 그녀의 환경이겠지.'

나는 편지를 구겨서 바지주머니에 쑤셔 넣은 뒤 영숙을 불렀다.

"숙이 나한테 전한 편지 누구 거지?"

"언니 거예요."

영숙은 얼굴을 붉히며 대답했다.

"무슨 내용인지도 알지?"

"……"

영숙은 갑자기 얼굴이 홍당무같이 새빨개지며 대답을 하지 않았다.

"난 영숙일 옥란이같이 믿고 있어. 알면 안다고 대답해줘, 알지?"

"……"

영숙이 이번에는 고개를 끄덕여 보였다.

"내가 없더라도 옥란이하고 잘 지내줘."

나도 무슨 뜻인지 내 자신도 잘 모를 이런 말을 마지막으로 남기곤 밖으로 훌쩍 나와버렸다.

나는 어디로든지 가버릴 생각이었던지도 모른다. 그야말로 어디로든지 꺼져버리고 싶었던 건지도 모른다. 하여간 나는 방에서 그냥 자빠져 누워 있을 수는 없었던 것이다. 나는 막연히 정순이를 기다리고 있는 것보다는, 아니 막연히 정순이를 원망하고 있는 것보다는 차라리 내 자신이 세상에서 꺼져버리는 편이 낫다고 생각했는지도 몰랐다.

나는 집 뒤를 돌아 나갔다. 우리 집 뒤부터는 보리밭들이었다. 보리밭은 아스라이 보이는 산기슭까지 넓은 해면같이 펼쳐져 있고, 그 산기슭에는 검푸른 소가 있었다. 지금 한창 피어오르는 보리 이삭에서는 향긋한 보리 냄새까지 풍겨오는 듯했다.

내가 보리밭 사잇길을 거의 실신한 사람처럼 터덕터덕 걷고 있을 때, 문득 뒤에서 사람의 발소리 같은 것이 들려왔다. 그러나 나는 그런 것을 뒤돌아볼 만한 관심도 기력도 잃고 있었다. 나는 그냥 걷고 있었다. 나는 막연히 그 보리밭들을 지나 검푸른 소를 찾아가고 있었는지도 모른다.

검푸른 보리밭 위로 어스름이 덮여왔다.

그 어스름 속으로 비둘기뗀지 새뗀지 분간할 수도 없는 새까만 돌멩이 같은 것들이 날아가고 있었다.

문득 나는 내가 어쩌면 꿈속에서 걸어가고 있는 젠지도 모른다는 생각이 들었다. 나는 발을 멈추고 섰다. 그리하여 아까 날아가던 새까만 돌멩이 같은 것들이 사라진 쪽을 멍하니 바라보고 있었다. 그때다.

"오빠!"

거의 들릴 듯 말 듯한 잠긴 목소리였다. 영숙이었다.

나는 영숙의 얼굴을 넋 나간 사람처럼 어느 때까지나 멍청히 바라보고 있었다.

'너도 슬프다는 거냐? 나하고 슬픔을 나누자는 거냐?'

나는 혼자 속으로 영숙에게 이렇게 묻고 있었다.

영숙도 물론 꼼짝하지 않고 있었다.

'오빠 제발 죽지 마세요. 제가 사랑해드릴게요. 오빠를 위해서 오빠의 도움이 될 수 있다면 오빠의 아픈 마음을 위로해드릴 수 있다면 무슨 짓이라도 하겠어요.'

영숙의 굳게 다문 입 속에서 이런 말이 감돌고 있는 듯했다.

다음 순간 영숙은 내 품에 안겨 있었다. 그보다도 내가 먼저 영숙의 손목을 잡아끌었다고 하는 편이 순서일 것이다. 그러자 영숙이 내 가슴에 몸을 던지다시피 하며 안겨왔던 것이다.

그러나 거기서 내가 영숙에게 갑자기 왜 다른 충동을 느끼기 시작했는지 그것은 내 자신도 해명할 길이 없다. 아니 그보다도 갑자기 야수가 돼버린 나에게 영숙이 왜 자기 자신을 지키기 위해서 마지막 반항을 하지 않았는지 이 역시 해명할 길이 없는 것이다.

하여간 나는, 다음 순간, 영숙을 안고 보리밭 속으로 들어왔다. 그리하여 그녀의 간단한 옷을 벗기고 그 새하얀, 천사 같은 몸뚱어리를 마음껏 욕보이기 시작했던 것이다. 영숙은 어떤 절망적인 공포에 짓눌려서인지, 그렇지 않으면 일종의 야릇한 체념 같은 것에 자신을 내던지고 있었기 때문인지 간혹 들릴 듯 말 듯한 가는 신음 소리를 내었을 뿐 나의 거친 터치에도 거의 그대로 내맡기다시피 하고 있었다.

그녀는 그때 이미 실신 상태에 빠져 있었는지도 몰랐다. 아니 그보다도, 역시, 자기의 모든 것을, 생명을, 내가 그렇게 원통하다고 울어대던 것의 대가를 대신 나에게 갚아주는 것이라고 생각하고 있었는지도 모른다.

이때 까치가 울었던 것이다. 까작 까작 까작 까작 하는, 어머니가 가장 모진 기침을 터뜨리게 마련인 그 저녁 까치 소리였던 것이다. 그리고 이와 동시 나의 팔다리와 가슴속과 머리끝까지 새로운 전류(電流) 같은 것이 흘러들기 시작했던 것이다.

까작 까작 까작 까작, 그것은 그대로 나의 가슴속에서 울려오는 소리였다. 나는 실신한 것같이 누워 있는 영숙이를 안아 일으키기라도 하려는 듯 천천히 그녀의 가슴 위에 손을 얹었다. 그리하여 다음 순간 내 손은 그녀의 가느다란 목을 누르고 있었던 것이다.

김동리(金東里)

1913년 경북 경주 출생. 호적명 창귀(昌貴). 동리는 호. 서울 경신중학교 중퇴. 1935년 조선일보 신춘문예에 시가 입선하고 1936년 조선중앙일보에 소설 「화랑의 후예」가 당선되어 등단함. 『시인부락』 동인, 『월간문학』 『한국문학』 등 창간. 해방 공간에서 좌익의 문학가동맹에 맞서 청년문학가협회를 조직하고 회장을 맡음. 서라벌예술대학장, 한국문인협회 이사장, 대한민국 예술원 회장 등 역임. 자유문학상, 3·1문화상, 5·16민족문학상 등 수상. 『무녀도』(1947), 『실존무』(1958), 『등신불』(1963), 『까치 소리』(1973) 등의 작품집과 『사반의 십자가』(1958), 『을화』(1978) 등의 장편소설을 출간. 1995년 타계.

작품 세계

김동리의 소설은 사상적 깊이와 예술적 완성도에서 높은 평가를 받아왔다. 그의 사상적 관심은 종교로 치면 유교, 불교, 선교(仙敎) 등에서 기독교에까지 걸쳐 있는데, 그 중심에는 무교, 속신(俗信) 등의 토착 사상과 믿음이 자리 잡고 있다. 근대적 산업화에 뒤져 나라까지 잃었고, 그래서 전통적인 것은 무작정 '전근대적'으로 치부하고, 서구적인 것이면 거의 맹목적으로 좋게 여기는 상황에서, 전통적인 것을 어떻게 근대적인 소설 양식으로 그려내어 그 보편적 가치를 회복하며 근대화할 것인가? 김동리의 작가로서의 중요성은 그가 이 중대한 문제를 스스로 발견하고 또 예술적으로 해결해나간 데 있다. 그 작업이 보수적이라든가 지나치게 전통 지향적 혹은 반근대주의적이라고 비판받기도 하는데, 그래도 그 작업 자체의 의의는 남는다.

김동리 소설에는 흔히 '토속적'이라고 일컬어지는 앞의 계열과 나란히, 당대의 구체적인 현실 문제를 제재로 삼은 작품 계열이 있다. 「찔레꽃」 「동구 앞길」 「흥남철수」 등이 속한 그 계열은 앞의 계열에 비해 덜 알려졌고, 그가 앞장섰던 이른바 '순수문학' 진영의 한계를 안고 있지만, 김동리 소설의 장점을 여전히 지니고 있다. 그 장점이란 치밀한 구성, 심리를 절실하게 제시하는 시적인 문장, 박진감을 북돋우는 다양한 서술 방식의 사용, 인생에 대한 깊은 통찰, 인물 성격의 강렬함 등이다.

「무녀도(巫女圖)」

「무녀도」는 김동리가 등단 초기에 발표하였는데, 작가적 생애의 말년에 발표되었고 대표작으로 평가되는 장편소설 『을화』의 바탕이 된 작품이라 할 수 있다.

「무녀도」에서는 어떤 사건이 일어났는가? 얼른 떠오르는 것이 욱이의 죽음이다. 그의 죽음은 어머니 모화의 죽음과 동생 낭이의 떠남을 낳고, 결국 '모화네 집'이 없어지게 한다. 그러면 욱이는 왜 죽는가? 놀랍게도 그 직접적 원인은 모화가 칼로 쳐서 상처를 입혔기 때문이다. 어머니가 아들을 죽게 한 것이다.

어머니와 아들의 이 비극적 갈등은, 서로가 자신이 믿는 신이 부정하는 '귀신'에 사로잡혀 있다고 믿는 데서 비롯된다. 모화는 욱이가 "예수 귀신에게 들렸다"고 생각하고, 욱이 또한 모화가 "사귀(邪鬼)에 들려 있다"고 판단하여, 서로의 얼굴에 물을 뿜고 끼얹으며 싸운다. 그 싸움은 종교적 믿음 때문에 벌어졌으므로 모자간의 애정을 훼손하지는 않는다. 모화가 욱이를 칼로 친 행위는 미워서가 아니라 귀신을 내쫓기 위해서이며, 그녀가 예기소에 몸을 던지는 행위 또한 자살이기 이전에 주술적 의미를 지닌 행위이다. 「무녀도」에 자주 나오는 모화의 말과 무가(巫歌)들은, 자연과 인간, 초인간적 존재와 인간적 존재가 교류하는 무교적 세계관을 제시하여, 그녀의 행위들이 지닌 종교적 의미를 형성한다. 따라서 욱이의 행위가 기독교 전파이고 그의 죽음이 순교라면, 모화 역시 순교한 것이다.

이렇게 볼 때 두 인물 간 갈등의 환경적 원인은, 전통적인 것이 쇠퇴하고 새로운 것이 세력을 얻는 시대 환경의 변화이다. 그러므로 이 작품은 한국의 전통적 믿음과 사상을 외래적·서구적인 것과 나란히 놓고 그 의미를 드러내며, 전자가 후자에 밀려나는 사회적 변화를 그려내고 있다고 할 수 있다.

이 작품에는 또 하나의 인물 낭이가 있다. 암시적으로 그려졌지만, 그녀는 욱이와 애정 관계를 맺음으로써 "욱이의 병"이 깊어지게 하는 것으로 보인다. (1936년에 발표된 첫 「무녀도」에서 그녀는 아기를 사산한다. 김동리는 1947년 첫 창작집 『무녀도』에서 전면 개작하여 그 사실을 빼고 시대 환경의 변화에 따른 종교적 갈등을 부각시키는데, 그 결과 욱이가 부상하고 낭이의 역할은 적어지며 그들의 관계도 모호해진다.) 무녀도를 그렸으며, 어머니의 삶을 이어받아 되풀이할 것으로 여겨지는 그녀의 삶은, 사회 상황이나 집단적 이념과는 거리가 있는, 보다 인간적이고 개인적인 애정 중심으로 이 작품을 읽을 수 있게 한다. 그런데 근친 간의 애정은 검은빛의 금기이기에 그 역시 비극적 운명의 한 고리이다. 모화의 욱이에 대한 애정이 욱이를 죽게 하듯이, 낭이의 금지된 사랑도 욱이를 죽게 한다.

「까치 소리」

「까치 소리」는 김동리 소설의 두 계열, 곧 「무녀도」처럼 전통적 믿음을 바탕으로 삶의 궁극적 조건이라든가 운명을 그린 계열과, 당대 현실을 구체적으로 그린 계열의 특징을 함께 지니고 있는 작품이다.

이 작품에서 주인공 봉수의 어머니는 봉수를, 봉수는 정순을, 그리고 속임수를 써서 정순과 결혼한 상호의 동생 영숙은 봉수를 사랑한다. 그런데 어머니는 아들에의 사랑 때문에 천식에 걸려 죽여다오와 살려다오를 동시에 부르짖는다. 그리고 봉수는 정순과의 사랑을 이루기 위하여 손가락을 일부러 자름으로써 목숨을 건져 전장에서 빠져나오지만, 그 목숨을 어쩌지 못해 살인을 저지른다. 또한 영숙은 봉수의 목숨을 구하려 하다가 봉수의 손에 생명을 잃게 된다. 사랑 또는 생명과 죽음이 공존하고, 서로가 서로의 이유가 되는 인과관계로 얽혀 있는 것이다. 이러한 모순적인 현실이 빚어진 원인은, 한 몸이나 다름없는 동족이 서로를 죽인 전쟁(한국전쟁) 때문이다. 또 같은 까치 소리가 아침에는 길조요 저녁에는 흉조일 수 있으며, 우물가의 회나무가 한쪽 가지는 무성하면서도 다른 쪽 가지가 빈약하듯이, 만물이 본래 그렇게 존재하기 때문이다.

이 소설의 모든 요소는 결말부의 장면— 위로 "새까만 돌멩이 같은 것들이 날아가고 있" 는 보리밭 장면에 집중되어 있다. 한국 소설사에 빛나는 명장면 가운데 하나인 그 대목에서, 저녁 까치가 울었기 때문에 살인을 저지르는 일이 벌어진다. 합리적으로 설명하기 어려운 그 사건을 그럴듯하게 만드는 것이, 앞에서 지적한, 여러 요소들을 병치·반복하고 대립시키는 치밀한 플롯이다. 액자소설과 수기 형식의 화법, 심리적 인과관계를 파고드는 서술, 부상 조작에 관한 정보를 천천히 드러내는 기법 등도 그것을 돕는다.

이러한 '근대적' 플롯과 서술 덕택에, 한국의 한 속신 즉 까치 소리에 관한 모순적인 믿음은 한국전쟁의 비극성과 그 와중에서 파괴된 인간성을 효과적으로 제시하는 매개체가 되며, 저항할수록 오히려 인연(因緣)과 운명에 묶이게 되는 인간의 모순된 본질을 표현하는 상징이 된다.

주요 참고 문헌

김동리 소설 전반에 관한 주요 참고 문헌은 이동하 편, 『무녀도』(한국문학전집 7, 문학과지성사, 2004)에 적절히 안내되어 있다. 연구서로는 김윤식의 『김동리와 그의 시대』(민음사, 1995)를 비롯한 김동리 평전 3부작, 『서라벌문학 8집: 동리문학연구』(서라벌예술대학, 1973), 유주현 편, 『동리 문학이 한국 문학에 미친 영향』(중앙대 문예창작학과, 1979), 유기룡 편, 『김동리문학연구』(살림, 1995) 등이 있다.

이재선, 「『무녀도』에서 『을화』까지」(이재선 편 『김동리』, 서강대 출판부, 1995), 김병욱, 「영원회귀의 문학」(『동리문학연구』, 서라벌예술대학, 1973), 이동하, 「한국 문학의 전통 지향적 보수주의 연구」(서울대 대학원, 1989), 최시한, 「김동리 단편소설의 시학」(『현대소설의 이야기학』, 프레스21, 2000) 등에서 「무녀도」 「까치 소리」에 관한 논의를 찾을 수 있다.

_최시한

제3시기: 1945~1959
상처의 치유를 위한 산문적 모색

별/나무들 비탈에 서다   황순원
잔등   허 준
제3인간형   안수길
모래톱 이야기   김정한
유수암   한무숙
고가   정한숙
요한시집   장용학
비 오는 날   손창섭
유예   오상원
사수   전광용
단독강화   선우휘
오발탄   이범선
닳아지는 살들   이호철
시장과 전장   박경리
암사지도   서기원
흰 종이 수염   하근찬

황순원
별

동네 애들과 노는 아이를 한동네 과수노파가 보고, 같이 저자에라도 다녀오는 듯한 젊은 여인에게 무심코, 쟈 동복누이¹가 꼭 죽은 쟈 오마니 닮았디 왜, 한 말을 얼김에 듣자 아이는 동무들과 놀던 것도 잊어버리고 일어섰다. 아이는 얼핏 누이의 얼굴을 생각해내려 하였으나 암만해도 떠오르지 않았다. 집으로 뛰면서 아이는 저도 모르게, 오마니 오마니, 수없이 외었다. 집 뜰에서 이복동생을 업고 있는 누이를 발견하고 달려가 얼굴부터 들여다보았다. 너무나 엷은 입술이 지나치게 큰 데 비겨 눈은 짯짯하니 작고, 그 눈이 또 늘 몽롱히 흐려 있는 누이의 얼굴. 아홉 살 난 아이의 눈은 벌써 누이의 그런 얼굴 속에서 기억에는 없으나 마음속으로 그렇게 그려오던 돌아간 어머니의 모습을 더듬으며 떨리는 속으로 찬찬히 누이를 바라보았다. 참으로 오마니는 이 누이의 얼굴과 같았을까. 그러자 제법 어른처럼 갓 난 이복동생을 업고 있던 열한 살잡이 누이는 전에 없이 별나게 자기를 자세히 들여다보는 동복남동생에게 마치 어머니다운 애정이 끓어오르기나 한 듯이 미소를 지어 보였을 때, 아이는 누이의 지나치게 큰 입 새로 드러난 검은 잇몸을 바라보며 누이에게서 돌아간 어머니의 그

---
* 「별」은 1941년 2월 『인문평론』에 발표되었다. 여기서는 단편선 『독짓는 늙은이』(한국문학전집 8, 문학과지성사, 2004)에 수록된 것을 텍스트로 삼았다.
1 동복(同腹)누이 같은 어머니에게서 태어난 누이.

림자를 찾던 마음은 온전히 사라지고, 어머니가 누이처럼 미워서는 안 된다고 머리를 옆으로 저었다. 우리 오마니는 지금 눈앞에 있는 누이로서는 흉내도 못 내게스레 무척 이뻤으리라. 그냥 남동생이 귀엽다는 듯이 미소를 짓고 있는 누이에게 아이는 처음으로 눈을 흘기며 무서운 상을 해보였다. 미운 누이의 얼굴이 놀라 한층 밉게 찌그러질 만큼. 생각다 못해 종내 아이는 누이가 꼭 어머니 같다고 한동네 과수노파를 찾아 자기 집에서 왼편 쪽으로 마주난 골목 막다른 집으로 갔다. 마침 노파는 새로 지은 저고리 동정에 인두질을 하고 있었다. 늘 남에게 삯바느질을 시켜 말쑥한 옷만 입고 다녀 동네에서 이름난 과수노파가 제 손으로 인두질을 하다니 웬일일까. 그러나 아이를 보자 과수노파는 아이보다도 더 의아스러운 눈초리를 하면서 인두를 화로에 꽂는다. 아이는 곧 노파에게, 아니 우리 오마니하구 우리 뉘하구 같이 생겼단 말은 거짓말이디요? 했다. 노파는 더욱 수상하다는 듯이 아이를 바라보다가 그러나 남의 일에는 흥미없다는 얼굴로, 왜 닮았디, 했다. 아이는 떨리는 입술로 다시, 아니 우리 오마니 입하구 뉘 입하구 다르게 생기디 않았이요? 하고 열심히 물었다. 노파는 이번에는 화로에 꽂았던 인두를 뽑아 자기 입술 가까이 갖다 대어보고 나서, 반만큼 세운 왼쪽 무릎 치마에 문대고는 일감을 잡으며 그저, 그러구 보믄 다른 것 같기두 하군, 했다. 아이는 인두질하는 과수노파의 손 가까이로 다가서며 퍼뜩 과수노파의 손이 나이보다는 젊고 고와 보인다는 생각을 하면서, 우리 오마니 잇몸은 우리 뉘 잇몸터럼 검디 않구 이뻤디요? 했다. 과수노파는 아이가 가까이 다가와 어둡다는 듯이 갑자기 인두 든 손으로 아이를 물러나라고 손짓하고 나서 한결같이 흥없이, 그래앤, 했다. 그러나 아이만은 여기서 만족하여 과수노파의 집을 나서 그 달음으로 자기 집까지 뛰어오면서, 그러면 그렇지 우리 오마니가 뉘터럼 미워서야 될 말이냐고 속으로 수없이 되뇌었다. 안뜰에 들어서자 누이가 안 보임을 다행으로 여기며 방 안으로 들어갔다. 그리고 책상 앞으로 가 란도셀[2] 속에서 산수책을 꺼내다가 그 속에 인형을 발견하고 주춤 손을

---

2 란도셀 주로 초등학교 아이들이 어깨에 메고 다니는 멜빵 가방.

거두었다. 누이가 비단 색헝겊을 모아 만들어준 낭자를 튼 예쁜 각시인형이었다. 그리고 아이가 언제나 란도셀 속에 넣어 가지고 다니는 인형이었다. 과목은 요일에 따라 바뀌었으나 항상 란도셀 속에 이 인형만은 변함없이 들어 있었다. 아이는 인형을 꺼내 들었다. 그러자 지금 아이는 이 인형의 여태까지 그렇게 예쁘던 얼굴이 누이의 얼굴이나 한 것처럼 미워짐을 어쩔 수 없었다. 곧 아이는 인형을 내다 버려야 한다는 걸 느꼈다. 그걸 품에 품고 밖으로 나섰다. 저녁 그늘이 내린 과수노파가 사는 골목을 얼마 들어가다 아이는 주위에 사람 없는 것을 살피고 나서 주머니에서 칼을 꺼냈다. 칼끝으로 땅을 파가지고 거기에다 품속의 인형을 묻었다. 그러고는 그곳을 떠났다. 인형인지 누이인지 분간 못할 서로 얽힌 손들이 매달리는 것 같음을 아이는 느꼈다. 그러나 아이는 어머니와 다른 그 손들을 쉽사리 뿌리칠 수 있었다. 골목을 다 나온 곳에서 달구지를 벗은 당나귀가 아이의 아랫도리를 찼다. 아이는 굴러 나동그라졌다. 분하다. 일어난 아이는 당나귀 고삐를 쥐고 달구지채로 해서 당나귀 등에 올라탔다. 당나귀가 제 꼬리를 물려는 듯이 돌다가 날뛰기 시작했다. 아이는, 그럼 우리 오마니가 뉘터럼 생겠단 말이가? 뉘터럼 생겠단 말이가? 하고 당나귀가 알아나 듣는 것처럼 소리를 질렀다. 당나귀가 더 날뛰었다. 아이의, 뉘터럼 생겠단 말이가? 하는 소리가 더 커갔다. 그러다가 별안간 뒤에서 누이의, 데런! 하는 부르짖음 소리를 듣고 아이는 그만 당나귀 등에서 떨어지고 말았다. 땅에 떨어진 아이는 다리 하나를 약간 삔 채로 나자빠져 있었다. 누이가 분주히 달려왔다. 그러나 아이는 누이가 위에서 굽어보며 붙들어 일으키려는 것을 무지스럽게 손으로 뿌리치고는 혼자 벌떡 일어나, 삔 다리를 예사롭게 놀려 집으로 돌아갔다.

갓 난 이복동생을 업어주는 것이 학교 다녀온 뒤의 나날의 일과가 되어 있는 누이가, 하루는 아이의 거동에서 자기를 꺼리고 있다는 것을 눈치 채고는 그런 동생을 기쁘게 해주려는 듯이, 업은 애의 볼기짝을 돌려대더니 꼬집기 시작했다. 물론 누이의 손은 힘껏 꼬집는 시늉만 했고, 그럴 적마다 그 작은 눈을 힘주는 듯이 끔쩍끔쩍하였지만, 결국은 애가 울지 않을 정도로 조심하면서 꼬집어대는 것이었다. 사실 줄곧 누이에게만 애를 업히는 의붓어머니에게 슬그머니 불평 같은 것이 가고 누이에게는 동정이 가던 아이였다. 그러나 이날 아이는 자기를 기껍게나 해주려는 듯이 이복동생의 볼기짝을 힘껏 꼬집는 시늉을 하는 누이에게 재미있다는 생각이 일기는커녕 도리어 밉고, 실눈을 끔쩍일 적마다 흉하게만 여겨졌다. 아이는 문득 누이를 혼내줄 계교가 생각났다. 그는 날렵하게 달려가 이복동생의 볼기짝을 진짜로 꼬집어댔다. 그리고 업힌 애가 울음을 터뜨리는 걸 보고야 꼬집기를 멈추고 골목으로 뛰어가 숨었다. 이제 턱이 밭은 의붓어머니가 달려나와, 왜 애를 그렇게 갑자기 울리느냐고 누이를 꾸짖으리라. 아이는 골목에서 몰래 의붓어머니가 나오기만 기다렸다. 사실 곧 의붓어머니는 나왔다. 그리고 또 어김없이 누이를 내려다보면서, 앨 왜 그렇게 갑자기 울리니, 했다. 아이는 재미나하는 장난스런 미소를 떠올렸다. 그러나 다음 순간 아이는 누이의 대답이 어떨까 하는 생각이 들면서, 이번에는 저도 모르게 미소가 걷히고 귀가 기울여졌다. 그렇게 자기들을 못살게 굴지는 않는다고 생각되면서도 어딘가 어렵고 두렵게만 여겨지는 의붓어머니에게 겁난 누이가 그만 자기가 꼬집어서 운다고 바로 이르거나 하면 어쩌나. 그러나 누이는 의붓어머니가 어렵고 힘들고 두렵게 생각키우지도 않는지 대담스레 고개를 들고, 아마 내 등을 빨다가 울 젠 배가 고파 그런가 봐요, 하지 않는가. 아, 기묘한 거짓말을 잘 돌려댄다. 그러나 지금 대담하게 의붓어머니에게 거짓말을 하여 자기를 감싸주는 누이에게서 어머니의 애정 같은 것이 풍기어오는 듯함을 느끼자 아이는, 우리 오마니가 뉘 같지는 않았다고 속으로 부르짖으며 숨었던 골목에서 나와 의붓어머니에게로 걸어갔다. 그러고는, 난 또 애 업구 어디 넘어디디나 않았나 했군, 하면서 누이의 등에서 어린애를 풀어내고 있는 의붓어머니에게 아이도 이번에는 겁내지 않고, 이자 내가 애 엉뎅일 꼬집었어요, 했다.

아이는 옥수수를 좋아했다. 옥수수를 줄줄이 다음다음 뜯어먹는 게 참 재미있었다. 알이 배고 줄이 곧은 자루면 엄지손가락 쪽의 손바닥으로 되도록 여러

알을 한꺼번에 눌러 밀어 얼마나 많이 붙은 쌍둥이를 떼어낼 수 있나 누이와 내기하기도 했다. 물론 아이는 이 내기에서 누이한테 늘 졌다. 누이는 줄이 곧지 않은 옥수수를 가지고도 꽤는 잘 여러 알 붙은 쌍둥이를 떼어내곤 했다. 그렇게 떼어낸 쌍둥이를 누이가 손바닥에 놓아 내밀면 아이는 맛있게 그걸 집어먹기도 했다. 그러나 이날 아이는 누이가, 우리 누가 많이 쌍둥이를 만드나 내기할까? 하는 것을 단박에, 싫어! 해버렸다. 누이는 혼자 아이로서는 엄두도 못 낼 긴 쌍둥이를 떼어냈다. 아이는 일부러 줄이 곧게 생긴 옥수수자루인데도 쌍둥이를 떼어내지 않고 알알이 뜯어먹고만 있었다. 누이는 금방 뜯어낸 쌍둥이를 아이에게 내주었다. 그러나 아이는 거칠게, 싫어! 하고 머리를 도리질하고 말았다. 누이가 새로 더 긴 쌍둥이를 뜯어내서는 다시 아이에게 내밀었다. 그러나 누이가 마치 어머니처럼 굴 적마다 도리어 돌아간 어머니가 누이와 같지 않다는 생각으로 해서 더 누이에게 냉정할 수 있는 아이는, 내민 누이의 손을 쳐 쌍둥이를 떨궈버리고 말았다. 그러던 어떤 날 저녁, 어둑어둑한 속에서 아이가 하늘의 별을 세며 별은 흡사 땅 위의 이슬과 같다고 생각하고 있는데, 누이가 조심스레 걸어오더니 어둑한 속에서도 분명한 옥수수 한 자루를 치마폭 밑에서 꺼내어 아이에게 쥐어주었다. 그러나 아이는 그것을 먹어볼 생각도 않고 그냥 뜨물 항아리 있는 데로 가 그 속에 떨구듯 넣어버렸다.

아이는 또 땅바닥에 갖가지 지도 같은 금을 그으며 놀기를 잘했다. 바다를 모르는 아이는 바다 아닌 대동강을 여러 개 그리고, 산으로는 모란봉을 몇 개고 그리곤 했다. 그러다가 동무가 있으면 땅따먹기도 했다. 상대편의 말을 맞히고 뼘을 재어 구름이 피어오르는 듯한 땅과 무성한 나무 같은 땅을 만드는 게 재미있었다. 그날도 아이는 옆집 애와 길가에서 땅따먹기를 하고 있었다. 옆집 애의 땅한테 아이의 땅이 거의 잠식당하고 있었다. 한쪽 금에 붙어 꼭 반달처럼 생긴 땅과 거기에 붙은 한 뼘 남짓한 땅이 남았을 뿐이었다. 그것마저 옆집 애가 새로 말을 맞히고 한 뼘 재먹은 뒤에는 또 줄었다. 이번에는 아이가 칠 차례였다. 옆집 애가 말을 놓았다. 그것은 아이의 반달 땅 끝에서 한껏 먼 곳이었다. 그러나 아이는 기어코 반달 끝에다 자기의 말을 놓았다. 옆집 애는 아이의 반달 땅에 달린 다른 나머지 땅에서가 자기의 말이 제일 가까운데 왜 하필 반달 끝에서 치려는지 이상히 여기는 눈치였다. 사실 어디까지나 반달 끝에다 한 뼘 맘껏 둘러 재어 동그라미를 그어놓으면 얼마나 아름다울지 모르겠다는 아이의 계획을 옆집 애는 알 턱 없었다. 아이는 반달 끝에서 옆집 애의 말까지의 길을 닦았다. 이번에는 꼭 맞혀 이 반달 위에 무지개 같은 동그라미를 그어놓으리라. 아이의 입은 꼭 다물어지고 눈은 빛났다. 뒤이어 아이는 옆집 애의 말을 겨누어 엄지손가락에 버텼던 장가락³을 퉁기었다. 그러나 아이의 장가락 손톱에 맞은 말은 옆집 애의 말에서 꽤 먼 거리를 두고 빗나갔다. 옆집 애가 됐다는 듯이 곧 자기의 말을 집어들며 아이가 아무리 먼 곳에 말을 놓더라도 대번에 맞혀버리겠다는 득의의 미소를 떠올렸다. 그러면서 아이의 말 놓기를 기다리다가 흐려지지도 않은 경계선을 사금파리 말을 세워 그었다. 아이의 반달 끝이 이지러지게 그어졌다. 아이가, 이건 왜 이르케? 하고 고함쳤다. 옆집 애는 곧 다시 고쳐 금을 그었다. 옆집 애는 아이가 자기의 땅을 줄게 그어서 그러는 줄로 알았는지 이번에는 반달의 등이 약간 살찌게 그어놓았다. 아이는 그래두, 것두 아냐! 했다. 그러는데 어느새 왔는지 누이가 등 뒤에서 옆집 애의 말을 빼앗아서는 동생을 도와 반달의 배가 부르게 긋기 시작했다. 그러나 아이는 누이가 채 다 긋기도 전에 손바닥으로 막 지워버리면서, 이건 더 아냐! 이건 더 아냐! 하고 소리 질렀다.

하루는 아이가 뜰 안에서 혼자 땅바닥에다 지도 같은 금을 그으며 놀고 있는데, 바깥에서 누이가 뒷집 계집애와 싸우는 소리가 들려, 마침 안의 어른들이 듣지 못하고 있는 것을 다행으로 열린 대문 새로 내다보았다. 아이가 늘 예쁘다고 생각해오던 뒷집 계집애의 내민 역시 예쁜 얼굴에서, 그래 안 맞았단 말이가? 하는 말소리가 빠른 속도로 계속되는 대로, 또 누이의 내민 밉게 찌그러

---

3 장가락 가운뎃손가락.

진 얼굴에서는, 안 맞지 않구, 하는 소리가 같은 속도로 계속되고 있었다. 땅따먹기 하다가 말이 맞았거니 안 맞았거니 해서 난 싸움이 분명했다. 어느 편이 하나 물러나는 법 없이 점점 더 다가들면서 내민 입으로 자기의 말소리를 좀더 이악스레 빠르게들 하고 있는데, 저쪽에서 뒷집 계집애의 남동생이 달려오더니 다짜고짜로 누이에게 흙을 움켜 뿌리는 것이 아닌가. 그러자 뒷집 계집애의 예쁜 얼굴이 더 내밀어지며, 그래 안 맞았단 말이가? 하는 소리가 더 날카롭고 빠르게 계속되는 한편, 누이는 먼저 한 걸음 물러나며, 안 맞디 않구, 하는 소리도 떠져갔다. 뒷집 계집애의 남동생이 또 흙을 움켜 뿌렸다. 뒷집 계집애의 남동생이 흙을 움켜 뿌릴 적마다 이쪽 누이는 흠칫흠칫 물러나며 말소리가 줄고, 뒷집 계집애의 말소리는 더욱 잦아갔다. 그러자 아이는 저도 깨닫지 못하고 대문을 나서 그리로 걸어갔다. 아이를 보자 뒷집 계집애의 남동생이 우선 흙 뿌리기를 멈추고, 다음에 뒷집 계집애가 다가오기를 멈추고, 다음에 계집애의 말소리가 늦추어지고, 다음에 누이가 뒷걸음치던 걸음을 멈추었다. 그리고 누이는 뒷집 계집애의 남동생처럼 자기의 남동생도 역성을 들러 오는 것으로만 안 모양이어서 차차 기운을 내어 다가나가며, 안 맞디 않구, 안 맞디 않구, 하는 소리를 점점 빠르게 회복하고 있었다. 거기 따라 뒷집 계집애는 도로 물러나며 점차, 그래 안 맞았단 말이가? 하는 소리를 늦추고 있고, 뒷집 계집애의 남동생도 한옆으로 아이를 피하고 있었다. 그러나 아이는 싸움터로 가까이 가자 누이의 흥분된 얼굴이 전에 없이 더 흉하게 느껴지면서, 어디 어머니가 저래서야 될 말이냐는 생각에, 냉연하게 그곳을 지나쳐버리고 말았다. 그리고 등 뒤로 도로 빨라가는 뒷집 계집애의 말소리와 급작스레 떠지는 누이의 말소리를 들으면서도 아이는 누이보다 예쁜 뒷집 계집애가 싸움에 이기는 게 옳다고 생각하며 저만큼 골목 어귀에서 여물을 먹고 있는 당나귀에게로 걸어갔다.

열네 살의 소년이 된 아이는 뒷집 계집애보다 더 예쁜 소녀와 알게 되었다. 검고 맑고 깊은 눈하며, 깨끗하고 건강한 볼, 그리고 약간 노란 듯한 머리카락에서 풍기는 숫한[4] 향기. 아이는 소녀와 함께 있으면서 그 맑은 눈과 건강한 볼과 머리카락 향기에 온전히 홀린 마음으로 그네를 바라보기만 하면 그만이었다. 그러나 소녀 편에서는 차차 말없이 자기를 쳐다보기만 하는 아이에게 마음 한구석으로 어떤 부족감을 느끼는 듯했다. 하루는 아이와 소녀는 모란봉 뒤 한 언덕에 대동강을 등지고 나란히 앉아 있었다. 언덕 앞 연보랏빛 하늘에는 희고 산뜻한 구름이 빛나며 떠가고 있었다. 아이가 구름에 주었던 눈을 소녀에게로 돌렸다. 그러고는 소녀의 얼굴을 언제까지나 들여다보기 시작했다. 소녀의 맑은 눈에도 연보랏빛 하늘이 가득 차 있었다. 이제 구름도 피어나리라. 그러나 이때 소녀는 또 자기만 말끄러미 바라보고 있는 아이에게 느껴지는 어떤 부족감을 못 참겠다는 듯한 기색을 떠올렸는가 하면, 아이의 어깨를 끌어당기면서 어느새 자기의 입술을 아이의 입에다 갖다 대고 비비었다. 아이는 저도 모르게 피하는 자세를 취하였으나 서로 입술을 비비고 난 뒤에야 소녀에게서 물러났다. 벌떡 일어났다. 그리고 아이는 거친 숨을 쉬면서 상기돼 있는 소녀를 내려다보았다. 이미 소녀는 아이에게 결코 아름다운 소녀는 아니었다. 얼마나 추잡스러운 눈인가. 이 소녀도 어머니가 아니라는 생각이 불현듯 떠올랐다. 아이는 소녀에게서 돌아섰다. 소녀는 실망과 멸시로 찬 아이의 기색을 느끼며 아이를 붙들려 했으나 아이는 쉽게 그네를 뿌리치고 무성한 여름의 언덕길을 뛰어내릴 수 있었다.

하늘에 별이 별나게 많은 첫가을 밤이었다. 아이는 전에 땅 위의 이슬같이만 느껴지던 별이 오늘밤엔 그 어느 하나가 꼭 어머니일 것 같은 생각이 들어, 수많은 별을 뒤지고 있었다. 그러나 아이는 곧 안에서 누구를 꾸짖는 듯한 아버지의 음성에 정신을 깨치고 말았다. 아이는 다시 하늘로 눈을 부었으나 다시는 어느 별 하나가 어머니라는 환상을 붙들 수는 없었다. 아쉬웠다. 다시 아버지의 누구를 꾸짖는 듯한 음성이 들려 나왔다. 아이는 아쉬운 마음으로 아버지의 음성이 들려오는 창 가까이로 갔다. 안에서는 아버지가, 두 번 다시 그런 눈치

---

4 숫하다 '순박하고 어수룩하다'는 뜻이지만, 여기서는 '숫처녀' '숫부기' 등의 접두사적 의미와 같은 뜻으로 쓰인 말인 듯하다.

만 뺐단 봐라, 죽여 없애구 말 테니, 꼭대기 피두 안 마른 년이 누굴 망신시키려구, 하는 품이 누이 때문에 여간 노한 게 아닌 것 같았다. 좀한 일에는 노하는 일이 없는 아버지가 이렇도록 노함에는 심상치 않은 일이 일어났음이 틀림없었다. 의붓어머니의 조심스런 음성으로, 좌우간 그편 집안을 알아보시구레, 하는 말이 들려 나왔다. 이어서 여전히 아버지의, 알아보긴 쥐뿔을 알아봐! 하는 노기 찬 음성이 뒤따랐다. 이번엔 누이의 나직이 떨리는 음성이 한 번, 동무의 오라비야요, 했다. 이젠 학교두 고만둬라, 하는 아버지의 고함에, 누이 아닌 아이가 등골이 서늘해짐을 느꼈다. 그러면서 얼마 전에 누이가 호리호리한 키에 흰 얼굴을 한 청년과 과수노파가 살고 있는 골목 안에 마주서 있는 것을 본 일이 생각났다. 그때 누이는 청년이 한반 동무의 오빠인데 심부름을 왔다고 변명하듯 말했고, 아이는 아이대로 그저 모른체하고 있었으나, 속으로는 누이 같은 여자와 좋아하는 청년의 마음을 정말 모르겠다고 생각했다. 그 청년과 누이가 만나는 것을 집안에서도 알았음이 틀림없었다. 지금 안에서 의붓어머니의 낮으나 힘이 든 음성으로, 얘 년 또 웬 성냥 장난이가! 하는 것만은 이제는 유치원에 다니게 된 이복동생을 꾸짖는 소리리라. 요사이 차차 의붓어머니가 어렵고 두렵기만 한 게 아니고 진정으로 자기네를 골고루 위해주고 있다는 것을 깨닫게 된 아이는, 동복인 누이의 일로 의붓어머니를 걱정시키는 것이 아버지에게보다 더 안됐다고 생각됐다. 다시 의붓어머니의 조심성 있고 은근한 음성으로, 년두 생각이 있갔디만 이제 네게 잘못이라두 생기믄 땅속에 있는 너의 어머니한테 어떻게 내가 낯을 들겠니, 자 이젠 네 방으루 건너가그라, 함에 아이는 이번에는 의붓어머니의 애정에 얼굴이 달아오르면서, 정말 누이가 돌아간 어머니까지 들추어내게 하는 일을 저질렀다가는 용서 않는다고 절로 주먹이 쥐어졌다. 어디서 스며오듯 누이의 흐느끼는 소리가 들려왔다. 두 번 다시 그런 일만 있었단 봐라, 초매(치마)루 묶어서 강물에 집어넣구 말디 않나, 하는 아버지의 약간 노염은 풀렸으나 아직 엄한 음성에, 아이는 이번에는 또 밤바람과 함께 온몸을 한 번 부르르 떨었다.

꽤 쌀쌀한 어떤 날 밤이었다. 의붓어머니가 아버지에게 애걸하다시피 하여 학교만은 그냥 다니게 된 누이보고 아이가, 우리 산보 가, 했다. 누이는 먼저 뜻하지 않았던 일에 놀란 듯 흐린 눈을 크게 떠 보이고 나서 곧 아이를 따라나섰다. 밖은 조각달이 달려 있었다. 그리고 수많은 별들이 빛나고 있었다. 싸늘한 바람이 불어왔다. 바람이 불어올 적마다 별들은 빛난다기보다 떨고 있는 것만 같았다. 아이는 앞서 대동강 쪽으로 난 길을 접어들었다. 누이는 그저 아이를 따랐다. 어둑한 속에서도 이제 누이를 놀래주리라는 계교 때문에 아이의 얼굴은 미소가 떠올라 있었다. 강둑을 거슬러 오르니까 더 서느러웠다. 전에 없이 남동생이 자기를 밖으로 이끌어낸 것을 의아하게 여기는 눈치로, 그러나 즐거운 듯이 누이가 아이에게, 춥디 않니? 했다. 아이는 거칠게 머리를 옆으로 저었다. 젓고 나서 어둠으로 해서 누이가 자기의 머리 저음을 분간치 못했으리라고 깨달았으나 아이는 잠자코 말았다. 누이가 돌연 혼잣말처럼, 사실 나 혼자였다믄 벌써 죽구 말았어, 죽구 말디 않구, 살믄 뭘 하노…… 그래두 네가 있어 그렇디, 둘이 있다 하나가 죽으믄 남는 게 더 불쌍할 것 같애서…… 난 정말 그래, 하며 바람 때문인지 약간 느끼는 듯했다. 아이는 혹시 집에서 누이의 연애 사건을 알게 된 것이 자기가 아버지나 의붓어머니에게 고자질한 것으로 잘못 알고 있지나 않나 하는 생각이 들자, 누이를 쓸어안고 변명이나 할 듯이 휙 돌아섰다. 누이도 섰다. 그러나 아이는 계획해온 일을 실현할 좋은 계기를 바로 붙잡았음을 기뻐하며 누이에게, 초매 벗어라! 하고 고함을 치고 말았다. 뜻밖에 당하는 일로 잠시 어쩔 줄 모르고 섰다가 겨우 깨달은 듯이 누이는 어둠 속에서 조용히 저고리를 벗고 어깨치마를 머리 위로 벗어냈다. 아이가 치마를 빼앗아 땅에 길게 폈다. 그리고 아이는 아버지처럼 엄하게, 가루 뉘라! 했다. 누이는 또 곧 순순히 하라는 대로 했다. 그러나 아이는 치마로 누이를 묶어 강물에 집어넣는 차례에 이르러서는 자기의 하는 일이면 누이가 죽는 한이 있더라도 아무 항거 없이 도리어 어머니다운 애정으로 따라 할 것만 같은 생각이 들며, 누이가 돌아간 어머니와 같은 애정을 베풀어서는 안 된다고 치마 위에 이미 죽은 듯이 누워 있는 누이를 그대로 남겨둔 채 돌아서 그곳을 떠나고 말았다.

　누이는 시내 어떤 실업가의 막내아들이라는 작달막한 키에 얼굴이 검푸른, 누이의 한반 동무의 오빠라는 청년과는 비슷도 안 한 남자와 아무 불평 없이 혼약을 맺었다. 그리고 나서 얼마 안 되어 결혼하는 날, 누이는 가마 앞에서 의붓어머니의 팔을 붙잡고는 무던히나 슬프게 울었다. 아이는 골목에 몸을 숨기고 있었다. 누이는 동네 아낙네들이 떼어놓는 대로 가마에 오르기 전에 젖은 얼굴을 들었다. 자기를 찾고 있음이 틀림없다고 생각하면서도, 아이는 그냥 몸을 숨기고 있었다. 그리고 누이가 시집간 지 또 얼마 안 되는 어느 날, 별나게 빨간 놀이 진 늦저녁때 아이네는 누이의 부고를 받았다. 아이는 언뜻 누이의 얼굴을 생각해내려 하였으나 도무지 떠오르지가 않았다. 슬프지도 않았다. 그러다가 아이는 지난날 누이가 자기에게 만들어주었던, 뒤에 과수노파가 사는 골목 안에 묻어버린 인형의 얼굴이 떠오를 듯함을 느꼈다. 아이는 골목으로 뛰어갔다. 거기서 아이는 인형 묻었던 자리라고 생각키우는 곳을 손으로 팠다. 흙이 단단했다. 손가락을 세워 힘껏힘껏 파댔다. 없었다. 짐작되는 곳을 또 파보았으나 없었다. 벌써 썩어 흙과 분간치 못하게 된 지가 오래리라. 도로 골목을 나오는데 전처럼 당나귀가 매여 있는 게 눈에 띄었다. 그러나 전처럼 당나귀가 아이를 차지는 않았다. 아이는 달구지채에 올라서지도 않고 전보다 쉽사리 당나귀 등에 올라탔다. 당나귀가 전처럼 제 꼬리를 물려는 듯이 돌다가 날뛰기 시작했다. 그리고 아이는 당나귀에게나처럼, 우리 늴 왜 쥑엔! 왜 쥑엔! 하고 소리 질렀다. 당나귀가 더 날뛰었다. 당나귀가 더 날뛸수록 아이의, 왜 쥑엔! 왜 쥑엔! 하는 지름 소리가 더 커갔다. 그러다가 아이는 문득 골목 밖에서 누이의, 데련! 하는 부르짖음을 들은 거로 착각하면서, 부러 당나귀 등에서 떨어져 굴렀다. 이번에는 어느 쪽 다리도 삐지 않았다. 그러나 아이의 눈에는 그제야 눈물이 괴었다. 어느새 어두워지는 하늘에 별이 돋아났다가 눈물 괸 아이의 눈에 내려왔다. 아이는 지금 자기의 오른쪽 눈에 내려온 별이 돌아간 어머니라고 느끼면서, 그럼 왼쪽 눈에 내려온 별은 죽은 누이가 아니냐는 생각에 미치자 아무래도 누이는 어머니와 같은 아름다운 별이 되어서는 안 된다고 머리를 옆으로 저으며 눈을 감아 눈 속의 별을 내몰았다.

황순원

나무들 비탈에 서다

17

"비행기표두 사났다. 화요일이니 그리 알아라."

여러 날 만에 외출을 하려는 현태를 어머니가 안방으로 불러들여 이렇게 자못 다짐 조로 말했다.

현태가 안을 따라 수도육군병원에 다녀온 길로 곰의 잠을 자는 동안 어머니는 때 없이 현태 방으로 건너와서는 이것저것 타이르는 것이었다. 비자가 나온 지두 벌써 두 달이나 됐는데 이렇게 번둥번둥 세월만 보내구 있으니 어떡헐 셈이냐, 그동안 세 차례나 떠날 날짜를 연기했으니 더는 낯을 들구 가서 사정 얘기두 할 수 없다, 이번엔 암말 말구 훌 떠나봐라. 그러면서 어머니는 먼저 가 있는 사람들에게 연락을 다 해놨다고 하며, 누구니 누구니 꼽아대기까지 하는 것이었다. 그때마다 현태는, 가야죠, 하고 선선히 대답을 해왔던 것이다.

그러고도 어머니는 자기 편에서 서두르지 않으면 아무래도 현태가 제물에 떠날 것 같지 않은 생각이 들었는지 비행기표마저 사 안기는 것이었다.

"다른 건 다 준비됐으니 방역 주사 맞구 너 갖구 갈 거 미리 생각나는 대루

---

* 『나무들 비탈에 서다』는 1960년 1월에서 7월까지 『사상계』에 연재되었다. 여기서는 소설선 『카인의 후예』(한국문학전집 23, 문학과지성사, 2006)에 수록된 것을 텍스트로 삼아 부분 수록하였다.

챙겨둬라. 떠날 날 임박해서 허둥대지 말구. 그리구 머리두 좀 깎구…….”
 그러다가 이것만은 그리 바쁠 게 없다는 생각이 든 듯,
 “이발이야 떠나기 전날 하는 게 좋겠지.”
 어머니란 누구랄 것 없이 자식이 장성한 뒤에도 어린애처럼 여겨지는 것인가 보다. 때로는 그 모성애가 자식에게는 도리어 귀찮고 역겨운 때가 많은 것이다. 그런데 이날 현태는 어머니의 잔소리를 그만 듣고 방을 나오려다 왜 그런지 한마디 하고 싶어졌다.
 “저, 어머닌 그날 비행장엔 나오지 마세요.”
 “건 또 왜?”
 어머니가 의아해하는 눈으로 현태를 쳐다보았다.
 “아니 그저.”
 그날 어머니는 현태가 말려도 비행장까지 나올 것이다. 그리고 눈물을 지을 것이다. 잠시 어머니는 자기가 서둘러 아들을 이렇게 멀리 떠나보낸다는 데 대해 어머니다운 뉘우침을 해볼 것이다. 그렇지만 현태 자기는 조금도 얼굴에 슬픈 빛을 나타내지 않을 것이다. 도리어 자기는 웃는 낯으로 가족들의 얼굴을 둘러볼 것이다. 아들을 떠나보내는 마당에서도 사업 계획을 세우느라고 뒷짐을 지고 서서 먼눈을 하고 이쪽을 바라보고 있을지도 모르는 아버지를, 형이 비행기를 타고 멀리 떠난다는 엷은 흥분으로 해서 다음 공일에 자기가 정복하기로 돼 있는 등산 코스를 한층 더 흥겹게 머리에 그리고 있을지도 모르는 아우를, 그리고 아들이 떠나면서 조금도 슬픈 빛을 보이지 않는 것을 오히려 어머니 자기를 위해 이쪽이 애써 슬픔을 참고 있는 것으로 알고 더 서러움에 잠길지도 모르는 어머니 쪽을 다시 한 번. 그러나 현태는 끝내 떠남의 섭섭한 표정마저 얼굴에 나타내지 않을 것이다. 그저 자기는 잠깐 어머니의 건강을 생각해볼 것이다. 그러나 그것도 요새 약효를 보아 나날이 나아가는 편이니 자기가 걱정할 정도는 아닌 것이다. 마침내 자기는 이들 가족 속에 자기가 관여할 일이라곤 하나도 없다는 걸 느낄 것이다. 가벼운 마음으로 돌아서 비행기에 오를 것이다. 뒤는 돌아보지도 않고. 그것으로 그만인 것이다.

현태는 돌아서 어머니 방을 나와버렸다.

꽤 여러 날 만에 나와보는 거리가 유난히 밝은 것 같았다. 그리고 3월달에 들어선 날씨 치고는 따뜻했다. 오버가 어깨에 무거웠다.

그는 석기가 입원해 있는 다옥동 병원으로 향했다. 자주 다니는 길이었다. 그런데도 길가 상점을 보고는 전에 이런 집이 있었나 하고, 상점 안과 그 주위를 눈여겨 살펴보곤 했다. 그렇지만 그것이 어떤 상점이었는지 머리에 남는 거라곤 하나 없었다.

그는 아까부터 한 가지 일만 골똘히 되풀이해 생각하고 있었던 것이다. 그것은 지금 자기는 어떻게든 결단을 짓지 않으면 안 될 막다른 데에 부닥쳤다는 생각이었다. 비행기만 타면 되지 않느냐고 자신에게 이르면서 애써 그 생각을 딴 데로 옮기려 했다. 석기 그 녀석은 그동안 많이 좋아졌을 테지, 그 팔팔한 녀석이 한 손으로 뭣을 익히려면 한동안 애먹을 거라. 안경을 쓰구 차마 주름투성인 어머니의 얼굴을 자세히 바라볼 수 없다구? 체구가 그만큼 큰 녀석이 어머니더러, 가, 가, 하던 꼴이라니. 인마, 너두 사내자식이 너무 착해 빠져 글렀어.

입원실에 들어서니 석기가 침대에서 일어나 밖을 내다보고 있다가 가느스름하게 뜬 눈을 현태에게로 돌리며,

"이게, 뒈진 줄 알았더니……."

몹시 반가워하는 말투였다.

"마침 잘 왔어."

"왜?"

"낼 퇴원하기루 했어."

"의사가 퇴원하라든?"

"의산 모레쯤 하라지만 낼 허나 모레 허나 마찬가지 아냐. 그래 낼 나가겠다구 우겼어. 낼이 무슨 날인지 알지?"

"낼?"

"토요일 아냐? 토요일. 주회 날두 몰라?"

주회 날이면 어쨌단 말인가. 현태는 어이가 없어 석기의 얼굴만 바라보고 있

었다.

"한 잔만 먹어두 대번 핑 돌거라."

그러면서 석기는 오른손으로 턱을 쓱쓱 문질렀다. 수염이 거칠게 자란 얼굴이 헐끔해져 있었다.

"주책없는 소리 작작 해. 집에 나가서두 꼼짝 말구 들어백혀 있어야 해, 얼마 동안은."

"아냐. 그동안두 미쳐 뛰쳐나갈 것 같앴어. 좀 기동을 해야지 되레 나쁠 거야. 의사가 나처럼 근육 갱생이 빠른 환잔 첨 봤대. 이젠 아무 짓을 해두 괜찮어. 아무튼 낼부텀 개실 해야지. 문제없어."

현태가 화제를 돌려,

"나 이번에 떠나게 됐어."

그리고 오는 화요일에 뜨는 비행기표까지 사놓았다는 이야기를 했다. 석기는 한동안 가느스름하게 뜬 눈을 현태에게 주고 있다가,

"정말 너 비자가 나온 진 오래됐지."

이렇게 힘없이 말하면서 잠깐 얼굴이 어두워지더니,

"자아식!"

돌연 누구에게라 없이 한마디 배앝고 나서는 다시 걸걸한 목소리로,

"그럼 낼은 주회 겸 긴급 송별휠 해야겠구나. 윤구 그 친구한테두 떠난다는 걸 알렸겠지? 이래저래 퇴원을 서둘러야겠는데. 그러니 말야, 이걸 우리 아버지한테 좀 전해줘. 어머니 편에 보낼려구 했었는데 마침 잘됐어. 어머니가 가져가면 또 나 땜에 아버지한테 야단을 맞게 될 테니 말야. 저번에 여기 계약금을 낼 때두 한바탕 난리가 났던 모양이던데."

베갯머리에서 편지봉투를 집어 현태에게 내주는 것이었다.

"퇴원한다는 편지가 뭐 이렇게 두꺼워?"

갑자기 석기가 소리를 내어 웃기 시작했다.

"그럴 수밖에. 이걸 보구 아버지가 6만 5천 환이나 되는 나머지 입원빌 아무 말 없이 보내게 하려니."

"그래 명분 펴질 쓴 모양이로군."

석기는 그냥 소리 내어 웃으며,

"그야 물론이지. 그런데 내용 취진즉 간단해. 날 아버지의 보조자루 채용해 달라는 거야. 그러니 이 편지가 취직 시험 논문인 셈이지."

현태도 따라 웃었다.

"거 좋군. 판검사 나리가 사법 서사 보조자가 된다?"

"그나마두 합격될는지가 의문야. 30여 년이나 그 일에 익어온 아버지 눈에 차기가 어디 쉬운 노릇야? 손님의 얘깃귀만 언뜻 듣구서두 긴 고소장을 글자 한 자 고치지 않구 그냥 미농지에 내리갈기는 아버지니까 말야."

"보조자가 안 되면 설마 견습생으루야 안 써줄라구."

둘이는 소리 내어 웃었다. 별로 우스운 일도 아니건만 웃었다.

현태가 의자에서 일어났다.

"가겠어? 그럼 부탁해. 그러구 자넬 화요일날…… 아까 화요일이라구 그랬지? 그날 몇 시에 떠나지?"

"11시."

현태는 출발 시간을 모르면서도 이렇게 대답해버렸다.

"낼 참 주회가 있으니까 자세한 얘긴 그때 듣자."

현태는 그곳을 나와 을지로입구 내무부 앞에서 회기동행 합승을 탔다.

청량리를 지나 회기동 종점에서 내렸다.

윤구네 양계장으로 들어가는 길 주변에는 전에 없던 후생 주택과 인가가 꽤 많이 들어서 있었다. 여기저기 가게도 보였다.

언젠가 숙이에게 이곳 약도를 그려줬던 일이 생각났다. 현태는 숙이 생각을 밀어내듯 두리번거리며 그때 표로 삼았던 담배 가게를 찾았다. 그 가게가 다른 가게들 틈에 묻혀 있었다.

쪽대문을 들어서니 윤구는 새로 지은 계사에 문짝을 달고 있었다. 목수와 맞잡아 일을 하고 있는 그의 몸 움직임이 먼발치로 보는 눈에도 꽤 활기가 있어 보였다.

현태는 뜰 안에 들어서서도 그를 부르지 않고 한동안 계사 쪽을 둘러보았다. 수많은 닭들이 제각기 분주히 모이를 쪼고 있었다. 한 계사 안에선 지금 소년이 모이를 주고 있어 온통 닭들이 들통을 든 그의 주의를 싸고 한 덩어리가 돼 있었다.

윤구가 그제야 현태를 발견하고,

"아니, 언제 왔어?"

"음, 지금."

윤구가 일손을 놓고 이리로 왔다.

항상 외기를 쐬는 사람답게 까맣게 그을은, 그러면서 반들반들 단단해 보이는 얼굴이다. 그리고 지금 톱밥과 검불이 붙어 있는 까만 고수머리도 그의 끈질긴 성미의 일면을 엿보여주고 있는 것 같았다.

"꽤 크게 늘리는군."

"뭘. 양계라구 해보니까 조고맣게 해선 아무 짝에두 못쓰겠어. 흥하든 망하든 좀 크게 해볼 거야."

입으로는 흥하든 망하든 하지만 타산을 해보아 자신이 있어 하는 어투였다.

계사 안에서 노인이 달걀 소쿠리를 들고 나와 현태네가 서 있는 곁을 지나 광 쪽으로 간다. 이번에 새로 병아리를 들이면서 손이 모자라 둔 노인이었다.

"달걀 하나 먹어보겠나?"

"아니."

"집에서 양계를 하니까 맘대루 달걀은 먹을 수 있을 것 같지만 그렇게 안 되든데."

그것이 사업하는 사람의 심정이리라.

"어떡하지. 좀 들어가 앉아야 할 텐데…… 지금 이쪽 큰방에는 새로 들여온 병아리를 넣구…… 건넌방에서 셋이 기거하구 있는 형편이 돼서 방 꼴이 말이 아냐."

"곧 가겠어."

"그래두 오래간만에 왔는데 좀 얘기나 하다 가야지."

그리고 윤구는 광에서 나오는 노인을 향해,

"할아버지, 저 발돋움 걸상 좀 가져오세요."

노인이 계사 짓는 데로 가 걸상을 들고 왔다. 이번에 계사를 지으면서 만든 것이 분명해 대충 대패질을 한 생나무 결이 아직 변색을 하지 않은 채로 있었다.

윤구가 걸상 위를 훅훅 불어 먼지를 날린 후 둘이서 걸터앉았다.

윤구는 양계장 경영에 대한 고충을 이것저것 이야기하다가,

"석기 그 친구 경과가 좀 어떤가. 가본다 가본다 하면서두…… 입원한 지두 한 달이 가까웠지?"

"이삼 일 내루 퇴원하게 될 거야."

현태는 석기가 내일 퇴원하겠다더라는 말이나 퇴원하는 대로 주회를 다시 하자더라는 말은 하지 않았다. 그리고 자기가 회요일에 뜨는 비행기표까지 샀다는 말도 하지 않았다.

"그 친구두 술이 좀 과하지. 그리구……."

"어서 가서 일이나 해. 난 가겠어. 돈이나 있으면 좀 빌려줘."

윤구는 현태가 이곳까지 바람을 쐰다거나 놀러올 리는 없고 어떤 목적이 있어서라는 것을 처음부터 예측하고는 있었다. 그러나 이달분 3만 환을 바로 그 끄저께 소년을 시켜 보내주지 않았던가.

"애 편에 보낸 돈은 받았지?"

"음."

"얼마나 더 필요해?"

"있는 대루 좀 줘. 한 육칠만 환."

요새 또 새 여자바람이 났구나 하면서 윤구는 전에 용돈이 달리면 아무 때고 와서 좀 달라겠다고 한 현태의 말대로 하지 않은 게 잘했다 싶었다. 매달 정해놓고 주고 있는데도 이렇게 불시에 찾아와 돈을 청구하니 그의 말대로 했었더라면 더 돈거래가 엉망이 됐을 게 아닌가.

"거 야단인데, 돈이란 돈은 죄다 싹싹 긁어서 저 계사 짓는 데 집어넣어와서……."

"그럼 할 수 없지."

현태가 걸상에서 엉덩이를 들려 했다.

"잠깐."

윤구는 그래도 현태를 그냥 돌려보내기가 안되어,

"재가 가진 돈이 얼마 될 거야. 쓰지 않구 쭉 모았으니까. 잠깐만 기다려봐."

윤구가 소년을 불러 함께 방으로 들어가더니 얼마 후에 돈을 들고 나왔다.

"5만 환에서 5천 환이 모자라. 이거라두 쓰겠어?"

잠이 잘 잔 깨끗한 돈이었다.

"꿔가는 걸루 생각할 것 없어. 아주 달 반칠 미리 주는 걸루 할 테니까."

현태는 윤구의 집을 나와 다시 합승을 타고 문안으로 들어왔다.

내무부 앞에서 내린 그는 곧장 석기가 있는 병원으로 갔다.

현관 바로 오른편에 있는 진찰실로 들어갔다. 의사가 들고 있던 저녁신문에서 눈을 든다. 석기의 말대로 퇴원은 가능했다. 진찰실을 나와 현태는 윤구한테서 받은 돈에다 자기가 갖고 있던 돈을 보태어 석기의 퇴원 절차를 끝냈다.

셈을 마친 현태는 오버 주머니에서 석기가 자기 아버지에게 전해달라던 편지를 꺼냈다. 그 봉투 한옆에다 이렇게 썼다.

'이 편지 없이도 취직 시험은 무사통과. 이제 남은 것은 부친과의 면접이 있을 뿐.'

그것을 옆에 있는 간호원에게 주어 석기한테 건네달라고 하려다 잠시 무엇을 생각하고 나서 몇 자 더 적었다.

'내일 주회는 휴회.'

밖은 저녁 그늘이 내리고 있었다.

길가 다방으로 들어갔다. 커피를 시켜 마셨다.

다방을 나온 그는 발 닿는 대로 시네마코리아 쪽으로 갔다. 그러고는 무슨 영화를 하는지 간판도 보지 않고 표를 샀다.

한창 색채 화면이 펼쳐져 움직이고 있었다. 보매 서커스를 배경으로 한 영화 같은데 대단한 내용의 것은 아닌 성싶었다. 언제나 한쪽 입꼬리가 올라가곤 하는 여배우만은 이름이 있는 배우이나 남배우는 모를 사내였다. 색채도 부자연스럽게 거칠고 짙기만 했다. 그런데도 현태는 영화 줄거리를 잡아보려고 정신을 화면으로 집중시키고 있었다. 저 여배우의 이름이 뭐더라? 영화가 끝나기까지 종내 생각나지 않았다. 처음부터 다시 볼 생각은 없었다. 계단을 내려오면서 담배를 붙여 물었다. 그제야 퍼뜩 여배우의 이름이 떠올랐다. 앤 백스터.

광교 귀거래다방으로 갔다. 레지가, 웬일이세요, 한다. 이런 시각에 술도 취하지 않고 혼자 와보긴 처음인 것이다. 위스키티를 시켰다. 그는 스푼으로 찻잔 밑에 가라앉은 설탕을 건져낸 후 홍차를 반 남아 쏟고 나서 위스키를 부었다. 그러고는 스푼으로 저어가지고 조금씩 여러 모금에 나누어 마셨다. 위스키티 한 잔을 이렇게 찬찬히 마시기도 첨이었다.

새로 담배를 피워 물었다. 자기 몸이 술을 더 부르고 있음을 느꼈다. 커피를 시켰다. 크림은 넣지 말라고 했다. 되도록 천천히 마셨다. 지금 자기는 어떻게든 결단을 짓지 않으면 안 될 막다른 데 부닥쳤다는 생각만이 자구 되풀이됐다.

레코드에 귀를 기울였다. 재즈였다. 경쾌한 리듬이 그의 집중력을 자꾸만 밀어냈다. 그래도 귀를 기울이려고 애썼다. 연거푸 담배를 피웠다. 줄달아 피운 담배에 혓바닥이 깔깔하다 못해 두꺼운 딴 살을 한 꺼풀 씌운 것 같았다. 그래도 잇달아 담배를 피웠다. 자릿자릿하면서도 머리 안쪽이 맑아왔다.

카운터로 가 찻값을 내고 돌아서는데 전화가 눈에 띄었다. 수화기를 들고 다이얼을 돌렸다. 신호가 울렸다. 밤중인 데다가 전화가 놓인 곳이 넓고 빈방이라 그런지 신호 소리가 유난히 큰 진폭을 갖고 울려왔다. 그것은 무슨 생명을 가진 것의 울음소리와도 같았다. 수화기를 드는 소리가 났다. 여보세요. 식모아이의 또랑또랑한 목소리였다. 가족들의 누군가도 지금의 신호소리를 들었을 것이다. 여보세요, 여보세요. 식모아이의 또랑또랑한 목소리가 또 들려왔다. 현태는 상대방이 전화를 받지 않는 것처럼 수화기를 내려놓았다.

낮과는 달리 밤공기가 싸늘했다.

그는 정한 곳 없이 걸음을 옮겨놓았다. 큰거리에서 골목으로, 골목에서 다시

황순원 821

거리로 마구 발 닿는 대로 걸음을 옮겼다. 어느 좁은 골목 모퉁이를 도는데 불끈 캄캄한 집 속에서 어린애의 기침소리가 들려나왔다. 그 소리가 골목 모퉁이를 돌아 거리로 나설 때까지 계속되었다. 지금 자기는 무엇을 찾아 이러고 다니는 것일까.

길 한옆에 철물을 벌여놓았다 거두는 노점이 눈에 들어왔다. 무심코 그 앞을 지나치려는 그의 몸속에 불현듯 되살아오는 부르짖음 소리가 있었다. 찔러버려라, 찔러버려! 순간 그의 입가에 웃음기가 떠올랐다. 우선 자기가 할 일이 한 가지 있다는 생각이었다. 단도를 하나 사 외투주머니에 넣었다.

지난날 전쟁터에서 백병전이 벌어졌을 때보다도 쉽사리 상대방을 해치울 수 있을 것 같았다. 우선 저번에 난투가 일어났던 꼬치 안주 집으로 갔다. 네댓 패의 손님이 떠들썩하니 술들을 마시고 있었다. 현태는 손님들의 얼굴을 하나하나 살피고는 주인한테 그동안 잿빛 오버와 감색 오버 청년들 들른 일이 없느냐고 물었다. 그 일이 있은 뒤로 통 보이지 않는다는 대답이었다. 그 일대의 술집을 모조리 뒤졌다. 그러는 그는 오래간만에 전투태세에 들어갔을 때처럼 동작이 민첩해지고 눈에 광채가 띠어져 있었다.

명동 쪽으로도 가 뒤졌다. 그러고 다니는 동안 왜 그런지 차차 그는 이제 자기가 그 사내들을 찾아내어 단도로 찔러버려야 한다는 건 이차적인 것으로 느껴지면서 그저 어떻게든 그들을 만나고 싶다는 생각만을 하고 있었다. 통금 예비 사이렌이 불었다. 문을 닫는 술집과 서둘러대는 자동차의 헤드라이트를 바라보며 그는 완전히 자기 혼자라는 고독감에 짓눌렸다. 그럴수록 무어든 한 가지 자기 손으로 해내고 싶었다. 자기가 할 수 있는 일은 무엇인가?

이 상태로 집에 들어가고 싶지가 않았다.

평양집에서는 심부름하는 아이가 난로 가까이 걸상을 모아놓고 잠자리를 만들고 있었다.

안으로 들어가던 현태가 주춤 걸음을 멈추었다. 안방에서 여자의 울음소리가 들려나왔던 것이다. 어어, 어어, 하고 목 안에 걸린 울음소리였다. 그 소리 속에서 턱, 턱, 턱, 서너 번 둔탁한 매 소리가 들렸다. 주먹으로 등허리라도 때리는 듯. 뒤이어 주인아주머니의 앙칼진 목소리로, 네 주제에 어쨌다구 그래 면장님이 싫다는 거야 싫다길, 응? 이 뒈질 년 같으니라구.

현태가 그러고 듣고 서 있는 것이 보기에 안됐던지 심부름하는 애가 안을 향해 소리쳤다.

"아주머니, 손님 오셨어요."

방문이 열렸다.

"아 선생님이웨까."

잠깐 아주머니는 당황한 빛을 보였으나 곧 웃음으로 바꾸면서 신발을 끌고 나와,

"아니, 이러다가는 정말 얼굴까지 잊어버리갔쉐다레,"

하며 부엌 뒷방으로 이끈다.

현태는 오버도 벗기 전에 주머니에 남은 돈을 몽땅 집어내어 주인아주머니에게 건네었다. 백 환짜리로 육칠천 환은 될 것이었다.

주인아주머니가 손가락에 침을 발라가며 돈을 세고 나더니,

"아주 깍쟁이셔. 한목에 한 달치를 내놓으시지 않구."

현태 쪽을 흘겼다. 그만해도 노상 싫지는 않다는 애교의 표시인 것이다.

"술상은 채리지 마세요."

"아니, 오늘은 약줄 전혀 안 하신 것 같은데 웬일이우? 하기야 때룬 얌전한 신랑이 되기두 하셔야지."

주인아주머니가 나가더니 조금 후에 이부자리를 안고 들어왔다. 그 뒤로 언젠가처럼 계향이가 베개를 끼고 따라 들어왔다. 도무지 금방 울던 사람 같지 않은 차가운 얼굴이었다.

"제발 이 앨 아침에 좀 일찍 일어나게 해달라우요."

주인아주머니가 외설스러운 웃음을 입가에 흘리면서 밖으로 나갔다.

계향이와 단둘이 되자 현태는 한마디,

"면장이 오늘 왔었나?"

하고 물어보았다.

그네는 아무 대꾸도 하지 않았다.

"가끔 주인아주머니가 그렇게 매질을 해?"

이 말에도 그네는 돌처럼 잠자코 있었다.

여전히 자기항아리 모양 차갑고 매끄러운 촉감. 그런데 이날 밤 현태는 의외의 일에 부딪쳤다. 남성이 말을 듣지 않는 것이었다. 계향이는 몸 하나 까딱하지 않고 반듯이 누워 있었다. 초조해지면 초조해질수록 그의 남성은 점점 더 위축돼 들어가는 것이었다. 그는 하는 수 없이 자기 몸을 뗐다. 그리고 그네의 몸을 천천히 어루만지기 시작했다. 그렇게 함으로써 자기 남성이 도발할 수 있는 시간의 여유를 가지려고 했다. 그의 손바닥 밑에서 그네는 마냥 자기항아리였다. 어루만지던 손이 유방에 가 멎었다. 손바닥에 찰딱 밀착되는 피부 밑에서 뭉글거리면서도 속으로 알이 져 있는 덩어리. 그것을 입에 넣을 수 있는 데까지 물고 이빨을 세웠다. 아, 하고 그네는 짧은 소리를 질렀을 뿐, 지금까지의 자세로 꼼짝 않고 누워 있었다. 그는 이 여자와 그 행위를 하나마나라는 생각에 마침내 마음이 평정해옴을 느꼈다. 그네에게서 물러났다.

머릿속이 맑아왔다. 또다시 막다른 데 이르렀다는 생각이 다가왔다. 그저 비행기를 타자. 그러나 이대로 비행기를 탄다고 해서 무엇이 달라진단 말인가. 다만 지금의 생활을 연장시키는 데 지나지 않은가. 무의미한 생활의 연속. 그것은 자기 자신에 대한 죄악이 아닌가. 그렇지만 죄악이라도 좋았다. 단지 그나마 지탱해나갈 힘이 자기에게 있는가 어떤가가 문제인 것이다.

머릿속은 말간데 몸이 피곤해 있음을 느꼈다. 몇 시간 동안을 쏘다닌 탓이리라. 그렇다 하더라도 여러 날 곰의 잠을 자고 난 뒤가 아닌가. 전에 전쟁터에서는 이맛 것쯤 아무것도 아니었는데.

말간 머릿속과는 따로 고단한 몸이 풀깃 잠 같은 데 빠져 들어가다 무슨 소리에 깨어났다.

계향이가 흐느끼고 있었다.

"왜 그래?"

그네는 한동안 대답이 없다가 혼잣말처럼,
"죽구 싶어요."
처음 듣는 감정이 담겨진 말소리였다. 그렇듯 돌과 같던 그네의 입에서 이런 말이 나오리라는 것은 뜻밖이었다.
현태가 그네 쪽을 바라보았다. 아까와 다름없이 반듯이 누운 채였다. 그러나 이미 이곳도 자기의 휴식처는 아니라는 생각이 들었다. 그러면서 퍼뜩 자기에게 단도가 있다는 생각이 떠오르자 바로 일어나 오버 주머니에서 꺼내어 그네에게 내밀었다.
누운 채 단도에 시선을 주는 그네에게,
"자, 여깄어, 칼날을 잡으면 어떡해, 자를 잡아야지."
그리고 그는 그네 쪽으로 등을 향하고 돌아누웠다.
그네는 흐느낌을 멈춘 채 조용했다.
현태는 아무렇지도 않게 기다렸다. 꽤 오랜 동안을 기다렸다.
그는 크나큰 나무 밑에 서 있었다. 가지와 잎이 온통 하늘을 덮고 있었다. 난데없이 제트기 편대가 나타나 기총소사를 하기 시작했다. 그러나 그는 나무 뒤로 몸을 피하는 법 없이 그냥 비행기가 날아오는 방향과 마주 서 있었다. 콩 튀듯 총탄이 부어졌다. 나뭇가지와 잎이 맞아 떨어졌다. 비행기 편대가 햇빛에 은빛 날개를 반사시키며 선회를 하여 기수를 이리로 돌렸다. 그는 다시금 비행기와 정면으로 마주 섰다. 콩 튀듯 총탄이 부어졌다. 또 나뭇가지와 잎이 맞아 떨어졌다. 이렇게 비행기 편대가 지나갈 적마다 나뭇가지와 잎은 맞아 떨어지고, 그는 비행기와 마주 서 있었다. 가지와 잎이 다 떨어졌다. 그는 생각했다. 이제 이 나무는 전정을 한 과수나무처럼 열매를 많이 맺을 거라고. 그러면서 표연히 정면으로 다가오는 비행기와 마주 서 있었다. 드디어 그를 향해 일제히 불이 뿜어지려는 순간 비행기 편대가 그 자리에 딱 서버렸다. 빌어먹을! 그는 눈을 떴다.
등 뒤에서 신음소리가 들렸다. 몸을 돌렸다. 어둠 속에 계향이가 흰 얼굴을 윤곽 지으면서 괴로운 신음소리를 내고 있었다. 거기 요와 이불이 핏물로 검게 얼룩져 있었다. 현태는 그대로 내버려두면 그만이라고 생각했다. 그러는데 신음소리에 섞여 그네가 무슨 말인가 웅얼거리고 있었다. 그 말소리가 현태 자기에게 하는 것만 같았다. 가까이 가 그네 입에다 귀를 대었다. 그러자 그네가 고개를 한옆으로 비켜버렸다. 불현듯 현태는 다시금 자기는 이 세상에 완전히 혼자라는 느낌에 짓눌렸다. 정신이 맑아왔다. 지금 자기는 막다른 데 이르렀다는 의식이 또다시 뚜렷이 되살아왔다. 무어든 내 손으로 한 가지 해야 하는데. 그는 계향이 오른손 곁에 떨어져 있는 단도를 집어 들었다. 이번만은 쉽게 실천에 옮길 수 있다. 이 손에 힘만 주면 되는 것이다. 그러나 다음 순간 이것마저 싱겁다는 생각이 온몸을 휩쌌다. 백치 같던 계향이에게 앞지름을 당한 이제 와서 한다는 것이, 칼을 잡은 채 그의 입가엔 절로 자조의 웃음이 어둠을 통해 번지어나갔다.

며칠을 두고 추적거리던 궂은 비가 개인 6월 초순께 어느 날 아침결, 윤구는 묵은 닭 중에서 자랄 때부터 주접이 들어 산란율이 시원치 않은 놈을 골라 장사꾼에게 넘기고 있었다.

올해는 지난 1년 동안의 경험을 살려 더한층 세심히 병아리를 보살펴준 보람이 있어 작년에 비해 현저하게 성적이 좋았다. 지난해에는 1할 5푼 가까이나 죽였지만 올해에는 그 절반밖에 축내지 않고 길러냈던 것이다. 중병아리 때 마구 쪼아대는 입버릇도 훨씬 줄일 수 있었다. 들려온 그날부터 방의 광선 조절에 각별히 주의를 하여 모이를 먹일 동안만 밝게 해주고는 언제나 어두컴컴하게 해준 것이 효과를 본 것 같았다.

"이렇게 암평아리만 사오는 속에두 수놈이 수월찮이 섞여 있다매요?"

윤구가 잡아주는 닭을 받아 자전거에 실은 우리 속에 집어넣고 있던 닭장수가 이런 말을 했다.

"자그마치 1할이나 된답니다."

부화장에서 수많은 병아리의 밑구멍을 얼핏얼핏 비집어보아 암놈 수놈을 감별하자니 자연 실수도 있을 것이다. 그러나 어느 정도 고의로 그만한 수의 수평아리를 끼워 판다고밖에 볼 수 없었다. 그것은 영계로 팔기 위해 일부러 수평아리만 사가는 속에는 암평아리가 한 놈도 끼어 있지 않다는 것만 보아도 알 수 있었다.
"달걀루 암놈 수놈을 구별할 수 있다는 게 참말인지 모르겠어요? 길쭉한 건 수놈이 되구 동그마한 건 암놈이 된다는 게."
실없는 소리라 윤구가 대꾸를 하지 않자,
"정말 달걀루 그걸 가려낼 재주만 있다면 발바닥에 흙 안 묻히구 살게요."
주독인지 코끝이 붉은 닭장수는 자기가 한 말에 스스로 대답하듯 이렇게 중얼거렸다.
윤구는 미리 골라서 가둬두었던 불량한 닭들을 한 마리 한 마리 닭장수에게 넘겨주면서 내년부터 이쪽에서 종란을 주어 깨워오기로 한 계획만 실현되면 지금의 폐계의 숫자를 상당히 줄일 수 있으리라고 생각한다. 부화장에서 사오는 병아리 속에는 좋지 않은 종자가 이것저것 섞여 있어 그것을 질 좋은 닭만으로 갈아보려는 것이다. 그러기 위해서 볏이 크고 두꺼운, 그리고 다리와 주둥이가 노랗고 기름이 흐르는 씨암탉과 수탉을 가려내어 종란을 받기로 했다.
"아니, 이건 또 밑이 빠져두 아주 대단한데……."
윤구가 잡아주는 닭을 받아 치켜들면서 닭장수가 뇌까렸다. 닭 밑구멍에 뻘겋게 미주알이 불거져 나와 있었다.
"곧 죽진 않겠습니까, 원."
"괜찮아요. 쌍알을 줄곧 낳드니 그 꼴이 됐답니다. 쌍알이라구 뭐 두 개 값 받는 것두 아닌데."
"제 아는 사람 마누라가 연거푸 세 번이나 쌍둥일 내리 낳다가 그만 나중 번에 가선 일을 보구야 만 일이 있습죠."
닭장수는 실소린지 괜한 소린지 모를 수다를 떨었다.
윤구는 닭장수의 실없는 소리를 귓등으로 흘리며 두 마리만 더 골라 숫자를 채우려 계사 안으로 들어갔다.
이때 대문 쪽으로 눈을 준 닭장수가 손님 오셨다고 하여 윤구가 계사에서 나와보았으나 그것이 숙이라는 것을 첫눈에는 알아보지 못했다. 하늘빛 오빠루'

통치마 저고리에 흰 평화를 신고 있는 그네를 지난겨울 처음 여기 왔을 때의 숙이론 볼 수 없었다. 옷차림이 다른 때문만은 아니었다.

"안녕하셨어요?"

들고 있던 핸드백을 앞으로 가져다 거기 두 손을 모으면서 힘없이 웃음을 지어 보이는 그네의 화장기 없는 얼굴이 몰라보게 까칠해 있어 본래의 인상과는 영 달라져 뵈는 것이었다.

윤구는 이 여자가 무슨 일로 자기를 찾아왔을까 하는 생각부터 앞서 채 인사도 못하고 있는데,

"늘 바쁘시군요. 절 상관 마시구 어서 하시던 일 마저 하세요."

윤구는 광으로 가 걸상을 들고 나왔다.

"그럼 잠깐 여기 앉아 계실까요."

"네, 괜찮아요. 닭 구경을 좀 하겠어요."

숙이는 백을 걸상 위에 놓고 한 계사 앞으로 갔다. 별안간 눈앞이 화안히 트이는 느낌이었다. 맑은 햇살을 받아 윤이 흐르는 샛하얀 털과 거기 선명한 대조를 이루며 떠 있는 선혈빛 볏들. 숙이는 눈을 크게 떠 이 빛들을 받아들였다.

한 1분 가량이나 그러고 서 있었을까. 그동안이 굉장히 오랜 것처럼 느껴졌다. 좀 전에 서울역에서 합승을 타고 온 일이, 그리고 합승을 내려 여기까지 걸어온 일이 사뭇 까마득히 먼 옛날 일처럼 생각됐다. 순간 눈앞의 흰빛과 빨간빛이 차츰 뒤범벅이 되어 흔들리기 시작하더니 그것이 온통 검정으로 변했다. 쓰러져서는 안 된다고 생각했다. 두 손으로 계사 철망을 그러쥐고 눈을 감았다.

좀만에 그네는 걸상 놓인 데로 와 아무렇게나 걸터앉았다. 그리고 두 손으로 이마를 괴었다. 귀에서 윙윙거리던 윤구와 닭 주인의 주고받는 말소리가 차차 똑똑해졌다.

그 소리가 멎고 주위가 조용해졌다 싶자,

"어디 편찮으신가요?"

---

1 오빠루 '오팔'의 북한말.

하는 윤구의 말소리가 들렸다.

숙이가 이마를 들었다. 땀이 촉촉이 배어 있었다.

"안색이 좋잖으신데요?"

"아뇨, 괜찮아요. ……먹을 물이 어디 있죠?"

윤구가 부엌으로 가 대접에 물을 떠가지고 왔다. 이날 집에는 윤구 혼자뿐이었다. 심부름하는 소년과 노인은 닭 줄 아카시아 잎을 치러 나가고 없었다.

냉수를 마시고 난 숙이는,

"닭털이 하두 눈에 부셔서 그만…… 그동안 많이 확장을 하셨네요."

백에서 손수건을 꺼내어 입과 이마의 땀을 찍어냈다.

윤구는 다시 한 번 이 여자가 자기를 찾아온 용건이 무엇일까 생각해보았다. 그러나 현태가 술집 색시와의 사건으로 형무소에 수감된 지가 이미 석 달이나 지난 이제 그네가 자기를 찾아온 까닭을 짐작할 도리가 없었다. 혹 그동안의 현태의 소식을 알까 해서 온 것일까. 공판 때 방청석에서 바라본 현태는 전에 없이 이발을 깨끗이 하고, 안색도 수감되기 이전보다 오히려 건강한 빛을 띠고 있었다. 그리고 검사의 공소 사실을 그는 일일이 시인했다. 나중 검사는 피고의 심리 상태로 보아 타인의 자살 행위에 대한 방조나 교사를 넘어서 하나의 부작위에 의한 살인 행위로 간주한다고 하면서, 더구나 앞으로 청소년 간에 만연돼가고 있는 이러한 사회 독소를 엄중히 방지하는 의미에서라도 중형에 처해야 한다는 논고 끝에 무기징역의 구형을 했던 것이다.

"주위가 참 조용해 좋네요."

"그렇지두 않습니다. 요샌 주위에 집들이 많이 들어서서."

이렇게 곁도는 말만 주고받았다.

그네가 이날 윤구를 찾아오기까지는 실로 오랫동안 여러 가지 생각과 싸운 끝에 겨우 결심을 하게 된 것이었다. 그리고 이제 더 이상 집에나 직장에 있을 수 없게 되어 찾아 나선 길이긴 하나, 그러나 정작 와놓고 보니 좀체 마음에 먹었던 말이 입 밖에 나오지 않는 것이었다.

마침내 숙이는 다시 손수건으로 얼굴의 땀을 꼭꼭 누르고 나서 마음을 다져

먹은 듯,

"사실은 선생님께 부탁이 있어서 왔어요."

그리고 눈을 내리깔며,

"얼마 동안만 여기 좀 와 있을 수 없을까요?"

윤구는 숙이의 말 내용을 도무지 이해할 수가 없었다.

눈을 내리깐 숙이의 얼굴에서 약간 핏기가 걷히는 듯하더니 두 손으로 백을 꼭 쥐면서,

"지금 저 임신 중이에요."

그제야 윤구는 모든 걸 알아차릴 수 있었다. 저도 모르게 숙이의 몸을 한번 훑어보았다. 그러고 보니 어딘가 앉음새가 거북해 뵈는 것도 같았다.

윤구의 시선을 느낀 숙이는 백을 안는 듯 앞을 가리면서 나지막하나 똑똑한 음성으로,

"첨엔 몇 번이나 처리해버리려구 맘먹었는지 몰라요."

윤구는 숙이가 안고 있는 백에 시선을 주며,

"잘 알겠습니다. 그렇지만 여기야 거처할 만한 데가 돼야지요."

"무리한 부탁인 줄은 알아요. 그저 해산 때까지만 있게 해주시면 더는 폐를 안 끼치겠어요. 여기 있는 동안 제가 할 수 있는 일은 무어든 돕겠어요. 밥 짓는 일 같은 거라두…… 남는 방이 없으면 헛간 구석에라두 아무렇게나 하나 들이면 안 될까요? 고만한 돈은 갖구 있어요."

윤구는 주머니에서 담배를 꺼내어 물부리에 꽂았다.

"왜 그 친구한테 잠자쿠 계셨나요?"

"그땐 그일 저주했어요. 그렇다구 이제 와서 그이와 타협하겠다는 뜻은 아네요."

"네에……."

윤구는 생각했다. 그리고 말했다.

"그럼 이왕 이렇게 된 바엔 그 친구네 집에 알리는 것이 어떻습니까? 그래가지구 조처를 받으시는 게."

"아뇨."

숙이가 고개를 들었다.

"그럴 생각은 꿈에두 없어요. 어떻게든 제 힘으루 할 수 있는 데까지 해보겠어요."

"네, 그건 이해합니다. 그렇지만 역시 알리는 편이 낫지 않을까요. 사정을 말하면 저편에서두 모른다구는 하지 않을 겝니다."

"그 말씀은 더 말아주세요. 이미 제 맘에 작정이 된 거니까요."

윤구는 담배에 불을 붙였다.

"글쎄요. 그 심정을 모르는 바는 아니지만…… 그렇지만 만약 이 일을 그 친구 집에서 알게 된다면 되레 여기 계신 게 피차 곤란해지지 않을까요. 솔직히 말씀드리면…… 그동안 저는 남모를 피해를 받아온 사람입니다. 더 이상 누구 일로 해서 말썽을 내구 싶지는 않습니다."

지금까지도 윤구는 마음 한구석으로 미란의 일이 현태와 전연 무관하다고는 생각하지 않고 있는 것이었다.

"그러니 이참에 그 친구네 집에 직접……."

"알겠어요."

잠시 숙이는 숨을 가누고 나서 조용히 일어섰다. 그리고 비로소 윤구를 정면으로 바라보며,

"선생님이 받으신 피해가 어떤 종류의 것인지는 모르겠습니다. 그렇지만 큰 의미에서 이번 동란에 젊은 사람치구 어느 모로나 상처를 받지 않은 사람이 있을까요. 현태씨두 그중의 한 사람이라구 봅니다. 그리구 저두 또 그중의 한 사람인지 모르구요."

"네…… 그런 생각에서 그 친구의 애를 낳아 기르시겠다는 겁니까?"

그네는 윤구에게 주던 시선을 한옆으로 비키면서,

"모르겠어요…… 어쨌든 제가 이 일을 마지막까지 감당해야 한다는 것 외에는…… 그럼 실례했습니다."

숙이는 가만히 대문께로 몸을 돌렸다.

황순원(黃順元)

1915년 3월 26일 평안남도 대동군 출생. 1931년 시「나의 꿈」「아들아 무서워 말라」를『동광』에, 「묵상」을 조선중앙일보에 발표하며 등단. 1939년 와세다 대학교 졸업. 1940년 단편집『늪』간행. 1946년 서울중학교 교사 역임. 1957년 경희대학교 문리대 교수로 취임. 1985년 문학과지성사에서『황순원 전집』(전12권) 간행. 아시아자유문학상, 예술원상, 3·1문학상, 대한민국문학상 등 수상. 「목넘이마을의 개」(1948),『별과 같이 살다』(1947),「독 짓는 늙은이」(1950), 「소나기」(1952),「카인의 후예」(1954),「인간접목」(1955),「잃어버린 사람들」(1958),『나무들 비탈에 서다』(1960),『일월』(1964),『움직이는 성』(1973),『신들의 주사위』(1982) 등의 작품이 있음. 2000년 타계.

작품 세계

황순원의 문학과 시대 현실과의 관계는 흥미로운 굴곡을 이루고 있다. 초기 단편에서는 작가 자신의 신변적 소재가 주류를 이루면서, 토속적 정서와 결부된 강렬하고 단출한 이미지가 부각되고 있다. 「목넘이마을의 개」를 전후한 단편에서부터『나무들 비탈에 서다』까지의 장편에서는, 수난과 격변의 근대사가 작품의 배경으로 유입되어 현실의 구체적인 무게가 가장 크다. 장편『일월』과『움직이는 성』, 단편집『탈』에서는 인간의 운명에 관한 철학적·종교적 문제가 천착되면서 시대 현실은 배제되고 있다. 그러나『신들의 주사위』에 이르면 인간 존재에 대한 철학적 탐구는 그대로 지속되되, 한 지역사회가 변모해가는 내면적 모습이 함께 그려진다. 이처럼 황순원의 소설들을 발표순에 따라 배열해보면, 작품의 주제와 시대 현실 사이의 직접적인 상관성이 대체로 '無―有―無―有'의 순서로 나타난다.

이와 같은 굴곡은 이 작가가 시대 현실에 대한 인식을 위주로 소설을 써온 것은 아니지만, 작품의 구조에 걸맞도록 시대 현실을 유입시키고 있음을 뜻한다고 할 수 있다. 처음의 세 단계는 신변적 소재―사회적 소재―철학적 소재로 작품 성향이 변화하는 양상을 말해주는 것이며, 마지막 단계는 시대 현실을 다루는 작가의 복합적 관점을 느끼게 하는 것으로 삶의 현장에 대한 관조적인 시야가 없이는 어려울 것으로 보인다. 그러기에 작품 활동의 후반기로 오면서 그의 세계는 인간의 운명과 존재에 대한 깊은 성찰에 도달하고 있다는 사실에 유의할 필요가 있겠다.

황순원의 문학은 인간의 정신적 아름다움과 순수성, 인간의 고귀함과 존엄성을 존중하는 바탕 위에서 출발했고 이를 흔들림 없이 끝까지 지켰다. 그가 일제하에서 침묵을 지키면서도 읽혀지지도 출간되지도 않는 작품을 은밀하게 쓰면서 모국어를 지킨 일도 이러한 상황과 무관하지 않을 것이다. 대부분 그의 작품의 배경이 되는 상황의 가열함 속에서도 진실된 인간성의 회복을 위한 암중모색을 잊지 않고 있는 것은 그 때문이며, 문학사에서 그를 낭만적 휴머니스트로 기록하고 있는 것도 그 때문일 것이다.

하나의 완결된 자기 세계를 풍성하고 밀도 있게 제작함으로써 깊은 감동을 남기고 있는 황순원의 작품들은, 한국 문학사에 의미 있고 독특하고 돌올한 한 봉우리를 형성하고 있다. 그것은 또한 근대사의 질곡과 부침을 겪어오는 가운데서도 뿌리 깊은 거목처럼 남아 있는 이 작가에게 우리가 보내는 신뢰의 다른 이름이요 형상이기도 하다.

「별」

「별」은 1940년 일제 말기에 씌어진 짧은 단편이다. 첫 창작집 『늪』에서 『목넘이마을의 개』 이전까지의 단편 14편이 『기러기』(명세당, 1951)에 실려 있는데, 이들은 해방 직전 가장 암울했던 시기의 작품들이다. 그 가운데 「별」과 「그늘」만이 해방 이전에 발표되었고 여기 수록한 「별」은 『인문평론』(1941. 2)에 실렸다. 작가는 「책머리에」에서, "밤에나 나오는 별과 빛을 등진 그늘이 먼저 햇빛을 보았다는 건 어떤 비꼬인 사실"이라고 적었다.

사정이 그러한 만큼 「별」 부근에는 시대사의 행방을 탐색하는 작가정신은 작동되기 어려웠다. 대신에 죽은 어머니와 그 어머니를 닮은, 시집 가서 죽은 누이를 응대하는 한 아이의 내면 풍경을 절실한 깊이로 그려내고 있다. 이 아이를 통하여 인간의 심성과 인간애의 깊이 있는 바다를 역설적 행위 유형으로 두드려볼 때, 우리는 그 작은 감정의 그루터기들이 발양하는 감응력을 손끝이 바늘에 찔리듯 예민하게 받아들이게 된다.

아이는 죽은 어머니와 못생긴 누이가 닮아서는 안 된다는 자기 암시를 전개하여, 의붓어머니 아래 사는 동복 누이를 구박한다. 여전히 동생을 어머니처럼 감싸는 누이와 성정이 나쁘지 않은 의붓어머니, 가부장적 성격의 아버지는 우리 전통사회의 삶의 구도를 보여주면서 동시에 아이의 '비꼬인' 반응 양상을 익숙한 인식의 지평 위에 올려놓게 하는 배경적 장치들이다.

마침내 죽은 어머니와 누이는 아이의 두 눈에 어리는 눈물에 이르러 하늘에서 내려온 별이 되지만, 아이는 이 자생적 의식마저 거부하려 한다. 이러한 역방향의 주제 표출에 이르는 작품 구조는, 오히려 이 소설에 대한 우리의 공감을 한결 웅숭깊은 자리로 이끈다. 그러기에 「별」은 어머니와 누이의 슬픈 부재 앞에 별빛같이 맑은 눈물을 짓는 아이의 이야기에 그치지 않고, 우리가 잊어버리고 있었던 동심의 날에 우리가 점유하며 살았던 그 자리의 표식으로 되살아나는 소설이다.

「나무들 비탈에 서다」

『곡예사』『학』 등의 단편집을 거쳐 『카인의 후예』나 『나무들 비탈에 서다』와 같은 장편소설로 넘어오면서 황순원은 격동의 역사, 곧 6·25 동란을 작품의 배경으로 유입한다. 삶의 첨예한 단면을 부각하는 단편과 그 전면적인 추구의 자리에 서는 장편의 양식적 특성을 고려할 때, 그와 같은 굵은 줄거리를 수용할 수 있는 용기(容器)의 교체는 납득할 만한 일이다. 『나무들 비탈에 서다』는 전란을 겪으며 그 민족사적 질곡을 통과하는 현태, 동호, 윤구라는 세 젊은이의 삶과 각기 다른 반응 양상을 그린 소설이다. 결국 현태와 동호가 죽음에 이르고 이들의 죽음을 통해 험악한 시대와 맞선 인간의 정신적 순수성과 그에 대한 결곡한 인간애를 드러내고 있는 작품이다.

이 작품은 작가에게 이듬해 예술원상 수상을 가져다주었으나, 이 작품을 평한 백철과 더불어 작가의 의식과 시대상의 반영에 관한 두 차례의 유명한 논쟁을 촉발하게 한다. '작가는 작품으로 말한다'는 신념 아래 일체의 잡글을 쓰지 않으며 심지어 신문 연재소설도 끝까지 마다한 작가의 문학적 엄숙주의에 비추어보면, 한국일보에 발표되었던 두 편의 논쟁문은 매우 특이한 사례에 속한다. 오늘날에 와서 우리가 이 논쟁을 다시 돌이켜볼 때, 다른 모든 소설적 가치들을 제외하고라도 작품의 총체적 완결성에 관한 한, 자기 세계를 치밀하고 일관되게 제작해온 작가의 반론을 무력화시킬 수 있는 어떠한 논리도 작성되기 어려웠으리라 짐작된다. 미상불 「비평에 앞서 이해를」(한국일보, 1960. 12. 15)과 「한 비평가의 정신자세—백철씨의 소설작법을 도로 반환함」(한국일보, 1960. 12. 21)이라는 제목만 일별해보아도 그의 오연한 결의가 느껴지는 바 없지 않다.

『나무들 비탈에 서다』의 작중 인물들을 『움직이는 성』의 그것에 대비해보는 것은 매우 흥미로운 일이라 할 만하다. 『움직이는 성』의 세 주인공 준태·성호·민구는 『나무들 비탈에 서다』의 현태·동호·윤구와 포괄적인 의미에서 동류항으로 묶을 수 있다. 준태가 우리 민족의 심리적 기조에 근거한 허무주의자라면, 현태는 가혹한 현실 상황에 반발하는 허무주의자이다. 성호가 진실된 기독교적 사랑의 실천을 추구하는 이상주의자라면, 동호는 인간의 순수성과 존엄성을 지향하는 이상주의자이다. 민구가 인간 본성으로서의 이기심을 따라가는 현실주의자라면, 윤구는 혼란의 와중에서 물욕을 키워가는 현실주의자이다. 이들의 이름 끝자가 서로 일치되고 있음은, 작가의 작명법 취향에 대한 암시일 수도 있을 것이다. 현대적 교양과 세련미를 가진 여성으로서 『일월』의 나미와 『신들의 주사위』의 세미도 이와 유사한 경우이다.

주요 참고 문헌

1980년 문학과지성사에서 발간한 황순원 전집 중 제12권인 『황순원 연구』는 연구 사료의 정리에 좋은 이정표가 된다. 또한 이 전집이 완간된 1985년 3월에 상재된 『말과 삶과 자유』

도 작가의 전기적 일화나 문체 연구를 포함하여 활발한 연구 분위기를 촉발시켰다. 특기할 만한 연구 사료로서 원응서의 「그의 인간과 단편집 『기러기』」(『황순원 문학전집』 제3권, 삼중당, 1973)와 김동선의 「황고집의 미학, 황순원 가문」(『정경문화』, 1984. 5)은 생애사적 접근을 통해 창작 배경과 심리적 저변을 밝히고 있으며, 최정희·오유권·서정범·이호철의 글 「황순원과 나」(『말과 삶과 자유』, 문학과지성사, 1985)에서도 문학사적 인간관계를 통해 작가의 품성과 일화를 드러내고 있다. 초기에서 말기까지의 시를 체계적으로 분석한 최동호의 글 「동경의 꿈에서 피사의 사탑까지」(『말과 삶과 자유』, 문학과지성사, 1985)는 소설 일변도인 연구 현황에 비추어 특히 눈에 뜨인다. 장현숙의 「황순원 문학 연구」(경희대 대학원 박사 논문, 1994)는 시를 제외한 전 작품을 작품의 지향성에 따라 정치하게 살펴나가면서 신문기사 인터뷰는 물론 작가와의 대화에서 채취한 자료까지 객관화하여 밝혀 놓았다.

_김종회

허준
잔등(殘燈)

장춘서 회령까지 스무하루를 두고 온 여정이었다.

우로를 막을 아무런 장비도 없는 무개화차[1] 속에서 아무렇게나 내어팽개친 오뚝이 모양으로 가로 서기도 하고 모로 서기도 하고 혹은 팔을 끼고 엉거주춤 주저앉아서 서로 얼굴을 비비대고 졸다가는 매연에 전 남의 얼굴에다 건침[2]을 지르르 흘려주기질과 차에 오를 때마다 떼밀고 잡아채고 곤두박질을 하면서 오는 짝패이다가도 하루아침 홀연히 오는 별리(別離)의 맛을 보지 않고는 한로(寒露)와 탄진(炭塵) 속에 건너 매어진 마음의 닻줄이 얼마만한 것인가를 알고 살기 힘든 듯하였다.

이날 아침 방(方)과 나는 도립병원 뒤 어느 대단히 마음 너그러운 마나님 집에서 하룻밤을 드새고 나왔다.

아래윗방의 단 두 칸집인데, 샛문턱에 팔고뱅이[3]를 붙이고 부엌을 내어다보고 주부와 이야기를 주고받고 하는 늙은이는, 이 집 할머니이신 모양이요 손자

---
* 「잔등」은 1946년 1월, 7월 발간된 『대조』 1, 2호에 연재되다가 같은 해 9월에 완결되었고, 이후 『잔등』(을유문화사, 1946)에 수록되었다. 여기서는 을유문화사판을 텍스트로 삼아 부분 수록하였다.
1 **무개화차(無蓋貨車)** 덮개나 지붕이 없는 화차.
2 **건침** 마른침.
3 **팔고뱅이** 팔꿈치의 사투리.

가 서너너덧 될 것이요 손녀가 있고 집으로만 한다면 도무지 용납될 여지가 있는 것 같지 않기도 했으나, 이 집 주부로서는 역시 이날 밤 목단강(牧丹江)엔가 가서 농사를 짓던 주인 동생의 돌아온 기쁨도 없지 않다고 해서 그랬던지,

"오늘 우리 시동생도 지금 막 목단강서 나왔답니다."

하는 말을 수없이 되풀이하면서 비좁은 방임을 무릅쓰고 달게 우리를 들게 한 것이었다.

이 집 저 집, 이 여관을 기웃 저 여관을 기웃하다가 할 수 없이 최후적으로 찾아든 낯선 우리가 미안하리만큼 우리의 딱한 형편을 진심으로 동정한 것은 분명한 주부뿐이어서 밖에 나갔던 남편이 돌아와 찌뿌듯한 얼굴을 하고 못마땅하듯이 아래 윗방을 한두 번 오르내리는 것을 보고,

"생원과 같이 금생(金生)서 걸어오신 분들이랍니다. 서울까지 가시는 손님들이래요."

하였다. 그러고는 남편에게나 손님인 우리들에게 양쪽으로 다 같이 미안하게 된 변명으로,

"어쩌면 한 정거장만 더 갔다주면 될 걸 게서 내려놔요. 이 밤중에 글쎄."

하고 혼자 혀를 끌끌 차며 할머니를 보았다.

남편은 마지못해 지듯이,

"글쎄 우리 식구가 있으니 말이지."

하며 윗방으로 올라와 방바닥에 널어놓았던 것을 주섬주섬 거두고 게다 자기 자리와 동생 자리도 껴보았다.

이런 경위를 지남이 없었다 하더라도 미안할 대로 미안하였고 고마울 대로 고마웠을 우리인지라 아침 부엌에서 식기를 개숫물에 옮겨 담는 소리, 지피는 나무에 불이 이는 소리가 들리기 시작하는 데는 더 자고 있을 수도 없는 처지였다.

깨끗이 가시지 아니한 피곤을 우리는 도리어 쾌적히 생각하며, 주부에게 아이 과자값을 쥐어주고, 동이 튼 지 얼마 아니 되는 정거장으로 가는 길에 나선 것이었다.

방은 터지고 째어진 양복바지를 몇 군덴가 호았는데[4] 오는 도중에 거의 검정이가 된 회색 춘추복에 목다리 즈크화[5]를 신고 와이셔츠 바람으로 노 타이 노 모자에, 목에,

'Good morning △ 祝君早安'

이란 붉은 글자가 간 상해에서 온 타리수건을 질끈 동이고 나는 팔월 달부터 꺼내 입지 않을 수 없었던 흑색 서지 동복에 방의 외투를 걸쳤다.

길림(吉林)서 차를 만나지 못하여 사흘 밤 묵는 동안에 나는 무료한 대로 제법 영국 신사가 맬 법한 모양으로 넥타이만은 꽤 단정하게 맨 셈인데 그것도 이순이 가까운 동안을 만적거려보지 못한 데다가 원체 빡빡 깎고 나선 중머리이므로 해를 가리자고 쓴 소프트가 얼마나 뒤로 떨어지게 젖혀 썼던지 방이 내게 던지는 잔 광파가 무한히 흐늘거리는 수없는 윙크로 그 짓이 어떻게나 유머러스하였던 것인가만은 짐작 못 할 것이 아니었다.

"지금 막 변소에 갔다가 일어서자니까 만돌린이란 놈이 제절로 둘룽둘룽 떨어져 내려오지 않소 글쎄."

방은 와이셔츠 소매 밖으로 풀자루같이 비어져 나온 북만(北滿)의 군인을 위하여 만든 두툼한 털내의를 몇 벌론가 걷어붙인 위에다가 두 손가락을 발딱 젖혀 들고 게딱지 집듯 집어 보인다. 집게발에 물릴 거나 같이 섬세하게 하는 그 거조가 실로 거대한 몸집을 한 그에게 대조적인 효과의 우스움을 아니 품게 하는 수가 없었다. 그러고 나서는 지난밤 금생에서 늦게 들어와서 요기하던 장국밥집 앞마당에 오자 절름거리기를 시작한다.

걸어오는 도중에 회령 가면 여덟 시에 떠나는 차가 있다는 사람의 말을 곧이 듣고 그 연락을 대기 위하여 이십여 리 길을 반달음질로 온 것이며 또 그의 발이 혹 부르틀 염려가 없지 않았던 것이며를 짐작 못 할 것이 아니고 보건대 만돌린의 발생을 우려하는 그 한탄조가 짐짓 황당한 작심만은 아님이 분명하나 이런 여고(旅苦)가 없던 예전부터 술집 앞에 와서 절름거리는 그의 대의(大意)

---

4 호다 헝겊을 겹쳐 바늘땀을 성기게 꿰매다.
5 즈크화 삼실, 무명실 따위로 두껍게 짠 즈크(doek)로 만든 고무창 신발.

일랑 못 짐작할 것이 아니어서,

"여보 주을(朱乙)이 앞에서 손빼를 헤기고(손짓을 해서) 기다리는데 다리를 절다니요."

하면서도 지난밤 그렇게도 회령(會寧) 술을 찬송하던 그의 얼굴을 바로 보기에 견디지 못하였다. 나도 사실은 술집 앞에서 절름거리고 싶은 충동이 없는 것도 아니요 만돌린쯤에 이르러서는 벌써 문제도 아니었다.

그들의 동의(動意)를 지각해온 지는 어제오늘의 일이 아니지마는 이러고 있을 수 없다는 나의 대방침이 그에게 주을의 온천을 상기케 하자는 데 불과하였다.

우리가 안봉선(安奉線)⁶을 택하지 않고 이렇게 먼 길을 돌아오는 이유로는 이쪽이 비교적 안전하다는 경험자의 권고에도 있는 것이지마는 우리의 여정을 청진(淸津)이나 주을에서 절반으로 끊어 가지고 일단 때를 벗고 가자 함도 일종의 유혹이 아닐 수는 없었던 것이다.

열흘이고 스무날이고 주을에 푸욱 잠겨서 만주의 때를 뺄 꿈이 있어서 그런 것만은 아니지마는 어쨌든 그 실현성의 여하는 불문하고 당장의 형편이 우리에게 그런 소뇌주의(小腦主義)에 빠져 있게를 못 할 것만 같은 까닭이었다.

첫째 돈이었다. 함경도만 들어서면 여비쯤은 염려 없다는 방의 말을 지나친 장담으로만 알고 떠난 길은 아니지마는 정작 와보니 교통상 불편으로 갈 데를 마음대로 가지 못할 것을 생각 못 하였던 것이 잘못이요. 간다더라도 부모형제라면 몰라도 그저 막역한 친구라고만 하여서는 오래간만에 만난 터에 딱한 사정을 입 밖에 내지 못하는 정리의 일면도 없지 아니한 것이다.

추위도 무서웠다. 푸르뎅뎅한 날씨가 어느 때에 서리가 올지 어느 때에 눈을 퍼부을지 모르는 것을 아무런 옷의 준비도 없이 떠나지 아니할 수 없었던 길을 짤막한 방의 오버 하나를 가지고야 어떻게 하는가.

셋째로는 기차였다. 지금 형편으로 본다면 기차의 수로 본다든지 편리로 본

---

6 안봉선(安奉線) 일제가 만주에 건설한 철도.

다든지 닥치는 그 시각시각마다가 극상(極上)의 것이어서 닥치는 순간을 날쌔
게 붙잡아야 할 행운도 당장당장이 마지막인 것 같은 적어도 더 나아질 희망은
없다는 불안과 공포심도 작용하지 않을 수 없었다.
　'잘못하다간 서울까지 걸어간다는 말 나지.'
하는 마음이 사람들 가슴에 검은 조수와 같이 밀려들었다.
　닥쳐오는 추위와 여비 문제와 고향을 까마득히 둔 향수가 나날이 깊어 들어
가서 일종의 억제할 수 없는 초조와 불안이 끓어오름에는 그들과 다름이 없었
으나 반면에는 만조에 따라오는 조금과 같이 아무리 보채어보아도 아니 된다는
관점에 한번 이르기만 하는 날이면 그때는 그때로서 그 이상 유창한 사람이 없
다 하리만큼 유창한 사람이 되는 나이기도 하였다.
　'그렇게 되면 그렇게 된 대로 또 어떻게라도 되겠지.'
　명확한 예측이 서지 아니한 채 이런 낙관부터 가지고서 계속되는 몇 날이고
몇 날이고를 안심입명(安心立命)하였다는 듯이 지내는 것이었다.
　이것은 방에게 있어서도 일반이었다. 나와 이 성질은 마치 수미(首尾)를 바
꾸어놓은 가자미의 몸뚱어리 모양으로 노상 지척거리면서 태평하게 콧노래를
흥얼거리고 다니고 주막에 앉으면 궁둥이가 질기고 누우면 다섯 발 여섯 발 늘
어나다가도 한번 정신이 들어야 할 때에 이르면 정거장 구내에 뛰어들어가 어
느새 소련병에게 군용차를 교섭하기도 하고, 또 날쌔게 화차에 뛰어오르기도
하였다. 나를 체념을 위한 행동자라 할 수가 있다면 그는 관찰과 행동을 앞세
운 체관자라 할 수가 있을 것 같았다. 내 항상 블랭크(공허)를 수행(隨行)하는
찌푸린 궁상한 얼굴 대신에 항심(恒心)이 늘 배어 나온 것 같은 잔 광파가 흐
늘거리어 마지않는 그 눈 언저리가 이를 증명하였다.
　그가 교제적인 것과 내가 고독적인 것, 그가 원심적인 것과 내가 내연적(內
延)인 것, 그가 점진적인 것과 내가 돌발적이요 발작적인 것, 그가 행동적이
요 내가 답보적인 것 — 이곳에도 이 음양의 원리가 우리의 여행을 비교적 순
조롭게 하는지도 알 수 없는 일이었다. 그러지 않고서야 기차가 두 정거장 가
서도 내려놓고 세 정거장 가서도 내려놓는 이 여행을 수없는 정거장에서 갈아

타고 오면서 회령까지 오기로 친대도 몇 달 걸렸을지 모르는 일이었다.

방이 장국밥집 앞에서 절름거리기를 마지 아니하는 동안에 정거장 방향에만 마음을 두고 있던 나는 폭격을 받아서 형해[7]조차 남지 아니한 사람을 정리하느라고 쳤을 새끼줄 너머로 거무스름한 동체(胴體)의 쭉 뻗어나간 긴 물상이 놓여 있음을 희미하니 이슬을 짓다 남은 아침 연애(煙靄) 속으로 내려다보았다.

"으응, 차가 와."

옆구리를 쿡 찌르는 바람에 방은 늘씬한 그 허리가 한 발이나 움츠려 들어가는 듯하였으나 어시호[8] 이때에 생긴 긴장미는 우리가 재치는[9] 걸음으로 정거장에 이르기까지 풀리지 아니하였다.

차는 역시 군용이었다. 자동차 장갑차 대포 같은 병기가 실렸음은 물론 시량(柴糧)[10]인지 천막을 쳐서 내용을 가리운 차까지 치면 한 삼십여 개도 더 될 차로 맨 뒤끝에는 서너 개 유개화차도 달려 있었다.

이날도 여느 날과 달라야 할 일이 없어서 이 세 대 유개차 지붕 위에는 벌써 빽빽이 사람들이 올라가 앉아서 팔짱을 낀 사람, 무릎을 그러안은 사람, 턱을 받치고 앉은 사람, 머리를 무릎 속에 들이박은 사람, 이런 사람들이 끼이고 덮이고, 밟힌 듯이 겹겹이 앉아 있어서 어디나 더 발부리를 붙여볼 나위가 있을 것 같지 아니함도 일반이었다.

입은 것 쓴 것 신은 것 두른 것 감은 것 찬 것, 자세히 보면 그들의 차림차림으로 하나같은 것을 찾아낼 수가 없겠건만, 그러나 그들이 품은 감정 속의 두서너 가지 열렬한 부분만은 색별하려야 색별할 수 없는 공동한 특징이 되어서 그 가슴속 깊이 묻히어 있음을 알기는 쉬운 일이었다.

고개를 무릎 틈바구니에 박고 보지는 아니하나 만사를 내어던진 듯이 완전한 체념 속에 주저앉은 듯한 중년의 사람 그도 그의 두 귀만은 무슨 소리를 기대

---

7 형해(形骸) 사람의 몸과 몸을 이룬 뼈.
8 어시호(於是乎) 이제야.
9 재치다 재우치다. 빨리 몰아치거나 재촉하다.
10 시량(柴糧) 땔나무와 먹을 양식을 아울러 이르는 말.

하는 것이었다.
 그들의 열원은 한결같았고 또 한데 뭉친 것이었다.
 그들 중에서,
 "왔다아."
하는 소리가 한마디 들리자 지붕 위에 정착해 있던 군중의 수없는 머리는 전후로 요동하였고, 위로 비쭉비쭉 솟아났다. 와악 하고 소연(騷然)한 소리조차 와글와글 끓는 듯하였다.
 보니 과연 대망의 화통이 남쪽 인도교 거더(육교) 밑을 지나 꽁무니를 내대이고 물레걸음"을 쳐서 온다.
 우리는 이 경쾌한 조그마한 몸뚱어리로 말미암아 얼마나 애를 쓰는지 마치 예스가 아니면 노라도 뱉어주어야 할 경우에 이른 사내를 앞에다 놓고 애타는 웃음만 웃고 맴돌이질하는 연인과도 같았다. 우리는 그 믿기지 않는 일거일동에 예민하지 아니할 수 없었으며 그 밑빠른 거취에 실망하면서 우직하게 따라가지 아니할 수도 없었다.
 나도 저들과 같이 두서너 가지 색별하여 갈라놓을 수 없는 감정의 열렬한 몇 부분을 가진 한 사람에 틀림없을진대 이 모진 연인으로 말미암아 물불을 가리지 못하게 하는 열광적인 환희와 동시에 일층 이상 정도의 초조와 불안과 그리고 얄궂은 체념을 동반하는 위구"를 품지 아니할 수는 없는 노릇이었다.
 '어떻게 하자는 웃음이며 어디 와서 머무를 맴돌이야.'
 나는 여러 번 역증이 나던 버릇으로 막연히 이런 소리를 가슴속에서 다시금 불러일으키며 방이 장춘에서 가지고 온 증명을 들고 소련병에게 교섭하는 것을 보고 있었다.
 그러나 역시 운명은 손길이 아니 보이는 바람과 같다고나 해야 할 것처럼 바람에 불리는 줄이야 누가 모를까마는 아침이 아니고는 어느 연로에 기쁨을 놓

---

11 물레걸음 천천히 바퀴를 돌려서 뒷걸음치는 걸음.
12 위구(危懼) 두려워하는 느낌.

고 가고 어느 연로에 슬픔을 놓고 갔는지 더듬어 알기 힘든 것인가 하였다.

방이 천막 친 차 언저리에 발부리를 붙이고 기어올라갈 적에 차는 떠났다. 그리고 차 위에서 발 디딜 만한 데를 골라 디딘 뒤에 기립을 하여 몸을 돌이켰을 때, 비로소 그는 철로 한가운데 놓인 나를 보았다.

두 손으로는 무겁게 짊어진 류색의 들멧줄을 잡고, 땅에 떨어지다 붙은 듯한 과히 젖혀 쓴 모자를 쓰고 두툼한 훌렁훌렁한 호신 속에 망연히 서서 바라보는 나를 그는 어떻게 보았을까 —— 그는 두 사내 사이에 벌어져가는 거리에 앞서 층일층 차에 앞서 가는 걸로만 보이게 하자는 것처럼 뒤에 떨어지는 나를 향하여 섰다가 이렇게 된 형편임을 보고서는 다시는 어쩔 수 없음을 깨달은 듯이 얼른 체념의 웃음을 웃어 던지었다. 그러고는 손을 들어 머리 위에서 휘저었다. 이때 그가 혼신의 힘을 다하여 차상(車上)의 몸이 된 것임을 알고 그의 심중도 어떠하리라는 것을 나는 모를 수가 없었다. 나도 손을 들었다. 찻머리가 거더를 지나 커브를 돌아 차차 속력이 가해짐이 분명할 때 유발적(誘發的)인 이외에 아무런 동기도 없이 올라간 내 손은 제 힘을 빌려 다시 무겁게 내려왔다.

이제는 완전히 홀로 된 것을 느끼며 철로에서 나와 폼으로 발을 옮겨 디딜 때까지 몇 개 붉은 글자의 행렬은 오랫동안 나의 눈앞에서 현황하게 어른거리었다.

'굿모닝 △ 祝君무安 △ Good Morning'

철로 한복판에 서서 진행해가는 차를 전별할 때부터가 별로 이 이별에 부당함을 느끼었음은 아니나 허물어지다 남은 플랫폼 위 한구석 찬이슬에 젖은 돌팡구[13] 위에 류색을 놓고 그 위에 걸쳐 앉았을 때에는 무슨 크나큰 보복이나 당한 사람처럼 방과 나와의 교유관계에서 오는 인과(因果)에까지 생각이 이르러, 그 여운이 새삼스러이 머리를 스치고 지나감을 아니 느낄 수 없었다.

나는 내 생래(生來)의 성질로 해서 사람에게 대하는 태도가 혹 애걸하는 모양도 되고 혹 호소하는 자태로도 보여서 지저분한 후줄근한 주책없는 인상을 누구에게나 주었을지는 모르지마는 그렇다고 해서 그 이상 어느 누구의 우의

---

[13] 돌팡구 '바위'의 사투리.

(友誼)를 이용하자 하지 않았음에는 비단 방에게뿐 아니라 누구에게 있어서도 또 예전이나 지금이나 다를 데가 없었다.

 '보복은 무슨 보복, 인과는 어디서 오는 인과.'

 나는 이 불의의 별리에 아무러한 나의 죄도 인정할 수가 없었다.

 혹 허물이 있었는지는 모르고 잘못됨이 있었는지는 모르나, 그런 의식쯤이야 나의 고독에 대한 용력(勇力)과 인내력을 집어삼킬 것까지는 못되었다. 내가 부르르 털고 일어나서 때마침 우연히 타게 된 트럭 위의 몸이 되어, 방이 탔을 군용화차가 머무른 어느 소역(小驛)을 반 시간도 못하여 따라잡을 때가 오기 전까지에는 다만 세상은 무한히 넓고 먼 것이라는 느낌 외엔 운명에 대한 미미한 의식조차 없었던 것을 발견하였을 뿐이었다.

 내 몸을 휩쓸어 넘어뜨리고 가려는 거침없이 달리는 트럭 위에서 일어나서 나는 허연 연기를 내뿜으며 기진맥진하여 누워 있는 방이 앉았을 화차를 먼빛에 바라보며 그 방향을 향하여 한없이 내 모자를 내흔들었다.

 이렇게 해서 이백 몇 리가 된다던가 삼백 몇 리가 된다던가 하는 나에게는 천 리도 더 되고 만 리도 더 되는 길을 서른 몇 사람으로 만든 일행의 한 사람이 되어 나는 떠난 지 불과 서너 시간이 다 못 되어 청진에 다다른 것이었다. 그것은 아무리 급한 그때 내 형편으로서의 불소한 금액이었다 하더라도 참으로 돈에다 비길 상쾌한 세 시간만은 아니었다.

 〔중략〕

 나는 걷어치우다 남은 마지막 오도구를 등지고 섰다.

 몇 개 꺾쇠를 젖혀놓으면 이것마저 쓰러져 없어지고 말 듯한, 평면적인 한 개의 하잘것없는 벽을 의지하고 서서 나는 전면 넓은 광장의 어두움을 내다보았다.

 그것은 방금 무대의 조명과 함께 완전히 일루미네이션이 꺼진, 관객이 흩어져버린 극장, 한 큰 관람석에 불과하였다. 종전까지 벽을 따라 흘으거리던 유령의 군상들도 어디론가 흩어져버린 듯하였으나 그러나 그들이 남겨놓고 간 찬 호흡의 냉랭한 기운이 목덜미를 덮쳐오는 데는 변함이 없었다. 어느 구석에 어쩌다 꺼지지 아니하고 남아 있는 풋라이트의 한 점 광원도 이제는 남지 아니하였다.

'어디로 가나.'

팔짱을 겨드랑이 밑에 다가끼고[14] 나는 내 두 발이 디디고 섰는 자리에서 움직여나지 아니하였다.

'어디로 가나.'

다른 날 어느 누가 이를 높고 먼 처소에서 바라본다면 이 또한 영원히 지속되어 나아가는 인생의 막과 막 사이를 연장하는 적은 한 일장암전(一場暗轉)에 불과한 것인지도 모르련만, 순간순간을 있는 힘을 다하여 지어 나아오던 이때 나에게 있어서는 이 모든 것은 완전히 비극의 종연(終演)을 완료한 한 큰 극장의 헛헛한 경관이 아닐 수 없었다.

이 어두운 경관 속에 지향이 없이 팔을 옆구리에 다가끼고 앞을 내다보고 섰는 배우의 요요(寥寥)[15]한 그림자는 이제 어디로 그 발길을 옮겨야 하는 것인가.

클클하고 헛헛한 마음을 부여안고 그는 불이 꺼진 관객석 깊은 허방에 빠지지 않도록 더듬어 한 줄기 하나미치[16]를 골라잡을 길밖에는 없음을 깨닫는다.

동록[17]이 난 철책을 가운데 놓고 나무판자로 만들어 세운 정거장 사무실 반대 방향 이쪽으로는 어느 지면보다도 일층 꺼져 들어간 허방이, 남으로 광장 두드러진 기스락[18]에 인접하여 있었다. 다 해서 백 평이 넘어도 많이 안 넘을 거지 반 네모가 반듯하다 할 공지(空地)인데 군데군데 영양 불량이 된 몇 개씩의 옥수숫대와 꽃을 맺어보지 못했을 오그라붙은 호박넝쿨들 틈으로 꿰어나간 한 줄

---

14 다가끼다 바싹 가까이 끌어당겨서 끼다.
15 요요(寥寥)하다 고요하고 쓸쓸하다.
16 하나미치(花道) 가부키 극장에서 무대 왼편에서 객석을 건너질러 마련된 배우의 통로.
17 동록(銅綠) 구리의 표면에 녹이 슬어 생기는 푸른빛의 물질.
18 기스락 기슭의 가장자리.

기 쇠스랑길, 이 또한 이번 일 이후 피난민들의 필요 없이는 생겨날 리가 없는 길이었다. 길 양 좌우로 호박잎과 풀포기 사이로 수없이 빽빽 벌여 놓인 사람들의 된 분(糞)들 — 낮에 수성서 들어와 여관에 륙색을 풀어놓고 처음으로 형편을 살피러 정거장으로 나왔다가 정신없이 이 분을 밟고 참으로 무서운 분 무더기인 데 나는 놀라지 않을 수 없었던 것이었다.

'발을 빼내일 수 있어야 하지, 미아리 공동묘지보담 더 빽빽 들어서서.'

남의 일같이 저주스럽게 제법 골살을 찌푸리고 겨우 쇠스랑길 밖에 비어져 나가지않도록 해서 똥 묻은 신발을 비비대고 갔던 나인데도 그 나도 얼마 뒤 요기하기를 끝내고 똑같은 길을 도로 돌아오는 길에는 역시 그 위에 발을 벋디디고 주저앉은 사람에 지나지 아니하였다.

쇠어빠진, 새끼손가락같이 가는 옥수숫대를 살 떨어진 양산 받듯 가리어 받고 떡잎부터 먼저 된 산산 찢긴 호박잎으로 앞을 가리니 가리어졌을 리도 물론 없었거니와 향(向)될 만한 데를 찾을 수도 없는 것이어서 남의 일같이 저주스럽게 생각한 것도 우스운 일이 되고 마는 수밖엔 없었다. 그렇다고 이 근방에서 찾자면 이곳밖에는 급한 용을 채울 데도 없을 것 같았다.

짝패와 더불어 앉아 같이하는 일이라면 무슨 우스개라도 하며 킬킬거리지 아니할 수 없을 내 우스꽝스러운 광경을 나는 등을 우그리어 찢어진 호박잎 밑으로 들여보내듯 하며 상상하였다. 누가 내라고 해서 낸 것도 아니요 누가 따라오라고 해서 시작한 것도 아닌 이 일대(一大) 공동변소가 실로 어떻게 이렇게 요긴하고 눈살 바르고 적당한 장소에 만들어져 있을 수 있겠는가 — 물론 하필 나라고 해서 특별히 지목해 보는 사람이 있을 리도 없었다. 그러나 바지를 추어올리고 허리끈을 매는 내 얼굴은 아무래도 붉어지지 아니할 수 없음을 느끼었다.

공지와 새표가 되는 광장 두드러진 기슭 아랫길을 따라 내려가면 허방이 끝이 나는 곳에 여관으로 이층 벽돌집이 서 있고 이 집을 한 채 지나쳐 바른손으로 꺾어 들어간 골목길은 서너너덧 집 지날까 말까 하여 다시 작은 십자길에 와 부딪친다. 모두가 일본집들이었다. 어디를 가나 그랬던 것처럼 이곳도 정거장의 정면과 그 뒷골목이 될 만한 십자길을 중심으로 하고 팔월 십오일 전에는 철도 여객들을 상대로 하는 여관이며, 과일전이며, 식료품 잡화상 같은 것이 번성한 장사를 하였을 듯한 흔적이 아직 군데군데 완연히 남아 있었다.

낮에 수성서 들어와서 점심을 사먹고 둘러 나오던 역로순(逆路順)을 따라 하나미치를 따라 내려온 나는 여관 골목을 들어서 십자길을 바른편으로 꺾어 고쳐 정거장 쪽을 향하여 걸어가는 것이니 허방공지의 분이 널려 있는 쇠스랑길을 건너오면 지름길이 되는 곳에 음식의 점포는 늘어놓여 있는 것이었다.

점포라 했대야 물론 그것은 비바람조차 막지 못할 판장쪽이나 하다못해 삿때기 가마니짝 같은 것을 둘러 친 잠정적인 단순히 상권 표식에 불과한 것들이어서 이나마 권세에 미치지 못하는 패거리들은 엿장사며, 떡장사며, 지지미, 두부, 오징어, 성냥, 담배, 비누, 비스킷, 옥수수 삶은 것, 구운 것, 사과, 배 같은 것을 맨땅 위에 나무판대기나 종이쪽지에 벌여놓기도 하고, 광주리에 담은 채 이런 빈약한 점포들을 의지하여 길옆에 쪼그리고 앉아서 손님을 부르는 남녀노유들.

이 현황 잡다한 풍물 속에 이날 한나절을 보낸 일이 있는 나는 너무나 고조근한[19] 쓸칠 듯한 쌀쌀한 공기 속에 새삼스러이 등골이 오싹함을 느끼어 옷깃을 세우지 아니할 수 없었다.

'한잔 하고 가나.'

낮에 오래간만으로 돼지고기에 생선에 매운 무나물까지 받쳐서 처음으로 배껏 먹어본 이래론 여지껏 먹은 것도 없으려니와 전신이 바싹 오그라들고 가다 들어 무엇에 닿으면 닿는 대로 부서져 으스러질 것 같은 을씨년함을 나는 어찌하는 수 없었던 것이다.

길 위에 노점을 하러 나온 사람들은 벌써 하나도 없이 자취를 감추어버리고 말았다.

십자길로부터 노점 지대에 들어서면서 나는 음식의 점포가 늘어선 첫 골목

---

[19] 고조근하다 '고요하다'의 사투리.

안을 들여다보았다. 이곳에도 불은 모조리 꺼지고 말아서 양줄로 선 가지각색의 바라크[20]들만이 써늘한 저녁 공기 속에 마주 보고 서 있을 뿐이었다.

나는 들어가지도 아니하고 발을 옮기어 둘째 골목으로 걸어갔다. 그러나 이곳도 역시 파장인 듯하였다. 바른편으로 서너 집을 앞서 오직 한 집 촛불이 크게 흐늘거리며 춤을 추는 가운데 중년이 넘었을 남녀의 침착한 두덜거리는 소리가 들려나왔으나 그 소리마저 광주리에 그릇들 옮겨 담는 소리에 지나지 않았음을 알고는 가슴에 습래하는 일층 헛헛하고 낙망적인 생각을 금하지 못하였다.

행여나 하는 마음으로 이때 나는 그 속을 안 들여다보고 지나쳐갈 수도 없었다. 마나님일 듯한 한 오십이나 되었을까 한 여편네가 한복판에 두 다리를 쪼그리고 앉아서 주머니끈을 풀어헤친 채 이날 수입된 지전들을 정성껏 헤이고 있었다. 헤이던 손을 뚝 그치고는 간간 그도 무엇인가 중얼거리거니와 그것을 흘깃흘깃 곁눈질하기에 정신이 팔린 그 남편 될 듯한 사내도 무엇인가 두간두간 두덜거리기를 마지 아니하며 반 허리를 굽힌 채 그릇들을 광주리 속에 챙기고 있었다.

주저앉으면 안 될 것도 없을 성싶었으나 그제는 딱 먹을 용기가 나지 아니하는 광경만으로도 되돌아서서 지나쳐 나와버리지 아니할 수 없었다.

이리하여 나는 돌고 돌아 더듬거리어 나오던 끝에 이상하게도 낮에 수성서 들어와서 돼지고기에 생선에 매운 무나물을 맛있게 받쳐 먹은 바라크 행렬 거지반 끝 골목 되는 그 할머니 가게에 당연히 돌아들어야만 했던 것처럼 돌아들게 된 것이었다.

"할먼네 무나물 못 잊어 왔습니다."

선을 보이고 앉았는 처녀 모양으로 할머니는 보이얀 김이 물큰거리는 솥 옆구리에 단정히 무릎을 세우고 앉아서 무엇인지 한참 정신이 팔리고 있었다.

"고기 있거든 고기에 술도 한잔 주시고요."

한 장으로 된 좁고 긴 나무판자 상 앞에 내가 털썩 주저앉음과 동시에 할머

---

20 바라크baraque 막사.

니는 비로소 정신이 드는 듯이 주저앉는 나를 쳐다보고,
"예, 어서 앉으시오."
하고는 언제 왔었던 손님이려니 하는 어렴풋한 기억만을 더듬는 모양으로 입에서 긴 담뱃대를 떼내었다.
　역시 바람이 있었던지 솥구막 가까이 납작한 종지에 피어나는 기름불은 유달리 흐늘거려 앉은뱅이춤을 추면서 제가끔 광명과 그늘을 산지사방 벽에 쥐어 뿌리었다. 불은 빛보담은 더 많은 그늘들을 일으키어 그것에 생명을 주어 무시로 약동하게 하고 또 무시로 발광하게 하는 듯하였다. 그래서 이 작은 의지할 데가 없는 바라크의 기둥이 되고 주추가 되고, 천반²¹이 되는 몇 개의 나무판자와 가마니때기와 그 외의 모든 너스래미²²들을 모조리 핥아 없애려는 듯도 하였다. 하지만 그것은 남을 핥아 없애지도 아니하고 저 자신 꺼져 없어지는 법도 없이 다만 사람의 가슴속에 무엇인지 모르는 은근한 한 줄의 불안을 남겨놓으면서 조용한 가운데 타고 있을 따름이었다.
　"어떻게 이렇게 오래 앉아 계셔요, 혼자서 할머니."
　물론 그 자체로서도 충분히 궁금하지 아니할 수 없는 생각이기도 하였으나 한편으로는 가슴 한 모퉁이에서 일어나는 불안의 그늘들을 눌러 가라앉히기 위하여 무엇이든 씨부리지 아니할 수도 없지 아니하였던 것이다.
　"밤마다 이렇게 오래 남아 계셔요, 할머니?"
　"밤마다이라면 밤마다이지만 잠 안 오는 게 소싯적부터 버릇이 되어서요."
　할머니는 국솥에서 한 사발 국을 잘 떠서 상 위에 올려놓고 됫병을 잡아 그 속에 담긴 반 이상이나 남은 투명한 맑은 액체를 컵에 기울여 부었다.
　나는 찬 호주²³의 반 모금이 짜릿하게 목구멍을 지나 식도를 적셔 내려가 뱃속에 퍼지는 것을 맥을 짚어보는 것처럼 분명히 짐작하여 알며, 할머니의 무엇인지 풍성한 의미가 없지 아니할 듯한 이 '잠 안 오는 버릇'이란 금맥(金脈)을

---

21 천반 갱도나 채굴 현장의 천장.
22 너스래미 물건에 쓸데없이 붙어 있는 거스러미나 털 따위를 이르는 말.
23 호주(胡酒) 중국 술 '고량주'를 이르는 말.

찾아 들어갔다.
"소싯적부터이시라니 할아버니랑 아드님이랑은 다 어디 가시구요."
"다 없답니다."
"없으시다니 그럼 혼자세요?"
　더운 국 덕으로 뱃속에서 잘 퍼지기 시작하는 호주의 힘을 빌려 물어보지 아니하여도 이미 분명한 물음들을 나는 일부 이렇게 물어보았다. 막(幕) 안 어느 구석을 쳐다보나 어둑신하지 아니한 곳이라고는 없었으나, 벌써 한잔 들어간 이제 내 눈에 마음을 옆누르는 음침한 데는 한 군데도 뜨이지 아니하게 된 것이었다.
"아이들 두어 서넛 되던 건 이리저리 하나둘 다 없어져버리고 내 갓서른 나던 해."
　노인은 담뱃대를 입에서 빼어 들고 가느다란 연기를 입에서 내뿜으며 뚝 말을 그쳤다가,
"갓서른 나던 해 봄에 올해 스물여덟 났던 애가 뱃속에 든 채 혼자되었답니다."
하였다.
"네에."
"……."
"그분은 어디 가셨습니까."
"그것마저 죽어 없어졌지요."
　그는 별로 상심하는 티도 정도 이상으로는 나타내지 아니하면서 태연히 다시 대를 가져다 입에 물려다가,
"물으시니 말씀이지 한 달 더 참으면 해방이 되는 것을 그걸 못 참고 오 년 만에 그만 감옥에서 종시 죽고야 말았답니다."
"네에, 그러세요."
　나는 마주 얼굴을 쳐다보기도 언짢아서 이러고는 남은 컵의 술을 마저 들이마시었다.

"해방이 되었는데 제 새끼래서 그런지 원래 아글타글²⁴ 살 욕심을 남보다 더는 보이지 않던 애니만큼 다른 것들 때보다 가슴 아픈 것이 어째 덜하지 아니한 것만 같애 못 견디는 겁니다."

그는 잠깐만이라도 자기의 두 눈을 가릴 필요가 있어서 그랬던지 선뜻 일어나, 등지고 앉았던 낮은 시렁 위에 놓인 됫병을 들러 갔다. 그리고 차마 묻지는 못하나마 내심 내 요구임에는 틀림없는 것들에 대하여 노인은 암묵한 가운데 자연스러이 대답을 만들어 내려가며 그 됫병을 내어밀어 내 둘째 잔에 술을 따른 것이다.

"보통학교는 어찌어찌 이 어미가 졸업을 시켜주었지마는, 벌써 졸업하던 해 봄부터 붙들려 가기까지 꼭 십 년 동안을 죽이 되나 밥이 되나 한날같이 이 에미와 함께 살아오면서 공장살이를 하다가 이 모양 되었으니! 저 포항동 너머 남의 방 한 간 얻어 가지고요."

"네에."

"처음부터 이런 걸."

노인은 대끝으로 국솥을 가리키며,

"이런 걸 하던 것도 아니요 어려서부터 배운 것도 아니지마는 그 애가 들어가던 해 여름, 처음 얼마 동안은 어쩔 줄을 모르고 어리둥절해 있기만 하다가, 늘 그러구 있을 수도 없고 또 아이 몇 잃어버리는 동안에 생긴 잠 안 오는 나쁜 버릇이 다시 도져서 몇 해 만에 다시 남의 고궁살이를 들어갔지요."

"네에, 그러세요."

"그 긴 다섯 해 동안을 그저 모진 일과 고단한 잠만으로 지어 나아오다가, 하루아침은 문득 그것이 죽었으니 찾아가라는 기별이 감옥에서 나왔을 때에야 얼마나 앞이 아득하였겠어요."

"그리셨겠습니다."

"사람의 가죽은 질기다고 했습니다. 병과 액으로 앞서도 자식새끼 몇 되던

---

24 아글타글 무엇을 이루려고 몹시 애쓰거나 기를 쓰고 달라붙는 모양.

것 하나씩 둘씩 이리저리 다 때우기는 하였지마는, 그런 땐들 왜 안 그럴 수야 있었겠나요마는, 이제는 힘을 줄 데라고는 하나 남지 않고 없어지고 그것 하나만 믿고 산다 한 그놈마저 죽어 없어졌는데도 사람의 목숨은 이렇게 모질은 것이니."

마음이 제법 단단해 보이던 그도 한번 내달으니 비로소 젊은이 앞에서 긴 한숨을 걷잡지 못하였다. 여기서 처음으로 나는 그를 위로할 기회를 얻었으므로,

"그럼 어떻게 하십니까. 그리고 가는 사람도 다 제 명이 아닙니까."

하여 드리니까, 그는,

"하기야 명이지요. 하지만 명이란들 그럴 수야 있습니까. 해방이 되었다 해서 갇히었던 사람들은 이제 살인강도 암질라도 다 옥문을 걷어차고 훨훨 튀어서 세상에 나오지 않습니까."

하였다.

"부질없는 말로 이가 어쩨 안 갈리겠습니까— 하지만 내 새끼를 갔다 가두어 죽인 놈들은 자빠져서 다들 무릎을 꿇었지마는, 무릎 꿇은 놈들의 꼴을 보면 눈물밖에 나는 것이 없이 되었습니다그려. 애비랄 것 없이 남편이랄 것 없이 잃어버릴 건 다 잃어버리고 못 먹고 굶주리어 피골이 상접해서 헌 너즐때기에 깡통을 들고 앞뒤로 허친거리며, 업고 안고 끌고 주추 끼고 다니는 꼴들— 어디 매가 갑니까. 벌거벗겨놓고 보니 매 갈 데가 어딥니까."

"......."

"만주서 오셨다니깐 혹 못 보셨는지 모르지마는, 낮에 보면 이 조그만 한 장터에도 그 헐벗은 굶주린 것들이 뜨문히 바닥에 깔리곤 합니다. 그것들만 실어서 보내는 고무산인가 아오진가 간다는 차가 저기 와 선 채, 저 차도 벌써 나 알기에 닷새도 더 되는가 봅니다만. 참다 참다 못해 자원해 나오는 것들이 한 차 되기를 기다려 떠나는 것인데, 닷새 동안이면 닷새 동안 긴내[25] 굶은 것인들 그 속에 어쩨 없겠어요."

---

25 긴내 '그냥'의 평안도 사투리.

그러지 아니하여도 나는 할머니의, 아까 그것들이 업고, 안고, 끼고 다닌다는 측은한 표현을 한 것으로부터, 낮에 수성서 들어오는 길로 맞닥뜨린, 사람이 복작거리는 좁은 행상로 위에 일어난 한 장면의 짤막한 신을 연상하기 시작하는 중이었는데, 노인은 이러고는 말을 끊고 흐응 깊은 한숨을 들이쉬었다.

참으로 그 일본 여자는 업고, 달고, 또 하나는 손을 잡고, 아마 아오지 가기를 기다리는 차에서 기어내려온 듯 폼 가까운 행상로 위에 우두커니 서 있었다. 허옇게 통통 부어오른 낯에 기름때에 전 걸레 같은 헝겊조각으로 머리를 질끈 동이고, 업고, 달리우고, 잡힌 채, 길 바추[26]에 비켜 서 있었다. 머리를 동인 것만으로는 휘둘리는 몸을 어찌할 수 없다는 모양으로, 골살을 몇 번 찌푸렸다가는 펴서, 하늘을 쳐다보고, 또 찌푸렸다가는 펴서 쳐다보고 하기를 한참이나 하며 애를 쓰는 것을 자기는 유심히 건너다보고 있었던 것이다.

이윽고 그는 정신이 들었는지 지척지척 걸어들어와 광주리며, 함지며, 채두렝이 같은 데에 여러 가지 먹을 것을 담아 가지고 나와, 혹은 섰기도 하고 혹은 앉았기도 한 여인 행상꾼들 앞을 지나쳐 오다가, 문득 한 여인 앞에 서서 그 발부리에 놓인 광주리의 속을 손가락으로 가리키는 것이었다.

"한 개에 오 원씩."

행상의 여인네는 허리를 꾸부리어 광주리에서 속에 담기었던 배 한 개를 집어 들고 다른 한 손은 활짝 펴서 일본인 아낙네 눈앞을 가리매, 아낙네는 실심한[27] 사람 모양으로 한참 동안이나 자기 눈앞을 가린 활짝 편 그 손가락들을 멀거니 바라만 보고 있었다.

뒤에 달린 여덟 살 난 시낼미가 엉것 바치를 움켜잡고 비어틀 듯이 앞으로 떠밀고 그보다 두어 살이나 덜 먹었을 손을 잡혀 나오던 어린 계집아이가 어미의 손을 끌어당기었다. 그리고 업힌 것이 띤 띠개[28]에서 넘나와 두 손을 내어뻗으며 어미의 어깨 너머를 솟아오르려고 한다.

---

26 바추 '바자'의 평안도 사투리. 대, 갈대, 수수깡, 싸리 따위로 발처럼 엮거나 결어서 만든 물건.
27 실심하다 근심 걱정으로 맥이 빠지고 마음이 산란해지다.
28 띠개 '띠'의 북한말.

"이것들이 이렇게 야단이야요."

세 어린것의 어머니는 참다못하여 일본말로 이러며 고개를 개우뜸하고는 행상여인의 눈동자를 들여다보는 것이었다.

애걸이 없었다기로니 이것들이 어찌 그것만으로 덜 비참할 리가 있을 정경이었을 것이냐.

그 위에 물론 그것만은 아니었다.

고기잡이 아이를 갯가에서 내려오다 떨구고 나서 제철소(製鐵所) 옆을 지나 혼자 걸어오다가 일본 사람들 때문에 만든 특별구역 가까이 와 다다랐을 때 그 아랫동네 우물에 몰켜들어, 방틀[29]에 붙어 서서 주린 창자에 찬물을 몰아넣고들 섰는 광경 — 한 사내는 더운 약 받아 들듯 냉수 한 그릇을 손에 받아 들고 행길가 풀숲에 펼치고 하늘을 쳐다보고 앉아서 한 모금씩 그이들을 목 넘어 넘기고 있었다. 허겁진 얼굴에 한바탕 꺼멍칠을 해가지고 긴 머리는 뒤헝클릴 대로 뒤헝클리어 힘없는 부인 눈으로는 먼 하늘가를 바라보며.

"그 종자가 그렇게 될 줄을 어떻게 알았겠어요. 안 그렇든들 그것들이 다 죽일 놈들이었겠어요만."

별안간 계속되려는 할머니 말씀에 나는 술간 앞에 머리를 박고 수그리고 앉아서 끄덕이고 있던 내 머리를 정신을 들여 올리키어 들었다.

"이번에 난 참 수타 울었습니다…… 우리 애 잡혀가던 해 여름, 가토라는 일본 사람 젊은이 하나도 그 속에 끼여 같은 일에 같이 넘어갔지요. 처음엔 몰랐다가 그해 가을도 깊어서 재판이 끝이 나자 기결감으로 옮겨가게 된 뒤 어느 날 첫 면회를 갔다가 그런 일본 사람하고 같이 간 줄을 집 애 입에서 들어 알았습니다. 겨울에 들어서서 젊은이는 원산으로 이감을 가게 되었는데, 집 애 말을 좇아가면서 입으라고 옷 한 벌을 지어 들고 갔더니 그때 우리 애 하는 말이 가토라는 사람은 집은 있으되 집이 없어서 온 사람이 아니오 먹을 것이 있으되 제 먹을 것 때문에 애쓸 수 없던 사람이다. 그렇다고 물론 건달을 하려고 건너

---

[29] **방틀** 나무를 같은 길이로 잘라서 '井'자 모양으로 둘러짠 틀.

온 사람도 아닌 것이니 자기하고 같은 일에 종사했으나 거지도 아니요, 도둑놈도 아니요, 아무런 죄도 없는 사람이라고 그러지요. 그럼 무엇이 죄냐 — 일본 사람은 일본 바다에서 나는 멸치만 잡아 먹어도 넉넉히 살아갈 수 있다고 한 것이 죄다. 어머니, 멸치만 잡아 먹어도 산다는 말을 아시겠어요, 하였습니다."

"네에!"

"누가 무엇 때문에 누구 까닭으로 싸웠는지 그건 난 모릅니다. 하지만 내 아들이 붙들려는 갔으나마 죄 아님을 못 믿을 나는 아니었으므로 응당 당장에 해득했어야 할 이 말들을 오 년 동안을 두고도 해득지 못하다가, 이제야 겨우, 오늘에야 겨우 해득한 것입니다 — 그 종자들로 해서 어떻게 눈물이 안 나옵니까."

"……."

"젊은이가 원산으로 간 것은 첫눈이 펄펄 날리는 과히 춥지는 아니하나 흐린 음산한 날이어서, 나는 새벽부터 옥문전에 가 섰다가 배웅을 해주었는데, 간 후론 물론 나왔다는 말도 못 듣고 죽었단 말도 못 들어서 어떻게 되었는지는 모르나 죽지 안했으면 이번에 나왔을 겁니다. 저것들이 저, 업고, 잡고, 끼고, 주렁주렁 단 저 불쌍한 것들이 가도의 종자인 것을 모른다고 할 수 없겠으니 어떻게 눈물이 아니 나……."

이때 갑자기 불이 껌풀 하는 느낌과 함께 노인의 말이 중도에 뚝 끊어지며 그 부드러운 두 눈동자를 치뜨키어 내 머리 위로 문밖을 내다보는 바람에 나도 스스로 일어나는 불의의 감각에 이끌리어 몸을 돌이키지 아니할 수 없었다.

그것은 머리 밑을 지나가는 쌀랑한 한줄기 감촉이었다. 그리고 찰나적이었으나마 참으로 겨우 소리를 지르지 않을 정도로 놀라 멈칫 부동의 자세에 나를 머물러 세우게 한 강강한³⁰ 한 느낌이었다.

꺼풀을 뒤집어쓴 혼령이면 게서 더할 수 있으랴 할 한 개의 혼령이 문설주이기도 하고 문기둥이기도 한 한편짝 통나무 기둥에 기대어 서 있었다. 더부룩이

---

30 강강(剛剛)하다 마음이나 의지가 강하고 굳세다.

내려덮인 머리칼 밑엔 어떤 얼굴을 한 사람인지 채 들여다볼 용기도 나지 아니하는 동안에, 헌 너즈레기 위에 다시 헌 너즈레기를 걸친 깡똥한 일본 사람들의 여자 옷 밑에 다리뼈와 복숭아뼈가 두드러져 나온 두 개 왕발이 흐물거리는 희미한 기름불 먼 그늘 속에 내어다보였다. 한 팔을 명치 끝까지 꺾어 올린 손바닥 위에는 옹큼한 한 개의 깡통이 들리어서 역시 그 먼 흐물거리는 희미한 불그늘 속에서 둔탁한 빛을 반사하고 있으며,

"저겁니다."

할머니는 떨리는 낮은 목소리로 불시에 이러하였다. 낮으나 그것은 밑으로 흥분이 전파하여 들어가는 날카로운 그러나 남의 처지에 자기의 몸을 놓고 생각하는 은근한 목소리였다.

"저것들입니다."

이렇게 되뇌는 소리에 나는 정신이 들어 노인이 밥 양푼에서 밥을 푸고 국솥에서 국을 떠 붓는 동안 잔 밑바닥에 남은 호주의 몇 모금을 짤끔거리며 입술에 적시고 있었다.

이 불의의 손이 밥을 다 먹을 때를 별러 나도 내 술의 끝을 내기는 하였으나 끝이 났다고 곧 그의 뒤를 따라 밖으로 나서기에는 이때 나는 너무나 공포에도 가깝다 할 심각한 인상을 가슴속에서 떨쳐버릴 길이 없음을 어찌할 수 없었다. 게다가 가슴 한 귀퉁이에 새로 돋아나오는 흥분의 싹인들 없을 수 없었던 것이다.

"한 잔 더 주세요."

나는 바닥이 마른 내 술잔을 내어밀어 할머니에게서 셋째 잔의 호주를 받아 들었다.

"아오질 기다리는 차에서 내려온 겁니까."

"그렇답니다."

할머니 대답에 나는 잠잠하였다. 그리고 셋째 잔 첫 모금으로 혀 위에 남는 호주의 쓴 뒷맛을 나는 잡은 채로 몇 번 다시어보았다.

"밤마다입니까."

"밤마다입니다."

"오는 게 늘 오겠습니다."

"그렇지도 않습니다. 정 할 수 없어서 기어 내리는 것들이요, 또 너더댓 새에 한 차씩은 떠나니까요."

나는 잔을 들어 넷째 번 모금의 술을 마시었다. 관자놀이 위의 핏대가 불끈거리고 온 전신의 혈관이 부풀어 일어나 인제는 완전히 술이 돌기 시작함을 나는 확연한 기분 가운데서 느끼었다.

"하지만 아무리 잠이 아니 오시더라도, 밤을 새시고 앉아 계시는 건 아니겠지요."

"웬걸이요, 못된 버릇으로 해서 아무래도 새지요. 그 대신 낮에 잡니다."

내가 잠자코 그의 얼굴을 쳐다보며 계속된 그의 말을 기다리매,

"우리나라도 안적 채 자리가 잡힐 겨를이 없어서 그렇지 인제 딱 제자리가 잡히고 나면 나 같은 노폐한 늙은 것이야 무슨 소용이 있는 겁니까. 무용지물이지요. 무엇이 내다보이는 게 있어서 무슨 근력이 나겠기에 아글타글 돈을 벌 생각이 있어 그러겠습니까마는, 이렇게 해가다 벌리는 게 있으면 가지고 절에 들어갈 밑천이나 하자는 거지요, 없으면 그만두고. 그리노라면 세상도 차차 자리를 잡아 깔아앉을 터이고, 그렇지 않아요 — 뭣을 어떻게 하자고 무슨 욕심이 복받쳐서 허둥지둥이야 할 내 처지겠어요. 이렇게 내가 나온다니까 해방이 된 오늘에야 왜 뻐젓이 내어놓고 자치회라든가 보안대라든가 안 가볼 것 있느냐 하는 사람도 없지 않았지마는, 이 어수선하고 일 많은 때에 그건 무슨 일이라고……."

"무슨 일이라니 무슨 말씀입니까. 당연히 할머니께서야 그리셔야 될 거 아닙니까."

"그러지 안해도 우리 집 애하고 가깝던 젊은이들이 요새 모두들 무엇들이 되어서 부득부득 끌고 가려는 것을 내가 안 들었지요. 그런 호산 내게 당치도 아니한 거려니와 그렇지 않단들 생눈을 뻔히 뜨고야 왜 남에게 신세 수고를 끼칩니까. 반평생 돌아본들 나처럼 가죽 질긴 늙은이도 없는가 했습니다. 이 질긴 고기를 좀더 써먹다 죽으리라 싶어 나왔는데, 나와보니 안 나왔던 것보담 얼마

나 잘했다 싶었는지요."

"네에 네에, 잘 알겠습니다. 하지만 언제까지나 그러실 수야 있습니까."

"뭘이오, 인제 앞이 얼마 남았는지 모르지마는 이제 얼마 안 가서 쓸데도 없는 무용지물 될 것이, 그동안에라도 무엇에나 뼈다귀를 놀리고 먹어야 할 거 아니겠어요. 또 안 그렇다면 이렇게 피난민이 우글우글하고 눈에 밟히는 것이 많은 때에 무엇이 즐거워서 혼자 호사를 하자겠습니까."

"네에, 죄송합니다."

피난민도 형지 없이 어지러웠고 일본 사람들도 과연 눈을 거들떠보기 싫게 처참하지 아니함이 없었으나 생각하면 이것을 혁명이라 하는 것이었다. 혁명은 가혹한 것이었고 또 가혹하여도 할 수 없을 것임에 불구하고 한 개의 배장사를 에워싸고 지나쳐간 짤막한 정경을 통하여, 지금 마주 앉아 그 면면한 심정을 토로하는 이 밥장사 할머니에 이르기까지 그것이 어떻게 된 배 한 알이며, 그것이 어떻게 된 밥 한 그릇이기에, 덥석덥석 국에 말아줄 마음의 준비가 언제부터 이처럼 되어 있었느냐는 것은 나의 새로이 발견한 크나큰 경이가 아닐 수 없었다. 경이보다도 그것은 인간 희망의 넓고 아름다운 시야를 거쳐서만 거둬들일 수 있는 하염없는 너그러운 슬픔 같은 곳에 나를 연하여주었다.

나는 혓바닥에 쌉쌀한 뒷맛을 남겨놓고 간 미주(美酒)의 방울방울이 흠뻑 몸에 젖어들듯이 넓고 너그러운 슬픔이 내 전신을 적셔 올라옴을 느끼었다. 그리고 때마침 네다섯 피난민들이 몸을 얼려가지고 흘흘거리고[31] 들어서는 바람에 나는 자리를 내어주고 밖으로 나왔다.

*

술 먹은 다음 날 버릇대로 나는 아침 채 날이 밝기 전에 눈을 떴으나 여관에서 조반도 못 얻어먹고 나간 것이 정거장에 와보니 어느 틈에 여덟 시가 벌써

---

31 흘흘거리다 숨이 차 숨을 거칠게 쉬다.

가까운 시간이었다.

　오늘 아침 일찍이 나가서 만나지 못하는 날이면 방은 이내 만나지 못하는 사람이었다. 하지만 여덟 시라면 나를 찾으러 일찍 나왔던 방이 단념을 하고 돌아갈 그리 늦은 시간도 될 것 같지는 아니하였다.

　못 만날 사람이 되어서 방을 만나지 못하더라도 차 형편을 보아서는 혼자서라도 떠날 생각을 하고 나온 나는 정식으로 둘러멘 류색의 밑바닥을 두 손으로 받쳐가며 밤사이에 씻기어나간 싱싱한 아침 공기 속을 플랫폼을 끝에서 끝까지 몇 번인가 오고가고 하였다. 그러나 방은 나서지 아니하였다.

　궤도 위에는 어젯밤 와당은 두 군용차가 화통을 뗀 채 제 선로들 위에 그대로 차게 머물러 있고 분필로 '아오지행(阿吾地行)'이라고 썼던 지난밤 이래의 일본 사람들 그 자원(自願) 차가 달랑 두어 동강 붙어서 떨어진 먼 궤도 위에 팽개쳐 놓여 있었다.

　머리도 없는 두 군용차 위엔 제가끔 어느 틈엔가 벌써 사람들이 올라가 기다리고 있었으나 차는 좀처럼 떠날 기색도 보이지 않았으므로 나는 폼에서 나와 철책을 뚫고 노점들 있는 짝으로 내려왔다. 국밥 한 그릇쯤 먹고 가도 늦지 않을 여유는 있을 성싶었다.

　회령서 방을 놓친 것이 불과 십이 초의 간격이었으면 청진서 방을 잡은 것도 그 십이 초의 아슬아슬한 순간이었다.

　인젠 혼자라도 떠날 결심을 한 나인지라 그동안에 차 대가리가 어떻게 변덕을 부려도 안 될 일이어서 나는 철책 석탄 잿더미를 타고 내려와 공지를 지나 행상로 골목길을 밟고 올라서서 제일 가깝기만 한 장국밥집을 찾아든 것이었다.

　몇 초만 밥을 늦게 먹었어도 물론 안 될 뻔하였지마는, 몇 숟가락 밥을 남겨 놓고 일어났더라도 방을 붙잡는 일은 어려울 뻔하였다. 양치를 하고 돈을 치르고 내가 일어선 것은 방이 막 나무판자로 된 정거장 임시사무소 있는 쪽 폼 마지막 기둥까지 왔다가 돌아서는 찰나이었다. 이 사무소와 기둥 사이라야 불과 한 간(間)이 될까 말까 한 사이였으므로 나는 방이 걸어온 길을 돌아서서 그 사무소 뒤에 가려 없어지기 전에, 있는 소리를 다하여 부르지 않을 수가 없었다. 역 임시사무소와 폼 마지막 기둥 사이 한 간통의 좁은 공간 속에 우연히 들어선 그를 붙잡았다느니보담은, 그런 좁은 간간한[32] 틀을 짜서 놓고 그 안으로 들어오기를 기다렸다 함이 옳으리만큼 우리의 상봉은 아슬아슬한 것이었다. 나는 새를 잠깐 깃을 고르느라고 퍼덕이는 동안에 쏘아 떨어뜨린 경우인들 게서 더할 수는 없었다.

"방선생."

"방 선 생."

참으로 오래간만에 보는 푸를 대로 푸르른 마가을 바닷빛 모양으로 이곳이 고향인 사람의 맏누님 집을 향하여 걸어나가는 젊은 두 피난민의 마음은 한없이 푸르르고 또 한없이 부풀어 올랐다.

이틀 밤을 방 누님 댁에서 자고 사흘째 되는 날은 아침 간다고 신포동을 내려왔다.

간다고 내려는 왔으나 있을 둥 말 둥하였던 차는 역시 이날 없는 모양이어서 우리는 못 견뎌지는 모양 하고 다시 거리로 들어와 여관을 정하고 거기 짐을 부리기로 하였다. 주을은 못 되었으나마 신포동 그래도 자그만한 목간통[錢湯]에서 목욕을 하고 위선 옷의 만돌린만이라도 털어놓고 내려온 우리였으니 절반은 짐이 덜린 거나 다름없었던 것이다.

길림서 둘이 갈라가지고 제가끔 시계주머니와 허리춤과 양말 속 발바닥 밑 같은 데에 조심성스럽게 갈라서 감추어가지고 떠난 몇천 원 돈도 이날 여관에 들어 이면수 프라이와 뜯은 북어와 배 해서 한잔 먹고 난 결로 누구에게 한푼 빼앗긴 것도 없이 이제는 아주 마지막이 되고 말았다. 하면서도 무엇인지 모르게 우리의 어깨는 가뿐해진 것으로만 여겼는데, 다음 날 아침 일어나 같은 여관에 든 손님에게서 사실은 어제도 낮 지나 함흥 가는 차가 있었더라는 말을 듣고는 갑작스러이 다시 마음이 흐려짐을 느끼었다. 듣기 탓으로는 그렇게 날마다 차가 있을 가능성이 있다는 것으로 생각할 수 없음도 아니나, 완전히 마음

---

32 간간하다 아슬아슬하게 위태롭다.

을 놓아 안 될 곳에서 마음을 놓고 흥청거렸다는 후회감으로부터 본다면 어제 일은 암만하여도 불시에 마지막으로 속아넘어간 네메시스[33]의 소작(所作)만 같아서 섬뜨레한 불안이 가시지 아니하였다.

어제도 차가 떠났다는 그 낮때가 지나서부터는 우리의 이 불안도 차차 심각한 것이 되지 아니할 수 없었다. 방과 나는 서로 번갈아가며 짐을 보기로 하고 다시 시내로 들어가 혹 트럭과 같은 변법이 있지나 않을까 하고 돌아다녀보았으나, 별 신통한 수도 없음을 알고는 정말로 몸이 풀림을 걷잡을 길이 없었다.

"이러구 앉았댔자 부지하세월(不知何歲月)이겠소. 며칠 정신 차려 기다리노라면 제 안 오겠소."

우리는 다시 이런 배짱 좋은 사람들이 되어 일어서서 나오지 아니할 수 없었다.

우리가 이날 밤 다시 정거장으로 나온 것은 그 뒤 두어 시간이나 되어 해가 벌써 절반은 산 너머로 타고 넘어간 어슬어슬하기 시작하는 경각이었다. 아침 여관에서 나오면서 방의 론진 팔목시계와 바꾸어가지고 나온 육백 원 돈 중에서 배갈을 사이다 병에다 두 개나 사들고 들어와 한잔씩 하고 저녁을 먹고 막 수저를 놓자고 하는데, 주인이 헐떡거리며 이층으로 올라와 하는 말이 차가 방금 뒤에서 나온 모양이라고 하는 것이었다.

"그 차 타고 와 내린 손님들이 지금 우리 집에 들기 시작합니다."
하였다.

참으로 주인의 말대로 차는 정거장에 와 닿아 있었고, 또 이만하면 우리도 우리를 제일로 요행스러운 피난민으로 생각함이 아님은 아니었으나 그러나 조급한 우리들의 갈증이 만족이 되리만큼 닥치는 대로 순조롭게 일이 진행되는 것만도 아닌 듯은 하였다. 그 대신 우리는 오직 이러한 운불운(運不運)의 부절한 기복(起伏) — 그중에서도 측량할 수 없는 불운의 깊은 골짜기에서만 우리는 우리 가슴에 깊이 잠복해 있어 하마터면 어느 결에 저절로 삭아져버려 없어

---

33 네메시스Nemesis 그리스 신화에 나오는 율법(律法)의 여신.

졌을지도 몰랐을 뜻하지 아니하였던 그리운 소망들을 불시에 달할 수 있는 것인지도 알 수 없는 일이라 하였다.

달고 온 군용차에서 떨어져 달아난 화통이 어디를 갔으며, 언제 돌아올 것인지 모른다는 불안성을 띤 물론이 이 구석 저 구석 차에 올라탄 사람들 입에서 우러나와 다시 이겨낼 수 없는 염증과 지리함이 우리들 가슴에도 내려앉으려 할 즈음에,

"여보 천(千), 어쨌든 우리는 내렸다 올랐다 하질 말고, 인젠 여기서 밤을 새더라도 기다려보기로 합시다."

하는 방의 말을 받아, 나도 얼근히 술이 퍼진 기분을 빌려서,

"내리기는 어딜 내려요."

하여 방의 기운을 북돋고 나서,

"헌데 혹 떠나게 될 때 다바이 씨들에게 또 대접을 하지 않으면 안 될 일이 생길지도 모르니 아까 사가지고 들어갔던 집에서 사이다 병으로 내 두어 개 더 사가지고 오리다."

하고는 도록고를 뛰어내려 다녀서 돌아오는 길이었다.

술이 꼭 찬 사이다 병 두 개를 한 손에 하나씩 들고 예전 개찰구로 쓰던 정면문으로 들어서려 할 때, 나는 칠팔 인 사람의 일행이 나를 받아 나오는 것과 마주쳤다. 이미 날이 어두워 들어가는 깊어진 황혼이 끝이 나려는 때인지라 얼른 눈에 뜨인 것은 아니었으나, 지나놓고 보니 패 중 제일 앞장을 서서 더펄거리고 나가는 더벅머리 소년의 뒷모양은 아무리 생각하여 보아도 낯익은 차림차림이었다.

그 독특한 더펄거리는 걸음걸이는 제쳐놓고라도 커서 과히 홀렁홀렁한 국민복에 저고리 소매와 바지를 걷어 올린 것이 희게 손목과 발등에 나덮인 것만 보더라도.

'어느 일본놈을 또 잡아가는 것인가.'

폼으로 첫발을 옮겨 디디지도 채 못한 채 나는 홱 돌아서서 광장으로 사라져 나가는 그들 — 포승을 진 키가 들쑹날쑹한 두 사내를 에워싼 칠팔 인 사람의

한 그룹이 남실거리는 어둠 속에 사라지는 뒷모양을 바라보았다. 그리고 유혹적인 걸음발이 몇 발씩이나 더듬먹거려짐을 어찌하는 수 없었다.

이만한 정경을 배경으로 한 이만한 포박의 장면 같으면 내 성질로서 신기하지 않을 리는 없었다. 하지만 아무리 화가(畵家) 되기를 결심한 이래 후천적으로 생긴 내 집요한 탐색벽으로 하더라도 이런 긴박한 경우에 이르면 이것쯤은 참으로 적은 평범한 호기심으로 떨어지고 말 성질의 것일 수도 있었던 것이다. 한데 그 위에 그렇지 않고 남는 큰 놀라움이 있었다면 그것은 내 가슴속에 부지불식간에 산 확고한 릴리프[浮彫]가 되어 그립게 숨어 있던 그 소년의 싱싱한 맑은 두 눈알의 홍채가, 산 자기의 실상(實像)을 만나 발한 찬란한 섬광 때문이 아니면 무엇일 수 없었다.

참으로 고혹에 끌린 내 걸음발이었다. 그러나 그렇다고 그 이상 더 어떻게 할 수도 없는 일이어서 나는 내려왔던 도록고에 올라가 방과 가지런히 그 위에 실은 자동차의 찬 몸뚱어리를 기대고 앉았다. 언제 이렇게 어두워졌던가 하고 하늘을 우러러보니 그러지 않아도 그믐밤이 아니면 그믐 전날 밤, 그믐 전날 밤이 아니면 하루 더 전날 밤밖에는 더 못 되리라 한 어쨌든 그믐밤을 앞에 놓고 움직거리지 못한 밤하늘에 어느 결엔가 구름조차 한 불 깔린 것이 치떠 보였다. 그것은 이마가 선뜻거리어 더는 잠시도 쳐다보기에 견디지 못할 것들이었다.

"여보 방선생."

하고 나는 방을 불렀다. 그리고 비로소 처음으로 수성 이래 내 혼자의 비밀로 되어 있는 소년의 이야기를 자초지종부터 하기로 하였다.

그랬더니 방은 정색을 하여 나를 돌이켜보고,

"건 참 철저한데."

하며,

"하지만 아까 누구한테 들으니까 부령에선가 어디에선가 무슨 쿠데타가 있었대."

하였다.

"무슨 쿠데타?"

"여기서 하는 쿠데타에 무슨 딴 쿠데타가 있을라구…… 썩어빠진 전직자(前職者)들이 그래도 물을 덜 흐려서 나쁜 짓들을 하고는 교묘히 먹물을 뿜어놓고 돌아다닌다는군. 해서 어제 오늘은 그것들을 잡느라고 이 정거장에도 한 불 깔렸댔대. 그리구서는 몰래 서울루 도망질을 쳐 간다니깐."

"으응."

"그러니깐 아까 꽁여갔다는 그자들도 혹 그런 것들이었는지도 모르지. 당신은 그런 데까지는 참견할 리가 없을 애라고 하지만 그건 몰라요. 그 녀석이 보안대 김선생이 어쩌니저쩌니 했다면서 ─ 연락이 있다고만 하면 그런 사람들의 일에도 어른만으로는 감당 못 할 일이 없지 안해 있거든."

듣고 보니 그럴 성싶은 일이기도 하였다. 하지만 그것이 일본 사람이건 조선 사람이건 또 무슨 일로 꽁여간 것이건 간에 내게 큰 상관될 것은 없었다. 지금껏 내 가슴속에 엉기어진 그 소년에 대한 형용하기 힘든 모든 인상은 그걸로 말미암아 어떻게 될 성질의 것은 못 되는 것이었다.

다시 쳐다보는 밤하늘은 이미 이제는 이마가 선뜻할 겨를도 없이 어느 틈엔가 일면 진한 칠빛이 되어 있다가 쳐다보는 내 가슴 위를 불현듯이 무거웁게 내리덮고 말았다. 양복바지 무릎을 뚫고 팔소매 끝과 목덜미 너머로 숨을 돌이킨 밤바람이 스며들기 시작한다.

소년으로 말미암아 머릿속에 켜진 아주 꺼지지 아니하려는 현황한 불길들에 시달리어가며, 나는 그러안은 두 무릎들 틈에 머리를 박고 허리를 꾸부리어 댄 채, 오직 꾸부리고 옹크린 덕분을 빌려 억지스러운 잠을 청하기로 하였다.

청한 잠이 들기는 하였는데, 얼마를 잤던 것인지는 모르나, 눈이 뜨였을 때는 방이 소련병과 마주 서서 제가끔 주어가며 받아 가며 고개를 끄덕거리는 것으로 보아, 무엇인지 한 담판 끝낸 순간인 듯하였다. 그는 소련병에게서 도로 돌려받은 그래도 제법 잘 써먹기는 했으나 노서아[34] 말로 된 것이란 이외로

---

34 노서아(露西亞) '러시아'의 음역어.

는 별 대단할 것도 없는 증명서를 양복 저고리 안 포켓에 집어넣으며 웃으며 무시로 고개를 끄덕거리었다.

두 소련병 중 하나는 내가 앉아 있는 자동차의 전차체(全車體) 둘레와 도록고의 구석구석을 회중전등으로 돌려 비추어 보았다. 어느결에 내쫓은 것인지 방과 나와 두 소련병을 내어놓고는 도록고 위의 사람이라고는 하나도 남지 않았음을 나는 그 짯짯한 회중전등 불빛 속에 돌아보았다.

"아마 떠나기는 하는 모양인가…… 한데 여기 사람들은 다 어디들 갔소."

내가 실어 들어가려던 어깨를 들추어가며 이렇게 물으니,

"쫓겨 내려가서 저쪽 차 지붕 위에들 모두 올라가 달려붙는 모양인데 그걸 못하게 하느라고 지금 소련병이 야단인 모양이오."

하며 방은 그 긴 턱주가리로 차 꽁무니 쪽을 가리키었다.

"왜 거기꺼정이야 못 타게 해."

"아마 밤중이니까 낮과도 달라서 졸다가 사람 상하는 일이 있어도 안 될 테니깐 그러는 게지."

몸을 떨치고 일어나서 보니 과연 까맣게 내려다보이는, 아마 이 차 마지막으로 달렸을 두어서너 개 유개화차 지붕 위에는, 강한 서치라이트와 같이 불길이 잘 뻗는 군인용 회중전등 집중적인 불빛 속에 사람들이 앞뒤로 이리 몰리고 저리 몰리는 것이 자주자주 갈리는 먼 환등 속같이 건너다보였다. 이리저리 몰리는 사람들의 무리를 따라 불을 비쳐가며 쫓아 몰아대는 것인데, 두터운 구름이 내려덮인 그믐밤 하늘에다 중공[35]에서 끊어진, 끝이 퍼진 그 불꼬리들 밑에 전개하는 이 혼란 광경은 무심히 바라볼 사람들에게는 음침한 처절한 것들이었다. SOS를 부르는 경종(警鐘) 속에 살 구멍을 찾아서 허둥거리는 조난 군중의 참담한 광경은 이런 것이 아닐까 하는 환각이 잠이 잘 아니 깬 어리둥절한 내 머리에 어른거리었다.

그러자 우리가 이제로부터 가야 할 방향에서 축축거리며 화통의 접근하는 소

---

[35] 중공(中空) 하늘 가운데.

리가 들려오더니 어느 결에 털거덕 하고 그것은 우리 차체에 와 부딪쳤다.

이윽고 화통은 삼십여 간도 더 달았을 긴 우리의 차를 잡아당기었다. 그러나 몇 바퀴 채 굴러가지도 못해서 그것은 다시 털거덕 하고 제자리에 서고 말았다.

"떨려 내린 피난민들이 자꾸 차 떠나는 틈을 타서 매어달리는 모양이야."

눈이 멍해서 자기의 얼굴을 마주 쳐다보고 앉았는 나에게 차 꼬리를 향하여 앉은 방이 먼 중공을 바라보며 입을 쩝 다시면서 이렇게 중얼거렸다. 다시 자리에서 내가 일어나 돌이켜보매 아까 꺼졌던 회중전등의 강한 불빛이 방이 바라보고 앉아서 중얼거리던 중공 하늘 아래 유개화차 지붕 위에 있음을 나는 보았다. 그리고 인차[36] 주르르 하는 다발총의 연발하는 총소리가 귓봉우리를 울려왔다. 물론 빈 공포이었으나 쫓아가는 스포트라이트의 집중된 불빛에 드러난 것은 차 꼬리를 향하여 도망질치는 무수한 군중의 뒷모양뿐이었다. 내 몸에 와 닿는 똑같은 종류의 서치라이트와 다름이 없이 내 가슴도 선뜻선뜻하고 펄럭펄럭하였다.

차는 다시 떠났다.

하지만 그것은 단순히 떠날 수가 없어서 더 몇 번인가 이러한 장면이 반복된 뒤에 그러나 역시 종내 떠나기로 되었던 군용차는 아무렇게 해서라도 떠나기는 하였다.

서치라이트로 몇 번 가슴이 선뜻거린 데다가 이렇게 수없이 털거덩거림을 받은 덕분으로 나는 아주 잠이 깨어서, 떠나는 화물차 모서리에 기대어 섰다.

서른 몇 개나 되는 차 체인을 화통이 잡아당기는, 털거덩 소리가 몇 개로 짤막하게 모여 나고는 차는 차차 본속력을 내기 시작하였다. 앞으로 몇 칸 채 아니되는 우리의 찻간은 어느 틈에 시력이 이를 곳으로 까아맣게 칠하여 놓이지 아니한 곳이 없는 어두운 공간 속에 오직 한 개의 표적이 될 만한 높은 흰 급수대(給水臺)를 지나 몇 개나 되는지 모르는 눈꺼풀 아래에서만 알쏭알쏭하니 지어져 들어가는 전철(輾轍)의 마지막 분기점까지도 지나쳐오는 것이 차바퀴의

---

36 인차 '이내'의 북한말.

덜컹거리며 한곳으로 굴러 모여드는 소리로 분명히 지각되었다.

오래간만에 막히었던 가슴이 뚫려 내려가는 활연함[37]을 나는 느끼었으나 그러나 이 소리는 또한 나에게 내 가슴속에 고유(固有)하니 본성으로 잠복해 있는 내 구슬픈 제삼자의 정신을 불러일으키었다. 두터운 구름이 내려덮인 그믐밤 중, 언제나 복구될는지 모르는 광야와 같이 골고루 어두운 어두움 속에 싸여서 그것이 응당 차지하고 있을 만한 위치를 머릿속에 그려보며, 나는 뒤떨어지는 청진의 거리들을 내 흉중에 어루만지는 것이었다. 방은 이 땅이 우리들 여정의 절반이라고 하였지마는, 설혹 지나온 것이 절반이 못 된다 하더라도 내게는 이미 내 가슴 가운데 그려진 이번 피난의 변천굴곡은 여기서 다 완결된 거나 조금도 다름이 없었다. 그리고 앞으로, 이 이상 고생스러운 험로를 몇 갑절 더 연장해나간다 하더라도 나로서는 이외의 더 색다른 의미를 찾기는 어려운 일일 듯하였다.

앞으로 무슨 일이 생기든 내 피난행은 여기서 완전히 끝이 난 모양으로 나는 쌀쌀한 충분히 찬(冷) 나로 돌아왔다.

다만 나는 이때 신포동서 다시 거리로 내려왔던 이 일양일(一兩一) 시간에 그러자고만 하였으면 얼마든지 그럴 수가 있었을 일을 어째 한 번도 그 할머니 — 그 국밥집 할머니를 찾아가보지 못하고 왔던가 하는, 벼르고 벼르다가 못한 일보다도 더 걷잡을 길이 없는 내 돌연한 애석함을 부둥켜안고 어찌하지 못해함을 나는 불현듯 깨달았을 뿐이었다.

그것은 제 궤도에 들어서 본속력을 내기 시작한 우리들의 차가 레일 위를 열십자로 건너매인 인도(人道)의 구름다리마저 뚫고 지나 나와 바른손에 바다를 끼고 밋밋이 돌아나가는 그 긴 마지막 모퉁이에 다다랐을 때이었다.

지금껏 차 꼬리에 감추이어 보이지 아니하였던 정거장 구내의 임시 사무소며 먼 시그널의 등들이 안계(眼界)에 들어오는 동시에, 또한 거지들의 거리마저 차차 멀리 떼어놓으며 우리들의 차가 그 긴 모퉁이를 굽어 돎을 따라 지금껏 염

---

37 활연(豁然)하다 눈앞을 가로막은 것이 없이 환하게 터져서 시원스럽다.

두에 두어보지도 아니하였던 그 할머니 장막의 외로운 등불이 먼 내 눈앞에서 내 옷깃을 휘날리는 음산한 그믐밤 바람에 명멸하였다. 그리고 그 명멸하는 희멀금한 불빛 속에서 인생의 깊은 인정을 누누이 이야기하며 밤새도록 종지의 기름불을 조리고 앉았던, 온 일생을 쇠정하게 늙어온 할머니의 그 정갈한 얼굴이 크게 오버랩되어 내 눈앞을 가리어 마지아니하였다. 그 비길 데 없이 따뜻한 큰 그림자에 가리어진 내 눈몽아리들은 뜨거이 젖어들려 하였다. 그리고도 웬일인지를 모르게 어떻게 할 수 없는 간절한 느껴움들이 자꾸 가슴 깊이 남으려고만 하여서 나는 두 발뒤꿈치를 돋울 대로 돋우고 모자를 벗어 들고 서서 황량한 폐허 위 오직 제 힘뿐을 빌려 퍼덕이는 한 점 그 먼 불 그늘을 향하여 한없이 한없이 내 손들을 내저었다.

허준(許俊)

1910년 평북 용천 출생. 중앙고보 및 일본 호세이 대학(法政大學) 졸업. 귀국 후 한때 조선일보 기자를 지냄. 1935년 『조광(朝光)』에 시 「밤비」를 발표하면서 등단, 「소묘 3편 — 두 가을, 기적, 옥수수」 등의 시를 창작함. 1936년 단편 「탁류(濁流)」를 『조광』에 발표하면서 소설가로 등단. 이후 「야한기(夜寒記)」(1938), 「습작실에서」(1941) 등 심리주의적 색채를 띤 모더니즘 계열의 소설을 창작함. 해방 직후 조선문학가동맹 서울시지부 부위원장, 문학대중화운동위원회 위원 등을 역임함. 이 시기에 「잔등(殘燈)」(1946), 「한식일기」(1946), 「속(續) 습작실에서」(1947), 「평대저울」(1948), 「역사(歷史)」(1948) 등을 발표함. 월북 후 최고인민회의 대의원 등을 역임. 이후 행적은 알려져 있지 않음. 작품집으로 『잔등』(을유문화사, 1946)이 있음.

작품 세계

허준은 1930년대 후반 일제의 파시즘이 노골화된 시기에, 지식인이 겪는 불안의식과 허무주의를 형상화한 작품을 발표하면서 창작의 길에 들어섰다. 해방 이전의 작품인 「탁류」와 「야한기」 「습작실에서」 등은 현실과 조화를 이룰 수 없는 지식인의 자의식과 심리를 매우 개성적인 문체로써 치밀하게 묘사하고 있다. 이 소설들은 주로 불안감, 허무감, 고독감에 사로잡혀 내면 세계에 침거하는 인물을 그리고 있다. 이러한 내면주의 경향은 해방 이후 작품에서도 부분적으로 나타나, 「잔등」의 주인공처럼 격동에 휩쓸리지 않으면서 자의식을 견고하게 유지하는 인물로 창조된다. 그러나 「잔등」에 나타난 역사적 상황은 작가의식에 영향을 끼쳐 「속 습작실에서」 「역사」 등의 작품에서는 당대 현실에 대한 깊은 관심이 나타나기 시작한다. 「속 습작실에서」에는 1941년 작 「습작실에서」가 그렸던 고독한 개인의 내면으로부터 현실로 인식의 방향 변경이 드러나고, 「역사」에서는 자의식이 거의 사라지면서 현실에 대한 관심이 직접적으로 서술된다. 「잔등」은 인물의 내면 세계로부터 당대 현실로 작가적 관심이 이동하는 변모의 과정에서 징검다리 역할을 한 작품이라 할 수 있다.

「잔등(殘燈)」

1946년 『대조(大潮)』 1, 2호에 연재되고 같은 해 9월 완성된 중편소설이다. 해방 후, 친구인 '방(方)'과 함께 장춘(長春)에서 청진까지 오던 중 주인공 '나'는 열차를 놓친다. '방'과 헤어진 뒤 수성까지 온 '나'는 뱀장어를 잡아서 일본인에게 파는 한 소년을 만난다. 사실 이 소년은 숨어 있는 일본인을 알아내 한국인에게 알리는 일이 본업이다. '나'는 일본인에 대한 복수에 열중하는 소년의 모습을 망연히 바라만 본다. '방'을 만나려고 청진역에 온 '나'는 국밥 장사를 하는 할머니를 만난다. 할머니는 갓 서른에 남편을 여의었고, 독립운동을 하던 아들도 일경(日警)에 잃었다. 그러나 할머니는 난민들은 물론 일본인들마저 동정한다. '나'는 그런 할머니의 태도에서 관용과 비애를 함께 보게 된다. '방'을 다시 만난 '나'는 서울행 기차를 타고 청진을 떠나면서 할머니의 영상을 '잔등' 곧 '한 점 먼 불 그늘'로 느낀다.

「잔등」은 해방과 귀향(歸鄕)의 감격에 휩싸여 있는 현실과 비판적 거리를 유지하면서, 격동기에 나타난 다양한 삶의 태도를 냉정하게 그려낸 수작으로 평가받아왔다. 이 작품의 이야기는 주인공이 만주에서 서울까지 돌아오는 여로(旅路)를 중심으로 구조화되어 있다. 이 여로는 해방의 감격이 넘쳐흐르는 유로(流路)이자 해외 동포의 귀향 행로이다. 그러나 주인공은 이 여로에서 감격과 설렘보다는 비애와 허무를 느끼고 있다. 작가는 해방 공간의 격동 상황에 거리를 둔 인물을 그림으로써 오히려 역사를 바라보는 또 다른 시각과 진정한 인간애의 모습을 담담하게 제시할 수 있었다.

주요 참고 문헌

김윤식은 「허준론: 소설의 내적 형식으로서 '길'」(『한국현대문학사』, 일지사, 1976)에서 「잔등」의 주제가 표면상으로는 '철로'이고, 내용상으로는 '여로'이며, 의식상으로는 '피난민 의식'으로 규정되는 복합적 차원을 갖는다고 보았다. 이러한 관점은 이후 「잔등」의 내적 형식인 '길'의 의미를 귀향 또는 귀환으로 규정하고 역사적 의미를 규명하는 일련의 연구들을 촉발하였다. 한편 권영민은 『한국현대문학사』(민음사, 2002)에서 이 작품이 '냉정한 자기 정리'가 해방 공간을 객관적으로 바라보는 하나의 방법일 수 있음을 보여주었다고 평가하면서 「잔등」의 역사적 대응 양상에 주목하였다. 김종욱은 「식민지 체험과 식민주의 의식의 극복」(『현대소설연구』, 2003)에서 「잔등」이 식민주의적 의식 속에 감추어진 식민지적 무의식의 문제를 만주, 조선, 일본의 관계 속에서 섬세하게 제시하고 있다고 봄으로써 작품을 해석하는 관점의 이동을 시도하였다.　　　　　　　　　　　　　　　_강상희

안수길
제3인간형

1

토요일 오후였다.

대청소를 한다고 빗자루며 물이 담겨 있는 바께쓰며, 이런 것들을 들고 다니며 떠들던 아이들도 이미 물러간 뒤였다. 따로 떨어진 일학년 교실에서 고등학교 합창부의 이부 합창 연습하는 소리가 풍금의 멜로디에 섞이어 제법 곱고 우렁차게 전해온다.

운동장에서 오륙 명 아이들이 셔츠 바람으로 땀을 흘리면서 바스켓볼 연습하는 외에, 천오백여 명이 날마다 생선떼같이 펄펄 뛰던 교실도 교정도 한적하기 짝이 없었다. 계절이 물러간 피서지라는 느낌이 아니었다. 그런 서글픔이 아니었다. 그것은 실로 무슨 큰 잔치를 치르고 난 뒤의 정적이라고 할까? 거뜬하면서도 피로가 마음을 가라앉혀주는 권태! 이런 기분에 잠기면서 석은 직원실 의자에 게으르게 기대앉아 창밖을 내다보았다.

다행히도 석의 의자는 창밖으로 바다를 내다볼 수 있는 자리에 위치하였다.

---

* 「제3인간형」은 1953년 6월 『자유세계』 제10호에 발표되었다. 여기서는 『제3인간형』(을유문화사, 1955)에 수록된 것을 텍스트로 삼았다.

눈을 들면 방파제 밖, Y학교가 그 위에 자리를 잡고 있는 암벽과 불쑥하니 내밀어 누워 있는 영도산과의 사이에, 거울 같은 해면을 여수 항로의 맵시 좋은 여객선이 바다를 밭갈이하면서 내왕하는 것을 볼 수 있었다. 활짝 갠 날이면 멀리 남쪽 수평선 위에 대마도가 자줏빛 안개 속에 시야에 들어왔다.

갈매기 해면을 차고 떼 지어 넘노는 사이를, 갈빛 짙은 풍선이 미끄러져 나가는 광경, 그런 풍선이 선(線)이 부드러운 영도 구릉(影島丘陵)을 배경으로 천천히 지나가는 풍경은 한 폭의 화제(畵題)가 되기에 넉넉하였다.

그러나 그날, 토요일 오후의 창밖의 풍경은 몹시도 단조하였다.

맵시 좋은 여객선도, 고색창연한 풍선도, 더구나 수평선 위의 이국의 자줏빛 섬도, 시야에 들어오지 않았다. 마침 낡은 통탕선이 이쪽 암벽과 영도와의 사이의 해로를 기어가는 것이 마치 천식 앓는 노인이 쿨룩쿨룩 기침을 하면서 걷는 것같이 눈에 뜨일 뿐, 그것이 시야에서 사라지자, 밋밋한 영도섬의 단조로운 선이, 그것보다도 기슭에 볼품사납게 다가붙어 있는 제이 송도의 판잣집들이, 오후의 넘어가는 늦은 겨울 해를 맞받아 벌집〔蜂巢〕같이 환히 건너다보였다. 직원실 창문에서 볼 수 있는 풍경으로는 가장 무변화한 장면이었다. 초라한 컷이었다. 배경만 있는 빈 무대! 이런 느낌이라고나 할까?

그러나 이런 움직임이 없는 풍경이, 그날따라 석의 마음속 풍경과 조화를 이루어주는 것이라 느껴진 것은 무슨 까닭일까? 석은 이것을 토요일 방과 후의 포만이라고 생각하였다.

그 주일의 일을 마치고 어깨에 짊어졌던 것을 벗어놓은 사람만이 느낄 수 있는 정신 상태, 그러나 내일, 일요일이 있음으로써, 하루를 완전히 내 것으로 자유로 즐기고 처리할 수 있는 일요일이, 자고 나면 찾아온다는 기대를 가질 수 있으므로 더 값있게 느껴지는 정신 상태였다. 이런 포만한 정신 상태 속에 게으르게 소요하면서, 석은 시야에 들어온 배경만인 무대 위에 내일의 빈 하루를 무엇으로 메울 것인가? 연출(演出)의 계획을 세우기에 저절로 골독하였다.[1]

---

1 골독(汨篤)하다 '골똘하다'의 원말.

아침에는 기껏 늦잠을 자고, 그리고 오후에 접어들어 해운대의 R을 찾을까? 미군 상대로 기념품 장사를 하는 R은, 그 밖에 말치 못할 부업도 하여 돈푼이나 쥔 모양, 석을 청하여 하루를 쉬자고 하였다.

"바쁨에 쫓기는 몸이니 쉬려도 틈이 없어 자네나 나온다면 그걸 구실로 하루를 모든 것을 잊고 쉬겠네."

R의 청뿐이 아니었다. 부산 생활 삼 년에 아직 선도 못 본 해운대는 미상불 석의 구미를 당기었다. 그러나 만원 버스에 시달려 갔다 올 것을 생각하니, 갑자기 몸 움직이기 싫어진 요즈음의 석은 선뜻 그것이 내키지 않았다. 친구를 청하는 마음이 간절하거든, 모셔 가든지 차라도 세내어 보낼 거지. 이런 건방진 생각을 희롱하고 있는데, 엔진 소리도 가볍게 고급차 한 대가 배경만인 무대 위 바로 직원실 앞에 와 머물렀다. 문이 열리면서 안에서 신수 좋은 신사 한 사람이 내린다.

직원실로 향하여 걸음을 옮기는 그를 보자, 석은 앗! 하고 일어났다.

2

"어느 구름 속에 숨었다가 이렇게 불쑥 나타났는가?"
"그 구름장을 벗겨버린 바람이 불었다네."
"자네가 구름 속에 숨고, 또 이렇게 나타나구 사람은 오래 살고 볼 일일세."
"여부가 있는가, 지긋지긋하게 살아야지."
"추도회나 할 거지."

문을 열고 들어오는 손님을 나가면서 맞은 석은, 그의 손을 덥석 쥐고 이런 수작으로 말을 주고받았다.

그리고 그를 책상 옆에 안내하여 옆자리에 비어 있는 의자를 끌어다 앉으라고 권하였다.

토요일 방과 후의 정신적 포만을 즐기면서 슬금슬금 집으로 돌아간 직원이 많아. 오십여 명 교사가 한창때이면 무슨 시장판같이 들끓던 교무실도 한결 조용하였다. 사무적인 일을 정리하느라고 남아 있던 직원들은 고급차의 방문객 조운(照雲)과 석이 떠드는 소리에 책상에서 머리를 들었다. 그리고 호기심이 가득 찬 눈으로 그들 둘의 하는 수작을 주목하였다. 그들의 호기심을 끈 것은 방문객이 고급차를 타고 왔다는 점이 아니었다. 방약무인(傍若無人)하게 높은 소리로 떠들어대는 둘 사이의 대화 때문도 아니다.

서로 말로 하는 수작을 보아서는 지극히 친밀하고 흉허물 없는 사이인 것 같은데, 어쩌면 하나는 저렇게 풍부하고 기름이 흐르고, 하나는 저렇게도 몰골이 초라할까? 둘 사이의 주고받는 대화와는 어울리지 않는 외면의 현격한 차이가 마치 만화(漫畵)의 인물이 튀어나와 실제로 움직이는 것을 보는 듯했을 것이다. 동료들의 호기심은 이 점에 있은 것은 아닐까?

사실, 석도 몸집과 차림차림이 얼른 알아볼 수 없으리만큼 변해버린 작가(作家) 조운을 대할 때, 경이의 눈을 뜨지 않을 수 없었다.

억지로 전에 하던 버릇대로 농조로 말을 끄집어는 냈으나, 그와 대조하여 석 자신의 몰골이 얼마나 초라할까가 마음에 걸려 미상불 주눅이 잡히기까지 하였다.

"아니, 자네도 이렇게 몸이 나고, 이렇게 좋은 옷을 입고, 이렇게 훌륭한 모자를 쓰고, 또 고급차로 출입을 하고 할 때가 있었던가? 세상은 변하고 볼 일일세."

"기적 같단 말이지?"

사실 기적이라고 말할 수도 있었다.

작가 조운이라면, 독특한 철학적인 명제를, 그것을 담는 난삽한 문체에 고집하는 작가로서 개성이 뚜렷한 존재였다. 더욱이 자신에 충실하고 문학에 대한 결백성을 굳게 지켜오는 것으로 문단인의 존경을 받아오던 사람이었다.

그를 따르는 문학소녀가 많았다. 무엇이 깃들어 있는 것 같은 풍모와 작품. 범속한 것을 싫어하는 문학소녀들의 단순한 호기심이라고 할까?

그러나 그 반면에 문학적인 적도 많이 가지고 있는 사람이었다.

그리고 그의 난해한 문장은 독자를 많이 갖고 있지 않았다.

'신음하면서 찾아 얻으려는 사람만을 시인(是認)할 수 있다'는 그의 인간적인 신념은 그대로 그의 문학적인 신조였다.

항상 생각하고, 자신이 생각해서 도달한 것만이 진리라고 단정하는 그는, 그러므로 과작(寡作)이었고 생활은 늘 궁하였다.

그러나 생활을 유지하기 위하여 매문(賣文)은 하지 않았다.

항상 초라한 몰골을 하고 있는 그는 외면적인 차림에 도무지 무관심이었다.

생활력이 어지간한 부인의 덕으로 아이들은 굶기지 않았으나, 가정을 돌보지 않는 것이 몸차림에 무관심한 것이나 다를 것이 없었다. 무슨 회합에든 공식 모임에는 통 나가지 않았다.

결혼식과 장례에는 머리가 쑤시었다.

전송과 마중, 그런 것은 생각해본 일이 없었다. 그렇던 조운이 오늘의 모습으로 나타났으니 기적이 아니랄 수 없었다.

3

"자네 입으로 기적이라 하니 마음이 놓이네."

그러나 석의 이런 말에는 다시 무어라고 대꾸를 하지 않고, 조운은 화제를 돌리었다.

"토요일이라서 벌써 나간 줄 알았더니, 만나서 다행일세."

"자네가 올 것을 알고 대령하고 있은 것쯤 됐네. 막 나가려던 참이었었는데."

그리고 석은,

"헌데 무슨?"

하고 용건을 물었다.

사실 어떻게 알고 찾아오는 것인지, 전입학(轉入學)을 시켜달라고 무리한 청을 가지고 오는 친구들이 많았다.
 학교의 방침이 원칙적으로 보결생은 받지 않기로 되어 있으므로, 모처럼 찾아온 친구들을 거절해 보내느라고 난처한 처지에 빠진 것이 한두 번이 아니었다. 조운 역시 그런 용건을 가지고 왔으리라 생각하고 (그런 친구들은 학교의 위치가 거리가 먼 관계로 차를 타고 오는 수가 많았다) 물은 것이었다.
 조운은,
 "인제 퇴근해두 괜찮겠지? 나하구 놀러 가세."
하였다.
 "오랜만에 만났으니 나도 자네를 붙들고 얘기하고 싶네마는…… 대관절 용건은…… 뭐 누구 애를 입학시키려구?"
 마침 교감 선생이 나가지 않고 있었으므로, 원칙에는 예외가 있는 그 예외를 내세워, 조운의 청을 들어주도록 교감 선생님에게 떼를 쓰자고 이렇게 물었다.
 "아아닐세, 입학은?"
 그는 머리를 가로젓더니 다시 당치도 않은 말이라는 듯이, '아닐세'를 되뇌었다.
 "그럼 가세."
 석은 그를 따라간다기보다, 그를 안내하여 월급날에 회계하는 학교 옆 단골 빈대떡집에 갈 생각으로 일어섰다.
 밖에 나왔으나, 앞선 조운은 자동차 문을 열고,
 "자, 앉게."
하였다. 사뭇 명령이었다.
 "아니, 내가……."
 말하면서도 석은 그가 가리키는 차 안의 쿠션에 위압적으로 몸을 던지지 않을 수 없었다.
 차는 스르르 미끄러졌다.
 교문 밖으로 나오자 운전수는 뒤에다 대고 말한다.
 "어디루 갈깝쇼?"

"어제 갔던 데."

차는 속력을 냈다.

차가 충무로 광장 넓은 길에 나서기까지 둘은 아무 말도 주고받지 않았다. 뚱뚱한 몸집을 쿠션에 파묻은 조운은 거만스럽게 팔짱을 끼고 기대앉아, 눈을 감고 무엇을 생각하고 있었다.

붉어 으리으리한 얼굴에 복잡한 표정이 서리어 있는 것을, 석은 석대로 복잡한 심경으로 힐끔힐끔 도둑 해 보았다.

그와 마지막으로 갈라진 것이 사변 나던 그다음 날, K신문사 4층에서였다.

그 독특한 창백하다기보다 거무튀튀한 야윈 얼굴에 침통한 표정을 지닌 조운은, 석이 있는 방(그때 석은 K신문에 근무했다)에 나타나 전황 뉴스를 듣고 갔다.

진위(眞僞)의 갈피를 잡을 수 없는 방송과 통신과 군 출입기자의 말에 도리어 어리둥절하고 있던 터이라, 석이 무슨 말을 들려주었는지 기억이 남지 않으나, 그는 침통한 얼굴에 입맛만 다시고 돌아간 것만은 확실하다. 그 후 암흑의 구십 일간에 한 번도 만나지 못하였고, 서울 수복 후에도 조운은 나타나지 않았다.

나타나지 않았다는 것은 결국은 그들의 사회, 즉 문단에였고, 다방에였다.

이 나타나지 않은 명물 조운에 대하여 처음 억측들이 구구했다. 부역해서 따라갔다느니, 납치되었다느니…… 또는 폭격에 맞아 죽었으니…… 그러나 1·4 후퇴로 부산에 내려와 보니, 신문 소식란에 조운이 자동차회사 중역이 되어 피난도 제일착으로 했고, 돈도 듬뿍 벌었다는 것이 보도되었다. 놀란 것은 석뿐이 아니었다.

그렇게 문학에 대하여 결벽하고 순교자적 태도였던 조운의 일이었으니 놀랄 밖에 없었다.

당시 팬츠 바람으로 부산에 몰리어 내려와, 다방 구석에 모여서는 그날 밤 가족을 재울 곳과, 입에 풀칠할 끼니 걱정에 앞이 캄캄했던 조운의 친구들이었다.

예상하지 않았던 조운의 소식은 그들의 심리에 적지 않은 파문을 일으켰다.
"잘했어, 알량한 문인 생활, 잘 빠이빠이 했어."
이름 석 자가 지상에 자주 인쇄되었다는 것으로 알려진 외에 아무것도 아니면서, 남달리 박해와 고민이 자심했고, 겨우 그것을 극복했으나 또다시 생존의 길이 막연한 그들. 무능한 문인 자신에 환멸을 느낀 패들은 조운의 처사를 통쾌하다고 생각하였다.
"피잇."
반대파에서는 문단을 떠났다는 것으로 조소의 이유를 삼았다.
"습격하자!"
걸걸한 친구들은 서둘렀다. 그러나 그는 부산에 있는 것이 아니었다. 부산에는 후퇴 초에 잠깐 나타났다가 어디로인지 자취를 감춘 것이었다.
"꽁무닐 따라다니던 문학소녀와 붙었다지."
"그래? 달콤한 도피 생활, 피난 북새통에 있을 법한 일야."
이런 소문까지 있었으나 조운은 영 사라지고 말았다.
삼 년의 세월이 흘렀다. 문단 교우 중에서도 가장 자별한 사이였던 석에게도 거처를 알리지 않은 채, 흘러간 삼 년이었다. 그 삼 년 동안 조운은 무엇을 했을까? 조운의 일이니, 피둥피둥 살을 찌우고, 맵시를 돋우고, 고급차를 타고 출입하고, 하는 그런 따위 외면적인 것에만 정력을 기울인 것은 아니었으리라. 풍부해진 외면과 더불어 내면도 충분히 살쪘으리라. 더욱이 항간에 떠돌던 문학소녀와의 달콤한 도피 생활에 탐닉했을 삼 년. 그뿐이 아니었다. 그의 문학적 반대당이 그를 매장하려는 이유로 삼는 슬럼프를 타개할 길 없어, 문학과 결별 상태에 놓여 있은 삼 년은 아니었으리라.
도리어, 머리만 크고 동체와 사지가 수척해, 작품을 대하는 사람의 육체에 어필하여 가슴에 불을 질러주는 것이 아니라, 까다로운 자의식을 독자의 머리에 불어넣어, 그것을 받아들이기를 강요하는 편이었던 조운의 문학 세계는, 삼 년간의 실업계에서 확실히 육체와 사지도 갖춘, 보다 크고 넓은 것으로 변했으리라. 혹, 숨어서 이룩한 대작을 보여주어, 그 평을 받자고 불쑥 나타나, 다짜고짜로 차에 담아가지고 가는 것은 아닐까?

이렇게 생각하니 묵묵히 입을 다물고 팔짱을 끼고 쿠션에 기대앉은 조운의 풍모가 석에게 무슨 거물같이 육박해왔다. 심각한 얼굴의 표정, 옆에 앉은 석의 존재도 잊은 듯이 가끔 저 혼자 흥분하는 것 같다가는 머리를 끄덕끄덕하는 태도에서, 삼 년 전에 다방 구석에 앉아 담배, 그것도 양담배인 것이 아닐, 공작 갑을 부끄럼도 없이 꺼내놓고, 그것을 연거푸 피워가며 무얼 생각하던 조운의 모습을 엿볼 수 있어, 석은 까닭 없이 위압을 느꼈다.

그러나 따져보면 석이 조운에게서 무언의 위압을 받는 것은 조운이라는 객체가 던져주는 알지 못하는 힘 때문이 아니었다. 자신의 내면이 너무도 공허하기 때문에 늘 자책을 받던 마음이, 과거의 신뢰하던 친우가 예기하지 않았던 때에 힘찬 모습으로 출현한 것을 보자, 지나치게 겸허하고 당황해진 데서 생긴 야릇한 심리라고 할까? 그것은 흡사 비겁한 병정이 놀라운 기세로 고함을 지르며 기습하는 적을 맞아, 지레 겁을 집어먹고 도망치는 것에나 비길 수 있을까?

석이 Y학교에 교편을 잡게 된 것은, 정치 파동이 한창일 무렵이었다. 벌써 두 달이나 실업의 쓰라림을 맛보고 있던 그는, 어디든 입에 풀칠할 자리를 얻지 않아서는 안 되었다. 기능과 경력이 그것뿐이라, 역시 문화적인 사무를 다루는 분야가 구직의 대상이 되지 않을 수 없었다. 그러나 그 분야마저, 아니 그 분야이기에 물결은 더욱 거센 듯하였다. 문화는 그 독자성을 포기했다. 활자와 활자, 그림과 그림, 노래와 노래가 메가폰으로 변하였다. 민의와 민의가 불똥을 튀우고 부딪쳤다.

일체 정치적인 운동에는 흥미와 정열을 느끼지 못하는 석은, 이 거친 폭풍우 속에 몸을 던지고 싶지 않았다.

그러나 아이들은 밥을 달라고 아우성을 치고, 아내는 아내대로 빤히 아는 바가지를 빡빡 긁었다. 노인들은 한숨을 쉰다. 가느다란 팔에 매달리어 굶주리고 헐벗음을 참고 있는 이들 죄 없는 목숨을 위하여, 뜻에 맞지 않는 일을 해야 되느냐? 파도에 몸을 맡기면 밥벌이가 없는 것도 아니었다.

고픈 배를 부둥켜안고 석은 소란한 거리를 얼빠진 사람처럼 싸다니지 않아서는 안 되었다.

이러한 석에게 학교는 구원의 안식처였다. 친구의 주선으로 처음 학교 구내에 들어서, 폭풍우의 권외에서 뛰놀고 배우고 있는 소년들의 씩씩하고 천진한 모습을 보았을 때, 석의 신경은 스스로 누그러지는 듯하였다.

시간이 없을 때, 운동장 앞 바위 위에 열중쉬어의 자세로 발밑에 와 흰 눈을 뿜으며 부서지는 물결 소리를 들으면서, 먼지 자욱한 용두산과 관상대가 있는 시내를 바라보노라면, 몸에 묻었던 티끌이 죄다 씻겨지는 듯하였다.

연출가인 어떤 친구가 길에서 석을 만나 물었다.

"요즈음 뭘 허시우?"

"학교로 나가오."

"어느 학교?"

"Y학교."

"잘했소."

"무우어!"

"나두 요즘 대학엘 나가는데, 목강입니다."

"목강?"

"아침에 한 두어 시간 애들 대하여 지껄이고 나면, 꼭 목강했다는 기분이 나니깐……."

목강! 딴은 그렇다고 석은 생각하면서, 그에게 차례진[2] 이 안식처를 소중하게 여기었다.

일정한 수입이, 그것도 제달 제달에 꼬박꼬박 약속되는 것이 대견한 일이었다. 그리고 마음과 생활을 가다듬어 무얼 여유 있게 생각하고, 내키지 않는 잡문을 끼적거려 팔아먹는 것이 아니라, 쓰고 싶던 것을 마음먹고 쓸 수 있다고, 영도 어귀에 떠 있는, 어떤 때에는 주전자같이도 보이고 때로는 전진하는 탱크같이도 보이는 섬을 내다보며, 가슴을 쭉 벌려 크게 호흡도 하였다.

---

2 차례(次例)지다 일정한 차례나 기준에 따라 몫으로 배당되다.

그러나 여름과 겨울, 방학이 두 번이나 지났고, 이제 학년말도 몇 주일 남지 않은 오늘에 이르기까지 석은 한 편의 작품도 이룩하지 못하였고, 아쉬운 때 끼적여 들고 나가 돈과 바꿔오던 잡문 하나도 쓸 여유가 없었다. 교편 생활이란 그렇게 만만한 것이 아니었다. 자질구레한 잡무가 꼬리를 물고 그칠 줄 몰랐다.

아이들과 아귀다툼하는 일, 수업은 하루에 세 시간밖에 되지 않았으나, 스물네 시간 전 신경이 아이들 하나하나에 쓰여지지 않아서는 안 되는 일이었다.

거기에 석의 집은 걸어서 한 시간 반, 그것도 전차나 버스를 이용하기에는 반지빠른³ 위치에 있었다. 판자 울타리 너머에 꽃 한 포기 볼 수 없는 삭막한 길, 더욱이 비 오는 날이면 발목을 넘는 진창길을 아침이면 눈을 비비며 걸어 갔다가 저녁이면 어두컴컴해서야 돌아오게 되는 석은, 피로에 지치어 밤이면 곯아떨어지지 않을 수 없었다.

한가하게 무얼 생각할 여유나, 팽팽한 마음으로 책상을 대하여 원고지 빈칸을 메울 육체와 정신적 기력이 없어졌다.

나른한 몸과 안개 낀 머리를 채찍질하여 책상에 대해 앉았다가는, 펜 쥔 손가락에 맥이 저절로 풀려지고 눈꺼풀이 스스로 덮여질 때, 석은 모른다 하고 자빠져 누우면서 중얼거렸다.

"교육도 사내의 보람 있는 일이거니 차라리 훌륭한 교육자가 되자!"

그러나 교육가로서 석은 아직 애숭이였다. 아니 엑스트라의 자격밖에 없었다. 그러나 그렇게 생각하니, 또 이십 년, 마음의 지주였고 생활의 목표였던 그 길을 이제 일조에 분필로 바꾼다는 것이 자신을 배반하는 일밖에 되지 않았다. 더욱이 제 자신에 충실하여 학교를 그만둔다면, 또 그나마도 생활의 방편이 막히는 것이었다. 직업에도 충실하지 못하고 자신에도 엉거주춤하고, 이러한 자책의 채찍을 맞으면서, 석은 점심밥 그릇과 원고지권이 함께 들어 있는 무거운

---

3 반지빠르다 (1) 말이나 행동 따위가 어수룩한 맛이 없이 얄미울 정도로 민첩하고 약삭빠르다. (2) 얄밉게 교만하다. (3) 어중간하여 알맞지 아니하다. (4) 지식이나 기술 따위가 조금 모자라다. 여기서는 (3)의 뜻.

가방을 들고, 벌써 십여 개월 날마다 삭막한 통근 코스를 흐리터분한 분위기 속에 학교에 왔다 갔다 하였다. 초조감만 북돋아졌다. 그러나 그럴수록 마음은 공허해간다. 그리고 안일을 탐하여 현실과 타협하려고 들었다.

허탈된 마음으로 학교 주위의 바다 풍경을 즐기고, 이레 만에 찾아오는 일요일을 고대하는 게으른 사람이 되고 말았다.

그가 조운에게서 정신적인 위압을 느낀 것은 그의 내면이 이러했기 때문이었다.

4

차가 충무로 로터리를 돌자, 길을 걷던 아이 하나가 차 안의 석을 향해 경례를 붙이었다. 석은 끄덕, 머리를 끄덕였다.

"자넨 인젠 제법 훈장 티가 백였네그려."

어느 틈에 차 밖과 차 안, 사제(師弟) 사이의 인사하는 광경을 보았음인지 조운은 석에게 머리를 돌리며 말하였다.

"허, 허."

나쁜 일을 하다가 들킨 때처럼 석은 까닭 없이 잠깐 얼굴이 붉어졌다.

그러는 석에게 조운은 다그쳐 물었다.

"자네, 훈장 노릇 한 것도 인제 일 년은 되지?"

"서너 달만 있으면 일주년이 되네마는…… 내가 학교엘 나가게 된 걸 자넨 어떻게 알았나?"

"다 알고 있었네. 자네 소식뿐 아니네. 문단 동정(文壇動靜) 알고 있었네."

소식란을 통하여 알 수 있는 일이라 별반 놀랄 것도 없었으나, 문단을 깨끗이 하직했다고 생각했던 조운이 역시 어디 숨어서 문단을 노려보고, 저조해진 문단을 놀라게 할 대작을 쓰고 있었음에 틀림이 없다고, 석은 다시 생각하였다.

"근데 어디 있었기에 그렇게 소식 없었나?"
"오늘은 전라도요, 내일은 강원도요, 동에 번쩍 서에 번쩍 했지."
"부산엔 없었기 그랬지?"
"부산 온 지 한 보름밖에 안 되네."
"정말, 자네 자동차회사 중역인가?"
"아암."
"그래 이 자동차 자네 건가?"
"영업시키려고 이번 와서 산 걸세."
"뜬소문하구 틀림없구먼."
"별의별 소문 다 났지?"
"아암, 처음엔 폭격 맞아 죽었다느니, 부역에 따라갔다느니……."
"따라갔다구?"
"자동차회사 중역이 되어 피난두 제일착으로 하구, 돈을 듬뿍 버얼구……."
"으음."

석은 망설이다가 웃으며 말하였다.
"자네가 글쎄 문학소녀하구 붙어 숨어 산다구 하지들 않았겠나? 허허."
"……."

그러나 이 말에는 아무 응수도 없이 조운의 얼굴은 다시 굳어졌다.

차 안은 또 침묵에 잠기었다.

출퇴근 시, 길을 건널 때마다, 제기랄 자동차, 하고 욕했던 자동차. 친구의 것이지마는 제 소유물인 양 마음 놓고 쿠션에 기대앉아 차창 앞에 어른거리는 길 건너는 사람들의 가지각색 포즈를 어린애 같은 눈으로 관찰하는 데 여념이 없는 석에게, 조운의 침묵이나 굳어진 표정은 그렇게 수상한 느낌을 주지 않았다.

'이 친구가 어디루 끌구 갈 작정인가? 차라리 이대로 교외에 드라이브나 하자구 할까?'

그러자 석은 문득 6·25 전 어떤 친구가 쓴 수필이 생각났다. 자동차 한 대를 하루 동안 세를 내어 운전수 마음 내키는 대로 진종일 달리고 싶다. 찻값은 만 원. (그때 돈으로.) 그러나 그 만 원이 없음을 한탄하는 글이었다. 울적한 심회나 따분한 기분을 전환시키는 방법으로는, 그렇게 통쾌할 것도 재미있을 것도 없으나, 그 친구와 같은 분위기 속에서 헤매고 있던 석은, 실현성이 있는 공상이라 여겨서 그때 그 필자와 함께 웃은 일이 있었다.

그러나 오늘, 그 만 원, 지금 돈풀이로 해서 엄청난 돈이 기적적으로 손에 들어와 그것을 아낌없이 처리할 수 있다 하더라도, 차를 전세 내어 들로 종일 달리고 싶은 심경은 그 친구도 나지 않으리라.

마음은 더 메말라지고 현실적으로 각박해진 것이다.

이런 생각을 하고 입가에 웃음을 띠고 있는 사이, 차는 부민관 골목을 꺾이어 들어가더니 관해루 앞에 와 머물렀다.

5

"배갈 좋은 거 있수?"
"예, 있습니다."
보이가 갖다주는 타월로 얼굴을 닦으며 요리를 청하는 조운더러 석은,
"술 하려나?"
하였다.
"그럼 자넨 요리만 먹을 작정 했었나?"
조운의 말이 아니라도, 석은 제 한 말이 무의미한 것임을 깨닫고 입가에 바보 같은 웃음을 띠지 않을 수 없었다.
"그런 건 아니지마는……."
불쑥 이렇게 말하는데 조운은,
"자네 술 끊기로 한 게로군!"
하였다.

"……."

 사실, 석은 금주하기로 맹세한 것은 아니나 술은 삼가야겠다고 생각하고 있었다.
 엄친시하에서 술을 배운 석은 술 먹은 뒤가 깨끗하였다. 술버릇이 얌전하고, 그리고 술이 거나하면 지극히 명랑하여 재치 있는 재담과 멋진 노래도 나오는 석이었으므로, 친구들의 술좌석에서 미움을 받지 않았다. 더욱이 교편을 잡은 뒤로는 동료들 사이에 베풀어지는 주석에서 석은 환영받는 존재였다고 할까? 초조하고 저락해가는 정신적 공백을 메우고, 무기력해진 육체에 활력을 북돋울 수 있을 것이라고, 석은 퇴근 후, 다방에 들렀던 길에 문단 친구들과 휩쓸리거나, 가끔 뜻 맞는 동료들에게 끌리어 단골 빈대떡집에 나가 추렴으로 소주를 마시는 술좌석을 구태여 마다고 하지 않았다. 이렇게 끌려 다니는 사이, 석은 술이 늘었고 주정 하나가 생겼다. 그것은 말이 많아진 것이었다. 술 먹을 때의 다변은 오히려 좌석을 명랑하게 하는 효과가 있었으나, 집에 와서 중언부언 말로 집안 식구를 자지 못하게 하는 데는 질색이라고, 첫째 아내가 이튿날 아침이면 오금을 박았다.
 그러나 그 다변이 지극히 죄 없는 것이었다. 결코 누구를 욕하거나 집안사람을 불쾌하게 구는 것이 아니었다.
 "『좁은 문』이 출판되게 되었어. 오천 부에 육천 원씩이면 오륙이 삼십, 일 할 인세면 얼마야 삼백만 원, 삼백만 원이 들온단 말이야. 쌀 두어 가마 턱하니 사벽장 속에 넣어놓구 그리고 아버지 어머니 절 구경이나 가시게 하구. 그리고 비로드 요즈음 한 감에 얼마 한다더라. 물건이란 안 사면 말구 살 테면 최고급을 사야 돼. 최고급 넘버원 벨벳 치마 한 감을 당신 것 사구. 아유 그 몸뻬 요즈음은 활동복이라든가? 그래, 활동복 보기 싫은 것 벗어버리구 말야……."
 이렇게 떠들면 아비의 이불 속에 먼저 들어가 자던 계집애가 어느 틈에 깨어,
 "내 것두 사주어 흐응 아버지!"
한다.
 "오오냐, 네 것두 사주구말구. 뭘 사줄래?"

"란도셀."⁴

"고작 고거야…… 사주구말구, 란도셀뿐이겠니? 멋쟁이 양복, 구두……."

그러면 또 시험 준비하느라 여념이 없던 육학년 다니는 놈이,

"졸업하는 데 십오만 원이 드는데……."

그 말을 받아,

"십오만 원, 주지, 주어. 그뿐이겠느냐? 너희 선생님 수고하시는데 한 번도 찾아뵙지 못했어. 내가 훈장질 해보니 그런 게 아니더라. 선생님 한번 대접두 하구, 학교엔 기부두 해야지."

공납금(公納金) 때문에 늘 어깨를 펴지 못하던 아이놈은 그 말을 듣고 해해한다.

"비로드구 뭐구 그건 모르겠수마는, 학교 밀린 돈이나 물구 쌀이나 몇 가마 사서, 긴긴 여름날 애들 허기지게 하지 말았으면……."

아내는 이렇게 말하고,

"약 두어 제 쓰두룩 하게. 사람 꼴이 말이 아니네."

어머니 말이었고,

"고달프게 학교엔 나가지 말구, 글 써서 먹구살게 되었으면……."

아버지는 이렇게 말하였다.

"잠깐만 참으세요. 이제 책이 척척 출판되구, 인세가 꼬리를 물고 들어오구…… 그땐 저두 몸이 나구, 얼굴이 훤언해지구……."

집안이 희망으로 명랑해지나, 그 후 일주일이 지나도 한 달이 지나도『좁은 문』인세는커녕 밤을 밝혀 끼적인 잡문 고료도 들어오지 않는다.

몇 번 속아본 식구들은 인젠 석의 큰소리에 흥미는커녕 질색을 하였다.

그뿐이 아니었다. 석의 큰소리 때문에 아내는 이웃에서 쌀 한 톨 꾸어 먹을 수 없게 되었다. 장지문을 막 발라 칸을 막고 있는 위아랫집들은, 석이 술 먹고 하는 주정을 시시콜콜히 듣고 있었으므로, 아내가 아쉽다 못해 무얼 융통하러

---

4 란도셀 ランドセル. 네덜란드어 'ransel'에서 온 말로, 초등학교 학생용의 메는 가방을 말한다.

나가면 으레 말하였다.

"순네 같은 집에 쌀이 없다니. 우는소리 작작 하세요."

"있으면 누가 우는소릴 하겠어요."

"주인이 학교에 나가시지 않아요. 그리고 책 써서 삼백만 원, 사백만 원 척척 들오지 않아요."

"……."

이러는 날이면 아내는 석에게 달려들어 오금을 박았다.

"주정두 무슨 주정을 그렇게 주책없이 하여 여편네만 이웃에 웃음거리를 만들어요."

"못살겠다, 굶어죽겠다, 하는 것보다는 낫지 않아."

"차라리 없으면 없다구 하는 게 낫지, 빈소릴 탕탕 해서 이웃에선 우릴 그렇지 않은 줄 알아요."

"없다는 것보다 낫지 않아!"

"냉수 먹구 이 쑤시겠수?"

"쑤실 때 쑤셔야지."

"쌀 한 알 융통 못 해두 당신 태평이구려."

"안 뛰면 그만두라지."

그러나 석의 주정은 그 후 각도를 달리하였다. 그것은 우는 일이었다.

하루는 역시 동료들과의 빈대떡 추렴에서 거나해가지고 집으로 돌아오는 길이었다. 달이 밝은 날 밤이었다. 한 손에는 무거운 가방, 한 손은 외투 주머니에 찌르고 시청 앞을 돌려고 하는데, 형으로 대하는 무역회사에 다니는 친구와 마주쳤다.

"P형 아니오?"

덥석 손을 쥐자 석은 왈칵 울음이 치밀었다. 감정이 시키는 대로 와아 하고 울었다. 아무 이유도 없었다.

원래 다정한 P이기도 했으나, 길에서 만난 친구가 와아 하고 우는 것이 창피했을까?

"석, 어디서 그렇게 취했나? 다치면 어쩔라구."

그는 석의 등을 어루만지면서 지나가는 차를 잡았다. 석을 앉히고 P 자신도 앉았다. 차가 미끄러지자, 석은 P의 보들보들한 낙타 외투로 싸여진 듬직한 가슴에 얼굴을 묻고 엉엉 울었다.

"석은, 석은 불우해, 불우해."

"불우가 가시는 날이 있겠지. 피는 날이 있겠지."

P는 부드러운 말로 역시 석의 등을 어루만져주었다.

P가 그렇게 하여 집까지 데려다주고 간 뒤에도, 석은 자리에 엎디어 훌쩍훌쩍 설운 푸념을 섞어가며 울었다.

아내도 노인들도 비감해하였다.

"고진감래라구, 피는 날이 있겠지, 그렇게 비감해 말게나."

아버지는 담배를 뻑뻑 빨며 말했고,

"그저 몸만 튼튼하면 이만 고생을 고생이라고 하겠는가? 애들이 무럭무럭, 자라구······."

이러고 어머니는 "관세음보살" 하며 코를 풀었다.

"그만 주무세요. 옛말할 때가 있겠지요."

아내는 울음 섞인 목소리로 머리맡에 와서 베개를 베어주고 이불을 발끝까지 똑바로 덮어주었다.

이러한 부드럽고 어루만짐을 받는 분위기 속에 석은 그날 밤 울다가 이내 자 버렸다. 석은 이것에 맛을 들였다. 그 후 그에게는 술 마시면 집에 들어와 우는 버릇이 생겼다. 그러나 처음에는 어루만져주던 가족들도 거듭되는 울음에 또 머리를 저었다.

"어린애두 아니구, 훌쩍훌쩍 울기는······."

아버지는 듣다 못해 소리를 질렀다.

이튿날 아침이면 아내의 오금이었다.

"신파 연극이오? 좋은 소리도 세 번 거듭하면 듣기 싫다는데, 무슨 그런 궁한 울음이오?"

"좋은 소리 때문에 이웃에서 쌀 한 톨 융통 못 한다구 오금 박은 건 누구구?"
"그러기에 술 끊으라는 게 아니우."
"소주잔 추렴해 마시는 것마저 내한테서 빼앗으면 난 그냥 말라빠지라는 거야?"
"모르겠소."
그러다가 달포 전이다. 석은 문단인의 어떤 좌석에서 하찮은 일로 흥분하여 빈속에 지나치게 마시었다.
밤중에 어떻게 집을 찾아 들어온 석의 얼굴은 피투성이가 되었다.
집안 식구들은 깜짝 놀랐다. 의사를 데려다 얼굴의 상처를 손질했으나, 술 마실 때 일만 기억에 있을 뿐, 어디서 어떻게 얼굴을 깨었는지 도무지 깜박 공백이었다. 지금까지는 석의 말대로 '추렴해 마시는 소주잔'마저 빼앗는 것이 가혹하다 생각하였던 가족들도 점점 늘어가는 그의 술에, 강압적 태도로 나오지 않을 수 없었다.
"여보, 그렇게 술이 늘다가는 길에서 쓰러져 죽어두 모르겠소. 그 복잡한 자동차에 정신 좀 차리세요."
딴은 그랬다. 더욱이 술을 마시고 추태를 연출하는 일 자체가 현실에 질질 끌려가는 무력한 생활이라 생각한 석은, 아차 하고 자신을 돌이켜보지 않을 수 없었다.
"술부터 끊어야겠어."
그러나 술이나 담배 같은 것은 끊는다고 맹세해서 되는 것이 아니었다. 손가락을 자르고 맹세했다가도 그 손가락이 채 아물기도 전에 다시 술잔을 입에 대게 되는 것이 술꾼의 맹세다. 그것은 의지의 문제가 아니라 생리요 생활이다. 다행히 석은 담배는 모르나, 술은 경우에 다다르면 마시지마는, 생리의 일부로 욕구되는 것은 아니었다. 끊는다면 못 끊을 것도 아니다. 그러나 석은 구태여 맹세까지 하고 딱 잡아떼고 싶지 않았다. 연회나 친구와 휩쓸려 앉은 좌석에서 잔을 엎어놓고 맹숭맹숭해 앉았거나, 얼른 일어서 나오는 행동 따위는 취하고 싶지 않았다. 요는 술을 삼가는 데 있었다. 절주를 못 하고 주정을 하고 추태를 부리고, 그러는 것은 역시 내면이 팽팽 차 있지 않은 데서 오는 것이다. 정신생활이 충실했을 때, 알코올 중독자 아닌 이상 술에 먹히는 일은 없을 것이다. 수전노(守錢奴)가 술을 안 마신다면, 그것은 술값이 아까워서보다도 사회적으로는 가치 없는 생활인 돈 모으는 일에 그 자신이 충실한 생활 목표를 가지고 있기 때문일 것이요, 술 마시는 신부(神父)가 취하지 않는 것도 그것이 아닐까? 석은 얼굴을 깬 후, 한 달 동안 술을 마시지 않았다.

6

"자네가 술을 마시면 얼마 마시구, 끊으면 얼마 끊겠나?"
술에도 자신이 규모가 큰 것 같은 어조로 조운은 말하였다.
"딴은 끊을 만한 술도 못 되지마는 생각한 바 있어 절주는 해야겠네."
이렇게 말하고 석은 '몸이 저렇게 났으니 기름진 것도 어지간히 먹었겠고 술도 많이 마셨을 것이다' 생각하면서, 조운의 보기 좋은 얼굴을 건너다보고 빙긋이 웃었다.
"십 년은 더 늙은 것 같네. 그간 고생 몹시 했지? 학교에서 문 열구 나오는 자넬, 자네루 알아 못 보았었네. 어쩌면 그렇게 훈장 티가 꼭 배겼나?"
"일 년 못 돼 훈장 티가 배겨 뵌다면야 슬픈 일이네마는…… 알아 못 보긴 자넨게 아니라 내였네. 상클한 콧날과 움푹 팬 눈이 자네 얼굴의 특징이었었는데, 콧날은 없어지고 눈마저 변했더면 통 알아 못 볼 뻔했네."
"……."
"그렇게 변한 자네의 삼 년이 알고프네. 6·25 나던 때, 신문사서 갈라진 게 마지막이 아닌가?"
"그랬던가? 내 얘긴 차차 하고 자네 지낸 일 들어보세."
그러는데 요리가 들리어 들어왔다.
"자, 들게."

흰 알잔에 따른 빼주가 쿡 코를 찌른다. 둘은 함께 들어 조금씩 마시었다. 조운의 젓가락은 해삼 요리에 먼저 갔다. 호르몬제라고 중국 요리를 먹을 때마다 죄 없는 화젯거리가 되는 음식이다.

석은 문득 그것을 생각하고 빙그레 웃음을 띠는데, 조운은 큰 놈 한 개를 집어 입에 넣고 씹으면서,

"삼 년 동안 나는 타락했네."

하였다.

"타락이라니? 난 자네의 세계가 넓어지고 커졌으리라 기대하고 있는 판인데……."

조운은 얼굴에 또 복잡한 표정이 서리더니, 잔에 술을 부어서 먼저 들이마시고 빈 잔을 석에게 건넸다.

잔은 왔다 갔다 하였다.

석은 얼굴이 화끈해지면서 거나해간다. 한 달 만에 접구하는 것이라, 좋은 안주에 술맛을 한결 돋우었다.

말하기 꼭 좋았다.

"나는 이를테면 넓은 데서 좁은 구멍으로 기어들어가 옴짝달싹 못하고 기진맥진하고 있는 터이지마는, 자네야 넓은 세계에 활활 날아다니는 셈 아닌가? 작품 세계가 커지고 힘차리라고, 오늘 자네를 대할 때부터 그런 기대를 가지고 있었네."

"작품?"

"그래!"

잠깐 머리를 푹 숙이었다가 조운은 갑자기 일어나더니, 벗어 못에 걸어놓았던 외투 안주머니에서 종이에 싼 것을 끄집어냈다.

"이걸 보게."

내미는 종이 꾸러미를 펴보고 석은 어리둥절하지 않을 수 없었다.

"이건 뭔가?"

거기에는 새것인 검정 넥타이 위에 흰 봉투가 놓여 있는 것이 나타났다.

봉투에는 '조운 선생님'이라고 틀림없는 여자의 글씨가 단정하게 쓰어 있었다. 어안이 벙벙해 앉았는 석에게, 조운은 편지를 집어 알맹이를 내어주었다.
"읽어보게."
"읽어두 괜찮은가?"
"읽게."
펴보니 간단한 문면이었다.

   선생님 호의는 뼈에 사무치오나 제가 취할 길은 이미 작정되었습니다. 그 사이 저는 선생님 몰래 간호장교 시험에 지원했습니다. 시험은 월요일 대구에서 치르나, 준비 때문에 지금 떠납니다…….
   그때 그 넥타이는 집과 함께 재가 되었습니다. 이것은 그 대신입니다. 선생님은 역시 검정 넥타이를 매셔야 격에 어울립니다. 안녕히.
미이 올림

"미이?"
석은,
"그 미이인가?"
하고 가볍게 놀라면서 물었다.
"그렇네."
미이는 조운을 따라다니던, 석도 잘 아는 문학소녀였다. 그러면 뜬소문과 같이 조운은 미이와 도피 생활로 삼 년을 지낸 것인가? 그러자 차 안에서 도피 생활 운운의 소문이 떠돌았다고 말했을 때, 침묵을 지키던 조운의 태도가 새삼스럽게 눈앞에 떠올랐다. 지금까지 관념 속에 그리고 있던 거룩한 조운이 한 개 장사치요, 자동차 바퀴를 굴려 먹고사는 사람으로밖에 보이지 않을 것이 두려워졌다.
   그러자, 갑자기 석은 제 마음이 꽉 차짐을 느꼈다. 그리고 공격적인 어투로 말이 튀어 나갔다.

"정말, 자네 미이하구의 관계가 소문하구 같은가?"

"아닐세, 천만에."

"그럼 이건 무언가?"

조운은 말을 못 하고 잠깐 눈을 감았다 다시 뜨더니, 술을 쭉 들이켠 다음 결심한 듯이 입을 열었다.

7

미이는 자네도 알다시피 나를 따르던 문학소녀였었네. 소설을 쓰겠다고 내게 자주 오던 그는, 그때의 나와는 달리, 화려하고 명랑하고 어느 편이냐 하면 부박한 편이었었네. 다방 같은 데 자네서건 함께 앉은 자리에도 나타난 일이 있었으나, 나타나서는 부박한 의복을 입고 이 테이블 저 테이블로 깡충깡충 뛰어다니며, 이 시인 저 작가를 대해 종알거리는 양이 도무지 소설은커녕 일기 한 줄도 바로 써낼 것 같지 않았었네.

처음에는 뉘 집 딸인지 하나 망쳐먹는다쯤 생각하고 탐탁하게 응수해주지 않았으나, 한번은 백 매 정도의 작품을 들고 왔는데, 이건 놀랐네.

맨스필드풍의 맑고 섬세한 것이었는데, 「행복」에 나오는 버서 영 비슷한 성격의 여성을 제법 재치 있게 문장으로 다루었었네. 구성과 인생을 보는 눈이 어린 것은 두말할 것도 없었으나, 지도만 잘하면 쓸모 있겠다고 생각했네. 갑자기 관심이 가게 되어, 그런 눈으로 보았음인지 그 후부터 그의 까불랑거리는 행동 전체가 재기(才氣)의 발산으로밖에 보이지 않았네. 대단한 다변, 재빠른 말투였으나, 귀를 기울이고 들으면 입을 비쭉거리며 지껄이는 독설 같은 데서 새롭고 날카로운 센스를 붙잡을 수 있었네. 가령 다방에 모여드는 문인패들을 하나하나 평하는 데도 머리를 끄덕일 점이 한두 가지가 아니었었네. 더욱 관심을 가지게 되어 알아보니, 모 회사 중역의 딸이었었네. 여의대에 다니다 문학을 한다고 학교를 집어치웠다네. 하나밖에 없는 오빠는 ×은행원이고.

부유한 가정에서 귀엽게 자라났다는 것이 그의 명랑성과 관련하여 수긍되었네. 가정이 여유 있고 보니 신문이나 잡지사 기자로 취직해서 빤들빤들 다스려질 위험성도 없을 터이고 하여, 만나는 대로 좋은 말을 들려주었더니, 하루는 오빠를 끌고 왔네. 오빠는 누이와는 달라 침착한 청년이었었네. 공손히 인사하고 미이는 문학에 취미도 있고, 다소 재분도 있는 듯해 그 길로 내보낼까 하는데, 잘 인도해달라는 것일세. 하필 나 같은 것에게 하고 사양했으나 그 후부터 미이는 나를 모시다시피 따라다녀, 나 있는 데는 그림자같이 함께 있었네. 이러한 어느 날 미이는 내가 매고 있는 검정 넥타이를 가리키며 말하였네.

"선생님 넥타인 항상 검정 거니 그건 무얼 의미하는 거예요?"

"내 넥타이가 검정이었던가?"

그제야 나는 내 넥타이가 낡아빠진 검정 것임을 깨닫고 그것을 어루만지며 웃었네.

"의민 무슨 의미야, 없으니 이걸 맸지."

"인생에 대한 상장(喪章) 아녜요?"

"상장? 허, 허, 그런 걸 일일이 생각하구 옷을 입다간 머리가 빠지겠네."

"난, 선생님 대할 때마다, 그리구 늘 검정 넥타이만 매구 계시는 걸 보구 그렇게 생각했어요."

"아무렇게나 생각하지그래."

"체호프의『갈매기』아시죠? 엊저녁 읽었는데 퇴역 중위의 딸 마샤가 늘 검정 옷을 입고 있는 걸 보구, 소학교 교사 메도베…… 무언가 하는 청년이 묻지 않아요. 왜, 검정 옷을 입고 있는가구. 마샤의 대답이 그거예요. 인생에 대한 상장이라구."

"그런 거 있지. 그러나 난 그런 상징적인 의미로 검정 넥타일 매는 건 아냐."

"선생님 태도와 검정 넥타인 어울려요."

"어떻게 하는 말인지?"

"가령 세속적인 것에 초연한 거라든가……, 세상일 얼굴 찡그리구 꼬치꼬치 캐서 생각하는 거라든가."

"……."
"그러나 난 인생을 『갈매기』의 세계같이는 보구 싶진 않아요."
"그렇게 비관은 안 한단 말이지?"
"그럼요."
"좋은 생각이군."
"그렇지 않아요? 난 인생이 즐겁구 고마워 못 견디겠어요."
"아하."
"우리 어머니 날 배기 전에 유산을 했대요. 사 개월 만이었었다는데, 유산 후 두 달 만에 나를 뺐다잖아요. 계산해보세요. 언니가 될지 오빠가 될지 모르는 아기가 유산 않구 그대로 났더라면 난 이 세상 구경 못 하는 게 아녜요."
"그렇군."
"그걸 생각하면 인생이 즐겁구 고마워서 견딜 수 없어요."
"그래 그렇게 명랑하군그래."
"왜 명랑하지 않겠어요."
하고 혼자 좋아서 깔깔대더니 갑자기 웃음을 멈추고,
"선생님도 인생을 즐겁게 보세요. 좀 화려해지시구 이맛살 펴시구, 우선 그 넥타이부터 풀어 던지세요. 이리 오세요."
하더니 다짜고짜로 나의 팔을 끌고 동화백화점으로 들어갔네.
"가만 계세요. 제가 고를게요."
하고 남색 바탕에 새빨간 달리아 한 송이가 타는 듯이 돋쳐 있는 걸로 골라, 그 자리에서 내 목에 매어주고, 낡은 검정 넥타이는 접어 싸서 핸드백 속에 집어 넣었네.
 그 후 며칠 지나지 않아 6·25사변이 터졌네. 구십 일 동안 나는 가족을 데리고 처가가 있는 수원 어느 시골로 내려가 숨어 지냈는데, 적의 무자비한 박해에 따르는 배신·음해·고발·아유[5] 등등, 기타 일체 인간성의 추악한 면이 좁

---

5 아유(阿諛) 아첨.

은 고장인 만큼 더 노골적으로 더 단적으로 나타나는 것을 듣고 보고 하였네. 거기에는 거듭되는 폭격 밑에 시골인지라 그 속에서 할아버지·아들·손자·증손자·고손자 몇 대(代)가 나고 죽고, 장가가고 시집가고, 환갑 진갑을 차렸을 집들이 실로 삽시간에 날아가 폐허가 되고, 파리의 것같이 사람의 목숨이 값이 없고…… 처삼촌 되는 사람네 마루 밑에 숨어 박혀 생명의 위협을 느끼면서 생각하는 기능조차 상실한 듯했네. 몸은 극도로 약해져서 적의 손이나 폭격에서가 아니라도 목숨이 저절로 사라질 듯하였네. 인생에 대하여 극도로 겸허해지고 용기가 없어진 나는, 어렴풋한 의식 속에서도 생각한 것이, 죽지 않고 살아나게 되면 다음 시기에는 인생을 까다롭게, 그리고 이맛살을 찡그리고 살 것이 아니라는 것이었네. 넥타이를 사주던 때에는 무심히 들어 넘겼던 미이의 말이 그의 모습과 함께 되살아나 입가에 웃음이 떠올라지데. 미이는 어머니의 유산 덕분에 못 나올 세상에 태어난 것을 고맙고 즐겁다고 했으나, 사람이 어머니 배에서 잉태되어 태어난다는 것은 수억만 개, 아니 천문학적 숫자의 정자(精子) 중에서 특히 선택을 받은 은혜가 아닌가? 천문학적 숫자의 형제자매가 향유 못 하는 이 세상 구경을 하게 된 것이 사람일진대, 그 인생을 이맛살을 찡그리고 까다롭게 노려보고 꿍꿍 앓으면서 지낼 것은 무엇인가? 무어 용한 생각 했다고? 물론 허황한 생각이고, 자네의 조소를 받을 줄 아네마는, 그때 나는 이런 생각을 골똘히 하고 있은 것만은 어김없는 고백일세.

수복 후 이렇게 생각해 얻은 결론을 실천에 옮긴다는 뜻에서인 것은 아니었으나, 당면한 생활 문제 때문에 어떻게 처삼촌과 손을 잡고 일을 한 것이 자동차 운수업이었네. 원래 처삼촌은 활동가이기도 했거니와 수복 직후였으니 짐은 얼마든지 있었네. 어름어름하는 사이에 단 한 대의 트럭이 두 대로 붙었고, 두 대의 트럭 바퀴가 불이 나게 구르는 틈에, 1·4후퇴를 당하게 되었네. 또 한몫을 보았을 것이 아닌가? 돈은 저절로 벌어지데. 나로서는 이를테면 이런 성공이 없었네. 후퇴 때 어떻게 하여 광주에 내려와 쭉 거기 본거를 두고 있으나, 이번 부산으로 진출해 승합과 버스 영업을 해보려고 건너온 참이네.

일이 바쁘기도 하려니와 돈 버는 재미는 또 지금까지 생각지도 못했던 새로운 경지인지라, 나는 저도 모르는 사이에 그 세계에 미끄러져 들어갔네. 얼굴을 찡그리고, 무얼 생각하고, 값싼 담배를 하루에 오십여 대씩이나 연달아 피워가며, 좁은 방에서 떠드는 아이들에게 신경질을 부리면서 원고지 빈칸을 메우는 그런 생활이 고리타분하게 여겨지데. 일절 생각을 하지 않으니 몸이 나고, 마음을 즐겁게 가지니 이맛살이 펴지고, 잘 먹고 잘 자니 얼굴이 붉어지고, 처음 얼마 동안은 이런 생활이 올바른 것일까? 일종의 자책도 있었으나, 에라 내가 한국에서 글을 썼댔자 플로베르가 되겠나, 지드가 되겠나, 한 푼어치 값도 못 가는 것을 글이랍쇼, 신문 잡지에 인쇄하여 이름이 알려졌다는 것으로 괴뢰 적당의 박해의 대상이 된 것밖에 더 있었느냐? 이렇게 생각하고는 이름마저 호 조운을 버리고 최춘택, 본명으로 돌아가 '춘수(春水)는 만사택(滿四澤)'[6] 두루 태평으로 술도 무작이요, 계집도 마음대로 돌아다니는 판이었었는데, 부산 와서 이틀 되던 날 오후였었네.

아까 그 차를 사가지고 모터 풀[7]로 부속품 넣을 것이 있어 가는 길인데, 부산역 앞에서 길을 건느는 미이를 발견한 것일세. 서행으로 구르는 차창 앞에, 길을 건널까 말까 망설이고 있는 미이를 나는 대뜸 알아보았네.

차를 세우고 문을 열고 상반신을 밖으로 내민 나는,

"미이, 미이."

하고 불렀으나, 미이는 이내 나를 알아보지 못하데나.

"최춘택, 아니 조운이야."

하는 것을 듣고야 비로소 미이는 반색하데.

"어마, 조운 선생!"

나는 차에서 내렸네.

운전수에게 차를 모터 풀에 맡기라 이르고, 미이와 함께 부근 다방엘 갔었네.

"어쩌면 그렇게도 변하셨어요?"

---

6 도연명(陶淵明, 365~427)의 시, 「사시(四時)」의 첫 구절로, '봄물은 모든 연못에 가득하고'의 뜻. 참고로 「사시」는 "春水滿四澤 / 夏雲多奇峰 / 秋月揚明輝 / 東嶺秀孤松."

7 모터 풀motor pool 군대나 관청 따위의 배차용 자동차 집합소.

"미이가 날더러 말한 일 있잖아. 이맛살 펴구, 세상 즐겁게 보라구."

"……."

"미이 말대로 했더니 미이가 알아 못 보게 변했는가 봐."

하고 껄껄걸 웃었네.

 호, 호, 호, 내 웃음에 따라 명랑하게 웃으며 들까불 줄 알았던 미이는, 내 말에 그다지 큰 반응을 표시하지 않았네.

 다방에서뿐 아니네. 처음 길에서 만났을 때부터 미이는 침착했고 어른스러웠네. 서울서와는 반대로 내가 차를 주문한다 신문을 산다 하며 명랑하게 지껄이고 웃고, 하였고 미이는 묻는 말에나 겨우 대답하는 정도로 처음 앉은 자리에 몸을 붙이고 앉아 있을 따름이었네.

"나두 편했으나 미이두 변했는데. 꼭 서울서와는 반대야. 내가 명랑해지구, 미이가 침울해지구. 어쩌면 고렇게 얌전해?"

 그제야 호, 호, 호, 입을 손으로 가리고 웃고 나서,

"저도 지금 막 그렇게 생각하고 있었어요."

 그리고,

"사변 덕에 성격이 변해졌나 봅니다."

 힘없이 말하였네.

"참, 사변 통에 피해 없었는지? 양친 안녕허시구 오빠두……?"

"오빤 행방불명, 아버진 반신불수, 집은 재가 되구."

"저러언."

 위로의 말과 함께 자세한 것을 묻자고 하는데 미이는 숙이듯 했던 머리를 쳐들고 사변 후의 가정 형편을 쭉 이야기하였네.

 집이 폭격을 맞은 것은 칠월 말, 사발 한 개 끄집어낼 수 없었으나 가족의 생명을 건진 것이 무엇보다 천행이었었다네. 용산에서 안암동으로 옮겨, 친척집 바깥방에서 어머니와 미이가 쌀장수를 하여 겨우 풀죽으로 연명해나갔으나, 그런 가운데서도 용하게 숨어 박혔던 오빠가 수복도 얼마 남지 않은 구월 이십 일경, 친구의 집에 정보를 알아보겠다고 나간 후, 행방불명이 되었다네. 열흘이

못 지나 수복되었을 때, 나타나지 않은 아들 때문에 애통하는 늙은 부모의 정경은 눈을 뜨고는 볼 수 없었다네. 불행과 비애가 아직 채 가시기도 전에 1·4후퇴였고, 김해에 피난 보따리를 풀었으나, 상심 끝에 아버지는 뇌일혈로 반신불수가 되었다네.

아버지의 회사는 그 후 부산에서 영업을 펴게 되었으나, 시원하지 않았을 뿐 아니라, 반신불수로 누워 있는 아버지는 자연히 그 경영에서 떠나게 되었다네. 주를 헐가로 팔아넘긴 돈으로 겨우 생활을 유지했으나, 감꼬치 빼먹듯 있는 돈을 고스란히 소비하는 것이 불안하여, 두어 달 전에 부산에 이사 와서 판잣집 하나를 얻어 어머니가 집 앞에 목판 장사를 벌이고, 미이 자신은 어디 취직자리를 구하고 있는 중이라는 것이었네.

미이가 차곡차곡히 눈물이 글썽하여 하는 이야기를 듣고 나는 그를 위하여 무슨 힘이 되어줄 수 없을까 진정으로 동정하는 마음이 일어났네. 더욱이 천생의 명랑성이 감추어지고, 침울하고 얌전해진 그 태도가 측은하기 짝이 없었네.

그 명랑성을 돌이켜줄 수는 없을까? 그 날카로운 센스를 그대로 빛내게 해줄 수 없을까? 그대로 행복하게 해줄 수 없을까? 그때의 내 마음은 사실 순수했었네.

이런 마음으로 미이를 보고 있으려니 이야기를 그친 미이는 잠깐 입을 다물었다가,

"선생님은 살아가는 것을 즐겁다고 생각하세요?"

오금 박듯 말하였네.

나는 뜨끔하였네. 그리고 일부러 내 편에서 더 명랑성을 띠며 응수했네.

"건 미이답지 않은 질문인데. 오오라, 사변 통의 불행으루 미이 인생관 변했군그래…… 그러니까, 이를테면 백팔십도 전환으루 지금은 인생을 비관한단 말이지?"

"비관하는 건 아녜요."

"비관 안 해? 그럼 안심이야. 비관 안 함 역시 낙관이겠군."

"비관두 낙관두 아니에요."

"그럼? 중간판가? 중간판 없어졌어."

"호, 호, 호, 말재주 어디서 그렇게 느셨어요?"

미이의 침울이 풀려지는 듯해 나는 될 수 있으면 그로 하여금 명랑하였던 서울 시절을 회상하도록, 기억에 남아 있는 서울서의 화제를 끄집어내었네.

"이것두 저것두 아님, 세상 나오질 않을 걸 그랬군. 오빤지 언닌지 모르는 그 애기에게 양보할 걸 그랬어…… 하, 하……."

"선생님 기억두 참 좋으시네. 그 말 잊지 않으셨군요…… 그러나 그렇게 생각진 않아요. 역시 이 세상에 나온 걸 고맙게 여겨요. 기쁘게 여겨요."

"그렇게 생각한다? 그럼 더욱 안심이군. 그러니까 결국 미이 생각 변한 게 없구먼…… 서울 때처럼 명랑해지구 기운을 내라고."

"생각 변한 게 있다면 이걸까요?"

"뭐? 역시 변한 거 있나?"

"그 어려운 목숨과 형체를 받아 사람이 세상에 나오게 된 것이니, 필요 없이 내보내지 않았을 거예요. 이 세상에 꼭 할 일이 있기에 내보낸 것이 아닐까요."

"사명(使命)을 지고 나왔다는 말이지?"

"예, 사명이에요. 보람 있는 사명이에요."

"……."

문득, 나는 나 자신을 돌이켜보고 움찔했으나, 미이는 말을 이었네.

"그러나 제 사명을 바루 찾아 그 사명을 다하는 사람두 있고, 못 찾구 거지처럼 보람 없이 인생을 마치는 사람이 있을 게라구 생각해요."

"그럼 미이 사명은?"

"……."

미이는 머리를 숙이더니 숙인 채로 낮은 목소리로 중얼거리듯 말하였네.

"헤치구 찾아봐야잖아요."

이튿날부터 부산에서의 새 사업 계획에 분망한 틈을 타서, 나는 미이를 하루 한 번씩은 만났고, 그의 판잣집에도 찾아가보았네. 그 생활이란 말이 아니데. 꼼짝 못하고 누워 있는 미이 아버지의 얼빠진 모양, 고생 모르고 늙던 어머니의 목판 장사 하는 정경.

　나는 미이의 가족을 구해야겠다는 생각이 더욱 간절했네. 그러나 미이와 자주 만나는 사이 처음의 순수했던 생각보다도 야심이 더 앞을 섰다는 것을 고백하네. 술과 계집이 마음대로였던 내 생활이라, 미이에 대해 밖으로 나타나는 태도도 좀 다르다고 미이 자신이 눈치 챘을 것일세.

　나는 다방을 하나 차려줄 것에 생각이 미치었네. 이것이면 내 힘으로 자금 유통이 되고, 미이의 명랑성도 센스도 살릴 수 있고, 수입면도 문제없다고 생각했네. 이 계획을 말했더니, 처음에는 그럴싸하게 듣고, 얼굴에 희망의 불그레한 홍조까지 떠올리던 미이였으나, 다음 날 오 일간의 생각할 여유를 달라는 것이었었네. 더 생각할 여지도 없는 일일 터인데 망설이는 것이 수상쩍었으나, 그러마 하고 나는 동아극장 옆에 있는 마침 물려주겠다는 다방 하나를 넘겨 맡기로 이야기가 다 되었었네. 그 닷새 되는 날이 오늘이고, 정한 시각에 연락 장소인 다방엘 갔더니, 레지가 내민 것이 종이 꾸러미였었네. 펴보고 놀라지 않을 수 없었네. 다른 길과 달라 간호장교이고 보니, 생활 방편을 위한 것이 아님이 대뜸 짐작이 갔고, 더욱 나의 뒤통수를 때린 것이 검정 넥타이였었네. 그러면 미이가 첫날 다방에서 '사명 운운'했던 것은 그 길을 말함이었던가? 나는 부끄럽기 짝이 없었네. 검정 넥타이를 들고 나는 비로소 삼 년 동안 내가 정신적으로 타락의 길을 걷고 있었다는 것을 뼈아프게 느끼었네. 미이가 말하는 그 사명을 찾는 길, 사명을 다하는 일을 나는 사변이라는 외적인 격동 때문에 포기하고 만 것일세. 가장 잘 생각하는 척하던 나는 가장 바보같이 생각했고, 부박하다고 세상을 모른다고 여기었던 미이는 사변에서 키워졌고 굳세어졌고, 올바른 사람이 된 것일세. 이렇게 생각하자 나는 천야만야[8] 한 낭떠러지를 굴러떨어지는 듯했네. 구르면서 걷어잡으려고 한 것이 친구의 구원이었네. 자네를 찾은 것은 이 때문일세…….

---

8 천야만야(千耶萬耶) 가파로운 산이나 벼랑 같은 것이 천길만길이나 되는 듯 까마득하게 높거나 깊은 모양.

8

조운의 긴 이야기를 듣고 난 석은, 여기 올 때까지 그렇게 호기심을 끌었고 기대의 대상이 되었던 그에게는 이젠 아무런 흥미도 가지지 않았다. 더욱이 그의 고민 같은 것은 문제도 아니었다.

석의 뇌와 마음은 강렬한 미이의 인상으로 꽉 차 있었다.

그리고 미이가 조운의 마음에 던져준 충격 이상의 충격을 석도 받지 않을 수 없었다.

안주가 좋아서만이 아니었다. 그 강렬한 배갈도 석을 취하게 하지 못했다.

역시 마음이 미이로 말미암아 팽팽 차 있었기 때문이었다.

조운의 차로 집에 돌아와서도 석은 큰소리를 탕탕 치거나 울거나 하지 않았다. 얌전하게 자리에 들어가 가족들을 들볶지 않았다.

그의 엄숙한 태도에 가족들은 또 술을 먹었다고 잔소리를 할 수 없었다.

자리에 누워 그는 생각하였다.

'조운의 말대로 조운은 사변의 압력으로 그의 사명을 포기했고, 사변을 통하여 미이는 용감하게 시대적 요구에 응할 수 있는 사람으로 변하였다. 그러면 나는?'

눈을 감았다 뜨며 석은 중얼거렸다.

"사명을 포기치도 그것에 충실치도 못하고 말라가는 나는? 나도 사변이 빚어낸 한 타입이라고 할까?"

안수길(安壽吉)

1911년 함남 함흥 출생. 1926년 만주간도중앙학교 졸업. 1927년 함흥고보 2학년 중퇴. 1931년 일본 도요 중학 졸업. 와세다 대학 중퇴. 1935년 「적십자병원장」 등이 『조선문단』에 당선되어 등단. 박영준, 김진국 등과 함께 동인지 『북향』 간행. 해방 전 간도일보, 만선일보사 기자 역임. 해방 후 경도신문 문화부 차장을 거쳐 한국전쟁 발발 후 해군정훈감실 문관직 수행. 서라벌예대, 이화여대, 한양대 등에서 강의. 국제펜클럽 한국본부 중앙위원, 한국문인협회 이사 역임. 제2회 아시아자유문학상, 서울시문학상 등 수상. 『제2의 청춘』(1958), 『북간도』(1959~67), 『부교』(1972) 등의 장편소설과 『초연필담』(1955), 『제3인간형』(1955), 『벼』(1965), 『멀고 먼 장송』(1976), 『망명시인』(1976), 『목축기』(1977) 등의 작품집이 있음. 1977년 타계.

작품 세계

안수길은 40여 년에 걸쳐 작품 활동을 하면서 끊임없이 민족의 수난사와 그 속에서 살아가는 인간의 운명을 사실주의적으로 그리고 있다. 해방 전 조선인의 꿈의 공간이자 수난의 지역이었으며, 또한 새로운 가능성의 공간이었던 만주 지역에서의 삶이 작가 안수길의 주된 관심사였다. 해방 전 「벼」「북원」 등을 비롯한 작품들은 대개가 만주를 배경으로 하고 있으며 이는 작가의 만주 체험에 바탕을 두고 있다. 이 작품들에서 만주는 일본과 조선, 만주 이주자와 중국인 등의 이분법으로 그려지기보다는 그곳에 뿌리를 내리고 살아가지 않으면 안 되는 조선 이주민들의 복잡한 삶의 무대로서 사실주의적으로 묘사되고 있다. 해방 직후에는 지식인의 무력감, 작가의 자기의식을 다룬 소설들을 주로 발표한다. 「제3인간형」이 대표적으로, 이 작품에서는 전쟁을 통해 변화되는 다양한 운명과 그 속에서의 작가의 자의식을 다소 도식적이지만 미이와 조운, 그리고 석이라는 인물을 통해 세 유형으로 그리고 있다. 오랜 기간에 걸쳐 완성한 장편 『북간도』는 이한복 일가의 삶을 중심으로 조선 후기에서 시작해 광복까지의 한민족의 수난사를 그린 안수길의 대표작으로, 만주의 삶의 전체성을 민족주의적 시각에서 그리고 있는 흔치 않은 작품이다. 해방 전의 일련의 만주 배경 작품들이나 해방 후의 『북간도』에서 잘 보이듯이 안수길에게 만주는 원체험의 공간이다. 바로 그 때문에 안수길의 작품에서 만주는 단순하지 않다. 만주라는 공간이 가지고 있는 복합성, 곧 조선 민족의 개척지였으며, 중국인과 원주민, 조선인의 세 민족의 관심이 얽혀 있을 뿐만 아니라, 일본 제국주의의 괴뢰국인 만주국이 건립되었던 공간이라는 복합성이 만주를 이해하기 어렵게 만들고 있다. 또한 식민지 시대와 해방 후라는 서로 다른 정치적 시대가 만주를 보는 시각에 작용하고 있다. 그렇기 때문에 『북간도』를 비롯하여 만주를 배경으로 하는 많은 작품들은 한편으로는 만주의 사실주의적인 형상을 보여주고 있으면서 또한 서로 다른 위치에서 해석된 만주를 드러내고 있다는 점에서 흥미롭다. 바로 이 점에서 안수길의 만주 형상은 우리 민족문학에서 커다란 의미를 지니고 있다.

「제3인간형」

안수길의 중기 문학을 대표하는 이 작품에서 작가는, 한국전쟁이라는 역사적 체험 속에서 사람들의 운명이 어떻게 변전되는가를 그리고 있으며, 그 속에서 한 인간이자 작가로서의 진정성이 무엇인가 하는 질문을 던지고 있다.

작가 석은 부산 피난지에서 생계를 유지하기 위해 교원으로 근무하고 있다. 어느 토요일 방과 후 석에게 뜻밖의 친구 조운이 고급 승용차를 타고 찾아온다. 조운은 전쟁 이전에 친하게 지내던 작가로 개성이 강하며 타협하지 않으려는 작가였다. 그렇기 때문에 많은 작품을 쓰지 못했고 또 생활도 어려웠다. 조운은 살이 찌고 차림도 세련되어 얼른 알아보기 어려울 정도였다. 이런 조운의 모습을 본 석은 자신을 되돌아본다. 교원으로 근무하면서 여유를 가지고 작품을 쓰려는 생각이었지만, 생활에 얽매여 참다운 작품 하나 쓰지 못하고 생활 속에 파묻혀 있는 상태이다. 전쟁 직후 사라진 조운에 대해서는 많은 풍문이 있었다. 3년 만에 조운을 만난 석은 조운이 걸작을 들고 나타나지 않았을까 생각한다. 그러나 조운은 자신이 타락했다고 말하면서 그를 따라다니던 문학소녀 미이가 남기고 간 편지를 내놓았다. 미이는 부잣집 딸로 여의대를 다니다가 문학을 하겠다고 학교를 나와 조운을 따라다니던 소녀였다. 조운과는 전혀 다른 성격을 가지고 있는 미이는 조운이 항상 매고 있는 넥타이가 '상장' 같다고 말하면서 새로운 넥타이를 사준다. 한국선생이 터시사 조운은 처가에 숨어 지내면서 세상의 추악한 본질을 본다. 수복 후 조운은 문학을 집어치우고 최춘택이라는 본명으로, 처삼촌과 함께 운수업에 성공한다. 그러다가 피난길에서 미이를 다시 만난다. 미이의 집안은 완전히 몰락하였고, 미이는 취직자리를 구하는 중이었다. 조운은 미이에게 다방을 차려주려 하나 미이는 거절하고 간호장교로 간다는 편지를 남긴다. 그리고 편지와 함께 지난번에 가져갔던 검정 넥타이를 남긴다. 검정 넥타이가 조운에게 어울리며 다시 문학을 하라는 뜻으로.

안수길은 이 작품에 대해 "사변을 통한 지식인의 3개의 유형을 그려보았다. 세번째의 인물은 작자가 모델로 되어 있으나, 그것은 개인적인 '나'가 아니고 사회적인 '나,' 전형으로서의 '나'라는 점을 말하려고 한다"(『제3인간형』, 을유문화사, 1954, p. 256)고 말하고 있다. 조운은 전쟁을 거치면서 인생을 편안하게 살아가는 길을 택하고 글쓰기를 완전히 포기한다. 반면 미이는 전쟁을 거치면서 시대의 요구에 응하는 삶의 방식을 주체적으로 선택한다. 전쟁이라는 현실은 조운과 미이 각자의 삶의 길을 바꾸게 만든다. 그러나 이들에게 한국전쟁은 같은 한국전쟁이 아니다. 그들은 자기 나름의 방식으로 전쟁을 받아들인다. 작가가 말하는 제3인간형이란 미이와 조운 어느 쪽에도 속하지 못하고 현실의 주변에서 말라가는 존재일 뿐인 셈이다. 물론 작가는 어떤 해답을 제시하지는 않는다. "전후 현실을 살아가는 몇 가지 인간의 유형을 사실적으로 묘사함으로써 읽는 이로 하여금 어떤 것이 진정 올바른 삶의 방법인가를 생각하게 할 뿐이다"(권영민, 『한국현대문학사 2』). 그러나 그저 그런 존재도 있지 않겠냐는 식의 해석은 아니다. 제3인간형이란 존재하기는 하는 것이지만 그러나 부정되어야 할 존재이기 때문이다. 가치 판단을 넘어서 아무것도 아닌 존재가 되어서는 안 되겠다는 것이 작가가 말하고자 하는 바이다.

주요 참고 문헌

안수길의 「제3인간형」에 대한 참고 문헌은 많지 않다. 1950년대에 대한 많은 연구들이나 안수길론에서 언급은 되고 있지만, 해설 수준을 크게 넘어서고 있지는 못하다. 주로 "한국전쟁이라는 거대한 민족적 체험이 소시민적인 사람들의 삶에 어떤 영향을 미쳤는가를 날카롭게 파악하고"(권영민, 『한국현대문학사 2』, 민음사, 2002)있다고 판단하고 있다. 하지만 도식적일 뿐만 아니라 성찰의 깊이에서도 다른 작품에 못 미친다고 평가되기도 한다(김윤식, 『안수길 연구』, 정음사, 1986). 윤병로는 「제3인간형」을 안수길의 한 시대를 대표하는 작품으로 보아 이 작품이 쓰어진 시기를 '제3인간형 시대'라 명명하고 이 시대의 특질을 '도시문학'으로 규정하고 있다(「안수길론」, 『현대문학』, 1977. 9~10). _채호석

김정한
모래톱 이야기

　이십 년이 넘도록 내처 붓을 꺾어오던 내가 새삼 이런 글을 끼적거리게 된 건 별안간 무슨 기발한 생각이 떠올라서가 아니다. 오랫동안 교원 노릇을 해오던 탓으로 우연히 알게 된 한 소년, 그의 젊은 홀어머니, 할아버지, 그리고 그들이 살아오던 낙동강 하류의 어떤 외진 모래톱 ─ 이들에 관한 그 기막힌 사연들조차, 마치 지나가는 남의 땅 이야기나, 아득한 옛이야기처럼 세상에서 버려져 있는 데 대해서까지는 차마 묵묵할 도리가 없었기 때문이다.

　건우란 소년은 내가 직접 담임했던 제자다. 당시 나는 K라는 소위 일류 중학에서 교편을 잡고 있었다. 비가 억수로 내리던 날 첫 시간의 일이었다. 지각생이 많았다. 지각생이 많으면 교사는 짜증이 나게 마련이다. 그럴 때 유독 닭이는¹ 놈은 으레 그런 일이 잦은 놈들이다.
　"넌 또 지각이로군? 도대체 어찌 된 일이냐?"
　건우의 차례였다. 다른 애와 달리 그는 옷이 비에 흠뻑 젖어 있었다. 아래 윗도리 옷깃에서 물이 사뭇 교실 바닥에 뚝뚝 떨어지고 있지 않은가!

＊「모래톱 이야기」는 1966년 10월 『文學』에 발표되었다. 여기서는 잡지 게재본을 저본으로 삼고, 『김정한 소설선집』(창작과비평사, 1974)을 참조하였다.
1 닭이다 휘몰아서 나무람을 당하다.

"나릿배 통학생임더."

낮고 가는 목소리가 그의 가냘픈 입술 사이에서 새어나오듯 했다. 그리고 이내 울상이 된 얼굴을 아래로 떨구었다. 차라리 무엇인가를 하소하는 듯이 느껴졌다.

"나릿배 통학생?"

이쪽으로선 처음 듣는 술어였다.

"맹지면에서 나릿배로 댕기는 아압[2]니더."

지각생 아닌 다른 애가 대신 대답했다. 명지면(鳴旨面)이라면 김해 땅이다. 낙동강 하류. 강을 건너야만 부산으로 나올 수 있는 곳이다.

"나릿배 통학생이라……."

나는 건우의 비에 젖은 옷을 바라보면서 자리로 들어가라고 했다.

이런 일이 있고부터 나는 건우란 소년에게 은근히 동정이 가게 되었다. 더더구나 아버지가 없다는 걸 알고부터는. 동무들끼리 어울려 놀 때 그를 곧잘 '거무(거미)'라고 놀려대던 이상한 별명의 유래도 곧 알게 되었다. 그의 고향 친구들의 말에 의하면 거미란 짐승은 물에 날쌘 놈이라 해서 즈 할아버지가 지어준 아명이었다는 거다. 거무! 강가에 사는 사람들의 자식 아끼는 심정을 가히 짐작할 수가 있었다. 호적에 올릴 때는 부득이 건우로 했으리라. 그것도 아마 누구의 지혜를 빌려서.

두번째로 내가 건우란 소년에 대해서 더욱 관심을 가지게 된 것은 학기 초 가정 방문을 나가기 전에 그가 써낸 작문을 읽고부터였다(나는 가정 방문을 나가기 전 가끔 학생들에게 자기 자신에 관한 글을 써오라고 하였다).

「섬 얘기」란 제목의 그의 글은 결코 미문은 아니었다. 그러나 내용은 끔찍한 것이라 생각했다. 자기가 사는 고장—— 복숭아꽃도, 살구꽃도, 아기진달래도 피지 않는 조마이섬은, 몇백 년, 아니 몇천 년 갖은 풍상과 홍수를 겪어오는 동안에, 모래가 밀려서 된 나라 땅인데, 일제 때는 억울하게도 일본 사람의 소유

---

[2] 아아 경상도에서는 '아이'를 발음할 때 장음이 나타나 '아아'가 된다.

가 되어 있다가 해방 후부터는 어떤 국회의원의 명의로 둔갑이 되었는가 하면, 그뒤는 또 그 조마이섬 앞강의 매립 허가를 얻은 어떤 다른 유력자의 앞으로 넘어가 있다든가 하는 — 말하자면 선조 때부터 거기에 발을 붙이고 살아오던 사람들과는 무관하게 소유자가 도깨비처럼 뒤바뀌고 있다는, 섬의 내력을 적은 글이었다. 그저 그런 정도의 얘기를 솔직히 적었을 따름인데, 어딘지 모르게 무엇인가를 저주하는 듯한, 소년의 날카롭고 냉랭한 심사가 글 밑바닥에 깔려 있었다. 나는 나 자신이 갑자기 무슨 고발이라도 당한 심정으로 그 글발을 따로 제쳐서 책상 서랍 속에 넣어두었다.

가정 방문이 있는 주간은 대개 오전 수업뿐이다. 점심시간이 시작될 무렵 나는 건우를 교무실로 불렀다.

"오늘 명지로 갈까 하는데, 너 외에 몇이나 있지?"

"A반 학생은 저 하나뿐입니다."

건우의 노르께한 얼굴에는 순간적인 그늘이 얼씬 지나가는 것 같았다.

"그래? 그럼 한시 반쯤 해서 현관 앞으로 다시 오게."

명지 같음 어둡기 전에 돌아오기가 힘들는지 모른다. 나는 부랴부랴 점심을 마치고서 교무실을 나섰다.

건우는 벌써 현관께로 와 있었다. 역시 약간 어둔 얼굴을 하고. 아마 미리 어머니에게 알리지 않고서 가는 것이 약간 켕겼던 모양이었다.

"가볼까!"

내가 앞장을 서듯 했다. 버스 요금도 제 것까지 내가 얼른 내는 걸 보고는 아주 송구스러운 듯한 표정을 지었다. 명지로 가는 하단 나루까지는 사오십 분이면 족했다. 그러나 한 척밖에 없다는 그 나룻배가 좀처럼 나타나지 않았다.

"집이 저쪽 나루터에서도 먼가?"

나는 갈대 그림자가 그림처럼 고요히 잠겨 있는 강물을 내려다보며 물었다.

"예, 제북(제법) 갑니다."

그는 민망스런 듯이 나를 잠깐 쳐다보더니 눈을 역시 물 위로 떨어뜨렸다.

"얼마나?"

"반시간 좀더 걸립니더."

"그럼 학교까지 오려면 시간이 꽤 걸리겠는걸?"

"나룻배만 진작 타지고 빠른 날은 두어 시간만 하면 됩니더."

"그래? 그래서 지각을 자주 하는군."

나는 환경 조사표의 카피를 펴 보았으나, 곁에 사람들이 있기에 더 묻지 않았다. 아니, 설사 곁에 다른 사람들이 없다 하더라도, 아직 열다섯 살밖에 안 되는 소년에게 물어도 좋을 만한 그런 가정 형편이 못 되었다.

아버지는 없고,
어머니　　　　　33세 농업
할아버지　　　　62세 어업
삼촌　　　　　　32세 선원
재산 정도　　　　하(下)

끼우뚱거리는 나룻배 위에서도 건우의 행복하지 못한 가정 환경이 자꾸만 내 머릿속에 확대되어갔다.

나룻배를 내려서자, 갈밭 속을 뚫고 나간 좁고 긴 길이 있었다. 우리는 반 시간 남짓 그 길을 걸어가면서도 별반 얘기가 없었다.

"아버진 언제 돌아가셨지?"

해놓고도 오히려 후회할 정도였으니까.

"육이오 때라 캅디더만······."

건우의 말눈치가 확실치 않았다.

"어쩌다가?"

"군에 나갔다가 그랬다 캅디더."

"언제 어디서 돌아가셨는지도 잘 모른단 말인가?"

"야, 그래도 살아온 사람들 말이 암마 '워카 라인'인가 하는 데서 그랬을 끼라 카대요."

생각했던 바와는 달리, 건우의 이야기는 비교적 담담하였다.
"그래, 아버지의 얼굴은 기억하나?"
나는 속으로 그의 나이를 손꼽아보았던 것이다.
"잘 모릅니다. 제가 두 살 때 군에 나갔다 카니…… 그라곤 통 안 돌아왔거든요."
나를 쳐다보는 동그스름한 얼굴, 더구나 그린 듯이 짙은 양 미간에는 미처 숨기지 못한 을씨년스러운 빛이 내비쳤다. 순간 나는 그의 노르께한 얼굴에서 문득 해바라기꽃을 환각했다.
삼사월 긴긴 해라더니, 보릿고개는 오후 세 시가 훨씬 지나도 해가 아직 메끝[3]과는 멀었다.
길가 수렁과 축축한 둑에는 빈틈없이 갈대가 우거져 있었다. 쑥쑥 보기 좋게 순과 잎을 뽑아 올리는 갈대청은, 그곳을 오가는 사람들과는 판이하게 하늘과 땅과 계절의 혜택을 흐뭇이 받고 있는 듯, 한결 싱싱해 보였다.
"저 갈대들이 다 자라면 지나다니기가 무서울 테지? 사람의 길이 훨씬 넘을 테니까."
나는 무료에 지쳐 건우를 돌아보았다.
"괜찮심더, 산도 아인데요."
그는 간단히 대답할 뿐이었다. 아직도 짐승보다 인간이 더 무섭다는 것을 미처 모르는 모양이었다.
길바닥까지 몰려나왔던 갈게들이, 둔탁한 사람의 발소리에 놀라 이리저리 황급히 구멍을 찾아 흩어지는가 하면, 어느 하늘에선지 종달새가 재잘재잘 쉴 새 없이 재잘거리고 있었다. 잔등에 땀을 느낄 정도로 발을 재게 떼놓아, 건우가 사는 조마이섬에 닿았을 때는 해가 얼마만큼 기운 뒤였다.

섬의 생김새가 길쭉한 주머니 같다 해서 조마이섬이라고 불려온다는 건우의

---

[3] 메끝 산봉우리.

고장에는, 보리가 거의 자랄 대로 자라 있었다. 강바람이 불어올 때마다 푸른 물결이 제법 넘실거리곤 했다.

낙동강 하류의 삼각주 일대가 대개 그러하듯이, 이 조마이섬이란 데도 사람들이 부락을 이루고 사는 것이 아니라 그저 한 집 두 집 띄엄띄엄 땅을 물고 있을 따름이었다.

건우네 집은 조마이섬 위쪽에서 그리 멀지 않았다. 역시 외따로 떨어진 집이었다. 마침 뒤꼍 사래 긴 남새밭에 가 있던 어머니가 무슨 낌새를 채었던지 우리가 당도하기 전에 어느새 사립께로 달려와 있었다.

"인자 오나?"

아들에게 먼저 말을 건네고 나서 내게도 수인사를 하였다.

"우리 건우 선생인가베요?"

상냥하게 웃었다. 가정 조사표에 적혀 있는 서른세 살의 나이보다는 훨씬 할쑥해 보였으나, 외간 남자를 대하는 붉은빛이 연하게 감도는 볼에는 그래도 시골 색시다운 숫기가 내비쳤다.

"수고하십니더."

하고 나는 사립을 들어섰다.

물론 집은 그저 그러했다. 체목[4]은 과히 오래 되지 않았지만, 바깥 일손이 모자라는 탓인지, 엮어 두른 울타리에는 몇 군데 개구멍이 나 있었다.

"좀 들어가입시더. 촌집이 돼서 누추합니더만……."

건우 어머니는 나를 곧 안으로 인도했다. 걸레질을 안 해도 청은 말끔했다. 굳이 방으로 모시겠다는 것을 나는 굳이 사양하고 마루 끝에 걸었다.

"어머니 혼자 힘으로 공부시키기가 여간 힘들지 않으실 텐데……."

건우가 잠깐 자리를 비키는 것을 보고 나는 으레 하는 식으로 가정 사정부터 물어보았다. 할아버지와 아저씨와 그리고 재산 따위에 대해서.

── 할아부지는 개깃배를 타시고, 재산이랄 끼사 머 있십니꺼. 선조 때부터

---

4 체목 집 짓는 데 중요한 기둥과 도리 같은 재목을 이르는 말.

물려받은 밭뙈기들은 나라 땅이라 캤다가, 국회의원 땅이라 캤다가…… 우리싸 머 압니꺼— 이렇게 대략 건우군의 글에서 알았을 정도의 얘기였고, 건우의 삼촌에 대해서는 웬일인지 일체 말이 없었다. 대신, 길이 먼 데다 나룻배까지 타야 되기 때문에 건우가 지각이 많아서 죄송스럽다는 얘기와, 아버지가 없으니 그런 점을 생각해서 잘 돌봐달라는 부탁이 고작이었다.

생활은 어떻게 무사히 꾸려나가느냐고 했더니, 시아버님이 고깃배를 타기 때문에 가끔 어려운 돈을 기백 원씩 가져온다는 것과, 먹고 입는 것은 보리농사와 채소로써 그럭저럭 치대어간다는 얘기였다.

"재첩은 더러 안 건지세요?"

강마을 일이라 이렇게 물었더니,

"그건 남자들이라야 안 됩니꺼. 또 배도 있어야 하고요."

할 뿐, 그러나 이쪽에서 덤덤하니까,

"물 빠질 땐 개발⁵이싸 늘 안 나가는기요. 조개 새끼도 파고 재첩도 줏지만 그런기싸 어데 돈이 댑니꺼."

이렇게 덧붙였다.

잠시 안 보이던 건우가 어디서 다섯 홉짜리 정종을 한 병 들고 왔다. 이마에 땀이 번질번질한 걸 보면 필시 뛰어온 게 틀림없다. 아마 어머니가 시킨 일이리라 싶었다.

나는 미안스런 생각으로 건우 어머니가 따라주는 술잔을 받았다. 손이 유달리 작아 보였다. 유달리 자그마한 손이 상일에 거칠어 있는 양이 보기에 더욱 안타까울 정도였다.

기어이 저녁까지 대접하겠다고 부엌으로 가버린 뒤, 나는 건우를 앞에 두고 잔을 들면서, 그녀의 칠칠한⁶ 인사범절에 새삼 생각되는 바가 있었다.

나는 모든 것을 다시 보았다. 농삿집 치고는 유난히도 말끔한 마루청, 먼지

---

5 개발 썰물 뒤 갯가에서 개, 조개, 재첩, 미역 등을 채취하는 행위를 일컫는 말.
6 칠칠하다 반듯하고 야무지다, 깨끗하고 단정하다.

를 뒤집어쓰고 있지 않는 장독대, 울타리 너머로 보이는 길찬[7] 장다리꽃들……
그 어느 것 하나에도 그녀의 손이 안 간 곳이 없으리라 싶었다. 이러한 집 안팎
광경들을 통해서 나는 건우 어머니가 꽤 부지런하고 칠칠한 여성이라는 것을
고대 짐작할 수가 있었다. 젊음이 한창인 열아홉부터 악지[8] 세게 혼자서 살아왔
다는 것과, 어려운 가운데서도 외아들 건우를 나룻배를 태워가면서까지 먼 일
류 중학에 보내고 있다는 사실, 그리고 농촌 아이라고는 믿어지지 않을 만큼
건우의 입성이 항시 깨끗했다는 사실들이 어련히 안 그러리 싶어지기도 했다.
얼핏 보아서는 어리무던한 여인 같기도 하지만 유난히 불가진 듯한 이마라든가,
역시 건우처럼 짙은 눈썹 같은 데선 그녀의 심상치 않을 의지랄까, 정열 같은
것을 읽을 수가 있었다.

　나는 술상을 물리고서, 건우의 공부방을 — 어머니의 방일 테지만 — 잠깐
들여다보았다. 사과 궤짝 같은 것에 종이를 발라 쓰는 책상 위에 몇 권 안 되는
책들이 나란히 꽂혀 있었다. 그 가운데서 『섬 얘기』라고, 잉크로써 굵직하게
등마루에 씌어진 두툼한 책 한 권이 특별히 눈에 띄었다.

　"섬 얘기? 저건 무슨 책이지?"

　나는 건우를 돌아보고 물었다.

　"암것도 아입니더."

　"어디 가져와 봐!"

　건우는 싫어도 무가내라 뽑아오면서,

　"일기랑 또 책 같은 거 보고 적은 깁더."

　부끄러운 내색을 하였다.

　"일기는 남의 비밀이니까 읽을 수가 없고, 어디 책 읽은 소감이나 뵈주게."

　나는 책을 도로 돌렸다. 건우는 마지못해 여기저길 뒤적거리다가 한 군데를
펴주었다. 또박또박 깨알같이 박아 쓴 글씨였다.

---

7 길차다 아주 훤칠하게 길다.
8 악지 잘 되지 않을 일을 무리하게 해내려는 고집.

×××여사는 어머니처럼 혼자 사시는 분이라 그런지 그분의 글에는 한결 감동되는 바가 있었다.「내가 본 국도」속의 한 구절.

'그래도 선거 때가 되면 소속 육지에서 똑딱선을 가지고 섬 백성을 모시러 오는 알뜰한 정당이 있어, 이들은 다만, 그 배로 실려 가서 실상 자기네 실생활과는 무연한 정치를 위하여 지정해주는 기호 밑에 도장을 찍어주고 그 배에 실려 돌아온다는 것입니다.

현대 문명의 혜택이라곤 아직 받아보지 못한 그들의 생활 속에도 현대 문명인이 행사하는 선거란 상식이 깃들게 되고, 어느 정당이나 정치의 영향도 알뜰히 받아보지 못한 그네들에게도 투표하는 임무만은 지워져야 하고 조국의 사랑이라곤 받아본 일이 없이 헐벗고 배우지 못한 그들의 아들들이 먼저 조국을 수호해야 할 책임을 지고, 훈련을 받고, 총을 메고 군인이 되어갔다는 것……'

우리 아버지도 응당 이러한 군인 중의 한 사람이었으리라. 그래서 언제 어디서 쓰러졌는지도 모르고, 따라서 국군 묘지에도 묻히지 못하고, 우리에겐 연금도 없고…….

내 눈이 미처 젖기 전에 건우는 부끄러운 듯이 그 노트를 내게서 뺏어갔다.
"건우야!"
나는 노트 대신 건우의 손을 꽉 쥐었다.
"이 땅이 이곳 사람들의 땅이 아니랬지? 멀쩡한 남의 농토까지 함께 매립 허가를 얻는 어떤 유력자의 것이라고 하잖았어? 그러나 두고 봐. 언젠가는 이 땅의 주인인 너희들의 것이 될 거야. 우선은 어떠한 괴로움이 있더라도, 억울하더라도 희망을 잃지 말고 꾹 참고 살아가야 해."
어조가 어떻게 아까 그 노트를 읽을 때와 같은 것을 깨닫고 나는 잠깐 말을 끊었다. 건우는 내처 묵연해 있었다.
"나라 땅, 남의 땅을 함부로 먹다니! 그건 땅을 먹는 게 아니라, 바로 '시한폭탄'을 먹는 거나 다름없다. 제 생전이 아니면 자손 대에 가서라도 터지고 말거든! 그리고 제아무리 떵떵거려대도 어른들은 다 가는 거다. 죽고 마는 거야. 어디 땅을 떼 짊어지고 갈 수야 있나. 결국 다음 이 나라 주인인 너희들의 거란 말야. 알겠어?"

나는 말이 절로 격해지는 것을 깨달았다. 저녁상이 들어왔다.

부엌에서 바깥 동정을 죄다 엿들었는지 건우 어머니는 저녁상을 물리기가 바쁘게 손을 닦으며 청 끝에 와 걸치더니,

"선생님 이야기는 우리 건우한테서 잘 듣고 있심더. 그라고 이 섬 저 웃바지[9]에 사는 윤샌도 선생님 말을 곧잘 하데요. 우리 건우가 존 담임선생님 만났다면서……."

해가 막 떨어진 뒤라 그런지 그녀의 웃음이 적이 붉게 보였다.

"윤샌이라뇨?"

윤생원이라는 말인 줄은 알았지만, 그가 누군지 미처 생각이 안 났다.

"성은 윤씨고, 이름은 머라 카더라……."

건우를 흘끔 돌아보며,

"수딕이 할배 이름이 멋고?"

"춘삼이 아잉기요."

건우의 말이 떨어지자,

"내 정신 보래. 그래 춘삼씨다."

그녀는 다시 나를 돌아보며,

"춘삼이란 어른인데 와 선생님을 잘 알데요. 부산에도 가끔 나갑니더. 쬐깐 포도밭도 가주고 있고요……."

"윤춘삼……? 네, 이제 알겠습니다."

비로소 생각이 났다.

"그분하고는 어데서도 같이 지냈담서요?"

건우 어머니는 "세상은 넓고도 좁지요?" 하는 듯한 눈매로 웃어 보였다.

---

9 웃바지 위에 있는 꼭대기 혹은 경사진 곳.

"네."

아닌 게 아니라, 나는 적이 놀랐다. 어디서든 나쁜 짓 하고는 못 배기리라는 생각이 문득 들기까지 했다. 그와 동시에, 지난날 어떤 어두컴컴한 곳에서 그 윤춘삼이란 사람을 처음으로 만났던 일, 그리고 다시 소위 큰집이란 데서 한때 같이 고생을 하던 갖가지 일들이 마치 구름처럼 피어오르듯 기억에 떠올랐다.

— '육이오' 때의 일이었다. 나는 어떤 혐의로 몇몇 사람의 당시 대학 교수들과 함께 육군 특무대란 데 갇혀 있었다. 거기서 윤생원을 처음 만났다. 물론 그땐 그가 이곳 사람인 줄도 몰랐다. 무슨 혐의로 들어왔느냐고 물어도 그는 얼른 대답을 하지 않았다. 곧 나갈 거라고만 했다. 곧 나갈 거라고 장담을 하던 사람이 얼마 뒤 역시 우리의 뒤를 따라 감옥으로 넘어왔다. 감옥에서는 그도 제법 사상범으로 통해 있었다. 누가 붙였는지도 모르되, '송아지 빨갱이'라는 별명이 붙어 있었다. 그의 말에 의하면 이유는 간단했다 — 한창 무슨 청년단인가 하는 패들이 마구 설칠 땐데, 남에게 배내[10]를 주었던 그의 송아지를 그들이 잡아먹은 게 분해서, 배내 먹이던 사람에게 송아지를 물어내라고 화풀이를 한 것이 동기의 하나였다고 한다. 그 바보 같은 사람이 뒤퉁스럽게[11] 그 청년단을 찾아가서 그런 고자질을 한 것이 꼬투리가 되어, "이 새끼 맛 좀 볼 테야?" 하는 식으로 잡혀왔다는 이야기였다. 그 밖에 또 하나 주목받을 이유가 될 만한 것은, 자기 고향인 조마이섬에 문둥이떼가 이주해왔을 때(물론 정부의 방침이었지만) 그들을 몰아내기 위해 싸우다가 결국 경찰 신세를 졌던 일이라 했다. 그러면서도 그 자신 무슨 영문인지를 확실히 모르고서 옥살이를 했다. 다만 '송아지 빨갱이'라는 별명으로서.

어쩌다가 세수터에서라도 마주칠 때, "송아지 빨갱이!" 할라치면, 텁수룩한 머리를 끄덕대며 사람 좋게 웃던 윤춘삼씨의 그때 얼굴이 눈에 선해왔다.

"좋은 사람이었지요."

---

10 배내 남의 가축을 길러서, 다 자라거나 새끼를 친 뒤에 주인과 나누어 가지는 일.
11 뒤퉁스럽다 하는 짓이 찬찬하지 못하다.

"그라문이요! 지금도 우리 집에 가끔 옵니더."

건우 어머니도 맞장구를 쳤다.

이야기꾼들이 곧잘 쓰는 '우연성'이란 것을 아주 싫어하는 나지만, 그날 저녁 일만은 사실대로 적지 않을 수가 없다.

어둡기 전에 건우의 집을 나서서 하단 쪽 나루터로 되돌아오던 길목에서 뜻밖에도 이제 얘기하던 바로 그 윤춘삼이란 사람과 마주치게 되었으니 말이다.

"야, 이거 ×선생 아니오! 이런 섬에 우짠 일로?"

송아지 빨갱이, 아니 윤춘삼씨는 덥석 내 손을 잡으며 반가워했다.

"아이들 가정 방문을 왔다 가는 길이죠. 참 오랜만이군요."

"가정 방문?"

그는 수인사는 제쳐놓고,

"그럼 건우 집에도 들렀겠네요?"

"네, 이 섬에는 건우 한 애뿐입니다. 내가 맡아 있는 애로서는."

"마침 잘됐다. 허허 참, 세상에는 이런 수도 다 있다 카이! 인자 막 선생 이바구를 하고 오던 참인데……."

윤춘삼씨는 뒤에 따라오던 웬 성큼한¹² 털보영감을 돌아보며,

"자, 인사 들이시오. 당신 손자 거무란 놈 선생이오."

하며 내처 허허 하고 웃어댔다. 벌써 약간 주기가 있어 보였다. 두 사람이 인사를 채 나누기 전에 윤춘삼씨는,

"허허, 노상에서 이럴 수가 있나. 나도 여러 해 만이고……."

하며 털보영감더러 하단으로 되돌아가자는 것이었다. 아니 바로 떠밀듯 했다.

"암, 그래야지. 나도 언제 한분 꼭 찾아볼라 캤는데, 바래다드릴 겸 마침 잘 됐구만."

멀쩡한 날에 고무장화를 신은 폼이 누가 보나 뱃사람이 완연한 건우 할아버지도 약간 약주가 된 데다 역시 같은 떼거리였다.

---

12 **성큼하다** 윗도리에 비하여 아랫도리가 좀 어울리지 않게 길쭉하다.

윤춘삼씨는 만나자마자 덥석 잡았던 내 손을 내처 아플 정도로 쥔 채 놓지 않았고, 건우 할아버지도 나란히 서게 되어 셋은 가뜩이나 좁은 들길을 좁으라 걸어댔다. 땅거미를 받아선지, 건우 할아버지의 갯바람에 그을린 얼굴이 거의 검둥이에 가까울 정도로 검어 보였다.

"갈밭새 영감 참 재수 좋네. 내가 술 샀지, 또 이런 훌륭한 선생님을 만났지…… 그러나 이분에는 영감이 사야 되오."

윤춘삼씨의 말이 떨어지기가 바쁘게,

"암, 내가 사야지. 이분에는 정종이다. 고놈의 따끈한!"

아마 '갈밭새'가 별명인 듯한 건우 할아버지는, 그 억세고 구부정한 어깨를 건들거리며 숫제 신을 내듯 했다.

하단 나룻가의 술집은 모두가 그들의 단골인 모양이었다.

"어이, 또 왔쇠이!"

건우 할아버지가 구부정한 어깨를 먼저 어느 목로집으로 들이밀었다. 다시 술자리가 벌어졌다. 술자리랬자 술상 대신 쓰이는 네 발 달린 널빤지를 사이에 두고 역시 네 발 달린 널빤지 걸상에 마주 앉은 것이었지만.

"술은 정종! 따끈한 놈으로. 응이, 알겠소? 우리 거무 선생님이란 말이어!"

갈밭새 영감은 자기와 비슷하게 예순 고개를 넘어 보이는 주인 할머니더러 일렀다.

그가 소원인 듯 말하던 '따끈한 정종'은 그와 윤춘삼씨보다 나를 먼저 취하게 했다. 그러나 좀처럼 놓아줄 눈치들이 아니었다.

"한 잔만 더."

이번에는 건우 할아버지의 커다란 손이 연신 내 손을 덮쌌다.

"비록 개깃배를 타고 있지만 나도 과히 나쁜 놈은 아임데이. 내, 선생 이바구 다 듣고 있소. 이 송아지 뺄갱이(섬에까지 그런 별명이 퍼졌던 모양이다)한테도 여러 분 들었고 우리 손자 놈한테도 듣고 있소. 정말 정말 훌륭한 선생님이라고. 그까짓 국회의원이 다 먼교? 돈만 있음 ×라도 다 되는 기고, 되문 나라 땅이나 훑이고 팔아묵고 그런 놈들이 안 많던기요? 왜, 내 말이 어데 틀렸십니꺼?"

갈밭새 영감은 말이 차츰 엇나가기 시작했다.

자기로선 취중 진담일지 모르나 듣기만 해도 섬뜩한 소리를 함부로 뇌까렸다. 그런 얘길랑 그만두고 술이나 들라 해도 갈밭새 영감은 물론 이번엔 윤춘삼 씨까지 되레 가세를 하고 나섰다.

"촌사람이라꼬 바본 줄 알지 마소. 여간 답답해서 그런 소릴 하겠소?"

전깃불이 들어왔다. 불빛에 비췬 갈밭새 영감의 얼굴은 한층 더 인상적이었다. 우악스럽게 앞으로 굽어진 두 어깨 가운데 짤막한 목줄기로 박혀 있는 듯한 텁석부리 얼굴! 얼굴 전체는 키를 닮아 길쭉했으나, 무엇에 짓눌려 억지로 우그러뜨려진 듯이 납작해진 이마에는, 껍데기가 안으로 말려들기나 한 듯한 깊은 주름이 두어 줄 뚜렷하게 그어져 있었다. 게다가 구레나룻에 둘러싸인 얼굴 전면이 검붉은 구릿빛이 아닌가! 통틀어 원시인이라도 연상케 하는 조금 무서운 면상이었다.

"와 빤히 보능기요? 내 안주(아직) 술 안 취했음데이. 염려 마이소."

갈밭새 영감은 기름에 전 수건을 꺼내더니 이마를 한 번 훔치고서,

"인자 딴말은 안 하지요. 언제 또 만날지 모르이칸에 이왕 만낸 짐에 저 송아지 뺄갱이나 이 갈밭새가 사는 조마이섬 이바구나 좀 하지요."

그러곤 정신을 가다듬기나 하듯이 앞에 놓인 술잔을 홀쩍 비웠다.

건우 할아버지와 윤춘삼씨가 들려준 조마이섬 이야기는 언젠가 건우가 써냈던 「섬 얘기」에 몇 가지 기막히는 일화가 붙은 것이었다.

"우리 조마이섬 사람들은 지 땅이 없는 사람들이오. 와 처음부터 없기사 없었겠소마는 죄다 뺏기고 말았지요. 옛적부터 이 고장 사람들이 젖줄같이 믿어 오는 낙동강물이 맨들어준 우리 조마이섬은—."

건우 할아버지는 처음부터 개탄조로 나왔다. 선조로부터 물려받은 땅, 자기들 것이라고 믿어오던 땅이 자기들이 겨우 철 들락말락 할 무렵에 별안간 왜놈의 동척 명의로 둔갑을 했더란 것이었다.

"이완용이란 놈이 '을사보호조약'이란 걸 맨들어낸 뒤라 카더만!"

윤춘삼씨의 통방울 같은 눈에도 증오의 빛이 이글거리기 시작했다.

1905년—을사년 겨울, 일본 군대의 포위 속에서 맺어진 '을사보호조약'이란 매국 조약을 계기로, 소위 '조선토지사업'이란 것이 전국적으로 실시되던 일. 그리고 이태 후인 정미년에 가서는 "한국 정부는 시정 개선에 관하여 통감의 지도를 수할 사"란 치욕적인 조목으로 시작된 '한일신협약'에 따라, 더욱 그 사업을 강행하고 역둔토(驛屯土)의 대부분과 삼림원야(森林原野)들을 모조리 국유로 편입시키는 등 교묘한 구실과 방법으로써 농민들로부터 빼앗은 뒤, 다시 불하하는 형식으로 동척과 일인의 수중에 옮겨놓던 그 해괴망측한 처사들이 문득 내 머릿속에서도 떠올랐다.

"쥑일 놈들!"

건우 할아버지는 그렇게 해서 다시 국회의원, 다음은 하천 부지의 매립 허가를 얻은 유력자…… 이런 식으로 소유자가 둔갑되어 간 사연들을 죽 들먹거리더니,

"이 꼴이 되고 보니 선조 때부터 둑을 맨들고 물과 싸워가며 살아온 우리들은 대관절 우찌 되능 기요?"

그의 꺽꺽한 목소리에는, 건우가 지각을 하고 꾸중을 듣던 날 "나릿배 통학생임더" 하던 때의, 그 무엇인가를 저주하는 듯한 감정이 꿈틀거리고 있는 것 같았다. 그들의 땅에 대한 원한이 얼마나 컸던가를 가히 짐작할 수가 있었다.

"섬사람들도 한번 뻗대 보시지요?"

이렇게 슬쩍 건드려봤더니, 이번엔 윤춘삼씨가 얼른 그 말을 받았다.

"선생님은 그런 걸 잘 알면서 그러네요. 우리 겉은 기 멀 알며, 무슨 힘이 있십니꺼. 하도 하는 짓들이 심해서 한 분 해보기는 해봤지요. 그 문딩이떼를 싣고 왔일 때 말임더……"

윤춘삼씨는 그때의 화가 아직도 사라지지 않은 듯이 남은 술을 꿀걱 들이켰다.

"쥑일 놈들!"

마치 그들의 입버릇인 듯 되어 있는 이 말을 안주처럼 되씹으며 윤춘삼씨는 문둥이들과 싸운 얘기를 꺼냈다.

—— 큰 도둑질은 언제나 정치하는 놈들이 도맡아놓고 한다는 게 서두였다. 그러면서도 겉으로는 동포애니 우리들의 현 실정이 어떠니를 앞세우겠다! 그때만 해도 불쌍한 문둥이들에게 살 곳과 일거리를 마련해준다면서 관청에서 뜻밖에 웬 문둥이들을 몇 배 해 싣고 그 조마이섬을 찾아왔더란 거다. 그야말로 섬사람들에게는 아닌 밤중에 홍두깨 내미는 격으로—— 옳아, 이건 어느 놈의 엉큼순지는 몰라도 필연 이 섬을 송두리째 집어삼킬 꿍심으로 우릴 몰아내기 위해서 한때 문둥이를 이용하는 거라고…… 누군가의 입에서부터 이런 말이 퍼지기 시작하고, 그래서 그 섬사람들뿐 아니라 이웃 섬사람들까지 한둥치[13]가 되어 그 문둥이떼를 당장 내쫓기로 했더란 거다.

상대방은 자다가 호박을 주운 격인 병신들인데 오자마자 그 꼴을 당하고 보니 어리둥절은 하였지만, 그렇다고 호락호락 떠나갈 배짱들은 아니었다. 결국 나가라느니 못 나가겠느니 싸움이 벌어졌다.

"그때 바로 이 갈밭새 부자가 앞장을 안 섰능기요. 어데, 그때 문딩이한테 물린 자리 한분 봅시더."

윤춘삼씨는 하던 말을 별안간 멈추고, 건우 할아버지 쪽을 쳐다보았다. 그러고는 골동품 같은 마도로스파이프를 뻑뻑 빨고만 있는 건우 할아버지의 왼쪽 팔을 억지로 걷어 올렸다. 나이에 관계없이 아직도 우악스러워 보이는 어깻죽지 바로 밑에 커다란 흉터가 하나 남아 있었다.

"한 놈이 영감 여길 어설피 물고 늘어지다가 그만 터졌거든!"

윤춘삼씨는 자랑삼아 이야기를 이었다.

—— 그렇게 악을 쓰는 문둥이들에 대해서, 몽둥이, 괭이, 쇠스랑 할 것 없이 마구 들이대고 싸웠노라고. 그래서 이쪽에서도 물론 부상자가 났지만, 괜히 문둥이들이 많이 상하고, 덕택에 자기와 건우 할아버지를 비롯해서 많은 섬사람

---

13 한둥치 큰 나무의 밑동.

들이 그야말로 문둥이떼처럼 줄줄이 경찰에 붙들려가고…… 그러나 뒷일이 더 켕겼던지 관청에서는 그 '기막힌 동포애'를 포기하고 그 문둥이들을 도로 싣고 갔다는 얘기였다.

"그 바람에 저 사람은 육이오 때 감옥살이 또 안 했능기요. 머 예비 검거라 카더나……."

건우 할아버지가 이렇게 한 마디 끼우니,

"그거는 송아지 때문이라 캐도……."

"누명을 써도 문딩이 빨갱이는 되기 싫은 모양이제? 송아지 빨갱이는 좋고."

건우 할아버지의 이런 농에는 탓하지 않고서,

"그런 짓들 하다가 결국 그것들이 안 망했나."

윤춘삼씨는 지금도 고소한 듯이 웃었다.

"다른 패들이 나와도 머 벨수 있더나?"

건우 할아버지는 내처 같은 표정을 하였다.

"그놈이 그놈이란 말이지? 입으로만 머니머니 해댔지, 밭 맨드라 카니 제우(겨우) 맨들어 논 강뚝이나 파헤치고, 나리¹⁴ 막는다 카면서 또 섬이나 둘러마 실라카이……."

윤춘삼씨도 그리 밝은 표정은 아니었다.

"× 선생님!"

건우 할아버지가 별안간 그 그로테스크한 얼굴을 내게로 돌렸다.

"우리 거무란 놈 말을 들으니 선생님은 글을 잘 씬다 카대요? 우리 섬에 대한 글 한분 써보이소. 멋지기! 재밌실 낌데이. 지발 그 썩어빠진 글일랑 말고……."

"썩어빠진 글이라뇨?"

가끔 잡문 나부랭이를 써오던 나는 지레 찌릿해졌다.

"와 그 신문 같은 데도 그런 기 수타(많이) 난다 카대요. 남은 보릿고개를 못

---

14 나리 '나루'의 사투리.

냉기서 솔가지에 모가지들을 매다는 판인데, 낙동강 물이 파아란히 푸르니 어쩌니…… 하는 것들 말임더."

갈밭새 영감이 이렇게 열을 내기 시작하자, 곁에 있던 윤춘삼씨가,

"허허이, 우리 선생님이 오늘 잘못 걸렸네요. 이 영감이 보통이 아임데이. 그래도 선배[15]의 씨라꼬……."

핀잔 비슷이 말했지만, 건우 할아버지는 벌인 춤이 되어버렸다.

"하기싸 시인들이니칸에 훌륭하겠지요. 머리도 좋고…… 선생도 시인 아입니꺼. 그런데 와 우리 농사꾼이나 뱃놈들의 이바구는 통 안 씨능기요? 추접다꼬? 글 베린다꼬 그라능기요?"

입이 말을 한다기보다 차라리 수염이 떨어댄다고 느껴질 정도로, 건우 할아버지는 열을 냈다.

"그만하소. 영감이 머 글이나 이르능기요. 밤낮 한다는 기 '곡구롱 우는 소리'지. 어데 그기나 한분 해보소."

윤춘삼씨가 또 참견을 했다.

"곡구롱 우는 소리라뇨?"

나도 윤춘삼씨의 그 말에 귀가 쏠렸다. 어떤 고시조가 문득 생각났기 때문이다.

"어데, 해보소. 모초럼 선생님을 모신 자리니"

하는 윤춘삼씨의 말에, 그는 괜한 소리를 했구나 하는 표정을 지으며, 그 껑껑한 목청에 느린 가락을 넣기 시작했다.

곡구롱 우는 소리에 낮잠 깨어 니러보니
작은아들 글 이르고 며늘아기 베 짜는데 어린 손자는 꽃놀이한다.
마초아 지어미 술 거르며 맛보라 하더라.

---

[15] 선배 선비.

건우 할아버지는 갑자기 침착해진 채 눈을 지그시 감고 불렀다. 땀에 번지르르한 관자놀이짬에 가뜩이나 굵은 맥이 한 줄 불쑥 드러나 보이기까지 하였다. 가락은 육자배기에 가까웠으나, 내용은 역시 내가 생각했던 오(吳) 아무개의 고시조였다.

"이 노래 하나만은 정말 떨어지게 잘한다 카이!"

윤춘삼씨는 나 못지않게 감탄을 하면서 그가 그 노래를 즐겨 부르는 사연을 대강 이렇게 말했다 ― 그러니까, 그의 증조부 되는 분이 옛날 서울에서 무슨 벼슬깨나 하다가 그놈의 당파 싸움에 휘말려서 억울하게 그곳 조마이섬으로 귀양인지 피신인지를 해 와 살았는데, 그분이 살아계실 때 즐겨 읊던 시조란 것이었다.

사연을 듣고 보니, 새삼 생각되는 바가 있었다. 그 노래를 부를 때의 갈밭새 영감의 표정에, 은근히 누군가를 사모하는 듯한 빛이 엿보였을 뿐 아니라, 그 꺽꺽한 목청에도 무엇인가를 원망하는 듯, 혹은 하소하는 듯한 가락이 확실히 떨리고 있었기 때문이다. 착각이 아니리라! 동시에 나는 아까 본 건우군의 집 사립 밖에 해묵은 수양버들 몇 그루가 서 있던 광경이 새삼 기억에 떠오르고, 건우 어머니의 수인사 태도나 집안을 다스리는 범절이 어딘지 모르게 체통이 있는 선비 가문의 후예같이 짚어졌다.

"아드님은 육이오 때 잃으셨다지요?"

내가 술을 한 잔 더 권하여 위로삼아 물으니까,

"야…… 큰놈은 그래서 빼도 몬 찾기 되고 작은놈은 머 사모아 섬이라 카던 기요, 그곳 바다 속에 여어(넣어)버렸지요."

"사모아 섬?"

나는 그의 기구한 운명을 생각했다.

"야, 삼치잡이 배를 탔거던요……."

이러고 한숨을 쉬는 건우 할아버지의 뒤를 곁에 있던 윤춘삼씨가 또 받아 이었다.

"와 언젠가 신문에도 짜다라(많이) 안 났던기요. '허리켄'인가 먼가 하는 폭풍을 만내 시운찮은 우리 삼칫배들이 마구 결딴이 난 일 말임더."

나도 건우 할아버지도 더 말이 없는데, 윤춘삼씨가 혼자 화를 내듯,

"낙동강 잉어가 띠이 정지(부엌) 바닥에 있던 부지깽이도 띤다 카듯이, 배도 남 씨다가 베린 걸 사가주고 제북(제법) 원양 어업인가 먼가 숭내(흉내)를 낼라 카다가 배만 카이는 사람들까지 떼죽음을 안 시킸능기요. 거에다가(게다가) 머 시체도 몬 찾았거이고 회사가 워낙 시원찮아 노오니 위자료란 기나 어디 지데로 나왔능기요. 택도 앙이지 택도 앙이라!"

"없는 놈이 할 수 있나. 그저 이래 죽고 저래 죽는 기지 머!"

갈밭새 영감은 이렇게 내뱉듯이 해 던지고선, 아까부터 손 안에서 만지작거리고 있던 두 알의 가래 열매를 별안간 세차게 달가닥대기 시작했다. 마치 그렇게라도 함으로써 세상의 모든 근심 걱정을 잊어버리기나 하려는 듯이. 어찌 들으면 남의 신경을 곤두세우게 하는 그 딱딱한 소리가, 실은 어떤 깊은 분노의 분출을 억제하는 그의 마음의 울부짖음 같기도 했다.

그러나 나는 이내, 따그르르 따그르르 하는 그 소리가, 바로 나룻가 갈밭에서 요란스럽게 들려오는 진짜 갈밭새들의 약간 처량스런 울음소리와 흡사하다 느꼈다. 한편 또 조마이섬의 갈밭 속에서 나고 늙어간다는 데서 지어졌으리라 믿어왔던 갈밭새란 별명이, 어쩜 그가 즐겨 굴리는 그 가래 소리가 갈밭새의 울음소리와 비슷한 데 연유되지나 않았을까 하는 생각이 들기도 했다.

세 사람은 한참 동안 말이 없었다. 갓 나온 듯한 흰 부나비 두 마리가 갈팡질팡 희미한 전등에 부딪칠 뿐이었다. 파닥거리는 소리도 없이.

그리고 두어 달이 지났다.

낙동강 물이 몇 차례 불었다 줄었다 하는 동안에 그해 여름도 어느덧 막바지에 접어들었다. 갈대도 이젠 길길이 자라서, 가뜩이나 섬사람들의 눈에도 잘 띄지 않는 갈밭새들이, 더욱 깃들기 좋을 만큼 우거진 무렵이었다. 아침저녁 그 속에서 갈밭새들이 한결 신나게 따그르르 따그르르 지저귀어대면 머잖아 갈목[16]도 빠져 나온다 한다. 물론 학교도 방학이 끝날 무렵이다.

건우는 그동안 그 지긋지긋한 지각 걱정을 안 해도 좋았다. 한나절이면 그야

말로 물거미처럼 물 위를 동동 떠다녀도 무방했다.

아닌 게 아니라 한여름 동안 얼마나 물과 볕에 그을었는지, 마지막 소집 날에 나타난 건우의 얼굴은, 사시장춘 바다에서 산다는 자기 할아버지 못잖게 검둥이가 되어 있었다.

"어지간히 그을었구나. 할아버지와 어머니도 잘 계시니?"

늦게까지 어름거리는 그를 보고 일부러 물어봤더니,

"예, 수박 자시러 오시라 캅디더."

어머니의 전갈일 테지, 딴소리까지 했다. 까만 딱지가 묻힐 정도로 새까매진 얼굴이라 이빨이 유난히 희게 빛났다.

"집에서 수박을 심었던가?"

"예, 언제쯤 오실랍니꺼?"

숫제 다그쳐 묻는 것이었다.

"글쎄 언제 한번 가지."

"꼭 모시고 오라 카던데요?"

"그래, 오늘은 안 되고, 여가 봐서 한번 갈 테니까."

나는 그의 좁다란 어깨를 툭 쳐주며 돌려보냈다. 처서가 낼 모레니까 수박도 한물 갈 때라. 이왕이면 처서께쯤 한번 가볼까 싶었다.

그런데 공교히도 그 처서 날에 비가 내리기 시작했다. 처서에 비가 오면 독 안의 곡식도 준다는 하필 그날에 추적추적 비가 내리기 시작했으니, 내가 건우네 집으로 가고 안 가고가 문제가 아니라, 그러한 경험과 속담 속에 살아온 농촌 사람들의 찌푸려질 얼굴들이 먼저 눈에 떠올랐다.

게다가 이건 이른바 칠팔월 진장마[17]가 아니라, 하루 이틀, 그러다가 사흘째부터는 바로 억수로 변해가더니 마침내 광풍까지 겹쳐서 온통 폭풍우로 바뀌고 말았다. 육십 년 이래 처음이니 뭐니 하고 떠드는 라디오나 신문들의 신나는 듯한 표현들은 나중에 있는 얘기고, 아무튼 그날 새벽에는 하늘이 내려앉고 땅

---

16 갈목 갈대의 이삭.
17 진장마 맑은날 없이 강우량이 많은 장마. 마른 장마 혹은 건 장마에 상대되는 말.

이 뒤흔들리기나 하듯이 우레 번개가 잦고 비바람이 사나웠다.
 이렇게 되면 속담으로 '칠월 더부살이 주인마누라 속곳 걱정' 정도의 장마 경황이 아니다. 더부살이도 우선 제 살 구멍 찾기가 급하다. 반면 제 한 몸이나 제 집구석에 별 탈만 없으면 남의 불행쯤은 오히려 구경삼아 보아 넘기는 게 도회지 사람들의 버릇이다.
 한창 천지가 진동하던 몇 시간 동안은 옴짝달싹도 않던 사람들이, 비가 좀 뜸하니까 사립 밖으로 꾸역꾸역 기어 나오기가 바빴다. 늙은이나 어린애들은 하불실[18] 가까운 개울가쯤 나가면 족하지만, 어른들은 그 정도로서는 한에 차질 않는다.
 "낙동강이 넘는다지?"
 "구포다리가 우투룹단다!"
 가납사니[19] 같은 도시 사람들은 제멋대로 그럴싸한 소문을 퍼뜨리며, 소위 물구경에 미쳐서 낙동강이 내려다보이는 언덕으로, 산으로 올라들 갔다.
 내가 집을 나선 것은 반드시 그런 호기심에서만은 아니었다. 다행히 하단 방면으로 가는 버스가 통한다기에 얼른 그것을 잡아탔다. 군데군데 시뻘건 뻘물이 개울을 이루고 있는 길을, 차는 철버덕철버덕 기어가듯 했다.
 대티 고개서부터 내 눈은 벌써 김해 들을 더듬었다.
 '저런……!'
 건우네 집이 있는 조마이섬 일대는 어느덧 벌건 홍수에 잠겨가고 있지 않은가! 수박이 문제가 아니다. 다시 흩날리기 시작하는 차창 밖의 빗속을 뚫고서, 내 시선은 잘 보이지도 않는 조마이섬 쪽으로 얼어붙었다. 동시에 "나릿배 통학생임더!" 하던 건우군의 가냘픈 목소리가 갑자기 귀에 쟁쟁 되살아나는 것 같았다.
 고개 너머서부터 차는 더욱 끼우뚱거렸다. 논두렁을 밀고 넘어오는 물살이

---

18 하불실 아무리 적어도 적은대로의 희망은 있음.
19 가납사니 된 소리 안 된 소리로 쓸데없이 말수가 많은 사람.

숫제 쏴 하는 소리까지 내면서 길을 사뭇 덮었다. 때로는 길과 논밭이 얼른 분간이 안 되어, 가로수를 어림해서 달리기도 했다. 그럴 때마다 차 안의 손님들은 한층 더 떠들어댔다. 대부분이 무슨 사연들이 있어서 가는 사람들이었겠지만, 그러한 사연들보다 우선 눈앞의 사정에 더욱 정신을 파는 것 같았다.

하단 나루께는 이미 발목물이 넘었다. '사라호'에 덴 경험이 있는 그곳 주민들은, 잽싸게 이불이랑 세간 부스러기들을 산으로 말끔 옮겨놓았고, 부랴부랴 끌어올린 목선들이 여기저기 나둥그러져 있는 길 위에는 볼멘소리를 내지르는 아낙네와 넋 잃은 듯한 사내들이 경황없이 서성거릴 뿐이었다. 물론 나룻배가 있을 리 없었다. 예측 안 한 바는 아니지만, 행여나 싶었던 마음에도 실망은 컸다.

배 없는 나루터를 비롯해서 가까운 강가에는, 경비를 나온 듯한 소방대원 같은 복장의 사람들과 순경 한 사람이 버티고 있었다. 아무리 가까이 오지 말라, 혹은 가지 말라 외대도 사람들은 들은 체 만 체했다. 물이 점점 더 불고 있는 모양이었다.

나는 닭 쫓던 개 지붕 쳐다보듯이 밀려오는 강물만 맥없이 바라보았다. 어느 산이라도 뒤엎었는지 황토로 물든 물굽이가 강이 차게 밀려 내렸다. 웬만한 모래톱이고 갈밭이고 남겨 두지 않았다. 닥치는 대로 뭉개고 삼킬 따름이었다. 그리고도 모자라는 듯 우르르 하는 강울림 소리는 더욱 무엇을 노리는 것같이 으르렁댔다.

둑이 넘을 정도로 그악스럽게 밀려 내리는 것은 벌건 물굽이만이 아니었다. 얼마나 많은 들녘들을 휩쓸었는지, 보릿대랑 두엄 더미들이 무더기 무더기로 흘러내리는가 하면, 수박이랑 외, 호박 따위까지 끼리끼리 줄을 지어 떠내려 왔다. 이상스런 것은 그러한 것들이 마치 서로 약속이라도 한 듯이 모두 강 한 가운데로만 줄을 지어 지나가는 것이었다.

"쳇, 용케도 피해 간다!"

저만큼 떨어진 데서 장대 끝에 접낫[20]을 해 단 억척보두[21]들이 둥글둥글한 수

---

20 접낫 (날이 동그랗게 휘어진) 자그마한 낫.
21 억척보두 성질이 끈질기고 단단한 사람.

박의 행렬을 향해 군침들을 삼켰다.

"그까짓 수박은 건지서 머 할라꼬? 하불실 돼지 새끼라도 담아 내야지?"

이런 농지거리도 들렸다. 역시 접낫을 해 든 주제에. 이들은 그저 물구경을 나온 것이 아니라, 그런 가운데서도 엄연히 생활을 계산하고 있는 것이었다.

나는 그들의 대담한 태도와 농담에 잠깐 정신을 팔다가, 다시 조마이섬이 있는 쪽으로 눈을 돌렸다. 부슬비가 계속 광풍에 흩날리고 있었다. 얼핏 홍적기(洪積期)를 연상케 하는 몽롱한 안개비 속이라, 어디가 어딘지 분별할 도리가 없었다.

'건우네 집은 벌써 홍수에 잠기지나 않았을까?'

불안한, 그리고 불길한 예감이 자꾸 들기 시작했다.

"물이 이 정도로 불어나면 건너편 조마이섬께는 어찌 되지요?"

생명 부지한 접낫패들에게 불쑥 묻기까지 하였다.

"조마이섬?"

돼지 새끼를 안아 내겠다던 키다리가 나를 흘끗 쳐다보더니,

"맹지면에서는 땅이 조금 높은 편이라 카지만, 물이 이래 불으면 마찬가지지요. 만약 어제 그런 소동이 안 일어났이문 밤새 무슨 탈이 났을지도 모를 끼요."

"어제 무슨 일이라도 있었던가요?"

나는 신경이 별안간 딴 곳으로 쏠렸다.

"있다뿐이라요? 문딩이 쫓아낼 때보다는 덜했겠지만 매립(埋立)인강 먼강 한답시고 밀가리만 잔뜩 띠이 처먹고 그저 눈가림으로 해놓은 둘(둑)을 섬사람들이 우 대들어서 막 파헤쳐버리고, 본대대로 물길을 티났다 카더만요. 그란 했이믄……."

키다리는 혼자서 신을 내가며 떠들었다.

"쓸데없는 소리 말게. 괜히 또 혼날라꼬."

곁에 있던 약삭빠른 얼굴의 사내가 이렇게 불쑥 쏘아붙이듯 하더니, 마침 저만큼 떠내려오는 널빤지를 향해 잽싸게 접낫을 던졌다. 그러나 걸리진 않았다.

그렇게 허탕을 친 게 마치 이쪽의 잘못이나 되는 듯,

"조마이섬에 누가 있소?"

내뱉듯한 소리가 짐짓 퉁명스러웠다.

"건우란 학생이 있어서……."

나는 일부러 학생의 이름까지 대보았다. 약삭빠른 눈초리가 다시 물굽이만 쏘아보고 말이 없으니까, 또 키다리가,

"그 아아 아배가 누군교?"

하고 나를 새삼 쳐다보았다.

"아버진 없고, 즈 할아버지 별명이 갈밭새 영감이라더군요."

나는 건우 할아버지의 이름이 얼른 생각나지 않았다.

"아, 그렁기요? 좋은 노인임더."

키다리는 접낫대를 세워들더니,

"조마이섬의 인물 아잉기요. 어지(어제) 아침 이곳을 지내갔는데, 그때 대강 알아봤거든…… 가고 난 뒤 얼마 안 돼서 그 일이 났단 말이여."

말머리가 어느덧 자기들끼리로 돌아갔다. 나는 굳이 파고 묻지 않았다.

그때 마침 판잣집 용마루 비슷한 기다란 나무가 잠겼다 떴다 하며 떠내려가자, 조금 떨어진 신신바위짬에서 별안간 조그만 쪽배 하나가 쏜살같이 나타나더니, 기어코 그놈에게 달라붙어서 한참 파도와 싸우며 흐르다가 마침내 저 아래쪽 기슭에 용케 밀어다 붙였다. 박수를 치기까지는 모두 숨을 죽이고 바라보기만 했다. 용감하다기보다 차라리 처참한 광경이었다. 나는 거기서 누구에게도 보장을 받아오지 못한 절박한 생활을 읽었다. 한 표의 값어치로서가 아니라, 다만 살기 위해서 스스로 죽을 모험을 무릅쓰는 그러한 행위는, 부질없이 그것을 경계하거나 방해하는 힘을 물리침으로써만 오히려 목숨 그 자체를 이어 갈 수 있다는 산 증거 같기도 했다.

'갈밭새 영감이나 송아지 빨갱이도 그냥 있지는 않았으리라!'

나는 조마이섬의 일이 불현듯 더 궁금해져서 이내 구포 가는 버스를 잡아탔다. 다리만 건너면 조마이섬 가까이까지 갈 수 있으리라 믿었다.

구포 다릿목에서 차를 내렸으나 물은 이미 위험 수위를 훨씬 돌파해서, 다리는 통금이 돼 있었다. 비상경계의 붉은 깃발이 찢어질 듯 폭풍우에 펄럭이고, 다릿목을 건너지른 인줄 곁에는 한국인 순경과 미군이 버티고 있었다. 무거워 보이는 고무 비옷에 철모를 푹 눌러쓰고 방망이를 해 든 품이 여간 엄중해 뵈지 않았다.

그런데도 무슨 핑계들을 꾸며대고 용케 건너가는 사람들이 있었다. 더러는 다리 위에서 유유히 물구경을 하는 사람들도. 나도 간신히 그들 틈에 끼였다. 우르르르 하는 강울림은 다리 위에서 듣기가 한결 우람스러웠다.

통행금지의 팻말이 서 있어도, 수해 시찰을 나온 듯한 새까만 관용차만은 사뭇 물을 튀기며 지나갔다. 바람이 휘몰아칠 때는 거기에 날리기나 하듯이 더욱 빨리 지나갔다. 요컨대 일종의 모험이기도 했으리라. 안에 타고 있는 얼굴들은 알 길이 없었지만 어련히 심각한 표정들을 했으랴 싶었다.

내려다보므로 한결 사나운 물굽이가 숫제 강을 주름잡듯 둘둘 말려오다간, 거의 같은 지점에서 쏴아 하고 부서졌다. 그럴 때마다 구슬, 아니 퉁방울 같은 물거품이 강 위를 휘덮고 때로는 바람결을 따라서 다리 위까지 사뭇 튀었다. 그러한 강 한가운데를 잇달아 줄을 지어 떠내려 오는 수박이랑 두엄 더미들이, 하단에서 볼 때보다 훨씬 많았다. 말하자면 일종의 장관에 가까웠다.

"아까 그 송아지는 정말 아깝던데……."

이런 뚱딴지같은 소리도 퍼뜩 귓가를 스쳐갔다.

조마이섬이 있는 먼 명지면짬은 완전히 물바다로 보였다. 구름을 이고 한가하던 원두막들은 다시 찾아볼 길이 없고, 길찬 포플러나무들도 겨우 대공이만은 남은 듯, 바람에 누웠다 일어났다 했다.

지루하게 긴 다리를 지루하게 건너, 물구경 나온 인파를 헤치고 강둑길을 얼마 못 갔을 때였다. 뜻밖에 거기서 윤춘삼씨와 마주쳤다. 헐레벌떡 빗속을 뛰어오던 송아지 뺄갱이, 아니 윤춘삼씨는, 머리끝에서 발끝까지 온통 물에서 막 건져 올린 사람처럼 젖어 있었다. 하긴 내 꼴도 그랬을 테지만.

"우짠 일인기요?"

하고 덥석 내 손을 검잡는 윤춘삼씨는, 그저 반갑다기보다 숫제 고마워하는 기색까지 보였다.
"조마이섬은 어찌 됐소?"
수인사란 게 이랬더니,
"말 마이소. 자, 저리 가서 이야기나 합시더……."
그는 나를 도로 다릿목 쪽으로 끌었다.
"아니, 섬 쪽으로 가보려 했는데요?"
"가야 아무것도 없소. 모두 피난소로 옮기고, 남은 건 물바다뿐입더. 우쩔라꼬 이놈의 하늘까지!"
별안간 또 한줄기 쏟아지는 비도 피할 겸 윤춘삼씨는 나를 다릿목 어떤 가겟집으로 안내했다. 언젠가 하단에서 같이 들렀던 집과 거의 비슷한 차림의 주막집이었다.
둘 사이에는 한참 동안 말이 없었다. 너무나 다급하고 또 수다한 말들이 두 사람의 입을 한꺼번에 봉해버렸다 할까?
"건우네 가족도 무사히 피난했겠지요?"
먼저 내 입에서 아까부터 미뤄오던 말이 나왔다.
"야……."
해놓고도 어쩐지 말끝이 석연치 않았다.
"집들은 물론 결딴이 났겠지만, 사람은 더러 상하진 않았던가요?"
나는 이런 질문을 해놓고, 이내 후회했다. 으레 하는 빈 걱정 같아서.
"집이고 농사고 머 있능기요. 다행히 목숨들만은 건졌지만, 그 바람에 갈밭새 영감이 또 안 끌려갔능기요."
윤춘삼씨는 가슴이 내려앉는 듯한 무거운 한숨을 내쉬었다.
"건우 할아버지가?"
나는 하단서 그 접낫패에게 얼핏 들은 얘기를 상기했다.
"그래서 내가 지금 경찰서꺼정 갔다 오는 길인데, 마침 잘 만냈임더. 그란해도……."

기진맥진한 탓인지, 그는 내가 권하는 술잔도 들지 않고 하던 이야기만 계속 했다.
— 바로 어제 있은 일이었다. 하단서 들은 대로 소위 유력자의 배짱들이 만들어둔 엉터리 둑을 허물어버린 얘기였다.
— 비는 연 사흘 억수로 쏟아지지, 실하지도 않은 둑을 그대로 두었다가 물이 더 불었을 때 갑자기 터진다면 영락없이 온 섬이 떼죽음을 했을 텐데, 마침 배에서 돌아온 갈밭새 영감이 설두²²를 해서 미리 무너뜨렸기 때문에 다행히 인명에는 피해가 없었다는 것이다.
"그런데 와 건우 할아버진 끌고 갔느냐고요?"
윤춘삼씨는 그제야 소주를 한 잔 훅 들이켜고 다음을 계속했다— 섬사람들이 한창 둑을 파헤치고 있을 무렵이었다 한다. 좀더 똑똑히 말한다면, 조마이섬 서쪽 강둑길에 검정 지프차가 한 대 와 닿은 뒤라 한다. 웬 깡패같이 생긴 청년 두 명이 불쑥 현장에 나타나더니, 둑을 허물어뜨리는 광경을 보자, 이내 노발대발 방해를 하기 시작하더라고. 엉터리 둑을 막아놓고 섬을 통째로 집어삼키려던 소위 유력자의 앞잡인지 뭔지는 모르되, 아무리 타일러도, "여보, 당신들도 보다시피 물이 안팎으로 이렇게 불어나는데 섬사람들은 어떻게 하란 말이오?" 해봐도, 들어주긴커녕 그중 힘깨나 있어 보이는, 눈이 약간 치째진 친구가 되레 갈밭새 영감의 괭이를 와락 뺏더니 물속으로 핑 집어던졌다는 거다.
그리곤 누굴 믿고 하는 수작일 테지만 후욕패설을 함부로 뇌까리자, 순간 화가 머리끝까지 치밀었을 갈밭새 영감도,
"이 개 같은 놈아, 사람의 목숨이 중하냐, 네놈들의 욕심이 중하냐?"
말도 채 끝내기 전에 덜렁 그자를 들어 물속에 태질을 해버렸다는 것이다. 상대방은 '아이고' 소리도 못 해보고 탁류에 휘말려가고, 지레 달아난 녀석의 고자질에 의해선지 이내 경찰이 둘이나 달려왔더라고.
"내가 그랬소!"

---

22 **설두** 앞장을 서서 일을 주선함.

갈밭새 영감은 서슴지 않고 두 손을 내밀었다는 거다. 다행히도 벌써 그때는 둑이 완전히 뭉거지고, 섬을 치덮던 탁류도 빙 에워돌며 뭉그적뭉그적 빠져나가고 있었다는 것이다.

"정말 우리 조마이섬을 지키다시피 해온 영감인데…… 살인죄라니 우짜문 좋겠능기요?"

게까지 말하고 나를 쳐다보는 윤춘삼씨의 벌건 눈에서는 어느덧 닭똥 같은 눈물이 뚝뚝 떨어지기 시작했다.

법과 유력자의 배짱과 선량한 다수의 목숨…… 나는 이방인(異邦人)처럼 윤춘삼씨의 컁컁한[23] 얼굴을 건너다보았다.

폭풍우는 끝났다. 육십 년 이래 처음이니 뭐니 하고 수다를 떨던 라디오와 신문들도 이젠 거기에 대해선 감쪽같이 말이 없었다. 그저 몇몇 일간신문의 수해 구제 의연란에 다소의 금액과 옷가지들이 늘어갈 뿐이었다.

섬사람들의 애절한 하소연에도 불구하고 육십이 넘는 갈밭새 영감은 결국 기약 없는 감옥살이로 넘어갔다.

그리고 9월 새 학기가 되어도 건우군은 학교에 나타나지 않았다. 끝내 돌아오지 않았다. 그의 일기장에는 어떠한 글이 적힐는지.

황폐한 모래톱—— 조마이섬을 군대가 정지[24]를 하고 있다는 소문이 들렸다.

---

23 컁컁하다 얼굴이 몹시 야위어 파리하다.
24 정지 땅을 반반하고 고르게 만듦.

김정한(金廷漢)

1908년 경남 동래 출생. 아호는 요산(樂山). 일본 와세다대 부속 제일고등학원 중퇴. 1936년 조선일보 신춘문예에 단편 「사하촌(寺下村)」 당선. 부산시문화상, 한국문학상, 문화예술상, 심산상 등 수상. 부산대 국문과 교수 역임. 『낙일홍(落日紅)』(1956), 『인간단지(人間團地)』(1971), 『김정한소설선집』(1974. 1976년 개정판시 『제3병동』으로 개제), 『낙동강의 파숫군』(1978), 『증보판 김정한소설선집』(1983) 『사람답게 살아가라』(1985), 『황량한 들판에서』(1989) 등의 작품집과 장편소설 『삼별초』(1973) 출간. 1996년 타계.

작품 세계

김정한의 소설은 민중의 관점에서 부정한 권력을 비판하고 있어야 할 삶의 희망을 드러낸다. 그의 소설적 실천은 리얼리즘에 기반을 두고 있다. 김정한 소설에서 리얼리즘적 전망과 관련된 구체적 상관물은 '땅'이다. 땅은 민중적 삶의 텃밭인 동시에 저주받을 착취와 불평등의 현장이다. 김정한은 농촌·농민을 통해 이런 참혹한 상황을 집약적으로 그려낸다. 「사하촌」 「옥심이」에서 보듯, 제국적 자본의 식민지 침탈은 소작농민을 가혹한 노동과 삼순구식이라는 참담한 궁핍으로 몰아넣는다. 해방 이후 농촌의 몰락이 더욱 가속화되어 '풍년기근'까지 겪는 농민에게 농토는 저주받은 대지(「뒷기미나루」)일 뿐이며, '가나안' 복지였던 삶의 텃밭은 고속도로와 골프장 용지로 변질된다(「어떤 유서」). 「산거족」 「지옥변」에서 확인되듯, 도시 계획도 공적인 대지를 법의 비호를 받아 유력자의 사유재산으로 만드는 일이다.

김정한의 리얼리즘의 시각은 부정한 독점 자본, 타락한 권력, 천박한 친일 세력을 조준했고, 특히 분단 체제의 냉전 이데올로기가 민중의 삶을 어떻게 억압하는가를 주목한다. "해방이 되어도 핏값은 못찾"(「독메」)은 민중의 저항은 "북쪽의 괴문서"(「지옥변」)라는 조작된 사상의 굴레에 질식당한다. 역사의 주체 문제에 있어, 김정한은 지식인의 역량을 크게 신뢰한 것 같지 않다. 「어둠 속에서」의 김인철 교사, 「인간단지」의 우중신 노인, 「축생도」 「제3병동」의 의사, 「수라도」의 가야부인 등은 민족의 고통과 불행한 삶에 분노하고 민중과의 강력한 일체화를 보인다. 그러나 「항진기」 「사밧재」에서 드러나듯 지식인에 대한 김정한의 태도는 비교적 부정적이며, 「모래톱 이야기」의 갈밭새 영감의 입을 통해 민중의 현실을 몰각한 지식인문학을 "썩어빠진 글"이라고 비판한다.

김정한은 민중의 우직한 진정성을 사회 변혁의 강력한 요소로 인식한다. 그래서 그의 소설은 농민, 도시 변두리의 하층빈민을 주요 인물로 삼았고, 그들의 투박한 말을 표현도구로 삼았다. 지문에까지 지역 방언이 스며든 것은 삶의 터전이 작가에게 특정한 언어 형식을 요구한 결과일 것이다.

「모래톱 이야기」

「모래톱 이야기」는 건우네 가족과 윤춘삼 노인이 낙동강 하류의 조마이섬에서 살면서 겪어낸 삶의 이야기이다. 교사인 '나'는 나룻배 통학생인 건우에게 관심을 갖고 있던 차에 그의 집으로 가정 방문을 나가게 된다. 건우의 할아버지 갈밭새 노인과 '송아지 빼갱이' 윤춘삼 노인을 만나고, 건우가 써낸 '섬 얘기'와 크게 다르지 않는 사연을 듣는다. 그것은 조상 대대로 살아오던 사람들과 무관하게 "소유자가 도깨비처럼 뒤바뀌고" 있다는 섬의 내력이다. 가정 방문 뒤에 홍수로 낙동강 물이 불어나자 '나'는 건우네 가족을 찾아나서고 윤춘삼 노인으로부터 갈밭새 노인이 살인죄로 구속되었다는 말을 듣는다. 날림으로 만든 둑을 허물어 섬사람을 구하려던 갈밭새 노인이 유력자의 하수인을 강에 집어던지는 사고가 일어난 것이다.

김정한의 재기작이기도 한 「모래톱 이야기」는 당대 현실을 압축하고 이후 전개된 한국 사회의 모순을 예견한다. 건우의 인식처럼, "자기가 사는 고장," 곧 고향은 행복한 동요의 세계가 아니라 권력자와 유력자가 지배하는 엄혹한 현실이다. 인간을 억압하는 분단 체제의 냉전적 사고, '동포애'라는 명분으로 이루어지는 공간적 낙인도 거기에 있다. 제 한몸만 무사하면 '남의 불행'을 구경거리로 삼는 '도회지 사람'과 자신을 희생하며 다수를 구한 갈밭새 노인의 대비는 농산물의 가격을 결정할 수 없는 농민과 그 잉여생산물을 집중함으로써 비대해지는 도시 사이의 불평등한 발전을 암시한다. 또 "본대대로" 강의 물길을 트려는 행위와 달리, 군인을 동원해 모래톱을 정지하는 작업은 자연을 인간의 의지에 종속시키는 반생태적 산업사회를 예감케 한다.

이렇게 볼 때, 조마이섬은 온갖 형태의 억압과 착취가 집중된 민중의 현실을 대표한다. 그들의 "땅에 대한 원한"은 "시한폭탄"의 힘을 내장하며, "젖줄"을 지키려는 의식적인 연대투쟁으로 이어진다. 「인간단지」처럼 「모래톱 이야기」에서도 좌절을 겪지만, 삶의 터를 지키려는 싸움은 보편적인 이상을 생산하는 긍정적 경험이다. "낙동강 물이 맨들어준" 섬에 조상대대로 살아왔다는 말처럼, 그 싸움은 땅을 소유하고 거래하려는 사적 욕망이 아니라 땅을 사용하고 물려주려는 공적 욕망에 근거한 까닭이다.

주요 참고 문헌

「모래톱 이야기」에 대한 주요 논의로, 염무웅은 「김정한소론」(『민중시대의 문학』, 창작과비평사, 1979)에서 역사 발전과 인간 미래에 대한 신뢰를 주목하고, 구중서의 「리얼리즘

문학의 지맥」(『민족문학의 길』, 도서출판 새밭, 1979)은 인간의 삶의 자리에 대한 권리가 중심 주제라고 지적한다. 김종철의 「저항과 인간해방의 리얼리즘」(『한국문학의 현단계 3』, 창작과비평사, 1984)에서 갈밭새 노인은 자기를 희생함으로써 인간 해방의 빛을 던진 서사시적 인물로 평가되며, 문체를 분석한 정경수는 「김정한 소설의 문체 연구」(국어국문학 논문집 7집, 동아대 국문과, 1986)에서 기층민의 삶의 애환을 형상화하려는 작가 정신과 방언 사용을 연관시킨다. 송명희는 「'사하촌'과 '모래톱 이야기'의 거리」(『우리문학』 9호, 1990)에서 토지 문제를 중심으로 한 현실 인식의 일관성을 지적하고, 조갑상의 「김정한 소설연구」(동아대 박사 논문, 1991)는 조마이섬 내력 속에 해방의 역사적 의미, 분단 체제하의 억압적 상황과 민족의 비극이 드러난다고 분석한다. _황국명

한무숙
유수암(流水庵)

 그러던 그녀가 큰마누라에게 시달리고 몰리면서, 끝내 물고 늘어진 사람이 ××당의 정진수였다. 나이가 가르쳤던 것인가, 이만저만이 아닌 연분이었던 탓인가? 그녀는 정진수씨에게는 그녀의 독자적인 항아리 철학을 해당시키려 하지 않았다. 오히려 처음엔 남의 눈을 꺼리던 사이가 큰마누라의 성화로 공연(公然)화하였다. 정진수씨의 승용차가 어엿이 유수암 앞마당 느티나무 밑에서 밤이슬을 맞고, 정계의 요인들은 그를 만나려면 유수암을 찾았다. 그런 일로 유수암은 날로 흥성해갔다. 흥성거리는 유수암을 경은 점잖게 능란하게 운영해나갔다. 7년이라는 긴 세월을, 세월을 마음에 새길 틈 없이 바쁘게 흐뭇하게 경은 지냈다. 줄곧 접인(接人)으로 흐른 세월이었지만, 그녀의 여자로서의 달력[月曆]은 오직 정진수 한 사람만을 위하여 젖혀졌다고 해도 거짓이 아니었다. 유수암에서 현악 소리가 사라지고 자동차 소리가 두절된 것은 4·19혁명 후부터다. 경에게는 투옥된 정진수씨의 옥바라지만이 할 일이었으나, 어엿이 나서지 못한 것은 그늘의 몸이라서가 아니고, 그런 것으로 하여 그의 옥고가 더할 것을 염려한 때문이었다. 정성 어린 옥바라지도 남의 손을 거쳐야만 했다. 그러니까 경은 유수암 골짜기에 들어박혀 이날까지 조금씩 체념을 배워

---

* 「유수암」은 『현대문학』 1963년 10월호에 발표되었다. 여기서는 『한무숙 문학전집』(전10권, 을유문화사, 1992)에 수록된 것을 텍스트로 삼아 부분 수록하였다.

온 것이 될는지도 모른다.

그러나 체념과 단념은 다르다. 오히려 그녀는 그러는 동안 '부재'의 의미를 뼈저리게 터득도 하였다. 부재란 사랑하는 사람들에 있어 가장 충실하고 뿌리 깊은 현존이라는 것을 경은 실감으로 터득했던 것이다. 그러므로 사랑하는 이의 부재에 익숙해버린다는 것이 얼마나 무서운 타기할 일인가를 경은 절감하였다. 그녀가 버리지 않는 한 정진수씨는 항상 그녀 옆에 있었다. 그리고 경이 어찌 그를 버릴 수 있었겠는가.

일찍이 한번도 버림을 받은 일이 없다고 자부해온 경이다. 화류 인생을 내딛고 30년, 남녀 간의 기미에도 비밀에도 훤하게 통해 있다. 제 손바닥에 쥐고 있는 손금의 수는 몰라도 상대방의 마음의 움직임은 거울처럼 이쪽에 어려온다고 느꼈다. 외람하게도 — 그렇다, 외람하게도.

그녀는 홍화가 펼쳐놓은 신문은 거들떠보지도 않았다. 눈앞에서 거창한 무엇인가가 와르르 와르르 소리내며 허물어지고 있었다. 사람이란 남에게 있어, 그 사람이 한 것만이 그 사람인 것이지만, 그 사람 자신에 있어서는 그 사람의 행적이란 빙산의 일각에 지나지 않는다. 무수한 '나'가 득실거린다. 남이 보는 '나'는 내부의 '나'가 뜻하지 않았던 일을 수없이 저지르기도 하고, 꼭 해야 되었을 일을 하지 않고 지나기도 한다. 그러기에 인생이란 회오(悔悟)이다. 이미 해버린 일에 대한 뉘우침과, 미처 하지 못했던 일에 대한 뉘우침 — 그런 것으로 차 있는 것이 인생이리라. 그러면 50년 가까이 살아온 자신의 행적과 체험의 총화는 회오란 한마디로 요약해야 될 것인가?

살아온 길이 스산하였다. 까닭 없는 오기에 차 있었던 날이 부끄러웠다.

나이 마흔여덟, 그는 버림받은 자신을 뼈저리게 느꼈다. 이윽고 버림을 받은 것은 이번이 처음이 아니고 '또 진경이가 사내를 차버렸다'는 말이 날 때마다 기실은 자기가 버림을 받았던 것이라는 것을 깨달았던 것이다. 젊음과 오기를 잃은 지금, 그때껏의 묘한 도착(倒錯)이 서서히 제 모습으로 돌아오고 있었다.

삭막 — 그 한마디로 그치는 심정이 저도 모르게 발버둥을 치는 것인가? 그날부터 자주 드나드는 홍화가 경은 죽도록 밉기도 하고, 또 가버리면 아쉽기도 하였다.
 홍화의 주책이 주책같이 보이지 않게 되었다. 발심(發心)하여 삭발 입산했다가는 얼마를 못 가서 환속하여 다시 화류에 놀곤, 또 마음이 움직여 이번에는 일도 신심(一倒信心)인 것 같은 인상을 주다간, 다시 젊은 남자에 혹하여 망측한 몰골이 되곤 하는 홍화의 삶이 슬프기만 하였다. 만나면 핀잔만 주고, 주책을 떨면 쏘아붙이지만, 요즘같이 홍화가 마음에 다가선 일은 없다. 느닷없는 발심도 잡스러운 행동도 한가지로 그의 삶의 거짓 없는 표현이 아니겠는가. 그러기에 관음경과 잡가가 같은 입으로부터 엇갈려 나오기도 하는 것이리라.
 경이 홍화를 붙든 일은 이번이 처음이다. 그러면서 둘이 한가지로 그런 일에 마음이 가지 않는 것은 이 1년 동안 그런 일은 은연중에 얼마든지 되풀이되었던 것을 의미하는 것일지도 몰랐다.
 화려한 화류 인생에는 여러모로 지나친 것이 또한 많다. 사랑이 그렇고, 생활이 그렇고, 돈이 그렇다. 그러면서 또 빠지는 구석이 있다. 입성은 진솔로만 쏙 빼면서, 먹는 것에는 소홀할 수가 있다. 걸리면 삿갓 씌운다는 평양 기생 중에는 돈에 지나치게 치우친 탓이라는 사람도 있지만, 고양이 양만 한 아침을 뜨곤 점심 저녁을 굶고, 저녁에 놀음(주석에 참례한다는 화류계 술어) 나가, 탕반(蕩飯)으로 양을 채우는 측도 적지 않다는 것이다. 대체로 기생이란 먹는 것엔 탐이 적다. 그러다가도 나이 들면 주연에서 높아진 식성이 꽤 까다로움도 부리곤 하는데, 경의 식성이 소탈한 것은 천성이어서 찬값 여투느라고 인색한 일도 없거니와, 나이 들어도 누린 것 비린 것 가린 일이 없다. 더구나 소박한 거처에 가는 불을 켤 뿐, 화려한 홍등(紅燈)을 끈 후론 유수암의 식사는 청수암과 매한가지인 산채뿐이었다.
 두 여인은 소박한 저녁을 말없이 떴다. 천품인 미성으로 아무 데서나 사살[歌辭]이 흘러나오는 홍화도, 이날따라 선뜻 목청을 뺄 염이 나지 않는지 잠잠히 앉아 있다.
 경은 허리를 늦추어 입은 갑사 치맛자락을 끌며 대청으로 나간다. 화류로 난간을 친 평상을 뒤에 하고 서서 하염이 없다. 감상적인 것을 가장 쑥스러워하던 그녀의 가늘어진 어깨에 느끼게 되는 것이 그 감상이어서, 홍화는 방 문지방에 손을 짚은 채 얼떨떨할 수밖에 없다.

아직도 으스름인데 이른 파일 달이 뜨는 모양이다. 담 옆의 대추나무 새 잎이 금속성에 가까운 윤을 흘리며 반짝거린다. 아주 가까운 곳에서 밤 꾀꼬리가 길게 울었다.

"버들은 실이 되고
꾀꼬리는 북이 되어
구십삼춘(九十三春)에……."

경이 나직이 읊조리다 말고, 고개는 앞으로 둔 대로 친구의 이름을 부른다.

"홍화야."

"응?"

경은 말을 잇지 않는다. 홍화는 고개를 치켜 경을 쳐다보다가, 문지방을 짚었던 손으로 장단을 쳤다. 맑고 애애한 소리가 애절하게 흘러나왔다.

"꿈아 꿈아 무정한 꿈아,
오신 님 보낸 꿈아,
오신 님 보내지 말고
잠든 나를 깨워주지."

음성은 더 한층 호소하듯 절절하게 정을 담는다.

"날 다려 날 다려,
날 다려가시오.
한양의 낭군님
날 다려가시오."

처량하던 홍화의 가락에 애달픔과 자기(自棄)가 어려왔다.

"어젯밤도
곱송그려
새우잠 자고
오늘 밤도

곱송그려
새우잠 자네.
언제나
그리던 님 만나
발 펴고 잘거나."

남이 만든 사설을 외는 것이 아니고 폐부를 짜내는 것 같은 실감이 어린 음성이다.

경의 어깨가 가늘게 떨렸다. 손자를 안을 나이에 자나깨나 '사랑 타령'—무서운 업이 아니고 무엇이겠는가. 환속까지 하여 기껏 정했다는 기둥서방이 열세 살이나 손아래라, 딸 같은 본처에게 알망신을 당하고 있는 홍화에게 색정광(色情狂)이라고 침을 뱉을 수는 없을 것 같았다.

'웬 늙은 년이 어찌두 색을 바치는지!'

아는 사람은 모두 눈살을 찌푸리지만, 사랑이라는 가장 허무하고 믿을 수 없는 것을, 오직 육체로만 확인하려 하는 그의 추행은 오히려 여심(女心)의 극한을 말하는 것이 아니겠는가. 그녀의 사랑 노래를 들으며, 경은 관음경보다도 더 절절한 기원을 가려 들었다.

가여운 중생 — 지나고 보니 살았다는 실감조차도 엷어졌지만, 이 친구에게 끌리어 헛딛게 된 자기 삶도 생각하면 허무하기 짝이 없다.

기생의 신세 이야기는 가끔 나온다. 하는 쪽도 듣는 쪽도 건성 넘긴다. 거짓말이라는 심사에서다. 거짓말까지는 가지 않을 경우라도 다 하지 않을 때가 많아 거짓말이 된다. 말을 하지 않는다는 거짓말이다. 즉 기생의 신세 이야기란, 기생이 된 후부터 본 줄거리가 될 것인데, 누구나 기생이 되기까지를 이야기하고 말려는 것이다.

기생이 되기까지 — 형형색색 같지만, 기실 비슷비슷하다는 것이 옳을 것이다. '가난이 원수' — 이 한마디로 족할지도 모른다. 아편쟁이가 되어버린 전라도 기생 산월이는 열 살 때 광대 집에 팔려 가 잔뼈가 가무 익히는 데 굵어졌다. 가난이 원인이었다. 아직도 주름을 분으로 메우고 술자리에 앉는 경상도에서 온 청향이는 긴 병에 가물거리는 아배의 목숨을 보다 못해, 제 발로 기생조합 서사네 아낙을 찾았다. 역시 가난한 까닭이었다. 명기의 이름이 높았던 계월이를 비롯해서 평양 기생은 직업으로 기도(妓道)를 택했지만 대개는 가난으로 말미암은 곡절이 있다. 홍화만 하더라도 가난뱅이 미장이 딸이 기생 삯바느질을 맡아 하던 어머니의 손에서 고객인 기생 손에 넘어갔던 것이다.

유혹에 끌려드는 수도 있다. 경의 경우도 그것이었다. 하지만 따지고 보면 바닥에 깔린 것은 역시 가난이었다.

야주개(현재의 당주동)에 조촐한 물주 가게를 벌이고 있던 아버지가, 잔칫집에 갔다가 급사한 것은 경이 열여섯 살 때였다. 경보다 한 살 위인 형을 맏이로 6남매를 안고 넋이 빠진 어머니는, 왜밀[1]로 곱게 잠재운 살쩍을 고은 민빗발로 다듬은 서울 여인이었다. 주변이 있을 리가 없었다.

전교에서 최고의 재원이라는 말을 듣고 있던 경은, 이듬해 3학년을 1학기도 마치기가 어려웠다. 살던 집을 내어놓고 남의 협호(夾戶)로 옮긴 후에도, 집 내놓은 것보다 학교 그만둔 것이 경은 더욱 한스러웠다.

그러던 어느 날 그녀는 길에서 야주개에 살 때의 소꿉동무인 재순이를 만났다. 주정뱅이 미장이가 아버지이던 재순이는 보통학교는커녕, 추월 물감을 얼룩얼룩 물들여 입는 무명 치마 하나도 색다른 천 조각으로 기워 입어야만 했었는데, 놀라울 만큼 때가 빠져 있었다.

어려서부터 덜덜이이기는 하여도 사람이 좋은 재순이는 호들갑스럽게 반가워하며 자기 집에 들러 가라고 졸랐다. 끌려간 집에서 경은 눈을 의심하지 않을 수가 없었다.

깨끗하게 칠을 올린 서까래 하며, 조청색으로 길이 든 장판, 휘황한 자개장들── 도깨비에 홀린 것 같은 그녀에게 재순이가 생글거리면서 수수께끼를 풀어주었다.

"난 기생이 됐단다. 시방은 홍화라구 불리지."

---

1 왜밀 향료를 섞어서 만든 밀기름.

기생, 그것은 하루아침에 가난을 씻어내고 풍성함을 들여놓는 마술쟁이와 손을 잡는 존재처럼 재순이, 홍화는 재결여댔다. 그리고 경의 처지를 듣고 간곡히 권하는 것이었다.
"넌 나와 달라 공부두 했구, 나오기만 험 굉장할 거야. 너네 집 형편두 금시루 펼 게구."
"기생을 하다 말구 공부할 수 있을까?"
경은 무엇보다도 그것이 궁금했다.
"그럼 있구 말구. 허기에 달렸지."
그날부터 사흘 동안 경은 골이 아프다고 방 한구석에 누워 있었다. 사흘째 되는 날 막내 동생이 길에서 놀다가 진창에 빠져 무릎을 깨고 들어왔다. 부엌에서 죽을 쑤던 어머니가 기겁을 하며 뛰어나와 마구 소리를 질렀다.
"에그머니, 바지를 찢었구나. 빤 것은 아직 마르지두 않았는데 뭘 입니?"
어린것의 피 흐르는 무릎을 어루만져줄 생각은 없고, 찢어진 바지만 아쉬워하는 어머니를 보고, 경은 피가 나도록 아랫입술을 깨물었다.
그날 저녁 그녀는 찾지 말아달라는 쪽지 한 장을 놓고, 홍화를 찾았다. 홍화는 그날 밤을 넘기지 않고, 다옥동에 있는 대정권번(大正券番)으로 그녀를 데리고 갔다. 둘이 다 꽃다운 열여덟 살이었다.
그로부터 30년, 경은 줄곧 화류에 놀았다. 같은 물에 노는 고기의 지느러미가 서로 스치듯 홍화와는 서로 부비며 지났다. 멋이 들고부터는 각각 정분이 났다. 한편은 그럴 때마다 찌들어가고, 다른 한편은 정사(情事)를 거듭함에 따라 폭이 넓어갔다. 애초 격이 다른 위인이었던 것이다. 그러나 지금 와서 생각하면 각기 다른 길을 걸어온 것이 아니고, 같은 길을 걷다가 갈림길에 부딪혀 거기서 헤어져 잠깐 제멋대로의 길을 걸은 것에 지나지 않고, 그 갈린 길은 나중에 와서 합쳐지게 될 길이었던 것만 같다.
경은 치맛자락을 도사리고 평상에 가 앉았다. 홍화의 노래는 아직도 그치지 않고 있었다. 젊고 애애한 소리다. 불을 켜지 않아 오히려 다행이랄까. 보름에는 아직 먼 달빛은 방 안까지는 미치지 않아, 노기(老妓)의 사랑 노래도 스산치 않아 좋았다. 경은 따뜻한 어조로 가만히 뇌었다.

"네 노랜 정말 언제까지나 젊어."

노기에게는 이런 찬사가 차라리 슬펐던지, 주책스러운 홍화도 선뜻은 할 말이 나오지 않는 모양이다. 침묵이 흘렀다. 상처를 입은 암짐승들이 서로 몸을 기대며 상처를 핥는 심정이라고나 할까. 포근한 것이 봄 달의 빛처럼 감돌았다.

멍 멍 멍 멍…….

밤이면 돌담 밑에 푸는 검둥이가 마구 짖는다. 두 여인은 얼굴을 마주보았다.

'해두 저물었는데……?'

손님이라면 밤에 찾는 것으로 알았던 전날의 습관은 가신 지 오래다. 그러나 경은 안차게 평상 위에 앉아 자세를 흩뜨리지 않았다.

개 짖는 소리가 더욱 높아지자, 장골의 개 꾸짖는 소리가 들리고 활달한 남자의 웃음이 거기 섞였다.

경이 비로소 몸을 일으켰다. 귀 익은 웃음소리였기 때문이다.

문이 삐걱거리며 열리더니, 달빛을 지고 온통 검은 그림자가 되어 어느 사나이가 한 사람 들어섰다.

"원 극성스런 개새끼 같으니."

그리 화가 난 것 같지도 않은 투로 사나이는 투덜거리고

"오늘은 봄밤의 청윤가?"

하고 청 위를 쳐다본다.

"늦으셨군요. 우선 올라오세요."

경이 버선발로 댓돌 아래 내려서며 맞았다. 홍화도 찾는 손이 누군가를 알고 반가워한다.

"아아니, 현박사님이 아니세요. 웬일이세요?"

"허어, 문전의 모래길은 누가 만든 길인데, 몽혼(夢魂)이 행유적(幸有跡)하여, 석로(石路)가 성사(成沙)된 거지. 하하……."

현박사는 호탈하게 웃으며 대청 위에 올라섰다.

若使夢魂幸有跡
門前石路半成沙
(혹시 다행히도 몽혼으로 자국을 남길 수 있다면,
문 앞의 돌길이 반 모래가 되리라.)

사랑 노래를 끌어 놓을 한 것이다.
"여전하셔, 호호……."
홍화가 엷게 웃는다. 갑자기 생기가 돌고 음색이 애원성 있게 교태를 머금었다. 조건 반사라고나 할까. 어쩔 수 없이 그녀는 기생이었다.
"대청이 좋으시지요?"
묻고 경은 대답을 받은 것처럼 방으로 들어가 다락 문을 열고 화문석을 꺼냈다. 달빛이 미치는 곳에 깔자 현박사는 권하기 전에 앉고, 양복 주머니를 뒤진다. 한쪽에서는 위스키 병이, 다른 쪽에서는 콩이 나왔다. 담배 한 갑을 사려고 해도 얼마를 내려가야만 하는 골짜기 속의 경의 생활을 아는 마음쓰임이었던 것이다. 30년의 교분이 꾸밈새 없이 어려 있었다.
"아이, 선생님두."
경의 입가에도 가벼운 웃음이 번진다. 비비 꼬이기 쉬워지는 것이 요즘 와서의 버릇이었으나, 현박사를 대할 때만은 가슴이 제대로 열리는 경이었다. 사실 유수암에 불빛이 꺼진 후로 그녀는 반가운 사람이 없었다. 그러면서 찾아오던 사람의 발이 끊어지면 섭섭하고 괘씸했다. 그런가 하면 전에 없이 발길이 낮은 사나이들 속에 검은 마음을 느끼고 분한 생각이 들기도 하는 것이었다. 가눌 수 없는 마음이 현박사 앞에서는 바로잡혔다.
경은 가볍게 손벽을 쳐서 잔을 가져오게 하여 익숙한 솜씨로 병마개를 뺀다. 잔을 권하여 술을 따르려 하니 현박사는 소탈하게
"모두 함께 저 달을 위하여……"
하며 손수 두 여인의 잔에 술을 부었다.

"저 달을 위하여, 우리 진경 여사를 위하여, 건배를."

"감사합니다."

경의 걸걸한 음성이 차분히 가라앉았다. 어디에선지 부엉이가 부엉부엉 울었다.

담 밖에서

"에헴 에헴 헴."

남자 음성으로 기침 소리가 들린다.

"오, 탁(倬)주사군! 탁주사, 이리 들어오슈. 우리 같이 한잔 합시다."

현박사가 소리를 쳤다. 그러나 담 밖 사람의 귀에는 들리지 않았는지 기척이 없다.

"탁주사아!"

현박사가 다시 소리를 높였다.

"그만두세요. 안 들렸나 봐요."

경이 말하고, 빈 잔에 술을 채웠다. 그녀는 탁주사가 벌써 몇 번이나 담 앞에 왔다가는 자기 거처로 되돌아간 것을 알고 있었다. 홍화 때문에 말을 끝내지 못하고 방을 나가고도 깡깡한 그의 그림자는 서창에 오래도록 머물러 있었던 것이다. 그러나 탁주사가 안절부절 못한다고 해결이 될 문제 같지는 않았다.

경은 한숨을 깨물었다. 아무래도 좋은 심사였다. 달빛은 점점 맑아와서 현박사의 백발이 은빛으로 빛났다. 은발 아래 얼굴은 달빛 아래선지 늙은 얼굴이 아니다. 곧은 자세와 저력 있는 음성도 정정하고 기운에 차 보인다. 그러나 그는 70이 넘어 있었다.

다옥동에서 40년이나 개업을 하고 있는 현박사는, 수가 그리 흔치 않은 외국 의학 박사다. 색가에서 의사로서 40년을 지나는 동안, 뜻하지 않게 화류계 통(通)이 되어버린 사람이다. 노는 놈팽이나 어울리는 기생이나 거짓이 끼기 마련인 화류계였지만, 아무리 외면치레를 하려드는 깜찍한 기생도 그 앞에서는 비밀이 없었다. 기도(妓道)와 색도(色道)란 꼬여져서 한 오라기가 되는 실이다. 그리고 색이란 요요(妖妖)하건, 연연(娟娟)하건, 염연(艶然)하건 간에 어

한무숙 947

딘지 비밀스러운 데가 있다. 환락에 음습이 깃드는 것도 그 탓이리라. 그 비밀 속에 함정이 감추어진다. 화류라는 이름이 붙는 병이 한 모퉁이에 도사려 앉아 흉흉한 손톱을 간다.

제아무리 왈패라도 그런 함정에 빠진 것을 실토하는 기생은 드물다. 속앓이가 아니면 골앓이, 신경통— 이런 구실로 숱한 기생들이 현박사를 찾는다. 그래서 현박사는 병리학적으로도 화류계 통인 것이다.

그러나 현박사는 그런 말을 남에게 한 일이 없다. 다만 색가에서 젊음을 보내고 장년을 살고 늙었지만, 기생과 외입한 일이 없는 것은 그런 일에 통해 있는 까닭이 섞이는 탓인지도 모른다. 그렇다고 그런 환자에게 눈살을 찌푸린 일도 없다. 몸속 깊은 곳에 병균을 기르며 분 바른 얼굴로 웃는 그들을 어리석고 위험한 것들이라고 비웃은 일도 없다. 좀 지나치게 말하면 병을 기르기 위하여 살아가는 어이없는 삶들이라고도 하겠지만, 사람이란 성(性)을 허무는 독(毒)이 아니라도 저마다 제 내부에서 얼마만큼의 독을 기르며, 그것으로 조금씩 조금씩 목숨을 좀먹히는 동시에, 또 그것으로 삶을 이어가는 것이 아니겠는가. 의사로서도 70여 년을 산 한 사람으로서도 전연 독이 없는 약을, 현상을, 그는 보지 못한 것 같았다.

그래서 현박사는 풍류객이다. 노는 수는 지극히 적지만 놀 줄을 알았다. 주량은 크지 않아도 술맛을 알고, 뜨내기 시골 부자처럼 어리석게 돈을 뿌리지는 않아도 인색하지는 않았다.

의사라는 직업상 격(格)의 상하를 가리지 않고 기생을 접해왔기 때문에, 오궁(五宮)골에 더러 남아 있다는 정경 부인 못지않은 관기(官妓)는 모르되, 전통을 자랑하는 한성 권번의 서울 기생들과 더불어 정악(正樂)을 즐길 수도 있었고, 돈 많은 멋쟁이 환자가 청하면 조선 권번의 평양 기생들과 수심가(愁心歌)의 가락도 제대로 뽑았다. 여항의 제법 부명(富名) 듣는 작자들과 재미를 보는 수표 다리 주변의 '삼패'와도 계제가 되면 까다로움을 부리지 않고 어울렸다.

현박사가 경을 안 것은 경이 다옥동의 대정 권번의 기생으로 있을 때부터다.

서울 기생으로만 구성된 무교동 한성 권번과 평양 기생이 모인 조선 권번과는 달리 각도 기생이 모인 대정 권번은 꽤 까다로움이 없어 신흥 계급의 재벌들이 좋아했다. 3·1 만세 소리도 가신 지 20년에 손이 닿아, 기생들도 옛풍을 고집하는 한성 권번 소속들은 데리고 놀기에 어깨가 뻑뻑했다. 일어를 지껄이거나, 일인들의 주연에 나가면 낮추어 보던 기풍도 사라지고, 오히려 일어를 하는 기생이 잘 팔리기 시작하던 무렵이다.

침모·인력거꾼·안잠자기·토역꾼—— 그런 집 출신이 많은 무식한 기생들 중에서 총명하고 학식 있는 경은 유달리 두드러져 보였다. 스치면 떨어질 듯 약약(嫋嫋)한 교태를 흘리는 다른 기생들과는 달리 뼈가 세었다. 뒤늦게 배운 가무였건만 예사 기생은 염도 내지 못하는 정악의 영산회상(靈山會相)까지 격대로 당당하게 익혔다. 구슬픈 계면조(界面調), 장쾌한 우조(羽調)에서부터 신명나는 허튼 가락에 이르기까지, 어려운 풍류들을 습득한 것은 자학에 가까운 의지의 힘 때문이었을 것이다. 그것은 복수에 가까운 심정으로까지 몰아넣는 강렬한 삶에의 의지이기도 하였다.

전성시의 경에게는 남의 입초시에 오르내리는 일이 많았다. 한국을 찾는 외국인들은, 일인들을 포함하여 으레껏 기생놀이하는 것이 절차처럼 되어버린 때여서, 일어에 능숙한 경은 누구보다도 '지휘(기생을 예약한다는 화류계 술어)'를 많이 받았다.

남의 나라에 먹힌 대로 일이 없었던 시절이라, 기생의 '화대(花代)' 시간 수가 한 달에 한 번씩 신문 지상에 발표되어, 뭇 활량들의 주접스럽고 시끄러운 화젯거리가 되었다. 시간 수로 인기가 1위, 2위……로 인정받아, 그 달의 1위 기생이 되면, '지휘'받는 수가 또 늘었다. 각 권번의 경쟁이 곁들기도 하였다.

경의 화대 시간 수는 얼마 동안 1·2위를 오르내렸다. 어느 달은 1,000시간으로 된 일도 있다.

하루가 24시간, 한 달이 짧아 30일, 길어 31일이고 보니, 한 달을 자지 않고 먹지 않고 주석에만 앉아 있는다 하더라도 720시간이 고작인데, 기생의 화대 시간은 웃지 못할 고등 수학이었다. 그리고 여기 기생의 이만저만이 아닌 오기를 남은 볼 수가 있는 것이었다. 즉 기생은 객으로부터 직접 화대를 받지 않고 시간으로 부친다면 수입의 2할을 권번에 떼어주어야 한다. 그러므로 시간으로 단다면 실수입은 엄청나게 주는 것이 되지만, 오기 찬 기생은 곧잘 그런 짓을 했던 것이다.

그러면서 경은 또 걸핏하면 '불표(不票; 사정이 있어 못 나간다고 거절하는 화류계 술어)' 달기로도 유명했다. 저녁에 있을 연회의 '지휘'를 같은 날 아침에 받을라치면 모욕이라 하여 몸이 비어 있어도 맵게 거절했던 것이다.

이미 50에 손이 닿아 있던 현박사는 그런 경의 오기가 대견했다. 그것은 측은의 정이었을지도 모른다. 경의 첫 '정분'의 사연을 그는 알고 있었던 것이다.

오기에 차 있던 젊은 경도 힘을 못 쓰는 곳이 있었다. 소위 일류 대학에 다니는 수재들이었다. 어려서부터 차석을 한 일이 없던 재능을 가지면서 저만 못한 동무들이 다 마치는 여학교조차 그만두어야만 했던 억울함이 때로는 그들에 대한 선망으로, 때로는 질투와 분노로, 때로는 의식된 무시로 현태를 바꾸며 그녀를 괴롭혔다. 관심할 때나 무관심할 때나, 너무 집요하여 스스로는 인정치 않으려는 열등감이 의식의 벽에 밀착되어 있었던 것이다. 그리고 그 열등감은 그녀가 30을 넘어 기어이 어느 사립대학 영문과를 졸업하고 난 후에도 가시지 않았다.

경이 그 사람을 그렇게 사랑한 것은, 그가 고학하며 일본의 일류대학에 다닌 까닭도 있었을런지 모른다. 그러나 그가 재학 중에 고문(高文)을 통과하자, 양가의 규수감이 쏟아져 나오고, 흔해빠진 신소설의 신파조의 기생의 비련으로 끝판이 났던 것이다.

그때 경은 유치하게도 또 흔해빠진 일을 저지른 여주인공이 되었었다. 약을 먹은 것이다. 그리고 더욱 쑥스럽게도 그것은 미수로 끝났다. 현박사의 정성 어린 처치 덕택이었다.

그 후부터 경은 술맛을 알고 담배맛을 알았다. 스물한 살에 인생의 몇 고비를 넘겼다. 그러나 그녀는 죽음길에서 되돌아섰을 때에 처음으로 본 현박사의 눈물을 잊지 않았다.

"왜 죽게 놔두지 않았어요. 왜 버려두지 않았어요"
하며 앙탈하는 경에게 현박사는 말했던 것이다.

"내가 죽지 못하게 한 것이 아니구, 경의 생명이 죽지 않았던 거야. 경의 목숨이지만 경이 자신두 뜻대루 하지 못했던 것이 아냐?"

그렇게 말하는 그의 눈이 번득이고 있었다. 경은 그것이 눈물이라고 느끼자 복받쳐 오르는 것을 누를 수 없어 베개에 얼굴을 묻고 흐느꼈다. 소독수로 거칠어진 현박사의 손이 준주사 겹저고리 위를 부드럽게 어루만졌다. 따뜻한 손길이었다.

그로부터 30년 가까운 세월을, 경은 산전수전 다 겪으며 살아왔지만, 현박사 앞에서는 첫사랑을 잃고 울던 스물한 살의 젊은 여인이었다. 사랑 때문에 죽네 사네 하던 몸이, 손가락을 차례로 꼽아야 할 만큼 다정도 하였다면 부러워야 할 텐데, 그녀는 그런 생각이 없었다. 현박사와 자신의 시간은 언제까지나 그 순간에 머물러 있어, 정지되었다는 의미에서의 영원성을 가지게 된 것이라고 느낀 것인가? 현박사가 하는 일은 무엇이든 준주사 겹저고리 천의 실올을 소독수로 거칠어진 손으로 부풀리며 부드럽게 등을 어루만지는 동작 같기만 했다.

애초부터 부녀지간이라면 좀 농이 아슬아슬할 때가 많고, 남녀지간이라면 너무나 담담한 잡념 없는 사이여서 그런지, 그를 대할 때면 감정이 본연 그 모습으로 돌아갔다. 그러므로 시간 밖으로 빠져나가버린 것 같은 유수암의 이 몇 해를 간혹 찾아주는 그에게서는 아쉬운 정만을 느끼는 것이었다.

부엉 부엉 부엉.

부엉이가 또 밤 공기를 같은 간격을 두고 토막치듯이 서너 번 울자, 밤 꾀꼬리가 거기 도전이나 하듯 높은 트레몰로로 곱게 울었다.

파일 달은 별빛을 지울 만큼 밝지는 않아, 어두운 청회색 하늘에는 달도 뜨고 별들도 반짝였다.

"허어, 일각이 천금이군."

현박사의 어조는 실감에 차 있었다.

"세세 연년(歲歲年年) 산천은 변함없고 사람만 새롭다는데, 옛 친구가 봄 달아래 이렇게 모인 것두 무슨 인연일지 모르지. 백발을 였다 하여 가는 봄이 아쉽지 않을 리 없어. 경이, 풍류가 듣구 싶구나."

이삼 년 남짓을 숨을 죽이듯 살아온 경이었지만, 그 말을 듣자 경은 말없이 일어서서 반침 속에 세워 두었던 가야금을 두 손으로 받쳐들고 나왔다.

먼지를 쓴 줄을 고르는 동안, 세 사람은 다 말이 없었다. 수다스런 홍화까지도 달빛이 그늘지는 데 앉아 시름에 잠겼다.

경이 자세를 바로 하여 한 끝을 무릎에 얹은 가야금 줄을 손끝으로 퉁긴다.

슬기둥 둥 당……뜰

가야금 소리는 호소하는 사람의 육성처럼 절원을 담고 구슬픈 계면조로 시작되었다. 느린 그 곡조는 퉁기면 음이 끊어져서 종처럼 여운을 남긴다.

뜰, 당 징 둥당…….

가야금 소리는 숫제 사람의 울음이었다. 경의 손놀림은 줄 위에 노는 나비처럼 바삐 날았다. 날개를 접듯 머물다간 다시 옮겨 날았다. 줄을 떠받치는 열두 개 안족(雁足)에 왼손이 닿으면, 열두 가지를 백곱[百倍]하는 시름이 폐부를 흔든다. 낮고 구성진 음성이 경의 입에서 흘러나왔다.

"버들은 실이 되고
꾀꼬리는 북이 되어
구십삼춘(春)에
짜내느니
나의 시름."

호소를 하더라도 한숨으로 하기에는 시름이 벅차다는 듯이 육성은 끊어지고 가얏고가 길게 탄식을 한다. 이윽고 경은 다시 가만히 목청을 이었다.

"누구서
녹음 방초를
승화시(勝花時)라
허든고."

홍화가 코를 훌쩍였다. 경의 뺨에도 눈물이 흐르고 있었다.

장사로 배운 음률이었다. 남에게 들리려고 배운 풍류를 언제서부턴가 자기가 듣게 된 것이다. 풍류란 동양의 음악관이다. 바람과 시냇물 — 자연의 현상으로 보았기에 음악을 풍류라고 한 것이 아니겠는가. 그러기에 강태공의 바늘 없는 낚싯대에 비길 만도 한 무현금(無絃琴)도 옛날에는 있었다는 것이다. 그러나 흐르는 물소리, 불며 지나는 바람 소리만으로 족한 경지란 흔할 수 없다. 시름에 겨워 흥에 넘쳐 아쉬움에 시달려 사람은 오동판을 다듬어 줄을 매어 소리를 내게 하고, 기교를 닦아 음색으로 감정을 대신하려고 한 것이리라. 비롯은 어느 손으로 열렸는지는 모르는 대로, 풍류는 듣는 사람뿐이 아니고 들리는 사람의 가슴까지도 파고드는 것이었다.

뺨의 눈물을 달빛으로 빛내며 약한 마음을 지워버리려고나 하듯, 경은 가락을 장쾌한 우조(羽調)로 바꾸었다.

싸랭 징 다로징 뜰……땅

저도 모르게 힘이 '땅' 줄에 가 모인 모양이다. 갑자기 타앙 하고 안족이 오동판을 치며 넘어졌다. 배나무로 된 안족은 금 가는 일이 없다. 잘못되면 대쪽처럼 나뭇결을 따라 딱 쪼개지는 것이다. 가야금은 전체로 위잉 울고 여운이 서서히 멎었다.

평상 화류 난간에 기대앉아 시름 없이 가볍게 무릎 장단을 치고 있던 홍화가 소스라쳐 머리를 들었다. 한 손을 소리를 잃은 줄 위에 얹은 채, 경은 달빛 속에서 쓸쓸히 웃는다. 또 아주 가까운 곳에서 높이 우는 밤 꾀꼬리 소리가 조롱으로만 들렸다.

현박사가 헛기침을 하고 달을 쳐다보며

"무성이 승어유성(無聲勝於有聲)이라더니, 여운은 언제까지나 남아 있는 것 같군. 들리는 소리보다 들리지 않는 소리가 더욱 감미롭단 말이야. 하하하……."

하고 웃었으나, 그 웃음소리는 공허하게 퍼졌다.

잔에 남은 술을 입에 갖다 대며 현박사는 전하려던 말을 하지 않기로 마음먹었다. 왕년의 장안 명기 계선의 죽음을 그는 전하러 왔던 것이다. 청량리 뇌병원의 시료 환자로 죽었다는 그녀는 완전히 치매로서 만년의 5년을 그곳에서 지내다가 어느 날 혼자서 숨져 있었다고 한다. 향년 쉰다섯이었다.

〔중략〕

 경은 두 사람이 주고 받는 말을 들으며 아침에 들러 간 아들 생각을 하고 있었다.
 광주 육군 보병 학교를 마치고 돌아오는 길이라 하였다. 일선으로 배속받아 떠나기 전에 찾아왔노라고 하는 얼굴은 그을어 더욱 흉해 보였다. 그는 화장수 병 하나 놓여 있지 않은 덩그만 화류 경대 앞에서 군복 단추를 끼우며
 "아주 도둑놈 같군요"
하고 하하…… 웃었다. 이모와 함께가 아니고 혼자서 찾아온 것이었다.
 "아프신 줄은 몰랐어요"
하는 얼굴은 표정을 담기에는 너무 우락부락하였고, 목소리도 굵고 크기만 하였지만, 경은 가슴이 아릿했다.
 아들은 한번도 '어머니'라는 말을 쓰지 않았다. 그래서 묘한, 주어도 목적어도 없는 말을 했다.
 "저어어 말이에요. 전동 어머니(이모)가 이번에두 좀 찾아가보라셔서요. 같이 오실 텐데 오늘은 찾아올 사람이 있다구 혼자서 가라셔서요. 저어…… 앓으시는 줄 아셨으면 제쳐놓구 오셨을 거예요."
 '어머니'라는 말이 들어가야 할 데서는 '저어'니 '머어'니 하며 머뭇거리는 것이었다. 너무도 거북해 보여 경이 웃었다.
 "이 녀석아, 그래 에미란 말이 그렇게두 하기 싫으냐?"
 그러자 아들이 똑바로 경을 쳐다보았다. 두툼한 입술이 보일락말락 씰룩거리더니
 "난 아무튼 어머니라구 불렀죠. 이모는 애초부터 어머니였지만, 식모두 어머니라구 불렀어요. 친구들의 어머니두 모두 어머니라구 불렀구요. 내겐 어머니

가 없었기 때문에 누구나가 어머닐 수 있었어요. 어머니란 말을 그렇게 헤프게 쓰구 보니, 여기 와서 쓸 말이 없어졌군요."

아들의 눈이 번득거리는 것을 경은 보았다. 그녀는

"찬호야!"

한마디 부르고 누은 채 한 손을 눈 위에 얹었다.

찬호는 30분쯤 앉았다가 돌아갔다. 가늘어진 허리에서 흘러내리는 치마를 한 손으로 휘어잡고 대청까지 나간 경을 한번 힐끗 다시 쳐다보고 그는 마루에 걸터앉아 구두끈을 매었다.

"문이 너무 삐걱거리는군요. 이담에 와선 고쳐 드리겠어요."

대문을 나가면서 아들은 이런 말을 하고 씨익 웃었다.

경은 도로 자리에 누으며 자꾸만 솟구쳐오르는 착잡한 눈물을 어찌할 수 없었다. 전날 밤을 잠 못 이루고 생각하며 밝힌 사람은 아들이 아니었기 때문이었다.

역시 홍화가 낮에 전하고 간 소식이었다. 정진수씨의 큰아들 결혼식이 며칠 전에 천도회관에서 있었는데, 전날에야 비길 데 있겠을까만, 축객들이 그 넓은 식장을 채웠더라는 것이다. 정진수씨는 머리가 좀더 센 것 이외에는 전과 그리 변하지 않고, 그 야단스러운 부인은 여전히 피둥피둥하더라고 보고 온 사람이 말하더라고, 홍화는 분하다는 표정을 지었다.

사정은 어떻건 한번도 소식이 없는 정진수씨가 원망스러웠다. 그러면서 그저 잠자코 기다리고 있는 심정이 스스로 처량했다. 원망스럽기는 하더라도 상스럽게 떠들어서 그도 자기도 된 망신을 시킬 수는 없었다. 분풀이란 최후에 하는 것이기 때문인가? 자기의 약한 입장을 체념은 하되, 단념을 할 수가 없는 경이었다.

경은 부산에서 처음으로 정진수씨를 만났을 때의 일을 잊지 못하고 있다.

어느 날이었는지 달 밝은 밤이었다. 모두 윗막이를 벗고 있었으니까 여름이었으리라. 송도 바다에 달이 뜨고 술이 거나해지자, 평소에 말이 없는 사람까지도 말문이 열리고, 이야기는 어느덧 옛날에 있었던 정화(情話)의 회상이 되었다.

멋쟁이로 소문이 난 서사장이 젊었을 때 정사까지 하려 했던 연인의 이야기를 꺼냈다. 그녀는 화대 시간이 언제나 상위로 도는 날리는 기생이었는데, 아름답기도 하였지만 바람기도 있었다는 것이다. 이 여자를 곡절 끝에 떼어내어 만주까지 함께 달아났는데, 얼마를 지나자 여자의 눈치가 심상치 않아졌다. 하루는 여관 상노에게 부탁하여 외간 남자에게 보낸 그녀의 편지를 빼앗고 눈이 뒤집혀진 그는 남의 눈 부끄러운 것도 잊고 여자를 마구 쳤다 한다. 여자도 여느 사람이 아니라, 죽어도 실토를 안 하려는 것이 더욱 화를 돋우어 죽도록 치려다가 남자는 치려던 주먹을 스스로 깨물었다는 것이다. 그 이상 치면 여자는 아픔에 못 이겨 딴 남자를 보았다고 하리라. 그러면 어쩌나…… 그래서 죽이고 싶도록 치고 싶은 주먹을 스스로 깨물어 뚝뚝 피를 흘렸다는 것이다.

이야기가 끝나자 모두들 놀려댔다.

"모르는 것은 얼간이 서방뿐이었다구, 하하……."

그러나 경은 웃을 수 없었다. 오히려 서사장이 고쳐 보여졌다. 그녀는 저도 모르게 입을 열었다.

"가시리 가시리잇고 나난
바리고 가시리잇고 나난
날나나나 어띠 살라 하고
바리고 가시리잇고.
잡사와 두어리마라난
션하면 아니올셰라
셜흔님 보내옵나니
가시난닷 도셔오쇼셔."

그러자 그때껏 아무 말 없이 앉아만 있던 가운데 자리의 점잖은 초로의 신사가 무릎을 쳤다.

"션하면 아니 올셰라…… 그렇구 말구."

이 초로의 신사가 정진수씨였던 것이다.

'션하면 아니 올셰라.'

그 말대로의 심정으로 있어야만 할 경의 앞날을 그는 첫날에 일깨워주었던 것인가? 경은 그 밤따라 밤새 우는 두견새 소리가 견디기 어려웠다.

찬호는 하필이면 그 밤을 새운 아침에 찾아온 것이다.

밖에서 차 소리가 요란하게 나더니 왁자지껄 떠드는 소리가 들리고 젊은 여자의 소리가

"기다려요오."

하면서 뛰어들어온다.

"명자가 온 모양이지?"

홍화가 못마땅한 듯이 말하는데, 그 말이 채 끝나기 전에 명자는 댓돌 앞에 서 있었다. 양팔이 허옇게 드러난 노오란 원피스에 굵은 노란 구슬을 꿴 목걸이를 하고, 머리를 고사포처럼 높게 올려 빗은 대신이나 하듯이 주렁주렁한 귀걸이를 달고 있다. 무릎이 드러날 만큼 짧은 치마이다.

아이섀도가 짙은 눈을 부자연스럽게 굴리며 방을 기웃하고 호들갑스럽게

"아직두 누워 계세요?"

한다.

"좀 들어오지 그래."

홍화가 얄밉다는 듯이 말을 건네자

"차를 기다리게 하구 있거든요. 우이동 아주머니가 이리루 나오시겠대서 언니두 좀 볼 겸 들른 거예요. 오래 있을 순 없어요."

"그래도 문병 온 것이라면 들어오기라두 해얄 거 아냐?"

홍화가 또 대꾸를 한다. 명자는 태연하다.

"내가 들어간다구 병이 나을 것두 아니구, 더운데 방만 더 후덥지근해지죠 뭐."

빠른 말투로 지껄이고 툇마루에 걸터앉아 한 다리를 척 꺾어 다른 다리 위에 얹고, 긴 손톱에 은색 칠을 한 손으로 핸드백 속에서 켄트를 꺼내어 한 가치를 흰 빛이 도는 묘한 빛으로 칠한 입술에 물곤

"언니들두 피우세요"

하며 곽을 방 안에 들여놓는다. 홍화가 부르퉁 하며

"재주두 좋구나, 이 시절에 양담배라니."

"그만한 재주 없이 어떻게 기생질을 하죠?"

명자는 명랑하다.

그러는데 기섭이가 리본을 꽃같이 맨 상자곽을 가지고 들어섰다.

"이거 가지구 오셨어요."

"뭔데?"

홍화가 또 출반주를 한다.

"위스키가 든 초콜릿이에요. 언니한테 문병으루."

명자는 여전히 명랑하게 말하고

"우이동 아주머니두 와 기셨네. 난 아직 안 오신 줄 알았어요."

고개를 길게 빼어 밖에서는 보이지 않는 곳에 앉아 있는 유홍이를 보고 쌩끗 웃는다.

"가지구 오셨어요?"

유홍이 얼굴을 붉히며 짧게 대답했다.

"응."

"그럼 어서 내노세요. 또 그 먼 데까지 사람 보내느니 내가 가지구 갈게요. 그런데 요즘은 저고리 길이가 좀 짧아졌어요. 아시죠?"

"그래서 그전 것보다 짧게 지었어."

유홍이 일어서서 윗목에 놓았던 꾸러미를 들고 대청으로 나갔다.

"다섯 개였죠?"

명자는 민망스럽도록 야무지게 말하고, 닫았던 핸드백을 또 열었다.

"여깄어요. 5백원……."

새파란 돈이 다섯 장, 마루 위에 바삭 소리를 내며 떨어졌다. 명자는 피우던 담배를 끄지도 않고 획 마당에 버리고 부산히 일어선다.

"그럼 가보겠어요. 언니, 조리 잘 하세요. 안녕."

연필처럼 가늘고 높은 하이힐 굽이 댓돌을 소리내 딛고, 비 온 뒤 물러진 마당에 구멍을 빽빽 뚫으며 나가자, 이내 차 발동 거는 소리가 요란하게 났다.

세 여인은 멍하고 앉아 있었다. 돌풍이 지나간 느낌이었던 것이다.

한참 후에야 홍화가

"저게 양갈보지 기생이야!"

씹어 뱉듯 말했다. 아무도 대꾸를 하지 않으니까 이어

"청향이한테 들었는데 난장판이라더라. 글쎄 술자리에서 말이야, 허벅지를 내놓구 손님한테 만져보란대. 한번 만져보는 값이 2천원이라나."

유홍이 타이르듯

"나두 그런 말 들은 일은 있지만 그건 명자 얘기가 아니더라. 아르바이트라든가 한다는 불량 여학생이 더러 그런다더라."

"글쎄 누가 하든 간에 온 그런 일이 어디 있어요. 언닌 우리가 젊었을 때 뭐래셨죠? 정말 기생은 잠자리에서두 옷은 벗어두 버선은 절대루 벗지 않는 거라구 허셨잖아요? 아까 걔 보세요. 잠자리에서 커녕 대낮에 큰 길을 거의 드러내 놓구 다니니 말이에요."

"시대가 달라졌으니 어떡허겠니."

"그럼 앞으루 10년만 더 있음 벌거벗구 다니겠네요. 원 눈꼴 사나운 일 너무 많아서…… 춤두 트위스트라든가, 온 미친 것들 주리 트는 것이지 그게 춤이에요."

경이 비로소 입을 열었다.

"글쎄 남의 말 그렇게 할 것두 아니다. 재즈니 트위스트니 하는 것두 살풀이의 일종이지 뭐겠니. 모두들 자기가 살아 있다는 것을 그렇게 광증이라두 부리며 다져보는 거지 뭐."

세 여인은 또 침묵에 잠겼다. 침묵은 오래 가만 있지 못하는 홍화에 의해 또 깨뜨려진다.

"청향이가 온다더니 웬일일까?"

혼잣말처럼 뇌고

"불쌍한 중생 같으니⋯⋯ 딸 같은 년들 틈에 끼여 업심을 받으면서 그래두 살아가야 되다니, 어디까지 떨어져가야 되는 것인지⋯⋯ 나무관세음보살."

끝이 저도 모르게 염불이 되는 그녀 자신도 딸 같은 본처에게 시달리는 신세였다.

경은 몸을 일으켜서 요 밑에서 담배를 꺼냈다.

'어디까지 떨어져가야 되는 것인지⋯⋯.'

담배에 불을 당기며 홍화의 말을 속으로 되뇌었다. 남에게 그런 말을 듣는 청향이보다도 자기가 더욱 깊은 곳으로 전락해가는 것만 같았다. 사람은 자신 속으로 전락하는 것보다 더 깊은 곳으로 떨어져갈 수는 없는 것이 아닐까 하는 생각이 스친 것이다.

홍화가 또 중얼거렸다.

"젊은 년들이 너무 날치기 때문에 늙은 청향이는 더욱 참혹해질 수 밖에 없지."

경은 다 타지도 않은 담배를 비벼 껐다.

"그것이 생명력일지도 모르지. 사는 한⋯⋯."

홍화에겐 이해가 갈 것 같지 않아 그녀는 말끝을 맺지 않았다. 속으로 가만히 뇌었을 따름이다.

"사는 한 생명 움직임이라는 건 남을 해치기를 그치지 않는 거야. 서로들⋯⋯ 너두, 나두, 어쩌면 청향이까지두, 명자 또래뿐이 아닐 거야."

또 따분한 침묵이 왔다. 이번에도 홍화가 먼저 입을 열었다.

"어저께야 비가 멎었는데 또 비가 오실까 봐. 무더워 죽겠구나. 경아 일어나 봐. 언니두 모처럼 오셨구, 우리 수각에 가서 바람이나 쏘이구 오자꾸나."

한참을 잠자코만 있던 유홍이 말을 거들었다.

"나두 오랜만에 물소리나 듣구 싶다. 경이 기운 내구 같이 가자구."

경도 이제 사양할 마음은 없었다. 홍화는 모르되 그저 정물(靜物)같이 사는 유홍이 새삼 수각에 가고 싶을 리가 없는 것을 그녀는 알고 있었다. 유홍의 말에 왈칵 쓸어안고 울고 싶은 정을 경은 아프게 느꼈던 것이다.

병 후의 경을 두 여인은 양편에서 부축하며 풀에 묻힌 길을 수각 쪽으로 올라갔다.

정자 마룻바닥에 기섭이가 깔아놓은 돗자리에 앉아 경은 하염없다가 한곳에 시선을 모으며 입을 열었다. 세칭 흰불나방 때문에 산장 안에는 해를 입는 나무가 더러 있었는데, 계곡을 굽어보는 바위 사이에 난 버드나무 한 그루가 시들어가고 있었다.

경의 눈은 거기 못박혀 있었던 것이다.

"저것 보세요, 언니. 저 물가의 버들이 시들었지요? 물은 변함없이 흐르구 있는데. 허지만 예전 흐르던 그 물이 아니군요. 그러면서 언제나 여긴 물이군요. 언제나 언제나 같은 물이군요. 언제나 시시로 새로우면서, 이 물같이 모두들 가버리구 또 모두들 있군요. 다만 저버들만 시들구, 나만 시들구……."

경의 눈이 젖어왔다. 언제나 경에게 핀잔만 받던 홍화가

"미친 것! 무슨 그런 약한 소리를 하구 있어."

처음으로 핀잔을 주며 눈물이 핑 돈다. 그러다가 그녀는

"선경(仙境)이구나, 얘."

하고 느닷없이 목청을 뽑았다. 태평가였다.

    이랴도
    태평 성대,
    저랴도
    태평 성대로다.

    요지 일월(堯之日月)
    순지 건곤(舜之乾坤)이로다.
    우리도
    태평 성대니
    놀고 놀려

허노라.

태평가를 부르는 홍화의 애애한 맑은 음성이 흐려왔다.

때마침 유수암에 당도한 현박사는 타고 왔던 택시에서 내리다가 수각 쪽에서 들려오는 태평가 소리에 어리둥절하며 발을 멈추었다. 차 소리에 밖으로 나간 탁주사가

"박사님, 어서 오세요"

하며 옆으로 다가갔다. 그는 현박사의 어리둥절한 얼굴을 보고 무표정하게

"여인들이 수각에서 놀구 있지요. 놀게 해주어야죠."

수수께끼 같은 말을 한 후, 어조를 고쳐

"실은 오늘 오후 경매가 끝났어요. 진여사가 수각에서 쓰러지던 바루 다음 날, 통고를 받았었어요. 그날부터 한 달 동안 무던히 뛰어두 다녀보았습니다만……."

말끝을 맺지 못하고 외면을 한다.

수각 쪽에서는 아직도 유장한 태평가 소리가 아련히 들려오고 있었다.

한무숙(韓戊淑)

1918년 서울 출생. 1936년 부산고등여학교 졸업. 1942년 『신시대』 장편소설 모집에 『등불 드는 여인』, 1948년 국제신보 현상 모집에 『역사는 흐른다』가 당선되면서 본격적인 문단 활동 시작. 자유문학상, 신사임당상, 대한민국 문화훈장, 대한민국 문학상 대상, 3·1문학상, 대한민국 예술원상 등 수상. 한국 여류문학인회 회장, 대한민국 예술원 회원, 일본문화연구회 회장, 한국소설가협회 회장 등을 역임. 『월운』(1956), 『감정이 있는 심연』(1957), 『축제와 운명의 장소』(1963), 『우리 사이 모든 것이』(1987), 『생인손』(1987) 등의 작품집과 『역사는 흐른다』(1950), 『빛의 계단』(1960), 『만남』(1986) 등의 장편소설 출간. 1993년 타계.

작품 세계

한무숙 작품을 이루는 일련의 구성 요소는 장인의식과 전아한 문체, 애련, 허무, 아픔과 빛(구중서)이라고 한다. 한무숙 작품의 담론 양상적 특징은 조화와 균형(홍기삼)을 취한다. 곧 전통적인 규범과 새로운 규범이 공존하고, 등장인물들도 그들 속에 있는 선악의 양면성이 상황에 따라 농담(濃淡)을 달리하나, 결국은 인간 구원의 방향으로 전개된다. 『역사는 흐른다』는 조씨가의 몸종인 부용모-부용-금녀에 이르는 여성 3대, 의성군수 조동준의 조씨 3대, 참판 이현종의 이씨 3대의 이야기가 주축이 되어 구한말에서 해방 직후까지 격동의 시기를 엮어나간다. 『만남』은 다산 정약용과 그의 조카 정하상을 중심으로 초기 한국천주교회 신자들의 신앙과 박해 문제를 다룬 작품이다. 배교자 다산의 고뇌와, 젊고 순결한 정하상의 활약과 순교, 권진사의 처와 딸들이 겪게 되는 고난, 다산의 딸을 낳은 강진의 촌부 표씨녀, 만년의 정약용이 중국인 유방제 신부에게 종부성사를 받고 귀천하기까지의 과정들이 그려진다. 『어둠에 갇힌 불꽃』은 대학 신입생 때 우연히 시각장애인인 진수의 친구가 된 정상인 병호의 눈을 통해, 장애인과 그 가족들이 겪게 되는 삶의 문제들, 고통에서 구원에 이르는 과정을 다룬다. 「감정이 있는 심연」과 「숟가락」은 어린 시절의 정신적인 충격이 훗날 어떻게 그 인간의 삶을 지배하게 되는가를 보여준다. 「그대로의 잠을」에서는 민간 속설이, 「돌」에서는 장자못 전설, 「그늘」에서는 사찰 연기설화가 삽입되어 주제를 강화시킨다. 「생인손」의 주제는 『역사는 흐른다』에서 제 딸이 아닌 주인댁 딸에게 젖을 물려야 했던 젊은 유모의 고통을 발전시킨 것이다. 내간체 문학의 전통을 재현시켰다고 하는 「이사종의 아내」는, 기생 진이에게 남편을 빼앗긴 사대부 아낙네가 그 아픔을 친정할머니께 편지를 통해 하소연하는 형식으로 전개된다.

「유수암(流水庵)」

「유수암」(1963)은 화류항(花柳港)의 삶을 후경으로, 금지된 남자에 대한 집착과 그로 인한 고독, 그리고 모성 사이에서 갈등하는 왕년의 명기 진경의 심리적 파동을 그려나간다. 「유수암」에서 이야기하는 시간은 사월 초파일과 그다음 날, 그리고 한 달 뒤의 어느 날이다. 그러나 그 사흘 동안의 이야기 주름마다 주인공 경이 기생으로 보낸 삼십 년 세월이 스며든다. 가난 때문에 기생이 된 경이었다. 스물한 살에 첫 정분이 난 이래 '손가락을 차례로 꼽아야 할 만큼' 사랑병을 앓았기에 남녀의 이합(離合)에 선선하던 경이었다. 그러나 나이 마흔 무렵에 만난 정객 정진수씨에 대한 그녀의 집착은 대형 고급 요정인 유수암과 그에 속한 4만 평의 땅덩이가 경매에 붙여지는 파탄에 이르게 한다. 「유수암」에서는 경 이외에도, 몸의 사랑을 통해 존재를 확인하려는 홍화, 아편쟁이로 전락한 산월, 뇌병원 시료실에서 죽은 계월, 젊은 시앗에게 시달리는 월매, 나이 들어서도 화류에서 벗어나지 못하는 청향, 양공주와 별배 없는 명자, 그리고 우국지사를 모시다가 혼자 되어 유발니(有髮尼)의 삶을 사는 유홍 같은 인생들도 그려진다. 이들의 이야기 사이마다 독경 소리, 육자배기 사설과 가야금 병창, 판소리 가사가 삽입되어 고풍스러운 분위기를 조성한다. 작품의 결미에서, 유수암의 경매가 끝난 사실조차 모르는 경은 수각에 올라 홍화가 불러주는 태평가 소리에 젖는다. 슬프지만 아름다운 인생의 아이러니가 등장인물들을 둘러싸고 있는 것이다. 물론 칠 년이나 동거했던 정진수가 보여주는 무정함 앞에서 경은 버림받은 자의 처절한 고독과 삭막, 회오(悔悟)로 인해 고통스러워 한다. 그러나 경에게는 이십여 년 만에 처음 만난 아들이 있다. 그 아들 앞에서 어미는 참괴감으로 목이 메지만 아들은 어미의 수척한 모습에 안쓰러워한다.

「유수암」에서 먼저 돋보이는 것은 풍부한 기생 문화의 자료들이 작품 속에 용해되고 있다는 것이다. 다음으로는 서사 전개에서 공간이 원심(遠心)에서 구심(求心)으로 모아지는 순간 중심인물의 내면 의식이 확대되고(사월 초파일의 계곡 → 유수암 → 작은 한옥 → 〔……〕 → 안경 쓴 경의 얼굴 → 경의 입술 위의 사마귀), 공간이 확대되는 곳에서 중심인물은 현실 속에서 자신을 확인한다. 처음 수각에 올랐던 경이 주변의 응결되었던 음향이 일시에 쏟아져내리는 듯한 착각 속에 실신한 것은 유수암의 영락을 본능적으로 인지한 것이다. 한 달 뒤에 경이 다시 수각에 올랐을 때 그녀는 물은 흐르지만 그것이 옛물이 아니라는 사실을, 물가에 시든 버들을 보고, 자신도 시들고 늙었음을 인정한다. 그날 아침 아들이 두번째로 어미에게 다녀간 것이다. 결국 「유수암」은 화류인생 진경이 남성에 대한 연모와 육정과 고독, 삭막과 회오로 채워왔던 협소한 여성의 자리에서 회복된 모성으로 하여 더욱 폭이 넓어진 여성의 자리로 나아가는 극기의 과정을 보여주는 작품이라 하겠다.

주요 참고 문헌

한무숙 관련 주요 자료로 단행본 『한무숙 문학연구』(을유문화사, 1996)가 있다. 이 단행본의 제1부는 1, 2주기를 기념하는 심포지엄 논문으로, 구중서의 「한무숙의 문학세계」를 비롯하여 홍기삼의 「균형과 조화의 원리」, 김미란의 「전통적 삶과 언어의 보고」가 수록되어 있다. 제2부는 학계와 문단의 조명이란 제목 하에 유종호의 「삶의 진실과 슬픔」을 비롯하여 김윤식의 「인생에서 마지막 남는 번뇌」, 김시태의 「빛과 어둠의 형이상」, 최원식의 「몰락하는 것들에 바친 만가」, 정영자의 「한국 전통 가옥의 공간성과 그 정신」, 이문구의 「민족사의 숨결로 승화된 언어」, 임헌영의 「한무숙 소설에서의 사회의식」이 수록되어 있다. 제3부는 한무숙 문학에 관련된 두 편의 석사학위 논문이 수록되어 있다. 이외에도 여성주의적 시각에서 한무숙 소설 전반을 조명한 송인화의 「성적 욕망의 풀어냄과 감추어짐 · 한무숙론」(『페미니즘과 소설비평 — 현대편』, 한길사, 1997), 설화와 현대소설의 관련 양상을 고찰하는 입장에서 한무숙 소설에 변용된 설화를 살펴본 유인순의 「현대소설에 나타난 설화의 변용 및 기능」(『강원대학교 논문집』 제23집, 1986)이 있다. _유인순

정한숙
고가(古家)

1

솟구쳐 흐르는 물줄기 모양 뻗어 내린 소백산(小白山) 준령(峻嶺)이 어쩌다 여기서 맥(脈)이 끊기며 마치 범이 꼬리를 사리듯 돌려 맺혔다.

그 맺어진 데서 다시 잔잔한 구릉(丘陵)이 좌우로 퍼진 한복판에 큰 마을이 있으니 세칭 이 골을 김씨 마을이라 한다.

필재(弼載)의 집은 이 마을의 종가(宗家)요, 그는 종손(宗孫)이다.

필재의 집 앞마당에 있는 느티나무 아래 나서면 이 마을이 한눈에 내려다보인다.

지금 느티나무 밑에서 내려다보이는 그 넓은 시내가 오대조가 여기 자리 잡을 때만 해도 큰 배로 건너야 할 강이었다고 했다. 필재의 오대조가 여기 자리 잡았다는 것을 보면, 당당하던 장동 김씨(壯東金氏)의 세도도 부리지 못하고 낙향한 패임이 분명했다.

그 물줄기가 벌을 가로질러 흐르는 까닭에 김씨 마을은 번성했고 또한 부유

---

* 「고가」는 1956년 『문학예술』에 발표되었다. 여기서는 작품집 『내 사랑의 편력』(현문사, 1959)에 실린 것을 저본으로 삼고, 『학원한국문학전집』(학원출판사, 1994)판을 참조하였다.

하게 살았다고 한다.

　물론 필재는 일찍 아버지를 잃은 까닭에 이 모든 이야기는 할아버지로부터 직접 들은 말들이다.

　할아버지가 항상 사랑방에 도사리고 앉아 장죽(長竹)을 물곤 이것을 자랑했고 또 어찌 된 셈인지 근 사십 년래 이 물줄기가 줄어들고 지형이 점차 바꾸어진다고 걱정을 했다.

　해마다 모래가 밀리고 강물이 얕아짐은, 김씨 종가의 지운이 점점 약해지는 증거라고 수군거렸다.

　필재의 어렸을 때 기억이지만, 사랑채와 안채를 중심하여 사면에 누각(樓閣)과 같은 큰 문들이 있었고, 뜰안엔 네 개의 정자(亭子)와 그 정자를 둘러싼 큰 연못이 있었다.

　정자마다 우거진 대숲으로 가로막혔고, 대낮에도 곧잘 숲속에서 뻐꾸기가 울어대었다.

　그러나 이 넓은 성곽(城廓)과 같은 울타리 속에 사는 사람들의 얼굴에서 필재는 자기가 철들면서부터는 한 번도 호젓한 웃음이 떠도는 얼굴을 보지 못했다.

　필재의 어머니는 임진(壬辰) 동학(東學) 양란을 거칠 때마다 이 집이 불 속에 묻혔어도 오백 년 묵은 싸리 기둥만이 남아 있었다는 안채에 들어앉아 밤이면 아주까리 등잔 앞에서 『사씨남정기(謝氏南征記)』나 『임경업전(林慶業傳)』 같은 것을 읽던 기억이 필재의 머리 속엔 언제나 사라지질 않았다.

　어머니는 6·25 당시 필재로 인한 심려가 더쳐 그대로 세상을 떠났건만 아직도 그 싸리 기둥만은, 낮고 음습한 안방채에 그들의 웃음 없는 얼굴 모양 남아 있었다.

　필재가 아홉 살 나던 해에 같은 마을 애들은 보통학교(普通學校)엘 다 다녀도 할아버지는 필재의 땋아 늘어뜨린 머리를 깎아주려 하지도 않았고 앞마당에 새로운 정자를 세우고 필재로 하여금 작년이나 다름없이 거기서 하루 세 번 할아버지 앞에 강(講)을 외워 바치게 했다.

할아버지는 군자(君子)는 문방사우(文房四友)를 즐겨야 한다고 하며 이 어린 종손을 위하여 정자의 이름을 사우정(四友亭)이라 했다.

동쪽에 있던 정자가 황암정(皇岩亭)이요 숙부님이 계시던 채의 뒤쪽에 있던 것이 쌍죽정(双竹亭)이다. 쌍죽정은 숙모님이 거기서 목을 매었던 까닭에 조부님 생존 시에 정자를 헐고 묻어버렸지만 황암정은 그 후 어떻게 되었는지 없어져버리고 지금까지 남아 있는 것은 이 사우정뿐이다.

창창(蒼蒼)한 수림(樹林)이 지나치게 말하면 낮과 밤을 구분하지 못할 정도로 어두운 그늘 밑에, 잠자리 날개 같은 모시 두루마기를 입은 숙부(叔父)의 모습은 어린 필재의 눈에도 퍽 이채적(異彩的)인 존재였다.

그는 하루 두 번 할아버지한테 문안을 드리러 사랑방에 잠깐 들렀다 나갈 뿐 별로 말이 없이 항상 조용했다.

밤 깊어 필재가 잠들랄 것 같으면 어머니는 읽고 있던 고대소설 책을 문갑(文匣) 위에 올려놓곤 무심코 "뜻이 맞지를 않아 큰 걱정이야……" 이렇게 중얼거리던 소리를 잠결에 들으며 그대로 잠들어 버리곤 했다.

2

조부가 마을로 마실을 나간 날 낮이었다. 아니 서원(書院) 이 모(李某)가 왔다고 해서 진종일 술을 마시고 있을 때다.

무슨 까닭인지 숙부가 손짓하기에 필재는 숙부를 따라 동쪽에 있는 정자로 따라갔다.

이 정자 주위엔 대나무가 빼곡히 들어서 있어서 밖에서 잘 들여다뵈지도 않았다.

"필재야 이리 온!"

난간에 기대앉으며 숙부가 손짓하기에 필재는 무심코 그쪽으로 갔다.

항상 말이 없던 숙부였다. 필재는 그때 그 의젓한 숙부의 음성을 난생처음 듣는 것 같았고, 이십 년 전에 들은 숙부의 음성이었건만 아직도 필재의 귓속엔 그대로 남아 있었다.

"더운데 그놈의 머린 길러 뭘 하니……."

필재는 그때 귀가 번쩍 뜨이는 것 같았다. 그것은 더운데 머리를 깎아버리자는 소리였다.

필재는 그때까지 얼마나 머리를 깎아버렸으면 하는 생각을 했는지 모른다. 그러나 어쩐지 할아버지 앞에선 감히 그런 소리란 입 밖에 내지 못하던 필재였다.

그렇게 필재는 숙부의 그 말이 한없이 반가우면서도 겁을 집어먹지 않을 수 없었다.

"할아버지……."

필재가 숙부 앞에서 이런 소릴 중얼거린 것은 숙부의 행동을 막으려는 것도 아니요, 또 자기 자신 깎기가 싫다는 소리도 아니었다. 다만 얼결에 그렇게 중얼거렸을 뿐이다.

그러나 숙부는 할아버지의 승낙이 없이는 깎을 수 없다는 소리로만 들은 것 같았다.

"에이 못난 놈아! 그래 그 꼬리를 그대로 달구 다닐 테야……."

숙부는 그대로 와락 필재를 잡아당겨놓고는 처녀의 머리꼬리같이 기름기가 있는 필재의 꼬리를 잘라주고야 말았다. 숙부는 언제 그런 것을 마련해두었던 것인지 나중에 알았지만, 머리기계로 필재의 머리를 곱게 다스려주었다.

필재는 숙부가 갖고 있는 그 머리기계가 어쩌면 그렇게 신기한 것인지 알 수 없었다.

"어떠냐……."

"시원해요."

필재는 숙부의 물음에 이렇게 대답하며 신기한 듯 자기 머리를 몇 번이나 쓸어보았다.

숙부는 필재의 머리털을 아무렇게나 쓸어 모아 정자 밑 못 속에다 던져버렸다.

정한숙

검은 머리털이 뭉켜진 채 그대로 물 위에 떠서 빙빙 돌 뿐이다.

"그 머리에 소똥¹ 봐라……. 응 저기 내려가 씻자."

필재는 하필 소똥이 자기 머리 위에 있을까 싶어 몇 번이나 머리를 다시 쓰다듬으며 숙부의 뒤를 따라 정자 밑으로 내려갔다.

정자 밑 못 속의 물은 거울같이 맑았다. 흰 구름이 뭉게뭉게 떠 흐르는 밑에 중의 머리가 된 필재의 얼굴이 크게 들여다보인다.

필재는 자기 얼굴 같으면서도 자기 얼굴 같지 않은 모습을 한참이나 들여다보다 지그시 웃는다.

물방개라는 놈이 어디서부터 헤엄쳐 왔는지 필재의 얼굴을 마구 흔들어버리고 사라진다.

"자 어서 시원히 그 머리의 때를 닦아라."

필재는 자기 머리에 무슨 때가 그렇게 소똥같이 끼었나 싶었다. 그러나 숙부가 하라는 대로 할 수밖에 없었다.

물을 한 움큼 머리에 끼얹으니 목은 자라목같이 기어들기만 했다. 물이 여간 차질 않다. 필재는 대충 닦는 척하고 일어서자 숙부가 이번엔 용서칠 않는다.

솥뚜껑 같은 숙부의 손이 쉴 새 없이 물을 끼얹어주며 닦는 품이 꼭 머리 껍질을 한 껍질 벗겨내는 것만 같았다.

인젠 머리가 별로 시원한 줄도 모르고 온통 얼얼하기만 했다.

그 통에 필재는 찔끔찔끔 나오는 눈물을 몇 번이나 삼켰는지도 모른다.

필재의 머리를 닦아주고 난 숙부는 이번엔 자기의 머리에 물을 끼얹으며 머리를 씻지 않는가……. 필재는 그제야 숙부도 머리를 깎아버린 것을 발견했다.

숙부는 머리를 닦고 나서도 무엇을 생각하는지 한참이나 그대로 선 채 대숲 속을 물끄러미 쳐다보고 있었다.

대낮부터 개구리란 놈들이 여기저기서 꾸르륵대는 소리가 뜰의 정적(靜寂)을 더해주는 것 같았다.

---

1 소똥 쇠똥. 쇠딱지. 어린아이의 머리에 덕지덕지 눌어붙은 때.

고추잠자리가 곱게 수면을 타고 흐르듯 날아오더니만 필재가 서 있는 바로 옆에 있는 마름 잎에 사뿐히 앉아버린다.

필재는 그것을 잡으려고 가만히 손을 내젓는다. 놀란 잠자리는 다시 몇 걸음 가지 않아 또 풀잎에 앉는다. 필재는 고추잠자리를 잡으려고 또 따르다 그대로 정자 위로 올라오고 말았다.

숙부는 필재가 들어가는 줄만 알았던 모양이다.

"얘 필재야, 사랑방엘랑 가지 말아라."

그때야 다시금 필재는 깎아버린 머리가 시원하면서도 또 걱정스러웠다.

"네……."

숙부의 말에 이렇게 대답한 그는 빨리 어머니한테로 가야만 할 것 같아 그대로 대숲을 헤치고 안방으로 뛰쳐갔다.

어머니는 숙모님과 무슨 얘기를 주고받고 있다 별안간 필재가 뛰쳐드는 통에 흠칠하는 눈치였다.

필재는 어머니가 걱정하기 전에 자기가 당한 변을 먼저 어머니에게 알려야만 할 것 같았다.

"어머니…… 이거…… 숙부님이……."

필시 어머니가 큰 야단이 있을 것만 같아 필재는 모든 책임을 숙부 앞에 전가시키듯 울먹거렸다.

그러나 어머니는 숙모님과 서로 얼굴을 마주 쳐다보고 긴 한숨을 내쉴 뿐이었다.

필재의 눈에는 어머니와 숙모님의 태도가 이상한 것 같으면서도 어린 소견에 그것을 알아차릴 까닭이 없었다.

"사랑방엘랑 나가지 마라……."

어머니도 숙부님과 꼭 같은 소리를 할 뿐 별로 걱정하는 기색을 보이지 않았다.

필재는 그날로부터 열사흘 동안을 안방에 틀어박힌 채 꼼짝을 못했다.

서원 손님이 간 날 아침에 할아버지는 필재가 어떻게 되었기에 이렇게 늑장을 피우느냐고 사람을 들여보냈다.

어머니는 시치미를 떼고 숙부님을 따라 읍으로 나갔다고 대답을 할 뿐이다.

필재는 어머니가 무슨 까닭에 그러는지 알 수 없었지만 자기 머리로 인하여 그러는 것만 같았다.

그러나 늘 숨어서 할아버지를 만나지 않을 바엔 몰라도 필재 생각엔 그것이 걱정스러웠다.

다음 날도 그랬고 그다음 날도 그랬다. 필재는 할아버지가 직접 안방으로 오시지나 않을까 하는 걱정도 없지 않았다.

그러나 다음 날은 다행히 이른 새벽 숙부가 필재를 불러내었다.

필재는 숙부가 이런 의복을 입은 것을 처음 보았다.

전에 쓰던 갓이니 모시 두루마기는 어디다 동댕이쳐버리고 이런 옷과 모자를 구했는지 알 수 없는 노릇이다.

필재의 눈에도 그것이 퍽 숙부님에겐 어울리는 것 같았다.

그러나 숙부님이 하는 인사에 어머니는 무슨 까닭에 낙루(落淚)를 하는지 필재 생각에도 민망스럽기만 했다.

아무리 후에 할아버지한테 야단을 맞을 일이 있다 해도 숙부님과 함께 자기가 그렇게 다니고 싶어하던 학교엘 입학하러 가는데 무슨 까닭에 울고 나서는지 도저히 이해할 수 없는 일이었다.

필재는 숙부님을 따라 동구 밖으로 나와서야 비로소 숙모님도 발견하였다.

숙부님과 숙모님은 별로 말이 없었지만 숙부님이 그저 한 삼 년만 꾹 참어요…… 삼 년만…… 이런 소리를 할 때마다 숙모님의 얼굴은 더욱 침울해지는 것 같았다.

그날 필재는 숙부님을 따라 처음으로 보통학교에 입학을 했었고 또 숙부님이 교장 선생 같은 양복을 입었던 것과 숙부님이 일본말을 잘하던 것이 그렇게 신기스럽게 여겨지던 기억이 아직도 가시질 않았다.

필재가 입학한 학교는 집에서 한 삼십 리 떨어진 곳이었고 숙부님은 다시 읍으로 들어간다 하여 숙부님과 필재는 거기서 다시 떨어져야만 했다.

국수당이 있는 고개 앞에서 숙부님과 숙모님은 무슨 사연이 그렇게 많은지 서로 주고받는 사이에 필재는 무더기로 쌓인 돌 위에 올라가 돌 하나하나를 들추며 숙부님과 숙모님의 말이 끝날 것을 기다렸다.

빨간 헝겊과 노랑 헝겊 등 갖가지 헝겊이 달려 있는 국수당 나무 그늘 속엔 아직도 그날의 숙부와 숙모의 얼굴이 아로새겨 있는 것만 같았다.

3

숙모님은 그 국수당 고개 위에서 개구리 뱃가죽 모양 눈까풀이 부어 늘어지도록 울었다.

숙모님의 얼굴을 쳐다보면 자꾸만 코허리가 시큰거리는 것을 참아가며 필재는 그날 일찌감치 집으로 돌아왔다.

집으로 돌아오는 길로 필재는 어머니와 숙모님이 시키는 대로 숙부님의 편지를 들고 할아버지가 계신 사랑방으로 나갔다.

고불(古佛) 모양 도사리고 앉아 장죽만 빨고 있던 할아버지는 필재의 그림자가 얼씬하자 퍽이나 반가운 눈치다.

별안간 작은할머니가 세 살짜리 태식(泰植)을 안고 있다 필재의 모습을 보자 크게 놀라며 소리치는 것이었다.

"원 집안 꼴 다 됐군……."

작은할머니의 그런 소리에 할아버지는 영문도 모르고 눈을 크게 뜨고 필재를 노릴 뿐이었다.

필재는 제 김에 기가 죽어 간이 콩알같이 졸여드는 것 같았다.

"그래 저 꼴을 못 보는 거요…… 종손 종손 하더니 꼴좋구려……."

할아버지는 그제야 눈이 번쩍 뜨였던 모양이다.

조금 전까지 입에 물고 있던 장죽으로 마구 재떨이를 두드리며 불호령이 별안간 떨어지고야 말았다.

필재는 간혹 그날 배운 강을 외워 바치다가 채 못 외우는 때가 있어도 이렇게까지 화를 내고 야단치는 모습은 보질 못했다.

엉성한 고목(古木)에 마구 바람이 불어치는 듯 할아버지의 허연 수염이 절로 흐르르 떨린다.

숙부님을 불러오라는 호령이다. 필재는 그제야 등골의 땀이 좀 잦는 것 같았다. 모든 잘못이 숙부님한테로 넘어가면 자기는 살 것 같았던 까닭이다.

그러한 숙부님은 돌아오지 않고 보니 딱한 노릇이다.

숙부님 대신 어머니가 나오셨다. 필재의 생각엔 왜 숙부님을 부르시는데 무엇하러 어머니가 나오는지 알 수 없는 일이었다. 차라리 숙모님이 나와도 모를 일인데…….

어머니는 이밥눈을 곱게 내리감은 채 필재의 등 뒤로 앉는다.

어머니가 옆에 있어서도 필재는 좀 마음이 든든한 것 같았다.

할아버지가 숙부님은 어떻게 되었느냐고 다시 어머니에게 묻는다.

필재 편에 편지만 들여보냈을 뿐 아직 숙부님은 돌아오지 않았다고 어머니는 말할 뿐이다.

어머니는 항상 그러했지만, 오늘은 유달리 할아버지 앞에 찬바람이 돌 지경으로 새침을 떼는 것 같았다.

어머니의 태도가 지나치게 싸늘해서 그런지 할아버지의 화도 좀 사그라진 것 같기도 했다.

할아버지는 그제야 숨길을 돌리며 숙부님의 편지라고 필재가 바친 서찰(書札)을 뜯어 읽기 시작했다.

할아버지의 수염은 편지를 읽고 있는 사이에 더 거슬러 올라가는 것 같기만 했다.

할아버지는 읽고 난 편지를 아무렇게나 동댕이쳐버리곤 집안 꼴 다되었다고 호령호령하며 그대로 울기 시작한다.

작은할머니는 태식을 안고 슬그머니 밖으로 나가버렸고, 대성통곡(大聲痛哭)하는 할아버지 앞엔 어머니와 필재뿐이 앉아 있었다.

필재는 그제야 어머니가 잠자리에 들 때마다 뜻이 맞지 않아 걱정이라던 말귀를 알아차릴 수 있었다.

할아버지는 한참 울고 나더니만 필재 아버지의 이름을 부르며 그만 살아 있었던들 가문(家門)이 이 지경에까지 이르지는 않았을 것이라 했다.

아무 대꾸도 않고 있던 필재의 어머니도 그때만은 얼굴을 더 수그리며 어깨를 들먹거리는 것이 소리를 내지 못하고 우는 모양 같았다.

그러나 할아버지의 불같은 화는 종손인 필재에게로 기울어지고야 말았다.

"그래 이 녀석, 머리를 깎자구 한다구 머리를 들이민단 말이야."

필재는 숙부의 말을 들은 것이 후회스러웠고 이젠 전신이 부르르 떨리기만 했다.

상투 끝까지 치밀었던 할아버지 성도 좀 사그라지는 것 같았다. 필재는 그제야 숨길을 누그릴 수 있었다.

할아버지의 음성은 꼭 사우정에서 필재에게 글을 강하시던 때와 같은 음성이었다.

"옛날 성인이 말씀하시기를 신체발부(身體髮膚)는 수지부모(受之父母)요 이를 훼상(毀傷)치 않음을 효(孝)의 시초(始初)라 하지 않았느냐!"

필재는 그때까지 할아버지로부터 많은 한문을 배워서 대개 무슨 소리인지는 알아들을 수 있었다.

필재는 머리를 수그린 채 이젠 할아버지의 너그러운 처분을 기다릴 수밖에 없었다.

필재는 가끔 할아버지로부터 종아리를 얻어맞았다. 오늘도 종아리는 틀림없을 것 같았지만 그래도 옆에 어머니가 계시니 한결 미더웠다.

"자! 네가 네 잘못을 알았다니 다시는 그런 일을 저지르지 않기 위하여 종아리를 맞아야지……."

필재는 할아버지의 명을 거역할 수가 없었다. 그것은 누구나 크게 잘못한 일이 있으면 할아버지한테 종아리를 맞아야 한다는 것을 잘 알고 있었던 까닭이다.

필재가 바짓가랑이를 걷고 할아버지 앞으로 나서자 어머니는 그대로 앉아 있지 않고 밖으로 나가버리고 말았다.

할아버지는 사정없이 옆에 있는 매를 들어 필재의 고사리같이 희고 가는 다리에 매질을 한다.

필재는 그대로 이를 사리물고 두 번 세 번은 참았지만 그 이상은 견뎌낼 수가 없었다.

드디어는 울음보를 터뜨리고 말았지만 할아버지는 끝끝내 처음대로 열 대를 다 맞기 전에는 매를 놓지 않았다.

필재는 뻘겋게 부풀어오른 다리를 쓰다듬을 때마다 숙부가 원망스러웠고 자기가 공연한 짓을 했다고 몇 번이나 후회했다.

4

필재는 처음으로 삼십 리 길을 왕복한 데다 할아버지한테 호되게 얻어맞은 까닭에 그날은 저녁밥 구경도 하지 못하고 그냥 자버리고 말았다.

그 이튿날 아침에 안 일이지만 집안은 뒤집힌 것같이 웅성거렸다. 그러지 않아도 웃는 일이라곤 일 년을 가도 전연 없는 이 집에서 집 식구들은 물론 종들까지도 모두가 다 죽은 얼굴들만 같았다.

필재도 어머니로부터 어젯밤 일을 자세히 알아들었던 것이다.

모든 일이 숙부님보다도 자기 잘못으로 저지른 일 같아 공연히 마음이 불안하기만 하다.

필재는 일찌감치 사랑방으로 문안을 나가야만 했다. 매일같이 반복하다시피 하는 일이지만 그날 아침은 무슨 까닭인지 망설이지 않을 수 없었다.

사랑방으로 나가던 길에 필재는 태식이 어머니인 작은할머니를 만났다.

할머니래야 필재의 어머니 정도로밖엔 더 나이가 들어 뵈질 않았지만 무슨 까닭에 그렇게 매서운 눈초리를 하는지 알 수 없었다.

바깥뜰로 나오자 약 달이는 냄새가 쿡 코를 찌르는 것 같았다.

대개는 이 사랑방 쪽엔 얼씬도 하지 않는 큰할머니까지도 오늘 아침에 나와 있었다.

"필재 나오냐?"

언제든지 큰할머니는 이렇게 부드러웠다.

필재는 마당에서 큰할머니한테 먼저 인사를 하고 사랑으로 들어갔다.

누워 계신 할아버지의 눈시울이 마치 뚫어진 창구멍 모양 휑해 보이는 것 같았다.

집맥(執脈)을 보고 있던 강의술(姜醫術)은 필재가 드리는 문안을 눈짓으로만 받을 뿐이다.

커지기만 하고 힘없이 뵈는 눈으로 할아버지는 언제까지나 필재를 바라보기만 했다.

강의술이 집맥하고 있는 동안은 정말 필재는 숨이 막혀버릴 것만 같았다.

강의술은 다시 할아버지의 가는 팔을 요 위에 밀어놓고 혀와 눈까풀을 비집어 보고 나선 혀를 차가며 별로 대수롭게 여기는 것 같질 않았다.

그래도 필재가 보기엔 할아버지의 병상이 그냥 불안스럽기만 했다.

"차도가 어떻습니까……."

집맥을 하고도 이렇다 저렇다 아무런 소리도 하지 않는 강의술이 하도 답답하여 필재는 이렇게 어른같이 물어보지 않을 수가 없었다.

"응, 염려할 것 없다……."

강의술은 무표정한 말투로 이렇게 한마디 말했을 뿐 더 아무런 말이 없었다.

다시 무거운 침묵이 흐르고 뜰에서 달이는 구수한 한약 냄새만이 아직도 공복인 필재의 구미를 돋우어줄 뿐이다.

"그 혈담이……."

할아버지는 어젯밤 한 요강 쏟아놓다시피 했다는 그 혈담이 아무래도 걱정스러웠던지 강의술을 향하여 이렇게 묻는다.

강의술을 쳐다보는 할아버지의 맥없는 시선이 무슨 까닭인지 필재에겐 슬퍼만 보였다.

"혈담이야 그거 한 첩이면 멋지만 우선 화를 눌러야 합니다……. 화가 전신에 퍼지며 그것이 원인이 되어 생긴 것이니까……."

필재는 고개를 들 수가 없었다. 어린 소견에도 할아버지의 병은 자기로 인하여 꼭 생긴 것만 같았던 까닭이다.

"필재야…… 어서 머릴 길러라…… 양반의 종손이 그거 어데 쓰겠느냐……."

돌중 모양 깎아버린 필재의 머리가 아무래도 못마땅하게 보였던 것 같았다.

"네……."

필재는 겨우 이렇게 대답을 하고 할아버지가 나가보라는 말이 있은 다음에야 겨우 사랑방을 물러 나왔다.

맑은 아침 햇볕이 들이비치는 푸른 가지엔 아침 새들이 지저귄다.

한 놈이 오르면 딴 놈이 뒤따라 오르고 다시 올랐던 놈이 내리면 또 그 뒤를 이어 내리면서 그들은 마음껏 즐기건만 필재의 마음은 조금도 즐겁질 않았다.

필재는 마당을 걸으면서도 어서 숙부님이 빨리 돌아오셔야 할 것 같았다.

아무리 봐도 할아버지의 병은 숙부님이 집에 돌아와 계셔야만 속히 쾌유할 뿐 아니라 만일에 잘못되는 일이 있다 해도 숙부님이 없이는 무슨 일이든 처리될 것 같지가 않았다.

그런 생각을 한 까닭인지 필재는 어느새 자기도 모르게 숙부님이 계시던 채의 앞뜰을 서성거리고 있었다.

필재는 그제야 일전 숙부님이 잘라버린 자기 머리칼 생각이 났다.

쌍죽 못 속에 둥둥 떠돌던 그 머리카락이 아직도 떠 있는지 궁금했다.

숙모님은 벌써 일어났으련만 아무런 기척도 들리질 않는다.

필재는 그대로 쌍죽정이 서 있는 못가로 갔다.

대숲에 앉은 아침 이슬이 유난히들 빤짝거린다.

못 속의 물은 언제나 다름없이 푸르고 맑기만 했다.

필재는 숙부님이 자기 머리칼을 내던지던 장소를 눈여겨 쳐다봤지만 삼단같이 기름이 진 머리칼은 보이질 않았다. 그것이 그대로 못 속에 가라앉은 모양이다.

아직도 개구리라는 놈들이 마름풀 그늘 밑에서 꾸르럭거릴 뿐이다.

맑은 못 속엔 아무리 찾아도 필재의 머리털이란 한 오리도 보이지 않고 퍼런 개구리밥만이 여기저기 떠 흐를 뿐이다.

필재는 크게 무슨 소중한 것이나 잃어버린 것 같은 섭섭한 생각이 별안간 치밀어 좀처럼 못가를 떠날 수가 없었다.

파란 물 위엔 요전과 다름없이 필재의 그림자가 보이건만 필재의 머리칼은 보이질 않는다.

조금 전까지 반듯이 비쳐 보이던 필재의 얼굴이 무슨 까닭인지 물속에서 술래를 돌듯 빙글빙글 돌아가고 있다.

필재는 그것을 본 순간 놀랐다.

그늘이 있고 개구리밥이 흐르고 그리고 언제나 흐릴 줄을 모르는 이 푸른 물까지도 자기의 불찰을 꾸짖어주는 것만 같았다.

그러나 필재의 얼굴이 물속에서 빙글빙글 돌고 있는 것은 다른 이유가 아니었다. 소금쟁이란 놈이 무엇을 잡아먹느라고 정신없이 돌고 있던 탓이었다.

5

할아버지는 필재가 머리를 잘랐다 하여 그동안 일어났던 혼담도 이럭저럭 거절해버리고 말았다.

어머니는 어머니대로 그것을 기뻐했다.

아무리 집안 꼴이 이 지경이 됐다 해도 안동 아전(安東衙前)이었던 그런 가문의 딸은 며느리로 데려올 수 없다고 주장하던 참이었던 까닭이다.

돈이 권세라는 세상이라 해도 가문을 보지 않겠느냐는 것이 어머니의 주장이다.

결국 할아버지가 어머니의 의견에 굽어든 것이었다.

그 일이 있은 후로는 사랑방에 약탕관이 떠나는 날이 없었고 할아버지는 시름시름 자리에 눕기가 일쑤였다. 그런 까닭에 결국 할아버지는 필재의 머리를 탓하며 혼삿말을 물렸던 것이다.

그해 겨울은 유난히도 눈이 많이 내렸다. 삼십 년래 처음이니 또는 오십 년래 처음이니 하는 소리가 떠돌았다.

첫겨울 잡어들면서부터이지만 사랑방에선 할아버지와 할머니가 유난히도 말다툼이 심했다.

필재의 생각엔 할아버지가 너무 오래 병석에 누워 있게 되고 보니 작은할머니는 작은할머니대로 잔시중 들기가 성가셔서 그러려니 했다.

그러나 할아버지와 작은할머니의 말다툼은 그런 것이 아니었다.

작은할머니에 대한 추문(醜聞)이 먼저 머슴방에서 쑥덕거리기 시작했고 어머니와 숙모님 사이에도 필재의 눈치를 기이며[2] 무엇인지 쑥덕거리는 것 같았다.

밤새 내리던 눈이 멎은 이른 새벽이었다.

이른 새벽부터 어머니와 숙모님이 들락거리는 통에 필재도 잠이 깨쳐버리고 말았다.

할머니는 오래간만에 사랑방의 할아버지한테 나가 길 위에 난 발자국을 보고 소리쳤고 그것도 믿지 못하겠거든 길녀(吉女) 아버지를 불러다 물어보라는 둥 야단법석이었다.

젊은 도둑놈이 이른 새벽에 담을 넘어 달아나는 것을 길녀 아버지가 붙잡으려다 오히려 도둑에게 얻어맞아 쓰러졌다는 것이다.

길녀의 아버지는 필재의 집 머슴으로 늙은 사람이다. 길녀 어머니가 재작년에 이름 모를 부종병으로 죽었건만 아직 장가도 들지 않고 넓은 이 집 앞뒤를 가꾸는 것으로 낙을 삼는 듯싶었다.

그 길녀의 아버지가 지금 가슴을 얻어맞고 누워 있다는 것이었다.

---

2 기이다 어떤 일을 숨기고 바른대로 말하지 않다.

필재는 길녀 아버지가 누워 있는 방에도 가보았고 또 사랑방으로부터 담 위에까지 나 있는 도둑의 발자국 자리도 똑똑히 구경하였다.

글쎄 할머니는 도둑이 든 것을 어쩌라고 그렇게 할아버지를 향해 들볶는지 알 수 없는 노릇이었다.

"시앗질을 해도 체면을 생각하지 종놈의 계집을……."

할머니가 이런 소리를 하자, 할아버지는 누워 있은 채 불호령질 한다.

할머니는 알아들으리만큼 말했다는 듯 그대로 사랑에서 나오고 할아버지는 할아버지대로 또 사람을 불러들이고 야단법석들이 났었다.

아침결에 멎었던 눈이 다시 내리기 시작한다.

필재는 그날도 대문 앞 느티나무 옆에 서서 낙동강 지류(落東江支流)인 영주강(榮州江) 개천을 내려다보고 있다.

가슴이 시원하도록 탁 트인 벌판이 한눈에 모여든다.

가물가물 떨어지는 눈송이를 바라보고 서 있자니 별안간 숙부님의 얼굴이 떠오른다.

필재의 생각엔 국수당 고개에서 서럽게 울던 숙모님을 버리고 간 숙부님은 지금 가물가물 눈송이가 떨어지는 그곳보다도 더 머나먼 곳에 가 있는 것 같기만 했다.

훨훨 퍼붓는 눈발도 숙모님의 생각이 떠오르는 지금에 있어선 필재의 가슴속을 무겁게 휘덮고 눌러주기만 하는 순간이다.

바로 그때다. 앙칼진 욕설을 퍼부으며 작은할머니가 자기 짐을 짊어지고 앞 대문으로 나오는 것이 보인다.

필재는 아름드리 느티나무 뒤로 물러서버렸다.

할아버지를 향해서인지 자세치는 않았지만 작은할머니는 갖은 악담을 퍼부으며 눈 내리는 길을 걸어 나가고 있었다.

꼭 무슨 곡절이 일어난 것만 같았다. 필재는 그시로 뛰쳐들어갔다.

사랑방엔 태식의 모진 울음소리가 들릴 뿐이다.

할아버지가 달래는 모양이다. 그러나 태식은 좀처럼 울음을 그치질 않았다.

정한숙 981

"글쎄 달고 간다면 주어버리지 그것이 또 화근이 아닌가 보시우……."
그러나 할아버진 아무런 대꾸도 하질 않는다.
필재의 생각엔 그것이 이상했다. 누구에게도 지지 않는 할아버지가 할머니 앞엔 꼼짝 못하니 이상할 수밖에 없었다.
함박눈은 여전히 퍼부을 따름이다. 그대로 좀더 서 있다면 필재는 눈 속에 묻혀버리고 말 것만 같았다.
다시 할머니의 말소리가 새어 나오지만 뜰 안은 더 조용해진 것 같았다.
"소중한 며누리에게 그런 종자를 어떻게 맡긴단 말이오."
그래도 할아버지는 아무런 말도 하질 않는다.
필재의 생각엔 할아버지가 이상스레도 불쌍한 것 같았다.
그렇게 성급한 할아버지가 아무런 대답도 하지 못하는 것을 보니 말이다.
그해 겨울 할아버지는 태식을 데리고 사랑방에서 혼자 지냈다.
태식이일래 그렇게 성가시게 굴던 한문 공부도 집어치우다시피 했다. 살아난 것은 필재뿐이다.
그렇게 많이 쌓이고 쌓였던 눈도 햇빛이 길어지기 시작하면서부터 어느덧 다 사그라지고 말았다.
맑은 날씨면 거뭇거뭇한 마당에서 무엇이 얼른거리며 떠오르는 것 같았다.
필재는 방 안에만 틀어박혀 있기가 싫었다. 그렇게 힘들게 입학한 학교도 눈길을 핑계 삼아 필재는 겨우내 신통스레 나가질 못했다.
그날도 필재는 쌍죽정에 앉아서 멀리 가 있는 숙부님을 생각하다 돌아오던 때다. 한때는 숙부님을 원망도 했었지만 아무리 생각해도 숙부님은 자기 같은 것은 따를 수 없는 훌륭한 사람인 것만 같았다.
필재 자기도 자라면, 숙부님 모양 그렇게 용기가 있는 사람이 되고 싶었다.
멀리 앞뜰 끝으론 벌써 노을이 깔리기 시작하면, 뒷마당은 쓸쓸히 어둡기 시작하였다.
어머니와 숙모님은 이 집에선 제일 다정한 사이였다.
무슨 일인지 숙모님은 눈이 퉁퉁 붓도록 울었고 어머니의 얼굴에도 확실히 얼룩이 가 있었다.

"그래 뭐라고 해요?"

"고집 노인이 들어주실 까닭이 있어요……."

분명히 할아버지를 두고 하는 말이다.

필재는 한 모퉁이에 앉아서 어머니와 숙모님을 쳐다보고 있을 수밖에 없었다.

"타관에 난 사람이 병중에 오죽 외로우면 오라고 했을라구……."

어머니는 이런 말끝에 크게 한숨을 지을 뿐이고, 숙모님은 숙모님대로 가늘게 흐느낄 뿐이었다.

집안은 작년 할아버지가 앓아누울 때 모양 들끓기 시작했다.

할머니가 사랑엘 자주 나가고 어머니도 가끔 할아버지한테 나가는 눈치였지만 할아버지의 고집은 여전히 풀리지 않은 모양이었다.

필재는 어느 날 할머니의 뒤를 밟아 사랑에 나가 엿들은 소리였지만 할아버지는 화 끝에 이렇게 호령하는 것이었다.

"그놈이 내 자식인가…… 내 자식이 아니거든 내 자부랄 수 있나, 오거나 가거나 제 집에 가서 마음대로 하라고 하지……."

태식이 엄마인 작은할머니 일로 할머니가 사랑방에 드나들 때와는 공기가 딴판이었다.

그러고 지나던 어떤 날이다. 면사무소가 있는 마을에서 가끔 오는 배달부가 그날따라 빨간 자전거를 타고 필재의 집을 찾아왔다.

배달부가 먼 길을 전보 한 장을 갖고 왔던 것이다.

필재의 집은 온통 뒤집혔다. 그러나 숙부님이 돌아가셨다고는 하지만 시체가 없고 보니 식구들은 그냥 불안한 얼굴로 쳐다볼 뿐이고 숙모님만이 자기 방에서 머리를 풀고 혼자 곡소리를 내고 울 뿐이었다.

어머니도 밤새 숙모님의 방으로만 가는 것 같았다.

필재는 혼자 누워 있자니 이 집이 까닭 없이 무섭기만 했다.

오백 년 묵었다는 싸리 기둥이 배를 내민 구렁이 등허리 같은 착각에 필재는 도무지 편안히 잠들 수가 없었다.

꿈자리도 수상했었지만, 또 밖이 이상스레 설레는 것 같았다. 필재는 도무지 밖으로 나가고 싶질 않았다.

필재는 일어나 앉아서도 한참 방 안을 두리번거렸다. 어머니는 숙모님의 방으로 간 모양 같았다.

필재는 처음 자기 귀를 의심해보았다. 그러나 그것은 어머니의 곡성임에 틀림없었다.

이상한 노릇이다. 숙모님의 울음소리라면 몰라도 어머니의 곡성이 들린다는 것은 아무리 생각해도 이상할 수밖에 없었다.

필재는 그대로 문을 박차고 나섰다. 어머니의 곡성은 쌍죽정으로부터 들려오는 것이었다. 그는 단숨에 쌍죽정으로 달음질쳐 갔다.

숙모님은 쌍죽정 마루 위에 누워 있고 어머니는 숙모님을 쓸어안은 채 대성통곡을 하고 있다.

소복을 입고 머리를 풀어헤친 숙모님의 몸은 싸늘하게 식어 있었다.

필재도 숙모님의 부드러운 손을 잡아 흔들며 마구 울어댔다.

할아버지가 반대하는 것을 숙모님은 선산(先山)으로 모시었다.

숙부님의 유골을 모실 예정을 하고 산소를 아담하게 꾸몄다.

슬하가 없는 숙모님이라 물론 필재가 상주 노릇을 할밖에 없었다.

양지 곁엔 파릇파릇 새순이 돋아 오르기 시작했지만 땅은 그대로 얼어 있었다.

필재는 언 땅에 숙모님을 모시는 것이 서러워 그날은 목이 쉬도록 울었지만 그래도 가슴은 후련히 풀어지질 않았다.

6

숙모님을 선산에 모시고 돌아온 지 열흘이 못 되어 쌍죽정은 할아버지의 명에 의하여 헐려지고 말았다. 필재를 낳기 전에 아버지와 배를 달리한 숙부 한 분이 돈을 쓰지 못하게 한다 하여 황암정에서 목을 매었다는 소리도 쌍죽정을 허는 날 필재는 처음 들었다.

숙모님이 세상을 떠나신 지 두 달이 지나지 못하여 고집덩어리던 할아버지도 기어코 세상을 저버리고 말았다.

"필재야, 네가 이 집 종손이다. 그것을 알아야 한다."

할아버지는 필재의 손을 잡고 이렇게 한마디 타이르곤 물끄러미 필재의 얼굴만 쳐다보더니 또다시 할머니를 부르는 것이었다.

"여보, 그게 어떻든 김씨의 종자가 아니오……."

할아버지는 태식을 가리키며 이렇게 말하곤 그대로 턱을 떨어뜨리고야 말았던 것이다.

그해 가을 필재는 외숙(外叔)을 따라 서울로 왔다. 여러 가지 반대가 많았지만 인젠 이 집에서 어머니의 주장을 꺾을 사람이 없었다.

학령(學齡)이 지난 필재는 속성과를 찾아다녀야 했고 그럴 때마다 뒤떨어진 자기 자신이 부끄럽기만 했다.

그러나 항상 용기를 북돋우어주는 것은 할아버지의 마지막 유언이었다.

필재는 그 생각을 하면 한시라도 그대로 있을 수가 없었다.

필재의 유일한 목적은 공부를 열심히 하여 숙부 같은 훌륭한 인물이 되어 가문을 바로잡는다는 그 일에 있었다.

필재의 재미는 일 년에 두 번 고향을 다녀오는 일이었다.

고향 집은 어머니의 얼굴 모양 해마다 변하는 것 같았다. 그런 것을 느낄 때마다 필재의 마음은 항상 어떤 촉박감에 사로잡혀야만 했다.

태식이도 제법 자라 보통학교엘 다녔고 길녀의 아버지는 도둑의 발에 걷어채어 몇 년을 두고 시름시름 앓던 끝에 세상을 떠났지만, 필재의 어머니가 알뜰히 거둬주어 길녀는 제법 곱실곱실해진 것 같았다.

어느 해 여름 방학 때 태식이가 그렇게 학생복을 입고 싶어하는 눈치인 것 같아, 그다음 겨울 방학 때 사 갖고 왔더니만 할머니의 등쌀에 필재는 여간 민망하질 않았다.

"종년의 아들…… 종년의 아들……."

종년의 아들에게 꼴사납게 양복은 무슨 양복이냐는 것이었다.

태식은 벌써 눈치만 살피고 사람을 기이는 것이 확실했다.

필재는 조부의 유언을 생각해서라도 태식과 더불어 가문을 바로잡아야겠다는 생각을 할 때마다 그에 대한 측은한 마음과 동정을 갖지 않을 수 없었다. 필재의 이러한 동정이 결국은 할머니와 어머니의 비위에 항상 마땅칠 않았다.

필재가 S전문학교 이학년이 되었을 땐 일제 말기였다.

발악하는 그들의 등쌀에 이겨내지 못하여 필재는 서울서 시골로 내려와 있었고 태식은 중학교 재학 중에 근로동원이니 뭐니 하여 항상 집에 붙어 있질 못했다.

아무리 일제의 독수와 눈알이 밝다 해도 필재는 자기 마을에만 들어서면 무엇이든지 피해낼 수 있었고 또 안심할 수 있었다.

필재는 매일같이 넓은 뜰을 혼자 거닐며 깊은 명상에 잠길 수 있는 것이 제일 즐거웠다.

그러나 이렇게 고향에 한가히 내려와 있고 보니 필재의 가슴속엔 새로운 번민이 움트기 시작했다.

여기저기서 혼담이 있어도 다 거절해야만 할 필재의 입장이었다.

이삼 년 전만 해도 길녀는 필재 앞에서 부끄럼 없이 한글도 배웠고 가르쳐줄 수도 있었지만, 필재 자신도 그러했지만 길녀도 전에 없이 내외하고 부끄러워하는 것 같았다.

길녀는 가끔 자기를 불러야 할 일이 있어도 겨우 모깃소리만 하게 도련님 하고 찾는 것이었다.

그것보다도 괴로운 것은 어머니의 시선이다.

그렇게 오래 서울에 살았어도 필재는 아직 길녀와 같은 미인을 발견하질 못했다.

그런 생각에 잠겨 있을 즈음 별안간 동네가 떠나갈 듯한 함성에 필재는 그만 정신을 차렸던 것이다.

너무나 떠들썩하기에 필재는 앞마을로 나가지 않을 수 없었다.

읍으로부터 들어온 소식이라는데 일본이 망하고 우리나라가 독립됐다는 소문이었다.

결국 이 동네는 하루 늦어서야 안 셈이다.

근로동원에 나가 있던 태식이도 돌아왔다. 태식은 돌아오기는 했어도 결국 나가 살다시피 했다.

필재는 다시 서울로 올라가서 공부를 한다고 벼르던 것이 결국 조모상을 당하게 되어 그대로 고향에 머물러 있어야만 했다.

필재는 조모가 돌아가신 것을 계기로 태식의 마음을 좀 돌려 잡아보려고 했지만 태식의 성격은 이미 굳어버리다시피 되어 어쩔 수 없었다.

그는 조모상을 당하였을 때도 상복도 입지 않고 그냥 노름판에 섞여 술만 퍼마시는 것이었다.

사당제(祠堂祭)에도 참석 못하는 것이 언제 예(禮)를 배웠겠느냐는 것이었다.

다음 해 이른 봄 필재는 어떤 일이 있어도 서울로 올라가야만 했다.

그래서 태식이더러 같이 서울 가기를 권했지만 그는 해방이 되었는데 공부는 해서 무엇 하느냐는 것이었다.

일본놈 앞에선 벌어먹기가 힘들어 공불 하느니 했지만 독립이 되었는데 무엇 하러 안타깝게 공부를 하느냐는 것이었다.

태식은 태식이대로 주관이 있어 그러는 것 같아 필재는 더 권하질 못했다. 그 대신 태식은 앞으로 장사를 한다기에 필재는 어머니가 알면 크게 걱정할 정도로 재산을 나누어주었다.

바로 서울 떠나기 전날 밤이었다. 필재는 짐을 꾸리기에 바빴다.

"도련님……."

틀림없이 길녀의 목소리다.

필재는 곧 미닫이를 열어젖혔다. 길녀가 서 있다.

"잠깐 들어오시랍니다."

"잔다고 그래……."

길녀는 잠깐 머뭇거리는 것 같았다. 필재는 길녀가 돌아서기 전에 자기가 무엇인지 다급하게 해야만 할 소리가 있는 것 같았다.

"길녀…… 저……."

길녀는 고개를 떨어뜨린 채 서 있을 뿐이다.

"저 안방에 갔다가 다시 나와. 내가 길녀에게 할 말이 있으니……."

길녀는 그대로 선 채 아무런 대꾸도 하지 않는다.

"길녀 나오지……."

필재는 한 걸음 문밖으로 나서며 다시 다짐을 받는다.

길녀는 그제야 고개로 대답하곤 달음질치듯 안방으로 사라져버리고 말았다. 짐을 동여매면서도 까닭없이 자꾸만 가슴이 뻐긋해지는 것 같기만 했다.

길녀가 다시 사랑으로 나왔을 땐 퍽이나 오랜 후였다.

길녀는 왜 그렇게 늦었느냐고 묻는 필재의 말에 어머님이 주무시지 않아 늦었다는 것이었다.

필재는 길녀를 데리고 사우당으로 올라갔다.

초생달이 벌써 산머리에 기울어진 지 오랜 때였다.

"도련님 내일 떠나신다지요……."

"도련님이 뭐야. 오빠지."

그러면서 필재는 무의식중에 길녀의 손목을 덥석 쥐었다. 그녀의 손길은 이상스레 덜덜 떨기만 했다. 순간 필재는 오래 두고두고 별러오던 욕심이 전신에 뻗어 흐르는 것 같았다.

그 순간 필재의 눈앞엔 태식이 어머니가 크게 떠올랐다. 그 퍼붓는 함박눈발을 맞으며 저 대문을 걸어 나가던…….

무서운 일이다. 필재는 자기 대에는 그런 일이 있어선 안 될 것만 같았다. 그러할 것 같으면 필재는 오늘 밤 이 급한 고비를 자기 스스로 참고 견디어야만 할 것 같았다.

"길녀…… 오빠지…….."

길녀의 얼굴도 후끈거리는 것 같았다. 길녀는 그저 열에 들뜬 채 그냥 고개만 흔들 뿐이다.

"길녀, 내가 서울 갔다 올 때까지 기다려야지……."

필재는 될 수 있는 한 어려운 말을 피하지만 길녀는 필재가 무슨 까닭에 기다리라는지 자세히 모르는 까닭에 대답하진 못하는 것 같았다.

"내가 왜 기다리라는지 알어, 길녀?"

"그래도 저는 종의 딸인걸요……."

길녀의 입에서 이런 소리가 나올 줄은 꿈에도 생각지 못했던 필재였다.

그런 일은 필재보다도 길녀가 더 잘 알고 있는 것 같아 필재 자신 무어라고 말하기가 오히려 불안스러웠다. 그러나 무슨 말이든 필재는 길녀의 말에 대답을 해야만 했다.

"종? 종이라니…… 모두가 다 옛날 세상 말이지, 길녀……."

필재는 길녀를 안심시키기 위해서라도 어떤 행동을 취해야만 할 것 같았다. 필재의 굵은 팔에 몸이 감긴 채 길녀는 꼼짝도 하질 못한다.

필재의 체내에 흐르던 뜨거운 열기는 모두가 입술로 빠져나온 것같이 시원스러웠다. 길녀의 얼굴도 처음 모양 그렇게 달아오르는 것 같진 않았다.

"얼마나 기다리게 되나요……."

길녀의 목소리도 아까 모양 그렇게 불안스러운 음성은 아니었다.

"글쎄……."

필재는 정자를 성큼성큼 내려오며 그 앞에 있는 댓가지를 꺾어다 보인다.

"이만큼만……."

"그것이 몇 해지요?"

"삼 년은 남아 기다려야지……."

그녀는 길다 짧다는 말 없이 필재를 향하여 알았다는 듯 고개를 주억거릴 뿐이었다.

필재는 서울로 올라와 대학에 적을 두게 되었다.

법과에서 정치과로 옮긴 것은 특별히 정치를 하고자 하는 목적에서 한 것이 아니라 정치에 대하여 모두가 초보자인 우리나라 실정에 비추어 필재도 자기 자신 어떻다는 것을 알아야만 할 것 같은 생각에 그리로 과를 옮겼던 것이다.

필재는 서울로 올라온 후로는 별로 시골로 내려가질 못했다.

가끔 간댔자 하루 이틀 묵어 올 뿐 잠시라도 서울을 떠나 있으면 급속도로 전진하는 대열에서 자기만이 뒤떨어질 것 같은 생각이 들었던 까닭이다.

필재는 시골 다녀올 때마다 태식이를 권하고 달래봤지만 태식은 점점 더 필재의 말에 귀기울이려 하지도 않는 것만 같았다.

그럴수록 필재는 태식에게 동정이 흘렀다.

태식이가 시골서 좌익으로 검거되었다는 소릴 고향 사람한테 듣고 나서는 사실 필재도 놀랐지만, 그대로 고향으로 달려가지 않을 수가 없었다.

필재가 오래 머물다시피 한 보람이 있어 태식은 곧 풀려 나왔지만 필재 보기에도 태식은 완전히 딴사람이 되어버린 것 같았다.

글쎄 왜 그런 일을 하고 다니냐는 필재의 말에 종년의 자식이 세상에 났다 공산당을 하지 않으면 무엇 하며 살겠느냐는 대답엔 필재도 눈물이 쏟아질 정도로 섭섭했던 것이다.

필재는 오월달에 졸업을 받고도 곧 고향으로 내려가질 못했다. 서울에 안정한 자리라도 마련해놓고 내려가려던 것이 이럭저럭해서 유월달에 들어서고야 말았다.

그동안 어머니로부터 두세 차례나 편지를 받고 오늘내일하던 통에 편지 회답도 내지 못하고 어름거리는 사이에 이십여 일을 서울서 허송세월을 해버리고 말았다.

어머니의 편지 내용은 뜰 안의 나무들을 태식이가 잘라 팔아먹으니 속히 내려오라는 것이었지만 나무를 잘라 팔아 치우면 몇 개나 잘라 팔아치우며, 또 여간하면 그것이라도 팔아 용돈을 쓰려고 하겠는가 하여, 그 일에 크게 관심을 갖질 않았던 것이다.

서울서 유월 이십이일 떠나서 고향에 들어온 것은 이십삼일 저녁때다.

앞대문을 들어서는 순간 필재는 비릿한 생나무 냄새에 잠시 숨이 막히는 것 같았다.

여름철만 되면 유난히 요란스레 울어대던 매미의 소리와 해 기우는 줄도 모르게 들을 수 있는 뻐꾸기의 울음소리 대신 대목(大木)이 넘어지는 소리가 지축을 울릴 뿐이다.

필재의 가슴은 금시 뭉클해지는 것 같았다.

안뜰에 들어서니 대목이란 대목은 그냥 그대로 너부러져 있는 것이 눈에 띌 뿐이다.

생각 없이 한참 뒤뜰을 바라보고 서 있던 필재는 그대로 안방으로 들어갔다.

어머니는 벌써 며칠 전부터 심화가 나서 자리에 누운 채 제대로 기동도 못하는 형편이다.

빨리 내려왔댔자 별 소용도 없는 일이었지만 필재는 누워 있는 어머니 앞에 미안하기 짝이 없었다.

넓은 뜰 안은 전에 없이 고요할 뿐이다. 필재가 팔짱을 끼고 걷는 뒤를 길녀가 따라 나오고 있다.

대대로 이어 내려오던 모든 것이 자기 대에 이르러 영락해버리는 듯싶은 슬픔도 없지 않았다.

필재는 토막이 친 나무 위에 아무렇게나 걸터앉는다.

이 모든 현실을 필재 자신보다 수목들이 더 슬퍼하는 듯 잘리는 자신에서 슬픈 여인의 눈물 같은 수액이 뚝뚝 흘러 떨어질 뿐이다.

필재는 저물어가는 저녁노을을 받으며 굵게 주름이 간 연륜을 어린애 모양 세어보고 또 세어보고 있었다.

6·25 동란이 터진 것은 필재가 집으로 내려온 지 이틀 후였다.

이틀이나 늦게 그 소식을 들은 필재는 좀더 시국을 봐서 서울로 올라가든지 어떻게 하든지 하려고 망설이는 중 두 주일도 채 되지 못한 사이에 필재네 마을도 괴뢰군에게 넘어가고 말았던 것이다.

사실 필재는 정신을 차릴 수가 없었다.

공산군 치하가 되자 이 김씨 마을 사람들은 말이 아니었다.

재 너머 이씨 마을 사람들한테 고갯짓도 못하게끔 눌려버리고 말았던 것이다.

이씨 마을 청년들이 작당하여 두세 차례 와서 서울서 필재가 내려오지 않았는가고 묻고 돌아갔을 뿐 집에 들어박힌 필재는 도무지 세상이 어떻게 되는질 알 수가 없었다.

어머니가 앓아누웠지만 않더라도 필재는 좀 나가보겠지만 통 그럴 수가 없었다.

그동안 길녀는 부락 여성동맹이니 뭐니 하는 데로 불려다녔고 기껏 소식을 듣는대야 길녀를 통하여 듣는 종잡을 수 없는 소식들뿐이었다.

태식이가 골서 벼슬을 하고 우쭐거린다는 소식도 길녀가 알려준 소식이었지만, 마을 청년들이 필재의 집을 좀 뒤져보고 싶어도 태식의 낯을 봐서 뒤지지 못한다는 소식도 길녀가 듣고 온 소식이었다.

길녀는 확실히 요즈음 언변도 늘었지만 가만히 보면 나다니는 일도 싫어하는 눈치가 아니었다.

내일은 또 골에 일이 있어서 간다고 그날 밤은 공연히 싱글거리는 것도 우스워만 보였다.

그러나 필재는 길녀더러 만일 태식을 만나도 자기가 내려와 있다는 소리는 하지 말라고 몇 번이나 당부를 해두었다.

이틀 있다 온다던 길녀가 열흘이 넘어도 돌아오지 않았고 열흘의 갑절이 되어도 오질 않았다.

필재는 그냥 기다리던 끝에 지쳐버리고 말았다.

양력 구월달이 되자 날씨도 완연히 가을 날씨로 변해지고 말았다.

낮에만 등허리가 따가울 정도로 내리쬐곤 해만 기울면 여간 선선해지질 않았다.

그날따라 어머니도 정신을 좀 차리고 기동을 하는 것 같았다.

점점 해가 저물어갈 무렵이었다. 밖에서 형수님 형수님 하고 부르는 소리가 틀림없이 태식의 목소리였다.

필재는 가슴이 철렁 내려앉는 것 같았다. 곧 이 방으로 뛰쳐들어올 것만 같았다.

필재는 자기도 모르는 사이에 벽장 속으로 뛰쳐들어가 버리고 말았다.

"형수님, 미안합니다. 필재가 서울서 내려오지 않았다지요. 이제 내려오면 저를 욕할 것입니다…… 글쎄 나도 이렇게 되고 싶어 됐나요. 다 이 집 덕분이지요, 이 집 말씀이웨다……."

태식은 얼근히 취한 것이 분명했다.

"형수님 편치 않으시다더니 안색이 퍽 안되셨구만요…… 내 이놈의 집을 송두리째 불살라버리고 싶지만 어디 인정이 그럴 수야 있겠소. 그러나 형수님 그래도 저 밑의 채만은 그냥 안 둘 참입니다."

밑의 채라면, 큰할머니가 거처하던 방이 분명했다.

"형수님 저는 산으로 갑니다…… 아…… 저…… 그리고 길녀는 저희들과 같이 갑니다."

벽장 속에서 이 말을 듣고 있던 필재는 치가 떨리는 것 같았다.

집을 불살라버린다는 그 말이 무서워서가 아니라 어쩌면 길녀가 그럴 수 있느냐는 분한 마음에서였다.

모든 것을 다 태식에게 준다 해도 그것만은 그럴 수가 없었다. 그러나 필재는 지금 당장 그런 용기가 나질 않았다.

태식은 대문 밖으로 나가면서 기어코 할머니가 거처하던 채에다 불을 질러 놓고 가고야 말았다.

마를 대로 마른 재목들이라 불도 벌름벌름 잘도 타올랐다.

불을 끄러 오는 사람도 없었지만 필재 자신도 끌 용기가 나질 않았다.

점점 어두워지자 불길은 더욱 출렁거리는 것 같았다.

필재는 뒤토장에 앉은 채 물끄러미 불더미 속만 들여다보고 있었다.

불길은 오지 않지만, 얼굴이 더워지는 것 같았다.

필재는 다시 한 번 태식의 말을 되풀어보며 타오르는 불길 속에 태식과 길녀의 모습을 몇 번이나 그려보았다.

그들이 밀려나자 필재네 마을은 완전히 진공 상태가 되고 말았다. 필재는 하는 수 없이 국군이 다시 들어올 때까지 치안대를 조직해놓을 수밖에 없었다.

그러나 필재는 첫날 나가서 치안대를 조직해놓고는 어머니가 병석이라 사실 별로 나가보질 못했다.

필재는 무슨 까닭에 자기가 태식을 피하여야 하는지 알 수 없었다. 이러니 저러니 해도 숙질간이 아닌가. 어떻게든 자기가 뛰쳐나가 태식을 붙잡았다면 그는 거기서 머무를 수도 있지 않았을까. 필재는 비굴한 자기가 증오스럽기만 했다.

아군이 벌써 인천으로 상륙한 까닭에 미처 도망을 가지 못한 괴뢰군들이 산속으로 몰려들어 밤이면 아직도 국군이 진격해 들어오지 못한 부락들이 피해를 당한다는 소문이 여기저기서 떠돌았다.

소백산 줄거리를 타고 있는 필재네 마을도 밤이면 으레 그런 공포 속에 잠겨야만 했다.

잠을 깨고 일어나야만 그대로 무사했다는 안도의 숨길을 돌릴 수 있었던 불안한 날이 계속되던 어떤 아침이었다.

아침 일어나면 필재는 앞대문 밖 느티나무 그늘 밑으로 가서 마을을 굽어 내려다보곤 했다.

사우정 앞에 이르렀을 때 필재는 발걸음을 멈춘 채 크게 놀랐다.

괴뢰군이 사우정 한복판에 서 있지 않은가…….

필재는 어떻게 해야 좋을지 도무지 궁리가 돌질 않는다.

필재는 다시 한 번 사우정을 쳐다보았다. 괴뢰군이 틀림없었지만, 그는 좀처럼 움직이질 않는다.

무엇하러 그가 저기 서 있는지 알 수 없는 일이다. 의아심에 싸인 필재는 다시 한 번 사우정을 자세히 살펴보았다.

994 제3시기: 1945~1959

서 있는 것이 아니라 사우정 대들보에 목을 매고 늘어져 있지 않은가…….

치가 떨리지만 필재는 그대로 서 있을 수가 없었다. 소리를 쳤댔자 누가 있는 것도 아니었지만, 필재는 소리를 지르고 싶어도 소리가 나오지 않을 것만 같았다.

어찌 그것이 길녀일 줄을 생각했으랴…….

길녀의 몸은 싸늘하게 식어 있었다. 필재는 도무지 울음이 터져 나오질 않았다.

"길녀…… 길녀…… 한번 만나보고 이 짓을 하지…… 길녀……."

한참 이렇게 푸념을 하고 나니까, 그제사 필재의 눈에선 뜨거운 눈물이 흘러내렸다.

조부가…… 숙모님이……

그 어느 누구가 죽었을 때보다도 진정 서러워 필재는 길녀를 부둥켜안고 흐느껴 울기만 했다.

길녀는 서투른 글씨로나마 다음과 같은 편지까지 써놓은 것이 사우정 마룻바닥에 떨어져 있는 것이 발견되었다.

오빠…….

저희들은 오도 가도 못하고 산속에 숨어 있었습니다. 기실 오빠가 보고 싶어 도망쳐 내려왔습니다. 그러나 오빠를 만날 수가 없었습니다.

오빠를 만나기가 죽음보다 더 두려웠습니다. 괴로운 마음, 그대로 방아쇠로 겨누어 터뜨리고 싶었습니다만 때 아닌 총성에 오빠가 놀랄까 두려워 이 길을 택했습니다.

오빠의 손으로 묻어주십시오.

길녀 올림

필재는 어머니도 모르게 길녀를 후원에다 묻어주었다. 길녀의 무덤을 아는 사람은 오직 필재뿐이었다.

필재는 자신이 자기를 보기에도 꼭 얼빠진 사람인 것만 같았다.

할아버지의 유언도 오늘날에 이르러선 아무런 소용 가치도 없어지고 말았다.

반드시 고향으로 돌아와 영락한 가문을 중흥시키고 자기 한 몸을 고향을 위한 농촌 사업과 문화 사업에 바치려던 꿈이 여지없이 사라지고야 말았다.

필재는 자기 자신을 응시하듯이 낡아빠진 집을 돌려다보곤 했다.

밤이면 황암정에서 원귀(怨鬼)가 운다던 이 낡아빠진 집…….

필재는 어렸을 때 들은 소리였지만 원귀들이 밤마다 울어야 할 이유를 충분히 알 수 있을 것만 같았다.

마을이 수복되자 김씨 마을 사람들은 다시 고갯짓하고 이씨 마을 사람들은 기를 펴지 못해야만 했다.

필재에겐 그것이 싫었다. 서로 핥고 깎으려 드는 그런 싸움에 완전히 흥미를 잃고 말았다.

필재는 무슨 영문인지 골로 붙잡혀 갔다.

가서 보니 별일이 아니어서 필재는 쉬 풀려나왔다.

태식으로 인해 어떤 혐의를 받고 불려 갔을 뿐이었다.

그래도 필재는 거기서 근 일주일이나 묵어서야 집으로 돌아왔다.

집으로 돌아와 보니 청천벽력 같은 일이 또 버그러져³ 있었다.

그것은 어머니가 세상을 떠나신 것이었다.

그의 눈에선 인젠 눈물이 고갈된 듯싶었다.

어머니의 한평생도 결국은 이 낡아빠진 집을 위하여 희생물이 된 것 같은 생각이 들자 필재는 가슴이 또다시 무너지는 것같이 뭉클거렸고 새로운 눈물이 쏟아져 흘렀다.

필재는 더 이 마을에 머물러 있기가 싫었다. 아무리 바빠도 며칠은 더 근신하다 가야 한다는 종친(宗親)들의 권하는 소리도 물리치고 마을을 떠나버리고 말았다.

---

3 버그러지다 일이 잘못되어 틀어지다.

7

 필재가 이번에 고향으로 내려온 것은 다름이 아니었다.
 타다 남은 백여 간의 집과 거기에 소속된 대지 등을 말짱스레 정리해버릴 결심으로 내려온 것이다.
 마을로 내려온 이상 필재는 가까운 종친들을 찾아보지 않을 수 없었다.
 그들은 옛날에 다름없이 극진히 종손 대접을 해주며 야단법석들이다.
 그러나 필재로서는 이 늙은이들이 무슨 까닭에 자기를 향하여 굽실거리며 또 자기는 무슨 까닭에 오기를 띠어야만 하는지 모두가 다 우스운 일이다.
 필재가 내려온 지 이삼일 후 이번엔 필재가 집을 정리하러 내려왔다는 말이 전해지자 가까운 종친들은 물 끓듯 수군거렸다.
 드디어는 필재의 집 사랑방에서 저녁부터 갓을 단정히 쓴 노인들과 필재는 회의를 열어야만 했다.
 오륙십 명 모여든 그들은 자기들이 돈 백만 환이나 마련하여놓을 테니까 어서 집을 수리하고 시골로 내려와 자리를 잡으라는 의견들이었다.
 영락한 종가와 종손을 도우려는 그들의 성의인진 몰라도 필재에겐 모두가 달갑질 않았다.
 그래도 필재는 자기 뜻을 굽히려 하질 않았다.
 그 늙은이들은 종가 없는 마을에 무슨 체면으로 살아가겠느냐고까지 호소하는 것이었다.
 임진 동학 양란에 이 집이 온통 불구덩이에 들어갔던 것을 선조들이 다시 개축했다는 것도 오늘 보면 이런 식으로 집을 늘리고 담을 늘렸으리라고 필재는 짐작할 수 있었다.
 선조들이 그렇게 해서 개축한 까닭에 원통한 무리죽음이 많이 생겼거늘 필재는 또다시 그런 일을 저지르고 싶진 않았다.
 그들이 떠들어대는 틈바구니에 앉아서도 필재는 종가와 종손이 그들에게 무슨 이익을 주기에 저렇게 목을 매다시피 애원하는질 이해할 수가 없었다.

정한숙 997

"여보게 두말 말고 자네가 내려오게…… 그래서 내후년엔 여기서 출마를 하게. 장동 김씨도 한번 불호령하고 살아봐야 하지 않겠나…… 자네가 내려와 출마를 하면 돈 쓰지 않고도 염려 없어…… 그동안 우리 표를 그들에게 모아주었으니까 우리가 말한다면 들어주지 않겠나?"

성미가 괄괄한 그 친구는 필재에게 이런 소리를 몇 번이나 되풀이하며 두말 말고 내려와 꼭 입후보를 하라는 것이었다.

그러나 필재에겐 모두가 귓등으로만 들리는 소리였다.

밤새껏 앉아서 그들의 소리를 들어봤댔자 하나하나가 모두 다 필재에겐 무섭고 두려운 소리뿐이었다.

언제부터 정치엔 눈이 밝아졌는지 그들은 서울 사람 뺨쳐먹을 정도인 것만 같았다.

종파(宗派)를 나누고 문중(門中)을 따지고, 모든 이 나라의 비극은 종가를 중심해서 버그러진 것 같았다. 그것을 뼈저리게 느낀 것이 필재 자기요, 그 희생자가 태식이와 길녀인 것만 같았다.

필재는 어떤 일이 있어도 그런 일을 다시는 반복시킬 순 없었다.

필재는 끝끝내 견디다 이렇게 한마디 던지곤 밖으로 나와버렸다.

"종가를 팔아치운다는 것은 도의상 안됐지만, 그것은 내 개인 소유의 재산이 아니겠소……."

여러 잡음이 듣기 싫었던 까닭에 필재는 기어코 쏘아붙였던 것이었다.

오십여 명이 둘러앉은 자리가 별안간 소란스러워지는 것 같았다.

밖은 그대로 어둡기만 했다. 이 어둠이 가시면 새 아침이 오듯이 종가도 종손도 허물어짐으로 하여 진정 길녀나 태식이나 자기 같은 사람들이 행복하게 살 수 있는 날이 올 것만 같았다.

수목이란 수목이 모조리 잘려 나간 넓은 뜰 안엔 아직도 뻗히고 고집만을 부리던 조부의 얼굴 같은 고가(古家)의 그림자가 별빛 아래 어렴풋이 보인다.

정한숙(鄭漢淑)

1922년 평북 영변 출생. 호는 일오(一悟). 고려대 국문과 졸업. 전광용, 정한모 등과 '주막(酒幕)' 동인으로 활동. 1948년『예술조선』에 단편「흉가」가 당선되어 등단. 1953년 조선일보 현상문예에 중편「배신」이, 1955년 한국일보에 단편「전황당인보기」와 희곡「혼항」이 입선. 내성문학상, 흙의문학상, 3·1문화상, 대한민국예술원상 수상. 고려대 교수, 대한민국예술원 회장, 한국문화예술진흥원 원장 역임.『애정지대』(1958),『묘안묘심』(1958),『내 사랑의 편력』(1959),『거문고 산조』(1981),『안개거리』(1983) 등의 작품집과『황진이』(1958),『암흑의 계절』(1959),『시몬의 회상』(1959),『끊어진 다리』(1962),『우린 서로 닮았다』(1966),『이성계』(1965),『조용한 아침』(1976) 등의 장편소설과『현대한국소설론』(1973),『소설문장론』(1973),『소설기술론』(1975),『현대한국작가론』(1976),『해방문단사』(1980),『현대한국문학사』(1982) 등의 연구서 출간. 1997년 타계.

작품 세계

정한숙은 부단한 실험정신과 탐구정신으로 다채·다양한 작품 세계를 보여준 작가로 평가된다. 초기의 대표작으로 꼽히는「전황당인보기」(1955)는 세속적 가치와 예술적 삶에 대해 질문한 작품으로, 작가는 예술의 고유한 가치는 세속적 가치와 교환될 수 없다는 입장을 취한다. 세속에 대한 극복으로서의 예술적 승화를 다루고 있는「금당벽화」(1955)에서는 예술적 승화는 인간 구원을 목적으로 하는 종교적 승화와 같다는 것을 보여주며,「거문고 산조」(1970)에서는 세속적 삶과 예술가적 삶의 분리로 인한 갈등을 전통과 현대라는 세대 간의 갈등으로 제시한다. 정한숙은 1950년대의 전쟁 체험을 바탕으로 한 작품들에서 이데올로기를 부정하고 대신 혈연에 바탕을 둔 동포애를 통해 어떠한 이데올로기적 갈등도 극복할 수 있다고 보았다. 빨치산을 주인공으로 내세워 이념의 허위를 그려낸「준령」(1954), 군인들이 전장에서 겪은 체험과 갈등을 보여준「그늘진 계곡」(1957), 순박한 청년의 욕망과 공산 이념의 냉혹성을 대비시켜 이념이 인간 본연의 정서를 훼손할 수 없다는 것을 갈파한「고추잠자리」(1959), 일제 강점기에서 해방과 미군정기, 6·25 이후 5·16까지의 시기를 배경으로 민족사적 비극과 좌절을 다룬『끊어진 다리』(1962) 등을 통해서 작가는 전후 현실에서 살아남아 생을 긍정해야 한다는 인본주의적 입장을 드러낸다. 또한 정한숙은 다양한 형태의 가족에 주목하고 특히 전쟁과 산업화 과정을 겪으면서 가족의 구조가 어떻게 분화·변모되어갔는가에 관심을 갖는다. 종가의 몰락을 내용으로 하는「고가」(1956)를 통해 봉건적 신분 질서를 유지하려는 직계 가족의 원리와 개인 중심의 합리적 질서의 대립을 통해 지켜야 할 가치와 새롭게 추구해야 할 가치에 대해 질문하며, 장편『암흑의 계절』(1959)에서는 이산가족의 기구한 인생 경로를 통해 전쟁으로 인한 가족의 해체와 파괴에도 불구하고 가족 관계는 지속될 수밖에 없다는 것을 보여준다. 또한 고향을 상실한 작가의 이상주의적 성향은 전설로 전해오는 유토피아의 섬 이어도를 재현한『IYEU도』(1960)로 표출된다. 이어도는 제주도 어부들이 마음속에 그리고 있는 유토피아의 섬으로 일종의 꿈이자 인간의 마음속에 존재하는 현실 부정과 현실 극복의 표상이라 할 수 있다. 그 외에도 현대인의 방황과 좌절을 그린「묘안묘심」「닭장관리」, 고전을 현대화한「쌍화점」과 역사소설『이성계』『논개』등 다양한 내용과 기법의 실험을 통해 현대 소설을 심화하고 문학적 지평을 확장하는 데 기여하였다.

「고가」

「고가(古家)」는 6·25를 배경으로 장동 김씨 가문의 몰락을 그린 작품이다. 그렇지만 한 집안의 단순한 몰락이 아니라 식민지 시대에서 해방과 전쟁으로 이어지는 격변의 현대사를 배경으로 한 민족사의 비극을 집약적으로 담고 있다. 주인공 필재는 장동 김씨 5대 종손이다. 필재의 할아버지는 항상 사랑방에 도사리고 앉아 종손의 문안 인사를 받고 문방사우를 즐겨야 한다고 강조하는 종가의 어른이고, 그와 대립항에 놓인 인물은 개화 사상에 눈을 뜬 지식인으로 암시되는 필재의 숙부이다. 전통 사회를 지탱해온 종법(宗法) 사상을 대변하는 봉건적 인물인 할아버지와 근대 사상을 표상하는 숙부의 대립은 숙부가 조카의 땋은 머리를 자르고 보통학교에 입학시키는 사건을 계기로 극한의 양상을 드러낸다. 그러나 할아버지와 숙부 모두 자신이 옹호하는 가치를 적극적으로 구현해보지 못하고 죽는다. 이런 상반된 가치의 틈바구니에서 성장한 필재지만, 그는 전통과 근대적 가치 사이에서 상대적인 균형감을 보여준다. 숙부가 갖추었던 근대적 지식을 선망하면서도 종가집 종손으로서의 정체감 또한 잊지 않는 것, 그래서 기생첩의 자식인 숙부 태식을 포용하여 비뚤어진 마음을 바로잡고 생활의 터전을 마련해주고자 하며, 자신 역시 종의 딸인 길녀를 사랑한다. 그렇지만 파천황과도 같은 6·25의 발발과 그 소용돌이 속에서 좌익으로 돌변한 태식을 따라 빨치산이 되었던 길녀가 필재에 대한 사랑을 간직한 채 자살로 생을 마감하고, 뒤이어 어머니마저 돌아가심으로써 필재는 더 이상 종가집에 머물 이유를 상실한다. 작품 서두에서 암시된, 소백산맥의 맥이 끊기듯 종가가 파탄에 직면한 것이다. 종친의 완강한 반대에도 불구하고 필재는 가산을 정리하여 고가를 떠나는 것으로 작품은 마무리되는데, 이는 6·25를 계기로 신분적 질서가 붕괴되고 근대적 가치에 지배된 새로운 사회가 도래하고 있음을 상징한다.

주요 참고 문헌

「고가」는 정한숙의 대표작으로 평가되는 관계로 여러 연구자들이 주목하였다. 오탁번은 「끈질긴 탐구정신의 소산」(『한국현대문학전집』 25, 삼성출판사, 1978)에서 '필재'와 '태식'과 '길녀'가 수세대의 인습과 갈등하면서 6·25라는 절대 비극과 합쳐져 전통적인 종가가 어떻게 붕괴되는가를 보여주었다고 평가하며, 이재선은 『한국현대소설사』(민음사, 1991)에서 6·25로 인한 신분 위계와 계급 구조의 변화가 일어나는 과정을 그린 대표작으로 분석한다. 송하춘(「1950년대 한국 소설의 형성」, 『1950년대의 소설가들』, 나남, 1994)과 윤석달(「역사와 인간에 대한 폭넓은 탐구」, 『한국소설문학대계』, 동아출판사, 1995)은 전후문학의 관점에서 정한숙 문학 전반을 조망하고, 「고가」를 그 중요한 성과로 규정한다. 정영아는 「정한숙 소설연구」(고려대 석사 논문, 1998)에서 직계 가족을 중심으로 하는 종법 사상, 적서 차별의 가치가 격변기를 겪으면서 변모되는 양상을 그린 작품으로 평가한다.

_강진호

장용학
요한 시집

한 옛날 깊고 깊은 산속에 굴이 하나 있었습니다. 토끼 한 마리 살고 있는 그것은 일곱 가지 색으로 꾸며진 꽃 같은 집이었습니다. 토끼는 그 벽이 흰 대리석이라는 것을 모르고 살았습니다. 나갈 구멍이라곤 없이 얼마나 깊은지도 모르게 땅속 깊이에 쿡, 박혀든 그 속으로 바위들이 어떻게 그리 묘하게 엇갈렸는지 용히 한 줄로 틈이 뚫어져 거기로 흘러든 가느다란 햇살이 마치 프리즘을 통과한 것처럼 방 안에다 찬란한 스펙틀의 여울을 쳐놓았던 것입니다. 도무지 불행이라는 것은 모르고 자랐습니다. 일곱 가지 고운 무지개색밖에 거기엔 없었으니까요.

그러던 그가 그 일곱 가지 고운 빛이 실은 천장 가까이에 있는 창문 같은 데로 흘러든 것이라는 것을 겨우 깨닫기는 자기도 모르게 어딘지 몸이 간지러워지는 것 같으면서 그저 까닭 모르게 무엇이 그립고 아쉬워만지는 시절에 들어서였습니다. 말하자면 이 깊은 땅속에서도 사춘기(思春期)는 찾아온 것이었고 밖으로 향했던 그의 마음이 내면으로 돌이켜진 것입니다. 그는 생각했습니다.

"이렇게 고운 빛을 흘러들게 하는 저 바깥 세계는 얼마나 아름다운 곳일

---

* 「요한 시집」은 『현대문학』 1955년 7월호에 발표되었다. 여기서는 『장용학 대표 작품 선집』(책세상, 1995)를 저본으로 삼고, 잡지 게재본을 참조하였다. 국한 혼용으로 발표된 작품임을 감안하여 괄호 안 한자 표기를 따르되 적당히 조절하였다.

까……."

 이를테면 그것은 하나의 개안(開眼)이라고 할까. 혁명(革命)이었습니다. 이때까지 그렇게 탐스럽고 아름답게 보이던 그 돌집이 그로부터 갑자기 보잘것없는 것으로 비치기 시작했던 것입니다. '에덴' 동산에는 올빼미가 울기 시작한 것입니다.
 그러나 아무리 찾아보아도 바깥 세계로 나갈 구멍은 역시 없었습니다. 두드려도 보고 울면서 몸으로 떼밀어도 보았으나 끄떡도 하지 않는 돌바위였습니다. 차디찬 감옥(監獄)의 벽이었습니다. 갇혀 있는 자기의 위치를 깨달아야 했을 뿐이었습니다.
 어떻게 해서 이런 곳에서 살게 되었던가?
 모릅니다. 그런 까다로운 문제는 생각해본 적도 없었습니다. 아무리 기억을 더듬어 생각해보아도 일곱 가지 색밖에 떠오르는 것이 없었습니다. 일곱 가지 색으로 엉클어지는 기억 저쪽에 무엇이 무한(無限)한 무슨 느낌을 주는 무슨 세계가 있었던 것 같기도 하지만, 그것은 지금 눈망울에 그리고 있는 바깥 세계를 두고 그렇게 느껴지게 된 것인지도 모릅니다.
 "나면서부터 이곳에서 산 것이 아닌 것만 사실이다."
 그는 결국 이렇게 결론을 내리지 않을 수 없었습니다. 그래야 바깥 세계가 있다는 것이 확실해지는 것이기도 하였습니다.
 "나는 바깥 세계에서 들어온 것만 사실이다. 저 빛이 저렇게 흘러드는 것처럼……."
 이렇게 그날도 한숨 섞인 새김질을 되풀이하던 그의 귀가 무슨 결에, 쭈뼛 놀란 것처럼 곤추선 것이었습니다. 그것은 생일날의 일입니다. 생일날도 반가운 것이 없어 멍하니 이제는 나갈 구멍 찾는 생각도 말고 그저 창을 쳐다보고 있던 그였습니다. 그렇게 축 늘어졌던 그의 기다란 귀는 한번 놀라 쭉 곤추서선 도로 내려올 줄 몰라했습니다.
 떨리는 가슴을 누르면서 조심스럽게 그는 일어섭니다. 발소리를 훔치면서 창 아래로 다가섰습니다. 발돋음을 하면서 그리로 손을 가져가봅니다.

닿는 것은 아무것도 없었습니다. 쑥 내밀어봅니다. 그래도 닿는 것은 아무것도 없었습니다. 그의 가슴은 방 안이 떠나갈 듯한 고동이었습니다.

그러면서 이상했던 것 같은 생각이 들어 손을 다시 그 창으로 가져가면서 뒤를 돌아보았습니다. 그만 소리도 못 지르고 소스라쳤습니다. 방 안이 새까매졌던 것입니다. 기급을 먹고 옆으로 물러서면서 그 자리에 쓰러지고 말았습니다.

몇 날 몇 밤 그는 그렇게 자리에서 일어나지 못하였습니다. 그것은 그렇게 심한 열이었습니다. 생일날 그의 머리에 떠오른 생각은 그렇게 무서운 것이었습니다. 그는 그 창으로 나갈 수 없을까, 하는 생각을 해보았던 것입니다. 이 얼마나 기상천외(奇想天外)의 착안(着眼)을 끝내 해낸 것입니까.

거기로 흘러드는 빛이 없이는 이 무지개 색의 집도 저 바깥 세계가 있다는 것도 생각할 수 없는, 어떻게 보면 암벽(岩壁)보다 더 철석 같아서 오히려 무(無)처럼 보이는 그 창구멍으로 기어나갈 수 없을까, 하는 생각을 마침내 해냈다는 것은 저 지상에 살고 있는 토끼들이 공기를 마시지 않고는 한시도 살 수 없으면서도 그 공기의 존재를 깨닫지 못하고 있는 것에 비하여 이 얼마나 놀라운 발견, 발견이라기보다 발명을 해낸 것입니까. 그러나 그것은 그에 못지않게 위험한 사상(思想)이었습니다. 손만 가져갔어도 세계는 새까맣게 꺼져버리지 않았습니까.

열은 물러갔습니다. 그는 그 창으로 기어나가기 시작했습니다. 가다가 넓어진 데도 있었지만 벌레처럼 뱃가죽으로 기면서 비비고 나가야 했습니다. 살은 터지고 흰 토끼는 빨갛게 피투성이였습니다. 그 모양을 멀리서 보면 마치 숨통을 꾸룩꾸룩 기어오르는 객혈(喀血) 같았을 것입니다.

뒤로 덮어드는 암흑에 쫓기는 셈이었습니다. 몇 번 도로 돌아가려고 했는지 모릅니다. 그러나 그런 생각은, 이제는 되돌아가는 길이 앞으로 나아가는 길보다 더 멀어지고, 그러면서 한 걸음 한 걸음 앞으로 나아갈수록 앞길 또한 멀어만지는 것같이 느껴질 때입니다. 그는 지금 한 걸음이라도 앞선 거북은 아킬레스의 날랜 다리를 가지고도 끝끝내 앞지를 수 없다는 궤변(詭辯)의 세계에 빠져든 것입니다. 그것은 앞으로 나아가는 것이 아니라 자꾸만 어디로 빠져드는 길이었습니다.

얼마나 그렇게 기었는지 자기도 모릅니다. 그는 움직임을 멈추었습니다. 귀가 간지러워진 것입니다. 소리를 들은 것입니다. 새 우는 소리였습니다. 소리라는 것을 처음 들어본 것입니다. 밀려오는 환희와 함께 낡은 껍질이 벗겨져나가는 몸 떨림을 느꼈습니다. 피곤과 절망에서 온 둔화(鈍化)는 뒤로 물러서고 새 피가 혈관을 흐르기 시작했습니다.

마음은 그렇게 뛰는데 그의 발은 앞으로 움직여지지 않아 합니다. 바깥 세계는 이때까지 생각한 것처럼 그저 좋기만 한 곳 같지 않아지게도 생각되는 것이었습니다. 뒷날, 그때 도로 돌아갔더라면 얼마나 좋았을까 하고 얼마나 후회를 했는지 모릅니다마는, 그러나 그때 누가 있어 "도로 돌아가라" 했다면 그는 본능적으로 "자유(自由) 아니면 죽음을!" 하는 감상적(感傷的) 포즈를 해보였을 것입니다. 마지막 코스를 기어나갔습니다. 드디어 마지막 관문에 다다랐습니다. 이제 저 바위 틈으로 얼굴을 내밀면 그 일곱 가지 색 속에 소리의 리듬이 춤추는 흥겨운 바깥 세계는 그에게 그 현란한 파노라마를 펼쳐보이는 것입니다. 전율하는 생명의 고동에 온몸을 맡기면서 그는 가다듬었던 목을 바위 틈 사이로 쑥 내밀며 최초의 일별을 바깥 세계로 던졌습니다. 그 순간이었습니다.

쿡! 십 년을 두고 벼르고 기다리고 있었다는 것처럼 홍두깨가 눈알을 찌르는 것 같은 충격이었습니다. 그만 그 자리에 쓰러졌습니다.

얼마 후 정신을 돌린 그 토끼의 눈망울에는 이미 아무것도 비쳐드는 것이 없었습니다. 소경이 되어버린 것입니다. 일곱 가지 색으로 살아온 그의 눈은 자연의 태양광선을 감당해낼 수가 없었던 것입니다.

그 토끼는 죽을 때까지 그 자리를 떠나지 않았다고 합니다. 고향에 돌아가는 길이 되는 그 구멍을 그러다가 영영 잃어버릴 것만 같아서였습니다. 고향에 돌아갈까 하는 생각을 거죽에 나타내본 적이 한 번도 없으면서 말입니다.

그가 죽은 그 자리에 버섯이 하나 났는데 그의 후예(後裔)들은 무슨 까닭으로인지 그것을 "자유의 버섯"이라고 일컬었습니다. 조금 어려운 일이 생기면 그 버섯 앞에 가서 제사를 올렸습니다. 토끼뿐 아니라 나중에는 다람쥐라든지 노루, 여우, 심지어는 곰, 호랑이 같은 것들도 덩달아 그 앞에 가서 절을 했다고 합니다. 효험이 있을 때도 있고 없을 때도 있고, 그러니 제사를 드리나마나였지만, 하여간 그 버섯 앞에 가서 절을 한번 꾸벅하면 그것만으로 마음이 후련해지더라는 것입니다.

그 버섯이 없어지면 아주 이 세상이 꺼져버리기나 할 것같이 생각하고 있는 것 같습니다.

상

해는 지붕 위에 있었다.

서산에 기울어버린 햇발이었지만 이렇게 지붕 위로 보니, 내려앉으려던 황혼은 뒤로 밀려가고 하늘이 도로 밝아오르는 것 같다. 곳에 따라 시간이 이렇게도 느껴지고 저렇게도 느껴진다. 어느 시간이 정말 시간인가?

시계(時計)가 가리키는 시간과 위치(位置)가 빚어내는 시간. 이 두 개의 시간 사이에 가로놓여 있는 빈 터. 그것이 얼마나한 출혈(出血)을 강요하는, 우리의 이러한 빈 터에서 놀 때 자유를 느낀다.

우리에게 두 개의 시간을 품게 한 이러한 빈 터가 결국은 '나'를 두 개의 나로 쪼개버린 실마리였는지도 모른다.

공간 속을 시간이 흐르는 것인지 시간의 흐름을 따라 공간이 분비(分泌)되어 나오는 것인지 알 수 없지만, 지붕 위에 앉게 된 해를 보고 있노라면 시간(時間)은 공간(空間)에 갇혀 있는 것 같다. 이 관계 위에 현재(現在)의 질서(秩序)는 자리 잡은 것 같다.

이 공간에 갇혀 있는 시간이 가령 그 벽(壁)을 뚫고 저쪽으로 뛰어나가게 되면 세상은 어떻게 될 것인가?

우리가 무엇을 본다는 것은 시선이 그리로 가서 보는 것이 아니라 그 물체에서 반사된 광파(光波)가 망막에 비쳐드는 것에 지나지 않는 것일진대, 마치 음속보다 빠른 비행기를 타면 아까 사라진 소리를 쫓아서 다시 들을 수도 있는 것처럼, 빛보다 더 빠른 비행기를 타고 오르면서 지상을 돌아다보면 우리는 거기에 과거(過去)를 볼 수 있을 것이 아닌가. 비행기는 자꾸 날아오른다. 지상에서 시간이 거꾸로 흐르는 것이 보인다. 과거 쪽으로 흘러가는 시간의 흐름이 보인다.

거기서는 밥이 쌀이 된다. 입에서 나온 밥이 숟가락에서 그릇으로 내려앉고, 그릇에서 솥으로, 그 솥이 끓어올랐다가 아주 식어진 다음 뚜껑을 열어보면 물속에 가라앉은 쌀이다. 물바가지에 옮겨서 헤엄치고 나오면 겨가 붙어서 가게에 있는 쌀처럼 된다. 싸전에서 정미소로 가서 껍질을 붙이고 밭으로 간다. 여럿이 모여서 벼이삭에 달린다. 이렇게 해서 몇 달이 지나면 그들은 땅속 한 알의 씨가 된다…….

이렇게 보면 거기에도 하나의 생성(生成)은 있는 것이다. 하나의 세계(世界)가 이루어지는 것이고, 역사(歷史)가 생겨난다.

어느 생성이 여물어가는 열매인가?

쌀이 밥이 되는 변화와 밥이 쌀이 되는 변화와…….

어느 세계가 생산의 땅인가? 밤이 낮이 되는 박명(薄明)과 낮이 밤이 되는 박명과…….

어느 역사가 창조(創造)의 길이고, 어느 역사가 멸망(滅亡)의 길인가?

어떻게 되는 것이 창조이고, 어떻게 되는 것이 멸망인가?

어느 쪽으로 흐르는 시간이 과거이고 어느 쪽으로 흐르는 시간이 미래(未來)인가?……

망상에 사로잡혔던 내 몸이 갑자기 경련을 일으킨다. 쳐다보니 동체가 두 개인 수송기가 초여름의 저녁 하늘을 남쪽으로 날아가고 있었다. 엉겁결에 그늘을 찾으려고 했던 나는 그러나 경련이 그다지 심하지 않았던 것을 깨달았다. 가슴이 좀 울렁울렁해졌을 뿐이었다. 폭격에 놀랐던 가슴도 그동안 거의 그 건강을 회복한 것 같다.

하꼬방 앞으로 가까이 갔다. 섬에서 돌아오면서부터 며칠 걸려 겨우 찾아낸

집이었지만 나는 아까부터 주인을 찾는 것이 무서워졌었다. 귀찮았다. 발을 들어 조금 떠밀어도 말없이 쓰러질 것 같은 이따위 집에도 주인이 있어야 하는가 하는 불평이다. 그러나 이런 집일수록 주인이 있어야 하기도 했다. 주인마저 없다면 벌써 언제 무너져 내렸었을 것이다.

그런데 산기슭에 자리 잡고 있는 저 성곽 같은 큰 집에도 주인은 한 사람이라는 것은 좀 이해하기 곤란하다. 우리는 무슨 숨바꼭질하고 있는 셈이다.

여기에 올라오는 길에, 한 노인이 문간에 앉아 쌀, 보리, 콩 같은 것이 뒤섞인 것을 한 알 한 알 골라내고 있었다. 그 황혼 오 분 전의 작업을 캔버스에 옮겨놓는다면 그 제명(題名)은 "백발(白髮)이 원색(原色)을 골라내다"라고 하면 좋겠다. 지금 르네상스의 후예들이 자기들이 칠하고 칠한 근대화(近代化)의 도료(塗料)를 긁어 벗기는 데에 여념이 없다. 원색을 골라내는 연금술에 몰두하고 있는 것이다. 그러나 '지리상의 발견' 시대는 이미 지나간 지 오래지 않은가.

저 아래 거리에서 '내일 아침 신문'을 팔지 못해하는 어린 소리가 들려온다. 그래서 이 낭비(浪費)의 20세기를 까마귀는 저 마른 나뭇가지 위에서 저렇게 황혼을 울고 있나 보다.

까악, 까악…….

나는 하꼬방을 두고 여남은 걸음이 되는 그리로 올라갔다. 돌을 주워 들었다. 까악, 까마귀는 그다지 대단해하지 않아 하면서도, 푸드덕 하늘로 날아오른다. 손에 들었던 돌을 버리려고 하다 말고 까마귀가 앉아 있었던 가지를 향하여 힘껏 던졌다. 그래서 까마귀가 아주 산 너머로 날아가버린 그 고목 아래에 가서 내가 앉아 보았다.

수평선은 늘 그 저쪽이 그리워지는 무를 반추(反芻)하고 있었다.

그 저쪽에 뭐가 있다는 말인가. 여기와 같은 언덕이 질펀하게 경사를 이루고 있을 뿐 아니겠는가? 거기서는 또 누가 이리를 그리워하고 있을 것이 아닌가.

---

1 하꼬방 판잣집.

같은 하늘 아래에서 이 무슨 시늉인가…….

그런 숨바꼭질하기에는 해가 다 저물었다. 수평선을 들어서 옆으로 치우고 타이트하게 해야 한다. 그렇지 않으면 아주 담을 쌓아서 막아버려야 한다. 결국 따지고 보면 질펀한 것만이 태연해질 수 있는 오늘 저녁이 아닌가. 내일 아침이 올지 말지 하더라도 끝난 오늘은 끝난 오늘로서 아주 결단을 내버려야 한다. 우선 성실하게 살아야 한다.

무엇보다도 성실하게 살아야 한다. 진리를 찾는다고 하여 애매한 제스처를 부려서는 안 된다. 차라리 그 진리를 버려야 한다. 그런 제스처 때문에 이 공기가 얼마나 흐려졌는지, 그것을 정확하게 계량해낼 수 있다면 우리는 살아 있는 것이 시시해질 것이다.

나는 여기 이 나무 아래를 그리워해야 할 것이다. 아까 저 산기슭에서 이리를 쳐다보았을 때 하꼬방 뒤가 되는 이 한 손을 외롭게 하늘로 쳐들고 서 있는 고목이 얼마나 눈물겹게 느껴졌던 것인가. 그런데 지금은 벌써 수평선 저쪽을 그리워하고 있다. 나는 매소부[2]가 아니다. 필요하다면 산기슭에 도로 내려가서 다시 여기를 눈물겨워 쳐다보아도 좋다. 부슬비 내리는 밤, 부엉새가 우는 소리를 듣는 것 같은 감회에 다시 사로잡히는 것이 나의 의리(義理)여서도 좋다.

지금도 부엉새는 울고 있을 것이다. 고향, K성(城), 동북 모퉁이가 되는 망루에서 멀리 바라보이는 산기슭에 외따른 초가집 한 채가 있었다. 그리 크지 않은 성이라 들놀이, 고기잡이, 전쟁놀이, 이런 것으로 어린 시절 십여 년을 뛰어놀았던 모퉁이마다 이런저런 추억, 추억은 꼬리를 물고 성벽에서 성벽으로 이어져 눈을 감으면 고향 산천이 한눈 안에 떠올랐건만, 봄이면 뻐꾹새도 그리로 울어대는 그 초가집 일대는 한번 떠오른 적이 없었다. 그것이 아까 저 산기슭에서 이리를 쳐다보았을 때 망각의 안개를 헤치고 되살아올랐던 것이다. 이를테면 여기는 하나의 귀향이 되기도 했다.

"동호야······."

---

2 매소부 매춘부.

나는 내 이름을 불러보았다.

그러나 그 근처에 대답해주는 소리는 일지 않았다. 석양이 어린 경사를 적막이 흘러내리고 있을 뿐이었다. 마음이 불안스러워졌다. 이 자리를 떠나고만 싶다. 곁눈으로 내 옆에 누워 있는 그림자를 더듬어보았다. 무뚝뚝한 것이 내 그림자 같지 않았다. 다른 누가 여기에 앉아 있어, 그의 그림자가 거기에 그렇게 비쳐 있는 것만 같다.

"동호!"

나는 그 소리에 깜짝 놀랐다. 내 소리 같지 않았고, 농담인 줄 알았는데 그 소리는 비감이 어린 소리였다. 그래서 얼결에 기겁을 먹고 "누구야" 하려고 했다. 그런데 내 입술은 불쑥 떠오른 침입자(侵入者) 때문에 그만 켕겼다.

할아버지의 산소가 거기에 있었던가······?

갑자기 믿기 어려웠으나, 저 하꼬방에서 바로 이만큼 떨어진 곳이었다. 할아버지의 산소가 그 초가집에서 바로 이만큼 떨어진 곳에 서 있는 느릅나무 아래에 자리 잡고 있다는 것은 사실이었다!

그럼 그동안 나는 어디에 가 있었던가? 그동안 할아버지의 산소는 어디에 있는 것으로 해두고 있었던가? 그 산소 뒤에 피어 있는 진달래를 꺾다가 아버지에게 꾸지람을 들었던 일은 기억에 남아 있으면서도 그 산소가 거기에 있다는 것은 까맣게 잊고 있었다. 잊고 있다는 것도 모르고 있었다. 그렇지 않았다면 아까 그렇게 놀랐겠는가······.

머릿속이 얼떨떨해진다. 이러한 '행방불명'이 아직 돌아오지 않은 이러한 '행방불명'이 얼마나 많을 것인가······ 그것을 모두 한데 모아놓으면 욱실욱실할 것이다. 그것은 여기에 앉아 있는 동호보다 더 큰 무더기가 될 것이다!

나는 나의 일부분을 살고 있는 셈이 된다. 나는 나의 일부분에 지나지 않는다. 그림자에 지나지 않는다.

그래도 동호는 나인가? 나는 나인가? 아까 동호를 불렀는데도 내가 끝내 대답하지 못한 것은 이 때문이 아니었을까.

후우, 긴 한숨을 내쉬려던 나는 또 난데없이 휩쓸려드는 생각에 그만 숨이 꺾였다. 그 초가집이 우리 집……?

 그러나 그것만은 아니었다. 사과나무는 서문 밖에 어엿이 서 있었다. 돗자리를 펴놓은 그 그늘 아래에서 한쪽 다리를 쭉 뻗고 앉아 늘 배를 쓰다듬던 할아버지가 일생을 마친 우리 집은 그 굴뚝이 서문 밖에 서 있는 그 사과나무 바로 옆에 있었던 것이다. 하느님일지라도 이 사과나무를 이제 와서 산기슭인 그 초가집 굴뚝 옆에 옮겨다놓을 수는 없는 것이다.

 그렇다. 하느님도 옮겨다놓을 수 없다. 옮겨다놓지 않는다. 그것은 나도 믿는다.

 그러나 언제 무슨 결에 거기에 가 턱 서 있는 것으로 되어버리면 어쩌겠는가…… 그땐 누구를 붙잡고 울면 좋다는 것인가?

 아, 그때는 내 눈썹이 내 볼때기에 가서 붙어 있을 수도 있는 것이 아닌가!

 내 눈썹이 내 볼때기에, 내 발가락이 내 무르팍에 가서 더덕 붙어 있게 하기 위해서라도, 사과나무는 그 초가집 굴뚝 옆에 가서 턱 서 있게 될지도 모르는 노릇이다. 이 세계가 그렇게는 곱지 않았다고 누가 단언할 수 있겠는가…….

 내 손은 나도 모르게 돌멩이를 움켜쥐고 있었다. 몸이 추워진다. 볼을 만져보는 것이 두렵다. 무르팍을 만져보는 것이 무섭다.

 설마라구? 그렇기는 하다. 그러나 그렇게 되어버리면 그렇게 되어버리는 것이다! 한번 그렇게 되어버리면 그만이다. 이런 것을 사실이라고 한다. 진실은 사실을 가지고 고칠 수 있지만, 사실은 천 개의 진실을 가지고도 하나 고치지 못하는 게 현재 우리가 살고 있는 이 세계였다. 세계는 그렇게 바윗돌 같으면서 달걀처럼 취약하다.

 나는 돌 쥔 손에 힘을 주었다. 그저는 아무리 꽉 쥐어도 달걀은 그렇게 보여도 깨어지지 않는 것이라고 누가 하였는가. 깨어지면 어쩔 터인가? 그때는 눈썹이 볼때기에, 발가락이 귀밑에 가서 더덕 붙을 수도 있다는 것을 시인한다는 말인가…….

 있는 모든 힘을 손가락 끝에 집중시켰다.

 이래도 안 깨지나…… 이래도…… 이래도…….

이마에 땀이 배었다. 손을 놓았다. 달걀은 깨어지지 않았다. 그러나 깨어지지 않은 것은 사실은 내가 깨어지는 것을 두려워하고 있었기 때문인지도 모른다.

그것이 깨어지는 날에는 내가 서 있는 이 세계가 깨어져버리는 것이다. 그래서 야합(野合)한 것이다. 두려워하는 내 마음을 누가 벌써 내통해주었던 것이다.

이러한 내통 위에, 달걀은 그저 쥐기만으로는 깨어지지 않는다, 라는 '말'이 이루어질 수 있었던 것이다. 오늘날까지 있는 모든 힘을 내어본 사람은 아무도 없었기 때문이다. 못 내게 되어 있다. 공기 속에 살고 있다는 것은 '말' 속에 살고 있다는 것과 마찬가지이다. 처음에만 '말'이 있는 것이 아니라 처음부터 끝까지 있는 것은 '말'뿐이었다. 인간은 그 입에 지나지 않았다. 입의 시종(侍從) 종으로서의 노동(勞動), 이것이 인간 행위의 정체(正體)였다.

지금은 깨어지지 않았다. 그러나 다음 순간에 있어서도 깨어지지 않으리라고 누가 단정할 수 있을 것인가, 무엇을 가지고? 지금의 이 현재를 가지고?…… 그러나 다음 순간은 현재가 아니다.

따지고 보면 의지할 것은 아무것도 없다. 그래서 나는 따라다녔을 뿐이다. 내가 나의 주인이 되어 나의 앞장을 내가 서서 나의 길을 걸어본 적이 있었던가? 없다! 한 번도 없었다. 늘 전봇대를 따라다녔고, 늘 기차 시간을 기다리고 있었다. 그러면서 나는 한 번도 기차에 타본 적이 없었다. 그러나 나는 그래도 기다렸고, 그래도 따라다녔다. 왜? 길에는 전봇대가 있었고 정거장에는 대합실이 있었기 때문이다.

생각하면 비참하고 시시하다. 어째서 살아 있는 것이 그래도 낫고, 죽은 것이 그래도 나쁜가?

생각하면 한이 없다. 그저 모든 것을 보류(保留)해두면서 따라다니고 기다리고 하는 수밖에 없다. 생(生)이란 모든 것을 보류하기로 한 약속 밑에 이어받는 것인지도 모른다. 그래서 이러다가 죽으면 모든 것을 보류해둔 채로 죽는 것이 된다.

아직도 손에 쥐어져 있는 돌멩이를 거기에 버리고 하꼬방으로 내려갔다. 이

제 보니 지붕까지, '레이션' 상자가 아닌 것이 없다. 집으로 변장한 레이션 상자 속에, 누혜의 어머니는 살고 있었던 것이다.

내 눈망울에는 레이션 상자가 여기저기에 널려 있던 전쟁터의 광경이 떠오른다.

그것은 이 년 전 어느 일요일이다.

발광한 이리떼처럼 '인민군'은 일요일을 잘 지키는 '미제(美帝)'의 진지로 돌입하였다. 여기저기에 흩어져 있는 레이션 상자 속에는 먹다 남은 칠면조의 찌꺼기가 들어 있는 것도 있었다. 정치보위국 장교는 그것을 '일요일의 선물'이라고 하였다. 그들은 뭐든지 어떤 한 가지를 모든 것에 결부시켜 종내는 그것을 말살시켜버리는 것이었다.

'일요일의 공세' '승리의 일요일' '일요일의 후퇴' …… '일요일의 휴가.'

'인민'도 그랬고 '자유'도 그랬고 '마르크시즘'도 그렇게 해서 지워버리는 것이었다.

우리 의용군 고아들은 한 손에 닭다리를, 한 손에 수류탄을 움켜쥐고 '오십 년 전의 자본주의'를 향하여 만세공격을 되풀이하였다.

삼백 년 묵었으리라 싶은 돌배나무가 육중하게 서 있는 야트막한 능선을 막 뛰어내리려는 순간이었다. 픽! 시꺼먼 화염이 돌배나무를 뒤덮는 것과 함께 꽝, 천지가 육시를 당했다. 개미 수염만 해진 내 숨은 그 폭음에 눈썹 하나 움직이지 못하고 들이쉰 대로 메워졌다.

오장이 훑어져나가는 것 같은 내 몸은 언제 저 폭격기가 시치미를 떼고 날고 있는 하늘에 있었다. 열매가 익기 시작한 돌배나무가 송두리째 땅에서 뜯겨 하늘로 포물선(抛物線)을 그리는 것을 망막에 느끼면서 나는 의식을 잃었다.

얼마 후, 나는 여기저기 살이 찢어져 피를 줄줄 흘리면서도 닭다리를 손에 꼭 쥔 채로 '일요일의 포로'가 된 내 동호를 거기에서 발견했다.

가슴에 걸린 'POW'라는 꼬리표를 턱 아래에 보았을 때 동호의 눈에서는 서러운 눈물이 수없이 흘러 떨어졌다. 턱받이, 침을 흘리던 어린 시절의 그리운 눈물이 그 꼬리표를 적시고 있었다.

거기에 서 있는 것은 어린애였다. 턱받이를 한 어린애였다. 그가 거기에 서 있었다. 이방(異邦)의 어린애가 거기에 멍하니 서 있었다.

이 나와 저 나를 같은 나로 느낄 확고한 근거는 없었다. 나는 나라고 서슴지 않고 부를 수가 없었다. 발도 손도, 기쁨도 슬픔도 나의 것 같지 않았다. 나의 몸에 붙어 있으니까 마지못해 나의 것으로 해두고 있는 것에 지나지 않는 것 같았다. 그래서 나의 집에서 나는 손님에 지나지 않았다. 나의 옷을 입었으면서도 나는 내가 아니었다. 누가 내 대신을 하고 있는 것이었다.

나는 결코 정신이 이상해졌던 것은 아니다. 강한 자극을 받으면, 더구나 부르릉 하는 비행기 소리 같은 것을 들었을 때에는 간이 뒤집혀져서 아무 데에나 자빠져서 거품을 물었고, 때로는 몽둥이를 쳐들고 자동차에 달려든 적이 있었지만, 나는 오히려 그때의 그런 상태가 정상적인 것이라고 지금도 생각한다. 보통 이상의 자극을 받았으면서도 아무렇지도 않아 하는 것은 그만큼 그 신경이 마비된 탓이고 마음이 병들었기 때문이다. 사람을 치어 죽이는 수도 있는 자동차를 쳐부수는 것이 왜 이상한 짓이어야 하는가.

남이 당하는 고통도 내 신경을 에어내는 것이었다. 나무에서 벌레가 떨어지는 것을 보아도 내가 그렇게 떨어지는 것만 같아서 한참은 그 자리에 엎드려서 그 아픔을 참아야 했다. 가끔 내가 소리를 내어 웃는다든지 소리 없이 운다든지 한 것도 다 정당한 원인이 있었던 것이다.

내가 누혜를 만난 것은 섬에 옮겨져서였다. 우리는 잠자리를 나란히 하고 있었다. 그는 나를 웃지 않는 유일한 벗이었다. 섬에 와서부터 내 신경은 도로 마비되어 조용해지기도 했다. 그 대신 모든 것이 미지근하게만 느껴진 것도 그 무렵부터였다. 거기에 비하여 누혜는 모든 현재에 만족하고 있는 것 같았다. 천막 내의 잔일을 도맡아 하는 그런 인물이었다. 그러나 아무도 그를 부리지 못했다. 오히려 그가 모두를 부리고 있는 것인지도 몰랐다. 그러면서 그가 때로 자기도 모르게 짓는 침통한 표정에 나는 어리둥절해지지 않을 수가 없었다. 그가 죽은 뒤로는 나는 바위 그늘에 가만히 앉아서 배가 오기만을 기다렸다. 온다 온다 하던 배는 좀처럼 와주지 않았다. 봄이 가고 여름의 파도가 해안선을 물어뜯어도 배는 오지 않았다. 가을이 가고 겨울이 다시 가고, 푸른 입김이 젖어들던 땅에 녹음이 짙어가는 무렵 드디어 나는 배에 몸을 실었다.

파도를 헤치고 몸이 본토(本土)의 품으로 안겨들어도, 반가워지는 것이 없었다. 섬에 무엇을 두고 온 것만 같았다.

돌아보니 섬은 포수의 자루〔囊〕처럼 수평선에 던져져 있었다.

한 줌의 평화도 없이 비바람에 훑이고 씻긴 용암의 잔해. 한류와 난류가 부딪쳐서 뒹구는 현대사의 맷돌이었다. 그 바위처럼 누르는 돌 틈에 끼여, 찢어지고 으스러져 흘러 떨어지는 인간의 분말. 인류사의 오산(誤算)이 피에 묻혀 맴도는 카오스! 아아 그 바위 틈에도 봄이 오면 푸른 싹이 움트던가?

'해안선'을 우는 갈매기의 구슬픈 소리…… 무슨 요람(搖籃)이 저 섬이었던가?

무엇이 가까이 오는 발자국 소리. 안개를 헤치고 새로운 그림자가 가까이 비쳐져야 하는 저 섬! 와도 좋을 때다! 오늘은 지금 사라져가고 있는 것이다!

'피'와 '땀'이 아닌 무엇을 흘릴 그것은, 저 푸른 하늘 같은 살결을 가졌을 것이다. 하늘은 저렇게 가깝다. 그렇게 멀어 보이는 것은 그렇게 가깝기 때문이다.

'그것'은 그렇게 가까운 존재이다!

그러나 내 손은 좀체로 머리 위에 든 우산을 놓으려고 하지 않는 것을 어쩌랴…….

돌아서니 본토의 중압(重壓)은 내 이마 위로 덮어들고 있었다.

자유는 무거움이었다. 설렘이었다. 그것은 다른 섬에의 길이요, 또 다른 포로 수용소에의 문(門)에 지나지 않았다.

이것도 문이기는 하다. 두 번 세 번 소리를 해도 대답이 없다. 밀어서 좋을지 당겨서 좋을지 망설이다가, 보기에는 안으로 밀게 된 것 같았으나 보통 하는 버릇으로 당겨보았다. 삐걱, 역시 밀게 된 문짝이었지만 당겨도 괜찮기는 했다. 그렇다고 그럴 수도 없다. 안으로 밀어넣으려는데 검은 덩어리가 툭 튀어나왔다.

획, 벌써 아랫집 지붕 꼭대기에서 이리로 돌아보고 있다. 해는 지고, 지상에

는 또 고양이의 세계가 있었다. 세계의 일원으로서의 나의 존재를 또 느껴야
했다. 여기저기에 거미줄이 쳐져 있다.
    문을 밀었다. 펑 하고 열린다.
    "누—누."
    모래 속에서 부벼 나오는 것 같은 소리였다. 나를 누혜로 보고, 이렇게 살아
온 것이 믿어지지 않는다는 모양이다. 담요 밖으로 기어나와 비비적거리고 있
는, 그것은 사람이기는 하였다. 살아 있는 것이기는 하였다. 그러나 그것은 하
나의 '과거형'에 지나지 않았다. 과거에 죽은 사실이 없으니까 지금도 살아 있
는 것으로 되어 있다는 표가 거기에 찍혀 있는 데에 지나지 않았다. 아까 고양이
는 재빠르게 이 노파에게서 현재를 물어내어가지고 뺑소니를 쳤는지도 모른다.
    비비적거리다가 기진하여 꼼짝을 못하고 할할거리는³ 양어깨를 들어서 자리
에 드러눕혔다. 짚단처럼 가벼웠다. 말도 못하는 중풍에 걸렸던 것이다. 가운
데서 저편 반신을 완전히 움직임을 쉬고 있는 것이 무슨 적막(寂寞) 속에 못박
혀 있는 것 같다. 본전(本錢)은 동결되고 이자만으로 살고 있는 격이었다.
    젓가락을 쥘 기능도 상실한 것같이 내 무릎에 그대로 놓여 있는 손. 아들이
아님을 알아내었는지, 이제는 감정을 나타낼 힘도 없는지 아무 표정도 없다.
눈곱에서 겨우 빠져나온 눈물이, 육십 일 가문 땅을 적시는 물줄기처럼, 꾸겨
진 주름살 틈을 이력저력 기어서 귓바퀴로 흘러든다. 어쨌든 그 얼굴은 육십
년 만에 처음 든 흉년임에는 틀림없었다. 죽은 누혜를 생각해서라도 부드러운
말이나 눈물 섞인 소리를 해야 이 자리가 어울리겠는데 그것이 그렇게 되지 않
는다.
    손을 어디에다 놓았으면 좋을지 몰라 하던 내 눈이 토색 담요에 멎었다. 그
러고 보니 어두워진 방 안이었지만 노파의 손에 묻어 있는 얼룩점도 피가 말라
붙은 것임이 분명했다.
    몸을 다쳤는가? 피를 토했는가? 그러나 지금 그것을 알아내어도 부질없다.

---

3 할할거리다 숨이 차서 숨을 자꾸 고르지 않게 쉬다.

그는 지금 죽어가고 있는 도중에 있는 것이다.

다른 데로 돌린 내 시선이, 머리맡에 굴려 있는 '프라이팬' 같은 미국 식기에 멎었다. 그것을 보니 시장기가 느껴진다. 그제야 이 노파는 육십 일 동안 아무것도 먹은 것이 없지 않았을까 하는 생각이 들었다.

"잡숫고 싶은 것이 없습니까?"

그 소리에 노파의 눈에는 정기가 떠오르고, 목젖이 꿀떡 굶주림을 삼킨다. 내 무릎에 얹혀져 있던 손이 스르르 흘러 떨어진다. 나는 식은 바람이 얼굴을 스치는 것을 느꼈다. 이 중풍병자는 아사(餓死)에 직면하고 있는 것인지도 모른다.

여기도 하나의 섬. 막바지였다. 울연히⁴ 밀려오르는 비감을 안고 일어섰다. 우선 먹을 것을 구해 와야 했다.

그만 모르고 문을 밀었다. 도로 당기려는데 아까 고양이가 슬쩍 들어선다. 그대로 나가려는데, 쮜! 하는 비명이 났다. 고양이는 쥐를 물고 들어온 것이었다.

산 놈을 입에 물고 발치 쪽으로 해서 노파를 한바퀴 돌아 머리맡으로 간다. 머뭇하다가 미군 식기 속에다 내려놓고 앞발로 누른다. 다짐을 주는 것처럼 지그시 그렇게 눌러놓곤 뒤로 물러나 앉아서 얼굴을 끼웃한다.

노파의 손이 그리로 간다. 죽은 것처럼 하고 있던 생쥐는 그 손 그림자를 피하며 비틀비틀 일어서더니 그대로 쪼르르 발치로 도망치는 것이다. 비위가 거슬려진 고양이는 어깨를 욱이더니 마구 그 쥐에게 덮쳐든다. 벌써 앞발은 도주자를 억누르고 있었다. 한참 그렇게 노려보다가 입에 물어, 휙 턱을 쳐올린다. 쥐는 보기 좋게 천장으로 날아오른다. 떨어지는 것을 이쪽에서도 뛰어오르면서 받아 물어서 거기에다 내동댕이친다. 쥐란 놈은 어떻게든지 도망쳐서 살아나겠다고 비틀거린다. 고양이는 그것을 저만큼까지 그대로 놔둔다. 그랬다가 옴츠린 몸을 툭, 날린다.

옆에 사람이 있는 것도 잊은 듯이 흰 이빨을 드러내며 주둥이와 앞발로 떼밀고 낚아채고, 요리조리 가지고 놀다가는 물어서 휙 공중으로 구경 보냈다.

---

4 울연(鬱然)하다 답답하다.

어지간히 신이 나 하는 것이 아니었다. 몇 번이고 그 짓이다. 쥐는 시늉이 아니라 이제는 아주 자빠지고 만다. 그러면 고양이는 부드러운 코끝으로 쪼으면서 달아날 것을 강요한다. 그러면 쥐는 마지못해 다시 한 번 비틀거려본다. 소용이 없다. 고양이는 기운이 뻗쳐서 견딜 수 없는 것이다. 나는 고양이가 보여주는 잔인성에 지쳤다.

돌아서려다가 머뭇했다. 공중으로 떠올랐던 쥐가 이번에는 어떻게 해서 노파의 가슴이 되는 곳에 떨어진 것이다. 아주 죽었는지 쥐에게는 움직임이 없다.

나는 숨을 죽였다. 노파의 손이 그리로 가는 것이었다. 거미처럼 조심스럽게 슬그머니 가서, 꾹 잡아 쥐는 것이었다.

알지 못할 예감에 나의 몸 안에서 피가 그늘로 모여든다. 고양이를 보니 그 자리에 앞발을 세우고 장한 듯이 앉아서 노파가 하는 일을 구경하고 있다.

다음 순간 나는 외마디소리를 지르면서 노파의 그 손으로 달려들었다.

노파는 어디에 그런 힘이 있었던지 그 손을 놓으려고 하지 않는다. 쥐를 움켜쥔 노파의 손과 싸우면서도 나는 그의 공모자(共謀者)가 그 등줄기에 노기를 세워가지고 내 뒤에서 나를 노리고 있는 것을 느껴야 했다.

아까 그 노파의 눈, 손, 입, 그것은 그 쥐를 먹으려고 하는 눈이고, 손이고, 입술의 꼬물거림이었다!

손가락 사이에서 쥐를 뺏어 고양이의 면상에다 팽개치면서 나는 노파의 가슴으로 엎어들었다.

"어머니!"

그러나 그를 어머니라고 부른 것은 실수가 아니면, 제스처에 지나지 않았을 것이다. 사실은 인간의 체면을 이렇게까지 더럽힌 노파의 목을, 꾹 눌러서 나는 그 숨을 끊어버리고 싶었던 것이다. 저 산기슭 성곽의 주인으로 하여금 살찐 그 배를 딩딩 불리게 해주기 위하여, 이런 인간이 여기에 이렇게 누워서 쥐를 잡아먹고 있었던 것이다. 이 노파는 고양이가 잡아온 쥐를 먹고 목숨을 이어온 것이다! 담요의 얼룩점은 쥐의 피임이 분명하다. 산기슭에서는 셰퍼드까지 쇠고기를 먹고 있는데 이 못난 병신이!

침을 뱉고 싶은 생각이 목젖을 건드린다. 언제 이런 구역과 분노를 느낀 적이 있다. 섬에서이다. 변소에 들어가서 뒤를 보려다가 무엇이 손질하고 있는 것 같아서 밑을 내려다보고, 그만 소리도 못 지르고 거품을 물었다. 그것은 정말 손이었다. 누런 배설물 속에 비스듬히 꽂혀 있는 사람의 손, 쭉 뻗은 손가락은 내 발목을 잡아쥐지 못해 하는 것 같은 그것은 그 전날 죽은 누혜의 손목이었던 것이다.

"어머니! 난 누혜입니다!"

쥐를 빼앗기고는 마지막 밧줄마저 놓친 것처럼 김이 빠져나간 노파의 가슴에 매어달려 분한 눈물을 막 비볐다.

쮜이!

내 뒤에서는 고양이가 쥐를 잡아먹고 있는 것이다. 내 앞에는 노파가 죽음의 판대기에 못 박혀 있다. 나는 두 개의 죽음 사이에 끼여 있다. 그 바늘 끝 같은 절벽 끝에서 굴러떨어지지 않겠다고 나는 노파의 손목에 매달려 어린애처럼 '어머니'를 불렀다. 그 소리에 나는 내가 그의 아들이 된 것 같았고 나는 노파의 손목에 매달려 어린애처럼 '어머니'를 불렀다. 그 소리에 나는 내가 그의 아들이 된 것 같았고 동호는 누혜인 것만 같기도 했다. 저기에 '1+1=2'의 세계가 있는 것처럼 여기에 '1+1=3'의 세계가 있어도 좋다.

"어머니 우리 문 안에 들어가 살아아!"

내 마음 어디에 이렇게 맺히고 맺힌 설움이 그렇게 차 있었던가. 엉키고 뭉킨 그 설움의 덩어리에 비하면 내 몸은 콩알만 한 것. 바람 앞 먼지와 같은 것. 싸늘해지는 손을 느꼈다. 잠에서 깨어난 것처럼 그 손을 물리치려고 했다. 그러나 내 손가락은 노파의 손가락에 꽉 얽혀 있었다. 끝내 나는 잡힌 것이다. '변소의 손'이 나를 잡은 것이다!

등골이 시려진다. 노파의 식은 피가 손가락으로 해서 내 혈관으로 흘러드는 것이다. 노파의 얼굴에 떠오르는 생기를 보아라. 냉기는 내 팔을 얼어붙이고 있지 않은가. 위로 위로…….

사실은 내가 죽어가고 있는 것이 아닌가! 그렇지 않으면 왜 내 육체가 이렇게 자꾸 차가워지는가? 구리〔銅〕같아지는 내 손의 차가움…… 팔과 어깨를 지나 가슴으로…… 혈거지대(穴居地帶)로, 혈거지대로, 나는 자꾸 청동(靑銅) 시대로 끌려드는 향수(鄕愁)를 느낀다…… 아이스케키를 사 먹다가 '동무'에게 어깨를 붙잡힌 나의 가련한 모습. 그런데 그 '동무'의 얼굴에는 왜 여드름이 그렇게도 많았던가. 온통 얼굴이 여드름투성이였다. 그래서 남으로 남으로 수류탄을 차고 이동하던 밤길. 개구리가 살아 있었다. 개구리는 왜 저렇게 우노?…… 돌격이다! 꽝! 돌배나무가 포물선을 그린다. 그래서 나는 포로가 되었다. 이 무의미(無意味)! 이것이 갈매기 우는 남쪽 바다의 섬인가! 변소의 손. 눈구멍에서 뽑혀 드리운 누혜의 눈알! 여기저기서 공기가 찢어지고 눈알들이 내다보고 있는 벌판에 서서 그래도 외쳐야 하는 '자유 만세!'

나는 뒤로 떠밀렸다. 노파가 발악을 시작한 것이다. 꽁꽁 묶였던 새끼줄은 끊어졌다. 이런 힘이 있었던들 아예 죽으려고 하지 않는 것이 논리적일 것이다. 소리소리 지르고 발버둥치고, 그 팔에 떠밀려 나는 뒤로 넘어질 뻔도 했다.

해가 넘어간 고갯길을 굴러내리는 늙은 나귀, 언제 무슨 결에 자기의 수레바퀴에 치여 넘어질지 모른다.

부풀어 올랐던 노파의 가슴이 푸욱 꺼진다. 멀겋게 헛뜬 눈, 공허(空虛)를 문 것처럼 다물지 못하는 입, 옆으로 젖혀진 입술로 걸쭉한 침이 가늘게 흘러 내리다가 끝에 가서, 똑똑 떨어진다. 한 고치 한 고치 생명이 입김 밖으로 떨어지는 것이다.

할딱할딱…… 점점 격해지는 숨소리. 자기의 그 '리듬'을 짓밟아버리지 못해 한다. 목젖에서 '죽음'이 자기의 새벽이 밝는다는 춤을 추고 있는 것이다.

보는 사람이 숨이 겨웁고 눈알이 부어오른다. 두렵다. 저 숨소리가 꺼질 때 그 소용돌이에 내 목숨까지 한데 묻혀서 그만 흘러가버릴 것만 같다.

내 가슴을 그슬려버린 죽음의 고동은 귓속에까지 비쳐든다. 귀 안에서 죽음이 운다. 막 우는 진동에 눈동자가 초점을 잃어버린다. 환영(幻影)이 비쳐든다. 머릿속에서 환영이 맴돈다. 방 안이 운다. 하늘이 운다. 하늘 아래 벌판이 운다. 벌판이 온통 울음소리로 덮인다. 꿀꿀 돼지 우는 소리…….

꿀꿀 꿀꿀. 돼지 우는 소리가 들려온다. 꺼먼 돼지, 흰 돼지, 빨간 돼지, 푸른 돼지. 꿀꿀 꿀꿀, 있을 수 있는 온갖 돼지들이 우는 소리가 밀려든다. 봉우리에서 골짜기에서, 들을 지나 내를 넘어 돼지들이 우는 소리가 밀려든다.

도살장을 부수고 쏟아져나온 돼지의 대군이 하늘 아래를 까맣게 덮었다.

꿀꿀 꿀꿀, 거리로 덮어든다. 뒤진다. 썩은 것을 훑는다. 기둥 뿌리를 훑어낸다. 건물이 쓰러진다. 서 있는 모든 것이 다 넘어진다. 백만 인구를 자랑하던 공민사회(公民社會)는 삽시간에 허허벌판이 되었다. 까맣던 문명(文明)이 허연 배를 드러내고 여기저기에 뒹군다. 서 있는 것이라곤 아무것도 없다. 죽었다. 도시는 죽었다.

무의미를 의미로 돌려보내고 돼지의 대집단은 썰물처럼 지평선을 넘어 다음 퇴폐(頹廢)를 향하여 꿀꿀 꿀꿀, 울고 간다.

페스트가 지나간 이 터전을 향하여 소리 없는 행진이 나타났다. 나무의 행렬. 나무들이 진주해 온다. 대추나무, 회나무, 잣나무, 느릅나무, 이깔나무, 소나무, 느티나무, 보리수, 계수나무…… 사전에서 해방된 모든 나무들이 천천히 걸어 들어온다. 캐피털 레터의 순서를 벗어던지고 자기의 원하는 곳에 가서 툭툭 선다. 서서는 그늘을 짓는다. 고요하다. 아주 고요하다. 낙원(樂園)이다. 낙원이 고요하다. 언젠가 이런 슬픔이 있었다. 백정이 감찰(鑑札)[5]을 잃어버린 메리의 모가지를 갈구리로 걸어서 질질 끌고 간 것이 슬퍼였겠다. 아홉 살 때였을 것이다. 실컷 울고 난 오후, 지상에는 매미 우는 소리 이외 아무 움직이는 것도 없던 대낮의 아카시아나무 그늘이 이러하였겠다. 고요하다. 깊다. 고향은 깊다. 더 깊은지도 모른다.

그러나 세계는 고요한 대로 언제까지 있을 수 없다. 한편으로는 벌써 소란해지고 있었다. 낙원은 흔들리기 시작한 것이다. 푸드득푸드득, 하늘로 날아오르는 부엉새의 떼무리…… 눈먼 새의 뒤에는 사람의 그림자가 따르는 법이다.

나뭇가지를 타고 침입해 들어오는 원인(猿人). 아직 쭉 펴지 못하는 허리에

---

5 감찰 관청이나 조합 등의 공적 기관에서 일정 영업이나 행위를 허가한 표시로 내어주는 증표.

차고 있는 것은 또 그 돌도끼이고 손에는 횃불이다. 그가 배운 재주는 그것밖에 없다는 말인가?

저 망측스런 것들이 이제 좀 있으면 '비너스'를 찾고 그 앞에 제단(祭壇)을 세운다. 주문을 몇 번 뇌까리면 땅이 움직이기 시작하고 자아가 눈을 뜬다. 그 부지에 공장이 서고, 그 연기 속에서 2층 건물이 탄생한다. 그 공화국은 만세를 부르는 시민들에게 자유를 보장하는 감찰을 나누어 준다.

바깥 세계에서는 눈이 시름없이 내리고 있는데, 이런 역사는 그만 하고 그쳤으면 좋겠다.

눈이 온다. 밖에서는 펑펑, 함박꽃 같은 눈이 온다. 온 하늘이 내려앉는 것처럼 눈이 내린다. 눈이 온다. 눈은 와서 내린다. 와서 덮인다. 온 누리가 눈 속이 된다. 눈이 이불이 되었다.

그래도 눈은 와서 쌓인다. 지붕까지 쌓였다. 봉우리까지 쌓였다. 하늘까지 쌓인다. 세계는 눈이 되었다. 공기가 걷히고 바람이 죽었다. 눈 속이 세상이다. 생물 교본을 고쳐야 한다. 눈을 마시고 사는 새살림이 시작된 것이다. 좀 있으면 건망증인 그들은 공기를 마시고 살았다는 것을 잊어버릴 것이다.

그러면 공기를 마시고 살기 전에는 무엇을 마시고 살았던가?……

……눈 속으로 검은 그림자가 나타났다. 갓을 푹 숙여 쓴 그 젊은 도승(道僧)은 눈이 먼 것이다. 손으로 앞을 더듬으면서 가까이 온다. 지팡이도 없이 눈 알을 어디에다 두고, 험한 산 넓은 들을 넘어 그는 천리 길을 그렇게 손을 저으면서 여기까지 찾아온 것이다. 저만치에 와 서서 그 먼 눈으로 눈물을 흘린다.

이 거지 행색을 한 도승이 바로 저 도살장을 부숴버리고, 사전을 뜯어버린 그가 아닐까?

"누혜!"

노파가 소리를 비벼 냈다. 나는 소스라치면서 환상에서 깼다. 노파의 목젖에서 달각 소리가 난 것 같았다.

방 안은 어둠이 차지했는데 내 앞에는 식어가는 노파의 원한이 가로놓여 있었다. 이렇게 해서 누혜의 어머니는 죽었다.

도승이 서 있던 자리에는 고양이의 두 눈이 파란 요기(妖氣)를 뿜고 있었다. 몸이 확 달아올랐다. 누혜의 눈이 이제 거기에 그렇게 켜 있는 것만 같았다.

중

누에는 철조망에 목을 매고 죽었다.

포로 수용소에서도 모두들 누혜를 누에라고 불렀다. 그래서 포로라는 이름이 아직 낯이 설어서, 모두가 한가지로 허탈 상태(虛脫狀態)에서 헤어나지 못하고 있을 때, 실없는 친구들은 하늘을 쳐다보고 있기를 좋아하는 그를 이렇게 놀려주기도 했다.

"뽕 뽕 뽕잎이 떨어진다. 뽕 뽕 뽕잎이 떨어진다."

"범은 죽어서 가죽을 남기고 누에는 죽어서 비단을 남긴다. 하하⋯⋯."

그는 비단을 남기고 싶어 한 것이 아니었다. 봉황새가 되어 용이 되어 저 푸른 하늘 저쪽으로 날아가보고 싶어 했다.

그는 의용군이 아니고 이북에서부터 쳐내려온 괴뢰군이었다. 그런데, 수용소가 어수선해졌을 때에도 적기가(赤旗歌)는 부르려 하지 않고 틈만 있으면 누워서 푸른 하늘을 쳐다보기를 좋아했다.

감시병들의 눈으로 볼 때, 수용소는 그저 까마귀의 떼들이 욱실거리고 있는 것 같았지만 그 저류(底流)에는 방향을 잃은 충동(衝動)이 밤이고 낮이고 꿈틀거리고 있었다. 몇 세기 동안 자기의 전쟁을 가져보지 못한 이 겨레였다. 근대적 의식이라고는 사벨[6]과 지까다비[7]밖에 모르던 이 땅이 '민주 보루'니 '두 개의 세계'니 '만국 평화 어필 운동'이니 하는 따위의 리얼리즘이 네이팜탄[8]의 세례와 함께 쏟아져 들어왔을 때, 농부의 옷을 채 벗지 못했던 그 시골내기들은 살

---

6 **사벨** 군인이나 경관이 허리에 차던 서양식 칼.
7 **지까다비** 일본식 버선 모양의 노동자용 작업화.
8 **네이팜탄** 네이팜(napalm)으로 만든 폭탄.

이 찢어지고 피를 줄줄 흘려가면서 어안이 벙벙해졌다. 언제 도회인으로 출세한 것 같기도 하고 꼭두각시가 된 것 같기도 하고 무슨 최면술에 걸린 것 같았다. 그저 멋모르고, 나팔 소리에 죽어라 하고 뛰었다. 한참 뛰다가 우뚝 발을 멈추고 보니 주위는 쑥밭이었다. 내 집, 내 학교, 내 공장이 성냥갑을 철퇴로 두드려 부순 것 같은 폐허였다. 개화당(開化黨) 이래 조금씩 조금씩 쌓아올린 문명이 죄다 무너져버렸다. 알몸만 남았다. 세계의 거지가 되었다. 그렇던 그들은 마치 좀도둑이 감옥살이를 하는 사이에 소도둑이 되어가는 투로, 포로 생활을 하는 사이에 뼈마디가 굵어져서 '제네바 협정(協定)'이니 '인도적 대우(人道的 待遇)'니 하고 도사릴 줄 알게 되었다.

"내 살이 뜯겨나가고 내 피가 흘러내린 이 전쟁은 과연 내 전쟁이었던가?"

한편에서 세계의 고아가 된 포로병의 가슴속을 이렇게 거래하던 회의는 이리 몰리고 저리 몰리고 하다가 마침내 생에 대한 애착에 부딪혔다. 한 개의 나사못으로밖에 취급을 받지 못했던 자기의 삶에 대한 애착이었다. 살아야 하겠다. 어떻게든 살아야 한다. 그래서 그들은 남을 죽이기 시작했다. 싸움은 다시 일어났다. 남을 죽여야 내가 살 것 같았다. 남해의 고도에는 붉은 기와 푸른 기가 다시 바닷바람에 맞서서 휘날리게 되었다. 살기 위하여 그들은 두 깃발 밑에 갈라서서 피투성이의 몸부림을 쳤다. 철조망 안에서의 이 두번째 전쟁은 완전히 자기의 전쟁이었다. 순전히 자기의 목숨을 보존하기 위한 자기의 전쟁이었다. 그렇기 때문에 그 전쟁에 참가하지 않는다는 것은 스스로 생존의 권리를 포기하는 거와 마찬가지였다.

그것은 인간의 한계를 넘은 싸움이기도 하였다. 그렇게 사람을 죽이는 법은 없는 싸움이었다. 아무리 악하고 미워서 견딜 수 없는 적이라 해도 죽음 이상의 벌을 주지 못하는 것이 인간이다! 아무리 독하고 악한 사람이라 해도 죽음 이상의 벌을 받지 않는 것이 인간이다! 그렇게 되어 있는 것이 인간이라는 이름이다! 이것은 인간이 가질 수 있는 인간에 대한 마지막 신앙이다! 죽음에는 생의 전 중량(重量)이 걸려 있다. 그의 죄는 그 생보다 더 클 수 없는 것이고, 죽음이란 끝나는 것이다. 모든 것이 끝나는 것이다. 슬픔도 기쁨도, 간지러움도 아픔도, 피도 땀도, 선(善)도, 악(惡)도, 지상의 모든 약속이 끝나는 것이 죽음이다. 마지막 위로요, 안식이요, 마지막 용서이다!

그런데 거기서는 시체에서 팔다리를 뜯어내고 눈을 뽑고, 귀와 코를 도려냈다. 아니면 바위를 쳐서 으깨어버렸다. 그리고 그것을 들어서 변소에 갖다 처넣었다. 사상의 이름으로, 계급의 이름으로, 인민이라는 이름으로! 그들의 생(生)이 장난감인 줄 안다. 인간을 배추벌레인 줄 안다! 이것을 어떻게 하면 좋단 말인가?

도리가 없었다. '인간 밖'에서 일어나는 한 에피소드로 돌려버릴 수 밖에 없었다. 이런 공기 가운데서 누혜는 여전히 하늘을 먹고 살고 있었다. 언제부터 나는 그의 옆에 오므리고 앉는 버릇을 길렀다. 나는 반편 취급이니까 그렇게 하고 있을 수도 있었지만, 점점 험악해가는 그들의 서슬이 그의 그런 생활 태도를 언제까지 그대로 둬둘 리가 없었다. 하루는 감나무 아래로 불리어 나갔다.

"동무! 우린 동무를 인민의 적이며 전쟁 도발자의 집단인 미제의 앞잡이로 몰고 싶지 않단 말이오. 어떻소, 동무?…… 동무! 왜 말이 없소?"

그들의 어세(語勢)는 불러낼 때의 기세와는 달리 사정하는 투가 되었다. 그럴 수도 있는 것이 그는 이번 전쟁에서 나타난 용감성으로 최고훈장을 받은 '인민의 영웅'이기도 하였다.

"동무! 그래 민족 반역자로 봐두 좋단 말이오?"

"……."

그들의 얼굴에 살기가 떠올랐다.

"대답해라! 너는 반동 분자다!"

"……."

여전히 대답이 없다. 대답은 두 가지 중에 하나여야 한다. 그런데 그는 그 두 가지가 다 자기의 대답이 되지 않는 것으로 보고 있는 것 같았다.

"타락한!" "반역자!" "인민의 적!" 이런 고함 소리가 쏟아지면서 몽둥이가 연달아 그의 어깨로 날아들었다. 나는 그가 그렇게 소 같은 줄 몰랐다. 말뚝처럼 서 있다. 몽둥이가 머리에 떨어졌다. 그제는 비틀거리면서 쓰러진다. 거기에 있는 발길이 모두 한두 번씩 걸어찬다. 그들이 물러간 뒤에 가보니 그의 눈은 하늘에 떠 있었다. 눈물이 가늘게 흐르고 있었다. 우러러보니 여름날의 구름이 본토로 본토로 희게 떠가고 있다.

나도 그의 옆에 누워 푸른 하늘로 눈을 떴다. 지상의 검은 그림자는 티 한 점 비치지 않은 거울같이 평화로운 하늘…….

"저기다 곡식을 심어봤으면 좋겠네……."

그를 위로하느라고 이렇게 말해봤다.

"산두 없구 저렇게 너른데 그래두 풍년이 안 들까? 평화 시대가 안 올까……."

"곡식이 나면 인간들은 거기에두 말뚝을 박는다."

"……."

"자네는 오래 사는 것이 좋아."

"왜? 죽는단 말이오?"

"아니, 내게는 늙은 어머니가 있소."

"……."

"모든 줄은 다 끊어버릴 수가 있는데 탯줄만은 정말 질겨. 그것만 끊어버릴 수 있다면……."

"비단을 남길 수 있단 말이구먼?"

"봉황새가 되어, 용이 되어서 저 하늘 저쪽에 가보겠다."

"……."

며칠 후.

"누에가 자살했다!"

미명의 하늘을 찢어낸 그 소리는, 그가 봉황새가 되어 용이 되어 하늘로 날아올라갔다는 것을 고하는 종소리인 것만 같았다. 끝이 안으로 굽어진 철조망 말뚝에 목을 매고 축 늘어진 누에.

그런 전날 밤이 없었더라면 나는 그렇게 충격을 받지 않았을 것이다. 전날 밤, 그는 잠자코 있는 나를 껴안고들었던 것이다.

"네 살결은 참 따뜻해……."

성적인 입김이 내 귀밑을 간지렸다. 소름이 끼쳤다. 사실대로 말하면 우리는 그렇게 친한 사이가 아니었다. 그리고 이때까지 우리 사이에 교환된 대화는 좋게 말하면 낭만주의요, 나쁘게 말하자면 잠꼬대에 지나지 않는 것으로 묵계(默契)가 서 있는 것인 줄로만 나는 생각했다. 그런데 그는 그것이 일획(一劃)도 어길 수 없는 리얼리즘이었다는 것에 대한 사후 승인(事後承認)을 나에게 강요하는 것이었다.

"엊저녁 꿈에 말이지, 아주 예쁜 여자가 나를 껴안지 않았겠나, 이렇게 말이야……."

"……."

나는 구렁이에게 잡힌 개구리처럼 꼼짝을 못했다.

"그 순간 나는 어머니두 결국은 죽는다는 사실을 그제야 깨달았어. 그런 것을 그제야 깨달았으니 깨달아야 할 일 얼마나 있겠는가……."

"……."

"그 여자 누군 줄 알어? …… 네 살결은 참 부드러워……."

그것은 남색(男色)에 못지않은 포옹이었다. 우리 천막에서는 그러한 행위가 공공연한 비밀로 행해지고 있었다.

"이건 아무에게도 말하면 안 돼! 아직 모르는 일이니까……."

그는 숨을 죽였다. 그런 흥분 속에서도 다음 말을 잇는 것을 몹시 어색해하는 것이었다. 그럴 법도 했다.

"살로메…… 알지? 요한의 모가지를 탐낸 그 여자 말이야. 그 계집이었어!"

하고, 내 몸을 툭 떠밀어버리는 것이었다. 그리고 할할거리는 것이었다.

"나의 열매는 익었다. 그러나 내가 나의 열매를 감당할 만큼 익지 못했다…… 영원히 익지 못할 것이다! 내게는 날개가 없다……."

내 육체는 강간을 당한 것처럼 보잘것없는 것으로 흐무러지는 것이었다.

그 반역자의 시체에는 즉시 복수가 가해졌다. 그가 그렇게까지 잔인한 복수를 받아야 할 까닭은, 그가 인민의 영웅이었다는 것과 그가 죽기 전에는 감히 그에게 더는 손을 대지 못했다는 것 이외 찾아볼 수가 없었다.

나더러 장난도 아니겠는데 그의 눈알을 손바닥에 들고 해가 동쪽 바다에서 솟아오를 때까지 서 있으라는 것이었다. 나는 엄살을 부릴 수도 있었지만 누혜의 눈이 아닌가.

멀리 철조망 밖에서는 감시병이 휘파람을 불며 향수를 노래하고 있는데 나는 누혜의 눈알을 들고 해가 돋기를 기다리고 있다. 이 눈알과 저 휘파람은 어떤 관계 속에 놓여 있는 것인가. 무슨 오산을 본 것만 같았다. 우리는 무슨 오산 속에 살고 있는 것이다. 저 휘파람이 그리워해야 할 것은 태평양 건너 켄터키의 나의 옛집이 아니라 이 눈알이었어야 하지 않았던가…….

나는 그가 어째서 죽음의 장소로 철조망을 택했는가 하는 것을 그의 유서를 읽어볼 때까지는 깨닫지 못했다. 그때까지도 내 눈에 보인 것은 눈알을 손바닥에 들고 서 있어야 했던 안 세계와 감시병이 향수를 노래하고 있었던 바깥 세계, 이 두 개의 세계뿐이었다. 세계를 둘로 갈라놓은, 따라서 두 개의 세계를 이어놓고도 있는 철조망은, 눈망울에는 비쳐는 들었건만, 보지는 못했었다. 그 철조망에 어느 날 새벽 한 시체가 걸리게 되었으니 그것은 하나의 돌파구가 거기에 트여짐이다.

그에게는 그가 포로가 되었다는 소문을 듣고, 후퇴하는 국군을 따라 이남으로 나왔다는 어머니가 있었지만 그 유서는 그 어머니에게 한 것도 아니었다. 유서라기보다 수기(手記)였다.

하

유서

나는 한 살 때에 났다.

나자마자 한 살이고, 이름이 지어진 것은 닷새 후였으니 이 며칠 동안이 나의 오직 하나인 고향인지도 모른다. 세계는 '이름'으로 이루어진 것이니,

가령 이 며칠 사이에 죽었더라면 나는 이 세상에 존재하지 않은 것으로 되었을 것이다.

이름이 지어지자 곧 호적에 올랐다. 이로써 나는 두꺼운 호적부의 한 칸에 갇힌 몸이 된 대신, 사망계(死亡屆)라는 법적 수속을 밟지 않고는 소멸될 수 없다는 엄연한 존재가 된 것이다.

네 살 적에 젖을 버리고 쌀을 먹기를 비롯했다. 이것이 연대책임을 지게 되는 계약이 되는 것인 줄을 몰랐고, 또한 말을 외기 시작하였으니 '유화(類化)' 작용을 본격화한 셈이다.

아홉 살이 됨에 소학교에 들어갔다. 이렇게, 공민사회의 한 분자(分子)가 되는 과정을 나는 나도 모르는 사이에 착착 밟아간 것이다. 학교는 죄(罪)의 집이었다. 벌에서 죄를 배웠다. 일 분 지각했는데 삼십 분 동안이나 땅에 손을 짚고 '옷토세이'⁹처럼 엎드리고 있으면 학교는 그만큼 잘 되어가는 것이었다. 그렇게 하고 엎드리고 있는 내 앞을 나보다 십 초 가량 앞서 뛰어가던 아이가 싱글벙글 줄 속에 끼여, '하나 둘 하나 둘' 발을 맞추며 교실로 들어갔다. 그때 나는 육십 초 지각은 지각이지만 오십 초 지각은 지각이 아니라는 것을 배웠다. 어렸을 때 우리 집은 몹시 가난했는데, 한번 부자가 되기 시작하더니 자꾸자꾸 부자가 되어간 까닭도 그때 알았다.

유리창를 깨뜨린 벌로 물이 가득 찬 바케쓰를 들고 복도에 서 있던 내 모습은 지금도 잊을 수 없다. 동무들은 다들 돌아가고 해는 뉘엿뉘엿 서산으로 기울어가는데, 저 복도 끝 직원실로 담임 선생의 안경이 가끔 이리로 내다보곤 사라질 뿐, 난 또 얼마나 이렇게 더 서 있어야 하는가? 텅 빈 운동장을 강아지가 잠자리를 쫓는 것처럼 이리 뛰고 저리 뛰고 놀고 있다. 나는 팔이 저주스러웠다. 이런 팔이 어깨에 달려 있지 않았던들 이런 것을 손에 들고 서 있지 않아도 좋았을 것이다. 팔이 빠지는 것 같은 것이 내 팔 같지 않았다.

그만 놓았다. 물바다에 들어앉아서 나는 엉엉 울었다. 새로운 벌에 대한

---

9 옷토세이おっとせい 물개.

공포와 아무도 나를 위해 변호해줄 사람이 없으리라는 고독…….

그러는 사이에 중학생이 되었다. 소매 끝에와 모자에는 흰 두 줄이 둘렸다. 그 줄 저쪽으로 나서면 안 된다는 것이다. 그 대신 그 이쪽에서는 아무 짓을 다 해도 좋다는 것이다. 나는 이중으로 매인 몸이 되었다.

어느 날 아침 조회 때, 천 명이나 되는 학생들의 가슴에 달려 있는 단추가 모두 다섯 개씩이라는 것을 발견하고 현기증을 느꼈다. 무서운 사실이었다. 주위를 살펴보니 주위는 모두 그런 무서운 사실투성이였다.

어느 집이나 다 창문이 있고, 모든 연필은 다 기름한 모양을 했다. 모든 눈은 다 눈썹 아래에 있었다. 그래서 나는 상급생을 보면 신이 나서 모자에 손을 갖다 붙였다. 그러면 저쪽에서 보통이라는 듯이 간단간단히 끄덕거렸다. 그것이 대견스러워서 나는 더 신이 나서 팔이 아프도록 경례를 했다. 중학교에서 나는 모범생이었다. 열일곱 살이 되는 어느 여름날 오후, 돌담에 비친 내 그림자를 뱀이 획 스치고 달아났다. 나는 곡괭이를 찾아들고 그 담을 부수어버렸다. 모범생이라는 벽에 가리워져 빛을 보지 못했던 나는 한길에 나섰던 것이다.

드디어 나의 책상 앞이 되는 벽에는 '자율(自律)'이라는 모토가 붙었다. 그것이 더 깊은 타율(他律)의 바다에 빠져드는 길목이 된다는 것을 몰랐고, 좀 지나서 대학생이 되어버렸다.

멍하니 이층 창가에 앉아 고향 하늘을 바라보고 있던 내 눈망울에 움직이는 것이 느껴졌다. 아무리 더듬어보아도 눈앞에는 움직이는 것이 없는데 눈망울은 무엇이 움직이는 것을 느끼고 있다. 그러다가 나는 몸서리를 쳤다. 저 언덕 위에 서 있는 묘심사(妙心寺)의 소나무들이 이리로 움직여 오고 있는 것이었다. 기겁을 먹고 나는 벽 그늘로 숨었다. 혁명은 드디어 일어났다. 나는 어느 편에 가담해야 할 것인가.

"소나무 만세!"를 부르면서 뛰어나갈 것인가. 그러면 저녁에 구니코와 타잔 영화를 구경가려던 예정은 글러지고 만다. 나는 '혁명'과 '외국 여자' 사이에 끼여 심히 그 입장이 곤란해졌다. 이러지도 못하고 저러지도 못하고 이

율배반 속에서 어물어물하다가 하여간 자라목을 내밀어 혁명의 진행을 살펴보았다. 중지되었었다. 혁명은 중지되었던 것이다. 묘심사의 소나무들은 묘심사로 돌아가서 옛 모습대로 서 있는 것이었다. 나는 숨을 크게 내쉬면서 아까 소나무가 움직였다고 본 것을 착각이라고 해두었다. 안 일어날 것은 안 일어나는 것이 좋았다. 편했다. 진화론의 강의를 듣고 대학을 졸업했다. '우연(偶然)'이 강자라는 것을 아직 몰랐고, 따라서 존재가 죄악이라는 것도 깨닫지 못했다. 다만 두 개의 세포로 분열된 나의 그림자를 물끄러미 내려다보고 있는 나를 거울 속에 느꼈을 뿐이다.

　나는 산속인 내 난 땅에 돌아왔다. 새벽이면 은근히 들려오는 산사의 종소리는 나를 무위(無爲)로 끌어들였다. 노루와 놀았고, 토끼를 쫓아다녔다. 아무런 생산도 없는 시인이 되었다. 그래서 시를 짓기를 좋아했다.

　　　종(鐘)이라면 좋겠다.
　　　먼동이 트는 종이라면 좋겠다.
　　　살을 에어 피를 덜고
　　　앙상한 이 뼈가 나는 종이라면 좋겠다
　　　파란 가을 하늘
　　　황금(黃金) 지는 낙엽 소리
　　　한 잎
　　　또 한 잎……
　　　겁(劫)에서 업(業)으로
　　　맥박(脈搏)이 새겨내는 여기 이 적막
　　　수의(戍衣)에 맺힌 이슬은
　　　생명이 흘러내린 리듬인가……

　　　그늘지는 계절
　　　나는 종이라면 좋겠다

의욕도 부처도 나는 다 싫어
　　먼동이 트는 나는 그저 종이라면 좋겠다

　제2차대전이 끝났다.
　나는 인민의 벗이 됨으로써 재생하려고 했다. 당에 들어갔다. 당에 들어가 보니 인민은 거기에 없고, 인민의 적을 죽임으로써 인민을 만들어내고 있었다.
　'만들어내는 것'과 '죽이는' 것. 이어지지 않는 이 간극. 그것은 생의 괴리이기도 하였다. 생은 의식했을 때 꺼져버렸다. 우리는 그 재〔灰〕를 삶이라고 한다. 우리는 다른 데를 열심히 살고 있는 것이다.
　산다는 것은 다른 데를 사는 것이다. 그래서 선의식(善意識)에만 선이 있다는 양식(樣式). 이 심연, 그것은 '십 초간'의 간극이었고, 자유의 길을 막고 있는 벽이었다.
　그 벽을 뚫어보기 위하여 나는 내 육체를 전쟁에 던졌다.
　포로가 되었다. 외로웠다. 저 복도에서처럼 나는 외로웠다. 직원실로 내다보는 안경도 거기에는 없었다. 그 외로움과 절망 속에서 나는 생활의 새 양식을 찾아냈다.
　노예. 새로운 자유인을 나는 노예에서 보았다. 차라리 노예인 것이 자유스러웠다. 부자유를 자유의사로 받아들이는 이 제3노예가 현대의 영웅이라는 인식에 도달했다. 그 인식은 내 호흡과 꼭 맞았다. 오래간만에 생각해보니 나의 이름이 지어진 이래 처음으로 나는 나의 숨을 쉬었고, 나의 육체는 그 자유의 숨결 속에서 기지개를 폈던 것이다.
　그러나 그것도 한때의 기만이었다. 흥분에 지나지 않았다.
　생각해보니 역사는 흥분과 냉각의 되풀이에 지나지 않았다. 지동설에 흥분하고 바스티유의 파옥(破獄)에 흥분하고, '적자생존'에 흥분하고, '붉은 광장'에 흥분하고…… 늘 그때마다 환멸을 느끼곤 했던 것이다.
　그 노예도 자유인이 아니라 자유의 노예였다. 자유가 있는 한 인간은 노예여야 했다! 자유도 하나의 숫자, 구속이었고, 강제였다. 극복되어야 할 그 무엇이었다. '뒤'의 것이었다.

신(神), 영원…… 자유에서 빚어져 생긴 이러한 '뒤에서 온 설명'을 가지고 '앞으로 올 생'을 잰다는 것은 하나의 도살이요, 위독이다. 생은 설명이 아니라 권리였다! 미신이 아니라 의욕이었다! 생을 살리는 오직 하나의 길은 자유가 죽는 데에 있다. 자유가 죽는 데에 있다.

'자유' 그것은 진실로 그 뒤에 올 그 무슨 '진자(眞者)'를 위하여 길을 외치는 예언자, 그 신발끈을 매어주고, 칼에 맞아 길가에 쓰러질 '요한'에 지나지 않았다.

거친 벌판에서 나는 다시 외로웠다. 이미 달은 서산에 졌는데 동녘 하늘에서 해가 솟지 않는다. 그렇다고 나는 내 그림자를 따라갈 생각이 없다. 여기에 그대로 서 있을 수도 없다.

여기는 땅의 끝, 땅의 시작되는 곳. '온 시간'과 '올 시간'이 이어진 매듭. 발톱으로 설 만한 자리도 없다. 여기는 경계였다.

그러나 얼마나 넓은 세계이냐. 이 옥토, 생산의 안뜰. 시간과 공간이 여기서 흘러나가는 혼돈…….

이 세계에는 이율배반이 없다. 무수의 율(律)이 마치 궁륭의 성좌(星座)처럼 서로 범함이 없이, 고요한 시(詩)의 밤을 밝히고 있다. 왕자도 없고 노비도 여기에는 없다. 우려가 없다. 그러니 타협이 없다. 풍습이 없으니 퇴폐가 없다. 만물은 스스로가 자기의 원인이고, 스스로가 자기의 자〔尺〕이다. 태양이 반드시 동쪽에서만 솟아야 할 이유가 여기에는 없다. 늘 새롭고 늘 아침이고 늘 봄이다. 아아 젊은 대륙…….

언제면 왜인(矮人)의 섬에 표류한 걸리버의 미몽에서 깨어날 것인가. 탈출할 수 있을 것인가…… 파괴해야 할 것은 바스티유의 감옥이 아니라, 이 섬을 둘러싼 해안선이다.

나는 다시 기다릴 수 없다. 즉시 나는 나를 보아야 한다. 마지막 승리를 가지고 내 손으로 나는 나를 보아야 할 것을 요구한다! 나를 둘러싼 모든 시선에서 해방되었을 때, 그 시선이 얽혀서 비친 환등(幻燈)의 그림자를 떠낸 윤곽에 지나지 않았던 나는 비로소 나를 볼 수 있고, 나를 탈출할 수 있고, 안개 속으로 나타나는 세계를 볼 수 있는 것이다.

자살은 하나의 시도요. 나의 마지막 기대이다. 거기에서도 나를 보지 못한다면 나의 죽음은 소용없는 것이 될 것이고, 그런 소용없는 죽음이 기다리고 있는 것이 생이라면 나는 차라리 한시바삐 그 전신(轉身)을 꾀하여야 할 것이 아닌가…….

서력 1951년 9월 X일 일기

'유서'가 저기서 파란 두 눈으로 나를 보고 있다. 칠흑 같은 어둠 속에 화석(化石)한 주문(呪文)처럼 언제까지 나를 노리고 있다. 이마에 식은땀이 배는 것을 느낀다. 그것은 내가 이길 수 없는 싸움이었다. 나는 그의 눈알밖에 보지 못하는데, 고양이는 내 눈썹까지 보고 있는 것이다. 내가 죄지은 것이 무엇인가? 살아 있다는 것 이외 내가 죄지은 것이 무엇인가…… 그 눈알은 말하기를, 움직이는 것은 하여간 다 죄라고 한다.

저놈의 눈을 어떻게 꺼버릴 수 없을 것인가. 그 눈빛에 내 몸은 숭숭 구멍이 뚫리는 것 같다. 나는 졸려서 견딜 수 없는 것이다. 섬에서 가져온 피로가 여기서 지금 탁 풀려나가는 것인지도 모른다.

이 공포와 졸림, 그것이 빚어내는 긴장. 거기에는 무한한 가능성이 내포되어 있다.

아옹, 하고 이 긴장이 찢어지고 단절될 때 '해안선'은 끊어지고 저 언덕 위 마른 나뭇가지에는 새빨간 꽃이 방긋, 피어날 수도 있는 것이다. 있을 수 있는 일은 무수이다. 그 무수의 가능성이 하나의 우연에 의하여 말살된 자리가 존재이다. 따라서 존재는 죄지은 존재이다. 생 속에서는 죄지었다는 것은 또 죄을 것을 의미한다. 존재는 범죄이다. 그 총목록이 세계이고, 인생은 그 범죄자였다.

산다는 것은 죄짓는다는 것이다. 내가 여기에 앉아 있기 때문에 그들이 여기에 앉아 있지 못하는 것이다. 그들을 떼밀어버리고 내가 여기에 앉아 있는 것이다. 그래서 언제 그들에게 밀려나갈지 모른다. 순간순간, 무수의 가능성이 자기를 주장하고 있는 것이다. 모든 존재는 다음 순간에 일어날 가능성 앞에 떨고 있는 전율인 것이다. 이 전율을 잠자코 있는 세계에서는 '자유'라고 한다. 그대로 잠자코 있을 것인가? 깨어날 것인가……?

어둠 속에서 고양이는 아직도 나를 노려보고 있다. 나는 그의 주인을 죽인 것이다. 저 눈이 저기서 저렇게 나란히 빛나고 있는 한 나는 살인자인 것이다.

이자택일(二者擇一)을 강요하고 있던 그 두 눈의 거리가 좁혀졌다. 나는 내 숨길을 찾았다. 고양이가 외면한다. 다음 순간을 노리던 내 손이 툭, 그리로 날았다. 손은 허공을 잡았고, 내 죄의 목격자는 내 겨드랑이 밑으로 해서 획, 벌써 문틈 밖으로 튀어나갔다.

그 뒤를 쫓아 밖으로 뛰어나갔다. 저만치에서 이리를 돌아보던 고양이는 다시 언덕 위를 향하여 달아난다.

쫓아 올라갔으나 어디로 사라졌는지 보이지 않는다.

아웅.

쳐다보니 멀리도 달아나지 않고, 아까 저녁때 까마귀가 황혼을 울던 나뭇가지에 두 눈알이 켜져 있었다.

아주 멀리 없어져버리라고 돌을 찾아 던져도 그 두 눈빛은 거기에서 꺼지지 않았다. 우리 조상이라고 하는 원숭이의 재주를 먼 옛날에 상실해버린 것이 아쉽다. 저주와 복수를 자아내던 두 눈빛이 사라지면서 그 주위에 둥그스름한 윤곽이 떠올랐다. 달이 둥글게 꿈틀거리면서 구름 사이를 비비고 나온 것이었다.

나뭇가지에 오므리고 앉은 고양이의 윤곽이 까만 동화(童話)처럼 달 속에 걸려들었다.

아웅.

멀고 먼 해안선을 얼어붙이는 것 같은 그 울음소리 속에 고양이의 파란 요기는 여전히 숨쉬고 있는 것이었다.

내일 아침 해가 떠올라야 저 눈이 꺼지는 것이다. 나는 지쳐서 그대로 그 눈을 지켜보고 있는 것이 무거워졌다.

밤은 고요히 깊어가는데 누혜의 비단옷을 빌려 입은 나의 그림자는 언제까지나 그렇게 그 고목 가지 아래에서 설레이고만 싶어 하는 것이었다.

과연 내일 아침에 해는 동산에 떠오를 것인가…….

장용학(張龍鶴)

1921년 4월 25일 함경북도 부령 출생. 1944년 와세다대 중퇴. 8·15 광복 후 귀국하여 1948년 월남. 1949년 12월 연합신문에 단편「희화」발표. 1950년과 1952년에 단편소설「지동설」과「미련소묘」로『문예』지에 추천. 1955년「요한 시집」발표. 1960년대 초 덕성여대 교수로 재직. 경향신문사, 동아일보사 등의 논설위원으로 활약하면서 소설을 씀.「비인탄생(非人誕生)」(1956),「현대의 야(野)」(1960),『원형의 전설』(1962),「상립신화」(1964),『태양의 아들』(1965),『청동기』(1967),「무영탑」(1953),「라마의 달」(1954),「잔인의 계절」(1972),「부여에 죽다」(1980),『유역』(1982),『하여가행』(1987) 등 여러 편의 소설과 희곡『세계사의 하루』(1966)를 발표. 1999년 타계..

작품 세계

장용학은 한국전쟁 직전에 등단, 주로 1950년대에 활발하게 작품 활동을 하였다.

백철은 전후 신세대 작가들 중에서 장용학의 작품을 "이질적인 문학"이라고 특기하였다(「전후십오년의 한국소설」,『한국전후문제작품집』, 신구문화사, 1980). 의식·태도의 측면에서는 장용학을 손창섭과 함께 "행동의 반항이 아닌 대신에 부정 불신의 태도를 작품의 인물들에게 반영"시키거나 "현대를 메커니즘의 문명으로 보고 거기서 오는 인간 비극을 보고 싶어 하는 태도"를 작품에 반영하였다고 설명하였다. 그리고 장용학의 "인간에 대한 근원적인 인식" "현상으로선 인간을 일차 절망의 조건에 두어보고 나아가서 거기서 구원될 어떤 것을 향수해본 일" "모든 것을 의식화하고 현실을 변형시켜서 비유적으로" 표현하는 점 등을 손창섭과의 차이점으로 들었다. 기법 면에서의 특질로는 "우화, 신화, 전설을 빙자"해보고 용어에서도 자연 직유, 암유, 역설 등을 활용한 경향과 "의식의 흐름을 테크닉으로 쓰는 것"을 들었다.

이어령은「요한 시집」에 나타난 "종래의 공식화된 소설 기법"과 다른 장용학의 특징으로서 "간단한 에피그램, 상징적인 일화, 手記와 같은 관념적인 독백" 등과 "에세이 식으로 써 내려간 자유로운 소설 양식"을 들고 여기서 근대소설이 해체되고 있으며, 이것은 "형이상학의 요구에 의해 씌어진 것"이라고 하였다(「문제성을 찾아서」,『한국전후문제작품집』, 신구문화사, 1980).

장용학의 작품은 전통적인 소설 문법이 요구하는 스토리, 플롯, 캐릭터, 배경 설정, 사건 등을 따르지 않는다. 대신 그의 작품에는 과도한 관념의 개입, 한자의 사용, 에세이적인 요소의 혼입 등 다른 요소가 있다.

염무웅은 전통적인 소설과 장용학 소설의 차이점으로 ① 독자의 이화감(異和感)과 소설 개념에 대한 반성의 요구, ② 소설 외적인 요소―에세이적인 요소의 혼입, 관념의 개입 등의 차용, ③ 과거의 소설 문법과는 다른 독법의 필요성 등을 들었다(염무웅, 「실존과 자유―요한 시집」, 『한국전후문제작품집』, 신구문화사, 1980). 이것은 50년대의 시대 상황에서 작가가 가장 절실하게 고민했던 '존재'나 '자유'의 문제에 대한 사유를 담는 그릇으로서 소설을 선택했기 때문일 것이다.

「요한 시집」

1950년대의 상황에서 대부분의 작가들이 현실적인 절망과 허무의식을 벗어나는 출구로 선택한 것이 서구의 실존주의 사상이었다. 이 작품 속에서 실존주의적 경향은 토끼의 우화와 누혜라는 인물을 통해 드러난다. 토끼 우화는 갇힌 세계 속에서 아무런 의식도 없는 존재가 의식을 회복하고 자유 지향성을 확립해나가는 과정을 보여준다. 갇힌 세계의 토끼는 '즉자적 존재'로, 바깥 세계로 나온 토끼는 실존적 자각과 더불어 자유를 확립한 '대자적 존재'로 인식된다. 이 의식의 변화 문제는 토끼 우화의 알레고리에서 암시된 후에 누혜의 자살 사건으로 변주된다. 누혜의 죽음은 다시 누혜의 이름이 연상시키는 누에의 은유, 누혜의 죽음과 공통성을 갖고 있는 요한의 죽음으로 변주된다. 이러한 의식의 변화 과정이 작품의 미학적 가치를 높인다.

「요한 시집」의 토끼 우화는 누혜의 자살 원인, 즉 뒤에 올 생을 위해 현재의 노예 상태인 자유를 죽인다는 철학적인 내용을, 쉽고 친근한 '민담 설화' 형태의 우화를 빌려 드러내고 있다(이인섭, 「요한 시집의 문체―작가의 언어심리와 문장의식」, 『한양어문연구 13』, 한양대 한양어문연구회, 1995). 장용학의 작품은 대부분 1인칭 서술 시점을 고수하고 있다. 이는 주인공의 심리나 의식, 사유를 통해 철학적이고 추상적인 메시지를 소설 형식으로 전달하는 데 효과적이다. 그러나 극단적인 관념화는 작품을 난해하게 하여 독해의 어려움을 양산한다. 그래서 작가는 관념적인 내용을 사건 속에 삽입시켜 직접화법으로 나타내다가, 내적 독백을 간접화법의 형태로 나타내기도 하는 변화를 주면서 줄거리를 엮어나간다. 또한 열거법과 반복법으로 문장에 리듬감을 주면서 지루함을 줄이고 심리 서술 효과를 높이고 있다(김정주, 『장용학의 문체 연구』, 이화여대 석사 논문, 1989).

주요 참고 문헌

김현(김윤식·김현, 『한국문학사』, 민음사, 1990)은 장용학의 문학적 노력은 소외 현상을 극복하려는 몸부림이며, 장용학의 문학 활동 기저에 실체와 인간을 있는 그대로 포착하려는 열기와 강렬한 시대 비판의식을 가지고 있다고 지적하였다. 구인환(『한국 전후 소설 연구』, 삼지원, 1995)과 천이두(『한국문학과 한』, 이우출판사, 1983)는, 장용학이 실존주의적인 의미에 있어서, 그리고 그 의미와 기법에서 누구보다도 전후소설의 기수임을 여실하게 보여주고 있다고 평했다. 이숙경(「장용학의 소설에 나타난 신화적 원형고」, 서울대 대학원 석사 논문, 1981)은 장용학의 소설에 대한 신화적 접근의 방식을 설명했고, 김치수(「작가와 문학적 변모— 장용학을 주로 하여」,『한국소설의 공간』, 열화당, 1976)는 "장용학은 인간애의 승리라기보다는 찢겨진 의식을 소유한 채 정신 파멸의 비극을 통해서 인간 존재에 대한 보다 근원적인 질문과 회의를 거듭하고 있다"고 평했다. _김종회

손창섭
비 오는 날

 이렇게 비 내리는 날이면 원구(元求)의 마음은 감당할 수 없도록 무거워지는 것이었다. 그것은 동욱(東旭) 남매의 음산한 생활 풍경이 그의 뇌리를 영사막처럼 흘러가기 때문이었다. 빗소리를 들을 때마다 원구에게는 으레 동욱과 그의 여동생 동옥(東玉)이 생각나는 것이었다. 그들의 어두운 방과 쓰러져가는 목조 건물이 비의 장막 저편에 우울하게 떠오르는 것이었다. 비록 맑은 날일지라도 동욱 오뉘의 생활을 생각하면, 원구의 귀에는 빗소리가 설레고 그 마음 구석에는 빗물이 스며 흐르는 것 같았다. 원구의 머릿속에 떠오르는 동욱과 동옥은 그 모양으로 언제나 비에 젖어 있는 인생들이었다.
 동욱의 거처를 왕방하기 전에 원구는 어느 날 거리에서 동욱을 만나 저녁을 같이한 일이 있었다. 동욱은 밥보다도 먼저 술을 먹고 싶어 했다. 술을 마시는 동욱의 태도는 제법 애주가였다. 잔을 넘어 흘러내리는 한 방울도 아까워서 동욱은 혀끝으로 잔 굽을 핥았다. 기독교 가정에서 성장했을 뿐 아니라 몇몇 교회에서 다년간 찬양대를 지도해온 동욱의 과거를 원구는 생각하며, 요즈음은 교회에 나가지 않느냐고 물어보았다. 동욱은 멋쩍게 생긋 웃고 나서 이따금 한번씩 나가노라고 하고, 그런 때는 견딜 수 없는 절망감에 숨이 막힐 것 같은 날

---

* 「비 오는 날」은 1953년 11월 『문예』에 발표되었다. 여기서는 단편선 『비 오는 날』(한국문학전집 12, 문학과지성사, 2005)에 수록된 것을 텍스트로 삼았다.

이라는 것이었다. 동욱은 소매와 깃이 너슬너슬한 양복저고리에 교회에서 구제품으로 탄 것이라는, 바둑판처럼 사방으로 검은 줄이 죽죽 간 회색 즈봉을 입고 있었다. 무엇보다도 그의 구두가 아주 명물이었다. 개미 허리처럼 중간이 잘록한 데다가 코숭이만 주먹만큼 뭉툭 솟아오른 검정 단화를 신고 있었다. 그건 꼭 채플린이나 신음 직한 괴이한 구두였기 때문에, 잔을 주고받으면서도 원구는 몇 번이나 동욱의 발을 내려다보는 것이었다. 그동안 무얼 하며 지냈느냐는 원구의 물음에 동욱은 끼고 온 보자기를 끄르고 스크랩북을 펴 보이는 것이었다. 몇 장 벌컥벌컥 뒤는데 보니, 서양 여자랑 아이들의 초상화가 드문드문 붙어 있었다. 그 견본을 가지고 미군 부대를 찾아다니며, 초상화의 주문을 맡는다는 것이었다. 대학에서 영문과를 전공한 것이 아주 헛일은 아니었다고 하며 동욱은 닝글닝글 웃었다. 동욱의 그 닝글닝글한 웃음을 원구는 이전부터 몹시 꺼렸다. 상대방을 조롱하는 것 같은, 그러면서도 자조적이요, 어쩐지 친애감조차 느껴지는 그 닝글닝글한 웃음은, 원구에게 어떤 운명적인 중압을 암시하여 감당할 수 없이 마음이 무거워지는 것이었다. 대체 그림은 누가 그리느냐니까, 지금 여동생 동옥이와 둘이 지내는데, 동욱은 어려서부터 그림을 좋아하더니 초상화를 곧잘 그린다는 것이다. 동옥이란 원구의 귀에도 익은 이름이었다. 소학교 시절에 동욱이네 집에 놀러 가면 그때 대여섯 살밖에 안 되는 동옥이가 귀찮게 졸졸 따라다니던 기억이 새로웠다. 동옥은 그 당시 아이들 사이에 한창 유행되었던, '중중 때때중 바랑 메고 어디 가나'를 부르고 다녔다. 그사이 이십 년이라는 세월이 흐르고 보니 동옥의 모습은 전연 기억도 남지 않았다. 동욱의 말에 의하면 지난번 1·4 후퇴 당시 데리고 왔는데, 요새 와서는 짐스러워 후회될 때가 있다는 것이었다. 그의 남편은 못 넘어왔느냐니까, 뭘 입때 처년데, 했다. 지금 몇 살인데 미혼이냐고 묻고 싶었지만, 원구는 혼기가 지난 동욱이나 자기 자신도 아직 독신인 걸 생각하고, 여자도 그럴 수가 있을 거라고 속으로 주억거리며 그는 입을 다물었다. 동옥의 나이가 지금 이십오륙 세가 아닐까 하고 원구는 지나간 세월과 자기 나이에 비추어 속어림으로 따져보는 것이었다. 술에 취한 동욱은 다자꾸 원구의 어깨를 한 손으로 투덕거리며, 동옥이

년이 정말 가엾어, 암만 생각해도 그 총기며 인물이 아까워, 그런 말을 되풀이하는 것이었다. 그러고는 다시 잔을 비우고 나서, 할 수 있나 모두가 운명인걸 하고 고개를 흔드는 것이었다. 동욱은 머리를 떨어뜨린 채, 내가 자네람 주저 없이 동옥이와 결혼할 테야, 암 장담하구말구, 혼잣말처럼 그렇게도 중얼거리는 것이었다. 종잡을 수 없는 동욱의 그런 말에 원구는 무슨 영문인지도 모르면서, 암 그럴 테지, 하며 동욱의 손을 쥐어 흔드는 것이었다. 동욱은 음식집을 나와 헤어질 무렵에 두 손을 원구의 양 어깨에 얹고 자기는 꼭 목사가 되겠노라고, 했다. 그것이 자기의 갈 길인 것 같다고 하며 이제 새 학기에는 신학교에 들어가겠다는 것이었다. 어깨가 축 늘어져서 걸어가는 동욱의 초라한 뒷모양을 바라보고 서서 원구는 또다시 동욱의 과거와 그 집안을 그려보며, 목사가 되겠노라고 하면서도 술을 사랑하는 동욱을 아껴줘야겠다고 생각하는 것이었다.

 그 뒤에 원구가 처음으로 동욱을 찾아간 것은 사십 일이나 계속 된 긴 장마가 시작된 어느 날이었다. 동래(東萊) 종점에서 전차를 내리자, 동욱이가 쪽지에 그려준 약도를 몇 번이나 펴 보며 진득진득 걷기 말짼² 비탈길을 원구는 조심히 걸어 올라갔다. 비는 여전히 줄기차게 내리고 있었다. 우산을 받기는 했으나 비가 후려치고 흙탕물이 튀고 해서 정강이 밑으로는 말이 아니었다. 동욱이가 들어 있는 집은 인가에서 뚝 떨어져 외따로이 서 있었다. 낡은 목조 건물이었다. 한 귀퉁이에 버티고 있는 두 개의 통나무 기둥이 모로 기울어지려는 집을 간신히 지탱하고 있었다. 기와를 얹은 지붕에는 두세 군데 잡초가 반길이나 무성해 있었다. 나중에 들어 알았지만 왜정 때는 무슨 요양원으로 사용되어 온 건물이라는 것이었다. 전면(前面)은 본시 전부가 유리 창문이었는데 유리는 한 장도 남아 있지 않았다. 들이치는 비를 막기 위해서 오른편 창문 안에는 가마니때기가 늘여 있었다. 이 폐가와 같은 집 앞에 우두커니 우산을 받고 선 채, 원구는 한동안 움직이지 않았다. 이런 집에 도대체 사람이 살고 있을까? 아이들 만화책에 나오는 도깨비집이 연상되었다. 금시 대가리에 뿔이 돋은 도

---

1 다자꾸 무턱대고 자꾸.
2 말째다 거북하고 불편하다.

깨비들이 방망이를 들고 쏟아져 나올 것만 같았다. 이런 집에 동욱과 동옥이가 살고 있다니. 원구는 다시 한 번 쪽지에 그린 약도를 펴 보았다. 이 집임에 틀림없었다. 개천을 끼고 올라오다가 그 개천을 건너선 왼쪽 산비탈에는 도대체 집이라고는 이 집 한 채뿐이었다. 원구는 몇 걸음 다가서며 말씀 좀 묻겠습니다, 하고 인기척을 냈다. 안에서는 아무런 응답이 없었다. 원구는 같은 말을 또 한 번 되풀이했다. 그래도 잠잠하다. 차차 거세가는 빗소리와 도랑물 소리뿐, 황폐한 건물 자체가 그대로 주검처럼 고요했다. 원구는 좀더 큰 소리로, 안녕하십니까? 하고 불러보았다. 원구는 제 소리에 깜짝 놀랐다. 목에 엉켰던 가래가 풀리며 탁 터져 나오는 음성이 예상외로 컸던 탓인지, 그것은 마치 무슨 비명처럼 들렸기 때문이다. 그러자 문 안에 친 거적 귀퉁이가 들썩하며, 백지에 먹으로 그린 초상화 같은 여인의 얼굴이 나타난 것이다. 살결이 유달리 희고, 눈썹이 남보다 검은 그 여인은 원구를 내다보며 좀처럼 입을 열지 않았다. 저게 동옥인가 보다고 속으로 생각하며, 여기가 김동욱(金東旭)군의 집이냐는 원구의 물음에, 여인은 말없이 약간 고개를 끄덕여 보였을 뿐이다. 눈썹 하나 까딱하지 않는 그 태도는 거만해 보이는 것이었다. 동욱군 어디 나갔습니까? 하고 재차 묻는 말에도 여인은 먼저처럼 고개만 끄덕했다. 그러고 나서 원구를 노려보듯 하는 그 눈에는 까닭 모를 모멸과 일종의 반항적 태도까지 서려 있는 것이었다. 여인은 혹시 자기를 오해하고 있지 않나 싶어, 정원구(丁元求)라는 이름을 밝히고 나서, 동욱과는, 소학교에서 대학까지 동창이었다는 것과, 특히 소학 시절에는 거의 날마다 자기가 동욱이네 집에 놀러 가거나, 동욱이가 자기네 집에 놀러 왔다는 것을 설명해주었다. 그래도 여인의 표정에는 별다른 변화가 없었다. 원구는 한층 더 부드러운 음성으로 혹시 동욱군의 여동생이 아니십니까? 동옥이라구…… 하고 물었다. 여인은 세번째 고개를 끄덕여 보인 것이다. 그리고 비로소 그 얼굴에 조소를 품은 우울한 미소가 약간 어리는 것이었다. 동욱이 어디 갔느냐니까, 그제야 모르겠는데요, 하고 입을 열었다. 꽤 맑은 음성이었다. 그러면 언제 들어올지 모르겠군요 하니까, 이번에도 동옥은 머리를 끄덕이는 것이었다. 무례한 동옥의 태도에, 불쾌와 후회를 느끼면서 원구는 발길을 돌이키는 수밖에 없었다. 동욱이가 돌아오거든 자기가 다녀갔다는 말을 전해달라고 이르고 돌아서는 원구에게 동옥은 아무러한 인사도 하지는 않았다. 물탕에 젖어 꿀쩍거리는 신발 속처럼, 자기의 머리는 어쩔 수 없는 우울에 잠뿍 젖어 있는 것이라고 공상하며, 원구는 호박 덩굴 우거진 최뚝길³을 걸어 나갔다. 그 무거운 머리를 지탱하기에는 자기의 목이 지나치게 가는 것같이 여겨졌다. 그것은 불안한 생각이었다. 얼마쯤 가다가 원구는 별생각 없이 걸음을 멈추고 뒤를 돌아보았다. 안개비 속으로 바라보이는 창연한 건물은 금방 무서운 비명과 함께 모로 쓰러질 것만 같았다. 자기가 발길을 돌리자 아마 쓰러질지도 모른다는 생각에, 이제나저제나 하고 집을 지켜보고 섰던 원구는, 흠칫 놀라듯이 몸을 떨었다. 창문 안에 늘인 거적을 캔버스 삼아 그림처럼 선명히 떠올라 있는 흰 얼굴이 눈에 띄었기 때문이다. 그것은 동옥의 얼굴임에 틀림없었다. 어쩌자고 동옥은 비 뿌리는 창문에 붙어 서서 저렇게 짓궂게 나를 바라보고 있는 것일까? 어려서 들은, 여우가 사람을 홀린다는 이야기가 연상되어 전신에 오한을 느끼며 발길을 돌이키는 원구의 눈앞에 찢어진 지우산을 받고 다가오는 사나이가 있었다. 다행히도 그것은 동욱이었다. 찬거리를 사러 잠깐 나갔다가 오노라는 동욱은, 푸성귀며 생선 토막이 들어 있는 저자 구럭⁴을 한 손에 들고 있었다. 이 먼 델 비 맞고 왔다가 이렇게 돌아가는 법이 있느냐고 하며 동욱은 원구의 손을 잡아끄는 것이었다. 말할 기력조차 잃은 사람처럼 원구는 묵묵히 그 뒤를 따라갔다. 좀 전의 동옥의 수수께끼 같은 태도는 더욱 이해할 수 없는 무거운 그림자가 되어 원구의 머리를 뒤집어씌우는 것이었다. 동욱에게 재촉을 받고 방 안에 들어서는 원구를 동옥은 반항적인 태도로 힐끔 쳐다보는 것이었다. 물론 일어서거나 옮겨 앉으려고도 하지 않았다. 비 오는 날인 데다가 창문까지 거적때기로 가려서 방 안은 굴속같이 침침했다. 다다미 여덟 장 깔리는 방 안은, 다다미 위에다 시멘트 종이로 장판 바르듯 한 것이었다. 한켠 천장에서는 쉴 사이 없이 빗물이 떨어졌다. 빗물 떨어지는 자리에는 양동이

---

3 **최뚝길** 밭두둑에 난 길.
4 **저자 구럭** 시장이나 상점에 물건을 살 때 들고 다니는 망태기.

가 놓여 있었다. 출랑출랑 쪼르륵 출랑, 빗물은 이와 같은 연속적인 음향을 남기며 양동이 안에 가 떨어지는 것이었다. 무덤 속 같은 이 방 안의 어둠을 조금이라도 구해주는 것은 그래도 빗물 소리뿐이었다. 그러나 그 빗물 소리마저, 양동이에 차츰 물이 늘어갈수록 우울한 음향으로 변해가는 것이었다. 동욱은 별로 원구와 동옥을 인사시키거나 소개하려 하지 않았다. 동욱은 젖은 옷을 벗어서 걸고, 러닝과 팬츠 바람으로 식사 준비를 할 터이니 잠깐만 앉아 있으라고 하고 부엌으로 나가는 것이었다. 부엌이래야 따로 있는 것이 아니라, 비어 있는 옆방이었다. 다다미는 걷어서 벽 한구석에 기대어놓아, 판장뿐인 실내에는 여기저기 빗물이 오줌발처럼 쏟아졌다. 거기에는 취사도구가 너저분하니 널려 있는 것이었다. 연기가 들어간다고 사잇문을 닫아버리고 나서, 동욱은 풍로에 불을 피우느라고 부채질을 하며 야단이었다. 열 시가 조금 지난 회중시계를 사잇문 틈으로 꺼내 보이며, 도대체 조반이냐 점심이냐는 원구의 질문에, 동욱은 닝글닝글하며 자기들에게는 삼시의 구별이 없다고 했다. 언제든 배고프면 밥을 끓여 먹고, 밥 생각이 없는 날은 종일이라도 굶고 지낸다는 것이었다. 동욱이가 부엌에서 혼자 바삐 돌아가는 동안 동옥은 역시 한자리에 앉아 꼼짝도 하지 않았다. 동옥은 가끔 하품을 하며 외국에서 온 낡은 화보를 뒤적이고 있었다. 그러한 동옥이와 마주 앉아 자기는 도대체 무엇을 생각해야 하며, 또한 어떠한 포즈를 지속해야 하는가? 원구는 이런 무의미한 대좌(對座)를 감당할 수 없어 차라리 부엌에 나가 풍로에 부채질이나마 거들어줄까도 생각해보는 것이었다. 그러나 그만한 행동도 이 상태로는 일종의 비약이라 적지 아니한 용기가 필요했다. 그러는 동안 원구는 별안간 엉덩이가 척척해들어옴을 의식했다. 양동이의 빗물이 넘어서 옆에 앉아 있는 원구의 자리로 흘러내린 것이었다. 원구는 젖은 양복바지의 엉덩이를 만지며 일어섰다. 그제야 동옥도 양동이의 물이 넘는 줄을 안 모양이다. 그러나 동옥은 직접 일어나서 제 손으로 치우려고 하지도 않았다. 앉은 채 부엌 쪽을 향해, 오빠 물 넘어, 했을 뿐이었다. 동욱은 사잇문을 반쯤 열고 들여다보며 이년아, 네가 좀 치우지 못해? 하고 목에 핏대를 세웠다. 그러자 자기가 나서기에 절호한 기회라고 생각한 원구는, 내가 내다 버리지 하고 한 손으로 양동이를 들어 올렸다. 그러나 한 걸음도 미처 발을 옮겨놓을 사이도 없이 양동이는 철그렁 하는 소리와 함께 한 옆이 떨어지며 물이 좌르르 쏟아졌다. 손잡이의 한쪽 끝 갈고리가 고리 구멍에서 벗겨진 것이었다. 순식간에 방바닥은 물바다가 되고 말았다. 여태껏 꼼짝 않고 앉아 있던 동옥도 그제만은 냉큼 일어나 한 걸음 비켜서는 것이었다. 그 순간의 동옥의 동작이 예사롭지가 않았다. 원구에게 또 하나 우울의 씨를 뿌려주는 것이었다. 원피스 밑으로 드러난 동옥의 왼쪽 다리가 어린애의 손목같이 가늘고 짧았기 때문이다. 그러한 다리를 옮겨 디디는 순간, 동옥의 전신은 한쪽으로 쓰러질 듯이 기울어지는 것이었다. 동옥은 다시 한 번 그 가늘고 짧은 다리를 옮겨놓는 일 없이, 젖지 않은 구석 자리에 재빨리 주저앉아버리고 말았다. 그러고는 희다 못해 파랗게 질린 얼굴에 독이 오른 눈초리로 원구를 잡아먹을 듯이 노려보는 것이었다. 동옥의 시선을 피하여, 탁류의 대하 가운데 떠 있는 것 같은 공포에 몸을 떨며, 원구는 마지막 기력을 다하여 허우적거리듯, 두 발로 물 고인 방바닥을 절벅거려보는 것이었다.

그 뒤로는 비가 와서 가게를 벌일 수 없는 날이면 원구는 자주 동욱이네 집을 찾아가는 것이었다. 불구인 그 신체와 같이, 불구적인 성격으로 대해주는 동옥의 태도가 결코 대견할 리 없으면서도, 어느 얄궂은 힘에 조종당하듯이, 원구는 또다시 찾아가지 아니할 수 없는 것이었다. 침침한 방 안에 빗물 떨어지는 소리가 듣고 싶어서일까? 동옥의 가늘고 짧은 한쪽 다리가 지니고 있는 슬픔에 중독된 탓일까? 이도 저도 아니면, 찾아갈 적마다 차츰 정상적인 데로 돌아오는 동옥의 태도에 색다른 매력을 발견한 탓일까? 정말 동옥의 태도는 원구가 찾아가는 횟수에 따라 현저히 부드러워지는 것이었다. 두번째 찾아갔을 때 동옥은 원구를 보자 얼굴을 붉혔다. 그러고는 고개를 숙였다. 세번째 찾아갔을 때는 원구를 보자 동옥은 해죽이 웃어 보인 것이었다. 그러나 그것은 우울한 미소였다. 찾아갈 때마다 달라지는 동옥의 태도가 원구에게는 꽤 반가운 것이었다. 인사불성에 빠졌던 환자가 제정신으로 돌아온 때처럼 고마웠다. 첫번 불렀을 때는 눈을 감은 채 아무런 반응도 없던 환자가, 두번째 부르자 눈을 간신히 떴고, 세번째 불렀을 때는 제법 완전히 눈을 떠서 좌우를 둘러보다가 물 좀, 하고 입을 열었을 경우와 같은 반가움을 원구는 동옥에게서 경험하는 것이었다. 두번째 갔을 때에는 지난번 빗물 쏟아지던 자리에 양동이가 놓여 있지 않았다. 그 자리에는 제창⁵ 떼꾼히⁶ 구멍이 뚫려 있었다. 주먹이 두어 개나 드나들 만한 그 구멍은 다다미에서부터 그 밑의 널판까지 뚫려 있었다. 천장에서 흘러내리는 빗물은 그 구멍을 통과하여 널판 밑 흙바닥에 둔탁한 음향을 남기며 떨어졌다. 기실 비는 여러 군데서 새는 모양이었다. 널빤지로 된 천장에는 사방에서 빗물 듣는 소리가 났다. 천장에 떨어진 빗물은 약간 경사진 한쪽으로 흘러오다가 소 눈깔만 한 옹이구멍으로 새어 흐르는 것이었다. 그날만 해도 원구와 동욱이가 주고받는 말에 비교적 냉담한 동옥이었다. 그러나 세번째 갔을 때부터는 원구와 동욱이가 웃을 때는 함께 따라 웃어주는 것이었다. 간혹 한두 마디씩은 말추렴에도 들었다. 그날은 일찌감치 저녁을 얻어먹고 돌아오려고 하는데, 비가 하도 세차게 퍼부어서 자고 오는 수밖에는 없었다. 한 손에 우산을 들고 선 채, 회색 장막을 드리운 듯, 비에 뿌예진 창밖을 내다보며 망설이고 있는 원구의 귀에, 고집 피우지 말고 자고 가라는 동욱의 말에 뒤이어, 이런 비에는 앞 도랑에 물이 불어서 못 건너십니다, 하는 동옥의 음성이 들린 것이었다. 그날 밤 비로소 원구는 가벼운 기분으로 동옥에게 말을 걸 수가 있었던 것이다. 언제부터 그림 공부를 했느냐니까, 초상화 따위가 뭐 그림인가요, 하고 그 우울한 미소를 지어 보이는 것이었다. 원구는 동옥의 상처를 건드릴 만한 말은 일절 꺼내지 않았다. 어렸을 때 얘기가 나와서 어딜 가나 강아지 새끼처럼 쫓아다니는 동욱이가 귀찮았다는 말을 하고, '중중 때때중'을 자랑스레 부르고 다녔다니까 동옥의 눈이 처음으로 티없이 빛나는 것이었다. 갑자기 동욱이가 '중중 때때중' 하고 부르기 시작하자 동옥도 가느다란 소리로 따라 부르는 것이었다. 노랫소리가 그치고 나니 방 안에는 빗물 떨어지는 소리가 유달리 크게 들렸다. 비가 들이치는 바람에 바깥벽 판장 틈으로 스며드는 물은 실내의

---

5 제창 제때에 알맞게.
6 떼꾼히 휑하니.

벽 한구석까지 적시기 시작하는 것이었다. 그런데 이상한 것은 동옥을 대하는 동욱의 태도였다. 대수롭지 않은 일에도 이년 저년 하고 욕을 퍼붓는 것이다. 부엌에서 들여보내는 음식 그릇을 한 손으로 받는다고 해서, 이년아 한 손으로 그러다가 또 떨어뜨리고 싶으냐, 하고 눈을 흘겼고, 남포에 불을 켜는데, 불이 얼른 댕기지 않아 성냥알을 두 개비째 꺼내려니까, 저년은 밥 처먹구 불두 하나 못 켜, 하고 노려보는 것이었다. 그럴 때마다 동옥은 말없이 마주 눈을 흘겼다. 빨래와 바느질만은 동옥의 책임이지만 부엌일은 언제나 동욱이가 맡아 한다는 것이었다. 동옥이가 변소에 간 틈에, 될 수 있는 대로 위로해주지 않고 왜 그리 사납게 구느냐니까, 병신 고운 데 없다고 그년 맘 쓰는 게 모두가 틀렸다는 것이다. 우선 그림 값만 하더라도 얼마 전까지는 받아오면 반씩 꼭 같이 나눠 가졌는데, 근자에 와서는 동욱을 신용할 수가 없다고 대소에 따라 한 장에 얼마씩 또박또박 선금을 받고야 그려준다는 것이었다. 생활비도 둘이 꼭 같이 절반씩 부담한다는 것이다. 동옥은 자기가 병신이기 때문에 부모 말고는 자기를 거두어 오래 돌봐줄 사람이 없으리라는 것이다. 오빠도 언제든 자기를 버릴 것이 아니겠느냐! 그렇기 때문에 자기는 자기대로 약간이라도 밑천을 장만해두어야 비참한 꼴을 면하지 않겠느냐고 한다는 것이었다. 그러한 동옥의 심중을 생각할 때, 헤어져 있으면 몹시 측은하기도 하지만, 이상하게 낯만 대하면 왜 그런지 안 그러리라 안 그러리라 하면서도 동욱은 다자꾸 화가 치민다는 것이다. 동옥은 불을 끄고는 외로워서 잠을 이루지 못한다고 했다. 반대로 동욱은 불을 꺼야만 안심하고 잠을 들 수가 있다는 것이었다. 동욱은 어둠만이 유일한 휴식이노라 했다. 낮에는 아무리 가만하고 앉았거나 누워 뒹굴어도 걸레처럼 전신에 배어 있는 피로가 가시지 않는다는 것이었다. 그러한 동욱은 심지를 낮추어서 희미하게 켜놓은 불빛에도 화를 내어, 이년아 아주 꺼버리지 못해 하고 소리를 질렀다. 동옥은 손을 내밀어 심지를 조금 더 낮추었다. 그러고 나서, 누가 데려오랬나 차라리 어머니하고 거기 있을걸 괜히 왔지, 하고 종알대는 것이었다. 그러자 동욱은 벌떡 일어나며, 이년 다시 한 번 그 주둥일 놀려봐라, 나두 너 같은 년 끌구 오구 싶지 않았다, 어머니가 하두 애원하시듯, 다 버리구 가더래두 네년만은 데리구 가라구 하 조르기에 끌구 와 이 꼴이다, 하고 골을 내는 것이었다. 동옥은 말없이 저편으로 돌아누웠다. 어렴풋이 불빛이 있음에도 불구하고 어둠이 가슴을 내리누르는 것 같아서 원구는 오래도록 잠을 이룰 수가 없었다. 동욱도 잠이 안 오는 모양이었다. 동옥 역시 필경 잠이 들지 않았으련만 죽은 듯이 가만히 있었다. 후드득후드득 유리 없는 창문으로 들이치는 빗소리를 들으며, 사십 주야를 비가 퍼부어서 산꼭대기에다 배를 묶어 둔 노아네 가족만이 남고 세상이 전멸을 해버렸다는, 구약 성경에 나오는 대홍수를 원구는 생각해보는 것이었다. 그러다가 어렴풋이 잠이 들려고 하는 때였다. 커다란 적선으로 생각하고, 동옥과 결혼할 용기는 없는가? 하는 동욱의 음성이 잠꼬대같이 원구의 귀를 스쳤다. 원구는 눈을 떴다. 노려보듯이 천장을 바라보며 그는 반듯이 누워 있었다. 동욱의 입에서 다시 무슨 말이 흘러나올지도 모른다는 긴장을 느끼면서. 그러나 동욱은 아무 말이 없었다. 빗물 떨어지는 소리만이 여전히 계속되고 있을 뿐이었다. 원구가 또다시 간신히 잠이 들락할 때였다. 발치 쪽에서 빠드득빠드득 하는 이상한 소리가 났다. 원구는 정신을 바짝 차리고 귀를 재웠다. 뱀에게 먹히는 개구리 소리 비슷한 그 소리는 뒷벽 켠에서 들리는 것이었다. 원구는 이번에는 상반신을 일으키고 앉아 귀를 기울이는 것이었다. 그 바람에 동욱이도 눈을 떴다. 저게 무슨 소리냐고 한즉, 뒷방의 계집애가 자면서 이 가는 소리라는 것이다. 이 뒷방에도 사람이 사느냐니까, 육순이 넘은 노파가 열두 살 먹은 손녀를 데리고 산다고 했다. 그 노파가 바로 이 집 주인인데, 전차 종점 나가는 길목에 하꼬방[7] 가게를 내고, 담배, 성냥, 과일, 사탕 같은 것들을 팔아서 근근이 생활해가고 있다는 것이었다. 뒷집 소녀는 잠만 들면 반드시 이를 간다는 것이었다. 동욱도 처음 며칠 밤은 그 소리에 골치를 앓았지만, 요즘은 습관이 되어 괜찮노라고 했다. 이러한 방에서 빗물 떨어지는 소리와 이 가는 소리를 듣고 지내면 아무라도 신경과민이 될 것이라고 생각하며, 원구는 좀 전에 동욱이가 잠꼬대처럼 한 말의 의미를 되새겨

---

7 **하꼬방** 판잣집에 해당하는 일본말. 나무판자나 슬레이트 지붕을 얹어 만든 허술한 집 또는 방.

보는 것이었다.
   사오일 지나서였다. 오래간만에 비가 그치고 제법 날이 훤해져서, 잡화를 가득 벌여놓은 리어카를 지키고 섰노라니까, 다 저녁때 원구의 어깨를 치는 사람이 있었다. 동욱이었다. 그는 역시 소매와 깃이 다 처진 저고리와 검은 줄이 간 회색 즈봉을 입고 있었다. 옷이라고는 그것밖에 없는 모양이라, 비에 젖은 것을 그냥 짜서 말리곤 해서 여기저기 구김살이 져 있었다. 그보다는 괴이한 채플린식의 그 검정 단화의 주먹 같은 코숭이가 말이 아니었다. 장화 대용으로 진창을 막 밟고 다녀서 온통 흙투성이였다. 그러한 동욱의 꼴에, 원구는 이상하게 정이 갔다. 리어카를 주인집에 가져다 맡기고 와서 저녁을 같이하자고 원구는 동욱의 손을 끌었다. 동욱은 밥보다도 술 생각이 더 간절하다고 했다. 두 가지 다 먹을 수 있는 집으로 원구는 동욱을 안내했다. 술이 몇 잔 들어가 얼근해지자 동욱은 초상화 '주문도리'를 폐업했노라고 했다. 요즘은 양키들도 아주 약아져서 까딱하면 돈을 잘리거나 농락당하기 일쑤라는 것이다. 거기에다 패스 없는 사람의 출입을 각 부대가 엄중히 단속하기 때문에 전처럼 드나들 수가 없다는 것이었다. 며칠 전에는 돈 받으러 몰래 들어갔다가 순찰장교에게 걸려서 하룻밤 몽키하우스의 신세를 지고 나왔다는 것이다. 더구나 요즈음은 국민병[8] 수첩까지 분실했으므로 마음 놓고 거리에 나와 다닐 수도 없다는 것이다. 분실계를 내고 재교부 신청을 하려니까, 그 때문에 동회로 파출소로 사오 차나 쫓아다녀봤지만 까다롭게만 굴고 잘 들어주지 않는다는 것이다. 까짓것 나중에는 삼수갑산엘 갈망정 내버려둘 테라고 했다. 그래 차라리 군에라도 들어가버릴까 싶어, 마침 통역장교를 모집하기에 그 원서를 타러 나왔던 길이노라고 했다. 어디 원서를 좀 구경하자니까 동욱은 닝글닝글 웃으며, 수속이 하도 복잡하고 번거로워 아예 단념하고 말았다는 것이다. 동욱은 한동안 말이 없이 술잔을 빨고 앉았다가, 가끔 찾아와서 동옥을 좀 위로해주라는 것이었다. 세상 사람들이

---

8 국민병 한국전쟁 때 정식 군대가 아니라 국민방위군(국민방위군 사건으로 1951년 4월에 해체됨)에 편성된 17세부터 40세까지의 장정들을 가리킨다. 전시 상황에서 국민병 수첩은 병역과 관련된 신분증 역할을 하였다.

모두 자기를 조소하고 멸시한다고만 생각하고 있는 동옥은 맑은 날일지라도 일절 바깥출입을 않고 두더지처럼 방에만 처박혀 산다는 것이다. 그리고 모든 사람에게 반감을 품고 있다는 것이다. 그러한 동옥도 원구만은 자기를 업신여기지 않고 자연스레 대해준다고 해서 자주 찾아와주기를 여간 기다리지 않는다고 했다. 초상화가 팔리지 않게 된 다음부터의 동옥은, 초조와 불안 속에서 한층 더 자신의 고독을 주체하지 못해 쩔쩔맨다는 것이었다. 동욱은 그러한 동옥이가 측은해 못 견디겠노라 했다. 언젠가처럼, 내가 자네람 동옥이와 결혼할 테야, 암 하구말구, 하고 동욱은 고개를 주억거리는 것이었다. 술집을 나와서 동욱은 이번에도 원구의 손을 꼭 쥐고 자기는 기어코 목사가 되겠노라고 했다. 동옥을 위해서나 자기 자신을 위해서나 그것만이 이 무거운 짐을 조금이라도 덜 수 있는 유일한 길인 것 같다는 것이었다.

그 뒤에 한번은 딴 볼일로 동래까지 갔던 길에 동욱이네 집에 잠깐 들른 일이 있었다. 역시 그날도 장맛비는 구질구질 계속되고 있었다. 우산을 접으며 마루에 올라서도, 동욱만이 머리를 내밀고 맞아줄 뿐, 동옥의 기척이 없었다. 방에 들어가 보니, 동옥은 담요로 머리까지 푹 뒤집어쓰고 죽은 사람처럼 누워 있었다. 이틀째나 저러고 자빠져 있다고 하며 동욱은 그 까닭을 설명했다. 동옥은 뒷방에 살고 있는 주인 노파에게, 동욱이도 모르게 이만 환이나 빚을 주고 있었는데, 노파는 이 집까지도 팔아먹고 귀신같이 도주해버렸다는 것이다. 어제 아침에 집을 산 사람이 갑자기 이사를 왔기 때문에 그 사실을 알았는데, 이게 또한 어지간히 감때사나운⁹ 자여서, 당장 방을 비워내라고 위협하듯 한다는 것이다. 말을 마치고 난 동욱은, 요 맹꽁이 같은 년아, 글쎄 이게 집이라구 믿고 돈을 줘, 하고 발길로 동옥의 옆구리를 걷어찼다. 이년아 이만 환이면 구화로 얼만 줄 아니, 이백만 환이다, 이백만 환이야, 내 돈을 내가 떼였는데 오빠가 무슨 상관이냐구? 그래 내가 없으면 네년이 굶어 죽지 않구 살 테냐? 너 같은 병신이 단 한 달을 독력으루 살아? 동욱은 다시 생각을 해도 악이 받치는

---

9 감때사납다 생김새나 성질이 휘어잡기 힘들게 억세고 사납다.

모양이었다. 원구를 위해 동욱은 초밥을 만든다고 분주히 부엌으로 들락날락했으나, 원구는 초밥을 얻어먹자고 그러고 앉아 견딜 수는 없었다. 그보다도 동옥이 이틀 동안이나 아무것도 먹지 않고 저러고 누워 있다고 하니, 혹시 동욱이가 잠든 틈에라도 몰래 일어나 수면제 같은 것을 먹고 죽어 있지나 않은가 싶어 불안한 생각이 솟았다. 원구는 조금이라도 더 앉아 견디기가 답답해서 자리를 일어서며, 아무래도 방을 비워주어야 하겠거든, 자기도 어디 구해보겠노라고 하니까, 동옥이가 인가(人家) 많은 데를 싫어하기 때문에 이 근처에다 외딴집을 구하는 수밖에 없다는 동욱의 대답이었다.

　그 뒤로는 원구도 생활에 위협을 느끼기 시작했다. 한 달 가까이나 장마로 놀고 보니, 자연 시원치 않은 장사 밑천을 그럭저럭 축내게 된 것이었다. 원구가 얻어 있는 방도 지루한 비에 습기로 눅눅해졌다. 벗어놓은 옷가지며 이부자리에까지도 곰팡이가 끼었다. 그의 마음속에까지 곰팡이가 스는 것 같았다. 이런 날 이런 음산한 방에 처박혀 있자니, 동욱과 동옥의 일이 자연 무겁고 우울하게 떠오르는 것이었다. 점심때가 거의 되어서 원구는 퍼붓는 비를 무릅쓰고 집을 나섰다. 오늘은 동욱이와 마주 앉아 곰팡이 슨 속을 씻어내리며, 동옥이도 위로해줘야겠다고 생각하고, 원구는 술과 통조림을 사들고 찾아갔다. 낡은 목조 건물은 전과 마찬가지로 금방 쓰러질 듯이 빗속에 서 있었다. 유리 없는 창문에는 거적도 그대로 드리워 있었다. 그러나, 동욱이, 하고 원구가 불렀을 때, 곰처럼 마루로 기어 나오는 사나이는 동욱이가 아니었다. 이 집에서 살던 젊은 남녀는 어디 갔느냐는 원구의 물음에, 우락부락하게는 생겼으되 맺힌 데가 없이 어딘가 허술해 보이는 사십 전후의 그 사나이는, 아하 당신이 정(丁) 뭐라는 사람이냐고 하고, 대답 대신 혼자 머리를 끄덕끄덕하는 것이었다. 원구가 재차 묻는 말에 사나이는 자기가 이 집 주인이노라 하고 나서, 동욱은 외출한 채 소식 없이 돌아오지 않게 되었고, 그 뒤 동옥 역시 어디로 가버렸는지 모르겠다는 것이었다. 동욱이가 안 돌아오는 지는 열흘이나 되었고, 동옥은 바로 이삼일 전에 나갔다는 것이다. 원구는 더 무슨 말이 없이 서 있었다. 한 손에 보자기 꾸러미를 들고 한 손으로는 우산을 받고 선 채, 원구는 사나이의 얼굴만 멍하니 바라보는 것이었다. 원구는 그대로 발길을 돌려 몇 걸음 걸어 나가다가 되돌아와 보자기에 싼 물건을 끌러 주인 사나이에게 주었다. 이거 원, 이거 원, 하며 주인 사나이는 대뜸 입이 헤벌어졌다. 그러고는 자기 여편네와 아이들이 장사 나갔기 때문에 점심 한 그릇 대접할 수는 없으나, 좀 올라와 담배라도 피우고 가라고 권하는 것이었다. 무슨 재미로 쉬어 가겠느냐고 하며 원구가 돌아서려니까, 주인은, 잠깐만 하고 불러 세우고 나서, 대단히 죄송하게 되었노라고 하며 사실은 동옥이가 정 누구라고 하는 분이 찾아오면 전해달라고 편지를 맡기고 갔는데, 그만 간수를 잘못해서 아이들이 찢어 없앴다는 것이다. 그래도 아무 말을 않고 멍하니 서 있는 원구를, 주인 사나이는 무안한 눈길로 바라보며 동욱은 아마 십중팔구 군대에 끌려 나갔을 거라고 하고, 동옥은 아이들처럼 어머니를 부르며 가끔 밤중에 울기에, 뭐라고 좀 나무랐더니 그다음 날 저녁에 어디론가 나가버렸다는 것이다. 죽지나 않았을까, 자살을 하든, 굶어 죽든…… 하고 혼잣말처럼 중얼거리며 돌아서는 원구의 등에다 대고, 중요한 옷가지랑은 꾸려가지고 간 모양이니 자살할 의사는 없었음이 분명하고, 한편 병신이긴 하지만, 얼굴이 고만큼 밴밴하고서야, 어디 가 몸을 판들 굶어 죽기야 하겠느냐고 주인 사나이는 지껄이는 것이었다. 얼굴이 고만큼 밴밴하고서야 어디 가 몸을 판들 굶어 죽기야 하겠느냐는 말에, 이상하게 원구는 정신이 펄쩍 들어, 이놈 네가 동옥을 팔아먹었구나, 하고 대들 듯한 격분을 마음속 한구석에 의식하면서도, 천근의 무게로 내리누르는 듯한 육체의 중량을 감당할 수 없어 그는 말없이 발길을 돌이켰다. 이놈, 네가 동옥을 팔아먹었구나, 하는 흥분한 소리가 까마득히 먼 곳에서 자기를 향하고 날아오는 것 같은 착각에 오한을 느끼며, 원구는 호박 덩굴 우거진 밭두둑 길을 앓고 난 사람 모양 허전거리는[10] 다리로 걸어 나가는 것이었다.

---

10 허전거리다 다리에 힘이 없어 쓰러질 듯하다.

손창섭(孫昌涉)

1922년 평남 평양 출생. 고아나 다름없이 되어 14살부터 만주와 일본을 유랑하였으며 니혼(日本) 대학에서 수학. 『문예』지에 「공휴일」(1952), 「사연기」(1953)가 추천되어 등단. 1959년에 「잉여인간」으로 제4회 동인문학상 수상. 『비 오는 날』(1959), 『현대한국문학전집 3: 손창섭』(1968) 등의 작품집과 『낙서족』(1959), 『부부』(1965), 『이성연구』(1967), 『여자의 전부』(1969), 『길』(1969), 『유맹』(2005) 등의 장편소설, 그리고 『손창섭 대표작 전집』(전5권, 1970) 등을 출간. 1972년 일본으로 건너간 후 이후의 행적은 거의 알려져 있지 않음.

작품 세계

손창섭은 장용학, 김성한 등과 더불어 대표적인 전후 1세대 소설가로서 전쟁의 체험을 가장 철저하게 내면화한 작가 중의 하나이다. 그의 작품은 매우 극단적인 두 가지 인물 유형들을 창조하고 그로써 전후의 절망과 인간 자체에 대한 회의를 표현하는 데 온통 주력하고 있다. 첫째는 성욕, 식욕 등 동물적 욕구만을 추구하는 동물적 인간들이다. 「인간동물원초」의 통역관을 제외한 모든 인물들, 「피해자」의 순실, 「생활적」의 봉수 등이 대표적이다. 작가는 이들을 통해 인간은 누구도 동물적 욕구를 만족시키지 않고는 살아갈 수 없다는 점을 주장함으로써 인간 문명, 도덕의 허구성을 비판한다. 그리고 인간을 그러한 상태로 전락하게 만든 역사적 상황을 간접적으로 비판한다.

둘째는 추구해야 할 인간적 가치의 부재 상태에 절망하여 극단적인 슬픔의 상태에 빠져 있는 우울자 Melancholiker이다. 「공휴일」의 도일, 「생활적」의 동주, 「미해결의 장」의 지상이 대표적이며 동물적 인간을 제외한 대부분의 인물들이 크게 보아 여기에 속한다. 「사연기」의 동식, 「비 오는 날」의 원구, 「피해자」의 병준, 「혈서」의 달수 등 우울자는 인간의 삶이란 철저한 불행의 연속이고 그 불행이 도저히 벗어날 수 없는 운명적인 것이라 생각하며, 자신의 책임도 아닌 어떤 일에 대한 망상적 죄의식에 사로잡혀 있다. 그리고 극단적인 경우에는 「생활적」의 동주나 「미해결의 장」의 지상처럼 행동 불능의 마비 상태에 빠져든다. 그의 작품 세계는 바로 이 우울자의 시선에 비친 영원한 슬픔의 세계이다. 그의 소설을 지배하는 슬픔의 정조는 어떤 인간적 가치, 행복도 발견하지 못한 전후의 존재론적 상황, 그 상황에서의 절망을 극단적으로 표현한다.

당대의 비평가들은 손창섭 소설의 극단적 두 인물 유형에 대해 '모멸의 인간상'(유종호), '절망적 인간'(조연현) 등 인간 혐오, 절망만을 표현하는 부정적 인물로 규정하고 여기에서 벗어나 긍정적인 인물 창조로 나아갈 것을 요구하였다. 손창섭 역시 50년대 후반에 들어서면서 「고독한 영웅」「가부녀」「잉여인간」 등에서 이러한 인물들을 창조하기에 이른다. 그럼에도 손창섭 소설의 문제적 성격은 극단적 인물 유형들을 창조하였던 초기 소설에 있다. 특히 우울자는 모든 선업(善業)을 거부하고 폐쇄적 침묵에 빠져드는 악마적 성격의 인물들로서 그들의 우울은 일상적 슬픔과 구별되는 악마적 성격의 심미적 슬픔을 의미한다는 점에서 중요한 의의를 갖는다. 그의 소설은 전후소설로서의 의의만을 갖는 것이 아니라 우울자를 통해 도덕적·이성적 가치와 구별되는 심미적 가치를 창조함으로써 우리 소설사에서 유례를 찾기 힘든 모습을 보여주고 있는 것이다.

「비 오는 날」

「비 오는 날」은 월남한 동욱, 동옥 남매와 원구가 피난지 부산에서 우연히 재회하였다가 헤어지게 되는 과정을 그린 소설이다. 이 소설에서 한국전쟁은 노아의 가족만이 살아남았다는 "구약 성경에 나오는 대홍수"로 상징된다. 한국전쟁은 민족국가의 수립을 놓고 벌어진 두 가지 방향성 간의 무력 대결이 아니라 인간 개체에게 그 의지나 이성과는 무관하게 무자비하게 가해지는 엄청난 폭력, 인간이 아닌 신이나 내릴 법한 대재난을 의미한다. 그리고 동욱, 동옥, 원구 등 소설 속의 인물들은 모두 대재난의 희생자로서 고통스러운 운명에 사로잡혀 있는 존재들로 그려진다. 작중인물들은 서로에게서 슬픈 운명을 발견한다. 원구는 목사가 되겠다고 하면서도 술을 사랑하는 동욱에게서 "운명적 중압감"을 발견하며 동욱은 소아마비로 피난지의 비참한 생활을 하고 있는 누이동생 동옥에 대해 "할 수 있나 모두가 운명인걸"이라 생각하고 원구는 스스로 "어느 얄궂은 힘에 조종당"하고 있다고 느끼면서 동옥을 찾아가는 것이다. 그리고 "우울하게 떠오르는 것" "우울한 미소" "또 하나의 우울한 씨" 등의 묘사에서 드러나듯 이들을 지배하는 심정은 당연히 피난지에서의 비참한 운명에 대한 슬픔과 우울이다.

원구가 동옥, 동욱을 찾아가면서 점차 동옥이 인간적 활기를 되찾게 된다는 점에서 이 소설은 슬픈 운명에서 벗어나고자 하는 인간적 노력 또한 제시한다고 볼 수 있다. 그러나 원구의 노력은 동욱이 갑작스럽게 군에 끌려가고 동옥이 어디론가 사라지면서 무화되고 만다. 인간적 노력은 어떤 결실도 맺지 못하고 실패하고 마는데, 원구가 동옥에 대한 죄책감 속에서 허청거리며 걸어가는 마지막 장면은 끝내 슬픈 운명에서 벗어나지 못하고 고통스러워하는 전후의 인간을 상징적으로 보여준다고 할 것이다.

주요 참고 문헌

손창섭 소설은 작중인물의 특이성으로 인해 대부분의 연구들이 인물 분석에 치중하고 있다. 「비 오는 날」도 예외는 아니다. 조연현(「병자의 노래」, 『현대문학』, 1955. 4)이 도스토

엡스키적 인물인 치인(癡人)과 비교하면서「비 오는 날」의 원구를 "육체적 정신적인 불구인"으로 규정한 이래, 윤병로(「「혈서」의 내용」, 『현대문학』, 1958. 12), 조남현(「손창섭 소설의 의미 매김」, 『문학정신』, 1989. 6~7) 등 많은 연구자들이 원구를 '주체성을 상실한 무능형 인물' '병신형 인물'의 하나로 규정하고 이와 같은 인물의 특이성을 중심으로 그의 작품 세계를 분석하고 있다. 김윤식은 「6·25전쟁문학」(『1950년대 문학연구』, 문학사와 비평연구회 편, 예하, 1991)에서「비 오는 날」을 손창섭 소설 전체의 원형으로 간주하고 전통적인 소설과 구별되는 「비 오는 날」의 이질적 장치들을 분석하며 그것들이 모두 인간 모멸의 사상을 드러내기 위한 장치들이라고 평가한다. 손창섭 소설 세계 전체에 대한 분석으로는 리얼리즘의 관점에 서 있는 정호웅의 「50년대 소설론」(『1950년대 문학연구』)과 모더니즘의 관점에 서 있는 서준섭의 「정지된 세계의 소설」(『한국 전후문학의 형성과 전개』, 태학사, 1993)이 있다. 그리고 조현일은 『전후소설과 허무주의적 미의식』(월인, 2005)에서 손창섭 소설의 인물 유형을 동물적 인간과 우울자로 구별하고 양자의 특성과, 그의 소설을 지배하고 있는 우울의 심미적 특성을 분석하고 있다. _조현일

오상원

유예

몸을 웅크리고 가마니 속에 쓰러져 있었다. 한 시간 후면 모든 것은 끝나는 것이다. 손과 발이 돌덩어리처럼 차다. 허옇게 흙벽마다 서리가 앉은 깊은 움 속, 서너 길 높이에 통나무로 막은 문틈 사이로 차가이 하늘이 엿보인다. 퀴퀴한 냄새가 코를 찌른다. 냄새로 짐작하여 그리 오래된 것 같지는 않다. 누가 며칠 전까지 있었던 모양이군. 그놈이나 매한가지지, 하고 사닥다리를 내려서자마자 조그만 구멍으로 다시 끌어올리며 서로 주고받던 그자들의 대화가 아직도 귀에 익다. 그놈이라고 불린 사람이 바로 총살 직전에 내가 목격하고 필사적으로 놈들의 사수(射手)를 향하여 방아쇠를 당겼던 그 사람이었을까⋯⋯ 만일 그 사람이 아니었다면 또 어떤 사람이었을까⋯⋯ 몸이 떨린다. 뼛속까지 얼음이 박힌 것 같다.

소속 사단은? 학벌은? 고향은? 군인에 나온 동기는? 공산주의를 어떻게 생각하시오? 미국에 대한 감정은? 그럼⋯⋯, 동무의 말은 하나도 이치에 당치 않소.

동무는 아직도 계급의식이 그대로 남아 있소. 출신 계급을 탓하지는 않소.

---

* 「유예」는 1955년 1월 1일 한국일보 신춘문예 당선작이다. 여기서는 신문 게재본을 저본으로 삼고 이후 단행본 수록작들을 참조하였다.

오해하지 마시오. 그 근성이 나쁘다는 것뿐이오. 다시 한 번 생각할 여유를 주
겠소. 한 시간 후, 동무의 답변이 모든 것을 결정지을 거요.

몽롱한 의식 속에 갓 지나간 대화가 오고 간다. 한 시간 후면 모든 것은 끝나
는 것이다. 사박, 사박, 걸음을 옮길 때마다 발밑에 부서지는 눈, 그리고 따발
총구를 등 뒤에 느끼며 앞장서 가는 인민군 병사를 따라 무너진 초가집 뒷담을
끼고 이 움 속 감방으로 오던 자신이 마음속에 삼삼히 아른거린다. 한 시간 후
면 나는 그들에게 끌려 예정대로의 둑길을 걸어가고 있을 것이다. 몇 마디 주
고받은 다음, 대장은 말할 테지. 좋소. 뒤를 돌아다보지 말고 똑바로 걸어가시
오. 발자국마다 사박, 사박, 눈 부서지는 소리가 날 것이다. 아니, 어쩌면 놈들
은 내 옷에 탐이 나서 홀랑 빨가벗겨서 걷게 할지도 모른다(찢어지기는 하였지
만 아직 색깔이 제 빛인 미(美) 전투복이니까……). 나는 빨가벗은 채 추위에 살
이 빨가니 얼어서 흰 둑길을 걸어간다. 수 발의 총성, 나는 그대로 털썩 눈 위
에 쓰러진다. 이윽고 붉은 피가 하이얀 눈을 호젓이 물들여간다. 그 순간 모든
것은 끝나는 것이다. 놈들은 멋쩍게 총을 다시 거꾸로 둘러메고 본대로 돌아들
간다. 발의 눈을 털고 추위에 손을 비벼가며 방 안으로 들어들 갈 테지. 몇 분
후면 그들은 화롯불에 손을 녹이며 아무 일도 없었던 듯 담배들을 말아 피우고
기지개를 할 것이다.

누가 죽었건 지나가고 나면 아무것도 아니다. 그들에겐 모두가 평범한 일들
이다. 나만이 피를 흘리며 흰 눈을 움켜쥔 채 신음하다 영원히 묵살되어 묻혀
갈 뿐이다. 전 근육이 경련을 일으킨다. 추위 탓인가…… 퀴퀴한 냄새가 또 코
에 스민다. 나만이 아니라 전에도 꼭 같이 이렇게 반복된 것이다.

싸우다 끝내는 죽는 것, 그것뿐이다. 그 이외는 아무것도 없다. 무엇을 위한
다는 것, 무엇을 얻기 위한다는 것, 그것도 아니다. 인간이 태어난 본연의 그대
로 싸우다 죽는 것, 그것뿐이라고 생각하였다.

북으로 북으로 쏜살같이 진격은 계속되었다. 수차의 전투가 일어났다. 내가
인솔한 수색대는 적의 배후 깊숙이 파고들어갔다. 자주 본대와의 연락이 끊어
지기 시작하였다.

초조한 소대원의 얼굴은 무전사에게로만 쏠려갔다. 후퇴다! 이미 길은 모두 적에 의하여 차단되었다. 적의 어느 면을 뚫고 남하할 것인가? 자주 소전투가 벌어졌다. 한 명 두 명 쓰러지기 시작하였다. 될 수 있는 한 적과의 근접을 피하면서 산으로 타고 올랐다. 기아와 피로. 점점 낮아지고 줄어가는 소대원. 첩첩이 쌓인 눈과 추위 그리고 알 수 없는 방향을 더듬으며 온갖 자연의 악조건과 싸우지 않으면 안 되었다. 연이어 계속되는 눈보라 속에 무릎까지 덮이는 눈 속을 헤매다 방향을 잃은 그들은 악전고투 끝에 산 밑을 더듬어 내려와서 가까운 그 어느 마을로 파고들어갔다. 텅 빈 마을. 집집마다 스산히 흩어진 채 눈 속에 호젓이 파묻혀 있다. 적이 들어온 흔적도 지나간 흔적도 없다. 소대원들은 뿔뿔이 헤쳐서 먹을 것을 샅샅이 뒤졌다. 아무것도 없다. 겨우 얼어빠진 감자 한 자루뿐, 이빨에 서벅서벅 얼음이 마주치는 감자 알맹이를 씹었다. 모두 기운이 지쳐 쓰러졌다. 일시에 피곤과 허기가 연덩어리¹처럼 내린다. 발가락마다 얼음이 박혔다. 눈보라는 더욱 세차게 몰아치고 밤이 다가왔다. 산속의 밤은 급히 내린다. 선임하사만이 피로를 씹어가며 문지방에 기대어 앉아 있었다.
　밖은 휘몰아치는 눈보라뿐, 선임하사도 잠시 눈을 붙였다. 마치 기습이라도 있을 듯한 밤이다.
　그러나 아무 일도 없이 아침이 왔다.
　또 눈과 기아와 추위와 싸움이 계속되었다. 한 사람 두 사람, 이 자연과의 싸움에 쓰러지기 시작하였다. 소대장님, 하고 마지막 한마디를 외치고 눈 속에 머리를 박고 쓰러지는 부하들을 볼 때마다 그는 그 곁에 무릎을 꿇고 그 싸늘한 마지막 시선을 지켰다. 포켓을 찾아 소지품을 더듬는 그의 손은 항시 죽어간 부하의 시체보다도 더 차가웠다. 소대장님……, 우러러 쳐다보는 마지막 부하의 그 눈빛, 적막을 더듬어가며 죽음을 재는 그 눈은 얼음장보다도 더 차가운 그 무엇이 있었다.
　"소대장님…… 북한 출신입니다. 홀몸입니다. 남한에는…… 누구도 없습니

---

1 연(鉛)덩어리　납덩이.

다. 이것이 이북 제 고향 주소입니다."

꾸겨진 기슭마다 닳아져서 떨어졌다. 그것을 받아들던 그의 손, 부하의 손을 꼭 쥐어주었다. 그 이상 더 무엇을 할 수 있었으랴······.

인제 남은 것은 그를 포함하여 여섯 명뿐.

눈 속에 쓰러져 넘어진 그들을 그대로 남겨놓은 채 그들은 다시 눈 속을 헤쳤다. 그의 머릿속에 점점 불안이 다가왔다. 이윽고 ××지점까지 왔을 때다. 산줄기는 급격히 부드러워져 이윽고 쑥 평지로 빠졌다.

대로(大路)다. 지형과 적정(敵情)을 탐지하러 내려갔던 선임하사가 급히 달려 올라왔다. 노상에는 무수히 말굽 자리와 마차의 수레바퀴, 그리고 발자국 자리가 있다는 것이다. 선임하사의 손에는 말똥이 하나 쥐어져 있다. 능히 그것은 손힘으로 부스러뜨릴 수 있었다. 그들이 지나간 것이 그리 오래되지 않았다는 증좌다. 밤을 기다릴 수밖에 없다. 그리하여 어둠을 이용하여 도로를 횡단하고 다시 앞에 바라보이는 산줄기를 타고 오를 수밖에 없다.

밤이 왔다. 행동을 개시하였다. 그들은 될 수 있는 한 낮은 지대를 선택하고 대로에 연한 개천 둑을 이용하였다. 무난히 대로를 횡단하였다. 논두렁에 내려서자 재빠르게 엄폐물을 이용해가며 걸음을 다갔다.[2] 인제 앞산 밑까지는 불과 이백 미터밖에 안 된다. 그들은 약간의 안도감을 느끼고 걸음을 늘렸다. 그때다. 돌연 일발의 총성과 더불어 한마디 비명을 남기고 누가 쓰러졌다. 모두 쫙 눈 속에 엎드렸다.

일순간이 지났다. 도대체 총알은 어디서부터 날아온 것인가? 그 방향을 종잡을 수가 없다. 그가 적정을 살피려 고개를 드는 순간 또 총알이 날아왔다. 측면에서부터. 모두 응전 자세를 취하기 위하여 대로 쪽으로 각도를 돌렸다.

그러나 절대적으로 불리(不利)다. 놈들은 우리의 위치를 알고 있지만 우리는 적 쪽의 위치를 잡을 수가 없다. 그렇다고 이대로 언제껏 있을 수도 없다. 아무리 밤이라 할지라도 흰 눈 위다. 그들은 산기슭까지 필사적으로 포복을 단

---

2 다갔다 어떤 일을 서두르다.

행하였다. 동시에 총알은 비 오듯 집중된다. 비명과 더불어 소대장님, 하고 외치는 소리. 그는 눈을 꽉 감았다. 땀이 비 오듯 흐른다. 그는 눈을 꽉 감은 채 포복을 계속하였다. 의식이 다자꾸³ 흐린다. 산기슭 흰 눈 속에 덮인 관목 숲이 눈앞에서 뿌여니 흩어진다. 총성은 약간 잦아졌다. 산기슭으로 타고 오르는 순간 선임하사가 쓰러졌다. 그는 선임하사를 부축하고 끌며 산속으로 산속으로 들어갔다. 얼마나 산속 깊이 들어왔는지도 모른다. 정신을 잃고 쓰러져 누웠을 때는 이미 새벽이 가까워서였다.

몹시 춥다. 몸을 약간 꿈틀거려본다. 전 근육이 추위에 마비되어 감각을 잃은 것만 같다. 인제 모든 것이 끝나는 것이다. 퀴퀴한 냄새가 코를 찌른다. 어렴풋이 눈 속에 부서지는 구두 발자국 소리가 들려온다. 점점 가까워진다. 시간이 된 모양이다. 몸을 일으키려고 움직거려본다. 잠시 몽롱한 시각이 흐른다. 발자국 소리가 점점 멀어지기 시작하였다. 아무것도 아니다. 아무것도 아닌 것이다. 몹시 춥다. 왜 오다가 다시 돌아가는 것일까…… 몽롱하게 정신이 흩어진다.

전공 과목은? 왜 동무는 법과를 선택했었소? 어렸을 때부터 벌써 동무는 출신 계급적인 인습 관념에 젖어 있었소. 그것을 버리시오.

나는 동무와 같은 인물을 아끼고 싶소. 나는 동무를 어느 때라도 맞아들일 마음의 준비를 가지고 있소. 문지방으로 스미어오는 가는 실바람에 스칠 때마다 화롯불이 붉게 번지어갔다.

나는 동무를 훌륭한 청년으로 보고 있소. 자, 담배를 태우시오.

꾸부러진 부젓가락으로 재 위를 헤칠 때마다 더욱 붉게 불꽃이 번진다.

그렇다면 동무처럼 불쌍한 청년은 또 이 세상에 없을 거요. 나는 심히 유감스럽소. 동무의 그 태도가 참으로 유감이오. (인제 모든 것은 끝나는 것이다.) 왜 동무는 그렇게 내 얼굴을 차갑게 치어다보고만 있소? 한마디 대답도 없이 입을 다문 채…… 알겠소. 나는 동무가 지키고 있는 그 침묵으로 동무가 말하

---

3 다자꾸 무턱대고 자꾸.

고 있는 모든 것을 이해할 수 있소. 유감이오."

주고받던 대화, 조그만 방 안, 깨어진 질화로가 어렴풋이 머릿속을 스친다. 그는 무겁게 몸을 뒤틀었다. 희미하게 또 과거가 이어온다.

그들이 정신을 잃고 쓰러졌을 때는 이미 새벽이 가까워서였다. 산속의 아침은 아름답다. 눈 속에 덮인 산속의 새벽은 더욱 그렇다. 나뭇가지마다 소복이 쌓인 눈이 햇빛에 반짝인다. 해가 적이 높아졌을 때 그는 겨우 몸을 일으켰다. 선임하사는 피에 붉게 젖은 한쪽 다리를 꽉 움켜쥔 채 의식을 잃고 쓰러져 있다. 검붉은 피가 오른편 어깻죽지와 등허리에 짙게 얼룩져 있다. 그는 급히 선임하사를 부축하여 일으켰다.

조용히 눈을 뜬다. 그리고 소대장을 보자 쓸쓸히 입가에 웃음을 지었다. 그 순간 그는 선임하사를 꽉 움켜 안고 뺨을 비비대었다. 단둘뿐! 인제는 단둘이 남았을 뿐이었다.

"소대장님, 인제는 제 차례가 된 모양입니다."

그는 조용히 선임하사의 얼굴을 지켰다. 슬픈 빛이라고는 조금도 없다. 오랜 군대 생활에 이겨온 굳은 의지가 엿보일 뿐이다.

선임하사, 그는 이차 대전 시 일본군에 소집되어 남양[4] 전투에 종군하다 북지(北支)[5]로 이동, 일본 항복과 더불어 포로 생활 이 개월을 거쳐 팔로군(八路軍), 국부군, 시조(時潮)가 변전(變轉)되는 대로 이역(異域)을 표류하다 고국으로 돌아와 다시 군문으로 들어선 것이었다. 군대 생활이 무엇보다도 재미있다는 그, 전투가 자기 생활 속에서 제일 신이 나는 순간이라는 그였다.

"사람은 서로 죽이게끔 마련이오. 역사란 인간이 인간을 학살해온 기록이니까요. 그렇게 생각지 않으시오? 난 전투가 제일 재미있소. 전투가 일어나면 호흡이 벅차고 내가 겨눈 총구에 적의 심장이 아른거릴 때마다 나는 희열을 느낍니다. 나는 그 순간 역사가 조각되고 있는 것같이 느껴지거든요. 사람이란 별

---

4 남양(南洋) 태평양의 적도를 경계로 하여 그 남쪽에 걸쳐 있는 지역을 통틀어 이르는 말. 마리아나, 마셜, 캐롤라인 따위의 군도와 필리핀 제도, 보르네오 섬, 수마트라 섬 따위를 포함한다.
5 북지(北支) 지나(支那), 중국의 북쪽 지방이라는 뜻으로, 일본이 '화베이(華北)'를 이르는 말.

게 아니라 곧 싸우는 것을 의미하고, 싸우다 쓰러지는 것을 의미할 겝니다."
이것이 지금껏 살아온 태도였다. 이것뿐이다. 인제 그는 총에 맞았다. 자기 차례가 된 것을 알 뿐이다. 어렴풋이 희미한 기억을 타고 선임하사의 음성이 떠오른다. 그는 몸을 조금 일으키려고 꿈지럭거리다가 그대로 털썩 쓰러졌다. 바른편 팔 위에 경련이 일어난다. 혓바닥을 꾹 깨물고 고통의 일순을 넘겼다. 인제 모든 것은 끝나는 것이다. 선임하사의 생각이 이어온다.
"소대장님. 제 위치는 결정되었습니다. 안심하십시오."
분명히 말을 끝낸 선임하사는 햇볕이 조용히 깃드는 양지쪽으로 기어가서 늙은 떡갈나무에 등을 기대고 앉았다.
햇볕을 받아가며 조용히 내리감은 눈, 비애도, 슬픔도, 고독도, 그 어느 하나도 없다. 다만 눈 속에 덮인 산속의 적막, 이것이 그의 얼굴 위에 내릴 뿐이다. 의식을 잃은 듯 몸이 점점 비스듬히 허물어지다가 털썩 쓰러졌다. 그는 급히 다가서서 선임하사를 일으키려 하였다. 그 순간 눈을 가늘게 떴다. 입가에 미소가 가벼이 흐른다. 햇볕이 따스히 그 입가의 미소를 지킨다.
"이대로……."
눈을 감았다. 잠시 가는 숨결이 중단되며 이어갔다.
무릎까지 파묻히는 눈 속을 헤치며 남쪽으로 남쪽으로 걸었다. 몇 번이고 의식을 잃고 그대로 쓰러졌다. 때로는 눈보라와 종일 싸워야 했고 알 길 없는 방향을 더듬으며 헤매어야 했다. 발이 얼어 감각이 없다. 불안과 절망이 그를 엄습하기 시작하였다. 내가 잡은 이 방향이 정확한 것인가? 나의 지금 이 위치는? 상의할 아무도 없다. 나 하나뿐. 그렇다고 이대로 서 있을 수도 없다. 그는 한 걸음 한 걸음 눈 속을 헤치며 걸었다. 어디까지 이렇게 걸어야 하는 것인가? 언제껏 이렇게 걸어야 하는 것인가? 밤이면 눈 속에 묻혀서 잤다. 해가 뜨면 또 걸어야 한다. 계곡, 비탈, 눈에 쌓인 관목 숲, 깎아 세운 듯 강파르게 솟은 산마루, 그는 몇 번이고 굴러 떨어졌다. 무릎이 깨어지고 옷이 찢어졌다. 피로와 기아. 밤이면 추위와 더불어 고독이 엄습한다. 악몽, 다시 뒤덮이는 악몽, 신음 끝에 눈을 뜨면 적막과 어둠뿐. 자주 흩어지는 의식은 적막 속에 영원히 파묻혀만 간다. 나는 이대로 영원히 눈 속에 묻혀 사라져버리는 것이 아닌가? 그러나 밤은 지새고 또 새벽은 온다. 그는 일어났다. 눈 속을 또 헤쳐야 한다. 산세는 더욱 험악하여만 가고 비탈은 더욱 모질다. 그는 서너 길이나 되는 비탈길에서 감각을 잃은 발길의 헷갈림으로 굴러 떨어졌다. 잠시 의식을 잃었다가 다시 본정신이 들기 시작하였을 때 그는 어떤 강한 충격으로 입술을 꽉 깨물었다. 전신이 쿡쿡 쑤신다. 그는 기다시피 하여 일어섰다. 부르쥔 주먹이 푸들푸들 떨고 있다. 세 길…… 네 길…… 까마득하다. 그러나 올라가야만 한다. 그는 입을 악물고 기어오르기 시작하였다. 전신에서 땀이 비 오듯 흐른다. 정신이 다자꾸 흐린다. 하늘이 빙그르르 돈다. 그는 눈을 꽉 감고 나무뿌리를 움켜쥔 채 잠시 정신을 가다듬는다. 또 기어오른다. 나무뿌리가 흔들릴 때마다 눈덩어리와 흙덩어리가 부서져 내린다. 악전 끝에 그는 비탈에 도달하였다. 도달하던 순간 그는 의식을 잃고 그대로 쓰러졌다.

밤이 온다. 또 새벽이 온다. 그는 모든 것을 잊었다. 한 발자국, 한 발자국, 눈을 헤치며 발걸음을 옮기는 것, 이것이 그에게 남은 전부였다. 총을 둘러멜 기운도 없어 허리에다 붙들어 매었다. 그는 다자꾸 흩어지는 의식을 가다듬어 가며 발을 옮겼다.

한 주일째 되던 저녁, 어슴푸레하게 저녁이 깃들 무렵 그는 이 험한 준령을 정복하고야 말았다.

다음 날, 해가 어언간 높아졌을 무렵에 그는 눈을 떴다. 그는 순간 놀라지 않을 수 없었다.

바로 눈앞, C자형으로 산줄기가 돌아 나간 그 옴폭 파인 복판에 집들이 점점이 산재하여 있는 것이 아닌가! 이것을 모르고 눈 속에서 밤을 보냈다니…… 소복이 집들이 둘러앉은 마을! 가슴이 뭉클하고 눈물이 핑 돌았다. 그는 눈물을 머금으며 마을로 내려갔다. 마을 어귀에 다다랐다. 집 문들이 제멋대로 열어젖혀진 채 황량하다. 눈이 마을 하나 가득히 쌓인 채 발자국 하나 없다. 돼지 우리, 소 헛간, 아, 사람들이 사는 곳! 그는 방 안으로 들어갔다. 열어젖힌 장롱…… 방바닥 하나 가득히 먼지 속에 흩어진 물건들……, 옷! 찢어진 낡은 옷들! 그는 그 옷들을 주워서 꽉 움켜쥐었다. 사람 냄새…… 땟국에 젖은 사람 냄새…… 방 안을 둘러본다. 너무도 황량하다. 사람 사는 곳이 이렇게 황량해질 수는 없는 것만 같이 느껴진다. 아무리 몇 번이고 보아온 그것이었다 할지라도…….

그 순간 그는 이상한 발자국 소리를 듣고 한쪽 벽으로 몸을 피했다. 흙이 부서진 벽 구멍으로 밖의 동정을 살폈다. 아무 일도 없는 것 같다. 스산한 내 정신의 탓인가? 그러나 다음 순간 그는 확실히 사람들의 음성을 들은 것 같았다. 기대와 긴장이 동시에 서린다. 그는 담 구멍을 통하여 사방을 유심히 살폈다. 약 오십 미터쯤 떨어진 맞은편 초가집 뒤 언덕길을 타고 한 떼가 몰려가고 있다. 그들은 얼마 안 가 걸음을 멈췄다.

멀리서 보기에도 확실히 군인임에 틀림없다. 미군 전투복장도 끼어 있은 듯하다. 벌써 아군 선 내에 들어와 있는 것인가? 그러면……? 그는 숨죽여 이 광경을 지키고 있었다. 그러나 좀 수상쩍은 데가 있다. 누비옷을 입은 군인의 그 누비옷의 형식이 문제다. 그는 좀더 자세히 이 정체를 파악하기 위하여 맞은편 초가집으로 옮겨가지 않으면 안 되었다. 그는 담벽을 따라 교묘히 소 헛간과 짚낟가리 등, 엄폐물을 이용하여 그 집 뒷마당까지 갈 수 있었다. 뒷담장에 몸을 숨기고 무너진 담 구멍으로 그들의 일거일동을 지켰다. 눈앞의 그림자처럼 아른거린다. 그들이 주고받는 말소리가 간간이 들려온다.

동무…… 총살, 이 두 마디가 그의 머릿속에 못 박혔다. 눈앞이 아찔하다. 그는 더욱 정신을 가다듬고 그들의 일거일동을 살폈다. 머리가 텁수룩하고 야윈 얼굴에 내의 바람의 한 청년이 양손을 등 뒤로 묶인 채 맨발로 서 있는 것이 눈에 띄었다.

"동무는 우리 인민의 처사에 대하여 이의가 있소?"

그 위엄으로 보아 대장인가 싶다.

"생명체와 도구와는 다른 것이오. 내 이상 더 무엇을 말하고 싶겠소? 나는 포로가 되었을 때 비로소 내가 확실히 호흡하고 있는 인간이라는 것을 알았을 뿐이오. 나는 기쁘오. 내가 한 개 기계나, 도구가 아니었다는 것, 하나의 생명

체인 인간으로서 살아 있었다는 것, 그리고 인간으로서 죽어간다는 것, 이것이 한없이 기쁠 뿐입니다."

명확한 차가운 음성이었다.

"좋소."

경멸적인 조소가 입술에 어렸다.

"이 둑길을 따라 똑바로 걸어가시오. 남쪽으로 내닿은 길이오. 그처럼 가고 싶어 하던 길이니 유감은 없을 거요."

피해자는 돌아섰다. 한 발자국, 한 발자국 걷기 시작하였다. 뒤에서 두 놈이 총을 재었다.

바야흐로 불길을 뿜으려는 총구를 등 뒤에 받으며 주저 없이 정확한 걸음걸이로 피해자는 눈길을 맨발로 헤쳐가고 있다. 인제 몇 발의 총성과 더불어 그는 무참히 쓰러지고 말 것이다. 곧바로 정면에 눈 준 채 조금도 흩어질 줄 모르는 그의 침착한 걸음걸이……

눈앞이 빙빙 돈다. 그는 마치 저 언덕길을 걸어가고 있는 것이 자기인 것만 같았다. 순간 그는 총을 꽉 움켜쥐었다. 내일을 위해 오늘의 싸움을 피한다는 것은 비겁한 수단이다. 지금 저 눈길을 걸어가고 있는 피해자는 그가 아니라 나 자신이다. 내가 지금 피살당하러 가고 있는 것이다. 쏴야 한다. 그는 사수를 겨누었다. 숨죽이는 순간, 이미 그의 총구에서는 빗발같이 총알이 쏟아져 나갔다. 쓰러진다. 분명히 두 놈이 쓰러졌다. 그는 다음다음 연달아 쏘았다. 일순간이 지나자 응수가 왔다. 이마에선 줄곧 땀이 흐른다. 눈앞이 돈다. 전신의 근육이 개머리판의 진동에 따라 약동한다. 의식이 자주 흐린다. 그는 푹 고개를 묻고 쓰러졌다. 위기일발, 다시 겨눈다. 또 어깨 위에 급격한 진동이 지나간다. 다자꾸 흩어지는 의식, 놈들의 사격이 뚝 그쳤다. 적은 전후 좌우방으로 흩어져서 육박하여 오고 있다. 의식을 잃은 난사, 그는 벌떡 일어섰다.

그 순간 푹 쓰러졌다. 의식이 깜박 사라진다. 갓 지나간 격렬한 총성의 여음이 귓가에서 감돈다. 몸 어느 한구석이 쿡쿡 찌르고 끈적끈적한 액체가 흘러내리고 있는 것 같다. 소리가 난다. 무엇이 다가오고 있다. 머리를 쾅 하고 내리친다. 그 순간 의식을 잃었다.

바른편 팔 위에 격통이 일어난다. 그는 간신히 왼편 손으로 바른편 팔을 엎쓸어[6] 더듬었다. 손끝에 오는 감촉이 끈적끈적하다. 손을 떼었다.

눈앞으로 가져갔다. 그 손끝과 손가락 사이에는 피, 검붉은 피가 함뿍 젖어 있다. 어디선가 두런두런 말소리가 들린다. 담배 연기가 자욱하다. 먼지와 거미줄이 뽀야니 눌어붙은 찢어진 천장 구멍으로 사라져간다. 방 안이다. 방 안에 눕혀져 있는 것이다. 이따금 흰 눈을 밟고 지나가는 발자국 소리가 희미한 의식 속에 떠온다. 점점 멀어져가는 발자국 소리를 따라서 그의 의식도 희미해진다.

그 후 몇 번이고 심문이 지나갔다. 모든 것은 결정되었다.

인제 모든 것은 끝나는 것이다. 얼음장처럼 밑이 차다. 아무 생각도 없다. 전신의 근육이 감각을 잃은 채 이따금 경련을 일으킨다. 발자국 소리가 난다. 말소리도. 시간이 되었나 보다. 문이 삐거덕거리며 열리고 급기야 어둠을 헤치고 흘러들어오는 광선을 타고 사닥다리가 내려올 것이다. 숨죽인 채 기다린다. 일순간이 지났다. 조용하다. 아무런 동정도 없다. 어쩐 일인가……? 몽롱한 의식의 착오 탓인가. 확실히 구둣발 소리다. 점점 가까워오는……, 정확한…… 그는 몸을 일으키려 애썼다. 고개를 들었다. 맑은 광선이 눈부시게 흘러들어온다. 사닥다리다.

"뭐 하고 있어! 빨리 나와!"

착각이 아니었다. 그들은 벌써부터 빨리 나오라고 고함을 지르며 독촉하고 있었다. 한 단 한 단 정신을 가다듬고 감각을 잃은 무릎을 힘껏 괴어 짚으며 기어올랐다. 입구에 다다르자 억센 손아귀가 뒷덜미를 움켜쥐고 끌어당겼다. 몸이 밖으로 나가는 순간 눈 속에서 그대로 머리를 박고 쓰러졌다. 찬 눈이 얼굴 위에 스치자 정신이 돌아왔다. 일어서야만 한다. 그리고 정확히 걸음을 옮겨야 한다. 모든 것은 인제 끝나는 것이다. 끝나는 그 순간까지 정확히 나를 끝맺어

---

[6] 엎쓸다 '휩쓸다'의 경남 사투리.

야 한다.

그는 눈을 다섯 손가락으로 꽉 움켜 짚고 떨리는 다리를 바로잡아가며 일어섰다. 그리고 한 걸음 한 걸음 정확히 걸음을 옮겼다. 눈은 의지적인 신념으로 차가이 빛나고 있었다.

본부에서 몇 마디 주고받은 다음, 준비 완료 보고와 집행 명령이 뒤이어 떨어졌다.

눈에 함빡 싸인 흰 둑길이다. 오, 이 둑길……. 몇 사람이나 이 둑길을 걸었을 거냐. 훤칠히 트인 벌판 너머로 마주 선 언덕, 흰 눈이다. 가슴이 탁 트이는 것 같다. 똑바로 걸어가시오. 남쪽으로 내닿은 길이오. 그처럼 가고 싶어 하던 길이니 유감은 없을 거요. 걸음마다 흰 눈 위에 발자국이 따른다. 한 걸음 두 걸음 정확히 걸어야 한다. 사수 준비! 총탄 재는 소리가 바람처럼 차갑다. 눈앞엔 흰 눈뿐, 아무것도 없다. 인제 모든 것은 끝난다. 끝나는 그 순간까지 정확히 끝을 맺어야 한다. 끝나는 일 초, 일각까지 나를, 자기를 잊어서는 안 된다.

걸음걸이는 그의 의지처럼 또한 정확했다. 아무리 한 걸음, 한 걸음 다가가는 걸음걸이가 죽음에 접근하여가는 마지막 길일지라도 결코 허튼, 불안한, 절망적인 것일 수는 없었다. 흰 눈, 그 속을 걷고 있다. 훤칠히 트인 벌판 너머로, 마주 선 언덕, 흰 눈이다. 연발하는 총성, 마치 외부 세계의 잡음만 같다. 아니 아무것도 아닌 것이다. 그는 흰 속을 그대로 한 걸음, 한 걸음 정확히 걸어가고 있었다. 눈 속에 부서지는 발자국 소리가 어렴풋이 들려온다. 두런두런 이야기 소리가 난다. 누가 뒤통수를 잡아 일으키는 것 같다. 뒤허리에 충격을 느꼈다. 아니, 아무것도 아니다. 아무것도 아닌 것이다.

흰 눈이 회색빛으로 흩어지다가 점점 어두워간다. 모든 것은 끝난 것이다. 놈들은 멋쩍게 총을 다시 거꾸로 둘러메고 본부로 돌아들 갈 테지. 눈을 털고 추위에 손을 비벼가며 방 안으로 들어들 갈 것이다. 몇 분 후면 화롯불에 손을 녹이며 아무 일도 없었던 듯 담배들을 말아 피우고 기지개를 할 것이다. 누가 죽었건 지나가고 나면 아무것도 아니다. 모두 평범한 일인 것이다. 의식이 점점 그로부터 어두워갔다. 흰 눈 위다. 햇빛이 따스히 눈 위에 부서진다.

오상원(吳尙源)

1930년 평북 성천 출생. 서울대 불문과 졸업. 1953년 신극협의회의 희곡 현상공모에 장막극 「녹스는 파편」이 당선되고, 1955년 한국일보 신춘문예에 단편 「유예」가 당선되어 본격적인 작품 활동 시작. 「모반」(1957)과 「백지의 기록」(1957)으로 제3회 동인문학상 수상. 주요 작품으로는 「유예」「모반」「백지의 기록」『황선지대』(1960) 등이 있음. 언론인으로 활동하다 1985년 타계.

작품 세계

오상원은 한국전쟁을 전후한 시기의 인간의 존재 의의에 천착하여, 사람이 살아간다는 것, 그리고 삶 속에서 행위한다는 것의 의미를 집중적으로 탐구하여왔다. 오상원 자신이 「앙드레 말로와 현실주의 문학」이라는 평론에서 말한 것처럼, 오상원은 프랑스 실존주의 문학과 행동주의 문학에 영향을 많이 받았다. 오상원의 작품은 대체로 두 경향으로 나누어 볼 수 있는데, 하나는 「유예」의 계열이고, 다른 하나는 「모반」으로 대표되는 계열이다. 전자가 '실존'에 초점을 맞추고 있다면, 후자는 상대적으로 '행동'에 중심을 두고 있다. 그러나 이 두 경향 모두 극한 상황에 처한 인간 존재의 의미를 묻고 있다는 점, 그리고 인간의 의미를 인간의 존재보다 앞에 두지 않는다는 점에서는 동일하다. 오상원의 등단작 「유예」는 적에게 체포되어 총살을 당하기 직전, 죽음을 눈앞에 둔 군인의 시각으로 그려진다. 적에게 잡혀 총살을 당하는 한 군인을 구하기 위해 총을 쏘았던 주인공은 붙잡혀 그와 마찬가지로 총살을 당하게 된다. 붙잡히는 과정과 총살에 이르기까지의 일들이 회상을 통해 철저하게 주인공의 시각으로 재현되는 이 소설과는 달리 「모반」은 요인 암살을 맡았던 한 테러리스트의 불안과 삶의 이유를 그리고 있다. 「모반」에서는 행동의 목표, 목표의 당위성을 문제 삼지 않는다. 어쩔 수 없이 행동할 수밖에 없는 것이고, 그러한 행동이 삶의 의미를 구성한다.

이렇게 실존주의와 행동주의를 작품화한 오상원의 소설들은 이러한 주제를 전달하기 위해 다양한 소설적 실험들을 보이고 있다. 다양한 영화적인 기법들이 사용될 뿐만 아니라, 의식의 흐름이라는 낯선 기법 또한 채택되고 있다. 혼란스러운 세계 또는 부조리한 세계에 맞서는 인간 존재의 내밀한 불안을 그려내기 위해서는 필연적인 실험들이었던 것으로 판단된다. 그러나 개인과 집단, 혹은 개인과 세계라는 대립을 전면에 드러내는 오상원의 소설들은 어쩔 수 없이 존재를 개별화하고, 세계의 차별성을 없애는 곳에까지 이르게 된다는 점에서 한계를 지니고 있다. 상황이 중요할 수밖에 없는 그의 소설에서 한국전쟁을 전후한 시기의 한국 사회란 역사적인 상황이라기보다는 그저 맞닥뜨릴 수밖에 없는 세계로 추상화 되고 있다. 그러하기에 오상원의 소설에서는 상황의 의미, 세계의 현실은 파헤쳐지지 않는 다. 이 점에서 작가 오상원은 역사적 세계의 탐구라는 소설적 과제를 충실하게 이행하는 데는 미치지 못하였다.

「유예」

오상원의 소설 등단작이다. 적에게 체포되어 총살이라는 극한 상황에 처한 주인공이 그러한 조건 속에서 어떻게 상황과 대결해나가는가를 그리고 있다. 짧은 단문을 중심으로 이루어져 긴박감을 높이는 문장과, 총살 직전의 단편적인 회상을 통해 상황을 드러내는 독특한 구성, 그리고 철저하게 주인공의 내면을 표출하는 의식의 흐름이라는 기법을 사용하고 있다는 점에서 높이 평가받고 있다. 주인공 '그'는 수색대장으로서 소대원을 이끌고 적진 깊숙이 침투하여 정찰 임무를 수행한다. 그러나 도중에 길을 잃는다. 모든 길은 적에 의해 차단되었고 본대와의 무전 연락도 두절되어 고립된 상태이다. 혼자 남아 남쪽을 향해 눈을 헤치며 걸어가던 그는 민가를 발견하고 마을로 내려간다. 그는 마을에서 인민군이 한 청년을 총살하려는 장면을 목격한다. 둑길을 따라 똑바로 걸어가라고 명령한 인민군은 청년의 등에 총을 겨눈다. 이를 본 그는 인민군을 향해 방아쇠를 당긴다. 어깨에 총을 맞고 쓰러졌다 깨어난 그는 자신이 포로가 되어 깊은 움 속에 갇혀 있음을 알게 된다. 그간에 있었던 몇 번의 심문을 회상한다. 그리고 곧 움 속에서 끌려나와 그 청년이 당했던 방식으로 총살을 당하게 된다. 그는 그 상황에서 자신의 의지로 상황에 맞서나간다. 상황은 바꿀 수 없는 것이고, 할 수 있는 것이라곤 자신의 의지로 죽음의 길을 한 걸음 한 걸음 내딛는 것이다. 그리고 총성이 들리고 그는 죽는다.

이처럼 「유예」는 소설의 첫머리부터 움 속에 갇혀 총살을 기다리고 있다는 긴박한 현실 상황을 설정해놓고 있다. 전쟁이란 "극한 상황이라는 것, 생사의 갈림길이라는 것, 이때 비로소 가장 강렬하게 생명의식이 부각된다는 것, 그리고 그 생사의 갈림길에서 비로소 인간의 인간다움이 직접적으로 드러난다는 것"(김윤식)을 보여주고자 한 작품이다. 그렇기 때문에 「유예」에서 한국전쟁이라는 상황은 역사적으로 이해되기보다는 실존을 깨닫게 하는 극한 상황으로 나타난다. 이러한 극한 상황 속에서, 죽음을 앞에 두고 비로소 인간의 존재 의미가 문제로 떠오를 수 있으며, 인간의 존재 의미란 바로 상황에 맞서는 인간의 '의지'라는 것이 이 소설의 주제이다. 그리고 이러한 점에서 정확하게 '50년대 소설'이라고 말할 수 있다.

주요 참고 문헌

김우종의 「오상원론」(『문학춘추』, 1965. 2)을 비롯한 오상원론의 대부분은 실존주의와 행동주의의 의미를 중심으로 이루어져 있다. 조남현의 「오상원의 소설세계」(『한국 현대소설의 해부』, 민음사, 1993)에서 비로소 꼼꼼하게 오상원의 인간 본질론을 파헤치고 있으며, 장윤수의 「6·25, 그 문학적 대응의 한 양상」(『1950년대의 소설가들』, 나남, 1994)에서는 '끝의식'과 '증인의식'을 중심으로 오상원의 작품 세계를 조명하고 있다. 김윤식의 「오상원의 「모반」과 제3회 동인문학상」(『작가연구』, 2004 상반기)에서는 오상원이 그려내고 있는 극한 세계의 추상성에 주목하고 있다. 오상원 작품의 문체와 관련하여 김윤식은 이를 '직역투'라고 부르며 오상원의 주제의식과 연관 짓고 있으며, 이부순의 「오상원 소설의 문체적 전략과 효과」(『작가연구』, 2004 상반기)에서는 「유예」의 문체를 의도적으로 선택한 문체 전략의 일환으로 높이 평가하고 있다.

_채호석

전광용
사수(射手)

 내가 언제 이런 곳에 왔는지 전연 알 길이 없다.
 분명 경희임에 틀림없다. 겨드랑이에서 체온계를 빼려는 손을 꼭 잡았다. 손가락이 차다. 경희의 손은 이렇게 냉랭한 적이 없었다. 따뜻하던 지난날의 감촉이 포근히 되살아온다. 눈을 떴다. 그러나 아직도 머리는 안개가 서린 듯 보야니 흐리멍덩하다.
 "정신이 드나 봐……."
 경희의 음성이 아니다. 이렇게 싸늘하지는 않았다. 간호원이다. 새하얀 옷이 소복 같은 거리감을 가져온다. 꿈인 것 같다. 그러나 아무리 따져보아도 꿈은 아닌 성싶다. 내 숨소리가 확실히 거세게 들려온다. 틀림없이 심장이 뛰고 있다.
 총소리가—그것도 다섯 방의 총소리가 거의 같은 순간에 울리던 그 총소리가—아직도 고막에 달라붙어 있다. B가 맞은 건지 내가 맞은 건지 분간이 안 간 대로 그 시간이 지금까지 지속되고 있다. B가 거꾸러진 건지 내가 거꾸러진 건지 그것조차 확인할 길이 없다. 승부는 났다. 그러나 내가 이겼는

---

* 「사수」는 『현대문학』 1959년 6월호에 발표되었고, 이후 소설집 『흑산도』(을유문화사, 1959)에 수록되었다.

지 B가 이겼는지 알 길이 없다. 귀를 만져본다. 찢어졌던 귓바퀴를 꿰맨 상흔(傷痕)이 사마귀처럼 두툴하다. 그때는 내가 졌다. 아니 계속해서 내가 지고만 있었다. 지금도 어쩌면 내가 지고 있는지도 모른다.

곰이라는 별명을 가진 뚱뚱보 선생이었다. 좀 심술궂은 성품이다. 그것이 수업 시간에도 곧잘 나타났다. 아이들의 귀를 잡아끌거나 뺨을 꼬집어 당기는 것쯤은 시간마다 있는 일이었다. 추석 다음 날이었나 보다. 그날은 나도 B도 숙제를 안 해 갔기에 꾸중을 듣고 난 뒤였다. 설명 한마디에 '엠' 소리를 거의 하나씩 섞는 그의 버릇은 종내 떨어지질 않았다. 나는 곰의 설명은 듣는 둥 마는 둥, 공책에다 '엠' 소리 날 때마다 연필로 점을 하나씩 찍어갔다. 일흔아홉, 여든, 여든하나…… 하학종이 거의 울릴 것만 같다. 나는 늘 하는 버릇대로 백이 되기만을 기다리는 조바심으로 표를 하고 있었고, 나와 한 책상에 앉아 있는 B는 거기에만 정신이 쏠려서 한눈을 팔고 있었다. 아마도 곰의 시선은 우리 둘 책상만을 노리고 있었을 것이다. 아흔아홉…… 하학종이 울렸다. 아쉬움을 삼키면서 머리를 들었다. 그때다. '엠!' '백!' 하고 내가 혼자 뇌까리는 순간 B가 웃음을 터뜨렸다.

"왜 웃어?"

고함 소리에 정신이 바짝 차려졌다. 우리 앞으로 다가오는 곰을 보면서 닥쳐올 벌을 각오했다. 내 공책에서 눈을 뗀 곰은 둘 다 일으켜 세웠다.

"서로 뺨을 때려!"

몇 번 외쳐야 아무 반응도 없다. 이 험악한 공기 속에서도 나는 흘낏 유리창 밑줄에 앉아 있는 경희 쪽으로 눈길을 훔쳤다. 경희는 제가 당하기나 하는 것처럼 불안한 표정으로 이쪽을 지키고 있다. 다른 애들의 눈초리도 그러했겠지만 그때의 내 눈에는 경희의 표정밖에 보이지 않았다.

"이렇게 때리래두!"

곰의 손바닥이 내 뺨에 찰싹 붙었다 떨어졌다. 눈알에서는 불이 튀는 것 같았다. 그것만으로도 끝나는 것이 아니다. 곰의 손은 다시 B의 뺨으로 옮겨갔고, B의 손을 들어서 내 뺨을 때리게 하였다. 나와 B는 하는 수 없이 흉내만을 내는 정도로 서로의 뺨을 쳤다. B의 눈동자는 아무런 악의 없이 나를 건너다보고 있다. 적당히 해치워버리자는 암시의 빛과 같은 것이라고 느꼈다.

"더 세게 때리래두! 자, 이렇게!"

다시 곰의 손이 B의 뺨을 후려갈겼다. 다음에 와 닿은 B의 손바닥은 전보다 훨씬 거세게 내 뺨을 때렸다. 나도 별다른 생각 없이 앞서보다는 좀 세게 B를 때렸다. 이번에는 B의 손바닥에서 오는 탄력이 먼젓번보다 더 거세었다. 내 손도 또 그랬다.

"더, 더!"

하는 곰의 응원 같은 구령에 B의 손바닥과 내 뺨 사이에서 울리는 소리가 더 커지자, 내 손도 거기에 맞대꾸를 했고, 결국에는 슬그머니 밸이 꼴려왔다. 곰에 대한 반감이 어느 사이엔지 B에게로 옮겨져, B에 대한 적의를 느끼면서 B를 후려갈겼다.

"이 자식이, 정말이야?"

하며 B는 있는 힘을 다하여 나를 때렸다. B의 눈동자에는 확실히 노기 같은 것이 서리었다. 나도 팔에 온 힘을 주어 B를 후려쳤다.

"너, 다 했니?"

하고 뺨에서 코빼기로 비낀 B의 손바닥이 지나가자마자 잉얼대던 뺨의 아픔을 넘어 코허리가 저리면서 전신이 아찔했다. 시뻘건 코피가 교실 널바닥에 떨어졌다. 내가 다시 B를 치려는 순간 '그만' 하는 곰의 명령 소리가 B를 한 걸음 물러서게 하였고, 내 손은 허공으로 빗나갔다. 아무 근거도 없는 승부는 이것으로 끝난 것이다. 끝장면만으로 따진다면 B가 이긴 것임에 틀림없다.

선반 위에 나란히 서 있는 약병들이 눈에 들어온다. 흰 병, 자주 병, 파랑, 초록…… 머리가 흔들린다. 테이블 위 주사기의 알코올 탈지면에 싸인 바늘이 오히려 가슴에 따끔한 자극을 준다. 그렇다. 그날 그 공기총알의 심장에 짜릿하던 자극 같은 것이다.

B와 나는 중학도 같은 학교였었다. 그것도 한 학급에 편성되었으니 말이다. 우리 둘은 학교 안에서는 물론 집에 돌아와서도 자는 시간 외에는 거의 한군데서 뒹굴었다. 아니 B가 우리 집에서, 내가 B의 집에서 자는 일도 번번이 있었다. 성적도 그와 나는 늘 백중이었다. 초저녁까지는 나와 함께 놀기만 하던 B가, 내가 돌아온 후부터 밤늦게까지 공부를 한다는 이야기를 듣고 나도 그 방법을 취했다. B와 나는 서로 표면에는 공부를 안 하는 체하면서 몰래 경쟁을 하였던 것이다. 그러기 때문에 우리 집에서 늦게까지 놀다가 B가 자고 가게 되거나, 내가 B의 집에서 자는 경우에는 둘의 공부가 합동 작전이 되지 않으면 둘 다 아무것도 하지 않고 자는 날이 되는 것이다.
　여기에 경희의 존재는 우리 둘에게 퍽이나 미묘한 것이었다. 나도 B도 경희를 좋아했다. 나는 내가 경희를 더 사랑하는 것으로 생각했고, B는 B대로 자기의 사랑이 더 열렬한 것으로 생각해왔음이 분명하다. 그러나 경희 자신은 B보다는 나와 만나는 것을 더 좋아하는 눈치였다. B는 몇 번씩이나 편지를 해도 답장이 없지만 나에게 대하여는 그때그때 답장이 왔었다.
　B와 나는 다른 이야기는 다 털어놓아도 경희에 관한 문제에 한해서는 어느 쪽에서든지 말을 끄집어내는 것을 꺼렸다.
　졸업반으로 진급되던 해 봄이다. 그때의 성적은 B가 나를 넘어뛰었다. 표면에는 나타나지 않았지만 내심으로는 약간의 울화 같은 것이 치밀어서 이번에는 졌구나 하는 생각이 들었다. 다음에는 틀림없이 만회하리라는 결심이 복받쳐 올랐다.
　그러던 어느 날 우리 집에 놀러 왔던 B는 내 책갈피에 끼여 있는 경희의 편지를 발견하게 되었다. 나는 이쯤 하여 경희와의 문제도, 나와 B와의 우정에 여자로 말미암은 금이 가기 전에 내 편에서 솔직한 고백을 하는 것이 좋겠다는 생각이 들어서, 경희와의 약혼 의사를 B에게 솔직히 토로하였다. 나는 은근히 B의 선선한 양보를 기대했던 것이다. 그러나 사태는 의외의 방향으로 벌어졌다. B 편에서 나에게 자기의 그러한 의사를 표시하려고 적절한 기회만을 노렸다는 것이다.

그 먼저 일요일 나와 B는 경희, 경희 친구 하여 넷이서 교외로 나갔다. 공기총으로 참새잡이를 시작하여 내가 까치 두 마리와 참새 두 마리를 잡고, B는 참새 세 마리를 잡았다. 돌아오는 길에 개울가 과수원에 달려 있는 사과를 겨누어 정확률을 시합한 결과 내가 이기게 되었다. 그날 저녁 중국집에서 패배한 B가 자장면을 내면서도 안타까움이 가시지 못하여, 다음 주일에 다시 시합을 하자는 제2차의 대전을 제기하였다. 나도 쾌히 승낙했다.

이날 나와 B 간의 경희를 싸고도는 미묘한 감정에도 약간의 농조는 섞였지만 아무 쪽에서도 시원한 양보는 하지 않았다. 나 자신은 이미 머릿속이 경희로 가득 찼었고, 어느 정도 경희의 마음속도 다짐한 후이기에, 이제 여기서 경희를 빼앗긴다는 것은 내 일생에 대한 중대 문제로 생각되었고, B는 B대로 경희가 보통 다정하게 대하면서도 진심은 토로하여주지 않는 것에 더한층 이성으로서의 매력 같은 것을 느껴왔던 것이다.

"할 수 없지, 또 시합이다……."

B는 내 손목을 이끌고 밖으로 나가는 것이다. 우리 둘은 공기총을 들고 거리를 벗어났다.

이 총으로 상대편을 나무 옆에 세워놓고 귀의 높이 되는 나무통 복판을 정확하게 맞히는 쪽이 경희를 양보받기로 하자는, B의 정말 상상 외의 제안이었다. 나는 처음에는 거절하였으나, B의 너무나 의기양양한 데 비하여 그 이상의 비굴은 보이고 싶지 않아서 하는 수 없이 응낙했다. 이번에는 누가 먼저 쏘느냐는 순번이었다. 그것은 경희의 양보 문제를 제기한 것이 나이니까, 나부터 먼저 쏘라는 B의 일방적인 통고 비슷한 제의였다. 당사자 경희가 알면 참 어처구니없는 일이라고 하겠지만, 그때의 나로서는 어찌하는 수가 없었다.

나는 총을 들어 숨을 크게 들이켜고 나무 옆에 서 있는 B의 귀에 평행으로 나무통 복판에 가늠하여 방아쇠를 당겼다. 총을 내리고 서서히 나무 밑으로 걸어갔다. 총알은 조금 위로 올라갔으나 나무 한복판에 맞았다. 일순 B와 나의 시선은 마주쳤다.

다음은 B의 차례였다. B는 나를 나무 옆에 꽉 붙여 세워놓고는 정한 위치로 갔다. 총을 들어 개머리판을 오른편 어깨에 대고, 바른뺨을 그 위에 비스듬히 얹고, 한 눈을 쭈그러지게 감으며 조심스레 조준을 맞추는 것이었다. 나는 B의 너무도 심각하게 정성 들이는 표정이 우스워서 그만 웃음을 터뜨렸다. 그 순간 방아쇠는 당겨졌다. 나는 '악' 비명을 치면서 뺑뺑 돌다가 푹 주저앉았다. 총알은 내 오른쪽 귓불을 찢고 날아갔던 것이다. 피가 뺨으로 스쳐 흘렀다. 만지고 난 손가락 사이가 찐득거렸다.

이런 일뿐이 아니다. 나와 B의 사고방식이나 행동 속에는 너무나 우연한 일치 같은 것이 많았다. 내가 문득 머리에 떠올라 시작한 일이면, 벌써 B도 나와 때를 거의 같이하여 서로의 상의나 연락도 없으면서 그런 생각을 토로하거나, 그 일에 손을 대고 있는 것이다. 이러한 일들은 자칫하면 본능적인 경쟁의식이나 또는 자기만으로의 우월감 같은 것을 유발하여 둘의 우정에 거미줄 같은 금을 그어놓는 것이었다. 그러한 예들은 B와 나 사이의 동심에서부터의 긴 교우관계에 있어 너무나도 많았다.

간호원이 머리의 찬 물수건을 갈아 붙이고 있다. 이마의 차가움이 시원하게 느껴진다. 흐릿하던 생각들이 제자리를 찾아 헤매다가 타래못¹처럼 호비고 맞다들어온다. 그러나 눈꺼풀은 아직도 무거워서 팽팽하게 떠지지 않는다.

스리쿼터² 속에 실려서 사형 집행장으로 가는 다른 네 명의 사수(射手)들은 어저께 공일날 외출했던 이야기에 흥을 돋우고 있다. 그중의 하나는, 전라도에서 새로 왔다는 열일곱 살 난 풋내기의 육체미에 녹아떨어진 이야기를, 손짓을 섞어 침을 입술에 튀겨가며 자랑하고 있다. 그러나 나에게는 그런 이야기들이 신통한 반응을 주지 않는다. 지금 내 머릿속은 B에 대한 생각으로 가득 차 있다.

---

1 타래못 '나사못'의 사투리.
2 스리쿼터 짐을 싣는 자동차. 지프와 트럭의 중간급으로 적재량이 4분의 3톤이다.

전광용 1077

만약 경희의 행방을 모르는 대로 B와 다시 만났던들 그렇게 내 머릿속이 뒤엉클어지지는 않았을 것이다. 내가 새로 전속되어 오던 날 부대장에게 신고를 하고 나오던 길에 복도에서 B를 만났다. 서로 생사를 모르다가 기적같이 처음 맞닿은 이 순간, 나는 함성을 올리며 B의 손을 덥석 잡았다. 그러나 B의 표정 속에는 사선을 넘어온 인간의 담박한 반가움보다는 멋쩍고 어쩔 줄 모르는 머뭇거림이 나에게 열적게 감득되었다. 실로 몇 해 만인가! 허탈한 감격밖에 없을 이 순간에 B는 무엇인가 복잡한 생각에 휩싸이는 눈초리를 감추려는 당황함이 엿보이게 하고 있다.

나와 경희는 형식적인 절차는 밟지 않았다 할지라도 약혼한 바나 다름없었고, 주위의 사람들도 또한 그렇게 보아왔던 것이다. 그중에서도 B는 그러한 나와 경희와의 관계를 억지로 부인하려는 자세였지만, 객관적인 조건은 그렇게 시인하지 않을 수 없었던 것이다. 말하자면 나와 경희와의 사이를 가장 정밀하게 측정하고 있는 것이 B의 위치였던 것이다.

사변 전 우리 주변에 있던 사람들의 생사에 관한 안부가, 자연히 나와 B의 대화의 주요한 말거리였고, 내가 가장 알고 싶었던 경희의 이야기도 따라 나오게 되었다. 그러나 B가 잘 모른다고 대답하는 그 어감 속에는 그의 표정까지를 보지 않아도 께름칙하고 불투명한 구석이 적지 않게 섞여 있음이 느껴져왔다. B를 아까 처음 만났을 때의 나의 이상한 육감은, 지금 더 굳어져가는 어떤 방향의 시사를 받는 것이 분명하다. 그도 바쁜 시간이어서 그날은 그것으로 끝났다.

그러나 더 결정적인 사태가 정작 내 앞에 벌어지게 되었다. 그것은 내가 휴가 중의 외출에서 돌아올 때 공교롭게도 B의 가족 동반의 기회에 마주친 일이다. 여기에서 오래도록 감추어졌던 모든 자물쇠는 열렸다. B의 옆에는 벌써 어머니가 된 경희가 서 있는 것이 아닌가. 경희는 충격적인 고함 소리 한마디를 치고는 이상하게도 기계라도 정지하는 것처럼 다시 태연해지는 것이었다. 아마도 B에게서 나의 생존을 알고, 이미 결정지어진 과거에 대하여 어쩔 수 없는 체념으로 마음을 다져 먹었지만, 이 불의의 경우에 나와 정면으로 마주치고 보니 격동되지 않을 수 없었던 것 같다. 물론 이것은 과거의 경희를 가장 잘 아는 나 혼자만의 추측에 불과하다. 그리고 그 이상으로 경희의 심정을 내 쪽으로 접근시켜 더욱 높게 추리하고 싶지도 않았으며, 또한 경희를 배신적인 것으로 혐하여 탓할 수도 없는, 말하자면 전란이라는 환경이 주어진 어쩔 수 없는 경우로 극히 평범하고도 관대한 단정을 나는 나 자신에게 내리는 것이다. 그만큼 이 짧은 시간의 착잡한 표정 속의 침묵은 나에게 비길 수 없는 중압감을 덮씌웠던 것이다. 그것은 또한 침묵 뒤의 경희의 표정이 B와 나를 번갈아 곁눈질하는 속에서도 나의 단정은 어느 정도 정확하다는 것을 시인하게 하는 것이었다.

그러나 그다음 경희의 입으로 터져 나오는 말이 나를 더 놀라게 하였다. 나더러 아기가 몇이냐는 것이다. 결혼은 했느냐는 여부도 없이 선 자리에서 한 단계를 뛰어넘는 것이다. 비범하게 좋았던 경희의 두뇌에서 튀어나올 법한 기지(機智)임에 틀림없다. 그것도 이 무거운 질식 상태의 분위기를 완화하려는 여자의 얇은 재치인지도 몰랐다. 그러나 그 이야기들은 모두 나에 대한 절실했던 애정의 환원이나 회상에서가 아니라, 지금의 자기 남편인 B에 대한 아내로서의 내조적인 협조나, 그렇지 않으면 지난날에 그렇게도 못 잊어 했던 나에 대한 흘러간 추억 속의 동정 같은 값싼 것으로만 나는 여겨지는 것이었다. 나는 어느 말부터 끄집어내야 할지 이야기의 실마리를 잃고 멍추같이 아연할 수밖에 없었다. 둘이서 얼싸안고 실컷 울어도 시원치 않을 이 자리에서⋯⋯.

이 얼마를 두고 머릿속에 감아붙던 B에 대한 적의(敵意)가 차츰 경희에게로 옮겨져가는 것 같은 미묘한 감정을 의식했다. 그러면서도 나의 경희에 대한 미련 같은 아쉬움은 완전히 가셔지지 않았다. 그것이 다시 B에 대한 적개심으로 이동되었다가 또다시 경희에게로 옮겨졌다가 하는 유동이 얼마 동안 지속되었다. 그러다가는 결국에 가서는 어쩔 수 없이 박탈되어 간 것같이 경희에게 변호가 가게 되고, 나중에는 B에 대한 배신감만이 완전히 고정적인 자리를 차지해가게 되어버렸다.

흐려가던 머리가 또렷해진다. 그러나 그것이 끝끝내 지속되지는 않는다. 반딧불마냥 깜박거린다. 단속적으로 나타나는 장면만은 선명하다.

흰 눈이 쌓인 산록(山麓)의 바람 소리가 시리다. 그것은 바로 사형 집행장에서의 일임에 틀림없다. 나는 권총 사격에 몇 점, 카빈에 몇 점, 엠원 소총에는 몇 점 하는 명사수의 하나로, 나의 소속 부대에서도 알려져 있다. 그러나 나 자신이 이 사형 집행의 사수로 지명될 줄은 몰랐다. 또 그렇게 달갑지도 않은 일이다. 더욱이 일단 지명된 이상에는 피해낼 도리가 없다. 아무도 이런 일을 선두에 서서 하겠다고 좋아하는 사람은 없다. 그것도 전기 장치로 된 집행장에서 단추 하나를 누르면 보이지 않는 곳에서 기계가 스스로 모든 일을 처리하여주는 경우라면 몰라도, 이런 경우는 따분하기 짝이 없는 일이다. 그러지 않아도 나는 전에 형무소에서 사형을 집행하는 관리들의 고역을 상상해본 일이 있다. 그럴 때마다 소름이 끼쳐 그런 일을 어떤 불우한 사람들이 직업으로 삼고 맡아 할 것인가 하고 동정했던 것이다. 사실 그 경우의 죽는 사람과 죽이는 사람 사이에는, 개인적으로 생명을 여탈(與奪)할 하등의 이해관계가 없는 것이 거의 전부의 경우이기에…….

지금 나의 경우는 약간 다르다. B가 오늘 집행되는 수형(受刑)의 당사자라는 것을 알았을 때 나는 순간—그것은 참말 계량할 수 없는 눈 깜짝할 찰나였지만—복수의 만족감 같은 회심의 미소를 지을 뻔했던 것이다. B의 얼굴에 겹쳐 경희의 모습이 떠올랐다. 그러나 그것들이 다 어릴 때부터의 벗이던 순진하고 아름다운 정에 얽매인 인간의 모습이 아니라, 언젠가 가족 동반에서 만난 당황하는 표정들이 점점 혐오를 느끼게 하던 그런 모습들인 것이다.

나는 눈을 떴다.
십 미터의 거리. 전방에는 B가 서 있다. 목사의 기도는 끝났다. 유언(遺言)이 없느냐고 물었다. B는 고개를 가로저었다. 지금까지 한 번도 내 앞에서 졌다고 항복한 일이 없는 B다. 그렇게 서로 대결이 되는 경우는 늘 내가 양보하는 위치에 서게 되었었다. 오늘도 이 숨가쁜 마지막 고비에서, B의 목숨을 앞에 놓고 B와 나는 여기 우리 둘이 한 번도 같이 와본 적이 없는 눈 덮인 산골짜기에서 이렇게 대결하고 있는 것이다. 나를 알아보는 B의 눈은 조금도 경악의 표정은 없다. 일체의 체념이 나까지도 안중에 없게 하는가 보다. 그러면 나는 벌써 이 마지막 순간에도 이미 B에게 지고 있는 것이다. 만일 내가 이 자리에 사수로 나타나지만 않았다면 B는 무슨 말이든 한마디 남겼을는지도 모른다. 적어도 경희에게만은 무슨 마지막 당부의 한마디를 전하여주고파 했을 것이 아닌가.

다섯 명의 사수는 일렬로 같은 간격을 두고 나란히 횡대로 늘어섰다. B의 손은 묶인 대로이다. 그의 눈은 검은 천으로 가리어졌다. 왼쪽 가슴 심장 위에 붙인 빨간 헝겊의 표지가 햇빛에 반사되어 더 또렷하다. 헛기침 소리 이외에는 아무의 입에서도 말이 없다. 다만 몸들의 움직임이 있을 뿐이다.

B가 이적적인 모반(謀反) 혐의로 구속되었다는 신문 보도를 본 얼마 후 나는 B의 집으로 경희를 찾아갔다. 이 근래의 B의 의식 상태에는 약간의 이상적인 징조가 나타나 발작적인 행동이 집 안에서도 거듭되었다는 사실은 이날 들은 이야기이다. B는 나의 절친한 친구의 한 사람이었다고 나는 지금도 그 생각은 버리지 않는다. 그와의 개인적인 대결이 치열할수록 나는 그를 잊어본 적이 없다. 내 삼십 년의 지나온 세월에 있어서 B는 내 마음속에 새겨진 가장 오랜 친구였고, 접촉된 시간도 가장 긴 인간이기 때문이다. 나와 그는 이해관계를 초월하여 사귀어왔다. 다만 경희의 경우를 비롯한 몇 굽이의 치열한 대결은 B와 나의 의식적인 적대 행위가 아니라, 환경적인 조건이 주어진 불가피한 운명 같은 것이 더 컸다고 나는 생각하고 싶은 것이다. 그러기 때문에 나는 나의 아끼던, 아니 현재도 아끼고 있는 유일한 친구이고, 그와의 어쩔 수 없는 대결이 거세면 거셀수록 그에 대한 관심이 더 강력하게 작용했던 만큼 그의 혐의를 받는 죄상에 대한 내막은 이 이상 더 소상하게 늘어놓고 싶지는 않다.

나를 만난 경희는 시종 울기만 하였다. 그것은 오랫동안 떨어졌다가 만난 육친의 애정 같은 것이어서 그 자리에서는 그와 나 사이에 아무런 장벽도 없는 것만 같았다. 경희는 남편인 B의 구출 문제보다도 나에게 대한 자신의 변명 같은 호소로 일관하였다. 사변 통에 나의 행방은 알 길이 없었고, 수복 후에 우연히 만난 것이 나와 자기와의 과거를 가장 잘 아는 B였기에, 나의 생사에 대한 수소문을 서두르는 사이에 나의 소식은 묘연했고, B와의 결혼이 정식으로 성립되었다는 것이다. 나로서는 지금이라도 경희가 B를 버리고 나의 품으로 뛰어 오겠다면 받아들일 수 있는 애정의 여신(餘燼)이나 아량이 없는 바도 아니었지마는, 몇 번이고 죽음에 직면했던 나로서, 경희의 행방에 대한 관심에 얼마 동안 적극적이 되지 못하였던 나 자신에 대한 자책이 이제야 더욱 거세게 싹터 나로 하여금 아무의 힐난(詰難)도 못 하게 만들었고, 오히려 경희에 대한 미안한 생각으로 가슴이 뿌듯해지게 하는 것이었다. 그러나 이미 때는 늦었다. B의 구명 운동이 우리 둘의 긴급한 일로 당면될 뿐이었다.

안전장치를 푸는 쇠붙이 소리가 산골짜기의 정적 속에 음산하다.
나는 무심중 귓바퀴의 상처에 손이 갔다. 호두 껍질처럼 까칠한 감촉이 손끝에 어린다. 지나간 조각조각의 단상들이 질서 없이 한 덩어리로 뭉겨져 엄습해 온다. B와, 경희와, 곰과, 공기총과, 걷잡을 수 없는 착잡한 감정이다.
"겨누어, 총!"
구령에 맞추어 사수는 일제히 개머리판을 어깨에 대고 B의 심장에 붙인 붉은 딱지에 총을 겨누었다.
순간 나는 내 정신으로 돌아왔다. 최종에는 내가 이긴 것이라는 승리감 같은 것이 가슴쇠 구멍으로 내다보이는 B의 심장 위에 어린다. 그러나 나는 곧 나의 차디찬 의식을 부정해본다. 어떻게 기적 같은 것이라도, 정말 기적 같은 것이 있어 이 종언의 위기에 선 B를 들고 달아날 수는 없는 것인가…… 방아쇠의 차디찬 감촉이 인지(人指)의 안 배에 싸늘하게 연결된다. 내가 쏘지 않아도 다른 네 사수의 탄환은 분명 저 B의 가슴의 빨간 딱지 표지를 뚫고 심장을 관통할 것이다.
"쏘아!"

구령이 끝나기가 바쁘게 일제히 '빵' 소리가 났다. 나는 아직 방아쇠를 당기지 않고 있는 것을 깨달았다. 지금 여기 B와의 최후 순간의 대결에서 나는 또 지각을 하고 있는 것이다. 나는 이제나마 그와의 대결의 대열에서 제외되어서는 안 될 것 같다. 방아쇠를 힘껏 당겼다. 총신이 위로 퉁겨 올라가는 반동을 느꼈을 뿐이다. 화약 냄새가 코를 쿡 찌른다. 그때는 이미 B는 다른 네 방의 탄환을 맞고 쓰러진 뒤였다. 그는 넘어지면서도 끝까지 나에게 이겼다고 생각했는지도 모른다. 총소리와 함께 나 자신도 그 자리에 비틀비틀 고꾸라졌다. 극도의 빈혈이었다.

"이제 의식이 완전히 회복돼가는가 봐요."

눈을 떴다.

옆에 경희가 서 있다. 찬 수건으로 내 콧등의 땀을 닦아내고 있다. B와 나란히! 아니, B는 없다. 경희도 아니다. 무표정하게 싸늘한 아까의 간호원이다. 내가 이겼는지, B가 이겼는지, 내가 이겼어도 비굴하게 이긴 것만 같은 혼몽한 속에서 나는 다시 깊은 잠에 떨어졌다.

전광용(全光鏞)

1919년 함남 북청 출생. 호는 백사(白史). 서울대 상대 2년 수료 및 같은 학교 국문과 졸업. 1955년에서 1984년까지 서울대 교수를 지냄. 1939년 동아일보 신춘문예에 동화 「별나라 공주와 토끼」로 입선하였고, 1947년에는 『시탑(詩塔)』 동인으로 활동. 1955년 조선일보 신춘문예에 단편 「흑산도」가 당선되면서 본격적인 작품 활동을 시작하였으며, 1962년에는 단편 「꺼삐딴 리」로 동인문학상을 수상함. 『흑산도』(1959), 『꺼삐딴 리』(1975), 『동혈인간』(1977) 등의 단편집과 『현란공석사』(1959), 『태백산맥』(1부, 1963~64) 등의 장편소설이 있음. 이 밖에 국문학자로서 「설중매 연구」 「이인직 연구」 등 신소설 연구에 큰 업적을 남김. 1988년 타계.

작품 세계

전광용의 소설에서 가장 특징적인 것은 어부, 광부, 트럭 운전수, 청소부, 상이군인, 혼혈아 등 기층 민중에서 의사, 약사, 교수, 화가, 기자 등 지식인층에 이르기까지 등장인물이 매우 넓게 분포되어 있다는 점이다. 더욱이 그는 한 번 다룬 유형의 인물을 다시 다루는 경우도 거의 없었다. 교수였던 그로서는 다른 계층의 인물들에 대한 주도면밀한 관찰과 자료 수집을 통해 소설을 썼던 것이다.

전광용은 지식인층이나 지배 계급을 다룰 때는 풍자적인 어조로 인물을 그려냈지만, 기층 민중을 그릴 때는 사회로부터 뿌리 뽑힌 주변인에 대한 애정과 연민을 바탕으로 인물들을 그려내고 있다. 그런 점에서 전광용의 소설 세계는 다양한 인물 군상을 통한 시대와 역사에 대한 간접적인 조망을 보여준다고 하겠다. 그렇지만 전광용 소설은 주변인들의 비참한 삶을 낳은 근본적 원인 — 사회 구조적 모순이나 사회의 거시적 변화 — 은 제대로 보여주지 못했다는 비판을 받기도 한다.

형식적 측면으로 볼 때, 전광용은 단편소설의 완성도에 특히 주의를 기울였던 작가이기도 하다. 그가 쓴 소설 방법 가운데 가장 두드러진 특징은 시간의 역행적 구성을 빈번히 쓴다는 점이다. 그는 일단 현재 시점에서 인물의 상황이 어떤지 제시한 뒤, 과거로 역행하여 그 인물의 삶을 전기(傳記)와 유사하게 보여준다. 곧 시간의 역행적 구성을 통해 인물의 현재 삶이 왜 그렇게 나타나는지를 독자로 하여금 이해하게 만드는 것이다. 이때 인물의 과거 삶에 우리 사회의 역사적 격동이 반영된 경우(대표적으로 「꺼삐딴 리」를 들 수 있다)에는 높은 평가를 받았지만, 그렇지 않은 경우 민중의 생활사를 보여주는 소극적인 수준에 그친 것으로 평가받았다.

또 하나의 형식적 특징은 결말을 반전이나 급전에 의한 죽음이나 파멸로 처리하는 경우가 많다는 것이다. 곧 닫힌 결말로 처리하는 것인데, 이것은 한편으로는 소설의 완성도를 높이려는 의도의 소산이지만, 다른 한편으로는 당시 우리 민족의 희망 없는 척박한 현실을 반영하는 것이라 여겨진다. 이는 특히 기층 민중의 생활사를 다룰 때 그러하다.

「사수」

한 여자를 사이에 둔 채 벌어지는, '나'와 B 두 친구 간의 대립 과정을 그려낸 소설이다. 그리고 그 대립 과정에는 경쟁을 강요하는 사회의 폭력적인 분위기가 전제되어 있다. 여기서 6·25 같은 전쟁은 기존의 경쟁관계를 한층 더 격화하는 계기로서 제시된다. 곧 누가 이길 것인가에 대하여 누가 살아남는가의 문제가 겹치는 계기가 바로 6·25인 것이다.

이 소설 서두에서는 폭력적인 사회 분위기가 '곰' 선생에 얽힌 에피소드를 통해 제시된다. 그 에피소드는 경쟁을 통해 서로에게 피해를 끼치는 방식을 통해서만 자신의 안녕을 보존할 수 있는 정글 같은 사회를 알레고리화한 것이다. 실제로 이후 소설에서 '나'와 B는 모든 것을 경쟁해야만 하는 삶을 살게 된다. 이 과정에서 주목할 것은 그러한 경쟁의식이 '나'와 B 둘 다에게 내면화된다는 점이다. '곰' 선생처럼 외부에서 명령하는 이 없이도 능동적으로 사회의 폭력적인 규칙을 재생산하게 된 것이다. 마음 한편에는 우정이 없는 것이 아니나, 공기총을 서로에게 쏘는 장면에서 보듯이 우정은 경쟁 속에서 여지없이 부정되고 만다.

'나'와 B의 경쟁에서 주요 목표는 성적과 여자(경희)이다. 특히 경희를 목표로 한 경쟁 과정에서 B가 부도덕한 속임수를 써서 이긴 것은 경쟁에 대한 작가의 부정적인 시각을 잘 알려준다. 수단과 방법을 가리지 않고서라도 경쟁에서 이기기만 하면 된다는 결과 중심주의를 작가는 비판하고 있는 것이다.

이 소설의 마지막은 모반 혐의로 사형이 선고된 B의 처형에 '나'가 사수로 동원된 장면이다. 이 장면에서 '나'는 우정이냐 경쟁이냐를 두고 갈등한다. 그러나 여기서도 내면화된 경쟁의식이 개입한다. '기적 같은 것이 있어서 B를 데리고 달아날 수 없을까' 생각하던 '나'는 "이제나마 그와의 대결의 대열에서 제외되어서는 안 될 것 같다"고 생각하면서 방아쇠를 당기는 것이다. 이러한 행위는 실상 자신의 진정한 인간성에 방아쇠를 당기는 것과 같은데, '나'가 쓰러진 궁극적인 이유도 그 때문이다. 경쟁의식이 정신의 모든 것을 점한 순간, '나'는 그야말로 비인간적인 사람이 된 것이다. 의식이 가물가물하면서도 누가 이겼나에만 관심을 집중하는 '나'의 모습은 경쟁이 초래한 비인간성을 단적으로 보여준다.

이 소설은 1인칭 주인공 시점으로 씌었기에, 자칫하면 '나'의 생각이 모두 옳다고 오해하기 쉽다. 그러나 이 시점은 채만식의 「치숙」에서도 그러하듯이, 강렬한 자기 합리화가 가능한 형태이다. 따라서 '나'가 자신의 행위를 합리화한다거나 또는 저급한 사고방식 때문에 자신의 잘못에 대한 의식 없이 서술할 수도 있다는 점을 감안하고 읽을 필요가 있다. 작가는 오히려 작중의 '나'를 비판한 것으로 보아야 하는 것이다.

주요 참고 문헌

전광용 소설에 대한 연구는 그다지 많지 않다. 이형기는 전광용 소설의 핵심을 비참한 전후 현실 속에서 인간성에 대한 수호 의지를 드러내었다고 보았다(「인간 수호의 시선」, 『현대한국문학전집 5』, 신구문화사, 1967). 조남현은 전광용의 단편소설을 대상으로 그 기법적 특질과 창작 방법을 탐구하였으며, 교수로서의 연구 태도가 그의 창작 방법에 본질적 영향을 끼친 것으로 보았다(「전광용론: 리얼리티에의 투망, 그 정신의 방법」, 『한국현대작가연구』, 민음사, 1989). 전광용 소설에 대한 전체적인 개관으로는 윤석달의 「변경의 삶과 시대의 초상: 전광용론」(『1950년대의 소설가들』, 나남, 1994)과 전영태의 「사회와 작품을 대하는 엄격성」(『한국소설문학대계 33』, 두산동아, 1995) 등을 주목할 만하다.

_장수익

선우휘
단독강화(單獨講和)

눈은 저녁녘이 되어서야 멎었다.

산과 골짜구니에는 반길이나 눈이 깔리고 소나무와 떡갈나무는 가지와 잎새에 눈을 그득히 얹고 힘에 겨운 듯 서 있었다.

간밤의 포격으로 무너지고 파인 산허리나 골짜구니의 상처도 온통 흰 눈에 덮여버리고 말았다.

간밤엔 전투가 있었다.

그 뒤에 종일토록 눈이 내렸다.

저물어가는 흐린 하늘보다 눈에 뒤싸인 땅이 오히려 희다.

어슬어슬 어두워갈 무렵.

어디선가 비행기의 폭음 소리가 들리기 시작했다.

얼마 안 있더니 회색 하늘을 등진 희디흰 서녘 산마루를 넘어 한 대의 수송기가 그 육중한 자태를 드러냈다.

한참 시원스러이 동쪽으로 날고 있던 수송기는 옆구리에서 검고 조그만 덩어리 하나를 떨어뜨렸다. 덩어리는 세차게 낙하하여 산비탈에 쌓인 눈 속에 처박

---

* 「단독강화」는 1959년 6월 『신태양』에 발표되었다. 여기서는 잡지 게재본을 저본으로 삼되 『신한국문학전집(24)』(어문각, 1984)과 선우휘 선집 『불꽃/테러리스트』(을유문화사, 1994)를 참조했다.

히며 그 둘레에 비말¹ 같은 눈가루를 뿌려놓았다.

그러자마자 그것이 신호인 것처럼 골짜구니의 이쪽과 저쪽의 웅덩이 속에서 동시에 두 그림자가 튕겨 나오더니 검은 덩어리가 처박힌 지점을 향해 무릎까지 오는 눈 속을 허우적거리며 기어오르기 시작했다.

간신히 떨어진 지점 가까이 이른 두 그림자는 서로를 인식하자 더욱 기를 쓰며 다투듯 그리로 기어올라갔다.

거의 동시나 다름없이 검은 덩어리에 달려든 둘은 덩어리를 얼싸안고는 한참 동안 말없이 어깨를 들먹이며 세차게 숨을 몰아쉬었다.

옷차림을 보아 둘이 다 병사 같았다. 그중 한 명이 문득 비탈 윗켠을 보았다. 가까이 시선이 가는 곳, 거기 움푹 파인 동굴 같은 것이 있었다.

그는 아직도 씨걱씨걱 숨을 가누지 못하는 다른 한 명의 병사에게 말을 건넸다.

"여 기운 내 저까지 끌어올려."

"어 어덴데?"

그도 비탈 위를 올려보았다.

"그래, 그럭 허지."

둘은 덩어리의 양쪽을 마주 붙들고 낑낑거리며 끌어 올려갔다.

한참 만에 간신히 동굴까지 끌어 올려놓은 둘은 털썩 땅바닥에 주저앉아 잠시 동안 헐떡거렸다.

"자—, 풀어보자."

키 큰 병사가 기운을 차린 듯 어깨에 메었던 총을 땅바닥에 내려놓았다.

그것을 보자 다른 한 명의 가냘픈 병사도 어깨에 늘였던 총을 내려놓았다.

삽시에 풀어 헤쳐진 짐짝 안에서 여러 개의 씨 레이션이 굴러 나왔다.

"야 됐어, 씨 레이션이다."

"머? 씨 머라구?"

---

1 비말(飛沫) 날아 흩어지거나 튀어 오르는 물방울.

"임마, 씨 레이션도 몰라?"

"뭔데?"

"촌놈의 새끼, 양키들 먹는 것 말야, 초콜릿 비스킷 통조림 과일 통조림도 있을걸."

키 큰 편은 퍽이나 익은 솜씨로 손 닿는 대로 통조림 깡통을 따갔다.

"홍, 이건 닭고기야."

"닭고기가 있어?"

가냘픈 편이 신기하다는 듯이 받아들어 코에다 대고 냄새를 맡았다.

"흐음, 흐음."

"머 흐음야, 이건 비스킷, 잼도 들어 있군."

"잼?"

어느새 예닐곱 개의 깡통이 따졌다.

"자아 뜻밖의 생일잔치다. 어, 숟갈 받아."

"숟갈?"

키 큰 편은 합성수지로 만들어진 조그만 숟갈을 통조림 속에 찌르더니 익숙한 솜씨로 한 숟갈을 퍼서 입 안에 넣고 음미하듯이 먹는다.

키 큰 편이 하는 양을 본받아 한 숟갈을 입속에 처넣은 가냘픈 편은 단김에 꿀꺽 소리를 내며 삼키더니 부리나케 퍼넣기 시작했다.

그것을 보고 키 큰 편이 입가에 엷은 웃음을 지었다.

"하하, 역시 굶었었군."

불시에 한 통을 비운 가냘픈 편은 이번에는 낚아채듯 비스킷을 집어들어 우적우적 씹었다.

"동무 이거 굴러 떨어진 호박인데, 이 새끼들 잘도 먹지?"

그 소리에 키 큰 편이 언뜻 숟갈을 쓰던 손을 멈췄다.

"머? 뭐라구."

"이 새끼들 잘 먹는단 말야."

"나보고 뭐라 했어."

"뭐 말야 동무."

"동무?"

순간 키 큰 편은 손에 들었던 깡통을 집어 던지고 몸을 일으키며 허리에 찬 대검을 쑤욱 뽑아들었다.

"너 괴뢰구나."

"괴뢰?"

"괴뢰지! 꼼짝 마라. 손들어."

가냘픈 편의 손에서 깡통이 떨어져 땅바닥에 굴렀다.

"너 괴뢰지?"

"아, 아냐. 난 인민군야."

"역시 괴뢰군."

"너, 넌 뭐가?"

가냘픈 편의 목소리가 떨렸다.

"나? 난 국군이다."

"국방군! 괴 괴뢰구나."

"자식이, 꼼짝 마."

국군 병사는 인민군 병사의 가슴에 총검을 겨눈 채 그의 옆으로 다가가며 거기 놓여진 총을 힘껏 구둣발로 걷어찼다.

"어쩔 테야?"

인민군 병사가 높이 팔을 든 채 국군 병사에게 물었다.

"어쩔 테야라구? 손을 모아 뒷덜미에다 얹어!"

"어쩔 테야?"

"어쩔 것 같애?"

대답이 없었다.

"네가 선수를 썼더면 어떡허지?"

그래도 대답이 없었다.

"죽이겠지?"

역시 대답이 없었다.

"들어봐, 넌 벌써 죽은 셈야."

그러곤 국군 병사는 잠깐 말을 못 잇고 그대로 거기 버티고 서 있었다.

"여기서 널, 지금 죽인다? 어디 시체하구야 한밤을 새울 수 있나. 살려두자니 잘못하면 내가 죽을 거구 어떡헐까."

국군 병사는 오히려 인민군 병사에게 반문하는 조로 중얼거렸다.

"어떡허면 좋지?"

인민군 병사는 그저 먹먹하니 앉아 있었다.

"별수 없군. 묶어야겠어."

국군 병사는 결심한 듯 뇌까렸다.

"어때?"

인민 병사는 대답이 없었다. 국군 병사는 그러고도 한참 동안 힘없이 그대로 서 있었다.

"묶어놓고 내 손으로 먹일 수 없구. 여, 손 내려, 우선 제 손으로 먹고 싶은 대로 처먹어."

인민군 병사는 손을 내려놓고도 그대로 한참 동안 멍하니 앉아 있었다.

"왜 그래? 못 먹겠나?"

대답이 없었다.

"먹어! 안 먹으면 별수 있어?"

국군 병사는 발밑에 있는 통조림 하나를 들어 인민군 병사의 턱 밑에 내밀었다.

"이건 쇠고기야, 먹어봐."

인민군 병사는 느릿느릿 손을 내밀었다. 깡통을 받아들고도 좀처럼 숟가락을 들지 않았다. 서향한 탓으로 동굴 안은 아직 희미하게나마 빛이 있었다.

"여, 그 대신 너, 아예 그 깡통을 들어 나한테 내던질 생각은 마."

인민군 병사는 반 통도 못 먹고 나서 깡통을 땅바닥에다 놓았다.

"더 먹지그래."

"……."

"그럼 이젠 묶는다아. 돌아앉어, 팔을 뒤로 돌려."

인민군 병사는 맥없이 시키는 대로 돌아앉더니 뒤로 두 팔을 돌렸다.

국군 병사는 야전잠바 한가운데를 조이는 노끈을 풀어내어 인민군 병사의 팔목을 묶기 시작했다.

"너 장갑도 없구나?"

"……."

묶고 난 국군 병사는 인민군의 어깨에 손을 가져가 그의 몸을 자기 편으로 돌렸다. 그러고 나서 천천히 통조림 하나를 골라가지고 먹기 시작했다.

인민군 병사는 가만히 밑으로 눈을 깔았다.

"어려 보이는군. 너 몇 살이가?"

대답이 없었다.

"너 몇 살이지? 왜 대답을 안 해? 스물하나? 스물둘, 셋, 넷, 뭐야, 그럼 열아홉, 열여덟, 열일곱, 여섯, 다섯, 여섯, 일곱, 여덟? 어 너 우냐?"

인민군 병사가 코를 훑어 올리는 듯하더니 어깨를 들먹거리기 시작했다.

"자식이 울긴."

인민군 병사는 그 소리에 더욱 코를 훑어 올렸다.

"왜 울어? 분해 그러냐? 묶인 게 분한가? 하는 수 없잖아?"

인민군 병사는 어린애처럼 설레설레 머리를 가로저어 도리질을 했다.

"그럼 죽을까 싶어서?"

인민군 병사는 역시 도리질을 했다.

"그럼 왜 울어?"

"배, 배가."

"배가?"

"갑자기, 배가 아파."

국군 병사는 빙긋이 웃었다.

"뭐? 배가 아파서라, 정말야?"

인민군 병사는 고개를 주억주억했다.
"너 엄살하는 게 아냐?"
이번에는 고개를 가로저었다.
국군 병사는 먹던 손을 쉬고 하나의 깡통을 따고 그 속에서 물을 소독하는 알약을 꺼내서 그의 입에다 몇 알을 넣어주었다.
"이것을 삼켜."
인민군 병사는 시키는 대로 알약을 입으로 받아 잠시 볼을 우물우물하더니 꿀꺽 삼켜버렸다.
"좀 나을 게다. 몇 끼 끼니를 굶었어?"
"이틀째야."
"음, 빈속에 갑자기 퍼넣어 그렇지, 그런데 너 몇 살이가?"
"열여덟야."
"열여덟!"
"응!"
"고향은 어딘데?"
"가평."
"가평이라, 난 춘천이지, 어떻게 나왔어."
"끌려 나왔어."
"뭘 높이 들자구 앞장서 나온 게 아냐?"
"아냐."
"집에서 뭘 했어?"
"농사졌지."
국군 병사는 한참 동안 말없이 인민군 병사의 이모저모를 뜯어보았다.
"너 국군 몇 죽였어?"
"아냐, 그저 따라다녔어."
"거짓말 마."
인민군 병사는 국군 병사의 팅기는 언성에 흠칫 놀랐다. 그리고 다시 눈을 깔았다.

"너, 내가 널 죽이면 어떡허지?"

"……."

"죽는 건 싫지?"

"……."

"나도 죽는 건 싫어."

국군 병사는 바싹 그에게 다가앉았다.

"난 스물넷이다. 너보담 여섯 살이나 위야. 너한테 나 같은 형이 있을는지도 모르고 나한테 너 같은 동생이 있을 수도 있어. 그렇다고 서로 죽일 수 없다는 건 아냐, 얼마든지 죽일 순 있지. 그런데 여기선 내가 널 죽여봐야 소용이 없고 네가 날 죽인대도 별것이 없어, 나도 죽기 싫고 너도 죽기가 싫다면 어때, 너와 나와 한 가지 약속을 할까?"

인민군 병사는 유심히 귀를 기울였다.

"무슨 약속인가 하면 너와 내가 여기서 하룻밤 서로를 해치지 않고 지내고 나서, 내일 아침 서로 갈 길을 찾아 헤어지잔 말야. 약속을 할 수 있다면 팔목을 맨 노끈을 풀어주지."

인민군 병사는 못 믿겠다는 듯한 얼굴을 했다.

"놀리는 건 아냐, 어때?"

인민군 병사는 한참 있다 떠보듯 고개를 주억거렸다. 국군 병사는 인민군 병사의 등 뒤로 돌아가 팔목을 동인 노끈을 풀기 시작했다.

"너 성이 뭐지?"

"장가예요."

말투가 아까와 달라졌다.

"장가라, 난 양이다. 그런데 한마디 일러두지만 아예 딴 맘은 먹지 마. 난 학생 때 권투를 배운 일이 있어. 그리구 동무 소리는 집어치라우, 너 손이 얼었구나."

인민군 병사 장은 노끈이 풀어지자 손바닥으로 팔목을 어루만졌다.

"그리고 너의 장총과 나의 엠원은 함께 이 노끈으로 묶어둔다. 재워둔 총알을 끄집어내고 탄창과 함께 내 호주머니에 넣어둘 테야. 자, 그럼 너 저 레이션곽을 모아 깡통에 든 성냥으로 불을 지펴봐."

한참 후 둘은 레이션 곽의 모닥불을 가운데 하고 마주 앉았다. 장이 모자를 벗었다. 까까중이 머리가 더욱 앳되었다.

"너 참 어리구나. 배고프면 더 먹어라. 이젠 밴 안 아프지? 이 과자두 먹구, 자 초콜릿."

"동무."

"내 동무 소리 말랬지, 그저 양이라 부르든, 양형이라 부르든 해."

"양형!"

"그렇지, 내가 위니까."

"여기가 어디죠?"

"나두 모르겠는걸."

"어느 편 진지에 더 가까워요?"

"아마 중간쯤 되겠지."

"한복판이군요."

"그럴 테지, 그러니 내일 아침엔 어떻든 너는 북쪽으로 가고 나는 남쪽으로 떠나면 되는 거야."

"동무, 아뇨 저 양형."

장은 한참 동안 무슨 생각에 잠기는 듯했다.

"무슨 생각을 하나?"

"제가, 제가 만일 국군에게 잡히면 어떻게 되죠?"

"포로가 되어 수용소로 가게 되지."

"죽이진 않나요?"

"전투가 아닌 담에야 어디 함부로 사람을 죽일 수 있나."

"꼭 포로가 돼야 하나요?"

"그럼 포로가 아니면, 뭐 있어?"

"수용소로 안 가고, 그, 자기 발로 걸어간다는 걸로 말이죠."
"귀순 말인가?"
"이곳에 국군이 온다면 그런 걸루 어떻게 안 돼요?"
"글쎄."
"그 대신 양형, 만약 인민군이 온다면 그땐……."
"뭐라구?"
양은 자기도 모르게 큰 소리를 질렀다.
"너 한다는 소리가—"
장은 한길을 뛰듯 놀라며 뒤로 몸을 젖혔다.
"너어 다시, 그런 소릴."
올롱해진 장의 두 눈을 보고 양은 언성을 좀 떨구었다.
"장! 그런 생각을 하는 게 아냐. 전투에선 죽든지, 하는 수 없으면 포로가 되든지 둘뿐야. 배반은 안 돼. 그야 어디 전투뿐인가? 사람이 사는 게 모두 그렇지, 한 군데 마음을 두었으면 그대로 버티고 나가는 거야. 운이 진하면 의젓이 망하는 거지 데데한² 짓은 말아야 해 장."
장은 모닥불의 작은 불길에 눈을 주었다.
"난 그걸 너한테 원하지 않아, 그러기에 장도 나에게 그런 부탁을 할 생각을 말아, 아침이 되면 등을 돌리고 헤어질 뿐야."
"미안합니다. 양형, 전 나이가 어려서 잘 분간이 안 가요."
"자네뿐인가. 누구나가 그렇지."
"저 말이죠—"
"뭔가?"
장은 눈길을 들어 말끔히 양의 얼굴을 주시했다.
그리고 무엇을 마음에 다진 듯이 입을 열었다.
"얘기해도 돼요?"

---

2 데데하다 변변하지 못하여 보잘것없다.

"뭐든 해봐."
"가난한 사람도 잘살아야죠?"
"그럼."
"일하는 사람이 먹을 수 있어야죠?"
"그렇구말구."
"농사짓는 사람에겐 땅이 있어야죠?"
"물론."
"그러면 무엇을 왜 마다해요?"
"누가?"

장은 대답을 안 하고 다시 모닥불의 불길에 눈을 주었다.

"이남에서란 말이지?"
"……."
"그래 이북에선 잘되든가?"
"한다구는 하는데 그렇게 되는 것 같지도 않아요."
"말은 많지만 말대로 되는 일은 적지."
"그럼 이 세상엔 말대로 되는 일이 그렇게 드문가요?"
"퍽이나 드물지. 나도 오랫동안 그런 것을 여러 번 생각해봤지만 왜 그렇게 되는지 잘 모르겠어."
"……."
"내 생각으로 분명한 건 하나 있지."
"뭔데요?"
"이 세상엔 똑똑하다는 놈이 너무 많다는 거야. 그런 놈들이 비단결 같은 말만 늘어놓고 남의 일에 뛰어들어 말썽을 일으키지."
"그럼 바보가 많아야 하나요?"
"나는 바보올시다, 이런 사람이 되려 낫지."
"어떻든 너무 이치를 따지는 건 안 좋아."
"그럼, 그저 들어넘기나요?"

"어떻든 지금은 따질 때가 아냐. 다만 오늘 밤은 여기서 새우고 해가 떠서 아침이 되면 너는 북으로 가고 나는 남으로 가는 것뿐이지."

"……."

"지금은 무엇보다 그것이 제일 분명하단 말야."

"……."

"그러나 그것도 꼭 그렇게 된다고 다짐할 수는 없어, 가령——"

장은 어느덧 깜박깜박 졸고 있었다. 양은 그것을 보고 입가에 미소를 지었다.

"자, 장, 자세."

장은 흠칫 놀라며 두 눈을 크게 했다.

"하하, 장, 큰일 날려구 그래, 자 난 너의 적이 아냐?"

장은 히뭇이 웃었다.

"약속을 했잖아요."

"그렇지 약속은 했지. 그러나 장, 난 아직 그렇게까지 믿고 있진 않아, 자네도 그렇게 믿지는 말게."

양은 장총과 엠원의 묶음을 동굴의 돌벽에 기대 놓았다.

"자 이것을 등지고 자야 해. 이리 가까이 오지."

둘은 총묶음을 기대고 어깨와 어깨를 비볐다. 레이션의 모닥불은 거의 꺼져 가고 있는데 동굴 밖 설경은 어스름 달밤 속에 고요히 잠들고 있었다.

장의 가느다란 코 고는 소리를 들으면서 반잠을 자고 있던 양은 깜박 떨어진 지 얼마나 되었을까. 갑자기 확! 세차게 가슴을 윽박지르는 충격에 소스라쳐 일어나자 가슴을 쥐어 잡은 장의 두 손을 날쌔게 뿌리쳤다.

"이 자식이."

그의 주먹이 기우는 장의 얼굴에서 터졌다.

"우악!"

하고 장은 땅바닥에 쓰러졌다.

"너 이 새끼."

장은 쓰러진 채 우우우 신음하면서 손으로 땅바닥을 더듬었다.

"너 죽인다."

전신에 돌았던 소름이 걷히며 양은 어느 만큼 마음을 가라앉힐 수 있었다.

장은 신음 소리를 내며 좀처럼 일어나지를 못했다. 양은 조심성 있게 성냥을 그어 레이션 곽의 조각에 불을 붙였다. 그는 그 불길을 땅바닥을 더듬고 있는 장의 얼굴 가까이로 가져갔다. 장의 코에서 피가 흘러내리고 있었.

불길을 의식한 장은 힘없이 두 눈을 뜨고 조금 부신 듯이 얼굴을 찡그리더니 어어어 하고 헛소리를 틀어냈다.

"이 새끼야 너!"

그 소리에 장은 "예" 하고 정신을 조금 거두었다. 양은 장의 멱살을 잡아 치켜올렸다.

"이 죽일 놈의 새끼."

"예?"

장은 언뜻 흩어진 시선을 모두며 양의 노여움에 찬 얼굴을 건너보았다.

"요 쥐 같은 새끼 날 죽여볼려구?"

"예? 무어요?"

"너 고런 수작을······."

양은 장의 몸을 힘껏 밀어젖히며 멱살을 잡았던 손을 놓았다. 장은 뒤로 쓰러지며 넋 없는 표정을 지었다.

양은 그것을 한 번 노려보고 레이션 껍데기를 긁어모아 모닥불을 만들기 시작했다. 흥분이 가라앉으며 으시시 몸이 떨렸다.

"장 이리 가까이 와."

장은 흐르는 코피를 손등으로 닦아내며 황급히 모닥불 가까이로 다가왔다.

"너 그런 짓이 되리라 여겼나?"

"예?"

"예라니, 내 목을 조르려 했지?"

"아뇨, 무슨 말씀예요?"

"왜, 가슴을 쥐어박았어?"

"아뇨, 전 그저 꿈을, 꿈을 꾸었을 뿐예요."

"꿈?"

"예, 무슨 꿈인지 잊었는데 아주 무서운 꿈을 꾸고 그만 놀래서……."

순간 양의 전신은 쭉 소름이 스쳤다. 소름은 연거푸 파상적으로 그의 전신을 스쳐갔다.

가슴에서 뭉클 하고 어떤 커다란 뜨거운 덩어리가 치밀어올랐다.

"장!"

양은 그 덩어리를 간신히 목구멍에서 삼켜버렸다.

양은 소용돌이치는 마음을 가누며 장한테로 가까이 가서 손으로 그의 얼굴을 젖히고 장갑을 뒤집어 그것으로 코피를 닦아주었다.

"장, 난 그것을 모르고 자네가 날……."

"아뇨, 제 잘못이죠. 퍽 놀라셨겠어요."

"아냐, 장."

양은 깡통 속에서 휴지를 꺼내 그것을 조그맣게 말아 그의 콧구멍에 찔러주었다.

"장, 좀더 가까이 다가앉아 불을 쪼여, 좀 있으면 날이 밝겠지."

장은 모닥불 옆에 다가와서 다리를 꺾으며 쪼그리고 앉았다.

양은 한참 동안 종이가 타는 조그만 불길을 넋 잃은 사람처럼 물끄러미 쳐다보았다.

그는 혼잣말처럼 중얼거렸다. 그 음성은 신음에 가까웠다.

"정말 그들을 죽이고 싶네."

"예?"

"전쟁을 일으킨 놈들을 말야."

양은 일어나서 동굴 밖으로 나갔다. 희뿌연 하늘을 올려보고 또 흰 눈이 깔린 골짜구니를 굽어보았다.

한 번 크게 숨을 내쉬었다.

날이 밝자 뜬눈으로 드새운 양이 레이션의 모닥불을 피우고 반합에 눈을 넣어 물이 끓도록 장은 총 묶음에 기대어 자고 있었다.

볼과 인중에는 아직 여기저기 코피가 말라붙어 있었다. 양이 가만히 그의 어깨를 두드려 깨웠을 때 장은 멋쩍은 듯이 얼굴에 미소를 지어 보였다.

둘은 눈으로 얼굴을 닦고 나서 아침을 먹었다. 장은 따뜻이 데운 통조림과 양이 끓여낸 커피를 먹으며 퍽이나 즐겨했다.

"장, 너 저 레이션을 모두 가져."

"아 저걸 다 어떻게요."

"난 한 통이면 돼, 집어넣을 수 있는 대루 가져가지 그래."

장이 갑자기 시무룩해졌다.

"이전 헤어지게 됐군요?"

"안 만났던 것만 못하군, 코 언저리가 아프지?"

"아뇨, 괜찮아요."

식사를 끝낸 둘은 저마다 짐을 꾸렸다.

"자 탄환을 받아."

양은 레이션 한 통을 꾸려 들고, 장은 두 통을 꾸려 메었다.

둘은 함께 동굴을 나섰다.

"장!"

"예?"

"잘 가라니 못 가라니 인사는 말기로 해. 자네는 저리로 가고 난 이리로 갈 뿐이야, 뒤도 돌아보지 마."

양은 동굴을 내려서서 눈을 헤치며 골짜구니를 향해 비탈을 더듬었다.

장은 그것을 한참 보고 섰더니 저편 골짜구니로 발을 옮겼다.

눈을 헤치며 비탈을 내려가던 양은 골짜구니에 쌓인 눈 위로 이리로 향해 올라오는 듯한 예닐곱 명의 사람을 보았다.

그중 한 명이 멈칫 서더니 '서서 쏴'의 자세로 이리를 향해 장총을 쏘았다. 삐융 하고 머리 위를 탄환이 스쳐가며 총소리가 요란하게 메아리를 일으켰다. 엉거주춤 허리를 굽힌 양은 그것이 중공군의 일대임을 알아차렸다.

양은 본능적으로 발길을 돌려 동굴을 향해 기어올라갔다. 또 몇 발의 탄환이 머리 위 퍽 높은 곳을 날았다.

동굴에 뛰어들자 양은 어깨에 멨던 짐을 내려놓고 동굴 앞 바위에 몸을 눕히고 소총을 점검했다. 안전장치를 풀고 골짜구니를 향해 겨냥을 했다. 사백 야드 안에 들어오면 쏘리라 생각했다. 아직 그때까지 시간이 있었다.

양은 햇빛을 받아 반들거리는 설경을 감상하듯 굽어보았.

흰 눈이 얹힌 소나무 가지와 떡갈나무. 뒤덮인 눈 때문에 거리의 원근이 분명치 않은 골짜구니, 대리석 조각의 여인의 젖가슴 같은 언덕과 산봉우리.

그러던 양은 난데없이 바른편 눈 속에서 튀어나오는 사람의 그림자에 놀랐다.

"장!"

더펄거리며 장은 기어올라오고 있었다. 삐융! 그 위를 탄환이 날았다.

그는 아직 레이션 뭉치를 메고 있었다. 하늘에 닿는 숨결로 동굴에 올라서자,

"양형!"

하고 쓰러지듯 양의 곁에 몸을 엎드렸다.

"양형!"

그것을 보고 미소 지으려던 양은 언뜻 거두고 싸늘한 표정을 지었다.

"왜 왔어?"

"왜라뇨?"

"귀순시키러 왔나?"

"무슨 말씀을······."

"그럼 왜 왔어?"

장은 얼른 대답을 못 했다. 한참 동안 어깨로 숨을 쉬고 난 그는 말없이 장총을 들어 앞으로 내밀고 탄환을 쟀다.

"왜 왔어?"

장은 조금 난처한 표정을 짓더니 거북한 듯이 대답했다.

"그냥 갈 수가 없어서요, 그래서."

"약속이 틀려."

"예?"

"지금이라두 내려가."

"이제 어델 가요?"

"한편 아냐?"

"양형?"

"난 미담은 싫어."

"양형!"

장은 애원하듯 양을 불렀다.

"엊저녁 저더러 따지지 말랬지요?"

"넌 배반자야."

"괜찮아요."

"데데해."

"괜찮아요."

"넌 바보야."

"괜찮아요."

"글쎄 내려가래두."

양은 언성을 높였다. 그러나 장은 골짜구니를 보고 있었다. 벌써 중공군은 산개 대형으로 동굴 가까이 올라오고 있었다.

양은 왼켠 쪽에서 올라오는 중공군을 겨누었다. 가만히 방아쇠를 잡아당겼다. 그자는 총을 던지고 푹 눈 속에 엎어졌다.

장의 총구에서 탄환이 날았다. 오른켠 중공군 한 명이 뒹굴었다. 장이 양을 건너보고 방긋 웃었다.

그러자 나머지 중공군은 둘로 갈라지며 이쪽 골짜구니와 저쪽 골짜구니로 몸을 숨기고 기어오르기 시작했다.

양은 좌로 이동했다. 앞에 드리운 소나무 가지가 사격을 방해했다. 어느덧 중공군은 거의 삼백 야드 안으로 밀려들었다. 양은 벌떡 몸을 일으켜 '서서 쏴'의 자세로 연거푸 세 발을 갈겼다. 그중 한 명이 쓰러지는 것을 확인하는 순간

양은 명치에 뜨거운 동통을 느끼며 쓰러졌다.
"양형!"
장이 벌떡 일어나서 뛰어오려고 했다.
"바보, 엎디어 저쪽을 봐. 그리고 그대로 들어."
양은 전신의 힘을 모아 소리쳤다.
"장, 손들고 일어나."
장이 흠칫 놀라며 양을 건너보았다.
"손들고 내려가."
"아뇨, 양형."
"내려가라니까!"
"양형!"
"장, 이 바보, 너, 내가——"
"양형!"
양의 얼굴에 어찌할 수 없는 안타까운 빛이 흘렀다.
그것은 순시, 갑자기 환희에 가까운 회심의 빛으로 변했다.
"옳지 그러고 보니 넌."
"예?"
"그렇군, 날 죽이려고, 나를 죽이려구 되돌아왔군, 그렇지? 그렇다면——"
양은 마지막 힘을 돋우어 떨구었던 엠원 총을 끌어당기며 간신히 상반신을 일으켰다.
"내가, 내가 널 죽일 테다."
"아니야!"
장은 벌떡 몸을 일으켰다.
"아니야! 아니야 아니야!"
장은 울부짖으며 양한테로 달려들었다.
타타타탕, 다다다다.
좌우의 골짜구니로부터 장총과 따발총의 일제 사격이 가해졌다.

장은 총을 그러쥔 채 천천히 한 바퀴 몸을 돌리더니 양이 넘어진 위에 겹치듯이 쓰러졌다. 얽힌 두 몸에서 뿜어나오는 피와 피는 서로 엉키면서 희디흰 눈 속으로 배어들어갔다.
 한참 후 중공군 다섯 명은 옷에 묻은 눈가루를 털면서 천천히 동굴을 향해 올라오고 있었다.

선우휘(鮮于煇)

1922년 평북 정주 출생. 1943년 경성사범학교 본과 졸업. 1955년 『신세계』에 단편 「귀신」을 발표하며 등단. 1957년 「불꽃」이 『문학예술』 신인특집에 당선. 이 작품으로 1958년 제2회 동인문학상 수상. 한국일보·조선일보 논설위원, 한국방송심의위원회 위원장 역임. 「테러리스트」(1956), 「오리와 계급장」(1958), 「단독강화」(1959), 「깃발 없는 기수」(1959), 「십자가 없는 골고다」(1965) 등의 중·단편과 『불꽃』(1959), 『반역』(1963) 등의 작품집, 그리고 『아아 산하(山河)여』(1960), 『사도행전』(1966), 『노다지』(1980) 등 다수의 장편소설 출간. 1986년 타계.

작품 세계

선우휘는 휴머니즘적 행동주의를 근간으로, 역사에의 도전과 저항, 사회적 악과의 대결, 지식인의 고뇌와 책임 등의 주제를 리얼리즘의 창작 방법으로 소설화해왔다. 그의 초기 소설들은 해방 공간과 6·25 전쟁이라는 혼돈의 역사적 현실 속에서 휴머니즘에 근거한 저항과 행동성을 보이는 인물들을 그리고 있다. 「테러리스트」「불꽃」「깃발 없는 기수」가 여기에 속하는 작품들이다. 특히 「불꽃」은 30여 년에 걸친 역사적 격동기를 배경으로 주인공 고현이 소극적이고 현실 도피적인 삶에서 탈피하여 적극적이고 현실 참여적인 인간으로 변모하는 과정을 지적인 문체로 그리고 있다. 한편 「오리와 계급장」「단독강화」 등의 초기 소설에서는 인간적 가치의 회복을 통하여 민족 화해의 가능성을 모색하는 순수한 휴머니즘의 세계를 추구하기도 했다. 선우휘는 1960년대 중반을 지나면서 인간 내면의 성찰에 주력하는 소극적 자세로 변모한다. 「십자가 없는 골고다」「묵시」(1971), 장편 『사도행전』(1966) 등에서 작가는 억압된 현실 상황 속에서 적극적인 행동보다는 내적 갈등과 정신적 고뇌의 세계로 숨어버린 초라한 지식인을 그린다. 기독교적 모티프를 차용하고 있는 이들 작품에서 작가는 현실에 대한 비판의식보다는 인간의 내적 성실성을 묘사하는 데 주력하는 경향을 보인다.

「단독강화(單獨講和)」

이 작품은 낙오병으로 만난 인민군과 국군이 남북 이데올로기로 인한 대립과 증오에서 벗어나 민족적 동질성을 확인하고 인간으로서의 본질적 화해에 이르는 과정을 그린 전후소설이다. 눈 덮인 깊은 산야에 미군 수송기가 한 대 날아와서 보급품을 떨어뜨리고 간다. 그 보급품을 향해 두 병사가 각각 달려들어 급한 허기를 채우다가 상대방이 적이라는 사실을 알게 된다. 국군 '양'과 인민군 '장'은 처음에는 이데올로기에 의한 적대감을 가지고 경계하다가 점점 인간적 친밀감을 느끼게 되면서, 서로 해치지 않고 하룻밤을 보낸 뒤 다음 날 각자의 길을 가기로 약속한다. 이른바 우정의 단독강화를 맺은 것이다. 이튿날 두 사람은 동굴을 나와 각기 다른 방향으로 헤어진다. 하지만 잠시 후 국군 '양'은 자신이 중공군에게 포위당했음을 알고 다시 동굴로 피신한다. 그러자 떠난 줄 알았던 인민군 병사 '장'도 다시 돌아와 '양'의 곁에서 함께 중공군과 싸운다. 그리고 마침내 둘은 겹치듯이 쓰러져 죽는다.

동족 살상의 비극을 낳은 6·25 전쟁에 대한 회의와 갈등을, 초월적인 형제애를 통해서 극복하고 있는 작품이다. 객관적인 카메라 시점을 통한 배경 및 행동의 묘사, 작중인물들의 대화에 의한 스토리 전개 등 영화적인 기법과 객관적 서술 태도가 돋보인다. 이 작품에서 작가는 참된 인간의 본성에 근거한 새로운 인간관계를 정립하고 있다. 인민군 '장'이 중공군에 가담하지 않고 '양'이 있는 동굴로 돌아와 함께 싸우다 죽어가는 마지막 장면은 이데올로기의 대립을 넘어서서 민족적 화해의 가능성을 암시하고 있다. 선우휘가 자신의 대표작으로 「불꽃」이 아니라 「단독강화」를 꼽았을 정도로 애착을 보인 작품이기도 하다.

주요 참고 문헌

선우휘의 작품에 대한 논의는 대부분 「불꽃」에 집중되어 있으며, 「단독강화」를 독자적으로 분석하고 있는 글은 김상태의 「인간주의의 우화」(『문학사상』, 1985. 6) 정도이다. 이 글에서 김상태는 「단독강화」가 전쟁의 비극성보다는 따뜻한 인간애를 드러내려는 의도에서 쓰인 소설로 우화적 발상에 근거하고 있으며, 영화적인 기법이 다양하게 활용되고 있음에 주목한다. 작가 선우휘는 같은 책에서 '구원의 실마리'란 제목으로 「단독강화」의 창작 배경 및 동기를 구체적으로 설명하고 있는데, 이 작품은 경험의 소산이라기보다는 상상력의 소산이며, 민족 화합의 가능성을 동포애의 회복에서 찾고자 했음을 밝히고 있다. 이태동은 선우휘의 작품들을 해설하고 있는 「이데올로기와 휴머니즘 사이」(『불꽃/테러리스트』, 을유문화사, 1994)에서 「단독강화」가 한국전쟁의 비극을 "뜨겁고 처절한 감동적인 형제애를 통해서 드라마틱하게 전개시키고" 있음을 강조한다. 이재선은 『현대한국소설사(1945~1990)』(민음사, 1991)에서 「단독강화」를 선한 인간 본성과 인간의 상호관계의 회복이야말로 전쟁의 비인간성과 반윤리성을 초극할 수 있는 힘임을 시사하고 있는 작품으로 주목하였다.

_구수경

이범선
오발탄

계리사(計理士) 사무실 서기 송철호(宋哲浩)는 여섯 시가 넘도록 사무실 한구석 자기 자리에 멍청하니 앉아 있었다. 무슨 미진한 사무가 있는 것도 아니었다. 장부는 벌써 접어 치운 지 오래고 그야말로 멍청하니 그저 앉아 있는 것이었다. 딴 친구들은 눈으로 시곗바늘을 밀어 올리다시피 다섯 시를 기다려 휙딱 나가버렸다. 그런데 점심도 못 먹은 철호는 허기가 나서만이 아니라 갈 데도 없었다.

"송선생님은 안 나가세요?"

이제 청소를 해야 할 테니 그만 나가달라는 투의 사환애의 말에 철호는 다 낡아빠진 해군 작업복 저고리 호주머니에 깊숙이 찌르고 있던 두 손을 빼내어서 무겁게 책상 위에 올려놓았다.

"나가야지."

하품 같은 대답이었다.

사환애는 저쪽 구석에서부터 비질을 하기 시작하였다. 먼지가 사정없이 철호의 얼굴로 몰려왔다.

철호는 어슬렁 일어섰다. 이쪽 모서리 창가로 갔다. 바께쓰의 물을 대야에

---

* 「오발탄」은 『현대문학』 1959년 10월호에 발표되었다.

따랐다. 두 손을 끝에서부터 가만히 물속에 담갔다. 아직 이른 봄이라 물이 꽤 손끝에 시렸다. 철호는 물속에 잠긴 두 손을 물끄러미 내려다보고 있었다. 펜대에 시달린 오른손 장지 첫마디에 콩알만 한 못이 박였다. 그 못에서 파란 명주실 같은 것이 사르르 물속으로 풀려났다. 잉크. 그것은 잠시 대야 밑바닥을 기다 말고 사뿐히 위로 떠올라 안개처럼 연하게 피어서 사방으로 번져나갔다. 손가락 끝을 중심으로 하고 그 색의 농도가 점점 연해져갔다. 맑게 갠 가을 하늘색으로 대야 가장자리까지 번져나간 그것은 다시 중심의 손끝을 향해 접어들며 약간 진한 파랑색으로 달무리 모양 동그란 원을 그렸다.

피! 이건 분명히 피다!

철호는 엉뚱한 생각을 하고 있었다. 슬그머니 물속에서 손을 빼내었다. 그러자 이번엔 대야 밑바닥에 한 사나이의 얼굴을 보았다. 철호의 눈을 마주 쳐다보는 그 사나이는 얼굴의 온 근육을 이상스레 히물히물 움직이며 입을 비죽거려 웃고 있었다.

이마에 길게 흐트러진 머리카락. 그 밑에 우묵하니 팬 두 눈. 깎아진 볼. 날카롭게 여윈 턱. 송장처럼 꺼멓고 윤기 없는 얼굴. 그것은 까마득한 원시인(原始人)의 한 사나이였다.

몽둥이 끝에, 모난 돌을 하나 칡넝쿨로 아무렇게나 잡아매서 들고, 동굴속에 남겨두고 나온 식구들을 위하여 온종일 숲 속을 맨발로 헤매고 다니던 사나이.

곰? 그건 용기가 부족하다.

멧돼지? 힘이 모자란다.

노루? 너무 날쌔어서.

꿩? 그놈은 하늘을 난다.

토끼? 토끼. 그래, 고놈쯤은 꽤 때려잡음 직하다. 그런데 그것마저 요즈음은 몫에 잘 돌아오지 않는다. 사냥꾼이 너무 많다. 토끼보다도 더 많다.

그래도 무어든 들고 들어가야 하는 것이다.

사나이는 바위 잔등에 무릎을 꿇고 앉아 냇물에 손을 씻는다. 파란 물속에 빨간 노을이 잠겼다. 끈적끈적하게 사나이의 손에 묻었던 피가 노을빛보다 더 진하게 우러난다.
　무엇인가 때려잡은 모양이다. 곰? 멧돼지? 노루? 꿩? 토끼?
　그런데 사나이가 들고 일어선 것은 그 어느 것도 아니었다. 보기에도 징그러운 내장. 그것은 무슨 짐승의 내장인지는 사나이 자신도 모른다. 사나이는 그 짐승의 머리도 꼬리도 못 보았다. 누군가가 숲 속에 끌어내어 버린 것을 주워 오는 것이었다.
　철호는 옆에 놓인 비누를 집어 들었다. 마구 두 손바닥으로 비볐다. 오구구 까닭 모를 울분이 끓어올랐다.

　빈 도시락마저 들지 않은 손이 홀가분해 좋긴 하였지만, 해방촌 고개를 추어 오르기에는 뱃속이 너무 허전했다.
　산비탈을 도려내고 무질서하게 주워 붙인 판잣집들이었다. 철호는 골목으로 접어들었다. 레이션 곽¹을 뜯어 덮은 처마가 어깨를 스칠 만치 비좁은 골목이었다. 부엌에서들 아무 데나 마구 버린 뜨물이 미끄러운 길에는 구공탄 재가 군데군데 헌데 더뎅이 모양 깔렸다.
　저만치 골목 막다른 곳에, 누런 시멘트 부대 종이를 흰 실로 얼기설기 문살에 얽어맨 철호네 집 방문이 보였다. 철호는 때에 절어서 마치 가죽끈처럼 된 헝겊이 달린 문걸쇠를 잡아당겼다. 손가락이라도 드나들 만치 엉성한 문이면서 찌걱찌걱 집혀서 잘 열리지를 않았다. 아래가 잔뜩 집힌 채 비틀어진 문 틈으로 그의 어머니의 소리가 새어 나왔다.
　"가자! 가자!"
　미치면 목소리마저 변하는 모양이었다. 그것은 이미 그의 어머니의 조용하고 부드럽던 그 목소리가 아니고, 쨍쨍하고 간사한 게 어떤 딴사람의 목소리였다.

---

1 레이션 곽 식량이나 보급품 상자.

문을 열고 들어서는 철호의 얼굴에 걸레 썩는 냄새 같은 것이 확 풍겨왔다. 철호는 문 안에 들어선 채 우두커니 아랫목을 내려다보고 있었다.

중학교 시절에 박물관에서 미라를 본 일이 있었다. 그건 꼭 솜 누더기에 싸 놓은 미라였다. 흰 머리카락은 한 오리도 제대로 놓인 것이 없었다. 그대로 수세미였다. 그 어머니는 벽을 향해 돌아누워서 마치 딸꾹질처럼 일정한 사이를 두고, 가자 가자 하는 외마디소리를 지르고 있었다. 그 해골 같은 몸에서 어떻게, 그런 쨍쨍한 소리가 나오는지 이상하였다.

철호는 윗방으로 올라가 털썩 벽에 기대어 앉아버렸다. 가슴에 커다란 납덩어리를 올려놓은 것 같았다. 정말 엉엉 소리를 내어 울고 싶었다. 눈을 꼭 지르감으며 애써 침을 삼켰다.

두 달 전까지만 해도 철호는 저녁때 일터에서 돌아오면, 어머니야 알아듣건 말건 그래도 어머니 지금 돌아왔습니다 하고 인사를 하곤 하였다. 그러나 요즈음은 그것마저 안 하게 되었다. 그저 한참 물끄러미 굽어보고 섰다가 그대로 윗방으로 올라와버리는 것이었다.

컴컴한 구석에 앉아 있던 철호의 아내가 슬그머니 일어섰다. 담요 바지 무릎을 한쪽은 꺼멍, 또 한쪽은 회색으로 기웠다. 만삭이 되어서 꼭 바가지를 엎어 놓은 것 같은 배를 안은 아내는 몽유병자처럼 철호의 앞을 지나 나갔다. 부엌으로 나가는 것이었다. 분명 벙어리는 아닌데 아내는 말이 없었다.

"아버지."

철호는 누가 꼭대기를 쿡 쥐어박기나 한 것처럼 흠칠했다.

바로 옆에 다섯 살 난 딸애가 눈을 동그랗게 뜨고 철호를 쳐다보고 있었다. 철호는 어린것에게로 얼굴을 돌렸다. 웃어 보이려는 철호의 얼굴이 도리어 흉하게 이지러졌다.

"나아, 삼춘이 나이롱 치마 사준댔다."

"응."

"그리구 구두두 사준댔다."

"응."

"그러면 나 엄마하고 화신[2] 구경 간다."

"......"

철호는 그저 어린것의 노랗게 뜬 얼굴을 바라보고 있을 뿐이었다. 철호의 헌 셔츠 허리통을 잘라서 위에 끈을 꿰어 스커트로 입은 딸애는 짝짝이 양말 목다리에다 어디서 주운 것인지 가는 고무줄을 끼웠다.

"가자! 가자!"

아랫방에서 또 어머니의 그 저주 같은 소리가 들려왔다. 벌써 칠 년을 두고 들어와도 전연 모를 그 어떤 딴사람의 목소리.

철호는 또 눈을 꼭 감았다. 머릿속의 녓줄이 팽팽히 헤워졌다.[3] 두 주먹으로 무엇이건 콱 때려부수고 싶은 충동에 철호는 어금니를 바사져라 맞씹었다.

좀 춥기는 해도 철호는 집 안보다 이 바위 잔등이 더 좋았다. 그래 철호는 저녁만 먹으면 언제나 이렇게 집 뒤 산등성이에 있는 바위 위에 두 무릎을 세워 안고 앉아서 하염없이 거리의 등불들을 바라보며 밤 깊기를 기다리는 것이었다. 어느 거리쯤인지 잘 분간할 수 없는 저 밑에서, 술 광고 네온사인이 핑그르르 돌고 깜빡 꺼졌다가 또 번뜩 켜지고, 핑그르르 돌고는 깜빡 꺼지고 하였다. 철호는 그저 언제까지나 그렇게 그 네온사인을 지켜보고 있었다.

바위 잔등이 차츰차츰 식어왔다. 마침내 다 식고 겨우 철호가 깔고 앉은 그 부분에만 약간 온기가 남았다. 이제 조금만 더 있으면 밑이 시려올 것이다. 그러면 철호는 하는 수 없이 일어서야 하는 것이다.

드디어 철호는 일어섰다. 오래 까부려 붙이고 있던 두 다리가 저렸다. 두 손을 작업복 호주머니에 깊숙이 찔렀다. 철호는 밤하늘을 한번 쳐다보았다. 지금까지 바라보던 밤거리보다 더 화려하게 별들이 뿌려져 있었다. 철호는 그 많은 별들 가운데서 북두칠성을 찾아보았다. 머리를 뒤로 젖혀 하늘을 쳐다보는 채 빙그르르 그 자리에서 돌았다. 거꾸로 달린 물주걱 같은 북두칠성은 섭

---

2 화신 우리나라 최초의 백화점.
3 헤우다 줄 따위가 팽팽히 당겨지다.

사리 찾아낼 수 있었다. 그 북두칠성 앞에 딴 별들보다 좀 크고 빛나는 별. 그건 북극성이었다. 철호는 지금 자기가 서 있는 지점과 북극성을 연결하는 직선을 밤하늘에 길게 그어보았다. 그리고 그 선을 눈이 닿는 데까지 연장시켰다. 철호는 그렇게 정북(正北)을 향하여 한참이나 서 있었다. 고향 마을이 눈 앞에 떠올랐다. 마을의 좁은 길까지, 아니 그 길에 박혀 있던 돌 하나까지 선히 볼 수 있었다.
　으스스 몸이 떨렸다. 한기(寒氣)가 전기처럼 발끝에서 튀어 콧구멍으로 빠져나갔다. 철호는 크게 재채기를 하였다. 그리고 또 한 번 부르르 몸을 떨며 바위 밑으로 내려왔다.
　철호는 천천히 골목 안으로 들어섰다.
　"가자!"
　철호는 멈칫 섰다. 낮에는 이렇게까지 멀리 들리는 줄은 미처 몰랐던 어머니의 그 소리가 골목 어귀에까지 들려왔다.
　"가자!"
　그러나 언제까지 그렇게 골목에 서 있을 수도 없는 노릇이었다. 철호는 다시 발을 옮겨놓았다. 정말 무거운 발걸음이었다. 그건 다리가 저려서만이 아니었다.
　"가자!"
　철호가 그의 집 쪽으로 걸음을 옮겨놓을 때마다 그만치 그 소리는 더 크게 들려왔다.
　가자는 것이었다. 돌아가자는 것이었다. 고향으로 돌아가자는 것이었다. 옛날로 되돌아가자는 것이었다. 그것은 이렇게 정신 이상이 생기기 전부터 철호의 어머니가 입버릇처럼 되풀이하던 말이었다.
　삼팔선. 그것은 아무리 자세히 설명을 해주어도 철호의 늙은 어머니에게만은 아무 소용 없는 일이었다.
　"난 모르겠다. 암만해도 난 모르겠다. 삼팔선. 그래 거기에다 하늘에 꾹 닿도록 담을 쌓았단 말이냐 어쨌단 말이냐. 제 고장으로 제가 간다는데 그래 막을 놈이 도대체 누구란 말이냐."

　죽어도 고향에 돌아가서 죽고 싶다는 철호의 어머니였다. 그러고는

　"이게 어디 사람 사는 게냐. 하루 이틀도 아니고."

하며 한숨과 함께 무릎을 치며 꺼지듯이 풀썩 주저앉곤 하는 것이었다.

　그럴 때마다 철호는,

　"어머니, 그래도 남한은 이렇게 자유스럽지 않아요?"

하고, 남한이니까 이렇게 생명을 부지하고 살 수 있지, 만일 북쪽 고향으로 간다면 당장에 죽는 것이라고, 자유라는 것이 얼마나 소중한 것인가를, 갖은 이야기를 다 예로 들어가며 어머니에게 타일러보는 것이었다. 그러나 자유라는 것을 늙은 어머니에게 이해시키기란 삼팔선을 인식시키기보다도 몇백 갑절 더 힘드는 일이었다. 아니 그것은 거의 불가능한 일이라 했다. 그래 끝내 철호는 어머니에게 자유라는 것을 설명하는 일을 단념하고 말았다. 그렇게 되고 보니 철호의 어머니에게는 아들— 지지리 고생을 하면서도 고향으로 돌아갈 생각만은 죽어도 하지 않는 철호가 무슨 까닭인지는 몰라도 늙은 어미를 잡으려고 공연한 고집을 피우고 있는 천하에 고약한 놈으로만 여겨지는 것이었다.

　그야 철호에게도 어머니의 심정이 이해되지 않는 것은 아니었다.

　무슨 하늘이 알 만치 큰 부자는 아니었지만 그래도 꽤 큰 지주로서 한 마을의 주인 격으로 제법 풍족하게 평생을 살아오던 철호의 어머니 눈에는 아무리 그네가 세상을 모른다고 해도, 산등성이를 악착스레 깎아내고 거기에다 게딱지 같은 판잣집들을 다닥다닥 붙여놓은 이 해방촌이 이름 그래도 해방촌(解放村)일 수는 없는 노릇이었다.

　"나두 내 나라를 찾았다게 기뻐서 울었다. 엉엉 울었다. 시집올 때 입었던 홍치마를 꺼내 입구 춤을 추었다. 그런데 이 꼴 좋다. 난 싫다. 아무래두 난 모르겠다. 뭐가 잘못됐건 잘못된 너머 세상이디그래."

　철호의 어머니 생각에는 아무리 해도 모를 일이었던 것이었다. 나라를 찾았다면서 집을 잃어버려야 한다는 것은, 그것은 정말 알 수 없는 일이었던 것이었다.

철호의 어머니는 남한으로 넘어온 후로 단 하루도 이 가자는 말을 하지 않은 날이 없었다.

그렇게 지내오던 그날, 육이오사변으로 바로 발밑에 빤히 내려다보이는 용산 일대가 폭격으로 지옥처럼 무너져 나가던 날 끝내 철호는 어머니를 잃어버리고 말았던 것이었다.

"큰애야, 이젠 정말 가자. 데것 봐라. 담이 홈싹 무너뎄는데. 삼팔선의 담이 데렇게 무너뎄는데. 야."

그때부터 철호의 어머니는 완전히 정신이상이었다. 지금의 어머니, 그것은 이미 철호의 어머니가 아니었다. 아무리 따져보아도 그것이 철호 자기의 어머니일 수는 없었다. 세상에 아들딸마저 알아보지 못하는 어머니가 있을 수 있는 것일까? 그날부터 철호의 어머니는

"가자! 가자!"

하고 저렇게 쨍쨍한 목소리로 외마디소리를 지를 뿐 그 밖의 모든 것을 완전히 잃어버리고 있었다. 철호에게 있어서 지금의 어머니는 말하자면 어머니의 시체에 지나지 않았다.

뚫어진 창호지 구멍으로 그래도 희미한 불빛이 새어 나오고 있었다. 철호는 윗방 문을 열었다. 아랫방과 윗방 사이 문턱에 위태롭게 올려놓은 등잔이 개똥벌레처럼 가물거리고 있었다. 윗방 아랫목에는 딸애가 반듯이 누워서 잠이 들었다. 담요를 몸에다 돌돌 말고 반듯이 누운 것이 꼭 송장 같았다. 그 옆에 철호의 아내가 두 무릎을 꿇고 앉아 있었다. 꺼먼 헝겊과 회색 헝겊으로 기운 담요바지 무릎 위에는 빨강색 융단으로 만든 조그마한 운동화가 한 켤레 놓여 있었다. 철호가 방 안에 들어서자 아내는 그 어린애의 빨간 신발을 모두어 자기 손바닥에 올려놓아 철호에게 들어 보였다.

"삼촌이 사왔어요."

유난히 살눈썹[4]이 긴 아내의 눈이 가늘게 웃었다. 참으로 오래간만에 보는

---

4 살눈썹 '속눈썹'의 사투리.

아내의 웃음이었다. 자기가 미인이었다는 것을 잊어버리고 만 지 오랜 아내처럼 또 오래 보지 못하여 거의 잊어버려가던 아내의 웃는 얼굴이었다.

철호는 등잔이 놓인 문턱 가까이 가서 앉으며 아내의 손에서 빨간 어린애의 신발을 받아 눈앞에서 아래위를 살펴보았다.

"산보 갔었소?"

거기 등잔불을 사이에 두고 윗방을 향해 앉은 철호의 동생 영호(英浩)가 웃으며 철호를 쳐다보았다.

"언제 들어왔니."

"지금 막 들어와 앉는 길입니다."

그러고 보니 영호는 아직 넥타이도 끄르지 않고 있었다.

"형님!"

새삼스레 부르는 동생의 소리에 철호는 손에 들었던 어린애의 신발을 아내에게 돌리며 영호의 얼굴을 빤히 바라보았다.

"이제 우리두 한번 살아봅시다. 제길, 남 다 사는데 우리라구 밤낮 이렇게만 살겠수. 근사한 양옥도 한 채 사구, 장기판만 한 문패에다 형님의 이름 석 자를, 제길 장님도 보게 써서 대못으로 땅땅 때려 박구 한번 살아봅시다."

군대에서 나온 지 이 년이 넘도록 아직 직업도 못 잡은 영호가 언제나 술만 취하면 하는 수작이었다.

"그리구 이천만 환짜리 세단차도 한 대 삽시다. 거기다 똥통이나 싣고 다니게. 모든 새끼들이 아니꼬와서. 일이야 있건 없건 종일 빵빵 울리면서 동리를 들락날락해야지. 제길. 하하하."

비스듬히 벽에 기대어 앉은 영호는 벌겋게 열에 뜬 얼굴을 하고 담배 연기를 푸 내뿜었다.

"또 술 마셨구나."

고학으로 고생고생 다니던 대학 삼학년에서 군대에 들어갔다가 나온 영호로서는, 특별한 기술이 없이 직업을 잡지 못하는 것은 별도리도 없는 노릇이라 칠 수도 있었지만, 이건 어디서 어떻게 마시는 것인지 거의 저녁마다 이렇게 취해 들어오는 동생 영호가 몹시 못마땅한 철호의 말이었다.

"네, 조금 했습니다. 친구들이……."

그것도 들으나 마나 늘 같은 대답이었다. 또 그것이 거짓말이 아니라는 것도 철호는 알고 있었다.

"이제 술 좀 그만 마셔라."

"친구들과 어울리면 자연히 마시게 되는걸요."

"글쎄 그러니까 그 어울리는 걸 좀 삼가란 말이다."

"그럴 수도 없구요. 하하하."

"그렇다고 언제까지 그저 그렇게 어울려서 술이나 마시면 뭐가 되나."

"되긴 뭐가 돼요. 그저 답답하니까 만나는 거구, 만나면 어찌어찌하다 한잔씩 하며 이야기나 하는 거죠 뭐."

"글쎄 그게 맹랑한 일이란 말이다."

"그렇지만 형님. 그런 친구들이라도 있다는 게 좋지 않수. 그게 시시한 친구들이라 해도. 정말이지 그놈들마저 없었더라면 어떻게 살 뻔했나 하고 생각할 때가 많아요. 외팔이. 절름발이. 그런 놈들. 무식한 놈들. 참 시시한 놈들이지요. 죽다 남은 놈들. 그렇지만 형님, 그놈들 다 착한 놈들이야요. 최소한 남을 속이지는 않거든요. 공갈을 때릴망정. 하하하하. 전우. 전우."

영호는 고개를 뒤로 젖히고 천장을 향해 후 담배 연기를 내뿜었다. 철호는 그저 물끄러미 영호의 모습을 쳐다볼 뿐 아무 말도 없었다. 영호는 여전히 천장을 향한 채 피어오르는 연기를 바라보며 한 손으로 목의 넥타이를 앞으로 잡아당겨 끌러 늦추어놓았다.

"가자!"

아랫목에서 어머니가 소리를 질렀다.

영호는 슬그머니 아랫목으로 고개를 돌렸다. 한참이나 그렇게 어머니 쪽으로 고개를 돌리고 있는 영호는 아무 말도 없이 그저 눈만 껌뻑껌뻑하고 있었다.

철호는 길게 한숨을 쉬었다. 앞에 놓인 등잔불이 거물거물 춤을 추었다. 철호는 저고리 호주머니에서 담배를 꺼내었다. 꼬기꼬기 구겨진 파랑새 갑 속에서 담배를 한 개비 뽑아내었다. 바삭바삭 마른 담배는 양끝이 반쯤 빠져나갔다. 철호는 그 양끝을 비벼 말았다. 흡사 비거⁵ 모양으로 되었다. 철호는 그 비거 모양의 담배 한끝을 입에다 물었다.

"이걸 피슈, 형님."

영호가 자기 앞에 놓였던 담뱃갑을 집어서 철호의 앞으로 내밀었다. 빨간색 양담뱃갑이었다. 철호는 그 여느 것보다 좀 긴 양담뱃갑을 한번 힐끔 쳐다보았을 뿐, 아무 소리도 없이 등잔불로 입에 문 파랑새 끝을 가져갔다. 영호는 등잔불 위에 꾸부린 형 철호의 어깨를 넌지시 바라보고 있었다. 지지지 소리가 났다. 앞이마에 흐트러져 내렸던 철호의 머리카락이 등잔불에 타며 또르르 끝이 말려 올랐다. 철호는 얼굴을 들었다. 한 모금 빨자 벌써 손끝이 따갑게 꽁초가 되어버린 담배를 입에서 떼었다. 천천히 연기를 내뿜는 철호의 미간에는 세로 석 줄의 깊은 주름이 패어졌다. 영호는 들었던 담뱃갑을 도로 방바닥에 내려놓았다. 그리고 조용히 등잔불로 시선을 떨구었다. 그의 입가에는 야릇한 웃음이— 애달픈, 아니 그 누군가를 비웃는 듯한, 그런 미소가 천천히 흘러 지나갔다.

한참 동안 아무도 말이 없었다.

"가자!"

아랫방 아랫목에서 몸을 뒤채는 어머니가 잠꼬대를 했다. 어머니는 이제 꿈속에서마저 생활을 잃어버린 모양이었다. 아주 낮은 그 소리는 한숨처럼 느리게 아래윗방에 가득 차 흘러 사라졌다.

여전히 아무도 말이 없었다.

철호는 꽁초를 손끝에 꼬집어 쥔 채 넋 빠진 사람 모양 가물거리는 등잔불을 지켜보고 있었고 동생 영호는 비스듬히 벽에 기대어 앉은 채 철호의 손끝에서 타고 있는 담배꽁초를 바라보고 있었고, 철호의 아내는 잠든 딸애의 머리맡에 가지런히 놓인 빨간 신발을 요리조리 매만지고 있었다.

"가자!"

---

5 비거 vigour 과자의 하나. 설탕이나 엿에 우유, 향료를 넣고 끓여서 굳혀 만든다.

또 한 번 어머니의 소리가 저 땅 밑에서 새어 나오듯이 들려왔다.

"형님은 제가 이렇게 양담배를 피우는 게 못마땅하지요?"

영호는 반쯤 탄 담배를 자기의 눈앞에 가져다 그 빨간 불띠를 들여다보며 말했다.

"분에 맞지 않지."

철호는 여전히 등잔불을 바라보며 대답했다.

"그렇지만 형님, 형님은 파랑새와 양담배와 두 가지 중에서 어느 것이 더 좋으슈?"

"……? 그야 양담배가 좋지. 그래서?"

그래서 너는 보리밥도 못 버는 녀석이 그래 좋은 것은 알아서 양담배를 피우는 거냐 하는 철호의 눈초리가 번뜩 영호의 면상을 때렸다.

"그래서 전 양담배를 택했어요."

"뭐가?"

"형님은 절 오해하시고 계세요."

"……?"

"제가 무슨 돈이 있어서 양담배를 사서 피우겠어요. 어쩌다 친구들이 사주는 것이니 피우는 거지요. 형님은 또 제가 거의 저녁마다 술을 마시고 또 제법 합승을 타고 들어오는 것도 못마땅하시죠. 저도 알고 있어요. 형님은 때때로 이십오 환 전찻값도 없어서 종로서 근 십 리를 집에까지 터덜터덜 걸어서 돌아오시는 것을. 그렇지만 형님이 걸으신다고 해서, 한사코 같이 타고 가자는 친구들의 호의, 아니 그건 호의도 채 못 되는 싱거운 수작인지도 모르죠. 어쨌든 그것을 굳이 뿌리치고 저마저 걸어야 할 아무 까닭도 없지 않습니까? 이상한 놈들이죠. 술 담배는 사주고 합승을 태워줘도 돈은 안 주거든요."

영호는 손끝으로 뱅글뱅글 비벼 돌리는 담뱃불을 들여다보며 말했다.

"어쨌든 너도 이젠 좀 정신 차려줘야지. 벌써 군대에서 나온 지도 이태나 되지 않니."

"정신 차려야죠. 그러지 않아도 이달 안으로는 어찌 되든 간에 결판을 내구

말 생각입니다."

"어디 취직을 해야지."

"취직이오? 형님처럼요? 전찻값도 안 되는 월급을 받고 남의 살림이나 계산해주란 말이지요?"

"그럼 뭐 별 뾰족한 수가 있는 줄 아니."

"있지요. 남처럼 용기만 조금 있으면."

"……?"

어처구니없는 영호의 수작에 철호는 그저 멍청하니 영호의 얼굴을 쳐다보았다. 손끝이 따가웠다. 철호는 비루〔맥주〕 깡통으로 만든 재떨이에 담배를 부벼 껐다.

"용기?"

"네. 용기."

"용기라니."

"적어도 까마귀만 한 용기만이라도 말입니다. 영리할 필요는 없더군요. 우둔해도 상관없어요. 까마귀는 도무지 허수아비를 무서워하지 않습니다. 참새처럼 영리하지 못한 탓으로 그놈의 까마귀는 애당초에 허수아비를 무서워할 줄조차 모르거든요."

영호의 입가에는 좀 전에 파랑새 꽁초에다 불을 당기는 철호를 바라보던 때와 같은 야릇한 웃음이 또 소리 없이 감돌고 있었다.

"너 설마 무슨 엉뚱한 계획을 세우고 있는 것은 아니겠지."

철호는 약간 긴장한 얼굴을 하고 영호를 바라보며 꿀꺽 하고 침을 삼켰다.

"아니요. 엉뚱하긴 뭐가 엉뚱해요. 그저 우리들도 남처럼 다 벗어던지고 홀가분한 몸차림으로 달려보자는 것이죠 뭐."

"벗어던지고?"

"네. 벗어던지고. 양심이고, 윤리고, 관습이고, 법률이고 다 벗어던지고 말입니다."

영호의 큰 두 눈이 유난히 빛나는가 하자 철호의 눈을 정면으로 밀고 들었다.

"양심이고, 윤리고, 관습이고, 법률이고?"

"……."

"너는, 너는……."

영호는 아무 대답도 하지 않았다. 그러나 눈만은 똑바로 형 철호를 쳐다보고 있었다.

"그렇게나 살자면 이 형도 벌써 잘살 수 있었다."

철호의 목소리는 떨리고 있었다.

"그렇게나라니요?"

"양심을 버리고, 윤리와 관습을 무시하고, 법률까지도 범하고!?"

흥분한 철호의 큰 목소리에 영호는 지금까지 철호의 얼굴에 주었던 시선을 앞으로 죽 뻗치고 앉은 자기의 발끝으로 떨구었다.

"저도 형님을 존경하고 있어요. 고생하시는 형님을. 용케 이 고생을 참고 견디는 형님을. 그렇지만 형님은 약한 사람이야요. 용기가 없는 거지요. 너무 양심이 강해요. 아니 어쩌면 사람이 약하면 약한 만치, 그만치 반대로 양심이란 가시는 여물고 굳어지는 것인지도 모르죠."

"양심이란 가시?"

"네, 가시지요. 양심이란 손끝의 가십니다. 빼어버리면 아무렇지도 않은데 공연히 그냥 두고 건드릴 때마다 깜짝깜짝 놀라는 거야요. 윤리요? 윤리. 그건 나이롱 빤쓰 같은 것이죠. 입으나 마나 불알이 덜렁 비쳐 보이기는 매한가지죠. 관습이오? 그건 소녀의 머리 위에 달린 리본이라고나 할까요? 있으면 예쁠 수도 있어요. 그러나 없대서 뭐 별일도 없어요. 법률? 그건 마치 허수아비 같은 것입니다. 허수아비. 덜 굳은 바가지에다 되는대로 눈과 코를 그리고 수염만 크게 그린 허수아비. 누더기를 걸치고 팔을 쩍 벌리고 서 있는 허수아비. 참새들을 향해서는 그것이 제법 공갈이 되지요. 그러나 까마귀쯤만 돼도 벌써 무서워하지 않아요. 아니 무서워하기는커녕 그놈의 상투 끝에 턱 올라앉아서 썩은 흙을 쑤시던 더러운 주둥이를 쓱쓱 문질러도 별일 없거든요. 흥."

영호는 코웃음을 쳤다. 그리고 거기 문턱 밑에 담뱃갑에서 새로 담배를 한 개 빼어 물고 지금까지 들고 있던 다 탄 꽁다리에서 불을 옮겨 빨았다.
"가자!"
어머니의 그 소리가 또 들렸다. 어머니는 분명히 잠이 들어 있는 것이었다. 그러면서도 간간이 저렇게 가자 가자 소리를 지르는 것이었다. 그것은 어쩌면 어머니에게는 호흡처럼 생리화해버린 것이지도 몰랐다.

철호는 비스듬히 모로 앉은 동생 영호의 옆얼굴을 한참이나 노려보고 있었다. 영호는 영호대로 퀭한 두 눈으로 깜박이기를 잊어버린 채 아까부터 앞으로 뻗친 자기의 발끝을 바라보고 있었다. 이윽고 철호는 영호에게서 눈을 돌려버렸다. 그리고 아랫방과 윗방 사이 칸막이를 한 널쪽에 등을 기대며 모로 돌아앉았다. 희미한 등잔 불빛에 잠든 딸애의 조그마한 얼굴이 애처로웠다. 그 어린것 옆에 앉은 철호의 아내는 왼쪽 무릎을 세우고 그 위에 손을 펴 깔고 턱을 괴었다. 아까부터 철호와 영호, 형제가 하는 말을 조용히 듣고만 있는 그네는 무엇을 생각하고 있는지 한쪽 손끝으로, 거기 방바닥에 가지런히 놓인 빨간 어린애의 신발만 몇 번이고 쓸어보고 있었다.

철호는 고개를 푹 떨구어 턱을 가슴에 묻었다. 영호는 새로 피워 문 담배를 연거푸 서너 번 들이빨았다. 그리고 또 말을 계속하였다.

"저도 형님의 그 생활 태도를 잘 알아요. 가난하더라도 깨끗이 살자는. 그렇지요, 깨끗이 사는 게 좋지요. 그런데 형님 하나 깨끗하기 위하여 치르는 식구들의 희생이 너무 어처구니없이 크고 많단 말입니다. 헐벗고 굶주리고. 형님 자신만 해도 그렇죠. 밤낮 쑤시는 충치 하나 처치 못하시고. 이가 쑤시면 치과에 가서 치료를 하거나 빼어버리거나 해야 할 것 아니야요. 그런데 형님은 그것을 참고 있어요. 낯을 잔뜩 찌푸리고 참는단 말입니다. 물론 치료비가 없으니까 그러는 수밖에 없겠지요. 그겁니다. 바로 그겁니다. 그 돈을 어떻게든가 구해야죠. 이가 쑤시는데 그럼 어떻게 해요. 그걸 형님처럼, 마치 이 쑤시는 것을 참고 견디는 그것이 돈을 — 치료비를 버는 것이기나 한 것처럼 생각하는 것. 안 쓰는 것은 혹 버는 셈이 된다고 할 수도 있을 거야요. 그렇지만 꼭 써야 할 데 못 쓰는 것이 버는 셈이라고는 할 수 없지 않아요. 세상에는 이런 세 층의 사람들이 있다고 봅니다. 즉 돈을 모으기 위해서만으로 필요 이상의 돈을 버는 사람과 필요하니까 그 필요하니만치의 돈을 버는 사람, 또 하나는 이건 꼭 필요한 돈도 채 못 벌고서 그 대신 생활을 졸이는 사람들. 신발에다 발을 맞추는 격으로. 형님은 아마 그 맨끝의 층에 속하겠지요. 필요한 돈도 미처 벌지 못하는 사람. 깨끗이 살자니까 그럴 수밖에 없다고 하시겠지요. 그래요. 그것은 깨끗하기는 할지 모르죠. 그렇지만 그저 그것뿐이지요. 언제까지나 충치가 쏘아 부은 볼을 싸쥐고 울상일 수밖에 없지요. 그렇지 않습니까? 그야 형님! 인생이 저 골목 안에서 십 환짜리를 받고 코 흘리는 어린애들에게 보여주는 요지경이라면야 자기가 가지고 있는 돈값만치 구멍으로 들여다보고 말 수도 있겠지요. 그렇지만 어디 인생이 자기 주머니 속의 돈 액수만치만 살고 그만두고 싶으면 그만둘 수 있는 요지경인가요 어디. 돈만치만 먹고 말 수 있는 그런 편리한 목구멍인가요 어디. 싫어도 살아야 하니까 문제지요. 사실이지 자살을 할 만치 소중한 인생도 아니고요. 살자니까 돈이 필요하구요. 필요한 돈이니까 구해야죠. 왜 우리라고 좀더 넓은 테두리, 법률선(法律線)까지 못 나가란 법이 어디 있어요. 아니 남들은 다 벗어던지구 법률선까지도 넘나들면서 사는데, 왜 우리만이 옹색한 양심의 울타리 안에서 숨이 막혀야 해요. 법률이란 뭐야요. 우리들이 피차에 약속한 선이 아니야요?"

영호는 얼굴을 번쩍 들며 반쯤 끌러놓았던 넥타이를 마저 끌러서 방구석에 픽 던졌다.

철호는 여전히 턱을 가슴에 푹 묻은 채 묵묵히 앉아 두 짝 다 엄지발가락이 몽땅 밖으로 나온 뚫어진 양말을 내려다보고 있었다. 나일론 양말을 한 켤레 사면 반년은 무난히 뚫어지지 않고 견딘다는 말을 들었다. 그러나 뻔히 알면서도 번번이 백 환짜리 무명 양말을 사들고 들어오는 철호였다. 칠백 환이란 돈을 단번에 잘라 낼 여유가 도저히 없는 월급이었던 것이다.

"가자!"

어머니는 또 몸을 뒤채었다.

"그건 억설이야."

철호는 천천히 고개를 들었다. 신문지를 바른 맞은편 벽에, 쭈그리고 앉은 아내의 그림자가 커다랗게 비쳐 있었다. 곱추처럼 꼬부리고 앉은 아내의 그림자는 헝클어진 머리카락이 괴물스러웠다. 철호는 눈을 감았다. 머리마저 등 뒤 칸막이 반자에 기대었다.

철호의 감은 눈앞에 십여 년 전 아내가 흰 저고리 까만 치마를 입고 선히 나타났다. 무대에 나선 그네는 더욱 예뻤다. E여자대학 졸업 음악회였다. 노래가 끝나자 박수 소리가 그칠 줄을 몰랐다. 그날 저녁 같이 거리를 거닐던 그네는 정말 싱싱하고 예뻤었다. 그러나 지금 철호 앞에 쭈그리고 앉은 아내는 그때의 그네가 아니었다. 무슨 둔한 동물처럼 되어버린 그네. 이제 아무런 희망도 가져보려고 하지 않는 아내. 철호는 가만히 눈을 떴다. 그래도 아내의 살눈썹만은 전처럼 까맣고 길었다.

"가자!"

철호는 흠칫 놀라 환상에서 깨어났다.

"억설이요? 그런지도 모르죠."

한참이나 잠잠하니 앉아 까물거리는 등잔불을 바라보던 영호의 맥 빠진 대답이었다.

"네 말대로 한다면 돈 있는 사람들은 다 나쁜 사람이란 말밖에 더 되나 어디."

"아니죠. 제가 어디 나쁘고 좋고를 가렸어요. 나쁘긴 누가 나빠요? 왜 나빠요? 아 잘사는 게 나빠요? 도시 나쁘고 좋고부터 따질 아무런 선도 없지요 뭐."

"그렇지만 지금 네 말로는 잘살자면 꼭 양심이고 윤리고 뭐고 다 버려야 한다는 것이 아니고 뭐야."

"천만에요. 잘못 이해하신 겁니다. 간단히 말씀드리면 이렇다는 것입니다. 즉 양심껏 살아가면서 잘살 수도 있기는 있다. 그러나 그것은 극히 적다. 거기에 비겨서 그 시시한 것들을 벗어던지기만 하면 누구나 틀림없이 잘살 수 있다."

"그것이 바로 억설이란 말이다. 마음 한구석이 어딘가 비틀려서 하는 억지란 말이다."

"글쎄요, 마음이 비틀렸다고요. 그건 아마 사실일는지 모르겠어요. 분명히 비틀렸어요. 그런데 그 비틀리기가 너무 늦었어요. 어머니가 저렇게 미치기 전에 비틀렸어야 했지요. 한강철교를 폭파하기 전에 말입니다. 하나밖에 없는 누이동생 명숙이가 양공주가 되기 전에 비틀렸어야 했지요. 환도령(還都令)이 내리기 전에. 하다못해 동대문시장에 자리라도 한 자리 비었을 때 말입니다. 그러구 이놈의 배때기에 지금도 무슨 내장이기나 한 것처럼 박혀 있는 파편이 터지기 전에 말입니다. 아니 그보다도 더 전에, 제가 뭐 무슨 애국자나처럼 남들은 다 기피하는 군대에 어머니의 원수를 갚겠노라고 자원하던 그 전에 말입니다."

"……."

"……. 그보다도 더 전에 썩 전에 비틀렸어야 했을지 모르죠. 나면서부터 비틀렸더라면 더 좋았을지도 모르죠."

영호는 푹 고개를 떨구었다. 길게 한숨을 내쉬었다. 그 한숨이 후르르 떨고 있었다. 철호는 한참 동안 아무 말도 하지 않았다. 윗목에 앉아 있던 철호의 아내가 방바닥에 떨어진 눈물을 손끝으로 장난처럼 문지르고 있었다. 영호도 훌쩍훌쩍 코를 들이켜고 있었다.

"그렇지만 인생이란 그런 게 아니야. 너는 아직 사람이란 어떻게 살아야만 하는 것인지조차도 모르고 있어."

"그래요, 사람이란 과연 어떻게 살아야 하는 것인지는 정말 모르겠어요. 그렇지만 이제 이 물고 뜯고 하는 마당에서 살자면, 생명만이라도 유지하자면 어떻게 해야 할는지는 알 것 같애요. 허허."

영호는 눈물이 글썽하니 괸 눈을 천장을 향해 쳐들며 자기 자신을 비웃듯이 허허 하고 웃었다.

"가자!"

또 어머니는 가자고 했다. 영호는 아랫목으로 눈을 돌렸다. 철호는 길게 한숨을 쉬었다. 앞의 등잔불이 크게 흔들거렸다. 방 안의 모든 그림자들이 움직였다. 집 전체가 그대로 기울거리는 것 같았다. 그것뿐 조용했다. 밤이 꽤 깊은 모양이었다. 세상이 온통 잠들고 있었다.

저만치 골목 밖에서부터 딱 딱 딱 딱 구둣발 소리가 뾰족하게 들려왔다. 점점 가까워왔다. 바로 아랫방 문 앞에서 멎었다. 영호는 문께로 얼굴을 돌렸다. 삐걱삐걱 두어 번 비틀리던 방문이 열렸다. 여동생 명숙이가 들어섰다. 싱싱한 몸매에 까만 투피스가 제법 어느 회사의 여사무원 같았다.

"늦었구나."

영호가 여전히 두 다리를 쭉 뻗고 앉은 채 고개만 뒤로 젖혀서 명숙을 쳐다보았다.

명숙은 영호의 말에 아무런 대꾸도 없이 돌아서서 문밖에서 까만 하이힐을 집어 올려 아랫방 모서리에 들여놓았다. 그리고 백을 획 방구석에 던졌다. 겨우 웃저고리와 스커트를 벗어 건 명숙은 아랫방 뒷구석에 가서 털썩하고 쓰러지듯 가로누워버렸다. 그리고 거기 접어놓은 담요를 끌어다 머리 위에서부터 푹 뒤집어썼다.

철호는 명숙을 거들떠보지도 않고 덤덤히 등잔불만 지켜보고 있었다.

철호는 언젠가 퇴근하던 길에 전차 창문 밖에서 본 명숙의 꼴을 생각하고 있는 것이었다.

철호가 탄 전차가 을지로 입구 십자거리에서 머물러 신호를 기다리고 있었다. 손잡이를 붙들고 창을 향해 서 있던 철호는 무심코 밖을 내다보았다. 전차 바로 옆에 미군 지프차가 한 대 와 섰다. 순간 철호는 확 낯이 달아올랐다.

핸들을 쥔 미군 바로 옆자리에 색안경을 쓴 한국 여자가 앉아 있었다. 그것이 바로 명숙이었던 것이다. 바로 철호의 턱밑에서였다. 역시 신호를 기다리는 그 지프차 속에서 미군은 한 손은 핸들에 걸치고 또 한 팔로는 명숙의 허리를 넌지시 끌어안는 것이었다. 미군이 명숙의 얼굴을 들여다보며 뭐라고 수작을 걸었다. 명숙은 다리를 겹치고 앉은 채 앞을 바라보는 자세 그대로 고개를 까딱거렸다. 그 미군 지프차 저편에 와 선 택시 조수가 명숙이와 미군을 쳐다보며 피시시 웃었다. 전찻간에서도 마찬가지였다. 철호 바로 옆에 나란히 서 있던 청년들이 쑥떡거렸다.

"그래도 멋은 부렸네."

"멋? 그래 색안경을 썼으니 말이지?"

"장사치곤 고급이지 밑천 없이."

"저것도 시집을 갈까?"

"흥."

철호는 손잡이를 놓았다. 그리고 반대편 가운데 문께로 가서 돌아서고 말았다. 그것은 분명히 슬픈 감정만은 아니었다. 뭐라고 말할 수조차 없는 숯덩어리 같은 것이 꽉 목구멍을 치밀었다. 정신이 아뜩해지는 것 같았다. 하품을 하고 난 뒤처럼 콧속이 싸하니 쓰리면서 눈물이 징 솟아올랐다. 철호는 앞에 있는 커다란 유리를 꽉 머리로 받아 부수고 싶은 충동을 느끼며 어금니를 꽉 맞씹었다. 찌르르 벨이 울렸다. 덜커덩 전차가 움직였다. 철호는 문짝에 어깨를 가져다 기대고 눈을 감아버렸다.

그날부터 철호는 정말 한 마디도 누이동생 명숙이와 말을 하지 않았다. 또 명숙이도 철호를 본체만체였다.

"자, 우리도 이제 잡시다."

영호가 가슴을 펴서 내밀며 바로 앉았다.

등잔불을 끄고 두 방 사이의 문을 닫았다.

폭 가라앉은 것같이 피곤했다. 그러면서도 철호는 정작 잠을 이룰 수는 없었다. 밤은 고요했다. 시간이 그대로 흐르기를 멈추어버린 것같이 조용했다. 철호의 아내도 이제 잠이 들었나 보다. 앓는 소리를 내었다. 철호는 눈을 감았다. 어딘가 아득히 먼 것을 느끼고 있었다. 철호도 잠이 들어가고 있었다.

"가자!"

다들 잠든 밤의 그 어머니의 소리는 엉뚱하게 컸다. 철호는 흠칠 눈을 떴다. 차츰 눈이 어둠에 익어갔다. 며칠인가, 문틈으로 새어든 달빛이 철호의 옆에서 잠든 딸애의 머리에서부터 발끝까지 죽 파란 줄을 그었다. 철호는 다시 눈을 감았다. 길게 한숨을 쉬며 벽을 향해 돌아누웠다.

"가자!"

또 어머니가 소리를 질렀다. 그러나 철호는 눈을 뜨지 않았다. 그도 마저 잠이 들어버린 것이었다.

그런데 이번에는 아랫방에서 명숙이가 눈을 떴다. 아랫목에 어머니와 윗목에 오빠 영호 사이에 누운 명숙은 어둠 속에 가만히 손을 내밀었다. 어머니의 손을 더듬어 잡았다. 뼈 위에 겨우 가죽만이 씌워진 손이었다. 그 어머니의 손에서는 체온이 느껴지는 것이 아니라 축축이 습기가 미끈거렸다. 명숙은 어머니 쪽을 향하여 돌아누웠다. 한쪽 손을 마저 내밀어서 두 손으로 어머니의 송장 같은 손을 감싸쥐었다.

"가자!"

딸의 손을 느끼는지 못 느끼는지 어머니는 또 한 번 허공을 향해 가자고 소리 질렀다.

"엄마!"

명숙의 낮은 소리였다. 명숙은 두 손으로 감싸쥔 어머니의 여윈 손을 가만히 흔들었다.

"가자!"

"엄마!"

기어이 명숙은 흐느끼기 시작하였다. 명숙은 어머니의 손을 끌어다 자기의 입에 틀어막았다.

"엄마!"

숨을 죽여가며 참는 명숙의 울음은 한숨으로 바뀌며 어머니의 손가락을 입안에서 잘근잘근 씹어보는 것이었다.

"겁내지 말라."

옆에서 영호가 잠꼬대를 했다.

"가자!"

어머니는 명숙의 손에서 자기의 손을 빼어가지고 저쪽으로 돌아누워버렸다. 명숙은 다시 담요를 끌어다 머리 위까지 푹 썼다. 그리고 담요 속에서 흐득 흐득 울고 있었다.

"엄마."

이번엔 윗방에서 어린것이 엄마를 불렀다.

철호는 잠 속에서 멀리 그 소리를 들었다. 그러면서도 채 잠이 깨어지지는 않았다.

"엄마."

어린것은 또 한 번 엄마를 불렀다.

"오 오 왜. 엄마 여기 있어."

아내의 반쯤 갠 소리였다. 어린것을 끌어다 안는 모양이었다. 철호는 그 소리를 멀리 들으며 다시 곤히 잠들어버렸다.

"오줌."

"오. 오줌 누겠니. 자 일어나. 착하지."

철호의 아내는 일어나 앉으며 어린것을 안아 일으켰다. 구석에서 깡통을 끌어다 대어주었다.

"참, 삼춘이 네 신발 사왔지. 아주 예쁜 거. 볼래?"

깡통을 타고 앉은 어린것을 뒤에서 안아주고 있던 철호의 아내는 한 손으로 어린것의 베갯맡에 놓아두었던 신발을 집어다 보여주었다. 희미하게 달빛이 들이비쳤을 뿐인 어두운 방 안에서는 그것은 그저 겨우 모양뿐 색채를 잃고 있었다.

"내 거야? 엄마."

"그래, 네 거야."

"예뻐?"

"참 예뻐. 빨강이야."

"응……."

어린것은 잠에 취한 소리로 물으며 신발을 두 손에 받아 가슴에 안았다.

"자 이제 거기 놔두고 자야지."

"응, 낼 신어도 돼?"

"그럼."

어린것은 오물오물 담요 속으로 파고들어갔다.

"엄마. 낼 신어도 돼?"

"그럼."

뭐든가 좀 좋은 것은 아껴야 한다고만 들어오던 어린것은 또 한 번 이렇게 다짐하는 것이었다.

아내는 어린것의 담요 가장자리를 꼭꼭 눌러주고 나서 그 옆에 누였다.

다들 다시 잠이 들었다. 어느 사이에 달빛이 비껴서 칼날 같은 빛을 철호의 가슴으로 옮겼다. 어린것이 부스스 머리를 들었다. 배를 깔고 엎드렸다. 어린것은 조그마한 손을 베개 너머로 내밀었다. 거기 가지런히 놓아둔 신발을 만져보았다. 어린것은 안심한 듯이 다시 베개를 베고 누웠다. 또다시 조용해졌다. 한참 만에 또 어린것이 움직거렸다. 잠이 든 줄만 알았던 어린것은 또 엎드렸다. 머리맡에 신발을 또 끌어당겼다. 조그마한 손가락으로 신발 코를 꼭 눌러보았다. 그러고는 이번에는 아주 자리 위에 일어나 앉았다. 신발을 무릎 위에 들어 올려놓았다. 달빛에다 신발을 들이대어보았다. 바닥을 뒤집어보았다. 두짝을 하나씩 두 손에 갈라 들고 고무 바닥을 맞대어보았다. 이번엔 발을 앞으로 내놓았다. 가만히 신발을 가져다 신었다. 앉은 채로 꼭 방바닥을 디디어보았다.

"가자!"

어린것은 깜짝 놀랐다. 얼른 신발을 벗었다. 있던 자리에 도로 모아놓았다. 그리고 한 번 더 신발을 바라보고 난 어린것은 살그머니 누웠다. 오물오물 담요 속으로 기어 들어갔다.

점심을 못 먹은 배는 오후 두 시에서 세 시 사이가 제일 견디기 힘들었다. 철호는 펜을 장부 위에 놓았다. 저쪽 구석에 돌아앉은 사환애를 바라보았다. 보리차라도 한 잔 더 마시고 싶었다. 그러나 두 잔까지는 사환애를 시켜서 가져오랄 수 있었으나 세 번까지는 부르기가 좀 미안했다. 철호는 걸상을 뒤로 밀고 일어섰다. 책상 모서리에 놓인 찻종을 집어 들었다. 그리고 출입문으로 나갔다. 복도의 풍로 위에서 커다란 주전자가 끓고 있었다. 보리차를 찻종 하나 가득히 부었다. 구수한 냄새가 피어올랐다. 철호는 뜨거운 찻종을 손가락으로 꼬집어 들고 조심조심 자기 자리로 돌아와 앉았다. 그리고 찻종을 입으로 가져갔다. 후 불었다. 마악 한 모금 들이마시는 때였다.

"송선생님 전화입니다."

사환애가 책상 앞에 와 알렸다. 철호는 얼른 찻종을 책상 위에 내려놓았다. 그리고 과장 책상 앞으로 갔다. 수화기를 들었다.

"네, 송철호올시다. 네? 경찰서요……? 전 송철호라는 사람인데요? 네? 송영호요? 네? 바로 제 동생입니다. 무슨?…… 네? 네? 송영호가요? 제 동생이 말입니까? 곧 가겠습니다. 네 네."

철호는 수화기를 걸었다. 그리고 걸어놓은 수화기를 멍하니 내려다보고 서 있었다. 사무실 안의 사람들의 시선이 모두 철호에게로 쏠렸다.

"무슨 일인가. 동생이 교통사고라도?"

서류를 뒤적이던 과장이 앞에 서 있는 철호를 쳐다보며 말했다.

"네? 네, 저 과장님, 잠깐 다녀오겠습니다."

철호는 마시던 보리차를 그대로 남겨둔 채 사무실을 나섰다. 영문을 모르는 동료들이 서로 옆의 사람의 얼굴을 힐끗 쳐다보는 것이었다.

철호는 전에도 몇 번 경찰서의 호출을 받은 일이 있었다.

양공주 노릇을 하는 누이동생 명숙이가 걸려들면 그 신원 보증을 해야 하는 철호였다. 그때마다 철호는 치안관 앞에서 낯을 못 들고 앉았다가 순경이 앞세우고 나온 명숙을 데리고 아무 말도 없이 경찰서 뒷문을 나서곤 하였다. 그럴 때면 철호는 울었다. 하나밖에 없는 누이동생이 정말 밉고 원망스러웠다. 철호는 명숙을 한번 돌아다보는 일도 없이 전찻길을 따라 사무실로 걸었고, 또 명숙은 명숙이대로 적당한 곳에서 마치 낯도 모르는 사람이나처럼 딴 길로 떨어져 가버리곤 하는 것이었다.

그런데 이번에는 누이동생이 아니라 남동생 영호의 건이라고 했다. 며칠 전 밤에 취해서 지껄이던 영호의 말들이 머리를 스치고 지나갔다. 불안했다. 그런들 설마 하고 마음을 다시 먹으며 철호는 경찰서 문을 들어섰다.

권총 강도.

형사에게서 동생 영호의 사건 내용을 들은 철호는 앞에 앉은 형사의 얼굴을 바보 모양 멍청히 바라보고 있을 뿐이었다. 점점 핏기가 가셔가는 철호의 얼굴은 표정을 잃은 채 굳어가고 있었다.

어느 회사에서 월급을 줄 돈 천오백만 환을 찾아서 은행 앞에 대기시켰던 지프차에 싣고 막 떠나려고 하는데 중절모를 깊숙이 눌러쓰고 색안경을 낀 괴한 두 명이 차 속으로 올라오며 권총을 내어 들더라는 것이었다.

"겁내지 마라! 차를 우이동으로 돌려라."

운전수와 또 한 명 회사원은 차가운 권총 구멍을 등에 느끼며 우이동까지 갔다고 한다. 어느 으슥한 숲속에서 차를 세웠다고 한다. 그러고는 둘이 다 차 밖으로 나가라고 한 다음, 괴한들이 대신 운전대로 옮아앉더라고 한다. 운전수와 회사원은 거기 버려둔 채 차는 전속력으로 다시 시내로 향해 달렸단다. 그러나 지프차는 미아리도 채 못 와서 경찰에 붙들리고 말았다는 것이었다. 그런데 차 안에는 괴한이 한 사람밖에 없었다고 한다.

형사가 동생을 면회하겠느냐고 물었을 때도 철호는 그저 얼이 빠져서, 두 무릎 위에 맥없이 손을 올려놓고 앉은 채 아무 대답도 못했다.

이윽고 형사실 뒷문이 열리더니 거기 영호가 나타났다.

"이리로 와."

수갑이 채워진 두 손을 배 앞에다 모으고 천천히 형사의 책상 앞으로 걸어 나오는 영호는 거기 걸상에 앉았다 일어서는 철호를 향하여 약간 머리를 끄덕여 보였다. 동생의 얼굴을 뚫어져라고 바라보고 서 있는 철호의 여윈 볼이 히물히물 움직였다. 괴로울 때의 버릇으로 어금니를 꽉꽉 씹고 있는 것이었다.

형사는 앞에 와서 선 영호에게 눈으로 철호를 가리켰다.

영호는 철호에게로 돌아섰다.

"형님, 미안합니다. 인정선(人情線)에서 걸렸어요. 법률선까지는 무난히 뛰어넘었는데. 쏘아버렸어야 하는 건데."

영호는 철호의 얼굴을 들여다보며 빙그레 웃었다. 그러고는 옆으로 비스듬히 얼굴을 떨구며 수갑을 채운 오른손 검지를 권총 방아쇠를 당기는 때처럼 까불어서 지그시 당겨보는 것이었다.

철호는 눈도 깜빡하지 않고 그저 영호의 머리카락이 흐트러져 내린 이마를 바라보고 있었다.

"돌아가세요. 형님."

영호는, 등신처럼 서 있는 형이 도리어 민망한 듯이 조용히 말했다.

"수감해."

형사가 문간에 지키고 서 있는 순경을 돌려보았다.

영호는 그에게로 오는 순경을 향해 마주 걸어갔다. 영호는 뒷문으로 끌려 나가다 말고 멈춰 섰다. 그리고 뒤를 돌려보았다.

"형님. 어린것 화신 구경이나 한번 시키세요. 제가 약속했었는데."

뒷문이 쾅 닫혔다. 철호는 여전히 영호가 사라진 뒷문을 바라보고 서 있었다. 눈이 뿌옇게 흐려졌다. 아무것도 보이지 않았다.

"쏠 의사는 처음부터 없었던 것 같은데."

조서를 한옆으로 밀어놓으며 형사가 중얼거렸다. 철호는 거기 걸상에 가만히 걸터앉았다.

"혹시 그 같이 한 청년을 모르시나요."

철호의 귀에는 형사의 말소리가 아주 멀었다.

"끝내 혼자서 했다고 우기는데, 그러나 증인이 있으니까 이제 차츰 사실대로 자백하겠지만."

여전히 철호는 말이 없었다.

경찰서를 나온 철호는 어디를 어떻게 걸었는지 알 수 없었다. 철호는 술 취한 사람 모양 허청거리는 다리로 자기 집이 있는 언덕길을 올라가고 있었다. 철호는 골목길 어귀에 들어섰다.

"가자!"

철호는 거기 멈춰 섰다. 고개를 뒤로 젖혔다. 그러나 그는 하늘을 쳐다보는 것이 아니었다.

하 하고 숨을 크게 내쉬는 철호는 울고 있었다. 눈물이 콧속으로 흘러서 찝찝하니 목구멍으로 넘어갔다.

"가자. 가자. 어딜 가잔 거야. 도대체 어딜 가잔 거야."

철호는 꽥 소리를 지르고 있었다. 거기 처마 밑에 모여 앉아서 소꿉질을 하던 어린애들이 부스스 일어서며 그를 쳐다보았다. 철호는 그 앞을 모른 체 지나쳐버렸다.

"오빤 어딜 그렇게 돌아다뉴."

철호가 아랫방에 들어서자 윗방 구석에서 고리짝을 열어놓고 뒤지고 있던 명숙이가 역한 소리를 했다. 윗방에는 넝마 같은 옷가지들이 한 무더기 쌓여 있었다. 딸애는 고리짝 옆에 쪼그리고 앉아서 명숙이가 뒤져 내놓은 헌옷들을 무슨 진귀한 것이나처럼 지켜보고 있었다. 철호는 아내가 어딜 갔느냐고 물어보려다 말고 그대로 윗방 아랫목에 털썩 주저앉아버렸다.

"어서 병원에 가보세요."

명숙은 여전히 고리짝을 들추며 돌아앉은 채 말했다.

"병원엘?"

"그래요."

"병원에라니?"

"언니가 위독해요. 어린애가 걸렸어요."

"뭐가?"

철호는 눈앞이 아찔했다.

점심때부터 진통이 시작되었는데 영 해산을 못하고 애를 썼단다. 그런데 죽을 악을 쓰다 보니까 어린애의 머리가 아니라 팔부터 나왔다고 한다. 그래 병원으로 실어갔는데, 철호네 회사에 전화를 걸었더니 나가고 없더라는 것이었다.

"지금쯤 아마 애를 낳았거나, 그렇지 않으면······."

명숙은 흰 헝겊들을 골라 개켜서 한옆으로 젖혀놓으며 말했다. 아마 어린애의 기저귀를 고르고 있는 모양이었다. 그런데 이상했다. 좀 전에 아찔하던 정신이 사르르 풀리며 온몸의 맥이 쑥 빠져나갔다. 철호는 오래간만에 머릿속이 깨끗이 개는 것을 느꼈다.

말라리아를 앓고 난 다음 날처럼 맥은 하나도 없으면서 머리는 비상히 깨끗했다. 뭐 놀랄 일이 있느냐 하는 심정이 되었다. 마치 회사에서 무슨 사무를 한 뭉텅이 맡았을 때와 같은 심사였다. 철호는 호주머니에서 담배를 꺼내어 물었다. 언제나 새로 사무를 맡아 시작하기 전에 하는 버릇이었다. 철호는 일어섰다. 그리고 문을 열었다.

"어딜 가슈."

명숙이가 돌아보았다.

"병원에."

"무슨 병원인지도 모르면서."

철호는 참 그렇다고 생각했다.

"S병원이야요."

"······."

철호는 슬그머니 문밖으로 한 발을 내디디었다.

"돈을 가지고 가야지 뭐."

"······돈."

철호는 다시 문 안으로 들어섰다. 우두커니 발부리를 내려다보고 서 있었다. 명숙이가 일어섰다. 그리고 아랫방으로 내려갔다. 벽에 걸어놓았던 핸드백을 벗겼다.

"옛수."

백 환짜리 한 다발이 철호 앞 방바닥에 던져졌다. 명숙은 다시 돌아서서 백을 챙기고 있었다. 철호는 명숙의 뒷모습을 물끄러미 바라보고 있었다. 철호의 눈이 명숙의 발 뒤축에 머물렀다. 나일론 양말이 계란만치 구멍이 뚫렸다. 철호는 명숙의 그 구멍 뚫린 양말 뒤축에서 어떤 깨끗함을 느끼고 있었다. 오래간만에 철호는 명숙에 대한 오빠로서의 애정을 느꼈다.
"가자."
어머니가 또 외마디소리를 질렀다.
철호는 눈을 발밑에 돈다발로 떨구었다. 허리를 구부렸다. 연기가 든 때처럼 두 눈이 싸하니 쓰렸다.
"아버지 병원에 가? 엄마 애기 났어?"
"그래."
철호는 돈을 저고리 호주머니에 밀어 넣으며 문을 나섰다.
"가자."
골목을 빠져나가는 철호의 등 뒤에서 또 한 번 어머니의 소리가 들려왔다.
아내는 이미 죽어 있었다.
"네. 그래요."
철호는 간호원보다도 더 심상한 표정이었다. 병원의 긴 복도를 흐청흐청 걸어서 널따란 현관으로 나왔다. 시체가 어디 있느냐고 묻지도 않았다. 무엇인가 큰일이 한 가지 끝났다는 그런 기분이었다. 아니 또 어찌 생각하면 무언가 해야 할 일이 생긴 것 같은 무거운 기분이기도 했다. 그러면서도 그 해야 할 일이 무엇인지는 좀처럼 생각이 나질 않았다. 그저 이제는 그리 서두를 필요도 없어졌다는 생각만으로 철호는 거기 병원 현관에 한참이나 우두커니 서 있었다.
이윽고 병원의 큰 문을 나선 철호는 전찻길을 따라서 천천히 걸었다. 자전거가 휙 그의 팔구비를 스치고 지나갔다. 그는 멈춰 섰다. 자기도 모르게 그는 사무실 쪽으로 걸어가고 있었다. 여섯 시도 더 지났을 무렵이었다. 이제 사무실로 가야 할 아무 일도 없었다. 그는 전찻길을 건넜다. 또 한참 걸었다. 그는 또 멈춰 섰다. 이번엔 어느 사이에, 낮에 왔던 경찰서 앞에 와 있었다. 그는 또 돌아섰다. 또 걸었다. 그저 걸었다. 집으로 돌아가자는 생각도 아니면서 그의 발길은 자동 기계처럼 남대문 쪽을 향해 걷고 있었다. 문방구점. 라디오방. 사진

관. 제과점. 그는 길가에 늘어선 이런 가게의 진열장들을 하나하나 기웃거리며 걷고 있었다. 그러면서도 무엇이 있는지 하나도 보이지는 않았다. 그러던 철호는 또 우뚝 섰다. 그는 거기 눈앞에 걸린 간판을 쳐다보고 있었다. 장기판만 한 흰 판에 빨간 페인트로 치과라고 써 있었다. 철호는 갑자기 이가 쑤시는 것을 느꼈다. 아침부터, 아니 벌써 전부터 훌떡훌떡 쑤시는 충치가 갑자기 아파났다. 양쪽 어금니가 아래위 다 쑤셨다. 사실은 어느 것이 정말 쑤시는 것인지조차도 분간할 수가 없었다. 철호는 호주머니에 손을 넣어보았다. 만 환 다발이 만져졌다.

철호는 치과 간판이 걸린 층계 이층으로 올라갔다.

치과 걸상에 머리를 젖히고 입을 아 벌리고 앉았다. 의사는 달가닥달가닥 소리를 내며 이것저것 여러 가지 쇠꼬치를 그의 입에 넣었다 꺼냈다 하였다. 철호는 매시근하니⁶ 잠이 왔다. 아무런 생각도 하지 않고 입을 크게 벌린 채 눈을 감고 있었다.

"좀 아팠지요? 뿌리가 꾸부러져서."

의사가 집게에 뽑아 든 이를 철호의 눈앞에 가져다 보여주었다. 속이 시커멓게 썩은 징그러운 이뿌리에 뻘건 살점이 묻어 나왔다. 철호는 솜을 입에 문 채 머리를 좌우로 흔들어 보였다. 사실 아프지도 아무렇지도 않았다.

"됐습니다. 한 삼십 분 후에 솜을 빼어버리슈. 피가 좀 나올 겁니다."

"이쪽을 마저 빼주십시오."

철호는 옆의 타구에 피를 뱉고 나서 또 한쪽 볼을 눌러 보였다.

"어금니를 한 번에 두 대씩 빼면 출혈이 심해서 안 됩니다."

"괜찮습니다."

"아니. 내일 또 빼지요."

"다 빼주십시오. 한목에 몽땅 다 빼주십시오."

"안 됩니다. 치료를 해가면서 한 대씩 빼야지요."

---

6 매시근하다 기운이 없고 나른하다.

이범선

"치료요? 그럴 새가 없습니다. 마악 쑤시는걸요."

"그래도 안 됩니다. 빈혈증이 일어나면 큰일 납니다."

하는 수 없었다. 철호는 치과를 나왔다. 또 걸었다. 잇몸이 밍하니 아픈 것 같기도 하고 또 어찌하면 시원한 것 같기도 했다. 그는 한손으로 볼을 쓸어보았다.

그렇게 얼마를 걷던 철호는 거기에 또 치과 간판을 발견하였다. 역시 이층이었다.

"안 될 텐데요."

거기 의사도 꺼렸다. 철호는 괜찮다고 우겼다. 한쪽 어금니를 마저 빼었다. 이번에는 두 볼에다 다 밤알만큼씩 한 솜덩어리를 물고 나왔다. 입 안이 접찔했다. 간간이 길가에 나서서 피를 뱉었다. 그때마다 시뻘건 선지피가 간 덩어리처럼 엉겨서 나왔다.

남대문을 오른쪽에 끼고 돌아서 서울역이 보이는 데까지 왔을 때 으스스 몸이 한번 떨렸다. 머리가 횡하니 비어버린 것 같다고 생각했다. 바로 그때에 번쩍 거리에 전등이 들어왔다. 눈앞이 한번 환해졌다. 그런데 다음 순간에는 어찌 된 셈인지 좀 전에 전등이 켜지기 전보다 더 거리가 어두워졌다. 철호는 눈을 한번 꾹 감았다 다시 떴다. 그래도 매한가지였다. 이건 뱃속이 비어서 그렇다고 철호는 생각했다. 그는 새삼스레, 점심도 저녁도 안 먹은 자기를 깨달았다. 뭐든가 좀 먹어야겠다고 생각했다. 구수한 설렁탕 생각이 났다. 입 안에 군침이 하나 가득히 괴었다. 그는 어느 전주 밑에 가서 쭈그리고 앉아서 침을 뱉었다. 그런데 그건 침이 아니라 진한 피였다. 그는 다시 일어섰다. 또 한 번 오한이 전신을 간질이고 지나갔다. 다리가 약간 떨리는 것 같았다. 그는 속히 음식점을 찾아내어야겠다고 생각하며 서울역 쪽으로 허청허청 걸었다.

"설렁탕."

무슨 약 이름이기나 한 것처럼 한마디 일러놓고는 그는 식탁 위에 엎드려버렸다. 또 입 안으로 하나 접찔한 물이 괴었다. 철호는 머리를 들었다. 음식점 안을 한 바퀴 휘 둘러보았다. 머리가 아찔했다. 그는 일어섰다. 그리고 문밖으로 급히 걸어 나갔다. 음식점 옆 골목에 있는 시궁창에 가서 쭈그리고 앉았다. 울컥하고 입 안엣것을 뱉었다. 그러나 이번에는 주위가 어두워서 그것이 핀지 또는 침인지 알 수 없었다. 철호는 저고리 소매로 입술을 닦으며 일어섰다. 이를 뺀 자리가 쿡 한번 쑤셨다. 그러자 뒤이어 거기에 호응이나 하듯이 관자놀이가 또 쿡 쑤셨다. 철호는 아무래도 좀 이상하다고 생각했다. 이제 빨리 집으로 돌아가 누워야겠다고 생각했다. 그는 다시 큰길로 나왔다. 마침 택시가 한 대 왔다. 그는 손을 한번 흔들었다.

철호는 던져지듯이 털썩 택시 안에 쓰러졌다.
"어디로 가시죠?"
택시는 벌써 구르고 있었다.
"해방촌."
자동차는 스르르 속력을 늦추었다. 해방촌으로 가자면 차를 돌려야 하는 까닭이었다. 운전수는 줄지어 달려오는 자동차의 사이가 생기기를 노리고 있었다. 저만치 자동차의 행렬이 좀 끊겼다. 운전수는 핸들을 잔뜩 비틀어 쥐었다. 운전수가 몸을 한편으로 기울이며 마악 핸들을 틀려는 때였다. 뒷자리에서 철호가 소리를 질렀다.
"아니야. S병원으로 가."
철호는 갑자기 아내의 죽음을 생각했던 것이었다. 운전수는 다시 휙 핸들을 이쪽으로 틀었다. 운전수 옆에 앉아 있는 조수애가 한번 철호를 돌아다보았다. 철호는 뒷자리 한구석에 가서 몸을 틀어박은 채 고개를 뒤로 젖히고 눈을 감고 있었다. 차는 한국은행 앞 로터리를 돌고 있었다. 그때에 또 뒤에서 철호가 소리를 질렀다.
"아니야. ×경찰서로 가."
눈을 감고 있는 철호는 생각하는 것이었다. 아내는 이미 죽었는데 하고.
이번에는 다행히 차의 방향을 바꿀 필요가 없었다. 그냥 달렸다.
"×경찰서 앞입니다."
철호는 눈을 떴다. 상반신을 번쩍 일으켰다. 그러나 곧 또 털썩 뒤로 기대고 쓰러져버렸다.
"아니야. 가."
"× 경찰섭니다. 손님."
조수애가 뒤로 몸을 틀어 돌리고 말했다.
"가자."
철호는 여전히 눈을 감고 있었다.
"어디로 갑니까?"
"글쎄 가."
"하 참 딱한 아저씨네."
"……."
"취했나?"
운전수가 힐끔 조수애를 쳐다보았다.
"그런가 봐요."
"어쩌다 오발탄(誤發彈) 같은 손님이 걸렸어. 자기 갈 곳도 모르게."
운전수는 기어를 넣으며 중얼거렸다. 철호는 까무룩히 잠이 들어가는 것 같은 속에서 운전수가 중얼거리는 소리를 멀리 듣고 있었다. 그리고 마음속으로 혼자 생각하는 것이었다.
'아들 구실. 남편 구실. 애비 구실. 형 구실. 오빠 구실. 또 계리사 사무실 서기 구실. 해야 할 구실이 너무 많구나. 너무 많구나. 그래 난 네 말대로 아마도 조물주의 오발탄인지도 모른다. 정말 갈 곳을 알 수가 없다. 그런데 지금 나는 어디건 가긴 가야 한다.'
철호는 점점 더 졸려왔다. 다리가 저린 것처럼 머리의 감각이 차츰 없어져 갔다.
"가자!"
철호는 또 한 번 귓가에 어머니의 소리를 들었다고 생각하며 폭 모로 쓰러지고 말았다.
차가 네거리에 다다랐다. 앞의 교통 신호등에 빨간 불이 켜졌다. 차가 섰다.

또 한 번 조수애가 뒤를 돌아보며 물었다.
"어디로 가시죠?"
그러나 머리를 푹 앞으로 수그린 철호는 아무 대답도 없었다.
따르르릉 벨이 울렸다. 긴 자동차의 행렬이 움직이기 시작했다. 철호가 탄 차도 목적지를 모르는 대로 행렬에 끼어서 움직이는 수밖에 없었다. 철호의 입에서 흘러내린 선지피가 흥건히 그의 와이셔츠 가슴을 적시고 있는 것은 아무도 모르는 채 교통 신호등의 파랑불 밑으로 차는 네거리를 지나갔다.

이범선

1920년 평남 안주 출생. 동국대 국문과 졸업. 1955년 단편 「암표」와 「일요일」이 『현대문학』에 추천되어 등단. 현대문학 신인상, 동인문학상, 월탄문학상 등 수상. 한국외대 교수, 한양대 문과대학장 역임. 『학마을 사람들』(1958), 『오발탄』(1959), 『피해자』(1963), 『표구된 휴지』(1976) 등의 작품집과 『하오의 무지개』『금붕어의 향수』『구름을 보는 여인』『산 넘어 저 산 넘어』『거울』『사령장』『지신』『검은 해협』『흰 까마귀의 수기』 등의 장편소설 발표. 1982년 타계.

작품 세계

전후 세대의 대표 작가 중 하나로 꼽을 수 있는 이범선은 같은 시대의 많은 작가들이 그러했던 것처럼 휴머니즘에 대한 옹호를 작품의 전면에 내세웠다. 그러면서도 그는 단독자로서의 인간 존재에 대해 고민했던 실존주의와는 일정한 거리를 두고 있었다. 전쟁 중이나 전쟁 직후에 씌어진 실존주의 계열의 작품들이 전쟁이라는 극한 상황에 놓인 개인의 내면을 다룬 데 비해, 그의 작품은 오히려 식민지 시대 이래의 사실주의적 전통과 결부된 면모를 보여주었던 것이다.

이와 같이 고립된 개인의 실존보다는 사회적 삶의 조건에 관심을 기울였던 이범선이었지만, 『현대문학』에 「암표」와 「일요일」이 추천되어 문단에 등단한 이래 비교적 초기에 발표했던 작품들에서는 동양적 유토피아 지향성을 드러내었다. 그래서 「학마을 사람들」(1957)과 「갈매기」(1958)로 대표되는 초기 단편소설들은 한국 현대사의 비극에 대한 묘사를 바탕으로 하고 있으면서도 현실에서 더 이상 찾아볼 수 없는, 상실해버린 이상향에 대한 동경 같은 것을 짙게 표출하고 있다.

이후 이범선은 전후의 물질적 궁핍상을 여실하게 묘사하면서부터 현실 비판적 성격이 강하게 드러나는 작품들을 창작하였다. 이 경향에 속하는 것으로는 우선 「사망 보류」(1958)를 들 수 있는데, 아내가 살아가는 데 도움을 주기 위해 곗돈 타는 날까지 자신의 사망 신고를 보류해달라는 주인공과 조의금에서 빌려준 돈을 빼내는 그의 동료를 통해 비정한 사회상을 고발하는 작품이다. 비슷한 시기에 발표한 「몸 전체로」(1958)에서도 작가는 아들에게 권투를 가르치는 하숙집 주인을 통해 성실한 사람보다 양심을 속이고 뗴돈을 버는 사람들이 판치는 세상을 계속하여 비판한다. 이와 같은 비판 의식은 「오발탄」(1959)에서 정점을 이루었는데, 이 작품은 전쟁 때문에 월남하여 삶의 근거지를 잃어버린 한 가족의 삶을 통해 당대 현실에 대한 부정과 비판을 감행한 역작이다.

1960년대에 접어들어서도 전쟁터에서 한쪽 다리를 잃은 상이용사의 현실 부적응 문제를 다룬「자살당한 개」(1963) 등의 작품을 통해 부정적 사회 인식을 드러내었던 이범선은「살모사」(1964)에서는 보다 적극적인 사회 참여 의식을 표출하기도 하였다. 그는 자신의 말처럼 안경알에 묻은 먼지나 얼룩 같은 서민들의 자질구레한 일상들을 주로 형상화하였지만, 그것은 전쟁 이후의 부정한 사회에 대하여 치열하게 응전하고자 했던 작가적 노력의 결과였다.

「오발탄」

이 작품은 전쟁 중에 북의 고향을 버리고 남으로 내려온 사람들이 생활 세계에서 겪었던 고통을 중심 소재로 삼고 있다. 이들 실향민들은 경제적 고통뿐만 아니라 정신적 고통도 함께 감내하지 않으면 안 되었는데, 소설에서는 과거의 행복을 뒷받침해주던 북한의 재산을 잃어버린 뒤에 다시는 돌아갈 수 없는 고향에의 귀환을 끊임없이 갈망하는 것으로 그려진다. 작중 어머니의 "가자! 가자!"라는 외침으로 대표되는 고향에 대한 그리움은 현실이 각박해지면 각박해져갈수록 점점 커져간다.

월남민의 실향 의식과 함께 이 작품을 떠받치고 있는 또 하나의 주제는 전후 한국 사회의 경제적·윤리적 파탄에 대한 사실주의적 고발정신이다. 주인공 철호는 극한적 궁핍 속에서 대부분의 사람들처럼 생활에 필요한 돈을 벌지 못하여 '신발에다 발을 맞추는 격'으로 생활을 조린다. 남들은 극도의 가난을 참을 수 없어 양심을 버리고 법률 따위를 하찮게 여기면서 살아갈 방도를 강구하지만, 그는 자기의 양심에 어긋나는 일을 하지 않고 가난을 별다른 저항 없이 숙명처럼 받아들이기만 한다. 이 작품은 이처럼 양심적이고 선량한 주인공이 가난으로 인해 파탄에 이르는 과정을 묘사함으로써 당대 현실의 부조리를 고발하고 있다.

이 작품의 등장인물들 역시 매우 문제적이다. 그들은 대부분 현실의 폭력에 압살당하는 순응적 인물이다. 북한에서의 유복했던 시절을 그리워하다가 제 정신을 놓아버린 어머니는 경제적 하강을 맛보아야 했던 대다수 실향민의 의식을 대변하며, 양공주가 되어버린 누이동생 명숙은 전쟁 직후에 목숨을 부지하기 위해 몸을 팔아야 했던 빈곤층 여성의 표상이다. 자신이 과거에 어떤 사람이었는지조차 잊어버리고 임신한 몸으로 영양실조에 시달리다 출산 중에 사망하는 아내와 점심 도시락조차 쌀 수 없을 정도로 가난한 월급쟁이로 해방촌 빈민굴에 살고 있는 주인공 철호는 전후 소시민의 상징이다. 전쟁 통에 상이군인이 되고 만 동생 영호가 현실에 반항하는 예외적 인물로 그려지지만, 그 또한 은행을 털려다가 양심을 저버리지 못하고 체포되고 만다. 이러한 인물들이 중심이 된「오발탄」은 폐허 속의 전후 현실을 사실주의적으로 그려낸 수작이다.

주요 참고 문헌

이범선의 「오발탄」만을 다룬 작품론은 많지 않으며, 대부분이 작품집의 해설이다. 그 가운데 천이두는 「오발탄의 행방――「오발탄」」(『현대한국문학전집』 6, 신구문화사, 1967)에서, 이 작품이 암담한 사회상의 압축적으로 그려낸 일종의 고발 문학이자 비참한 현실 속에서도 양심을 지키려는 주체적 인간의 내적 성실성을 다루었다고 평가한다. 김준은 「전후 시대의 상흔과 향수――이범선의 「오발탄」」(『광장』, 1983. 7)을 통해 「오발탄」이 전후의 우리 사회가 안고 있던 상처를 드러냄으로써 당대 현실을 여실하게 형상화하였다고 보았다. 하정일의 「전후 리얼리즘의 외로운 명맥」(『한국소설문학대계』 35, 동아출판사, 1995)에서는 분단 문제를 일상의 삶 속에서 추적하고 있으며, 부정적 전망을 기반으로 한 비판적 리얼리즘의 전형적 특징을 보여주는 작품으로 보았다. 한편 작품의 내용과 형식을 동시에 주목한 정호웅의 「실어(失語)의 형식――이범선의 「오발탄」」(『한국문학의 근본주의적 상상력』, 프레스 21, 2000)은 '말 잃음'이라는 형식과 삼인칭 화자의 냉정한 거리 두기, 건조체의 짧은 문장이 출구 잃은 전후의 폐허성을 압축적으로 보여준다고 분석한다.

_김외곤

이호철

닳아지는 살들

 오월의 어느 날 저녁이었다. 맏딸이 또 밤 열두 시에 돌아온대서 벌써부터 기다리고들 있었다. 서성대는 사람은 없으나 언제나처럼 누구인가를 기다리고 있는 분위기는 감돌고 있었다.
 은행장으로 있다가 현역에서 은퇴하고 명예역으로 이름만 걸어놓고 있는(지금도 거기에서 매달 들어오는 수입으로 한 달 살림은 넉넉했다) 일흔이 넘은 늙은 주인은 연한 남색 명주옷을 단정하게 입고 응접실 소파에 기대어 앉아 있었다. 단정하게 입기는 입었으나 어쩐지 헐렁헐렁해 보이고 축 늘어진 앉음새는 속이 허하여 혼자 힘으로 일어설 힘조차 없을 것처럼 보였다. 귀가 멀고 반백치였다. 그러나 허연 살결의 넓적한 얼굴은 훨씬 젊어 보이고 서양 사람의 풍격을 느끼게 하였다. 며느리 정애(貞愛)와 막내딸 영희(英姬)가 옆자리에 앉아 있었다. 며느리의 한복 차림을 싫어하는 왕년의 시아버지의 뜻대로 정애는 봄 스웨터에 통이 좁은 까만 바지 차림이고, 영희는 원피스를 입고 있었다. 며느리와 시누이는 사이좋은 자매를 연상케 하였다. 세 사람은 모두 넓은 창문 너머 어두운 뜰을 내려다보고 있었다. 정애는 시아버지의 한 팔을 부축하고 앉았고 영희는 옆에 한 손으로 턱을 받치고 앉았다.

* 「닳아지는 살들」은 1962년 7월 『사상계』에 발표되었다.

바깥은 어둡고 뜰 변두리의 늙은 나무들은 바람에 불려 서늘한 소리를 내었다. 처마 끝 저편에 퍼진 하늘에는 별이 총총하게 박혀 있으나, 아스무레한 초여름 기운에 잠겨 있었다. 집은 전체로 조용하고 썰렁했다.
"꽝 당 꽝 당."
먼 어느 곳에서는 이따금 여운이 긴 쇠붙이 뚜드리는 소리가 들려왔다. 밑거리의 철공장이나 대장간에서 벌겋게 단 쇠를 쇠망치로 뚜드리는 소리 같았다.
근처에 그런 곳은 없을 것이었다. 그렇다면 굉장히 먼 곳일 것이었다. 굉장히 굉장히 먼 곳일 것이었다.
"꽝 당 꽝 당."
단조로운 소리이면서 송곳처럼 쑤시는 구석이 있는, 밤중에 간헐적으로 들려오는 그 소리는 이상하게 신경을 자극했다.
"참 저거 무슨 소리유?"
영희가 미간을 찌푸리면서 말했다.
"글쎄 무슨 소릴까…….”
정애가 심드렁하게 대답했다.
"이 근처에 철공장은 없을 텐데."
"…….”
정애는 표정으로만 수긍을 했다.
"꽝 당 꽝 당."
그 쇠붙이에 쇠망치 부딪치는 소리는 여전히 간헐적으로 이어지고 있었다. 밤내 이어질 모양이었다. 자세히 그 소리만 듣고 있으려니까 바깥의 선들대는 늙은 나무들도 초여름 밤의 바람에 불려서 그런 것이 아니라 저 소리의 여운에 울려 흔들리고 있는 것이었다. 저 소리는 이 방 안의 벽 틈서리를 쪼개고도 있었다. 형광등 바로 위의 천장에 비수가 잠겨 있을 것이었다. 초록빛 벽 틈서리에서 어머니는 편안하시다. 돌아가서 편안하시다. 형편없이 되어가는 집안 꼴을 감당하지 않아서 편안하시다.

꽝 당 꽝 당.

저 소리는 기어이 이 집을 주저앉게 하고야 말 것이다. 집지기 구렁이도 눈을 뜨고 슬금슬금 나타날 때가 되었을 것이다. 그리고 향연이다. 마지막 향연이다. 유감없이 이별을 고해야 할 것이다. 모두 유감없이 이별을 고해야 할 것이다.

영희가 갑자기 작위적인 구석이 느껴지게 필요 이상으로 깔깔대며 웃었다. 정애가 화닥닥 놀랐다.

"참 언니, 내가 지금 무슨 생각을 하고 있는지 아우?"
하고는,
"아버지 팔을 그렇게 부축하고 있으니까 며느리 같지가 않구 딸 같아요."
하고 말했다.

정애는 약간 수줍어하는 듯한 표정을 하였다. 아버지는 물론 못 듣고 있었다. 제 코 앞의 사마귀만 주무르고 있었다.

영희가 계속 다급하게 말을 이었다. 목소리가 높아지고 조급해 있었다. 쇠붙이 뚜드리는 소리가 듣기 싫어서, 안 들으려고 억지로 조잘대고 있는 셈이었다.

꽝 당 꽝 당.

그러나 그 쇠붙이 소리는 같은 삼십 초가량의 간격으로 이어지고 있다. 뾰족뾰족한 삼십 초다. 영희 목소리의 밑층 넓은 터전으로 잠겨 그 소리는 더욱 윤기를 내고 있다.

"그러니까 우리 집두 이 정도로 민주적인 집안인 셈이겠죠. 시아버지와 며느리 사이가 이쯤 되어 있으니."

잠시 사이를 두었다가 더 목소리를 높여,

"그렇지만 진력이 안 나우, 올케? 도대체 무엇인지 굉장히 빠진 게 있어. 큰 나사못이래두 좋고, 받들어주는 기둥이래도 좋고. 아이, 안 그렇수?"

정애는 시아버지를 닮아 있었다. 시아버지와는 다른 성격으로 백치가 되어 있다. 대화란 피차 신경을 긁어놓기 위해서, 밤낮 할 짓이 없이 이렇게 앉아 있는 사람들끼리 잊어버렸던 일을 되불러 일으켜 피차 골치를 앓게 하기 위해서, 쓸모없는 사변을 위해서 태어난 것은 아니라고 그렇게 믿고 있는 듯 보였다.
"오늘 저녁두 열두 시유?"
영희가 또 말했다. 계속해서,
"오빤 또 이층이겠수?"
하고는,
"참, 그인 아직 안 돌아왔죠?"
그이란 선재(善哉)일 것이었다. 아직 약혼까지는 안 됐으나 결국은 그렇게 낙착되리라고 피차 생각하고 있고, 주위에서도 다 그렇게 알고 있는 터였다. 이북으로 시집을 가서 이젠 이십 년 가까이 만나지 못한 언니의 시사촌동생이라니, 그렇게 알밖에 없었다. 1·4 후퇴 때 월남을 하여 험한 세상 건너오면서 그 나름의 두터움이 배어들 만도 하였다. 삼 년 전에 세상을 떠난 늙은 어머니가 그를 몹시 아껴주고 측은해하였다. 제 맏딸의 시동생이라는 연줄을 생각해서였을 것이다. 역시 일흔이 되어 노망도 들기는 했지만, 맏딸의 이모저모를 선재에게 되풀이하여 물어보는 눈치였다. 임종 때도 온 가족이 다 모여 있었지만 둘레둘레 선재를 확인하고서야 안심을 하였다. 어쩌면 맏딸 대신으로 삼았을 것이었다. 결국 이렁저렁하는 사이에 이층의 구석방 하나를 차지해버렸다. 때로는 일이만 환 들여놓는 수도 있었지만 이즈음 몇 달은 그것도 뚝 끊어졌다. 처음 한동안은 불결한 사람으로 느껴지고 천티가 흐른다고 생각했으나, 자기는 팔자 드센 여자, 시집을 안 가야 할 여자로 막연하게 자처하고 있는 사이에 어느새 그와도 익숙해졌다. 어느 수산물 회사에 있다고 하나 그 자상한 내력을 알 만큼 그 정도로 익숙한 것은 물론 아니었다.
"어째서 하필이면 열두 시유?"
영희가 말했다.
"글쎄……."
정애가 대답했다.
"정말 돌아오기나 하면 오죽 좋겠수."

영희가 말했다.
"글쎄, 그러기나 하면."
정애가 대답했다.
"생각하면 참 우스워 죽겠어."
영희가 웃지는 않고 웃는 시늉만을 하고는 장난치듯이 말했다.
"숫제 우리 모두 헤어져버립시다. 어떻게든 살게는 되겠지 뭐. 뿔뿔이 헤어져버려. 그까짓 거 뭐 어때요. 쉬울 것 같애, 차라리."
차라리 한번 그렇게 해보자는 셈으로 익살맞게 눈을 치켜올려 떴다.
마침 성식(成植)이 층층계단을 내려와 안 복도로 통하는 문을 살그머니 열었다. 정애와 영희의 시선과 부딪치자 영희 쪽을 향해,
"왜들 그러구 앉았어?"
하고 물었다.
영희는 히죽이 웃으면서 조금 가시가 돋친 소리로 말했다.
"오빤 여전히 파자마 차림이구료. 또 언니를 기다리지 않우."
성식은 대답이 없이 아버지의 건너편 의자에 앉았다.
영희가 말했다.
"오빠, 오늘두 열두 시유 글쎄."
하며 곧 잇대어서,
"같이 안 기다릴라우?"
성식은 대답이 없이 신문을 펼쳐 들었다.
"이 집 젊은 주인이니까 같이 기다려야지 뭐. 안 그렇수, 언니?"
하고는 아버지 쪽을 향해 손짓 섞어 큰 소리로,
"아버지, 오빠두 기다려준대요, 오빠두."
아버지는 병적으로 놀란 얼굴을 하며 딱히 알아듣지는 못하면서도 대강 머리를 끄덕였다. 뚜렷하게 내색은 안 하지만, 오빠가 선재와 자기와의 일에 철저하게 방관적인 것을 영희는 알고 있다. 선재를 경멸하고 있었다. 딱히 선재를 사랑하고 있는 것도 아닌데, 오빠의 그런 투가 영희의 자존심을 긁어놓았다.

그리고 그것이 차라리 선재를 자기의 어느 구석과 굳게 연결시켜놓았다.

"오빠, 그이 몇 시에 돌아온단 말 못 들었수?"

성식은 미간을 찡그리면서 머리를 가로저었다.

"오빠, 그이가 말끝마다 오빠를 헐뜯고 있는 것을 아우?"

성식의 안경알이 한 번 차게 번쩍했다.

"왜 그러는지 알우? 알 테지 뭐. 난 요새 오빠와 선재씨를 요모조모로 비교해봐요. 오빠가 아니꼬운 점이 많아."

"……."

"서른네 살. 낯색이 해말갛구. 긴 다리가 바싹 여위구. 낮이나 밤이나 파자마 차림. 음악을 공부한다고 하다가 대학은 미술대학을 나오구. 미국을 두어 번 다녀온 후론 취직을 할 염도 않구. 그렇다구 딱히 할 일두 없구. 막연하게 작곡가를 꿈꾸고 있구. 그다음 오빠를 설명할 얘기가 또 뭐 있을까?"

안경알만 또 번쩍했다.

복도로 나와버렸다.

꽝 당 꽝 당.

잠시 잊어버렸던 그 소리는 다시 광물성의 딴딴한 것으로 번쩍번쩍 달려들었다. 방 안에서보다 더 크게, 육중하게 지축을 흔들 듯이 달려들었다. 가슴에서 카바이드 냄새가 났다. 목욕탕 문이 열려 있고 휑하게 불이 켜져 있었다. 불을 끌까 하다가 역시 켜두는 것이 좋을 듯하여 그냥 두었다.

이북에 있는 언니가 열두 시에 돌아오다니. 애초에 그것은 물론 찬찬하게 따져볼 거리조차 못 되었다. 그러나 어느 때부터인지는 딱히 알 수 없지만 이렇게 기다리는 일에는 이젠 익숙해져 있었다. 아버지는 이 년 전부터 귀가 멀었다. 귀가 멀면서 말수가 적어졌다. 말로 할 수도 있는 것을 대개는 눈짓이나 표정으로 뜻을 전하곤 했다. 그러면서 차츰 머리가 텅 비어지고 반백치가 되어갔다. 집안 전체를 통어해나가는 줄이 끊어지면서 식모는 훨씬 자유스러워지고 활발해지고 뻔뻔해졌다. 이 집에서 가장 문문해' 보인다는 셈인지 선재에게 곧잘 농을 걸기도 하였다. 그런 것도 영희의 자존심을 긁어놓았다. 부석부석하게 부은 듯한 약간 얽은 얼굴에 짙은 화장을 하고 얼룩덜룩한 원피스 차림으로 외출이 잦았다. 4·19 데모나 5·16 때는 하루 종일 밖에 나가 있었다. 설마 데모에는 가담 안 했을 터이지만 저자로를 보아가지고 들어설 때는 넓은 터전의 냄새를 거칠게 풍기고 있었다.

살그머니 부엌문을 열었다.

"하필이면 밤 열두 시야. 낮 열두 시면 어때서. 미쳐두 좀 곱게나 미치지."

마침 식모가 혼자 푸념을 하고 있다.

영희는 흠칫했다.

"뭐? 뭐야? 너 지금 뭐라 그랬어?"

식모는 돌아보곤 키들대며 웃기부터 했다.

"너 지금 뭐라 그랬느냐 말야?"

"아무것도 아니에유."

"너두 이 집에 살면 이 집 식구 아니냐? 좀 어울려 들면 못쓰니, 못써? 누군 너만큼 몰라서 이러는 줄 아니?"

영희의 눈에서는 드디어 눈물이 비어져 나왔다.

"누가 어쨌시유 뭐? 그저 혼자 해본 소린걸유."

오빠는 가는 흰 테 안경을 쓰고 여전히 신문을 보고 있었다. 한 손에는 코카콜라 깡통을 들고 있다. 걷어 올린 파자마 밑으로 퍼런 심줄이 내솟은 하얀 살결의 여윈 다리에 까만 털이 무성했다.

아버지는 그냥 전의 자세 그대로였다. 오빠와 한자리에 앉으면 으레 그렇듯이 정애의 아름다운 얼굴엔 우수가 서려 있었다. 머리를 갸웃이 바깥쪽으로 돌리고 되도록 오빠와 시선이 마주치는 것을 피하고 있다. 참 알 수 없는 일이었다. 시집살이의 가장 요긴한 사람인 제 남편을 외면하고 피하면서도 어떻게 시아버지나 시누이에게는 그토록 충실할 수가 있는지 영희로서는 도무지 이해가 되지 않았다.

---

1 문문하다 무르고 부드럽다.

마침 큰 벽시계가 열 시를 치고 있었다. 그 여운이 긴 시계 치는 소리는 방 안을 이상하게 술렁술렁하게 만들었다. 사방의 벽이 부풀었다 수축했다 서서히 운동을 하였다. 늙은 주인의 허한 눈길이 시계 쪽으로 향해 있었다. 치는 소리가 들리지는 않을 텐데. 영희는 풀썩 올케 앞에 앉아 머리를 올케 무릎에 파묻고 그 벽시계를 멀거니 쳐다보는 아버지의 눈길이 우습다는 듯이 키들키들 웃다가 시계 치는 소리가 멎자 잠시 조용했다. 머리를 들고 잠긴 목소리의 조용한 어조로, 그러나 차츰 격해지면서,

"언니, 언닌 정말 늘 이러구 있을 참이유? 답답허잖우? 오빠란 사람은 저렇게 맹물이구, 대낮에두 파자마나 입구 뒹굴구, 코카콜라나 빨구 앉았구."

순간 정애와 성식이 동시에 머리를 들었다. 성식의 손에서 스르르 신문이 빠져나가며 안경알이 또 불빛에 번쩍했다. 정애는 제 남편과 눈이 마주치자 차디차게 외면을 했다. 미간을 찡그리며,

"아니, 왜 또 이러우?"

영희는 맨마룻바닥에 무릎을 꿇고 올케의 손을 더욱 힘주어 잡았다.

"아버진 이렇게 병신이 되구. 대체 우리가 이토록 지키고 있는 게 뭐유? 난 스물아홉이 아니우? 올켄 내가 스물아홉 먹은 노처녀라는 것을 언제 한 번이나 새겨둔 일이 있수? 올케가 이젠 이 집안의 주인 아니우? 이 집안의 가문과 가풍과…… 언니 언니, 언닌 대관절 무슨 명분으로 이 집을 이토록 지키고 있는 거유?"

성식이 옆 탁자에 코카콜라 깡통을 놓았다. 담배를 꺼냈다. 이런 일엔 익숙해진 듯하였다. 그러나 가느다랗게 긴 손가락이 가늘게 떨고 있었다. 정애의 남편이나 영희의 오빠는 없고 찬 안경알만이 있었다.

"아니, 정말 왜 또 이러우?"

벽시계를 쳐다보던 노인도 말귀는 못 알아들어도 눈을 크게 벌려 뜨고 영희를 건너다보았다. 여전히 허한 눈길이었다.

"언니, 정말 빨리 이 집 내놓구 이사합시다. 교외에다가 조그만 집이나 사서…… 전셋집들을 다 내놓아 정리하구. 아버진 하루빨리 세상 떠나시도록 하

구. 올켄 이혼을 하구⋯⋯."

"⋯⋯."

"그리고 저 기집앤(식모) 내보내구. 우리 둘이."

"⋯⋯."

영희는 다시 안으로 잠겨드는 목소리로 말했다.

"언니, 난 요새 모르겠어요. 직면해 있는 건 올케두 알고 있잖수. 어찌 그렇게 모른 체할 수 있수. 그저 그렇게 돼가나 부다, 내버려두면 될 대루 그렇게 돼가나 부다, 그렇게 아무렇게나 내버려둘 성질은 아니잖수?"

"⋯⋯."

쨍 당 쨍 당.

쇠붙이에 쇠망치 부딪는 소리가 조용해진 틈서리로 파고들어왔다.

식모는 응접실 문을 열었다. 영희는 정애의 한 손을 잡고 있었다. 성식은 다시 신문을 펼쳐 들고 있었다. 그러나 신문을 읽고 있는 것은 아니고, 불빛에 안경알만 번쩍였다. 늙은 주인은 그냥 어두운 밖을 내다보고 있었다. 결국 이렇게 그들은 누구인가를 기다리고 있는 셈이었다. 늙은 주인은 맏딸을, 정애는 아직 한 번도 본 일이 없는 맏시누이를, 영희는 언니를, 성식은 누님을 기다리고 있는 셈이었다. 그러나 사실은 그 누구도 분명하게 기다리고 있다는 의식은 없었다. 도대체 그건 말도 안 되는 소리였다. 그저 모두가 막연하게 기다리고 있다고 생각하고 있을 뿐이었다. 그런 것이라도 없으면 한집안에서 한가족이라고 살 명분조차 없게 되는 셈이었다. 이젠 이런 일에 적당히 익숙해진 터였다. 그리고 이제는 이런 일에 모두 넌덜머리를 낼 만도 하였다. 결국 이 기다림의 향연은 늙은 주인이 역시 아직은 이 집안의 주인이라는 것을 암시해 보여주는 대목이기도 했다. 맏딸이 돌아온다고 고집을 부리면 맞이할 준비들을 해야 하는 것이었다. 그렇게 기다리는 자세를 취하고 있으면 진짜로 돌아올 것 같은 실감이 들기도 하였다.

식모는 잠시 그냥 서 있었다. 까르르 소리를 내어 웃고 싶은 충동이 일었

으나,

"영희 언니, 밖에서 찾아요."

하고 말했다.

영희가 화닥닥 놀라 일어섰다. 뒷머리를 두어 번 내리 쓰다듬으며 밖으로 나갔다.

불빛에 있다가 나와서 밖은 새까맸다. 고무신을 끌고 조심조심 큰 문 앞으로 갔다. 문을 열었다. 골목길이 휑하게 뚫리고 그 끝 큰길과 맞닿은 어귀에 잡화상 불이 안온하게 환했다. 차츰 주변의 음영이 잔잔하게 부풀어 올랐다. 형광등 불빛에 비해 그 불그스름한 잡화상의 전등 불빛은 따뜻한 가라앉음을 느끼게 해주었다. 영희는 일순 무엇인가 그리워진다고 생각하였다.

옆 담벼락에 누군가 기대어 서 있다. 또 술이 엉망으로 취한 선재였다. 직감으로 술이 만취한 것을 알자, 영희는 또렷한 저항감이 달콤한 것이 되어 온몸 구석구석으로 퍼졌다. 술 안 먹는 선재보다는 이렇게 술이 취한 선재가 훨씬 좋았다.

선재 등 뒤로 다가가 입술을 지그시 깨물며 어깨에 한 손을 얹었다. 제법 따뜻한 솜씨라고 스스로 느꼈다.

"많이 취했군요."

하고는 그냥 잇대어 말했다.

"왜 들어오지 못하구 밤낮 나부터 찾아요. 뭣 꺼릴 게 있다구. 그런 건 선재 씨답지 않아요."

선재는 엉거주춤하게 돌아서며 별 뜻이 없이 허붓하게 한 번 웃기부터 했다. 술 취한 사람치고는 또렷한 소리로 내던지듯이 말했다.

"나 마셨어. 우습지? 우습지 않아? 우습지? 참, 영희에게 뭐 좀 따져봐야겠어."

"따져보나 마나지 뭘."

영희도 비죽이 웃으며 팔깍지를 끼었다.

어두운 속에서 선재는 한 번 꾸뚤하고 넘어질 듯하다가 말했다.

"우리 나가자. 당장 나가자. 이 집을 나가자. 어때?"

"그래, 나가요. 어차피 나가게 될걸 뭐."

영희가 조용히 말했다.

"오늘 밤 당장 나가, 지금 당장."

"……."

영희는 가볍게 웃었다.

"정말이란 말야. 정말, 정말이란 말야."

선재가 말했다.

무엇이 정말이라는 것인지는 모르겠지만 분명히 정말은 정말이라고 영희도 생각했다.

쾅 당 쾅 당.

쇠붙이에 쇠망치 부딪치는 소리는 여전히 계속되고 있었다. 바깥에 나와서 이렇게 술이 취한 선재와 마주 서 있어서 그 쇠붙이 소리는 훨씬 자극성이 덜해져 있었다. 차라리 싱그러운 초여름 밤의 가락을 띠고 있었다.

"정말이야, 정말."

선재가 또 말했다.

"알아요, 글쎄."

영희가 속삭이듯이 말했다.

오빠나 정애와 마주 앉으면 으레 자기가 하고 있는 소리를, 지금은 선재가 그다운 가락으로 하고 있고 영희는 듣고 있는 편이 되어 있었다. 술 취한 선재와 이렇게 마주 서니까 그 수다한 언어라는 것이 먼지 낀 흔한 세상 티끌처럼 넘겨다보였다.

선재는 갑자기 모가지를 앞으로 길게 내빼어 들며 토할 몸짓을 했다. 두어 번 꿱꿱거리더니 토하기 시작했다. 영희가 재빨리 두 손을 오므려 선재의 입에 가져다 댔다. 끈적끈적한 것이 두 손에 담겨졌다. 영희는 웬일인지 웃음이 복받쳐 올라와 킬킬대고 웃으면서 그것을 길 한옆에 버리고 벽돌담에 손바닥을 두어 번 문질렀다. 어둠 속에서도 선재의 눈에 눈물이 괴어 있었다. 그것을 문질러주었다. 선재는 또 한 번 허붓하게 웃었다. 한 팔로는 선재의 전신을 부축하고, 한 손으로는 등을 두들겨주었다. 감미가 곁들인 기묘한 서글픔이 전신으로 퍼졌다. 건장한 사내를 부축해주고 있다는 알이 찬 실감이 와 안겼다. 동시에 결국은 이렇게 낙착되고 있구나, 이렇게 되는구나 하고 생각했다. 선재의 등을 두들겨주며 한쪽 볼을 그 등에 차악 대었다. 육중한 온기가 느껴지고 심장 뛰는 소리가 요란하고 나무들 사이로 하늘에는 별이 총총했다.

꽝 당 꽝 당.

쇠붙이 소리는 어느덧 평범하게 멀어져 있었다. 근육이 좋은 사내가 앉아서, 혹은 서서 뚜드리고 있을 것이었다. 불꽃이 튀기도 할 것이다. 그 근처 뜰에는 사람들이 둘러앉아서 이 거리의 이야기를 하고 있을 것이다. 오월 밤이 익으면 저녁밥도 적당히 삭아지고, 모여 앉아서 얘기하기가 좋을 것이었다. 담뱃불이 두서넛 발갛게 타고 있을 것이었다.

"저 소리 들려요?"

영희가 나지막하게 물었다.

"무슨 소리?"

선재는 어눌한 소리로 되물었다. 그의 등에 한쪽 귀가 파묻혀 있어서 그의 목소리는 귀에 들어오기 전에 전신 안으로 와랑와랑하게 퍼져들기부터 했다.

"저 쇠붙이 뚜드리는 소리."

선재는 잠시 어리둥절하게 귀를 기울이는 듯하다가,

"응, 들려, 왜?"

"……"

선재를 부축하고 들어오다가 층층계단 밑에 잠시 버려두고 응접실에 들렀다. 아버지가 한 번 쳐다보았다. 정애는 쓸쓸하게 한 번 웃었다. 성식은 여전히 신문을 들고 있었다.

"또 취했어요."

영희가 말했다. 남자가 취해 들어오면 여자란 짜증을 내게 마련이라는 셈으로, 스스로 생각해도 어이가 없게 그런 투가 서려 있었다. 정애는 말없이 다시

한 번 웃었다. 영희는 정애의 그 무엇이나 다 꿰고 있는 듯한 웃음을 대하자 조금 낯을 붉혔다.

마침 식모가 황급하게 문을 열었다. 복받쳐 오르는 웃음을 터뜨리지 않으려고 안간힘을 쓰면서 말했다.

"언니, 언니, 아이 저걸 어쩌우? 현관 복도에다가 글쎄."

또 토한 모양이었다. 순간 집 안은 큰일이나 난 듯이 술렁술렁해졌다. 영희가 달려 나가고 식모가 목욕탕 쪽으로 뛰어가고, 문 여닫히는 소리가 울렸다. 스위치를 눌러 복도 불을 켜고 수도에서는 물이 솟구쳤다.

식모는 꽤나 좋은 모양이었다.

응접실은 다시 휑했다.

비로소 정애가 남편을 바라보았다. 역시 찬 안경알만이 눈에 들어왔다. 웬 을씨년스러움이 뒷등을 짜르르하게 타고 내려갔다. 시아버지는 잠시 법석을 피우는 복도 쪽을 내다보며 며느리에게 눈짓만으로 무슨 일이냐고 물었다. 정애가 위층을 가리키며 선재가 돌아왔다는 것을 알려주었다.

양치질 소리가 나더니 끙끙거리면서 층층계단을 올라가고 있다. 정애는 그 소리를 차곡차곡 접어두듯이 듣고 있었다. 선재라는 사람이 꽤나 좋게 생각되었다. 식모의 웃음소리가 들렸다. 식모도 같이 작업에 참여한 모양이었다. 몇 번 뒹구는 듯한 소리도 나고 영희의 숨을 죽인 웃음소리도 들렸다.

일순 집 안이 다시 조용해졌다. 위층에서 문 닫는 소리가 들리고, 식모의 말소리가 짤막하게 나고, 층층계단을 쿵쾅거리면서 내려오고 있었다. 성식이 천천히 일어서더니 말없이 나가려고 하였다.

"여보."

하고 정애가 불렀다.

"이층으로 가요?"

안경알에 가려 표정을 알 수 없는 성식은 대답이 없이 이편을 내려다보다가 기어이 그냥 나갔다. 정애는 와들와들 떨릴 만큼 갑자기 조급해졌다. 층층계단을 또 올라가고 있다. 정애는 까닭도 없이 와들와들 떨려왔다. 그것은 아득한 아득한 곳을 올라가고 있는 듯싶었다. 천천히 올라가고 있었다. 몇 시간이 걸려 올라가는 듯싶었다. 친아버지 같기만 한 시아버지의 팔을 더욱 힘주어 잡으며 정애의 눈은 피곤한 듯이 감겨졌다.

식모가 응접실 문을 열었다. 불빛이 싸늘하게 하얗다. 정애가 혼자 이상하게 울고 있다가 머리를 들었다. 늙은 주인은 뜰을 내다보고 있었다. 식모는 한참 동안 그냥 서 있었다. 문을 닫으려는데 정애가 물었다.

"언니, 안 내려오니?"

"좀 이따가 내려온대요."

"왜?"

"……."

"알았다."

'알았을까? 정말 알기는 알았을까? 알았을 거야 하고 식모는 생각했다. 눈이 마주치자 피차 화가 난 듯이 두웅하게 마주 쳐다보았다. 늙은 주인도 식모와 정애를 번갈아 쳐다보았다. 여느 때 같지 않게 뚜릿뚜릿한 눈길이었다.

드나들지 않아서 모르고 있었는데 정작 들어와 보니 초라하게 좁은 방이었다. 씁쓰름하게 독신 남자의 냄새가 풍겼다. 불을 켤까 하다가 그대로가 좋을 듯하여 선재를 침대에 눕히고 뜰로 향한 창문을 열었다. 아래 응접실 불빛이 여기까지 약간 반사되어 올라왔다. 영희는 아직 흥분 상태였다. 일정한 흥분의 바로미터를 그냥 유지하고 싶었다. 그 흥분이 가시기 전에 일을 치르고 싶었다. 원피스를 벗었다. 침대에 걸터앉아 선재를 흔들었다.

"이것 봐요, 눈 떠요. 자면 싫어요."

선재는 끙끙거리며 저리 비키라는 셈으로 한 손을 내젓다가 눈을 뜨고 영희의 얼굴을 보자 놀란 듯이 일순간 조용하게 올려다보았다. 자연스럽게 영희를 끌어안았다. 영희는 순하게 응하면서 속삭였다. 땀에 젖은 남자의 머리카락 냄새가 났다.

"취하면 싫어요. 지금 이런 경우엔 취하지 말아요."

선재는 아직 정신이 몽롱했다. 그러나 술은 차츰 깨고 있었다.
"정말, 정말이야요. 정신 차려요. 정신 안 차리문 나 억울해요."
"음, 술 깼어, 정신 차리구 있어."
갑자기 말짱한 목소리로 선재도 말했다.
쾅 당 쾅 당.
소리는 퍽 가까이에서 들리고 있었다. 뚫린 창문은 흡사 그렇게 안개 낀 밤을 향해 뚫려진 구멍 같았다. 뚫린 구멍 저편으로 습기에 찬 초여름 밤이 쾌적하게 기분에 좋았다.
"취하지 말아요."
영희가 또 말했다.
"안 취했어."
선재가 대답했다.
"거짓말."
영희는 마음속으로 꺄득꺄득 웃었다.
"정말 취하지 말아요. 정신 차려요."
"……."
선재는 영희를 끌어안으며 몸을 한 번 뒤챘다. 그 김에 영희의 몸도 빙그르르 돌며 한옆에 모로 누웠다. 온몸에 꼭 알맞은 공간이다.
"오늘이 며칠이죠?"
영희가 속삭였다.
"몰라."
선재가 받았다.
"그런 걸 모르면 어떻게 해요?"
영희가 속삭였다.
이런 경우의 사내가 대개 그렇듯 선재는 조급해져 있었다. 영희는 요런 상태를 조금이라도 더 유지하고 싶었다.
"왜 이리 급해요. 급하게 서둘지 말아요. 우리 얘기부터 해요."

자세를 취할 듯한 선재를 밑에서 끌어안으며 영희가 달래듯이 말했다. 선재는 다시 거북이 등이 올려 솟구듯이 어두무레한 속에서 움찔움찔 일어나고 있었다.
"이것 봐요, 얘기부터 해요."
"무슨 얘기?"
"오늘이 며칠이죠?"
"몰라."
"모르면 어떻게 해요?"
"……."
"열두 시에 언니가 돌아온대요."
"……."
"정말, 정말이야요. 늘 답답하지요? 선재씨도 그렇죠?"
영희의 목소리는 차츰 애처로워지고 가냘파지고, 눈을 감고 있었다.
"모두 무엇을 놓치고 있어요. 큰 배경을 놓치고 있어요. 뿔뿔이 떨어져 있어요. 그렇죠? 그렇죠? 그래서 답답하죠?"
잠시 눈을 떴다. 뚫린 창 저편으로 오월 밤이 보였다. 부끄러웠다. 다시 눈을 감았다.
"어마나, 이러지 말아요. 나 내려가야 해요. 언닐 같이 기다려야 해요. 내일 아침 피차 쑥스러워지면 어떻게 해요. 쑥스럽지 않겠죠, 그렇죠? 어마나, 정말이군요. 여자가 남자보다 아름답다는 건 이런 때 보면 알아요."
입만 쉴 사이 없이 움직일 뿐이다.
"자꾸 쫓아오고 있었어요. 나, 오늘 저녁 내내 도망을 하구 있었어요. 혼자 감당하기가 어떻게나 무섭던지. 그런 걸 누가 감당해주나요. 그놈의 쇠망치 소리 말이야요. 딴딴한 쇠망치 소리 말이야요."

맏딸이 세일러복을 입고 있다. 세일러복을 입고 애들을 주렁주렁 달고 있다. 새하얀 깃에서 바닷물 냄새가 난다. 손엔 정구 라켓을 들고 있다, "이겼어요,

이겼어요, 아버지" 하며 매달린다. "어떻게 이겼니?" "이렇게 이겼죠, 뭐" 맏딸
은 라켓을 휘두른다. 집 안은 맏딸이 있어서 웅성웅성하다. 이 방 저 방마다 문
이 요란하게 여닫힌다. 성식이가 숫돌에다 칼을 갈고 있다. 쨍쨍한 햇볕에 숫
돌과 칼이 번쩍번쩍한다. 모든 것이 번쩍번쩍한다. 모든 것이 번쩍번쩍한다.
정문은 휑하게 열려 있다. 바람이 제멋대로 들어왔다 나갔다 한다. 뜰의 나무
들도 기름이 올라서 싱그럽게 미끈미끈하다. 흙냄새 나뭇잎 냄새가 뒤범벅이
되어 물씬물씬하다. 바둑이는 뜰 한가운데에 나자빠져 있다. 불만이 없어서 짖
을 거리가 없다. 영희가 아장아장한 작은 발로 개를 한 번 걷어찬다. 개는 영희
를 올려다보며 약간 얕본다. 그러나 몇 발자국 피해주기는 한다. 영희가 까덱
까덱 웃는다. 따라가서 또 한 번 걷어찬다. 개는 완연하게 노여운 기색으로 끙
끙거리며 곁눈질로 영희를 살피다가 두어 번 애걸하듯 부당하게 이유 없이 챈
것을 넋두리하듯 짖는다. 다시 영희가 까덱까덱 웃는다. 개도 웃으면서 하품을
하면서 꽁지를 흔든다. 오줌이 마렵다. 며늘아 오줌이 마렵다. 식모애가 문을
열고 호젓하게 서 있다. 신 살구알 냄새가 난다. 버르장머리가 없다. 머리카락
이 까만 아내는 뜰에서 장미꽃을 따고 있다. 허리에 살이 올라 있다. 등의자에
서 영희가 울고 있다. 금방 숨이 넘어가듯이 울고 있다. 마음대로 울도록 집 안
이 들썩들썩하게 내버려둘 모양이다. 세일러복을 입은 맏딸이 아내에게 말한
다. "어머니, 우리도 라일락꽃을 심어요, 어머니." "그래라" 하고 아내가 자신
있게 대답한다. "심자꾸나. 못 심을 까닭이야 없지 않니." 무슨 일이라도 하고
싶은 일은 못 할 일이야 있겠니. 나이 든 식모가 뜰 가생이로 지나간다. 아내가
말한다. "어멈, 어딜 가우?" 어멈은 대뜸 우그러들며 무엇이라고 중얼거린다.
오줌이 마렵구나. 오줌이 마렵구나. 머리가 까만 어머니가 뽕나무에 올라가 있
다. 풋풋한 뽕밭의 냄새가 코에 시리다. 서쪽 산에 걸린 붉은 해가 굉장히 크
다. "어머니, 저 해 좀 봐." 어머니는 들은 체도 안 한다. "어머니, 저 해 좀 봐,
저 해." 해는 중천에 있을 때보다 훨씬 가까운 거리에 있다. 해의 키가 커져서
손발이 생겨서 성큼성큼 이편으로 올 것 같다. 서산 그늘이 우우 소리가 나듯
이 달려오고 있다. 엎디어 있던 보리밭이 그늘에 쓸려 일어선다. 은행나무 위

의 까치집이 반짝반짝한다. 죽은 어머니를 끌어안고 울다가 아버지는 뜰에 나와서 또 울고 있다. 어머니의 풀어진 머리카락이 길어서 어머니 같지가 않다. 지붕 위에 수염이 시커먼 사람이 올라가서 이상한 고함을 지른다. 사방이 쩌렁쩌렁 울린다. 밑에서 아버지가 울다가 그 사람을 쳐다본다. 마을 사람들이 웅성거리며 몰려온다. 갓을 쓰고 흰 두루마기를 입고 차례차례로 와서 절을 한다. 집 안은 물씬물씬 국수 국물 냄새로 찬다. 웅성웅성하여서 좋기도 하고 어머니가 죽었대서 서러워지기도 한다. 아버지가 자꾸 운다. 아버지 울지 마, 울지 마, 이십 년 만에 양복을 입고 돌아온다. 아버지는 또 운다. 아버지 울지 마, 며늘아 오줌이 마렵구나, 오줌이 마려워…… 글쎄 그러면 그렇지.

영희가 문을 열었다.
"오빠, 자우?"
하고 물었다.
"자지 않죠? 자지 않겠지 뭐."
성식은 침대에 비스듬히 누운 채 들어서는 영희를 건너다보았다. 안경을 벗고 있어서 더 바싹 여위어 보였다. 푸르스름한 불빛이 바다 속처럼 썰렁했다. 방이 넓어서 천장도 더 휑하게 높아 보였다. 침대 가장자리에 앉아 영희가 조용히 불렀다.
"오빠."
성식은 그냥 쳐다보기만 했다.
"오빠."
성식은 눈을 조금 벌려 떴다.
"……지금 내가 어떻게 보이우?"
하고 곧이어,
"오빠 나, 결혼했어. 오늘 밤 지금 막…… 뭐 어떠우?"
성식은 안경을 찾았다. 눈길을 피하며 영희가 그것을 집어주었다. 성식은 안경을 끼고도 몸을 가누기가 어려운 듯했다.

"오빠, 이왕 그렇게 될걸 뭘. 어차피 이젠 이런 형식으루 될밖에 없잖수. 누구나 다 자기 혼자의 문제밖에 안 남아 있는걸. 안 그렇수? 어쩌다가 우리가 모두 이렇게 됐을까, 오빠."

성식은 천장을 올려다보았다.

"오빠, 아무 할 말두 없수? 무슨 일을 저질러야 오빤 열을 올릴 수가 있수? 말을 할 수가 있수, 대관절?"

성식은 그냥 말이 없이 물끄러미 천장을 올려다보았다. 영희는 보일 듯 말 듯 쓰디쓰게 한 번 웃었다.

꽝 당 꽝 당.

그 쇠붙이 소리가 또 뾰족하게 돋아 올랐다. 영희는 몸을 한 번 흠칫 추키며,

"아이, 저놈의 소린 그냥 들리네."

성식은 어느새 담배를 피우고 있다.

밤은 깊어질수록 더욱 새하얗게 투명해졌다. 방 안의 불빛도 더욱 하얘지고 늙은 주인은 여전히 코 앞의 사마귀를 주무르고 있다. 선재와 식모는 제가끔 제 방에서 입은 채로 잠이 들었다. 영희는 연분홍색 파자마 차림으로 까만 선글라스를 끼었다 벗었다 하고 있었다. 정애는 천장을 올려다보고 단정하게 앉아 있었다.

꽝 당 꽝 당.

그 쇠붙이 뚜드리는 소리도 띠글띠글하게 더욱 투명했다. 이미 간헐적으로 이어지는 것이 아니라 조급하게 계속되고 있었다. 후방에다가 든든한 것을 두고 탐색전을 벌이는 소리 같았다. 영희는 선글라스를 끼었다 벗었다 하면서 말했다.

"언니, 정말 저거 무슨 소리유?"

"글쎄, 무슨 소릴까."

"근처에 철공장은 없을 텐데."

"……"

영희는 선글라스를 접으며 말했다.

"언닌 저런 소리 들으면 이상한 생각이 안 드우?"

"무슨 생각?"

"글쎄, 무슨 생각이냐고 물으면 선뜻 대답할 수는 없지만, 우리와는 다른 무엇인가 싱싱한 것이 서서히 부풀어서 우릴 잡아먹을 것 같은. 얘기가 우습지만."

"……."

영희는 가느다랗게 콧노래를 시작했다. 발까지 달싹달싹하며 장단을 맞추었다. 정애가 보일 듯 말 듯 상을 찡그렸다. 영희가 또 화닥닥 놀라듯이 말했다.

"우리가 왜 자지 않구 이렇게 앉아 있수? 붙어 앉아 있어보아도 진력만 나구. 저저금 제 방에 혼자 떨어져 있으면 무섭구. 바스락거리는 나뭇잎새 소리에조차 후들짝후들짝 놀라구. 한밤중에 응접실에 내려와보면 한두 사람은 으레 이렇게 붙어 앉아 있구. 불이 환하구. 푸욱 잠이나 들 수 있으면 오죽 좋겠수."

영희는 이것저것 자꾸 지껄이고 싶은 모양이었다.

"참, 언니도 그런 일 겪었수? 어린 때 제삿날 저녁 말이야요. 부엌엔 웅성웅성 동네 아주머니들이 들끓구, 불을 많이 때서 온돌방은 덥구. 애들끼리 장난을 하다가 설핏 잠이 들지 않았겠수. 얼마쯤 자다가 깨보면 여전히 방은 덥구, 뜨락과 부엌과 마루에서는 사람들이 웅성거리구, 방 안엔 불이 훤하구. 그런데 아무도 없이 혼자 잠이 들어 있었거든요. 물론 입은 채로죠. 깨보니까 마루와 부엌과 뜰과 다른 방에서는 웅성웅성 사람들이 들끓는데, 자기가 있는 방만은 아무도 없지 않겠수. 아득해서 아득해서, 혼자만 이렇게 있다는 것을 알려야 할 텐데, 쉽게 알릴 길은 없구, 답답해서 답답해서."

"……."

"누구인가는 이렇게 투명한 밤일수록 엽기적인 생각 있지 않수? 안나 카레리나를 자처해본다든가, 장발장이 되어본다든가 하면 괜찮다고 합디다. 그렇게라두 해볼까 봐. 어마아, 벌써 열한 시 사십오 분이유, 언니."

늙은 주인의 코 앞 사마귀를 만지는 모양은 응석을 부리는 어린애처럼 보였다. 손에 땀이 나 있고 초저녁보다 조급해 있었다. 이따금 눈이 휘둥그레져서 두리번거리며 영희와 정애를 번갈아 쳐다보았다. 그 눈빛은 괴이하게 예리한 것을 담고 있었다. 영희도 어느새 말을 멈추고 아버지의 그 눈길을 좇고, 정애도 마찬가지였다. 역시 늙은 주인은 아직은 이 집안의 가장이었다.

"참 언니, 우리 집이 어쩌다가 이렇게 되었을까? 때로 잠자리에 누워서 잠은 안 오구 점점 더 새말개올 때 있지 않수? 우리 집이 어쩌다가 이렇게 되었을까, 한번 본격적으로 따져보자. 이렇게 따져보기로 하거든요. 마음속 한구석으로는 아주 단조로운, 힘이 들지 않는 생각, 이를테면 하나, 둘, 셋, 넷, 다섯, 여섯, 일곱…… 이렇게 무한정 세어나가구, 눈은 바깥의 밤하늘을 내다보구, 다른 한구석으로는 찬찬하게 떠올려가면서 일 년 전의 우리 집이 어떠했었나, 아버지는, 오빠는, 올케는? 이 년 전의 우리 집이 어떠했었나, 아버지는, 오빠는, 올케는? 이렇게 따져 올라가보거든요. 하나도 이상한 구석은 없는 것 같아요. 그렇지만 십 년 전은 어떠했나? 이십 년 전은? 이렇게 생각하다가, 다시 일 년 전이나 오늘로 돌아오면 대번에 차이가 생겨지는걸. 아주 뚜렷하게 말이야요."

영희의 목소리는 잔잔하게 여느 때 없이 아름다웠다. 정애는 조용히 머리를 수그리고 한 손으로 이마를 가리고 들었다. 영희는 두 손으로 턱을 받치고 천장을 올려다보며 지껄이다가, 정애를 쳐다보고는 눈을 벌려 뜨며 말했다.

"애개, 언니 우우?"

일순 조용했다.

꽝 당 꽝 당.

쇠붙이 뚜드리는 소리가 뾰조록이 돋아 올랐다.

층층계단을 내려오는 발짝 소리가 들렸다. 조심스럽게 내려오는 소리이나 쿵쿵 온 집채가 흔들리듯이 울리고 있었다. 아득한 아득한 곳을 내려오는 소리 같았다.

'복도에 불을 켜둘 걸 괜히 껐구나' 하고 영희는 몸서리치면서 힘을 주어 마음속으로 중얼거렸다. 어두운 속을 내려오는 모습보다는 환한 속을 내려오는 모습을 떠올리는 것이 좋을 성싶었다. 누구래도 상관은 없었다. 물론 오빠일 것이었다. 문이 열리고 안경을 쓴 오빠가 들어서고 있었다. 안경알이 차게 번쩍였다. 역시 혼자는 못 견디겠는 모양이었다. 영희를 대하기가 난처할 것이다. 그러나 역시 혼자 있느니보다는 나을 성싶었으니까 내려왔을 것이다.

"오빠, 아직 안 잤수?"

차악 감겨드는 정겨운 목소리로 영희가 물었다. 성식은 한쪽 볼이 약간 치켜올려지며 어쩔 줄을 몰라 했다. 겁겁하게 비실비실 피하는 듯한 몸짓을 하며 정애와 영희를 번갈아 쳐다보았다. 영희가 신경질적으로 말했다.

"오빠, 언니도 알아요. 다 얘기했는 걸 뭐, 그런 게 뭐 그리 대단하우?"

이상한 일이었다. 정애와 마주 앉으면 명주실 뽑아내듯 잔잔한 소리가 나와지고, 오빠만 끼이면 차게 맵게 신랄해지고 싶었다. 성식은 안경알 속에서 맥없이 한 번 웃는 듯하였다. 순간 영희가 쾌재를 부르듯이 무릎을 맨바닥에 대며 털썩 내려앉았다. 무릎걸음으로 성식 앞으로 다가가며 물었다.

"오빠, 웃구 있수?"

"……"

"오빠, 웃구 있수? 이제 웃었수?"

"……"

영희는 두 무릎으로 악착스럽게 성식 앞으로 다가갔다. 성식의 무릎을 잡고 흔들었다.

"오빠, 정말 이제 웃었수?"

"……"

성식은 무엇을 털어내기나 하려는 듯이 상을 찡그리면서 뒤로 물러가려고 하였다. 정애는 얼이 빠진 사람처럼 영희와 남편을 건너다보고 있었다.

순간 벽시계가 열두 시를 치기 시작했다. 세 사람은 일제히 시계 쪽으로 시선을 돌렸다. 방 안이 술렁술렁해졌다. 시계를 쳐다보던 세 사람의 시선이 다시 늙은 주인 쪽으로 향했다. 코 앞의 사마귀를 만지던 늙은 주인이 어리둥절하게 아들과 며느리와 딸을 번갈아 쳐다보았다.

복도를 통한 문이 열리며 방 안의 불빛이 복도 건너편 흰 벽에 말갛게 삐어져 나갔다. 열두 시가 다 쳤다. 네 사람의 시선이 그쪽으로 옮겨졌다. 조용했다. 왼편 쪽으로부터 서서히 식모가 나타났다. 히히히히 하고 이상한 웃음을 띠고 있었다.

제 딴에 미안하다는 뜻인가 보았다.

"변소에 갔었시유."

하고 말했다.

순간 영희가 발작이나 일으킨 듯이 아버지 쪽으로 달려갔다. 한 손으로 식모를 가리키며 한 손으로는 아버지를 부축하여 일어 세우며 쩌개지는 듯한 큰 소리로 말했다.

"아부지, 자 봐요. 언니가 왔어요. 언니가. 정말 열두 시가 되었으니까 언니가 왔어요. 이제 정말 우리 집 주인이 나타났군요. 됐지요? 아부지 자, 어때요? 됐지요? 아부지?"

식모가 이번에는 소리를 내며 웃었다.

"정말이에요. 아부지, 저렇게 언니가 왔어요. 그렇게도 기다리던 언니가 왔어요."

소리를 지르면서 식모를 내다보는 영희의 눈길은 열기 띤 적의로 타오르고 있었고, 아버지는 영희의 부축을 받으면서 저리 비키라는 것인지 혹은 어서 들어오라는 것인지 분간이 안 가게 한 손을 들고는 허공에다 대고 허우적거리었고, 성식과 정애도 엉거주춤하게 의자에서 일어서 있었다.

꽝 당 꽝 당.

쇠붙이 소리는 밤내 이어질 모양이었다.

이호철(李浩哲)

1932년 함남 원산 출생. 원산중학교 졸업. 1955년 「탈향」과 1956년 「나상(裸像)」이 『문학예술』에 추천되어 등단. 현대문학상, 동인문학상, 대한민국문학상 등 수상. 1974년 '문인간첩단' 사건 등으로 옥고를 치름. 1985년 〈자유실천문인협의회〉 대표 및 『한국문학』 주간 역임. 『나상』(1961), 『큰 산』(1972), 『닳아지는 살들』(1975), 『이단자』(1976), 『서울은 만원이다』(1977), 『1970년의 죽음』(1977), 『밤바람 소리』(1980) 등의 작품집과 『남풍북풍』(1977), 『그 겨울의 긴 계곡』(1978), 『까레이우라』(1986), 『개화와 척사』(1992) 등의 장편소설 출간.

작품 세계

전후 세대 가운데 창작 활동을 가장 오랫동안 지속적으로 전개해온 이호철은 데뷔작 「탈향」(1955)을 비롯하여 「판문점」(1961) 등의 초기 작품들에서 월남 작가답게 분단과 전쟁으로 인한 고향 상실감을 주로 다루었다. 그에게 고향의 상실은 다시는 그곳으로 돌아갈 수 없다는 공간적 단절감의 인식과 함께 전근대적인 공동체의 파괴에 대한 인식을 동시에 수반하는 것이다. 이는 공동체에서 분리된 개인의 정체성의 상실로 이어졌거니와, 3부작 「닳아지는 살들」(1962), 「무너앉는 소리」(1963), 「마지막 향연」(1963)을 포함한 대부분의 초기작들은 중심을 잃어버린 주체가 새롭게 자신을 정립하는 문제를 다루고 있다. 이후 주체를 다시 세우는 일은 예전에 고향에서 익혔던 가치를 과감하게 버리고 임시 거처를 빠져 나온 뒤, 『소시민』(1964)과 『서울은 만원이다』(1966) 등의 작중인물들이 그러했듯이 현재 자신이 살고 있는 곳에 뿌리를 내리고 도시적 삶을 받아들이는 것으로 형상화된다.

그러나 1960년대의 역사적 상황은 개별화된 소시민성이 얼마나 무기력하게 무너질 수밖에 없는가를 깨닫게 한다. 그 결과 이호철은 풍자소설이라는 형식을 주로 차용하게 된다. 「추운 저녁의 무더움」(1964), 「부시장 부임지로 안 가다」(1965), 「어느 이발소에서」(1965) 등의 작품을 통해 한편으로는 군사 정권에 대한 저항을 시도하며, 다른 한편으로는 소시민성에 대한 반성을 시도했던 것이다. 이러한 반성은 1970년대 이후에는 공동체적 성격을 되찾는 것에로 연결된다. 「큰 산」(1970)에서 전형적으로 드러나는 것처럼 이호철이 회복하고자 하는 공동체적 성격이란 가부장제적 질서를 중심으로 하는 전통적 삶의 방식에 가깝다. 복고적인 성격을 짙게 드리우고 있기는 하지만, 이기적인 소시민성을 비판하고 파편화된 개인을 한데 모으려는 그의 노력은 장편 『문』(1988)을 통해 확인할 수 있는바, 분열된 우리 사회의 민주화를 지향하고 분단된 조국의 통일을 지향한다는 점에서 결코 과소평가될 수 없는 것이다.

「닳아지는 살들」

제7회 동인문학상 수상작인 「닳아지는 살들」은 어느 날 저녁부터 밤 열두 시라는 제한된 시간을 배경으로 하여 북한으로 시집간 맏딸을 기다리는 어느 가족을 다루고 있다. 이 작품의 인물들은 크게 과거의 특정 시간대에 사로잡힌 사람들과 시간의 경과를 수용하는 사람들로 구분된다. 전자의 대표적 인물은 은행을 퇴직한 후 귀가 멀고 반쯤 백치 상태에 놓여 있으면서 행복했던 맏딸의 유년기에 기억이 고착되어버린 늙은 주인이다. 맏딸이 북한으로 시집간 지 오래되었고 작은 딸 '영희'마저 어른이 되었건만, 그는 무의식 중에 단란했던 과거만을 떠올리면서 밤마다 맏딸이 열두 시에 돌아올 거라면서 응접실에서 기다린다. 즉, 그는 과거의 가부장제적 질서를 지속시키고자 하는 인물이다. 이 질서에 암묵적으로 동조하는 인물은 애정 없는 결혼 생활을 하고 있는 그의 아들과 며느리이다. 한편 이들과 대비되는 인물로는 집 안팎을 오가는 '선재'와 식모가 있다. 그들은 늙은 노인이 주도하는 응접실에서의 기다림에 동참하지 않고 일상생활을 영위하는 인물들이다. 이 작품의 주인공인 영희의 경우 처음에는 아버지의 질서에 동참하여 언니를 기다렸지만, 점차 '비만한 일상성'을 가진 선재와 깊은 관계를 맺으면서 갈등하게 된다. 마침내 그녀는 열두 시에 응접실에 들어온 식모를 보고 아버지에게 언니가 왔다고 말하면서 아버지의 기다림을 끝내려 한다. 이러한 행위는 시간의 경과를 수용함으로써 아버지의 질서를 벗어나 새로운 삶을 시작하려는 것으로 해석할 수 있다.

이 작품의 분위기를 주도하는 소재는 어디선가 들려오는 정체불명의 "꽝 당 꽝 당" 소리이다. 작품의 앞부분에서 이 소리는 영희에게 매우 날카롭게 들리는데, 바로 "기어이 이 집을 주저앉게 하고야 말 소리"이기 때문이다. 영희는 아버지 중심의 질서가 곧 와해될 수밖에 없다고 느꼈던바, 예의 금속성 소리가 그 징조로 읽혔던 것이다. 하지만 영희가 선재와 더불어 아버지의 질서에서 벗어나고자 할 때 이 소리는 그저 멀리서 '평범하게' 들려올 뿐이다. 이처럼 「닳아지는 살들」은 주인공의 의식과 특정 음향을 결합시켜 분열에서 새로운 출발로 전환하는 한 이산가족의 삶을 그려낸 작품이다.

주요 참고 문헌

「닳아지는 살들」에 대해 두 편의 비평문을 썼던 천이두는 「피해자의 미학과 이방인의 미학—「닳아지는 살들」과 「후송」을 중심으로」(『현대문학』, 1963. 10, 11)에서 '꽝 당 꽝 당' 소리를 객관적으로 묘사한 작가의 시점과 그 소리를 주관적으로 수용한 주인공의 심리가 빚어내는 효과에 주목한다. 또 「피해자의 윤리—닳아지는 살들」(『현대한국문학전집』 8, 신구문화사, 1967)을 통해 이 작품의 특징이 제한된 시간과 단일한 공간 속에서 벌어지는 집단이라는 가해자와 자의식이라는 피해자 간의 갈등을 다룬 데 있다고 밝혔다. 김윤식은 「소설가와 예술가의 갈등—이호철의 작품 세계」(『이호철 전집』 3, 청계연구소, 1989)에서 작품 속의 소리는 환청의 창조이며 "예술가적 얼굴의 드러냄"이라고 설명했다. 김원철의 「이호철 소설의 변모과정 연구」(서울대 석사 논문, 1998)에서는 기다림을 매개로 하여 시간의 흐름이 개인과 가족에게 지니는 의미뿐만 아니라 여성이 집에서 차지하는 위상도 보여주었다고 평가한다. 백승렬은 「이호철 초기 소설 연구」(『한국 전후문학의 분석적 연구』, 월인, 1999)에서 주인공이 타락한 '선재'와 일상을 상징하는 식모와의 관계를 매개로 하여 회복 불가능한 과거가 새 시대의 일상에 의해 대체되리라는 것을 인식한 것으로 분석한다.

_김외곤

박경리
시장과 전장

39장 황야를 헤매는 세 마리의 개미

광이를 업은 지영은 왼손에 작은 보따리, 오른손은 희의 손목을 잡고 고갯마루를 돌아간다. 최영감은 빈손으로 두 활개를 치며 유유히 걷고 있다. 지영은 붉은 지붕을 몇 번이나 돌아보고 돌아보곤 한다. 싹이 튼 버드나무의 빛깔이 물같이 연하게 번지고 있다. 인도교 앞을 지났을 때 지영은 좀 빠른 걸음으로 최영감을 뒤따르며

"저, 이모부."

하고 부른다. 최영감이 슬그머니 돌아본다.

"희를…… 희야를 좀 업어주세요."

"어 참 그래."

최영감은 엉거주춤 구부리고 앉으며 넓적한 등을 내민다. 희는 쫓아가 업히면서 기쁜 듯 지영을 보고 웃는다.

노량진 장터 — 지금은 사람의 그림자 하나 없이 텅 빈 — 를 지나칠 때 최

---

* 『시장과 전장』은 1964년 현암사에서 단행본으로 출간되었다. 여기서는 나남출판본(1993)을 저본으로 삼고 부분 수록하였다.

영감은 희를 길게 내려놓는다.

"어 컬컬하다. 한잔하고."

그는 다 찌그러진 움막 같은 주점으로 급히 쫓아들어간다.

"자네도 지게 받쳐놓고 들어와서 한잔하게."

주점에서 얼굴만 도로 내밀며 최영감은 지게꾼에게 말한다. 지게꾼은 재빨리 지게를 받쳐놓고 연방 입을 벙실거리며 주점으로 들어간다.

지영은 주점 앞에서 그들이 나오기를 기다리며 우두커니 서 있다. 거리에는 가끔 군인들이 지나간다. 피란 보따리를 이고 오가는 사람들도 더러 눈에 띈다. 이른 봄, 무너진 기왓장 위에 엷은 햇빛이 비치고 아이들이 거리를 힐끔힐끔 살펴보며 무너진 집터를 파헤쳐가며 나무토막을 가려낸다. 그러다가 군인들이 오면 다람쥐 새끼처럼 달아나곤 한다. 주점에서 따뜻한 김이 서려 나온다. 지영은 보따리 속의 밀떡을 꺼내어 어깨 너머 광이에게 하나 주고 희에게도 하나 준다. 아이들은 강아지처럼 좋아하며 밀떡을 먹는다.

"희야."

"응?"

"다리 아프지?"

"으응…… 할아버지가 업어주시는걸."

등에 업힌 광이도 기웃이 내려다보며

"누나야, 다이 아프나?"

하고 묻는다.

"아냐. 할아버지가 업어주셔."

손수건으로 입가를 훔치며 얼굴이 벌게진 최영감이 주점에서 나온다. 지게꾼도 입 가득히 넣은 것을 우물우물 씹으며 따라 나온다.

"허 참, 이런 곳에 대폿집이 있으니 나그네가 반갑지 않을 수 있나."

한잔 술에 기분이 좋아진 최영감은 말했다.

"그럼입쇼. 사람은 살게 마련이죠. 군인들이 있으니께 장사가."

지게꾼은 아까와 딴판으로 굽신굽신하며 지게를 진다.

업어줄 것을 기다리고 있는 희를 눈여겨보지도 않고 최영감은 두 활개를 치며 걷기 시작한다. 희는 풀이 죽어서 지영을 올려다본다. 지영은 아이의 손목을 꼭 쥐어준다.

노량진역을 지나서

"이모부."

"음."

돌아본다.

"저 희야를…… 아직 어려서 걸어가기 힘들어요."

"음, 그래 업자."

그는 다시 넓적한 등을 내민다. 희는 아까처럼 기뻐하지 않았다. 토라진 듯 슬픈 듯 가만히 등에 얼굴을 묻는다.

영등포까지 가는 동안 최영감은 담배를 피우느라고 희를 내려놓고, 한번은 소변을 보느라고 희를 내려놓고 그럴 때마다 희는 걸어가야 했다.

"이모부."

지영은 몇 번 최영감을 불렀는지.

"인제 더 이상 못 갑니다."

지게꾼은 약속대로 영등포역 앞에서 짐을 풀었다.

"조금만 더 가주게나. 삯은 두둑히 줄 기니."

최영감이 말했으나 지게꾼은 듣지 않는다.

"식구들이 목이 빠지게 기다리고 있어서요."

지게꾼은 품삯을 받자 오던 길을 돌아보지도 않고 가버린다.

"허 참 야단났네. 이걸 내가 가져갈 수가 있나. 난생 이런 것 들어봤어야 말이지."

중얼중얼하다가 최영감은 지영과 짐을 역전에 내버려두고 어디론지 가버린다. 아무리 기다려도 그는 돌아오지 않았다.

"엄마, 할아버지 어디 갔어?"

걱정이 되어 희가 묻는다.

"곧 돌아오실 거야."

아무도 없는 빈 거리, 가뭄에 콩 나듯 이따금 지나가는 사람은 있었지만 아이들과 지영은 들쥐처럼 사람을 두려워한다. 사람이 지나갈 때마다 행여 달려들지나 않나 하고 몸을 움츠린다. 가슴이 타는 듯했으나 최영감은 영 돌아오지 않는다. 지영은 짐과 아이들이 귀찮아서 최영감이 그냥 달아나지 않았나 하고 생각한다. 바싹 마른 입술을 꼭 다물고 짐 위에 앉아서 지영은 희를 끌어안는다. 영등포역은 고철(古鐵)같이 나둥그러져 있었다.

"엄마! 할아버지!"

희가 소리친다.

최영감은 천하태평한 얼굴로 활개를 치며 지게꾼 한 사람을 앞세우고 온다.

"용케 만났지. 일이 척척 잘돼가네."

최영감은 담배를 끄집어내어 물며 말했다.

젊은 지게꾼은 벙어리였다. 그는 손짓 발짓하며 무엇인가를 표현했다. 최영감이 웃으며 고개를 끄덕이자 벙어리는 지게 위에 짐을 올려놓는다.

"이제 대구까지 문제없다. 대구까지 데려다주겠노라 했더니 좋아서 따라오더라."

최영감은 쭈그리고 앉아서 담배 한 대를 태우고 벙어리에게도 담배를 권하더니

"그럼 가볼까?"

하며 일어선다.

"희야 할아버지한테 업혀라."

지영은 얼른 말한다. 하는 수 없이 최영감은 희를 업는다. 그러나 가는 도중 최영감은 번번이 희를 내려놓고 자기 혼자 편하게 걷곤 했다. 희는 숨이 가빠서 허덕이며 어른을 따라 걷는다.

"이모부."

지영은 걸음을 딱 멈추어 날카롭게 불렀다.

"전 저 짐 안 가지고 가겠어요."

지영의 얼굴이 파랗게 질린다.

"뭐라고?"

최영감은 어리둥절해한다.

"저 짐 소용없어요. 논둑에 내버리구 가겠어요. 그 대신 지게 위에 희를 올려주세요."

보따리를 팔에 끼고 두 손으로 얼굴을 가리며 지영은 흑흑 흐느껴 운다. 당황한 최영감은 얼른 희를 업는다.

"내가 어디 평생 아이를 업어봤어야 말이지."

최영감은 무안해서 피식 웃으며 말한다.

"저희들 데리러 오신 것만도 고맙게 생각하고 있어요. 하지만, 하지만, 어린 것이……"

지영은 흐느껴 운다. 희는 개구리처럼 최영감 등에 엎드려 숨을 죽인다.

"엄마, 엄마."

목을 껴안으며 광이 울상을 짓는다.

"시끄럽다. 울지 마라. 내가 어디 마음먹고 그랬나. 너도 알다시피 나한테는 자식이 없어서, 본시부터 아이들한테 무심해서 안 그랬나. 자아 울지 말고 어서 가자."

지영을 달랜다. 지영은 막혔던 둑이 터진 듯 울음을 멈추지 못하고 벙어리는 딱해하며 지영을 바라본다.

안양까지 가는 동안 최영감은 내내 희를 업고 갔다. 어쩌다 담배를 피우기 위해 희를 내려놨다가도 떠날 때는 지영의 눈치를 살피며 얼른 희를 업는다.

남쪽으로 가는 길, 하늘은 훤하게 트이고 길은 넓다. 파랗게 돋아난 잔디, 그 푸른 둑에서 피란민 아이들이 노래를 부르며 쑥을 캐고 있다. 안양에 도착하자 최영감은 잠시 사방을 살피다가 선로를 밟고 플랫폼 안으로 들어간다. 낡아빠진 봇짐을 진 피란민들이 여남은 명 서성거리고 있었다.

"지게 받쳐놓고 좀 쉬게."

최영감은 희를 땅에 내려놓고 벙어리에게 지게를 내리라는 손짓을 한다.

"여기 왜 이러고 있소? 내려가는 기차라도 있습니까?"

최영감은 피란민 속으로 들어서며 점잖게 묻는다.

"글쎄올시다. 이 화차가 내려가는 모양인데 그래서 우리도 이러고 있답니다."

잠바 입은 사나이가 어정쩡하게 대답한다.

"만일 내려간다면 탈 수 있소?"

"그것도 운수가 좋아야. 노인장께선 어디까지 가시오?"

"우린 부산까지 갑니다만 대구에만 떨어지면 차편이야 얼마든지 있으니까."

얘기를 하다가 역원을 보자 최영감은 그쪽으로 슬며시 다가간다. 담배를 꺼내어 역원에게 권하며 말을 붙인다. 플랫폼에 쭈그리고 앉은 지영은 보따리 속에서 김밥을 꺼내어 벙어리에게 하나 주고 아이들에게 먹이면서 너털웃음을 짓고 있는 최영감 쪽을 바라보곤 한다.

"물이 없어서 어떡허니? 천천히 먹어라."

하며 손수건으로 희의 코밑을 닦아준다. 물 이야기를 하자 희는 갑자기 목마른 생각을 했는지 물을 달라고 졸라댄다.

"어떡허나?"

지영이 이리저리 살핀다.

"물을 어디서 얻어 오니?"

김밥을 먹고 있던 벙어리가 눈치를 챘는지 뭐라고 알아듣지 못할 소리를 내더니 어디론지 가버린다. 한참 후 그는 사이다병에다 물을 넣어 가지고 돌아왔다. 그리고 희 코앞에 갖다 대며

"으아아아 으아아아……."

알지 못할 소리를 낸다. 마시라는 것이다. 지영은 미소하며

"고마워요."

벙어리는 만족한 듯 웃는다. 지영은 처음으로 사람의 눈을 본 것 같았다. 두려움도 불안도 없는 착하고 하늘같이 맑은 벙어리의 얼굴을 지영은 우두커니 바라보고 있었다. 그새 너털웃음을 웃고 있던 최영감은 어디로 갔는지 보이지

않았다.

"도무지 정세를 알 수가 있어야지. 언제 또 밀고 내려올지……."
"결판이 나야 할 텐데."
"아주 속시원하게 다 뚜디려 부수고 사람의 씨 하나 없이 싹 쓸어버렸음 좋겠소. 대구까지 내려갔다가 허 참 기가 막혀서 문전걸식까지 했답니다. 그것도 어디 피란민이 한둘이라야지. 죽어도 집에 가서 죽으려고 올라왔더니만 강을 건널 수가 있어야지……."
"차라리 서울에 남을 걸 그랬어. 빈집을 털어먹어도 굶기야 했겠소? 총알에 맞아 죽는 것은 팔자고, 굶어 죽으나, 이판저판 다 마찬가지 아니오."
다 떨어진 옷을 입은 사나이들이 쭈그리고 앉아서 맥없이 말을 주고받는다.
"가족들은 어떻게 되었소?"
"가족? 가족들 말이오?"
사나이는 미친 사람처럼 허허 하고 웃는다.
"어느 논뚜락에 꼬꾸러져 죽었는지 뉘가 아오?"
가족 말을 꺼내던 사나이는 한숨을 내쉰다.
"나 역시 마찬가지요. 방위대에 끌려 나갔다가 목숨이 붙어 풀려나오고 보니…… 어디 가서 가족을 찾겠소."
"거 당신 천운이구랴. 굶어 안 죽고 살아났으니."
"죽은 놈이나 산 놈이나 다 마찬가지요."
최영감이 헛기침을 하며 돌아왔다. 장터에 가서 술을 한잔하고 온 모양 얼굴이 벌겋다.
"자아 우리 저 찻간에 가 있자."
그는 아까 역원으로부터 무슨 언질을 받았는지 나직한 목소리로 말했다.
그들은 화차 뒤쪽을 돌아서 문이 열려 있는 빈칸으로 기어올라간다. 눈치를 챈 몇 사람이 그들을 따라 기어올라왔다.
"말썽이 나면 좀 집어주지, 이 차가 내려가기는 가는 모양이다."
해가 다 져서 화물차는 움직이기 시작했다. 조사 없이. 모두 마음을 놓고 지껄이기 시작한다. 서로 인사를 나누기도 하고 고생담을 늘어놓기도 한다. 얘기의 중심 인물은 최영감, 그는 피란민이 아니니 뽐낼 만도 했다.

"아 그 떼놈들 무섭지요. 우리 한국 사람들하고 다릅니다. 그놈들의 끈기에 누가 당하오? 나도 한 시절에 중국으로 만주로 바람을 잡아 떠돌아다녔소만 길거리에 얼어서 죽은 거지의 몸을 뒤져도 큰돈이 나온단 말이오. 등신 같지만 우리네들보다 똑똑하단 말이오. 응큼하지요. 더군다나 팔로군이라면 거 보통 아니오. 일본놈들이 한참 중국 땅에서 판을 칠 때도 그놈의 팔로군만은 어쩔 수 없었으니까. 이런 일이 있었어요."

최영감은 침을 한 번 삼킨다.

"팔로군의 변의대가 하나 기차에서 내렸더랍니다. 일본놈 앞잡이인 떼놈 순경이 호주머니에 손을 쑥 집어넣었거든요. 그랬더니 권총이 만져지는 거요. 그래서 이게 뭐냐고 물었더니 그놈의 말이 너 생명이다. 떼놈 순경이 그냥 내보냈죠. 그놈들의 단결이란 거 무서운 거요."

어둠 속을 기차는 달리고 있었다.

모두 최영감 말솜씨에 귀를 기울인다.

"하지만 미국 아니더면 그놈들도 아주 일본에 먹혀버렸지 별수 있겠소?"

잠바의 사나이가 말했다.

"그건 그렇지. 물자가 무진장이니까. 미국을 당할 나라가 있겠소? 천하없어도 있는 놈을 당하지는 못하오."

최영감이 말했다.

기차 속에서 밤을 새우고 아직 어둠이 풀리기 전에, 김천에서 그들 피란민은 미군이 휘두르는 방망이에 쫓겨 내렸다.

"후유, 여기서 쫓겨 내린 게 다행이지. 걸어서 올려면 며칠이 걸렸을꼬."

최영감은 벙어리와 지영을 데리고 장거리로 나간다. 최영감은 유랑극단의 단장 같다. 피란민으로 번창하는 장거리에서 최영감은 아침밥을 사준다. 장은 풍성했다. 몇 바퀴나 돌아다니면서 아침을 못 사먹는 피란민도 있고 국수 한 그릇을 사가지고 두 식구가 나누어 먹기도 한다. 돼지순댓국에 해장을 곁들인 최영감의 조반이 제일 호화판이다. 지영은 목이 메어 밥을 마다하고 국수를 먹는다.

식사가 끝나자 최영감은 또 온다 간다 소리도 없이 다 부서져버린 김천 시가로 사라져버렸다. 벙어리가 앞에서 지켜주니 아이들이나 지영은 이제 아무것도 겁내지 않았다. 낮도깨비처럼 금세 없어지고 나타나지만 최영감은 요령이 좋다. 최영감은 다시 나타났다.

"김천 다음 역으로 가면 기차를 얻어 탈 수 있단다. 그래서 달구지를 하나 빌려놨다. 어서 가자."

김천역전에 갔을 때 최영감이 얻어놓은 것은 달구지가 아니고 그것은 조랑말의 마차였다.

"난리 덕분에 이런 걸 다 타고 홍!"

최영감은 콧방귀를 뀌었다. 솜바지와 염색한 군대잠바를 입은 마부는 채찍으로 말을 갈겼다.

"도도돗……."

마차는 털거덕거리며 간다. 아이들은 신기해서 서로 쳐다보며 웃는다. 늙고 몸집이 작은 조랑말은 힘이 드는 모양이다. 마차는 김천 시내를 빠져 들판으로 나온다. 맑은 아침 공기, 다사로운 햇볕, 봄은 분명하게 들판을 누비고 있다. 장날인가. 흰 무명 두루마기와 갓을 쓴 시골 노인들이 긴 담뱃대를 들고 팔을 휘저으며 간다. 수건 쓴 아낙들, 무색 옷을 입은 새댁들도 바구니를 이고 간다. 송아지를 몰고 농부들이 간다. 미나리밭의 푸른 미나리에 맺힌 물방울에 햇빛이 반짝인다. 논둑길 옆의 도랑에는 맑은 물이 흐르고 있다.

온 누리에는 평화와 봄이 충만하여 모든 목숨은 너무나 아름답다. 지영은 두려움 없는 봄을 실감하려는 듯 두 아이를 으스러지게 껴안는다. 더 험난한 앞날이 있을지라도 오직 이 순간을 위해 지영은 신에게 감사를 드리는 것이었다. 모든 것을 잃고, 슬픔까지도 잃었는지, 다만 잃지 않았던 것은 슬기로운 목숨과 삶을 향한 의지.

"이랴, 도도도……."

말채찍이 푸른 하늘에 빙글 돌고 고삐를 잡은 마부는 가볍게 뛴다. 포플러 밑을 말방울을 흔들며 마차는 간다.

하늘 끝까지 가라고 지영은 빌었으나 마차는 김천 다음, 조그만 간이역에서 멎고 그들은 마부하고 작별한다. 얼마를 기다리고 있다가 그들은 어젯밤에 타고 온 화물차에 오른다. 대구 못 미쳐, 한 정거장을 남겨놓고 그들은 다시 쫓겨 내렸다.

"여기까지 왔으면 그만이지. 무슨 염치로 또 타고 가아?"

피란민들은 만족해하며 대구를 향해 걷기 시작한다.

최영감도 이제는 별수 없이 희를 업고 고개를 넘는다.

대구 시가로 들어섰을 때 피란민들은 각각 흩어지고 짐을 진 벙어리는 최영감 뒤를 따라가며 벙실벙실 웃는다. 최영감은 과히 나쁘지 않은 여관으로 찾아 들어갔다. 아이들은 낯선 집을 겁내며 지영에게 달라붙는다.

"이제 괜찮아. 이제 괜찮다니까."

여관방에서 지영은 아이들을 끌어안고 그들 얼굴을 쓸어준다.

점심을 시켜서 먹은 뒤 최영감은 벙어리에게 얼마간의 돈을 주어 어깨를 툭툭 두들겨주고 이제 너 마음대로 가라는 시늉을 한다. 벙어리는 좀 섭섭한 표정을 짓더니 최영감이 준 돈에서 십 원짜리를 하나 꺼내어 희에게 내밀며

"으아아…… 아아."

한다. 희가 겁을 내어 뒷걸음친다.

"희야, 받아. 그리고 고맙습니다 해."

희는 어른들의 얼굴을 번갈아 보다가 고맙습니다 하고 절을 한다. 벙어리는 좋아서 희의 머리를 몇 번이나 쓸어주고 작별 인사를 하며 나갔다.

"거 병신이지만 심성이 곱다."

최영감은 벙어리를 칭찬하고 또다시 헐레벌떡 밖으로 나간다.

"거지새끼."

지영은 아이들을 바라보고 중얼거린다. 그리고 옷보따리를 끌러 아이들에게 옷을 갈아입혀주고 자신도 깨끗한 스웨터를 꺼내어 갈아입는다.

"야, 지영아, 이상사가 차 가지고 온단다."

최영감이 부산하게 떠들며 들어온다.

"이상사라뇨?"

"아 참 내가 너한테 얘길 안 했구나. 진주의 수연일 알지?"

"수연이?"

고개를 갸웃거린다.

"그 집도 이번 난리 통에 결딴났다. 이래저래 다 죽고 집도 타버리고 앉을 데 설 데 없이 망해버렸구나."

"……."

"그래 수연이를 지금 말한 이상사라는 평양 사람에게 시집보냈지. 연대장의 운전병인데 아이가 똑똑하고…… 할 수 있나. 그 사람 덕에 살았으니…… 뭐 세상이 이러니 할 수 없지. 그런데 그놈 아이가 대구에 와 있거든. 지금 전화를 걸었더니 마침 잘됐다고, 경주까지 짚차가 간다나? 연대장 댁에 쌀을 싣고 간단다. 그 차편으로 가면 경주에선 또 추럭 가는 게 있으니까, 그래 온다고 했다. 준비해놔라."

얼마 후 여관 앞에 지프차가 온 모양으로 성급하게 누르는 클랙슨 소리가 들려왔다. 쫓아 나간 최영감은 키가 작은 군인과 함께 들어왔다.

"인사하게, 서울 있는 자네 처의 이종이네."

해병대 복장을 한 젊은 사람은 군인의 기분을 지나치게 표시하며 지영에게 인사한다. 꾹 다문 입술이 얄팍하고 날카로운 눈빛, 성미가 대단하게 보인다. 나이는 스물서넛? 그는 평안도 사투리로 매우 빠르게 말을 했다. 군인은 여관 보이에게 짐을 나르게 하고 자기도 아이들을 안아 차에 올린 뒤 시끄럽게 발동을 건다. 최영감은 여관 보이에게 뽐내 보이며 거드름을 피운다. 연대장의 장인이나 된 기분으로.

지프차에는 쌀 두 가마니가 실려 있었으므로 지영의 보따리는 차 뒤에 얽어매고 이상사는 성급하게 차를 돌려 바람처럼 차를 몬다. 대구 시가에서 빠져서 국도로 나선 지프차는 더욱더 빨리 팔매처럼 날아간다. 차에 탄 사람들의 몸이 펄쩍펄쩍 뛴다.

"그래 연대장은 안녕하신가?"

최영감이 넌지시 말을 건다.

"네."

"거 자네 혼인 때, 애 많이 쓰셨드라. 자네를 친자식처럼 생각는다 하시면서, 잘 섬기게."

"저도 부모 없는 놈이라 부모님같이 생각하고 있지요."

"거 사람이 커. 장차 출세하겠던걸. 그 양반 말씀이 이상사는 성질 급한 것밖에 험이 없다고, 한번 짚차를 뒤짚어엎었는데도 정신 안 차린다고 하시드구나."

"속에 불이 나서 천천히 몰 수가 있어야지요."

"자네 처는 어떻게 할 작정인가?"

"데리고 다닐 수 있어야지요. 일전에 진주 한번 다녀왔지요."

짚차는 미치광이처럼 달린다. 들판과 마을이 획획 달아난다. 최영감은 기분이 좋아서 옛날에 돈 잘 쓰던 시절의 이야기를 늘어놓는다. 달리던 지프차가 별안간 멎는다.

"이거 왜 이래? 바퀴에 뭐가 걸렸나?"

이상사는 문을 열고 뛰어내린다.

"이거 야단났습니다!"

큰 소리가 뒤에서 들려왔다.

"왜 그러나?"

최영감이 기웃이 내다본다.

"짐이 없어졌어요."

"뭐? 짐이 없어졌다고?"

최영감이 화닥닥 뛰어내린다.

"야단났군. 어디 떨어졌을까?"

최영감의 풀죽은 목소리.

"바퀴에 줄이 끼어들었군요. 이상하더라니."

"허 참 야단났군. 어떡하노. 여기까지 잘 와가지고서."

"빨리 타십시오. 되돌아가야겠어요!"

최영감은 뒤뚝거리며 차에 올라탄다.

"야단났는걸."

이상사는 문을 꽝 닫고 핸들을 잡더니 차를 획 돌린다. 오던 길을 쏜살같이 달렸으나 보통이는 보이지 않았다.

"잃어버린 거예요. 그냥 돌아갑시다."

침착하게 지영이 말했다. 이상사도 하는 수 없었던지 차를 돌리고 말았다.

"도리어 속 편하군요."

지영이 말했다.

초스피드에 흥겨워하던 최영감의 기는 폭삭 죽고 말았다. 이상사는 아무 말도 하지 않았다.

"올 때부처 논둑에 버리고 가자 하더니. 방정을 떨어서."

풀이 죽어 있던 최영감이 화를 발칵 낸다.

"괜찮아요, 이모부. 더 귀중한 걸 다 잃고 오는데 그까짓 것."

하다가 지영은 입을 다문다.

경주에서 이상사와 작별하고 그들은 부산 가는 트럭을 탄다. 해가 지고 부산진의 불이 보인다. 지영은 잃은 것과 잃은 세월에의 작별보다 닥쳐오는 어둠, 사람, 도시, 전쟁이 전혀 새로운 일처럼 그의 가슴을 치는 것이었다.

그 숱한 길, 수많은 사람이 떼지어 가는 길, 군용 트럭이 수없이 달리던 길, 한반도의 핏줄처럼 칡뿌리처럼 얽힌 그 눈물의 길, 바람과 눈보라, 푸른 보리와 들국화의 피맺힌 길, 세계의 인종들이 밟고 간 길.

(모든 것을 잃었다.)

트럭은 속도를 늦추며 장이 벌어진 길을 천천히 누비고 들어간다. 빨간 사과와 술병, 땅콩과 빵, 노점 불빛 아래 신기롭게 그런 것들이 놓여 있다. 시장의 음악은 트럭 구르는 소리에 들리지 않아도 아름다운 그림처럼 풍경은 한폭 한

폭 스치고 지나간다.
　거대한 발굽에 짓밟힌 개미떼들, 그 발굽에서 아슬아슬하게 비어져 나와 오랜 황야를 헤매어 이 도시, 사람 속으로 그들은 들어가는 것이다.

　40장　달맞이꽃

　장덕삼이 마을 술집에 들어갔을 때 서울서 온 작부 미스 김이 주변을 살피며 손짓했다.
　"왜 그래?"
　"여기서 못 할 말이 뭐 있어? 비밀은 없다. 너하고 잔 건 다 아는 일 아닌가?"
하면서도 여자를 따라 솔가리를 쌓아 올려놓은 주점 뒤안으로 돌아간다. 여자는 목소리를 죽이며
　"어젯밤 이상한 사람이 찾아왔겠죠?"
　"……."
　"쪽지를 주면서 장대장한테 드리라는 거예요. 그리구 그이 말이 당신 날 의심하는 모양인데 산사람을 넘겨주는 일이니, 이것은 꼭 아무도 몰래 장대장한테 드리라는 거예요."
　장덕삼은 쪽지를 받을 생각도 않고 우두커니 서 있다가
　"얼굴 봤어?"
　"네 봤어요."
　"키가 크고 늘씬하게 빠졌습디다. 반하겠던데요?"
하며 킥 웃는다.
　"쪽지 이리 내놔."
　여자는 품속에서 쪽지를 꺼내어 준다. 그리고 좀 경계하는 빛을 띠며
　"나 이런 짓 해서 나중에 화 안 입을까?"

"이봐 내가 누군지 아나?"

"누구긴요. 장대장이지."

"그것만 알면 됐어."

장덕삼은 쪽지를 호주머니 속에 집어넣고

"하여간 내가 말할 때까지 잠자코 있어. 알았나?"

"알아모셨습니다."

하며 여자는 장덕삼의 손을 잡더니 획 떠밀어버린다. 그리고 드높은 소리를 내고 웃으며 돌아 나간다.

밤이 되어 물방앗간 옆에 쭈그리고 앉아서 개울을 바라보고 있던 장덕삼은 피워 문 담배를 뽑아 개울에 던지고 일어선다. 골짜기를 따라 올라가다가 그는 참나무를 와드득 꺾어 그 막대기를 공중을 향해 겨누어본다. 소나기 같은 물소리는 차츰 멀어지고 나뭇잎 사이로 달빛이 스며든다. 장덕삼은 막대기를 이리저리 휘두르며 ○○ 암자를 향해 올라간다. 물소리는 아주 끊어지고 나뭇가지를 흔들어주는 바람 소리가 횡하니 지나간다.

○○ 암자 뒤편으로 돌아서, 아무도 없다. 장덕삼은 암자 앞으로 나간다. 빈 암자 마루에 기훈이 앉아 있다.

"오래간만이군."

기훈은 앉은 채 말했다. 장덕삼은 막대기를 암자 마당에 버린다. 그의 손이 옆구리에 찬 권총으로 가려다 만다.

"겁을 내는군."

기훈은 앉은 자리에서 꼼짝하지 않고 비웃는다. 그 말을 듣자 도리어 안심하듯 장덕삼은 기훈이 옆에 가서 나란히 앉으며 담배를 꺼내어 기훈에게 내밀었다. 담배 한 대가 다 타고 꽁초를 암자 마당에 버리는 동안까지 서로 말이 없다. 들쥐가 한 마리 암자 마루 밑에서 쪼르르 나와 수풀 속으로 가버린다.

"아직도 결단을 내리지 못했습니까?"

장덕삼이 먼저 입을 뗀다. 기훈은 여전히 입을 떼려 하지 않는다. 달이 환하게 암자 마당을 비쳐주고 달맞이꽃 도라지꽃이 바람에 흔들린다.

"결단을 내리십시오."

재차 말한다.

"무슨 결단 말인가?"

기훈은 멍한 눈을 들어 장덕삼을 쳐다본다.

"그럼 여기서 만나자고 한 이유가 뭡니까? 나를 묻어버리려고 오라 하지는 않았겠죠?"

"벌써부터 처치했어야 할 인간이었지. 하지만 지금은 그럴 수 없어. 자네한테 부탁할 일이 있으니까."

"말씀하십시오."

"자네 이가화라는 여자 알지? 바보 같은 그 여자 말이야."

"새삼스럽게 왜 묻지요?"

"그 여자가 컴니스트 아닌 것도 자네는 잘 알고 있을 거야."

"물론 압니다."

"그 여자를 살려주게."

"……."

"날보구 살려주겠다 살려주겠다 하며 귀찮게 굴지 말구. 그 대신 그 여자를 살려주게."

"내가 살려주는 것 아닙니다. 자수자는 처단 안 하는 게 원칙이죠."

"알어. 그러나 그러기 위해서 자네가 필요하단 말이야."

"하동무는?"

다시 매달리듯 물어본다.

"하산하지 않으리라는 것은 자네 자신이 더 잘 알고 있지 않나? 하지만 알면서도 그러는 심리는 이해할 만해."

기훈은 비스듬히 몸을 뉘듯 하며 다리를 포개어 얹는다.

"알고 있지요."

"알면서 저번에 내가 붙잡혔을 때 자네는 날 죽이지 않고 왜 마음을 돌리려 했었나?"

장덕삼이 얼굴을 들고 기훈을 똑바로 쳐다보며 하는 말이

"하동무 말대로 철저한 자기기만 속에 산다면 이쪽이나 저쪽이나 마찬가지 아닐까요? 알면서 마음을 돌리려 한 건 그 때문이오."

기훈이 빙그레 웃는다.

"아직은 내게서 영웅심은 죽지 않았다. 개처럼 살고 싶진 않단 말이야."

"옳소! 난 개처럼 살고 있소. 허나 정직하게 말이오. 사람의 부정직보다 개의 정직을 나는 깨달은 지 오래요. 나는 개처럼 죽고 싶지 않단 말이오! 살고 싶은데 죽는 바보는 되기 싫단 말이오. 잡혔을 때 나는 살고 싶어서 정직한 자백서를 썼습니다. 그들이 사주는 곰탕을 먹었을 때도 살고 싶었소. 술을 먹으라 하더군요. 난 살고 싶은 마음을 잊으려고 사발에 그득히 소주를 부어 마셨소. 뻗었죠 그냥, 목욕을 하랍디다. 했지요. 옷을 주더군요. 입었죠. 그날 밤 성주에서 트럭을 타고 나는 죽으러 가는구나 하고 생각했어요. 내내 트럭 안에서 울었습니다. 살려달라구요. 나는 지금도 그것을 비겁하다 생각지 않소. 도대체 히로이즘이란 뭡니까? 역사가 뭡니까? 이념이 뭐냔 말이오? 내게 있어서 말입니다. 트럭은 대구에 갔습니다. 죽는 줄만 알았는데 그곳에서 일을 해보라 하더군요. 나는 유다처럼 은 오백 냥에 팔려가지는 않았소. 어쨌든 좋습니다. 이념이나 구호가 없어서 참 좋더군요. 그것이 진실로 해방이었습니다. 내 자신을 위해서 말이오."

일단 말을 끊었다가 장덕삼은 다시

"자살을 하고 굶어 죽고 실직하고 범죄가 우글거리고 남한은 그런 곳이오. 하지만 못난 놈은 못난 놈끼리, 죄지은 놈은 죄지은 놈끼리 살을 부비고 서로 냄새를 맡으며 산다는 것은 좋습디다. 아직 나에게 모든 자유가 있는 건 아닙니다. 하지만 사는 생명의 자유는 있지 않소. 산에서의 그 무서운 목숨에 대한 위협, 몸서리쳐집니다. 나는 내 어리석은 지식을 얼마나 저주했는지 모르오. 돌을 쪼개고 흙을 파도 사는 자유는 소중한 거요. 나는 산의 사람들을 한 사람이라도 살려놓고 보아야겠어요. 무의미한 개 같은 죽음을 할 필요가 있을까요?"

"좋아 그 정도로 해두고 가화를 살려주게. 그 여자야말로 너희들 세상에서

떳떳하게 살 수 있는 사람이야."
 장덕삼은 말없이 앉았다가
 "언제 데리고 오시겠소?"
 "내일 이보다 늦게. 여기서 만나지."
 "좋소. 헌데 하동무는 날 믿소?"
 "그건 무슨 뜻인가?"
 "내가 만일 그 여자를 사랑하고 있다면?"
 "서투른 수작이군. 골목대장의 시절은 벌써 지났을 텐데."
 소리를 죽이며 웃는다.
 "아무래도 나를 죽일 수 없는 모양이지. 꼭 살리고 싶어 그러는가? 삶의 소중함을 알리고 싶어 그러나? 내가 버리고 그쪽에서 떠나고 한 여자가 열 손가락은 넘을걸."
 "당신은 가화를 사랑하고 있소."
 "사랑하지. 열 손가락 중에 하나는 될 거야. 손가락 하나가 짤리면 조금은 아프겠지."
 "가화를 내가 데리고 산다면?"
 기훈은 코웃음 친다.
 "헤어진 여자는 모조리 시집가더군. 자살하는 여자도, 혼자 사는 여자도 없더군."
 "당신 마음먹기 따라서 가화하고 살 수도 있지 않소."
 "자네는 내게 사는 재미를 보여주고 싶어 그러는가? 아니지. 나를 죽이기가 꺼림칙해서 그렇지. 내가 자수를 하고 자네같이 되는 편이 자네에겐 훨씬 마음 편한 일이거든. 자네 그 변절자의 괴로움을 잠재우기 위해서 말일세. 배반하는 것은 여하튼 기분 좋은 일 아니니까. 도둑놈은 남도 도둑놈 되기를 바라고, 문둥이는 남도 문둥이 되기를 바라니까 말이지. 자네가 가화를 사랑이니 어쩌니 하고 엉터리없는 소리를 하지만 가화는 너희들에게 가도 결코 배반자는 아니지. 컴니스트가 아니니까. 자네에겐 내가 가는 것보다 흥미가 없을 수밖에. 자네 자신이 지워버리고 싶고 들여다보기 싫어하는 그 자의식 때문이야. 어차피 잘못 잡은 어리석은 헛수고에다 일생 동안 목에 걸린 가시 같은 배반자라는 말을, 도망칠 수 없겠지."

기훈의 말은 폐부를 찌르는 듯 잔인하고 차가운 것이다. 장덕삼의 눈에 증오와 저주의 빛이 이글이글하니 타오른다.

"그래 그래서 당신은 옳게 잡고 어리석하지 않는 수고를 했단 말이오? 참말로 그것을 자신하고 있단 말이오? 스스로 자기기만……."

흥분하여 다음 말을 잇지 못한다.

"자신 못 하지. 그래 내가 자네보고 거짓말을 했나? 참말을 한 것뿐인데."

"옳소. 당신은 내게 참말을 했소. 그래 당신은 변절자, 개라는 말이 무서운 거요? 영웅심이 죽지 않았다고 했죠? 그게 영웅심이오? 비겁하기론 다 마찬가지요. 나는 생명을 위해, 당신은 서푼어치 가치도 없는 명예심을 위해. 그 어느 쪽이 더 인간답죠?"

"생명을 위하는 편이 동물답지."

"모든 것은 없어지고 모든 것은 부서지고 여기서 의상을 벗지 않는 사람이 있을까요? 나는 정말 정직한 동물이 되고 싶소."

"자네는 지금 양심이라는 의상을 걸치고 있어. 완전한 동물도 못 되었지. 여자를 안고 뒹굴어도 배반자 배반자 하는 말이 북소리처럼 울리고 있을 거야."

장덕삼은 이를 간다.

"싸움은 그만 하지. 어차피 백보, 오십보다. 살고 죽는 것보다 자네나 내나 무엇을 다 잃어버렸다. 그것만은 확실하군."

기훈은 손을 내밀었다. 장덕삼은 그의 손을 잡으며 이를 간다. 그는 내일 기훈이 가화를 데리고 반드시 이곳에 나타날 것을 의심치 않았다. 그때 기훈을 체포하리라 그는 결심한다.

개울가에 자란 참나무 떡갈나무 밑동에는 푸릇푸릇한 이끼가 끼어 있고 산딸기 덩굴이 개울을 덮어버리듯 우거져 있다. 가화는 머리를 감고 있었다. 돌로

박경리 **1189**

막아 샘처럼 만들어놓은 개울 옆에 앉아서. 기훈이 나무에 기대어 서서 가화를 바라본다. 머리를 다 감은 뒤 가화는 머리채를 늘어뜨린 채 구부정하니 엎드려 샘을 내려다보고 있다. 머리끝에서 물방울이 샘 위에 떨어진다. 한참 만에 그는 두 손을 모아 머리의 물을 훑어내는데 가는 목덜미에 햇빛이 내린다. 가화는 천천히 머리를 빗어넘겨 고무줄로 동여매고. 다시 그는 샘을 우두커니 내려다보며 움직이지 않는다.
"가화."
부른다. 가화는 듣지 못하고 샘만 들여다보고 있다.
"가화."
다시 불렀다. 가화는 이상하다는 듯 얼굴을 든다. 그리고 어둠 속을 찬찬히 쳐다보듯 살피며 고개를 흔든다. 그는 부스스 일어선다. 기훈을 본 그는 움찔하고 물러선다.
"놀라지 말어."
한 손으로 가화의 어깨를 누른다.
"오늘 밤 어두워지거든 여기 와서 기다려."
기훈은 등을 가볍게 한 번 두드려주고 돌아선다. 기훈은 떡갈나무, 넓적한 잎 뒤로 사라졌다.
어두워져서
"가화."
부르는 소리에 가화는 바위 뒤에서 뛰어나온다. 기훈은 가화의 손목을 꼭 잡고, 아무 말도 못 하게 하고 개울 줄기를 따라 내려간다. 개울물 흐르는 소리는 발자국 소리를 지워준다. 나뭇잎 사이로 달이 나타나고 달이 숨곤 한다. 물소리뿐. 계곡에서 굴러 떨어지는 물소리뿐이다. 산과 산이 마주 보고 있다. 계곡에 주빗주빗 솟은 바위에 은빛 달이 흐르고 있다. 벼랑에 달맞이꽃이 하얗게 떼지어 피어나고 있다. 개울의 폭이 넓어짐에 따라 물소리는 더욱더 커진다. 폭포 근처까지 온 기훈은 가화의 손을 꼭 쥔 채 왼편으로 꺾어든다. 숲 속을 지나간다. 물소리가 차츰 멀어진다. 덤불을 헤치고 가는 기훈의 걸음이 빨라지고 꼭 맞잡은 손과 손 사이에 땀이 흐른다. 물소리가 멀어짐에 따라 서로의 가쁜 숨소리가 들린다. 기훈은 가화의 손을 풀고 그의 가는 허리에 팔을 돌려 바싹 자기 곁으로 다가세우며 걷는다. 숲 속을 나온다.

잔디가 듬성듬성한 곳, 기훈은 발길을 멈춘다. 가화의 몸을 앞으로 돌리고 꼭 껴안는다. 심장이 뛰고 있다. 밤이 싸아! 하고 지나간다. 여자를 안은 채 풀 위에 쓰러진다. 품에 안은 채 여자의 옷을 벗긴다. 가화는 스스로 옷을 벗는다. 신선한 향기, 멀리서, 아득한 곳에서 물소리가 들려온다. 하얀 달맞이꽃이 떼를 지어서 피어 있고 물기 머금은 공기가 내리덮인다. 사나이는 내가 좋으냐고 여자에게 묻는다. 미소하며 사나이의 목을 끌어안고 키스한다.

"가화."

가화는 대답 대신 다시 기훈의 목을 끌어안고 키스한다.

"가화."

"아무 말도…… 안 돼요."

"음, 음."

구름 속으로 달이 간다.

"감기 들어. 옷 입어야지."

그들은 옷을 입고 나란히 무릎을 모으고 앉는다.

"이렇게 만난 게 몇 해 만일까?"

하고 기훈이 말했다.

"십 년, 아니 백 년."

"백 년…… 가화는 내게 할 말이 많을 텐데……."

"이제는 아무 말 없어요."

"그래, 나도 이제는 할 말이 없어."

기훈은 장덕삼에게 얻어온 담배를 꺼내어 붙여 문다.

"가화."

"네?"

"가화는 애기 낳을 수 있을까?"

"어떻게 그걸······."

"오늘 밤······ 애기가 됐음 좋겠다."

"여기서? 알면 우릴 죽여버릴 텐데······."

했으나 가화의 눈엔 두려움이 없다.

"애기 안 낳아도 우린 죽어 어차피."

"이젠 죽어도 좋아요."

"도망가면 살 수 있어."

"도망······."

"도망가면 되지."

기훈은 다시 한 번 말했다.

"어디루 가요?"

신기스러운 듯 가화는 기훈을 자세히 들여다본다. 황홀하게 눈이 빛난다. 달빛이 향유처럼 얼굴 위에 흐른다.

"산 밑으로, 마을로 말이야."

이번에는 기훈이 가화를 가만히 쳐다본다.

"경찰에 붙잡히고 말 거예요."

가화는 기훈의 손을 끌어당겨 볼에 갖다 대며

"잡히겠지 물론. 하지만 자수만 한다면 사는 길도 있어. 현재 장덕삼이 살고 있단 말이야."

"선생님······도 그렇게 하시겠단 말이에요? 믿어지지가 않아요."

"믿어지지 않는다구? 나는 어제 장덕삼을 만났어. 그리고 약속했다."

"뭐라구?"

"우리가 내려갈 거라구."

"그러면 그때 왜 도망쳐 오셨어요······."

"······."

"저 땜에 오셨어요?"

"아마······ 그렇지는 않았을 거야."

기훈은 가화의 머리를 쓸어 넘겨준다. 머릿결이 참 부드럽다. 낮에 머리를 감더니.

"바보같이…… 넌 참 바보다, 가화."

기훈의 눈에 눈물이 빙 돈다.

"너 같은 바보가 어디서 그런 용기가 났지? 뭐 할려고 이런 곳에 왔어?"

"선생……님 볼려구요. 이렇게 만나지 않았어요?"

"마을에서 소를 봤지. 어미소하고 송아지가 함께 가더군, 방울을 흔들면서. 싸리나무 울타리에 저녁 짓는 연기가 나구, 농부는 외양간에 소를 몰아넣고 흙 묻은 옷을 툭툭 털겠지. 풋고추를 넣은 된장찌개 냄새가 부엌 쪽에서 나더군. 아낙이 밥상을 들고 나오고…… 가화는 그런 아낙이 되고 나는 그런 농부가 된단 말이야."

담배 연기를 뿜어낸다. 가화는 달맞이꽃을 꺾고 있다. 마을로 내려가자는 기훈의 말에는 아무 흥미도 느끼지 않는 것 같다. 다만 행복한 얼굴로 달맞이꽃을 꺾고 있다. 한 묶음으로 엮어서 그는 기훈 곁으로 돌아왔다.

"선생님?"

"응?"

"꽂아드릴게요."

가화는 미소하며 다 해어진 군복 호주머니 속에 꽃을 꽂는다. 기훈은 그를 끌어당겨 안아준다.

"가화."

"네?"

"마을로 가자는 내 말이 믿어지지 않아?"

"지금이 좋은걸요. 더 이상 욕심 안 부릴래요."

"그럼 안 가겠단 말인가?"

"아, 아 아니 선생님 하는 대로 할게요."

"그럼 나하고 함께……."

일어섰다. 그는 다시 가화의 손을 잡는다. 가화는 기훈에게 이끌린 채 산길을 타고 내려간다. 그들의 발은 저절로 혼자서 간다. 눈이 방향을 잡아주지 않아도 발은 용케 방향을 잡아간다. 하기는 산이 안개 속에 묻혔을 때도, 한 치 밖을 볼 수 없는 갈대 속에서도 저절로 방향을 찾아간다. 참 오랜 세월 그들은 산을 타고 살아왔으니까.

가화가 허덕이는 것은 산길이 험한 탓이 아니다. 그는 행복에 숨이 가쁜 것이다.

"선생님?"

"음."

"당신이라 해도 좋아요?"

"좋구말구."

"그때 화나셨죠?"

"그때?"

"그때 이동무 땜에……."

기훈은 크게 웃는다.

"그때 전 선생님하구 낭떠러지에 굴러 떨어져 죽으려고 했어요. 그런데 그만, 우, 울어버렸어요."

"정말 나하고 죽으려 했나?"

"네, 정말로."

"바보가 아니군."

웃는다. 웃음소리가 건너편 바위에 부딪는 것 같다. 바위는 어진 늙은 종처럼 가만히 지나가는 두 남녀를 지켜본다.

"선생님."

"당신은 어쩌구?"

기훈은 또 웃었다. 가화도 빙긋이 웃는다.

"선생님?"

"또."

"아이 참…… 저, 선생님도 이동무 좋아했어요?"

"남자는 원래 여자를 다 좋아하지."

"저도 그렇게만 좋아하셨어요?"

"그렇겠지. 하지만 여자가 남자의 마음을 바꾸어놓는 일이 있어."

"그건?"

"그건 가화가 바보니까 나도 바보가 된 거야. 여자가 똑똑하면 나도 똑똑해지고 여자가 잡스러우면 나도 잡스러워지고…… 하지만 빠지지는 않아."

그들은 벼랑을 돌아 펑퍼짐한 곳으로 나온다. 송판같이 반듯한 바위를 지난다. 곧게 솟은 나무가 우뚝 눈앞에 선다.

"하동무!"

가화의 손을 잡은 기훈의 팔이 팽하니 뻗혀진다.

"하동무!"

기훈은 천천히 돌아선다. 바위 위에 서 있는 사나이의 눈이 총알같이 날아오는 것 같다. 전신에 달빛을 함뿍 받은 사나이는 양손을 바지 주머니에 찌르고 있다.

"어디 가오?"

뒤로 길게 뻗은 그림자 두 개는 움직이지 않는다.

"어디 가느냐 말이오!"

"나는 가지 않소."

조용한 목소리로 기훈이 대답한다. 가화는 기훈의 옷자락을 움켜잡는다. 다시는 놓치지 않으려는 듯 눈은 바위 뒤에 선 사나이에게 박은 채.

"하동무는 가지 않는다고! 난 벌써부터 알고 있었소. 저 여자가 하동무를 변절시키고 말리라는 것을. 한 여자로 말미암아 인민의 적의 오명을 쓰겠단 말이오?"

"오리는 물로 가야 하오."

기훈의 목소리가 약하고 비틀거리는 듯하다.

"오리를 물로 돌려보내는 일이 옳소? 수일이를 죽인 것은 누구요? 용납하지 않겠소."

말이 떨어지기도 전에 산이 울렸다. 한 방 두 방, 그리고 또 한 방 두 방──
가화는 기훈의 발 아래 쓰러지고 사나이는 송판같이 평평한 바위 위에 쓰러지고, 기훈은 권총을 쥔 채 하늘을 올려다본다.
 이 밤따라 바람 소리 하나 없이 달은 너무 밝기만 하다.

박경리(朴景利)

1926년 경남 통영 출생. 본명 박금이(朴今伊). 1955년 김동리의 추천을 받아 『현대문학』에 단편 「계산(計算)」을 발표하면서 등단. 현대문학 신인문학상, 월탄문학상, 한국여류문학상, 인촌상, 호암예술상, 칠레 정부의 '가브리엘라 미스트랄 문학기념메달' 등 수상. 연세대 석좌교수. 장편소설로 『표류도』(1959), 『김약국의 딸들』(1962), 『가을에 온 여인』(1963), 『노을진 들녘』(1963), 『시장과 전장』(1964), 『파시』(1965), 『나비와 엉겅퀴』(1978), 『영원한 반려』(1979) 등 20여 편이 있고, 그 외 소설집으로 『불신시대』(1963), 『박경리 단편선』(1976), 시집으로 『못 떠나는 배』(1988), 『도시의 고양이들』(1990), 『우리들의 시간』(2000), 수필집으로 『Q씨에게』(1966), 『거리의 악사』(1977), 『원주통신』(1985), 『꿈꾸는 자가 창조한다』(1994)와 문학론집 『문학을 지망하는 젊은이들에게』(1995) 등이 있으며 1973년부터 1994년까지 대하소설 『토지』 5부 16권 발간.

작품 세계

박경리의 문학은 소설, 시, 수필, 문학론 등 거의 모든 문학 장르를 망라하고 있다. 습작 시절에 시를 쓰다가 소설로 전환한 작가는 초기의 단편소설 시대를 거쳐 장편 연재, 전작 장편, 대하소설의 창작으로 활동의 범위와 규모를 확대해왔다. 이 양상은 박경리 문학의 소재가 개인의 문제에서 사회 집단과 민족의 문제로 확산되는 과정이었을 뿐만 아니라 작가의 주제의식과 사상이 심화되는 과정이기도 했다. 「계산」 「불신시대」 등 초기의 단편소설은 작가의 신변 문제나 생활 속의 부조리를 심리적 사실주의의 방법으로 묘사하고 있다. 비교적 작가의 전기적 사실과 밀착되어 있는 초기의 단편소설에서 벗어나 장편으로 나아가면서 작가는 사회 현실의 문제를 좀더 포괄적으로 포착하고 삶의 근본 문제를 깊이 사유하게 된다. 한국 소설 가운데서는 드물게 연애소설로서의 '품격과 깊이를 갖춘' 것으로 평가되는 20여 편의 장편소설은 현대 사회의 인간상을 사실적으로 묘사하는 외에 인간 문제의 본질에 대한 작가의 집요한 탐구를 담고 있다. 『성녀와 마녀』 같은 초기작부터 『나비와 엉겅퀴』 같은 비교적 후기의 작품으로 이어지는 일련의 작품들 속에서 작가는 삶과 죽음, 선과 악, 이성과 감성이란 대립적인 개념이나 이미지들을 통해 인간의 보편적 원형에 대한 탐색을 펼치고 있다. 이와 같은 문학적 실험은 전작 장편소설인 『김약국의 딸들』과 『시장과 전장』에서 본격화된다. 전자가 가문의 몰락이라는 주제 속에서 인간의 근원적인 충동이나 욕망이 빚어내는 비극성을 그려내고 있다면, 후자는 역사의 광포 속에서 시달리는 인간의 삶과 죽음의 모순 구조를 형상화하고 있다. 이 두 주제를 통합하고 있는 『토지』는 작가의 문학적 실험이 도달한 정점으로서 한국 사회가 근대로 이행하는 역사 과정을 기록하는 한편으로 수난의 인간상을 통해 새로운 삶의 방식, 모든 생명들의 존엄과 자유를 기원하는 생명 사상을 표출하고 있다.

「시장과 전장」

『시장과 전장』은 중학교 교사인 남지영과 남로당 당원인 하기훈이란 두 인물의 이야기를 대위법의 방식으로 서술하면서 한국전쟁을 묘사하고 있는 실험적 소설이다. 남편과 심리적 갈등을 겪고 있는 지영은 아이들과 집을 떠나 38선 부근의 시골인 연안의 중학교 교사로 부임한다. 가족을 버리고 왔다는 부담감으로 인해 마음에 상처를 입고 있던 지영은 6·25가 터지자 온갖 고초를 겪으며 집으로 돌아온다. 분위기에 휩쓸려 당에 입당 원서를 냈던 남편이 투옥되고 생활의 책임을 떠맡게 된 지영은 무엇보다도 가족을 지키려는 본능에 충실하게 된다. 한때 암살자의 임무를 맡기도 했던 기훈은 혁명을 위해서라면 자신의 친지까지도 처단하는 것을 망설이지 않는 냉철한 행동가이지만 가화란 여인의 순수한 사랑 앞에 흔들리기도 하는 인물이다. 소설은 이처럼 생존을 최고의 가치로 추구하는 인물과 이념과 사랑 사이에서 갈등하는 인물을 병렬적으로 제시하면서 전쟁 속을 살아가는 인간들의 모습을 형상화한다. 삶의 터전이 되는 시장과 죽임의 장소인 전장의 이미지가 겹쳐지는 구조인 것이다.

이 작품은 남북 어느 한쪽의 시선에 기울지 않고 한국전쟁을 객관적으로 묘사한 성과 외에 작가의 생명 사상이 구체적으로 모습을 드러내기 시작했다는 점에서도 특기할 만하다. 곧 전쟁이란 집단의 횡포 앞에서 유린되는 개인의 존엄과 행복, 그러나 그 억압의 가장 깊은 곳에서 싹트고 있는 생명의 싹이 제시되고 있는 것이다. 소설의 주인공인 지영보다도 무구의 사랑으로 냉철한 행동가를 변화시키는 가화의 형상에 주목해야 하는 것은 거기에 이미 『토지』의 주요 인물인 월선의 모습이 비치고 있기 때문이다.

주요 참고 문헌

『시장과 전장』은 발간 직후 작은 논쟁을 불러일으켰다. 백낙청은 「피상적 기록에 그친 6·25 수난」(『신동아』, 1965. 4)에서 이 소설의 묘사가 관념적이며 현재형 시제가 적합지 않다고 비판했고, 이에 대해 작가는 같은 잡지 다음 호에 「띄엄띄엄 읽고 쓴 비평일까」란 반박문을 발표했고, 이어 유종호가 「작가와 비평가」(『신동아』, 1965. 8)란 글에서 이 논쟁을 정리했다. 이 작품에 대한 평가는 임중빈의 「삶 그리고 긍정의 모험」(『문학춘추』, 1966. 12)부터 전반적으로 긍정적인 쪽으로 전환되며, 이후 정명환의 「폐쇄된 사회의 문학」(『한국 작가와 지성』, 문학과지성사, 1978), 조남현의 「『시장과 전장』과 이념 검증」(『한국의 전후문학』, 한국현대문학연구회, 1991. 4), 최유찬의 「박경리: 생명 사상의 문학적 상상력」(『세계의 소설가 1』, 한국외국어대학교 출판부, 2001) 등에서 작품의 세부적인 측면이 분석된다.

_최유찬

서기원
암사지도(暗射地圖)

 형남(亨男)이 작년 여름에 제대하여 의지할 곳이 없었던 차에 우연히 만난 옛 전우가 상덕(相德)이었다. 그들은 같은 중대에서 일 년 남짓 함께 지냈었다. 중대장은 해방 직후 군대에 들어가서 육 년 만에 대위가 된 사내로, 중대원에게 훈시할 적마다, "본관의 사병 시대에는 침구를 정돈함에, 공장에서 갓 나온 벽돌을 포개어놓듯 했는데, 귀관들은 도시 정신 상태가 돼먹지 않았다"고 기합을 넣다가, 으레 "그러므로 해서 귀관들은 인격을 도치(도야)해야 된다"고 다지곤 하였다. 못살던 자가 돈푼깨나 생기면 가난뱅이 업신여기기가 도리어 심하다더니, 그 사내는 사병들에게 노예가 되기를 강요했다.
 그 아래서 미술대학생인 김형남 하사와 법대생 박상덕 하사는 서로 유일의 친구가 되었다. 총알이 스스로 피해간다는 중대장이 전사하고, 그들이 속한 소대도 거의 전멸하다시피 되어, 말더듬이 어느 이등중사가 대장 대리 근무를 치르지 않을 수 없었던 격전도 용케 견디어냈었다. 그래 상덕은 형남이 제대하기 반년 앞서 군복을 벗었다. 상덕은 형남에게 장차 사회에 나와 잠자리가 변변치 않으면 자기 집으로 오라고 했다. 주소에다 열댓 칸짜리 한식 기와집의 구조마저 그려가며, "네가 오면 요 방을 주지" 하곤, 대문간과 맞붙은 뜰아랫방을 빨

* 「암사지도」는 『현대문학』 1956년 11월호에 발표되었다.

간 오일 연필로 꼭꼭 찔렀던 것이다. "고오마운 말씀이지. 원랜 그 사나이 첩의 집이거든, 원 집은 폭격에 폭삭 녹아버렸지, 모조리 전멸야. 웬일인지 그 집 명의가 그 사나이 이름으로 있다가, 그 첩두 역시 돌아가셨더라 그 말씀이야. 기맥힌 유산이지." 상덕은 부친을 언제나 '그 사나이'라고 불렀다. 그가 웃지도 않고 그렇게 말할 때엔 형남은 가슴속이 흐뭇해지며 쾌적한 웃음이 절로 나오는 것이었다. 그들 부자 사이의 따스한 체온을 느꼈고, 이를테면 애정의 역설적인 해학으로 여겨졌던 것이다. 그는 그런 상덕이 좋았다.

그러자 형남도 군복을 벗고, 제대병에게 지급하는 곤색 광목지의 작업복에 같은 감의 작업모를 눌러쓴 채, 트럭으로 청량리를 거쳐 동대문에서 내려서 딱딱한 포장도로 위에 발을 디딘 순간, 꿈에서 상기 덜 깬 기분이라고 할까, 어쩐지 삼 년간의 군대 생활이 실제 그가 체험한 것이 아닌 듯, 어릴 때 어머니 무릎에서 듣던 옛얘기처럼 까마득해지는 것이었다. 동대문 안으로 뻗은 번화한 거리가 몹시 생소하게 보였다. 먼저 그는 영등포에 있다는 숙모를 찾았으나 그의 수첩에 적힌 주소로는 어림도 없는 일이었다. 학교 시절에 가까이 지냈던 친구의 얼굴들이 더러 눈앞에 아물거렸지만 주소도 분명치 않으려니와 그런 꼬락서니로 빌어먹으러 왔네, 할 용기가 있을 리 없음은 자신이 너무도 잘 아는 일이었다. 물론 상덕의 말을 잊지는 않았다. 서울의 지리는 잊어버려도 그걸 까먹었을 리 없다. 내심으론, 이렇게 미친개처럼 헤매다가 마침내 뒹굴어 들어갈 곳이 바로 상덕이네거니 작정해둔 채, 그건 최후의 방어선으로 삼고, 될 수 있는 데까지 무슨 다른 도리를 강구해보자는 심산이었다. 이것이 수첩을 소매치기 당할까 두려워하면서도 곧 찾아가지 않은 연유이다. 그러다가 길가에서 만난 것이다. 그러니 우연히 부딪친 것은 틀림이 없다. 그들은 손을 맞잡기 전에 껴안고 반겼다. "야! 인마, 막바루 찾아올 것이지, 그래 뭘 하느라구 이 모양야! 당장 오라, 네 꼴을 보니 다 알겠다." 상덕은 두 손으로 형남의 목을 졸라맸다. 형남은 웃으면서 눈물을 흘렸다. 상덕의 집은 상상보다 넓었다. 아름드리 기둥이나 굵은 서까래, 그리고 푸르죽죽하게 칠이 벗어지긴 했지만 두툼한 현판이라든지 일견 규모 있게 꾸민 집으로 보였다. 상덕의 설명에 혹 부족이 있었다면 포탄에 지붕이 뚫어진 채로 있는 머릿방과 문간에 관한 얘기가 없었다는 것쯤일까. 그뿐이 아니었다. 상덕이 여자와 함께 살고 있었다. 그는 그네를 '최형(崔兄)' 하고 불렀다. 윤주(潤珠)라는 이름이라 하였다. 지난겨울 어느 일요일 상덕이 극장에 갔었다 한다. 극장 앞에 보스턴백을 든 여인이 물끄러미 쳐다보고 있는데 큰 키는 못 되나 가는 몸집에 다색 코트가 썩 어울리더라는 것이다. "영화 구경 같이 합시다" 했다. 그러니까 다소 우울하게 보이던 그네 얼굴이 활짝 피며, "네!" 하고 국민학교 아동식의 대답을 했다. 스물한둘로 헤아려지며 녹록지 않은 집안을 생각키우는 옷차림이어서 놓치기가 무척 아까운 터에, "우리 집에 놀러 갑시다" 하니까 그땐 아랫입술을 지그시 깨물고 대꾸가 없다. "실례인 줄 알면서도 왜 그런지 그런 말이 나옵니다." "놀러 가는 것이 아니라 아주 살러 가는 것이라면……" 하고 그네는 낯을 붉혔다. 여간한 일에 눈썹 하나 까딱하지도 않는 상덕도 그때만큼은 숨이 칵 막히더라는 것이다. 그네는 집을 쫓겨났었다. 부산 동무네로 갈 요량으로 정거장을 향하던 길이었는데, 새로 개봉한 프랑스 영화가 보고 싶어서 한참 수중의 돈과 의논하던 참이었다 한다. 실은 친구 집에도 가기 싫다고 한다. "……나도 친척이라곤 아무도 없고, 이 집 하나가 재산이지요. 게다 직업이래야 언제 떨려날지 모르는 따위고, 수입은 쥐꼬리만 한데 생각은 말꼬리만 하구 이런 생활이래도 견딜 수 있으시면 같이 삽시다." 이렇게 된 일이라 하였다. 그네가 집에서 내쫓긴 까닭은 우정[1] 묻지 않고 있으나, 아마도 연애 사건으로 짐작이 간다는 것이었다. 그러면서 "애매한 놈팡이와 몇 달 살다가 차인 거겠지, 다 그런 여자 아냐?" 하고 다소 자조적인 웃음을 덧붙이는 것이었다.

형남은 윤주를 멸시할 수가 없었다. 그 같은 야합을 가장 비웃는 그였으나, 그네가 그런 푼수의 여자라곤 당최 곧이들리지가 않았다. 그건 윤주의 첫인상이 좋았기 때문일지도 모른다. 나이에 비해 어려 보이는 앳된 얼굴인데, 말을 붙이면 번번이 긴 속눈썹을 가지런히 세우고는 말끔히 쳐다보는 밝고 구김살

---

[1] 우정 '일부러'의 사투리.

없는 시선 속에서 도리어 그 자신이 추악하게 느껴지곤 하였다. 호감이 갔지만 어디까지나 한계가 뚜렷한 것이었지, 상덕의 아내로 예우함을 게을리하지는 않았던 것이다.

하기야 뭣보다도 그 자신의 일이 다급했다. 일심중학관(一心中學館)에 일주에 사흘 출강하는 상덕의 수입으론 지탱해나갈 도리가 없었다. 형남도 제 밥값은 해야겠는데 미술대학 중퇴의 학력으론 마땅한 일자리가 선뜻 나설 수가 없었다. 두 달을 두고 온 장안을 속속들이 뒤진 끝에 어느 극장의 광고판을 그리게 된 것은 실로 다행한 일이 아닐 수 없었다. 극장 앞에 매다는 넓은 간판화가 아니라, 번화한 네거리에서 가끔 보게 되는 소규모의 그림이긴 했지만 그걸 한 달 네 가지 장면으로 여덟 장, 단가 오천 환에 계약이 성립되었다. 대청마루가 아틀리에가 될 줄이야 상상도 못 했던 일이다. 두어 평 넓이의 캔버스가 비스듬히 벽에 기대어 있다. 지평선까지 푸른 목장을 배경으로 미국의 카우보이와 블론드의 서부 처녀가 키스하는 장면, 그림 밑에는 베니어판의 팔레트가 너덧 장, 그 위에 함부로 뒹굴고 있는 굵직한 브러시, 각색 페인트가 뒤범벅으로 녹아 마룻바닥에까지 흐르기가 일쑤다. 형남은 카우보이의 어깨에 매달린 처녀의 손가락이 신통치 않다고 느껴진다. 가는 붓을 골라 기름에 녹인다. 머릿속엔, 간판화란 첫째 선정적이어야 한다고 강의하는 극장 지배인의 두꺼운 아랫입술…… 윤주는 화로에 숯을 피우고, 숯내가 심하면 분합문을 여닫으며 공기를 조절해주는 것이었다. 상덕은 출근하지 않는 날엔, 거의 정오가 돼서야 일어나서 아침 겸 점심으로 끼니를 때우고는 기원(棋院)으로 바둑을 두러 나가는 것이 일과였다. 종일 집안에 박혀 있는 형남은 자연 윤주와 접촉할 시간이 길었지만, 그렇다고 그게 그지없이 기꺼운 일이 되거나 아니면 마음에 어떤 무거운 부담을 줄 정도는 아니었다. 원체 숫기가 나쁜 그의 성질이, 쉽사리 농을 지껄일 줄도 모를뿐더러, 윤주는 그의 손 닿을 곳에 있는 여인이 아니라고 다짐하고도 있었다. 애초에 그네를 아주머니! 하고 불렀더니, 그네는 하하하! 하고 사내애처럼 웃었고, 상덕은 "인마! 아주머니가 어딨어? 우린 그런 새가 아니니까, 미스 최로 불러!" 했다. "아주머닌 어감이 나빠요" 하며, 윤주는 그런 사이가 아니니까 하는 상덕의 말에서 짐짓 오해를 품었다고는 생각할 수 없는 얼굴로 말했다. 그 뒤로 형남은 될수록 그네의 인칭을 부르지 않으려 했고, 또한 얼마간 그러노라니 그네와의 얘기 때엔 아예 인칭을 빼버려도 넉넉히 통할 수 있게끔 교묘한 화술에 익숙해진 것이었다.

어느덧 그들의 생활비의 대부분이 형남에게서 마련되어감은 어찌할 수 없었지만, 형남은 형남대로 오랜 부채를 갚아나가는 듯한 가뜬한 기분에 신명이 날망정, 바둑에만 소일하라는 법이 어디 있느냐고 상덕의 무관심을 나무라는 마음은 전혀 없었고, 또 상덕은 원래 괄괄한 호기와 오활한² 탓도 있으려니와, 친구 덕을 좀 보기로서니 뭐 그리 구애될 거리가 되느냐는 태도로 형남을 대하는 것이라든지, 윤주 또한 그네의 영역을 잘 지켜서, 가령 형남에게 속이 들여다 뵐 호의를 베푸는 따위의 눈치가 없었다. 형남에겐 그런 게 여간 고마운 일이 아니었다. 그럴수록 그는 그들에게 공치사하려는 것 같은 태도를 보여서는 안 된다고, 차라리 지나칠 만큼 델리키트한 마음씨를 잊지 않으려 했다.

공교롭게도 상덕이 실직하게 되었다. 일심중학관이 인가 취소로 폐쇄되었던 것이다. 시간당 삼백 환의 품팔이 노동자로서 그것도 언제 어떻게 될지 예측할 수 없는 직장이긴 했지만, 막상 그것마저 놓치고 보니까, 상덕에겐 꽤 큰 타격이었던 모양으로 "훈장질 절대로 안 한다!" 하고 여느 때의 그답지 않게 내뱉었던 것이다. 마침 새 학기에 접어들어 다른 학교의 빈자리를 구하기에도 시기가 늦었지만 상덕은 취직 운동일랑 아예 염도 안 내는 것이었다. 자칫하면 서로가 오해를 사기 쉬운 계기라 할 것이었다. "그래! 좀 쉬고 동정을 봐가며 얘기하자. 그러는 동안 일이란 제 발로 걸어오는 거야." 형남은 정녕 상덕을 위하는 마음에서 위로의 말을 되풀이해주었다. 상덕은 바둑이 일의 전부가 되었다. 해도 무슨 계통 있는 공부라도 시작하는 것은 아니었다. 『포석개설(布石槪說)』이란 책을 사다가 며칠 뒤적거리는 척하더니 이내 다락에 처넣어버렸다. 그날도 저녁때가 돼서야 집으로 돌아오는 것이었다.

---

2 오활(迂闊)하다 사리에 어둡고 세상 물정을 잘 모르다.

"진짜나 바아지는 아바지로오구우나." 걸핏 우정 꾸며댄 목소리로 알 수 있는, 가늘고 야한 목청으로 거지 타령을 뽑으며 대문 안에 들어섰다. 형남은 군에 있을 때 상덕이 술에 취하면 곧잘 교향곡이나 협주곡의 테마 같은 선율을 목이 메어져라고 외치던 일이 상기되었다. "최형! 세숫물 좀 주이소애! ……아고게 흑을 쥐라 카고 또 두 점 붙이라 안 하는기요. 요겟 하고 뎀비었지만 아뿔싸! 사연패라." 경상도 사투리를 흉내내며 "이 좀 보라아애!" 하곤 손바닥을 펴서 윤주와 형남에게 번갈아 보이는 것이었다. 흑을 잡고 여러 판을 두고 나면 돌의 질이 나빠서 손이 시커멓게 더럽혀진다는 것이었다. 딴은 손이 깨끗한 채로 돌아와본 일이 드물다. 그의 변명으론 제 급수보다 한 급 높은 데다가 한두 급 상수하고만 대전하기 때문에 지게 마련이라 하며, 또 그래야만 바둑이 는다는 것이었으나…… 그날 상덕은 몹시 술에 취했다. "제기랄! 그 사나이 덕분에 비바람은 겨우 면하지만…… 이따위 구멍이 빵빵 뚫어진 걸 어따가 쓰냐 말이야. 팔아버리구 며칠 동안 실컷 때려먹음 어때? 인마! 내 생각이 어때?" 그는 안방에 벌렁 나자빠져서 고래고래 소리를 질렀다. 군대에서 흔히 겪던 상덕의 주정인지라 형남은 상대를 안 할 작정으로 그저 히죽히죽 웃고만 있었다. 한데 왜 그런지 상덕의 혀 꼬부라진 주정 속에 어떤 저의가 숨어 있는 것 같이만 느껴지며 은근히 불쾌해지는 것이었다. "아서라, 아서! 미스 최가 자꾸 웃는다" 하며 윤주에게 흘깃 웃음 어린 곁눈질을 주고는 "어때요? 전에도 이렇게 야단이던가요?" 하고, 심술궂은 어린애를 달래듯 얼버무리려 했다. 윤주는 애써 눈으로 웃어 뵈려는 것이나, 입술은 여전히 야무지게 다문 채 잠시 상덕을 물끄러미 바라보더니 벽을 향해 고개를 돌렸다. 그네의 뾰족한 아래턱을 감싸고 도는 싸늘한 기운은 분명 상덕에의 모멸이었다. 그것이 형남에게 막연한 기대 같은 것과 기쁨을 주는 것이었다. 기쁨, 사뭇 뒤숭숭한 기쁨, 누가 알면 난처할 듯한 그런 것이었다. 하지만 그건 순간적인 마취에 지나지 않았고, 상덕이 "인마! 넌 대체 낭비한단 말이야! 엊저녁에도 묘한 곳에 갔었지? 싸구려 쇠주나 몇 잔 들이켠 연후에 말이야. 그러다간 몸도 버리지만 사십만 환을 벌어봐라. 소용이 없다 없어!" 했을 때엔 형남도 여느 때의 장단을 맞추어 우정

양미간을 좁히며, "야! 내 돈 벌면 나간다. 십만 환만 모아봐라. 당장 나가서 판잣집이라두 세운다" 했다. "나가려면 나가! 당장 나가라! 너 없음 굶어 비틀어질 줄 아니? 엉? 판잣집 아니라 대궐이래두 썩 나가! 허허허허!" 상덕은 눈을 약간 부라리며 목소리만 듣기에는 여간 성난 것이 아닌, 그러나 말끝을 채 맺기 전에 너털웃음을 터뜨렸고 형남도 따라 웃었다. 한바탕 웃고 나니 속이 시원히 트였다. 결국은 스스로 뉘우치는 것이며 티끌만큼이라도 상덕을 오해할 뻔한 자기를 부끄러워하는 것이었다. 내가 돈 기만 환 벌어댄다고, 상덕을 주체스럽게 여기려는 치사한 심사가 된다면 말이 아니라고 고소(苦笑)하는 것이었다.

하지만 이상한 일이었다. 윤주가 심리적으로 상덕에게서 멀어져가고 있다고 의식되는 것인데, 그네가 살금살금 뒷걸음질로 형남 자기에게로 가까이 다가오는 느낌인 것이었다. 그러고는 이즈음에 와서 "미스 최!" 하고 제법 혀에 익은 말로 그네를 부르는 자신이 새삼 쑥스러워지는 것이다. 돌이켜보면 윤주를 부르려다 언뜻 말문이 막혀버리고 마는 일이 간혹 없지는 않았다. 그렇지만 전처럼 그네를 미스 최로 부르기가 거북해서가 아닌 것이었다. 아침나절에 양칫물이나 세숫물을 받으러 부엌 안을 들여다볼 때의 일인데, 흉하지 않을 정도로, 아니 어찌 보면 성적인 자극을 주는 엷은 핏줄이 윤기가 지르르 흐르는 그네의 눈망울에 엉클어져 선 것을 보게 되자 간밤에 상덕의 품에 안겼을 그네를 머리에 아니 그릴 수가 없는 것이며, 그 순간엔 윤주의 이름이 나오다가도 막히는 것이었다.

형남이 다시 사창굴에 드나들게 된 일을 윤주의 눈망울이 그랬다고 그네에게 뒤집어씌우기는 어처구니없는 일이기도 하다. 군대에서도 한 달에 한 차례쯤 휴가를 얻으면, 전선에서 백여 리 후방인 도읍지로 상덕과 함께 '배설'하러 달리던 그였기에 새삼 마음에 걸리는 일은 아니었지만, 어쩐지 윤주 때문에 욕정이 도발당한 것이라는 생각이 떠나지 않는 것이었다. 상덕은 사창굴에 가지 않는다. 갈 필요가 없는 것이다. 그는 상덕이 부러웠다. 상덕의 말 그대로 값싼 소주 몇 잔에 소용(小勇)을 얻어 콧노래를 흥얼거리며 창녀를 물색하고 나서,

지극히 기계적인 동작을 끝마치고, 비위가 느글느글한 자기혐오를 자꾸만 되씹으며 집으로 돌아오곤 하는, 틀에 짜인 일련의 절차에 싫증이 날 대로 난 것이었다. 그런 밤이면 자학의 충동을 어쩔 수 없어 안절부절못하다가, 마침내는 선반 위에 꽂힌 원색판 화집을 꺼내어 뒤지는 것이었다. 브라크나 루오를 보는 것이 못 견딜 괴로움이었다. 보기 싫어하는 두 눈 앞에 떨리는 손이 용서 없이 현란한 원색 화면을 펴놓는 것이었다. 미술대학에 다닐 때의 야망과 제작의 의욕과 스스로가 도취되던 휘황한 이미지는 죄다 어디로 사라져버리고, 이젠 귓전을 스치는 박격포탄 소리와 전우의 단장(斷腸)의 비명, 그리고 여인의 나체와 욕지기 나는 간판화의 원색…… 모두가 뒤섞여 머릿속을 맴돌며 어지럽게 하는 것일까. 클레의 화집을 폈다. '태양과 달.' 태양의 걷히어가는 붉은 꼬리를 달의 희고 가냘픈 손목이 꼭 붙들고 있었다. 아니 태양이 제 몸은 가라앉으면서도 손바닥을 모아 달을 고이 떠받치고 있는 듯도 하다.

"자니?" 굵은 사내 목소리였다. 형남은 소스라쳐 화집을 덮어 방구석에 밀어놓았다. 방문이 열리고 상덕의 네모진 얼굴이 방 안의 전등불에 반사했다. 부신 눈을 껌벅거리며 웃고 있었다. 그의 딱 벌어진 어깨 너머로 그믐달이 파랗게 투명한 유리 수조 안의 물고기가 되어 헤엄치고 있었다. 상덕은 화집에 짧은 눈총을 주고, "……너 그럴 것 없다. 그러지 말구 최형과 자란 말이야! 일주일에 한 번만 더두 말구 그러란 말이야! 그쯤이 그중 건강에 좋지, 나야 이젠 싫증이 났지만 너와 보조를 안 맞출 수도 없으니 난 토요일로 정하지, 너 일요일로 정하려무나…… 그런 데 마구 다니다간 큰 변 난다" 했다. 이를테면 윤주 공유설이다. 형남은 당황했다. "너, 너, 그게 무슨 소리냐?" "임마! 춘천서 교대루 놀던 일을 잊었니? 놀랠 일이 어디 있어." "그런 여자와 미스 최가 같단 말이냐?" 형남은 공연히 목이 메었다. "다를 게 뭐 있어! 생각해봐. 최형이 내 뭐란 말이야, 내가 뭐 그 애하구 평생 살겠다든가? 너를 기껏 생각해서 하는 제안이다." 하긴 상덕의 말에도 일리가 있다고 풀이되었다. 그러나 아직도 이치에 닿는 소리는 못 된다는 얼굴로, "그렇지만 미스 최가 들어줄 리가 있니?" 했다. '그게 될 말이냐?' 하려던 것이 그처럼 비루한 질문이 되었다. "그런 여잔데 별수 있니? 건 네가 너무 순진해서 걔를 비싸게 보는 거야…… 글쎄 내 말대루 해봐! 지금 네 요구를 거절할 까닭이 없다. 여자란 사는 본능밖엔 없는 거다." 상덕은 추근추근 설득하는 것이었다. 상덕의 말마따나 윤주를 비싸게 보려는 자신이 의젓잖은 감상에 젖은 놈이라고도 함직했다. 상덕에게 가부를 대답하기도 전에 갑자기 눈앞에 클로즈업되는 그네의 얼굴이 숨가쁘게 함은 웬일인가? 그네는 과연 나를 받아들일 것인가? 단연 거부하리라. 분에 못 이겨 내 뺨이라도 갈길 것이다. 그럼 그 순간! 내 가슴이 후련해질 것이다. 상덕의 꼴 좀 보라. 내게 침이 마르도록 권하던 상덕의 울상을 보라…… 어쩌면 나를 반길지도 모르지, 나를 싫어하지 않을지도 모르지…….

망상에 지쳐버린 그의 머리는 불이 안 드는 아궁이처럼 짙고 독한 연기가 자욱이 끼었다. 대신 육신엔 어느 일정한 대상에 향하는 것이 아닌 막연한 욕망이 이글거리기 시작했다.

돌아온 일요일 밤이었다. 상덕이 농락할 대로 다 한 여인이라 생각하면 아니꼽기는 했으나, 그건 이른바 타산이었지 윤주에의 아니꼬운 느낌은 아닌 것이었다. 자정이 넘도록 상덕은 오지 않았다. 근래 흔히 기원에서 밤을 새우기에 그러려니 하는 것이나 형남에겐 예의 배려로만 여겨지는 것이었다. 그는 실상 안방에 가기로 결심한 것은 아니었다. 결심할 필요도 없이 드디어는 그네에게 가고야 견딜 자신을 기왕에 잘 알고 있었을 따름이다. 그는 안방 문을 살며시 열었다. 어둠 속에서 윤주의 숨소리가 흡사 오랫동안 한방에서 지내온 여인의 내음새를 뿜으며 그의 피부에 스며들었다. 전등을 켰다. 그네의 얼굴은 잠깐 어렴풋한 웃음을 짓더니 눈시울을 열었다. 호주머니에 두 손을 꽂고 뻣뻣이 서 있는 형남의 충혈된 눈에 부딪히자, "윽! 나가세요!" 하고 온몸을 뒤흔들며 말했다. "나가라면 강제로 나오겠죠? 안 돼 안 돼! 당신이 폭력으로 나설 사람이 아니라는 걸 난 잘 알아요." 윤주의 낯에 핏기가 가셨다. 형남은 싸늘해지는 제 체온을 알았다. "미스 최! 난 미스 최가 그리 말할 줄 알고 있었어!" 그는 잔등에 오한을 느꼈다. 기뻤다. 그건 아찔한 도취 같은 것이었다. '난 최가 좋아!' 이렇게 목청이 터지려는 것을 꾹 참았다. "그럼 왜?" 윤주가 물었다. "……."

"하여튼 난 그이에게 말하겠어요. 이젠 당신과 그이 우정을 난 믿지 못하겠어요. 나중엔 어찌 되든 난 그이한테 고백할 권리가 있어요…… 돌아가세요!" 그네는 늙고 쉰 목소리를 질렀다. 그는 시선을 윤주에 매어둔 채 뒤로 물러섰다. 전등을 끄고 조용히 빠져나왔다. "상덕에게 이겼다!" 이렇게 자꾸만 중얼거리면서 뜰아랫방으로 물러가는 것이었다. 윤주가 귀여워졌다. 윤주의 존재가 더욱 움직일 수 없는 어떤 질량감으로 가슴 한복판에 자리 잡게 된 것이 조금도 어색하게 느껴지지 않았다.

이튿날 상덕이, 대체 일이 그 후 어찌 됐느냐는 기색을 통째 드러내 뵈며 바삐 돌아왔다. 윤주는 대뜸 상덕을 안방으로 청하였다. 간밤의 사건을 고해바칠 것이 빤하다. 한데 "형남아! 이리 좀 와!" 하고 상덕의 우악스런 목소리가 울려왔다. 형남이 안방에 들어가니, 뜻밖에 그를 맞이하는 윤주의 눈초리엔 애원의 빛이 서렸다. 상덕은 거친 숨결로 "……그러니 맘대루 해! 형남은 나나 똑같단 말이야. 형남이를 모욕했다면 그건 바로 날 그렇게 한 거야. 최형이 그걸 충분히 이해한다면 그따위 케케묵은 관념으루 집안을 칼칼찮게 만들 게 뭐냐 말이야? 엉?" 상덕은 고개를 숙이고 표정을 숨기려는 윤주에게 퍼붓고 있었다. 부릅뜬 그의 눈은 잔인한 기쁨에 타오르고 있었다. 잔뜩 이맛살을 찌푸리면서도 벌름벌름하는 코끝이, 그네가 형남을 물리치고 그에게 곧 호소한 사실에의 만족과 어떤 우월감을 감추지는 못하였다. '상덕아! 너 미리 이렇게 될 줄 알고 그랬구나!' 그러나 이 말을 한번 토해놓는 날엔 모든 일이 마지막이 될 것이었다.

"치워라! 내 잘못이었다." 형남은 간신히 말했다. 상덕의 그 허심한 웃음과 험상궂은 말솜씨로 위장된 마음에는 누구보다도 소심하며 항시 자질구레한 근심이 눌어붙어 있는 것이리라, 이렇게 생각하며, 어쩐지 상덕이 가엾어지는 것이었다. 윤주는 종시 입을 다물었다. 상덕에게서, 그네가 만일 형남의 요구를 끝까지 거절할 의사라면 이 집을 나가라는 협박을 받고 있는 것이다. "상덕아! 제발 치워라. 미스 최에게 그렇게 할 성질이 아냐. 아무 일두 없었던 것으로 씻어버려! 그저 내 실수지……." 형남은 아마도 윤주가 상덕에게 정이 떨어졌을 것이라 미루어졌다. 그 자신과 윤주가 함께 상덕과 맞서고 있으며, 서로가 공동의 피해자로 생각되는 것이었다. 그 뒤, 형남은 윤주의 변화를 참을성 많은 사냥꾼처럼 끈기 있게 기다리는 것이었다. 그러나 그전 그대로의 윤주였다. 어쩌면 상덕한테서 받은 굴욕과 그녀가 형남에게 준 그것과를 서로 상쇄해서 감정의 밸런스를 얻은 것인지도 몰랐다. 이왕 집을 나서지 못할 바에야 꺼림칙한 낯을 보이는 게 오히려 자신의 상처를 긁는 일이라는 생각이리라. 형남은 그런 윤주가 측은하며 더욱 끌리는 것이었다. 그것은 아무 여자나 쉽사리 흉내 낼 수 있는 재주가 아닌 것이었다. 빈틈없는 계산이라 하기보다는 천성이 영리한 탓인 것이었다.

  상덕은 게으름이 한층 더해진 성싶다. 햇살이 대청마루 구석에까지 퍼지고, 그리다 만 캔버스에 미칠 즈음에야 거무스레하게 부은 얼굴로, 엉클어진 머리를 득득 긁으며 건넌방에서 나오는 것이다. 윤주는 구멍탄 위에 올려둔 세숫대야에 찬물을 타서 마루에 놓아준다. 그네의 서비스는 하루이틀 된 일이 아니었기 수상할 것도 없었지만, 형남은 그날따라 무관심할 수가 없었다. 그네의 뒤거지가 당연하다는 양, 한층 요란스럽게 부르르! 소리를 내어 마구 물방울을 사방에 튀겨가며, 여드름 자국투성이의 뒷목을 손등으로 비벼대는 꼴이 사뭇 비위에 거슬렸다. 최형은 내 물건이란 말이야. 이제 똑똑히 알았지? 하며 고소롬하게 웃는 것만 같은 것이다. 그는 상덕이 사내답지 않게 치사하다고 느껴지는 것이었다. 일주일이면 으레껏 한두 차례 용돈을 달라고 "임마! 이백 환 채워서 천 환 내!" 하고 형남의 호주머니를 뒤지던 일은 영 잊어버린 모양이었다. 바둑을 두러 나가는 데도 담배 한 갑만 집어넣고는 성큼 나서는데, "그쯤 다니니까 입장료구 뭐구 공짜거든. 따지구 보면 내 거기 쏟아놓은 돈만두 집 한 채 족히 되겠다." 목청을 돋우는 것이었으나 형남에겐 서투른 허세로만 보이는 것이었다. 이때껏 몰랐던 상덕에의 쓰디쓴 혐오와 한편 안쓰러운 동정이 한데 섞갈린 뭉클한 심정인 것이었다. 그달 급료를 받자, 형남은 만 환 뭉치 하나만을 그림의 재료값으로 남기고 나머지를 통틀어 한 달의 경비라 하여 상덕 앞에 내놓았다. 그건 그 안에서 상덕의 용돈도 적당히 마련해보라는 의도가 품어져 있었다. "날 주면 어떡해?" 상덕은 돈뭉치를 마땅찮게 노려보는 것이었다. 이때껏 쌀이 떨어졌다, 나무가 모자란다, 하고 윤주가 그시그시[3] 상덕에게 알리면 그는 어쩔 수 없이 형남에게 전하곤 하는데, 형남은 마침 수중에 돈이 있으니 제가 낸다는 양으로 해서 상덕에게 주었던 것이다. "최형한테 주면 되잖아!" "상덕아! 갑자기 왜 그러니? 무슨 오해라도 있는 것 같구나." "오해? 오해가 어딨어? 생각해봐, 네가 번 돈이 빤한테 구태여 내 손을 거칠 게 없잖아? 도리어 이상하지 않냐 말이야." "지금까지 그럼 네가 받은 일은 뭐야?" "인마! 내 언제 최형을 내 와이프로 여겼더냐? 그랬음 내가 너한테 그랬겠냐 말이야. 거야 지금까지 습성으로 그리됐지만 이젠 뭘 그리 복잡하게 할 까닭이 없지 않니?" 상덕의 이 말에 형남은 울화가 치밀었다. 항변의 말이 마구 쏟아져 나올 것 같았으나 막상 무슨 대꾸가 그중 적합한지 망설여지며 필경은 "그래…… 그럼? 좋다!" 하고 잘라버렸다. 상덕이 밉기도 했지만 그보다 오히려 까닭 모를 슬픔이 몰려드는 것이었다. 문득 대체 뭣이 아쉬워서 밤이면 허리가 뻐근하도록 간판장이 노동을 견디어가며 상덕과 윤주를 부양하는가, 아니 그것은 고사하고 지난 일을 생각해서 달갑게 치른다 하자, 하나 이처럼 착잡한 갈등에 언제나 구질하게 살아야 할 의무란 도시 없지 않느냐고 생각되는 것이다. 윤주에의 애정이 자기를 얽매어두고 있는가? 그는 해답을 바랄 수 없는 반문을 되풀이하는 것이었다. 그는 상덕이 말한 대로 돈뭉치를 윤주 앞에 내놓았다. "이걸루 이 달은 어떻게 꾸려봐요…… 그리고 상덕의 용돈도 이 안에서 뽑아봐요" 하고 그네의 동정을 유심히 살폈다. 그네는 시무룩해서 돈을 싼 헌 신문지에서 눈을 떼지 않았다. 삼면 기사인 듯 자극적인 표제가 보였다. "상덕에게 주려고 했는데, 마침 생각난 김에 이렇게 하니 달리 마음을 쓰진 말구……." 그는 실상 거짓말을 하는 것은 아니었는데, 꼭 마음에 없는 소리를 너저분하게 지껄이는 그런 꺼림칙한 느낌인 것이다. "……공연한 자선이 아니었다는 걸, 그리구 지금도 아니라는 걸 내게 똑똑히 알으켜주시는 거죠?" 그녀는 또박또박 떼어

---

3 그시그시 '그때그때'의 북한말.

가며 말했다. "미스 최! 그런 당치도 않은!" "그만두세요. 이 돈이 말하자면 날 사겠다는 표시죠? 적어도 이 돈의 삼 분의 일의 금액으로, 아니에요?" 그네는 비로소 눈을 치뜨고 날카로운 시선을 보내왔다. "그렇게 자기 자신을 업신여기면 못써! 미스 최, 나를 오해하고 또 자신을 욕되게 하구." "당신에겐 부당하게 비싼 흥정인지도 모르고 어쩜, 너무 싼지도 모르죠. (그때 미스 최! 하고 형남이 질렀으나)…… 난 지금의 나를 나 이상으로 착각하진 않아요…… 당신의 흥정에 응하겠어요. 돈은 내가 받아두지요. 나로서는 비싸고 싸고 따질 여유가 있나요? 건 당신이 잘 아시겠지만." 그네는 입술을 비틀며 억지 웃음을 짜냈다. "최! 난 최를 사랑하고 있다!" "……." "벌써부터 말하려 했다!" "아무도 날 사랑하진 않았어요. 그리구 지금도." "난 나는!" "그만둬요, 사랑은 영화 속에나 있는 거예요. 상덕씨가 나를 사랑하고 있었다고 오해했던 내 꼴을 보셨겠죠?" "최같이 젊은 여자가 왜 늙은이 소릴 해!" "당신이 나를 사랑한다구요? 호호호! 그런다는 데야 낸들 어떻게 못하지요. 하여튼 난 당신의 요구를 받을 테니까요." "최는 그럼 상덕을 아직도 사랑하는가?" "흐…… 질투는 마시기를…… 난 두 분 다 사…… 랑…… 하…… 지…… 않죠!" 발작을 일으키듯 웃었다. 형남의 얼굴이 검붉어졌다. "으음! 그……래." 짤막한 신음 소리만 토했다. 애정의 폭발적인 고백을 무참히 짓밟고 무안해하기는커녕 그를 비웃는 그네에게 치솟는 분노를 겨우 참아냈다. "흥! 그래? 흥정이 다 됐다구? 좋아! 이젠 아주 간단하게 됐군, 현금 거래란 말이지. 그럼 나두 주판을 놔야겠는걸." 그는 인중머리를 꿈틀거리며 표독스럽게 빈정대는 것이었다.

형남은 상덕의 외박을 기다렸다. 아니 빈틈없이 겨누며 노리고 있었다. 윤주에의 욕망이라기보다, 그네를 짓밟지 않고서는 자기가 사내자식이랄 수 없이 지지리도 못난 놈이 된다는, 말하자면 열등의식에의 극악스러운 반발이라고 할까, 무슨 일이 있든지 해치워야 된다. 그럴 수밖엔 없는 아슬아슬한 절정에 놓여 있는 듯한 강박의식에 억눌리는 것이었다. 그러나 한편 마음 한구석엔 현금의 흥정에 응하겠다던 그네의 말을 그냥 고스란히 받아들이고 싶어 하지 않는, 그러니까 윤주의 심리를 캐고든다면 그때까지 상덕에게 다소라도 애정을 느끼고 있던 그네가 이번엔 상덕에게 앙갚음으로 해서 형남을 이용하려는 것이 아닌가 하는 의구가 좀처럼 사라지지 않는 것이었다. 두 사내에게, 더구나 친구끼리인 두 사내에게 그네는 몸을 맡김으로써 상덕에게 소위 애정의 복수를, 형남에겐 돈의 보복을 일거양득으로 일삼을 수 있는 것이라면, 미묘한 삼파전에서 본전마저 떼이고 나가자빠지게 될 사람은 바로 형남이 자신임을 쉽사리 풀이할 수 있는 것이다. 그렇다면 신사적인 태도라는 미명 아래 아예 윤주에의 무관심으로 끝내 견디어볼까? 이까지 생각이 미치자 불현듯 윤주의 얇고 긴 입술이 떠오르며 그 입에서 어쩜 내 몸이 너무 비싼지도 모르죠! 하는 독기를 뿜는 듯한 말이 귀에 쏘시는 것이다. 그러면 어느새 또다시 아슬아슬한 절정에 놓인 자신을 의식하며, 윤주를 정복함이 마치 절박한 의무 같은 것으로 여겨지기까지 하는 것이었다. 그래야만 자신에 가장 충실한 행동일 수 있다고 수긍케 되는 것이다. 하나 형남은 내심 쓰디쓰게 웃었다. 웃지 않을 수가 없었다. 온갖 그럴싸한 천착이, 또한 요리조리 재주를 부리며 뚫어진 구멍을 꿰매어가는 바느질의 논리가 윤주와 자고 싶다는 아주 단순한 욕심에다 대면 얼마나 공허하고 무력한 것인가를 어쩔 수 없이 받아들이는 자신에게 웃는 것이었다. 기회는 뜻밖에 일찍 돌아왔다. 그러나 완전한 하나의 창녀로 다루어주자던 결심은 윤주의 몸을 껴안자, "난 최를 돈으로 사는 게 아냐!" "난 최가 좋다!" 이렇게 중얼대지 않을 수 없었다. 그네는 물이 흠뻑 밴 육중한 나무토막에 지나지 않았다. 그는 그네가 생리적인 흥분에 허덕일 것을 집요하게 바랐다. 그러나 그는 인형에의 자독 행위와 다름없는 꺼림칙한 뒷맛을 어쩔 수가 없었다. 모욕이었다. 아무런 갚을 길이 없는 모욕이었다.

며칠 후, 상기 싸늘한 냉기가 목덜미를 감도는 이른 봄의 오후였다. 상덕은 기원에 가고 없었다. 형남은 제 방에서 영화의 프로를 읽다가 시장기를 느꼈다. 안방에서 낮잠을 자고 있을 윤주를 깨울 생각이 없지 않았으나 이제껏 그렇게까지 시켜본 일이 없었기, 한동안 머뭇거렸다. 두드려 깨워서 부려먹어라! 네겐 그 권리가 있지 않느냐! 하고 마음속에서 고개를 세우는 '소악마'를 타이르고 있었다. 툇마루에 나와 기지개를 켜보았다. 남향인 안방 영창엔 밝은 햇빛이 보송보송 핀 햇솜처럼 보드랍게 머무르고 있었다. 그는 그날 밤의 윤주의 지체(肢體)를 그렸다. 어쩐지 그녀의 시큼한 체취마저 풍겨오는 듯하였다. 자줏빛 바탕에 노란 국화가 피어 있는 이불은 그녀의 젖가슴을 겨우 가리고나 있을는지? 그의 공상은 그녀의 몸을 구석구석 더듬기 시작했다. 이윽고, 가운뎃발가락이 그중 긴 그녀의 발에서 맹랑한 애무가 멈추자 채 얼굴도 버젓이 못 들던 예의 소악마가 턱을 불쑥 내밀며 쾌활하게 웃어대는 것이다. 그는 사뭇 득세한 듯한 취기로부터 "내 최를 어려워할 게 뭐냐 말이다. 밥상을 차리게 해야지." 시장기에 따르는 가벼운 조바심과 함께 뇌어지는 것이었다. "여봐! 미스 최! 점심 차려요." 그는 안방 문을 요란하게 열었다. 애들이 만세라도 부르는 모양으로 머리 위에 양팔을 뻗치고 검은 겨드랑이를 내놓고 있던 윤주는 왜 그러느냐고 눈으론 물으면서 입 언저리엔 냉소를 담는 것이었다. "대담하신데요. 웬일이세요? 미스터 김답잖은 명령인데요." 형남은 그녀에게 패해서는 아니 될 시간임을 깨달았다. "여지껏 내가 최한테 명령조로 나오지 못한 건, 행동의 타성이란 거야. 오늘부터 난 좀더 떳떳하고 어엿해야겠어!" 그는 배에 힘을 주며 말했다. 그러나 그녀는 손바닥을 모아 뒷머리를 떠받치고 픽 웃었다. "떳떳하게요? 내 몸이 당신 맘대루 된다고 해서, 낡아빠진 자기 아내를 다루듯 하시는 건 어리석은 일예요. 왜 이쯤 못 나와요, 내 돈에 의지하는 여자니까 의당 맘대루 시켜먹겠다구. 그게 차라리 솔직하잖아요?"

형남은 윤주의 태도에서 흡사 어떤 의젓한 긍지나 당당한 자세에서 간혹 받을 수 있는 그런 벅찬 감동에 휩쓸려드는 것이었다. 그녀의 귓바퀴에 보야니 돋은 솜털이 그로 하여금 그녀를 정녕 미워할 수 없게 하는 것일까…… 형남은, "아니 머 내가 최를 아내로 아는 줄 알어? 아내라면 낡았건 말았건 정이야 있겠지만, 난 그런 게 아냐, 오해하면 난처한데. 최 말대루 난 돈으로 샀기 때문에 점심쯤 시키는 거야" 하고 손으로 턱 아래를 문질렀다. "……그래요? 그럼 됐군요, 일이 제대로 됐군요." 윤주는 말을 끊었다가, "하지만 나 보기엔 그런 거 같지 않거든요. 그 한계를 분명히 해주세요. 거야 난 여자니까 집안 살림을 맡는 것은 하는 수 없지만 너무 그렇게 위압적으로 나오시진 마세요. 내가 먹는 대가로는 밤의 몇 시간이면 충분할 텐데요. 그래두 싼가요?"하고 빤히 쳐다보았다. 형남은 대꾸를 못 했다. 얼굴이 확 달아올랐다. 그걸 감추려고 애쓸수록 자꾸만 이지러져가는 자기의 표정을 보이며 윤주 앞에 배겨 있을 수가 없는 것이었다.

이번에는 윤주가 상덕에게, 형남이 안방에 침입했노라 얘기하진 않았었다. 대신 형남이 자신이 말했다. "머? 그래, 그거 잘됐군! 그럼 그래야지 사내대장부가!" 상덕은 형남이 기대했던 바와 같은 불쾌한 얼굴은 도무지 아니었다. 도리어 진심으로 일의 성공을 기뻐하는 눈치인 것이었다. 그때 윤주가 고해바친 자리에서 그네를 나무라면서도 딴판 숨길 수 없던 잔인한 만족감에 이글거리던 얼굴이 꼭 형남의 착각으로 의심되리만큼 활달한 태도인 것이었다. 뿐더러 그것이 그 자리만의 연극이라고는 할 수 없는 것이 상덕은 그 후로 눈에 선하도록 원래의 괄괄한 호기를 거침없이 뿌리는 것이며, 너와 나는 한 여자를 의좋게 나누고 있는 말할 수 없이 다정한 친구지 뭐냐는 듯 만사에 도도해진 것이었다. 형남의 머리는 혼란하였다. 도시 어찌 되어가는 판국인지 분간할 수가 없었다. 거야 따지고 보면 그에겐 아무 소득이 없는 생활임에 틀림은 없었다. 그런데도 거기서 벗어날 결단을 내리지 못하고 영 지쳐버린 소달구지처럼 덜그럭덜그럭 굴러가는 것은, 그저 윤주에 대한 미련이나 애착 때문이라고만은 할 수 없었다. 스스로의 가슴팍을 파헤쳐보면 물론 윤주에의 애착도 없지 않지만 또한 항시 혐오감을 갖게 하는 상덕에게서도 섣불리 도려내버릴 수 없는 어떤 집착을 느끼는 것은 웬일인가. 한마디로 그 기괴한 살림의 얄궂은 매력에 끌려가는 것이라 할까. 음산한 흡족이란 말이 있을 수 있다면 바로 그 같은 상태로 그날그날을 보내는 것이었다. 어쩌면 그런 음산한 흡족이란 형남의 심정은, 윤주가 갈수록 말이 적어지며 상상할 수도 없었던 메마른 표정에 짐짓 무엇엔가에 항상 원한을 품은 듯한 서슬이 번득이게 된 것으로서 형남이 그네를 가엾이 여기는 마음과 또 그에 못지않게 징그러운 쾌감이 서로 얽힌 착잡한 심정 바로 그것에 다름 아니었을지도 몰랐다. 윤주의 변화는 무엇인가. 상덕의 다변과 윤주의 과묵이 서로 반비례하는 관계에 있다면, 마땅히 질투와 분개를 나타내야 했을 상덕에게 노여워하는 것일까. 형남은 부인 아니 할 수가 없었다. 그러지 않는다면 윤주가 아직도 상덕을 사랑하고 있다는 반증을 시인하는 것밖에 아무것도 안 되는 것이다. 그건 싫었다. 그럼 그네는 바야흐로 스스로에 절망을 느끼는 것일까. 입으로는 냉철한 에고이스트이며 감상이란 어느 구석에서도 찾을 수 없는 현실주의자인 체하지만 실상은 그네도 별수 없이 평범한 하나의 젊은 여자에 지나지 않는 것이 아닐까. 형남은 윤주에게 측은한 생각이 들었다. 문득 윤주를 우선 이 사람답지 않은 생활에서 벗어나게 할 것을 생각하였다. 차근차근하게 그 방도를 궁리하기 전에 왜 이제껏 그런 아이디어를 얻지 못했는가고, 무척 즐거운 마음으로 스스로를 뉘우치는 것이었다. 그네에게 직장을 얻어주면 되는 일이 아닌가…… 그러나 형남의 뇌리엔 이 집이 아닌 어디 조그마한 셋방에서 그와 윤주와 밥상을 끼고 웃어대는 광경이 선명하게 떠오르는 것이다. 결국 소원은 그것인 것이다. 그런 꿈의 실현이 전혀 가망이 없는 일임을 깨닫자, 역시 지금의 이 상태 그대로 지탱해갈 다른 아무런 도리가 없음을 체념하는 것이었다. 지난해도 그랬지만 올해도 봄은 짧았다. 어느새 서울은 여름에 접어들어 거리엔 가지각색의 파라솔이 빌딩 그늘 밑에 날로 늘어갔다. 산에는 시원한 나무 그늘에 토실토실하게 살찐 버섯들이 한창일 것이다. 하루는 윤주가 사내들의 밤의 예방을 삼가달라고 했다. "그렇게 꼬박꼬박 어김없는 순서로 저를 찾아주시는 일이, 말하자면 내 밥줄이 아직두 끊어지지 않았다는 증거 아니에요? ……그러니까 꾀병은 아니거든요." 윤주는 좀 겸연쩍어하는 사내들을 번갈아 보고는 "호……" 나직이 웃었다. 형남은 그네의 임신을 생각했다. 전에도 그네가 멘스일 때는 미리 알리곤 했기에 별일이 아니었지만 왜 그런지 이번엔 꼭 임신 때문일 거라고 믿어지는 것이다. 애를 뱄느냐는 상덕의 물음에, "아뇨, 그럼 어쩌죠." "참, 그걸 전혀 예비 안 했었군그래! 아우! (형남에게) 도리 없는 일 아닌가. 만일 임신했다면 도리 없지 않은가." 상덕은 그래도 아무 대답이 없는 형남을 한참 바라보다가, "……자, 그럼 우리 지금부터 박씨…… 아차, 실수군, 좌우간에 모모씨의 가족회의를 열겠소이다. 불초 소관이 사회를 맡겠습니다. 에! (이때 형남이 관뒀! 했지만) 안건은 가족 상속권을 가지구, 그러니까 앞으로 최형께서 만일 소아를 낳게 되면 그 애를 상속인으로 할 거야 분명한 일인데…….” 상덕은 목을 옴츠리고 신파조로 말했다. 형남은 “농이 아냐! 너도 계획이 있겠지, 새삼 무슨 수작이야!” 낙태를 생각하며 말했다. 그러나 상덕은, “지금 상속인은 필요 없다는 제안이 나왔습니다.” 턱을 앞세우며 목을 길게 뽑았다. 윤주가 벌떡 일어섰다. 상덕을 노려보는 눈을 손바닥으로 가리자, 돌아서면서 흐느끼기 시작했다. “어! 어! 최형이 우네, 최형이 다 우네.” 상덕은 그래도 빈정대는 말투를 고치지 않았다. 그때처럼 형남은 상덕에게 참을 수 없는 노여움을 가진 일이 없다. “미스 최! 울지 마, 애 배기 전에 나가란 말이야, 이 집에서 나가란 말이야, 어디로라도 가야 돼, 왜 못해? 예보담 못할 곳이 어딨어? 차라리 종삼으로 가는 게 낫지 그래, 애 배기 전에 가란 말이야, 미련이 있는가? 무슨 미련이야, 뭣이 있단 말이야, 있긴 뭣이 있어!” 그는 상덕의 존재를 잊고 그네에게 발끈 성을 냈다. “알았어요, 알았어! 당신이 안 그래도 알았어! 그런 충고는 안 받아요!” 윤주의 울음은 서러워해서나 분에 못 이겨 터뜨린 것이 아니었다. 설사 그랬다 해도 우는 동안, 가슴속이 훤히 트이는 성싶은, 뭣인지 자신에게 타이르는 듯한 그런 울음으로 느껴졌다. “알았지? 알았지?” 형남의 목소리는 분명 윤주의 이마에 부딪혔다간 그에게로 되돌아오는 것이며, 또한 자신을 채찍질하는 예리한 파열음으로 착각되는 것이었다. 윤주는 부엌으로 들어갔다. 저녁을 지으려는 모양이었다. 형남과 상덕은 서로 서먹서먹한 기분에 담배만 연방 피우고 있었다. 안방에서 마루로 자리를 옮겼다. 벽의 캔버스에 쌍권총을 든 털보가 바위에 걸터앉아 있었다…… 부엌에서 저녁을 차리던 윤주가 마당에 튀어 나오더니, “그게 정말예요. 이 안에 애기가 들었어요” 했다. “허어!” 사내들은 일제히 들뜬 소리를 질렀다. “그래…… 뭣이 어디 들었다구, 어디 어디!” 한데 상덕은 그네의 아랫배 근처를 겨누어, 권투하는 시늉으로 마구 헛주먹질을 하는 것이다. “꼭 당신의 애인 것 같군요!” 윤주는 하늘을 보며 비꼬아 말했다. 주먹질을 멈추고 그네를 치켜본 상덕의 얼굴엔 어리석은 듯한 눈웃음이 상기 가시지 않았는데 이어 그네가, “당신의 애처럼 귀여워진 거예요?” 했을 땐, 그의 얼굴이 진흙빛으로 달라지며 볼의 근육이 경련을 일으켰다. "내 애가 아니라군 어떻게 아는 거야! 옹?" "당신의 애두 누구의 애두 아니에요!" "그럼?" "내 거죠!" "바보 같은 소리 작작해! 애비가 누구냐 그 말이야." "……길가에서 많이 보시죠. 내외 사이에 요만한 애가 대롱대롱 매달려 가는 광경을 보셨죠? 남자 둘이 애의 손목을 하나씩 붙잡으면 난 어딜 잡으란 말예요, 다리를 떠메고 가나요?" "내가 애도 못 날 놈인 줄 알아!" "누가 그렇대요, 참!" "그럼! 무슨 소리야?" "모르시겠어요?" 그들의 대화를 묵묵히 듣고만 있던 형남은, "소용없는 말다툼이 이제 와서 무슨 도움이 돼! 해결이나 서둘러야지" 했다.

"낳게 해!" 단호하게 상덕이 말했다. "낳다니?" "누굴 닮았는가 두고 보잔 말이야!" 하는 상덕의 말이 끊어지기가 무섭게 윤주가 나섰다. "낳아라 낳지 말라가 다 뭐예요. 내 맘대로야, 왜 참견인지 모르겠네!" "어림없지, 최형 맘대루 하는 건 낳는 것뿐이지." "무슨 뜻이죠? 공갈인가요?" 윤주는 불그레한 잇몸까지 드러내 보이며 웃었다. "상덕아! 최의 일도 생각해야지, 애를 낳아서 어쩌자는 거야?" 형남은 그녀를 곁눈으로 보며 말했다. 그녀는, "……아아주! 애를 뗄 돈은 내게 있다는 얼굴이군요. 흐……" 하며 허리를 앞으로 꺾고 웃었다. "그럼 대체 어떡허겠다는 거야?" 형남은 쓰디쓴 웃음을 지었다. "낳죠!" 그녀는 자랑스럽게 말했다. "미쳤군!" 형남이 중얼댔다. 별안간 상덕이 주먹을 불끈 틀어쥐더니 무릎을 딱 내리치며, "나를 꼭 닮았을 거야, 어허! 허……" 미친 듯이 웃어대는 것이었다. "모두가 미쳤군!" 형남이 다시 입술을 놀렸.

마당을 가로막는 앞집의 기와지붕이 저녁놀의 역광을 받아 번질번질한 남색으로 물들고 있었다. "난 나가야겠어요. 애는 아직 꿈틀거리진 않아요. 허지만 뭣이 꽉 차 있는 것 같아요. 그것까지도 당신네 장난감으로 맡겨둘 순 도저히 없어요. 상덕씨! 머 그렇게 좋아하실 건 없는데요. 당신의 원대로 하겠다는 건 아니거든요. 당신에겐 아무 권리도 없어요." 잠시 침묵이 흐른 뒤에 윤주는 담담한 어조로 말했다. 낱말 하나하나를 조심스럽게 떼어놓는 그런 말이었다. 아비가 뉜지 알지도 못하고, 아니 알려 하지도 않고 나간단 말인가? 그런 어처구니없는 일이! 하고 형남은 그녀를 힐난하고 싶은 충동이 북받쳐 올랐으나, "내 것이란 생각뿐이에요. 거야 틀림없이 두 분 중에 한 분이 애아버지겠죠. 허지만 그건 두 분이 다 애아버지가 아니라는 것과 마찬가지예요. 확실한 건 내 거란 것뿐이거든요. 당신들에겐 아무 권리가 없어요" 하는 윤주의 어감 속에는 상식이나 논리로는 도저히 움직일 수 없는 무서운 집념이 도사려 앉은 것을 느끼며 힘없이 입을 다물지 않을 수 없었다. "최형! 그럼 시방 당장 나갈 수 있다, 그 말이지?" 상덕이 허리춤에 손을 넣고 앞가슴을 폈다. "그렇잖아도 나가요!" "미스 최! 잘 생각해봐! 무턱대구 덤비지 말구." 형남은 이젠 웬일인지 눈앞에 벌어지는 사태에 흐뭇한 충족감을 스스로 즐기며 말했다. 그네는 온갖 일이 귀찮다는 표정으로 이마에 흘러내린 머리카락을 쓸어 올리며 안방으로 들어갔다. "어두워진다! 밤이 다 됐다!" 상덕이 그네의 뒷모습에 덮어씌우듯 소리쳤다. 그러나 대답이 없었다. 그런 윤주의 침묵은 형남으로 하여금, 미구에 그네와 헤어질 애처로움을 도리어 사무치게 하였다. 형남은 그때까지도 끝내 저버릴 수 없었던 한 오라기의 낙관이, 설마 그렇게까지 나설 수야 없겠지 하는 자위가 이젠 산산이 부서져버리는 것을 깨달았다. 윤주는 바보다. 천치다. 애를 밴 채 어딜 나가서 어떻게 하겠다는 거냐. 애를 낳고 싶단 말이야? 그럼 낳으라지, 이 집에서 낳으라지, 내가 아비 노릇 하지, 아니 어쩜 정말 내 앤지도 모른다. 그럴지도 모른다. 적어도 내가 상덕보다도 윤주를 사랑하고 있는 그만큼 내 애일 수가 있을지도 모르지, 정말 내 앤지도 모르지…… 마룻바닥에 한 손을 짚은 채 형남은 고개를 푹 숙이고 움직이지 않았다. 대청 천장엔 전등이 켜졌다. 윤주가 흰 블라우스에 곤색 플레어를 입고 안방에서 나왔다. 손에는 예의 보스턴백을 들고 있었다. "저녁이나 차려드리고 작별하려고 했지만 무정도 해라…… 호호호, 당장 나가라는 걸 할 수 없죠, 뭐." 윤주는 우정 노여움을 탄 표정을 지으며 웃었다. 구두끈을 매고 난 그네는 앙코르에 답례하는 발레리나의 시늉으로 치마를 살짝 들어 올리며 머리를 꾸벅하더니 돌아서버리는 것이었다. "애비 없는 앨 어쩔라구 그러지?" 상덕이 이지러진 얼굴로 말했다. "죽이든 살리든 내 맘대로 하니까요!" 두어 발짝 거닐다가 돌아서며 윤주는 쏘아붙였다. "미스 최! 이봐." 형남이 다급히 말문을 열려는데, "그만두세요, 애아버지가 분명했던들 난 하자는 대로 했을지 몰라요…… 모르시겠어요? 두 분 다 아버진 아니에요. 아시겠어요…… 굿바이! 신사 여러분들이여!" 그러고는 덥석덥석 사내 걸음으로 걷기 시작하는 것이었다. 거기까지의 동작이 너무도 멋들어진 호흡이어서 중간에 형남이 가로지를 여유를 주지 않았다. '굿바이! 신사 여러분들이여' 하는 그네의 쾌활한 익살에서 형남은 뜨거운 울음 같은 것이 목청에 치솟았다. 삐이걱! 대문을 여닫는 소리가 났다.

"제기랄 잘됐다! 잘됐어!" 이렇게 내뱉는 상덕의 말이 형남에겐 무슨 짐승의 울음소리로 들렸다. "미스 최! 최! 미스 최!" 형남은 양팔을 허우적거리며 맨발로 뛰어내리자 그대로 대문간을 향해서 달려가는 것이었다.

서기원(徐基源)

1930년 서울 출생. 서울대 경제학과 재학 중 1950년 한국 전쟁 발발로 중퇴. 1956년 『현대문학』에 「안락사론」「암사지도」가 추천되어 등단. 1960년 「오늘과 내일」로 현대문학 신인상, 1961년 「이 성숙한 밤의 포옹」으로 제5회 동인문학상(후보상), 1979년 『조선백자 마리아상』으로 제16회 한국문학상을 수상. 조선일보·서울신문 기자, 한국방송공사 사장 등을 역임. 「음모가족」(1958), 「달빛과 기아」(1959), 「박명기」(1961), 「상속자」(1963), 「공범자들」(1969) 등 다수의 단편과 연작소설집 『마록열전(馬鹿列傳)』(1972), 장편소설 『전야제』(1962), 『혁명』(1964~65), 『왕조의 제단』(1983), 『광화문』(전7권, 1994), 『징비록』(1986) 등을 출간. 2005년 7월 타계.

작품 세계

서기원은 정통적인 소설 창작 방식과 지적인 중성 문체, 그리고 예민한 시대적 감수성으로 자신이 살고 있는 현실의 의미를 해독하는 데 능숙한 솜씨를 보인다. 그의 초기 소설은 전쟁과 전후 사회를 경험한 젊은이들의 정신적 방황을 그렸다. 주로 참전했던 청년들이 전장에서 벗어나 일상적인 삶으로 복귀하는 과정에서 겪는 가치관의 혼란과 절망감을 소설화하고 있는데 단편 「암사지도」「음모가족」「이 성숙한 밤의 포옹」, 장편소설 『전야제』 등이 여기에 속한다. 이후 서기원은 부당한 정치 풍토가 횡행했던 1960년대 현실에 대한 문학적 대응으로서 두 가지 창작 방법을 시도한다. 그 하나가 사회적 현실에 대한 비판적 접근을 보이는 풍자소설이라면, 다른 하나는 과거의 역사적 현실을 재구성하는 역사소설이다. 전자를 대표하는 연작소설집 『마록열전』은 권력과 지식인의 관계를 탐구한 풍자소설로 권력에 영합하는 기회주의적인 지성을 야유하고 타락한 현실의 단면들을 전경화한다. 후자에 해당되는 『혁명』, 『김옥균』(1967~68), 『조선백자 마리아상』(1970~71) 등의 장편역사소설에서는 근대사의 격동기를 무대로 역사적 상황과 당대 현실 사이의 상관관계를 비판적 시선으로 조명하고 있다.

「암사지도(暗射地圖)」

「암사지도」는 세 젊은이 형남, 상덕, 윤주가 "폭탄에 의해 지붕 뚫린 집"에 우연히 함께 살게 되면서 형성된 미묘한 삼각관계와 비정상적인 사랑을 그리고 있는 전후소설이다. 이 작품의 주인공은 전쟁 때문에 학생 시절의 꿈과 의욕, 삶의 기반을 모두 잃어버린 전후의 젊은이들이다. 전쟁이 야기한 내적 파탄과 가치관의 혼란을 겪고 있는 그들을 지배하고 있는 것은 원초적 본능과 생활의 편리, 감각적 쾌락이다. 상덕과 윤주는 생활의 편리를 위해 동거를 하고, 상덕과 형남은 윤주의 의사와는 상관없이 그녀를 섹스 상대로 공유한다. 그 과정에서 상덕은 혐오와 동정을 동시에 불러일으키는 서투른 허세와 위악적인 행동으로 일관하고, 형남은 그 기괴한 살림의 얄궂은 매력에 이끌리고 있으며, 윤주는 상덕에겐 애정의 복수를, 형남에겐 돈에의 보복을 하는 심정으로 그들과 육체적 관계를 갖는다. 그러한 퇴폐적인 삶은 윤주가 아버지를 규명할 수 없는 아이를 임신함으로써 절정에 이르고, 마침내 윤주는 아이만큼은 비인간적인 상황에서 벗어나게 해야겠다는 생각으로 집을 뛰쳐나간다.

제목 '암사지도'는 윤리의식이나 인간적 질서가 사라져버린 전후의 혼돈스런 삶의 풍경을 상징한다. 또 그들이 살고 있는 '허물어진 집'은 전쟁 전의 꿈과 개인적 진실을 훼손당한 젊은이들의 폐허가 된 의식 공간을 상징한다. 소설의 마지막 부분에서 임신한 윤주가 모성 본능과 정상적인 삶에 대한 희구를 보이면서 집을 뛰쳐나가고, 형남이 그녀의 뒤를 따르는 것은 그들이 새로운 삶의 방식과 질서를 욕망하기 시작했음을 암시한다. 이 작품은 서기원의 초기 소설적 경향을 대표하는 것으로, 손창섭의 소설과 함께 전쟁 체험으로 정신적인 충격과 가치관의 혼란에 빠진 전후의 젊은이들을 그리는 전후소설의 한 경향을 낳았다.

주요 참고 문헌

홍사중은 「파격의 포오트레이얼」(『현대한국문학전집(7)』, 신구문화사, 1981)에서 전후의 가치 파괴적인 생활에서 벗어나 구원의 길을 모색하는 젊은이들의 삶에, 천상병은 「구질서(舊秩序)에의 안티테에제」(위의 책)에서 전후파적 양상의 문학적 반영이자 시대적 감수성을 잘 드러내고 있는 데 주목한다. 강헌국은 「전쟁 체험의 소설화와 그 한계」(송하춘·이남호 편, 『1950년대의 소설가들』, 나남, 1994)에서 전쟁이 초래한 윤리적 파탄상을 성공적으로 그린 반면, 그런 비극을 초래한 전쟁의 본질을 투시하지는 못하고 있다고 분석한다. 조남현의 「다양한 소재에서 정직한 인식으로」(작품집 『암사지도』 해설, 민음사, 1996)는 전후의 젊은이들의 내면과 심리 변화를 긴장감 있게 끌어가고 있는 작가의 능력에 주목하고 있으며, 문흥술의 「전후의 병리학적 지도와 새로운 전망 모색」(『현대문학』, 1997. 11)은 전쟁의 절망과 그 절망 극복을 위한 새로운 암중모색의 가능성을 타진하고 있는 작품으로 분석한다. 이정석의 「전후문학에 나타난 허무주의 연구」(『어문연구』 제114권, 한국어문교육연구회, 2002)는 퇴폐와 허무적 행태로 치닫는 하강적 구도와, 모성과 사랑에의 의지를 긍정하는 대단원의 전환을 통해 부정적 현실에의 극복의지를 보여주는 작품으로 구조적 특질을 분석하고 있다.

_구수경

하근찬
흰 종이 수염

1

 아버지가 돌아오던 날 동길(東吉)이는 학교에서 공부를 하지 못하고 교실을 쫓겨났다. 다른 다섯 명의 아이와 함께였다.
 아이들은 모두 풀이 죽어 있었다. 어떤 아이는 시퍼런 코가 입으로 흘러드는 것도 아랑곳없이 눈만 대고 깜작거렸고, 입술이 파랗게 질린 아이도 있었다. 여생도 둘은 찔끔찔끔 눈물을 짜내고 있었다. 축 처진 조그마한 어깨들이 볼수록 측은했다.
 그러나 동길이만은 그렇지가 않았다. 그는 두 주먹을 발끈 쥐고 있었다. 양쪽 볼에는 발칵 불만을 빼물고 있었고, 수박씨만 한 두 눈은 차갑게 반짝거렸다.
 '울 엄마 일하는데 어떻게 학교에 오는공. 울 아부지 인제 돈 많이 벌어갖고 돌아오면 다 줄 낀데 자꾸 지랄같이······.'
 동길이는 담임선생의 처사가 도무지 못마땅하여 속으로 또 한 번 눈을 흘겼다.

---

*「흰 종이 수염」은 『사상계』 1959년 10월호에 처음 발표되었다.

쫓겨나온 교실이 마음에 있다거나 선생님의 교탁 안으로 들어간 책보가 걱정이 된다거나 해서가 아니었다. 그런 알량한 몇 권의 헌 책 나부랭이, 혹은 사친회비를 못 내고 덤으로 앉아서 얻어 배우는 치사스러운 공부 같은 것, 차라리 시원했다. 집으로 돌아가서 돈을 가져오라는 호령 따위도 이미 면역이 된 지 오래여서 시들했다. 그러나 돈을 못 가지고 오겠거든 아버지나 어머니를 학교에 데려오라는 데는 딱 질색이었다. 전에 없던 일이었다.

"사람이면 염치가 좀 있어야지. 한두 달도 아니고. 이놈아! 너는 사, 오, 육, 칠, 넉 달 치나 밀렸잖아. 이학년 올라와서 어디 한 번이나 낸 일 있나? 지금 당장 가서 가져오든지 그렇잖음 아버질 데려와!"

냅다 고함을 지르는 바람에 간이 덜렁했으나 동길이는 또렷한 목소리로,

"아부지 집에 없심더."

했다.

"어디 가고 없노?"

"노무자 나갔심더."

"……."

징용에 나갔다는 말을 듣자 선생은 잠시 말이 없다가,

"그럼 어머니라도 데려와."

했다. 목소리가 꽤 누그러졌으나, 매정스럽기는 매양 한가지였다.

"안 데려옴 넌 여름방학 없다. 알겠나?"

"……."

동길이는 대꾸를 하지 않았다. 입을 꼭 다물고 양쪽 볼에 발칵 힘을 주었다. 그리하여 다른 다섯 아이와 함께 책보는 말하자면 차압을 당하고 교실을 쫓겨났던 것이다.

아이들은 땅바닥을 내려다보며 힘없이 운동장을 걸어 나갔다. 여생도 둘은 유난히 단발머리를 떨어뜨리고 걸었다. 목덜미가 따갑도록 햇볕이 쏟아져 내렸다. 맨 앞장을 서서 가던 동길이는 발끝에 돌멩이 하나가 부딪히자 그만 그것을 사정없이 걷어차버렸다. 마치 무슨 분풀이라도 하는 듯이…… 발가락 끝에

불이 화끈했으나 그는 어금니를 꽉 지레 물고 아무렇지도 않은 체했다.
 킥! 하고 한 아이가 웃음을 터뜨리자 다른 아이들도 따라서 낄낄 웃었다. 어쩐지 모두 속이 시원했던 것이다.
 그러나 누가 먼저 뒤를 돌아보았는지 모른다. 웃음은 일제히 뚝 그치고 말았다. 그들을 쫓아낸 얼굴이 창문 밖으로 이쪽을 내다보고 있었던 것이다. 여섯 개의 가느다란 모가지가 도로 움츠러들지 않을 수 없었다.
 교문을 나서자 아이들은 움츠렸던 목을 쑥 뽑아 들고 다시 교실 쪽을 돌아보았다. 이제 선생님의 얼굴은 보이지 않고, 장단을 맞추어 구구(九九)를 외는 소리만이 우렁우렁 창밖으로 울려 나왔다.
 사아이는 팔, 사아삼 십이, 사아사 십육…….
 동길이는 별안간 무슨 생각이 났는지 오른쪽 주먹을 왼쪽 손아귀로 가져가더니 그만 힘껏 안으로 밀어내며,
 "요놈 먹어라!"
하는 것이었다. 감자를 한 개 내질러준 것이다. 그리고 후닥닥 몸을 날렸다. 뺑소니를 치면서도 냅다,
 "사오 이십, 사륙은 이십사, 사칠은 이십팔……."
하고 고함을 질러댔다.
 다른 아이들도 와아 환호성을 올리며 덩달아 사방으로 흩어져갔다. 군용 트럭이 한 대 뿌연 먼지를 날리며 달려오고 있었다.

2

 "오오이는 십, 오오삼 십오, 오오사 이십……."
 동길이는 중얼중얼 구구를 외면서 신작로를 걸었다. 이마에 맺힌 땀이 뺨을 타고 까만 목줄기로 흘러내렸다.
 "아아 덥다."

동길이는 손등으로 아무렇게나 땀줄기를 훔쳤다.
읍 들머리에 냇물이 흐르고 있었다. 물 밑에 깔린 자갈들이 손에 잡힐 듯 귀물스럽게 떠올라 보이는 맑은 시내였다. 그 위로 인도교와 철교가 나란히 지나가고 있었다.
다리에 이르자 동길이는 아래를 내려다보았다.
"히야, 용돌(用乭)이 짜식, 벌써 멱 감고 있대이. 학교는 그만두고 짜식 참 좋겠다."
그리고 쪼르르 강둑을 굴러 내려갔다.
동기를 보자 용돌이는 물속에서 배꼽을 내밀며,
"동길아! 임마 니 핵교는 안 가고, 히히히……."
웃어댄다.
"갔다 왔다, 짜식아."
"무슨 놈의 핵교를 그렇게 빨리 갔다 오노?"
"돈 안 가져왔다고 안 쫓아내나."
"뭐 돈?"
"그래, 사친회비 안 냈다고 집에 가서 어무이를 데려오라 안 카나."
"지랄이다 지랄. 그런 놈의 핵교 뭐 할라꼬 댕기노. 나같이 때리챠버리라구마."
"그렇지만 임마. 학교 안 댕기면 높은 사람 못 된다. 아나?"
"개똥이나 캐라. 흐흐흐……."
그리고 용돌이는 개구리처럼 가볍게 물속으로 잠겨버린다. 동길이는 물기슭에 서서 때에 전 러닝셔츠와 삼베 바지를 홀랑 벗어던졌다.
이때,
"쾌애액!"
기적 소리도 요란하게 철교 위로 기차가 달려들었다. 북쪽에서 내려오는 기차였다. 동길이는 까만 고추를 달랑거리며 후닥닥 철교 쪽으로 뛰었다. 용돌이란 놈도 물에서 뿔뿔 기어 나왔다.

커더덩커더덩…… 철교가 요란하게 울리고, 그 위로 시커먼 기차가 바람을 일으키며 신나게 달려간다. 차창마다 사람들이 이쪽을 내려다보고 있다. 어떤 창구에는 철모를 쓴 국군 아저씨가 담배 연기를 푸우 내뿜고 있는 것이 보인다. 동길이는 저도 모르게 두 손을 번쩍 쳐들었다.

"만세이!"

그리고 용돌이를 돌아보았다. 용돌이란 놈은 까닭도 없이 대고 주먹으로 감자를 내지르고 있다. 고약한 놈이다.

동길이는 웬일인지 기차만 보면 좋았다.

'울 아부지도 저런 차를 타고 척 돌아올 끼라. 울 아부지 빨리 돌아왔으면 좋겠다.'

사라져가는 기차 꽁무니를 바라보며 동길이는 잠시 노무자로 나간 아버지 생각에 가슴이 뻐근했다. 그러나 얼른,

"용돌아 임마, 내기할래?"

고함을 지르면서 후닥닥 몸을 날렸다. 풍덩! 물소리와 함께 까만 몸뚱어리가 미끄러이 물속으로 자맥질해 들어갔다. 용돌이도 뒤따라 풍덩! 물 밑으로 잠긴다.

물고기들 부럽잖게 얼마를 놀았는지 모른다. 뚱 하고 정오를 알리는 사이렌 소리가 울려왔을 때에야 동길이는 물에서 나왔다. 배가 홀쭉했다. 주섬주섬 옷가지를 주워 걸치며,

"짜식아, 그만 안 갈래?"

용돌이를 돌아보았다. 용돌이란 놈은 무슨 물고기 삼신인 듯 아직도 나올 생각을 않고 풍덩거리며 벌쭉벌쭉 웃고만 있다.

"배 안 고프나?"

"배사 고프다. 그렇지만 임마, 집에 가야 밥이 있어야지. 너거 집엔 오늘 점심 있나?"

"몰라. 있을 끼다."

"정말이가?"

"짜식아, 있으면 니 줄까 봐."

그리고 동길이는 타박타박 자갈밭을 걸었다.

다리를 지날 때 후끈한 바람결에 난데없이 노랫소리가 흘러왔다. 극장에서 울려오는 스피커 소리였다. 이 무더운 대낮에 누가 극장엘 가는지 모르지만 그래도 사람을 끌어 모으려고, 아리랑 시리랑…… 하고 악을 써쌓는다.

그러나 동길이는 배가 고파서 그런 건 도무지 흥이 나질 않았다. 오늘 따라 왜 이렇게 시장기가 치미는지 알 수 없었다. 너무 오래 먹을 감은 탓일까? 타박타박 옮기는 걸음이 자꾸 무거워만 갔다.

3

집 사립문 앞에 이르자 동길이는 흠칫 그 자리에 멈추어 섰다. 마루에 벌렁 드러누워 있는 사람이 있었던 것이다.

어머니도 아니었다. 남자였다.

동길이는 조심조심 사립 안으로 걸어 들어갔다. 어머니는 부엌문 앞에서 무엇을 북북 치대고 있었다. 인기척에 후딱 뒤를 돌아본 어머니는 마루에 누워 있는 사람을 눈으로 가리켰다. 어머니의 두 눈에는 슬픈 빛이 서려 있었다.

동길이는 어찌 된 영문인지 알 수가 없었다. 그러나 마루에 누워 있는 사람이 누구라는 것은 알아챘다.

"아부지!"

동길이는 얼른 누워 있는 아버지 곁으로 가까이 갔다. 아버지는 자고 있었다. 그러나 동길이는 아버지를 향해 꾸뻑 절을 했다.

'아까 그 기차를 타고 오신 모양이지. 헤 참, 그런 줄 알았으면 얼른 집에 올 걸 갖다가야…….'

꼬박 이 년 만에 돌아온 아버지…… 동길이는 조심히 아버지의 얼굴을 들여다보았다. 꺼멓게 탄 얼굴에 움푹 꺼져들어간 두 눈자위, 그리고 코밑이랑 턱에는 수염이 지저분했다. 목덜미로 식은땀이 흐르고 있었고, 입 언저리에는 파리 떼가 바글바글 엉켜 붙어 있었다. 그러나 아버지는 그런 줄도 모르고 푸푸 코를 불면서 자고만 있다. 동길이는 파리란 놈들을 쫓았다.

어머니는 조심스러운 눈길로 동길이를 힐끗 돌아본다. 집에 와서 갈아입었는지 아버지의 입성은 깨끗했다. 징용에 나가기 전, 목공소에 다닐 때 입던 누런 작업복 하의에 삼베 샤쓰…… 그런데,

"에!"

이게 웬일일까?

동길이는 두 눈이 휘둥그레지고, 입이 딱 벌어졌다. 그러나 어머니는 동길이의 놀라는 모습을 돌아보지 않고 후유 한숨을 쉴 따름이었다. 동길이는 떨리는 손으로 한쪽 소맷부리를 들추어보았다.

없다. 분명히 없다.

동길이는 어머니를 향해 소리쳤다.

"어무이, 아부지 팔 하나 없다."

"……."

"팔 하나 없어. 팔!"

"……."

"잉?"

"……."

말없이 돌아보는 어머니의 두 눈에는 눈물이 흥건히 괴어 있었다.

동길이는 아버지가 슬그머니 무서워지는 것이었다.

어머니 곁으로 가서 부엌문에 붙어 서서도 곧장 아버지의 한쪽 소맷자락을 힐끗힐끗 건너다보았다.

어머니는 또 한 번 후유 한숨을 쉬면서 함지박을 들고 부엌으로 들어갔다. 밀가루 수제비를 뜨는 것이었다. 어머니의 손끝에서 똑똑 떨어져서 부글부글 끓어오르는 물속으로 들어가는 수제비를 바라보자 동길이는 배에서 꼬르르 소리가 났다. 꿀꺽 침을 삼켰다. 아버지의 팔뚝 생각 같은 것은 이미 없었다.

수제비를 떠서 두 그릇 상에 받쳐 들고 어머니가 부엌을 나오자 동길이는 앞질러 마루로 올라갔다. 아버지는 아직 쿨쿨 자고 있었다. 아버지의 한쪽 소맷자락이 눈에 띄자 동길이는 다시 흠칫했다.

"보이소 예! 그만 일어나이소. 점심 가져왔구마."

어머니가 흔들어 깨우는 바람에 아버지는,

"으으윽."

한 개밖에 없는 팔을 내뻗어 기지개를 켜며 부스스 일어났다. 동길이는 저도 모르게 뒤로 한 걸음 물러섰다. 그리고 얼른 아버지를 향해 절을 하기는 했으나, 겁을 집어먹은 듯이 눈이 둥그레졌다. 아버지는 동길이를 보더니,

"으으…… 핵교 잘 댕깄나? 어무이 말 잘 듣고?"

그리고 아아그! 커다랗게 하품이었다.

점심상을 가운데 놓고 아버지와 동길이가 마주 앉았다. 그 곁에 어머니는 뚝배기를 마룻바닥에 놓고 앉았다.

물씬물씬 김이 오르는 수제비죽…… 동길이는 목젖이 튀어나오는 것 같았다. 후딱 숟가락을 들었다. 그리고 그 뜨근뜨근한 놈을 폭 한 숟갈 떠올리기가 무섭게 아가리를 짝 벌렸다. 아버지도 숟가락을 들었다. 왼쪽 손이었다. 없어진 팔이 하필이면 오른쪽이었던 것이다. 어머니는 그것을 보자 이마에 슬픈 주름을 잡으며 얼른 외면을 했다. 그러나 동길이는 수제비를 퍼올리기에 바빠서 아버지의 남은 손이 왼손인지 오른손인지 그런 덴 도무지 관심이 없는 듯했다.

돼지 새끼처럼 한참을 그렇게 퍼먹고 나서야 좀 숨이 돌리는 듯 동길이는 힐끗 아버지를 거들떠보았다. 아버지의 숟가락질은 도무지 서툴기만 했다.

'아버지 팔이 하나 없어져서 참 큰일 났네. 저런! 오른쪽 팔이 없어졌구나. 우짜다가 저랬는고이?'

그리고 동길이는 남은 국물을 훌훌 마저 들이마셨다. 콧등에 맺힌 땀방울이 또르르 굴러 내린다.

"아아."

이제 좀 살겠다는 것이다.

4

이튿날 아침.
"동길아, 학교 가자아!"
사립문 밖에서 부르는 소리가 났다. 이웃에 사는 창식(昌植)이었다.
"동길아, 학교 안 갈래?"
동길이는 가만히 마루에 나와 신을 찾았다.
이때, 뒷간에서 나온 동길이 아버지가 한 손으로 을씨년스럽게 고의춤을 여미면서,
"누구냐! 이리 들어와서 같이 가거라."
했다.
창식이가 들어섰다. 창식이는 동길이 아버지를 보자 냉큼 허리를 꺾었다. 그리고 동길이 아버지의 팔뚝이 없는 소맷자락으로 눈이 가자 희한한 것이라도 발견한 듯 두 눈이 번쩍 빛났다.
동길이는 신을 신고 조심조심 마당으로 내려섰다. 아버지는 동길이를 보고,
"길아! 니 책보 우쨌노?"
"……."
동길이는 얼른 대답이 나오질 않았다. 마치 저에게 무슨 잘못이라도 있는 것처럼…….
"응? 책보 우쨌어?"
그러자 옆에서 창식이란 놈이 가벼운 조동아리를 내밀었다.
"빼앗깄심더."
"빼앗기다니 누구한테?"
"선생님한테예."
"뭐 선생님한테?"
"예."
"와?"

"사친회비 안 낸 아이들은 다 빼앗고 집에 쫓았심더. 사친회비 안 가져온 사람은 방학도 없답니더."

"……."

동길이 아버지는 입술이 파랗게 굳어져갔다.

"아부지!"

동길이가 입을 떼었다.

"아부지, 나 학교 안 댕길랍니더."

"뭐?"

"때리챠버릴랍니더."

"음."

아버지의 입에서는 무거운 신음 소리가 새어나왔다. 그리고 왈칵 성이 복받치는 듯,

"까불지 말고 빨리 갓!"

하고 고함을 질렀다. 부엌에서 설거지를 하고 있던 어머니가 눈을 휘둥그레가 지고 바라본다.

동길이와 창식이는 어깨를 나란히 하고 걸었다. 다리를 건너면서 창식이가,

"동길아, 느그 아부지 팔 하나 없어졌제?"

했다.

"……."

"노무자로 나가서 그랬제?"

"……."

"팔이 하나 없어져서 어떻게 목수질 하노? 인제 못 하제, 그제?"

"몰라! 이 짜식아."

동길이는 발끈해졌다. 눈꺼풀이 파르르 떨렸다. 곧 한 대 올려붙일 기세였다. 창식이는 겁을 집어먹고 한 걸음 떨어져 섰다. 그리고 두 눈을 대고 껌벅거렸다.

창식이는 내빼듯이 똑바로 학교로 갔으나, 동길이는 다리를 건너자 강둑을

굴러 내려갔다.

용돌이가 아직 보이지 않았으나, 그런대로 동길이는 옷을 벗었다.

대낮이 가까워졌을 무렵, 동길이는 아이들이 떠들어대는 소리를 듣고, 다리 위를 쳐다보았다.

"외팔뚝이이."

"하나, 둘, 셋!"

"외팔뚝이이."

다리 난간에 붙어 서서 이쪽을 내려다보며 소리를 모아 고함을 질러대는 아이들은 틀림없는 자기 학급 아이들이었다. 동길이는 귀뿌리를 한 대 얻어맞은 듯했다. 동길이가 쳐다보자 이번엔 한 놈씩 차례차례 고함을 질러나간다.

"똥길이 즈그 아부지 외팔뚝이이."

"외팔뚝이 새끼 모욕하네에."

"학교는 안 오고 모욕만 하네에."

맨 마지막으로,

"외팔뚝이 오늘 학교 왔더라아."

하는 소리는 어딘지 모르게 속으로 기어들어가는 소리였다. 그리고 살금 아이들 뒤로 숨어버리는 것이 아닌가. 창식이란 놈이 틀림없었다.

동길이는 온몸에 쥐가 나는 듯했다. 치가 떨렸다. 부리나케 밖으로 헤엄쳐 나온 그는 후닥닥 돌멩이를 집어 들었다. 돌멩이는 다리 난간을 향해서 핑핑 날았다. 그러나 한 개도 거기까지 가서 닿지는 않았다.

다리 위에서는 와아 환호성을 울리며 좋아라 하고 웃어댄다. 그리고 어떤 놈이 뱉었는지 침이 날아왔다.

약이 오를 대로 오른 동길이는 두 손에 돌멩이를 발끈 쥐고 그냥 막 자갈밭을 내달았다. 강둑을 뛰어올라 다리를 향해 마구 달리는 것이었다. 빨간 알몸뚱이가 마치 다람쥐 같았다.

욕지거리를 퍼부어쌓던 아이들은 큰 소리로 웃어대면서 우르르 도망들을 친다. 도저히 따를 만한 거리가 아니었다. 팔매가 가서 닿을 만한 거리도 아니었다. 그러나 동길이는 손에 쥔 돌멩이를 힘껏 내던졌다.
　분해서 견딜 수가 없었다.
　"짜식들 어디 두고 보자. 창식이 요놈 새끼, 죽여버릴 끼다. 요놈 새끼……."

5

　그날 저녁 동길이는 아버지에게 되게 꾸지람을 들었다.
　아버지는 어디에서 술을 마셨는지 얼굴이 벌겋게 익어가지고 비칠비칠 사립문을 들어서더니 대뜸,
　"길이 이놈 어디 갔노, 응?"
하고 소리를 질렀다. 손에 웬 책보 하나와 흰 종이를 포개 쥐고 있었다.
　마루에서 저녁을 먹고 있던 동길이와 어머니는 눈이 둥그레졌다.
　"아, 이놈 여깄구나. 니 오늘 어딜 갔더노? 핵교 안 가고, 어딜 싸돌아댕깄노? 응?"
　마루에 올라와 덜커덩 엉덩방아를 찧으며 눈알을 부라렸다.
　"아이구 어디서 저렇게 술을……."
　어머니는 혼잣말처럼 중얼거리며 밥상을 가지러 일어선다.
　"아, 오늘 김주사가 한턱 내더라. 우리 목공소 주인 김주사가 말이지, 징용 나가서 고생 많이 했다고 한턱 내더라니까. 고생 많이 했다고…… 팔뚝을 하나 나라에 바쳤다고…… 으흐흐흐흐……."
　그러고는 또,
　"이놈! 너 오늘 와 핵교 안 갔노? 응? 돈이 없어서 안 갔나? 응? 응? 이 못난 자식아! 뭐 핵교를 안 댕기겠다고?"
하고 마구 퍼부어댄다.
　"이놈아, 오늘 내가 핵교에 갔다. 핵교에 갔어. 너거 선생 만나서 다 얘기했다. 이봐라, 이놈아! 내 팔이 하나 안 없어졌나. 이것을 내보이면서 다 얘기하

니까 너거 선생 오히려 미안해서 죽을라 카더라. 죽을라 캐. 봐라, 이렇게 책보도 안 받아왔는강."

아버지는 책보를 동길이 앞에 불쑥 내밀었다. 동길이는 책보와 흰 종이를 한꺼번에 받아 안으며 모가지를 움츠렸다.

"이놈아, 아버지가 징용에 나갔다고 선생님한테 와 말을 못하노. 아버지가 돌아오면 다 갖다 바치겠다고 와 말을 못하노 말이다. 입은 뒀다가 뭐 할라 카는 입이고?"

"아부지 노무자 나갔다고 캤심더."

동길이는 약간 보로통해졌다.

"뭐, 이놈아? 니가 똑똑하게 말을 못했으니까 그렇지. 병신자식 같으니……."

어머니가 밥상을 들고 와서 아버지 앞에 놓으며,

"자아 그만 하고 어서 저녁이나 드이소."

했다. 아버지는 숟가락을 들었다. 그러나 밥을 떠올릴 생각은 않고 연방 떠들어댄다.

"내가 비록 이렇게 팔이 하나 없어지긴 했지만, 이놈아, 니 사친회비 하나를 못 댈 줄 아나? 지금까지 밀린 것 모두 며칠 안으로 장만해준다. 방학할 때까진 어떠한 일이 있어도 장만해준단 말이다. 오늘 너거 선생한테도 그렇게 약속했다. 문제없단 말이다. 애비의 이 맘을 알고 니가 더 열심히 핵교에 댕겨야지, 나 핵교 때리챠버릴랍니더가 다 뭐고? 이놈으 자식, 그게 말이라구 하는 기가?"

동길이는 그만 울먹울먹해졌다. 그러나 한사코 눈물을 흘리지는 않았다.

아버지는 밥을 몇 숟갈 입에 떠넣다가 별안간 또 무슨 생각이 났는지 이번에는 어머니에게,

"이봐, 나 오늘 취직했어, 취직. 손이 하나 없으니까 목수질은 못하지만 그래도 다 씌어먹을 데가 있단 말이여. 씌어먹을 데가……."

정말인지 거짓부렁인지 알 수 없는 소리를 대고 주워섬긴다.

"아니, 참말로 카능교? 부로 카능교?"

"허, 부로 킨 와 부로 캐. 내가 언제 거짓말하더나?"

"……."

"극장에 취직이 됐어. 극장에……."

"뭐 극장에요?"

"그래 와, 나는 극장에 취직하면 안 될 사람이가? 그것도 다 김주사, 우리 오야붕 덕택이란 말이여. 팔뚝을 한 개 나라에 바친 그 덕택이란 말이여. 으흐흐…… 내일 나갈 적에 종이로 쉬염을 만들어 갖고 가야 돼. 바로 이 종이가 쉬염 만들 종이 앙이가."

동길이가 책보와 함께 받아 가지고 있는 흰 종이를 숟가락으로 가리켰다.

때마침 저녁 손님을 부르는 극장의 스피커 소리가 우렁우렁 울려왔다.

"을씨구, 저 봐라, 우리 극장 선전이다. 이래 봬도 나도 내일부턴 극장 직원이란 말이여. 직원. 으흐흐……."

그러고는 벌떡 일어서서 흘러오는 스피커의 노랫소리에 맞추어 우쭐우쭐 춤을 추기 시작했다. 하나밖에 없는 팔을 대고 내저으며 제법 궁둥이까지 흔들어 댄다. 꼴불견이다. 동길이는 낄낄낄 웃었다. 그러나 어머니는 이맛살을 찌푸리며,

"아이구, 무슨 놈의 술을 저렇게도 마셨노. 쯧쯧쯧……."

혀를 찼다.

아리아리랑 시리시리랑…… 하고 돌아쌓던 아버지는 그만 방 아랫목에 가서 벌떡 드러누우며,

"아으흐으."

하고 괴로운 소리를 질렀다.

"밥 그만 잡숫능교?"

어머니가 묻자,

"안 먹을란다."

했다.

그리고 잠시 후 아버지는 홀쭉홀쭉 느끼기 시작하는 것이었다. 두 눈에서 솟

구친 눈물이 양쪽 귓전으로 추적추적 걷잡을 수 없이 흘러내렸다. 동길이는 도무지 어찌 된 영문인지 알 수가 없었다. 그러면서도 덩달아 코끝이 매워왔다.

6

부엌에서 달그락거리는 소리에 동길이는 눈을 떴다. 어느새 아버지는 일어나서 윗목에 쭈그리고 앉아 뭣을 열심히 만지작거리고 있었다.

동길이는 발딱 몸을 일으켰다. 모기에 물려 부르튼 자리를 득득 긁으면서 아버지 곁으로 다가갔다.

아버지는 가위질을 하고 있었다. 두 발로 종이를 밟고, 왼쪽 손에 든 가위로 을씨년스럽게 그것을 오리고 있는 것이었다.

"아부지, 그거 뭐 합니꺼?"

"쉬염 만든다 안 카더나. 어젯밤에 안 카더나."

"쉬염 만들어서 뭣 하는데예?"

"넌 알 끼 아니다."

"……."

"요렇게 좀 삐져나도고."

동길이는 아버지한테서 가위를 받아 쥐고 종이를 국수처럼 가닥가닥 오려나갔다. 그리고 아버지가 시키는 대로 그것을 실로 꿰매기 시작했다.

어머니가 밥상을 들고 들어왔을 때는 한 다발의 흰 종이 수염이 제법 그럴듯하게 만들어졌다. 어머니는 밥상을 놓으며,

"그걸로 대체 머 하는게? 광대놀음 하는게?"

했다.

"광대놀음? 호호호……."

아버지는 서글피 웃었다.

창식이란 놈이 부르러 올 리 없었다. 그러나 동길이는 밥숟갈을 놓기가 바쁘

게 책보를 들고 일어섰다. 아버지도 방구석에 걸린 낡은 보릿짚 모자를 벗겨서 입으로 푸푸 먼지를 부는 것이었다. 책보를 옆구리에 낀 동길이가 앞서고, 종이로 만든 수염을 손에 든 아버지가 뒤따라 집을 나섰다.

아버지와 동길이는 삼거리에서 헤어졌다. 헤어질 때, 아버지는 동길이에게,

"걱정 말고 꼭 핵교에 가거래이. 응?"

다짐을 했고 동길이는,

"예!"

또렷한 목소리로 대답을 했다.

동길이는 선생님을 대하기가 매우 거북스러웠다. 그러나 선생님은 별로 못마땅해 하는 기색이 없이,

"결석하면 안 된다. 알겠나?"

예사로 한마디 던질 뿐이었다.

학급 아이들이야 뭐라건 그건 조금도 두려울 게 없었다. 감히 동길이 앞에서 뭐라고 빈정거릴 만한 아이도 없기는 했지만…… 그만큼 동길이의 수박씨만한 두 눈은 반짝거렸고, 주먹은 야무졌던 것이다.

동길이가 등교를 하자 창식이는 고양이를 피하는 쥐새끼처럼 곧장 눈치를 살피며 아이들 뒤로 살금살금 돌아가는 것이었다. 어제 일을 생각하면 창식이란 놈을 당장 족쳐버렸으면 싶었으나, 동길이는 웬일인지 오늘은 얼른 그런 용기가 나지 않았다. 사친회비를 못 가져와서 아무래도 선생님의 눈치가 보이는 탓인지, 혹은 어제 팔 하나 없는 아버지가 학교에 왔었다는 그 때문인지, 아무튼 어깨가 벌어지지 않았다.

동길이는 얌전히 앉아서 네 시간을 마쳤다. 동길이네 분단이 청소 당번이었다. 시간이 끝나자 창식이들은 우르르 집으로 돌아갔고, 동길이네는 빗자루를 들었다.

청소가 끝나자 동길이는 책보를 옆구리에 끼고 교실을 뛰쳐나왔다. 운동장에는 뙤약볕이 훅훅 쏟아지고 있었다. 찌는 듯 무더웠다.

'시원한 아이스케이크라도 한 개 먹었으면…….'

동길이는 이런 생각을 하며 침을 꿀꺽 삼켰다. 배도 고파왔다. 이마에 맺히는 땀을 씻으며 타박타박 신작로를 걸었다. 냇물로 내려갈까 했으나, 아침에 먹다 남겨놓은 밥사발이 눈앞에 어른거려 그냥 똑바로 다리를 건넜다.

7

삼거리에 이르렀을 때였다. 동길이는 눈이 번쩍 뜨였다. 참 희한한 것을 보았기 때문이다.

저만큼 먼 거리였으나 얼른 보아 그것이 무슨 광고판이라는 것을 알 수 있었다. 가마니 한 장만이나 한 크기일까? 그런 광고판이 길 한가운데를 이쪽으로 걸어오고 있는 것이었다. 그 움직이는 광고판을 따라 우르르 아이들이 떠들어대며 몰려오고 있었다.

동길이는 저도 모르게 뛰고 있었다. 차츰 가까워지면서 보니 그것은 틀림없는 광고판이었다. 그러나 그 광고판에는 다리가 두 개 달려 있고, 머리도 하나 붙어 있었다.

사람이었다. 사람이 가슴 앞에 큼직한 광고판을 매달고 걸어오고 있는 것이었다. 등에도 똑같은 광고판을 짊어지고 있는 듯했다. 머리에는 알롱달롱하고 쭈뼛한 고깔을 쓰고 있었고, 얼굴에는 밀가룬지 뭔지 모를 뿌연 분이 덕지덕지 칠해져 있었다. 그리고 턱에는 수염이 허옇게 나부끼고 있었다. 아주 늙은 노인인 것 같기도 했고, 어찌 보면 그렇지 않은 듯도 했다.

이 희한한 사람이 간간이 또 메가폰을 입에다 갖다 대고, 뭐라고 빽빽 소리를 질러대는 것이 아닌가. 재미있는 구경거리가 아닐 수 없었다.

"아아 오늘 밤의 아아 오늘 밤의 활동사진은 쌍권총을 든 사나이. 아아 쌍권총을 든 사나이. 많이 구경하러 오이소! 많이 많이 구경하러 오이소!"

그러고는 쑥스러운 듯 얼른 메가폰을 입에서 떼어버리는 것이었다. 그럴라치면 이번에는 아이들이 제가끔 목소리를 돋우어,

"아아 오늘 밤에는 쌍권총을 든 사나이."
"아아 쌍권총을 든 사나이, 구경하러 오이소."
"아아 오늘 밤에 많이많이 구경하러 오이소."
하고 떠들어댔다.

동길이는 공연히 즐거웠고, 가슴이 울렁거렸다. 우뚝 멈추어 서서 우선 광고판의 그림부터 바라보았다.

시커먼 안경을 낀 코쟁이가 큼직한 권총을 두 자루 양쪽 손에 쥐고 있는 그림이었다. 노란 머리카락과 새파란 눈깔을 가진 여자도 하나 윗도리를 거의 벗은 것처럼 하고 권총을 든 사나이 등 뒤에 납작 붙어 있었다. 괴상한 그림이었다.

"아아 쌍권총을 든 사나이. 아아 오늘 밤의 활동사진은 쌍권총을 든 사나이. 많이 구경 오이소! 많이많이 구경 오이소!"

그리고 메가폰을 입에서 뗀 그 희한한 사람의 시선이 동길이의 시선과 마주쳤다.

순간 동길이는 가슴이 철렁 내려앉고 말았다. 뒤통수를 야물게 한 대 얻어맞은 것 같았다. 그리고 눈물이 핑 돌았다. 어처구니가 없었다.

그 희한한 사람이 바로 아버지였던 것이다.

아버지는 동길이와 눈이 마주치자 약간 멋쩍은 듯했다. 그러고는 얼른 시선을 돌려버리는 것이었다. 동길이는 코끝이 매워오며 뿌옇게 눈앞이 흐려져갔다.

아이들은 더욱 신명이 나서 떠들어댄다.

"아아 오늘 밤에는 쌍권총입니다."
"아아 쌍권총을 든 사나이 재미가 있습니다."

이런 소리에 섞여 분명히,

"동길아! 느그 아부지다. 느그 아부지 참 멋쟁이다."

하는 소리가 동길이의 귓전을 때렸다. 용돌이란 놈의 목소리에 틀림없었다.

동길이는 온몸의 피가 얼굴로 치솟는 듯했다. 주먹으로 아무렇게나 눈물을 뿌리쳤다. 뿌옇던 눈앞이 확 트이며 얼른 눈에 들어온 것은 소리를 지른 용돌이가 아닌 창식이란 놈이었다. 요놈이 나무꼬챙이를 가지고 아버지의 수염을

곧장 건드리면서,

"진짜 앙이다야. 종이로 만든 기다. 종이로."

하고 켈켈 웃어쌓는 것이 아닌가.

동길이는 가슴속에 불이 확 붙는 것 같았다. 순간 동길이의 눈은 매섭게 빛났다. 이미 물불을 가릴 계제가 아니었다.

살쾡이처럼 내달을 따름이었다.

"으악!"

비명 소리와 함께 길바닥에 나가떨어진 것은 물론 창식이었다. 개구리처럼 뻗었다. 그러나 동길이는 그 위에 덮쳐서 사정없이 마구 깔고 문댔다.

"아이크, 아야야야…… 캥!"

창식이의 얼굴은 떡이 되는 판이었다.

아이들은 덩달아서 와아와아 소리를 지르며 떠들어댔다.

동길이 아버지는 두 눈이 휘둥그레지며 손에서 메가폰을 떨어뜨렸다. 어찌된 영문인지 알 수가 없었다.

창식이는 이제 소리도 제대로 지르지 못하고 윽! 윽! 넘어가고 있었다.

"와 이카노? 와 이카노? 잉! 와 이캐?"

동길이 아버지는 후닥닥 광고판을 벗어던졌다. 그리고 하나 남은 손을 대고 내저으며 어쩔 줄 몰라했다. 턱에 붙였던 수염이, 실밥이 떨어져서 흰 종이 수염이 가슴 앞에 매달려 너풀너풀 춤을 춘다.

"이눔으 자식이 미쳤나, 와 이카노, 와 이캐 잉?"

하근찬(河瑾燦)

1931년 경북 영천 출생. 1948년 전주사범학교, 1954년 부산대 토목과 중퇴. 1957년 한국일보 신춘문예에 「수난이대」가 당선되어 등단. 한국문학상, 조연현문학상, 요산문학상, 류주현문학상 등 수상. 교사, 편집기자로 지냄. 『수난이대』(1972), 『흰 종이 수염』(1977), 『일본도』(1977), 『서울 개구리』(1979), 『산울림』(1988), 『화가 남궁씨의 수염』(1988) 등의 작품집과 『야호』(1972), 『월례소전』(1978), 『산에 들에』(1984), 『작은 용』(1989), 『검은 자화상』(1991), 『제국의 칼』(1995), 『내 마음의 풍금』(1999) 등의 장편소설 출간.

작품 세계

하근찬의 일관된 관심사는 민족의 수난 혹은 근대의 이름을 빌린 야만의 체험이다. 「족제비」 「일본도」 「기울어지는 강」뿐 아니라 장편 『야호』 『월례소전』 『산에 들에』 그리고 비교적 최근의 장편 『제국의 칼』에 이르기까지 하근찬이 추적한 수난의 역사적 연원은 일제의 강점과 6·25 전쟁이다. 여기에 하근찬은 전통 세계를 파괴하는 외래 문물, 진보의 명분을 앞세운 산업화를 보탠다. 주목할 만한 것은 근대의 야수성을 드러내는 독특한 방식이다.

하근찬의 소설에서 야만의 체험은 신체적 분리 곧 육체의 절단이나 기형으로 나타난다. 「수난 이대」 「흰 종이 수염」 「나룻배 이야기」에서 드러나듯, 육체의 불완전함은 민족의 수난을 물리적으로 표현한 것이다. 다른 한편, 야만의 경험을 드러내는 상징으로 배설 모티프가 있다. 「족제비」 「분」 등에서 배설은 타락과 부패에 대한 저항의 생리적 표현이며, 「왕릉과 주둔군」의 경우, 왕릉에 방뇨하는 서양 병사는 이질적인 존재 곧 오물 자체로 그려진다. 야만의 경험은 동질적 삶과 낯선 외부의 대립적 병치로도 드러난다. 예를 들어 「산울림」에서 윤이의 하얀 운동화와 그것을 적신 검붉은 피, 「붉은 언덕」에서 꽃 그리고 호랑나비와 단절을 이룬 해골은 자연과 인위, 동질성과 이질성의 날카로운 대결을 암시한다. 70년대 이후 산업화로 인한 변화의 가속도에 이질감을 느끼지만, 하근찬은 그것을 기피할 수도 수용할 수도 없는 처지에 놓인다. 「서울 개구리」 「임진강 오리떼」에서도 확인되거니와, 이런 엉거주춤한 태도를 낯선 상황에 대한 판단 유보라고 하겠다. 「조상의 문집」 「화가 남궁씨의 수염」 「공예가 심씨의 집」 등을 통해 근대의 인공성을 혐오하면서 옛것에의 향수를 보인 것도 이런 판단 유보와 무관하지 않다.

「흰 종이 수염」

「흰 종이 수염」은 전쟁이 강요한 한 가족의 참담한 슬픔을 제시하면서 그 슬픔을 민족 공동의 수난으로 끌어올린 작품이다. 회비를 내지 못해 교실에서 쫓겨난 동길은 아버지가 돌아오기를 고대한다. 전쟁 노무자로 끌려갔던 아버지는 오른쪽 팔을 잃은 채 귀향한다. 종이로 만든 수염을 붙이고 극장의 광고판을 짊어진 아버지가 아이들의 구경거리가 되자, 동길은 아버지의 종이 수염을 놀려대는 창식이를 때려눕힌다. 「흰 종이 수염」에서 전쟁의 괴물스러움은 아버지의 신체적 결여로 복제되고, 그것은 어린 동길에게 무서움을 환기한다. "팔뚝을 한 개 나라에 바친 그 덕택"에 취직이 되었다는 아버지의 그것처럼, 동길이의 반응은 낯선 것에 대한 비합리적 생리적 대응이다. 생리적 차원에서 아버지의 불구성은 아버지의 의지와 무관하다. 그래서 동길은 놀림감이 되어버린 아버지의 운명에 혈연적 동질감을 느낀다. 그것은 어머니의 슬픈 눈빛, 아버지의 솟구친 눈물을 향한 정서적 일체화와 다르지 않다.

동길 가족의 고통은 민족의 고통으로 확장 해석될 수 있다. 특히 '기차'라는 근대적 물질이 특정한 가치를 함축하기 때문에, 그 고통은 더욱 강화될 것임을 암시한다. 공간의 장벽을 붕괴하는 기차는 몸의 이동과 함께 사상, 가치, 신념의 변동을 초래한다. "사라져가는 기차 꽁무니"를 보며 동길이가 가져보는 기대는 이제 곧 도래할 새로운 것에 대한 설렘과 같다. 그러나 소망과 달리, 근대의 기계는 목수였던 아버지에게 치명상을 입힌다. 이는 근대의 기계적 생산이 전통적인 수공업적 생산을 대체하는 것과 같다. 아버지의 생산방식은 이제 먼 거리 속으로 사라져갈 운명인 것이다. 팔을 잃은 아버지가 "씌어먹을 데"라고는 서양 영화를 광고하는 '광대' 역할뿐이라는 것, 여기에 한국 현대사의 기구한 굴절이 예견된다.

주요 참고 문헌

하근찬의 소설 전반에 대해 작품집 『산울림』(한겨레, 1988)에 수록된 여러 글을 참고할 수 있다. 「흰 종이 수염」에 대한 주요 논의로 구중서는 「지적 허영의 극복」(『민족문학의 길』, 도서출판 새밭, 1979)에서 전쟁 수난자의 슬픈 몸부림을 보편적 비극으로 끌어올렸다고 평가한다. 관용의 낙관적 신념을 주목한 강진호는 「민중의 근원적 힘과 '유우머'」(구중서·최원식 편저, 『한국 근대문학 연구』, 태학사, 1997)에서 황폐한 현실 이면에 놓인 민중들의 의지를 포착했고, 이정분은 「하근찬 소설에 나타난 인물형 연구」(신라대 교육대학원 석사 논문, 1999)에서 현실의 비정함 속에서 부자의 혈연적 일체감이 드러난다 하고 해학의 장치와 병행된 처절한 비극성을 강조한다. 이와 달리, 하지영의 「하근찬소설연구」(서울대 교육대학원 석사 논문, 1987)와 권오근의 「하근찬소설연구」(경남대 대학원 석사 논문, 1997)는 인물의 무기력한 행동을 비판하고 동길의 아버지를 전쟁의 상흔에 패배한 대표적 인간형으로 평가한다.

_황국명

■ 찾아보기_작가

* 소설 편 1·2권을 각각 I·II로 표시함.

ㄱ

강경애 I/592, 626
김남천 I/644, 665
김동리 I/736, 796
김동인 I/68, 88
김성동 II/646, 661
김소진 II/1239, 1260
김승옥 II/173, 198
김영하 II/1308, 1336
김용성 II/131, 150
김원우 II/807, 824
김원일 II/422, 448
김유정 I/669, 678
김정한 I/906, 935
김주영 II/552, 570
김향숙 II/867, 891

ㄴ

나도향 I/165, 179

ㅁ

문순태 II/573, 605

ㅂ

박경리 I/1171, 1197
박상륭 II/226, 247
박영준 I/681, 697

박영한 II/766, 805
박완서 II/667, 686
박태원 I/454, 517
박화성 I/314, 336
복거일 II/1144, 1175

ㅅ

서기원 I/1200, 1221
서영은 II/690, 712
서정인 II/153, 170
선우휘 II/1087, 1106
성석제 II/1262, 1281
손창섭 II/1040, 1054
신경숙 II/1117, 1141
심훈 I/521, 555

ㅇ

안수길 I/871, 903
양귀자 II/894, 920
염상섭 I/91, 147
오상원 II/1057, 1069
오정희 II/529, 549
유진오 I/418, 439
윤대녕 II/1213, 1236
윤후명 II/740, 763
윤흥길 II/496, 526
은희경 II/1284, 1305

이광수 I/17, 64
이기영 I/233, 263
이동하 II/403, 420
이무영 I/389, 416
이문구 II/384, 400
이문열 II/826, 864
이범선 I/1108, 1142
이병주 II/283, 304
이상 I/557, 589
이순원 II/1093, 1114
이승우 II/1032, 1053
이인성 II/953, 968
이제하 II/78, 93
이청준 II/306, 346
이태준 I/339, 355
이호철 I/1145, 1168
이효석 I/441, 452
임철우 II/971, 993

ㅈ

장용학 I/1002, 1037
전광용 I/1072, 1084
전상국 II/250, 280
정찬 II/1056, 1091
정한숙 I/966, 999
조명희 I/214, 230
조세희 II/349, 381
조정래 II/715, 737

ㅊ

채만식 I/267, 311
최서해 I/181, 211
최수철 II/996, 1030

최윤 II/1177, 1210
최인호 II/451, 465
최인훈 II/17, 54
최일남 II/59, 76
최정희 I/629, 641

ㅎ

하근찬 I/1223, 1242
한무숙 I/938, 963
한설야 I/357, 387
한승원 II/467, 493
허준 I/836, 869
현기영 II/608, 643
현길언 II/923, 950
현덕 I/700, 734
현진건 I/150, 162
홍성원 II/95, 128
황석영 II/201, 223
황순원 I/801, 832

■ 찾아보기_작품

*소설 편 1·2권을 각각 I·II로 표시함.

ㄱ

강 II/153
개흘레꾼 II/1239
겨울의 빛 II/867
고가 I/966
구평목씨의 바퀴벌레 II/1032
금시조 II/826
까마귀 I/339
까치 소리 I/763

ㄴ

나무들 비탈에 서다 I/813
낙동강 I/214
날개 I/557
남생이 I/700
내 그물로 오는 가시고기 II/349
노란 봉투 II/59
논 이야기 I/288

ㄷ

단독강화 I/1087
닳아지는 살들 I/1145
당신들의 천국 II/306
동백꽃 I/669

ㅁ

만세전 I/91

맥 I/644
먼 그대 II/690
메밀꽃 필 무렵 I/441
모래톱 이야기 I/906
모범경작생 I/681
무녀도 I/736
무명 I/39
무정 I/17
무지개는 일곱 색이어서 아름답다 II/923
무진기행 II/173
미망 II/422
민촌 I/233

ㅂ

배드민턴 치는 여자 II/1117
벙어리 삼룡이 I/165
변명 II/283
별 I/801
봉별기 I/581
비 오는 날 I/1040
비명을 찾아서 II/1144
비상구 II/1308
빛의 걸음걸이 II/1213

ㅅ

사수 I/1072
삼포 가는 길 II/201

상록수 I/521
소리의 빛 II/326
소설가 구보씨의 일일 I/454
수색, 그 물빛 무늬를 찾아서 II/1093
순이 삼촌 II/608
슬픔의 노래 II/1056
시장과 전장 I/1171

ㅇ

아버지의 땅 II/971
암사지도 I/1200
양과자갑 I/123
어머니 II/467
엄마의 말뚝 3 II/667
오막살이 집 한 채 II/646
오발탄 I/1108
요한시집 I/1002
우상의 눈물 II/250
운수 좋은 날 I/150
웃음소리 II/17
유리창을 떠도는 벌 한 마리 II/953
유수암 I/938
유예 I/1057
이장동화 II/552

ㅈ

잔등 I/836
장난감 도시 II/403
장마 II/496
저녁의 게임 II/529
제3인간형 I/871
제1과 제1장 I/389
죽음의 한 연구 II/226

즐거운 지옥 II/95
지옥에서 보낸 한 철 II/766
지하촌 I/592
짐작과는 다른 일들 II/1284

ㅊ

창랑정기 I/418
천변풍경 I/478
철쭉제 II/573
초식 II/78
추도 II/807

ㅌ

타인의 방 II/451
탁류 I/267
태양은 병들다 I/357
태형 I/68

ㅎ

한계령 II/894
해돋이 I/181
협궤열차에 관한 한 보고서 II/740
홀림 II/1262
홍수전후 I/314
화두 II/31
화두, 기록, 화석 II/996
화무십일 II/384
홰나무 소리 II/131
회색 눈사람 II/1177
회색의 땅 II/715
흉가 I/629
흰 종이 수염 I/1223

■ 엮은이 소개

조남현
1948년 인천 출생. 서울대학교 국어국문학과 및 같은 과 대학원 졸업. 현재 서울대학교 국어국문학과 교수. 저서로는 『한국지식인소설연구』(일지사, 1984), 『한국 현대소설 연구』(민음사, 1987), 『삶과 문학적 인식』(문학과지성사, 1988), 『우리 소설의 판과 틀』(서울대학교 출판부, 1991), 『1990년대 문학의 담론』(문예출판사, 1999), 『한국 현대문학사상 탐구』(문학동네, 2001), 『소설신론』(서울대학교 출판부, 2004), 『한국 현대작가의 시야』(문학수첩, 2005) 등이 있으며, 주요 논문으로는 「경향과 신경향의 거리」(1990), 「한국 근대문학에서의 지식인과 민중」(1991), 「한국 리얼리즘론의 역사」(1994), 「1930, 40년대 소설의 생태론적 재해석」(2004) 등이 있음.

홍정선
1953년 경상북도 예천 출생. 서울대 국어국문학과 및 같은 과 대학원 졸업. 현재 인하대학교 한국어문학과 교수. 저서로는 『역사적 삶과 비평』(문학과지성사, 1986), 『신열하일기』(대륙연구소, 1993) 등이 있고, 편서로는 『문예사조의 새로운 이해』(공편: 문학과지성사, 1996), 『한국 현대시론사 연구』(공편: 문학과지성사, 1998) 등이 있음. 주요 논문으로는 「두 개의 체제와 하나의 리얼리즘」(1995), 「4·19와 한국문학의 방향」(1995), 「한국 리얼리즘 문학의 한 양상」(1996), 「월북문인들의 유형과 북한에서의 활동」(2000), 「중국 조선족문학에 미친 중국문학과 북한문학의 영향 연구」(2004) 등이 있음.

■ 해제자 소개(가나다 순)

강상희
서울대학교 국어국문학과 및 같은 과 대학원 졸업. 현재 경기대학교 국어국문학과 교수. 저서로는 『삶과 문학』(공저) 『90년대 문학 어떻게 볼 것인가』(공저) 『한국 모더니즘 소설론』 등이 있음.

강진호
고려대학교 국어국문학과 및 같은 과 대학원 졸업. 현재 성신여자대학교 국어국문학과 교수. 저서로는 『한국문학의 현장을 찾아서』 『탈분단 시대의 문학논리』 『현대소설사와 근대성의 아포리아』 『독서』(고교 교과서) 등이 있음.

구수경
경희대학교 영어교육학과 및 충남대학교 대학원 국어국문학과 졸업. 현재 건양대학교 문학영상학과 교수. 저서로는 『한국소설과 시점』 『1930년대 소설의 서사기법과 근대성』 등이 있음.

김영민
연세대학교 국어국문학과 및 같은 과 대학원 졸업. 현재 연세대학교 국어국문학과 교수. 저서로는 『한국근대소설사』 『한국근대문학비평사』 『한국현대문학비평사』 『한국근대소설의 형성과정』 『근대계몽기 단형 서사문학자료전집』(전2권, 공저) 『임화 문학의 재인식』(공저) 등이 있음.

김외곤
서울대학교 국어국문학과 및 같은 과 대학원 졸업. 현재 서원대학교 광고홍보영상학부 연극영화과 교수. 저서로는 『한국 근대 리얼리즘 비판』 『한국 현대소설 탐구』 『문학과 문화의 경계선에서』 등이 있음.

김종회
경희대학교 국어국문학과 및 같은 과 대학원 졸업. 현재 경희대학교 국어국문학과 교수. 저서로는 『한국소설의 낙원의식 연구』 『위기의 시대와 문학』 『문학과 전환기의 시대정신』 『문학의 숲과 나무』 『문화통합의 시대와 문학』 등이 있음.

김주현
안동대학교 국어국문학과 및 서울대학교 대학원 국어국문학과 졸업. 현재 경북대학교 국어국문학과 교수. 저서로는 『이상 소설 연구』 등이 있음.

나병철
연세대학교 국어국문학과 및 같은 과 대학원 졸업. 현재 한국교원대학교 국어교육과 교수. 저서로는 『문학의 이해』 『근대성과 근대문학』 『소설의 이해』 『모더니즘과 포스트모더니즘을 넘어서』『탈식민주의와 근대문학』 등이 있음.

서경석
서울대학교 국어국문학과 및 같은 과 대학원 졸업. 현재 한양대학교 국어국문학과 교수. 저서로는『한국근대리얼리즘 문학사연구』『한국문학 100년』(공저) 등이 있음.

우한용
서울대학교 사범대학 국어교육과 및 같은 과 대학원 졸업. 현재 서울대학교 국어교육과 교수. 저서로는『문학교육론』(공저)『한국현대소설구조연구』『채만식소설담론의 시학』『한국현대소설담론연구』『문학교육과 문화론』『서사교육론』(공저) 등이 있음.

유인순
강원대학교 사범대학 국어교육과와 이화여자대학교 대학원 국어국문학과 졸업. 현재 강원대학교 국어교육과 교수. 저서로는『김유정 문학 연구, 김유정을 찾아가는 길』『현대소설론』(공저)『한국현대문학의 이해』(공저)『한국 현대작가』(공저) 등이 있음.

이경훈
연세대학교 국어국문학과 및 같은 과 대학원 졸업. 현재 연세대학교 국어국문학과 교수. 저서로는『이광수와 친일문학연구』『어떤 백년, 즐거운 신생』『이상, 철천의 수사학』『오빠의 탄생』 등이 있음.

이덕화
연세대학교 대학원 국어국문학과 졸업. 현재 평택대학교 국어국문학과 교수. 저서로는『김남천 연구』『박경리와 최명희 두 여성적 글쓰기』『한국 여성문학의 이해』『은밀한 테러』『여성문학에 나타난 근대체험과 타자의식』 등이 있음.

이상경
서울대학교 국어국문학과 및 같은 과 대학원 졸업. 현재 한국과학기술원 인문사회과학부 교수. 저서로는『한국근대민족문학사』『한국근대여성문학사론』『이기영—시대와 문학』『강경애—문학에서의 성과 계급』『인간으로 살고 싶다—영원한 신여성 나혜석』 등이 있음.

이주형
서울대학교 국어국문학과 및 같은 과 대학원 졸업. 현재 경북대학교 국어교육과 교수. 저

서로는 『한국근대소설연구』 『이무영』 『채만식 전집』(공편) 등이 있음.

장수익
서울대학교 국어국문학과 및 같은 과 대학원 졸업. 현재 한남대학교 국어국문학과 교수. 저서로는 『한국근대소설사의 탐색』 『대화와 살림으로서의 소설비평』 『한국 현대소설의 시각』 등이 있음.

장영우
동국대학교 국어국문학과 및 같은 과 대학원 졸업. 현재 동국대학교 문예창작학과 교수. 저서로는 『이태준 문학 연구』 『이태준 소설 연구』 『중용의 글쓰기』 『소설의 운명 소설의 미래』 등이 있음.

정호웅
서울대학교 국어국문학과 및 같은 과 대학원 졸업. 현재 홍익대학교 국어교육학과 교수. 저서로는 『우리 소설이 걸어온 길』 『반영과 지향』 『한국현대소설사론』 『임화—세계 개진의 열정』 『한국문학의 근본주의적 상상력』 『우리 문학 100년』(공저) 등이 있음.

조현일
서울대학교 국어교육학과 및 같은 학교 대학원 국어국문학과 졸업. 현재 홍익대학교 국어국문학과 강사. 저서로는 『한국문학의 근대성과 리얼리즘』 『전후소설과 허무주의적 미의식』 등이 있음.

채호석
서울대학교 국어국문학과 및 같은 과 대학원 졸업. 현재 한국외국어대학교 사범대학 한국어교육과 교수. 저서로는 『한국 근대문학과 계몽의 서사』 『문학의 위기, 위기의 문학』 등이 있음.

최시한
서강대학교 국어국문학과 및 같은 과 대학원 졸업. 현재 숙명여자대학교 인문학부 교수. 저서로는 『가정소설 연구—소설 형식과 가족의 운명』 『현대소설의 이야기학』 『모두 아름다운 아이들』 『고치고 더한 수필로 배우는 글읽기』 『소설의 해석과 교육』 등이 있음.

최유찬

연세대학교 국어국문학과 및 같은 과 대학원 졸업. 현재 연세대학교 국어국문학과 교수. 저서로는 『문예사조의 이해』 『토지를 읽는다』 『한국문학의 관계론적 이해』 『문학 텍스트 읽기』 등이 있음.

한승옥

고려대학교 국어국문학과 및 같은 과 대학원 졸업. 현재 숭실대학교 국어국문학과 교수. 저서로는 『소설의 이해』 『이광수』 『한국 전통비평론 탐구』 『한국 현대소설과 사상』 『현대소설의 이해』 『이광수 문학사전』 등이 있음.

황국명

동아대학교 국어국문학과 및 부산대학교 대학원 국어국문학과 졸업. 현재 인제대학교 국어국문학과 교수. 저서로는 『떠도는 시대의 길찾기』 『존재의 아름다움』 『삶의 진실과 소설의 방법』 등이 있음.

문학과지성사 한국문학선집
1900~2000

한국 현대시사 100년을 회고하다.

우리의 기억 속에 아로새겨진 명작시에서부터 시단에 새로운 활력을 불어넣는 신진 시인들의 시까지 166명 시인의 주옥같은 작품 679편을 한자리에.

『문학과지성사 한국문학선집』_ '시' 편의 특징

- 한국 현대시사 100년을 한눈에 들여다볼 수 있는 시 선집.
- 시인 본인, 혹은 작고한 시인의 경우 해제자가 고른 후보작 중에서 엮은이가 엄선하여 수록 시를 확정함으로써 각 시인들의 명실상부한 대표 시 수록.
- 해당 시인 전공 연구자가 시인의 전기적 정보, 작품 세계, 수록 작품 해설, 주요 참고 문헌을 포함하여 일반 독자도 쉽게 읽을 수 있게 작성한 해제 수록.

최남선 김억 주요한 한용운 김소월 오상순 이장희 이병기 이상화 김동환 조운 김광균 임화 정지용 김달진 김기림 김영랑 이상 신석정 유치환 노천명 장만영 오장환 이육사 김현승 김광섭 백 석 신석초 이용악 서정주 김상옥 박남수 박두진 박목월 윤동주 조지훈 이호우 조향 김수영 박인환 김종길 홍윤숙 김춘수 한하운 김남조 송욱 이형기 전봉건 천상병 김구용 김종삼 박재삼 김광림 박희진 이태극 박성룡 박용래 성찬경 신경림 신동문 허만하 고은 정한모 황동규 김영태 마종기 신동엽 김제현 정진규 이성부 이승훈 이상범 이수익 조태일 최하림 유안진 정현종 천양희 홍신선 김형영 오탁번 강은교 박정만 신대철 오규원 오세영 윤금초 김준태 김지하 문정희 이시영 노향림 이건청 이성선 정희성 조정권 나태주 이하석 임영조 감태준 신달자 이기철 김명인 김승희 이동순 이태수 김광규 고정희 송수권 장석주 김정란 최동호 문충성 이성복 최승호 김혜순 남남철 최승자 김정환 박태일 최두석 황지우 남진우 김용택 송재학 이문재 정호승 박노해 이재무 고재종 문인수 이승하 장정일 정일근 황인숙 기형도 장경린 김영승 박주택 고진하 송찬호 장석남 장옥관 허수경 김휘승 유하 정끝별 조은 채호기 김기택 나희덕 차창룡 박라연 박정대 이윤학 이진명 조용미 최정례 함성호 김태동 박형준 이 원 최서림 문태준 이수명 이장욱

최동호·신범순·정과리·이광호 엮음
신국판 호화 양장본 | 1,556쪽 | 값 60,000원

문학과지성사 한국문학선집
1900~2000

북한문학

잃었던 우리 문학사의 반쪽을 복원한다!

**북한 시인 70명의 대표 시 150편 · 북한 작가 26명의 대표 소설 30편
북한 문학의 진수를 만나보세요!**

『문학과지성사 한국문학선집』_ '북한문학' 편의 특징

– 북한문학의 사적(史的) 흐름을 한눈에 들여다볼 수 있는, 남한에서 발간한 최초의 북한 시·소설 선집.
– 북한문학의 전문가가 책임 편집하고 알기 쉽게 해설을 달아 일반 독자도 부담 없이 읽을 수 있는 명실상부한 '북한 현대문학 앤솔러지.'
– 북한에서 인정하는 성과작뿐 아니라 매 시기와 국면의 문제를 가장 대표적으로 형상화한 작품과 문학적으로 의미 있는 작품들을 엄선하여 수록.

시──
구희철 권강일 김광섭 김귀련 김기호 김덕선 김북원 김상오 김상훈 김성철 김순석 김영철 김우철 김정철 김조규 김철 김철민 김형준 남연희 동승태 마우룡 민병균 박산운 박석정 박세영 박팔양 방금숙 백석 백악 백인준 상민 서만일 석광희 안용만 오재신 오필천 윤병규 이광제 이근지 이병철 이상림 이석 이성철 이용악 이원우 이정구 이찬 이호남 임화 장건식 전병구 전초민 정문향 정서촌 정인길 정천례 조기천 조렴해 조벽암 조성관 조영출 최석두 최정용 한기운 한원희 한정규 함영기 홍현양 황성하 황승명

소설──
강복례 권정웅 김남천 김만선 김병훈 김영석 김홍무 김홍익 남대현 류근순 백보흠 변희근 엄흥섭 유항림 이기영 이북명 이정숙 이종렬 이춘진 이태준 전재경 조희건 진재환 한설야 한웅빈 황건

신형기·오성호·이선미 엮음
신국판 호화 양장본 | 1,620쪽 | 값 60,000원